U0723788

『十四五』国家重点图书出版规划项目

国家社会科学基金重大项目『中国近代日记文献叙录、整理与研究』（项目编号：18ZDA259）阶段性研究成果

中国近现代稀见史料丛刊【第十辑】

陈庆均日记（上）

张剑 徐雁平 彭国忠 主编

陈庆均 著

邓政阳 整理

本辑执行主编 张剑

凤凰出版社

图书在版编目（C I P）数据

陈庆均日记 / 陈庆均著 ; 邓政阳整理. -- 南京 : 凤凰出版社, 2023.10
（中国近现代稀见史料丛刊. 第十辑）
ISBN 978-7-5506-4006-1

Ⅰ. ①陈… Ⅱ. ①陈… ②邓… Ⅲ. ①日记—作品集—中国—近代 Ⅳ. ①I265

中国国家版本馆CIP数据核字(2023)第190363号

书　　名	陈庆均日记
著　　者	陈庆均 著　邓政阳 整理
责任编辑	张永堃
装帧设计	姜　嵩
责任监制	程明娇
出版发行	凤凰出版社(原江苏古籍出版社) 发行部电话025-83223462
出版社地址	江苏省南京市中央路165号,邮编:210009
照　　排	南京凯建文化发展有限公司
印　　刷	江苏凤凰通达印刷有限公司 江苏省南京市六合区冶山镇,邮编:211523
开　　本	880毫米×1230毫米　1/32
印　　张	38.875
字　　数	1010千字
版　　次	2023年10月第1版
印　　次	2023年10月第1次印刷
标准书号	ISBN 978-7-5506-4006-1
定　　价	288.00元(全三册)

(本书凡印装错误可向承印厂调换,电话:025-57572508)

袁行霈先生题辞

「音实难知，知实难逢，逢其
知音，千载其一乎！」（《文心雕龙·
知音》）今读新编稀见史料丛
刊，真有治学知音之感矣。
傅璇琮谨书
二〇一二年

傅璇琮先生题辞

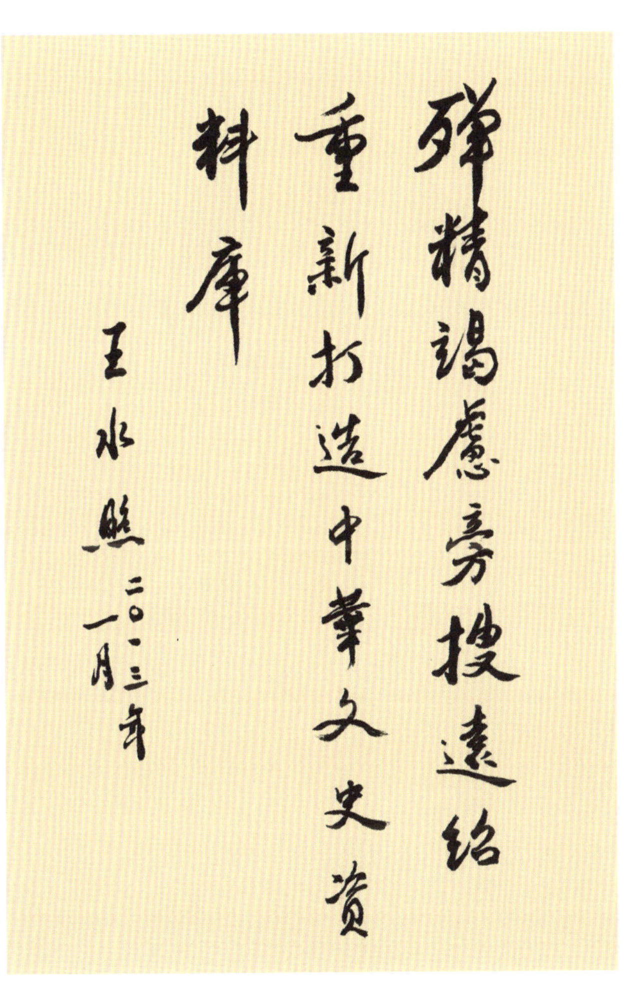

王水照先生题辞

陈庆均像

陈庆均先辈履历

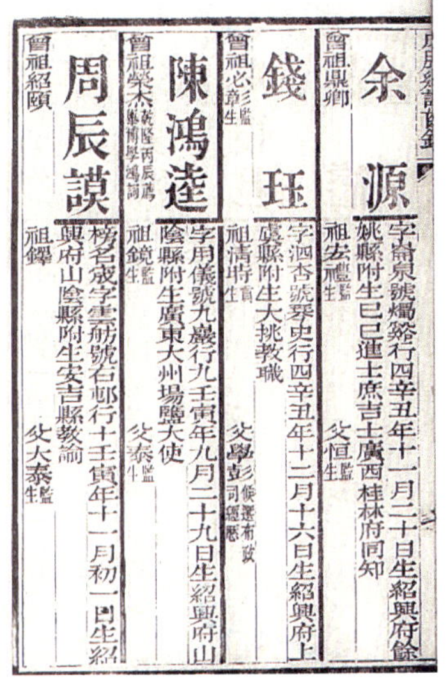

余源 字奇泉號燭谿行四辛丑年十一月二十日生紹興府餘姚縣附生己巳進士庶吉士廣西桂林府同知
曾祖鼎卿 祖宏禮監生 父恒監生

錢珏 字泗杏號琴史行四辛丑年十二月十六日生紹興府上虞縣附生大挑教職
曾祖必彰監生 祖清時貢生 父學彭候選布政司經歷

陳鴻逵 字用儀號九巖行九壬寅年九月二十九日生紹興府山陰縣附生廣東大州場鹽大使
曾祖榮杰乾隆丙辰鴻博 祖鏡監生 父泰監生

周辰謨 榜名宬字雲舫號石邨行十壬寅年十一月初一日生紹興府山陰縣附生安吉縣教諭
曾祖紹頤 祖鐸 父大泰監生

陈鸿逵（陈庆均曾祖）乡试履历
《嘉庆戊辰科直省乡试齿录》（清刻本）

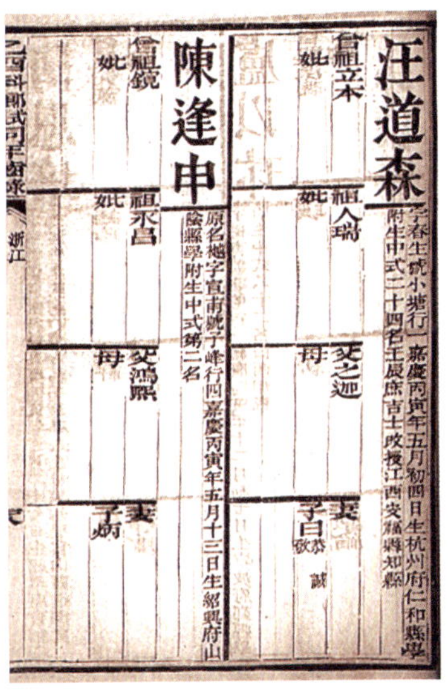

汪道森 字春生號小塘行一嘉慶丙寅年五月初四日生杭州府仁和縣學附生中式二十四名壬辰庶吉士改授江西安福縣知縣
曾祖立本 妣 祖入璘 妣 父之迦 母 妻 子白 [illegible]

陳逢申 原名樾字宣甫號子峰行四嘉慶丙寅年五月十三日生紹興府山陰縣學附生中式第二名
曾祖鏡 妣 祖永昌 妣 父鴻熙 母 妻 子 [illegible]

陈樾（陈庆均族伯祖）乡试履历
《道光乙酉科各省乡试齿录》（清刻本）

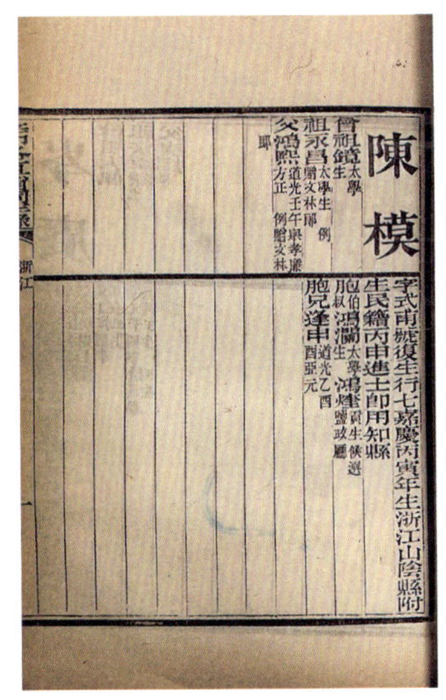

陳模 字式甫號復生行七嘉慶丙寅年生浙江山陰縣附生民籍丙申進士即用知縣
曾祖鏡太學生 祖永昌太學生例贈文林郎 父鴻熙道光壬午舉孝廉方正例贈文林郎
胞伯叔鴻瀾太學生 鴻熞貢生候選鹽政廳 胞兄逢申道光乙酉亞元

陈模（陈庆均族伯祖）乡试履历
《道光辛卯科各直省同年录》（清刻本）

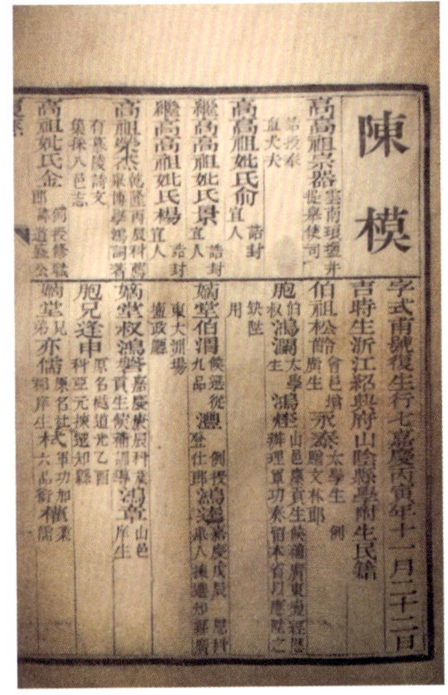

陳模 字式甫號復生行七嘉慶丙寅年十一月二十二日吉時生浙江紹興府山陰縣學附生民籍
[illegible]

陈模（陈庆均族伯祖）会试履历
《道光十六年会试同年齿录》（清刻本）

陈庆均亲友小像

陈荣杰（陈庆均四世祖）小像
陈荣杰《慕陵诗稿》（清嘉庆八年刻本）

陈在釭（陈庆均次子）小像
《南洋医科大学第八届毕业纪念册》

徐宜况（陈庆均妹夫）小像
裘士雄提供

陶治公（陈庆均姻弟）小像
陶家骏《会稽陶氏六修族谱》（2013年版）

陈庆均亲友小像

徐世闿（陈庆均表侄）小像
《国立杭州艺术专科学校第三届毕业纪念册》（民国二十四年版）

徐世南（陈庆均表侄）小像
宋景祁《中国图书馆名人录》（民国十九年版）

夏槐清（陈庆均亲家）小像
夏建国提供

陶在宽（陈庆均继室之舅）小像
陶在宽《自嬉堂丛述》（清光绪刻本）

陈庆均友朋小像

王继香小像

王继香《醉盦砚铭·枕湖楼藏砚铭》（稿本中夹叶）

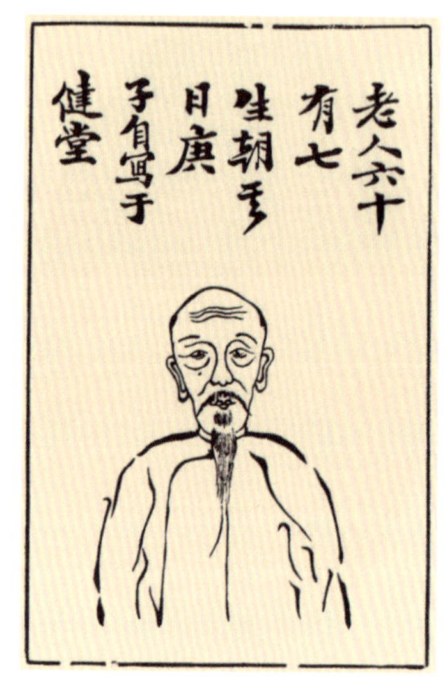

唐风小像

唐风《庸谨堂文存》（民国二十二年铅印本）

袁天庚小像

袁天庚《八百里湖荷花渔唱》（民国二十三年铅印本）

堵焕辰小像

杭州师范大学弘一大师·丰子恺研究中心《堵氏家谱》

陈庆均友朋合影

民国二十五年（1936）“诗巢壬社十老高会图”（裘士雄、屠剑虹提供）

第一排左起：金子扬、童祝华（海山）、李镜燧（槐青）、戚扬（升淮）、王君佑、陈庆绶（朗斋）、李文紦（虚尘）、王选之、王世裕（子余）

第二排左起：章天觉（曼伽）、曾吕仁（厚章）、张琙（待先）、朱涧南（幼溪）、王叔梅（叙曾）沈钧业（复生）、陈庆均（艮仙）、寿鹏更（涧邻）

第三排左起：戚子川、马斯臧（鹤卿）、赵士鸿（雪侯）、孙子松、周子余、张惠扬、蒋纶卿、鲍亦超（亚白）、朱承洵（仲华）、童鼎璜（谷簳）

民国九年（1920）绍兴县同善局施医临诊医士职员全体摄影（部分为日记中人物） 张钟沅《绍兴县同善局附设施医局医方汇选》（民国十年铅印本）

第一排左起：周越铭、王蕴如、王子珍、裘吉生、何廉臣、胡宝书、杨质安、吴丽生、曹炳章

第二排左起：胡敏斋、童毓琛、何幼廉、余显甫、朱阆仙、李养和、倪锦轩、胡思范、凌春生、张琴孙

民国十年（1921）二月绍兴同善局附设施医局官绅医士暨本局董事全体摄影（部分为日记中人物）　张钟沅《绍兴县同善局附设施医局医方汇选》（民国十年铅印本）

第一排左起：许医士炳章、何医士幼廉、周医士越铭、傅医士伯扬、何医士廉臣、杨医士质安、吴医士丽生、许绅仲桢

第二排左起：曹医士炳章、章绅楠庭、蒋绅彬臣、裘医士吉生、许医士兰生、许医士惠章、余知事少舫、胡绅坤圃、张董事琴孙

民国十年（1921）九月绍兴县同善局施医各医士暨官绅全体摄影（部分为日记中人物）　张钟沅《绍兴县同善局附设施医局医方汇选》（民国十年铅印本）

左起：张局长钟沅、裘医士吉生、朱绅士阆仙、警察所长薛瑞骥、王医士子珍、县知事余大钧、金医士耀庭、胡君思范、李医士循南、何医士幼濂、傅医士伯扬、杨医士质安、何医士廉臣、周医士越铭、胡医士宝书、周君子铭、曹医士炳章、葛君介人、吴医士丽生、何医士小廉、李君养和、余君显甫、孟君兴臣、金君子能

地方官员小像

熊起磻（绍兴府知府）小像
熊起磻《涉猎笔记》（民国六年铅印本）

增春（山阴县知县）小像
关赓麟《甲辰同年相谱》（民国十一年铅印本）

贺扬灵（绍兴区行政专员）小像
严绿野《贺扬灵先生言论集》民国绍兴县抗日自卫委员会文化委员会出版）

余大钧（绍兴县知事）小像
《浙江烟酒事务局年刊》（民国十七年）

陈庆均绘画

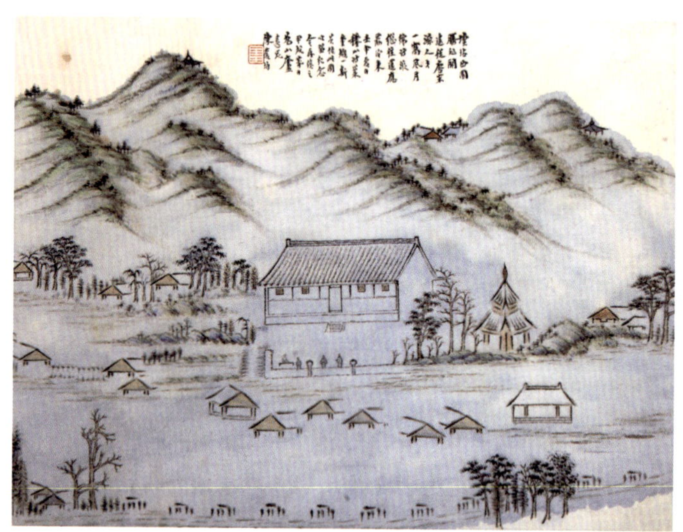

陈庆均《越州名胜图》之种山诗巢（绍兴鲁迅纪念馆藏）

陈庆均《越州名胜图》之快阁（绍兴鲁迅纪念馆藏）

陈庆均钤印

陈庆均印

艮

艮金石文字

艮仙

艮仙

艮轩

艮轩卅后书画

艮轩六十以后作

艮轩文字

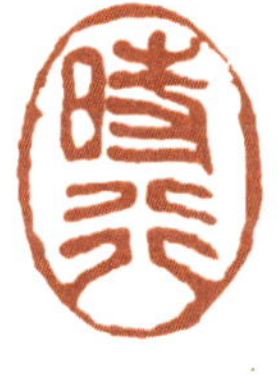
时行

时行轩墨

时行清课

陈庆均印

天澹云闲

为山庐

（钤“为山庐”朱印）
丁卯长夏
为山庐杂著
时行山人自署
（钤“时行清课”朱印）

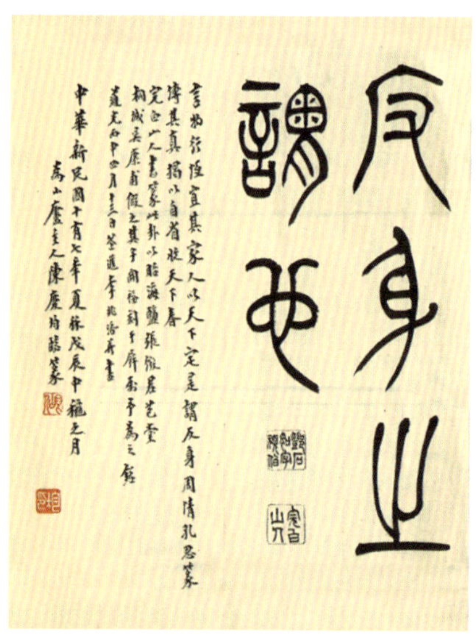

反身之谓也
“邓石如字顽伯”“完白山人”

言物行恒，宜其家人，以天下定，是谓反身。周情孔思，篆传其真，揭以自省，收天下春。

完白山人书篆此卦以贻海盐张徵君芑堂。

桐城吴康甫假之其子开福刻于屏，属予为之铭。

道光丙申四月十三日武进李兆洛并书。

中华新民国十有七年夏历戊辰中秋之月，为山庐主人陈庆均临篆。（钤“艮仙”朱印、“均印”白印）

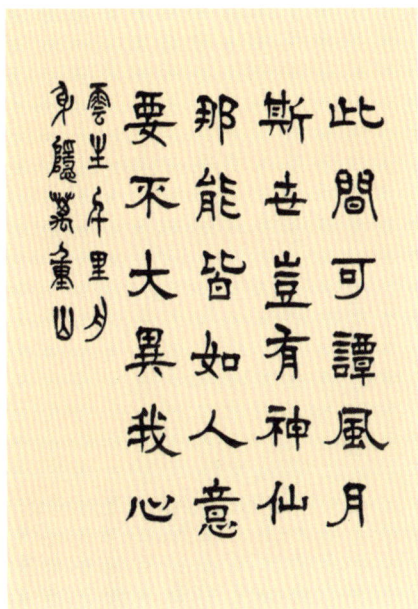

陈庆均墨迹

此间可谭风月，斯世岂有神仙？
那能皆如人意，要不大异我心。
云生千里月，身隐万重山。

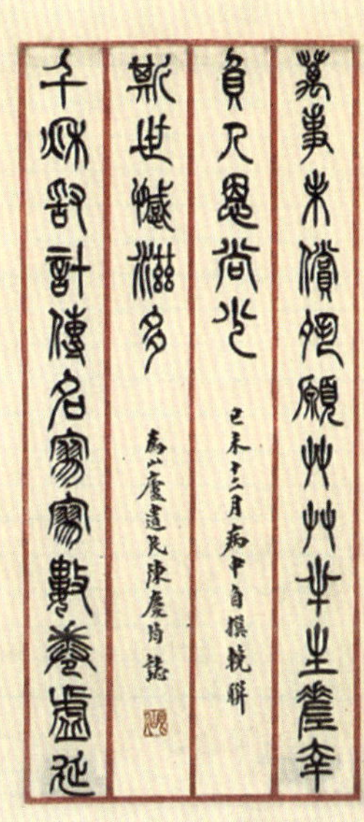

万事未偿夙愿，草草半生，差幸负人恩尚少；

千秋敢计传名，寥寥数卷，虚延斯世憾滋多。

己未十二月病中自撰挽联。为山庐遗民陈庆均志。(钤“艮仙”朱印)

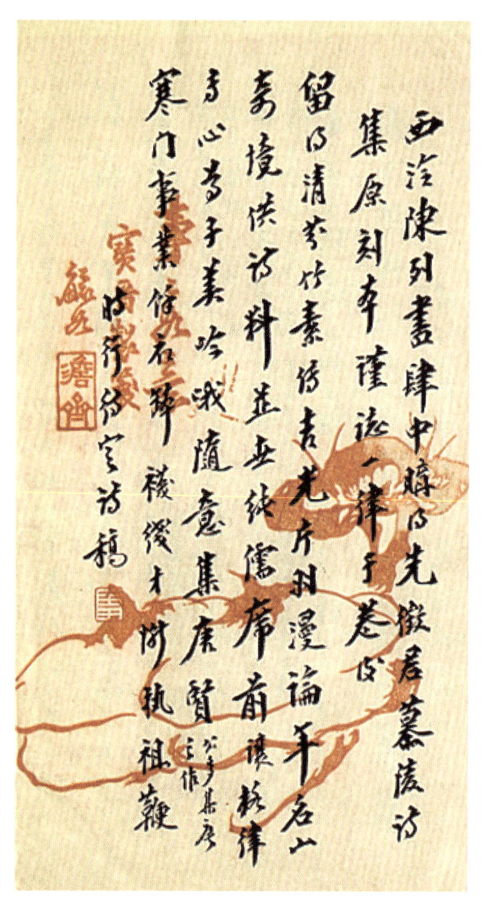

《西泠陈列书肆中购得先征君慕陵诗集原刻本谨志一律于卷后》：留得清芬竹素传，吉光片羽漫论年。名山奇境供诗料，并世纯儒让席前。格律专心尊子美，吟哦随意集唐贤（公多集唐之作）。寒门事业余衣钵，袜线才惭执祖鞭。

时行待定诗稿。（钤艮卦朱印）

宣统三年陈庆均自署（镌“艮仙所书”印）

日记封面书影

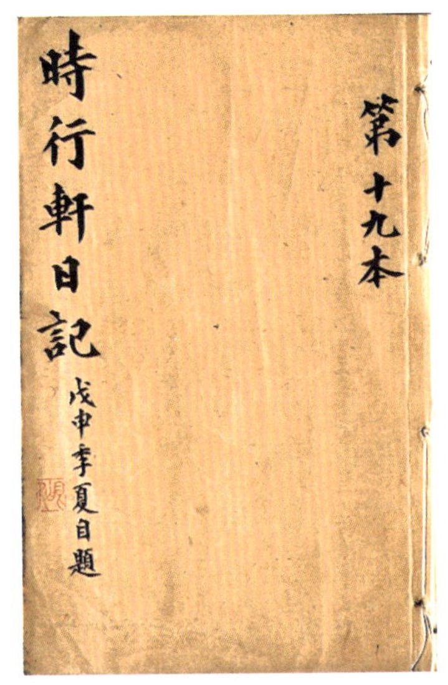
第十九本
時行軒日記
戊申季夏自題

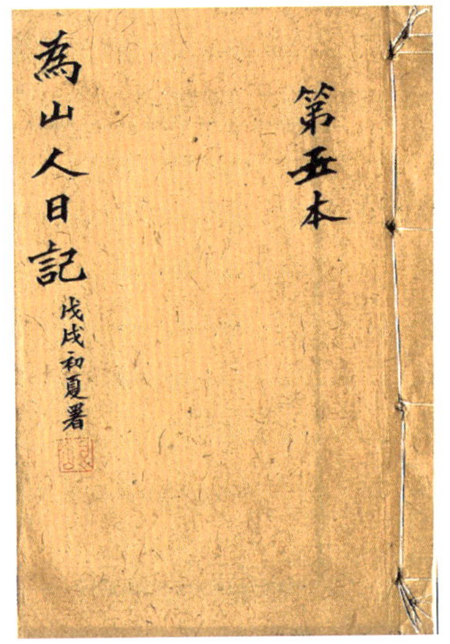
第五本
為山人日記
戊戌和夏署

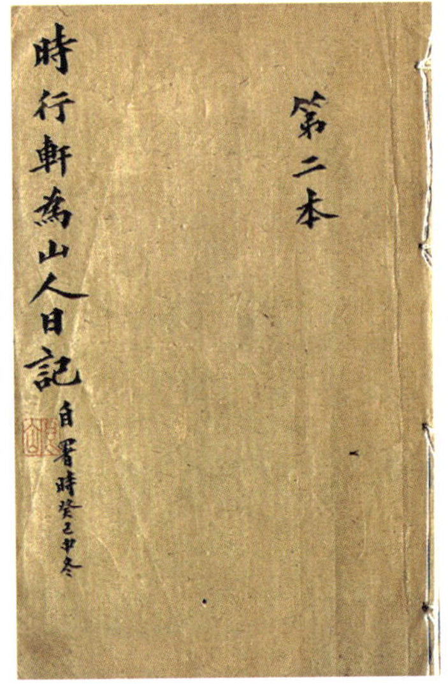
第二本
時行軒為山人日記
自署時癸巳中冬

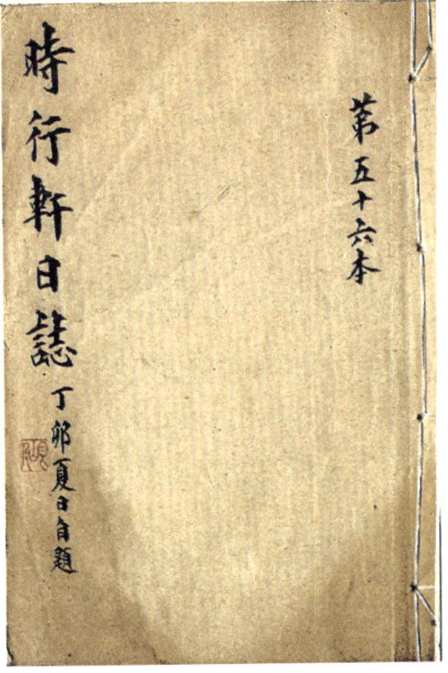
第五十六本
時行軒日誌
丁卯夏日自題

日记内页书影

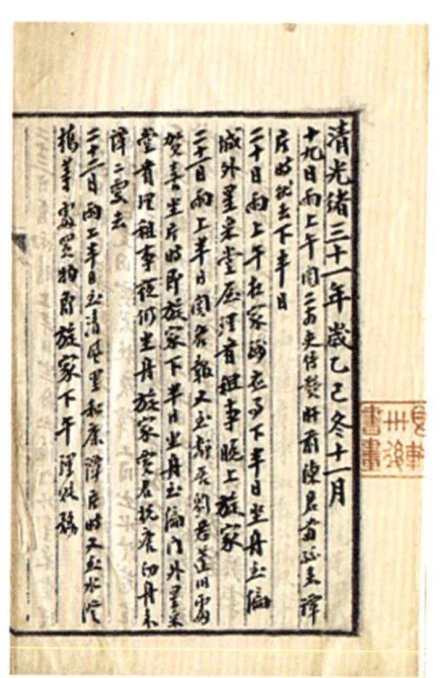

清光緒三十一年歲乙巳冬十一月

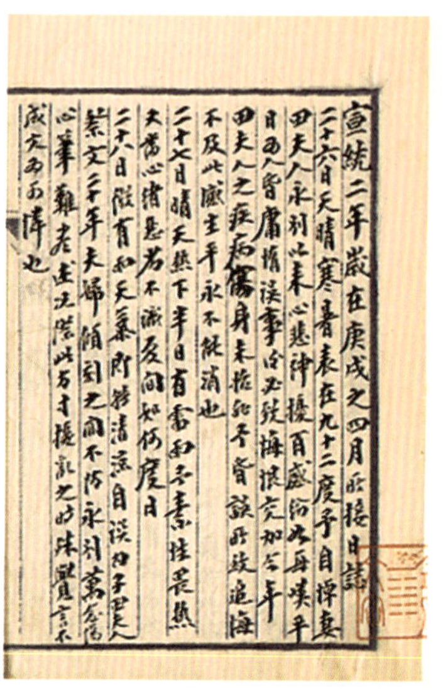

宣統二年歲在庚戌之四月

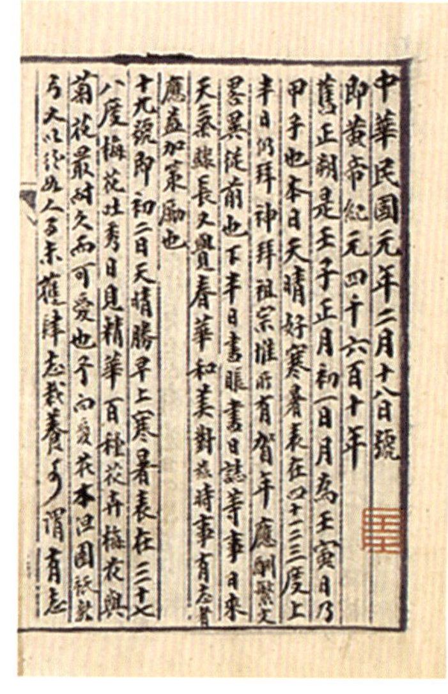

中華民國元年二月十八日號

即黃帝紀元四千六百十年

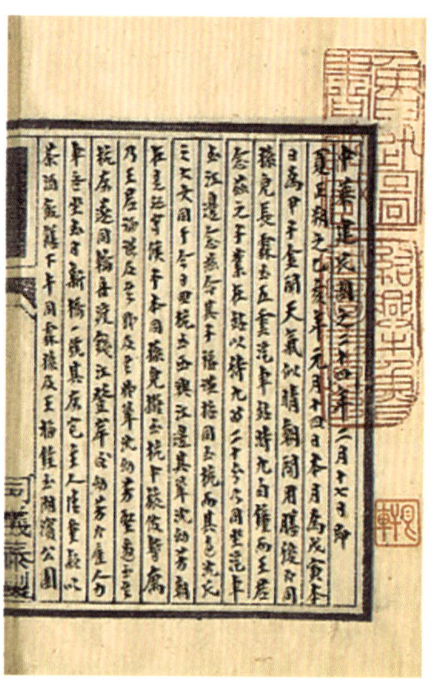

《中国近现代稀见史料丛刊》总序

在世界所有的文明中，中华文明也许可说是“唯一从古代存留至今的文明”（罗素《中国问题》）。她绵延不绝、永葆生机的秘诀何在？袁行霈先生做过很好的总结：“和平、和谐、包容、开明、革新、开放，就是回顾中华文明史所得到的主要启示。凡是大体上处于这种状况的时候，文明就繁荣发展，而当与之背离的时候，文明就会减慢发展的速度甚至停滞不前。”（《中华文明的历史启示》，《北京大学学报》2007年第1期）

但我们也要清醒看到，数千年的中华文明带给我们的并不全是积极遗产，其长时段积累而成的生活方式与价值观具有强大的稳定性，使她在应对挑战时所做的必要革新与转变，相比他者往往显得迟缓和沉重。即使是面对佛教这种柔性的文化进入，也是历经数百年之久才使之彻底完成中国化，成为中华文明的一部分；更不用说遭逢“数千年来未有之变局”“数千年未有之强敌”（李鸿章《筹议海防折》），“数千年未有之巨劫奇变”（陈寅恪《王观堂先生挽词序》）的中国近现代。晚清至今虽历一百六十余年，但是，足以应对当今世界全方位挑战的新型中华文明还没能最终形成，变动和融合仍在进行。1998年6月17日，美国三位前总统（布什、卡特、福特）和二十四位前国务卿、前财政部长、前国防部长、前国家安全顾问致信国会称：“中国注定要在21世纪中成为一个伟大的经济和政治强国。”（徐中约《中国近代史》上册第六版英文版序，香港中文大学2002年版）即便如此，我们也不能盲目乐观，认为中华文明已经转型成功，相反，中华文明今天面对的挑战更为复杂和严峻。新型的中华文明到底会怎样呈现，又怎样具体表现或作用于政治、经济、文化等层面，人们还在不断探索。这个问题，我们这一代恐怕无法给出答案。但我们坚信，在历史上曾经灿烂辉煌的中华文明必将凤凰浴火，涅槃重生。这既是数千年已经存在的中华文明发展史告诉我们的经验事实，也是所有为中国文化所化之人应有的信念和责任。

不过，对于近现代这一涉及当代中国合法性的重要历史阶段，我们了解得还过于粗线条。她所遗存下来的史料范围广阔，内容复杂，且有数量庞大且富有价值的稀见史料未被发掘和利用，这不仅会影响到我们对这段历史的全面了解和规律性认识，也会影响到今天中国新型文明和现代化建设对其的科学借鉴。有一则印度谚语如是说："骑在树枝上锯树枝的时候，千万不要锯自己骑着的那一根。"那么，就让我们用自己的专业知识与能力，为承载和养育我们的中华文明做一点有益的事情——这是我们编纂这套《中国近现代稀见史料丛刊》的初衷。

书名中的"近现代"，主要指 1840—1949 年这一时段，但上限并非以一标志性的事件一刀切割，可以适当向前延展，然与所指较为宽泛的包含整个清朝的"近代中国""晚期中华帝国"又有所区分。将近现代连为一体，并有意淡化起始的界限，是想表达一种历史的整体观。我们观看社会发展变革的波澜，当然要回看波澜如何生，风从何处来；也要看波澜如何扩散，或为涟漪，或为浪涛。个人的生活记录，与大历史相比，更多地显现出生活的连续。变局中的个体，经历的可能是渐变。《丛刊》期望通过整合多种稀见史料，以个体陈述的方式，从生活、文化、风习、人情等多个层面，重现具有连续性的近现代中国社会。

书名中的"稀见"，只是相对而言。因为随着时代与科技的进步，越来越多的珍本秘籍经影印或数字化方式处理后，真身虽仍"稀见"，化身却成为"可见"。但是，高昂的定价、难辨的字迹、未经标点的文本，仍使其处于专业研究的小众阅读状态。况且尚有大量未被影印或数字化的文献，或流传较少，或未被整合，也造成阅读和利用的不便。因此，《丛刊》侧重选择未被纳入电子数据库的文献，尤欢迎整理那些辨识困难、断句费力、裒合不易或是其他具有难度和挑战性的文献，也欢迎整理那些确有价值但被人们习见思维与眼光所遮蔽的文献，在我们看来，这些文献都可属于"稀见"。

书名中的"史料"，不局限于严格意义上的历史学范畴，举凡日记、书信、奏牍、笔记、诗文集、诗话、词话乃至序跋汇编等，只要是某方面能够反映时代政治、经济、文化特色以及人物生平、思想、性情的文献，都在考虑之列。我们的目的，是想以切实的工作，促进处于秘藏、边缘、零散等状态的史料转化为新型的文献，通过一辑、二辑、三辑……这样的累积性整理，自然地呈现出一种规模与气象，与其他已经整理出版的文献相互关联，形成一个丰茂的文献群，从而揭示在宏大的中国近现代叙事背后，还有很多未被打量过的局部、日常与细节；在主流周边或更远处，还有富于变化的细小溪流；甚至在主流中，还有漩涡，在边缘，还有静止之水。近现代中国是大变革、大痛苦的时代，身处变局中的个体接物处事的伸屈、所思所想的起落，借纸墨得以留存，这是一个时代的个人记录。此中有文学、文化、生活；也时有动乱、战争、革命。我们整理史料，是提供一种俯首细看的方式，或者一种贴近近现代社会和文化的文本。当然，对这些个人印记明显的史料，也要客观地看待其价值，需要与其他史料联系和比照阅读，减少因个人视角、立场或叙述体裁带来的偏差。

知识皆有其价值和魅力，知识分子也应具有价值关怀和理想追求。清人舒位诗云"名士十年无赖贼"(《金谷园故址》)，我们警惕袖手空谈，傲慢指点江山；鲁迅先生诗云"我以我血荐轩辕"(《自题小像》)，我们愿意埋头苦干，逐步趋近理想。我们没有奢望这套《丛刊》产生宏大的效果，只是盼望所做的一切，能融合于前贤时彦所做的贡献之中，共同为中华文明的成功转型，适当"缩短和减轻分娩的痛苦"(马克思《资本论》第一卷第一版序言)。

《丛刊》的编纂，得到了诸多前辈、时贤和出版社的大力扶植。袁行霈先生、傅璇琮先生、王水照先生题辞勖勉，周勋初先生来信鼓励，凤凰出版社姜小青总编辑赋予信任，刘跃进先生还慷慨同意将其列入“中华文学史史料学会”重大规划项目，学界其他友好也多有不同形式的帮助……这些，都增添了我们做好这套《丛刊》的信心。必须一提的是，《丛刊》原拟主编四人（张剑、张晖、徐雁平、彭国忠），每位主编负责一辑，周而复始，滚动发展，原计划由张晖负责第四辑，但他尚未正式投入工作即于 2013 年 3 月 15 日赍志而殁，令人抱恨终天，我们将以兢兢业业的工作表达对他的怀念。

《丛刊》的基本整理方式为简体横排和标点（鼓励必要的校释），以期更广泛地传播知识、更好地服务社会。希望我们的工作，得到更多朋友的理解和支持。

2013 年 4 月 15 日

目　录

附录

前言

一

陈庆均(1871[①]—1946[②]),字艮仙,一作艮轩。浙江绍兴人。“诗巢壬社”[③]成员,民国绍兴县修志委员会六常委之一。世居青藤书屋徐文长山人旧宅。早年致力于科举,屡试不中。入民国,主要从事地方事务。其所写日记[④]系未刊稿本,据现存日记推测,原稿至少有 78 本。目前笔者经眼 35 本,其中绍兴图书馆藏 34 本[⑤],绍兴市柯桥区档案馆藏 1 本。除此之外的日记泯没于世,至今未见。存世的这部分日记,起自清光绪十九年(1893),讫至民国二十六年(1937),记录了作者 23 岁至 67 岁,跨越四十余年的生活轨迹。内容之庞杂、资料之丰

---

① 陈庆均日记之第七本《时行轩日记》清光绪二十六年六月二十三日:“晴,天气甚暖。今日为予三十生日,度日如常,纤毫不露形迹,甚适予素志也。”据此逆推,其当生于同治十年六月二十三日。

② 《诗巢壬社社友录》,民国间稿本。

③ 民国二十一年(1932)成立,发起人沈馥生、王子余。以建于壬申年,名“诗巢壬社”,简称“壬社”,旨在“发扬遗烈,重振雄风”。每年社集 6 次,每次祭祀一位先贤。除祭祀陆游、徐渭外,增祀杨维桢、仓圣及吕洞宾等。活动持续至民国二十六年(1937)。有社员 80 余名。见任桂全、何信恩、刘效柏《绍兴市志》第 4 册卷三十四。

④ 其日记名称不一,总称为“陈庆均日记”。

⑤ 其中第六十二本为《陈氏世系》。因其过于简略,仅 166 字,此次日记整理不录。

富、场景之多样，俨然是一部晚清至民国的越地近代社会生态史。

李慈铭曰："吾越世家，自余姚孙氏、会稽陶氏外，推山阴何氏。"[①]其实，除此而外，越中世家大族还有以王阳明为代表的光相桥王氏、以刘宗周为代表的水澄刘氏、以祁彪佳为代表的梅墅祁氏、以吴兴祚为代表的州山吴氏、以董懋策为代表的渔渡董氏、以朱燮元为代表的白洋朱氏……越中名士更多如过江之鲫，如张岱、章学诚、李慈铭、赵之谦、陶濬宣、鲁迅、蔡元培、秋瑾、范文澜、邵力子……而陈庆均所属的越州陈氏及其本人，跟越中历代世家大族与名士相比，虽不显眼，但仍是书香氤氲的一脉。

检《越州陈氏世系考略》，其第一世名梦贤，居四川阆中，系陈寔之二十五世孙。自梦贤以下再传至二十五世名世纶者，任宁波鄞县教谕，居萧山孙家汇，生五子：伯泉、仲泉、叔泉、季泉、仰泉。越城陈氏以仰泉为始祖。仰泉生三子：龙川、龙源、龙洲。龙洲始从萧山迁居绍郡城，其后辈先后居住于仓桥、府山、吕府东厅、偏门跨湖桥。清乾隆六十年(1795)七月，观巷老屋修造完工，陈庆均所属老三房迁居观巷，嘉庆元年(1796)邀老二房同居观巷[②]。考相关文献，越州陈氏一族也并非不耀眼。陈庆均三世祖陈宗器(1648—1729)，字子润。曾官湖南祁阳令、云南琅盐井提举使司[③]。其四世祖陈荣杰(1689—1756)，字无波，一字遂南，慕陵。诸生。清乾隆元年(1736)举博学鸿词。工词，能扫除靡曼之音，有清新之意。著有《香梦词》二卷、《慕陵文集》四卷、《慕陵诗稿》四卷、《候虫集》八卷、《集唐诗》八卷，与李法孟编著《荆门州志》。惜其诗文集于行箧中散佚殆尽，其孙大岩从鼠

---

① 李慈铭《越缦堂日记》，广陵书社，2004 年，第 13 册，第 9788 页。

② 参见陈在钰录《越州陈氏世系考略》，民国间抄本。

③ 参见陈在钰录《越州陈氏世系考略》；陈荣杰《慕陵诗稿》卷首孙星衍《陈征君传》，清嘉庆八年(1803)刻本；《道光十六年会试同年齿录》，清刻本。按：《道光十六年会试同年齿录》中陈模会试履历未载其曾任祁阳令。

残鱼蠹之余拾掇遗诗辑为《慕陵诗稿》二卷[①]。其六世伯祖陈松龄(1743—1786),字乔年,一字大岩。清乾隆三十九年(1774)乡荐未中,在破塘坐馆多年。著作有《课余编》《大岩剩草》[②]。其七世十叔祖陈鸿熙(1782—1822),字丙南,号十峰。著有《藤阿吟稿》[③]。其七世祖陈鸿逵(1780—1863),字用仪,号九岩,晚号迎曦。少嗜学,通注疏。清嘉庆十三年(1808)举人。拣选知县,援例广东盐大使。转饷四川,乞病归。著有《囊翠楼诗稿》[④]。其祖陈堉庚(1810—1880),字颖生。盐课司提举[⑤]。其族叔祖陈模(1806—?),字式甫,号复生。清道光十一年(1831)举人、十六年进士。官陕西宜君县知县[⑥]。其族叔祖陈樾(1804—?),榜名逢甲,字宣甫,号子峰,为清道光五年(1825)举人[⑦]。宦游各省。其本生父陈惺(1837—1877),初名钟,字

① 参见陈荣杰《慕陵诗稿》卷首孙星衍《陈征君传》;陈在钰录《越州陈氏世系考略》。按:《陈征君传》仅载其乾隆乙亥年冬月卒。世系考略载其卒于清乾隆乙亥年十一月初二日。公历为1756年1月3日。

② 参见陈松龄《大岩剩草》,附于《慕陵诗稿》后;陈在钰录《越州陈氏世系考略》。

③ 参见陈鸿熙《藤阿吟稿》,清嘉庆二十五年(1820)刻本;陈在钰录《越州陈氏世系考略》。按:世系考略载其生于清乾隆四十六年十一月二十三日,公历为1782年1月6日。

④ 参见陈鸿逵《囊翠楼诗稿》卷首平步青《陈九岩先生家传》,清光绪二十一年(1895)刻本;《戊辰乡试齿录》,清刻本;陈在钰录《越州陈氏世系考略》。按:《戊辰乡试齿录》作清(乾隆)壬寅年九月二十九日。《越州陈氏世系考略》作清乾隆庚子年九月二十九日。此据《越州陈氏世系考略》。

⑤ 参见陈在钰录《越州陈氏世系考略》。

⑥ 参见《大清搢绅全书》第3册,清道光二十年(1840)京都荣禄堂刻本;《道光辛卯各直省同年录》,清刻本;《道光十六年会试同年齿录》,清刻本;陈在钰录《越州陈氏世系考略》。按:实为陈庆均族伯祖。

⑦ 《道光乙酉科各省乡试齿录》第2册,清道光五年(1825)京都琉璃厂奎光斋刻本;《越州陈氏世系考略》。按:实为陈庆均族伯祖。

辛畦。数试棘闱，屡膺荐备而又不遇。著有《自慊轩时艺》数卷，《自慊轩诗草》数卷，未及付梓，遽于光绪癸巳年(1893)悉被烧毁[①]。其所后父陈英(1838—1898)，一名锡蕃、华林，字芳畦。工举子业，数试不售。留意本草性质，参究灵素图经，证校经验之方[②]。

陈庆均虽功名不显，但受家学的潜移默化，亦于光绪间考中秀才。平时读书作画、结社吟诗。画集有《越州名胜图》，诗集有《为山庐诗稿》《为山庐近作》《杂稿》《为山庐悼亡百感录》，书信集有《时行轩尺牍》《为山庐书问》，书法集有《为山庐篆隶书》，日记有《时行轩日志》《为山人日记》《时行轩日记》《时行轩为山人日记》，均系未刊稿本。与胡胶园、阮天目、徐小眉等人结"愚社"；与王子余、戚扬、周毅修等人结"诗巢壬社"。同时，还参与民国绍兴县志的第二次编纂工作。青藤书屋的保存，陈庆均也厥功至伟。他还亲笔撰写了一副对联："守先人敝庐，囊翠楼虚，犹有青藤荫书屋；踵西园故址，铁崖仙去，仅余玉带绕诗巢。"[③]其生平志向，于此可见一斑。

二

对于自己所记录的日记，陈庆均于民国二十六年(1937)新历九月四日的日记中这样评价：

> 上午坐车至鱼化桥李虚尘处谈，渠出示其日记，整册工书，积有数十本，即数十年之文字记载。前年(似)[以]余之日志，曾示其一看，积书今在七十八本，乃四十余年之手笔。虚尘谓越州

---

① 参见陈庆均日记之第十二本《时行轩日记》清光绪三十年八月初十日陈庆均所撰《敕授登仕郎诰封奉政大夫貤封中议大夫国子监生辛畦公节略》。

② 参见陈庆均日记之第十二本《时行轩日记》清光绪三十年八月十一日陈庆均《诰授儒林郎诰封奉政大夫晋封中议大夫芳畦公节略》。

③ 钱绳武《龙山诗巢志略》，民国二十二年(1933)铅印本。

人士日志，卷册之多与年之久，恐君与余为最矣。然余自惭多是晴雨之记载，对于文字掌故嫌少可传，虽多亦以奚为？[①]

陈氏所言，自是谦逊之言。笔者读其乡先辈李慈铭《越缦堂日记》十五载，感觉其日记虽不能与被誉为“晚清四大日记”之一《越缦堂日记》相媲美，但也不可等闲视之，决非“多是晴雨之记载”及“少可传”可涵括。

其一，日记时间跨度长，四十余年未曾间断。越地闻人日记，据笔者目力所及，祁彪佳[②]的《祁忠敏公日记》始于明崇祯四年(1631)，止于弘光元年(1645)；宗圣垣[③]的《雷州公日记》共六册，有清乾隆五十六年(1791)、五十七年、五十八年、六十年，嘉庆五年(1800)、十六年；李慈铭[④]的《越缦堂日记》始于清咸丰四年(1854)，止于光绪二十年(1894)，中间有间断；屠诵清[⑤]的《补读斋日记》始于清咸丰八年(1858)，止于同治十二年(1873)；平步青[⑥]的《栋山日记》始于清咸丰八年(1858)，止于光绪十二年(1886)年；鲁叔容[⑦]的《虎口日记》仅记清

---

① 陈庆均日记之第七十八本《时行轩日志》。

② 祁彪佳(1602—1645)，字虎子，又字幼文、弘吉，号世培，别号远山堂主人。明浙江山阴人。万历四十六年(1618)举人，天启二年(1622)进士。历任福建兴化府推官、福建道御史、河南道监察御史、右佥都御史。清顺治二年(1645)，清兵攻入杭州，渡江兵临绍兴，清廷以书币立聘。祁撰绝命书，自沉于寓园水池。明唐王追赠少保、兵部尚书，谥忠敏。清乾隆四十一年(1776)，谥忠惠。

③ 宗圣垣(1736—1815)，字价藩，一字芥藩，号芥帆。清浙江会稽人。乾隆三十九年(1774)举人。历官广东知县、雷州同知等职。著有《九曲山房诗钞》《雷州公日记》等。

④ 李慈铭，注见《日记》光绪二十五年十一月初一日。

⑤ 屠诵清，字仲芬。清浙江绍兴人。与李慈铭有交谊。

⑥ 平步青，注见《日记》光绪二十一年四月初二日。

⑦ 鲁叔容，号遁安子。清浙江绍兴人。

咸丰十一年(1851)九月至十二月;王继香[①]的《子献日记》始于清光绪二年(1876),止于光绪三十一年(1905);杜凤治[②]的《杜凤治日记》,含《望凫行馆宦粤日记》《绥江日记》《闲居日记》等,始于清同治五年(1866),止于光绪八年(1882);王诒寿[③]的《缦雅堂日记》始于清同治六年(1867),止于同治九年(1870);何澂[④]的《何竟山日记》,其中包括《曼陀罗室日记》《北游日记》,记事时间均为清同治年间;何寿章的《苏甘室日记》,始于清光绪十六年(1890),止于光绪三十年(1904);《蔡元培日记》始于清光绪二十年(1894),止于民国二十九年(1940),但实际记有日记的仅有 31 个年份,而且其间有的年份时断时续;《鲁迅日记》始于民国元年(1912),止于民国二十五年(1936)。陶存煦的《天放楼日记》,含《爱吾庐日记》《天放楼日记》《尊经阁日记》《病榻日记》,起于民国十三年(1924),止于民国二十二年(1933)其去世前一日[⑤]。沈均业[⑥]的《沈复庵日记》始于民国十七年(1928),止于民国三十九年(1950);沈锡庆[⑦]的《沈锡庆日记》起于民国二十年(1931),止于民国

---

① 王继香,注见《日记》光绪二十一年正月三十日。

② 杜凤治(1814—1883),字平叔,号后山。清浙江山阴人。曾官广宁、四会、南海等县知县,罗定州知州。

③ 王诒寿(1830—1881),字眉叔、眉子、笙月。清浙江山阴人。曾官浙江金华县学训导。著有《缦雅堂诗》《缦雅堂骈体文》等。

④ 何澂(1834—1888),字心伯,号竟山。清浙江山阴人。曾官浙江兰溪县学教谕、定海县学训导、永嘉县学教谕、福建浦城知县等职。著有《思古斋诗文集》《思古斋随笔》《汉碑篆额》《台湾杂录合刻》《楹联大成》等。

⑤ 陶存煦(1913—1933),乳名墨林,字闾孙,号天放。浙江绍兴人。江苏无锡国学专修学校第八届毕业生,先后师从国学名师唐文治、朱文熊、钱基博等人。毕生致力于浙东学术与目录考据之学。民国二十二年(1933)因病逝世。著有《天放楼日记》《姚海槎先生年谱》《章学诚学案》等。

⑥ 沈钧业,注见《日记》民国二十四年新历二月二十七日。

⑦ 沈锡庆(1885—1936),又名庆生,字虞生。绍兴东浦人。徐锡麟表侄,助徐办热诚学堂。留学日本早稻田大学习司法。辛亥革命后一直供职(注转下页)

二十四年(1935)……以上诸人日记,不但时间跨度不及《陈庆均日记》,记录的地方亦不如陈氏日记纯粹。陈氏足迹多限于越地,稍涉周边地区,如上海、杭州、南京,生活轨迹相对集中,可谓是一部绍兴近代史。但较遗憾的是,笔者尽力搜罗,现仅得35册,不及其所著日记之半数。

其二,日记全面记录了青藤书屋的来历、兴衰、保护等信息,而其本人对青藤书屋保护所做的努力记录尤详。

青藤书屋在徐渭之后,已多次易主。明崇祯初年,山阴进士金兰[①]据有此屋,改成学舍,传经授徒。崇祯末年,画家陈洪绶从枫桥迁居青藤书屋,写下了《青藤书屋示诸子》:

> 竹匝我书屋,藤蟠我佛屋。无酒索人饮,无书借人读。乱世无德人,无可邀天福。天或诱小喜,大灾从而速。老人微惧焉,前途得无促。佛法路茫茫,儒行身陆陆。酣身五十年,今日始知哭。[②]

陈洪绶之后,山阴才女王端淑偕其夫丁肇圣隐居青藤书屋:

> 王玉瑛,名端淑,山阴王季重次女也。适钱塘贡士丁肇圣,偕隐于徐文长之青藤书屋。善书画,长于花草,疏落苍秀,作诗文亦有高致。顺治时,尝欲援曹大家故事,延入禁中,教诸妃主,

---

(续上页注)于司法界,历任永嘉、吴县、上海地方法院院长及浙江、江苏、湖南等省高等法院审判推事。著有《民法总则讲义》《审判实务讲义》等。

① 金兰,字楚畹。明浙江山阴人。万历四十六年(1617)举人,天启五年(1625)进士。曾官应天府丞。

② 陈洪绶《宝纶堂集》卷四,清康熙三十年(1691)刻本。

玉瑛力辞，乃止。卒年八十余，著有《吟红集》。[①]

清康熙年间的书屋主人施胜吉亦是读书子弟，专门请董旸写了《青藤书屋记》[②]，并请黄宗羲等一大批文人学士前来游赏，黄宗羲作《青藤歌》以记其事：

序：文长曾自号青藤，青藤今在城隅处。

离奇轮囷岁月长，犹见当年读书意。忆昔元美主文盟，一捧珠盘同受记。七子五子广且续，不放他人一头地。踽踽穷巷一老生，崛强不肯从世议。破帽青衫拜孝陵，科名艺苑皆失位。叔考院本供排场（史槃字叔考，以院本行世），伯良《红闺》咏丽事（伯良名骥德，红闺诗和者甚众）。弟子亦可长黄池，不救师门之憔悴。岂知文章有定价，未及百年见真伪。光芒夜半惊鬼神，即无中郎岂肯坠。余尝山行入深谷，如此青藤亦累累。此藤苟不遇文长，篱落粪土谁人视。斯世乃忍弃文长，文长不忍一藤弃。吾友胜吉加护持，还见文章如昔比。[③]

清乾隆五十八年（1793），陈庆均六世叔祖陈遐龄（永年）购得青藤书屋，钱泳记其事：

乾隆癸丑岁，郡人陈永年翁购得之，翁之子侄如小岩、九岩、十峰、士岩辈皆名诸生，好风雅，始将天池修浚而重辟之，复求文长手书旧额悬诸坐上，即老莲所题诸景亦仍其旧，并请阮云台先

---

① 徐珂《清稗类钞》，第9册《艺术类·王玉瑛善书画》，中华书局，1986年。

② 李亨特、平恕、徐嵩《绍兴府志》，卷七十一《古迹志一·宅·青藤书屋》，清乾隆五十七年（1792）刻本。

③ 黄宗羲《南雷文定诗历》卷三，清咸丰三年（1853）刻本。

生作记，一时游者接踵，饮酒赋诗，殆无虚日。①

咸同年间遭劫后，青藤书屋诸胜景尚存者寥寥。光绪初年，陈庆均本生父陈惺“以子姓日繁，因与父及弟议居青藤书屋旧宅，借可补筑诸胜，免承先志”，“乃未待移居，玉楼先召”②。后来，陈庆均继承父志，抄录了陈永年所编纂的《青藤古意》，打算重刻。

《日记》光绪二十一年九月二十五日：晴。录《青藤古意》，午后统卷录毕。此书系吾家于嘉庆时重造青藤书屋各景后所刻，皆编集诸名人纪游题咏之作，搜罗甚博，亦韵事也。今其板片无存，印本亦尽。余抄录之，拟重刻也。况嘉道以后，诸名士纪游之作亦代有其人，亦当增集，以继先志。③

同时，亦思重新修葺青藤书屋。

《日记》光绪二十三年十一月十五日：晴。戏拓青藤书屋碑匾。天时甚短，一日之间，只拓得十纸。青藤书屋亦越中一名区，吾家既为地主，则修整防护，责无旁贷。乃自癸巳年住屋遭祝融以后，青藤书屋虽存而杂物堆积，只有蹧蹋之人而无整理之人。公共屋宇，辄有难言。每一观览，不胜其嗟叹者矣。④

民国六年(1917)新历九月二十九日，其兄陈庆基(申之)属土木匠改拆墙户等处。面对其兄如此对待此公共保守之屋，素以保存名

---

① 钱泳《履园丛话》卷二十《园林・青藤书屋》，清道光十八年(1838)刻本。

② 陈庆均日记之第十二本《时行轩日记》。

③ 陈庆均日记之第三本《时行轩为山人日记》。

④ 陈庆均日记之第四本《为山人日记》。

胜古迹为意的陈庆均见之不胜骇异，再加上其友人亦责备其不加干涉，于是，陈庆均于当日书信函规劝其兄陈庆基（申之）[①]。其内容录如下：

申之二哥著席：近日辄有友人质问，云尊处青藤书屋何意毁改，弟闻不能答及。昨看视青藤书屋，果见兄属土木匠已有数处折改。文长先生读书处，历载志乘。自有明以来四百年保存之名胜，主其地者咸能保守。我祖上自得此屋后，尤敬谨修复旧观，惟恐流传失实，更遍征贤士儒林题咏刻《青藤古意》一书，期垂永久。昔时朔望瞻拜，礼意遵隆，是为我家所公共保守之屋。今我族中宝斋兄以外，兄为年齿之长，举动行为，咸资表率。今兄自由折改，他日不拘兄弟子侄各欲自由折改，兄又何能阻之？此风岂忍由兹以开？民国虽不暇修文，且必重申命令以保存古迹为急务。弟年力渐衰，进德修业，希冀已罕，不能绍先人风雅，表彰名胜，时形惭悚。惟保存旧迹，窃愿与兄弟子侄共勉焉。率此奉渤，不识有当采择否，借叩箸祺不备。弟庆均上书。（《劝申之兄不再折改青藤书屋书》）[②]

笔者未能觅得陈氏全部日记，但从陈庆均写给陈庆基的七十寿诗可知，陈庆基当时应听从了陈庆均的劝说。诗《家申之兄七齡生日诗以祝之》[③]录如下：

青毡家世著鞭先，颐性杜门味道全。听雨漫惊双鬓改，忧时犹护一藤延。池边春草寻余梦，座右楹书拥旧编。寰宇纵无干

① 参见陈庆均日记之第三十二本《时行轩日志》。

② 陈庆均《时行轩尺牍》（乙卯年接）。

③ 陈庆均《为山庐诗稿》（第二本）。

净土,加餐宜祝古稀年。

我们今天能一睹青藤书屋风采,瞻仰先贤徐渭,陈庆均确实居功甚伟。

其三,日记记载了其本人与越中世家大族的关系及交往,特别详细记载了与中国近代第一个公共图书馆创始人徐树兰及“北大之父”蔡元培的交往。

徐树兰之妹“适同邑陈、诰授奉直大夫嘉庆戊辰恩科举人五品衔广东补用知县历任广东大洲电白场盐大使讳鸿逵公孙、议叙六品衔盐大使名堉庚公次子、议叙从九品名华林”[①]。陈鸿逵为陈庆均曾祖,陈堉庚为陈庆均祖父,陈华林为陈庆均之父,故其称徐树兰为舅舅。日记中多处记录了二人的往来,如《日记》光绪二十年正月初二日[②]、《日记》光绪二十二年六月十二日[③]、《日记》光绪二十四年闰三月二十七日[④]、《日记》光绪二十四年十一月十三日[⑤]、《日记》光绪二十六年四月十八日[⑥]。

大凡年节、婚丧等家族大事,陈庆均必去拜会徐树兰,或表达尊敬之意,或商酌家族及地方事务……这些史料,丰富了徐树兰作为一个藏书家之外的形象。

徐树兰最后的岁月,日记也做了详细的记载:

《日记》光绪二十八年三月二十一日:晴。上半日至水澄巷看

① 《徐树兰乡试朱卷》,清刻本。
② 陈庆均日记之第二本《时行轩为山人日记》。
③ 陈庆均日记之第三本《时行轩为山人日记》。
④ 陈庆均日记之第四本《为山人日记》。
⑤ 陈庆均日记之第五本《为山人日记》。
⑥ 陈庆均日记之第七本《时行轩日记》。

> 徐仲凡舅氏病，渠去冬由上海患腰瘤破痛之病，于今春正月旋绍，迄今尚未能起床，且形神渐减，今特往一谒。余至其房中坐谈片时，见其气色及一切形状甚属削弱，其自言亦恐无起色为虑，遂慰问数言而出。[①]
>
> 《日记》光绪二十八年五月初十日：不雨不晴。早晨起，闻徐仲凡舅氏业于夜半寿终，不胜叹恻。盖如舅氏胸有经纬，作事能干，方今绍属如此人才竟无多得，虽于地方公事悉已辞退，而桑梓依赖尚多。今以瘤溃，一病不起，所以不特其私家有倾失大树之悲，而梓邦亦从此少整顿之人矣。上午坐小舟至古贡院前徐宅仲凡舅氏灵前行礼毕，为渠家照看丧事及陪客等事，夜间统夜不寐，后半夜看仲凡舅氏大殓。从此盖棺论定，典型不可再见。每晤宾客讲谈，无不以舅氏之死为乡里惜也。盖棺行礼后，时已晓。[②]

这些日记，不仅完善了徐树兰的一生，也可补现有研究著述之阙，还有助于其年谱的编纂。

笔飞弄蔡氏和观巷陈氏到底是何关系，由于资料的缺乏，笔者不得而知。检蔡元培会试履历[③]，亦未发现陈氏与蔡氏有直接关系。但是，陈庆均曾到笔飞弄去拜年[④]，又称其为鹤卿兄[⑤]；陈父于光绪二十四年十月去世，陈庆均曾请蔡元培为其父书主行礼[⑥]。可见他们关系非同一般。《日记》民国五年新历十一月二十六日[⑦]、《日记》民国五年新历十一月二十七日[⑧]、《日记》民国五年新历十一月二十八

---

①② 陈庆均日记之第九本《时行轩日记》。

③ 顾廷龙《清代朱卷集成》，台北成文出版社出版，1992 年版，第 69 册。

④ 陈庆均日记之第三本《时行轩为山人日记》，清光绪二十二年正月初三日。

⑤ 陈庆均日记之第三十一本《时行轩日志》，民国五年新历十一月二十八日。

⑥ 陈庆均日记之第五本《为山人日记》，清光绪二十四年十月初七日。

⑦⑧ 陈庆均日记之第三十一本《时行轩日志》。

日[①]、《日记》民国五年新历十一月二十九日[②]、《日记》民国五年新历十二月五日[③]、《日记》民国八年新历十二月初五日[④]、《日记》民国九年新历元月十六日[⑤]都有二人交往的记录，或互通书信，或宴饮、或集会，且于民国五年新历十一月二十七日、二十九日题有两首诗记其事：

万里诉瞻旧雨回，倚装敬业绮筵开(以兄将有衢州之行)。食单快睹郇公议(鹤兄近却荤腥，以兄特令庖人另制蔬食)，秋色犹余陶令栽。花萼同编经世集，梓桑远贮济时才。十年惯耳欧(州)[洲]化，民智应看灌溉来。[⑥]

槎回遂远志，兴废叩乡情。海国虚前席(德人修全球史，曾聘鹤卿兄纂中史一席)，寒斋快举觥。采风期化俗，劝业为资生。(兄前日演说以实业为强国之本)留得斯文重，群才待养成。(闻中央拟延鹤兄为京师大学堂总理)[⑦]

此二诗亦录入其所著《为山庐诗稿》(第一本)，诗题分别为《徐以逊孝廉招陪蔡鹤卿谷卿两兄宴于宝丰植物园率成俚句》《越日蔡鹤卿兄来宴青藤书屋复纪一律》。

因《日记》的残缺，不能一窥二人交往全貌。后笔者又于陈庆均《为山庐诗稿》(第二本)中检得陈氏与蔡氏交往之诗，诗题分别为《重九后一日友人蔡鹤卿太史邀携三儿同坐汽车游万牲园并宴林亭深处日暮旋途复荷同车躬送寓庐感咏一律》《友人蔡孑民太史旋自都门宴集快阁薛君阆仙即席成诗依韵勉成》。陈庆均女儿在莘嫁漓渚张彭年，陈庆均还请蔡元培写书房联作为嫁妆，其事记于《乙亥嘉平十九

①②③⑥⑦ 陈庆均日记之第三十一本《时行轩日志》。

④⑤ 陈庆均日记之第三十七本《时行轩日志》。

日幼女在莘与张彭年结婚于杭州成诗四章》[1]其一，诗录如下：

> 向平愿遂慰心初，我感侵寻偃蹇余。虚抱遗编延岁月，聊耕残砚获菑畬。须知荆布艰罗绮，敢蹈纷华竞里闾。(掷)[郑]重添妆惟卷轴，为山庐画孑民书(妆奁力行简约，而自绘山水绢立幅及请蔡孑民老友为其撰书房联以添妆之)。

以上蔡元培与陈庆均的交往，系王世儒先生所编《蔡元培年谱新编》未见，为研究蔡元培在绍兴及上海的行迹提供了新的史料。

其四，比较翔实地记录了民国时期编修绍兴县志的过程，包括修志启动、方案制订、参与人员、具体运作等信息，有助于后世了解民国时期修志情况。关于民国绍兴县志编纂过程的来龙去脉，2012 年，绍兴图书馆在整理影印出版《民国绍兴县志资料》第一辑、第二辑时，根据修志时的各种会议记录、信札、账簿及相关史料，赵任飞、鲁先进专门撰写《民国绍兴县志修纂述略》一文，对修志工作进行了全面梳理。陈庆均作为民国绍兴县志修志委员会六常委之一，以自己的亲身经历记录的文字，还原了各种场景，如县长陈味荪催请修志；集议绍兴县修志委员会组织事；绍兴县修志委员会成立概况；借古贡院前图书馆为会所事；修志采访稿移交；刊印山、会旧志始末；去孤山浙江图书馆借阅文献[2]；释读古碑；收购碑拓、古砖；外出采访[3]；炮火中转移修志会资料；公推修志会常务主席[4]……在这些文字里，我们不仅可以触摸历史，还可以感受到民国绍兴闻人的家国情怀以及使命感。陈庆均写道："转思修志最关文献大典，余虽不文，极所愿闻之事。乃

---

① 陈庆均《为山庐诗稿》(第二本)。

② 见陈庆均日记之第七十二本《时行轩日志》。

③ 见陈庆均日记之第七十五本《时行轩日志》。

④ 见陈庆均日记之第七十八本《时行轩日志》。

坐车至县公署，在其书案室与闻修志。”[①]“上午至修志会治事，同人皆冒暑工作，可谓肯任义务也。”[②]“上午至修志会，同人议及原定修辑期间为两年，今虽至期而采访尚未遍及全县，人士又多未答补助之方；六常委从事两载，见闻浅鲜，各门类之编辑校证，非再加以时日恐难急就。天气渐暑，各常委拟将分认之门类在自己家中整理稿件，其有须共同讨论者，逢星期一、四日仍同至修志会集议进行。庶会中之经费减缩，而各常委依然继续义务之责任也。下午之四句钟时旋家。”[③]由此可见一斑。

另外，日记还比较详细记录了陈庆均参加科举考试的经历，内容涉及考官、考风、考场等；大量晚清民国医疗相关信息，如延请越地名医为陈氏一族诊病，请西医诊病及请金子英为其继妻李氏及儿媳接生，为了解晚清、民国越地中医及西医传入中国等情况提供一个窗口；详细记录了陈庆均与绍兴知府、山阴知县、会稽知县、绍兴知事、绍兴县长等交往细节，反映了一个时代的官绅社交。日记中还记录了绍兴祭禹、年节祭祖扫墓、看坟地、婚丧嫁娶等诸多习俗，保留了丰富的民俗资料。

其所阙日记内容，亦可从其书信集、诗集中窥见一斑。其书信多为其写给亲人纪堂四弟、申之兄、李氏内弟，也有写给当时越地闻人如陶冶公、薛炳、陶在铭、陶在宽、田孝颛、袁梦白等。其诗集中除有亲人、越地闻人外，还有当世名流，如蔡元培、樊增祥、瞿鸿禨、李生翁等。

---

① 见陈庆均日记之第七十二本《时行轩日志》，民国二十四年新历二月二十七日。

② 见陈庆均日记之第七十二本《时行轩日志》，民国二十四年新历七月十六日。

③ 见陈庆均日记之第七十八本《时行轩日志》，民国二十六年新历六月三十日。

总之,《陈庆均日记》其内容涉及晚清科举、民俗文化、家庭开支、地方教育、文人结社、姻亲关系、社会慈善、文物保护、官绅交往、辛亥之变、修志始末等,是了解这一时期浙江地区,特别是越中地方状况的难得史料,具有极高的史料价值、文献价值。惜笔者所经眼日记并非全璧,甚至连半璧亦未到。虽去档案馆检索、求助收藏家、联系陈氏后裔,但至笔者定稿,仍无他获。期后来者"上穷碧落下黄泉","升天入地求之遍",让陈氏之日记完璧面世。

我生长于相如故里,扎根于鲁迅梓乡,一直想为这方热土做些有意义的事而力有不逮。虽搜集、整理绍兴楹联与研读、爬梳《越缦堂日记》略有小获,但终因种种原因束之高阁。此次整理的陈氏日记能够顺利出版,承蒙国家社科基金重大项目"中国近代日记文献整理、叙录与研究"首席专家张剑教授不弃,凤凰出版社编辑张永堃在编校中匡我不逮,在此谨表谢意。在整理的过程中,也得到了厦门大学王依民先生、绍兴鲁迅纪念馆前馆长裘士雄、绍兴地方文史专家章惠忠、绍兴地方文史专家阮建根、绍兴地方文史专家孙伟良、吴越历史文书博物馆长申屠勇剑、绍兴图书馆古籍部唐微女史、东北师范大学梁超前博士、纺织收藏家朱新学等师友的帮助,在此一并表示谢意。也要感谢我的部分学生和家长,帮我录入日记初稿。最后,还要感谢我的夫人唐祎昕,倾力支持我做这项有意义的工作。全书由笔者最后定稿,囿于学识,整理舛误难免,敬请方家赐教!

附:陈庆均日记存世情况简介

《陈庆均日记》现藏于绍兴图书馆 34 本(为第二至第十五,第十九、第二十,第二十二至第三十二,第三十七、第三十八、第五十六、第六十一、第六十二、第七十二、第七十八);柯桥区档案馆 1 本(第七十五),均系未刊稿本。存世面目如下:

第二本:时行轩为山人日记　自署时癸巳中冬　钤印:艮仙(光绪十九年十一月二十六日起至光绪二十一年四月十七日止)

第三本:时行轩为山人日记　自署时乙未初夏　钤印:艮仙(光绪二十一年四月十八日起至光绪二十二年十月三十日止)

第四本:为山人日记　丙申冬日署　钤印:艮仙(光绪二十二年十一月初一日起至光绪二十四年四月初六日止)

第五本:为山人日记　戊戌初夏署　钤印:艮仙(光绪二十四年四月初七日起至光绪二十五年四月十日止)

第六本:时行轩日记　自署时己亥清和　钤印:艮仙(光绪二十五年四月十一日起至清光绪二十六年三月十二日止)

第七本:时行轩日记　自署时庚子季春　钤印:艮仙(清光绪二十六年三月十三日至光绪二十七年正月二十日止)

第八本:时行轩日记　自署时辛丑首春　钤印:艮仙(光绪二十七年正月二十一日起至光绪二十七年十一月十二日止)

第九本:时行轩日记　辛丑中冬自署　钤印:艮仙(光绪二十七年十一月十三日起至光绪二十八年八月初七日止)

第十本:时行轩日记　壬寅中秋自署　钤印:艮仙(光绪二十八年八月初八日起至光绪二十九年四月二十三日止)

第十一本:时行轩日记　癸卯首夏自署　钤印:艮仙(光绪二十九年四月二十四日起至光绪二十九年十一月二十九日止)

第十二本:时行轩日记　癸卯冬日自署　钤印:艮仙(光绪二十九年十二月初一日起至光绪三十年九月十一日止)

第十三本:时行轩日记　甲辰秋日自署(光绪三十年九月十二日起光绪三十一年六月二十日止)

第十四本:时行轩日记　乙巳夏日自题(光绪三十一年六月二十一日起至光绪三十一年十一月十八日止)

第十五本:时行轩日记　乙巳冬日自题(光绪三十一年十一月十九日起至光绪三十二年七月二十九日止)

第十九本:时行轩日记　戊申季夏自题　钤印:艮仙(光绪三十四年六月二十八日起至光绪三十四年十二月三十日止)

第二十本:时行轩日记　己酉元旦自题　钤印:艮仙(宣统元年正月初一日起至宣统元年九月初五日止)

第二十二本:时行轩日记　庚戌夏日自题(宣统二年四月二十六日起至宣统三年十二月三十日止)

第二十三本:时行轩日志　壬子春日自题(民国元年正月初一日起至民国元年九月三十日)

第二十四本:时行轩日志　壬子冬日自题(民国元年十月初一日起至民国二年五月二十九日止)

第二十五本:时行轩日志　癸丑夏日自题(民国二年六月初一日起至民国二年十二月三十日止)

第二十六本:时行轩日志　甲寅元日自题(民国三年正月初一日起至民国三年六月二十九日止)

第二十七本:时行轩日志　甲寅秋日自题(民国三年七月初一日起至民国四年正月二十七日止)

第二十八本:时行轩日志　乙卯春日自题(民国四年正月二十八日起至民国四年八月二十七日止)

第二十九本:时行轩日志　乙卯秋日自题(民国四年八月二十八日起至民国五年三月二十四日止)

第三十本:时行轩日志　丙辰春日自题(民国五年三月二十五日起至民国五年十月初三日止)

第三十一本:时行轩日志　丙辰冬日自题(民国五年十月初四日起至民国六年闰二月二十九日止)

第三十二本:时行轩日志　丁巳春日自题(民国六年三月初一日起至民国六年八月十四日止)

第三十七本:时行轩日志　己未夏日自题　钤印:艮(民国八年七月初一日起至民国八年十一月三十日止)

第三十八本:时行轩日志　己未冬日自题(民国八年十二月初一日起至民国九年四月二十五日止)

第五十六本:时行轩日志　丁卯夏日自题　钤印:艮仙(民国十六年七月初一日起至民国十六年十一月二十三日止)

第六十一本:时行轩日志　庚午元日自署(民国十九年正月初一日起至民国十九年闰六月十七日止)

第六十二本:时行轩日志　庚午闰夏自署　钤印:艮轩(封面有"是本以有长阔不称,另有依样之本用也")

第七十二本:时行轩日志　乙亥元月自署(民国二十四年正月十四日起至民国二十四年七月初七日止)

第七十五本:时行轩日志　丙子元旦自署(民国二十五年正月初一日起至民国二十五年五月二十九日止)

第七十八本:时行轩日志　丁丑仲夏自署　钤印:陈庆均(民国二十六年五月二十日起至民国二十六年十月十二日止)

凡 例

一、《陈庆均日记》，题为自拟。此次整理，以绍兴图书馆官网发布之日记稿本全文数字化打印件为底本，按年（农历）排定。《陈庆均日记》民国前后纪元行文略有差异，一律径改，然后在原年月日后加公元纪年，以圆括号“（ ）”括注其后。

二、原稿确定误字者，以圆括号“（ ）”括出误字后，继以方括号“[ ]”括出改字。

三、原稿有脱字者，以方括号“[ ]”括出所补字。

四、原稿不能辨认之字用“■”表示。

五、原稿中衍字用“（ ）”表示。

六、原稿中缺字，用“□”表示。

七、正文与脚注中的夹注以圆括号“（ ）”括出。正文中有些小字非夹注，或为补记，或限于篇幅故意写小，不括出。部分小字位置据文意略有调整。

八、通假字一律不改，需要辨义及其他特殊情形除外。

九、原稿中同一人名、同一地名有多种写法（音同、音似、方言音）者，由整理者在其首次出现处作注后，径改为一种写法。

十、整理者对日记所涉部分人物、地名、事件，作了力所能及的注释，并注明资料来源（未注明者，均据日记），以资读者查考。注释中的《日记》、日记均指陈庆均所写日记。

十一、末附《陈庆均年谱简编》及人物（字号、称谓）索引。

光绪十九年癸巳(1894)

十一月二十六日(1894.1.2)至十二月三十日(1894.2.5)

十一月二十六日(1894年1月2日) 天气阴晴。早晨至镇东阁前领龙山小课卷,又过大街买物而归。午膳后至常禧门外仓屋理租事。夜膳后归家,已二更矣。

二十七日(1月3日) 阴。看罗丹青[①]摹写余家祖宗传像。

二十八日(1月4日) 阴。上半日至开元弄屋游观。此屋规模未大,兼修理亦重,惟尚安静,仔细一游后回家。午后算理各账。

二十九日(1月5日) 雨。抄录分家书条款。又至大街买物,即归。

三十日(1月6日) 上半日阴,下半日晴。早膳后至常禧门外仓屋粜米及租事,夜餐后归家。

十二月初一日(1月7日) 晴。上半日至开元弄督工匠开修赎回之屋,稍备福礼祀神,开工后以便陆续可修,即归家。下半日至水澄巷徐仲凡舅氏[②]处谈,即归家。

---

① 罗柷甫,陈庆均以"丹青"代其名。生平待考。清末在绍兴城内仓桥石门槛绘画为生,屡为陈庆均绘祖像。

② 徐树兰(1838—1902),字仲佳,一作仲嘉,一字仲凡,号检盦。清浙江山阴人。光绪二年(1876)举人。曾官兵部郎中,后以母病归里,不再出仕,以诗书自娱,尤以购书、藏书为乐事,热心地方公益事业。捐资创办了绍郡中西学堂和古越藏书楼(近代中国第一个公共图书馆)。编有《古越藏书楼(注转下页)

初二日(1月8日) 晴。上半日至偏门外仓屋理租事，夜饭后同申兄[①]坐舟归家，又至大街买物，即归。

初三日(1月9日) 晴。黎明起盥沐毕，祀年神、祭祖。上半日看周景堂来写分书。周君目光已花，书字不能清明，遂属其息手。下午至偏门外照理租事，夜饭后归家。

初四日(1月10日) 晴。琐屑事。下午至姚宅一谈，即归。

初五日(1月11日) 晴。琐屑事。上半日大街买物，即归。午后琐事。

初六日(1月12日) 晴。上半日琐屑事。下午至西观桥王泽民[②]馆一谈后，王君同余至偏门外仓屋夜饭，仍同归。王君归馆，余归家。

(续上页注)章程》，延聘慈溪冯一梅重编《古越藏书楼书目》二十卷，在书籍编目史上具有创新意义。见赵任飞《绍兴图书馆馆藏古籍地方文献书目提要》。按：徐树兰乡试履历(《清代朱卷集成》册114)、《光绪丙子科顺天乡试同年齿录》均载其生于道光戊申年四月二十六日。《民国绍兴县志资料》(第一辑)册15《人物列传》载其光绪壬寅五月十日卒，年六十五。据此三者，定其生于道光十八年四月二十六日。《日记》光绪二十八年五月十日及《人物列传》均载其卒于光绪壬寅五月初十日。据徐树兰乡试履历，徐树兰之妹适同邑诰授奉直大夫嘉庆戊辰恩科举人五品衔广东补用知县历任广东大洲电白场盐大使陈鸿逵孙、议叙六品衔盐大使陈堉庚次子、议叙从九品陈华林。按：陈鸿逵为陈庆均曾祖，陈堉庚为陈庆均祖父，陈华林为陈庆均所后父，徐树兰之妹为其所后母，故其称徐树兰为舅。

① 陈庆基(1867—1942)，字申之。浙江绍兴人。附贡生，候选翰林院待诏。按：《日记》光绪三十二年五月十八日："午间属人洁治菜筵，请申之二哥、贾君、徐君、族宝斋及余同宴。盖申兄系十九日四十生日，特备杯酌言寿也。"据此逆推，其当生于同治六年五月十九日。据贾天昶《风雨人生路》，陈庆基卒于民国三十一年夏。

② 王泽民，日记一作陟民、陟岷。整理时统一为泽民。馆师。

初七日(1月13日) 阴。家大人[①]请姜纯卿[②]茂才来写分书。

初八日(1月14日) 阴。看姜纯卿茂才写分书。

初九日(1月15日) 阴。分书已写成,诸戚友来画花押,家大人及嫂余氏[③]、兄申之、弟纪堂[④]及予,又千崖族长、宝斋族兄花押亦同集一并画齐。从此各相平允成事,惟尚有琐事,亦同诸戚友议定。计分书两本:一为本生先大人[⑤],即先大父[⑥]取名曰"里房"也,又取名曰"雅"字。一为家大人,即先大父所取名曰"美房"也,又取名曰"颂"

---

① 陈英(1838—1898),一名锡蕃、华林,字芳畦。清浙江山阴人。乾隆丙辰科召试博学鸿慈陈无波五世孙。世居青藤书屋明徐文长山人旧宅。娶会稽赠一品封职徐庆湛长女,生五女,不生男。以兄惺第三子庆均为子。

② 姜聿修(1865—1910),字纯卿。清浙江会稽人。岁贡生、候选训导姜葆初之子,孝廉方正姜秉初之侄。生秉异质,幼蓄奇智。曾任绍兴府学堂监督。见姜锡恒《姜氏世谱》之《未集·郡城支世系》、《寅集·家传》之马斯臧《姜君纯卿传》;《光绪二十八年绍兴府学堂征信录》。

③ 余氏(1861—1908),清浙江会稽人。咸丰五年(1855)举人余恩照侄女,其三弟余恩荣之第四女。适山阴观巷太学生陈庆源(濬川)。见余坚、余蕃祚《会稽余氏支谱》卷九《第三十二世》。

④ 陈庆垓(?—1927),字纪堂。浙江绍兴人。曾任江苏吴县承审员、泰兴县知事等职。按:陈庆均《为山庐诗稿(第二本)》有诗《为女婿孙云裳撰挽纪堂四弟》。诗稿按年编次,此诗写于民国丁卯(1927),故其卒年暂作民国十六年(1927)。

⑤ 陈惺(1837—1877),初名钟,字辛畦。清浙江山阴人。乾隆丙辰科召试博学鸿词陈无波五世孙,嘉庆戊辰恩科举人拣选知县广东大洲场大使陈鸿逵孙,盐课司提举陈堉庚长子。娶曹淑人,为同邑赠五品封职曹朴堂女。生女二,幼殇。生子四人,长元濬,能文早世;次庆基,附贡生,候选翰林院待诏;三庆均,附贡生,候选中书科中书。均嗣弟英后。四庆垓,同知衔江苏候补知县。见《日记》光绪三十年八月初十日陈庆均所撰《敕授登仕郎诰封奉政大夫貤封中议大夫国子监生辛畦公节略》。

⑥ 陈堉庚(1810—1880),字颖生。陈庆均祖父。清浙江山阴人。见陈在钰录《越州陈氏世系考略》。

字。此两大分书也。又本生先大人名下分书三本：一为长嫂余氏，一为次兄申之，一为弟纪堂。盖先大父颖生府君既为本生先大人、家大人两股平分后，又为本生先大人名下子四人作四股平分，字号亩分皆详注分明。此先大父晚年用意之深，亦美备矣。先大父为本生先大人名下分取名曰乾、元、亨、利、贞，然则先大父注分此四股时，本生先大人已不在矣。取名曰"乾"者，为本生先考、妣[①]留起祭产也。曰"元"字者，即为长兄濬川[②]，今归长嫂余氏。曰"亨"者，即次兄申之也。曰"利"字，即为予也。曰"贞"字，即弟纪堂也。今予既为美房后，未可仍分得里房财产，故将"利"字之田亩财产悉归本生先大人名下，嫂余氏、次兄申之、弟纪堂派分各相平允。事毕时，已夜半矣，诸戚友各去。

初十日(1 月 16 日) 阴。上午姜纯卿茂才去。午算理诸账。下午至偏门外仓屋理租事，二更后归家。

十一日(1 月 17 日) 雨。上午同宝斋族兄至街办年下需用物件，归已午。午后算理各账。

---

① 曹氏(1832—1876)，陈庆均本生母，为同邑赠五品封职名曹名朴堂女。见《日记》光绪三十年八月初十日陈庆均所撰《敕授登仕郎诰封奉政大夫貤封中议大夫国子监生辛畦公节略》。按:《日记》光绪二十七年十二月二十三日:"晚间拜东厨司命神，又拜貤封淑人本生先慈曹太淑人七十冥寿，先于今晚恭备果品、祭菜暖寿。"据此逆推，其当生于道光十二年(1832)。《日记》光绪二十二年七月十三日:"晴。上半日理祭事等物。午祭本生先慈二十周年忌辰。追忆六龄抱痛，光阴荏苒，忽忽二十年。泉台隔绝，无地通音，有心者何堪设想哉。"陈庆均生于同治十年六月二十三日。据此二者推，其当卒于光绪二年(1876)。

② 陈庆源(？—1880)，一名元濬，字濬川。清浙江山阴人。能文早世。见余坚、余蕃祚《会稽余氏支谱》卷九《第三十二世》;《日记》光绪三十四年八月二十一日。按:《日记》光绪三十四年八月二十一日:"寅刻，先兄濬川嫂余氏寿终，年四十八岁。十九岁归先兄，次年就守寡。"据此逆推，陈庆源当卒于光绪六年(1880)。

十二日(1月18日) 阴。早餐后同申兄至偏门外仓屋料理租事，酉刻归家。

十三日(1月19日) 阴。上午至街买物，即归。

十四日(1月20日) 阴。上午算理琐屑各账，闲至开元弄屋游，即归。

十五日(1月21日) 雨。上午又至屋后开元弄屋游，阅视四围门壁，盖拟与前面所住之屋开通也。即归。

十六日(1月22日) 雨。卯初起，督工匠于开元弄楼后弄堂之壁开通，此处即前观巷老屋所火毁[①]之第二进楼屋后面也。虽两屋并不接连，而从此可以走得通也。即择于今日装立门宕，树门两扇，以便他日进住者如欲走通，即可于此处走；如不欲走通，即可将此处门关拒。

十七日(1月23日) 雨。上半日算理各账事，算对租簿。

十八日(1月24日) 雨。上半日至南街徐宅贺喜，又至田宅访外舅[②]病，即归。午后又至大街买物，即归。

---

① 陈庆均《为山庐悼亡百感录》记其事，有诗二首曰："祝融肆虐记同居，物具被焚尽荡除。夜色昏迷心绪乱，仓皇船寓一宵余。（癸巳之冬，同居有郁攸之惊，房屋、器具顷刻灰尽。事起仓皇，即雇篷船，全家女眷船寓一夜。）""晓来登岸到残庐，举目惟看灰尽余。勉抑悲情同慰藉，不将清泪洒当初。（遇灾之明日，家眷由舟登岸。一见房屋都成焦土，内人住屋即所有奁具荡焉泯焉。是时，内人见予心颇不悦，强制悲情，转相慰藉。）"

② 田润之(1820—1896)，字广生。清浙江山阴人。太学生，议叙州同衔，敕授儒林郎。见《田宝祺乡试朱卷》；田晋蕃乡试履历(《清代朱卷集成》册255)。按：《日记》光绪二十二年四月初十日："夜餐后，田宅忽使人来通知外舅气已将绝，予遂即至田宅。到亥时，予进视终竟，溘然长逝。"据此，其当卒于光绪二十二年(1896)。邱捷点注《杜凤治日记》(册10)光绪七年七月三十日："杏村之父行八，号润之，年六十二，即附张衡裕发财者也。"据此，其当生于嘉庆二十五年(1820)。《日记》光绪二十五年四月初三日："傍晚乘舟至戒珠禅寺为田外舅润之公暖八十阴寿，夜餐后谈许时归家，时已十一下钟矣。"据此逆推，其亦生于嘉庆二十五年(1820)。

十九日(1月25日) 雨。家事琐屑。

二十日(1月26日) 雨。卯初起,理临产饮食、汤药等事。辰时,内子[①]生一女儿[②],生后大小人皆好。女儿[③]八字:癸巳、乙丑、戊辰、丙辰。

二十一日(1月27日) 下雪,平地雪积三寸。琐事。

二十二日(1月28日) 雪。上午至街买物,又至水澄巷罗柷甫丹青处,属其所画余家祖像即速将衣服、冠带写就,以便年下可用。予稍坐一刻,即归家。雪花骤紧,时已申刻矣。

二十三日(1月29日) 雪。琐屑事。

二十四日(1月30日) 阴。丁君竹庭来谈,即去。午祭本生先慈诞辰。下午琐屑事。

二十五日(1月31日) 晴。理账。

二十六日(2月1日) 晴。理家务琐屑。

二十七日(2月2日) 晴。看工匠于新楼屋面前侧屋西首造灶一乘。下午曹康臣[④]舅氏来说事,为弟纪堂同嫂余氏房屋大起争闹。

---

① 田晋凤(1870—1910),清浙江山阴人。通奉大夫田润之先生讳广生女,内阁中书田晋蕃、五品衔候选训导田晋芬、四品衔封职田晋康、中书科中书衔候选训导田晋铭妹。其童年时曾同兄及侄就蔡元培六叔蔡茗山孝廉读。见陈庆均《田夫人感悼录》《为山庐悼亡百感录》。

② 陈庆均《为山庐悼亡百感录》记其事,有诗曰:"数椽风雨暂安躯,添得呱呱掌上珠。天气严寒兼岁晚,半丝半缕费踟蹰。(是年遇祝融祸,后幸尚有旁屋可以暂避风雨,然逼仄异常。季冬下旬,内人得生一女。是时日用器具一贫如洗,天寒岁晚,襁褓衣食,皆内人只手筹制。)"

③ 陈在菀(1894—?),小名昭。陈庆均之女。见此日日记。按:其生于光绪十九年十二月二十日,公历为1894年1月26日。

④ 曹康臣(1845—1900),陈庆均之舅。按:《日记》光绪二十年五月二十七日:"雨。上午至水沟营曹康臣舅氏拜寿,舅五十寿辰也。午膳后听平调,申刻归家。"据此,其当生于清道光二十五年(1845)。《日记》光绪二十六年正月二十九日:"下午,忽惊闻曹康臣母舅已于前日午时逝也,实为嗟悼。(注转下页)

夜,又余敢臣[①]大令、余和甫[③]上舍来说事,亦为纪堂同嫂余氏争屋事。年事匆匆,何苦争闹如此,此亦人心之太促也。

二十八日(2月3日) 晴。算还各店诸账。

二十九日(2月4日) 阴。算付各账。

三十日(2月5日) 阴。理值各事。下午至大街买物,即归家。夜又至仓桥,为祖像尚有几幅未装就,特自往催取,即归家。祭列位祖宗像。今年除夕屋宇既已改样,祭祀亦轮当年,殊有风气悬殊之叹。

(续上页注)舅氏享年五十六岁,古道照人,不染晚近浮习,乡里咸为推重,乃不可少之老成也。”据此,其当卒于光绪二十六年(1900)。

① 余之桢(1847—?),字干臣,一作敢臣,号哲夫,改名官濬。清浙江会稽人。余恩照长子。诰授朝议大夫,会稽学廪生,花翎运同衔加四级,江西即补知县,署理建昌县知县。见余坚、余蕃祚《会稽余氏支谱》卷九《第三十三世》。

② 余之祥(1873—?),字致和,号和夫,一作和甫,改名祥寿。清浙江会稽人。余恩荣长子。诰授奉政大夫,国子监生,赏戴花翎五品顶戴。见余坚、余蕃祚《会稽余氏支谱》卷九《第三十三世》。

光绪二十年甲午(1894)

正月初一日(1894.2.6)至十二月三十日(1895.1.25)

正月初一日(1894年2月6日) 天气晴好。早晨起盥沐毕，礼天地神、礼祖宗毕，闲游。午前至狮子街曹康臣舅氏处拜年，即归家。下午理账事。

初二日(2月7日) 雨。上半日出门乘舆至西郭徐谷芳[①]舅氏处拜年，又至徐福钦[②]舅氏处拜年，又至水澄巷徐仲凡舅氏处拜年，又至后观巷田润之外舅处拜年。午又拜忌辰，在田宅午膳后归家。

---

① 徐兆兰(1842—1904)，字谷芳，日记一作谷方、国方，整理时统一为谷芳。清浙江山阴人。国子监生，花翎知府衔，江苏试用同知。见《徐维则乡试朱卷》《浙江绍兴栖凫东海堂徐氏家谱》。按：家谱无生年。家谱载其卒于宣统二年(1910)。《日记》光绪三十年四月初七日："晴。天气郁热，寒暑表升至二十八九度。下午更热，乍有阵雨。晚间坐舆至西郭吊徐谷芳舅氏殓，行礼后稍坐片时，即坐舆旋家。"据此，其当卒于光绪三十年(1904)。此据《日记》。邱捷点注《杜凤治日记》(册10)光绪六年十二月初四日："徐谷芳新舅爷来回拜，见之，询年三十九岁，人极体面冠冕，蓝顶花翎，不知其所捐何官，谈吐亦颇雅饰，久之方去。"据此逆推，其当生于道光二十二年(1842)。

② 徐嘏兰(1846—1917)，字福钦，日记一作馥青、复青、福卿，号纯斋。整理时其字统一为福钦。浙江绍兴人。国子监生。花翎四品衔，分部郎中。雅好藏书，有书楼名"十四经楼"。见《徐维则乡试朱卷》《浙江绍兴栖凫东海堂徐氏家谱》。按：家谱无生卒。《日记》光绪二十一年八月二十六日："晴。上午至南街张宅拜徐福钦舅氏五十寿，在张宅演剧称觞，诸戚友所送也。"据此，其当生于道光二十六年(1846)。《日记》民国六年六月十七日："上半日坐舆至大路徐宅吊福钦先生首七，兼为其家陪客半日。"据此，其当卒于民国六年(1917)。

初三日(2月8日)　阴。上午酬应来拜年客。下午乘舆至南街徐洵芳[①]舅处拜年;又至覆盆桥[②]凌宅拜年,系先大母[③]母家也。此外诸戚友皆分名片而不亲到也。

初四日(2月9日)　晴。上午酬应来拜年客。下午雨。

初五日(2月10日)　雨。上午酬应来拜年客。下午理账。

初六日(2月11日)　雨。早餐后雇小舟至张墅[④]蒋宅拜年,过午后申刻归家。

初七日(2月12日)　晴。上半日收拾物件琐屑事。

初八日(2月13日)　雨。上半日至徐山姜姑太太[⑤]处拜年,午后归家。

初九日(2月14日)　晴。琐屑事。

初十日(2月15日)　阴。至谢墅拜三代祖宗墓,事毕归家,时申刻。

十一日(2月16日)　雨,上午晴。午刻至街买物,即归。

十二日(2月17日)　晴,天气春暖。

---

① 徐征兰(? —1896),字洵芳,日记一作洵方,整理时统一为洵芳。清浙江山阴人。国子监生,盐运同衔,福建试用同知。见《徐维则乡试朱卷》《浙江绍兴栖凫东海堂徐氏家谱》。按:家谱无生卒。《日记》光绪二十二年三月初六日:“雨。上午乘舆至南街吊徐洵芳舅氏,事毕稍坐片时,即归。”据此,其当卒于清光绪二十二年(1896)。

② 覆盆桥,日记一作福朋桥、福问桥、福彭桥,整理时统一为覆盆桥。因朱买臣马前泼水而得名。20世纪90年代末因马路扩建而拆除,只留下桥的一侧。

③ 凌氏(1811—1844),陈颖生之妻。清浙江山阴人。见陈在钰录《越州陈氏世系考略》。

④ 张墅,日记一作樟墅,整理时统一为张墅。旧时曾名樟树、樟墅、张墅、张市,即今绍兴市越城区灵芝街道张市村。现已整村拆迁。地域即今绍兴地铁一号线张墅站附近。

⑤ 陈氏,孝廉方正姜仲白之妻,生一子书升(恒甫)。见姜锡恒《姜氏世谱》之《未集·郡城支世系》。

十三日(2月18日)　晴,天气春暖。至街一走,即归。

十四日(2月19日)　晴,天气春暖。

十五日(2月20日)　阴。上半日琐屑事。下半日至后观巷田宅为润之外舅之曾孙完姻。夜宿于田宅,同张春宇①大令、陈荣伯②孝廉、鲍星如③大令及内兄蘅仙④广文谈至夜半,稍睡片时即起,看田俨曾⑤花烛毕,时已鸡声报晓矣。

十六日(2月21日)　在田宅同诸客谈。午间道喜。午饮后本

---

①　张庆熙(?—1897),字春宇。清浙江会稽人。曾官山东沂水县知县。清光绪二十八年(1902)举人张采薇从堂伯。见张采薇乡试履历(《清代朱卷集成》册294)。《日记》光绪二十三年九月二十六日:"雨。至永乐村吊张春宇大令首七,同舟姚慎生茂才也,晚间归。"据此,其当卒于清光绪二十三年(1897)。

②　陈彬华(1852—?),字荣伯,日记一作庸伯、容伯、容百,号秋丞。整理时其字统一为荣伯。清浙江会稽人。光绪二年(1876)举人。见陈彬华乡试履历(《清代朱卷集成》册266)。

③　鲍增彦(1856—?),原名联,字士俩,号星如,日记一作洵如、新如、心如。整理时其号统一为星如。清浙江山阴人。同治十三年(1874)进士鲍临之子。光绪十一年(1885)拔贡。见鲍增彦拔贡履历(《清代朱卷集成》册399)。

④　田晋芬(1839—1898),字蘅仙。清浙江山阴人。按:据田晋蕃乡试履历(《清代朱卷集成》册255),其胞弟依次为晋芬(邑庠生)、晋康(早世)、晋谦(业儒)、晋芳(幼)。据《田宝祺朱卷》,其胞叔依次为晋芬(附贡生),晋康、晋谦(俱业儒早逝),晋铭(国子监生)。故蘅仙即田晋芬。《日记》光绪二十三年十二月十四日:"阴晴。上昼写租事账。下昼琐事。旁晚忽田宅报蘅仙内兄逝世信至,闻之恻然,遂即至田宅吊问,坐许时归。蘅兄享年五十九岁,子孙七八人。"据此,其当卒于光绪二十三年四二月十四日,公历为1898年1月6日。生于清道光十九年(1839)。

⑤　田俨曾(1878—?),字孝颛,日记一作肖颛,整理时统一为孝颛。清浙江山阴人。光绪十四年(1888)举人田宝祺之子。客死九江。见李文紈《梦楠纽诗存》之《恸田孝颛俨曾秀才客死九江》;《田宝祺乡试朱卷》。按:《日记》民国六年正月十一日:"晴。盰间,田孝颛令朗伯企来邀宴,即同至其家宴。今日孝颛四十生日。"据此,其当生于光绪四年(1878)。

拟归家,后被主人坚留。夜餐后同诸客戏谈。

十七日(2月22日)　晴。早晨起,田宅主人及诸客尚未起,余属其仆人转告,即行归家。盖恐主人一起,又被留驻也。

十八日(2月23日)　阴,微雨。午祭祖像毕,收卷像幅及一切事。

十九日(2月24日)　晴。早晨收拾房间琐事。

二十日(2月25日)　晴。琐事。下午至街买物,即归。

二十一日(2月26日)　雨。琐屑事。

二十二日(2月27日)　晴。女儿初剃头发,理值一切琐事。午拜先伯祖祭。

二十三日(2月28日)　阴雨。琐事。

二十四日(3月1日)　雨。琐事。

二十五日(3月2日)　雨。督木匠修理廊屋。上午蒋翰仙①茂才来,过午去。夜雷声辗转。

二十六日(3月3日)　雨。乘舟至石旗井头山拜高祖②墓,风雨绸缪,殊觉率略。事毕,乘舟归家,已傍晚矣。夜,雪子大降。

二十七日(3月4日)　微雪。上午至街,即归。

二十八日(3月5日)　雪花大如掌。早晨起理分家祀神事。午间祀神、祭祖兼酬应来贺喜客,午饮后客去。雪花甚大。人事纷繁,殊须心力。今日各自起爨。

二十九日(3月6日)　雨。收拾一切事。

---

① 蒋翰仙(？—1895),清浙江山阴张墅人。陈庆均姊婿。《日记》光绪二十年六月二十二日:“蒋翰仙姊婿于前日酉时已逝世。”据此,其当卒于光绪二十年(1895)。

② 陈延龄(1746—1793),又名永祥,又名泰,又名永泰,号岳年。清浙江山阴人。见陈在钰录《越州陈氏世系考略》。

二月初一日(3月7日) 雨。上半日理祭祀事。午间拜先大母讳辰。午后琐事。

初二日(3月8日) 雨。上半日至街买物,即归。近日雨水太多,闻乡村人家皆有水浸入屋。

初三日(3月9日) 雨。午祭本生先大人诞辰。予以去年分家时,同弟纪堂龃龉。纪堂心浮气(噪)[躁],有背人理之言。予遂定此后遇本生父母诞忌辰,当自己薄立祭事,于渠处值祭,不去与闻同拜也。从此兄弟略有痕迹,甚为可叹。下午,蒋翰仙茂才同陈雅斋来谈,片时即去。

初四日(3月10日) 晴。早餐后拜天池先生[①]诞辰毕,至水澄巷徐宅谢步,又至司狱司前胡宅谢步,又至后观巷田宅谢步,即归家。

初五日(3月11日) 晴。家务事。

初六日(3月12日) 晴。琐事。下半日至大街买物,即归。

初七日(3月13日) 晴。

初八日(3月14日) 雨。

初九日(3月15日) 晴。

初十日(3月16日) 晴。上半日,徐培之[②]舅氏来谈,即去;又蒋翰仙茂才来,过午去。

---

① 徐渭(1521—1593),初字文清,后改字文长,号青藤老人、青藤道人、天池生、天池山人、天池渔隐等。明浙江山阴人。文学家、书画家、戏曲家、军事家。与解缙、杨慎并称"明代三才子"。著有《四声猿》《南词叙录》《徐文长文集》等。见徐渭《一支堂稿》卷首袁宏道《徐文长传》。

② 徐友兰(1843—1905),谱讳栽兰,原讳树蔆,字兑父,号叔佩,日记一作菽佩、菽沛、菽蓓、叔倍,又号培之,又作佩之,晚号泽吟。整理时其号统作叔佩、培之。清浙江山阴人。藏书家徐树兰胞弟,出嗣胞叔立瑜为后。同罗振玉、朱祖荣等创办上海务农会和《农学报》。喜藏书和金石书画的购藏,藏书楼有"铸学斋"、"述史楼"、"八杉斋"、"融经馆",先后积藏达10万余卷。著有《述史楼语古录》《群书拾补识语》。见徐维则《先考培之府君年谱》。

十一日(3月17日)　阴,下午晴。至王泽民处一谈,同至街一游,即各归家。

十二日(3月18日)　晴。上午至清道桥一游,即归。上午鲍宅来请亦小姐[①]八字。

十三日(3月19日)　晴。上半日看石匠铺后面开元弄屋楼后弄堂井。下半日罗柷甫丹青来谈,同其至街一游,即归。

十四日(3月20日)　晴。琐事。称晒好饭谷,督工上仓。午祭春分祖宗。午后王君泽民来,同至街一游,即归,王君坐许时亦去。

十五日(3月21日)　晴,下午雨。看石匠铺开元弄屋楼后路。

十六日(3月22日)　雨。琐事。午祭先大父诞辰。

十七日(3月23日)　阴。辰刻成奶奶去世,士岩[②]曾叔祖孙妇也,无子女,今以千崖再堂伯之子名锦为其后。督工人收拾西首厅屋,以便其丧事也。

十八日(3月24日)　晴。琐事。夜至成奶奶灵前一拜,即送殓也。

十九日(3月25日)　晴。

二十日(3月26日)　晴。为蒋姑奶奶绘折扇一张。

二十一日(3月27日)　晴。上午至南街谢葵贻司马处谈赎屋事,即归。下午至水澄巷徐仲凡舅氏处谈话,即归。

---

① 陈亦妹(1875—1896),清浙江山阴人。陈庆均之妹。适会稽高车头鲍厚芗之子鲍德嶅,貤赠恭人。见鲍德福《鲍氏五思堂宗谱稿》卷三《尚志公派第六世》。按:《日记》光绪二十年十一月十三日:"晴。上午为亦妹祀神,其二十生辰也。巳刻至街一走,即归家。"据此逆推,其当生于光绪元年(1875);《鲍氏五思堂宗谱稿》亦载其生于光绪元年十一月十三日。《日记》光绪二十二年八月二十八日:"不料至巳刻来报,四姑奶奶竟忽去世,令人惨不忍闻,殊觉悲泪无已。"《鲍氏五思堂宗谱稿》亦载其卒于光绪二十二年八月二十八日。

② 陈士岩(1782—1834),陈庆均曾叔祖。见陈在钰录《越州陈氏世系考略》。

二十(一)[二]日(3月28日) 晴。上午为内子绘扇一张。午后琐事。夜又篆书折扇。

二十三日(3月29日) 晴。上午至开元弄屋点交单,付赎屋价,收归典契,颇费唇舌。余沽值推算门窗,殊不精明,此乃胸无成竹故也。事后细阅,觉有吃亏。凡一事一言,须心中踌躇方可,后宜力矫其弊。

二十四日(3月30日) 晴。至栖凫[①]拜扫祖坟,事毕归家,已夜。

二十五日(3月31日) 晴。至盛塘拜扫祖坟,事毕归家,未时。又至南街谢葵贻司马处赎屋事,谈许时归;又至渠处立合同议单,夜餐后归家。

二十六日(4月1日) 晴。中灶拜扫祖坟,事毕归家,时尚未晚。

二十七日(4月2日) 晴。至柏舍拜扫祖坟,事毕归家,时未刻。

二十八日(4月3日) 晴。至大街事,即归。

二十九日(4月4日) 晴。至谢墅新貌山[②]拜扫三代祖宗坟,事毕归家,未晚。

三十日(4月5日) 雨。至盛塘上徐宅客坟,事毕归家,未晚。其山路甚远,有雨,甚属不便也。

三月初一日(4月6日) 阴雨。上半日看裁衣服。午后田蓝陬[③]茂才来谈,晚间去。

---

① 栖凫,日记一作西凫、西巫,整理时统一为栖凫。即今绍兴市越城区鉴湖街道栖凫村。现已拆迁,仅留部分古建筑。

② 新貌山,日记一作新毛山、新猫山、新描山、新茅山,整理时统一为新貌山。在今绍兴市越城区鉴湖街道谢墅村。今名西毛山。

③ 田晋铭(1866—1936),字蓝陬,日记一作兰陬,整理时统一为蓝陬。浙江绍兴人。诗巢壬社社员。清同治六年(1867)举人田晋蕃之弟。附贡生。入赀为候选训导,加中书科中书衔。民国时江西省省长戚扬曾为其作五十八(注转下页)

初二日(4月7日)　晴。至石旗拜扫高祖墓,事毕下山。又至外王拜永年[1]高叔祖墓,事毕归家,已日暮矣。

初三日(4月8日)　雨。琐事。

初四日(4月9日)　阴,雾。

初五日(4月10日)　雨。至田宅坐舟至上谢墅拜客坟。天雨纷如,沾垢衣服,归家已天暮矣。

初六日(4月11日)　阴雨。早餐后至田宅坐舟至成湾[2]拜客坟,事毕归家,申刻也。

初七日(4月12日)　阴,下午晴。理对租簿。

初八日(4月13日)　晴。琐事。

初九日(4月14日)　晴。琐事。

初十日(4月15日)　晴。上午至大街一走,即归。下午督工匠修理房屋等事。

十一日(4月16日)　晴。琐事。因循度日。

十二日(4月17日)　晴,午前乍雨。琐事因循。

十三日(4月18日)　晴。抄录完国课账事。

十四日(4月19日)　晴。上午,丁君竹庭来谈风水事,午后去。

十五日(4月20日)　阴,微雨。琐事。

十六日(4月21日)　阴雨。琐事。阅李少荃[3]爵相七十赐寿

(续上页注)岁时《寿序》。见《民国绍兴县志资料》(第二辑);《诗巢壬社社友录》。

① 陈遐龄(1746—1820),又名永昌,又改名昌,字永年,一作泳年,号尚古主人。清浙江山阴人。编有《青藤古意》。见陈在钰录《越州陈氏世系考略》。

② 成湾,即澄湾。日记中“成湾”据《民国绍兴县志资料》(第一辑)统一为“澄湾”,位于今绍兴市柯桥区柯岩街道最东北部,东与越城区东浦街道的清水闸村相毗邻。

③ 李鸿章(1823—1901),派名章铜,字渐甫,一字子黻,号少荃,晚年自号仪叟,别号省心。清安徽合肥人。道光二十三年(1843)优贡,二十四年举人,二十七年进士。曾官翰林院编修、江苏巡抚、两江总督、湖广总督、直隶(注转下页)

图，书甚大观，所有朝贵无不撰送屏联，可谓极一时之盛也。

十七日(4月22日)　雨。

十八日(4月23日)　雨。

十九日(4月24日)　雨。

二十日(4月25日)　雨。抄写完国课账事。

二十一日(4月26日)　晴。琐事。午拜成奶奶五七。午后督铜匠钉琐屑物件。

二十二日(4月27日)　晴。阅李少荃相国寿序书。

二十三日(4月28日)　晴。上午至大街一走；又至镇东阁前领旧年小课订卷，并抄题目，即归，至家已下午矣。

二十四日(4月29日)　晴。看修开元弄屋。

二十五日(4月30日)　雨。

二十六日(5月1日)　阴雨。作赋。

二十七日(5月2日)　晴。作龙山小课《阳春有脚赋》，并作《百花香里看春耕》八韵诗。

二十八日(5月3日)　晴。上半日誊写书院卷。

二十九日(5月4日)　晴。稍染风寒，头痛异常。午后收拾房屋琐事。

四月初一日(5月5日)　晴。风寒头痛，坐卧因循。

初二日(5月6日)　晴。头痛已愈。午后至街一走，即归。

(续上页注)总督、四川总督、两广总督等职。著有《小沧浪亭诗赋钞》。见李国松《合肥李氏宗谱》卷七《君辅公五房汉申公支下士俊公世系表》；卷十五吴汝纶《清故太子太傅肃毅伯文华殿大学士直隶总督晋太傅一等侯李文忠公神道碑》、吴汝纶《清故太子太傅肃毅伯文华殿大学士直隶总督晋太傅一等侯李文忠公墓志铭》。

初三日(5月7日)　晴。巳刻拜曾大母[①]忌辰后,又至水澄巷徐宅拜三周年,午餐后归家。

初四日(5月8日)　晴。上午至邻姚宅一谈,又至大街一谈,即归。

初五日(5月9日)　晴。上午琐事。午后收拾书籍。夜,成奶奶灵柩出殡,余兄弟皆至灵前一拜。

初六日(5月10日)　阴,下午雨。算理账。

初七日(5月11日)　阴。窦疆[②]鲍宅发盘[③]来道日,理值一切琐事。半下午雨。

初八日(5月12日)　雨。搜理书籍。下午为莫衡斋[④]绘扇面一张。

初九日(5月13日)　阴雨。上午至后观巷田宅陪媒人,田杏村[⑤]舍人之女许于霞齐徐宅也。媒人董镜吾[⑥]司马、俞麓樵上舍二

---

① 魏氏(1777—1837),陈庆均曾祖母。见陈在钰录《越州陈氏世系考略》。

② 窦疆,日记一作窦强、豆将、豆疆、窦浆,整理时统一为窦疆。俗亦作豆姜,曾有豆姜乡,后并入马山镇,地域即今绍兴市越城区马山街道。

③ 发盘:按越地婚嫁习俗,发头盘是男方送给女方的身价钱,发二盘是男方给女方的嫁妆钱,发三盘是男方给女方出嫁时的酒水钱。

④ 莫亨中(1865—1898),改名树琪,字衡斋。清浙江会稽人。见莫寿恒《绍兴莫氏家谱》卷四《万全公支》。

⑤ 田晋蕃(1845—1903),字馥舆,号杏村。清浙江山阴人。同治六年(1867)举人。曾官内阁中书。著有《田晋蕃医书七种》,其子目为《内经类纂》《内经素问校证》《医稗》《名家杂钞》《田晋蕃日记》《中西医辨》《慎疾格言》。见田晋蕃乡试履历(《清代朱卷集成》册255);《同治丁卯科并补行甲子科浙江乡试同年齿录》。按:乡试履历及同年齿录均载其生于道光乙巳年正月初三日。《日记》光绪二十九年七月初二日:"黎明即起,遣人至后观巷问田杏村舍人,卯刻弃世矣。"据此,其当卒于光绪二十九年(1903)。

⑥ 董金鉴(1859—?),字镜吾,一字竟吾、景湖、偶仁,号肖篑,别号小舜江渔隐。清浙江会稽人。先世以善贾起家。金鉴曾捐助蒋镇育婴堂经(注转下页)

人，陪饮余同鲍星如也，申刻归家。

初十日（5月14日）　阴晴天气，云雾霉湿。抄祖宗行传。

十一日（5月15日）　雨。录祖宗行传。

十二日（5月16日）　阴。录祖宗行传。

十三日（5月17日）　阴，微雨。终日因循，家事艰难，颇萦心虑。

十四日（5月18日）　阴雨。琐事。

十五日（5月19日）　晴。督匠泥在开元弄屋起灶。午后督锡匠做锡器，锡匠偷兑之弊甚多，必须时时督看。

十六日（5月20日）　晴。上半日琐事。下半日田蓝陬茂才来谈许时去。午后闻蒋姑奶奶生一男。

十七日（5月21日）　早雨，乍雨乍晴。抄录祭簿。

十八日（5月22日）　晴。终日因循。少年光阴，长此懒废，甚为自叹。

十九日（5月23日）　晴。家务琐屑事。

二十日（5月24日）　晴。闻田润之外舅病重，内子、女儿往访①。傍晚至街一走，即归家。

二十一日（5月25日）　晴。早餐后至田宅访润之外舅病，见其神色尚润，惟言语不甚清楚也。巳刻即归家。午后至街一走，即归。

二十二日（5月26日）　晴。上午又至田宅问外舅病，即归。午后督工匠修理屋。徐以逊②舍人来，晚去。

（续上页注）费，重建上虞蒋家桥路亭、嵊县上登岸路亭，以便行旅，立义庄、义田以赡族人。暇日喜刻书，所刻有《董氏丛书》、据仁和胡氏本翻刻《琳琅秘室丛书》等。著有《吴太夫人年谱》。见董渭《渔渡董氏务本堂支谱》。

①　陈庆均《为山庐悼亡百感录》有诗盛赞其内子田夫人，诗曰："衰翁三载困沉疴，深虑精神渐折磨。侍养未能亲已老，莲舆旬日必经过。（外舅润之先生卧病三年，形神日就萎顿。内人感老亲之衰迈，旬日之间必一归省也。）"

②　徐维则（1866—1922），字仲咫，号以逊，日记一作贻逊、以森、诒逊、诒孙、贻荪、以荪，小名演郎，小字印僧。以号行。整理时其号统一为以逊。（注转下页）

二十三日(5月27日) 晴。上午至邻姚宅谈,许时即归。下午为风寒所缠,头痛卧床。

二十四日(5月28日) 阴雨。琐屑事。午拜太姑母黄门姑太太忌辰。

二十五日(5月29日) 雨,下午晴。督工匠修理屋。

二十六日(5月30日) 雨。终日因循,惟有感于天下之为言为行,必须再四踌躇,然后言之行之,庶几免于尤悔,不然则无事不可得咎。

二十七日(5月31日) 雨。心绪无聊,终日游览因循。

二十八日(6月1日) 阴晴,天气霉湿。游览因循。为人度量须大,待人不妨宽,责己必当严。余生平一无学问,惟廉介两字,时欲讲究。盖财物为身外之物,但当以义是取,非义者拒之。如能安分守己,门庭雍睦,何在非人生乐事哉!今余家自分家后,尚有劫余琐屑之物,各房颇有多方浸夺为得计。吁!如此局量,实堪鄙笑。

二十九日(6月2日) 晴。早餐后至田[宅]询外舅病,略谈数言即出,至街一走,即归。午后收拾时行轩房屋。

三十日(6月3日) 晴。琐屑事。夜算理各账。

五月初一日(6月4日) 晴,夜雨。上半日看工匠修理屋。夜算理节账。

初二日(6月5日) 晴,乍雨。琐事。

初三日(6月6日) 晴。上午至街钱庄一谈,即归。算理各账。

(续上页注)浙江绍兴人。清光绪十五年(1889)举人。自幼笃学好古,其学问渊博,治金石目录诸学及碑帖、古玩等,收藏颇丰。著有《东西学书录》《石墨庵碎锦》《述史楼书目》《先考培之府君年谱》等。见《徐维则乡试朱卷》、裘士雄《鲁海拾贝》。按:《日记》民国四年六月二十四日:"晚上至司狱司前胡梅森先生家公宴徐以逊五十寿,夜间乘凉,谈话竟夜。"据此逆推,其亦生于同治五年(1866)。

初四日(6 月 7 日)　晴。算付各店节账。

初五日(6 月 8 日)　晴。早晨至街钱庄一谈，即归。算理账事，收拾物件。午后至开元弄之屋楼窗望卧龙山，见游人攘往，极一时之盛，亦越地相沿之风气也。

初六日(6 月 9 日)　上午晴，天气闷热异常。午雨。琐屑事。夜大雨。

初七日(6 月 10 日)　晴。收拾书籍、书箱，自糊窗。天气凉快。

初八日(6 月 11 日)　晴。上半日琐事。下半日至开元弄屋楼上读时文。余自遭祝融之难，书房改作住屋。今于赎回之屋[①]先行设砚，以便稍可读书。

初九日(6 月 12 日)　晴，天气郁热。上半日琐事。下半日为内子绘蒲纨扇一柄。

初十日(6 月 13 日)　晴。琐事。

十一日(6 月 14 日)　晴。上午为内子篆书蒲纨扇。下半日自绘蒲纨扇山水。

十二日(6 月 15 日)　乍雨乍晴。琐事。

十三日(6 月 16 日)　雨。因循度日。

十四日(6 月 17 日)　雨。因循度日。

十五日(6 月 18 日)　雨。上半日至马梧桥祭神，又至大街买物，即归。午后理账事。

十六日(6 月 19 日)　雨。上半日抄书。午后学篆字。

十七日(6 月 20 日)　晴。自刻篆书板联。

十八日(6 月 21 日)　晴。自刻篆书板联。午祭夏至祖宗。夜，

---

①　陈庆均《为山庐悼亡百感录》记其事曰："赎得先人屋数椽，好从吉日卜莺迁。寒家风气今犹简，物累轻时事便便。（自癸巳冬被祝融之祸，屋宇零落。先大人赎回屋后第，辟门以通之，即于四月新生礼圣之日进住是屋。当时家贯最简，迁移颇不繁冗也。）"

天气甚暖。

十九日(6月22日) 晴,午后雨。上半日至大街一游,即归。胸中郁闷兼腹痛,卧床,早午饭皆不吃。

二十日(6月23日) 阴。上半日琐事。午坐小舟至水澄巷徐宅拜忌辰,午餐后归家。

二十一日(6月24日) 晴。自刻篆书板联,毕事后尚觉有神,不似匠人之失样也。

二十二日(6月25日) 晴。上半日至街一走,即归。下午理对完国课账。

二十三日(6月26日) 晴,下午雨即晴,天气郁热。抄录国课账。

二十四日(6月27日) 晴。琐屑事。

二十五日(6月28日) 晴。上午琐事。巳刻乘舟至水澄巷徐宅拜忌辰,即归。祭曾祖母诞辰,又至田宅拜忌辰,即归家。

二十六日(6月29日) 上午阴,下午雨。琐屑事。

二十七日(6月30日) 雨。上午至水沟营曹康臣舅氏拜寿,舅氏五十寿辰也。午膳后听平调,申刻归家。

二十八日(7月1日) 辰刻雨晴。琐屑事。

二十九日(7月2日) 早餐后即至戒珠寺前陈又笙医者处雇舟,即请其同至张墅诊蒋姑奶奶病。又笙诊过即去,余午餐后归家。

六月初一日(7月3日) 晴,天气闷热异常。

初二日(7月4日) 晴。辰刻至街一走,即归。午后睡,傍晚起。

初三日(7月5日) 晴,下午阵雨。琐事。天气炎热。

初四日(7月6日) 晴,晚间雨。屋中床脚木又有白蚁作窠。此屋地白蚁何其多也。记壬辰年书厨脚、床脚曾被其蛀破。今年五月收拾房间,大床脚又蛀破。白蚁除去后易床一张,不意至今未到一月而新床脚又有此虫。细阅之，实在地平开处钻起。白蚁之害木器实非浅鲜。今用(同)[桐]油、石灰、漆、石膏，以弥其地平开处，其路庶几阻矣。颇费心力，然不知究竟能阻绝否。

初五日(7月7日) 晴，午刻雨，下午阴。终日琐屑。

初六日(7月8日) 晴。琐屑事。

初七日(7月9日) 晴。将午至田宅拜忌辰，午膳后傍晚归。天气盛热，夜乘凉至夜半睡。

初八日(7月10日) 晴。琐屑事。

初九日(7月11日) 晴。琐事。

初十日(7月12日) 晴。因循度日。下午阵雨。

十一日(7月13日) 晴。鲍诵清广文来，申兄邀余同饮，午后谈，至傍晚去。

十二日(7月14日) 晴。早晨至街钱庄一谈，即归。

十三日(7月15日) 晴。算理账事。

十四日(7月16日) 晴。琐屑事。

十五日(7月17日) 晴。为田蓝陬茂才绘床绢二张。今日天虽暖而颇觉清爽，其即伏天之时令也。

十六日(7月18日) 晴。绘花卉小堂画一张。

十七日(7月19日) 晴。绘亦妹嫁床窗绢花。

十八日(7月20日) 晴。又绘花卉。

十九日(7月21日) 晴。又绘花卉。

二十日(7月22日) 晴。又绘花卉。盖踏步床前面窗甚多，须双面裱糊，故张数不少，绘者费数日事也。

二十一日(7月23日) 晴。又为亦妹绘嫁床额绢花卉。

二十二日(7月24日) 晴。卯刻忽惊起，闻蒋翰仙姊婿于前日酉时已逝世。凶音忽至，阖家为之惊悼。余即乘小舟至张墅看大姑奶奶，见之无言可慰，无非陪泪一番。但幸有孤子，只得劝其且自忍痛照看孤子为然，是亦不幸中之幸也。吊后即归家。午后，蒋宅托人来借棺,家大人属余至偏门外仓屋理付一具,事后即归家。夜餐后,又至张墅送殓,半夜后归家。翰仙姊婿髫年游泮,颇有学问,勤俭自持,家声振起,去年又补一廪。俞姊于归才及四年,今年四月得添一男,方称顺事,不料一病,遽归道山。俞姊年未三十,顿作未亡人,其能不悲痛哉!

二十三日(7月25日)　晴。天气盛热,不能作事。终日挥扇坐卧,夜乘凉至二更后。

二十四日(7月26日)　作挽蒋翰仙姊婿联数言,句甚劣,自不欲用,后请申之兄作数言。

二十五日(7月27日)　晴,午后雨。书挽蒋翰仙茂才绫联一副。

二十六日(7月28日)　晴。上午至张墅吊蒋翰仙茂才首七。午餐后,同贾柷唐[①]上舍坐舟归家,柷唐至西郭徐宅去。傍晚,至田杏村舍人处谈蒋翰仙茂才之子药方也,片时即归家。

二十七日(7月29日)　晴,天气甚热。

二十八日(7月30日)　晴。上半日理值亦妹嫁用锡器各件。下午王子虞[②]茂才来,谈许时去。

---

① 贾柷唐(1872—1914),日记一作竺塘,整理时统一为柷唐。老谱名镛,字凤笙,号月樵。浙江绍兴人。陈庆均姊婿。按:检贾培鹤、贾元豫、贾培敏《山阴贾氏宗谱》,未见柷唐之名。《日记》中唯其父与祖父记载与宗谱符。后笔者与友人朱新学去贾村,巧遇贾柷唐之孙贾天虹,贾天虹出示了其堂兄贾天昶编写的自贾柷唐祖父贾秉衡以下的《立诚堂贾氏家谱》,才发现贾柷唐即贾镛。《立诚堂贾氏家谱》载其生于同治十一年三月十八日。《日记》民国三年八月二十六日:"晚前闻贾柷唐姊婿之凶信,不胜叹惜。其年四十三,近岁境遇不佳,今忽以病不起,此亦人生之不可测也。"据此,其亦生于同治十一年(1872),其卒于民国三年(1914)八月二十六日。

② 王继业,字子虞。清浙江山阴人。光绪十五年(1889)进士王继香之胞弟。见王继香会试履历(《清代朱卷集成》册65)。

二十九日(7月31日) 晴。上午田蓝陬茂才来谈许时去。午，贾柷唐上舍来谈，过午去。闻日本国猝然起衅，同中国为难，凶势殊甚。中国亦当奋武扬威，以兵戎防备，此亦不得已之事也。

七月初一日(8月1日) 晴。上半日绘花卉。闻绍郡亦当招集兵勇往防镇海关，盖我国家如此次不厉兵秣马，歼灭日本，则外洋各国皆虎视眈眈，恐日后之挟制不能了局。甚愿皇上速下明诏，饬高官厚禄；诸大吏团结军心，精购兵器，振起忠忱，为国家出一大力，扫除蛮国，岂不幸甚！

初二日(8月2日) 乍雨乍晴。闻褚少湖[①]师于二十九日已归道山，不胜悼叹。

初三日(8月3日) 乍雨乍晴，天气凉爽。

初四日(8月4日) 雨。绘花卉。

初五日(8月5日) 晴。上半日绘蛱蝶。近闻皇上年富力强，规模严肃，叹老臣宿将频年凋谢，颇有拔擢人才以辅朝政之意。近日日本国起衅，我皇上决计议战，或者忠勇之气，谋画之精，尽心报效，借此以出人才也。

初六日(8月6日) 晴。早餐后同姚顺升、庸升昆仲至府山后吊褚少湖师首七。事毕，又至清节堂稍坐片时。又至江桥升昌钱庄阅《申报》，知六月廿六日中国同日本之战，日本大败，闻之欣喜无已。时已午，生昌强留，过午后归家。褚少湖师笃信谨守，积学一生，频年课徒自给，其家风寒素。此番身没之后，有如师太太一人，子一人仅五岁。其家用之需，闻不能无忧。缺少，亦寒士家之苦况也。下半日琐事。夜枯坐。维近年家事多不称心，心绪无聊，每一念及，不禁忧

---

① 褚纶曾(？—1894)，字少湖。清光绪十二年(1886)岁贡，候选训导。光绪二十八年(1902)浙江山阴举人张礼干之受业师。见张礼干乡试履历(《清代朱卷集成》册296)。

郁,渐成心病。余亦自知非寿世身也,所憾者本生先严、慈早年弃养,不能报恩万一,近年又不能侍奉无亏。兴念孝道,能不惶悚? 读书不上达,经济不关心,似此虚生天壤,负疚其何极哉!

初七日(8月7日) 晴。早晨至街,即归。绘花卉。

初八日(8月8日) 晴。心绪烦闷,步坐因循。

初九日(8月9日) 晴。上半日阅刻本山水图画。近用石印,颇觉有趣也。

初十日(8月10日) 晴。琐屑事。午后抱女儿游(今日内子、女儿归家)。

十一日(8月11日) 晴。算完国课账。

十二日(8月12日) 晴。天暖,不堪做事。余生平作事,不能坚守主心,虽平日未尝不以此自励,而临事不觉又踏其非矣。又言亦屡自戒多言,而不觉屡屡失言,此乃涵养之少功也。

十三日(8月13日) 晴。午祭本生先慈忌辰。心绪恶劣,眠坐因循。

十四日(8月14日) 晴。为申之兄绘扇箑一张。午后琐事。

十五日(8月15日) 晴。琐事。午拜中元祭祖,晚间至水澄巷徐宅拜外祖太太八十阴寿,今夜暖寿也。夜膳后同胡梅森[①]司马、仲凡舅氏、福钦舅氏、显民[②]茂才挥扇谈,至夜半归家。

---

① 胡寿震(1861—1927),学名文元,原名寿豫,字梅森。浙江绍兴人。国学生,议叙同知衔,诰封资政大夫。曾任绍兴临时军政府经济部部长。配藏书家徐树兰之次妹。见胡寿震《绍兴莲花桥胡氏宗谱》;《徐维则乡试朱卷》;《绍兴临时军政府收支征信录》。按:其家宗谱无卒年。《日记》民国十六年十月二十六日:"微雨。上半日坐舆至司狱司前吊胡梅森先生出殡,同其各客谈片时,即坐舆旋家。"据此,其当卒于民国十六年(1927)。

② 徐尔谷(1865—1924),谱名维新,字铭叔,号显民,日记一作显敃。整理时其号统一为显民。浙江绍兴人。藏书家徐树兰之子。其父病故后,继承父志经营古越藏书楼。曾与蔡元培、杜亚泉参与越郡公学组建,与张謇(注转下页)

十六日(8月16日)　晴。琐事。午至水澄巷徐宅拜阴寿，午膳后谈许时归家。

十七日(8月17日)　晴。上午阅《名贤手札》。

十八日(8月18日)　晴。上半日申兄有赴杭先去乡试录遗，城市河江皆似沟滩，其先至西郭鲍宅，过午后步至城外登舟也。今日天气盛热，不堪作事。人世为善为恶，虽因其所习而至，然谚云："江山可改，本性难移。"诚哉是言。以此而观，终觉在天之赋畀者重也。

十九日(8月19日)　晴。天气炎歊异常，不耐作事。

二十日(8月20日)　晴。天气热极，晚间尤闷，真可畏也。

二十一日(8月21日)　晴。上半日自绘床眉花卉纸一张。天气燥烈，不意秋后又有此溽暑。城乡舟路难通，取水皆须至城外长途担归，苍生之望雨者甚切矣！

二十二日(8月22日)　晴，天气盛暑。

二十三日(8月23日)　晴，天气酷暑。

二十四日(8月24日)　晴。早餐后至街一走，即归。赤日高张，行路甚可畏也。

二十五日(8月25日)　晴。天气盛热，不能作事。下午有雷声而不肯沛然下雨。晚间尚有凉风。

二十六日(8月26日)　晴，天气甚暑。

二十七日(8月27日)　晴。天气炎歊，甚不耐作事。夜，家大人有病，陪卧于尚友轩处。

二十八日(8月28日)　晴。天暑懒废。夜陪家大人病。

二十九日(8月29日)　晴。家大人病稍愈，惟本有病体，此番身热后，更觉其无气力也。

(续上页注)等人以"募股"形式在吕四创办"同仁泰盐业公司"。入民国，曾任绍兴临时军政府民团局局长、民团局副局长，北洋政府审计员核算官。见《浙江绍兴栖凫东海堂徐氏家谱》《徐维则乡试朱卷》《绍兴临时军政府收支征信录》。

三十日(8月30日)　晴。懒废因循,无事。

八月初一日(8月31日)　晴,下半日阴,晚间微有雨,夜遂觉天气凉快。算理各账。

初二日(9月1日)　阴,微雨,天气颇凉。上半日琐事。下半日为亦妹绘扇箑一张。

初三日(9月2日)　晴。上半日琐事。午祀东厨司命神诞。午后琐事。

初四日(9月3日)　晴,下午阴雨。早餐后至南街祭华真神,又便道游塔山,值王君泽民来,同至大街一游,即归。

初五日(9月4日)　阴,乍雨乍晴。收拾书籍琐事。

初六日(9月5日)　阴。上半日至大街办嫁资诸物,族兄宝斋亦同往,至午刻归家。下半日雨,杂事。

初七日(9月6日)　阴。阅古文。

初八日(9月7日)　晴。上半日算理账。下半日至偏门外看河水,城市中至城外大江取水者,送往迎来,长途仆仆,颇不间断。

初九日(9月8日)　晴。上半日琐事。下半日泽民王君来闲谈,至晚去。

初十日(9月9日)　阴雨。琐事。

十一日(9月10日)　阴,晚雨。算写账事。

十二日(9月11日)　晴。算理中秋节账事。

十三日(9月12日)　晴。算理各账。

十四日(9月13日)　晴。算付各账。

十五日(9月14日)　阴。早晨至街钱庄一谈,即归。天时长此亢旱,水城皆为旱城矣。

十六日(9月15日)　阴。录账。乍有微雨。

十七日(9月16日)　阴。录账。亦有微雨,而不肯沛然。

十八日(9月17日)　阴。琐事。

十九日(9月18日)　晴。琐事。

二十日(9月19日)　晴。为亦妹绘嫁用房画一张。

二十一日(9月20日)　晴。早晨绘事。上半日至开元弄屋看洗井,井中尚无污物,洗后以便其水可用。又看铜匠钉各式奁具铰鍊。午拜高祖忌辰①。下半日写奁具、衣单。

二十二日(9月21日)　阴。上半日书字。下半日至广宁桥②王子虡茂才处谈许时,归家时已晚矣。

二十三(9月22日)　阴。

二十四日(9月23日)　上半日在厅上摆设亦妹嫁(庄)[妆]各件。下半日至街一走,即归。田杏村内兄来诊内子病,余由街归,渠已去。夜抄写奁具单。

二十五日(9月24日)　阴。写奁具单。晚间督工人集奁具。

二十六日(9月25日)　阴。督工人发奁具。早餐后至偏城外看奁具,装船后即归。午餐后又至偏城外一观奁具,船开出后归家。过郡城皇神祠一游,即归家。天时旱之便,亦可谓费事矣。

二十七日(9月26日)　雨。绘花卉屏一张。

二十八日(9月27日)　阴。绘花卉屏一张。

二十九日(9月28日)　雨。绘花卉屏一张。

九月初一日(9月29日)　雨。绘花卉屏一张,共四张小绢屏,拟裱后送田杏村舍人之媛出阁也。晚间忽闻蘅仙茂才之媛翠姑以病(淹)[奄]化。昙花方艳,遽即萎谢,不禁代为其叹惜也。

初二日(9月30日)　阴,早晨雨即晴。琐事。

---

① 据陈在钰录《越州陈氏世系考略》,陈庆均高祖陈岳年生于乾隆十一年八月二十一日。故此当为诞辰。

② 广宁桥,日记一作广陵桥,整理时统一为广宁桥。位于今绍兴城区广宁桥直街东端,系全国重点文物保护单位。

初三日(10月1日) 阴晴。

初四日(10月2日) 晴。早晨对账。上半日嬉。下半日读《旧雨草堂文》《时文》[1]。学魏碑字。

初五日(10月3日) 阴。学魏碑字。

初六日(10月4日) 阴,乍有微雨。

初七日(10月5日) 雨。上午至大街一走,即归。

初八日(10月6日) 雨。琐事。

初九日(10月7日) 雨,乍晴。上午至后观巷斗母殿祀神,即归。

初十日(10月8日) 晴。上午至水澄巷徐显民茂才处一谈,即归。

十一日(10月9日) 晴。上午至司狱[司]前胡梅森司马处一谈,即归。下午至大街一走,即归。

十二日(10月10日) 晴。琐事。

十三日(10月11日) 晴。琐事。下半日为亦妹写衣单等件。

十四日(10月12日) 晴。上午至王君泽民馆一谈,同至大街一过,即归,王君亦各归。

十五日(10月13日) 晴。琐事。

十六日(10月14日) 晴。上午理嫁务琐事。

十七日(10月15日) 晴。早晨为亦妹祀神,理一切事。午祭祖宗道喜。未时,鲍宅花轿到,开发一切事。夜膳后理一切事。亥时,亦妹梳妆上轿毕,即同徐显民茂才、以逊孝廉、家申之兄乘舆至偏门外登舟,至窦疆鲍宅作送舅。寅初刻到,息片时,看做花烛后饮席。

---

① 此二书当为陈康祺著。陈康祺(1840—1890),谱名守鸿,字钧堂,号圣湖,一号颐仲,又号绦士,别号兰思。清浙江鄞县人。同治六年(1867)举人,十年进士。曾官刑部员外郎、江苏昭文知县等职。著有《郎潜纪闻》《旧雨草堂文集》《旧雨草堂时文》。见《月湖陈氏宗谱》(民国间稿本)。

十八日(10月16日)　晴。卯时起席,即同申之兄至亦妹新楼房一坐,略谈片时即下楼。道喜后,登舟归家,时已午矣。

十九日(10月17日)　阴。看理去望三朝诸件事。

二十日(10月18日)　阴。早晨理三朝盘诸件事毕,至偏门里演武厅看操,即归。下午雨。

二十一日(10月19日)　晴。

二十二日(10月20日)　晴。午后至街一过,即归。

二十三日(10月21日)　晴。

二十四日(10月22日)　晴。午祭曾大父忌辰①。下午王君泽民来谈。傍晚去。

二十五日(10月23日)　晴。琐事。

二十六日(10月24日)　晴。

二十七日(10月25日)　晴。上半日田蓝畇茂才来谈许时去。

二十八日(10月26日)　晴。戏绘山水。

二十九日(10月27日)　晴。至偏城外登舟至谢墅上岸,至新貌山拜三代祖宗墓。事毕归家,时尚未晚。

三十日(10月28日)　晴,上午忽雨即晴。早餐后至偏门外乘舟至石旗上岸,至井头山拜高祖墓。事毕归家,时已晚矣。

十月初一日(10月29日)　阴。上半日学魏碑字。下半日至大街一走,即归。阅《有正味斋骈文》。

初二日(10月30日)　阴,下午忽雨。早餐后至邻姚宅一谈,即归家。午至田宅道喜。午后看杏村舍人之媛上轿诸事,发轿后谈片时归家。

初三日(10月31日)　晴。在开元弄楼屋读《春在堂时文》。

初四日(11月1日)　晴。在后楼屋读文。

---

① 曾大父,即陈鸿逵。参见前言。

初五日(11月2日) 晴。琐事。

初六日(11月3日) 晴。琐事。为王君泽民改文。

初七日(11月4日) 晴。上半日搜理书籍。下半日抄旧作《书院赋》。

初八日(11月5日) 晴。抄录旧作《书院诗赋》。

初九日(11月6日) 晴。上半日王君泽民来谈许时去。夜膳后,至后观巷田宅同蘅仙、蓝卿茂才,春农孝廉至大街游览,城市为皇太后万寿六旬皆张灯结彩,鼓乐喧嗔,极一时之盛。游至夜半,明月清风,散步各归家。

初十日(11月7日) 晴。早晨至开元寺一游,又至大善寺一游,即归。下午又至大街一游,即归家。

十一日(11月8日) 晴。早晨抄书。午前至田宅拜忌辰,午后谈许时,傍晚归家。

十二日(11月9日) 晴。琐事。午,王君泽民来谈,过午后去。天时渐短,忽忽已日光西下矣。

十二日(11月10日) 晴。琐务。

十四日(11月11日) 晴。改王泽民文。

十五日(11月12日) 晴。亦妹同鲍穆如①姑爷来回门,应酬琐事。

十六日(11月13日) 晴。早餐后至偏门外乘舟至张墅送蒋翰仙茂才安殡,贾枧唐上舍同往也。事毕,由西郭门外上岸,贾君至西郭徐宅,余由西郭、大街归家,时已二更。

十七日(11月14日) 晴。阅《左文襄公荣哀录》。

---

① 鲍德銮(1879—?),又名元士,字穆如。清浙江会稽人。以出嗣子亦康由同知衔加一级,请从四品封,貤封朝议大夫。配同邑郡城前观巷陈氏芳畦公女。见鲍德福《鲍氏五思堂宗谱稿》卷三《尚志公派第六世》。

十八日(11月15日) 晴。上午同王泽民至镇东阁前礼胥填县试[①]册,又过大街归家。王君亦来余家,过午后去。

十九日(11月16日) 晴。上半日收拾书籍、考篮等事。

二十日(11月17日) 阴。上半日琐屑事。下半日书小楷字。

二十一日(11月18日) 寅初起即吃饭,至试院进场考试[②]。上半日晴,下半日阴雨。在场中作文二篇、五言诗一首,誊就缴卷。亥刻待至子刻,开首次门,出场归家,膳后即睡。盖余自昔年十月初八日遭祝融劫后,未尝作一句文字。今场中幸得全卷,虽不能工致而尚觉成句,呵呵。

二十二日(11月19日) 雨。上半日王君泽民闲谈。午拜先大母诞辰。下半日同泽民闲谈。夜阅古文。

二十三日(11月20日) 早辰雨,上半日阴。看工人翻瓦砾地琐屑事。

二十四日(11月21日) 阴雨。琐屑事。夜录县试文二首。

二十五日(11月22日) 雨,大风。上半日至山阴署前看正场案,照墙案纸已被风雨打破;又至镇东阁礼胥处阅草案,余名在五图四十七名;又至会稽署前看案,即归家。

二十六日(11月23日) 阴。琐屑事。

---

① 据商衍鎏《清代科举考试述录》,初试县试,县官先期一月出示试期,开考日期多在二月。童生向本县礼房报名,填写姓名、籍贯、年岁并父母、祖父母、曾祖父母三代存殁、已仕、未仕之履历,出继者兼写本生三代。据陈庆均《为山庐百感悼亡录》之"当年试事最关心,回溯勤劳泪不禁。我志未信君竟逝,何堪思昔更伤今"自注,绍属向系冬间举行,相沿成例,进场出场每在半夜。

② 据商衍鎏《清代科举考试述录》,县试考官为本县之县官。共试五场,亦有试四场或六七场者。据储家藻、徐致靖《上虞县志校续》卷三《职官表》及《大清搢绅全书》(光绪甲午秋季松竹荣宝合刊)册3,清光绪二十年(1894)浙江山阴知县为唐煦春,号师竹,江西德化人,同治甲子补行咸丰乙卯优贡。曾主修《上虞县志》。

二十七日(11月24日)　阴晴。寅初起,吃饭后至试院前进场县试覆考。场中作小讲一个,题《性(“湍水”句)》。又作起比二股,题《性(“相近”句)》。又中比二股,题《性(〈告子〉首句)》。又作后比二股,题《之谓性(“告子曰生”句)》。一篇时艺,四个题目,殊觉琐碎。二题一篇,题《“思乐泮水”四句》。诗一首,诗题《“林香雨气新”得“新”字》。全卷作就,誊写后时方八点钟,缴卷,场中待至十二点钟开首次门,出场归家。

二十八日(11月25日)　晴。上半日琐事。下半日田蓝陬茂才来谈,至晚去。

二十九日(11月26日)　晴。上半[日]琐屑事。午祭先本生大人讳辰。下半日,徐吉逊[①]广文来谈,晚去。姚莱庭茂才来,王泽民童生来,夜餐后各去。

十一月初一日(11月27日)　晴。上半日至山阴署前看初覆案,予名在四图三十三名。又至大街一走,过会稽署前看案后即归家。下半日琐屑事。

初二日(11月28日)　晴。上半日开租单,琐事。午拜高祖诞辰[①]。下午琐事。

初三日(11月29日)　寅初起,即膳后至试院前进场二覆,场中作四书题文一篇,又作论一篇,又作五言诗一首,戌初缴卷。场中待至子刻,开首次门。出场四处寻觅,试前无接考工人,不得已只得自

---

① 徐元钊(1861—1926),谱名维康,字孟甫,号吉荪,日记一作吉逊、吉森,一号遏园,晚号周园。整理时吉荪、吉森统一为吉逊。浙江绍兴人。近代藏书家徐树兰之子。清光绪十四年(1888)副贡,司铎台州太平,推升河南知县。工诗古文词,作画其余事。花卉古拙可爱,写梅以意为之,一洗前人旧习,自成一家。著有《遏园诗草》。见《浙江绍兴栖凫东海堂徐氏家谱》《徐维则乡试朱卷》。

① 据陈在钰录《越州陈氏世系考略》,陈庆均高祖母许氏生于乾隆十九年十一月初二日。故此当为高祖母诞辰。

携篮归家。道途泞滑，不胜困弊。

初四日(11 月 30 日)　雨。琐屑事。

初五日(12 月 1 日)　阴。上半日头痛。下半日至山阴署前看覆试案，见余名不列此案。县试场中看文列案，原不足为凭。余前二场之往覆者，亦不过平日久不作文，借此以作数篇文字也。又至会稽署前看案，又过大街归家。

初六日(12 月 2 日)　阴。上半日书账，下半日因循。天气甚短，早膳后即旰，午膳后即夜，每日实不能多理事也。

初七日(12 月 3 日)　阴，忽微雨。琐屑事。午拜太姑母黄门姑太太忌辰。

初八日(12 月 4 日)　雨。早晨至后楼屋读文，阅俞荫甫太史《拟墨》，其卷终有五言诗四首，题为《与君约略说杭州》①；又有四首，题为《遥飞一盏贺江山》②，皆借题以发挥古今时事，殊有风趣，亦足

---

① 据俞樾《曲园拟墨》，四首诗分别为："约略前朝事，苍茫不可求。与君稽禹迹，从未说杭州。庆忌虚留塔，秦皇实系舟。传疑存石佛，献瑞溯金牛。赵宋偏安日，钱唐最胜秋。笙歌酣葛岭，灯火误樊楼。欲访千年雪，难凭一笔收。龙飞兼凤舞，望气总悠悠。""约略熙朝事，时巡盛典修。与君浮浙水，最好说杭州。南服嘉谣遍，西湖胜概收。双堤闻跸路，十景惬宸游。突兀行宫建，淋漓御墨留。金经参佛法，玉印赞神庥。欲记当年盛，须凭故老求。自惭生太晚，未得话从头。""约略庚辛事，烽烟处处愁。妖氛兴桂管，厄运讫杭州。衅自南闱伏，兵从北路偷。一时城暂复，两载饷空筹。未筑江边垒，难通海上舟。粮真穷雀鼠，援并绝蜉蝣。劫运红羊过，荒阡碧葬留。至今余痛在，欲说又还休。""约略年来事，民劳汔可休。和甘逢圣世，歌舞又杭州。再建文澜阁，重新镇海楼。香烟三竺市，花月六桥舟。士女仍繁荟，湖山更晏游。疆臣来仗节，星使此停驺。主极璇机正，人材铁网收。小诗陈大概，高唱未能酬。"

② 据俞樾《曲园拟墨》，四首诗分别为："我为江山贺，升平事未遥。百年资润色，一盏试招要。曲忆南巡盛，恩从北阙邀。六飞曾此驻，万壑尽来朝。瑞气连龛赭，春波暖汐潮。翠屏驰道筑，绿水御舟摇。庆此千秋运，真堪百榼消。至今怀圣泽，歌咏遍渔樵。""我为江山贺，烽烟旧梦遥。廿年空战垒，(注转下页)

以资考证也。

初九日(12月5日)　阴。读《旧雨草堂制艺文》,无一篇不辞华富丽,无一篇不意思新奇,其时文可谓观止矣。

初十日(12月6日)　阴雨。琐屑事。

十一日(12月7日)　雨。阅《南北朝文钞》。

十二日(12月8日)　雨。阅谢墅祖坟记事簿及本生先大人所录谢墅祖坟风水及坟事簿。仰见心思周密,作事具有端绪。

十三日(12月9日)　晴。上午为亦妹祀神,其二十生辰也。巳刻至街一走,即归家。

十四日(12月10日)　晴。琐屑事。下半日余静庵[①]茂才来着象棋,谈许时去。夜阅《南北朝文钞》。

十五日(12月11日)　晴。上午王君泽民来,同至大江桥一游,即归。泽民又来余家,至晚间去。

十六日(12月12日)　晴。上半日阅《南北朝文钞》。

十七日(12月13日)　晴。琐事。

十八日(12月14日)　阴晴,天气颇寒。

十九日(12月15日)　天气阴寒。理书籍。午后□□□。

(续上页注)一盏庆熙朝。已过红羊劫,重乘白马潮。雕戈湔碧血,玉斝泛黄娇。三折形仍曲,双峰势转翘。怒曾驱铁马,笑又解金貂。但觉云霞活,原无块垒浇。讴吟偕父老,比户息征徭。""我为江山贺,清时雅化遥。礼宜飞一盏,数恰满三蕉。欲访文澜阁,爰停圣水桡。源渊真接汉,突兀上千宵。窃愿香分瓣,欣看酒在瓢。汗青千古事,浮白几回邀。绿蚁浓芳溢,金牛瑞气饶。使星逢旧雨,湖畔暂停轺。""我为江山贺,皋比廿载遥。千秋非敢望,一盏或能消。潮落桐庐暮,阳升葛岭朝。琴书来此寄,杯勺向谁邀?烟雨聊乘兴,峰峦漫献嘲。满浮名士酒,稍折老夫腰。逝水休同感,闲云好共招。乐天佳咏在,借以赋长谣。"

① 余恩沐(1858—1900),改名钟淇,字近莽,一作静庵。清浙江会稽人。见余坚、余蕃祚《会稽余氏支谱》卷十《第三十二世》。按:其卒于清光绪己亥十二月二十三日,公历为1900年1月23日。

二十日(12月16日)　雪。寅初起，即膳后至试院进场郡试，太守出题目，天已将晓。场中作两文一诗，誊写毕缴卷，时戌刻。稍待片时，至亥刻第二次开门，出场归家，时已三更。

二十一日(12月17日)　晴。早晨录场文诗。日间闲谈。

二十二日(12月18日)　晴，天冷水冰。看工匠修理开元弄屋。

二十三日(12月19日)　晴。早晨坐小舟至漓渚村送贾薇舟[①]鹾尹之二老安葬，余家同徐品送路祭。午后祭礼毕，遂即归家，到家时戌刻。

二十四日(12月20日)　晴。早晨至试院前看府试案，见予名在三图二十三名，看后即归家。记昔年予应小试，尝以名次高下时时在念。近年虽仍应试，而县府案之列名高下，毫不在念。下半日属工人收拾收租需用一切各件，以便载至门外仓屋。

二十五日(12月21日)　晴。看工匠理修后屋。午前至街一走，又至试院一过，即归家。

二十六日(12月22日)　晴。琐屑事。午祭冬至祖宗。下半日看工匠修理后屋。

二十七日(12月23日)　晴阴。看木匠修理后屋。

二十八日(12月24日)　晴。寅时起，即膳后至试院进场初覆。场中作一四书文、一经文、一五言诗。誊毕缴卷，子刻出场归家。

二十九日(12月25日)　晴。上半日琐屑事。下半日至偏门外星采堂仓屋理租事各事(今日收租起)。

---

①　贾元颐(1853—1912)，字菊轩，号薇舟，日记一作薇州、薇洲、维舟。整理时其号统一为薇舟。浙江绍兴人。配绍城徐立敬公次女。见贾培鹤、贾元豫、贾培敏《山阴贾氏宗谱》卷六《行传》。按：《日记》民国元年三月初三日："晴，天气清胜。上半日徐吉逊君来，同韩筱凡君及余坐舟至偏门外娄宫村，坐肩舆至贾村吊贾薇舟先生首七。旰餐下，以时不早，各客为贾宅坚留，遂畅谈半日一夜。"据此，其当卒于民国元年(1912)。

三十日(12月26日)　晴。在仓屋理一切琐事,晚间租船归后理事毕,归家时已二更。

十二月初一日(12月27日)　阴。在家琐事。午后至门外仓屋理租事毕,归家时已二更。

初二日(12月28日)　晴。早晨至试院前一游,又至大街钱(商)[业]处探问日本扰乱之消息,知日国在宁波镇海口已聚有兵船数艘,宁人为之惊恐,吾越亦争相惶惑。市风不靖,此事不知作何了局也。由街归家,已午。下午至偏门外仓房理租事,夜餐后归家。

初三日(12月29日)　阴晴。早晨王君泽民来谈及郡试初覆案已出,余名不列,局外人为余不平。余云:"此事何足为不平也!余近年并不能专意读书,且窗下久不作应制文字。如不用功者,每案必高列,则将于用功者居何处乎?况县府考之案,原不足为定论,亦何关于荣辱哉!"早餐后至偏门里演武厅看武县考,又至城外仓屋理租事,夜餐后归家(泽民亦同往仓屋游,进城后归去)。

初四日(12月30日)　晴。上午至邻姚宅谈,又至大街,又至试院前游,即归。午后至城外仓屋,理租事后归家。

初五日(12月31日)　阴,微雨。上半日至后观巷田宅谈;又至大街钱业处问战事,知中国同日国战,各无胜败;又至试院前一游,归家。午后至偏城外仓屋理租事后,夜膳后归家,时已二更。连日仆仆道路,足底皮甚厚,得洗足后方快。

初六日(1895年1月1日)　阴晴。上半日抄录账。下半日至偏城外仓屋理租谷米事。下半日散步鉴湖一游,夜餐后归家。

初七日(1月2日)　晴。早餐后至偏城外仓屋。上半日忽闻如雷之声,遂移步至旷野,举首皆青天,无云迹,人咸谓此声必非雷声也。既而闻者陆续共十余声。至午后有人传曰:今日有兵船十余只过道,且别处有兵调来去守曹江,故今日有封雇船只作载兵之用。然则午前所谓雷声者,谅即兵船所试放之大炮也。乡里传说纷纷,动易惑人目耳。此事度势揆情，于吾越当不如此之急。然宁绍唇齿相依，宁地如既险急，则越地不能不多事防闲也。今中国受禄有人，而任事无人，近者外患相乘，(熟)[孰]肯效命疆场，各奋其忠勇哉？闻事惊心，遂泚笔而记之。下午仓屋理一切事，夜餐后归家。

初八日(1月3日) 阴。上半[日]至大街钱业处阅《申报》，知日国战兵冻毙大半。彼处平地雪厚八尺，此凶焰大抵为天地所不容，知我中国大量深仁，气运正未有艾，为之一快。午归家。午饭后至常禧门外仓屋理租事，毕时已迟，遂宿仓屋。夜甚冷，不得安睡。

初九日(1月4日) 晴。黎明起，早膳后归家。家中尚未起，知乡村与城市之大有迟早也。上半日家事琐屑。午至开元寺前一游，即归家。午后至偏门外仓屋理租事，傍晚即归家。夜检理账务，阅到分书。

初十日(1月5日) 晴。上半日琐事。午后至偏门外仓屋理租事，夜膳后归家。

十一日(1月6日) 晴。上半日至偏门外仓屋理租谷米事。午后闻人言有兵过跨湖桥，即至跨湖桥太守庙前看。余见者尚有百余名，余皆已过路，背中皆号有云字右营湘勇。又有乘布帐轿两人，大约即督带员也，其人闻皆从金华兰溪来也，进城至开元寺止宿。此兵闻将往守镇海。看兵走过后，即归仓屋。租事毕，时已迟，住宿仓屋。

十二日(1月7日) 阴晴。黎明起，早餐后乘舟至朱家坳催租，盖此村租户甚多，欲以一日收毕，且上年家大人强健时，亦必躬亲往收，余故亦一往也。至未时收毕，在舟中午餐。开棹还仓屋，时已晚矣。毕事，夜餐后归家，已二更矣。

十三日(1月8日) 阴。早餐后至开元寺前一游，即转至偏城外仓屋。下半日至跨湖桥外马太守[①]祠墓一游，即转至仓屋。阅《申

---

① 马臻，字叔荐。东汉永和五年(140)为会稽太守，创筑镜湖。在会稽、山阴县西界筑塘蓄水，上蓄洪水，下拒咸潮，旱则泄湖溉田，民甚赖(注转下页)

报》,知中国同日国之战屡(胜)[战]屡败。恐长此拖延,人财必将两伤。草茅下士,甚愿我皇上速饬名将,添集大兵,即日扫除外寇,岂不幸甚!夜餐后,事毕归家,时已十点钟矣。

十四日(1月9日)　雨。上半日至偏城外仓屋理租事,夜餐后归家。

十五日(1月10日)　雨兼有雪子。早晨至偏城外仓屋,收租告成,算理一切事宜也。下半日归家,至大街过仓桥一游,归家。

十六日(1月11日)　雨,上半日雪子,下半日雪花。早餐后至偏城外仓屋理谷米事。下半日坐载米船归家(此米留起作饭米也)。

十七日(1月12日)　上午雪花,下午阴寒。早餐后偏城外理粜谷事,下午归家。

十八日(1月13日)　阴寒。早晨至偏城仓屋收拾琐物,关锁门户后归家。又至大街一走,即归家。

十九日(1月14日)　雪。家务琐屑。

二十日(1月15日)　阴乍有雪。上午为昭女儿周岁理值一切开发事。夜录账。

二十一日(1月16日)　雨雪甚大。家务琐屑。

二十二日(1月17日)　早晨雪后即阴晴。家务琐屑。

二十三日(1月18日)　晴,天冷,滴水成冻。家务琐屑。傍晚祭送东厨司命神。夜录账。

二十四日(1月19日)　晴。上午录账。午祭本生先慈诞辰。下午理琐事。

二十五日(1月20日)　上午至偏门外仓屋粜米,午归家。

二十六日(1月21日)　晴。算家务各账,理值祀年神各品果诸

(续上页注)之。但因创湖之始,多淹冢宅,为豪强所诬,马臻被刑。越人思其功,将其安葬于镜湖,并立庙纪念。见《民国绍兴县志资料》(第一辑)册16《名宦传》。

事。夜为姚庸生、莲生[①]自来再三坚邀去饮其兄顺升茂才续娶三朝喜酌也，不得已过去一饮，即起席而归。

二十七日(1月22日) 寅时起，天晴。盥沐毕，祀年神后祭祖宗毕，理值琐事。上午至偏门外仓屋粜米，傍晚归家。余家事务不足言多，而终觉时纷于心，且家中多不谅其苦心，殊有成非我功、败则我罪之责。所以诸事尝多甘谢不敏，日夜踌躇，尝觉无聊。家大人尝言之曰："管家务须要有歹气，而后不至多是非。"此言亦为阅历深远之言。

二十八日(1月23日) 晴。算付各店账。夜至大云桥一游，即归家。

二十九日(1月24日) 晴。算付各账。傍晚至街一走，即归家。

三十日(1月25日) 晴。算理家务各账，兼理一切事。午前悬祖宗像。午祭接东厨司命神。夜拜列代祖宗像。夜同家大人饮膳毕，又理账务，至子时睡。

---

① 姚莲生，浙江绍兴人，住郡城前观巷。鲍德福《鲍氏五思堂宗谱稿》卷三《尚志公派第六世》载：鲍德厚，继配同邑郡城前观巷姚氏莲生君长女。

光绪二十一年乙未(1895)

正月初一日(1895.1.26)至十二月二十九日(1896.2.12)

正月初一日(1895年1月26日) 天气融和。黎明起盥沐毕,礼天地神、礼祖宗像前毕,坐一时,至狮子街曹康臣舅氏拜年,即归家。午后酬应客来贺年。傍晚理账。

初二日(1月27日) 晴。酬应来拜年客。中午至水澄巷徐宅拜年,至西郭徐宅贺年,又至后观巷田宅贺年。午又拜先外姑[①]忌辰,午膳后归家。

初三日(1月28日) 晴。上半[日]酬应拜年客。下半日王君泽民来谈,傍晚去。

初四日(1月29日) 阴。早晨至街一游,即归。上午酬应来拜年客。下午又至街一游,即归。

初五日(1月30日) 晴。早餐后至南街徐宅拜年,又至司狱司前胡宅贺年,即归家。下午算理各账。

初六日(1月31日) 雨。琐事。算理账。

---

① 何氏(1818—?),陈庆均岳父田晋蕃之母。敕封安人,诰赠恭人。国子监生何凤苞女,诰授奉直大夫、晋封朝议大夫嘉庆己卯科举人、大挑一等、历任广西象州知州何凤藻胞侄女,国子监生、诰授朝议大夫何汝舟胞妹,国子监生咸丰辛酉殉难赐云骑尉世职何汝为胞姊。见《田宝祺朱卷》。按:《日记》光绪二十三年六月初六日:“乍雨乍晴,天气闷。琐事。下午至田宅为外姑八十冥寿暖寿也,内子及女儿亦去息夏。余至五更归家,睡床即闻鸡鸣也。”据此逆推,其当生于嘉庆二十三年(1818)。

初七日(2 月 1 日) 晴。早餐后步至凰仪桥登舟,至谢墅新貌山拜三代祖宗墓,祭毕下山。西郭鲍宅亦今日在谢墅拜坟,遂邀鲍星如大令至余家舟拇战畅饮。趁舟至偏门,鲍君换舟归去,余家舟仍至偏城里凰仪桥上岸。自旧年六月旱至今日,尚不能通舟路,亦甚久也。到家时尚未晚,又至街[买]花筒数个放看。夜同千崖族伯之子老锦着象棋数局。

初八日(2 月 2 日) 晴。早晨坐舟至张墅蒋宅拜年,同大姑奶奶略谈数言,即归家。午刻贾柷唐上舍来拜年,过午后去。傍晚至街一走,即归家。

初九日(2 月 3 日) 雨。算录账务。

初十日(2 月 4 日) 雨。算录账务。

十一日(2 月 5 日) 雨。早晨坐小舟至窦疆鲍宅拜年,午设席菜甚多,散席后同四姑奶奶稍谈片时,即乘舟归家。途中风狂(江)[浪]大,殊觉险然,到家已晚。

十二日(2 月 6 日) 阴,天寒异常。琐事。午后至清风里一走,即归家。

十三日(2 月 7 日) 阴。上午王君泽民来谈。午刻戏呼瞽人论命,其言予过去事颇有道着语。夜餐时同王君拇战大饮,至二更泽民去。

十四日(2 月 8 日) 微雨。琐事。

十五日(2 月 9 日) 阴。上午鲍姑奶奶、鲍穆如来拜年。午陪穆如饮,至申刻鲍君去。

十六日(2 月 10 日) 早晨微雨后阴。琐事。

十七日(2 月 11 日) 晴。上午王泽民来,同申兄及余至偏门里演武厅看武府考马箭,看许时,至午间归家。

十八日(2 月 12 日) 阴,天气和暖。上午算理各账。午祭祖宗像,理毕一切事。下半日至试院看武府考步箭、关弓、戏刀、掇石,看至傍晚归家。

十九日(2月13日) 雨。琐事。天气霉湿。

二十日(2月14日) 雨。上半日阅《申报》。今年余定阅《申报》,由大街钱业代买,每日一张,又附一张。惜余家工人不多,不能日日往街去取也。近年时局艰难,不得不稍知事务,以通消息也。午后至"还读轩"处同申兄谈刻曾大父《囊翠楼诗稿》事。夜间天有[星]闪烁。戏教内子着象棋。

二十一日(2月15日) 阴。上半日田蓝陬茂才、春农[①]孝廉同章吉堂[②]茂才来游青藤书屋,杏村舍人之婿徐少翰[③]亦同来也,游谈许时即去。午后至田宅,其再三来招,不得已遂去一谈,颇觉热闹。亥刻归家。

二十二日(2月16日) 晴。琐事。阅《申报》。

二十三日(2月17日) 晴。督工匠修理开元弄屋。下半日阅《申报》,知日国将卒不多,惟枪炮甚凶,所以屡得胜仗。我中国兵非不多,器非不利,而屡战屡败[④],大抵无忠勇将士,以致土地辄被日人侵占。丧师辱国,莫此为甚。夜雷声大发,雨下亦不少。

二十四日(2月18日) 雨,午雪花乍降,晚间亦下雪。阅《申

---

① 田宝祺(1858—?),字祥伯,号春农。清浙江山阴人。光绪十四年(1888)举人。能写意花卉,善古文,工诗。蔡元培之师。见《田宝祺乡试朱卷》。

② 章吉堂,清浙江会稽人。善外科兼内科。住道墟庙溇。见《绍兴医药学报》(1909年第9期)。

③ 徐少翰,清浙江会稽人。同治六年(1867)举人田晋蕃女婿。

④ 陈庆均《为山庐悼亡百感录》有诗记其事,诗曰:"外邦构衅海东边,挫折频朝败耗传。养士百年无足恃,深闺叹息最缠绵。(甲午岁倭人开衅,华兵屡战陨败,人人风鹤惊心。内人谓国家岁縻兵费千百万,至有事时而不能一奏其效,甚不可解也。)"

报》，知我皇上虑战事不能得捷，已遣张樵野[①]、邵小村[②]两星使往日国议和。日国再三不允，势甚凶恶。知天津各官有封留其车，以备避难之用。又云市物寥寥，价又甚昂，以是知天津甚险然也。吁！国事至此，尚可言哉！近来中朝不特捷战无人，即敢前敌者，亦何尝有人？未曾干戈相接，而已望风奔溃，无怪乎日人犯一处，中国即让一处也。受禄受权，诸大员其亦有耻心乎？

二十五日(2月19日)　晴。上半日督工匠修理后屋。午刻鲍穆如来谈，过午后去。下午督工匠修理事。下午姚莱庭茂才来谈，夜餐后去。

二十六日(2月20日)　晴。上午至大街一过，即归。午，贾枧唐上舍来谈，过午去。夜大风，阅《申报》。

二十七日(2月21日)　晴。上半日督修理后屋。下午阅《申报》，知中国自去年同日国争战以来，迄今兵轮、兵器伤之一空，兵卒亦坏之不少。声威既失，财力两伤。如此时事，尚可言哉！

二十八日(2月22日)　晴。上半日(遗)[移]理后楼书屋。下

---

① 张荫桓(1837—1900)，字皓峦，号樵野。清广东南海人。曾官安徽徽宁池太广道，驻美国、日斯巴弥亚、秘鲁三国公使，总理衙门大臣，户部左侍郎等职。著有《奉使日记》《三洲日记》《铁画楼诗钞》。见蔡乃煌《故光禄大夫尚书衔户部左侍郎南海张公事状》、钱仪吉《清朝碑传全集》册5张祖廉《户部侍郎张公神道碑铭》。

② 邵友濂(1841—1901)，原名维诞，字小村，一作筱村，一字攸枝。清浙江余姚人。同治四年(1865)举人。曾官苏松太道、河南按察使、台湾布政使、湖南巡抚等职。著有《使俄函稿》《邵友濂日记》。见《同治四年补行辛酉科并壬戌浙江乡试同年齿录》；邵是同《余姚邵氏宗谱》卷十六《世系》、卷五《贻编》之吴郁生《中丞小村邵公家传》。按：宗谱无生年。乡试同年齿录作道光庚子年十二月十八日。家传作(光绪)辛丑五月卒，年六十有二。据家传逆推，其生年与乡试同年齿录同。道光庚子年十二月十八日，公历为1841年1月10日。宗谱无卒年。家传仅作辛丑五月。朱彭寿《清代人物大事纪年》作光绪辛丑年五月初八日。

半日琐事。夜读《会稽三赋》。

二十九日(2月23日) 早晨雨,上午阴,下午晴。琐屑事。阅《申报》。

三十日(2月24日) 晴。上半日至偏门外仓屋一游,理谷事,即归。下午至广宁桥王第同止轩[①]太史谈,兼请其撰曾大父《囊翠楼诗稿》叙文,谈许时归家。夜餐后算理家务琐事各账。

二月初一日(2月25日) 晴。早餐后乘舆至西郭吊徐谷芳舅氏之老太太,其开吊也,事毕即归。午拜先大母忌辰。下午王泽民来谈即去。

初二日(2月26日) 晴。上午为宝斋族兄书其铜锣山祖坟墓碑字。午后看工匠修理后屋。阅《有正味斋尺牍》。

初三日(2月27日) 阴。早晨拜文帝诞。上半日琐事。午祭本生先大人诞辰。盖先严、慈祭事自癸巳年冬分家时,予同弟纪堂龃龉后,纪堂出言甚伤气,而不同其争辨,遂存诸心。此后凡其当年值

---

① 王继香(1846—1905),字书林,一字子献,又字止轩,又作芝轩、芝仙,号蓼斋,又号醉盦,又号兰祖、梦白。清浙江会稽人。同治四年(1865)举人,光绪十五年(1889)进士。曾官翰林院编修、湖州府孝丰县训导等职。工篆刻,精铁笔,擅长骈体文诗词。著有《砚影》《止轩集》《忘寮介麋草》《醉吟草》《醉庵词别集》等。见王继香会试履历(《清代朱卷集成》册65);王继香乡试履历(《清代朱卷集成》册251);《光绪己丑科会试同年齿录》;《同治四年补行辛酉科并壬戌浙江乡试同年齿录》;马刷章《效学楼述文》卷二《先友记略·王先生子献》。按:会试同年齿录、会试朱卷均载其生于道光丙午年二月十八日。乡试朱卷、乡试同年齿录均作道光己酉年二月十八日。此据会试同年齿录及会试朱卷。《先友纪年略》无生年。其卒年《先友记略》仅作光绪三十一年卒。《日记》光绪三十一年六月初七日:"晴。上午田君扬庭来谈片时去。午前至后观巷田春农孝廉处拜其祖母先外姑祭事,午餐后谈多时旋家。今日在田宅闻徐培之舅氏于前日在沪上寓所逝世,又闻王止轩太守于前月廿五日在河南厘局差次逝世。"据此,其亦卒于光绪三十一年(1905)。

祭，予当永不与祭。近年拟便备数菜，逢忌辰自祭之。他时如能自积得若干钱，当零置田产数亩，稍为本生先严、慈立祭事，以垂久远，略报生我之恩于万一。此则予之夙愿也。嗟呼！兄弟不可多得，何为竟伤气如是，殊堪嗟叹。下半日看工匠修理后屋。夜阅《申报》。

初四日(2月28日)　阴，微雨。早餐后拜天池先生诞辰，看修理后屋事。

初五日(3月1日)　雨。早晨至试院看蕺山甄别题目，又至大街买书，即归。上午看理屋事，阅《申报》。

初六日(3月2日)　晴。上午作蕺山甄别书院题文，作一讲，后以事纷，心绪恶劣，遂尔不果。下午枯坐，寸衷焦灼。

初七日(3月3日)　晴。早餐后乘舟至柯山寓山寺，余家同胡宅为徐外祖太太做寿也。午拜像毕，在寺中饮，同席者徐仲凡舅氏、胡梅森司马及余共三人也。下午至寓山一游，即乘舟归家，时已暮矣(余同家慈[①]同舟也)。

初八日(3月4日)　晴。上午至街一走，即归。琐事。

初九日(3月5日)　晴阴。督木土匠修理后屋。

初十日(3月6日)　晴。屋事琐屑。今年原思作书院文字，借以自课。奈乍有家事琐屑，虽不能言为何事所忙，然而略有家务纷心，而读书遂不能专也。年纪长大而一事无成，日夜为之焦灼耳。

---

①　徐氏(1841—1924)，藏书家徐树兰长妹。适同邑诰授奉直大夫嘉庆戊辰恩科举人五品衔广东补用知县历任广东大洲电白场盐大使陈鸿逵孙、议叙六品衔盐大使陈堉庚次子议叙从九品陈华林。生五女，不生男。以兄惺第三子庆均为后。按：光绪二十六年八月一日："晴。月为乙酉，日为庚午。今日为老太太六旬庆辰，早辰祀(辰)[神]，上午祭祖，理琐事。"据此逆推，其当生于道光二十一年(1841)。《越铎日报》(1924年8月21日第4332号)之《告殡》："谨筮于夏正七月二十一日恭扶先慈徐太夫人灵柩安殡于植利门外下谢墅新貌山之麓。先于二十日开灵，恐讣不周，谨此告闻。孤哀子陈庆均泣血稽颡。"据此，其当卒于民国十三年(1924)。

十一日(3月7日)　晴。看修理后屋事。阅《申报》。夜卧,心事太繁,终夜不寐。

十二日(3月8日)　雨。上午看修理后屋事。

十三日(3月9日)　雨。

十四日(3月10日)　晴。琐事。午后余静庵、姚莱庭两膳生来邀认保。

十五日(3月11日)　雨。理修屋事。下午王止轩太史、子虞茂才来,谈片时去。

十六日(3月12日)　阴。午拜先大父诞辰。家事琐屑。院试之日伊迩,不克伏案几日,以冀背城一战。近年颇思专心读书而实无此福分也,以致心绪时形恶劣。

十七日(3月13日)　阴。理后屋事。下午至街一走,即归。在大街遇见有号衣写"楚车"营兵不下二千人,统领沈,不知何许人。衣装一色,旗剑飞扬,络绎于途,不知往战何处。闻北京亦有外侮之事。我国家军威不振,为日人之藐视极矣。

十八日(3月14日)　雨。上午阅《绿雪堂集》。晚间天气甚冷,而雷声与闪电络绎不绝。

十九日(3月15日)　雪子雪花连下一日,天气寒冷异常。

二十日(3月16日)　雪子如珠,雪花如掌,终日纷纷,平地积厚五六寸。天气奇冷异常,油冻水冰。二月下旬有如此春寒,亦罕见也。阅《申报》,知中国前使张樵野、邵小村两星使往日国议和,为日人所挟制,再三不允议。今改使李少荃相国往议,颇有头绪。据说不欲资款而欲土地也,然我中朝赏其资款则可,而土地虽尺寸不肯轻割。如是,则和议谅仍不能成也。彼日人战则必胜,我中国地为其所侵占者,亦不下千万里,闻之实堪愤事。

二十一日(3月17日)　阴晴。近日为屋事督工修理,殊觉纷心,而读书一日不能专心。院试已届,本年岁试并不用功,有何可望得意?嗟乎!年华骤长,岁不我与。兴念及此,能不怃然?

二十二日(3月18日) 阴。琐事。午后至试院前一游,即归。

二十三日(3月19日) 阴。上半日至试院前一游,知徐季和[①]学使已到试院一游,后即归。下午乘舆至西郭徐宅吊,即归。(其)[徐]谷芳舅氏之老太太,明日出丧也。

二十四日(3月20日) 晴。早晨乘舟至栖凫,送徐二太太进殡,吊后至徐宅宗祠午膳,同席钟厚堂[②]观察、胡梅森司马诸君。散席后即乘舟归家,时已未刻。

二十五日(3月21日) 晴,早晨略有雨。午拜春分祭祖宗。下午至酒务桥王泽民馆一谈,又至试院前接申之兄考古学,傍晚同归家。略受寒气,颇觉头痛鼻塞。

二十六日(3月22日) 晴。阅《申报》。看工匠修理后屋。傍晚至市门阁一走,即归。收拾考篮琐事。

二十七日(3月23日) 晴。寅时起,即膳后至试院进古学场,

---

① 徐致祥(1838—1899),字季和,号霭如。清江苏嘉定人。咸丰九年(1859)举人,十年进士。曾官翰林院编修、光禄寺少卿、太常寺少卿、宗人府丞、安徽学政、兵部右侍郎等职。著有《嘉定先生奏议》《姑妄存之诗钞》。见孙葆田《校经室文集》卷四《兵部右侍郎徐公神道碑》、《申报》清光绪二十五年四月十七日第九千三百七十八号《皖省官场纪事》。

② 钟坤(1833—1900),官名念祖,字载德,号厚堂。清浙江会稽人。投效云南军营,以军贡叠膺保荐。历任府厅州县,递升道员。二品顶戴,赏戴花翎,赐号达勇巴图鲁。任云南盐法道,署按察使,奏派宁绍温行营营务处兼统台防。赠光禄寺卿。著有《自记年谱》。见钟荣《会稽钟氏宗谱》卷三钟念祖《厚堂公自记年谱》、《本支列传》之岑春萱《厚堂公传》;卷七《后岸尚素公支介轩公派》。按:宗谱无卒年。《日记》光绪二十六年三月初一日:“月为庚辰,日为癸卯。天气闷暖。上午乘车至寺池吊钟厚堂观察(观察卒于二月十一日,今开吊也),稍坐片时即旋家。”据此,其当卒于清光绪二十六年二月十一日。《觉民报》(第24期)之《观察骑鲸》亦有载:“宁绍台行营营务处钟厚堂观察,去冬间在台州防次得了中风之症,告假回越后,病势日见加增,到处延请名医调治,迄无效验,遽于本月十一日黎明仙逝。”

作律赋一篇,五言诗八韵。傍晚缴卷出场,归家已日暮矣。

二十八日(3月24日)　晴。上半日琐事。下半日至试院前一游,接申兄生员岁考,归家已日暮矣。夜为鲍穆如绘扇箑一张。

二十九日(3月25日)　晴,天气霉湿。上半日至常禧门外仓屋粜米,午归家。下午阅《申报》。此次中国同日国战不得法,兵威不振,亦为中国强弱之一大关键。如果准不筹军再战,任其挟制和事,则将来之外侮,必不可了。草茅下士,虽无才绪,殊有忧心。

三月初一日(3月26日)　晴,天气湿热。上半日称算晒好饭谷琐事及看工匠修理后屋。下半日阅《史记索隐》。

初二日(3月27日)　阴,微雨。在后屋收拾书籍。日以琐屑事度日,自不能振作,亦有责也。

初三日(3月28日)　早晨微雨即晴。上半日琐事。下半日至镇东阁府署前看武生考试,又至试院前一游,即归家。

初四日(3月29日)　晴。上午阅《申报》,知李少荃相国往日本国议和,被日人轰击,面部受伤。日人之无忌惮如此。由此观之,其无和意可概见矣。中朝诸当局,盍不速集大兵,力奏皇上,再同其决一死战。究之蠢尔蛮邦,不难克日剿除也。午后至街一走,即归。下半日阅孙彦卿[①]广文文牍。

初五日(3月30日)　晴。早餐后阅《申报》。琐屑事。

初六日(3月31日)　晴。寅时起,即膳后至试院前进场考山会童生正场,予在场作四书文两篇,题《而莫之违也》,次题《尔于茅宵》。

---

① 孙德祖(1839—1908),字彦清,一字岘卿,又作彦卿,号寄龛。清浙江会稽人。同治六年(1867)举人。曾官浙江长兴县学教谕、淳安县学教谕等职。著有《寄龛文存》《寄龛文赓》《寄龛诗质》《长兴县学文牍》《题楹福墨》等。见《同治丁卯科并补行甲子科浙江乡试同年齿录》;马绸章《效学楼述文》卷二《先友记略·孙先生彦清》;孙德祖《寄龛诗质》卷九《自题四十二岁小影》。

诗一首，题《赋得"鸟萃平林"得"仪"字》五言六韵。作毕誊就，缴卷出场，时方申刻。归家未晚，同家大人及申兄略谈文字，夜餐后即睡。

初七日(4 月 1 日)　雨。上半日录前日院试文诗。下半日琐事。夜膳后至试院前看文宗出提覆牌，见予桌号亦提覆在其列。又至学房，知卷子弥封，名字亦揭晓，见予名固在其列。遂即归家，理提覆事及收理考具等件。

初八日(4 月 2 日)　卯初起，即早膳后至试院前待许多时，遂开院门，进场覆试。徐季和文宗坐于堂，覆试者皆认桌号，在堂挨次排坐。文宗即示曰先默写正场起讲一个，又限五刻时作后股文两股，每股须有百字，题为《"舜何人也予何人也"两句》。文宗坐视严肃，覆试皆伏案专心写作，不得稍有他顾及讲话等弊，甚肃静也。予幸依时作就，将文缴文宗收后，遂携笔砚出场。归家时已将午，录记试文，稍息一时，午膳后又至试院前出正案。待至未时发案，见予名在山阴县学第十名[①]，看明后即归家。息片时，学胥亦来报，遂理琐事。后至田宅一谈，盖莼波[②]同其侄孝颛亦获隽也，即归。晚间至学谒本学官徐[③]、

---

① 陈庆均《为山庐百感悼亡百感录》有诗记其事，诗曰："两家芹藻各分香，试艺总凭玉尺量。犹记当时相语一，名徼幸列在前行。(乙未之岁，予与内人之侄宝源、侄孙孝颛曾同列县庠，内侄列名稍远，内侄孙列十一名，予列十名。内人即戏谓之曰：'君取不取不足异，高列于予侄孙一名，最幸事也。')"

② 田宝源(1870—1899)，字莼波。清浙江山阴人。见《田宝祺乡试朱卷》；陈庆均《为山庐百感悼亡百感录》。《日记》光绪二十五年四月十六日："阴。辰刻闻田莼波茂才病甚危，逾时至其家，已溘然而逝，甚为嗟悼。莼波为余内侄，长余一年，乙未岁同列县痒。"《日记》光绪二十六年六月二十三日："晴，天气甚暖。今日为予三十生日，度日如常，纤毫不露形迹，甚适予素志也。"据此二者，田宝源当生于同治九年(1870)，卒于光绪二十五年(1899)。

③ 徐增熙(1837—?)，字燦夏，号敬亭。清浙江金华武义人。同治四年(1865)举人。曾官海宁州学、山阴县学教谕兼理绍兴府学教授。见《大清搢绅全书》(光绪乙未夏季北京善成堂)；徐增熙乡试朱卷(《清代朱卷集成》册 252)。

吴[1]两老师,时已夜,遂同友人至春宴馆菜店饮。饭后又至试院前学房讲填册事,夜深归家,十二点钟矣。

初九日(4月3日) 雨。卯初起,同田莼波、孝颛乘舟至试院前覆试事。知予卷册尚未填定,盖学官习气,在此专事图利。又有谄谀之流趋奉,代为其龙断,说余家册钱可以多索几何也!且廪保余君近庵甚不能干直,至学院开门点名,尚未填定册卷。学官于是利欲熏心,遂禀文宗说余家同陈维善皆殷实,而挨延至刻下尚未填定册费。一时文宗为学官所欺,遂将予卷及陈维善一卷且行扣覆。吁!读书为明理起见,忠孝廉节,尤为读书人所当考究。今吾辈初入县学,一切品行学问,原当以学官为圭臬。今学官首先以无廉耻示人,成此恶习,不与国家崇尚儒林之至意大相背谬哉!予初意此事无庸理他,凭其不送册,将来文宗查问,何难以此故明达文宗。后田春农同至水澄巷徐宅谈,经诸戚友谆劝,仍言于学官添许洋钱,属其送册也。午后至车水坊邀余君近盦谈,即归家。申刻又至试院前一游。晚间同田蓝陬、春农、锡卿[2]诸君乘舟归家,时已晚矣。

初十日(4月4日) 阴。上半日田蓝陬茂才来,春农孝廉亦同来,即去。早晨,曹康臣舅氏来贺喜,即去。徐显民茂才来。又邀田

---

① 吴仁均,本姓陆,字可安,号调卿。清浙江嘉善人。光绪元年(1875)举人。曾官山阴县学复设训导。见《大清搢绅全书》(光绪乙未夏季北京善成堂);陆仁基乡试朱卷(《清代朱卷集成》册279);陈梦赉《中国历代名医传》。

② 田宝琭(1865—1899),字锡卿,日记一作翕卿,整理时统一为锡卿。清浙江山阴人。见《田宝祺乡试朱卷》(绍兴图书馆藏)。按:《日记》光绪二十五年四月二十九日:“盖锡卿茂才今年卅五岁,于丁亥科试补县学生,屡应乡试不售。攻苦半生,竟以一衿终。距其弟莼波茂才之故,只九日也。”据此,其当生于同治四年(1865)。《日记》光绪二十五年四月二十四日:“晴,天气闷热。上午闻田锡卿茂才病又甚危,至午后忽闻锡卿茂才又复殂谢,惊悼莫名。盖其弟莼波茂才逝世未到旬日,今锡卿又复接连而故,此事亦世所罕闻而亦人所共为惊悼者也。”据此,其当卒于光绪二十五年(1899)。

春农孝廉来谈，同至试前说覆试补考事。晚间至胡秋田[①]家向其假地饮酒，予作东道，至亥刻归家。

十一日(4月5日) 阴。早晨至车水坊邀余君静盦，即至试院。学官同廪保同入试院至文宗前领卷，陈维善亦同补覆也。予及陈维善在东后考棚覆试，作四书文一篇，题为《人有不为也》；作经文一篇，题为《学于古训》；作诗一首，题为《石泉槐火一时新》。写作就缴卷出场，即归家。晚间又至试院前一游，又至徐显民茂才处一谈，即归家。

十二日(4月6日) 雨。乘舟至栖凫拜扫祖坟，密雨滂沱，颇觉草率。又至铜锣山拜外房祖坟，事毕归家，时已晚矣。夜书刊试草名片。

十三日(4月7日) 雨。至笔飞弄蔡茗山[②]孝廉处谈片时，又至水澄巷徐显民茂才处。过午餐后，至街一过而归。晚间至后观巷田宅谈，即归。午后田杏村舍人来贺喜，即去。余君近盦来谈片时去。

十四日(4月8日) 阴。至盛塘翠华山[③]拜扫四世祖妣[④]墓，又拜外房祖宗墓，事毕归家，时尚未晚。

十五日(4月9日) 晴。早晨至试院前待片时进场大覆，恭默圣谕六十五字，即缴卷出场。试前游览一时后，至徐显民茂才处，邀至新河弄德和当设杯肴，请显民茂才，田蓝陬茂才、春农孝廉、锡卿茂

---

① 胡毓骏(1872—?)，乳名奎，原名毓騋，字秋田。清浙江山阴人。国学生，会典馆誊录，议叙两淮候补盐大使，赏戴蓝翎，赏换花翎。见胡寿震《绍兴莲花桥胡氏宗谱》。

② 蔡铭恩(1855—?)，谱名宝炯，字叔惠，号珉山，日记一作铭三、茗珊、岷山、茗山。整理时其号统一为茗山。蔡元培叔父。清浙江山阴人。光绪二十年(1894)举人。见《蔡铭恩乡试朱卷》(绍兴市图书馆藏)。

③ 翠华山，日记中又作彩华山、采华山、菜华山，整理时统一为翠华山。在今绍兴市越城区鉴湖街道内，今名彩黄山。

④ 金氏，陈庆均四世祖妣。见陈在钰录《越州陈氏世系考略》。

才饮,后又邀诸介如[1]茂才、胡君秋田来饮,冯君昆山、董君紫莼亦来饮,颇觉热闹。散席后,同蓝陬茂才至试院前一游。又至府署大堂看阖属新生员全案,见予名仍在第十名。然则提覆后所出正案已定,以后之覆试无足重轻也。看后即归家,蓝陬茂才亦到予家谈片时去。夜录行卷。文宗牌示凡新生取在十名以上者,皆录送文诗,以备刊刻校士录之用。予适在十名,故亦须录送也。

十六日(4月10日) 卯时起,即衣冠,乘舆至试院参谒徐季和文宗师兼呈送文卷,宗师即于是刻起马。予在院前稍游片时,即归家。上半日王君泽民来,又同至试院前一游,过大街归家。予学问空疏,今侥幸微名,其将若何策励也。

十七日(4月11日) 晴。早膳后至凰仪桥乘舟,至石头旗井头山拜扫高祖墓,事毕下山乘舟。又至外王拜外房祖宗墓,事毕坐舟归家,时已傍晚。又至试院前一游,即由大街归家。

十八日(4月12日) 雨。早餐后至田宅同坐至上谢墅拜田太岳坟,舟中午膳后,放棹而归,予在凰仪桥上岸到家。今日家中沈八房来报,本学学胥亦来报大报并送《黉案》《全录》等件来。《黉案》一卷,载明学政官衔及本年各正场题目,绍兴新生员名姓,一府学、八县学皆全。《全录》一卷,亦即绍兴府阖属新生同案录也。予纷于家务,已有岁年。虽有余闲,仍把卷咿唔,或逢书院亦偶作数篇文字,而终不能专意读书矣。原思近年家务稍清,当温故知新,勤自课读。今年自不敢邀幸功名,乃徐季和宗师竟以予文字赏置取第十名,入山阴县学。清夜自思,实深警惕。此后未识能学行交修,以不负秀才乎!

十九日(4月13日) 阴。早餐后至田宅,同坐舟至偏城外澄湾村拜坟。舟中午餐后,放棹归。予仍由凰仪桥上岸,到家时尚未晚。

二十日(4月14日) 阴,早晨微雨。早膳后乘舟至谢墅上岸,至新貌山拜扫曾大父母、大父母、本生父母三代合墓,事毕下山。舟

---

① 诸筠,字介如。清浙江山阴人。见李镜燧《六朝民肖影题辞》。

中午膳后归家，时方半下午。理琐事。

二十一日(4月15日)　阴雨。琐事。自书试卷签字及帖字。

二十二日(4月16日)　晴。上半日游闲。下午至街一走，即归。阅《申报》。

二十三日(4月17日)　晴。田莼波同其侄孝颛以新入学得意作东道，雇舟邀蔡茗山孝廉、诸介如茂才、章吉堂茂才及余，又其自家数人，扬帆至偏城外鉴湖观会。又游小云栖寺同僧人谈，僧人出其昔年卍香上人①所藏名人书画观之，借见吾家曾叔祖十峰②公、士岩公同王律舫③诸君游时，笠舫曾有留题诗并记其事于册叶。名公巨卿，昔年游过此处，无不留其爪印。披览之余，不胜欣幸，殊觉文字之有因缘也。游后又放舟至跨湖桥，舟中午膳。游人毕集，船只甚多。午后予欲散步而归，被诸君坚留。至夜餐后予上岸进城，归家时已二更。上午知王子献太史同其弟子虞茂才来贺喜。

二十四日(4月18日)　晴。写理财务。

二十五日(4月19日)　天未明，雷雨即晴。上午至和畅堂④余静庵茂才馆谈，片时即归。阅《申报》。

二十六日(4月20日)　阴，乍雨。上午至田宅同蓝陬茂才至新

---

①　释兴宏(1758—1838)，号卍香。清浙江山阴人。清中期浙东名僧，西园吟社成员。七岁出家鉴湖之兴教禅院，历主平阳、开元诸丛林，后退居小云栖寺。著有《懒云楼诗草》。见赵任飞《绍兴图书馆馆藏古籍地方文献书目提要》。

②　叔祖十峰，即陈鸿熙。参见前言。

③　王衍梅(1776—1830)，字律芳，号笠舫，清浙江会稽人。嘉庆十六年(1805)进士。著有《绿雪堂遗集》。见吴海林、李延沛《中国历史人物辞典》；《碑传集补》卷四八沈元泰《王衍梅传》。

④　和畅堂，日记一作河畅塘，整理时统一为和畅堂。今绍兴城区塔山公园南侧有东西向道路和畅堂。和畅堂原为明代大学士朱赓别业，后派生为路名。

河弄“德和当”游，即归。下午自刻试草图章。晚间又至田宅一谈，即归。

二十七日(4月21日) 乍雨乍晴。上半日录院试文一篇。

二十八日(4月22日) 晴。早晨录院试文一篇。上半日琐事。下半日同申兄至广宁桥访王子献太史，又同子虞茂才谒任秋田[①]先生。任君昔年本生先大人在日曾以文字相质，今以院试文请评改，谈许时后归家。

二十九日(4月23日) 晴。上午自刻试草图章。阅《申报》，检阅诸人旧试卷。

三十日(4月24日) 晴。琐事。上午至街一走，即归。下午琐事。晚间至田宅谈，即归家。夜算理琐屑账，又阅《会稽三赋》。

四月初一日(4月25日) 晴。早餐后至水沟营曹康臣舅氏处谈，即归。上半日拟试卷评语。下午田蓝陬茂才来谈，晚去。夜抄写文字。

初二日(4月26日) 晴。早餐后同申兄乘舟[至]贤嘉庄谒平栋山[②]太先生，兼请其批评试文也。后栋山太先生值往木栅村督筑寿

---

① 任塍(1837—1899)，字似庄，号秋田。清浙江会稽人。光绪元年(1875)副贡，五年举人，六年进士。曾官户部河南司主事，贵州安平、贵筑、遵义等县知县。著有《倚舵吟遗稿》《闻妙香室删余文钞》。按：任塍《倚柁吟遗稿》之《戊子八月九日生子以产于黔命之曰黔口占二律》：“推算行年说竟符，今朝庭舍乃悬弧。(娄秉衡比部推星命谓五十三始有子。)”《光绪己卯科直省同年齿录》、《光绪六年庚辰科会试同年齿录》、任塍乡试履历(《清代朱卷集成》册268)均作道光庚子年十二月二日。据此四者，定其生于道光十六年十二月二日。《日记》光绪二十五年七月二十四日：“谈及任秋田先生之夫人亦又去世，一以二十二日去世，一以二十三日去世，可谓夫唱妇随速耳。九原又成伉俪也。”据此，其当卒于光绪二十五年七月二十二日。

② 平步青(1832—1895)，字景荪，一作庆荪，又作敬荪，景孙、景荪，号栋山，又号平子、侣霞、三壶佚史。清浙江山阴人。咸丰五年(1855)(注转下页)

坟，晤其侄永生先生，谈许时归家，时已午矣。下半日阅《说文解字》。

初三日(4月27日) 晴。早晨录试文一篇。上午琐事。乘舟至水澄巷徐宅拜忌辰，即归。午拜曾大母忌辰。下午阅《说文解字》。夜书试草面篆字。

初四日(4月28日) 晴。琐事。

初五日(4月29日) 晴，天气甚暖，晚间雨。今日同申兄酌刊试卷文字。

初六日(4月30日) 晴，天气凉爽。上半日录刊试草事。下半日录写予院试正场原本文诗。恐后忘记，特录之以为后览。

初七日(5月1日) 晴。上半日王君泽民来，至街一游，即归。下半日至田宅谈，傍晚归家。

初八日(5月2日) 雨。录写去冬郡试原卷文。

初九日(5月3日) 上半日录文。下午田蓝陬茂才来谈，又同至渠家谈，傍晚归家。

初十日(5月4日) 晴。本学学胥持学老师名帖来，请迎送入学游泮，日期择在二十日也。此亦遵故事也。下午摹写山水。

十一日(5月5日) 晴。学钟鼎文字。

十二日(5月6日) 晴。上半日至田宅谈，过午后同蓝陬茂才、莼波茂才、孝颛茂才至小江桥一游，至晚间各归。天气颇暖。

十三日(5月7日) 晴。临习钟鼎文字，系阮文达公请名手摹写所刻之本，虽不是碑帖而尚可临学。予生平颇喜书写篆字，其间有石鼓文字，更觉结体古雅。其笔画字样，谅非当时杜撰。据其序跋，亦依样残碑摹临也。

(续上页注)举人，同治元年(1862)进士。曾官江西督粮道、江西布政使、江西按察使等职。著有《读经拾沈》《读史拾沈》《栋山日记》《霞外捃屑》《两负堂札记》《樵隐昔呓》等。见平步青《安越堂外集》卷七《栋山樵传》;《咸丰乙卯直省乡试同年齿录》;《民国绍兴县志资料》(第一辑)册15《人物列传》。

十四日(5月8日) 上午雷雨,下午晴暖。天时虽长而琐屑数事,遂过去一日。

十五日(5月9日) 阴。上午算付本学学胥一切诸账,即所谓门斗也。此等人贪财无厌,殊费论量。下午至街一过,即归。签写试草各事,申兄、纪弟亦同理也。夜自写小样挂屏四张,写石鼓钟鼎字也。

十六日(5月10日) 雨。检阅试草,较对之后,刊刻尚有数字刊误。刻手甚劣,殊属不工致。下半日收拾房间且督工人搬大床至后屋楼下房间,盖家大人已择于二十日进住后屋,即开元弄屋。此屋原系自立一宅,今已有门宕开通,可与春云堂前后分半之屋走得通也。将来如春云堂前后分半之屋不欲居住,则此开通之门仍可关拒,由开元弄进出可也。

十七日(5月11日) 晴。上半日理分试草及部署一切事。虽未尝张灯结彩,然迎送入学之日,必有诸戚友来道喜,不得不稍稍陈设,以应酬也。下午至街一过,即归家。

十八日(5月12日) 晴。理送来芹仪开发事,以及收拾陈设屋宇客厅等事①。

十九日(5月13日) 晴。理值一是芹事及预排明日入学拜客及家中酬应各事。

二十日(5月14日) 晴。寅时起理事。卯时随家大人等进开元街之屋祀神、祭祖,盖择今日进住也②。事毕,又至大厅祀神,牲

---

① 陈庆均《为山庐悼亡百感录》有诗记其事,诗曰:"泮水优游酒一尊,亲朋莅贺集寒门。草堂简陋家风旧,深费排当数日烦。(新入学者,例由郡守择日谒圣。是日戚友咸相莅贺,必备酒筵以宴宾朋。予家风尚简朴,然绸缪设备,又有数日内政之纷扰也。)"

② 陈庆均有诗《为山庐悼亡百感录》记其事,诗曰:"赎得先人屋数椽,好从吉日卜莺迁。寒家风气今犹简,物累轻时事便便。(自癸巳冬被祝融之祸,屋宇零落。先大人赎回屋后第,辟门以通之,即于四月新生礼圣之日进住是屋。当时家贯最简,迁移颇不繁冗也。)"

果、香烛等品,皆田第送来。绍兴风气,此等礼物皆须外舅家备送。礼神毕,早膳毕,遂乘舆至绍兴府署。插花饮酒毕,至山阴学恭谒至圣先师。行礼毕,至西郭徐一到,即出。至水澄巷徐一到,即出。至宣化坊胡一到,即出。至后观[巷]田一到,即向该家贺喜(渠家亦有此喜事),遂旋家。祭祖宗道喜毕,午膳后乘舆至狮子街曹一到,即出。至南街徐一到,即出。至圆通寺沈一到,即出。沈本不必下轿,为渠家亦有此喜事,而其午前又来贺喜也。今日所到者此上数家,余皆递名片试卷而已,毕事后旋家。申时收拾各件事务。夜理常用物件,遂至后屋住宿。

二十一日(5月15日) 晴。理值各件事应酬客(贾君枧唐其前日下午来道喜,故请其今日补饮也),午间饮。又邀冯蕺农茂才、王君泽民,同贾君枧唐、鲍君穆如、申兄、予、纪堂共七人畅饮,至傍晚各去。

二十二日(5月16日) 晴。贾君枧唐、鲍君穆如去。理值各事,虽不甚铺张,其事须费数日排档也。

二十三日(5月17日) 晴。收拾各件事,又收拾整理房屋等事。

二十四日(5月18日) 阴。早膳后至栖凫徐宅贺芹喜(渠于今日开贺也),午饮后归家。

二十五日(5月19日) 晴。清理各事。

二十六日(5月20日) 雨。清理各事。阅《葛园丛书》,此书系平栋山太先[生]所赠。

二十七日(5月21日) 阴。阅《葛园丛书》。

二十八日(5月22日) 雨。阅《葛园丛书》。

二十九日(5月23日) 晴。午刻止女儿哺乳,同其嬉游。夜间女儿啼哭不寐,盖其自有生以来,日夜常常所食之物,一旦禁止,而食之无从,其悲悯之情形,自不胜言。为其父母者,实营诸念虑而不觉有恻然之心也。下午同鲍君穆如至酒务桥王泽民馆一到,即归家。

五月初一日(5月24日) 晴。上午至街一走,即归。下午琐事。

初二日(5月25日) 阴。算理各账。傍晚至后观巷田宅谈,夜餐后归家。

初三日(5月26日) 晴。上午算理各账。下午至大街一走,即归家,时尚未晚。

初四日(5月27日) 晴。付算各店账。此节为有入学喜事,用(渡)[度]纷繁,算付各账,殊费事也。

初五日(5月28日) 晴。上半日算理账务。下半日至楼窗前望卧龙山,见游人纷纷,亦吾越之风俗也。王君泽民来饮酒,至傍晚去。

初六日(5月29日) 阴。算理各账。

初七日(5月30日) 早晨雨,后阴晴。乘舟至高车头送鲍厚芗[①]封翁之主入其家庙。午餐后听戏片时,放棹而归,时已七下钟矣。

初八日(5月31日) 晴。上午收拾屋宇。下午王子虞茂才来谈,至晚间去。

初九日(6月1日) 晴。早餐后至田宅谈,鲍星如大令亦在田宅,午同饮,谈至傍晚各散,予归家已六点钟矣。

初十日(6月2日) 晴,晚间雨。上午乘舆至南街张宅茶栈拜子母神会,午饮后看演剧,片时即归。傍晚又至大街一走,即归家。

十一日(6月3日) 早晨微雨,上午晴。早餐后予同申兄雇大舟邀田蓝陬茂才、春农孝廉,锡卿、莼波茂才,宝祐[②]、宝森[③]、孝颛茂

---

① 鲍诚坤(1843—1891),又名承吉,字厚芗,一作厚乡。清浙江会稽人。监生,捐盐运同衔,赏戴花翎。见鲍德福《鲍氏五思堂宗谱稿》卷三《尚志公派第五世》。

② 田宝祐(?—1933),字禔盦,日记一作禔庵、禔安,整理时统一为禔盦。浙江绍兴人。清同治六年(1867)举人田晋蕃次子。见《田宝祺乡试朱卷》。按:陈庆均《为山庐诗稿》(第二本)有《田君禔盦为先室田夫人之侄讲让型仁言行不苟侪辈咸资矜式平居相睽咫尺风雨过从数十年如一日也癸酉中春遽闻噩耗顿惊永别有不已于言作此挽之》诗。据此,其当卒于民国二十二年(1933)。

③ 田宝森,清浙江山阴人。同治六年(1867)举人田晋蕃从侄。见《田宝祺乡试朱卷》。

才，鲍诵清广文、星如大令游柯岩，颇觉人多兴盛。畅游一日，乘舟归家，时已二更矣。

十二日(6月4日)　晴。女儿昭姑于前日得病，午后至田［宅］同杏村舍人商谈药剂，女儿亦往一诊视后归家。夜间病势更重。

十三日(6月5日)　晴。女儿病重。上午田杏村舍人来诊理，开方药后去。下午又请骆卫生[①]医者来诊，开方药后去。夜为女儿病理方药，不得安睡。

十四日(6月6日)　晴。上午田杏村内兄来诊视女儿病，稍谈片时去。理方药琐事。阅《申报》。

十五日(6月7日)　晴。为女儿病理琐屑事。

十六日(6月8日)　晴。上午至马梧桥祀黄神，又便道至鱼化桥[②]昔年吾家住过之旧屋门前一游。此乃予诞降及童年嬉戏之区，风物稍殊，旧游如在，不胜抚今感昔之思。游览一过，遂即归家。午后阅《申报》，琐事。

十七日(6月9日)　晴。早餐后至街。又至接龙桥骆卫生医者处为女儿商改方药，即归。琐屑事。阅《申报》。

十八日(6月10日)　乍雨乍晴。上半日至田宅杏村舍人处商改方药，女儿所服之方药也，谈片时即归家。下午王君泽民来谈，至傍晚去。

十九日(6月11日)　晴。收拾书房、阅《申报》等事。

---

① 骆卫生，清浙江山阴接龙桥人。邑名医骆惟均后裔。绍承家学，以医问世，声名大噪，凡山阴、会稽、嵊县、诸暨、新昌诸县，无不知“接龙桥儿科”者。素行端谨，性好施济，日诊数白百人，不计诊资，遇贫乏者赠以药，全活不可胜计。辑有《医案》十余册，未梓。子骆保安、骆国安、骆静安，皆传承父业。见《民国绍兴县志资料》(第二辑)。

② 鱼化桥，日记一作余花桥、余化桥、渔化桥，整理时统一为鱼化桥。现多作渔化桥，桥在绍兴府会稽县治南，临河一侧道路称渔化桥河沿。现桥已不存，1966年，将渔化桥河道填平后筑路，仍名渔化桥河沿，系东西走向，东起马弄，西至新建北路。

二十日(6月12日) 晴。上午至水澄巷徐宅拜忌辰,即归。又至田宅拜诞辰,过午后在田宅嬉作诗牌,偶有佳句甚奇,至傍晚归家。

二十一日(6月13日) 晴。绘山水。

二十二日(6月14日) 晴。上半日收拾书屋。下半日至大街一过,即归。琐屑事。

二十三日(6月15日) 晴。上午收拾书屋。予自移居后屋后,书房尚未收拾,今稍稍整理,以便安置笔砚。昭女儿病大抵为气虚,以致足腿甚胀。夜餐后至田宅同杏村舍人商酌方药,稍谈片时即归。女儿上午惟见足腿胀,而下午腹亦胀也。

二十四日(6月16日) 晴。晨起见女儿面上亦肿胀,殊为忧虑。此病实为断乳而致。予不能多用几钱,为女儿接雇一乳妈以为女儿哺乳,以致虚气,百病俱出,寸衷歉然无已。

二十五日(6月17日) 晴。上午理祭祀各事。午祭曾大母诞辰。下午天暖异常,不堪作事。

二十六日(6月18日) 晴。上午至田宅杏村内兄处商酌女儿方药,谈许时归家。天气甚暖。

二十七日(6月19日) 晴,下午乍有阵雨。上午看罗丹青梲甫来画祖像,晚间罗君去。

二十八日(6月20日) 阴。女儿胀病日久不愈,心绪愁纷,理方药琐事。

二十九日(6月21日) 晴。上午理祭祀事。午拜夏至祖宗。

三十日(6月22日) 晴。琐事。上午拜老当年夏至祖宗,又至田宅望润之外舅病,即归。

闰五月初一日(6月23日) 晴,天暖异常。上午绘山水横幅一张。女儿久病未瘳,时萦忧虑。

初二日(6月24日) 晴,天暖异常,晚间凉快。至大街一过,即归。

初三日(6月25日) 阴,微雨,天气凉快。阅徐灵胎征君《慎疾刍言》，此书平栋山太先生刻入《䓤园丛书》中。

初四日(6月26日)　阴。琐事。

初五日(6月27日)　阴，下午晴。早餐后至街遇王君泽民，同至卧龙山顶一游。吾越风气，皆以五月初五日游卧龙山，人甚多。今年有闰月，而游人皆于正五月游过，今日一无游人也。予同王君往游，甚觉清静而有别致，不随俗习也。至午刻归家。

初六日(6月28日)　晴。琐事。予腹泻稍有不适，坐卧因循。

初七日(6月29日)　晴。上午至街一走，即归。下午收拾书籍，督工人种花。

初八日(6月30日)　晴。上午阅《申报》，琐事。下午自书楹联一副。

初九日(7月1日)　晴。琐事。

初十日(7月2日)　晴。巳刻至偏门头演武厅看点围丁，然余到已点完矣，遂即归。

十一日(7月3日)

十二日(7月4日)　阴。上午王泽民来谈，且戏属其将书院花红吃酒食。下午酒后戏作书院文大半篇，申之兄作后股，泽民誊之，即成一卷。言明如有旁伙花红，再当吃酒食也。泽民至晚去。

十三日(7月5日)　阴晴，午乍雨即晴。

十四日(7月6日)　阴。作蕺山小课赋，夜又作五言诗八韵，誊写毕，时已二更后矣。

十五日(7月7日)　微雨。阅《申报》。下午至街一走，即归。

十六日(7月8日)　晴。琐事。

十七日(7月9日)　阴。理账。

十八日(7月10日)　晴。阅《申报》，阅《本草从新》。下午王君泽民来谈，即去。抄蕺山题文一篇。

十九日(7月11日)　阴雨。琐事。阅《宋子年谱》。

二十日(7月12日)　晴。今日初伏，天气闷热。

二十一日(7月13日) 晴。琐事。

二十二日(7月14日) 晴,下午雨。琐屑事。

二十三日(7月15日) 晴,下午雨。琐屑事。

二十四日(7月16日) 晴。琐事。

二十五日(7月17日) 晴。午祭曾大母诞辰。

二十六日(7月18日) 晴。上午琐事。午刻申之兄得举一子,亦其不可少之事也。午后阅《申报》,又阅《长兴县学文牍》。

二十七日(7月19日) 晴。上午书篆联一副。下午书扇箑一张,阅《有正味斋骈文》。

二十八日(7月20日) 晴,午后大雨。琐事。

二十九日(7月21日) 晴。琐事。家务琐屑,因循度日。夜算理琐屑各账。

六月初一日(7月22日) 晴。学篆字。

初二日(7月23日) 晴。琐事。

初三日(7月24日) 晴。天气暖,不能作事。

初四日(7月25日) 天气暖,不能作事。

初五日(7月26日) 晴,天暖。上午至街一走,即归。

初六日(7月27日) 晴,天暖异常。晨刻为家中琐事心绪恶劣。上午算理经手各账务,颇拟了清。下午卧。晚间王君泽民来,同其至街散闷,戌刻归家,泽民亦来夜闲谈,半夜睡。

初七日(7月28日) 晴,天暖异常。早晨泽民去。自书蒲纨扇一柄。上午为高省三茂才绘纨扇一柄。午间至田宅拜忌辰,夜餐后归家。

初八日(7月29日) 晴,天暖,晚乍有雨。

初九日(7月30日) 晴,天暖异常。

初十日(7月31日) 晴,天暖异常。

十一日(8月1日) 晴,天气溽暑。

十二日(8 月 2 日) 晴,天气溽暑。

十三日(8 月 3 日) 晴,天气溽暑。阅刘渊亭[①]军门征倭人书,颇有忠勇智谋之气,惜无人为其协力同心也。

十四日(8 月 4 日) 晴,溽暑。阅中倭战书。

十五日(8 月 5 日) 晴,盛暑。上午至田宅畅谈终日,半夜归家。月明满地,凉风乍来,殊爽快也。

十六日(8 月 6 日) 晴。盛暑而不能作事。上午至街一走,即归。

十七日(8 月 7 日) 晴,下午阴,雷风交作,雨亦稀下几点。

十八日(8 月 8 日) 晴。寅时立秋。清晨起,天色即有秋容,真造化之奇也。

十九日(8 月 9 日) 晴,天气闷,下午雨。阅《申报》,阅中倭战书。

二十日(8 月 10 日) 晴,天气凉爽。上午阅《申报》。阅《随山宇方钞》,此书系乌程汪谢城[②]广文所集,平栋山太先生刊赠也。

---

① 刘永福(1837—1917),本名建业,一名义,字渊亭。清广东钦州人,其先广西博白人,自其父迁居于钦。早年参加天地会起义,太平天国革命失败后,在广西、云南边境组织黑旗军。后应越南国王邀请率黑旗军抗法。中法战争爆发后,为抵抗法国侵略受清政府收编,参加战斗,屡立战功。战后授广东南澳镇总兵。光绪二十年(1894)甲午战争期间,奉命帮办台湾军务,驻台南。次年在台南抗击日军,因孤军无援退回广州。后曾署广东碣石镇总兵。辛亥革命爆发后,曾应胡汉民之请任广东民团总长,不久便辞职回籍,后寿终里邸。见《国史馆馆刊》(1949 年第 2 卷第 1 期)之《刘永福传》;刘绍唐《民国人物小传》。

② 汪曰桢(1812—1882),字仲维,一字刚木,号谢城,又号薪甫。清浙江乌程人。咸丰二年(1852)举人。曾官浙江会稽教谕。著有《四声切韵表补正》《如积蒙引》《随山宇方钞》《荔墙词》《古今朔闰考》《古今诸术考》《玉鉴堂诗集》等。按:据汪曰桢《玉鉴堂诗集》卷六《同治壬申元日余生于嘉庆壬申时年六十有一矣》及《咸丰壬子科浙江乡试同年齿录》,定其生于嘉庆十七年四月十三日。《畴人传三编》卷六诸可宝撰《汪曰桢》载其光绪七年卒于官,年六十九。(注转下页)

二十一日(8月11日) 阴,上午雨即晴。算理琐屑账。阅朱海门[①]遗集[②]。天气凉爽。

二十二日(8月12日) 晴。录账。下午至田宅一谈,即又至街一走,看书院案,即归。又至姚宅谈片时,即归。

二十三日(8月13日) 晴。上午录算旧账。下半日阅《慎疾刍言》。晚间为田莼波茂才写挽马孺人联一副。

二十四日(8月14日) 晴。上午阅《申报》。午刻雨。下午王君泽民来谈许时去。

二十五日(8月15日) 晴。上午录《本草目录》。下午阅《申报》,又阅《荆园小语》,摹写酬字堂孕山楼信笺。

二十六日(8月16日) 晴。录《本草目》。

二十七日(8月17日) 晴。录《本草目》。

二十八日(8月18日) 晴。辰刻至大街一走,即归。

二十九日(8月19日) 晴。上半日阅《申报》,阅《扫红仙馆

(续上页注)《清代人物大事纪年》仅作光绪七年,并言其卒年七十。《越缦堂日记》光绪七年八月二十六日:"是日《邸抄》,会稽教谕选钱塘举人王彦起。盖汪谢城已卒矣!"此仅为越缦推测,亦不能定其卒年。周庆云《南浔志》载其光绪壬午卒于官,年七十有一。周庆云《浔溪文征》卷十三蒋锡礽《汪谢城先生传》载其卒于光绪壬午年某月某日,年七十有一。其卒年暂据《南浔志》及《浔溪文征》作光绪八年(1882)。

① 朱潮(1816—1879),字亚韩,号海门,别号悔庐居士。清浙江会稽人。道光二十六年(1846)举人,咸丰二年(1852)进士。曾官翰林院编修,功臣馆协修,国史馆纂修,贵州、山西、陕西道监察御史,叙州、成都府知府。著有《史记集评》《散文韵语规橅》《宝善堂遗稿》等。见朱潮会试履历(《清代朱卷集成》册18);《咸丰壬子科直省举贡同年录》;《民国绍兴县志资料》(第一辑)册15《人物列传》。按:《人物列传》引平步青《安越堂外集》载其卒于光绪五年冬。光绪五年十二月,公历为1880年1月12日—2月9日。故此暂作光绪六年(1880)。

② 即为《宝善堂遗稿》。

赋》，自钉窗玻璃（铁捍窗处）。夜算理琐屑账。

七月初一日（8月20日） 晴。录《本草目》。下午阅《申报》。夜半雨。光阴荏苒，忽忽又过去半年矣。

初二日（8月21日） 晴。上午阅《律赋约编》，阅《申报》。午，申之兄之子剃头发拜祖宗道喜，午于青藤书屋处饮酒，家大人、申兄、余、纪弟、宝斋族兄、王君泽民共六人。下午琐事。

初三日（8月22日） 晴。录《本草目》。闻平栋山太先生已归道山。先生以词林为同治朝师傅，曾放江南副主考，授职江西督粮道，历署藩臬，后乞病归里。少年功名，其归隐时年方逾四十，享林下二十余年。生平著述等身，文名重于世。咸丰初元，先大父曾延先生课本生先大人及家大人读，后以文牍往来甚密。光绪丁丑，本生先大人弃养，先生闻之，为叹悼者累日。先生归里隐居咸嘉庄之乡，惟有数家戚友往来。一切冠盖到门晋谒，概谢却不出，其气节如此。今春曾请其撰曾大父《囊翠楼诗稿》传文一（编）[篇]。其著述不下数十百种，惜付梓者甚寥寥。年六十五岁，其如夫人出有一子尚在孩提，不知其克绍先业否？

初四日（8月23日） 晴。理算琐屑账。下午阅《申报》。

初五日（8月24日） 晴。上午琐事。看穿棕棚。阅《申报》。

初六日（8月25日） 晴。琐事。夜微雨。阅《申报》。

初七日（8月26日） 阴。琐事。上午拜奎星神。盖星神诞少有传，惟近年德清俞荫甫太史《茶香室续钞》载有国朝施鸿保《闽杂记》云：龙岩州士人皆戒食蛙，七月七日为魁星神诞，必买大者而放之池。按：此诞日虽未见确凿考据，今吾家姑从其说，竟于是日祀之。

初八日（8月27日） 阴。督木匠作木器。夜阅《乡会墨腴》。

初九日（8月28日） 雨。阅《茶香室续钞》。夜录《本草目》。

初十日（8月29日） 雨。阅《申报》《搢绅》等件。

十一日（8月30日） 雨。录《本草目》。

十二日(8月31日)　雨。录《本草目》。

十三日(9月1日)　雨。上午琐事。午祭本生先慈忌辰。自光绪丙子弃养至今,已十九周年。生死隔绝,每一思之,不胜暗然神伤。

十四日(9月2日)　阴,微雨。收拾书房,督泥匠修地。

十五日(9月3日)　晴。上午收拾书籍。午拜中元祭祖。下午琐事。阅《会稽三赋》。

十六日(9月4日)　阴。上午琐屑。午至水澄巷徐宅拜忌辰,过午后归家。傍晚至贯珠楼旧屋同韩君名鼎看屋,韩宅拟典住也。一游后即归家,遇雨于途。

十七日(9月5日)　雨,大风竟日。琐事。摹写信笺。

十八日(9月6日)　晴。收拾旧书籍,阅《曾文正公日记》。甚凉爽。

十九日(9月7日)　晴。上半日田蓝陬茂才来谈半日,午去。下午至街一过,即归。

二十日(9月8日)　晴。上午戏作螟蛉笼,又至申兄书屋同鲍诵清广文围棋数局。下午又围棋数局,又同余荫山[①]上舍围棋数局(申兄请荫山诊病也)。傍晚余、鲍两君去。

二十一日(9月9日)　晴。上半日录《本草目》,又为韩宅拟典贯珠楼屋,韩君等来商议半日而去,此事终无成议。

二十二日(9月10日)　晴。上午曹康臣舅氏来,谈许时去。下午阅《曾文正公日记》。

二十三日(9月11日)　晴。上半日映摹《青藤古意》[②]所刊"青

---

① 余之龄(1850—1900),字锡侯,改名寿臣,字荫珊,一作荫山,号印山。清浙江会稽人。国子监生,敕赠登仕郎,诰赠奉政大夫,赏戴蓝翎五品衔,直隶候补县主簿加五级。见《会稽余氏谱》卷九《第三十三世》。按:其卒于光绪己亥年十二月初四日,公历为1900年1月4日。

② 陈庆均六世叔祖陈遐龄(永年)所编。

藤图”[①]，又阅贯珠楼旧屋拱字屋契等件，又录《本草目》。

二十四日(9月12日) 晴。上半日酬应客，为屋事也。下半日为田宅诸君邀至市门阁后空地看演如意剧。夜至田宅，膳后又看演剧一时，遂即归家，时已夜半。

二十五日(9月13日) 晴，天气闷热。阅《曾文正公日记》。下午酬应客为屋事，至晚客去。

二十六日(9月14日) 晴，天气闷热。上午至植利门外栖凫村徐宅吊徐峙中[②]茂才之老太太，即归，时已午矣。午后阅《申报》，阅戴涧邻集经文。

二十七日(9月15日) 上午阴，下午雨。琐事。

二十八日(9月16日) 阴。琐事。阅《申报》。

二十九日(9月17日) 上午雨，下午晴。阅《本草》。有寒疾，稍稍不适。

三十日(9月18日) 晴。琐屑事。下半日学篆字。夜算理家务琐屑各账。

八月初一日(9月19日) 阴。阅《申报》，录《本草目》。下午至街一走，即归。

初二日(9月20日) 微雨。琐事。阅《申报》，录《本草检目》。

初三日(9月21日) 晴。上半日乍有雨，即晴。近来连日头眩，心腹亦觉不适，精神甚衰。蒲柳之质，似不足长留世宙。夜绘山水竹石。

初四日(9月22日) 晴。上午至南街祭华真神殿，又至大街一走，即归。夜绘山水。

---

① “青藤图”旁有梁同书题有“山人手植垂三百载，夭矫离奇苍龙出海”。

② 徐维崧，字峙中。浙江绍兴人。生员。见《浙江绍兴栖凫东海堂徐氏家谱》。

初五日(9月23日) 晴。琐事。午拜秋分祭祖。下午阅《慎疾刍言》。

初六日(9月24日) 晴。琐事。午后至街一走,即旋。

初七日(9月25日) 晴。上午琐事。午后卧。夜读韩湘南文。

初八日(9月26日) 阴雨。阅《申报》。吾家以工人不多,故《申报》不能日日去取。每积数日一取,阅者颇费时候也。

初九日(9月27日) 雨。琐事。

初十日(9月28日) 雨。琐屑事。

十一日(9月29日) 雨。自绘山水小屏。

十二日(9月30日) 阴雨。上午至街一走,即旋。下午绘山水小屏。

十三日(10月1日) 晴。绘山水小屏。下半日算理各账。

十四日(10月2日) 晴。算付各店节账。夜作蕺山小课赋,题为《秋露如珠》。

十五日(10月3日) 晴。上半日算理各账。午后作八韵诗一首,夜作《兰亭中秋玩月》七律一首。今日为中秋佳节,太阴朝元,家家香烛辉煌。作玩月诗,甚适时也。

十六日(10月4日) 晴。上午作《中秋玩月鉴湖》七律一首。午后琐事。

十七日(10月5日) 晴。琐事。作《柯(崖)[岩]中秋玩月》七律诗一首。午后理琐[屑]各事。

十八日(10月6日) 晴。黎明起,收拾字纸炉中字纸灰。早餐后乘舟同田蓝陬茂才、春农孝廉、莼波茂才,宝祐、孝颛二曾[①]及诸介如茂才共八人至三江观潮,游汤公祠。盖潮有暗潮、明潮之别,今日系暗潮,虽潮头不甚高,而波浪忽然滚滚,闸口即刻溢水二三尺,甚奇事也。舟中午餐后,放棹归。过梅山寺一游,寺址寂静,屋宇亦幽,颇

---

① 曾:指中间隔两代的亲属。

不俗也。即乘舟旋，时八点钟，上岸后各旋家。

十九日(10月7日) 晴。上午至街一走，过协镇署前见白副戎自公馆移住衙署，一班属员下走加意趋奉，武气十足，甚为可笑。遂旁观一时，即旋。阅《申报》。

二十日(10月8日) 阴。上半[日]至大善寺前街，忽见旧书摊中有曾从叔祖十峰公诗集残本一卷，遂售而归之。此书今已无存本，余处惟有残本二卷，系下两卷，此值为上两卷，从此成为全书也。其事之幸，真可遇而不可求也。归途过田宅一谈，即旋家。

二十一日(10月9日) 晴。绘山水屏。午拜高祖诞辰。夜绘山水，阅《申报》。

二十二日(10月10日) 晴。琐事。

二十三日(10月11日) 晴。绘山水。

二十四(10月12日) 晴。上午乘舟至东浦王(成)[城]寺，为蒋宅在寺以翰仙茂才周年忌辰拜水陆忏，余拜其忌辰也。午膳后归家。

二十五日(10月13日) 晴。上午为田扬庭①刻图章两方。下

---

① 田宝琛(1873—1917)，字扬庭，日记一作扬廷，整理时统一为扬庭。浙江绍兴人。陈庆均之妻田氏之侄，清同治六年(1867)举人田晋蕃从侄。见《田宝祺乡试朱卷》；《日记》光绪二十二年十月十二日；《日记》光绪二十六年四月初六日。按：《日记》光绪二十八年六月初七日："晴，天气暖。上午至后观巷田宅拜先外姑诞辰，午后又到蓝陬新屋挥扇闲谈良久，旋家夜餐后又至田扬庭处，扬庭卅寿，各人送其平调酒席也。"据此逆推，其当生于同治十二年(1873)。《日记》民国五年十二月十八日："晴。上半日清治租谷米事。旰前至后观巷田蓝陬家贺扬庭嫁女之喜。此事本寓南街，今乃扬庭病重，特借宅以办喜事也。旰宴下即旋家。"《日记》民国五年十二月二十六日："晴，寒暑表在三十五度。上半日至大路、大街等处一转，又至田蓝陬处谈片时，即旋家，时旰。下半日坐舟至南街田宅吊扬庭逝世。扬庭乃先室田夫人之侄，其双亲见背已廿年，分居南街。"据此二者，其当卒于民国五年十二月十八日至十二月二十六日之间。公历范围为1917年1月11日—1917年1月19日。此暂作1917年。

午琐事。

二十六日(10月14日) 晴。上午至南街张宅拜徐福钦舅氏五十寿,在张宅演剧称觞,诸戚友所送也。午客甚不少,饮酒观剧。晚间福钦舅氏设酒馔转敬诸客,余拟归家,被其坚留。至夜饮后观剧片时,遂旋家,时已二更矣。

二十七日(10月15日) 晴。上半日书小楷字。下半日阅《瓣香诗集》,阅《申报》。

二十八日(10月16日) 阴。学殿卷字。看似寻常,其实写得好颇不易事,必须匀黑光方为贵。

二十九日(10月17日) 阴。上半日学字,阅《申报》。下午阅《说文系传》。晚算理琐屑账。

九月初一日(10月18日) 晴。早晨至偏城头演武厅看操,一时即归。下午至申兄书屋同鲍诵清广文围棋数局。傍晚鲍君去,稍有雨。

初二日(10月19日) 晴。上午至大街一走,即归。下半日阅《申报》,知甘肃回匪扰乱,已蹂躏十余州。目今外患未除,内变又作,不知何日得承平也。

初三日(10月20日) 晴。上午录租簿,理账务。

初四日(10月21日) 雨。录租簿。

初五日(10月22日) 晴。上午,徐显民茂才来谈,过午去。下午阅《曾文正公日记》。

初六日(10月23日) 晴。今日为霜降。早晨至街过协镇署前,见越军毕集,旗剑飞扬,值迎霜降。白副戎于是日娶媳,故署前更热闹,一看后即归。午后又至街一走,即归。

初七日(10月24日) 晴。

初八日(10月25日) 晴,天气甚寒。余患腹痛而泻。

初九日(10 月 26 日) 晴。早晨至偏城头大教场[①]看操,为头痛即归。又至后观巷斗母殿祭祀神,即归。头痛异常,支撑不拄,遂卧床一日。

初十日(10 月 27 日) 阴。病后殊少气力。

十一日(10 月 28 日) 雨。看《绿雪堂诗集》。下午王君泽民来谈,晚去。

十二日(10 月 29 日) 绘山水。

十三日(10 月 30 日) 阴。至前住过之屋理书籍。下半日阅《史记索隐》。

十四日(10 月 31 日) 晴。摹写石鼓文字。十石鼓写就,经一日之长,尚觉匀称不俗,特装订存之。

十五日(11 月 1 日) 雨。上午阅《申报》,知刘永师为饷绝民散,已失处台南府,此亦时势如此。下午为鲍君穆如绘扇箑一张。

十六日(11 月 2 日) 雨。子时起风狂雨骤,日间亦风雨交作,不免有妨田稻。

十七日(11 月 3 日) 晴。早晨阅《六朝文絜》。上午祀财神诞。午刻至田宅谈,午餐后同蓝陬茂才至笔飞弄钱业公所看演剧,后至"明记"钱庄夜膳毕,又至公所看剧一时。二更后同姚蓉生归,至观巷各归家。

十八日(11 月 4 日) 晴。上半日至街一走,即归。下半琐事,阅《申报》。

十九日(11 月 5 日) 晴。琐事。下午录《青藤古意》。

二十日(11 月 6 日) 晴。上午书挽平栋山太先生轴字,录《青藤古意》。

---

① 大教场,日记一作大校场、大告场,整理时统一为大教场。20 世纪 90 年代初,大教场被拆除,改建成银都花园小区,周边道路也改称为大教场沿。

二十一日(11月7日) 晴。上半日录《青藤古意》。下午至鱼化桥向单宅言赎屋事并付价后归家。王君泽民来谈,夜餐后去。

二十二日(11月8日) 晴。上半日琐事。下半日录《青藤古意》。

二十三日(11月9日) 晴。录《青藤古意》。

二十四日(11月10日) 晴。上半日琐事。午祭曾大父忌辰。午后阅《申报》,录《青藤古意》。

二十五日(11月11日) 晴。录《青藤古意》,午后统卷录毕。此书系吾家于嘉庆时重造青藤书屋各景后所刻,皆编集诸名人纪游题咏之作,搜罗甚博,亦韵事也。今其板片无存,印本亦尽。余抄录之,拟重刻也。况嘉道以后,诸名士纪游之作亦代有其人,亦当增集,以继先志。

二十六日(11月12日) 晴。上午田杏村舍人来诊家大人病,午刻去。下午学石鼓文,阅《申报》。

二十七日(11月13日) 晴。上半日书小楷。下半日学篆字。

二十八日(11月14日) 晴。琐事。

二十九日(11月15日) 晴。早餐后乘舟至谢墅新貌山拜三代祖宗墓,事毕归家,时尚未晚。

三十日(11月16日) 晴。早餐后乘舟至石旗井头山拜高祖墓,事毕归家,将晚。夜理琐屑各账。

十月初一日(11月17日) 晴。

初二日(11月18日) 晴。

初三日(11月19日) 晴。上午至仓桥试院为纪弟、王君泽民收拾考桌,明日县试正场也。于试院前晤田蓝陬茂才,遂邀至春宴饮,又至试院前游,片时后各归家。

初四日(11月20日) 寅时起,送纪弟、泽民至试院。余游览许时,遂即归家(王君亦在纪堂处,同去考也),时尚未晓。天气阴寒。录从曾叔祖十峰公《藤阿吟稿》。夜餐后过田宅同蓝陬茂才、春农孝廉、雪青茂才至试院前接考，以时太早，又至大街书坊店坐许时，仍至试院前，后各归。

初五日(11月21日) 阴。录《藤阿吟稿》诗目。

初六日(11月22日) 晴。

初七日(11月23日) 晴。早餐后同相地者至谢墅游山，晚间归家。

初八日(11月24日) 晴。

初九日(11月25日) 晴。早餐后同相地者乘舟至平水游山，晚间归家。

初十日(11月26日) 晴。早餐后乘小舟同相地者至石旗游山，下午归家。

十一日(11月27日) 晴，天暖异常。午刻至田宅拜忌辰，午餐后归家。夜餐后乘舟至娄宫①，又雇轿至贾村②贾宅，时已夜半，送贾秉衡③先生葬(系枧唐姊婿乃祖也)。

十二日(11月28日) 微雨。在贾宅早餐后，坐舆至娄宫乘舟归家，时刚午。

十三日(11月29日) 晴。录《藤阿吟稿》诗目。

十四日(11月30日) 晴。上午戏印信笺。午后至街一走，即归。

---

① 娄宫，日记一作娄公，整理时统一为娄宫。原绍兴县有娄宫镇，后与兰亭乡合并建立兰亭镇，即今绍兴市柯桥区兰亭街道。

② 贾村，日记一作榎村，整理时统一为贾村。即今绍兴市柯桥区兰亭街道新陈村贾村。

③ 贾培铨(1827—1882)，字允中，号秉衡。清浙江山阴人。以育竹、种稻、植茶致富。兴建“立诚堂”宅院。聘名士为师，开馆教子读书；倡导“自力更生，勤俭持家”；确立家训“芝草无根，醴泉无源，人贵自立；流水不腐，户枢不蠹，民生在勤”。见贾培鹤、贾元豫、贾培敏《山阴贾氏宗谱》卷五《行传》；贾天昶《立诚堂贾氏家谱》。按：宗谱载其生于道光六年十二月初十日，公历为1827年1月7日。宗谱载其卒于光绪八年十月十四日。《日记》记载其下葬是光绪二十一年(1895)。

十五日(12月1日) 晴。上午作《梅市中秋玩月》七律诗一首。午后阅许竹筼[①]太史时文。

十六日(12月2日) 阴雨。阅《申报》,知有上谕,中国各省自铸银圆五种:一种七钱二分、一种三钱六分、一种一钱四分四厘、一种七分二厘、一种三分六厘。着各省设局用机器鼓铸。铸成后,国课、关税等项以及士农工商一列行用。现湖北、广东已铸出,各省督抚已遍贴告示通行不得阻挠等事。从此中国银钱自行制造,将来莺洋可以不用。此等利权不至被外洋所夺,亦富强之一端也。草茅下士,实为忻喜,特约略记之。

十七日(12月3日) 雨。上午王君泽民来,阅其县试覆文后,余随笔作起讲一个。久不作文,甚涩也。王君谈许时去。

十八日(12月4日) 雨。写殿卷字。

十九日(12月5日) 雨。琐屑事。夜录《藤阿吟稿》诗序文。

二十日(12月6日) 雨。琐屑事。督裁衣匠裁衣。阅《申报》。近日天光甚短,转瞬一日。

二十一日(12月7日) 雨。琐事。午拜先大父忌辰。下午乘舟至水澄巷吊徐培之舅氏之老太太去世,一吊后即归。

二十二日(12月8日) 雨。琐事。午拜先大母诞辰。下午琐事。傍晚至水澄巷徐宅陪客,兼送其章氏夫人殓,事毕归家(同田春农同舟归)。夜间天冷异常兼雨雪。

二十三日(12月9日) 雨雪。天冷异常。

二十四日(12月10日) 晴,天冷,滴水成冻。上午至大街一走,即旋。

---

① 许景澄(1845—1900),原名癸身,字拱辰,号竹筼,一作竹筠。清浙江嘉兴人。同治六年(1867)举人,七年进士。曾官翰林院编修,驻法、德、意、荷、奥、比六国公使,总理衙门大臣兼工部左侍郎。著有《许文肃公遗稿》。见高树《许文肃公年谱》。

二十五日(12月11日) 晴。上午磨墨、调磨墨盒,阅琐事。

二十六日(12月12日) 晴。上午王君泽民来,谈许时去。傍晚至田宅一谈,即归。

二十七日(12月13日) 晴。

二十八日(12月14日) 晴。

二十九日(12月15日) 晴。上午理祭事。午祭本生先大夫忌辰。自光绪丁丑年弃养以来,至此阅十八周年矣。死生永隔,不能一通消息,思之辄为黯然神伤。

十一月初一日(12月16日) 晴。上半日琐事。午刻为王泽民廪保事至会稽学一走,即旋。

初二日(12月17日) 晴。丑时起,送纪弟、王泽民至试院前,其进场后余即归家,天尚未晓。今日府试正场也。上午琐事。午拜高祖岳年公□[①]辰。夜饭后,同田宅诸君至试院前接考,夜半归家。

初三日(12月18日) 晴。上午琐事,开收租单及各事。下午王君泽民来谈,晚去。夜餐时忽闻人声喧闹,举首一望,见后观巷火光烈焰,即出门,知姜戊皆[②]盐尹家也。遂至田宅为其照应一切,盖田宅同姜宅仅隔一狭弄,光焰亦逼,甚险也。历一点余钟久始息,余遂归家。

初四日(12月19日) 晴。早餐后至后观巷姜戊皆盐尹家一望,又至田宅谈,午刻归家。

初五日(12月20日) 阴。上午阅《申报》。下午作挽徐宅联一

---

① 据陈在钰录《越州陈氏世系考略》,岳年公生于乾隆十一年八月二十一日,卒于乾隆五十八年九月三十日。其夫人许氏生于乾隆十九年十一月初二日,卒于嘉庆十六年正月二十六日。此处当为陈庆均误记,应为其高祖母许太君诞辰。

② 姜祖勣(1857—1915),改名祖勋,字茂皆,号己公。浙江绍兴人。附贡生,候补两淮盐课大使。厝于平水祖遗葬屋。由后观巷移居南街学士第祖屋。此处"戊皆"或为陈庆均误写。见姜锡恒《姜氏世谱》之《未集·郡城支世系》。

副。阅古文。

初六日(12 月 21 日) 晴。琐事。午冬至祭祖宗。午后至试院前一游,即归。

初七日(12 月 22 日) 晴。上午琐事。午又祭冬至祖宗。午后王君泽民来谈,姚莱庭茂才来谈,晚各去。

初八日(12 月 23 日) 晴。为昭女儿病琐事。夜雨。女儿病,不得安睡。晚间至大街一走,即旋。

初九日(12 月 24 日) 晴。为女儿病琐事。

初十日(12 月 25 日) 晴。上午田杏村内兄来诊,谈许时去。下午琐事。

十一日(12 月 26 日) 上午理临产药剂及各事。未时,内子添生一媛[①],八字:年乙未、月戊子、日丁未、时丁未。期弄璋而又弄瓦,稍为缺事,然大小人皆无恙,亦顺事也。

十二日(12 月 27 日) 晴。琐事。午后理收租诸色物件诸事。申时至常禧门外仓屋理收租事,晚间旋家。

十三日(12 月 28 日) 晴。上半日琐事。午后至偏门外仓屋理租事,傍晚旋家。

十四日(12 月 29 日) 晴。上午至田宅谈许时后至大街,又过试院前一游,旋家。

十五日(12 月 30 日) 晴。上半日至偏门外屋粜谷事,午后归家。琐事。

---

① 陈味青(1895—1906),后改名惟青。清浙江绍兴人。陈庆均女。按:《日记》光绪三十年十一月十一日:“晴,天寒异常,寒暑表三十七八度。有雨数日而又晴佳,冬间最好事也。今日为味青女十岁生日,家中皆食汤面。”据此,其当生于光绪二十一年(1895)。《日记》光绪三十四年八月十四日:“早上雨。今日惟青次女两周忌日。光阴迅速,忽忽两阅年矣。”据此,其当卒于光绪三十二年(1906)。

十六日(12月31日)　阴,微雨。上半日理药箱琐事。天气甚短,倏忽一日,已夜矣。

十七日(1896年1月1日)　晴。上午至常禧门外仓屋理租事,晚间归家。

十八日(1月2日)　晴。上午至水澄巷徐宅吊(徐宅分讣开吊也),事毕即归。下午至常禧门外仓屋理租事,酉刻归。

十九日(1月3日)　晴。早餐后至偏门外仓屋理租事及粜谷事,申刻归家。阅《申报》。

二十日(1月4日)　晴。早晨至偏门外仓屋粜米,午刻归家。

二十一日(1月5日)　晴。上午理账事。下午至试院前游,忽见火光飞腾,即至大街,知失火处系清风里口也。又至试院前一游,即归,日已暮矣。

二十二日(1月6日)　晴。上午至偏门仓屋理事,下午归。

二十三日(1月7日)　晴。上午阅《申报》,阅《越缦骈文》。午刻至偏门外仓屋,下午归。傍晚至[西]郭陈宅一谈,即归(为湖南废址地事也)。

二十四日(1月8日)　晴。早餐后至南街徐洵芳舅氏处一谈,即归。午后为车幼康[①]拟典吾家鱼化桥旧屋事,至夜成契后去。

二十五日(1月9日)　晴。餐后至西郭徐福钦舅氏处一谈,即归。午后琐事。

二十六日(1月10日)　阴。乘舟至平水买山地事。午略雨雪子。晚间归途甚暗,小舟至大云桥,舟人失手,小舟侧倒,水已入舟。幸予即将船篷攀转,迅速立起,得全性命,否则几与波臣为伍矣。天暗夜静,坐小舟甚不好也。到家已八点钟矣。

二十七日(1月11日)　晴。为买平水山地琐屑事。

---

①　车建勋,字致宸,号幼康。清浙江上虞人。候选巡检。见车景囊《古虞车氏宗谱》卷九《长支衍九公派世牒》。

二十八日(1月12日)　阴。上午乘舟至偏门外仓屋粜米,夜餐后归。

二十九日(1月13日)　雨。琐屑事。上午至大街一走,即归。

三十日(1月14日)　晴。上午至偏门外仓屋粜米,夜餐后归家。算理琐屑各账。

十二月初一日(1月15日)　晴。上午至偏门外仓屋理琐事,夜餐后旋家。

初二日(1月16日)　阴,下午雪。上午至水澄巷徐乂臣[①]司马处谢步,乂臣前日来望也,坐片时即旋。

初三日(1月17日)　阴。上午乘舆至水澄巷徐宅吊,午餐后归。晚间又同田春农孝廉乘舟至偏门外送徐宅出丧。夜放棹至栖凫村。

初四日(1月18日)　雨雪连绵。在栖凫村舟上岸乘舆,送徐宅丧至山。礼毕后,即下山,至徐宅宗祠午膳后,放棹旋家,时晚矣。

初五日(1月19日)　晴。理租事各账。

初六日(1月20日)　晴。上午至偏门外仓屋一走,又至孙绩庭茂才处一谈,即归(孙君前日来见也)。下午为平水山地事琐屑。

初七日(1月21日)　阴寒。理账。

初八日(1月22日)　晴。至平水山地覆看丈量等事,归家时晚矣。

---

① 徐维咸(? —1913),一名嗣龙,字叔叡,号乂臣,日记一作谊臣、宜臣。整理时其号统一为乂臣。浙江绍兴人。徐树兰之子。见《浙江绍兴栖凫东海堂徐氏家谱》;《徐维则乡试朱卷》。按:《日记》民国二年三月初二日:“下半日坐舆至水澄巷吊徐乂臣君丧。乂臣君于前日辰刻逝世,今夜半盖棺。”据此,其当卒于民国二年(1913)。

初九日(1月23日)　晴。上午算理租账。午至大街一走,即归。

初十日(1月24日)　阴晴。上午至偏门外仓屋清理琐事,午间旋家。

十一日(1月25日)　晴。琐事。

十二日(1月26日)　雨。上午为次女味青姑初剃发琐事。

十三日(1月27日)　晴。

十四日(1月28日)　阴晴。下午至街一走,即归。

十五日(1月29日)　阴,午后雪花微下。琐事。

十六日(1月30日)　雪。又为买山地事琐屑。

十七日(1月31日)　阴。

十八日(2月1日)　阴。学大卷字。

十九日(2月2日)　雨。上午阅《申报》,琐事。午田春农孝廉来谈,过午后去。

二十日(2月3日)　雨。上午王君泽民来谈,下午去。

二十一日(2月4日)　阴,下半日晴。今日未时立春。上半日阅《宝善堂遗集》《灯古录》。拟续《青藤古意》诗咏。

二十二日(2月5日)　晴。上半日琐事。下午至大街买书等物,傍晚旋。夜阅《大清律例》。

二十三日(2月6日)　阴。琐事。晚间祀东厨司命神。

二十四日(2月7日)　雨。卯初起盥沐毕,祀年神,祭祖宗。上半日琐事。午祭本生先慈诞辰。晚间至宣化坊花园一游,即旋。

二十五日(2月8日)　雨。上午王君泽民来,同至街一游,即归。

二十六日(2月9日)　雨。上午至街一走,即家务琐屑。夜又至街钱庄清结账目,即旋。

二十七日(2月10日)　晴。算付各店账事。

二十八日(2月11日)　晴。上午至街一走,即归。

二十九日(2月12日) 晴。上半日算理各账。午祀东厨司命神及悬祖宗传像各事。天气晴好,如此除夕乃难得也。午后散步至大街一游,亦人所无暇及此之事也,即旋家理事。夜拜祭列代祖宗像毕,同家大人饮膳,且喜一年平顺,以度岁华也。

光绪二十二年丙申(1896)

正月初一日(1896.2.13)至十二月三十日(1897.2.1)

正月初一日(1896年2月13日)　天气晴好。卯时起，盥沐毕，礼天地神、礼祖宗毕，闲游。事后思维拜跪殊属杂紊，有未宜之处，此略志愚见以为后鉴。礼天地神当行九叩首；礼观音神，文帝、奎星神亦行九叩首；礼财神、灶神行六叩首；礼本支三代祖宗亦行六叩首；礼其余伯叔祖宗行三叩首。礼略举数端，姑记之。

初二日(2月14日)　晴。上半日酬应来拜年客。午至南街徐宅拜年，又至后观巷田宅拜年兼拜忌辰，过午后又至凌宅拜年，遂即归家。

初三日(2月15日)　晴。早晨至水沟营曹宅拜年，早餐后至延康徐拜年，又至司狱司前胡拜年，又至府山后褚拜年，又至水澄巷徐拜年，又至西郭徐两家拜年，又至笔飞弄蔡拜年，又至广宁桥王拜年。各处皆到，坐片时即辞出，旋家已午正矣。

初四日(2月16日)　晴。上半日酬应来拜年客。下半日至大街散步。傍晚旋家。

初五日(2月17日)　雨。卯刻乘舟至窦疆鲍宅拜年，稍坐片时即旋家，时刚正午。

初六日(2月18日)　雨。至谢墅新貌山拜谒三代祖宗坟。春雨纷纷，颇略于事。毕后下山，在舟中饮，邀王君泽民同往舟中饮。午后放棹旋家，时尚未晚，王君即去。

初七日(2月19日)　阴。早餐后乘舟至徐山姜姑太太处拜年，即出。又至张墅蒋大姑奶奶处拜年，坐谈片时，即乘舟旋家，时刚正午。

初八日(2月20日) 晴。琐屑事。

初九日(2月21日) 阴。琐屑事。

初十日(2月22日) 雨。上午至大街一走,即归。午后又至街一游,即旋。

十一日(2月23日) 雨。上午琐事。午鲍穆如妹婿来拜年,午饭后去。午后王君泽民、贾君柷唐来谈,夜饮后去。

十二日(2月24日) 雨。琐屑事。

十三日(2月25日) 阴。琐屑事。

十四日(2月26日) 阴晴。琐事。午后督工收拾青藤书屋。

十五日(2月27日) 阴。家大人请姻丈鲍敦甫[①]中允、姻仁兄王子献太史、舅氏徐仲凡观察、内兄田杏村舍人来饮青藤书屋,午间陪者申兄及予也。饮毕谈许时,至傍晚各散。灯右同昭女儿嬉,一时失于照顾,致女儿鼻梁上处于桌边碰伤,立时皮破。幸血尚不大流,不知于里面有损否,甚为念虑。夜间恍惚,不能安睡。

十六日(2月28日) 雨。晨起见女儿鼻梁伤处尚无大患,惟不胜青肿,大约不至有患。

十七日(2月29日) 阴。上午至酒务桥遇王泽民,同至街一游后同至余家饮,午后谈许时去。

十八日(3月1日) 晴。上午琐事。午祭祖、祖像毕,遂收像等事。午后至田宅谈,夜餐后旋家,天已雨矣。

十九日(3月2日) 雨。上午理账,下午学字。

二十日(3月3日) 阴。

二十一日(3月4日) 阴。阅《大清律例》。

---

① 鲍临(1837—?),字仲怡,一字敦夫,日记一作敦甫,号镜予,一作镜渔。整理时敦夫统一为敦甫。清浙江山阴人。同治四年(1865)举人,十三年进士。曾官翰林院编修。见《同治十三年甲戌科会试同年齿录》;鲍临会试履历(《清代朱卷集成》册38);鲍临乡试朱卷履历(《清代朱卷集成》册253)。

二十二日(3月5日) 阴。上午至开元寺游,便至同善局同蔡吉升[①]谈一时即旋。午后琐事。天气甚冷。

二十三日(3月6日) 阴,天气寒甚。理旧年《申报》。午鲍君穆如来谈,过午去。

二十四日(3月7日) 阴。清晨至试院看蕺[山]书院甄别题目,即旋。作生卷文一篇,诗八韵。腹本空虚,加以久不作文,思索殊觉不灵也。

二十五日(3月8日) 晴。誊书院卷文诗。午后至镇东阁前缴卷,即旋。

二十六日(3月9日) 雨。早餐后乘舟至石旗上岸,至井头山拜高祖墓。事毕归家,时已傍晚矣。

二十七日(3月10日) 雨。

二十八日(3月11日) 阴雨。

二十九日(3月12日) 晴。

三十日(3月13日) 晴。琐事。午后称算晒好饭谷事。夜算琐屑各账。

二月初一日(3月14日) 阴。上午拜天池先生诞辰(天池先生本系初四日诞辰,今申兄、纪弟须往王城寺拜水陆忏事,故预祭之也)。巳刻至水澄巷徐宅送乂臣司马行,谈片时即归。午拜先大母讳辰。

初二日(3月15日) 微雨。上午乘舆至戒珠寺拜徐六太太百日,稍坐一时即归(徐宅在寺拜水陆也)。下午理祭品各件。夜祭本生先大人六十冥寿,仅备果品、祭菜暖寿。为子者无事可报,徒以清

---

① 蔡元祺,字汲升,日记一作吉升、汲生、伋生,整理时统一为吉升。清浙江山阴人。蔡元培族昆弟。见蔡元培会试履历(《清代朱卷集成》册69);《光绪己丑科浙江乡试同年齿录》;《蔡铭恩乡试朱卷》。

酌庶羞，卜先灵之来格，实增内疚。

初三日(3月16日) 阴。上午理祭事祀文帝诞。午间祭本生先大人六十冥寿。

初四日(3月17日) 晴。琐事。田润之外舅病重，内子归宁，女儿亦随往小住。

初五日(3月18日) 晴。天气和暖兼闷，夜雷雨。

初六日(3月19日) 风雨交作。

初七日(3月20日) 阴寒。午拜春分祭祖。天降雪，至晚积厚二寸，此雪为前日雷声所送也。

初八日(3月21日) 晴，雪水点滴。下午至镇东阁前礼胥处问龙山书院课期，即归。

初九日(3月22日) 早晨至镇东阁前礼胥处取卷并看题目，即归。作《"子曰君子泰而不骄"三章》题文一篇。胸腹芜杂，殊少文词，大圣所以言学贵时习也。

初十日(3月23日) 阴。早餐后乘舟至栖凫拜扫祖坟，舟中填写书院文半篇。(施)[旋]家已晚，填《满城桃李属春官》诗八韵。

十一日(3月24日) 雨，午霁。早晨乘舟至柏舍拜扫三世祖坟，事毕旋家，未晚。

十二日(3月25日) 雨。乘舟至中灶村拜扫四世祖考坟①，事毕旋家，时已将暮矣。

十三日(3月26日) 雨。乘[舟]至盛塘拜扫四世祖妣坟，事毕旋家，时尚未晚。夜阅《隋山宇方钞》，知小人种痘，如欲其稀少，可用川楝子杵碎，择除日煎汤洗之，每日一二次，周身洗遍，如此出痘必稀。又有方用橄榄核磨汁频服，或橄榄核煅研末服之亦可。特录此以备一览，未知固有益也。

十四日(3月27日) 雨，上午阴，下午雨。乘舟至石堰拜扫五

---

① 四世祖，即陈荣杰。参见前言。

世祖墓，六世伯祖亦附葬此处。又放棹至木栅拜扫天池先生坟。又有七世姑母坟在木栅七星墩，亦余在小当年者去祭也。天池先生墓于道光时吾家祖上大加修葺，迄今又逾六七十年。虽年年祭扫而蔓草又已荒芜，能再加修整，庶几光景又新也。

十五日(3月28日)　雨。早餐后至试院前游，见徐季和文宗起马牌已到宁郡，在今日起马。

十六日(3月29日)　晴，天气热闷。午拜先大父诞辰。午后琐事。内子、女儿由田宅归。

十七日(3月30日)　雨，阴。琐事。午后至试院前游，见徐季和文宗已到绍属科试①。天雨，遂即旋家。

十八日(3月31日)　雨。乘舟至谢墅新貌山拜扫三代祖宗坟。午时祭，大雨滂沱，殊不备事。祭毕即下山，舟中午膳后旋家，申刻。理琐事。

十九日(4月1日)　晴。寅时起，即膳后至试院前，至卯时进生经古场，作《南州士冠冕赋》一篇，《居廉让之间》五言诗八韵。申时缴卷出场，在试前一游。晚间忽见火光烛天，由试前至道横头看，失火系市门阁后街也，遂即旋家。

二十日(4月2日)　晴。上午录场作诗赋。午刻至田宅饮，同饮者鲍诵清广文、诸介如茂才。午后同田宅诸君谈，至傍晚旋家。

二十一日(4月3日)　晴。上半日录书。下午书小楷字，多日不写小楷字，殊觉生疏也。

二十二日(4月4日)　雨。寅初起，即膳后同申兄乘舟至试院进生正场，场中作四书文一篇，策问一道，五言诗一首，誊就后缴卷出场，申刻旋家。

---

①　据商衍鎏《清代科举考试述录》，学政到任第一年为岁考，第二年为科考，凡府、州、县之附生、增生、廪生，皆须应考。岁考为学政之主试，限十二月考完，科考为送乡试之考。

二十三日(4月5日) 阴,夜雨。琐事。

二十四日(4月6日) 雨,天气霉湿。午后至试院前一游,又至镇东阁前看蕺山书院案,即旋家。

二十五日(4月7日) 晴。上午乘舟至石旗井头山拜扫高祖墓,事毕下山。又至外王拜扫外房高叔祖墓,天气甚暖,事毕即放棹旋家。

二十六日(4月8日) 晴,天暖异常。上午至田宅一谈。又至试院前游,午旋家。

二十七日(4月9日) 晴。天气日暖。

二十八日(4月10日) 晴。寅初起,至试院前送纪弟、王君泽民考童正场,阅看许时,遂即归家。早餐后至田宅,同雪青茂才至新河弄当看买货。午餐后同雪青至试院前接考,傍晚归家。

二十九日(4月11日) 晴,天暖异常。下午至试院前看出一等生员覆试案,戚友中覆试者甚不多。傍晚旋家。

三十日(4月12日) 晴。上午至田宅望润之外舅病。午餐后同田宅诸君至试院前看出山阴童生提覆牌,游许时,遂各旋家。

三月初一日(4月13日) 雨。早餐后至田宅,乘舟至谢墅拜太岳①坟,风雨纷纷,颇湿衣服。午后归家,已晚。

初二日(4月14日) 阴,微雨。早餐后乘舟至澄湾拜先外姑坟,下午旋家。又至试院前看会稽童提覆牌,甚少认识之人,稍游一时,即旋家。

初三日(4月15日) 雨。上午琐事。午后至试院前游许时,旋家时已晚矣。

初四日(4月16日) 雨。上午至水澄巷徐仲凡舅氏处谈,即归

---

① 田瑞,字肇三,日记一作肇山,整理时统一为肇山。清浙江山阴人。陈庆均岳父田润之之父。国子监生,敕授儒林郎,貤赠朝议大夫,内阁中书加六级。见《田宝祺朱卷》(绍兴市图书馆藏)。

（为平水山事）。午后琐事。

初五日（4月17日） 阴。早晨起即至绍府署看科考生员等第案，文卷由文宗取录名次，而弥封归绍府揭示也。予名在二等四十七名。山阴生员取一等者十八名，二等一百六十名，三等十名。此次考后廪缺可俟至戊戌岁试时。今一等名字廪生居多，如考在二等一二十名，尚可望补廪也。予虽名次不甚在下，惜乎补廪名次已远也。看案后过大街而旋家。

初六日（4月18日） 雨。上午乘舆至南街吊徐洵芳舅氏，事毕稍坐片时，即归。贾柷唐上舍来谈。

初七日（4月19日） 阴。早餐后贾君去。早晨余至田宅一谈，即旋。上午至仓桥后义仓看种牛痘，城乡襁负其子女来种者甚多。又至试院前一游。又至接龙桥骆卫生医者处考究种牛痘事。盖吾越或云由鼻苗种痘乃不可易之道，由手臂种痘究未达其有益否。予方欲为女儿种痘，而此两种之法，不胜其疑信者矣。由鼻苗种痘，恐小人火重致生他病，大小人俱受惊慌；由手臂种痘，虽法甚易，恐无益于事。故特各处详考。据骆医云，手臂种痘亦是便法，非全无益处也。遂即旋家。下午又至田宅谈，傍晚归家。

初八日（4月20日） 晴。琐事。

初九日（4月21日） 微雨。清晨至仓桥后义仓牛痘局面邀许兰生[①]先生种痘，即旋家。午间许君来为昭女儿种牛痘，每臂下苗四点，两臂种后，许君即去。

初十日（4月22日） 雨。上午至南门头学胥处领古学旧卷，即旋家。午后学字。

十一日（4月23日） 晴。

十二日（4月24日） 晴。上半日至大街钱庄处一谈，即旋。

---

① 许兰生，日记一作兰升，整理时统一为兰生。绍兴同善局附设施医局医士。见张钟沅《绍兴县同善局附设施医局医方汇选》。

十三日(4月25日) 雨。上午至后观巷询田润之外舅病,即旋。至田宅时同其西宾诸介如茂才谈及各学教官填新进方册,(维)[唯]利是图,不顾廉耻。今科徐季和宗师另有牌示云"新进童生覆试方册如有稽延迟误,惟该学教官是问"等语。所以今科虽教官图利之心甚奢,而不敢不送齐方册,文宗不似昔年之庇护也。去年新进方册,有陈维善及予二卷被教官勒索甚奢,竟不填落方册覆试日。教官面禀文宗,文宗竟许其他日填册后再行补送,以致陈维善及予二人另日补覆也。予甚讶教官为诸生之表率,如此不讲究廉耻,品行岂不为端人所鄙陋,何足以表率诸生哉?

十四日(4月26日) 晴。上午至邻姚宅同顺升茂才谈,即归。下午书字。

十五日(4月27日) 阴。阅《越缦骈文》。午后种牛痘许君来覆看女儿之痘,稍谈片时即去。

十六日(4月28日) 阴雨。上午琐事。午鲍君穆如来谈。

十七日(4月29日) 雨后霁。午后鲍君穆如去。下午至南街马方桥[①]取蕺山卷,即旋。

十八日(4月30日) 阴。上午作蕺山书院题文,夜作五言诗八韵。

十九日(5月1日) 阴。上午誊写书院卷。下午至大街一走,即旋。

二十日(5月2日) 阴雨。琐事。

二十一日(5月3日) 雨。上半日至镇东阁前领书院卷,又至义仓牛痘局同许兰生先生谈,兼送其劳资,又至大街一走,即旋。午后磨墨,调墨盒。

二十二日(5月4日) 晴。琐事。

---

① 马方桥,即马坊桥。在绍兴城区南街,现已不存。桥南原为北宋吴孜捐献旧宅改建、号称"浙东诸庠第一"的府学宫(绍兴孔庙),现为稽山中学。

二十二日(5月5日) 晴。自界格小堂画心纸屏。

二十四日(5月6日) 微雨,乍雨作晴。书石鼓文字屏四张。

二十五日(5月7日) 晴。书石鼓文字屏四张,连前日所书共八张,虽不甚匀称,而笔法尚觉不俗。

二十六日(5月8日) 晴。琐事。午后至街一走,即旋。

二十七日(5月9日) 晴。上午至后观巷田[宅]望润之外舅病,即旋。午后阅《楹联新话》。晚篆书轴绫额一张,送鲍宅寿用也。

二十八日(5月10日) 晴,天气暖。作龙山小课律赋一篇,又作五言诗八韵,誊写毕,夜作七律诗四首。

二十九日(5月11日) 早晨微雨即晴。誊写七律诗四首,即至镇东阁前缴龙山书院卷,又过大街至"和记"钱庄一谈后即旋。下午撰送窦疆鲍宅寿联一副。傍晚至仓桥一走,即归。

三十日(5月12日) 晴。早晨写篆文送鲍宅寿联一副。琐屑事。夜理琐屑各账。

四月初一日(5月13日) 阴雨。琐事。

初二日(5月14日) 雨。早餐后乘舟至窦疆鲍宅拜寿,午饮后看演剧片时,即拟旋家,后被其坚留。夜又饮后看剧兼看烟火。夜半后同徐君乔仙①象棋数局。

初三日(5月15日) 雨。黎明同徐君乔仙放棹而归(徐君趁余舟至樟嘉桥当去),余到家已巳刻矣。午拜先曾祖妣忌辰。又至水澄巷徐宅拜忌辰,即旋家。午后卧。

初四日(5月16日) 晴。琐事。

---

① 徐维椿(1874—1962),字乔仙,日记一作翘仙、乔轩、樵仙,又字子檞。整理时统一为乔仙。浙江绍兴人。徐毓兰之子,董金鉴之大女婿。花翎同知衔,直隶候补知县。见《浙江绍兴栖凫东海堂徐氏家谱》;董渭《渔度董氏务本堂支谱》。

初五日(5月17日) 晴。琐事。阅《楹联新话》。

初六日(5月18日) 晴。

初七日(5月19日) 晴。上午至南街吊徐洵芳舅氏出丧,吊后即旋家。

初八日(5月20日) 晴。午刻至街一走,即旋。

初九日(5月21日) 晴。午前,田润之外舅病危(内子携二女儿至田[宅])。午后,予至田宅望病,即旋。

初十日(5月22日) 晴。上午至后观巷望田润之外舅病,予进去一视,见精神已竭,颜上又无生色,气息奄奄,断非佳象,遂即出外同杏村内兄稍谈数言,即旋。窃拟外舅此次必不能再有数日可延,似亦年老须归,非药力所能挽留也。午后琐事。夜餐后,田宅忽使人来通知外舅气已将绝,予遂即至田宅。到亥时,予进视终竟,溘然长逝。见神色清爽,视死如归,此亦其一身福分也。遂为其照理诸事,至寅时稍卧一时即起。

十一日(5月23日) 微雨。由田宅旋家一走,又至田宅为陪客诸事。午又归家一走,又去。晚间又至家一走。夜餐后又归家一走,又至田宅过夜。

十二日(5月24日) 晴。黎明起即旋家,理衣服琐事。又至街买物,即旋。又至田宅陪客及诸事。夜不寐。

十三日(5月25日) 晴。丑刻视润之外舅大殓,从此舅甥永诀,音徽颜色,何处观瞻?盖棺乃定,殊觉泪下沾襟也。奠毕,天已晓,遂归家。睡至午时起,阅《齐家宝要》,书详《丧礼》,最为揆情度礼,真无间然。未刻,又至街一走,取龙山小课卷,即旋家。晚间又至田宅谈,即旋家。

十四日(5月26日) 阴晴。琐事。夜雨。

十五日(5月27日) 早晨大雨,巳刻晴。至田宅为其照理丧事。傍晚旋家,理衣服被铺等事,又至田宅宿。

十六日(5月28日) 晴。寅时起成润之外舅服,上半日为渠家陪客，午拜外舅首七，下午旋家。

十七日(5月29日) 雨，上午阴晴。至街买物，即归。下午琐事。

十八日(5月30日)

十九日(5月31日) 阴。上午至田宅为渠家理分讣事，夜餐后旋家。

二十日(6月1日) 阴雨。早餐后至田宅，晚间一旋后，又至田宅宿。夜间为外舅回神，俗语谓转煞是也。绍地俗风如送终者，则回神之日亦须到也。

二十一日(6月2日) 阴。在田宅为渠家写讣闻、签条等事，申刻旋家。

二十二日(6月3日) 雨，天气颇寒。

二十三日(6月4日) 雨。巳刻至田宅拜外舅二七，夜餐后旋家。

二十四日(6月5日) 雨。上半日撰润之外舅挽联一副。

二十五日(6月6日) 雨。上午乘舆至广宁桥王止轩太史处贺芹喜，其侄入泮也，稍谈片时，即旋。密雨滂沱，新生迎送，甚泛味也。追忆前年，不胜其侥幸也。夜餐后至田宅，为女儿味姑在田宅有病也，二更旋家。

二十六日(6月7日) 雨，天气闷热。下午至田宅为其写围屏字，夜餐后旋家。雷雨驰骤，甚湿衣履也。

二十七日(6月8日) 寅时，忽田宅送味女儿归来。予闻声即惊起，见女儿气促痰塞，神色甚不见佳，不胜惶急，随即请骆卫生儿科诊视。骆医开方后去，遂理汤药治之。天将晓，内子亦归来，遂时时为女儿饮枇杷露、橘红茶，每服一小瓢使润其喉。幸女儿口渴，能将橘红茶稍解其痰，至午间似乎稍有转机。小人不能言示其病，为其父母者尤觉心无把握，更多忧虑。下午为田宅写围屏字。夜书篆字挽联一副，挽润之外舅也。渠家开吊在即，故于无聊中迫促书之。夜忽坐忽睡,为女儿气促痰塞,不能啼出大声,时时看视也。近日事烦食少,心绪恶劣,自此以往,恐自己亦不免于劳损也。

二十八日(6月9日) 阴。早晨写魏碑字挽联一副,亦挽田宅也。此联语系家大人口气。前晚所写一副,系予口气。联语系王止轩太史代撰,其句尚可,故不妨另送一联也。

二十九日(6月10日) 阴。上午至田宅,即旋。

五月初一日(6月11日) 晴,天气闷热。上午至田宅,午间旋家,即又至田宅。午后又旋家为女儿看医,骆医来诊视开方后即去。下午理药剂等事。傍晚又至田宅为其照看事,夜餐后旋家。

初二日(6月12日) 晴。黎明起即至田宅陪吊客,润之外舅开吊也。天气郁热,着衣冠甚暖也。午餐后申时旋家。

初三日(6月13日) 晴,天暖。算理各账。

初四日(6月14日) 晴。算付各店账。午后雨即晴。

初五日(6月15日) 晴。上午同鲍君穆如闲谈。傍晚同鲍君至卧龙山一游,即旋。

初六日(6月16日) 晴。上午至街一走,即旋。

初七日(6月17日) 晴。上午为鲍穆如妹婿书画蒲纨扇一柄,下午同鲍君闲谈。

初八日(6月18日) 晴。巳刻至田宅拜润之外舅四七,午后申时旋家宁。

初九日(6月19日) 雨。同鲍君闲谈。

初十日(6月20日) 雨。鲍君去。午拜长至祖饯。

十一日(6月21日) 雨。上午录润之外舅挽联、挽诗等。午拜长至祭祖。

十二日(6月22日) 雨,上午阴。琐事。

十三日(6月23日) 阴晴。阅旧账簿等书。下午至街一走,即旋。途遇程君玉书[①]，谈及沈伯庠[②]庶常已归道山，其为丁其封翁[③]忧于正月返里，不到半年，亦遽去世。渠家亦从此衰耗矣。

十四日(6月24日)　晴。上半日琐屑事。阅《楹联新话》，此书搜罗甚博，甚足披阅。下午至田宅。夜间为接润之外舅望乡台也。

十五日(6月25日)　晴。在田宅谈兼看道人演忏。午拜外舅五七。夜雨，看道人炼渡，又同诸君闲谈，直至天将晓睡。

十六日(6月26日)　晴，天气闷热。在田宅闲谈。下午旋家。申刻雨。

十七日(6月27日)　晴，天气闷热，不堪作事。

十八日(6月28日)　晴。琐事。

十九日(6月29日)　晴。琐事。下午自钉玻璃窗。

二十日(6月30日)　晴。上午至田宅拜忌辰，又至水澄巷徐宅拜忌辰，即旋。又至田宅午饮，傍晚旋家。

二十一日(7月1日)　晴。理送田润之外舅六七祭奠各物。绍俗六七须女婿家祭奠也。上午至田宅，午后旋家。理琐屑事。夜阅俞曲园太史《茶香室集》。

二十二日(7月2日)　雨。早餐后至田宅。午拜润之外舅六七。下午同田宅诸君谈。夜看僧人演忏毕，同田宅诸君谈至天明。

---

① 程丙臣，字玉书。清浙江会稽人。国学生。光绪己卯科荐卷。光绪二十三年(1897)拔贡程鹏(字伯堂，号云庐)之父。见《光绪丁酉科明经通谱》。

② 沈维善(1847—1896)，谱名福皆，字伯庠，一作伯翔，号湘秋，又号紫莼。清浙江会稽人。光绪二年(1876)举人，十二年进士。曾官瑞昌县知县。见《光绪丙子科浙江乡试同年齿录》。按：沈维善乡试履历(《清代朱卷集成》册265)作道光己酉年九月二十五日。《光绪十二年丙戌科会试同年齿录》及沈维善会试履历(《清代朱卷集成》册59)均作咸丰甲寅年九月二十五日。此据《光绪丙子科浙江乡试同年齿录》。其卒年见此日日记。

③ 沈宝琳，清浙江会稽人。附贡生。咸丰戊午、己未两科荐卷，敕封文林郎、翰林院庶吉士。见沈维善会试履历(《清代朱卷集成》册59)。

二十三日(7月3日) 早晨雨。旋家。上半日睡。午鲍君穆如来谈。

二十四日(7月4日) 晴。上午同鲍君至街一走,即归。下午闲谈。

二十五日(7月5日) 晴。鲍君去。自绘山水纨扇一柄并书。午拜曾大母诞辰。

二十六日(7月6日) 晴。琐事。

二十七日(7月7日) 晴,午后雨。琐事。录《本草检目》。

二十八日(7月8日) 晴。阅检旧作书院卷。录《本草检目》。

二十九日(7月9日) 雨,天气凉快。上午至田[宅]。午拜润之外舅七七,俗以七七为断七,戚谊中不去也。以谓七字音同戚字,故断七以为断戚也。余为断七如不去,真断戚也。此误会之风,究不足为训。午膳后旋家。

三十日(7月10日) 雨。上午戏绘人物。下午录《山阴统邑都图字号科则书》,此书由别假抄,未知有误否。

六月初一日(7月11日) 阴。上午至小江桥"升昌"钱庄一谈,即旋。下午录科则书。

初二日(7月12日) 乍雨乍晴。录科则书,又录《会稽统邑都图科则书》。

初三日(7月13日) 阴晴,下午大雨。录科则书,下午录毕。傍晚至田宅闲谈,夜三更旋家,雨甚密也。

初四日(7月14日) 晴。上午王君泽民来,谈半日去。阅《绿雪堂诗集》。

初五日(7月15日) 晴。为田蓝陬茂才写山水扇箑一张。

初六日(7月16日) 晴。阅《南北朝文钞》。为田蓝陬茂才书扇箑一张。午刻王君泽民来谈,过午餐后去。未刻天雨即晴。

初七日(7月17日) 晴。上午至田宅谈。午拜先外姑忌辰。

下午闲谈，至夜三更旋家。

初八日(7月18日)　晴。下午雨。琐事。

初九日(7月19日)　晴，下午阴，乍有雨。上午为诸介如茂才书玩屏一张。午自刻图章一方。午后学字。

初十日(7月20日)　晴，天气甚凉快。伏日如此，生平所罕遇也。

十一日(7月21日)　晴，天气清快。戏绘人物，又绘山水。

十二日(7月22日)　雨。上午坐舟至水澄巷徐仲凡舅氏处谈，为平水山地事，即旋。下午录本草检目。夜大风雨。

十三日(7月23日)　阴，下午晴。阅《大清律例》。琐事。

十四日(7月24日)　晴。上午琐事。午后至徐仲[凡]舅氏处一谈，即旋。傍晚至邻同姚君蓉生至鱼化桥陈芑堂处一谈(会稽库胥，亦为平水山地事也)，即同姚君各旋家，时已日暮也。

十五日(7月25日)　晴，时有微雨。阅《大清律例》。

十六日(7月26日)　晴，天气闷热，晚间雨。阅《杨椒山先生集》。

十七日(7月27日)　晴。琐事。书篆字。

十八日(7月28日)　晴。早晨至街一走，即归。

十九日(7月29日)　晴。阅《曾文正公家训》。

二十日(7月30日)　晴，天暑。

二十一日(7月31日)　晴。琐事。下午至邻姚宅谈，傍晚旋家。

二十二日(8月1日)　晴。阅《骈雅训纂》。天气甚暖。

二十三日(8月2日)　晴。阅《骈雅训纂》。

二十四日(8月3日)　晴。上午至邻姚宅谈许时旋家。下午琐事。

二十五日(8月4日)　晴，下午疏雨。夜餐后至田宅闲谈，至十二下钟旋家。

二十六日(8月5日)　晴，天暖异常。上午书篆字。值王止轩太史以篆书楹联及篆书纨扇见赠,予即将其字而临书之,尚觉匀称,然笔力之周到刚健,远不及太史也。

二十七日(8月6日) 晴,天气溽暑。上午为诸介如茂才绘山水扇箑一张。下午挥汗,不堪作事。

二十八日(8月7日) 晴。今日立秋,傍晚天色即有秋容,真造化之奇也。晚间风雷辗转而不肯沛然下雨。

二十九日(8月8日) 晴,天气暑热,夜间颇有凉风。阅《随园尺牍》。

七月初一日(8月9日) 晴,天气虽暖,颇觉清爽,夜风大。今日未时日食而未甚有异。

初二日(8月10日) 晴。阅《随园尺牍》。

初三日(8月11日) 晴,日光清淡。闲阅《随园尺牍》。袁简斋先生学问横溢,出语直欲惊人,此才人也。前见俞曲园太史上曾文正公书云:"袁随园之人品学术,非樾所心折。"似曲园并不钦服随园,然曲园之才气,实远不及随园也。

初四日(8月12日) 晴。早晨至仓桥,又过大街一走,即旋。率填蕺山书院文一卷。

初五日(8月13日) 晴。曾大父《囊翠楼诗集》梓成,谨读一遍。上午内子及女儿由田宅旋家。琐屑事。

初六日(8月14日) 晴,天气暖,夜稍有雨。

初七日(8月15日) 阴晴。早晨祀奎星神。午雨,天气凉快。

初八日(8月16日) 晴。上午阅《有正味斋骈文》。

初九日(8月17日) 晴。

初十日(8月18日) 晴。

十一日(8月19日) 晴。上午至街一走,即旋。

十二日(8月20日) 晴。夜,鼻中流血数点。家事琐屑,殊不易措手,实为事不从心,心思过瘁耳。

十三日(8月21日) 晴。上半日理祭事等物。午祭本生先慈二十周年忌辰。追忆六龄抱痛,光阴荏苒,忽忽二十年。泉台隔绝,无地通音,有心者何堪设想哉。夜雷雨即朗。

十四日(8月22日) 晴。作蕺山小课,题《"有声自西南来"赋》一首,申刻誊就。

十五日(8月23日) 晴,午刻雨数点。午祭东厨司命神,祭中元祖宗。下午雨。

十六日(8月24日) 上午雨,下午晴。巳刻乘舟至水澄巷徐宅拜诞辰,午餐后旋家。

十七日(8月25日) 晴。

十八日(8月26日) 晴。

十九日(8月27日) 晴。阅曾劼刚袭侯诗集。夜半大雨。

二十日(8月28日) 晴,下午乍有雨。阅《杨椒山先生集》。

二十一日(8月29日) 乍雨乍晴。早晨督袋匠理须修之袋琐屑事。上午至后观巷田宅拜润之外舅百日。人到一死,数日甚易,实堪嗟喟。午餐后同田宅诸君谈,至夜餐后二更旋家。

二十二日(8月30日) 晴。上午为田扬庭绘山水扇箑一张。下午阅古文。

二十三日(8月31日) 晴。上午至街一走,即旋。下午琐事。

二十四日(9月1日) 晴。订书琐事。

二十五日(9月2日) 晴。上半日至街一走,即旋(买书等件)。下午天气郁热,乍有雨。

二十六日(9月3日) 晴。阅阮文达公《揅经室集》(此系阮文达杂著,分为一集十四卷,二集八卷,三集五卷,四集二卷、又十一卷,续集十一卷,再续集六卷,外集五卷)。

二十七日(9月4日) 晴,巳刻乍雨。阅苗仙簏《说文声读表》。

二十八日(9月5日) 阴雨。上半日绘纨扇花卉一柄,兼书篆字。

二十九日(9月6日)　晴。上半日阅《说文声读表》。傍晚算理各账。

八月初一日(9月7日)　晴。上半日圈读《囊翠楼诗集》。下半日杂书字。

初二日(9月8日)　晴。上半日阅阮文达公《研经室集》并摹写古砖文字,又为田孝飏写扇箑一张。

初三日(9月9日)　晴。早晨至南街领蕺山卷,即旋。校十峰公《藤阿吟稿》,此稿早年已刻行而板片无存,今拟重刻也。

初四日(9月10日)　晴。上午至南街祀华真神诞,即旋。下半日检阅旧簿等事。

初五日(9月11日)　晴。学草字。

初六日(9月12日)　晴。巳刻至田宅同蓝晛茂才及张叔侯[①]茂才至戒珠寺游(田宅在寺建水陆忏也)。晚间游蕺山证人遗址后,遂即旋家。

初七日(9月13日)　晴。上午至水澄巷徐以逊孝廉处一谈,又至罗柷甫丹青画寓一谈,又至戒珠寺拜田润之外舅像(其水陆了忏也),下午旋家。

初八日(9月14日)　晴。上午至街一走,即旋。下午学草字。

初九日(9月15日)　晴。早晨书字。下午王泽民来谈。过午后闻斜桥近处有祝融之虐,遂同王君往观,一时即旋(王君亦去)。

初十日(9月16日)　晴。

十一日(9月17日)　晴。上午督成衣匠裁衣。下午头痛卧。

十二日(9月18日)　阴雨。上午为张君小宇[②]绘山水扇箑一

---

① 张叔侯,日记一作张菽侯、张菽候、张菽猷、张菽酋,整理时统一为张叔侯。

② 张祖光,字小宇。清浙江会稽人。蓝翎五品衔。江苏候补县丞。光绪二十八年(1902)举人张采薇从堂兄弟。见张采薇乡试履历(《清代(注转下页)

张。午后读《文选》。

十三日(9月19日)　阴雨。琐事纷纷。下午算理各账。

十四日(9月20日)　阴晴。早晨至街钱庄处一谈,即旋。算付各店节账,甚琐碎也。酉刻,新河弄祝融氏大发,遂去一看,约有二点钟之久,息后即旋。

十五日(9月21日)　雨。琐事。午后戏绘山水扇箑一张。

十六日(9月22日)　晴。午秋分祭祖。下午至新河弄看火烧过地,见各家皆挑掘瓦屑,已有数处上樑起造。此乃市上之屋,数日后即当焕然一新也。又至山阴城隍庙一游,即旋。

十七日(9月23日)　阴。算理琐屑各账。

十八日(9月24日)　乍雨乍晴。作蕺山书院文题生卷一本,题为《小人反是》,诗题为《堂前扑枣任西邻》八韵诗一首,夜誊就。

十九日(9月25日)　晴。早晨至南门石柱头礼胥处缴卷,即旋。阅曾劼刚袭侯集。

二十日(9月26日)　阴雨。阅《八贤手札》。下午至(至)[街]一走,即旋。

二十一日(9月27日)　阴雨。午拜高祖诞辰。上午王君泽民来谈,至晚间去。天气甚闷。

二十二日(9月28日)　阴雨。上午闻戒珠寺前祝融氏怒发,遂去一看,即由大街旋家。

二十三日(9月29日)　晴。黎明闻鲍宅工人来通知四姑奶奶有病甚重,遂坐舟至窦疆望病,见四姑奶奶神气虽清,而病状不甚见佳,遂劝其静养。至傍晚,余坐舟旋家,已二更后矣。

二十四日(9月30日)　阴晴。学邓完白山人篆字。琐屑事。

二十五日(10月1日)　晴。早餐后乘小舟至窦疆看四姑奶奶病,见其尚无他变。然病不速去,恐不能多拖时日也。午餐后坐许时

(续上页注)朱卷集成》册294)。

坐舟而归,途遇雨,遂泊停于上柏舍村片时,然后归家,时已天暮矣。

二十六日(10月2日) 晴。琐事。闻四姑奶奶病更重,遂于夜餐后雇大舟同家慈至窦疆。至夜半到,见四姑奶奶病甚危险,形色又改变,殊有不起之势。其亦自知难瘳,见母家人惟有哀鸣数语。闻者无法可治,实为之酸心。天已将晓,只得乘舟而归。

二十七日(10月3日) 同家慈放棹旋家,时已辰刻。稍息一时,至后观巷田杏村舍人处商酌四姑奶奶病药,即旋。

二十八日(10月4日) 晴。早晨,窦疆使人来城呼收生婆,说四姑奶奶将产也;继而又有人来报云四姑奶奶已生一女,落地即死,姑奶奶无恙。全家为其一喜。不料至巳刻来报,四姑奶奶竟忽去世,令人惨不忍闻,殊觉悲泪无已。盖人寿之长短,虽有命定。然闻四姑奶奶之病,实隐受其夫穆如之害,郁气所致,以致伤命。女人遇人不淑,亦一生不幸事也。

二十九日(10月5日) 晴。早晨理往鲍宅送殓各事。巳刻同宝斋族兄乘舟至窦疆看四姑奶奶入殓。下午大姑奶奶、大嫂、内人亦坐舟至窦疆送四姑奶奶入殓后,即坐舟旋家,余同宝斋兄亦即旋家,时已十一点钟。(盖鲍宅以盐商拥俗富,其内外一切,无非蛮气。吾辈亦不屑同其理论。)

三十日(10月6日) 晴。心绪无聊,撰挽亦妹一联云:“在家阅二十年,谨和为念,记平时针黹余闲,剪烛最祈问奇字;于归仅廿五月,痼疾撄心,痛此日尘缘勘破,遗孩遽弃返灵山。”傍晚大雨倾盆。

九月初一日(10月7日) 大雨终日不休。

初二日(10月8日) 风雨满城,天然近重阳时景。书挽亦妹联一副,又为大、二姑奶奶书挽字各一副(亦挽四姑奶奶也)。亦妹幼而聪悟,认字看书,过目不忘,书法亦楚楚可观。时务礼节,尤能处留心,无为人所些议。今其廿二龄少年,遗有哀子一人,遽弃人事而返瑶池。写其哀挽之词者,不禁搁笔而嗟叹也。人世如蜉蝣之说,为之益信耳。

初三日(10月9日) 雨。河水涨大,乡间卑下之屋,已忧浸入。今年五谷方称大有,此间如雨久不晴,恐不能不减收成也。

初四日(10月10日) 雨。早餐后乘舟至窦疆鲍宅拜四姑奶奶首七,一吊后即旋。前夜于前面"尚友轩"处被贼挖穴,窃去物件约洋卅元,由大乘庵拷壁。下午督泥匠砌塞壁穴。

初五月(10月11日) 雨。琐事。天气寒冷。

初六日(10月12日) 雨。早晨至台门前看河水,又大数寸。乡村民家及田稻当不少浸没,甚为可虑也。

初七日(10月13日) 晴。早晨理对契簿琐事。

初八日(10月14日) 晴。琐事宁。

初九日(10月15日) 晴。早晨至街一走,即旋。午刻至田宅为润之外舅将出丧破孝,去拜祭也。下午同诸介如茂才至山阴城隍庙看楼观演剧,傍晚各旋家。

初十日(10月16日) 乍雨晴。

十一日(10月17日) 阴。巳刻至水澄巷徐宅贺喜(仲凡舅氏之次女出嫁于杭州金宅也),稍坐片时,即旋。下午至田宅谈,傍晚旋家。

十二日(10月18日) 晴。上半日至田宅,夜亦在田宅宿。夜餐后同罗景荃茂才、张叔侯茂才至府城隍庙游,月下散步,甚爽气也。至十二点钟仍至田宅。

十三日(10月19日) 晴。在田宅寅时起,拜润之外舅发纼,事毕旋家。琐事。又至田宅陪吊客。晚间旋家一走,即又至田宅。胸中气逆不适,呕吐饭食,不下盈钵,睡许时便觉舒展,谅为其厨工包菜不清洁,以致食后吐泻也。子刻送润之外舅起灵,余同徐叔佩舅氏门祭后,随柩送至凰仪桥登舟。至上谢墅,此时天已雨矣。

十四日(10月20日) 阴。在谢墅舟中早餐后,送润之外舅灵柩至殡宫。午时进殡,祭毕后仍乘舟归。至田宅送润之外舅栗主上堂,夜餐后十一点钟旋家。

十五日(10月21日) 晴。午刻至田宅谈,下午旋家。

十六日(10月22日) 晴。上半日琐事。至偏门头校场看迎霜降,即又至高省三茂才处一谈,即归。下午至田宅同田[宅]诸君至大街一游,即各旋家。

十七日(10月23日) 晴。上午祭祀财神。午刻余静庵茂才来谈,下午同至南街领蕺山书院卷。余君到书馆处,予即旋家。

十八日(10月24日) 晴。丑时起乘舟至窦疆送四姑奶奶丧至大潭殡宫,一祭后即乘舟归家。傍晚借祭菜邀诸介如茂才、张叔侯茂才、徐君少翰、田莼波茂才诸君来饮,至亥刻各去。

十九日(10月25日) 阴,微雨。同诸介如茂才至大教场看操。午刻又至大街一走,各旋家。

二十日(10月26日) 晴。上半日琐事。为田孝颛茂才绘扇箑一张。下半日琐事。

二十一日(10月27日) 晴。阅理旧账事。

二十二日(10月28日) 晴。琐事。下午至田宅同诸君至山邑城隍庙一游,又至卧龙山晚眺,傍晚各旋家。

二十三日(10月29日) 晴。上午至鱼化桥河沿向单宅归屋事,又至老虎桥车宅说鱼化桥屋事,午旋家。下午又至鱼化桥丁宅及单宅谈屋事,晚间归家。

二十四日(10月30日) 晴。琐事。午拜曾大父忌辰。

二十五日(10月31日) 晴。上午琐屑事。下午为车宅典鱼化桥屋事。

二十六日(11月1日) 晴。琐事。

二十七日(11月2日) 晴。上午至笔弄钱庄一谈,即旋。下午至鱼化桥向单宅点还窗门户等件,即转点付车宅(纪堂弟、宝斋族兄亦同去),至晚间归。

二十八日(11月3日) 晴。乘舟至石旗井头山拜高祖墓,下午旋家,天已将晚。

二十九日(11月4日)　晴。乘舟至谢墅新貌山拜曾大父母、大父母、本生父母三代墓,事毕乘舟旋家后,又至鱼化桥清理屋价等事(纪堂弟、宝斋兄亦同去),又至大街一走,即旋家,时已二更矣。如此转典屋一事,费须多气力,吾家作事之人甚少也。

十月初一日(11月5日)　晴。上半日琐事。下午至大善寺街一走,即旋。

初二日(11月6日)　晴。录先大父遗笔簿本。

初三日(11月7日)　晴。誊录先大父遗簿本。

初四日(11月8日)　晴。检阅契簿。

初五日(11月9日)　晴。琐事。

初六日(11月10日)　晴,夜雨数点。琐事。

初七日(11月11日)　阴。上半日琐事。午后乘舟至西郭城外王城寺为四姑奶奶六七建水陆忏也,晚间旋家。

初八日(11月12日)　晴。琐事。

初九日(11月13日)　晴。上午乘舟至王城寺,傍晚旋家。

初十日(11月14日)　阴,微雨。琐事。

十一日(11月15日)　雨。午刻至田宅拜太岳忌辰,傍晚旋家。

十二日(11月16日)　雨后晴。早晨邀诸介如茂才,田蓝陬茂才、春农孝廉、莼波茂才及其弟扬庭,张叔侯茂才至王城寺游,夜餐后乘舟归。一路明月清风,甚爽事也。上岸后各旋家。

十三日(11月17日)　晴。琐事。

十四日(11月18日)　晴。早晨乘舟至王城寺为理水陆毕忏事,傍晚旋家。明月又清,最为可爱。

十五日(11月19日)　晴。检点契帖琐事。

十六日(11月20日)　晴。琐事。下午[至]石柱头取蕺山书院卷,即旋。

十七日(11月21日)　晴。检点契帖琐事。

十八日(11月22日) 晴。校对契帖事。

十九日(11月23日) 晴。抄契本琐事。

二十日(11月24日) 晴。抄契本琐事。

二十一日(11月25日) 晴,稍有雨。午祭先祖忌辰。家大人昔年遵先祖遗训,分家产后因有病尚未将契帖理付。原拟俟稍有精神清理后分付各自收管,迄今病势有增无减,恐久误事,特将所有契帖属予详细校对,清理分明。予经半月之时,已一一分理清楚呈家大人。今家大人特择今日为先祖忌辰,阖家齐集拜祭,将"里记"所有契帖供之先祖像前,祭毕后清付嫂余氏、兄申之、弟纪堂各自收管清讫。家大人管理数十年,以谓今幸卸肩,毫无遗失,上可以答先灵,下可以付侄辈,亦生平一快事。巳刻,予至水澄巷徐(拜)[宅],拜六太太周年,即旋。下午琐事。

二十二日(11月26日) 阴。上午琐事。午祭先祖母诞辰。傍晚至大街一走,即旋。

二十三日(11月27日) 晴,天气寒冷。抄写簿本。

二十四日(11月28日) 晴。抄簿本。

二十五日(11月29日) 晴,乍有雨。抄簿本。

二十六日(11月30日) 晴。校对簿本。琐事。

二十七日(12月1日) 晴。琐事。

二十八日(12月2日) 雨。琐事。

二十九日(12月3日) 早晨雨即晴。午拜祭本生先大人忌辰。下午至水澄巷徐宅谈,即旋。又至石门槛罗枧甫丹青处一谈,即旋家,时已傍晚。

三十日(12月4日) 晴。家务琐事。

十一月初一日(12月5日) 晴。录家藏田契底本。

初二日(12月6日) 晴。又录契底本。

初三日(12月7日) 晴。又录契底本。

初四日(12月8日) 晴。上午录簿。下午至田宅谈,夜二更归家。

初五日(12月9日) 晴。上午校从曾祖十峰公诗集。下午诸介如茂才来谈,至晚去。

初六日(12月10日) 晴。上午录簿本。下午至大[街]买物,晚间归。酉刻大善桥后街祝融氏怒发,即往观,至二更归家。

初七日(12月11日) 晴,天气和暖。上午至街,午归。下午又至街,戌刻归。

初八日(12月12日) 阴。上午乘舆至水澄巷谢金调臣①拜(先日,金君至余来拜也。此人系徐宅东床也),即归家。下午琐事。

初九日(12月13日)

初十日(12月14日) 阴。上午琐事。午刻至水澄巷徐以逊孝廉邀陪金调臣饮,下午谈。夜,徐显民明府出围棋着数盘,至夜半归家。

十一日(12月15日) 微雨。味女儿周岁,吃面二大碗。下午至田宅一谈,即归。

十二日(12月16日) 阴。

十三日(12月17日) 晴。琐事。

十四日(12月18日) 阴。

十五日(12月19日) 上午微雨,下午阴。王泽民来,同至大街一游,即归(王君夜饭后去)。

十六日(12月20日) 雨。琐事。午刻拜冬至祖饯。

十七日(12月21日) 阴,北风大发,天气阴寒,略飞雪花数点。午拜冬至祖饯。

十八日(12月22日) 晴,天气奇冷,滴水即冻。不便书字。下半日糊窗。

---

① 据《浙江绍兴栖凫东海堂徐氏家谱》,疑金调臣为徐树兰二女婿。

十九日(12月23日) 晴,天气奇冷,冰结寸厚。

二十日(12月24日) 晴。上午至田宅谈,午刻归。

二十一日(12月25日) 晴。上半日录租簿。下半日至街买物,至晚间归。夜餐后校对契底本。

二十二日(12月26日) 晴阴。理租事各物。下午至偏门外仓屋止宿。

二十三日(12月27日) 晴。黎明起,吃饭后归家。录祖坟山、契户目簿。下午又至仓屋止宿。

二十四日(12月28日) 晴。辰刻督工人收拾仓屋,巳刻归家,申刻至仓屋宿。

二十五日(12月29日) 晴。在偏门外仓屋琐事。

二十六日(12月30日) 晴。在仓屋琐事,晚间归家。

二十七日(12月31日) 阴。上午至大街买物,即归。申刻至偏门外仓屋。

二十八日(1897年1月1日) 阴,晚间微雨。是日在偏门外仓屋租谷米琐事。

二十九日(1月2日) 微雨。在仓屋琐事,晚间至家。

十二月初一日(1月3日) 阴。上半日至街买物。下半日至偏门外仓屋。

初二日(1月4日) 晴。在仓屋琐事。

初三日(1月5日) 晴。在仓屋琐事。天气蒸暖,未刻天阴,大风一起,天气即换寒爽。神工之妙,真可奇也。

初四日(1月6日) 上半日晴,下半日阴。在仓屋琐事,戌刻归家。

初五日(1月7日) 小雨。午刻至偏门外仓屋。

初六日(1月8日) 雨。在仓屋琐事。夜雨雪子。

初七日(1月9日) 阴。晨刻归家。巳刻至后观巷田宅谈,夜餐后归家,即又乘舟至偏门外仓屋租事琐屑。

初八日(1月10日) 雨。在仓屋琐事。

初九日(1月11日) 雨。在仓屋琐事,晚间乘舟归家。

初十日(1月12日) 阴。早晨至偏门外仓屋琐事,夜餐后月夜归家。

十一日(1月13日) 阴。早晨至偏城外仓屋粜米,事毕,晚间归家。夜雨。

十二日(1月14日) 上半日雨,至街一过,即归。下半日阴,结账琐事。

十三日(1月15日) 上昼至偏城外仓屋琐事,下昼归家琐事。

十四日(1月16日) 阴。琐事。下昼至后观巷田宅谈。

十五日(1月17日) 雨,天寒风起。上昼至西郭鲍宅贺寿,即归。又至偏门外仓屋粜谷琐事,晚间归家。雪花略飞。

十六日(1月18日) 晴。琐事。

十七日(1月19日) 晴。上昼至街买物,即归。下昼督裁缝工裁衣。

十八日(1月20日) 阴。上昼琐事。下昼至田宅谈,晚间归家。夜降雪。

十九日(1月21日) 阴。上昼至水澄巷徐宅谈,即归。下昼琐事。夜算租事琐账。

二十日(1月22日) 阴。

二十一日(1月23日) 阴雨。

二十二日(1月24日) 阴雨。

二十三日(1月25日) 雨。琐事。晚间祭送东厨司命。

二十四日(1月26日) 阴晴。上半日临《钟鼎款识》,又理祭祀各物。午间祭先慈曹太宜人诞辰。下午琐事。

二十五日(1月27日) 阴雨。算理账目。

二十六日(1月28日) 阴雨。理祀神各物,又算理账目。

二十七日(1月29日) 雨。寅刻起盥沐毕礼神,行礼毕又祭祖。事毕,天方明。上半日至市街算账,午刻归家。下半日算理各账。

二十八日(1月30日) 雨。算付各店账。

二十九日(1月31日) 雨。上昼算付各店账。下昼又算理账。夜至街钱业处一过,即归。

三十日(2月1日) 雨。算理诸账目。午刻礼东厨司命神及请像诸事。下昼阴寒,算结各账。夜祭祖,夜餐后又算结各账,雪花微下,至子刻睡。人事碌碌,又过去一年矣。

光绪二十三年丁酉[①](1897)

正月初一日(1897.2.2)至十二月二十九日(1898.1.21)

正月初一日(1897年2月2日) 天气晴好。卯刻起盥沐毕,着衣冠礼诸神,又礼祖宗,又贺岁,又酬应来拜年客。

初二日(2月3日) 雪,下昼晴。上昼至西郭徐宅拜年。午刻至后观巷田宅拜年兼拜祭祀,过午后归家。

初三日(2月4日) 晴。上昼至宣化坊胡宅拜年,又至府山后拜褚少湖师像,又至南街徐宅拜年,即归家。

初四日(2月5日) 晴。上昼酬应来拜年客。下昼至街一过,即归家。

初五日(2月6日) 晴。晨刻至开元弄当拜年,盖栖凫徐宅寓也。又至贯[珠]楼王宅拜年,即归。下昼至罗枧甫寓中一谈,又至大街买物,即归家。

初六日(2月7日) 雪,平地积厚二寸。

初七日(2月8日) 雪。上昼为田扬庭画横幅一纸。下昼至街买物,即归。

初八日(2月9日) 晴。上昼绘山水。天气冰冷,盖近年来春寒每比冬天为甚。

初九日(2月10日) 晴。琐事,夜雨雪天气,甚冷。

初十日(2月11日) 晴。乘舟至石旗村塘嘉坳谒高祖墓,下昼归家,已旁晚。天气冰冻,冷风四起。

---

① 原作“乙酉”,误。

十一日(2月12日) 晴。天气奇冷,滴水即冻。乘舟至谢墅村新貌山谒曾大父、大父、先父三代祖宗墓。祭桌积雪成冰,帚剔颇不容易。盖墓向东西,故冰雪不即消去。春冰不厚,自昔云然。今则沿途河水冰封,春冰不可为不厚矣。下昼归家申刻。

十二日(2月13日) 晴。督木匠建造板壁,盖开元弄首进平屋墙虽厚,而沿街必须加立板壁,今故特造耳。下昼贾柷唐来谈,夜餐后去。

十三日(2月14日) 上昼雪子,下昼雨。琐屑事。巳刻田宅官姐来拜年琐屑事。下昼督木匠做板壁。

十四日(2月15日) 雨。临《钟鼎款识》。

十五日(2月16日) 雨。临《钟鼎款识》,书系宋王复斋所辑,国朝阮文达刻之者也。共计三十叶,计五十九器。书长一尺六寸六分,阔一尺零四分。刻甚精致。薛尚功《钟鼎款识》廿卷,名与此同。而薛所集是是摹本,此皆就原器拓出。古器精灵,得见真面目,此书之可爱者也。

十六日(2月17日) 阴。上昼临《钟鼎款识》。午陪姜恒甫[①]、鲍仲清饮。下昼与仲清围棋二局后去。夜雪。

十七日(2月18日) 雪。绘山水。

十八日(2月19日) 阴。上昼祭祖像。下昼琐事。

十九日(2月20日) 晴。上昼刻图章一粒。下昼至厅与千崖族伯闲谈。

二十日(2月21日) 阴。上昼刻图章一粒。下昼绘挂屏花卉一张。晚间又雪,瓦上雪未溶净,又雪。新年之雪,可谓多矣。

二十一日(2月22日) 阴。上昼琐事。晚间具酒肴请千崖族伯饮。盖次日千伯七十庆辰也,故于今夜为其暖寿,请王泽民、罗柷

---

① 姜书昇,字恒甫。清浙江会稽人。孝廉方正姜秉初之子。见姜锡恒《姜氏世谱》之《未集·郡城支世系》。

甫二人陪拇战大饮，至三更始毕，各去。

二十二日(2 月 23 日) 晴。上昼祭初生伯祖。午至田宅陪诸介如膳生上馆饮也，申刻归家。

二十三日(2 月 24 日) 雨。头晕，起居不适。

二十四(2 月 25 日) 晴。天气闷。

二十五日(2 月 26 日) 阴雨。学殿试策字，盖殿试策字别有体裁，颇难书也。

二十六日(2 月 27 日) 阴。午拜高祖祭祀。下昼至田宅同诸介如茂才、田蓝陬茂才至古贡院前豫仓游中西学堂，晚间归。

二十七日(2 月 28 日) 晴，下午阴，夜雨。辰刻至常禧城外仓屋一游，午刻归。旁晚至江桥一过，即归。

二十八日(3 月 1 日) 雨。辰刻至仓桥试院看蕺山甄别题目，即归。作文诗一卷，三更写毕。

二十九日(3 月 2 日) 阴。作蕺山课题文诗一卷，晚间录成，即至镇东阁前礼房缴卷，即归。夜算琐屑各账。光阴荏苒，倏忽一月又逝矣。闱试伊迩，而学业毫无进境，有志者将何以加之策励乎?

二月初一日(3 月 3 日) 阴。琐事。午拜先大母凌氏宜人讳辰。

初二日(3 月 4 日) 晴。琐事。

初三日(3 月 5 日) 阴。上昼祀文帝。午祭先大父诞辰。下昼田蓝陬茂才及其侄二人来谈，晚去。

初四日(3 月 6 日) 早晨阴雨，上昼晴。祭天池先生诞辰后，至田宅乘舟同游禹陵、南镇。天气闷暖，晚间归家。

初五日(3 月 7 日) 雨。琐事。下午至田宅谈，晚间归。

初六日(3 月 8 日) 晴。上午至街一过，又至邻居姚宅一谈，即归。

初七日(3 月 9 日) 辰初晴，辰正雨，上昼雷声乍发。作龙山甄别兼观风文一卷。

初八日(3月10日) 阴。录文一卷。下昼作八韵诗一首。

初九日(3月11日) 雨。上昼琐事。下昼为田杏村舍人书挽徐莲州[①]封翁联一副。夜,风雨不休,为照女儿病不成寐。

初十日(3月12日) 雨。上昼学白折纸楷字数百。下昼天气寒冷。

十一日(3月13日) 雨兼降雪数阵。忆自献岁以来,雨雪连绵,甚少晴日。

十二日(3月14日) 雨。上下昼阴。上昼书字。下昼订书。

十三日(3月15日) 阴。上昼至大坊口礼房看稽山题目后,闻不课,即归。下昼书字。

十四日(3月16日) 晴阴。上昼至广宁桥王子虞茂才谈,即归。又至田宅谈,至夜餐后归家。

十五日(3月17日) 阴晴。上昼至石门槛罗柷甫画寓晤杜方舟旧友,遂同至稽山门外趁便舟游禹庙。下昼晚(间)[前]归。

十六日(3月18日) 雨。学隶字。午拜先大父颖生公诞辰。下午学草书。夜雷雨。

十七日(3月19日) 阴寒。琐事。

十八日(3月20日) 上半日雪。午拜春分祖饯。下半日阴,看泥匠铺地平。今日感风寒头痛。夜阅俞荫甫《茶香室三钞》。

十九日(3月21日) 晴,早晨有霜。书房瓦上终理收拾书籍各件。

二十日(3月22日) 阴,上午即雨。琐事。下昼学殿试策字。

二十一日(3月23日) 雨。早餐后至大坊口会稽礼房领稽山卷并看题目,后知题目尚在稽山书院,遂至南街书院看题目,即归。

---

① 徐播荣(1821—1897),字莲州,一作莲舟,号干庭。清浙江会稽人。同治七年(1868)进士徐鼎琛族人。见徐士贤《霞齐徐氏家谱》卷首田宝祺《莲州公传》。

又至大坊口礼房取卷，即归。大雨滂沱，虽有雨伞，大湿衣服。书院题目向无算学、重学之类，今年大改花样，前日龙山亦有算学、西学题目。盖时世变则风气亦变，诸官吏揣摩风气，故题目又遂此而一变也。下午阅宗稷辰[①]侍御《躬耻斋集》。夜作《受孔子戒》八韵诗一首，又作《迟日暖熏芳草眼》六韵诗一首。此皆书院题目也。又集写童卷文一篇。

二十二日(3月24日)　雨。作文一首，题为《"子之武城"至"小人学道则易使也"》。下午誊写，夜膳毕。

二十三日(3月25日)　雨，阴。上昼琐事。下昼至外边西首平屋"时行轩"收拾物事。夜书字，阅《有正味斋骈文》。

二十四日(3月26日)　乍雨乍晴。上半日在住室"为山庐"处整理物件。下半日琐事。夜阅《有正味斋骈文》。

二十五日(3月27日)　阴雨。上午琐事。午后至镇东阁前看蕺山书院案，即归。下午琐事。夜作四书题文半篇(即稽山甄别题也)。

二十六日(3月28日)　阴。琐事。看工人挑扫瓦砾地。夜阅《会稽王烈妇银管录》。夜雷雨大行。

二十七日(3月29日)　雨。琐事。下昼作四书题文半篇。

二十八日(3月30日)　雨。上午录稽山书院文。下午至田宅谈，晚间归。夜阅《白香山集》。

二十九日(3月31日)　上昼阴。拟作《唐元微之春分日投金简阳明洞天诗五十韵》，用白香山韵也。下昼作《曹娥孝女庙》七律两首。

---

①　宗稷辰(1792—1867)，原名绩辰，字其凝，号涤甫，又号迪楼，一作涤楼，又号攻耻，越岘山人。清浙江会稽人。道光元年(1821)举人。曾官内阁中书、户部陕西司员外郎、山西道御史、兵科给事中、山东运河道等职。著有《躬耻斋文钞》《四书体味录》。见宗能征《诰授中宪大夫晋赠资政大夫累赠荣禄大夫盐运使衔山东全省运河兵备道兼管河库事务崇祀乡贤显考涤甫府君行述》。

三十日(4月1日) 阴。上昼录稽山书院卷文诗。下昼又录卷。晚间应田宅邀饮,二更归家。

三月初一日(4月2日) 阴。录卷。

初二日(4月3日) 晴。乘舟至盛塘东皋山拜徐宅坟,申刻归家。至大街买物,即归。夜作《回向庙考》一首。

初三日(4月4日) 晴。早晨至田宅乘舟至谢墅拜田宅坟,又拜田润之外舅第一年祭扫(俗礼须婿家祭也),酉刻归家。

初四日(4月5日) 阴晴。早餐后乘舟至(允)[澄]湾拜田宅坟,申刻归家。写作《三江闸问》,随写随作,又作《禁私毁制钱策》。此两事誊毕,天已将晓,遂稍睡一时。夜雨。

初五日(4月6日) 晴。早餐后乘舟至栖皋祭扫二世祖[1]墓,又三世伯叔祖墓,酉刻归家。至大坊口会稽礼房缴稽山观风卷,即归。

初六日(4月7日) 晴。乘舟至盛塘谒四世祖妣墓。下昼雨。归家傍晚。

初七日(4月8日) 雨,下午晴。早餐后乘舟至中灶谒四世祖考墓,又游山,归家傍晚。

初八日(4月9日) 晴。乘舟至石堰谒五世祖墓,又至木栅谒天池山人墓。下昼舟过稽山庙,适神水迎,遂至庙一游,归家天气旁晚。连日祭扫,颇觉事忙。

初九日(4月10日) 晴。琐屑事。下昼理拜坟琐事。

初十日(4月11日) 晴。乘舟至谢墅谒曾大父母、大父母、先父母墓。下昼归家申刻。琐事。

十一日(4月12日) 晴。上昼至仓桥下义仓看种牛痘。是日至局种痘者人数百数十,盖风气变则此事亦大行也。又至大街买物,即归。

---

① 陈龙洲(1619—1668),陈庆均二世祖。见陈在钰录《越州陈氏世系考略》。

十二日(4月13日)　晴。乘舟至石旗井头山扫高祖墓，午餐后又至外王扫高叔祖墓，下昼归家申刻。天气甚暖。

十三日(4月14日)　雨。作蕺山小课经文。夜杂凑律赋一篇。

十四日(4月15日)　晴。天气清快。上昼抄书院卷。下昼至大街买物，即归。

十五日(4月16日)　阴，下昼雨。阅吴东皋太史诗集。

十六日(4月17日)　雨。上昼阅《搢绅录》。下昼抄书。

十七日(4月18日)　阴晴。上昼琐事。下昼抄书。

十八日(4月19日)　晴。上昼至大街买物，即归。下昼至田宅谈，又同蓝陬茂才、雪青茂才至镇东[阁]前看书院案，路过山阴衙署看吴山阴审讼，至晚间归家。

十九日(4月20日)　晴。琐事。

二十日(4月21日)　晴。绘山水。

二十一日(4月22日)　晴。上昼至前房屋“时行轩”处理书籍，(遗)[移]至后屋书房。下昼收拾书籍。

二十二日(4月23日)　晴。上昼琐事。

二十三日(4月24日)　阴雨。早晨至镇东前看龙山书院案，即归。下昼绘山水横幅一张。

二十四日(4月25日)　阴雨。

二十五日(4月26日)

二十六日(4月27日)　雨。作龙山小课赋，题为《书巢》。

二十七日(4月28日)　阴雨。作龙山小课《鉴湖春游词》七言绝句十首，又眷写赋诗，至三更毕卷。

二十八日(4月29日)　晴。琐事。下昼至镇东[阁]前缴龙山卷，又至后观巷田宅谈，二更归家。

二十九日(4月30日)　晴。上昼琐事，午刻至酒务桥陈宅王陟民馆一游，即归。下昼泽民来谈，申刻去。

三十日(5月1日)　阴雨。

四月初一日(5月2日) 晴。早晨录旧作诗。上午绘山水。下午贾柷唐姊婿来谈半夜。

初二日(5月3日) 晴。上午同贾柷唐、家纪堂至中西学堂游，午刻归家，柷唐亦往别处。

初三日(5月4日) 晴。上昼理祭祀各件。午祭七[世]祖妣魏氏太君忌辰。

初四日(5月5日) 上昼晴。午刻至后观巷拜田润之外舅诞辰。下昼谈。申刻由田宅出，至镇东阁前看蕺山小课案，予作一卷，取在案尾，俗语所谓背榜是也，可笑。路过至石门槛罗柷甫丹青处，一坐即归。酉刻天雨。

初五日(5月6日) 雨。

初六日(5月7日) 晴。早餐后至常禧门外仓屋督工人收拾饭谷载入家中，下昼归家。绘花卉。

初七日(5月8日) 阴。上昼至南街领蕺山小课旧卷，即归家。下昼雨。绘花卉扇箑一张。

初八日(5月9日) 晴。上昼绘花卉小横幅一纸。下昼书篆字。

初九日(5月10日) 上昼雨，下昼晴。上昼书篆字扇箑一张。下昼琐事。

初十日(5月11日) 雨。巳刻至后观巷田宅拜润之外舅周年。下昼同杏村舍人、诸介如茂才谈，晚间归家。近来自谕旨准以西学录试以后，今年山会两书院有西学题、算学题。吾越士人于是置西学书，考究西学，纷纷四起。来往友朋，无不以西学洋务为讲谈。不数月时，风气遽尔大变，为可慨已。

十一日(5月12日) 乍雨乍晴。

十二日(5月13日) 乍雨乍晴。下午作蕺山小课四书题文一篇。

十三日(5月14日) 晴，天气闷热，夜雨。上录书院文。午刻贾枧唐姊婿来谈，夜又谈至半夜。

十四日(5月15日) 阴雨。早晨忽闻霹雳一声后，知府山望海亭顶已打去也。早晨录书院卷。下午作五言诗八韵。申刻同贾枧兄、纪堂至酒务桥陈宅王泽民馆谈，晚间归。王泽民同来过夜，夜谈至半夜。

十五日(5月16日) 阴乍雨。上午贾枧兄谈。下午同贾枧兄至姜戊皆处谈，晚间归。夜又同贾枧兄谈。

十六日(5月17日) 晴乍雨。上午贾枧兄谈，巳刻去。阅《随园尺牍》。下昼雨。下昼至田宅谈，夜二更归家。

十七日(5月18日) 雨。学篆字。

十八日(5月19日) 雨，天气寒。头晕，身体稍不适。

十九日(5月20日) 雨。头痛不耐作事。上昼督裁缝裁衣。

二十日(5月21日) 晴。上昼至街一过，即归。

二十一日(5月22日) 晴。上昼至戒珠寺，过午后归(田宅补周年建水陆也)。下昼至姜戊皆茂才处谈，即归。夜雨。

二十二日(5月23日) 晴。为诸介如茂[才]绘山水折扇一张。晚间至姜戊皆处谈，即归。

二十三日(5月24日) 晴。上昼至田宅同蓝陬茂才、诸介如茂才至戒珠讲寺游，申刻归。晚间同贾枧唐谈。

二十四日(5月25日) 晴。上昼同贾枧唐兄至大街一游，余即归。

二十五日(5月26日) 晴。上昼至后观巷田宅谈，即归。下昼雨。琐事。

二十六日(5月27日) 上昼雨，下昼晴。琐屑事。

二十七日(5月28日) 晴。辰刻至南街沈宅贺喜，即归。巳刻乘小舟至蕺山戒珠寺，为田宅预做阴寿建水陆也。未刻至大坊口稽山书院礼(书)[胥]处看甄别案(余作两卷，一卷在特等三十九名，一卷在一等第三名)，又至镇东阁前龙山书院看案(余作两卷，一卷在特等三十九名,一卷在一等第三名),又至镇东阁前龙山书院看案(余作两卷,一卷在备等十六,一卷在备等十九名),归家时尚申刻。

二十八日(5月29日) 晴。辰刻至大坊口领稽山卷,又至镇东阁前领龙山书院卷,即归。

二十九日(5月30日) 晴。琐事。午贾柷兄来谈。

五月初一日(5月31日) 晴,天气闷热。上午贾柷兄去。晚间至大坊口领稽山甄别卷,即归。

初二日(6月1日) 晴。琐事。天气热。

初三日(6月2日) 晴,天气闷热。下昼雷雨即晴,夜又雨。理琐屑各账。

初四日(6月3日) 晴,天气甚暖。早晨至街一过,即归。上下昼算付各店账。

初五日(6月4日) 晴,天气奇热,桌椅皆热。时节芒种尚未过而有此盛暑,是生平所罕逢也。余心绪纷如,今年格外畏热,未识将若何过去也。旁晚挥汗书之。

初六日(6月5日) 雨,下昼阴。琐事。晚间至会稽署前看书院案,即归。

初七日(6月6日) 阴。琐事。

初八日(6月7日) 阴晴。上昼琐事。下昼至水澄巷徐显民茂才处谈,夜餐后归。

初九日(6月8日) 阴晴。上午为平水山地事。此地于乙未冬所买,出主李元忠。今李元忠被其族中控讼,挽原中人,情愿赎回。余家亦不愿置此讼产,故准其赎回也。下午至街,晚间归家。

初十日(6月9日) 乍雨乍晴。午刻乘舟至水澄巷,即至古贡院前徐宅义塾显民茂才谈，即出。至耀应弄[①]谢杏田[②]茂才处谈，为商量平水山事息禀事也。又至街“许显记”刻字店属其抄禀帖也。又至古贡院前徐宅义塾显民茂才处谈，托其转递禀帖也。又至中西学堂一游。晚间归家。

十一日(6月10日)　雨阴。上昼琐屑事。下昼琐屑事。晚间至街一走，即归。晚间会邑审李氏平水山事。余家既退赎此山，使随人亦递一禀，以了其事。后知此案李氏无所胜败，此山随禁为公地也。

十二日(6月11日)　晴，天气暖。上午核账。

十三日(6月12日)　晴。上昼至马梧桥预祭黄神，即归。下午雨。

十四日(6月13日)　雨。巳刻至西郭徐宅拜子母元君会，补祝也。午饮观演剧，申刻归家。下午晴。夜书篆字。

十五日(6月14日)　晴。上昼至后观巷田宅谈，午餐后归，杏村舍人同来诊太太病，申刻去。午刻雨，晚间又晴。近日天气乍雨乍晴也。

十六日(6月15日)　乍雨乍晴，下午天气清爽。

十七日(6月16日)　晴，天气凉快，午刻渐暖。上午至田宅杏村舍人处改药方，即归。下午至田宅，杏村舍人、蓝陬茂才邀游绕门山观新筑放生堤，诸介如茂才亦同住也，酉刻归家。

---

① 耀应弄，原名老鹰弄，日记一作老莺弄、曜影弄、耀莺弄、耀映弄，整理时统一为耀应弄。旧时塔山上树木多，一块大坟堆上经常有老鹰盘旋，故名。1994年建造耀菩公寓时已拆，成耀菩公寓与运通苑间的通道。

② 谢杏田，民国十五年(1916)曾任《绍兴医药月报》社长。总编辑为杜同甲，副总编辑何廉臣，编辑周越铭、杨质安等共11人。编辑部和总发行所设在绍兴城区石门槛。该刊宗旨是倡导医药科学化，提出改造中医、与西医沟通的主张。见《绍兴医药月报》(1926年第3卷第8期)；陈矩弘《浙江近现代出版业研究》。

十八日(6月17日) 晴,琐屑事。

十九日(6月18日) 晴,下午雨。上(上)[午]王泽民来谈,晚间去。

二十日(6月19日) 雨阴。巳刻至田宅拜祭祀,又至水澄巷徐宅拜祭祀,过午餐后即归家。晚间至田宅饮。夜与田杏村舍人、蓝陬茂才,诸介如茂才诸人谈,三更归家。

二十一日(6月20日) 上午阴,午雨。夏至祖饯。

二十二日(6月21日) 晴。琐事。午刻拜夏至祖饯。

二十三日(6月22日) 晴。上昼田杏村舍人来诊太太病,即去。下午阅《六朝文[絜]》。

二十四日(6月23日) 晴。作龙山书院文一篇,夜誊写。

二十五日(6月24日) 晴。上昼理祭祀各事,巳刻至田宅拜祭祀,即归。午刻祭曾大母魏氏太君诞辰。下昼作八韵诗一首。

二十六日(6月25日) 晴。琐屑事。近日天气清爽,夏至后有如此天气,乃难得也。夜阅文。

二十七日(6月26日) 上半日雨,下半日晴。同诸介如茂才,田蓝陬茂才、春农孝廉及其昆季数人,共计十人,乘舟至柯岩游。过午后田莼波茂才为同游诸人照相一张,申刻又至寓山寺一游。棹过梅墅有演剧,随泊棹。夜餐后观一时,放棹归家,时已二下钟矣。吾越名区不胜屈指,然柯岩一处尤为幽胜也。

二十八日(6月27日) 阴晴,天气凉快。阅《六朝文絜》。

二十九日(6月28日) 晴。上午琐事。下午至仓桥一游,街上为迎车旦会,游人繁杂,热闹异常,甚属无谓也。申刻即归家。

三十日(6月29日) 晴。琐事。近日天气凉快,日间衣必夹衣,夜眠必厚衾。夏至后有如此凉气,真罕有也。下午为受寒,稍有不适,睡。阅《曾文正日记》。

六月初一日(6月30日) 晴。琐事。

初二日(7月1日)　晴。琐琐事。天气日日凉快,人日日因循,可自叹也。

初三日(7月2日)　晴。理置乡试考具各件。

初四日(7月3日)　晴。

初五日(7月4日)　晴。读《六朝文絜》。晚间至大街一走,即归。

初六日(7月5日)　乍雨乍晴,天气闷。琐事。下午至田宅为外姑八十冥寿暖寿也,内子及女儿亦去息夏。余至五更归家,睡床即闻鸡鸣也。

初七日(7月6日)　晴,忽雨数点。上午琐事。午刻至田宅拜外姑冥寿,过午后申刻归家。

初八日(7月7日)　晴。早晨至镇东阁前领龙山小课卷,后不课,即旋。至石门槛罗柷甫处谈,又至南街领蕺山小课旧卷,予做一卷,在超等第九名,此期小课系四书文章也。归家已午矣。下午雨。阅时文。

初九日(7月8日)　晴。天气暖,下午雨数点。

初十日(7月9日)　晴,天气暖。早晨至街买鞋,即归。乘舟至柯岩游,同集者田春农昆季等六人及其西席诸、张两人,徐以逊孝廉、罗景荃茂才、鲍星如拔贡共十三人,午刻在柯岩畅饮。申刻又至观音洞游,压壁千寻,岩阿深邃,一僧幽住。此乃超出世外,别有一天也。申刻登舟开橹,一江明月,惜天气不甚凉爽,兼蚊虫太多。江中停棹夜饮,至夜半各归家。

十一日(7月10日)　晴。天气暖。

十二日(7月11日)　晴,天气暖。上午至水澄巷徐宅拜阴寿(徐以逊祖母八十阴寿),下午申刻归家。今日为初伏。

十三日(7月12日)　晴,天气暖。不堪作事。

十四日(7月13日)　晴,天气热。勉强作蕺山小课赋一首,下午又撰五言诗八韵。

十五日(7月14日) 晴。天气盛暑。

十六日(7月15日) 晴,天气盛暑。河水干涸,甚望彼苍之沛然下雨也。

十七日(7月16日) 晴,天气盛暑。上午得悉浙江乡试主考徐树铭[①],字寿蘅,现官兵部侍郎。副主考吴郁生[②],字蔚若,丁丑翰林。此两君衡文吾浙,不知能搜真才而杜侥幸否?

十八日(7月17日) 晴,下午阴,略雨数点。申刻至街买物,即归。夜读时文。

十九日(7月18日) 阴。清晨至市门阁观音寺游,即归。日间乍雨乍晴,天气凉快。下午录旧作书院文。

二十日(7月19日) 阴,乍雨乍晴。上午为罗柷甫绘花二张,下午录作文。

二十一日(7月20日) 阴晴,天气闷热。上午录旧作文。

二十二日(7月21日) 晴。录旧作文。下午雨即晴。

二十三日(7月22日) 晴。阅《袁简斋尺牍》。下午雨数点,夜雨数阵。暑天久晴不雨,一雨觉苍生草木万类,无不共庆涵湑也。

二十四日(7月23日) 晴。琐事。下午雷雨甚大,惜不多也。夜又大雷雨。

二十五日(7月24日) 晴。上午至水澄巷徐吉逊广文处谢步,

---

① 徐树铭(1824—1900),字伯澄,号寿蘅,又号澄园。清湖南长沙人。道光二十四年(1844)举人,二十七年进士。曾官翰林院编修、山东学政、兵部右侍郎、福建学政、浙江学政、工部右侍郎、工部尚书等职。著有《澄园诗集》《浙江纪事诗》等。见徐芝年《徐氏族谱》卷八《洪卷·文公世纪会公支》。

② 吴郁生(1854—1940),字伯唐,号蔚若,一号钝斋。江苏元和人。清同治十二年(1873)举人,十三年进士。曾官礼部侍郎、四川学政、邮传部尚书、军机大臣等职。辛亥革命后,寓居青岛,潜心书法。见吴臻礼《吴氏支谱》卷三《介庵公后旋玉公支·十一世至十五世》;吴郁生乡试履历(《清代朱卷集成》册157);吴郁生会试履历(《清代朱卷集成》册43);周斌《中国近现代书法家辞典》。

即出。又至石门槛罗柷甫画寓坐许时，即归。下午录旧作文。申刻至后观巷田宅谈，至三更归。雷雨纷如。

二十六日(7月25日)　晴。上昼录旧作文。下昼琐事。晚间雨。

二十七日(7月26日)　晴。天气闷，伏日如霉蒸天也。早辰刻大便解出管虫一支，长七八寸，不知腹中何故生虫，甚讶也。下午天气更闷，卧床半日。

二十八日(7月27日)　辰刻至街买物，又至南街石柱头领蕺山小课卷，即归。阅《经余必读》。午正见日光又进南首已五六寸，天气虽暖，而日光已有秋景，真光阴之荏苒也。

二十九日(7月28日)　晴。琐屑事。

七月初一日(7月29日)　晴。上午阅《韩湘南文》《袁简斋尺牍》，又算理琐屑账事。下午雨。

初二日(7月30日)　上昼雨。琐事。

初三日(7月31日)　晴。琐事。下午作书院文一讲后，天气盛暑，遂中止。夜餐后至田宅谈，夜半归家。

初四日(8月1日)　晴，天气盛热。午贾柷唐姊婿来谈。

初五日(8月2日)　晴，天气盛热。与柷唐谈。

初六日(8月3日)　晴，天气盛热。与柷唐谈。

初七日(8月4日)　晴。上午徐吉逊副车来饮，贾柷唐监生、田春农孝廉陪饮也。后吉逊忽患病，不饮而去。晚间贾客去，田客亦去。夜餐后田宅坚邀夜饮，后不得已予于饭后过去一谈，十点钟归家。

初八日(8月5日)　晴阴。上昼至同善局一游，又至大街，又过西营由镜清寺归(本拟去领龙山卷，后天暖不欲去也)。

初九日(8月6日)　晴。上午阅《楹联新话》。下昼书账兼理旧文。天气云闷暑热已数日，近日不似伏天也。

初十日(8月7日)　晴。天气清朗，正伏天之光景。今日为立秋之日,此后当有凉风吹下也。夜清风甚大。戌刻田蓝陬茂才、莼波茂才,扬庭、孝颛茂才,张叔侯茂才忽来,过谈甚畅,三更去。门外明月满途,散步片刻即归。闻阶下蟋蟀之声,处秋即鸣,可为不失时也。

十一日(8月8日) 阴。上昼雨数点,夜间清风大来。

十二日(8月9日) 阴。乍雨乍晴,大风竟日。

十三日(8月10日) 阴雨,天气虽不甚暖而郁闷,颇似四五月天气也。午刻祭先慈忌辰。下昼琐事。晚间至道横头看鹅行街火着,看息后道过后观巷田宅,门前晤田宅诸君,坚邀,遂至田宅谈,十点钟归家。

十四日(8月11日) 阴雨。天气闷热。

十五日(8月12日) 阴,天气郁热,似四五月霉天也。午前理祭祖各件。午祭中元祖饯。下午雨。

十六日(8月13日) 晴。天气闷热。午刻至水澄巷徐宅拜诞辰,过午后归。下雨数点。

十七日(8月14日) 晴。清辰至开元寺前同善局蔡佶生谈。又至大街奎照楼买书,即归。

十八日(8月15日) 天气甚暖,惮于作事。夜,田蓝陬茂才、春农孝廉、莼波茂才、扬庭及孝颛茂才来谈,二更后去。

十九日(8月16日) 晴。天气暖,秋天犹似伏热也。

二十日(8月17日) 晴。早晨至大街买书,即归。阅《孙渊如先生文集》。夜餐后田蓝陬茂才、春农孝廉、扬庭三人来邀,即至田宅谈,三更归。

二十一日(8月18日) 晴。上午至街买物,即归。午刻至田宅,为扬庭添丁喜饮也。下午同诸君谈,晚间归。

二十二日(8月19日) 晴。琐事。天气暖。理书籍。晚间在大空地乘凉,见闪电中有光明湾曲线随闪电而现,每一现甚速。予生平未曾见过,其即陆放翁诗所谓"金蛇夜掣层云中"乎?

二十三日(8月20日) 晴。清晨至大街买物,即归。下午订书。

二十四日(8月21日)　晴。理乡试用琐事。

二十五日(8月22日)　晴,天气暖。磨墨。

二十六日(8月23日)　晴,天气暖。理乡试用书籍物件。

二十七日(8月24日)　晴,天气暖。夜餐后至田宅谈,二更归家。夜暖更甚。

二十八日(8月25日)　黎明起,晴。至田宅谈,原定今日赴杭,而天气之暖甚可畏,遂商定改下月初一日行,定后即归家。上午田雪青、罗景荃两茂才来说仍定今日西渡,余以天暖定不敢行,两茂才即去。下午至田宅看诸君行(盖先去者田雪青、莼波,罗景荃,张叔侯四人。此高兴不畏热者,竟冒暑先行也),诸君走后,予同杏村舍人谈许时归家。天气闷热异常,夜间不能安睡。

二十九日(8月26日)　天气更热,前日不赴杭为得计矣。日间不堪作事,夜间电扇甚紧,二更大风顿发,而时雨竟不肯下降。

三十日(8月27日)　晴,下午雨,夜大雨,颇有凉意。收拾乡试赴省各物。下午闻郡守霍太守[①]逝世。忆五月间府山亭顶忽为雷击去,当时即有议者谓望海亭者关绍郡之风水,恐于太守有妨,不料此言固应。霍太守才力虽短,然颇肯实心行事,守绍郡者十余年,尚无贪财之物议。

八月初一日(8月28日)　阴雨,天气凉快。上昼收拾行李,未刻同申兄乘舟至西兴。下午晴。

---

① 霍顺武(1839—1897),字正之,号子方。富察氏,满洲镶黄旗人。曾官户部郎中、绍兴府知府等职。见许应鑅《浙江同官录》。按:其生年据《浙江同官录》。《日记》光绪二十三年七月三十日:“下午,闻郡守霍太守逝世。”据此其当卒于光绪二十三年。《申报》光绪二十三年十月十一日第八千八百二十一号亦与《日记》同。

初二日(8月29日) 卯刻到当渡钱塘江。天色凉快,进候潮门。辰正到下城贡院前池塘巷寓屋息片时,天雨矣。下昼至青云街一游,即归寓。

初三日(8月30日) 晴。早晨同田蓝陬茂才至青云街一游,即归寓。上昼填乡试卷头。下昼至钱塘城外西湖边游张勤果[①]祠,晚间归寓。

初四日(8月31日) 晴。上昼补填卷头年岁。余入县学年纪,一时填过实年、册年,迄今记忆不明,乃属山阴书计对明学册抄来。盖昔年所填系实年,予始记忆,亦记得实年必不至误也。今日天暖,在寓中闲谈。

初五日(9月1日) 雨。同田蓝陬茂才,锡卿、莼波茂才,张叔侯茂才,罗景荃茂才步至钱塘门外,买棹游西湖之三潭映月、彭公祠、蒋公祠、左公祠、文澜阁、岳王庙,午后又游平湖秋月,返棹仍至钱塘门外。步至寓中,时尚未晚也。

初六日(9月2日) 晴,天气郁热。上昼同蓝陬茂才至街一游,又看典试迎廉,游人毕集,充塞道路,甚不堪行路也。午刻归寓,身体受热,颇不畅适。

初七日(9月3日) 阴雨。收拾考具。下午至青云街一游,即归。

初八日(9月4日) 晴。早餐后进闱,坐东文场之才字肆拾玖号号舍,尚宽净。

---

① 张曜(1832—1891),字亮臣,号朗斋。清顺天大兴人,原籍浙江钱塘,祖籍浙江上虞。曾官河南固始知县、河南布政使、山东巡抚、广西巡抚、山东巡抚等职。赠太子太保,谥勤果。见张其昆、张曜《清河张氏之贻榖堂之支谱》之《世表》;张怀恭、张铭《清勤果公张曜年谱》。按:张怀恭、张铭《清勤果公张曜年谱》载其生于道光壬辰年九月十八日,家谱载其生于道光壬辰年闰九月十八日。张怀恭、张铭《清勤果公张曜年谱》载其卒于光绪十七年七月十九日。《越缦堂日记》光绪十七年七月十九日载其卒于光绪十七年七月十八日。

初九日(9月5日) 晴。寅正题目纸到,作首艺,文成时已申刻。次艺文成时酉正,三艺文成时已子正,又作八韵五言诗一首,睡。

初十日(9月6日) 晴。黎明起誊文,至午正,三文一诗正写毕,未刻补稿,申刻缴卷出闱至寓。

十一日(9月7日) 晴。午膳后补点名卷,进闱坐西文场之贤字第五号号舍,亦宽净。

十二日(9月8日) 晴。寅初刻题目纸到,《易》《书》《诗》《春秋》《礼》五艺成已半夜,睡。

十三日(9月9日) 晴。黎明起誊写文,正草毕,时未时二下钟,缴卷出闱至寓。晚间至青云街一游,即归。

十四日(9月10日) 晴,天气暖。早膳后进闱,坐东文场之鳞字号号舍,不甚宽净。例三场向可不归本号,故三场同寓诸君皆坐此号。夜间颇不安睡。

十五日(9月11日) 黎明起。题目纸到,予身热腰痛神倦,殊不可支,勉强竭力写空策五道,正草毕,申时出闱,至寓卧病。夜大雷雨。

十六日(9月12日) 雨。卧病一日。

十七日(9月13日) 雨。下午支撑至青云街一游兼买物。

十八日(9月14日) 阴雨。同同寓诸[君]至上城青和坊登吴山一游,即下至藩署前大池看鼋,又至青和坊买物,申时归寓。而余系病未痊,如此大走,殊不胜其困乏也。

十九日(9月15日) 卧病。天晴。免强收拾行李。下午免强至青云街买物,即旋寓。遍身发风疹,甚少气力也。

二十日(9月16日) 晴。黎明起乘舆出城,过江至西兴,时已巳刻。乘舟归家,道过萧山祇园寺,停泊一游。寺徒有虚名,甚不足观也。夜到家,已子正十二点钟矣。

二十一日(9月17日) 雨。收拾行李,卸装分送货物各件。下午卧。

二十二日(9月18日) 雨。琐事。余病未痊,因循终日。

二十三日(9月19日) 雨。琐事。下午戏刻砚盖钟鼎文一方。

二十四日(9月20日) 阴。琐事。

二十五日(9月21日) 阴。上昼至大街买物,即归。下昼收拾各件。旁晚田雪青、莼波、孝颛来谈,日暮去。

二十六日(9月22日) 阴晴,夜雨。上昼录琐屑账务。下昼头眩卧床。

二十七日(9月23日) 晴。天气霉霔。回忆自入八月以来,无一日燥爽之日。秋间闷湿,可为多矣。上昼身体稍有不适。下昼琐事。天雨,晚间雷雨。

二十八日(9月24日) 雨。琐屑事。下昼为内子书折扇并绘事。

二十九日(9月25日) 雨。上昼琐屑事。午刻至田宅饮,为田莼波茂才之子弥月剃头也。申刻归家。

九月初一日(9月26日) 阴。上昼刻圆砚盖一方,摹钟鼎文也,刻成似觉工致。洵知天下事无不可为,特患自不用心耳。

初二日(9月27日) 阴雨。

初三日(9月28日) 阴雨。

初四日(9月29日) 晴,上午忽雨数点。巳刻至华严寺拜阴寿,徐二老太太九十也,即归。

初五日(9月30日) 晴。上午绘扇箑一张。午前鲍诵清明经来,于“还读轩”着围棋二局,下午又着围棋数局,晚间去。

初六日(10月1日) 晴,天气高爽。上午至后观巷田第谈。午餐后同蓝暾茂才等四人至镇东阁前一游,又游器避弄花园,旁晚归家。

初七日(10月2日) 晴。上昼至大街买物,午刻归。

初八日(10月3日) 晴。

初九日(10 月 4 日)　晴阴。上昼至后观巷礼斗母神诞，又至大街一走，即归。

初十日(10 月 5 日)　雨晴。早餐后乘舟至小云栖饮乡试梦局也。东道为田蓝陬茂才、徐以逊孝廉、田扬庭三人，同局者田宅三人，西郭鲍宅一人，西郭陈宅二人，连予共十人。至傍晚归舟又饮。至西郭城里停舟观木头戏片时，又至西郭陈宅坐许时归舟，至家已十二下钟矣。

十一日(10 月 6 日)　晴。早餐后至田宅谈，旁午归家理书籍。下午田杏村舍人来诊家大人病，旁晚去。

十二日(10 月 7 日)　晴。上昼为王泽民书扇箑一张。下午王泽民来谈，晚去。

十三日(10 月 8 日)　早晨雨，日间晴。乡闱放榜，山会两县共得意者十三人[①]，皆素不认识者也。吾家及戚友中皆落孙山。三年

---

①　其中十二人履历见《光绪二十三年丁酉科浙江乡试同年齿录》，履历录如下：王念祖(1875—?)，谱名以慎，字吉生，号聿修。清浙江山阴人。俞宝贤(1868—?)，字炳臣，号安夫。清浙江山阴人。董良玉(1846—?)，谱名元烒，字楚生。清浙江山阴人。柴肇(1867—?)，字越侯，又字颂宣。清浙江山阴人。徐学桢(1869—?)，字干臣，号仲亮，一字筱珊。清浙江山阴人。姚师锡(1865—?)，原名家驿，字午亭，号仪卿。清浙江山阴人。王者佐(1874—?)，字弼臣，号睫巢，又号泽臞，小字寅郎。清浙江会稽人。章运昌(1874—?)，原名式衡，字子钦，一字沚清，别号醉六。清浙江会稽人。姚融(1853—?)，谱名宝楠，字石轩。清浙江会稽人。王积文(1870—?)，小字大雅，字二惺，旧号秋潭，号书床，一作恕常。清浙江会稽人。著有《在壑堂集》。周嵩尧(1873—?)，原名贻良，字峋士，号香藩，一字峋芝。清浙江会稽人。任光琥(1866—?)，原名增山，字月峰。清浙江会稽人。一人履历《光绪二十三年丁酉科浙江乡试同年齿录》未见，其履历见单行本《施世杰乡试朱卷》、施世杰乡试履历(《清代朱卷集成》册290)，录如下：施世杰(1862—?)，原名昌炽，字郑傅，一字仪鄦。清浙江会稽人。著有《元秘史山川地名考》。按：乡试朱卷、乡试履历均载其生于咸丰辛酉年十二月初三日。公历为 1862 年 1 月 2 日。

岁月，又虚此迁延也。午刻应田宅邀，遂去谈叙，至晚间归。

十四日(10月9日) 阴雨。摹写钟鼎文字一卷。

十五日(10月10日) 雨。琐事。

十六日(10月11日) 雨。

十七日(10月12日) 阴。上昼祭财神，又至后观巷田杏村舍人处改方药，即归。

十八日(10月13日) 晴。上昼乘舟至柯岩一游，又至寓山寺定水陆，为家大人六十庆辰也。下昼归家旁晚。

十九日(10月14日) 阴。上昼至街过罗柷甫处坐谈一时，又至大街买《浙江闱墨》等事，即归家。

二十日(10月15日) 雨。上昼至偏城内演武厅观绍协总兵阅操，即归。下午阅《浙江闱墨》。

二十一日(10月16日) 雨。琐事。戏刻墨盒盖钟鼎文一个。阅《浙江闱墨》。

二十二日(10月17日) 雨。琐事。

二十三日(10月18日) 雨。琐事。

二十四日(10月19日) 阴雨。午祭曾大夫讳辰。下午至田宅为书挽张春宇大令联，晚间归。夜身热骨痛，甚以为危，至天明稍愈。

二十五日(10月20日) 雨。病卧，下午愈。

二十六日(10月21日) 雨。至永乐村吊张春宇大令首七，同舟姚慎生茂才也，晚间归。

二十七日(10月22日) 阴。琐事。

二十八日(10月23日) 晴。琐事。下午至田杏村舍人处改药方，即归。

二十九日(10月24日) 晴。乘舟至谢墅谒三代祖宗墓，天气晴佳，午刻祭毕。在墓前小坐一时，松秋虽古，颇有清趣。下山，舟中午餐后放棹归家，时申刻。

三十日(10月25日) 阴。上昼至街一走，即归。今日六世祖忌辰，余自街归已祭毕，不及拜也。

十月初一日(10月26日)　阴雨。收拾书籍，阅闱墨。

初二日(10月27日)　阴，微雨。阅《浙江闱墨》。

初三日(10月28日)　晴。上昼书字。下昼至田宅谈兼请杏村舍人来诊家大人病，余即归。申刻，杏村舍人来诊，即去。

初四日(10月29日)　阴。上昼琐事。下昼至街买物，即归。

初五日(10月30日)　雨。琐事。

初六日(10月31日)　雨。琐事。

初七日(11月1日)　阴。

初八日(11月2日)　晴，天气湿热。上午至街一走，即归。下午录龙山书院卷。

初九日(11月3日)　晴，天气湿热，正如五月天气。乘舟至石旗井头山拜谒高祖墓，下昼归家，已旁晚。

初十日(11月4日)　雨，天气潮湿。

十一日(11月5日)　阴雨。上昼至田宅拜忌辰，下昼申刻归家。

十二日(11月6日)　晴，天气燥肃。上昼至街买物，即归。下昼核对钱粮账票。

十三日(11月7日)　晴。上昼戏种花木。下昼阅《尚友录》。

十四日(11月8日)　晴。上昼至街买物，路过石门(楹)[槛]罗柷甫处，坐谈片时即归。

十五日(11月9日)　阴晴。琐屑事。

十六日(11月10日)　阴，早晨雨后晴。上昼至偏城里演武厅看校兵，即归。

十七日(11月11日)　晴。琐屑事。

十八日(11月12日)　晴。

十九月(11月13日)　晴。上昼至街买物，即归。下午督成衣工裁衣。晚间至秋官地买花盆,即归。

二十日(11月14日) 阴。上午至水澄巷谢步徐乂臣司马(其先日来拜也),即归。路过罗枧甫处,一坐即归。

二十一日(11月15日) 阴。琐事。午拜先大父讳辰。

二十二日(11月16日) 雨。上午理往寺水陆忏用各件。午拜先大母诞辰。未刻乘舟至柯岩旁寓山寺为家大人六秩庆寿建水陆也,至寺已戌刻矣。

二十三日(11月17日) 雨。在寓山寺。晚间贾枧唐姊婿亦至寺,遂畅谈叙。

二十四日(11月18日) 雨。在寓山寺同贾枧兄谈。夜为家大人预暖寿也。

二十五日(11月19日) 晴,天气寒冷。寅刻起水陆内坛,拜神进香。许时礼毕,天尚未明。早餐后又至坛拜神,后同贾枧兄至柯岩一游,即归至寺。午为家大人预祝寿辰。

二十六日(11月20日) 晴。寅刻起,至水陆内坛拜神。早餐后同贾枧兄谈许时,巳刻早吃中饭,即乘舟归家,贾枧兄亦归去。余归家时未刻,理琐屑诸事。夜礼家大人暖寿后理祀神诸事。

二十七日(11月21日) 晴。子正起,同申兄送纪堂县试,在试前游一时归家。辰初为家大人祀神并祭祖毕,又祝寿。

二十八日(11月22日) 阴。早晨至大街一走,即归。又乘舟至寓山寺。午餐后又至柯桥买放鱼,又至柯岩放鱼,又至寓山寺,时已晚也。

二十九日(11月23日) 晴,天气甚冷。黎明乘舟归家理祭祀各物。午刻祭先严二十周年忌辰。自孩提抱痛以来,光阴荏苒,忽忽阅二十年。遥想道山之上,隔绝尘寰,有心者能无暗然哉?祭毕午餐后,又乘舟至寓山寺看圆忏并付价毕,即乘舟归家,时已一更矣。天气冷逼,遂即卧睡。

十一月初一日(11月24日) 晴，天冷。算理琐屑各账。

初二日(11月25日) 晴。早晨见浓霜遍处，今冬十月间天气不甚寒，近日骤冷。午刻拜高祖□辰[①]。

初三日(11月26日) 晴。上午至酒务桥王泽民馆一谈，又至仓桥一走，又至后观巷田杏村舍人处更改药方，谈许时归家。

初四日(11月27日) 晴。上午琐事。下午至试院一游，即归。

初五日(11月28日) 晴。上昼琐事。下午阅闱墨。

初六日(11月29日) 晴。琐事。

初七日(11月30日) 晴。琐事。下午至大街买物，即归。又至后观巷田宅谈，二更归家。

初八日(12月1日) 晴。上昼至田宅同蓝陬茂才、春农孝廉诸君共八人至新河弄假"德和典"地吃伙食，余为东道也。晚间至水澄巷徐以逊孝廉处一谈，又同至"德和典"吃伙食，徐君亦在坐也，田宅诸君为东道也，二更各归家。

初九日(12月2日) 晴。上昼至街，又至会稽署前看县试初覆案，即归。徐吉逊明府来谈，过午去。下午琐事。晚间又至街买物，即归。

初十日(12月3日) 晴。早晨起见白灰从空中飞许时，初拟雪花，而天不甚冷。其灰成片，抹之即粉，兼有湿气。讶然者久之。后忽闻之大善桥、大街已遭祝融之烈，始恍然所见者烟灰也。遂至大街一览，知前街既两面对焚，后街亦两面对焚。焚去店屋不下百余间，各式货物不计其数。其有书坊店两爿亦焚去，甚为可惜也。一看即归。下午至后观巷田宅谈。夜餐后同雪青、莼波茂才及张叔侯茂才至水澄巷徐以逊明府处一谈。又至试院前游，是日山会两邑文童二覆也，至十二点钟归。

---

① 据陈在钰录《越州陈氏世系考略》，其高祖母许氏生于乾隆十九年十一月初二日。故此当为高祖母诞辰。

十一日(12月4日) 晴。琐事。上午习字。下午田杏村舍人来诊,谈许时去。

十二日(12月5日) 雨。习字。

十三日(12月6日) 阴。上午督成衣匠裁衣。午刻拜鲍门亡妹忌辰。下午督成衣匠剪改衣服。

十四日(12月7日) 晴。上午琐事。下午至街看初十日所焚毁空地,始知是日祝融氏大怒,焚去屋宇地面甚不少也。晚间归家。

十五日(12月8日) 晴。戏拓青藤书屋碑匾。天时甚短,一日之间,只拓得十纸。青藤书屋亦越中一名区,吾家既为地主,则修整防护,责无旁贷。乃自癸巳年住屋遭祝融以后,青藤书屋虽存而杂物堆积,只有蹧蹋之人而无整理之人。公共屋宇,辄有难言。每一观览,不胜其嗟叹者矣。

十六日(12月9日) 晴,天气湿热。上午书字。

十七日(12月10日) 雨。早晨自刻大图石阴文字一方,下昼又自刻阳文字图石一方。阴文系"陈印庆均"四字,阳文系"时行轩墨"四字。此两方刻字,纵未能尽善而尚觉匀劲大观。余十年前早喜刻图书,不数时即已怕厌。今所刻两石向已有刻字,后观之亦甚陋劣,故磨去重刻之。今似工夫识见,略有所进也。灯下无事,泚笔记之。

十八日(12月11日) 晴,天气寒冷。上昼磨墨,又督成衣匠剪改衣。下昼至新司前一游,即归,已晚。

十九日(12月12日) 晴,天气寒冷,水冻。下昼至街买物,即归。

二十日(12月13日) 阴寒,雨。下昼雨雪子,晚间雨雪。

二十一日(12月14日) 晴。上昼理收租用一切物件。午刻祭先伯祖初生公忌辰。下昼至偏城外仓屋督收租事,止宿。

二十二日(12月15日) 晴。早餐后归家,家中洵得睡起,城乡之大有迟早也。上昼为徐君肖翰书八言楹联一副,又至街买物,即归。下昼至偏城外仓屋止宿(今日开租船起)。

二十三日(12月16日) 晴。早晨归家。上昼至大街买[物],又至新司前一游,即归。又至后观巷田宅饮,为田孝颛添丁剃头也。旁晚归家,又至偏门外仓屋止宿。

二十四日(12月17日) 雨。在寓琐事,晚间归家。

二十五日(12月18日) 雨。早晨至偏门外仓屋琐事,晚间归家。今日山会童生府试,夜餐后至试院前一游,即归。

二十六日(12月19日) 雨。早餐后至偏城外仓屋为粜谷事,夜在仓屋止宿。

二十七日(12月20日) 晴。在仓屋琐事,旁晚归家。

二十八日(12月21日) 晴。上昼理冬至祭祖事。午刻祭祖。下午至街买物,即归。

二十九日(12月22日) 晴。黎明即起,至偏城外仓屋。

三十日(12月23日) 阴。早餐后归家。上下昼飞雪花,下午至仓桥试院前游,旁晚归家。夜阅《公车上书记》。

十二月初一日(12月24日) 晴。上昼琐事。下昼至偏城外仓屋理谷米事。

初二日(12月25日) 晴。在寓卖租谷米事。

初三日(12月26日) 晴。在仓屋卖租米事,酉刻归家。闻城中老虎桥被盗杀死妇人一名。前月底,清水闸村亦被盗数十人,剚伤妇人、掠夺物件甚多。今冬无物不倍增其价,游民甚众,风气日偷,可浩叹也。

初四日(12月27日) 晴。早餐后至偏城外仓屋。

初五日(12月28日) 晴。在仓屋卖租谷米事,下昼归家。

初六日(12月29日) 阴。上昼琐事。下昼至偏城外仓屋,夜餐后归家。夜半雨。

初七日(12月30日) 雨。上昼琐事。旁晚乘小舟至偏城外仓屋止宿。

初八日(12月31日) 雨阴。在仓屋卖租米等事。夜在仓屋宿。

初九日(1898年1月1日) 雨。在仓屋粜租米等事,旁晚乘舟归家。天气甚雨,可谓千日晴不厌,一日雨得厌也。然近日已久不雨,此雨正不可少也。

初十日(1月2日) 阴。上昼至偏城外仓屋清理琐屑诸事,夜餐后归家(租事今日毕)。

十一日(1月3日) 雨。上昼写租事账。旁晚至街买物一走,即归。今冬无物不增价,银钱缺少,为自来所罕有。吾郡钱业,每元洋银贴水,无日不十余文以及二十文。平日如此,将来年底不知作何样式也。盖外洋搬去甚多,我中国人多地狭,以致财用不足。噫!可慨也夫。

十二日(1月4日) 阴,微雨。上昼至偏门外仓屋卖谷琐事,下昼归家。

十三日(1月5日) 阴,下昼雨。早晨至偏门外仓屋清理琐事,即归。闻田蘅仙内兄病危,遂至后观巷田宅望病,过午后即归。

十四日(1月6日) 阴晴。上昼写租事账。下昼琐事。旁晚忽田宅报蘅仙内兄逝世信至,闻之恻然,遂即至田宅吊问,坐许时归。蘅兄享年五十九岁,子孙七八人。福寿二字,亦不为少。去年润之外舅去世,不到两载,而泉下之父子又成眷属也。

十五日(1月7日) 晴。上昼至田宅,过午后至仓桥试院前游,即归。

十六日(1月8日) 晴。早餐后乘舆至华严寺拜阴寿(徐宅在寺做阴寿),即归。午餐后至田宅为其陪送殓客也。夜送蘅仙兄大殓,半夜归家。

十七日(1月9日) 阴。上昼检理租事账。下昼至街买物,即归。

十八日(1月10日) 阴,上昼琐事。午刻至田宅谈,晚间归家,即又至大街买送田宅轴联等件，即归。夜撰挽田蘅兄联语。

十九日(1月11日) 晴。早晨送田宅挽联。上午至田宅吊，过午后至街一走(徐少翰、鲍武迁由田宅同去也)。晚间邀徐少翰着围棋，夜半去。

二十日(1月12日) 晴。天气潮热。琐事。

二十一日(1月13日) 晴。天气潮热。

二十二日(1月14日) 雨，天气湿热如三月天气。琐事。

二十三日(1月15日) 雨。算理各账。晚间祭东厨司命神。

二十四日(1月16日) 阴，微雨。牙齿痛。午祭先慈诞辰。下午算理各账。

二十五日(1月17日) 阴。琐事。下午至街理账，夜归。

二十六日(1月18日) 阴。寅刻起祀神，又拜祖。微雨数点。早餐后至街理账，即归。下昼算理各账。

二十七日(1月19日) 阴晴。算付各账。

二十八日(1月20日) 晴。上昼算付各账。下昼理账。夜餐至街买物，即归。

二十九日(1月21日) 晴。上昼算结诸账。午祭东厨司命神。下昼又理账。晚间祭祖宗，酒饭后至大街买物，即归，时已经夜半。盖除夕为一岁之关，是夕皆须清理账务。无钱者每形愁急，故街市人迹终夜不绝。予屡思于是夕一游，此志久不得偿。今以天晴，特拨冗鼓兴一游，甚快事也。

光绪二十四年戊戌(1898)

正月初一日(1898.1.22)至十二月二十九日(1899.2.9)

正月初一日(1898年1月22日)　天气雾露。卯时睡起，盥洗毕，祀神，又拜祖宗像，又拜岁。上下昼闲坐。申刻日食，天色阴，不甚有异。

初二日(1月23日)　阴。上昼酬应来拜年客。巳刻乘舆至水澄巷徐宅拜年，又至西郭徐宅拜年，又至后观巷田宅拜年兼拜忌辰，过午餐后又至府山后褚宅拜少湖师像，又至五马坊王宅拜时青[①]像，傍晚归家。夜降雪。

初三日(1月24日)　晴。乘舟至张墅蒋宅拜年，又至旗山姜宅拜年，申刻归家。

初四日(1月25日)　晴。早晨至狮子街水沟营曹宅拜年。上昼乘舆至司狱胡宅拜年，又至南街徐宅拜年，又至覆盆桥凌宅拜年，午刻归家。

初五日(1月26日)　晴，天气清朗。新年日日如此，难得也。旁晚至街买物，即归。

初六日(1月27日)　晴，天气风寒。习临魏碑字帖。

初七日(1月28日)　晴，天冷风大。上昼琐事。下昼至街买物，即归，已夜矣。

初八日(1月29日)　晴。琐事。

---

①　王继皋，字时卿，一作时青。会邑庠生。清光绪二十八年(1902)举人许寿昌受业师。见《光绪壬寅补行庚子辛丑恩正并科浙江乡试同年齿录》。

初九日(1月30日) 晴。至南门外谢墅谒三代祖坟,申刻归家。又至街买物,晚间归家。

初十日(1月31日) 晴。琐事。贾客来,过午去。

十一日(2月1日) 晴。琐事。

十二日(2月2日) 上昼晴,下昼阴雨。

十三日(2月3日) 雨。琐事。姜客来,过午去。

十四日(2月4日) 阴。上昼琐事。下昼至田宅着围棋,夜餐后又着围棋,至十一点钟归家。

十五日(2月5日) 阴。摘理田亩字号、都图、户名。盖自癸巳冬分家产以后,田租固各归自收,而完银粮户名尚未拨清。今摘录之,当可拨清也。

十六日(2月6日) 晴。摘核田亩字号、都图、户名,颇费精神。

十七日(2月7日) 阴。上昼摘录田亩字号、都图、户名,至午刻始清楚。下昼至大街买物,旁晚归家。

十八日(2月8日) 阴。上昼琐事。午祭祖宗卷像。

十九日(2月9日) 晴。上昼为蒋甥宝兴开学。午间邀徐显民、以逊两君饮,酒席系蒋宅送来也。徐君旁晚去。

二十日(2月10日) 晴。琐事。

二十一日(2月11日) 晴。琐事。

二十二日(2月12日) 晴。琐事。

二十三日(2月13日) 晴。琐事。

二十四日(2月14日) 晴。琐事。

二十五日(2月15日) 晴。琐事。夜雷雨。

二十六日(2月16日) 雨。早餐后乘舟至石旗井头山谒高祖墓,归家申刻。

二十七日(2月17日) 阴。琐事。

二十八日(2月18日) 雨。

二十九日(2月19日) 雨。琐事。

三十日(2月20日) 雨。琐屑事。

二月初一日(2月21日) 雨。琐事。午祭先大父母，为先大母忌辰也。夜学魏碑字，稍有心得。凡读书学字，无不关于姿禀之智愚。余姿禀甚不聪睿，惟书字一道似乎尚近，惜未能实下功夫也。近年稍有文字应酬，辄不自量，信手涂抹，实滋惭耳。

初二日(2月22日) 阴，雪花微下，天气风寒。

初三日(2月23日) 上昼雪花微下，下昼阴晴。上昼祀文昌帝君。午间祭先严诞辰。下午至仓桥试院看武府考射步箭，又至大街买物，晚归家。

初四日(2月24日) 晴。上昼琐事。午拜徐天池先生诞辰。

初五日(2月25日) 晴。上昼戏拓青藤书屋碑记数纸，下昼又拓匾字数纸。

初六日(2月26日) 晴。寅刻起，至楼上看天星。盖自正月下旬群言天上有异星见，近日传说又纷纷，今故特起视而时候已迟，又有薄云，不获及见(据人说在四更时也，余起视已五更后也)。上昼至街一走，即归。

初七日(2月27日) 雨。琐事。

初八日(2月28日) 阴，上昼晴。自刻图章一方“艮轩”，文字阳文，篆字四字。下昼至街过仓桥试院前看武童府考，又至大街买物，晚间归家。

初九日(3月1日) 阴雨。学篆字、魏碑字。

初十日(3月2日) 雨，天气寒冷。上午为徐筱翰①书篆字楹帖一副。下午学字。

十一日(3月3日) 雨。上昼书横幅一纸，临郑文公碑字也。

---

① 徐筱翰，清浙江会稽霞齐(一名下徐)人。鲍德福《鲍氏五思堂宗谱稿》卷四《尚志公派第七世》载，鲍亦诏，配同邑下徐徐氏筱翰公次女。

写得厚重匀黑而有精神，故此纸藏之书箧。予近日于魏碑字颇觉留心，观落纸亦颇有风趣，此乃学力之稍有所得也。嗣后能进而不止，或者于书法一道，庶有成家耳。下昼写七言楹联乙[一]副。

十二日(3月4日) 风雨凄凄，天气阴寒，下昼雨雪子。习白折纸字。

十三日(3月5日) 阴，天气异冷。上昼学篆字。下昼至街买物，过石门(楹)[槛]罗柷甫处坐谈，晚间归家。

十四日(3月6日) 阴。上昼雨雪，又落雪子。下昼亦落雪子。作蕺山甄别文。

十五日(3月7日) 晴。作蕺山书院文，又诗一首，至晚间誊就。

十六日(3月8日) 阴。上昼学字。午祭先大父诞辰。下午至街买物，归途遇雨，大湿衣服，鞋亦沁进。

十七日(3月9日) 雨雪。早晨起视，平地雪厚二寸。上昼络绎降雪。下昼稍朗。夜又落雪子、雪数阵，至二更开月光。

十八日(3月10日) 晴。雪水点滴，仍如天雨。下昼至街买物，即归。

十九日(3月11日) 阴。上昼至偏城沿演武厅看考马箭，武府考也。午刻归。

二十日(3月12日) 雨。上昼琐屑事。巳刻同田春农孝廉乘舟至栖凫送徐宅葬，路至南城外，遇其家眷船，说葬期忽改，余舟亦遂归，到家午刻。葬者系徐谷芳舅氏之老，闻此事已铺排举动，忽焉中止，亦绍郡之一异事也。其葬时在廿一日，余同春农拟去一吊即归。今则就算去过，更便宜也。

二十一日(3月13日) 阴晴。清晨，内子得生一男①，产事甚

---

① 陈在镇(1898—1929)，原名镇容，日记一作震容、振容，字威伯。整理时原名统一为镇容。浙江绍兴人。陈庆均长子，田氏出。毕业于上海(注转下页)

速，虽诸事办不及，而大小人俱好，八字为戊戌年、乙卯月、乙亥日、己卯时。夫贤愚不可预期，而传嗣有人，中心为之庆悦。上下昼理产后诸事。

二十二日(3月14日)　晴。理产房各事。

二十三日(3月15日)　晴。田宅为儿子送洗浴果来，理开发诸事。绍俗小儿生三日洗浴，谓之洗三。

二十四日(3月16日)　晴。琐事。

二十五日(3月17日)　雨。琐事。

二十六日(3月18日)　雨。琐事。

二十七日(3月19日)　晴。琐事。上午阴，下午晴。

二十八日(3月20日)　晴。天气潮湿。下午腹痛作泻。

二十九日(3月21日)　雨，天气寒冷。予身体稍有不适。

三月初一日(3月22日)　阴。上昼至仓桥试院前一游，知学使陈桂生[①]侍郎已到试院。又至大街一过，即归。下午又至大街，又至仓桥试院前游，至旁晚归家。

初二日(3月23日)　寅刻起，(至)同申兄乘小舟至试院考生经古，场中作赋一篇，五言诗一首，题为《“与贤相近如香著纸”赋以“题”字为韵》，诗题为《“小阑花韵午初晴”得“初”字八韵》。做毕申刻，缴卷出场，归家已暮。

(续上页注)复旦公学。见《复旦公学浙江同学会学生杂志》(1915年第1期)。按:陈庆均《为山庐诗稿》(第二本)有《己巳七月初一日先室田晋凤夫人六十岁愍忌成诗四章供之像前》诗，诗后有“前诗作后于本年九月遭大儿在镇病故，逆境伤感，余生诗兴阑珊矣”之句。

①　陈学棻(1835—1900)，字子韬，号桂生，别号觉分居士。清湖北安陆人。咸丰九年(1859)举人，同治元年(1862)进士。曾官翰林院编修、武英殿纂修、山东学政、福建学政、江西学政、户部右侍郎、浙江学政、工部尚书等职。见朱彭寿《清代人物大事纪年》;章开沅《清通鉴》册4《德宗景皇帝·光绪二十六年》。

初三日(3 月 24 日) 晴。腹痛作泻,稍有不适,坐卧一日。今年中春,天气甚冷,偶晴一日则潮闷。此人所以易染病也。

初四日(3 月 25 日) 晴,天气潮湿异常。身体稍有不适。夜雷雨。

初五日(3 月 26 日) 晴。丑刻起,吃饭后同申兄乘小舟至仓桥试院考岁考[①],到已迟,后至学使前补点名入场。场中作《子曰人无远虑必有近忧》文一篇,又作《及邮表畷》经文一篇,又作《云里引来泉脉细》诗一首。场中无书卷翻阅,尽是搜索枯肠之物,可自笑也。至申刻缴卷出场,归家已旁晚。

初六日(3 月 27 日) 阴。琐事。

初七日(3 月 28 日) 晴。上昼至后观巷田宅谈,午餐后归家,为徐筱翰有友人来游青藤书屋。未刻又至田宅,同蓝陬茂才诸君至仓桥试院前游,旁晚归家。夜餐后睡少时即起,为儿子病事。

初八日(3 月 29 日) 阴晴。丑刻为儿子病事延骆医来诊视。盖近日天气湿热,小孩生方半月,裹抱太暖,积热成病,甚形危险。身热惊啼,至午前发风疹一身,病热稍轻。小人不能言喻,全在大人悟会。冷暖饥饱,无一不当随时留心。夜为儿子病忽睡忽起。

初九日(3 月 30 日) 阴雨天气,又潮。惟不似前次之异常潮湿也。清晨,儿子病渐渐就轻,身热亦稍退。予于清晨睡许时。上午书字。

初十日(3 月 31 日) 天气阴云潮湿,人亦不清爽。下午潮湿尤甚,遍地皆湿,无物不沾滞。今春湿热,可为多且密也。上午学字。下午录账。

十一日(4 月 1 日) 阴晴,天气清朗。上昼琐事。下昼至仓桥街试院前接考,是日山会童正场,徘徊许时,申刻归。

十二日(4 月 2 日) 天气阴晴。上午书字。夜雨。

---

① 据商衍鎏《清代科举考试述录》,学政到任第一年为岁考。

十三日(4月3日) 雨,巳刻后阴。早餐后乘舟至谢墅谒近三代墓,地虽湿,幸不下雨。归家申刻,天气甚冷。

十四日(4月4日) 阴晴。上昼学字。下昼至试院前游(申兄、纪堂及王泽民同去也),旁晚归家。

十五日(4月5日) 阴。上午琐事。午刻至后观巷田宅谈。下午坐小舟至偏城外游快阁,田春农、徐少翰同游也,旁晚归。

十六日(4月6日) 晴。乘舟至栖凫村登山谒二世祖墓、三世伯叔祖墓、四世伯叔祖墓。下山舟中午餐后,又至铜罗山谒四世伯叔祖墓。乘舟归家,天已将晚。

十七日(4月7日) 晴。乘舟至盛塘村,登山谒四世祖妣墓,于翠华山之麓查量祖坟山地界址。盖吾家坟墓皆有山地界址图,今照前图,查量皆准。管山旁人见之,无不钦服吾家之谨慎仔细也。事毕下山,登舟午餐后,开棹归家,时尚申刻。

十八日(4月8日) 雨。乘舟至柏舍村谒三世祖[①]墓。密雨不息,从速一祭,即登舟。午餐后开棹归家,时申刻。

十九日(4月9日) 阴雨。早晨至镇东阁前绍兴府署看陈学政所出生员岁考等第案,予名在贰等八十七名。此届共取山阴学生员一等廿二名,二等九十八名,三等十名。看后即归。乘舟至稽山城外中灶谒四世祖考无波公墓,下午归家申刻。

二十日(4月10日) 晴。早晨至酒务桥陈宅王泽民馆邀泽民至木栅谒天池先生墓,泽民遂同来。乘舟至石堰谒五世祖[②]墓,又六世伯叔祖墓,又至木栅村登山谒天池先生墓兼拓墓碑字一张。此字系天池先生手书,道光十六年先叔祖摹以重刻也。下山登舟,过亭山前游胡氏葬屋后即登舟,归家时已旁晚。

---

① 三世祖,即陈子润。参见前言。

② 陈鉴安(1709—1765),陈庆均五世祖。见陈在钰录《越州陈氏世系考略》。

二十一日(4月11日)　晴。乘舟至石旗村登井头山谒高祖墓，又至外王谒高叔祖墓，事毕开棹归。道过夏禹祠，遂停泊一游禹庙后，鼓棹归家，时申刻。

二十二日(4月12日)　晴，天气晴和，正是三月光景。今为儿子弥月，收拾整理产房琐事。

二十三日(4月13日)　晴。上昼琐事。下昼至酒务桥王泽民馆谈。又同至仓桥试院前游，又过石门槛罗枧甫处坐许时后归家。

二十四日(4月14日)　晴。早晨至城沿大教场看考武，陈学政初牌示系今日考马箭，今至须改在明日也，遂即归家。上午学字。

二十五日(4月15日)　晴。早晨至偏城沿演武厅看陈学政阅武童马箭，看许时归家。天气晴暖。上下昼理明日儿子剃头座屋桌椅等事。

二十六日(4月16日)　晴。黎明起理值各事，开发戚友家送贺礼来诸事。上午田宅送祀神果品、牲酒等物及衣帽、首饰等件来。儿子剃胎发后(田春农内阮[①]来抱剃也)，遂带令儿子拜神，又拜祖。午间姜恒甫、田春农、王泽民、罗枧甫诸君来饮，午后去。下午理值诸事。予家风本寒朴，近年渐入奢华，予深虑此风之不可长也。

二十七日(4月17日)　晴。清理诸事。旁晚雨。

二十八日(4月18日)　阴。琐屑事。下午至大街买物，又至仓桥试院前一游，即归。

二十九日(4月19日)　晴，天气闷热，下午雷雨。刻图(书)[章]一方。

三十日(4月20日)　阴。

闰三月初一日(4月21日)　晴。上午戏种花木。下午琐屑事，督木匠做窗门。

---

① 即内侄。

初二日(4月22日) 阴。上午为罗棿甫绘山水扇箑一张。下午琐屑事。夜雨。

初三日(4月23日) 雨。琐屑事。

初四日(4月24日) 阴晴。上午为孙福陔[①]茂才书琴条一张。

初五日(4月25日) 阴雨。

初六日(4月26日) 雨。上午至仓桥下义仓请许兰生先生种牛痘,约其明日到予家为次女下苗,兼看其局中种苗及收浆。予将其现收之浆先行携归,属其明日不必带来也。归家已午正。

初七日(4月27日) 阴晴。上午许兰生先生来为次女味姑种痘种,每臂四粒。

初八日(4月28日) 晴。琐屑事。下午为徐君筱翰刻图章石两方。

初九日(4月29日) 阴雨。琐事。

初十日(4月30日) 雨。琐屑事。

十一日(5月1日) 阴雨。上昼至田宅谈,并照相一张,莼波茂才为予照也。过午后申刻归家。

十二日(5月2日) 早晨微雨,上午霁。

十三日(5月3日) 晴。天气霉湿。

十四日(5月4日) 晴,天气闷暖。上昼琐事。午后许兰生先生来复看味女儿牛痘,左臂种四点,出三颗;右臂种四点,只出一颗。身始昨夜略热,今辰已凉。大约未见尽发,许君说来年再可补种几点也。午后徐君筱翰同田春农来谈许时,申刻邀予同至后观巷田宅同徐筱翰着围棋数局,晚间归家。

十五日(5月5日) 阴。戌时立夏。上午琐事。下午至田宅

---

① 孙秉琮(1871—1919),名庆祜,更名庆礽,字福陔,又字福阶,号豫生。浙江绍兴人。附贡生,花翎郎中衔,中书科中书。见孙秉彝《绍兴孙氏宗谱》卷十四《君锡公后昭远公派》。

谈，晚间归家。下午乍雨乍晴。

十六日(5月6日) 乍雨乍晴。为儿子取名阅《说文字典》诸书。

十七日(5月7日) 黎明雷雨。旁晚至小江桥河沿“保康”钱庄查失去计数折事。家大人因病懒于检藏，故钱庄计数折素放在账桌之上。乃于前月廿六日姜恒甫于吾家吃午饭后，就至家大人房一看，四处无人，遂将“保康”计数折窃之而去，即到该钱庄取洋柒百元，冒充余家人也。后又于本月初七日又至该钱庄取洋一千叁百元，此款闻现洋叁百元，签洋一千元。签洋一千元，“同泰”钱庄汇过。“同泰”钱庄云此签洋系徐山姜恒甫来过，其簿上亦注明姜恒甫。然则姜恒甫之偷骗不可逃遁矣。吁！仿人到盗贼，亦下流之极矣。此底细查明后，即归家告明，阖家皆骇然。后又至“保康”钱庄，属其至“同泰”查“同泰”所出之签洋何人汇去，后云“安记”钱庄汇去。“安记”钱庄云“同泰”签洋系“天成”买金条去。至“天成”首饰店查云姜恒甫买金条洋八百元，即将“同泰”签洋付也。盖“保康”原出签洋一千元，姜恒甫至“同泰”兑“同泰”签洋八百元，又签洋贰百元。此底细查后，又归家。

十八日(5月8日) 阴。早晨至田宅一谈，即归。辰刻同太太乘舟至徐山姜恒甫处，即属姜姑太太、恒甫到城。恒甫始而不认，后将查明底细言之，不能遁说，遂直之。到余家后尚有畏惧，云终当即日陪还。后许时竟凶心横注，忍于为贼，而云终不陪还矣。姜姑太太亦恒甫所不畏，无法可治。然事不了，姜姑太太及恒甫终不能去。余由徐山归至田宅一谈，又至朱理声[①]处一谈，归途过田宅又一谈，即归家。

---

① 朱鋆(1844—1908)，谱名文漢，字理声，日记一作丽笙、理笙、丽生，又作荔生、黎僧。整理时统一为理声。清浙江山阴人。监生，五品顶戴候选巡检。光绪二十二年(1896)拔贡朱允中之父。“和记”负责人。见朱允中《诰封通议大夫先府君理声公言行述略》。

十九日(5月9日) 阴。上午至田宅吊蘅仙司马后,至仁昌南货栈同胡梅森司马谈,又至“保康”一坐,即归。下午姜恒甫云去办钱去,姜姑太太暂留。夜餐后,余至田宅送丧,二点钟开船。

二十日(5月10日) 雨阴。早晨至上谢墅。上午送蘅仙司马进殡。下午放棹归,至田宅送蘅仙司马栗主上堂后即归家,见姜恒甫已来。既仿此大贼,尤敢忍作疲癞至吾家吃住。人到不要廉耻,全无天良矣!无药可救矣!

二十一日(5月11日) 晴。上午至水澄巷徐仲凡舅氏处,谈许时归。下午同姜姑太太说姜恒甫所偷去款。旁晚田孝颛同章月廛、罗景荃、张叔侯四茂才来,谈许时去。

二十二日(5月12日) 微雨。早晨章月廛、罗景荃、张叔侯、徐筱翰诸君来邀余游下方桥之石佛寺,后余在家有事,辞之,诸君即去。上下午议姜恒甫所偷款事。

二十三日(5月13日) 阴。议姜恒甫所偷款事。下午姜恒甫去,云去办款归楚。

二十四日(5月14日) 阴。姜恒甫原说今日来清楚偷款事,今竟骗而逃避。此乃人之极坏者矣。

二十五日(5月15日) 乍雨乍晴。

二十六日(5月16日) 晴,天气闷暖。下午至义仓牛痘局许兰生处问女儿牛痘多日尚未收口兼取收口药,遂见义仓陆续运到米一万石,以作绍城平粜事。此在当事诸君,不为不尽心。然绍兴原赖别处(原原)[源源]运进,如此外不见进来,则此一万石亦不过数日即尽。又况我国家势力日渐薄弱,不能禁日本人搬运出洋,将来一旦旧谷既尽,新谷未登,饿莩满地,当有不堪设想者矣。又至镇东前礼胥处领龙山小课卷,又至罗柷甫处一坐,即归。

二十七日(5月17日) 阴。上午拟作书院赋,后以事纷不果。下午至水澄巷徐仲凡先生处商议姜恒甫偷款事,即归。又至田宅谈,晚归家。

二十八日(5月18日)　晴。早晨雷雨即晴。上午写作龙山书院赋,题为《同茧蚕以二蚕三蚕共为一茧为韵》。下午又写作诗一首,题为《留客临轩试越茶》。申刻,姜恒甫又来,窃去之款有意诬癞,仍不肯还,又以空言唐突。太太遂大发其怒,恒甫始惧,于晚间来还洋二百元。虽只还十分之一,而留姑太太之面目,只得且行宽办。然恒甫之作此贼,亦全不管其自己身名以及戚友祖宗之面目也。为人若此,真末流矣。

二十九日(5月19日)　晴,下午雨。为徐筱翰书纸联四副。下午琐事兼理琐屑各账。

四月初一日(5月20日)　乍雨乍晴。上午潮热,下午雨。午刻闻昌安城[1]外乡人聚众闹米店兼进城各处米店闹坏,城中流党亦借此哄闹滋事,府县诸官亦束手无策。谷米缺少,昂贵如此,民人之闹,亦非出诸意外。然米商进价昂贵,势不能亏本出卖,此时事之艰难也。倘谷米终不充足,价亦不能大减,从此蔓延闹事,国家大劫即在目前矣。识时务者能不怃时增感而为之嗟叹无已哉！此事关国家气运,即有贤吏,恐亦不能上安下全,挽回大局,而况今日之官场乎?

初二日(5月21日)　乍雨乍晴。上午琐事。下午至开元寺同善局同蔡吉升闲谈许时归家,天雨。

初三日(5月22日)　乍雨乍晴。上午拜曾大母忌辰。午刻至水澄巷徐宅拜忌辰,过午后归家。

初四日(5月23日)　晴。上午至田宅拜诞辰,即归家。申刻至大街访看时事,旁晚归家。

初五日(5月24日)　雨,有雷声。

---

① 昌安城,日记一作窗安城(门),整理时统一为昌安城(门)。现已不存。绍兴旧时9座城门之一,亦称三江门。位于城东北原昌安直街北端,即今昌安立交桥下环城北路与环城东路相接处。

初六日(5月25日) 晴,下午乍雨数点。上午至酒务桥王泽民馆谈,又同至西郭门外看迎元帅神,神殿在青田湖。是日游人毕集,闹热极矣。借迎神为游览,酒肉争逐,予睹之甚属无谓,遂即归家。

初七日(5月26日) 乍雨乍晴。近来家事纷纭,心境不甚畅适。欲伏案攻书而心不能专,欲理家事而终朝琐屑,殊觉庸劣。始知家事清闲,门庭和顺[①],真神仙福分而不易求也。下午阅《方言疏证》。书室潮湿,每届霉湿时候,甚不可久坐。

初八日(5月27日) 阴雨。琐事。

初九日(5月28日) 早晨阴雨,后晴。上午理送各戚友芹礼。今日为绍府新秀才迎送入学之日。下午书临魏郑文公碑。

初十日(5月29日) 晴。天气异常潮热,人亦郁闷不快。上午至后观巷田宅拜润之外舅二周年之忌辰,即归家。下午申刻雷声发后下雨数点,晚间始觉凉快。

十一日(5月30日) 阴晴。内子患头痛目疾,田杏村舍人来诊,谈片时去。上下午为味女儿研制牛痘疮糁药。女儿种牛痘已经月,迄今尚未收口。天气渐暖,恐至暑天甚为费事,殊在念虑也。幸只有左臂而右臂早愈也。

十二日(5月31日) 晴。今日为天赦日,家大人制寿衣,看裁缝匠裁衣。

十三日(6月1日) 晴。上午书账。下午作蕺山小课甄别赋,以事所纷不能专心为之,只作三段遂息矣。赋题为《虚堂悬镜》(以"公此心如虚堂悬镜"为韵)。

十四日(6月2日) 晴。早晨、上午作书院赋五段,又填写五

---

① 其妻田氏亦认为如此。陈庆均《为山庐悼亡百感录》有诗曰:"门庭乐事在和衷,意见惟期泯异同。谨守慎言敏事旨,不闻交谪起家中。(内人尝云'家庭之乐,在上下和睦,平日不与人别生意见',恒以谨慎自守,数十年来如一日也。)"

言诗八韵，遂至石柱头礼胥处缴卷，即归。天气已热，行街路已不便矣。

十五日(6月3日) 晴。闻昌安门外乡人聚众老幼男女不下千人至府县衙署滋扰，且山会两县所枷责囚笼捣毁米行之犯，乡人恃众挟制县令，逼令放释。两县令临事掣肘，不能御众，遂即释放此犯，乡人遂散而去。此事传闻之下，不胜疑骇。乡人虽出凶悍，而县令之不善开发，亦有故也。此风一炽，法纪全无，将来世事不可救药，诚召祸无穷之大关也。

十六日(6月4日) 晴。琐屑事。

十七日(6月5日) 晴。上午至大街“保康”钱店一走，被姜恒甫偷折骗去洋银后尚有余洋。盖此店亦全不谨慎，今特去提出不向该店来去也。归途过后观巷至田宅谈，旁晚归家。

十八日(6月6日) 晴。至大街一走，过仓桥至骆卫生医寓请其改方后归家。

十九日(6月7日) 晴。琐屑事。

二十日(6月8日) 晴，天气闷热。巳刻至南街张宅拜子母神会，盖众口纷腾，时事日非，米价昂贵，乡人蠢动，且谷米各处稀少，无处可以办进。新谷之登，尚须数十日，倘一旦粮绝，将奈之何？念及乎此，深为可虑。午餐后看演戏片时，即归家。旁晚又至田宅谈，夜餐后归家。夜天气更热，虽有风而风甚暖，起坐终夜，不能安睡。四月时节，正如当暑天气，亦甚奇也。

二十一日(6月9日) 阴，上午雨即晴。天气甚暖。予患喉痛，饮食不便。下午阵雨数点即晴，天气更闷。近日仆妇归去，夜同次女味姑睡。天气闷热，小人亦时时起坐，不能安睡，兼味女儿左臂牛痘尚未全愈，亦须时时照管；予又以喉痛，夜间甚属烦恼不安也。

二十二日(6月10日) 晴，天气甚暖。予患喉痛，坐卧终日。下午略雨数点，而天气仍不凉快。

二十三日(6月11日) 早晨阴,后晴,天暖日甚。予喉痛,上午尚痛卧床,下午渐愈。天暖,女儿啼扰更觉焦烦。阅《本草从新》。

二十四日(6月12日) 雨,天气凉快。予喉痛亦愈。

二十五日(6月13日) 晴,天气清爽。上午至后观巷田宅谈。下午同田蓝陬、春农诸君至开元寺同善局坐许时,又至仓桥下义仓一游归。又至田宅谈,夜餐后归家。

二十六日(6月14日) 晴,天气清爽。琐屑事。

二十七日(6月15日) 晴,天气清爽。

二十八日(6月16日) 晴,天气清凉。

二十九日(6月17日) 晴,天气清凉。上午督木匠搭凉棚。下午至街一过,即归旋家。

三十日(6月18日) 晴,天气清凉。琐屑事。

五月初一日(6月19日) 晴。早晨闻人传言绍郡各米店所存谷米皆寥寥无几,大约外地之米不能运进;又有前次刁民捣毁之事,各米铺亦无甚做生意之心,以致每日免强开店,一买即空。一俟端节收账之后,皆有不开店之势,此事实堪险怕。上午至水澄巷徐以逊、显民两君处谈,归途过后观巷,又至田宅谈,午餐后归家。遍探大局谷米,终不能充足,时事日形险急。

初二日(6月20日) 晴。上午琐事,算理各账。下午至开元寺同善局蔡吉升处谈,许时即归。

初三日(6月21日) 晴。酉刻夏至。午拜夏至祖饯。下午至田宅谈,即归。

初四日(6月22日) 晴。早晨至街一走,即归。算付各店诸账。下午见味女儿牛痘已收口生新肉,为之放怀。

初五日(6月23日) 雨后即晴。琐事。午补祭夏至拜神祖。下午天气阴暖。

初六日(6月24日) 雨,天气闷暖。上昼理琐屑各账。

初七日(6月25日) 晴。琐屑事。

初八日(6月26日) 晴。琐屑事。

初九日(6月27日) 晴。辰刻至街,见轩亭口山阴已正法盗犯三名,闻此犯即旧年清水闸盗陈姓犯也。方今多事之秋,顽民煽惑,有此明正典刑,亦足以警刁风。又至钱店取《申报》后即归。上下午阅《申报》。

初十日(6月28日) 晴,天气甚暖。上午至田宅谈,又至水澄巷徐宅谈,即归。晚间又至邻居姚宅谈,即归。夜天气更暖。时事孔艰,心怀焦灼,以致虚火上升,右鼻管红肿,时时作痛,故夜亦不安睡。

十一日(6月29日) 晴。早晨至邻姚宅谈,即归。上午阅《申报》。下午姚慎生茂才来谈,即去。田蓝陬茂才来谈,晚间去。余又至姚宅谈许时归。

十二日(6月30日) 晴。早晨乘小舟至南门张君诒庭[①]处谈,为平粜助资事也,盖大云坊平粜户口亦归张君办也。谈片时即归。王泽民来谈,下午去。余又至大街买物,即归。

十三日(7月1日) 晴。早晨阅《申报》。

十四日(7月2日) 晴。上昼至马梧桥祀黄神,即归家。天气甚热。

十五日(7月3日) 晴。儿子镇容病,为其延医诊视琐屑事。夜间时常看视,不能安睡。

十六日(7月4日) 晴,天气更热。镇容病琐屑事。晚间气塞

---

① 张嘉谋,字诒庭。浙江绍兴人。曾任绍兴国民外交后援会干事、南货行董事。据经元善《霍郡伯故后公致感情致略》:"郡守霍子方逝世,因其两袖清风,几无以为敛。郡绅马春旸(传熙)、钟厚堂(念祖)、鲍敦甫(临)、徐仲凡(树兰)、任秋田(塍)、徐福钦(嘏兰)、谢葵畦(凤书)、张诒庭(嘉谋),八君子既集为之赙,并驰书郡之远近播绅,共筹麦助。"

喉、痰壅滞，病形更重，中心焦灼。儿生方百余日，险病已遭两次。养儿女之难，甚为可畏。大抵予之德薄能鲜，无安顺之福分也。念及乎此，能不惕然？夜间时常起视，兼天气闷热异常，颇不安睡。

十七日(7月5日)　晴，天气甚热。而儿病未愈，琐屑理汤药各事。儿子为天气盛热，被受风热所致，故右面下发肿。据医者云此系痰热之毒，宜解散清理，不得速用寒凉之剂。

十八日(7月6日)　晴，天气更暖。儿病稍轻，惟右面下肿毒尚未散尽，而右耳孔已有黄水流出。据医者云此毒从身孔出，亦甚便宜也。

十九日(7月7日)　晴。天气之热，日有所加。早晨至大街买物，即归。下午桌椅皆热，可为盛暑天气矣。惟儿病渐轻，差堪心慰。

二十日(7月8日)　晴，天气暖。巳刻至后观巷田宅拜忌辰，过午后即归。阅《申报》，知已有另上谕考试四书文当改为策论。

二十一日(7月9日)　晴。天气暖，不堪作事。晚间闻田宅蘅仙夫人罗宜人逝世，即刻往田宅一走，即归。

二十二日(7月10日)　晴，天气甚暖。晚间至田宅送殓，夜半归家。

二十三日(7月11日)　晴，天气日暖。

二十四日(7月12日)　晴，天气暖异常。

二十五日(7月13日)　晴。上午乘小舟至西郭送徐子祥①明甫之任江右宜春县，又至水澄巷徐宅拜忌辰，又至后观巷田宅拜忌辰，即归家。曾祖忌辰，予未出门之时，已拜过矣。下午雨略有数点。旁

---

① 徐维屏(1865—1944)，谱名维熊，字子祥，日记一作芝祥、芝蔷、芝强。整理时其字统一为子祥。徐兆兰之子。浙江绍兴人。国子监生，中书科中书，清光绪戊子科荐卷。曾官江苏宜春县知县。见谢祖安、苏玉贤《宜春县志》卷十五《职官志·县官》；《浙江绍兴栖凫东海堂徐氏家谱》。

晚至田宅为其书丧联，夜餐后归家。夜间自书挽田宅罗宜人■，书后睡。

二十六日(7月14日) 清晨即至田宅，为其预做首七陪客也，午刻归家。下午心境甚佳。

二十七日(7月15日) 晴，天气甚暖。木土匠修理平屋，收拾各物督看事。

二十八日(7月16日) 晴。是日为初伏。督看木匠修理屋事。

二十九日(7月17日) 晴，天气甚暖。琐屑各事。

三十日(7月18日) 晴。天气盛暑，不堪作事。夏天久晴，禾苗枯槁，城中河水干涸，万类之望雨甚切也。

六月初一日(7月19日) 晴，天气盛暑。心绪焦灼，予额上生热皮疮数枚。

初二日(7月20日) 晴，暑热异常。

初三日(7月21日) 晴，暑热日甚。田稻干燥，今年米价昂贵，咸望风调雨顺，秋收大有，庶可挽回于万一。兹则夏旱无雨，自此以往，当有不可补救矣。下午阅《申报》。

初四日(7月22日) 晴。上午贾枧唐姊婿来辞行，渠于初六日当偕徐子祥大令之任江右宜春县，畅谈一日，至夜餐后归去。下午忽云霓一起，阵雨数过，殊觉清凉。

初五日(7月23日) 晴阴。前日一雨之后，天气便觉稍凉。午后阅《申报》。

初六日(7月24日) 天未明大雨，万物皆滋，田禾畅茂，真甘霖也。夜间又雨。前阅《申报》，知有上谕考试文章改为策论，无论小试、乡试、会试，皆以下届为始。近日闻以奉谕之日为始，所有考试即当改为策论，不作文章也。朝旨一发，寰海向风。近日绍郡书院题目亦竟出策论题，四书文题遂寂然终止也。风气之变，速于置邮。草茅下士，闻之骇然。在朝廷势运日非，不能不作易辙改弦之想。然中国人心多坏,恐既生之于前,未必能补之后也。虽有更新之政令,奚可挽此颓风耳?

初七日(7月25日) 阴晴,天气闷。上昼至街买物。午刻至田宅拜忌辰,过午后谈许时归家。申刻雷雨。阅《申报》。

初八日(7月26日) 晴。额患热疮,终日挥扇闲游。

初九日(7月27日) 晴。额患热疮,终日挥扇闲游。

初十日(7月28日) 晴,晚间大风。下午戏雕西瓜灯一个。旁晚阅贾枧唐姊婿函,知其第三弟甫逾弱年呕血而死,是其家运亦耗折也。夜闻蟋蟀声,溯上年此声在七月之初可有,今年节气较早也。

十一日(7月29日) 晴,晚间雨。上午较算完银粮票(帐)[账]。下午阅《申报》,近来事日有新闻。

十二日(7月30日) 晴。琐屑事。

十三日(7月31日) 晴。中国之今日气运衰微,人心叵测。按之"公正清明"四字,皆有实者。无论男女,竟无一人可见,是亦世道人心之不古也。予于此四字,生平素所愿励,而实无一字可践。静思清夜,殊有歉衷。

十四日(8月1日) 晴。余年未而立,近来多写字多看书,(辙)[辄]神倦欲睡,是亦一生大病也。精神衰耗,一至于此。下午心事不适,意兴萧条,甚鲜趣味也。小窗枯坐,挥扇无聊,遂泚笔而志之。

十五日(8月2日) 晴。阅《申报》,近日朝政日更,新闻屡见。乡会试场改第一场试中国史事、国朝政治论五道;第二场试时务策五道,专问五洲各国之政、专门之艺;第三场试四书艺两篇、五经艺一篇。首场按中额十倍录取,二场三倍录取,取者始准试次场,每场发榜一次。三场完毕,如额取中。学政岁科两考亦以此例推之:先试经古一场,专以史论、时务策命题;正场试以四书艺、经艺各一篇。此张之洞[①]、陈宝箴[②]所奏，而六月初一日上谕已准之也。从此中国士子欲观国光者，咸当弃旧换新，又费一番东攻西阅之忙耳。又见报中言浙江学政陈学棻侍郎奏称考试改试策论，恐与八股文章同是空谈，无甚区别。然朝廷锐意变法，阅此奏后，将陈侍郎召京仍专办户部，浙江学政调唐景崇[③]阁学矣。圣意如此，恐守旧之辈一时无从下手矣。近来朝廷有工部主事康有为、举人梁启超诸君广联声势，大张权衡。政治之变，将来必尽出于此辈之手。近虽屡有人参劾，而朝廷信任已专，概置弗闻。变法如是，是亦气数之有以使之也。下午阵雨数点。

十六日(8月3日) 晴。下午阵雨数点，天气闷热。

十七日(8月4日) 晴。下午阵雨数点，天气闷热，夜间风凉。予头上热疮已渐次消愈。

十八日(8月5日) 晴。天气虽暖而略有秋光，今年节气较早

---

① 张之洞(1837—1909)，字孝达，一字季湖，号香涛。清直隶南皮人。咸丰二年(1852)举人，同治二年(1863)进士。曾官翰林院编修、湖北学政、四川学政、山西巡抚、两广总督、湖广总督、体仁阁大学士等职。著有《天香阁十二龄课草》《辅轩语》《书目答问》等。见张厚光《南皮张氏四门第十八支家谱》；《张之洞讣告》(《上海图书馆藏赴闻集成》册4)；王德乾《南皮县志》卷十二陈宝琛《诰授光禄大夫体仁阁大学士赠太保张文襄公墓志铭》。

② 陈宝箴(1831—1900)，谱名观善，字相真，号右铭，一号扆臣。清江西义宁人。咸丰元年(1851)举人。曾官湖南辰沅永靖兵备道、浙江按察使、湖北按察使、湖北布政使、湖南巡抚等职。见陈三立、陈三达、陈三昆《义门陈氏宗谱》卷十《十一郎于庭文光房世次》；陈三立《皇授光禄大夫头品顶戴赏戴花翎原任兵部侍郎都察院右副都御史湖南巡抚先府君行状》。

③ 唐景崇(1844—1914)，字春卿，一字晚悟。广西灌阳人。清同治十年(1871)进士。曾官浙江、江苏学政、学部尚书、学务大臣兼弼德院顾问大臣、工部侍郎等职。辛亥革命后称病引退。民国二年(1914)任袁世凯参政院参议，又聘为清史馆纂修《德宗实录》《宣统政纪》副总裁，均推辞未就。见《广西大学周刊》(1933年第5卷第10期)之张钦五《唐景崇传》。

也。下午书寄人尺牍数函。

十九日(8月6日) 乍雨乍晴。上午阅《申报》;阅《齐家宝要》书,所言为人举止礼节虽近于迂,然亦不能不如是讲究。

二十日(8月7日) 乍雨乍晴。今日亥时立秋。上昼琐屑事。午间请顾外科上家大人下颏,上好即去。下昼昼寝后至田宅谈,傍晚归家。旷观中国世事日非,皇上力改旧章,顿变新法,恐中国人心积习已坏,虽改弦易辙,同是无补时艰耳!

二十一日(8月8日) 风雨绸缪。上午理账事。天气凉快,扇可停挥。

二十二日(8月9日) 晴,天气又暖。家大人自癸巳年以后,身躯更觉不便运动,足不良行。似染病已深,甚为可虑。

二十三日(8月10日) 晴。人生在世,全要遭际承平,家庭和顺。朱文公云:"虽饔飧不继,亦有余欢。"昔贤之言,真诏我也。

二十四日(8月11日) 晴。下午略下数点阵雨,晚间雷闪辗转而未肯(据)[遽]沛甘霖,至更初明星已满天矣。夜餐田宅来邀去看道士演忏礼佛(为其罗氏宜人五七也),(籍)[借]同诸君畅谈,归家已鸡鸣将报也。归途明月满地,四无人声,颇觉清静世界,到家遂睡。

二十五日(8月12日) 晴,天气甚暖。录写完国课账务兼较对核算。

二十六日(8月13日) 晴,天气闷暖。阅《申报》,阅《皇清奏议》。下午天气更暖,不耐作事。

二十七日(8月14日) 晴,天气甚暖。上午至大街买碑书并买物,即归。午后雷雨甚大,不特田稻滋润,农人可免桔槔之事,而河井亦不至干涸矣,诚时雨也。

二十八日(8月15日) 晴。上昼理清账目。下昼阅新出《分类幼学琼林》,虽所增之书不甚博雅,而于居家平常之用,亦不无小补也。傍晚天气闷暖,夜好风忽来,雷雨数点,甚凉爽也。

二十九日(8月16日) 晴。上昼瞻仰宣圣遗像,此像于前日阅市购得,乃广东文庙拓碑也。见之真威而不猛,恭而安。千万世后,依然正气之如在,诚千古独尊之至范也。瞻对之余,殊深私淑。当今中国世运式微,力重洋务西学,盍不思我夫子大道,可为万世法。果能一以圣人为依归,自有通变无穷之学,何必旁及夷务哉!然而人心习染已深,时势衰微已极,此时纵有贤君相,亦无可如何,所赖至圣默为维持耳。一经瞻仰,不禁祈祷深之。吾辈生今之世,不获亲承时雨之化,犹得缅怀遗像而流■,亦幸事也。

七月初一日(8月17日) 晴,天气甚暖。琐屑事。予右手掌生疮一粒,书字持筷等事,甚为不便。不知能遂即消去,不致攻大否?

初二日(8月18日) 晴。天气更暖,秋暑之烈也。手掌生疮,不便作事。

初三日(8月19日) 晴。手掌之疮稍肿,不便书字等事。

初四日(8月20日) 晴,下午雨。手掌肿毒痛甚,心绪焦烦,夜亦痛,不能安睡。

初五日(8月21日) 晴。手掌肿痛更甚,夜亦坐卧不安,目不交睫。

初六日(8月22日) 阴。手掌肿痛更甚,手背及下手臂皆肿大作毒,故痛更重。夜坐卧起立,刻不安睡,甚困弊也。

初七日(8月23日) 晴。手掌手背之痛不可支持,遂于早晨自用竹针刺破疮头,出毒许多。午刻又出毒一次,晚间又出毒一次,皆自忍痛排挤。下午请骆卫生商酌解毒方药。今日上午备牲、果、茶、酒敬祀奎星尊神,予不能叩拜(每年以是日祀神也)。

初八日(8月24日) 晴。时常坐卧。早、午、晚手痛出毒三次,其痛稍减,夜亦稍睡。

初九日(8月25日) 晴。时常坐卧。手痛出毒五次,痛渐轻,人亦稍安。今日天气甚暖。

初十日(8月26日) 晴。时常坐卧。手痛出毒五次,其肿痛渐次轻减。

十一日(8月27日) 晴,天气凉快。手痈肿渐退,毒亦渐少。虽每日出毒四五次,然不甚多也。惟予又患泻病,今且似痢疾也。一病未愈,又增一病,气体更形亏弱。晚间雨,夜风甚大。予以腹泻屡卧屡起,又不能安睡。

十二日(8月28日) 阴晴,风大。予手掌之痈毒每日排挤数次而不甚多也,惟泻后改为痢疾尤甚,每日夜不下数十次,痢色赤多白少。精神劳倦,不可言矣。下午(昨)[乍]雨数点。

十三日(8月29日) 雨。手掌肿已退尽,惟尚稍有毒及柔水耳。午间祭先慈忌辰,勉强拜跪,不成样式。想亲恩宽大,亦必为之垂谅也。

十四日(8月30日) 阴晴。手掌已渐次消肿,毒亦稀少,惟尚不收口也。

十五日(8月31日) 晴,傍晚雨。午拜中元祖饯,右手患痈后尚不便拜跪也。予自手痈疮口刺破后,每次挤毒后用生肉拔毒,膏药帖之。今毒似将走净,疮口渐收小。痢疾亦差减,胃亦渐开。自此养神,或可复元耳。

十六日(9月1日) 晴。予手掌痈毒及柔水已无,疮口亦收。惟疮边近处尚有硬块,谅血气一时未能和调也。

十七日(9月2日) 晴。

十八日(9月3日) 晴。上午至田宅一谈,即归家,为女儿招姑在田宅近日有病,今日渐轻。

十九日(9月4日) 晴,天气闷暖。

二十日(9月5日) 晴,天气闷暖。早餐后至田宅吊并为渠家陪客,午刻归家。

二十一日(9月6日) 晴。早晨乘舟至南门外谢墅为送田宅罗宜人殡,下午归。至田宅一坐,即归家。

二十二日(9月7日) 晴。琐屑事。阅《申报》,知京都已裁撤闲曹之职,詹事府、通政司、光禄寺、鸿胪寺、太仆寺、大理寺,以上各衙门已有旨皆裁撤,各员亦当另候简用;又外省如与总督同城之巡抚、与知府同城之同通、与知县同城之县丞,亦当一律裁撤,以及运漕、巡道,亦有旨饬令大学士、六部及直省督抚分别详议应裁各缺。

二十三日(9月8日) 晴。阅《申报》。天气暖。

二十四日(9月9日) 晴,天气暖。阅《申报》,近今朝廷广开言路,已有明谕:凡部员、举贡、生监,如有条陈时事,皆得上书,由部代奏,各部不得阻挠。本月有主事王某上书,乞礼部代奏。礼部一再阻挠,王某竟面诉其显违谕旨,后不得已礼部遂为其代奏。事为朝廷所闻,即将礼部尚书二、侍郎四统行革职,并嘉奖王某之不畏强御,赏给京卿顶戴。此乃历朝鲜有之奇事也,特泚笔记之。

二十五日(9月10日) 晴,天气暖。

二十六日(9月11日) 晴,天气暖。上午至大街买书等物,即归家,已午。下午阅张孝达制军所著《劝学篇》,虽有大言,然议论风生,博通时务,有书有笔,亦当今时论也。

二十七日(9月12日) 阴,早晨雨。阅《劝学篇》。

二十八日(9月13日) 晴,下午、晚间雨。

二十九日(9月14日) 阴雨。阅《申报》。

三十日(9月15日) 阴。上午阅《万国公法》。下午至田宅谈,晚间归家。

八月初一日(9月16日) 晴。手掌痈已愈,生新肉而褪旧皮,执笔握箸等事,虽不甚把握而已可将就也。

初二日(9月17日) 晴。上午内子及儿女至田宅,为理屑各事。天气暖。下午阅报。

初三日(9月18日) 晴,天气暖。上午阅《皇清奏议》。午祭行礼东厨司命诞辰。下午阅奏议。

初四日(9月19日) 晴,天气甚暖。辰刻至南街祭行礼华尊神,即归。

初五日(9月20日) 阴。琐屑事。

初六日(9月21日) 晴。予手掌之病渐次复元,疮玷处惹动尚觉血气未调,余手指行动已如常也。故写小楷字未能顺如,而行书已照常可写也。

初七日(9月22日) 晴。阅《申报》。

初八日(9月23日) 晴,天气暖。午拜秋分祖饯。

初九日(9月24日) 阴,乍有微雨。琐屑事。下午为徐筱翰书对联四副。

初十日(9月25日) 雨。阅《申报》,知皇上为国事艰难,万畿待理,时虞不及,已吁恳慈禧皇太后垂帘训政,于初五日为始矣。仰见皇上之厉精图治,小心翼翼,无以加矣。大抵此亦皇上以孝治天下,出于无可如何之事也。

十一日(9月26日) 阴。理琐屑账事。

十二日(9月27日) 晴,天气暖。上午督裁缝匠裁衣。下午至田宅聚谈时事颇畅,夜餐后归家。午前阅《申报》,惊见皇上猝然不豫,京师中淆乱异常,工部主事康有为有谋不轨情事,饬令严缉其党。户部侍郎张荫桓已下犴狱,其弟康广仁已经拿住发刑部,即须审明正法。京师九门已调兵守卫,官民出入均须一律严搜,驻京各国使臣咸请各派兵船至京保护。阅后惊骇莫名。盖康有为之行为心术,固早知其谗邪,无如皇上为其所欺,一时信任已专,且不料其凶险迅速,一至于此。此乃乱臣贼子,亦国运之不幸也。然未识皇上以何事不豫,未见明文。但愿圣体如常,罪人缉获,明正典刑,以安国事。

十三日(9月28日) 晴,天气更闷暖。早晨至大街一过,即归。今日知《申报》不到。

十四日(9月29日) 阴雨。辰刻阅《申报》,京畿无消息,惟载康有为凶犯已附英国兵轮载之而去。如此大辟,只凭洋人招留便无他事。吁！国事至此，不可救药矣。草茅下(土)[士]，闻之愤然。我中国不知何日有转机而大张国威，不使夷人挟制也。上午算付各店账。

十五日(9月30日)　雨。上午算理琐屑各账。下午录此日记。予自七月初三日手掌患痈肿以后，右手不能书字等事，日记遂由左手握笔别纸描记。至本月初上，遂可书字而仍由别纸暂记。迄今出毒收口已满月而手掌已照常复元，甚为欣幸。今日下午风雨满城，清闲无事，爰一一录登。风雨甚大。今夜为太阴朝元，相传月光最明，乃为云雨所隔而不见。

十六日(10月1日)　风雨紧大，天气亦寒，可着棉衣。阅《八贤手札》。际此国家衰弱，寄任无人，益缅想当年人才鼎盛，有此诸贤之宏济也。下午阅《申报》，见谕旨有前所裁撤之詹事府、通政司、大理寺、光禄寺、太仆寺、鸿胪寺等衙门，照旧办事，毋庸裁并。又不应奏事人员仍不得擅递封章，以符定制。不数日而成命即已收回，国事纷更，可概见矣。

十七日(10月2日)　密雨滂沱。自中秋下午起，密雨将及二日夜，而河水已涨三尺。乡间下中之地，已尽溢如彼苍者。天尚未肯放晴光，则田稻又将有减收成也。下午至田宅谈，为渠家书挽霞齐徐宅联一副，傍晚即归。

十八日(10月3日)　雨。河水涨大，田稻浸没，密雨尚不肯休息，甚为可虑。午前至田宅陪蔡茗山孝廉饮，蔡君上馆也。下午申刻归。

十九日(10月4日)　雨，上下午雨息，夜又雨，天气甚寒。阅《有正味斋骈文》。

二十日(10月5日)　晴。河水虽大，田稻虽浸，而数日晴后即可退溢矣。一放晴光，万户欢然。上午阅《申报》，见逆匪康有为之谋为不轨，已下上谕宣示天下。其平日首倡邪说，惑世诬民，纠集乱党，包藏祸心。于四月间曾私立保国会，言保中国不保大清。前皇上力图变法,被其所欺,令其在总理各国事务衙门章京上行走,后又令其赴上海办理官报局。此朝命早下,而康有为竟逗留辇下,久不前往。盖其早蓄逆谋也。后其逗留辇下,为皇上察悉,催之使往,不数日而其事遂发矣。某日纠约乱党,谋围颐和园挟制皇太后、陷害皇上。后经觉察,立破逆谋。其悖逆情形,闻之实堪发指。幸朝廷洞烛(几)[机]先,其逆谋未成,否则其事何堪设想哉!今叛逆之首康有为在逃,及其狼狈为奸梁启超亦在逃。已有旨着各督抚严密查拿,按律惩治。其余结党阴谋,互相煽惑,其弟一人(康广仁)及御史一人(杨深秀)、军机章京四人(谭嗣同、林旭、杨锐、刘光第)已即革职正法。其余被康有为诱惑、甘心附和,党类尚多,朝廷亦皆察悉。特谕令以康有为为炯戒,力改前非,概不深究株连,以存宽大之恩。惟户部侍郎张荫桓,居心巧诈,趋炎附势,行为诡秘,革职发往新疆充军。翰林院侍读徐致靖[①]革职,着(形)[刑]部永远监禁。编修河南学政徐仁铸[②]革职,永不叙用。又见上谕康有为学术乖谬,大悖圣教,其所著作,无非惑世诬民、离经叛道之言。着将该革员所著书籍版片,由地方官严查销毁,以息邪说而正人心。草茅下士,恭读之下,欣佩莫名。想从此朝政一清,谗邪息绝,庶几我朝千百年相传之礼法,不致尽坏于一二小臣之手也。又见上谕有停止巡幸天津之事,前旨本以九月初五日皇上奉皇太后赴南苑及天津阅操,此事揆时度势,诚非妥举矣,无

① 徐致靖(1843—1917),字子静。顺天宛平人,祖籍江苏宜兴。清同治十二年(1873)举人,光绪二年(1876)进士。见《光绪丙子恩科会试同年齿录》、《义兴洑溪徐氏家乘》卷七《复斋公世传》。按:家乘仅载其生于道光癸卯年九月初八日。康有为《康南海自编年谱》民国六年八月二十四日:"闻徐侍郎致靖病逝,为文祭之。"据此,其当卒于民国六年(1917)。

② 徐仁铸(1863—1901),原名同孙,字砚甫,一作研芙,号诵涵、缦愔。清顺天宛平人,祖籍江苏宜兴。光绪十四年(1888)举人,十五年进士。曾官翰林院编修、湖南学政等职。其遗著辑为《涵斋遗稿》。见《义兴洑溪徐氏家乘》卷七《复斋公世传》。

如无臣工谏止耳。今圣意猝然改计，亦于是虑周操密也。今日所见谕旨为历朝罕有之公案，特泚笔而恭录之。

二十一日(10月6日) 晴，天气高爽。琐屑各事。午拜高祖诞辰。下午王泽民来谈，傍晚去。

二十二日(10月7日) 天气竟寒可着棉衣，夜间竟不可无厚棉被，是亦节气较早之故也。上昼至后观田宅同杏村昆季等畅谈时事，至傍晚归家。

二十三日(10月8日) 晴。琐屑事。下午督木匠修理物件。田春农来谈，傍晚去。

二十四日(10月9日) 晴。琐屑事。阅《申报》。督木匠修理琐屑物件。

二十五日(10月10日) 晴。早膳后至后观巷田宅同蓝陬茂才至昌安城外泰昌买寿材树，午餐后归家。予于此事未曾晓得，竟忽尔买之有名曰车儿板者，则每段树皮有两车穴也。三品板则每副共十四段，每段长八尺三寸，每段树面一尺二寸。大概沙方独块板之外，好者只有双品、三品两种。其实双品不过名目好听，树面每段大三四寸，每副九块，而其得用与三品无甚高下也。树以旋纹紧而中正、嫩皮少为佳耳。

二十六日(10月11日) 晴。上昼琐屑事。下昼看材匠来弹寿材树墨线。早晨至偏门里演武厅看操，即归。

二十七日(10月12日) 晴。看匠人锯寿材板。上午至罗柷甫处一谈，即归。

二十八日(10月13日) 晴。看匠人锯寿材板。午刻祭鲍四姑奶奶讳辰。夜阅《曾文正家书》。

二十九日(10月14日) 晴。看匠人锯寿材板。阅《申报》，知都门风气甚属不靖，中朝之待洋人虽屡用小心，而观近来时事，动辄得咎。如此情形，堪为深虑。

九月初一日(10月15日) 晴。上午至后观巷田宅,为内子有病一问也,即归家。上下昼理值物件并书账。夜阅《申报》,见上谕考试岁科乡会诸试,仍以八股文章、试帖诗取士。未到三月而旧章仍复,此乃皇太后懿旨。近观诸事,似前半年皇上所改新章,皇太后垂帘后皆不以为然,故陆续下旨仍还旧章。前拟开经济特科,亦复停止。考试时文与策论,原属同有利弊,无所区别。当时皇上有变行新法之意,诸臣工遂将各事奏陈更变之法,以动圣听。其实不过稍换面目,异辙同途也。又闻皇上圣躬时有不豫,皇太后命居南海瀛台静养休息。观此情形,未识圣体何日可胜常也。

初二日(10月16日) 晴。阅《申报》。午后至街,傍晚归家。

初三日(10月17日) 晴。阅《皇清奏议》。阅《申报》,知皇太后前日亦被害,幸未成,得即知觉。有一日晚,皇太后在宫内休息,忽闻天棚上似有人声,即传御前(大)[太]监出视,旋在棚上拿获太监二人。又在别处搜获二人,身畔皆有凶器,即传旨将此四人击毙。吁!前月之逆谋经朝廷迅速严惩,方谓从此畏刑畏法,匪类当敛迹洗心矣!乃不数日而又有此非常之变。国家若今日真有害,不胜除矣。朝事纷纭,海内闻之不无蠢动。闻湘垣长沙府又有人揭竿起事,并欲联合广西诸匪群谋不轨。观近日国事,不特外洋皆有虎视眈眈之意,而本国民心亦已坏极,中国日在荆棘之中耳。

初四日(10月18日) 早晨雾露,后晴。

初五日(10月19日) 雨。琐屑事。

初六日(10月20日) 晴,天气闷暖。上午,贾柷唐姊婿来辞行,渠到徐子祥令尹衙署处矣(徐子祥任江西宜春县),谈至傍晚去。

初七日(10月21日) 晴,天气暖。早晨琐屑事。早膳后至水澄巷徐宅贺喜(仲凡舅氏之孙女出阁也),略坐一时,即归。午膳后至西郭徐宅送贾柷唐行,又晤贺之常,同至崇真坛一游。此坛向逢九月初一至初九拜斗九日,一切供设颇觉辉耀。又邀贾柷唐至"大雅堂"饮,借饮一杯饯柷唐行也。饮后各分路而归,予至家已九下钟矣。灯下阅《申报》。

初八日(10月22日) 晴。琐屑事。

初九日(10月23日) 晴。早膳后至后观巷斗母殿祭斗母神。便道又至田宅谈,即归家。蒋姑奶奶有病,即邀韩午其来诊,诊后即去。午膳后又至田宅偕田蓝陬茂才、春农孝廉、莼波、扬庭诸君游卧龙山登(苍)[仓]圣祠,在诗巢阶砌小憩,颇有山环水抱、应接不暇之势。越中风物,不必人工点缀,而自有天然之妙。又同至新河弄大雅堂饮冰雪玫瑰桂花酒,饮后散步而归。月明满地,清风微来,甚有逸趣。到后观巷分路,各归家,予至家见已九下钟矣。

初十日(10月24日)

十一日(10月25日)

十二日(10月26日) 阴。上午至街买物,即归。午后雨。

十三日(10月27日) 晴。家大人有病,请韩午祺诊。下午徐显民茂才来谈,傍晚去。夜陪家大人病。

十四日(10月28日) 阴。上午琐屑事。午后又延韩医诊,据说脉象不甚见佳,予遂至后观巷又请田杏村舍人诊,徐仲凡舅氏亦来望病,夜餐后各去。

十五日(10月29日) 阴雨。上午家大人病形甚不见佳,田杏村舍人又来诊。午后请姚芝仙诊①。夜餐后病形更笃,予又至后观巷商请田杏兄诊,遂即同来诊视,脉甚变动,杏兄开方后即去。夜半见家大人病时时变动,垂危已急,不得已又请田杏村兄来诊视,又请韩午祺商同开方,又即请徐显兄来商酌。心绪愁纷,手足无所措,甚险急也。幸至五更稍有转机。

---

① 姚芝仙(? —1908),清浙江山阴人。曾做过太医,为慈禧太后看过病。都说医术相当高明,故绍兴人都称他为“姚半仙”。鲁迅的父亲周伯宜患了重病,曾请其诊治。其子姚晓渔、孙姚天农均曾在绍兴直街挂牌行医。见绍兴鲁迅纪念馆、绍兴市鲁迅研究中心《绍兴鲁迅研究》之裘士雄《鲁迅与他的乡人》补遗(一)。

十六日(10月30日) 雨。黎明请姚芝仙来诊。上午又请杨质安[①]来诊。徐仲凡舅氏来望病,将午去,徐显兄亦去。下午又请田杏村舍人诊现。夜半家大人病又沉重,即邀姚芝仙来诊视,至五更后稍愈。此病以阴盛阳衰时候必见危险,至阳气复来稍轻。

十七日(10月31日) 阴。早晨徐仲凡舅氏来望病,即去。上午又请姚芝仙来诊视。午刻予至田宅请杏村酌方,即归。下午又请田杏村舍人来诊视,即去。夜,家大人病更危险,气息已奄奄。夜半即邀樊开舟[②]来诊视,至五更后病势又松。

十八日(11月1日) 阴。上午请姚芝仙来诊,又请韩午祺来诊,又请田杏村舍人来诊。三君同商酌方药。下午,徐显民茂才来望病,即去。

十九日(11月2日) 阴雨。上午姚芝仙来诊视家大人病,似略有转机。下午至田宅请杏村舍人酌方药,即归。上午,徐仲凡舅氏来望病,即去。

二十日(11月3日) 阴。上午请韩午祺来诊视家大人病,渐有转机。

---

① 杨质安(1868—1939),又名哲盦,日记又作喆盦、质盦、哲安、蛰盦,字宗濬,号补过老人。整理时其名统一为质安。浙江绍兴人。诗巢壬社社员。初业儒,问业于越中名儒田晋蕃。弱冠中秀才,21岁时受聘于名医赵晴初家塾,课其文孙,旋奉母命,从赵氏习医。其敏而好学,颇受赵氏青睐,尽得其学。为赵氏高足,擅长内、妇、儿科,名噪一时。曾任《绍兴医药学报》编辑,神州医药会绍兴分会评议员,徐荣斋、蔡文治、李养和、杨颂年出其门下。所著遗稿,大多散佚,仅存《质安杂缀》一卷,《乡隅纪闻》一卷及部分零散手稿。按:沈元良《绍派伤寒名家验案精选》、费水根《绍兴市卫生志》均载其卒于民国二十七年。沈钦荣、马国灿《越医薪火传》载其卒于民国二十六年。《诗巢壬社社友录》载其卒于民国二十八年七月初三日。此据《诗巢壬社社友录》。

② 樊开周,一作开舟。越中名医何廉臣之师。见《医学杂志》(1936年第92期)之周镇《何廉臣先生事略》。

二十一日(11月4日)　雨。早晨请韩午祺来诊视家大人病，日有佳象。上午至后观巷请田杏村舍人阅酌方药，即归。又至田宅乘舆至西郭鲍宅贺喜（予家工人无暇，故由田宅去也），即又转田宅，即归家。

二十二日(11月5日)　阴。上午琐屑事。下午请韩午祺来诊视家大人病。唯胃口不开，宿痰壅滞，此两事尤当速宜医治。

二十三日(11月6日)　晴。上午田杏春舍人来望家大人病，并请其诊脉开方，午刻去。下午研药琐屑事。傍晚至街买物，即归。夜陪家大人病，至五更睡。

二十四日(11月7日)　晴。上午琐屑事。下午天阴，至后观巷田杏村舍人处改方后，即同来予家诊家大人病，开方后即去。

二十五日(11月8日)　晴。上午至街买物，过大善寺院中一坐，田宅在寺建水陆事也，予略谈数言即归。下午又至田杏村处请其改家大人方药，即归，磨调汤药。夜陪家大人病，五更睡。

二十六日(11月9日)　晴。家大人病，谷食久停，精神日减，忧患殊深。上午至后观巷田杏村舍人处请其诊家大人病脉，午后杏翁来诊。又请姚医来诊，傍晚去。

二十七日(11月10日)　晴。上午至后观巷田杏村舍人处商改家大人药方，即归。下午田杏兄来诊，又韩午其来诊，即去。

二十八日(11月11日)　阴晴。家大人病琐屑事。夜陪病至五更睡。上午至田杏兄处请其酌改药方，即归。

二十九日(11月12日)　阴。今日为先曾大父诞辰，向定今日至谢墅谒三代祖先墓。予以琐事所纷，不获往祭。上午至田杏兄处商改家大人药方（此方系即刻韩午其来诊所开）。下午田杏翁来诊，即去。傍晚调研汤药琐事。

三十日(11月13日)　雨。早晨请韩医来诊家大人病，即去。夜陪病直至天晓。今日为高祖忌辰，至石旗井头山谒墓，予以事纷不克往办。

十月初一日(11月14日) 雨。早晨请韩医来诊家大人病。上午调研汤药琐事。下午睡。

初二日(11月15日) 雨。早晨请韩医来诊家大人病,据云脉象渐有起色,痰虽不能畅吐而尚松通,为之欣然。上午至后观巷田杏翁处请其酌阅方药,略谈数言即归。琐屑事。夜陪家大人病,五更睡。

初三日(11月16日) 阴雨。上昼见家大人颜色改变,诊脉亦甚微细,卒然忧之,即至田杏村处一商,即归。杏兄即来诊视,据云甚不见佳,方药亦不开。阖家触目惊心,手足无所措,遂进参汤。大人虽尚能咽下,而痰气时时加急,小便不通。午刻又请姚芝仙来诊,亦云不可挽回。寸衷紧乱,惶恐无已。下午又请韩午其来诊,亦云无可治之策。家中观其形色,时时沉颓,遂拭泪为其理衣服等件。至六点半钟酉刻,见气色诊脉皆无起色,问言语亦不能应对,遂为家大人穿衣服袍褂,甫穿齐而竟弃养。呜呼哀哉!忆家大人毕生勤俭,少遭兵燹,奔波避难,寝室未安;中年支持家政,艰巨独肩;晚岁遭回禄不顺之事,层见叠出,积愤于怀,遂成痼疾。自癸巳十二月将祖遗财产与本生先大人遵先大父遗命平分,以付授长嫂余氏及次兄申之、弟纪堂,俾各自收管。方期家政卸肩,清闲养病,而奈酒湿侵脾,耳鸣头眩,有上旺之疾,不良于行。然虽抱沉疴,尤必支持起坐。讵料至九月十三日辰刻,稍受风寒,仍复起坐,而实不能支撑,遂扶持劝其安卧。从此遂不能起坐矣。方及二十日,竟尔长逝。为子者洵悔平时之缺于奉养,至已经得病,虽汤药频进而无益于事也。悲痛何极!即至大乘土谷寺告神,即归,将大人灵体恭抬至外进里堂前中正寝设灵帏。

初四日(11月17日) 雨。理丧事及大殓需用各件。苫次昏迷,心绪紊乱。

初五日(11月18日) 晴。细视棺具铺炭屑、纸板等件,灵前匍匐回拜来吊之客。午后薰衣买水为大人穿衣服。因念为子者抚摩亲体只此片时,停哭泣细细纾缓,为大人进棺。至戌刻殓穿入棺,排挨灯芯、包盖被既毕，再三瞻视大人。盖大人生平伦常无歉，恪守范围，持己接物，无所亏歉，故至临终颜色清奇，绝无病态，此亦关乎己身之为人也。时候已至，遂定盖棺。呜呼哀哉！从此死生隔绝，徒想音容，心乱如麻，悲伤奚极！停泣亲视漆匠封材口毕，匍匐回拜来吊客，此后夜陪于灵侧。

初六日(11 月 19 日) 晴。理值丧事各务，意兴阑珊，理事甚不能有头绪。

初七日(11 月 20 日) 晴。请蔡鹤卿[①]太史来书主行礼。下午理值丧务诸事。夜撰成服祭文。先严治家数十年，事迹甚多。予以心绪忧紊，事难备述，只约略述之。

初八日(11 月 21 日) 阴雨。理值检点丧事各件。督工人钉挂诸戚友来送挽联、轴幛。夜抄写成服祭文，终夜不睡。

初九日(11 月 22 日) 晴，天气甚冷。寅刻请礼宾指示成服礼仪，行礼毕，天已将晚。匍匐灵前，回拜来吊诸客。午稽颡首七。下午检点各事兼发诸工人来帮忙犒赏。夜略理账事。心忧神倦，意兴萧索，甚暗然也。

初十日(11 月 23 日) 晴。收拾各事。

十一日(11 月 24 日) 晴。追忆先大人，中夜起坐。盖先大人自起居不便，得病后五六年仍复在自己书账房独自坐卧。虽先大人不愿余等陪侍，而余等之缺于奉养，此罪其何堪自释哉！

十二日(11 月 25 日) 阴。

---

① 蔡元培(1868—1940)，字仲申，一字鹤卿，又作鹤青、寉庼、寉卿，号孑民，小名宜哥，小字意可。整理时其字统一为鹤卿。浙江绍兴人。清光绪十五年(1889)举人，十六年贡士，十八年进士。曾官翰林院编修、绍兴中西学堂监督、南京临时政府教育总长、北京大学校长等职。遗著辑为《蔡元培全集》。见蔡元培会试履历(《清代朱卷集成》册 69)；《光绪己丑科浙江乡试同年齿录》；蔡元培《蔡元培自述》之《孑民自叙》；王世儒《蔡元培年谱新编》。

十三日(11月26日) 晴。早晨请罗益之先生乘舟至植利门外谢墅看殡屋基地,阅视数处,未能惬意。惟新貌山与曾祖父母、祖父母、先本生父母之墓相近前面一处平山地,尚觉宽展,遂同出主山人议定价钱。至土地庙过午餐后,乘舟归家(罗先生趁田宅拜坟船去)。

十四日(11月27日) 晴。上午谢墅山人来写买山契,出主系吾家管坟人单福秀之侄名张有。闻悉此地是其己产,并无别房有分且有粮串,立契后即使人至庄书处收除过户。下午琐事。夜为先严回神之期,在灵前坐至后半夜送神。

十五日(11月28日) 晴。琐事。

十六日(11月29日) 晴。为先严做二七琐事。

十七日(11月30日) 阴。琐事。午前谢墅山人来,收除单亦到,付契价琐屑事。徐仲凡舅氏来谈许时去。

十八日(12月1日) 雨。琐事。心绪愁纷,不能理事。夜半被贼挖门至堂前灵前,幸即闻察,咸起驱逐逃去,尚未失少物件。

十九日(12月2日) 阴,晚晴。琐事。下午书报丁忧单,其文曰:"山阴县学附生陈庆均于光绪二十四年十月初三日丁父忧,即于本年十月十九日呈报。"(以上作三行写)。

二十日(12月3日) 晴。卯刻谢墅殡基破土,予以未命宜避,属宝斋族兄代去一看。今日又修栖凫孔家坪二世祖坟,以事故不能亲往视。

二十一日(12月4日) 晴。琐屑事。午刻祭先大父讳辰。

二十二日(12月5日) 晴。琐事。午刻祭先大母诞辰。下午书篆字丧联一副。

二十三日(12月6日) 晴。今日为先大人三七之期,水澄港徐宅备祭菜、素斋、水忏来送。上午徐宅客来拜七,过午后旁晚去。自先大人故后,昏迷度日,转瞬二十一日。追忆慈颜,无从得见。不禁中夜起坐,涕泣连如。

二十四日(12月7日) 晴。上午定造殡屋工匠作料事。下午田蓝陬茂才来谈，至旁晚去。

二十五日(12月8日) 晴。早晨乘小舟请罗益芝去定殡基向，至午下山。于土地庙过午餐后，予又至山看装墙脚石。天气甚短，忽忽已夕阳西下，遂下山登舟，归家时已夜矣。

二十六日(12月9日) 晴。早晨乘中舟至植利门外谢墅埠，登山督工匠起造殡宫基地及砖墙。午刻至三代祖宗墓前吃午餐。坟前徘徊许时，(曾)至新殡屋地督工匠起造，至旁晚下山。乘舟归家，时已戌刻。祭先大人，盖明日为先大人诞辰，今夜作暖寿。

二十七日(12月10日) 晴。琐事。午祭先大人诞辰。回忆旧年尚属生庆，曾在寓山寺建水陆忏七日，家中并不铺张称觞，盖遵大人命也。今则道山千古，从此不复有称觞之日矣。念及乎此，不禁暗然神伤。

二十八日(12月11日) 晴。寅刻起，乘舟至南门外下谢墅。卯刻登山，督木匠、泥匠造殡屋上梁。督工一日，至酉初乘舟归家，时已夜矣。

二十九日(12月12日) 早晨雨即霁，天气阴寒。琐事。午祭本生父忌辰。下午睡。夜算理琐屑各账。

十一月初一日(12月13日) 晴。为先大人四七之期，嫂余氏、兄申之、弟纪堂延僧人拜忏，备素菜祭之也。理一切琐屑事。

初二日(12月14日) 晴。琐事。

初三日(12月15日) 晴。琐事。自大人弃养后，神伤心散，万念俱灰，枯坐因循，诸事不理。

初四日(12月16日) 晴。琐事。日暮酉刻在房中夜膳，忽如雷声数阵，震动门窗，皆为之惊骇莫名，阖门各处，皆出骇言其事。予即使人至街别处探问，而街巷中已传语纷纷，始知其故，各处皆然。或谓此系地震，然地震由地纾除而来。此次之动，似从空中横迫而起，颇有雷厉风行之态。此亦天地间变事，特先预为之兆，不知主于何事。居覆帱者,当同为之警惕也。

初五日(12 月 17 日) 晴。

初六日(12 月 18 日) 晴。有人说初四夜间杭省火药局药房失火,近处房屋、人民被害不少。初四夜绍地所震动,即此事也。

初七日(12 月 19 日) 晴。明日为先大人五七之期,延道人拜上表忏。夜相传为望乡台,在灵前围坐终夜。

初八日(12 月 20 日) 晴。琐事。祭先大人五七之期。光阴荏苒,失慈荫者已三十五日。生前不能菽水尽欢,此后虽有酒醴粢盛之供,亦不过尽虚文之故事。回忆前尘,实深隐憾。

初九日(12 月 21 日) 阴雨。琐屑事。晚间道人礼忏事毕,督工人收拾琐屑各事及开发事。

初十日(12 月 22 日) 晴。今日为冬至。午间祀灶及祭祖。下午算理琐屑账务。

十一日(12 月 23 日) 晴。琐事。午拜远代祖宗冬至祖饯。下午阅《申报》。

十二日(12 月 24 日) 晴。上昼琐事。早吃午餐后,乘舟至植利门外谢墅看山地。盖先府君今年已不拟出丧,前日所造殡宫,明年不可用也。故又须另买山地,待明年新春再行起造一所。然谢墅之山坟墓林密,求如前日所买一处之宽畅,不可多得。今日走阅数处,竟无惬心之地,殊觉戚戚于心也。后为天时甚短,日落西山,遂即乘舟归家,时已夜矣。

十三日(12 月 25 日) 晴阴。早餐后徐仲凡舅氏来谈许时,商定谢墅先府君殡地。前所置山地明年向道,仍可转用。惟现造之殡屋,明年须拆卸改向也。见广识大,殊有见道之言。谈后即去。

十四日(12 月 26 日) 晴。蒋、贾姑奶奶延僧人拜皇忏诵经,为先府君做六七理琐屑事。

十五日(12 月 27 日) 晴。为先府君六七琐屑诸事,僧人拜皇忏诵经两班,甚形热闹。理开发一切琐事。夜又蒋、贾姑奶奶又雇僧人拷唱，半夜息去。照料事毕，睡。

十六日（12月28日）　晴。琐屑事。晚间僧人拜忏诵经了事，理值琐屑诸事。夜阅《申报》。

十七日（12月29日）　阴，略雨数点，天气甚冷。诸事待理，意兴阑珊，未识将若何为人也。夜雨雪积厚一二寸。

十八日（12月30日）　降雪，清晨起见雪积白。算理琐屑各账务。晚间至太太处讲谈家事，至二更后睡。

十九日（12月31日）　早晨起见雪厚二三寸，此亦可谓瑞事也。日间晴，惟天气甚冷。琐屑事。

二十日（1899年1月1日）　雪平地厚三寸。录租簿。

二十一日（1月2日）　晴，瓦上释雪，檐水点滴。录租簿。

二十二日（1月3日）　晴。先大夫终七，雇僧人拜忏。午前申兄又添一媛，本择今夜为先大夫起灵安殡于谢墅山之麓，后为诸事不能预备，遂改缓明年。今有产事，幸不出丧，否则甚为不便也。午祭先大夫。自失椿荫，忽忽已五旬。忧患余生，昏迷过日，百事待理。酸苦之怀，有不可为人道也。

二十三日（1月4日）　晴。理至偏门外仓屋收租需用各件。下午属族兄宝斋及章君至仓屋收租。余以居丧不能出门，然思若予不往寓中，恐租事弊端百出，故予拟每日一往。

二十四日（1月5日）　晴。上昼琐事。下午乘小舟至偏城外仓屋理租事，旁晚仍乘舟归家，时已晚矣。

二十五日（1月6日）　晴。上昼琐事。下午乘小舟至偏城外仓屋理租事，傍晚归家。阅《申报》。

二十六日（1月7日）　晴阴。琐屑事。申刻乘小舟至偏城外仓屋理租事，知租船归失去秤砣一个。舟人之不用心，甚为可恶，遂属人至佃户各处查察。二更后在寓中夜餐后归家。

二十七日（1月8日）　阴晴。上午督钉收租大扛秤，又督漆匠漆灵柩，又督木匠作板箱等件。近在多事之秋，心绪恶劣，不堪消遣。

晚间乘舟至偏城外仓屋理租事,二更后乘舟归家。阅《申报》。

二十八日(1月9日) 雨。上昼在家理琐事。午刻乘舟至偏城外仓屋理租事,傍晚归家。

二十九日(1月10日) 阴雨。上午在家理琐事。下午晴,乘舟偏城外仓屋,夜餐后归家。

三十日(1月11日) 雨,下午阴。早晨坐小舟至偏城外仓屋徘徊观望。回忆十余年前随侍先大夫至仓屋,遍往各村农家催租,早出暮归,殊有饱餐风景之胜。当年先大夫精力强健,不辞勤瘁。予少时稍有会心,先大夫每事无不循循指示。嗣以读书为重,此后租事,先大夫不使予纷心。至癸巳冬遭祝融后,先大夫以病不能总支家政,将祖遗财产遵先大父遗命作"里记""美记"两股对分。"里记"为先本生父,付授余嫂、申兄、季弟管理;"美记"即为先大人,付授予管理。此时先大人已经不能栉风沐雨,躬亲催租也。予亦不往农家催租,而每年租事,至仓屋督理而已。迄今徘徊此屋,觉风物不殊,椿荫已杳,能无暗然神伤乎?下午粜米事,晚归家。夜阅《申报》。

十二月初一日(1月12日) 阴。上午琐事。午祭先大夫灵前。下午坐小舟至偏城外仓屋理租谷事,晚归家。

初二日(1月13日) 晴。

初三日(1月14日) 晴。早晨坐小舟至偏城外仓屋理租事兼粜谷。在仓屋琐事,夜餐后归家。

初四日(1月15日) 晴。上午坐小舟至偏城外仓屋琐事,傍晚归家。阅《申报》,录账。

初五日(1月16日) 雨。上昼随家慈理先严房中书籍、账务各件。器物皆存,慈颜已杳,入室不胜悲痛。回忆先严勤俭一生,惜食惜衣,无非为光前裕后之计,未识为后者能恪守门楣而不堕家风乎?抚衷自问,警惕殊深。午刻坐小舟至偏城外仓屋琐事,二更后乘舟归家。天气冷甚兼风雨凄密,小舟中颇可虑也。

初六日(1月17日) 雨雪纷如。黎明坐舟至偏城外仓屋。上午粜租米事。午后乘租船归家,载来饭米覆秤、核账事。

初七日(1月18日) 晴阴。上午理账目琐事。傍晚坐小舟至偏城外仓屋理租事,夜餐后归家。天气虽冷而明月满地,惟回忆上年从仓屋旋家,每与先大人告之一切事,今则阴阳隔绝,谁语孤衷。事变不常,昔年之景象有不堪设想者矣。

初八日(1月19日) 晴。上昼琐事。下昼趁舟至偏城外仓屋理租事,夜餐后旋家。

初九日(1月20日) 晴。早餐后坐小舟至偏城外仓屋理谷米事,夜餐后归家。

初十日(1月21日) 降雪。早餐后坐小舟至偏城外仓屋理粜米事,傍晚乘舟归家,时已夜矣。

十一日(1月22日) 晴。上午乘舟至偏城外仓屋理谷米事,傍晚归家,时已夜矣。

十二日(1月23日) 晴。早餐后乘舟至偏城外仓屋理粜谷米事。下午阴。傍晚乘舟归家。

十三日(1月24日) 晴。上昼乘舟至偏城外仓屋理载饭谷米事兼督工人收拾仓屋。下午关锁门户,清理后归家。一年租事又毕矣。

十四日(1月25日) 晴。琐屑各事。下午徐以逊孝廉、诸介如茂才来谈许时去。

十五日(1月26日) 阴晴。理租事及家中账务一切事。

十六日(1月27日) 雨。理账务一切琐事。

十七日(1月28日) 晴。琐屑事。

十八日(1月29日) 晴,天气和暖。

十九日(1月30日) 阴。琐屑事。

二十日(1月31日) 晴。琐屑事。

二十一日(2月1日) 晴。琐屑事。百事待理,愁肠万转。

二十二日(2月2日) 晴,天气和暖。年节日近,意兴萧索,得过且过,毫无昔时度年之景象。始知作人全在家庭聚顺、凭处境为忧乐耳!

二十三日(2月3日) 晴。琐屑账事。晚间送东厨司命神,因忆昔年每随先大人拜送,今则殊影只形单。抚景流连,为之暗然。

二十四日(2月4日) 晴。上午琐屑事。午刻祭本生先慈诞辰。下午理琐屑各账。

二十五日(2月5日) 晴。理琐屑各账。下午琐事。夜餐后至大街钱庄结账。予以居丧本不能出门,今事不得已,只好勉强于夜间一往,即归。

二十六日(2月6日) 晴。寅刻起,盥沐毕祀神,已卯刻矣。又祭祖。日间理琐屑各账事。傍晚至大街又结账,即归。阅《申报》。

二十七日(2月7日) 晴。琐屑事。抄录账簿。

二十八日(2月8日) 晴。上下午付还各账目。夜书账兼理各账。

二十九日(2月9日) 晴。上午理各账事。午刻祀东厨司命神,又悬祖宗传像一切祭事。下午又清理各账。傍晚拜远近祖宗传像。回忆前年先府君扶杖至各处祖宗像前瞻拜,今则先府君亦在传像矣,且上年除夕饮膳,先府君必在中堂聚家中老幼环坐饮膳,今则家庭阒寂,欲承笑貌而无从抚景徘徊,甚属无聊。惟有连绵涕泪,昏迷度年耳。

光绪二十五年已亥(1899)

正月初一日(1899.2.10)至十二月三十日(1900.1.30)

正月初一日(1899年2月10日) 早晨天气和暖,乍雨一阵,即晴。早晨盥沐毕,拜天地神,又拜祖宗像毕。居丧不贺年喜,心绪无聊,毫无新年高兴之象。每对先府君起坐之处,形景萧索,不复有颜色之瞻对。人孰无情,谁能遣此? 下午头痛心痗,卧睡许时。夜餐后枯坐无聊,泚笔记之。

初二日(2月11日) 阴雨。陆续有客来拜年,予本不便见客。然戚谊之备烛来拜先府君像,不能不在灵前回拜。而不便接送,(亮)[谅]诸客亦当见谅也。下午算理去年底各账目。

初三日(2月12日) 阴。理各账事。心绪恶劣,略无新年趣味。杜门读礼,百事因循。有心者一经设想,寝馈不甘,此境之不堪遭际也。

初四日(2月13日) 阴。琐屑事。

初五日(2月14日) 阴,乍有日光。诸事因循,不克振作精神。

初六日(2月15日) 雨。

初七日(2月16日) 雨,下午阴。

初八日(2月17日) 雨。

初九日(2月18日) 晴。琐屑事。

初十日(2月19日) 晴。至谢墅拜祖坟。早辰船户以船雇不到来言,余属工人即速至阊城各处雇船。奈阊城无停船,尽被人家雇用,盖以日好而天又晴故也。后雇小舟三只,往谢墅拜坟,兼邀鲍诵清广文同至谢墅看新殡屋山地向。方至谢墅村岸,已将半下午,即速上山拜坟,后又看山地。下山至谢墅社庙过午,酉刻乘舟,归家已夜矣。幸天气略长,否则甚为不便也。

十一日(2 月 20 日)　骤雨终日。

十二日(2 月 21 日)　骤雨终日。

十三日(2 月 22 日)　雨。明日为先府君百日,延僧人拜皇忏,理一切琐事。

十四日(2 月 23 日)　晴。光阴易逝,忽忽先府君弃养已百日矣。阴阳隔绝,不知先府君在道山何如?消息难通,思之不胜暗然。午刻具素菜祭奠并将家用簿本及财产簿本供灵前,以奉先府君灵鉴,拜奠后化疏。予自先府君弃养以后,亦持斋茹素百日。作疏化呈,此事究竟不知有何益处,惟念大人既在九原,无事可报,亦聊尽寸心而已。夜雇僧人礼忏施食,至夜半事毕去,予睡已一点钟矣。

十五日(2 月 24 日)　晴。早晨剃百日头发琐屑事。下午僧人拜忏毕,算付工忏钱及一切账事,督工收拾地方。

十六日(2 月 25 日)　雨。琐屑事。

十七日(2 月 26 日)　阴晴。天气潮湿兼暖如三四月天气。

十八日(2 月 27 日)　阴。上午晴。早晨迁移书房于东边侧厢,尚可容足,收拾一是物件。予前所做书房,拟为蒋兴甥作书房,兼其屋甚潮湿,故予移于厢屋处也。午刻拜祖宗像,今日例为收像之日,故借菜祭之。下午至耀应弄谢宅处后,杏田已出门,不晤,予即归家。下午、旁晚雨,盖天气湿暖,不能晴好。

十九日(2 月 28 日)　阴雨,下午大雨连绵兼有雷数声。此雷声一发,恐有雪花连绵飞降也。上午收拾书房。下午算结先府君账务。

二十日(3 月 1 日)　阴。上午算理先大人账务,结准后供先大人灵前灵鉴。仰见先府君积铢寸累,无论巨细,收付皆有籍可稽,莫不从勤俭中得之。予自叩寸衷,所不能及于万一者也,此心为之歉皇无已。下午收拾书房琐事。夜阅《申报》。

二十一日(3 月 2 日)　晴。早餐后至耀应弄谢杏田处,他又不在,余即归。又至大街卖物,即归。下午阅《申报》。

二十二日(3月3日) 晴。为蒋甥宝兴延王子京业儒上馆课读,理琐屑事。下午写账事。夜餐至书房同王子翁谈许时。

二十三日(3月4日) 晴。上午至老莺弄谢杏田处谈许时,为出丧日期请其斟酌也,将午归家。下午写账事。

二十四日(3月5日) 雨。收拾书房琐屑事。下午督工收拾后面堆积之屋。夜算理账事。

二十五日(3月6日) 早晨雨,巳刻阴。早餐后雇舟至大庆桥至谢杏田茂才处邀其乘舟至谢墅看殡屋方向,幸雨不降,看后舟中午餐后,又同至车梅史[①]孝廉处一谈。杏翁为梅史所留至别处看地,予乘舟归家,时已傍晚。

二十六日(3月7日) 雨。早餐后乘舟至石旗上山拜谒高祖墓,下午归家,时已傍晚。日间幸雨稍霁,天气又已潮湿,未见爽朗也。

二十七日(3月8日) 阴。上午田蓝陬茂才同其侄莼波、扬庭来谈,过午去。下午理琐屑事。申刻至马梧桥程玉书处商出殡日,后玉书不在其家,余同伯堂[②]谈片时即归。

二十八日(3月9日) 雨。上午至马梧桥程宅问,玉书又出门,即归。又至耀应弄谢杏田处一问,杏田尚未睡起,余即归。午后又至谢杏田茂才处谈商破土日期,谈片时即归。下午徐以逊孝廉来谈,片时即去。

---

① 车书(1855—?),谱名致慎,字眉子,一作梅史,号希武,又号彝盦。清浙江会稽人。光绪十五年(1889)举人。曾官浙江镇海县教谕。见《光绪己丑科浙江乡试同年齿录》;车景囊《古虞车氏宗谱》卷九《长支衍九公派世牒》。

② 程鹏(1865—?),字伯棠,一作伯堂,又作柏堂,号雪庐,一号烟波钓客。浙江绍兴人。清光绪二十三年(1897)拔贡。曾官江苏华亭县知县。光复后历充厘差,并在江浙财政厅任秘书科长等职。工于八法,颇负盛名。见《光绪丁酉科明经通谱》;韦千里《韦氏命苑》。

二十九日(3 月 10 日)　雨。理琐屑事。

三十日(3 月 11 日)　微雨,下午阴。翻考篆文。晨刻闻栖凫徐宅被盗抢掠兼杀毙工匠一人,邻人之开门而视,放洋枪击伤者不计其数。正月间即有此盗创掠。午前至程玉书先生处谈许时归家。

二月初一日(3 月 12 日)　晴。辰刻乘舟至谢墅新貌山督泥匠石[匠]改造殡屋,在山中过午,傍晚下山,乘舟归家。

初二日(3 月 13 日)　晴。上午乘舟至谢墅新貌山督造殡屋,刷界字兼丈量基地等事。傍晚乘舟归家,已更初矣。

初三日(3 月 14 日)　晴。辰刻祀文帝诞辰。午前祭先严诞辰。下午界划围屏纸。

初四日(3 月 15 日)　晴。早餐后祭徐天池先生诞辰后,即乘小舟至谢墅督造殡庐,傍晚乘舟归家。

初五日(3 月 16 日)　晴。理丧事各事。午拜先大父像。大父于本月十六日九旬冥寿,今十七八有开吊出丧事,值年者改早十日作预祝冥庆也。夜为先大父暖寿拜祭。

初六日(3 月 17 日)　晴。上午理出丧诸事。午拜先大父九旬冥寿后,即乘小舟至谢墅看上殡屋梁兼装石圹,晚间归家。

初七日(3 月 18 日)　晴。早晨写殡屋前石坐栏篆字,又界石字及界址丈尺字。上午田蓝陬茂才来。徐以逊孝廉来谈治丧一切事,过午去。

初八日(3 月 19 日)　晴。上午乘舟至谢墅看殡屋,将工竣落成,忽谢杏田茂才游山至此,请其视盘线,不意所做之相不准,遂不成向。予忽焉骇之,转辗思维。殡宫虽属权厝,而近来得地之难,甚为可虑。即幸目前有地,亦须试窨数年。向有差谬,不可强就。踌躇达旦,只得即雇工匠拆卸,再行改筑。

初九日(3 月 20 日)　晴。早餐后,即乘舟至谢墅督拆卸殡屋,地盘亦移准。造一间殡屋,举动甚多,徒贻笑柄。傍晚乘舟,归家时已二更矣。

初十日(3月21日) 雨。检分为先府君治丧讣闻及请帖诸事，又书祳围屏挽诗。下午，田蓝陬茂才来谈，晚去。

十一日(3月22日) 雨。殡屋未能赶就，甚为可虑。上午书祳围屏挽诗，又理分发讣闻。下午蒋君菊仙来谈，夜餐后去。夜，田蓝陬茂才及莼波茂才来谈，三更去。

十二日(3月23日) 雨。上半日琐屑事。巳刻乘小舟至谢墅督造新殡庐。午后天气晴朗，督匠人又将石圹移正，墙壁亦易告成。如能得逢天晴两日，此事又可工(峻)[竣]矣。为之稍慰。傍晚出山，乘舟归家，时已夜矣。

十三日(3月24日) 晴。理治丧各件事。天气一晴，万事便易想。谢墅新筑殡屋，一二日间即可告成矣。早晨至街一走，即归。

十四日(3月25日) 晴。理丧事一是。心忧事集，殊苦支持。此境此情，甚属无聊也。

十五日(3月26日) 晴。理值一切事。早餐后乘小舟至植利门外谢墅新貌山看新筑殡屋，虽费心思，钱力不少，然似此改正，觉山环水抱，朝坐更为开达。午刻工(峻)[竣]后，督工人收拾洁净，然后放棹而归。

十六日(3月27日) 晴。上午请马春旸①太史来题主，到巳午，行礼题主后，请其午餐。午后理一切事。

十七日(3月28日) 晴。开灵一日，来吊客甚不少，予苫次匍匐之余，又撰发纼文数百字。心绪阑珊，抚棺增痛。因念先府君虽已弃

---

① 马传煦(1824—1906)，字春旸，号蔼臣，又号念莽，又号琴士。清浙江会稽人。道光二十九年(1849)举人，咸丰九年(1859)进士。曾官翰林院编修、实录馆纂修、国史馆总纂、方略馆提调等职。著有《思补过斋制艺试帖》。见马荫棠《会稽吴融马氏分支谱》卷七《子渊公支・朴园公派》、卷三马凤衔《春旸公传》;朱寯瀛《晚香斋文存》卷一《记马春旸先生轶事》。

养,而灵榇在堂,犹堪瞻对。今则时穷事迫,一堂永别,从此已矣。抚衷自问,再能报德于何时?一经设想,魂散神飞。人孰无情,谁能遣此?

十八日(3月29日) 早晨雨即霁。黎明先大人起灵,恭扶至台门外门。祭礼毕,恭扶至凰仪桥。路祭毕,登舟恭侍灵榇。至谢墅村岸,时尚未旰。送丧人及客,又帮工人皆吃午饭后,排齐执事。登岸路祭毕,恭扶至新貌山停灵。祭奠后申时,跪视进殡,又进石圹。呜呼哀哉!从此阴阳永隔,未卜能再见于何时。抱痛终天,曷其有极?亲视石匠、泥匠封圹后,祭奠毕,恭扶主轿下山登舟,旋家时已二更。家庭悬像供主,仍设几筵祭奠,惟屋宇依然,慈颜遽杳。此景此情,最为悲痛。

十九日(3月30日) 雨,兼有雪,天气甚冷。

二十日(3月31日) 晴。理一切后事。

二十一日(4月1日) 晴。理一切后事。

二十二日(4月2日) 晴。理一切后事。

二十三日(4月3日) 雨。城中各处谢孝一日。

二十四日(4月4日) 雨。至谢墅祭帚[扫]老坟,风雨甚大,又便至新殡覆山。终日风雨不休,归家已晚。

二十五日(4月5日) 阴。今日为清明,至谢墅祭先府君殡宫。天气清朗,颇觉纾除。下午归家,时尚未晚。又至大街买物一走,即归。

二十六日(4月6日) 雨。上午理一切事。下午又至西郭谢孝,即归。

二十七日(4月7日) 晴。至栖凫祭扫老祖坟,又便道至徐宅谢孝,即出,上至黄泥碓拜祖坟,又至平地拜祖坟,又至孔家坪拜祖坟。下山午餐后,又至铜罗山拜族祖坟。下午归家,时已晚矣。

二十八日(4月8日) 阴。至南门外盛塘拜翠华山祖坟,此坟余地甚大,从山顶周围查视界址。下山后放棹,归家时已傍晚。

二十九日(4月9日)　晴。早晨琐事。即坐田宅舟至谢墅拜田太岳墓,又拜外舅殡墓,后又至毛陈拜曹外王父母坟。盖曹宅亦于是日且亦在上谢墅上岸,乘此便不得不一往。拜后即下山,仍坐田宅舟。下午归家,时尚未晚。又至大街买物,即归。予近以事冗才拙,殊觉日不暇给也。

三月初一日(4月10日)　阴,上午雨,下午晴。早餐后乘舟至石堰拜祖坟,又至柏舍拜祖坟。天气甚长,雨后拜扫,尚觉纾除不迫。归家天方暗。

初二日(4月11日)　晴。乘舟至木栅拜七世太姑母坟,又拜徐天池先生墓。下午归家,时尚未晚。理琐屑事。夜餐后九下钟,时有惊锣,遂至台门外观巷探问,知系东双桥失慎焚屋二间,即息。闻悉后即归。

初三日(4月12日)　雨。乘舟至石旗井头山拜扫高大父墓。天下雨,未甚纾除。下午又至外王拜高叔祖、曾叔祖、叔祖墓,归家尚未暗。

初四日(4月13日)　雨。乘舟至盛塘拜徐外祖①墓(坟在董坞②),密雨不休,颇湿衣履,下午归。又至大街买物,即归。

初五日(4月14日)　早晨雨即晴。乘舟至吴融马春旸太史处

---

①　徐庆湛(?—1868),谱名立庆,字德余,号云泉。清浙江山阴人。诰授中宪大父,太学生,议叙道衔加三级,诰赠中议大夫,户部郎中加三级。徐树兰之父。见徐维则乡试履历(《清代朱卷集成》册280)、《光绪己丑科浙江乡试同年齿录》、徐树兰乡试履历(《清代朱卷集成》册114)、《光绪丙子科顺天乡试同年齿录》。按:徐维则《先考培之府君年谱》载:“七年戊辰　二十六岁　四月,府君奉先王母移居新宅。五月先本生王父偶遘微疾,数日即世。”据此,其当卒于同治七年(1868)。

②　董坞,日记一作东坞,整理时统一为董坞。即现绍兴市柯桥区兰亭街道兰亭村董坞。

谢孝；又至永乐张宅谢孝，不登门；又至窦疆鲍宅谢孝，不登门；又至浪头湖何宅谢孝，归家时已夜矣。

初六日(4月15日) 晴。上午至大街买物，兼至义仓牛痘局收痘苗，为明日儿子种也。即归。理谢各人物件。

初七日(4月16日) 晴。上午理琐事。午请许君兰生来为镇容儿种牛痘，每臂下苗四粒。下午琐屑事。

初八日(4月17日) 雨。琐事。

初九日(4月18日)

初十日(4月19日) 晴。上午至大街买书等物，即归。午餐后又至水澄巷徐宅同仲凡舅氏谈许时归家。田蓝畈同其侄莼波来谈许时去。夜阅《五十名家手札》。

十一日(4月20日) 阴雨。琐事。阅《清议报》。此报系日本国发到中国消(买)[卖]，观之，是系康、梁诸逆在日本所撰之作，其全属狎慢中国朝廷之事。此种人可谓罪大恶极，苟免无耻者矣。

十二日(4月21日) 晴。琐屑事。早晨为田宅写送张宅挽联二只。阅《清议报》。

十三日(4月22日) 晴。午间种痘。许君来为儿子覆看牛痘，两臂痘已出齐，于昨身热起。据许君说此痘甚好，看后即去。近日为儿子种[痘]事时常照看，不能多理别事。昨今两日天气和爽，春夏间难得此天气也。

十四日(4月23日) 晴。琐屑事。次女儿味青呕吐泻病，属其至田宅诊治。阅《五十名家书札》。

十五日(4月24日) 乍雨乍晴。上午琐屑事。午后至仓桥义仓牛痘局取糁药，即归。路过至罗枧甫处一谈，即归，天已微雨。予胸腹甚不畅适，大约寒暖失宜，兼之午间食鸭嬉蛋三枚，以致腹中作泻，心口欲呕，遂即卧床。

十六日(4月25日) 微阴，晴。黎明内子亦呕吐作泻，房中多人有病。儿子种痘事不能时常看管，甚支持也。牛痘已灌浓浆，尚称容易顺适。阅《五十名家书札》。

十七日(4月26日) 晴,天气清爽。上午写尺牍数函。下午阅《五十名家书札》,理逐日《申报》。近来少闲暇,《申报》每致积阅,此后未识有清暇否?

十八日(4月27日) 晴。琐屑事。午前写尺牍数函。下午阅《申报》。

十九日(4月28日) 晴,天气清爽。

二十日(4月29日) 晴。上午至街买物,至午后归家。琐屑事。

二十一日(4月30日) 阴雨。

二十二日(5月1日) 乍雨乍晴。早餐后至石门(槛)[槛]罗枧甫处一谈,即归。请其来吾家为先大人写夏像,至傍晚头面写成,与冬像大同小异。虽不甚相似,然尚不大走样也。即属持去装衣冠,其约五六日后可毕工。

二十三日(5月2日) 晴。早晨饭后乘小舟至植利门外下谢墅新貌山督山人筑殡屋后傍泥,盖因雨天有流水路也。午汲泉水、拾松子炊饭,祭先府君后自膳。阴阳虽隔,如亲瞻对,转辗思维,辄增暗然。下午至上面先曾大父母、先大父母、先本生父母墓前瞻视片时,又至殡屋督山人挑增黄泥。傍晚下山登舟,归家已戌时矣。

二十四日(5月3日) 晴,天气渐暖。早餐后乘舟至四牌楼上岸,至大街买物,即登舟至西郭门外张墅蒋宅谢孝,略坐片时,即乘舟归家,时刚午。下午收拾衣服各件。

二十五日(5月4日) 晴。天气暖,可着单衣。上昼书匾字四大字,又小字。此匾拟至赵墅神庙钉悬,系昔年先大人病时许愿也。匾早做而字长此因循不书,今特书成,即当做就去悬也。下午至田宅谈许时,傍晚归家。

二十六日(5月5日) 阴雨。

二十七日(5月6日) 雨。今日本拟同田氏诸君至五云门外鸟门山放鱼,奈天雨不休兼活鱼亦少有得买,以故不举行。阅《申报》。

二十八日(5月7日)　早晨阴。买活鱼数种。后晴。同田宅乘舟至五云门外鸟门山石宕深渊放鱼。田宅另有女眷船一只,亦往看放生也,兼游各景屋宇。午餐后又游览数时,开棹归家,时已傍晚。天气甚好,雨中得晴,亦天假之缘也。田氏男人九人及予共十人,值有车君在鸟门山映相,后属其十人映相一张。

二十九日(5月8日)　晴阴,微雨。下午至街一走,即归。

三十日(5月9日)　晴。琐屑事。

四月初一日(5月10日)　晴。早晨至后观巷同田蓝陬茂才略谈数言,即归家学篆文。

初二日(5月11日)　晴。上午收理书籍。下午大街买物;又至仓桥后义仓牛痘局许兰生先生一谈,并送其劳资,即出;又过罗柷甫丹青处一谈,归家时已傍晚。

初三日(5月12日)　晴,天气甚暖。理祭祀各件。上午乘小舟至水澄巷徐宅外祖母讳辰,即归。午间祭先曾大母讳辰。下午琐屑事。傍晚乘舟至戒珠禅寺为田外舅润之公暖八十阴寿,夜餐后谈许时归家,时已十一下钟矣(田宅在寺建水陆忏事也)。

初四日(5月13日)　晴,天气更暖,然尚清爽。早餐后至戒珠寺拜田外舅冥寿,午餐后在寺谈许时,同徐以逊孝廉、田莼波茂才及其弟扬庭至以逊孝廉家谈,至傍晚归家。

初五日(5月14日)　晴,天气更暖。琐屑事。

初六日(5月15日)　雨。理书籍琐事。下午阅《申报》,知徐季和侍郎宗师于三月二十七日在安徽学政节署遽归道山,为之暗然。回忆乙未岁公视学浙中,予蒙以文字受知,录取上庠;丙申科试又蒙以予卷录取等第。追念微名所自,殊觉感慨不忘也。丙申秋,公以浙学任满,又奉命移视安徽。圣眷隆重,实越寻常。去年阅(抵)[邸]报,兼补兵部侍郎。朝廷之寄任日隆,不料今此之文星顿晦也。

初七日(5月16日)　晴。阅《李太白文集》。李青莲文字词意最深奇，可谓诗仙也。

初八日(5月17日)　晴。上午乘舆至掠斜溪送朱秋农[①]行(他赴京供七品小京官职，前日来辞行也)，一到即归。下午学篆字。杨沂孙[②](字濠叟)所书《说文建首》《说文解字叙》，字甚雅熟，颇可临书。

初九日(5月18日)　雨。上午订书，学篆字。

初十日(5月19日)　雨。上午乘舟至戒珠寺拜田外舅润之公三周忌辰。午餐后同田蓝暇茂才、徐以逊孝廉至昌安门外一游，兼看车枋寿材板。虽不买而至各场观看，亦借旷眼界也。天微雨，仍即至戒珠寺吃点心后，各乘舟归家。又至水偏城里曹康臣舅氏处一谈，即归(其前日来谈，今谢步也)。

十一日(5月20日)　晴。早晨写篆字。上午至石门槛罗丹青处稍坐一时，又[至]仓桥属(裱)[褾]店装褾先大人夏像，路晤贾君幼舟[③]，邀至"大雅"饮冰雪烧酒，片时即出。盖该店近年甚属恶劣，匪

---

① 朱允中(1868—1952)，谱名秉章，字伯肩，一字勉熹，号秋农。浙江绍兴人。清光绪二十二年(1896)拔贡。诗巢壬社社员。博学工诗词，书精汉隶，尤工草书。晚清小有科名，秉持气节，不做贰臣，遂流落京杭，流连诗酒。晚年回家，居号养庐，自号养叟，园号养畦。见《光绪二十三年丁酉科明经通谱》；朱允中拔贡履历(《清代朱卷集成》册401)；朱允中《诰封淑人先妣冯太淑人家传》；《越问》(第3期)谢炳武《山阴秋老》。按：明经通谱、拔贡履历均载其生于同治八年十一月初八日。《诰封淑人先妣冯太淑人家传》作同治戊辰。据此三者，定其生于同治七年十一月初八日。《山阴秋老》作同治六年(1867)，误。《山阴秋老》据朱允中孙女所提供照片旁注载其卒于1952年9月30日。

② 杨沂孙(1813—1881)，庠名英沂，字子舆，号泳春，晚号濠叟。清江苏常熟人。道光二十三年(1843)举人。官至凤阳知府。以书法著名，工钟鼎、石鼓、篆。著述有《文字说解问伪》《完白山人传》《石鼓赞》《管子今编》《庄子正读》《观濠居士遗著》。见《常熟田庄杨氏世谱》。

③ 贾幼舟(1873—?)，老谱名镕，字幼峰，号莲樵。清浙江山阴兰亭贾村人。陈庆均姊婿柷唐之弟。按：检贾培鹤、贾元豫、贾培敏《山阴贾(注转下页)

类杂到，断不可坐。此后不宜再到此处，当切戒之。又同贾君至罗枧甫丹青处坐谈，许时各散。余又至仓桥一走，即旋家。

十二日(5月21日) 晴。琐屑事。下午至大善寺前街一走，即旋。阅《申报》，知徐季和侍郎前传病没，后仍有转机，复甦数日，今于本月初□日终归道山。近来报中所载，无非各外国浸夺地段之事，中朝皇太后、皇上及总理衙门，事事无不形掣肘。若不允许，即有戎事之祸。是以每见报中外洋索诈之端，罔不以大量付之。方今中朝土地利权，已大半削去。又复东侵西夺，日出不穷。不远恐尽在外洋之掌握，是诚有无限之嗟叹忧愤也。

十三日(5月22日) 乍雨乍晴。

十四日(5月23日) 乍雨乍晴。

十五日(5月24日) 乍雨乍晴。余稍受风寒，略有不适。下午临邓完白山人篆书《心经》字一卷，尚觉匀称，另行订存。

十六日(5月25日) 阴。辰刻闻田莼波茂才病甚危，逾时至其家，闻已溘然而逝，甚为嗟悼。莼波为余内侄，长余一年，乙未岁同列县庠。其近年为学日益独具会心，无所师承便精算化诸学。丁酉、戊戌其椿萱先后殂谢，迄今未及期年，亦一病不起。春秋方盛，赍志以终。同杏村舍人谈许时旋家，即撰数言挽莼波茂才云："看连丁大故，未及期年，一病厌嚣尘，遽到泉原承色笑；具勤学壮心，阅世仅逾卅载，三人成对影，忍教翁博话凄凉。"

十七日(5月26日) 雨。上午琐屑事。为罗枧甫丹青写屏字四张。下午至田宅陪客，莼波茂才于晚间棺殓。从此盖棺乃定，人生之险何至于此。二更旋家。

(续上页注)氏宗谱》，未见幼舟之名。《日记》中唯其父与祖父记载与宗谱符。后笔者与友人朱新学去贾村，巧遇贾枧唐之孙贾天虹，贾天虹出示了其堂兄贾天昶编写的自贾枧唐祖父贾秉衡以下的《立诚堂贾氏家谱》，再结合《日记》，才发现贾幼舟即贾镕。《立诚堂贾氏家谱》载其生于同治十二年十月十二日。

十八日(5月27日)　阴雨。琐屑事。夜又改撰挽田莼波茂才联云:“才命竟相妨,何堪壮志未酬,乍困沉疴仅七日;椿萲方迭萎,讵意中途捐弃,亟承色笑到重泉。”

十九日(5月28日)　雨。琐事。

二十日(5月29日)　雨,阴晴。上午王君泽民来谈,午后去。书挽田莼波联字一副。

二十一日(5月30日)　雨乍晴。上午为王君紫荆书扇箑琐屑事。傍晚为田杏村舍人书其挽侄莼波茂才联一副。

二十二日(5月31日)　晴,天气闷热。琐屑事。

二十三日(6月1日)　晴,天气闷热。琐屑事。傍晚至石门槛罗柷甫丹青一谈,兼送其写像笔资,即旋家。

二十四日(6月2日)　晴,天气闷热。上午闻田锡卿茂才病又甚危,至午后忽闻锡卿茂才又复殂谢,惊悼莫名。盖其弟莼波茂才逝世未到旬日,今锡卿又复接连而故,此事亦世所罕闻而亦人所共为惊悼者也。田宅素为安分守己,谅亦无作孽之事,何其遽伤元气,一至于此。大抵为时感所乘,出诸气数之偶然。然此等惨事非特其自家难堪,即令外人闻之,亦为之嗟叹莫名也。人世之险,孰有过于此者。

二十五日(6月3日)　天气凉爽。琐事。

二十六日(6月4日)　晴,天气清爽。督石匠铺天井明堂地。午,薛阆仙[①]明经来畅谈文字、时事。阆仙虽不甚十分聪悟,然颇勤学,随处留心,精业不倦,可为学问中人。下午去。傍晚督工人收拾地方。夜阅《楹联新话》,此书采集各门联语,瑜多瑕少,兼有小跋,足资观览。

---

①　薛炳(1866—?),字阆仙,日记一作浪仙、朗仙、阆轩、朗轩、浪轩,整理时统一为阆仙。浙江绍兴人。蔡元培连襟,胡愈之之师。著有《荀子大义述》。见蔡元培《蔡元培全集》第十七卷《自写年谱》;《申报》中华民国十六年第一万九千三百六十八号之抱琴轩主《记狂士薛炳》。

二十七日(6月5日) 晴。上午至水澄巷徐以逊孝廉处一谈,即旋。下午至后观巷田宅谈,即旋。

二十八日(6月6日) 晴,天气清爽。上午界格先大夫夏像额并敬篆书。

二十九日(6月7日) 阴雨。上午撰挽田锡卿茂才丧联一副,其句云:“偕仲弟以仓皇归道,荆枝零落,不待秋凋,平生攻苦书林,只接青毡留憾事;看诸孤而环绕同堂,风雨凄凉,何当夏令,此后怆怀儿女,应居黄壤亦伤心。”盖锡卿茂才今年卅五岁,于丁亥科试补县学生,屡应乡试不售。攻苦半生,竟以一衿终。距其弟莼波茂才之故,只九日也。幸其有子三人,女二人,皆幼。如此惨事,世所罕闻,特撰一联以悼之。傍晚,兼书此联。近日接连写其昆仲哀挽之词,殊觉为之欷歔也。

五月初一日(6月8日) 月为庚午,日为丁未。晴,天气清爽。上午理账务。午祭先大夫像。下午阅《自强斋保富兴国论》。阅《申报》。

初二日(6月9日) 晴。早晨乘舟至盛塘翠华山谒四世祖妣金太君墓,看倒松树一株,大约尺一寸、长有七丈加,枝叉在左首下边。幸吾家祖坟余地甚大,树在下沿,不致与坟逼近也。看后下山,乘舟旋家,时刚午矣。天气长之好也。下午王君泽民来谈,至晚去。

初三日(6月10日) 晴。算理账务。上午至大街,事毕即旋。阅《申报》。下午理账事。

初四日(6月11日) 晴。算付各店账事。

初五日(6月12日) 晴。上午理各件账事。天气暖。昔年艾旗蒲酒,先大夫犹能共饮。今则庭除萧索,空想音徽。怅家事之无由请质,殊觉暗然无聊度节。

初六日(6月13日) 阴晴。上午乘小舟至谢墅新貌山谒先大夫庐墓，见石板有白蚁翼遍散地上，甚为疑讶。盖白蚁之有翼已不在土中，又不能蛀树矣。此蚁不知是否从土中出起，生翼而飞，飞后即在此屋中褪翼而成老蚁也，然成老蚁后断不再蛀树。盖白蚁之物伏于阴，由地气潮湿而生。初生色白，其体甚软弱，略研之即成水浆，此时最能蛀害树木，其路必积泥管而行，不露阳也。此柔以克刚之物，甚为可恶。先大夫之灵柩，既用石圹装于殡屋，石圹四围里外又有水灰密封。不知圹中此蚁能攒入否？甚为可虑。但细观圹沿灰并无开处，当不至有弊也。然须时常往看，如略有开处，即当用灰密封，或者不至有害。在殡屋午餐后徘徊许时，下山乘舟旋家。

初七日(6月14日)　晴。上午至街一走，即旋。下午贾君幼舟来谈许时去。阅《申报》。

初八日(6月15日)　晴。阅《有正味斋骈文》，吴谷人[1]祭酒著作，不时不古，雅静而有味，其书名洵称不背。

初九日(6月16日)　阴雨。

初十日(6月17日)　雨。琐屑事。午补祭黄门三姑太太忌辰，前月廿四忘记也。

十一日(6月18日)　晴。琐屑账务。阅《自强斋保富兴国论》。

十二日(6月19日)　晴雨，天气闷热兼霉湿。督木匠理做凉棚树。下午天气更闷，不堪做事。

十三日(6月20日)　晴，天气闷热。理账事。

十四日(6月21日)　晴。早晨至街一走，即旋。天气郁热。看木匠穿凉棚架。

十五日(6月22日)　晴，天气闷热异常。理夏至祭事。早晨至马梧桥祀黄神，即旋。午拜历代祖宗夏至之祭。午刻大雷雨。

---

① 吴锡麒(1746—1818)，字圣征，号谷人。清浙江钱塘人。乾隆四十年(1775)进士，授翰林院编修，迁国子监祭酒。擅长骈文，诗亦隽秀，也工散曲。著有《有正味斋全集》。见刘欢萍《乾嘉诗人吴锡麒研究》。

十六日(6月23日) 晴,天气又郁热也。夜大风,雷雨。戌刻月蚀。

十七日(6月24日) 早晨大雨。琐屑事。

十八日(6月25日) 晴。早晨雇小舟至植利门外谢墅新貌山先大夫殡庐,督工匠以油灰密封石板地开处,又加刷石圹四围,盖预防白蚁也。如此密封,或可绝其迹耳。午间至曾大父母、大父母、本生父母墓前,便备数菜祭之,即又至殡庐祭。下午封地事毕,又至三代祖坟前一走。天色已暮兼黑云乍起,顿发大风,即速下山乘舟,旋家时已黄昏。幸凉风数阵吹散黑云,途中不至冒雨也。

十九日(6月26日) 晴,天气闷热异常。

二十日(6月27日) 晴,天气甚热。上午至后观巷田宅拜忌辰,又乘小舟至水澄巷徐宅拜忌辰,过午后乘舟旋家。舟中逼热,暑天甚不宜坐也。夜雷雨即霁。

二十一日(6月28日) 晴。琐事。

二十二日(6月29日) 晴,天气甚暖,夜更甚。

二十三日(6月30日) 晴,天气盛暖,屋下之桌椅等件亦热。上午罗丹青来拓写祖[像],晚间写毕去。盖时局日艰,国家恐不能久享承平。平日所传藏祖像纸幅太大,只宜于家中平时供设。此特用一尺广大纸写拓小样传像,以便舟车行箧中可带。先大人深思远虑,于光绪□□年请人用斗方纸将家五代老像及外房老像已缩小拓写,装裱成册,并亲书世代生卒年号及葬处于每位之傍。至于近代祖宗传像,以谓时常看守,当不至失于检点,拓写小幅,盖有待也。不料癸巳之冬,乍遭祝融之祸,近代祖宗像向藏在“百尺楼”。一时不及上取,顷刻之间遽即焚如,不胜惶悚。后即于是年冬,幸有小照及图景处,请人仔细拓写。面目虽不甚十分毕似,而尚觉不失其真。今者事变不常,海疆多故,思患预防,责无旁贷。予特请罗丹青传写小幅藏之,以成先大人未竟之志。计传写高祖考、妣二位,曾祖考、妣二位,祖考、妣二位,本生考、妣二位,先考一位,共九位。

二十四日(7月1日)　晴。天气甚热。

二十五日(7月2日)　晴。上午至后观巷田宅拜忌辰，谈片时即旋家。午间祭曾大母诞辰。天气盛热。下午收拾房间，予移床于东首侧厢，即予书房也。

二十六日(7月3日)　晴，天气盛暑。不堪作事。

二十七日(7月4日)　晴，天气盛暑，惟时有风来，尚觉清爽。

二十八日(7月5日)　晴。闲阅《随园尺牍》。

二十九日(7月6日)　天色阴晴，时有凉风。

三十日(7月7日)　阴，乍雨数点。午前理账事。读书写作文字，固宜志一神专，而算写账务，尤须精神毕注。曾记昔年先大人亦尝言之。今予理账务，辄有率略之处，万不及先大人之仔细也。

六月初一日(7月8日)　月为辛未，日为丁丑。晴，天气尚不甚暖。午间祭先大人像。昔年此时，先大人尚能挥扇优游，携杖起坐。纵精神衰耗，而老成筹划一切家务世事，辄撮其要者言之，实能详人之所略也。今则庭户依然，音徽顿杳。树欲静而风不息，子欲养而亲不在，古人之言不予欺也。益觉昔年侍奉之疏，至今悔之无及矣。先大人享寿六十余年，毕生以勤俭自持，吾家累世家风于焉不堕。今吾辈逸居饱食，豢养自甘。缅想前型，能无警惕。

初二日(7月9日)　晴。闲阅《小仓山房尺牍》。下半日忽阵雨数点，即晴。夜间凉快。阅《申报》。

初三日(7月10日)　晴。清晨至大街买书等物，即旋家。上半日琐事。下半日阅《随园诗话》。袁太史风流儒雅，见闻之博，笔意之灵，实出人头地。晚间雷雨后天气凉快。

初四日(7月11日)　晴，天气闷热。阅《随园诗话》。午后略有阵雨，即晴。

初五日(7月12日)　晴。阅《随园诗话》，以消长夏。

初六日(7月13日)　晴。阅《小仓山房诗话尺牍》。袁君十二岁入庠序,□[①]岁登乡荐,廿八岁登贤书、入玉堂,后改宰江宁数年,即赋遂初,享林下数十年,一时朝贵、士大夫莫不折节倾交。其与人书牍,不拘何等人物,一以随笔纵谈,毫无顾避,是其才学足以倾倒海内而折服群心者。本朝清福,应推此公为第一。

初七日(7月14日) 晴。琐事。午前至后观巷田宅拜先外姑诞辰,下午同田宅诸君及徐以逊孝廉、张叔(俟)[侯]茂才畅谈,至傍晚归家。天气闷热异常,夜终夜汗流,不能安睡。

初八日(7月15日) 晴,天气闷热异常,手不停扇,不能作事。予素性畏热,每至暑夏即不能执事。

初九日(7月16日) 晴。阅《申报》半日。家中只用一工人,无暇日至街取《申报》。每积数日一往取之,故阅者一多,亦须费许多时候也。予近年精力更不如前,看书隔日即忘,未老前衰,此亦最可虑之一端也。下午雷声数转,凉风乍来,顿觉爽气逼人。

初十日(7月17日) 晴。录誊壬辰岁所始日记,盖昔年书写日记有三卷,纸本太大,今特用近年所记之纸本,誊出以成一样书式也。夜清风披拂,明月幽澄,甚有逸致。

十一日(7月18日) 晴。核对本年所完银米票。今年有义仓积谷之捐,每两课银另捐钱五百文。如不上一钱之户,概不派捐。故每户必须核算,殊费心力。夜清风明月,呈出清凉世界。录誊早年日记。

十二日(7月19日) 晴。早晨至街钱庄一谈,即旋。上午又至街一走,即旋。下午算理完国课账务。天气乍雨乍晴,时有风,不甚盛热,故尚可握笔治事。夜大风不息。阅《申报》。

十三日(7月20日) 乍雨乍晴,天气幽爽。早晨理账事。下午大雨。夜烈风怒号,雨亦不休。

十四日(7月21日) 大风大雨,终日不休,天气甚凉。杜门赏

---

① 据姚鼐《惜抱轩文集》卷十三《袁随园君墓志铭》,当为“二十三”。

风雨。予书室晴日尚觉几净窗明，每有云雨之天，则窗里不甚透晓，未便书小楷字也。今日初伏，天气甚奇。

十五日(7月22日) 早晨风雨又甚大。自十三日下午起，大风雨两阅日夜，河水顿高三尺，闻各乡屋宇皆有水溢。晚稻田虽有水涨，此时尚不至有碍；早稻现届收割，经此大风雨催打，有减收成。惟此时棉花最怕大风雨，恐将来西收甚属寥寥也。上午天霁，早晨可穿夹衣，夜间可御薄被。然究系伏天，一晴当渐渐复热也。午间祭先大人像。下午虽晴而风仍大。书字兼誊写日记。

十六日(7月23日) 晴，天气甚凉快。早晨誊写早年日记。早餐后至后观巷田宅同诸君谈，至傍晚旋。又至大街一走，即旋家，日已暮矣。天光尚长，一日间殊觉多时候也。至田宅时见蓝陬茂才气色甚憔悴，问其病，实心境不舒耳。盖其自丙申夏润之外舅去世后，蓝陬同其侄春农接理，连年子姓日繁，治理者不无有艰难之处。去年其兄嫂故后，今夏其两侄忽又去世，更觉不称于心，且蓝陬功名之心又甚切，是其读书及家务俱有忧虑也。其人遇事太执而不化，余劝其胸怀终须旷达，去执滞而多活泼，亦养身之一道也。此予观人则明而于己亦偶蹈其病。吾家人口不及田宅之多，然理家务不免有艰难之处。予自经理数年以来，亦尝动辄得咎，自觉烦恼。然予之理家务及功名心，皆不及蓝陬之执。天下事都在过眼云烟，但遇事过则过之，未尝计及到底。人生在天地间不过数十寒暑，何苦抑郁于心而不自养其生机也。方今朝廷多事，内忧外患，皇上亦无日不在艰难忧虑之中。国犹如此，而况于家乎？夜间风静月明，殊有清气。阅《申报》数纸。“爱月夜眠迟”，此诗真为我先咏之矣。

十七日(7月24日) 晴。天气稍热，然尚可停扇。上半日理账琐屑事。下半日至仓桥街，又至大街一过，即旋。买晴雨寒暑表一张，颇可以占气候。

十八日(7月25日) 晴，天气稍热。琐屑事。傍晚甚凉，夜可用薄被。伏天如此，甚难得也。

十九日(7月26日) 晴,天气清凉。早晨可着袷衣,自十三、十四日大雨后,尚无炎热之时。早晚间寒暑表中只暖八十度,午间亦只至八十二度。闻传言曹江蒿坝、百官等处倒塘水决,嵊县、新昌、余姚、上(余)[虞]亦出蛟及有水决之灾,且冲坏庐舍、人口不可胜算。此言究意若何,未能确实。然余家台门外河水至今日并不稍退,则外江之水大可知。此次山会两县并不被灾,亦幸事也。惟田野长此浸没,恐有碍禾苗耳。

二十日(7月27日) 阴晴。近当伏暑,天气太凉,人易染病。家中大小人亦皆患泻,大抵亦寒热失宜之处、饮食冷暖之际,须格外小心,方能愈可。予自前日午前不知何故屡患噎呃,甚为异事。内子谓不若大声一振或可送出其病,予因推此意,用痧药吹入鼻内,连出数嚏,噎呃即愈,甚觉奇效,盖医者意也。平常噎呃亦人所时有,但必片时即愈。予大抵亦为寒暖饮食之际,有气不投,以致时常感发。今用打嚏一法,使感散其不投之气,故效立应。此偶得之见,不无小补,特记于此。

二十一日(7月28日) 微雨即晴。琐事。午前至街仓桥一走,又便道至骆卫生医者处一走,又至罗柷甫丹青处一谈,即旋家。下午琐事。骆卫生医者来诊,开方后去。盖镇容儿患泻数日,今午前观其精神虚弱,大抵为泻所累,故请医诊,使其服药也。

二十二日(7月29日) 晴。黎明起。镇容夜不安睡,同其嬉游。儿女有病,每不能释于心。读"父母惟其疾之忧",宣圣之言真足立天下万事人情之准。上午琐事。下午天气热,稍有雷雨。阅《本草从新》书,此书予时尝翻阅而仍不能记,精神之弊,可谓甚矣。

二十三日(7月30日) 晴,天气郁热。自交庚伏以来,凉快多日。日来渐渐加暖,手不停扇,不能书字。闲阅《说文通训定声》,予生平喜写篆字,用说文之功必不能少也。

二十四日(7月31日) 天气热。上午至酒务桥王君泽民馆,问其他出;余又至罗柷甫丹青处,罗君亦他出。余由横街至大街一过,即旋家。虽不甚盛热，而走路亦颇热也。今日为中伏，始日阅《仓山诗话》。傍晚又至石门槛罗柷甫丹青一谈，即旋家。阅《百美图》，书皆系历代名女，每张有小传，便于考证。又阅《百兽图》，每张亦有考据。此两书皆姓吴名嘉猷[①]所编集，阅之亦不无小补也。

二十五日(8月1日)　早晨大雨。上半日琐事。阅《申报》，见有皇上脉案甚详，不下五百余字。大抵总以津液衰耗、心脾久虚，且案中有不耐事扰，时作太息之言。似皇上之病，亦为忧天下国家而致。然中国时局之危如此，为天下第一人者，宵旰焦劳，自不胜言。又见报中美国人议创一万国学院于中国地方，俾各国讲求学问，出于一列。此议如有成，亦一大事也。惜外洋究非族类，而中国实为上国礼仪之邦，恐总有道不同不相为谋也。

二十六日(8月2日)　晴。早晨录誊早年日记。夜雨，天气闷湿如霉天时节。上午至石门槛罗柷甫丹青处看其画屏花，忽天雨，坐许时，雨霁旋家。

二十七日(8月3日)　晴，天气闷热，恍如霉天节气。誊写旧日记。午拜三世祖忌辰。

二十八日(8月4日)　晴，天气郁热。早晨誊写旧日记。日间阅孙可之《经纬集》，此书平景荪太先生刻入《萬园丛书》中。

二十九日(8月5日)　晴，午后乍有雨，即霁。上半日王君泽民来谈，过午餐后去。阅《申报》。琐屑事。

---

①　吴嘉猷(？—1894)，字友如。清江苏元和人。光绪十年(1884)起，在上海主绘《点石斋画报》。后自创《飞影阁画报》，影响很大。又为木版年画绘制画稿，颇受民间欢迎。见吴海林、李延沛《中国历史人物辞典》。按:《申报》光绪十九年十二月十六日第七千四百五十七号刊《飞影阁画册》告白:“第十册画册本应十五日出售，不料吴君友如撄疾，于十一日逝世，所绘画册尚未装订齐全，故十五一期作为罢论，准二十日预出……”光绪十九年十二月十一日，公历为1894年1月17日。曹允源《吴县志》卷七十五下《列传艺术二》仅载其卒于光绪癸巳。

七月初一日(8月6日)　月为壬申,日为丙午。晴。今日内子三十生日,现值有服制之时,内子谓当度日如常,不欲稍有形迹。人生三十原不足称庆,然苟家庭无故,心境安舒,借此以治一番吃局亦无不可,今则非其时也。予韪其言,故偶有以寿礼来送者,概行谢辞。午间祀东厨司命神,又祭先大人像前。下午乍有微雨。

初二日(8月7日)　晴。上半日至酒务桥王泽民谈片时,即同王君至石[门]槛罗柷甫丹青处谈片时。又至大街,过会稽署、西桥,见鷄店有孔雀一只,又一店亦有一只,闻系一雌一雄,其足高而其身亦长大,比寻常鹅尚大得不少,惜羽毛不全,无足观也已。王君由街别去,余亦即旋家,时已午矣。午后乍有雨。阅《申报》数纸,见报中采访所载,皇太后拟于大内养心殿之傍筑造铁屋多间,每间只设二榻。此屋不知何故而造,又不知其何事而用,亦新闻也。按:铁屋之事,甚为有利无弊:可以御盗贼,可以御枪炮,可以御火灾,且风雨不致吹损,虫类不能蛀嗽,此天下至固之物。惜经费巨大,每出于力之不及也。

初三日(8月8日)　晴,天气稍暖。今日寅时立秋。上半日誊写旧日记。下半日又写誊旧日记。感光阴之易过,转瞬已半年矣。夜餐后至后观巷田宅闲谈,田宅今年四月间锡卿、莼波两茂才(伤)[殇]后,形景甚觉萧条也。谈至十下钟,余旋家,又乘凉许时睡。

初四日(8月9日)　晴,天气甚暖,不能作事。上午罗柷甫丹青来谈,过午餐后去。下午更热。阅《皇清奏议》。

初五日(8月10日)　晴,天气盛热,寒暑表升至九十四五度。今日为三伏始日,不意初伏、中伏皆不甚热,而热在新秋之三伏也。终日挥扇。每到盛暑天挥扇看书则可,若停扇则汗流浃背,故写字实为不便。予资质不能聪睿,惟写字笔致尚不十分劣弱。记髫年入塾读书,笔法辄为业师所称誉。惜比岁因循不能努力用功以臻美备,及稍长大不拘篆隶真草皆喜学习,以致业不能专,各体书法亦未尝有十分功候。近年家政琐屑,写字功课未免又减,兼酷暑严寒,又不能从事于此。似写字亦惟春秋佳日为最宜，然一年之中或作或息，学字之时曾不多得，无怪乎进境之自觉甚少也。

初六日(8月11日) 天阴晴而时有凉风，甚觉清爽。上半日誊写昔年日记，阅《申报》。日以琐屑事度日，年华易迈，有志者当若何策励？曾记先大夫尝训之曰："略翻书数则，便不愧三餐。"此言至今思之，实觉意味之无穷。予生也晚，本生先大夫弃养，仅七龄耳。当时童心未化，不能多领本生先大夫之教训。此后二十余年，皆先大夫教养也。而先大夫敬宗尊祖外，事事无不以富贵吉祥为予兄弟期望。故一切保全家道、有益身心之言，常常为予指之，惜予不能常常侍侧。今者自失椿荫，倏又九阅月矣。欲领庭训而无由，每一念及，不禁触境生悲。清夜怀思，殊觉悔之无及耳。夜有闪电风雨。

初七日(8月12日) 天雨。早膳毕，祀奎星神。天气凉，着衣冠不至有汗。今日相传为天上牛女两宿佳会之期，果如是，则清凉时候甚爽事也。上午誊写旧日记。

初八日(8月13日) 乍雨乍晴，尚觉凉快。誊写旧日记。阅《五十名家尺牍》。

初九日(8月14日) 晴。上午至大街一走，即旋。下午为王君紫榛改文诗各一首。傍晚贾君幼舟来，谈许时去。

初十日(8月15日) 晴。早晨至仓桥街一走，即旋。过石门槛罗丹青处坐谈许时，即旋。

十一日(8月16日) 雨。早晨阅《茶香室三钞》。上午至仓桥一走，即旋。午，王君泽民来谈，午餐后去。下午学字。学字之事，不特须用心多写，而识见广、读书多，亦更能通神耳。

十二日(8月17日) 雨点不息。今年自交庚伏以来，无日不阴湿，甚少燥烈之日，夜间天气又甚凉。寒暖之间，须格外小心。

十三日(8月18日) 雨。上午琐事。午祭本生先慈忌辰。下半日录誊旧日记。

十四日(8月19日) 雨。录旧日记。

十五日(8月20日)　阴雨连日，密雨不休。河水又涨，乡间底处水又起岸。不料前月大水之后，此又多雨水，恐于年成不甚见佳也。午间为中元祭祖。下午琐事。

十六日(8月21日)　晴。琐事。午初拜老祖宗中元祭后，即坐小舟至水澄徐拜诞辰，午餐后谈许时旋家。天气闷热异常。

十七日(8月22日)　乍雨晴，天气闷热霉湿。上半日誊录旧日记，于午间录毕。所有大纸本之日记，已皆誊入小纸本，以成一样。计誊写第一、第二、第三三本，虽皆行书字而字约有十数万，陆续誊之，须多日工侯也。

十八日(8月23日)　晴，乍有雨，天气闷热。阅《申报》，前皇上差刚中堂到两江地大物博之处清查縻费一切，已将两江高等学堂奏准裁撤。近阅报中所言，似各省亦当仿行裁撤。然学堂之设，昔年尚有三令五申。着各省慎真举办之旨，迄今未到一年，即已率行奏撤，何其更变之易？大抵为时局艰难、库储支绌，以致是非颠倒，事少一定把握也。中国之弱，为外洋挟制而成。然外洋皆非礼义之国，则欲以拒外洋之挟制，断不能不在兵威也。方今气运之衰已如此，或者专讲武备、精置器械，将来扫荡群凶后再行偃武修文，仍还雅化之休，岂不甚善？无如此，亦言之匪艰、行之惟艰耳！

十九日(8月24日)　晴，天气闷热。订理书籍琐事。夜为王君紫榛改时文一篇。

二十日(8月25日)　晴，天气稍清爽。早晨写字。午后天气甚热，寒暑表又升至九十度。琐事。

二十一日(8月26日)　晴。学写小字。天气闷热，下半日更热。阅《绿雪堂集》，阅《申报》数纸。

二十二日(8月27日)　雨。凉雨一洗，暑热顿消。琐屑事。下半日大雨。傍晚至后观巷田宅谈，且吊锡卿、莼波两茂才(其于半夜出丧)，两人为余内侄也。绍俗，凡戚友之长辈皆少拜下辈，然锡卿、莼波其年皆稍长于余，又其人已死，不必如生时之礼，余故亦去一吊也。又同田杏村舍人谈兼请其诊脉，余近日嘴有生(醒)[腥]气，似觉肺火太盛。据杏村内兄说须服药数剂以清理之，渠遂为余开一方，稍谈片时即旋家夜餐。天气甚凉，可御夹衣。在田宅时晤徐君以逊，谈及任秋田先生已归道山，从此老成又凋谢一人。曩时本生先大人曾请其商改文字，余辈故称其太先生。其由进士出宰贵州贵筑县，文名甚盛。前数年回籍，现为龙山书院掌教。今年二月先大人开吊时，其尚躬自来吊，不料其一病即又不起也。

二十三日(8 月 28 日) 晴，早晨天气甚凉，寒暑表沉至七十度。日间风微，天朗清爽，莫名琐屑事。

二十四日(8 月 29 日) 晴。早晨凉快，寒暑表沉至六十八度，穿夹衣尚觉单薄，夜间必须垫褥盖被。处暑方过，骤凉如此，亦罕有也。上午至广宁桥同王伯刚[①]茂才谈许时，又至八字桥张宅薛阆仙茂才馆谈，薛君强留，过午后谈许时旋家。至王宅时伯刚茂才谈及任秋田先生之夫人亦又去世，一以二十二日去世，一以二十三日去世。可谓夫唱妇随，速到九原，又成伉俪也。此事亦世所罕有者矣(闻其夫人断气时，秋田先生尚未入殓。谚云“同死合棺材”，此言可于此用之矣)。近者中国之积弱愈甚，外洋之凶焰日炽，士人亦有趋炎附势、莫不倾慕洋人者。其在迫欲立说者流，遂觉索隐行怪，苟能杂略西学数言，便自诩为新奇绝诣。近来西洋人有赫胥黎《天演论》一卷盛行于世，于是矜奇之士辄案置一编，奉为圭臬。几若先圣之书为不足读，易而尚乖谬寂灭之学，以致随声附和，觉不知此不足以言淹博。吁！此亦学术之坏也，其在大小官吏亦无不皆然。苟能行洋人之行、

---

① 王祖杰(? —1902)，字伯刚。清浙江会稽人。光绪十五年(1889)进士王继香之子，嗣胞兄王继本为后。见王继香会试履历(《清代朱卷集成》册 65)。《日记》光绪二十八年七月一日：“今年壮年能才如王君伯刚茂才于五月间殂谢，姚君荣生茂才于前月沦亡，今志庾亦一病不起，此皆少壮有用之才先后逝世。”据此，其当卒于光绪二十八年(1902)。

服洋人之服、言洋人之言,洋气足则官声愈显。奏章之能敷谈洋务也,便足动人主之优嘉;禀牍之能略悉洋风也,便足邀上游之保荐。稍得洋人习气,即自诩为精通洋务。遂以先王之制为不足尊,易而争割裂变诈之奇。凑时风受厚禄,无非徒学西人外貌以为进身之阶。及实究其西学艺术,茫然若失。此学术坏官方替,无怪乎振作有年而不见成效也。然则西人之学问艺术非不可学,而徒学外貌终归无用,反致国事纷更,人心不定,何如遵先王之法而率由旧章哉?灯右无事,泚笔书之。

二十五日(8月30日) 阴乍雨。琐屑事。光阴容易,又属秋凉,未识能振作精神,不负此佳日乎?

二十六日(8月31日) 乍雨晴。琐屑事。学篆字。下午申刻至后观巷田宅同诸君谈。夜餐后同张叔侯茂才围棋数局,谈许时旋家,时已十一下钟矣(张君在田宅坐馆也)。

二十七日(9月1日) 微雨纷纷。琐屑事。下半日雨霁。田蓝陬茂才同其侄春农孝廉、张叔侯茂才来谈。夜餐后同张君围棋一局,畅谈至十下钟皆去。灯右阅《曾文正日记》。

二十八日(9月2日) 阴晴。上午乘舆至广宁桥吊任秋田太先生。其夫人亦预做一日首七,故其像并悬一处,其神主亦并设一处。此种丧事,足为越州增一佳话。虽百年之寿未登,而偕老之辞已应。事毕后稍坐片时,即旋家。琐事。下半日卧。夜阅《说文通训定声》。

二十九日(9月3日) 阴雨。学篆字,学行书字。

三十日(9月4日) 雨,天气甚凉,可着棉衣。琐屑事。

八月初一日(9月5日) 月为癸酉,日为丙子。天雨。河水虽不甚大,而田禾已苦多雨。雨窗无事,学篆隶字。人每误因循,不肯勤学。苟有多少学问,即无不见多少效验,圣人所以勉人以时习也。午祭先大人像。下午罗枧甫丹青来谈,片时即去。

初二日(9月6日) 雨。写山水册叶两方。下午徐吉逊大令来谈片时去。夜又写山水册叶。

初三日(9月7日) 阴晴。上半日至街过大善寺一游,见绍城团兵在寺中作营,有训带员二人,日间训练洋操,夜间巡缉盗贼匪类。立意甚善,惟此兵闻在省中所招散勇,见其散辫花鞋,甚多恶习。此必须督率者关防严备,使兵勇恪守法律,或者有裨于地方也。观览片时,即旋家。午祭东厨司诞辰。下半日写山水册叶两方。

初四日(9月8日) 晴。天气清爽。上午罗柷甫丹青来谈片时去。予至南街祭华真神诞,即旋。写山水册叶两方。下午至水澄巷徐吉逊大令处谈,渠将有至京引见之行,前日来辞行,今兼预送其行也。其弟显民太守由东洋游历,已归里,借谈东洋时务,至傍晚旋家。

初五日(9月9日) 晴。写册叶两方,连日共八方。罗君柷甫由别处购得,前日携来属余观也。古雅精致,秀劲得神,惜无名字图章,不知为何人所作。余特购绢依样临写,尚觉得神,然不及原本之古韵也。或者代远年湮,流传不朽,亦当渐生古气。书画各物,当时即系名手,必不甚见重。盖其人在,所得不难。物少为贵,此亦自昔不易之谈。凡作字作画,虽宜多学,然必须识见广,胸有成竹,下笔自得神韵也。下午味青女儿由田宅旋家,昔有病至田宅住,以便托杏村内兄时可诊视。今已月余,病尚未痊,予属其旋家。人甚瘦弱,殊为忧虑。今且令其停服汤药,惟寒暖饮食之间,格外节摄。或者捍卫得宜,亦可渐渐复元也。

初六日(9月10日) 阴雨。杜门读礼。岁月易逝,近者国事纷更,日形凋弊,必不能长治久安。自问才力名位微薄,无济于时,终日蹉跎,心无所定。似据今日中国时势而论,守旧既不堪自振,更新亦讵必有功,居进退为难之际。若从此自甘暴弃,无所作为,不将成其废物哉!穷则变,变则通,自昔圣贤不易之言。故坐观倾覆,不若姑行变法,或可望其后效。今海外各洋民智日开,制造日新。中国日夜考求,终有鞭长莫及之势。然苟决计图之,天下事无不可为也。夫中国先圣王之立法,非不美备,但时世有变迁也。行之昔年则可,行之今日,则不可耳!华夏居天地之中,气运最为深厚,人民不及外洋巧诈,一切制造尚朴厚而期久远,此亦人地使然也。而外洋争奇制造,日出不穷,山坏地裂,其本国精华取之已尽,于是遂侵夺中朝土地。而中朝土地虽已不能安保,然外洋占夺,无非为割裂地脉、取尽精华之计。频年破泄,恐天地之精华一竭,不能生人生物。凡盛极易衰,天理循环,一定不易之道。此亦茫茫迂远之谈,书毕不胜其自笑也。

初七日(9月11日) 晴。学写小楷字。

初八日(9月12日) 晴。琐屑事。

初九日(9月13日) 晴。早膳后至泥墙弄曹康臣舅氏处,不晤,即旋家。琐屑事。下午曹康臣舅氏来谈许时去,又徐显民太守来谈许时去。中国时局日非,不能不预为虑及。恐一旦有事,遍地成网,亦无法可以踌躇耳。实有不胜其忧患者矣。夜书小楷字数十行,至十二点钟睡。

初十日(9月14日) 晴。上午书小楷字。下午至后观巷田宅谈片时,同田蓝陬茂才、其侄扬庭、其侄孙孝颛茂才至大善寺一游,又至仓桥散步而旋,至后观巷分路,各旋家,时已晚矣。

十一日(9月15日) 晴。琐事。

十二日(9月16日) 晴。琐事。

十三日(9月17日) 晴雨。上午收拾先大人书籍等件。自去年十月先大人弃养后,其卧屋仍依然陈设,痴心如先大人犹在。然少开此门,以致书籍纸片被鼠嚼破不少。今特稍稍清理,庶不至为鼠所残(捐)[损]也。下午琐屑事。夜算理琐屑节账,至夜半睡。予今年只二十九,不知何以精力甚衰,每多看书、多理账,辄有神倦欲睡之状。

十四日(9月18日) 雨。算付各店节账。

十五日(9月19日)　雨。上半日琐事。午祭先大人。下半日理账。每度时节，追思先大人，辄不胜暗然神伤。吾家近年家用渐入奢繁，所得之租花利息，不敷所用。频年亏去原本，若如此用去，恐数年之后，不难耗尽，实为隐忧，其将如何作生财之道乎？回忆二十年前，先本生大人及先大父故后，先大人独肩家政二十年，蔬食布衣，勤俭谨守，上行下效，当时阖家无敢奢靡者。累年家用，虽有婚丧大事，尚能盈余，不至亏短。乃自癸巳冬分家以后，先大人所分授之产，付予治理。纵用度之奢，亦为时势世风所致，不在予一人之■。然自经理以来，频年亏短，实觉事不从心，洵知治家积产，亦须有大经济大作为，方能措置裕如。前鉴不远，讵敢不自警觉哉？

十六日(9月20日)　乍雨，下午晴。午餐后至后观巷田宅谈，至傍晚旋家。

十七日(9月21日)　晴。琐屑事。

十八日(9月22日)　晴。早晨起，即饭后同田宅诸人乘舟至桑盆观潮。未时潮起，初起时望如银线一条，及至近处，潮头约高三尺，有十万军声之概，真天下奇观也。同去者田君蓝陬、春农等六人，徐君筱翰、鲍君诵清、张君叔(候)[侯]及予共十人。舟中午餐后，放棹旋家，时已更初矣。桑盆在昌安城外三十余里，塘外江面颇大，江船挂帆来往，恍若钱塘江。按：三江观潮，远不如此处。是日游人聚会，亦一年韵事也。舟中围棋数局，畅谈一日。

十九日(9月23日)　晴。风日清丽，殊惬尘怀。琐屑事。午拜秋分祭祖。下午至石门槛罗丹青处坐谈片时，即同至仓桥一游后各归。余又过大街，旋家时已晚矣。

二十日(9月24日)　晴。早餐后，至街遇朱端侯[①]副贡、朱华臣茂才，同至山邑城隍庙访先贤朱子所书碑。庙之左廊，固有一

---

① 朱楷元，字端侯。清浙江山阴人。光绪十一年(1885)副贡。善八法，肖朱子。精医。见《绍兴县志资料》(第一辑)册8《选举下》。

碑,“天风海涛”四大字,下具名晦翁两字,其字风姿秀逸,精气逼人,谅非后人讹造。至右廊,又有一碑,“与造物游”四字,下具名亦晦翁两字,而笔资既异,字亦陋劣,似系后人配造。又至水偏城里胡宅花园坐谈许时,然后各散。予又至大街一走,旋家时已未初矣。下午琐屑事。

二十一日(9月25日) 晴。琐事。午拜高祖考诞辰。下午阅《说文通训定声》。

二十二日(9月26日) 晴。核理先大人丧用簿账务。下午阅《申报》。琐事。每闻人品才超轶、学问淹通,辄为之企慕而自耻不逮。昔人云“远闻佳士辄心许”,良有以也。

二十三日(9月27日) 晴。上半日琐屑事。下半日至后观巷田宅谈,又同徐君筱翰、张君叔侯围棋数局,夜餐后又围棋数局,旋家时已十下钟后矣。

二十四日(9月28日) 晴。早餐至后观巷田宅,即偕田蓝陬茂才、春农孝廉、徐君筱翰至大善寺游,小坐片时,又至开元寺同善局蔡吉生处谈坐片时,后仍同至田宅谈。忽闻有惊锣之声,遂即至东观桥观看失火,片时即息。旋家午餐后,琐事。罗君梲甫来谈,片时即去。又至田宅围棋,夜餐后谈许时,然后旋家,时已二更矣。近日天气甚凉,早晨寒暑表沉至六十四度。

二十五日(9月29日) 晴。上半日琐屑事。下午过后观巷至田宅略谈数言,即又至石门槛罗梲甫丹青处,谈许时旋家,时已傍晚矣。绍府今日换戴暖帽。

二十六日(9月30日) 晴。上午至街一走,旋家已午。天气甚晴佳。下午琐屑事。

二十七日(10月1日) 晴,天气甚凉,早晨见寒暑表沉至五十八度。夜间非厚被不暖,日间须着棉衣。上半日自作器物。下半日为田宝森绘山水扇箑一张,阅报,阅《随园诗话》。夜天气更凉。

二十八日(10月2日) 晴。上午琐事。午祭鲍门陈氏亦妹三周年忌辰。下午至后观巷田宅谈，同张君叔侯、徐君筱翰围棋数局，夜餐后又围棋数局，旋家时已三更矣。近年世俗皆打麻雀成风[①]，而琴棋书画之风雅，几不能复振。余于麻雀一事甚不欲为，且绝不留意也。惟围棋一事，生平颇嗜之。然究竟细于象棋，故少有人为也。

二十九日(10月3日) 晴。早餐后乘小舟至谢墅新貌山谒先大人殡庐，午餐下山，乘舟至马家埠登岸至石屋寺游。屋宇清静，不染尘俗，小憩许时，遂即下山登舟，旋家时已傍晚(宝斋亦同往)。今日之游，非专事广眼界，盖拟为先大人建水陆，游历稍能守法之寺建之也。此寺惜乎其山路甚远，往来甚为不便，故仍不拟于此寺作也。

三十日(10月4日) 晴。早餐后至后观巷田宅谈，又同徐君筱翰围棋数局。午餐后邀田蓝陬茂才、春农孝廉，田扬庭、徐筱翰及余共五人，步至五云城里游五云寺，小坐片时，又至寺池华严寺游，遂即步旋各到家，时已傍晚矣。

九月初一日(10月5日) 月为甲戌，日为丙午。晴。上午至水澄巷徐以逊孝廉处，谈许时旋家。下午琐事。阅《清议报》《申报》。晚傍至邻姚宅谈，即旋家。

初二日(10月6日) 晴。琐事。予体稍有不适，坐卧因循。阅《亚东时报》《中外日报》。近来新旧学淆乱之时，多阅报亦识时务之一道。

初三日(10月7日) 晴。琐事。下午同族兄宝斋至寺池华严

---

① 陈庆均《为山庐悼亡百感录》有诗记其事，诗曰："良宵见猎喜从心，每把楸枰黑白斟。棋格犹留亲手制，缅怀陈迹又侵寻。(近年麻雀之风甚盛，几等家弦户诵。余未习此事，酬应中颇不合宜，惟有暇时每与友人围棋耳。内人于灯右余闲时，或与予演习，然有事即辍，仍不能精其技，迄今其所界画棋纸尚存，见之又复泫然。)"

寺说建水陆忏事，稍坐片时即旋家，时已晚矣。

初四日(10月8日)　晴。上午至笔飞弄“余三庄”陈迪斋[①]处谈，即旋。琐屑事。

初五日(10月9日)　晴。早晨至大善寺前一走，即旋。

初六日(10月10日)　晴。上午至石门槛罗丹[青]处一谈，罗君即同来为家慈写寿容一纸。下午同王泽民、罗君谈。王君傍晚去，罗君晚餐后去。

初七日(10月11日)　晴。临袁香亭山水册叶。

初八日(10月12日)　晴。上半日临袁香亭山水册叶。下午田蓝陬茂才来邀游小云栖，遂即同乘舟至小云栖闲游。天色清佳，在云栖小坐许[时]，傍晚乘舟旋家，时已晚矣(同游者蓝陬、春农、扬庭及其子侄六人，连余共七人)。

初九日(10月13日)　阴。早晨写山水册叶。上午至后观巷斗姥殿祭神，又至石门槛罗丹青处谈片时。罗君柷甫、王君泽民同至吾家，午刻请其陪王君紫榛饮。午后谈许时，两君皆去。二更时天雨。

初十日(10月14日)　雨，上午即晴。临写袁香亭山水册叶四张，颇用精神。细写山水，甚非易易也。夜餐后为王君紫榛改文一首。

十一日(10月15日)　晴，天气清佳。写临袁香亭山水册叶。

十二日(10月16日)　晴。临写山水册叶。天气甚寒。

十三日(10月17日)　乍雨乍晴。临写山水册叶，追忆先大人，不禁投笔增悲。去年九月十三日早晨，先大人似病已染而尚思依常

---

① 陈迪斋(1857—?)，“亿中”钱庄经理。见《绍兴文史资料选辑》(第1辑)之裘振康《绍兴钱庄业概况》。按：《日记》新历四月二十九日即旧历三月二十七日：“天又雨，上半日似晴。同陈景平、田孝颛坐舟至西郭门外梅墅弥陀寺，系陈迪斋寺中建水陆忏，以称六十寿也。”据此，其当生于咸丰七年(1857)。

起坐，故仍复支持穿着衣履出房外坐。稍可支撑，不肯自言其病，盖恐一家之人有医药奉侍之事也。然是日观其情形，实不能支坐。大人自亦无所把握，遂扶持至床，请其暂行安卧。不料从此无出房起坐之时矣！光阴荏苒，迄今倏阅一年，泉路茫茫，何处可通消息！不肖因循懒废，大人之葬地尚未寻得。二妹嫁事年已长大又无所成，先大人垂死不忘之未了事。今责在不肖，虽其事甚难，而不能不速为尽心以图也。辄一念及，中夜起坐而不安耳。二更挥泪记之。

十四日(10月18日)　微雨。上半日琐屑事。下午临写山水册叶。

十五日(10月19日)　雨。临写山水册叶。

十六日(10月20日)　雨，下午晴。写山水册叶。琐屑事。

十七日(10月21日)　雨。上午祀财神，写画山水册叶。

十八日(10月22日)　雨。琐屑事。

十九日(10月23日)　晴。琐屑事。

二十日(10月24日)　晴。天气甚寒，寒暑表沉至五十度。今日为霜降，气候正似。时令将寒，百事因循，杜门养拙，有志者当若何策励也？上午张叔侯茂才、徐君筱翰，田蓝陬茂才、春农孝廉，又其弟扬庭、宝祐来邀余同至常禧城外游跨湖桥之马太守庙，登奎星阁临眺许时，进城至后观巷田宅，午餐后围棋数局。予至夜餐后旋家，时已二更矣。

二十一日(10月25日)　晴。琐事。写山水册叶。下午徐君乔仙同其西宾、弟侄来，兼游青藤书屋，即去。

二十二日(10月26日)　阴雨。早餐后至偏城里演武厅看兵操许时，后有雨，遂旋家。写画山水册叶。袁香亭为简斋太史乃弟，工写山水，有册叶十二张，甚觉超轶，不尘俗态。予生平最喜写山水，遂将其画一一临出，殊费几日之事。今喜有就，记之于此。

二十三日(10月27日)　雨。琐屑事。

二十四日(10月28日)　晴。上午琐事。午祭先曾大父忌辰。

下午至仓桥下试院前游。今日文学使[①](名治,满人)已到试院考试绍属科考。游览许时旋家,已日暮矣。王君泽民来,夜餐后去。

二十五日(10月29日) 阴晴。早辰薛阆仙明经来。上午罗君柷甫来谈许时,同至南门府学至圣庙看文学使行香,看后各归,予旋家已日午矣。下午至后观巷田宅谈,又围棋数局。夜餐谈许时旋家,已二更矣。

二十六日(10月30日) 雨。上午请罗柷甫丹青来写先大人小像,看谈半日。下午同罗君闲谈许时,罗君去。今日为生童考经古之日,本拟至式院前游,(此)[以]天雨不果矣。

二十七日(10月31日) 雨。丑刻起,闻申之兄已到试院前矣。今日为绍属九学科试,本拟送考至试院前,今为天雨甚骤,仍不往送,坐许时仍睡。上午琐屑事。下午至试院前接申兄考。傍晚旋家,雨甚密,颇湿衣履。

二十八日(11月1日) 晴。早餐后乘舟至石旗村登井头山拜高祖墓,事毕乘舟旋家,时已傍晚。又至后观巷田宅谈,兼围棋数局,旋家已三更矣。

二十九日(11月2日) 晴。早餐后乘舟至谢墅祭曾大父母、大父母、本生父母墓,事毕,至先父殡宫瞻谒,盖祭奠拟另择日期也。徘徊片时,下山乘舟,旋家时已傍晚。又至大江桥一走,过试院前旋家。夜餐后理琐事。

十月初一日(11月3日) 月为乙亥,日为乙亥。阴,午前雨,下午霁。今日黎明起理琐事。早餐后请先大人传像至寺池华严寺悬设

---

① 文治,字叔平。满洲镶红旗人,清同治四年(1865)进士。历官翰林院侍讲学士、内阁学士兼礼部侍郎、兵部右侍郎、广东学政等职。见《近代史研究》(2016年第6期)之杨上元、盖翠杰《〈庚子纪闻〉作者考辨》。按:《同治四年乙丑科会试同年齿录》名录中有其名,但未见其履历。

祭筵，今日起在寺建水陆忏七日。上午田蓝陬茂才、张叔侯茂才、田扬庭三人亦到寺谈叙。午后同张君围棋数局，傍晚各归，予到家天已暗。夜餐后至华严寺宿。

初二日(11月4日)　晴。上半日在寺琐事，午后旋家理琐事，申刻又至寺。

初三日(11月5日)　晴。在寺寅刻起，忏楼礼神毕，天已黎明。早餐后又到忏楼礼神毕，理琐事。午间祭老祖宗，祭先府君周年忌辰，家属亦皆至寺中拜祭，午餐后趁家属船旋家。追忆去年此时，正先府君弃养，生者死者极难堪之候。何意光阴迅速，忽忽不知已阅一年。平时梦梦作人，痴心如先府君之犹在，而不知先府君固何年何地再能及见哉！一经警觉，抱痛增深。今晚本拟不到寺，因思先府君之传像既在寺中悬设，虽不复能亲承言语笑貌，亦何敢不陪侍像侧，稍伸追慕之忱。时已更初，遂又至寺止宿。

初四日(11月6日)　晴。在寺琐事。寅刻起到忏楼礼神毕，早餐后至八字桥薛阆仙馆谈片时，薛君遂同余至华严寺谈。傍午田春农亦至寺谈，午后同澹然和尚[①]谈，澹然系湖南壬子优贡，中年投笔从戎，后遭逆乱，其家属死亡，遂落发为僧，著有《易经部注》一书，俞曲园太史曾为其叙之[②]，而尚无付刻也。谈片时即出。傍晚春农去，遂留阆仙宿于寺畅谈，半夜又着棋数局，睡已鸡鸣将报晓矣。

初五日(11月7日)　晴。同薛阆仙在寺中畅谈，午餐后张叔侯茂才、田蓝陬茂才亦至寺谈，遂同张君围棋数局，夜餐后各归，予旋家

---

① 王世儒《蔡元培年谱新编》载："（光绪二十五年）十月十六日：至华严寺，看澹然和尚，年七十有四矣，贵州人，以优贡生留滞湖南，曾练勇击苗，厥后家歼于粤贼乃为僧，于时年三十一耳。好言《易》，所著《易学》四册，本宋人所传'河图洛书'，而一据卦象为说，谓大书卦画悬壁熟观，积思既久，忽于梦中悟之，亦旧学之魔者。"

② 见《俞樾全集》册13《春在堂杂文》五编六卷《释澹然〈周易注〉序》。

时已更初矣。途中稍遇雨,而衣衫尚不甚湿。

初六日(11月8日) 阴。早晨过后观巷田宅邀其西宾张叔侯茂才至华严寺谈,围棋数局,午餐后又围棋数局,张君去。遂过大街至试院前接纪堂弟及王君紫榛考,傍晚旋家。夜餐后余又至寺宿。

初七日(11月9日) 乍雨乍晴,天气闷热。上午礼神,祭先府君像。午后恭送先大人牌位上华严寺之神堂,礼毕,料理琐事,旋家时已将傍晚。遂又至试院前游,看出山会报覆童生牌。见帖店有邓石如篆字全碑,遂即买其一套,共计一百六十四张,字最雄挺,亦邓公精意之作。此碑刻手又不劣,洵为学篆者所不可少之本也。

初八日(11月10日) 晴,天气闷暖。上半日琐事。下午至试院前游许时,旋家已晚矣。

初九日(11月11日) 雨。琐屑事。

初十日(11月12日) 雨朗。上午看招女儿、味女儿穿耳穴,穿后并不出血,似亦天地生成之事,为女人所必有也。傍午至水澄巷徐仲凡舅氏处谈许时,又至试院前游兼买琐物,旋家日光将落西山。

十一日(11月13日) 晴。理琐屑事。内子及儿女至田宅小住。午间予至田宅拜忌辰,午餐后旋家,积阅报纸十数号。

十二日(11月14日) 晴。早晨理账。上午至试院前游,学使去而考事毕,人迹稀少,景象萧条。游览许时旋家,时已当午。下半日理账事。阅报见徐子祥大令被江西巡抚奏参听断轻率,尚欠力炼,已有上谕着开缺另补。闻徐君由报捐以迄到任,不下用去洋二万几千元,方及半年,不得志于上游,遽即罢任,宦途可为险矣。

十三日(11月15日) 晴。琐事。

十四日(11月16日) 晴。理录先府君丧事账务。

十五日(11月17日) 天晴,无日光。琐屑事。午祭先府君像。

十六日(11月18日) 晴。上午至仓桥一游,即旋家。下午督木匠修理房间板壁琐屑事。

十七日(11月19日) 晴。琐事。下午至后观巷田宅谈,夜餐后旋家。

十八日(11月20日)　阴,乍雨乍晴。上午至水澄巷徐宅诒逊孝廉处谈兼访吉逊明府,渠由京引见返里,谈片时旋家。过石门槛至罗柷甫丹青处一坐,即旋家。

十九日(11月21日)　晴。琐事。下午姚庸生茂才来谈,即去。又徐吉逊明府来谈,即去。

二十日(11月22日)　晴,天气甚冷。今日为小雪节。早晨瓦上之霜甚浓,寒暑表沉至四十度。闻近日米值又贵,冬间甚不宜有此时局。今年各处收成并不荒歉,实为外洋奔拥而少。中国污吏贪商,大率皆趋小利、昧大害,妨贤病国者多,又何望国家之富强哉!

二十一日(11月23日)　晴,天气甚冷。上午琐事。午拜先大父讳辰。

二十二日(11月24日)　晴。上午录账务。午拜先大母诞辰。下午理拜坟祭物等事。

二十三日(11月25日)　晴。早餐后乘舟至谢墅祭先府君殡墓,事毕下山,舟中午餐后,旋家时已傍晚矣。夜餐时闻昌安门外失火,即至市门阁一望,见火势已息且甚远,就即旋家。

二十四日(11月26日)　天色阴寒。

二十五日(11月27日)　天气甚冷。清晨见水有薄冰,寒暑表沉至卅七度,写字便觉手冷也。一年时候,惟春秋佳日最便于人作事。予昔年素性畏热并不畏寒,近年畏寒畏热渐渐为甚,亦足征气体之衰。故谚云"未老前衰",其予今日之谓欤!

二十六日(11月28日)　晴。琐屑事。

二十七日(11月29日)　晴。上午理祭事。午祭先府君诞辰。下午琐事。傍晚至大云桥看火地盘,该处于今日早晨失火,焚去屋宇十数间,看后又至咸欢河一游,即旋家。

二十八日(11月30日)　阴晴。琐事。

二十九日(12月1日)　晴。上午理祭事,又录写账务。午间祭本生先府君忌辰。下午阅《大清律例》。

三十日(12月2日) 晴。琐屑事。录账务。夜理琐屑账,又阅《五十名家书札》。

十一月初一日(12月3日) 月为丙子,日为乙巳。微雨。录写账事。午祭先府君像。下半日阅李越缦[1]先生骈文。

初二日(12月4日) 细雨纷纷,天气潮湿。录写账务。午拜高祖诞辰。下午阅《有正味斋骈文》。

初三日(12月5日) 晴。学正写草字。观《五十名家书札》,有郭筠轩[2]侍郎书札字最为秀挺,卓有丰资,足为出色当行之笔。余于草字辄写不得神,实少习学也。

初四日(12月6日) 晴。早餐后乘舟至植利门外谢墅岸,到官山墺游山,又到大养山游山,又过先大人殡庐小坐片时后,下山乘舟

---

① 李慈铭(1830—1894),本名家模,原名模,小字莼客,字爱伯,一字式侯,又字法长,号越缦,又号霞川。清浙江会稽人。同治九年(1870)举人,光绪六年(1880)进士。曾官户部郎中、山西道监察御史等职。著有《越缦堂日记》《越中先贤祠目》《白华绛柎阁诗集》《杏花香雪斋诗集》《霞川花隐词》。见《山阴李氏家谱》卷五《行传》;平步青《樵隐昔寱》卷三《李君莼客传》;《李慈铭会试朱卷》(《清代朱卷集成》册48);《李慈铭乡试朱卷》(《清代朱卷集成》册257)。按:家谱、会试朱卷其生年均作道光己丑十二月二十七日。公历为1830年1月21日。李慈铭乡试朱卷、《同治庚午科大同年齿录》、《同治庚午科浙江乡试同年齿录》均作道光乙未年十二月二十七日。公历为1836年2月13日。此据家谱及会试朱卷。

② 郭嵩焘(1818—1891),原名先杞,字伯琛,号筠仙,一作筠轩,别号献臣,玉池山农、玉池老人。清湖南湘阴人。道光十七年(1837)举人,二十七年进士。曾官苏松粮储道、两淮盐运使、广东巡抚、福建按察使、出使英法大臣等职。著有《养知书屋文集》《玉池老人自叙》等。见郭嵩焘《玉池老人自叙》卷首李鸿章《兵部侍郎郭公墓表》、王先谦《兵部侍郎郭公神道碑铭》、黄嗣东《湘阴郭公墓志铭》以及卷末郭焯莹《事述》。

旋家，时已晚矣。平日素不留意堪舆之术，今者寻山问水，胸中自无把握，所以觅地为更难也。不敢妄想富贵荣华之壤，但愿得一山水清静之区，地气高燥，上下左右无妨碍，便当为先大人安灵。盖富贵在天，圣言不予欺也。岂可于卜地时预生妄念，但先人灵魂所安之处，不可不慎真选择也。

初五日（12月7日）　琐事。上午诸介如茂才来谈，午后去。下午阅《申报》。

初六日（12月8日）　晴。上午督工人涤洗石池。下午至后观巷田宅谈许时，旋家已晚矣。

初七日（12月9日）　晴。较对簿本，算理琐屑事。下午至街一走，旋家已日落西山，月升东汉。天时近日为最短，转瞬一天过去矣。

初八日（12月10日）　晴，天气闷暖。琐事。

初九日（12月11日）　阴晴，下午乍有雨。上午至后观巷田宅谈。午餐后又至石门槛罗丹青处一谈，又过大街旋家，时已傍晚矣。

初十日（12月12日）　早晨雨，午晴。上午过后观巷田宅，同蓝陬茂及其侄扬庭、张叔侯茂才、徐君筱翰至镇东阁前看新秀才迎送，又至会稽学看新秀才拜至圣先师后，遂即旋家，蓝陬归去，叔侯、筱翰、扬庭来吾家，过午后围棋数局，傍晚各归去。

十一日（12月13日）　晴。天气近日甚暖，身穿单件棉衣足矣。

十二日（12月14日）　晴。乘舟过西郭，邀鲍诵清广文同至谢墅游山，申之兄亦同去。看山后舟中午餐，放棹而归。鲍君至大木桥上岸归去，申兄同余旋家，时已晚矣。

十三日（12月15日）　晴。琐事。阅《申报》，见有编修沈鹏[①]奏

---

① 沈鹏（1870—1909），初名棣，改名鹏，字诵棠，号翼生、北山。清江苏常熟人。光绪十九年（1893）举人，二十年进士，改庶吉士，授编修。戊戌政变后，荣禄、刚毅、李莲英为慈禧太后宠信弄权，朝政日败。后沈鹏上疏劾荣禄等“党援祸国”，请杀荣、刚、李“三凶”。翰林院掌院不敢代奏，他拂袖回乡。途（注转下页）

请皇太后、皇上诛荣中堂、刚中堂、李太监三人,可谓不避权势,勇敢上言。未识皇太后、皇上阅此奏将若何处之也。时局艰难,朝野人类必志不齐,实有朝不保暮之势。

十四日(12月16日) 上午晴,下午雨。理账务及理收租账事。予脾甚弱,稍有湿热,身体便生红瘰。大抵为湿热受风所致,宜略服去风湿清热之药,或者即可见愈。

十五日(12月17日) 乍雨晴。年华易迈,琐屑因循,迁延度日。平时无经济实学,他日又安望有德业事功之可成也。清夜自维,殊堪嗟叹。

十六日(12月18日) 乍雨晴。

十七日(12月19日) 晴,上午乍有雨。琐事。下午至街一过,即归,天已夜矣。天气近日不甚冷。

十八日(12月20日) 雨。琐屑事。

十九日(12月21日) 雨,天气潮暖。

二十日(12月22日) 阴晴。今日冬至。今冬尚无严寒天气,且雪亦并不降过,似乎冬间如此不甚相宜也。上午理祭祀事。午间祭拜历代祖宗。冬至一过,年事日催,光阴何其易过也。回忆童年,每当度岁最为欣喜,此无人事所累,不知时世之艰难。今则心绪忧纷,年渐侵长,百事无成,一到年节,不胜其惊心矣。

二十一日(12月23日) 阴,寒风甚多。琐屑事。午祭初生伯祖忌辰。下午至偏城外仓屋部署租事,傍晚旋家。

二十二日(12月24日) 雨。上半日琐事。下午至偏城外仓屋理租事,夜亦住宿于仓屋。

(续上页注)经天津,将疏稿交《国闻报》发表。引起朝野震动,被捕判终身监禁。狱中慷慨陈词,视死如归。两年后获释归里,交地方官严加管束。后精神失常,宣统元年(1909)七月二十二日去世。著有《沈北山剩稿》。见《沈北山哀思录》(《上海图书馆藏赴闻集成》册38)。

二十三日(12 月 25 日)　雨终日不休。在仓屋琐事,晚间旋家。今日为冬丁卯,相传此日有雨,则下冬雨雪必多。雨雪一多,百事延误,故冬间皆不求多有雨也。

二十四日(12 月 26 日)　雨。琐事。

二十五日(12 月 27 日)　雨。上午坐小舟至常禧城外仓屋理租事,夜在仓屋宿。

二十六日(12 月 28 日)　雨,巳刻晴,天气甚闷湿。上午至家琐事。傍晚至偏城外仓屋理租事,在仓屋宿。

二十七日(12 月 29 日)　天气阴寒。在仓屋琐事。天久不肯晴,今冬租谷积滞未能晒燥,故米值虽未减而谷价遂日退也。

二十八日(12 月 30 日)　雨,午间雨霁。在仓屋理粜租谷米事,琐务一日。夜旋家时,已更初矣。

二十九日(12 月 31 日)　雨,午间降雪,下半日雪积平地一寸,风大天寒。在家琐事。

十二月初一日(1900 年 1 月 1 日)　月为丁丑,日为甲戌。天气甚冷,滴水即冻,寒暑表沉至三十度,下午稍有日光。予至清风里街一走,即旋家,又坐小舟至偏城外仓屋。

初二日(1 月 2 日)　天气阴寒,积冰不释,下午雨雪花甚紧。予在仓屋琐事。

初三日(1 月 3 日)　早晨起视平地,雪高五寸,亦瑞雪也。纷纷飞雪花一日。傍晚坐舟旋家。

初四日(1 月 4 日)　又降雪,可谓雪上加雪。天气阴寒异常,不堪作事。夜餐后冒雪至常禧城外仓屋。

初五日(1 月 5 日)　又降雪花,终日不休。予在仓屋琐事。傍晚雪更紧大,夜餐后旋家。跨湖桥途中遇“里记”租船,趁到家时已二更矣。

初六日(1 月 6 日)　早晨起见夜间平地积雪又高六七寸,前日之雪尚未释褪,此又加厚不啻一尺二三寸矣。日间风雪又紧大不已,苍生咸苦不便作事也。上半日又积厚五寸,"天教瑞雪报年丰",诵古人之句,不禁为来岁祝也。傍晚至常禧城外仓屋,踏雪行路,殊觉为难,到仓屋时已夜矣。

初七日(1月7日)　阴。在仓屋琐事兼粜米事。夜又降雪。夜餐后旋家。

初八日(1月8日)　晴。上半日琐事。下午至偏门外仓屋理租事。

初九日(1月9日)　晴。早餐后坐小舟旋家。下午又坐小舟至仓屋理租事。

初十日(1月10日)　晴。在城外仓屋琐事。

十一日(1月11日)　晴。在仓屋琐事。上午粜租米,不料余在外厅看粜米,而贼在后墙挖壁穴至楼上窃去洋四十四五元。日间胆敢挖穴窃物,实凶于盗远矣。然此必有四近熟悉之人穿通脚线,乘隙盗偷,此等事令人防不胜防。近来人心之坏,一至于此。作人不能不处处留心,防闲于绝无仅有之处。呜呼!时局日非,凶邪遍野,世道人心不知何日有转机也。夜餐后坐舟旋家,时已二更矣。

十二日(1月12日)　晴。琐事。下午至城外仓屋,傍晚旋家。

十三日(1月13日)　晴。琐事。上午至街一走,即旋。

十四日(1月14日)　晴阴。早餐后至常禧城外仓屋理租事兼粜谷事。下午事毕旋家,时已晚矣。

十五日(1月15日)　晴。早餐后至常禧城外仓屋理事及粜谷一切琐事。下半日事毕旋家,一年租事又了矣。

十六日(1月16日)　晴。琐屑事。午后至街一走,即旋。

十七日(1月17日)　晴。上午至后观巷田宅,午餐后至常禧城外徐筱翰家,田扬庭、禔盦二人亦同去也,时半即偕徐君及王君亦之、田君二人至快阁游。快阁主人姚君幼槎[①]坚留夜餐后，又围棋数局，旋家时已三更。姚君幼槎为富家后人，颇尚风雅，兼善写篆文，亦难得也。

十八日(1月18日)　雨。阴面之积雪尚未释褪，虽晴已多日，而道路仍湿。今又下雨，年内不知有晴好之日否？

十九日(1月19日)　阴。琐屑事。

二十日(1月20日)　雨。理写账事及家务琐屑。天下事最不见有功者，莫如家务。一日之间，有数件细事所纷，遂即虚过光阴。数年来作人，殊觉琐琐也。

二十一日(1月21日)　阴，微雨数点。早晨薛阆仙明经来谈，又围棋数局，过午餐后去。

二十二日(1月22日)　晴，天气潮湿，似有春意。下午至仓桥一走，转大街即旋家。

二十三日(1月23日)　雨。琐事。晚间祭东厨司命神，恭送升天。夜理账务。

二十四日(1月24日)　雨，阴寒。上午琐事。午祭本生先慈诞辰。下午琐事。夜理账。

二十五日(1月25日)　早晨起又见雪积寸许，上午雪霁。至大街钱业结账，至下半日旋家。理祀年神事。晚间雪花又飞，冬雪可谓多矣。

二十六日(1月26日)　天霁。寅时起盥沐毕，敬祀年神，又祭祖，事毕天初晓。上半日琐事。下午至街一走，即旋家。寒雨纷纷，行路甚难也。

二十七日(1月27日)　雨。理账务。下午冒雨又至街一走，即旋家。

---

① 姚福厚(1868—？)，小名联元，字载庵，号幼槎，日记一作幼楂。整理时其号统一为幼槎。清浙江山阴人。目录学家姚海槎之第三子。见《文澜学报》(1935年第1期)之陶存煦《姚海槎先生年谱》。

二十八日(1月28日) 早晨又下雪,雪花大如掌,顷刻之间积厚四五寸。幸不多时即息,上午即有日光。夏间有阵雨,今冬间可谓有阵雪也。晚上又雨。近今本时势艰难、民生支绌之时,加以雨雪连绵,市上生意闻愈形清淡,似亦非盛世之境象也。

二十九日(1月29日) 雨不休息,诸事甚为不便。算付各店账务,琐屑一日。

三十日(1月30日) 雨不休息。意兴萧条,清理账事。午间祀东厨司命神,悬设祖宗传像。晚间祭拜祖宗,事毕已十下钟。夜膳后理家用各账,事毕已鸡鸣初报矣。人生年纪一大,度年本不甚高兴。矧现在服制之时,回思昔年除夕,先大人已经弃养而灵柩尚在堂中。今则长幼各人依然度年,独先大人风雨一庐,荒山远殡。想念及此,心绪更属无聊。晚间忽有传闻,云朝廷已更立新君,开岁有改元之设。传闻之下,惊讶莫名。盖近今宫廷母子之嫌隙,固早为天下臣民所熟悉,而不料更变如此之骤也。然则今日皇上之度年,更比草茅下士为无聊矣。翘瞻北阙,嗟叹何如。然尚未及见明文,亦不敢信为确事耳。

恭录 上谕

十二月二十三日 奉上谕着传恭亲王溥清,贝勒载濂、载滢、载润,大学士、御前大臣、军机大臣、内务府大臣、南书房、上书房、部院满汉尚书等,于明日伺候。

十二月二十四日 奉旨着传王公大臣等于二十六日均穿蟒袍补褂并递如意二柄。

十二月二十四日 奉上谕明年正月初一日大高殿、奉先殿着大阿哥溥儁恭代行礼,钦此。同日,奉上谕大阿哥正当典学之年,嗣后大内着在宏德殿读书,驻跸西苑。着在□□殿读书,派崇绮为师傅授读,并派徐桐、常川照料,钦此。同日奉朱笔:朕自冲龄入承人统,仰承皇太后垂帘训政,殷勤教诲,巨细无遗。迨亲政后,正际时艰,亟思振奋图治,敬报慈恩,即以仰副穆宗毅皇帝付托之重。乃自上年以来，气体违和，庶政殷繁，时虞丛脞，惟念宗社至重，前已吁恳皇太后训政。一年有余，朕躬总未康复，郊坛宗庙诸大祀，不克亲行。值此时事艰难，仰见深宫宵旰忧劳，不遑逸暇，抚躬循省，寝食难安。敬溯祖宗缔造之艰难，深恐弗克负荷，且入继之初，曾奉皇太后懿旨，俟朕生有皇子，即承继穆宗毅皇帝为嗣。统系所关，至为重大，忧思及此，无地自容。诸病何能望愈，用再叩恳圣慈，就近于宗室中，慎简贤良，为穆宗毅皇帝立嗣，以为将来大统之畀。再四恳求，始蒙俯允，以多罗端郡王载漪之子溥儁，继承穆宗毅皇帝为子，钦承懿旨，欣幸莫名。谨敬仰遵慈训，封载漪之子溥儁为皇子，将此通谕知之。钦此。

光绪二十六年庚子(1900)

正月初一日(1900.1.31)至十二月三十日(1901.2.18)

正月初一日(1900年1月31日) 月为戊寅,日为甲辰。天雨不休息。清晨起盥洗毕,礼天地神及众神,拜祖宗毕,闲坐。风雨满天,不便治事。元日如此多雨,似亦罕有也。

初二日(2月1日) 雨。酬应来拜年客,殊为琐琐。此亦中国世俗,甚可笑也。

初三日(2月2日) 雨。理账事。新年风雨连朝,人心萧索,甚少意趣。

初四日(2月3日) 雨。酬应来拜年客。

初五日(2月4日) 阴晴。今日为立春。琐事。下午薛阆仙明经来谈,兼围棋数局,至夜餐后去。

初六日(2月5日) 晴。早晨剃头。早餐后乘舆至南街徐宅拜年,又至覆盆桥凌宅拜年,又至后观巷田宅拜年,又至作揖坊[①]徐宅拜年,又至司狱司前胡宅拜年(此处不见),又至水澄巷徐宅拜年,又至府山后褚宅拜少湖师像,又至西郭徐宅拜年,又至徐宅拜年,又至寺池骆宅拜崧年[②]师像。各处匆匆一到,此外皆递名片而不亲到者

---

① 作揖坊,日记一作作楫坊,整理时统一为作揖坊。作揖坊,今存,是绍兴城区内南北走向道路,北起人民西路,南至鲁迅西路。

② 骆长椿,字嵩年,一作崧年。清浙江山阴人。嘉庆二十四年(1819)举人骆鹏云之孙,光绪二年(1876)年优贡骆文潮之子,光绪十五年(1889)举人胡道南母舅。见《胡道南乡试朱卷》。

也。事毕旋家，已午后矣。即午餐后，乘舟至张墅蒋宅拜年，稍坐片时，即乘舟旋家，时已夜矣。

初七日(2月6日)　晴。早晨至泥墙弄曹宅拜年，坐片时即出。早餐后乘舟至石旗村井头山拜高祖墓，事毕后舟中午餐了，旋家时已傍晚。

初八日(2月7日)　早晨起见雪积厚数寸，幸日间不雨，且春雪转瞬即释褪。早餐后乘舟至谢墅拜曾祖父母、祖父母、本生父母墓，又拜先府君殡墓。事毕下山，舟中午餐后旋家，时已将晚矣。

初九日(2月8日)　早晨起又见雪，日间雨雪纷纷。上午鲍诵清广文来围棋数局，又田春农孝廉来，午餐后又同鲍君围棋。傍晚徐吉逊明府来，又徐以逊孝廉来。夜饯吉逊明府，渠将之任河南灵宝也，而请诵清、以逊、春农作陪也。同桌申兄及余共六人，晏毕又围棋数局后各去，时已三更矣。

初十日(2月9日)　晴。琐事。阅《申报》，见上谕已立定新主，惟年号尚不更改。此为中朝至大至可讶之事，已将此上谕录登前页。观此则皇上之不复位已成铁据，实为天下臣民所不解者也。

十一日(2月10日)　晴。琐事。下午至石门槛罗丹青处一坐，即又至江桥一走，旋家时已晚。

十二日(2月11日)　晴。今午田宅邀宴，余以制服辞之。下午至水澄桥、大街一走，即旋家，时已夜矣。

十三日(2月12日)　阴晴。琐屑事。忽忽过去已越旬日，光阴荏苒，殊觉人生之碌碌也。百事无成，实堪自叹。

十四日(2月13日)　阴，晚雨。午前至水澄巷徐宅送吉逊明府行，稍谈片言即旋家。献岁以来，尚无终日晴佳天气。俾人亦意兴萧条，时觉尘闷耳。余年纪日长，学问愈疏，不特无所新进，且旧业亦多荒芜。读温故知新之句，能无惶悚哉？

十五日(2月14日)　乍雨晴。收拾书籍等件。午后至大善寺前一走，即旋。途中遇雨，便道至后观巷田宅谈，值董君景梧亦到田宅,遂坚留余。夜餐后谈许时,旋家时已三更矣。

十六日(2月15日) 乍雨晴。王君泽民来谈半日去。夜又飞雪花,天气遂觉寒冷。

十七日(2月16日) 早晨起见雪积二三寸,降雪半日。冬春雨雪之多,亦罕见者也。

十八日(2月17日) 阴。午祭祖宗像,谨敬卷像等事。

十九日(2月18日) 晴。琐事。上午王君芝榛上馆蒋兴官读也。理琐屑事。

二十日(2月19日) 阴。上午徐君少翰来围棋一局,谈许时去。下午至后观巷田宅谈片时,又至大街一走,又至南街徐宅谈片时,旋家时已傍晚矣。

二十一日(2月20日) 晴。上午书字。午后至后观巷田宅谈许时,又至能仁寺前游,即旋家。能仁寺为越中第一大寺院,惜殿宇屋舍早已坍倒,僧人云寺之前后左右有余地七十几亩,昔时有屋百数十间,及今所存之屋,不及十分之一。僧人借石柱之尚存,现已兴工建造大殿,并起傍屋若干间。他时工峻后,当亦粗有规模也。

二十二日(2月21日) 晴。早晨学字。午前至大街一走,即旋家。阅《中外日报》及《申报》。

二十三日(2月22日) 晴。上午至酒务桥王君泽民馆谈片时,即同王君至仓桥及江桥一走,即旋家。王君亦来吾家,午餐后王①。傍晚,田春农孝廉来谈,夜餐后谈许时,二更后去。

二十四日(2月23日) 晴。学写大字,又为徐君筱翰写楹联大字四副。多日不写大字,便觉生手也。夜阅《中外日报》。

二十五日(2月24日) 阴。琐事。阅《申报》及《中外日报》。

二十六日(2月25日) 晴,天气和暖。午祭高祖妣忌辰。

二十七日(2月26日) 晴。上半日至鱼化桥李雅斋茂才处谈,

---

① 此处文字似未写完。

片时即出。又至水澄桥、大街及利济桥街一走，即旋家，时已午正矣。下午略雨数点。琐事。

二十八日(2月27日) 雨，日间阴霁。录写先府君哀挽录。下午至斜桥街一走，即旋家。夜学字。阅《中外日报》《申报》，报中言及卸任两江总督、南洋大臣刘砚庄①制府有长揖归田之意，见之不禁企慕而羡老成晚节之无亏也。盖制军去年春夏间以老病曾一再奏请开缺，嗣以圣眷甚隆，一再赏假挽留。而朝廷多事，制军为中外物望所归，不敢负圣朝重倚，遂于去秋即力疾销假，勉肩巨任。不料冬间有到京陛见之召，且年下宫庭又有立嗣更新之局。制军慨时事之艰难，今既重任卸肩，亦不欲再觐龙光，与闻国事。闻已具折奏请免其陛见，报中所言未知确否。灯右无事，泚笔记之。

二十九日(2月28日) 雨。前数日见市上江南义赈彩票甚为盛行，此事昔年刘砚庄制府奏办，实为中国收回最大利权，且其事为义赈，诚一举而两美备焉。自此票一作，而外国之票寂然不行于中国，亦足见中国民心之归附而尚未为外国所欺诱也。下午，忽惊闻曹康臣母舅已于前日午时逝世，实为嗟悼。舅氏享年五十六岁，古道照人，不染晚近浮习，乡里咸为推重，乃不可少之老成也。溯本生母家有四母舅，三位先后谢世，近年只此舅氏矣。不料年未花甲，亦一病而归道山。人生何其不可测哉！最可悲者表弟方及八龄，一切家事未谙治理，不知能克守家风否乎？

---

① 刘坤一(1830—1902)，字砚庄。清湖南新宁人。历任广西布政使、江西巡抚、两广总督、两江总督兼南洋通商大臣。洋务派代表之一。任职期间，秉性公忠，才猷宏远，克勤厥职，为民众所爱戴。赠太傅，谥忠诚。有《刘坤一遗集》传世。见《续碑传集》卷三十一朱孔彰《刘忠诚公坤一别传》;《碑传集三编》卷一四陈三立《赠太傅两江总督刘忠诚公神道碑铭》、章钰《新宁刘忠诚公神道碑铭》。

二月初一日(3月1日)　月为己卯,日为癸酉。上半日琐屑事。午祭先大母凌太宜人忌辰。下午至丁家弄送曹康臣舅氏大殓,夜旋家时已二更后矣。今日天阴。

初二日(3月2日)　阴晴。琐屑事。下午大雨。

初三日(3月3日)　雨不休息。上半日琐事。祀文帝诞。午间祭本生先大人诞。下半日琐事。

初四日(3月4日)　阴,下午晴。上半日撰挽曹康臣舅氏联语数副,记之于下:"花甲喜将周,古谊风高,晚近来咸资矜式,记曾元日经临,尚向草堂谈世事;椿阴惊乍谢,老人星陨,亲友谊(齐)[戚]感唏嘘,惭在平居咫尺,未能易箦聆遗言。"此联未尽工致,后用一联,又记于下:"鹤筹待祝,麟趾呈祥,喜振靡式浮,尚有老成为表率;红杏将开,灵椿乍萎,叹星沉月晦,从今戚党失仪型。"此联似稍胜前一联。下午遂用布写送,书成天已夜矣。夜间阅《申报》及《中外日报》。

初五日(3月5日)　晴。上半日家务琐屑。午至泥墙弄曹宅吊康臣舅氏,午餐后旋家。下午李雅斋茂才、谢□□及其友共八人来游青藤书屋,稍坐片时即去。未刻,田杏村内兄来谈,至晚间去。

初六日(3月6日)　晴,天气潮暖。上午至水澄桥街市一走,又过"和记"同朱君理声谈许时旋家,时旰矣。下午为徐君少翰写挽别人联一副。阅《申报》及《中外日报》。

初七日(3月7日)　阴晴。

初八日(3月8日)　天气晴佳。早晨自界格小屏纸四条。午前琐事。下午在楼收拾书籍、器具等事。旁晚作文一首,为翻阅旧作感而试之。夜又作五言诗一首,题为《烟雨楼台春似画》,此系蕺山甄别题。余久不作文诗,今特拟作一试,然而殊觉生疏也。

初九日(3月9日)　晴,天气清快。上午至镇东阁前一走,又至咸欢河沿王泽民处一谈,即旋家。下午至田宅坐片时,即偕田蓝陬茂才、春农孝廉,又扬庭,又徐君少翰至江桥一游。又至水澄巷徐宅谈,同显民太守、以逊孝廉纵谈,至二更后归。道经田宅,遂稍坐片时,余即旋家。

初十日(3月10日)　晴。上午学字。午刻至清风里街一走,即旋家。下午为徐君筱翰写琴条屏一张,又学正楷字数百。

十一日(3月11日)　阴晴。上半日学字。连日学字,手腕稍痛,盖写字贵得心应手,全仗精力也。午餐后至大善寺前街一走,路上失落角洋十六角,不知何处失落,此亦自疏于检束也。半下午即旋家学字。

十二日(3月12日)　晴。琐事。抄录账务。夜餐后田蓝陬茂才、春农孝廉、张叔侯茂才、徐君少翰来谈,至三更去。

十三日(3月13日)　晴。上午至田宅同蓝陬茂才、春农孝廉、扬庭、张叔侯茂才、徐君少翰乘舟至禹庙游,下午旋家,已旁晚。又至田宅夜餐后,谈至二更旋家。

十四日(3月14日)　晴。

十五日(3月15日)　阴。琐事。下午徐以逊孝廉、徐君少翰、田君扬庭来谈,兼着棋数局。晚,余同至后观巷田宅谈,夜餐后谈许时旋家。晚间天降□子甚大。

十六日(3月16日)　雨,天气甚寒。上午理祭祀事;又作五言诗八韵,题为《中和节进农书》,此稽山书院课题也。午间祭先大父诞辰。

十七日(3月17日)　雨,天气甚寒。早餐后至后观巷田宅,同舟至五云城外游东湖书院。此举原定徐、田同予公局,后为徐、田诸君改计。此举专为予三十生辰而设,及至坐席,始觉知悉。予为诸君所骗,甚属可笑。同集者为鲍星如明府、徐显民太守、以逊中翰、徐君少翰,田蓝陬茂才、春农孝廉、扬庭、醴盦、孝颛茂才及予共十人,在中厅畅饮并围棋数局,至旁晚乘棹各归,予旋家时已二更。深感诸君雅意,一番排档,然予现在穿制,何可以赴盛筵而豪饮哉?

十八日(3月18日)　雨,上午霁。作五言诗八韵,题为《举孝兴廉》,此系龙山书院甄别题也。

十九日(3月19日)　晴。琐事。午前至泥墙弄曹宅祭康臣舅氏三七,午餐后旋家;又至华严寺游,坐谈许时旋家。

二十日(3月20日)　晴,风日清丽。上午至常禧城外仓屋一游,即旋家。下午至大街买物等事,又至田宅谈,傍晚旋家。夜录清账务,学小行书字。

二十一日(3月21日)　晴,上半日雨。琐事。下午徐君少翰同张叔侯茂才来谈,又着围棋。晚间余同两君至田宅谈,又着棋。夜餐后又着棋,至三更旋家。

二十二日(3月22日)　晴。琐事。下午学小行书字。徐君少翰同徐以逊孝廉、田君扬庭来邀余同至常禧城外徐少翰家稍坐一时,又至孙和庭家稍坐一时,又至快阁姚君幼槎家围棋。夜餐后谈许时,又至徐君少翰家坐许时,然后同以逊、扬庭坐舟各旋家,时已三更矣。夜雷雨。

二十三日(3月23日)　阴,乍雨数点。理账事。

二十四日(3月24日)　晴。琐事。录写账。

二十五日(3月25日)　晴阴,乍有雨。

二十六日(3月26日)　雨。家事琐屑。夜餐后至后观巷田谈兼看机器留声,谈至二更旋家。

二十七日(3月27日)　晴。早餐后乘舟至上谢墅拜田太外舅及外舅墓,事毕,在舟中午餐后放棹而归。舟中同诸君围棋,到家时已暗矣。

二十八日(3月28日)　晴。早餐后乘舟至澄湾拜田先外姑墓,事毕,即到舟午膳后启棹而归。舟过小云栖,登岸一游,即乘舟归,到家时已傍晚。徐以逊孝廉、徐君少翰、罗柷甫丹青、田君扬庭来吾家(诸君皆同舟由澄湾归,登岸到吾家也),同诸君畅谈。夜餐后畅谈多时,至三更诸君各去。

二十九日(3月29日)　晴。琐事。下午至仓桥,又至大善寺前街一走,即旋家。

三十日(3月30日) 晴。早餐后乘舟至石旗村登井头山拜扫高祖墓,事毕后下山。登舟午餐后,又至外王拜高叔祖墓,事毕登舟,放棹旋家,时已夜矣。

三月初一日(3月31日) 月为庚辰,日为癸卯。天气闷暖。上午乘车至寺池吊钟厚堂观察(观察卒于二月十一日,今开吊也),稍坐片时即旋家。午间祭先大人像前。光阴荏苒,百事因循,何其不自警惕也。下午至后观巷田宅谈,傍晚旋家。

初二日(4月1日) 晴,天气潮暖。上午至古贡院前中西学堂访游(西宾王君芝榛亦同往),晤蔡鹤卿太史,稍谈片时,即出。过仓桥旋家,时已正午。

初三日(4月2日) 晴。早餐后乘舟至植利城外谢墅新貌山祭曾大父母、大父母、本生父母墓,事毕,又至先大人殡墓俳徊片时,遂即下山。登舟午餐后,放棹旋家,后又至后观巷田宅,即同徐君少翰至水澄巷徐宅,即又同以逊孝廉至西郭徐宅(其家由昔年霞齐迁至城里,系少翰本家。今为五妹[①]媒事,故一到也),天光已暮,稍坐片时,遂即各归,余到家时已夜矣。

初四日(4月3日) 晴。早晨至江桥一走,又至萧微弄花园一游,即旋家。琐事(为内子及儿女至田宅小住理琐屑事)。下午至田宅为明日田杏村内兄次子完姻。余现在穿制,本不必出门庆贺,然平日时常往来且属至戚,故于今日特预行一贺,至傍晚旋家。

初五日(4月4日) 晴,天气清明,惠风和畅。翻阅杂书以遣佳日。下午理祭祀上冢各物。傍晚至街一走,即旋家。

初六日(4月5日) 晴。今日为清明。下午雨。早晨乘舟至植

---

① 陈氏(1881—1952),陈庆均五妹。浙江绍兴人。许配于会稽霞齐徐沛山之次子徐宜况。其子徐光宪为中国科学院院士、中国稀土之父。见叶青、黄艳红、朱晶《徐光宪传》。

利城外谢墅新貌山祭先府君庐墓，事毕下山，舟中午餐后放棹旋家。粗理各事，天已就晚。田杏村舍人属孝颛茂才专来邀余往饮，再三不获辞，遂同至田宅饮。饮毕，又坚邀至其新人房一游。绍俗新妇入门之数日，宾客皆可到新房游谈，名之曰闹房。余谓新妇入门，正当示以礼仪廉耻，何可先有此无谓之习？生平常叹俗风之牢不可破也。况余现在穿制，原不拟往游，后其主人坚邀且诸宾客亦先后劝驾。若再拘守臆见，未免太矫同立异，遂即同诸君至新房游谈片时，然后旋家，时已三更矣。

初七日(4月6日) 晴，天气闷暖异常。早餐后乘舟至南门外栖凫村登山，祭扫二世祖墓及三四世伯叔祖墓，事毕下山。乘舟午餐后，又至铜锣山祭三、四世伯扫祖墓。事毕放棹，天已将晚，雷雨纷如，旋家已夜矣，夜雨甚大。

初八日(4月7日) 天气甚寒。早餐后乘舟至南城外盛塘，上山至翠华山祭扫四世祖妣墓。天雨纷纷，不能畅游。事毕下山，乘舟旋家，时尚未晚。

初九日(4月8日) 晴。早餐后乘舟至常禧城外石堰祭扫五世祖及六世祖墓，事毕，又乘舟至柏舍祭扫三世祖墓，事毕放棹。至昌安城外，余登岸走至家，时已晚矣。田宅来邀饮，夜餐后遂至田宅，同蔡洛卿[①]、徐以逊围棋数局，忽闻众人传今夜月色甚奇，即出视，见月色甚红而毫无光彩，非特年少者所未曾见过，即年老者佥曰未尝见之也。此天壤气运所致，关系岂浅鲜哉！

初十日(4月9日) 晴。早餐后乘舟至盛塘拜徐宅客坟，下午申刻旋家。

十一日(4月10日) 早晨天色甚暗(天已晓而又暗不见物，各

---

① 蔡元灏，一作元豪，字洛庼，日记一作洛清、洛青、骆卿、洛卿。整理时其字统一为洛卿。清浙江山阴人。蔡元培从父昆弟。见蔡元培会试履历(《清代朱卷集成》册69)；《光绪己丑科浙江乡试同年齿录》。

人遂又燃灯，亦一奇事也），大雷雨。早餐后乘舟至木栅村七星礅山祭扫七世金门太姑母坟；又至姜婆山[1]祭扫天池山人墓，祭时大雨始息。事毕下山，舟中午餐后放棹旋家，时尚未晚。

十二日(4月11日) 晴。上半日天气潮闷，湿热薰蒸，无处不出汗珠。下半日阴，至傍晚清风数阵，便觉爽气扑人。上半日为王君紫榛书小堂画一张。午后阅《史记索隐》。傍晚至后观巷田宅谈，片时即旋家。夜学郑文公碑字。

十三日(4月12日) 黎明雷雨，上半日雨。天气甚寒冷，着重棉衣。学小楷字。

十四日(4月13日) 晴。上半琐事。下午至后观巷田宅稍谈片时，又至水澄巷徐宅谈许时，至傍晚旋家。

十五日(4月14日) 雨。上午收拾行装琐事。内子及儿女由田宅旋家，理琐屑事。午祭先大人像。下午收拾行装物件，夜餐后乘坐中舟出西郭城。

十六日(4月15日) 雨。天明至萧山西门外孙嘉汇祭扫一世祖仰泉公、龚太君墓。值有大雨，匆匆祭扫毕，遂即乘舟至西兴，雇舆渡江，进杭州候潮门，到斗富三桥沈宏远客栈寓，时已午矣。下半日雨霁，遂至钱塘圣庙及佑圣观等处一游，途中遇雨，即旋寓。夜大雨不休。

十七日(4月16日) 雨。早晨中杭州河水涨大一尺，在寓中烟雨数椽，杜门枯坐，殊觉意兴阑珊。上午稍霁，至梅花碑及清和坊等处游，又遇雨，旋寓时已下半日矣。稍坐片时，又至清和坊等处买物，旋寓时已八下钟。杭州街道原属潮湿，天雨时更水淤不可行路。

十八日(4月17日) 早晨微雨。上午至街路遇徐以逊孝廉、田

---

① 姜婆山，日记一作蒋婆山、将婆山，整理时统一为姜婆山。即今绍兴市柯桥区兰亭街道姜婆山。其东麓有徐渭墓。

君扬庭，遂同至梅花碑等处游后，徐、田两君邀余至其寓(在高桥巷)。午餐后，又同至清河坊等处游兼买物，时当旁晚，遂各旋寓。

十九日(4月18日) 雨。早点心后至高桥巷徐、田两君寓坐谈片时，遂各乘舆出清波门外至净寺游，又至法相寺游，又上三天竺礼神，又上中天竺礼神，又上上天竺礼神毕，遂至周家屋坐兼过午。后又至云林游，云林即林隐也。是处山环水抱，林树清幽，走到近处便觉步步引人入胜，可谓西湖山水之领袖也。外边有石洞两处如屋大，一为一线天，石壁中皆雕有神身。又有如竹管大细洞一个，从石屋下望上见有亮光，其洞似湾湾曲曲通至山顶，此尤为神异也。又至左文襄公祠游，又至凤林寺游。天将晚，遂进钱塘门至徐、田两君寓处坐谈片时(徐、田两君皆携其妻同往游)。天光已夜，余遂至斗富三桥旋寓。徐君妻在徐宅为余表兄嫂，在田宅母家为余内侄女；田君妻为余内侄妇。皆为至戚，亦无嫌避也。

二十日(4月19日) 雨。早晨至梅花碑等处买物，即旋寓。上午，徐以逊孝廉携其妻、田君扬庭携其妻到余寓屋前，同余乘舟出长山门过坝至大关外拱宸桥换坐大舟，又登岸坐马车阅视马路后，至番菜馆夜餐毕，同游诸人皆至戏馆看戏，余在马路各处游至半夜，然后各登舟宿。

二十一日(4月20日) 雨。黎明由拱宸桥放棹进长山门，路过慈孝庵，诸人欲游，遂同登一游后即乘舟旋寓，同游诸君亦各旋寓去。余午餐后即收拾行装，坐舆渡江，到西兴已四下钟矣。遂即雇小舟一只，旋家时已子正矣。

二十二日(4月21日) 雨。收拾行装物件琐屑事。下午田春农孝廉来谈，晚去。

二十三日(4月22日) 雨，下半日晴。上午田蓝暾茂才来谈，午后去。

二十四日(4月23日) 晴。上午书记账务。下午至江桥一游，又过后观巷至田宅谈，旁晚旋家。

二十五日(4月24日) 雨不休息。自三月以来，苦雨积旬，田中水溢，麦菜有减收成，今又密雨不休。当今时局，天公又不做佳，实更增一目前之虑也。

二十六日(4月25日) 雨。阅《申报》《中外日报》。

二十七日(4月26日) 晴。上半日收拾曝晒物件，盖天时久雨，一有日光，殊可爱宝也。下午至大街，又至仓桥，又过石门槛罗丹青处坐谈片时，旋家已旁晚。

二十八日(4月27日) 晴。天气清爽。上午至后观巷田第谈兼午餐。下午同渠家西宾张叔侯茂才至木莲巷王君玉庭处围棋，至傍晚张君到馆去，余即旋家。

二十九日(4月28日) 天气清美，不寒不暖。昔人云“未到晓钟犹是春”，然则今尚是春秋佳日乎？傍晚至凰仪桥曹宅稍谈片时，即旋家。夜餐后二更又至曹宅，为康臣舅氏出丧。至十二下钟，送至水偏城里大埠头登舟。至王城寺前，时已天将晚矣，统夜在舟中不寐。

四月初一日(4月29日) 晴。月为辛巳，日为壬申。卯刻在王城寺前之原送曹康臣舅氏进殡，行礼后至王城寺一游，遂即放棹进城，仍至曹宅稍坐片时，即旋家，时尚未旰。午间祭先大人像。午餐后稍睡一时，即起阅《申报》《中外日报》。

初二日(4月30日) 晴。早餐后坐小舟出偏城，至西郭城外梅墅桥弥陀寺游，稍坐片时，即乘舟旋家，时尚在三点钟。近日天气不甚暖，今日为稍暖，然尚可穿夹衣。

初三日(5月1日) 阴雨。上午坐小舟至水澄巷徐宅拜忌辰，稍坐片时即旋家。天雨。午间拜曾祖妣忌辰。

初四日(5月2日) 晴。上午琐事。午间至后观巷田宅拜忌辰，午餐后旋家。

初五日(5月3日) 晴。上午至田[宅]稍谈片时，即至江桥大街一走,即旋家。下午田杏村内兄来商谈渠家分析事(直)[宜],谈至傍晚去。

初六日(5月4日) 晴。雇舟请诸戚至青湖饮,先邀偏门外徐君少翰,后观巷田蓝陬茂才、春农孝廉及其弟禔龠、其堂弟扬庭,又堂弟宝森、其子孝颛茂才,乘舟至水澄巷邀徐显民太守、以逊孝廉,齐集登舟,放[棹]至西郭城外,先拟转至小云栖集饮,后为诸君喜在青湖舟中饮,遂停泊午餐。余尚在丁忧,本不可到此闹热之场,乃于二月间既荷诸君为余三十初(渡)[度]治具在东湖联觞,不能不转请诸君一饮。故今日并不为观游闹热之场,实专为请诸君而一集也。午餐毕,遂放棹旋家,时已傍晚,诸君各散去。

初七日(5月5日) 晴。早晨买放生鱼鳖等件若干,雇舟至鸟门山东湖去放。余早餐后坐舟至水澄巷邀徐显民太守,坐舟仍过后观巷至田宅邀田蓝陬茂才、春农孝廉,扬庭、禔龠、孝颛茂才,家申之兄同舟至东湖,午在东湖中厅宴饮,家慈、姑奶奶等亦放舟在东湖集饮。盖今年八月家慈六秩生辰,而家中尚在穿制,未便过于悬彩称觞。今日稍具杯酌,借预作祝寿云尔。午酒后游观许时,放棹旋家,诸客亦各旋去。

初八日(5月6日) 乍雨晴。今日立夏。下午晴。至五云门游五云寺,其寺尚幽静而不甚宽大,稍坐片时即旋家。

初九日(5月7日) 晴。琐屑事。下午田蓝陬内兄来谈,至傍晚去。

初十日(5月8日) 阴。上午至后观巷田宅拜润之外舅讳辰,午餐后同其西宾张叔侯茂才围棋一局,又同杏村内兄谈许时旋家。途遇徐君少翰,同至姚宅稍坐片刻,余即旋家。

十一日(5月9日) 晴。上半日至笔飞弄一走,过大街买物后即旋家。下午琐事。

十二日(5月10日) 晴,天气清暖。惟日长夜短,人多倦态,未能振饰精神作事也。

十三日(5月11日)　晴。天气骤暖，午间寒暑表升至八十八度，然虽暖而尚觉清爽。如此好天气，惜人甚懒弱，未能敏事，可谓虚生天壤无补于时也。夜间天气更暖，余以头痛殊不安睡。

十四日(5月12日)　雨。人疏懒少力，因循坐误，以消长日。下午田蓝陬茂才同其侄孙孝颛茂才及徐君少翰、张叔侯茂才来谈戏升官图，又围棋数局，至晚间去。

十五日(5月13日)　晴。

十六日(5月14日)　晴。阅《廿一史约编》。

十七日(5月15日)　晴。琐事。今日田杏村内兄同其弟蓝陬内兄、同其侄等分爨而不甚举动，辞各戚友不送贺礼。据说拟俟来年家资、住屋一概分清后，再行举动也。予亦不送礼往贺。闻渠家此次分事甚属平允而各无异言，洵为循规蹈矩、友爱可风也。

十八日(5月16日)　晴。上午至水澄巷徐仲凡舅氏处谈，为五妹媒事。又晤以逊孝廉，谈许时后旋家，时已午矣。

十九日(5月17日)　晴。早晨至街买笔墨等件，即旋家。下午至后观巷田宅谈，夜餐后旋家。

二十日(5月18日)　晴乍雨。

二十一日(5月19日)　乍雨。琐事。下午为王君紫榛写小堂画一张。

二十二日(5月20日)　晴。琐事。下午至田宅谈许时，遂同蓝陬茂才、扬庭、禔龠、孝颛至水澄桥、大街一游即归，各旋家，时已晚。

二十三日(5月21日)　晴。学临邓石如篆碑。

二十四日(5月22日)　晴。摹集世系祖宗坟山图。祖宗坟图，我先人亦尝详细写有图形，惟皆属片纸参差，未尝集为一卷也。今将已有图者，依样写集；未有图者，详细增订。且今春祭墓时，亦曾详加查核，特集为一册，庶从此可以一目分明也。下午，徐以逊孝廉来谈许时去。

二十五日(5月23日)　晴，天气闷热，下午有雷声，乍有雨。

二十六日(5月24日)　晴,天气闷热。

二十七日(5月25日)　晴,天气闷热,不耐作事。

二十八日(5月26日)　晴,天气更闷热,寒暑表升至九十度。傍晚有大雷雨,夜间便觉凉爽。

二十九日(5月27日)　晴,天气清凉。早餐后至后观巷田宅谈。午餐后同张叔侯茂才围棋数局。徐君少翰同徐以逊孝廉亦到田宅同余谈五妹媒事,余即同以逊到余家同太太一谈,遂有成议(许五妹于霞齐徐沛山[①]之次子,年十八岁,现在读书。探问各处,闻其家资甚厚,现暂迁居西郭城里)。余又同以逊至后观巷田宅稍谈片时,即旋家,时已晚矣。夜间甚凉。

五月初一日(5月28日)　月为壬午,日为辛丑。天气清凉,不出日光。

初二日(5月29日)　乍雨晴。

初三日(5月30日)　晴。清晨学临邓顽伯山人篆字全碑。上午至水澄桥、大街一走,即旋家。

初四日(5月31日)　晴。算付各账,殊为琐屑。

初五日(6月1日)　晴,日光不甚浓,天气尚觉清快。上午琐事。午间画八卦太极图数纸。午餐后临写完白山人篆碑字。

初六日(6月2日)　晴。临写邓篆字。余最喜写篆书而实少学力,今偶写一二日,便觉有趣。

初七日(6月3日)　晴。琐事。上午罗柷甫来谈,即去。午后至后观巷田宅谈,即又至大街一走,即旋家,时已晚。

初八日(6月4日)　雨。琐事。

初九日(6月5日)　晴。琐事。上午徐沛山先生家请徐以逊孝

---

① 徐沛山,日记一作沛三,整理时统一为沛山。清浙江会稽人。中国科学院院士、"中国稀土之父"徐光宪祖父。

廉及徐君少翰来求媒(五妹许沛山先生次子也),另请鲍星如大令、徐显民太守、田春农孝廉、田君扬庭来陪饮。午间同桌申兄及余共八人,谈宴甚畅。散坐后谈片时,诸君各去。回忆先大人临终不忘之未了事:一坟地,一二妹姻事也。盖嫁事以许为重,若出嫁诸事在人事之易为者也。今五妹姻事虽尚在发刃之初,而可算已成。所毫无头绪者,三妹[①]姻事耳。至先大人葬地,岁月迁延,因循坐误,不知由何处招寻,负疚实难自释。一念及此,能安寝食乎?

初十日(6月6日)　晴。琐事。上半日看木匠穿凉棚,阅《申报》《中外日报》。

十一日(6月7日)　晴。

十二日(6月8日)　晴。上午王君泽民来谈,午后去。下半日作蕺山小课,赋题为《"大富贵亦寿考"赋》(以题为韵)。

十三日(6月9日)　晴。又作赋,至下午润作成。予不作律赋者已数年,腹笥本不富有,加以长此荒芜,搜索枯肠,殊非易易。

十四日(6月10日)　雨。前半日誊写书院卷赋一篇。午餐后又作《角黍》《蒲剑》七律各一首,作成即誊正。阅《申报》及《中外日报》,见《中外日报》又有"红月志异"一条,云月之望日夜四鼓时见月色深黄渐渐转红,且有两月而形色一样,相隔不过丈余。阅此报后甚为讶异。曾记三月初九日之夜半,月色深红而少光彩,为予所亲见。

---

① 陈氏(1872—1943),浙江绍兴人。陈庆均三妹。终身未嫁。按:《日记》宣统二年五月二十二日:"尚有三妹贻误不嫁,此事虽有家慈作主,昔时选择过苛。近年每有作媒者,家慈及姑奶奶屡言此事恐三妹心想已淡于出门,所以屡有言媒之事,而碍于此者又数年矣。然此事如家慈及姑奶奶等确悉其意,年纪到此,亦可不必勉强;如亦不过揣度之见,究不可以揣度误其终身。今年三十九矣,究竟若何,谅不能再迟。"据此逆推,其当生于同治十一年(1872)。陈庆均《为山庐书问》之《寄复在钰书》(旧历中秋日即新历九月十四日):"老三小姐已于旧历八月初四日戌时逝世。"此信写于民国三十二年(1943)。据此,其当卒于于民国三十二年(1943)。

绍地人及见者甚多,此则似绍地人未尝见到尚无所闻。然报纸但书月之十五夜,并未写明何月字样,且报纸为五月初九日。所出之报道未免模糊影响,阅之使人不能明白晓畅,为可憾也。

十五日(6月11日)　雨。上午至马梧桥祀黄神,即旋家。午间祭先大人像。下午阅《申报》及《中外日报》。近日报中大载北京义和团民聚闹之事,似势炫日张,有未易解散之忧。按:义和团者始于四月□□,声言以习拳仇外国教民为事,日甚一日,愈聚愈多,蔓延殆遍,且皆彰明较著,毫无避忌。其腰间闻皆束有红带以作记号。北京之铁路、电杆已被其折毁。似此猖獗,不知能免激成大变否?现闻各国已派兵进京保护使馆,朝廷宵旰忧劳,已明降谕旨,且闻召集王大臣速筹善策以平之,不知衮衮诸公有若何远大之谋也?

十六日(6月12日)　雨。天气甚凉,可御薄棉。早晨寒暑表沉至六十七八度。

十七日(6月13日)　晴。早餐后至后观巷田宅谈时事。阅《中外日报》《申报》,知天津、京都义和团乱事日形猛勇,似北京地方甚不平靖。近日绍兴城乡有几处闻染时病,不起者颇多。大约为寒暖饮食之不节,一时风气使然耳。摄生者不可不加意餐卫也。午餐后同张叔侯茂才围棋数局,又为田宅书挽鲍定甫[①]鹾伊[尹]联一副,傍晚旋家。

十八日(6月14日)　阴。

十九日(6月15日)　乍雨晴。琐事。傍晚坐小舟至水澄巷徐

---

① 鲍定甫(1831—1900),一作定夫。清浙江山阴人。同治十三年(1874)进士鲍临之从兄。曾官长芦济民场大使。按:《越缦堂日记》光绪十六年闰二月六日:“又为敦夫从兄定夫书六十双寿联赠之。”据此逆推,其当生于道光十一年(1831)。《日记》光绪二十六年五月十七日:“又为田宅书挽鲍定甫鹾尹联一副。”据此,其当卒于光绪二十六年五月十七日之前。此暂作光绪二十六年(1900)。

宅拜祭徐外祖冥寿，夜餐后旋家，时二更。

二十日(6月16日) 乍雨晴。上午至后观察巷田宅拜忌辰，稍坐一时又至水澄巷徐宅拜诞辰，午餐后稍坐一时旋家。凉风正大，天气亦凉，可御薄棉。回忆往年此时，不至有如此之凉爽也。

二十一日(6月17日) 晴。天气更凉，夜间可拥厚被，寒暑表沉至六十五六度。早晨乍有雨，即晴。下午为王君芝榛改时文一篇，又至水澄桥、大街一走，即旋家。夜阅《申报》《中外报》。中国自势运积弱以来，其间好事臣民非不易辙改弦、浮慕西人之制作，无如徒学西人之外貌而不实学西人之艺术。所以取法有年，卒无见验。彼东洋日本一小国也，数十年来卧薪尝胆，决意变法，上下一心，实事求是，迄今精益求精，制造驾西洋之上，国运日见其强，西人亦为之惧惮。我中国人心既坏，教化难齐，日甚一日，为东西诸国所窃笑。近闻绍郡中西学堂中国诸教习有以意见不同遂互相攻讦，其不成伦类者有曰当废三纲及废祀神祭祖之事，其未昧人心者为之梗阻而曰万不可行。遂使龃龉一堂，是非淆乱，且闻不祀神、不祭祖已人行之者。盖西人之不祀神不祭祖，以谓事出悬虚有何讲究。然闻西人于中人祀神祭祖之后品物，绝口不食。此亦西人自相剌谬之事，绝不通。既曰虚悬无凭，则祭祀后之品物何不可吃；既曰祭祀后之物不可吃，则祀神祭祖之事安得尚谓之无讲究也。奈中国人不将西人艺术实力考究，而将此离经背道、夷狄不通之恶习先已污染。昔时但闻入洋教之下流愚氓仿行之，今则闻儒林中人亦有为之矣。背理蔑伦，一至于此，试问其有生以来是否赖天地君亲之化育教养者也。不料反变此绝伦之物，不若不生之为幸乎？然中国苟势运丰隆，谅不至有此恶习耳！

二十二日(6月18日) 晴。上午至常禧城外一走，又至徐少翰处谈许时旋家，时已旰。下午临写邓完白山人篆字。

二十三日(6月19日) 晴，天气稍暖。临写邓完白山人篆碑字，自觉稍有进益。

二十四日(6月20日) 晴。

二十五日(6月21日)　晴。上午至后观巷田宅拜忌辰,即旋家拜曾祖妣诞辰。

二十六日(6月22日)　晴,天气暖热,寒暑表升至八十八九度。今日为夏至,午间祭东厨司命神及历代祖宗。下午天气更热。

二十七日(6月23日)　晴,天气热而风甚大。琐屑事。夜间风息,天气甚闷热。

二十八日(6月24日)　阴,天气郁热,乍雨数点。早晨至江桥街一走,即旋家。

二十九日(6月25日)　雨,天气甚凉。学临邓完白山人篆碑字。

三十日(6月26日)　雨,天气又凉。上半日写篆字。阅《申报》《中外日报》,知北京义和拳匪之乱日甚,外国兵弁纷纷进京,乘机多事。时局殊为危急,非常之变,恐不能免。北望燕云,不胜浩叹。沪上市面为之震动,宁波亦有不能安靖之势。恐此风一起,绍兴亦觉难支也。闻政府诸大吏意见不洽,以致办事多遗误也。此事如不速为调停,恐天下大乱不能免矣。

六月初一日(6月27日)　晴。月为癸未,日为辛未。写临邓碑篆字。夜餐后稍雨数点。二更内子欲产,遂理琐事。至十一点钟后生一女,至十二点钟又生一男。盖生女时甚顺而速,生男时稍有不顺。据收生婆云男胎手先在产门后,收生婆为其汇转,用手到产母腹取出。此时观内子精神惫倦,痛苦难堪,予甚不忍闻。见男胎落地后已不能啼,收生婆为其搭转遂能啼声。收生婆即将两小人穿裹,而内子精神甚倦,不省人事者半时,后幸渐渐还复。予忧虑甚深,心不能宁。

初二日(6月28日)　雨。理产房琐事。

初三日(6月29日)　晴。理产房琐事。

初四日(6月30日)　晴。新添小儿啼无转声,后并啼不出声。早餐后请骆卫生来医,照理药茶诸事。午后观其服药后依然无效,骆医又来医视。然此小人终为落地时被收生婆取伤,似无可医之状。下午所开药方未及煎服,至将晚此小人竟已不救矣。

初五日(7月1日)　晴。琐事。

初六日(7月2日)　乍雨晴。黎明,内子稍觉身热头痛,目光不甚看得明,遂于早晨至后观巷田宅同杏村内兄商量药味,谈许时即旋家,琐事。下午又至田杏翁处谈,即旋家。

初七日(7月3日)　乍雨晴,天气稍闷热。内子病渐愈。琐事。午前至后观巷田宅拜先外姑忌辰,午餐后旋家。夜雨甚大。

初八日(7月4日)　晴,不出日光,天气闷热。琐事。阅《申报》及《中外日报》。午后乍有雨。

初九日(7月5日)　晴,天气闷热。上午至后观巷田宅谈许时,即旋家。

初十日(7月6日)　上半日晴,天气闷热。午后大雨半日,乍有雷声。京都时局危迫,电音毁阻,无确实之消息,以致谣言愈甚,风声鹤唳,几乎草木皆兵,天下事有不可收拾矣。近日阅《申报》及《中外日报》所载之事,可谓变起非常者也。据报中所言,光绪皇上举动已不知若何,皇太后将天下大权独授端邸一人(即大阿哥傅儁太子之父)。现在义和团为端邸总统之,故前下谕旨不专主剿而以解散安抚为宗旨。以致集人愈众,势炫日张而毫无畏避也。今则杀害洋人、焚毁洋房不计其数。洋人虽于此次事甚为畏避,恐众怒难犯,必将有大兵麇集,大起衅端。况中朝王大臣及各直省诸疆吏于义和团之事,有以主剿者,有以主抚者,意见参差,声势必难联络,中国大局莫难于此时者矣。今见有紧要上谕一道,恭记于后:军机大臣字寄各直省督抚,光绪二十六年五月二十四日上谕:近日京城内外,拳民仇教,与洋人为敌,教堂教民连日焚杀,蔓延太甚,剿抚两难。洋兵麇聚津沽,中外衅端已成,将成如何收拾,殊难逆料。各省督抚,受国厚恩,谊同休戚,事局至此,当无不竭力图报者。应就各本省情形,通盘筹画于选将、练兵、筹饷三大端。如何保守疆土,不使外人逞志;如何接济京师,不使朝廷坐困。事事均求实际。沿江沿海各省,彼族觊觎已久,尤关紧要。若再迟疑观望,坐误事机,必至国势日蹙,大局何堪设想?是在各督抚互相劝勉,联络一气,共挽危局。时势紧迫,企盼之至!将此由六百里加紧通谕知之。钦此。

十一日(7月7日)　雨,天气凉,寒暑表沉至七十六七度。上半日核算本年所完国课票账。下午至水澄桥、大街一走,即旋家。下午晴。

十二日(7月8日)　晴。琐事。

十三日(7月9日)　乍雨晴。上午琐事。下午至后观巷田宅谈,至傍晚旋家。

十四日(7月10日)　乍雨晴。内子腹痛身热,早餐后至田杏村内兄处商酌药味,即旋家。下午内子腹痛渐轻而身仍热,请徐朝宗产科来医,开方后徐医去,余又至田杏兄处商酌药方,即旋家。前半夜内子身更热,人亦倦,予时时看视而不安睡。

十五日(7月11日)　雨,乍有雷声。早晨内子身热稍轻,惟甚少精神气力。予早餐后至后观巷田杏兄处商谈药方,即旋家。予不谙医药,每遇有病而心无把握,甚为忧虑。下半日田杏村内兄来诊内子病,谈片时去。内子下午身热已凉,人亦稍清。

十六日(7月12日)　乍雨晴。上午王子虞茂才来谈(其由河南旋里也)。午前予至后观巷田宅谈,片时即旋家。

十七日(7月13日)　晴,天气骤暖。阅《申报》《中外报》,北京战事,谣言多而实信少,近日似无大举动。傍晚至后观巷田宅谈,片时即旋家。

十八日(7月14日)　晴,天气暖。上午至水澄巷徐仲凡舅氏处谈许时,旋家时已午矣。下午风甚大。

十九日(7月15日)　乍雨晴。琐事。

二十日(7月16日)　晴。琐事。今日庚子,为初伏。

二十一日(7月17日)　晴。早餐后至后观巷田宅谈(为蒋姑奶奶至田宅请杏村舍人诊),谈片时即旋家。又至广宁桥转访王子虞茂才，同伯刚茂才谈许时，旋家时已午。天气甚暖。

二十二日（7月18日）　晴。上半［日］至街过石门（榲）［槛］罗丹青处稍坐片时，又至水澄巷访徐培之舅氏，其由沪上旋里也（尚未睡起，不晤）。同仲凡舅氏谈时事许时旋家。天气甚暑，寒暑表升至九十三四度。

二十三日（7月19日）　晴，天气甚暖。今日为予三十生日，度日如常，纤毫不露形迹，甚适予素志也。偶有至戚以寿仪见赠者，概行璧谢。方今时事艰难，心绪愁纷，且穿先大人制服未阕，何堪举此乐事？今皇上于二十八日三十万寿，因国家多事，亦无心铺张庆事，而况草茅下士乎？二更后忽闻谣言四起，谓有台州、诸暨土匪数千名，于明日当到绍城保扶中朝、灭洋人，仿北京义和团所为。此谣风一起，绍城人家恐从此扰乱，连夜争先搬家出城。顷刻之间，船只雇认一空。余家即着人至各处往探凭，无确有消息。惟闻上灶村前日忽有谣言，村中人家遂即搬避。此谣传至城中，为熊太守[①]所闻，恐有匪类借滋扰事，即于夜间点派营兵往各城看守，所以不知底细之居民愈觉惶惑，而街巷无业流类，此唱彼和，将此谬妄谣言宣传道路，人心浮动，遂致纷纷。所谓天下本无事，庸人自扰之。

二十四日（7月20日）　晴，天气更热。日间谣言尚未息，搬避至乡人甚多。听毫无其事之谣言，而奔走于烈日之中，此真可为知者笑也。

二十五日（7月21日）　晴。天气更热。上午田蓝陬茂才来谈

---

① 熊起磻（1844—1906），谱名承彝，字慕吕，一字再青，号夔臣。清河南光山人。光绪二年（1876）举人，三年进士。曾官刑部主事，绍兴府知府等职。于光绪三十二年正月二十二日卒于绍兴府署。著有《涉猎笔记》。见熊端绪《光山熊氏族谱》卷二熊先畴、熊先畯、熊先哲《赐进士出身诰授通议大夫晋封通奉大夫赏戴花翎三品衔升用道浙江绍兴府知府显考再青府君行状》、丁振铎《诰授通议大夫晋封通奉大夫赏戴花翎三品衔升用道浙江绍兴府知府熊君墓志铭》；熊起磻《涉猎笔记》附录崔受祺《再青先生年谱》。

许时去。午前至狮子街许翰青[①]孝廉家聚本坊人拟谈筹办大云坊团勇事，许君坚留，过午餐后旋家。傍晚许少翰[②]茂才、姚庸生茂才来邀余同至堡上鲍宅一谈，即各旋家。天气甚热，寒暑表升至九十八度。

二十六日(7月22日) 晴，天气更热。上午至后观巷田宅谈，至下午傍晚旋家。

二十七日(7月23日) 晴，天气暑热。不能作事。

二十八日(7月24日) 晴，天气愈热，寒暑表升至百度。手不停扇，未能治事。

二十九日(7月25日) 晴，下午稍有雷声，下雨数点。

七月初一日(7月26日) 晴。月为甲申，日为庚子。天气甚热，不能治事。阅《申报》《中外日报》。午祀东厨司命神，祭先大人。午后稍有凉风，天已久晴而不肯沛然下雨。

初二日(7月27日) 晴，天虽暑热而尚清爽，晚间稍下雨数点。

初三日(7月28日) 晴。阅报言，知本年恩科乡试，各督抚皆须筹办兵防，奏请改缓举行，现已奉旨准改于明年三月初八日考试，前已放典使官亦奉旨回京供职。

初四日(7月29日) 晴。清晨，新生女儿剃胎发，理琐屑事。盖暑天百事皆须趁早凉也。上午至后观巷田宅谈许时旋家。

初五日(7月30日) 晴。琐事。

---

① 许福桢(1856—1913)，字翰青，一字汉骞，别号兰石。浙江绍兴人。清光绪十五年(1889)举人。曾官浙江青田县学教谕。见《光绪丁酉科明经通谱》；《光绪己丑科浙江乡试同年齿录》。按：《日记》民国二年五月十三日："早上坐舆至薛家弄吊许翰青首七，片时即坐舆旋家。"据此，其当卒于民国二年(1913)。

② 许乙藜(1876—?)，谱名寿玺，字少翰。清浙江山阴人。光绪二十九年(1903)举人。见《光绪癸卯科浙江乡试同年齿录》。

初六日(7月31日)　晴,下午阴云兼有风雷,夜雷雨天气便凉。

初七日(8月1日)　晴。上午天气尚凉。祀奎星神。下午闷热。鲍君冠臣[①]来,同至狮子街许翰青孝廉处谈,为办团勇事,谈片刻即各旋家。傍晚徐培之舅氏来谈片时去。夜稍有雷雨。

初八日(8月2日)　晴。上午至后观巷田宅谈,午餐后旋家。上午徐显民太守来谈片时即去。下午雷雨即晴。

初九日(8月3日)　晴。上半日录账琐事。下半日至大街一走即旋;又至开元寺同善局蔡吉升司事处谈,片时即旋家,途中遇雨数点,幸不大雨也。夜餐后至后观巷田宅谈时事,二更后旋家。

初十日(8月4日)　晴。琐事。阅报。下午有迅雷而无雨,天气热暖。

十一日(8月5日)　晴。琐事。

十二日(8月6日)　晴,下午有雷雨。夜餐后田蓝陬、春农、扬庭、孝颛,张叔侯诸君来谈,至三更去。夏雨后暑气一洗,甚觉清凉也。

十三日(8月7日)　晴。上午理祭事。午祭本生先母忌辰。

十四日(8月8日)　晴。今日巳初刻为立秋。上午录写账务。阅报言,闻北京华洋各兵无甚大举动,道路仍复梗阻。

十五日(8月9日)　晴,天气甚暖。午间祀东厨司命,祭祖宗。下半日天气更闷热,夜不能安睡。国家扰攘,人事纷烦。今年虽有闰月,而忽忽已过去光阴一半也。

十六日(8月10日)　晴。上午拜中元祖饯。午刻至大乘庵社庙,为公议办坊团事,稍谈片刻即出。又至水澄巷徐宅拜忌辰,午餐后谈许时旋家。

十七日(8月11日)　晴。琐事。下午至后观巷田宅谈。傍晚

---

① 鲍德元(1880—?),字冠臣,一作冠丞。清浙江会稽人。监生。由监生捐候选府经历,加五品衔。见鲍德福《鲍氏五思堂宗谱稿》卷三《尚志公派第六世》。

至大街一过,即旋家。

十八日(8月12日)　晴。琐事。

十九日(8月13日)　晴。琐事。自入夏以来,人事杂遝,心绪焦烦,甚少清闲之趣。

二十日(8月14日)　晴。天气甚暖且久不雨,将有旱象,甚为可虑。闻各乡禾苗甚为丰茂,如得时雨数降,必可预庆丰收。彼苍者天未识其有意乎?

二十一日(8月15日)　晴。早晨至大街"和记"朱君谈许时,即旋家。暑天惟早晨行路尚觉凉爽。今日为末伏,倘得甘霖乍降,将暑气渐消,(亮)[谅]可换到清凉世界也。

二十二日(8月16日)　晴。早餐后至水澄巷徐仲凡舅氏处谈许时,又晤以逊孝廉谈许时,旋家已旰。午后阅报章。天气甚暖,苍生之望雨甚殷矣。

二十三日(8月17日)　晴。上半日抄写文字。天气虽暖而尚觉清爽。

二十四日(8月18日)　晴。早餐后至后观巷田宅谈,将旰旋家。

二十五日(8月19日)　清晨乍雨一阵,即霁。天清气爽,凉风时来。下午至后观巷田宅谈,夜餐后旋家。

二十六日(8月20日)　晴。早餐后同田宅诸君乘舟游柯岩(同游者田扬庭、孝颛,罗景荃、枧甫,屠葆青、鲍香谷[①]、陈养梧、田庆曾[②]

---

① 鲍德馨(1875—1951),字香谷,日记一作芗谷、香国、芗国,整理时统一为香谷。浙江绍兴人。出生于盐业世家,拥有富阳4/5的引数,并与同籍宋家在江西玉山合伙开设"生"字盐栈,经销范围广及广信、广丰、贵溪、弋阳、铅山等县,又占有苏五属溧阳引数的一半,同时是余姚盐场浙东引盐公廒的主要股东并任董事长。在杭州还开设有介康钱庄。见鲍德福《鲍氏五思堂宗谱稿》卷三《尚志公派第六世》;鲍亦皆、亦秋、亦冈等《鲍公芗谷冥寿140周年祭(纪念专刊)》。

② 田庆曾,清浙江山阴人。田宝祺从侄。见《田宝祺乡试朱卷》。

共九人）傍晚放棹进城，各旋家。

二十七日（8月21日） 晴。琐事。闻电传各国洋兵已攻到京城，皇太后同皇上往山西驻跸。此信如确，我国家不知变若何局面也。夜餐后田春农孝廉来谈许时去。

二十八日（8月22日） 晴，上午坐小舟至谢墅新貌山谒先大人殡墓；又走上谒曾大父母、大父母、本生父母墓，徘徊许时；又至先大人殡墓坐许时，然后下山坐舟，旋家时晚矣。阅《申报》《中外报》，惊悉皇太后、皇上于本月十六日雇车六十辆，率王大臣扈从人等由□□□至山西五台山行宫驻跸。嗟乎！从此京华捐弃，都会西迁，国事一至于此。遭此大辱，为臣民者能无动于公愤乎？

二十九日（8月23日） 乍雨晴。上午至后观巷田宅茗谈许时，即旋家。近日天气尚凉爽。

三十日（8月24日） 晴。早晨至大善寺前街一走，即旋家。上午为王君紫榛绘山水扇箑一张。下午琐事。

八月初一日（8月25日） 晴。月为乙酉，日为庚午。今日为老太太六旬庆辰，早辰祀（辰）[神]，上午祭祖，理琐事。老太太话到生日事，屡次见拒，以致未便举动。夜餐后至社庙同堡上诸君点阅大云坊团勇，遂同诸君谈片时旋家。此坊团事实堡上诸君喜为之也，倘使防范严密或者不致有害，否则非徒无益而又害之也。

初二日（8月26日） 少日光，下午乍有雨。盱前坐舆至后观巷田杏村兄处谢寿，盖前日杏村舍人曾来拜寿也，稍坐片时即旋家。下午至"明记"坐谈片时，笔飞弄又至"颖昌"坐谈片时，又至大街"和记"坐谈片时，旋家天已将晚矣。天气骤凉，行路不甚觉有汗也。

初三日（8月27日） 雨。自六月中旬以后未得有大雨，长夏久晴，得此甘霖，苍生无不欢腾。午间祀东厨司命神。

初四日（8月28日） 晴，天气闷热。午前至南街祀华真神，即旋家。

初五日(8月29日)　乍雨晴,天气闷热。上午至水澄桥、大街一走,即旋家。下半日至田宅谈,夜餐后同其西宾张叔侯茂才围棋二局,又同田、张诸君至天后宫前一游,然后各旋家,时二更矣。

初六日(8月30日)　晴。早晨临写篆字。日间天气闷热异常,不堪作事。

初七日(8月31日)　晴。清晨临写篆字。上半日临写隶字。天气尚暖,书字犹觉不甚得手。予将邓完白山人所书篆字全碑统行临书一卷,陆续书写,今日毕事。其中尚有数页不甚惬心,有清暇时,再当选择一番,精意书之。庶几全卷精致,可为家藏善本,以传后人观看。下半日寒暑表尚有九十二度。

初八日(9月1日)　晴,天气甚暖。下午大雨,从此残暑(亮)[谅]可洗净矣。

初九日(9月2日)　晴,下午乍有雨。贾薇舟先生来谈许时去。

初十日(9月3日)　晴,天气清爽。上午姚荣生茂才来谈许时去。阅《申报》《中外报》。都门事变究竟若何?尚无实信。国事纷更,上下扞格,遂致东西南北是非不明。

十一日(9月4日)　晴。

十二日(9月5日)　晴。予有兰草数盆,向于春间开花后,凭其植在盆中,有一盆竟于春间岁岁能有花。今又有一盆,于前几日出一花干,苞蒂八颗,今竟尔开放,香气无异春间。

十三日(9月6日)　晴,乍有雨。

十四日(9月7日)　晴,乍有雨。上午至“咸康”徐乔仙、叔楠①两君处谈,片时即旋家。算付各店账务。

十五日(9月8日)　晴。天未晓时,枕上闻警锣声,即起视。遥望大街近处召祝融之祸,即至街大江桥、斜桥立视片刻,即旋家,天已

---

①　徐维梅(1877—1921),字叔楠。浙江绍兴人。徐毓兰之子。见《浙江绍兴栖凫东海堂徐氏家谱》。

晓矣。上午至水澄巷徐仲凡舅氏处谈，片时即旋家；又至大善寺前“和记居”朱君理声处谈，片时即旋家，时已旰。祀东厨司命神，祭先大人像。午餐后算写账务。阅《申报》《中外报》，见上谕已将行抵山西太原情形告之天下臣民。虑远言长，可谓痛哭流涕者矣。想皇上至此，亦悲愤填胸，无聊之极思耳。下午写理账务。夜间风静月明，昔人诗云“一年明月今宵多”，良有以也。

十六日(9月9日) 晴，乍有雨，天气清凉。予窗前有新放兰花一盆，嫩绿幽香。中秋得此，甚以为奇。下半日学写篆字。近来予于篆书略得体法，惜甚少静功，未能精善。

十七日(9月10日) 晴。琐事。夜餐后姚荣生茂才来谈，又同至社庙坊团局同本坊诸君谈，片时即旋家。

十八日(9月11日) 晴。早晨起洗面用点心后，同申兄至水偏门登舟，至桑盆看放字灰兼看涛，同舟田(一人)、徐(一人)、屠(一人)、鲍(二人)、金(一人)、何(一人)共九人。此字会徐以逊孝廉新得纠成，凡出捐资者皆当同往。今年由徐以逊孝廉为首，渠处亦开一舟，共六人。到后在文帝殿祀拜毕，看放字灰。看潮来时已未时，潮初起时遥望一线甚齐，后潮泛大潮上又有一潮，以致潮头不甚齐集。看后登舟午餐，诸君酒兴甚豪，直饮至夜更初。时雷雨甚大，舟行尚在中途，遂泊一时。夜餐后雨霁，放棹归，各旋家时已夜半矣。

十九日(9月12日) 雨。上半日睡卧。下半日理琐事。

二十日(9月13日) 晴，天气清凉。中华大局既失，世变风移，士人亦遂废书太息，而家弦户诵之声到处罕闻。景运之萧条，几有不堪设想者矣。予少时读书不知自奋，每误因循。近年来家事琐屑，心绪纷烦，又不能扫却俗尘，专精课读。迄今半生已误，不禁自悔蹉跎。又况家务屡不称心，家庭上下孰肯见谅？予自觉处处小心，犹复动辄得咎。敬思祖宗创业艰难，勤俭持家，绵延弗替。予不能增大门楣，亦思敬谨恪守家风，所以凡事到为难之处，无不作痴作聋，以歹气为之。然痴聋在假设，而心究属并不痴聋。予频年少安适之心趣，良有以也。凡人有顾全大局之心,遇事只可以且字过之,断不可专务意见,处处有褊迫计量之怀。心虽不愚,而任事不可不存几分愚气。盖是非辄较,口实亦多,家中必无安顺之日。失时误事,弊端丛生,实有关乎大局也。此中关键,殊难言状,在居家者有以因事制宜耳。下半日写篆字横幅一张。

二十一日(9月14日) 晴,傍晚雨,天气甚凉。午拜高大父诞辰。下午琐事。督木匠修理事。

二十二日(9月15日) 雨风甚大,天气凉,寒暑表沉至七十三四度。残暑褪净,高秋爽气,指顾间也。

二十三日(9月16日) 风雨甚大,而天气异常潮闷。夜间河水顿涨二尺,今日间又时刻浸大,干涸之河,转瞬皆洋溢矣。闻平水里山山洪忽发,以致水势愈勇;又闻越城西北隅被飙风吹坏墙垣不少。如此大风雨,恐有碍禾苗也。

二十四日(9月17日) 雨。清晨为五妹姻事祀神、祭祖。徐沛山先生家来喜帖、酒盒等件为五妹过礼,理琐屑各事。夜,凉风吹去潮气,人觉清爽。

二十五日(9月18日) 雨,午前晴,天气甚凉,寒暑表沉至七十一二度。下午至后观巷田宅谈,后徐君少翰亦(在)到田宅,遂同至大善寺前一游,见寺前屋宇墙垣瓦栋被廿三日大风吹坏,甚属不少,亦人所不及防也。游后即归。又至田宅夜餐后,谈许时旋家。

二十六日(9月19日) 晴,天气清凉。

二十七日(9月20日) 晴。上半日琐事。下半日乘舟至西郭城外弥陀寺为家慈拜延生水陆法事,到已晚,将寿筵理齐,夜餐后即乘舟旋家,时已二更。

二十八日(9月21日) 晴。黎明时,忽惊闻堂中先大人像前家慈拷桌打凳,大发哭骂之怒,使人不堪闻受,盖为拜延生水陆事也。余惑于越俗谓修建水陆亦祝延寿之一说。今年家慈六十寿辰,余现在尚穿先大人制服,未便在家中音彩称觞。生日在八月初一日,彼时家慈不欲举动。今年值有闰八月，择于此时在寺院拜延生法事，似亦甚宜，且家慈平日于佛教事非不喜信。虽不欲铺排称觞，而于寺院中建水陆事，亦不甚拘形迹也，抑亦为后辈者之区区愚忱也。且使预先于家慈前明说[①]恐有不允，特于家慈前不敢明告，似于家慈体统毫不干碍。此种事家慈虽闻，亦可作不闻算。今奈从旁探闻后遽发大怒，且哭骂不已，竟言不必言之言语。既不能稍卜欢娱，反以此触犯高堂之怒，实属懊悔无及。曾记平日家慈言人家之有寿事，尝称道人子之能为大人祝寿。即以此仰体大人之心，似寿事不可不稍有铺张。余虽愚直无能，不及人家之万一，然各尽其能力之心，亦不敢不勉。今日触怒如此，能不觍颜人世？再四踌躇，竟无策消大人之怒，遂即清理经手账事，分别缴楚，拟督托账友办理，庶几余可以专心思过，俾免遗误其事，或者家慈之怒气可平。追忆本生先父母弃养后，余只七龄耳，不几年而先大父亦去世。此时家运颠连，全赖先大人只身肩任，余蒙教养者二十余年。余既为先大人之后，自当承先启后，为先大人立此一家。自昔年先大人弃养，余接理家务，未尝不战战兢兢，临深履薄。然知稀能鲜，不称上意。遇事动辄得咎，深恐愆尤日积。平日遇事，屡不惮博考谘诹，斟酌其事。今统盘筹画，若使余无歹气，不将全局以筹，事事遂存意见，其何以对先灵于地下？由此一踌躇，似不能不存歹气以为之。下午田蓝陬内兄来谈，傍晚去。徐仲凡舅氏来谈片时去。徐仲凡舅氏不知何人报苦，上半日即来调停。其对余云："为大人建延生水陆事，公理人情，都所赞可。世界上之能成大事业者，大抵皆有歹气。如本朝曾、左诸先达，无不皆有歹气。我辈行事当力顾大局，不当多生意见。无论若何，仍本其心以为之可也。"

二十九日(9月22日) 晴。黎明起坐小舟至梅墅弥陀寺，水陆既已起经，未便终止，不能不任劳怨以成其事。

三十日(9月23日) 晴。在弥陀寺枯坐无聊。下午坐舟至柯

---

① 页眉题：事前于既出嫁、未出嫁之姊妹处一再商酌以行之。

镇游,在融光寺稍坐片时,即又至市一走后,遂坐舟仍至弥陀寺。

闰八月初一日(9月24日)　晴。月仍为乙酉,日为庚子。在寺黎明起,寿筵前行礼。自憾无调停之术,今日之补祝慈寿。前日大触慈怒后,以致阖家皆少意兴。不善治事之罪,其可或辞哉!

初二日(9月25日)　晴。在寺枯坐。

初三日(9月26日)　晴。在寺枯坐。

初四日(9月27日)　晴。在寺枯坐。午刻,田扬庭、禔盦、宝森三君到寺谈许时,午餐后看僧人礼佛,事毕,同田宅诸君坐舟各旋家,时尚未晚。

初五日(9月28日)　晴。上午至江桥、大街等处一游,下午旋家。日来天气清凉,惜为人意兴不佳。

初六日(9月29日)　晴,早晨寒暑表沉至六十五六度。绍郡今日换戴暖帽,虽有闰月,而换戴较上年早一个月,似乎太别致也。下午何燕题①、豫才②两君典吾家鱼化桥旧屋立契各事。此屋系昔年车幼康典住,今赎回转典也。阅《申报》《中外报》,和议尚无成见,惟各处民风稍平。

初七日(9月30日)　早晨稍雨数点即霁。

---

① 何寿棨,原名检,字燕题。清浙江山阴人。国学生。候选府司狱。光绪十九年(1893)举人何寿章胞兄。见何寿章乡试履历(《清代朱卷集成》册285)。

② 何寿章(1865—1905),原名樟,字豫才,又名石戚,别号苏甘。清浙江山阴人。光绪十九年(1893)举人,二十九年进士。官安徽州同。精小学。工画,山水法倪云林,黄公望,花卉师沈周、陈淳。善治印,兼法秦、汉、宋、元,工雅有致。著有《苏甘室日记》。见何寿章乡试履历(《清代朱卷集成》册285);王崇人《中国书画艺术辞典篆刻卷》。按:《日记》光绪三十年七月初十日:"晴。上午坐舆至老虎桥何宅吊何豫才郡丞,略坐片时即旋家。(何君去年新登贤书,仍以同知往安徽候补。家况甚窘,今旅故嘉兴,其身后更形萧索也。)"据此,其当卒于光绪三十年(1905)。其生年据乡试履历。

初八日(10 月 1 日) 晴。上午至街一走,旋家已旰(族弟老斤同去)。下午琐事。

初九日(10 月 2 日) 晴。琐事。阅《申报》《中外报》,恭纪上谕:已将酿祸王公大臣分别严加议处。

初十日(10 月 3 日) 晴。阅《申报》《中外报》,知皇上着陕抚于西安府择地建都,观此似有不回北京之意。下午至后观巷田宅,值徐以逊孝廉、徐君筱翰亦在田宅,谈许时后同至新河弄"同春馆"吃菜(同去徐以逊、徐少翰,田蓝陬、扬庭、禔龠、孝颛,鲍冠臣及余共八人),膳毕各旋家,时尚未到二更。

十一日(10 月 4 日) 清晨雨数点即霁。上半日卧床,头眩稍有不适意。近来心绪无聊,百事因循。自维迂拙无补于时,每念及此,实堪心疚。曾记昔日同人说到余辈作人,无时可以欢乐,无刻可以清闲。然此心如执而不化,必非养生之道。所以有时不可不拔去烦恼,暂寻其乐。

十二日(10 月 5 日) 上午乍有雨。身体稍有不适。下半日至大街各处游许时,旋家时已将晚。夜月甚明,如此佳景而衷怀少雅兴,为可惜也。

十三日(10 月 6 日) 晴,少日光。

十四日(10 月 7 日) 晴,乍雨。余稍有不适,而甚少气力。自揆精神本不充足,近复屡有不适,更觉孱弱也。阅《申报》《中外报》,敬悉皇上以山西太原适值荒歉,且与各省路途不便,已于本月初八日启銮,西幸长安。未到两旬,而乘舆两次蒙尘,道途仆仆,寝馈难安,真可谓宵旰焦劳者矣。国家事机一失,处处形其掣肘。和议未定,民志难靖,不知何日可以转危为安也。下半日赴田宅之邀,夜间在田宅饮(田宅且设平调,为其适金宅之芹姑奶奶四十寿事也),余直至夜半旋家。夜间乍雨乍晴。久不坐夜,到夜深便觉竭力也。

十五日(10 月 8 日) 乍雨乍晴。上半日写篆书长横幅一张,钩画尚匀称得法。下半日琐事。

十六日(10月9日) 乍雨晴。绘先大人小堂幅小照。此小照去年属罗君柷甫由大像拓出,今以山水补其景。

十七日(10月10日) 乍雨晴。上半日绘山水小堂幅。下半日至申兄书屋同鲍诵清广文围棋数局,又同至后观巷田宅谈,又围棋数局。夜餐后谈许时各旋家,时已二更后矣。

十八日(10月11日) 乍雨晴。上半日写小堂幅山水,午间画成。不能出奇制胜,而尚觉不俗。盖山水到纸张放大,最难画也。午刻至镇东阁前,遇章紫云茂才,遂同至其丝行围棋数局。傍晚稍有雨,旋家。

十九日(10月12日) 晴。上半日琐事。下午田春农孝廉来,同至能仁寺前游,田蓝陬茂才、张叔侯茂才亦至此处同领略风景,徘徊许时,遂同至余家谈,夜餐后去。

二十日(10月13日) 晴。琐事。近日天气日渐凉寒,须御薄棉衣。

二十一日(10月14日) 晴。上半日琐事。下半日至大善寺前、大街一走,即旋家。余心中之事甚多,而每日挨延观望,不稍治理。清夜思维,实堪自叹。一年好景,在此春秋佳日,有志者其可虚度此光阴乎? 人生勤俭之机,当在自己之能时时警励耳。

二十二日(10月15日) 晴。上午同王君紫榛至菡萏汇头庄莼渔[①]茂才处稍坐片时,即旋家。下午至大善寺前"和记"同朱君理声谈片时,旋家时已晚。夜阅《申报》《中外报》。

二十三日(10月16日) 晴,天气甚寒,寒暑表沉至六十度。予居家理事,上下未能见谅,以致事事形其掣肘。心绪焦烦,日无安适

① 庄肇(1870—?),谱名凤翥,字梦僧,号莼渔,日记一作仁如、纯如、纯渔,小字春郎,号苏畑。整理时其号统一为莼渔。浙江绍兴城内太平桥人。清光绪二十八年(1902)举人。与蔡元培同学,由蔡介绍入光复会。秋瑾主持大通学堂时,常有往来。见《光绪壬寅补行庚子辛丑恩正并科浙江乡试同年齿录》。

趣味。本拟晚间有赴杭之行，秋高气爽，作杭沪数日之游以养其心境。后以家中实属泛人，经人劝勉，遂息此游。夜间心绪纷如，直至夜半后始睡。

二十四日(10月17日) 晴。上半日睡。下半日至街过镇东阁前丝行围棋数局，傍晚旋家。

二十五日[①]**(10月18日)** 晴。上半日至广宁桥王紫蕖茂才处谈许时，又至大街。又至横街，遇族弟老斤，至木莲巷口王君玉庭处围棋，至傍晚旋家。

二十六日(10月19日) 晴。学篆字。

二十七日(10月20日) 晴。学篆字。

二十八日(10月21日) 风甚大，有微雨，天气因之而寒。收拾书籍等件。

二十九日(10月22日) 晴，天气甚寒，早晨瓦上稍有霜，寒暑表沉至五十一二度。天清气朗，风静日明，无一点尘杂之态，真高秋佳日也。上半日学篆字。下午至木莲巷王君玉庭处围棋数局，傍晚旋家(族弟老斤亦同去)。王君之棋颇有阅历之功，而不甚强劲。盖棋之学无尽境，余之棋未曾实用其功，所以少出奇制胜之处。夜阅《申报》《中外报》，和议不特无成，且毫不讲说外兵于北边专图攻夺地方。皇太后、皇上千里蒙尘，不遑寝馈。时局至此，尚可言哉！

九月初一日(10月23日) 晴。月为丙戌，日为己巳。琐屑事。下午薛阆仙明经来谈许时去，又贾君幼舟来谈许时去。

初二日(10月24日) 晴。今日卯时为霜降。上午学篆字。下午庄莼渔茂才、周景清茂才来谈片时去。余至后观巷田宅坐舆，至水澄巷徐仲凡舅氏处贺喜(其孙于初三日完姻)。余系穿制，未便于有鼓乐时往贺，特于今日预行一贺也。茗谈片时即旋。至田宅谈，夜餐

---

① 原稿后重复一日："二十五日　晴。琐事。"

后同张叔侯茂才围棋数局,旋家时已二更后矣。

初三日(10月25日) 晴。琐事。下午王念兹茂才来谈片时去。

初四日(10月26日) 晴。琐事。午前至江桥、大街一走,即旋家。下午,王绍庭茂才未谈许时去。

初五日(10月27日) 晴。琐事。傍晚薛阆仙(茂才)明经来谈,夜餐后又谈兼围棋,至三更睡。

初六日(10月28日) 晴。早晨同薛阆仙谈,早餐后去。

初七日(10月29日) 晴。上午至江桥、大街一走,即旋家。天光甚短,转忽旰夜。今日颇暖,寒暑表升至七十五度。下午录账务。

初八日(10月30日) 晴,天气暖。早晨录账务。上午姚荣生茂才来谈许时去。夜间有雷雨。上午寒暑表升至八十度。霜降后又有雷声,亦异事也。

初九日(10月31日) 雨,天气遂寒。早餐后至后观巷斗殿祀斗母神,又道便至田宅谈许时旋家。下午风甚大。

初十日(11月1日) 晴,天气甚寒。上午琐事。下午坐小舟至张墅蒋菊仙处贺喜,稍坐片时即坐舟旋家,时尚未晚。

十一日(11月2日) 晴。内子及儿女至田宅住,为理琐屑事。学写篆字。

十二日(11月3日) 晴,天清日明,寒暖最宜。学书篆字。今年收稻,天气最佳。闻各村晚谷已将收齐,有此丰年,实为幸事。

十三日(11月4日) 晴。学写篆字。风日晴和,正是高秋佳日。多写篆字,便觉渐有进境,学之所以贵时习也。

十四日(11月5日) 晴,早晨有雾露,天气为之稍潮。学写篆字。下午至江桥、大街,过仓桥一走,即旋家,时已将晚。

十五日(11月6日) 晴。上半日学篆字。下午至后观巷田宅稍坐片时,即又至掠斜溪朱秋农部员处坐谈许时,旋家时将晚。

十六日(11月7日) 雨,天气甚潮。琐事。午下王紫蕖茂才来谈片时去。下半日学写篆字。光阴甚促，转瞬即晚。阅沪上各报，知本年应放学政，已于十一日有旨简定。从此稍有事平之景象矣。

十七日(11月8日)　晴。上半日学书篆字，略有就紧。工夫最得雅驯，更觉有神也。午前祀神。天气潮湿一袪，便觉清明凉爽也。下午至江桥、大街一走，即旋家。今日卯时立冬。

十八日(11月9日)　晴，无日光，天气又暖。早餐后坐小舟至谢墅新貌山先大人殡宫，徘徊许时，又至小天柱树山看地理。下山舟中午餐后，又至栖凫铜罗山看山，遂即下山坐舟，旋家时已夜矣(看山请章□□先生同去)。

十九日(11月10日)　雨。天气又霉湿而又暖，下半日稍寒，雨甚大。夜大风怒号，彻夜不休。

二十日(11月11日)　天气甚寒，雨霁而风大不已。

二十一日(11月12日)　晴，天气甚冷，寒暑表沉至四十一二度，非着重棉不可。上午至后观巷田宅稍坐片时，即同蓝陬茂才至其间壁新置之屋，一游即出。又至仓桥过大街旋家，时已旰矣。下午日光又隐，似复有雨意也。幸各村晚谷已收齐，否则河水涨大，风雨连朝，又为一虑。

二十二日(11月13日)　晴。上半日至水偏城里大教场阅操(今日之操，郡守、协戎会阅也)，至将旰旋家。补写先大人小照画幅。下半日田蓝陬茂才及其侄孙孝颛茂才同张叔侯茂才来，稍谈片时，即同至大教场一游。又由郡城隍庙登卧龙山眺望，然后由镇东阁旋，过肖尾弄花园一游，遂至田宅谈，时已夜矣。夜餐后同叔侯围棋数局后，旋家时二更。

二十三日(11月14日)　雨，天气稍暖。琐屑事。

二十四日(11月15日)　晴。午拜先曾大父讳辰。下午至大街一走，即旋家。夜间天气又寒。

二十五日(11月16日)　晴，天气寒，天高气肃。时光容易，倏已冬初。年齿日长，自问学业事功有何进益？尔室盟心，能无抱歉？

然吾辈作人既不能有裨于世,但当勉其无妨害于世。是虽寻常之见,而苟能实履此言,犹可借以自慰。下午阅《申报》《中外报》,知两宫幸陕,陕境亦适蹈荒,且各国联军必欲请两宫遄回北京,以便和议可以落局。如两宫不肯回北京,各国联军言当调兵西向,并阻绝各处转运。此谣一播,似行在大员有以奏请再幸四川之说。果如是,真可谓道途跋涉,寝食未遑者矣。国运危迫之秋,是非亦不暇抉择。所望全权诸大臣,倏将和局议成,庶君民得以重庆承平者也。

二十六日(11月17日) 晴。录租簿琐事。

二十七日(11月18日) 晴。上半日张叔侯茂才来围棋数局。午餐后田蓝陬茂才来,遂同至蕺山戒珠寺游,田宅在寺建水陆忏也。又邀蔡洛卿至寺围棋数局,蔡君棋学颇强,余不能胜。夜餐后仍同蓝陬茂才、张茂才旋,两君皆送余至家,然后去。时尚不迟,只二更稍后片时也。

二十八日(11月19日) 晴,天气稍暖。上半日扫揩东耳厅神主堂,来月初三日先大人两期忌辰,拟恭奉先大人神主上堂,今特预先揩洁地方也。午餐后田蓝陬茂才、张叔侯茂才、屠君葆卿来邀余同至戒珠寺,遂便道游石家池,后到寺又邀蔡君洛卿到寺围棋,夜餐后旋家,时已二更矣(田蓝陬同其西宾张叔侯仍送余到家,然后去)。

二十九日(11月20日) 晴。早餐后坐舟至植利门外下谢墅新貌山祭谒曾大父母、大父母、本生父母墓,又祭谒先父殡墓,徘徊许时,然后下山。舟中午餐后,放棹旋家,时已将晚。(今日拜墓者申之兄、纪堂弟、族经弟连余共四人。)

三十日(11月21日) 阴,微有雨。早餐后坐舟至稽山门外石旗井头山祭谒高祖考、妣墓,事毕下山。舟中午餐后,放棹旋家,时已晚矣。(今日拜墓,到者申兄、纪弟、族经弟及余四人。)

十月初一日(11月22日) 雨。月为丁亥,日为己亥。琐事。下午田蓝陬茂才来谈,至傍晚去。

初二日(11月23日)　上半日雨霁,内子同儿女旋家,理琐事。下午至仓桥一走,由大街旋家。夜阅《申报》《中外报》。今日为小雪节气。

初三日(11月24日)　早晨微雨,日间雨霁。治先大人两周年忌辰祭事。上午酬应客。午间祭先大人主像毕,恭奉先大人神主上堂。下午收拾几筵,(徹)[撤]先大人灵座等事。盖昔年先大人见背后,恭奉主像、设灵座几筵,以至于今。(疵)[痴]心如先大人之犹在,朝夕点香烛,稍补愚忱。今时已两期,神主似宜升祔,且大装传像,日日以盛服高悬。而阳上生人,日以便服相对,死生虽隔,于礼终觉不宜,谨将大装传像亦收起。前年特属丹青摹绘便装小像一幅,月前余自写山水以补其景,故今将供设几筵,(徹)[撤]后谨悬此小像画幅,以垂追慕之忱,家常可不甚拘形迹也。天气甚短,虽不甚有所排场,而事甚琐琐,殊觉片刻无暇。

初四日(11月25日)　晴。早晨琐事。早餐后坐小舟至常禧城外娄宫村,舟中午餐后,雇骑骡一只至贾村贾宅贺喜,系贾薇舟先生四子完姻,贾梲唐姊婿之弟也。其正日在初五日,余以服色不便,改于今日预行一到。到贾宅时已正午,贾宅再三又请吃午膳,遂稍饮毕,谈许时,向薇舟姻丈处贺喜,又稍坐片时,仍骑骡到娄宫埠,时已日落西山,即坐原舟旋家。夜餐后理琐屑事。阅《申报》《中外报》,见上谕浙江学政新改李名銮荫①,而文学使调任广东矣。

初五日(11月26日)　傍晚微雨。上午田蓝陬茂才同其侄孙孝

---

①　误。当为李荫銮。李荫銮(1852—1900),字玉坡,号幼斋,一字湘生。清直隶景州人。同治九年(1870)举人,光绪九年(1883)进士。曾官浙江学政、太仆寺卿等职。见《同治庚午科大同年齿录》;《光绪癸未科会试同年齿录》。按:大同年齿录载其生于咸丰壬子年四月十二日。会试同年齿录载其生于咸丰癸丑年四月十二日。此据大同年齿录。据中国第一历史档案馆编《光绪朝朱批奏折》(第17辑),李荫銮卒于光绪二十七年十一月二十一日。公历为1900年12月31日。

颛茂才其及西宾张叔侯茂才来,稍谈片时即去。多日事冗,今觉略有清暇。午前镇容儿断吃乳,略用黄连、胡椒,儿闻气味便不肯含乳,盖已稍知事端也。儿原取名震容二字,前偶意及儿以戊戌年所生,似于辰字不甚相宜。而震字下有一辰字,自今以始,当改镇容二字,取其声音相似也。夜间镇容儿初不吃乳,稍觉不安睡,予亦尝起视。近日夜间之长,无出其右,一夜不啻有两日时也。

初六日(11月27日)　雨。琐事。夜餐后镇容儿因不食乳,啼声多,而殊觉观其不适意,仍令乳妈哺乳。盖天气骤寒,似乎不便,且俟明年新正春气渐和再计也。

初七日(11月28日)　雨。上半日琐事。下半日至后观巷田宅谈,又同张叔侯茂才围棋数局,夜餐后旋家。

初八日(11月29日)　晴。早餐后至后观巷田宅同田春农孝廉、张叔侯茂才至蕺山戒珠寺游,同蔡洛卿围棋。夜餐后同田蓝陬茂才、张叔侯茂才旋,至家时已十一下钟矣。

初九日(11月30日)　晴。上半日至后观巷田宅稍坐片时,同蓝陬茂才及其侄扬庭、禔龠至笔飞弄"明记"庄译电报字,稍坐片时,又至电报局打报(为千崖族伯病危,其次少君在杭衣业,打报属其即归也),看报局打报片时,即出。又至戒珠寺稍坐片时,即旋家,时已午矣。

初十日(12月1日)　晴。琐事。阅报知浙江巡抚刘景韩[①]中丞开缺另候简用,而以恽菘耘[②]方伯升补巡抚也(刘中丞闻为外国人所

---

① 刘树堂(1832—1904),字景韩,号琦甫。清云南保山人,祖籍安徽宣城。曾官江苏按察使、江苏布政使、福建布政使、浙江布政使、浙江巡抚、河南布政使等职。著有《双清堂法帖》《师竹轩诗集》。见《刘景韩讣告》(《上海图书馆藏赴闻集成》册3)。

② 恽祖翼(1837—1900),字叔谋,又字崧耘。清江苏阳湖人。同治三年(1864)举人。曾官湖北按察使、浙江布政使、浙江巡抚等职。见恽宝惠《恽氏家谱》之《前编》卷十六恽毓良、恽毓珂《头品顶戴兵部尚书都察院右都御史浙江巡抚兼理盐政兼总理各国事务大臣先考崧耘府君行述》。

不服也)。

十一日(12月2日)　晴。早晨至大街一走,即旋家。午前至后观巷田宅拜忌辰,午餐后在田宅茗谈片时旋家。

十二日(12月3日)　雨。琐屑事。午刻,族千崖伯逝世,享寿七十三岁。其老成俭朴,一生安分株守,毫不染时俗习气。平日亦少疾病,今忽一病不起,(亮)[谅]亦年老必凋之候也。下午为其家照看琐屑事。阅《申报》《中外报》,知各外国联军又竟往西行。果如是,则皇太后、皇上又将若何迁避?中国局面愈不可挽回矣。

十三日(12月4日)　晴。为千崖族伯家照看丧事,至戌刻,千崖伯盖棺已定,此后不可再见矣。时世阽危,老成凋谢。说者谓世途艰险,不至冒犯到此年纪。居此时局,死者不无幸事也。

十四日(12月5日)　晴,天气霉湿。上半日琐事。下半日为写徐以逊孝廉亡妹墓碑篆文一张。琐屑事。夜阅王止轩太史家《清芬录》,其集各书家之书汇为一编,付之石印。篆隶正草皆有,其中而有几种名手书法,甚属可爱。

十五日(12月6日)　阴晴。琐屑事。

十六日(12月7日)　今日为大雪。早晨降雪花半时,天气甚寒,寒暑表沉至四十度。岁月易逝,忽忽时已寒沍。诸事不就,时局倾危,有不胜其忧虑者也。下午至后观巷田宅同蓝陬茂才、春农孝廉至大路苏式点心店买用点心,又至笔飞弄同蔡洛卿围棋,夜餐后旋家,时已二更。天气甚寒。

十七日(12月8日)　晴,天气甚寒,水皆成冰甚厚。寒暑表沉至三十二度。上半日琐事。下半日至仓桥试院前一游,院中人已聚集,盖明日山会童生县试也。游许时后,至大街遇徐叔亮[①]昆仲三人

---

① 徐维瀚(1873—1951),字叔亮,日记一作叔良、菽良,整理时统一为叔亮。浙江绍兴人。徐征兰之子。曾任绍兴临时军政府军械科科员。见《浙江绍兴栖凫东海堂徐氏家谱》;《绍兴临时军政府收支征信录》。

及紫雯[①]、硕君[②]、□□共七人，至大路点心店用点心后，又至大街各散。余由仓桥旋家，时已夜矣。

十八日(12月9日) 晴，天气甚寒，霜甚浓，冰甚厚。夜餐后田蓝陬茂才及孝颛茂才、罗君茂祥来围棋数局，时方二更。而王君紫榛已由试院出场，盖放班如此之早，实为近年所罕有。余本拟同田宅诸君至试院前游，奈王君已出场，遂息此游。

十九日(12月10日) 晴。琐事。下午至田宅谈片时即出，又至江桥、大街一走，即旋家。

二十日(12月11日) 晴。琐事。

二十一日(12月12日) 晴。今日为先大父颖生公二十周年忌辰，雇僧人十三名拜皇忏一日，理祭祀等事。午祭先大父，夜祭先大母。明日又为先大母九十冥寿也。

二十二日(12月13日) 晴。今日为先大母凌太君九十冥寿，雇僧人十三名拜皇忏三日。午祭先大母。贾君枧唐及徐君佑长[③]来拜冥寿，午餐后去。

二十三日(12月14日) 晴。琐事。午祭先大父母像。

二十四日(12月15日) 晴。琐事。午祭先大父母像。下午理琐事。傍晚忏事了，理琐屑事。

---

① 徐维照(1874—1932)，字紫雯，日记一作芝雯、芝文，整理时统一为紫雯。浙江绍兴人。徐兆兰之子。见《浙江绍兴栖凫东海堂徐氏家谱》。

② 徐滋霖(1873—1910)，字硕君。清浙江山阴人。徐友兰次子。见《浙江绍兴栖凫东海堂徐氏家谱》。按：徐维则《先考培之府君年谱》："(同治)十二年癸酉三十一岁。五月，先母赵夫人生弟维樞，今更名滋霖。"据此，其当生于同治十二年(1873)。《日记》宣统二年十月初二日："上半日坐舆至和畅堂吊徐硕君首七。"据此，其当卒于宣统二年(1910)。

③ 徐世保(1882—?)，字佑长。清浙江山阴人。徐树兰之孙，徐元钊长子。曾任锡麟小学校董，民国六年前后任绍兴县县长。见《浙江绍兴栖凫东海堂徐氏家谱》。

二十五日(12月16日) 晴，霜甚浓，水亦有冰。琐事。夜餐后至后观巷田宅同蓝陬茂才至试院前游，今日山会童生初覆也，至三更旋家。

二十六日(12月17日) 晴。琐事。

二十七日(12月18日) 琐屑事。午祭先府君诞辰。

二十八日(12月19日) 雨，天气稍暖。

二十九日(12月20日) 天阴，下午微雨。上午理祭事。午间祭本生先大人忌辰。

三十日(12月21日) 晴。天气和暖。明日为冬至，或亦"冬至一阳生"之谓也。

十一月初一日(12月22日) 晴。今日申时冬至。少日光。古语云"冬至天晴无日色，来年定唱盛平歌"。居国家多事之秋，但愿应此二语，以安吾辈弦歌诵读之常。上半日理祭事。午间祭拜历代祖宗。

初二日(12月23日) 晴。琐事。午间祭高大父岳年公、高大母许太君诞忌辰。下午至后观巷田宅谈许时即旋家。

初三日(12月24日) 晴。上半日至大江桥一走，又至仓桥过试院前一游旋家。

初四日(12月25日) 晴。上半日开收租单及一切琐事。下半日至大街一走即旋家，时已夜矣。

初五日(12月26日) 晴，早晨雾露甚浓。早餐后坐小舟至植利城外谢墅村登岸，游树山、黄枋岭、蟹钳山诸山，行路不下十余里。游后下山坐舟，旋家时已夜矣。予于地理一事，胸中茫无把握。惟近今诚实可靠之堪舆家亦不可得，只好凭山人指点，先行自去一游。如有地势局面粗粗可观者，或再请有识者一看。此事未成，寝食难安，不知何日得有告窆之一日也。

初六日(12月27日) 晴，天气甚暖而又潮湿。琐屑事。近日为寒暖不节,起居稍有不适。

初七日(12月28日) 阴晴。上半日头眩且咳嗽而多痰,下半日稍愈。潮气一祛,便觉骤寒。予作事本不敏捷,如此短日,一日间有数日琐屑事,遂尔匆匆过度。三冬时令,又复蹉跎,可不自警哉!

初八日(12月29日) 雨。琐事。

初九日(12月30日) 雨。琐事。下午至后观巷田宅谈,留余夜餐后,又围棋数局,旋家时已三更矣。

初十日(12月31日) 微雨。上午坐小舟至水澄巷问徐仲凡舅氏病,其病系由肝气逐积,以致呃逆。见其虽在抱病,仍伏案书写,耐劳甚不可及。茗谈许时,言语井井,无异于常,惟面色不无憔悴。时已午,遂留余午餐,同其西宾薛阆仙明经谈许时,然后旋家。

十一日(1901年1月1日) 阴晴。琐屑事。上午至常禧城外,便道过徐君筱翰处谈片时,又至星采堂仓屋,属工人洒扫屋宇,午间旋家。

十二日(1月2日) 晴。上午至仓桥试院前一游,又过江桥、大街旋家。下午理租事需用琐屑事。傍晚至常禧城外仓屋宿。

十三日(1月3日) 黎明起天晴,俟收租船放后旋家。上半日琐事。午拜鲍四姑奶奶诞辰。下午至常禧门外仓屋理租事。天气潮暖,寒暑表升至六十二度。傍晚仍至家。

十四日(1月4日) 雨。上午琐事。下午至常禧门外仓屋理租事。夜在仓屋宿。天气转寒。

十五日(1月5日) 阴。黎明起早餐后旋家。琐事。下午又至仓屋,理事毕又旋家。

十六日(1月6日) 天气阴寒。上午至仓桥试院前一游,即旋家。下午至偏城外仓屋理事,晚间又旋家。夜餐后至仓桥试院前游,今日山会童生府试,直至一点钟放三班后旋家。天气甚寒,今日为小寒节气。

十七日(1月7日) 晴。上半日琐事。下半日至常禧城外仓屋理租事,夜在仓屋宿。

十八日(1月8日) 阴寒。黎明起息一时,由城外旋家。上午琐事。午前至市门阁一走,即旋家。

十九日(1月9日) 晴。上午至常禧城外仓屋,傍晚旋家,见贾君柷唐来,夜谈至半夜。

二十日(1月10日) 晴。上午至偏门外仓屋理租事,下午旋家。同贾君谈。

二十一日(1月11日) 雨,早晨雨雪杂下。上半日琐事。下半日至外边为千崖族伯出丧照应琐屑事。晚间送千崖族伯灵柩至凰仪桥,密雨纷纷,余同申兄遂即旋家。

二十二日(1月12日) 雨。早晨起坐小舟至东郭门外平水望仙桥登岸,至千崖族伯墓前行礼。余到岸,其灵柩已进圹。山上稍游片时,遂即下山。舟中午餐后,仍坐小舟旋家,时尚午正。下午同贾君谈。傍晚坐小舟至常禧城外仓屋理事,即又旋家同贾君谈。

二十三日(1月13日) 雨。上午琐事。下午同贾君谈。傍晚坐小舟至常禧城外仓屋理租事后,又旋家,时已二更矣。同贾君谈至夜半。

二十四日(1月14日) 阴晴。上午贾君去。午初坐小舟至城外仓屋理租事,下午旋家。

二十五日(1月15日) 晴,天气闷湿。今年冬令少雪而多潮暖。上午至后观巷田宅谈许时旋家,又至大云桥一走即旋家。下午至常禧城外星采堂屋理租事,傍晚旋家。

二十六日(1月16日) 雨。上午琐事。下午至常禧城外星采堂理租事,夜冒雨旋家,时将二更矣。

二十七日(1月17日) 雨。上午至常禧城外星采堂理租事,至夜旋家。

二十八日(1月18日) 阴寒。早晨至市门阁街一走,即旋家;又至清风里口一走,即旋家;又至常禧城外星采堂理租谷米事。午间有日光而天气甚严寒。晚间旋家。

二十九日(1月19日) 雨。琐事。午前坐舟至常禧门外星采堂理租事,下午坐小舟旋家,时已将晚。夜雨甚密,乡村又将有水大之虑。

十二月初一日(1月20日) 月为己丑,日为戊戌。密雨不休,夜间水涨一尺。琐屑事。下午至仓桥试院前一游,雨紧人稀,观各店生意亦甚清淡。稍游片时,遂即旋家,时将晚(族弟锦堂同去)。雨紧,颇沾衣服。夜又密雨不息。岁事将阑,如彼苍者天,尚无晴意,则苍生咸苦此多雨也。

初二日(1月21日) 乍雨晴,午前下雪子数点。上午至开元寺同善局同蔡吉升谈片时,又至水澄桥、大街一走,即旋家。下午理《桂杏联芳谱》惜字书,此书系昔年印送之余,今拟于郡城八邑童生时属人至试院前分送也。夜间有星。

初三日(1月22日) 晴。上午至仓桥试院前游许时旋家。下午琐事。夜餐后,同西宾王紫榛先生至试院前游。今日八邑童生覆郡试也,且属人分送桂杏惜字书,而天又下雨,至二更初即旋家。

初四日(1月23日) 雨。上半日琐事。下半日至后观巷田宅谈,至夜餐后二更旋家。

初五日(1月24日) 雨,风雨楸惨,河水涨大。时局阽危,天时愁闷,人事杂遝,甚乏佳趣者也。下午至笔弄、大街等处一谈,至傍晚旋家。

初六日(1月25日) 雨,杂下雪子数点。古谚所谓"初三日光初六雪",此言余亦屡试不爽。

初七日(1月26日) 雨,上午至田宅谈,午餐后同其家西宾张叔侯茂才围棋数局,傍晚旋家。又至大家一走,即旋家。

初八日(1月27日) 晴。早餐后同田春农孝廉坐舟至南门外栖凫村徐宅宗祠行礼,午餐后仍坐舟旋家,时已傍晚,风紧。夜下雪子。

初九日(1 月 28 日)　雨。琐事。下午同王君芝榛至仓桥试院前一游,又由大街一过旋家。夜雨甚紧。冬雪少而冬雨甚多,苍苍者不知何意而不肯放晴也。

初十日(1 月 29 日)　雨,早晨下雪子兼下雪花甚大。惟天气甚寒冷,以致雪不能积厚,约一时之久遂息。

十一日(1 月 30 日)　微雨,乍有晴光。录理租事、财务琐屑事。傍晚,田春农孝廉来谈即去。夜理账事。

十二日(1 月 31 日)　天气久雨,百事迟误。上午坐小舟至水澄巷徐仲凡舅氏处谈,许时即旋家。下午琐事。傍晚至后观巷田杏村舍人处谈,片时即旋家。今日上午又降雪子,下午又飞雪花。岁事将阑,雨雪连绵,殊觉增人愁闷。近一二日中如能降大雪一次,便放晴光,此乃苍生所仰望者也(相传冬雪大,则来岁人病少,而年岁丰)。

十三日(2 月 1 日)　天气甚寒,乍有雪花。琐屑事。下午徐君筱翰来谈片时去。余借至后观巷同蓝陬茂才至大善寺游(渠家在寺建水陆忏也),稍坐片时遂即旋家。

十四日(2 月 2 日)　天气寒冷异常,滴水成冰,乍有雪花,乍有日光,至下半日天色晴正。上半日琐事。下午张叔侯茂才来围棋数局,傍晚去。

十五日(2 月 3 日)　晴,天气严寒,有水皆冰,甚厚。寒暑表沉至二十六七度,可谓极寒天气。上半日至后观巷田宅坐谈片时,又至江桥、大街一走,即旋家。下半日至西郭鲍敦甫中允处谈(为户捐事),许时旋家,时将暮矣。天时虽觉稍长,而人事纷纷,殊有日不暇给之势。转瞬年务又起,清闲之趣,余何以不可得哉?

十六日(2 月 4 日)　晴。今日戌时立春。天气奇冷。琐屑事。闻人言今日日光边有连环圈痕,不知主何意见?然余未之及见。

十七日(2 月 5 日)　晴。琐屑事。

十八日(2 月 6 日)　晴,天气稍和,水中之冰稍薄。琐事。下午至江桥、大街、新河弄一走，旋家时已晚矣。

十九日(2月7日)　晴。琐事。

二十日(2月8日)　晴。清理账务。天气舒和，殊有春意。

二十一日(2月9日)　晴。上午清理账务。下午至田宅谈片时，又至水澄桥、大街过仓桥，旋家已晚。白云遍作，似有雨意。至二更后云散天青，星月皎洁，殊令人爱月夜眠迟。值此时局艰危，家庭诸事因难延误。清夜盟心，尤觉百感交集也。

二十二日(2月10日)　晴。上半日至田宅为杏村合人写挽陈小兰[①]大令联一副，阅《申报》《中外报》，旋家时已将旰。下午至仓桥，转至望江楼、大街一走，即旋家。

二十三日(2月11日)　晴，下午忽下雪，后乍晴乍雪。晚间祀东厨司命神。夜天气极寒。

二十四日(2月12日)　晴。上午理祭事。午间祭本生先慈诞辰。

二十五日(2月13日)　晴。琐事。上午至江桥、大街一走，过仓桥旋家。下午理祀神事。

二十六日(2月14日)　晴。寅时起盥沐毕，敬祀年神毕，祭祖宗毕，祀财神。下午至大街(买铁嘴鸟数十只至会稽学前放生，亦一乐事也)一走，即旋家。

二十七日(2月15日)　晴。上午至大善寺前街一走，即旋家。下午至笔飞弄一走，即旋家。

二十八日(2月16日)　晴。上午至水偏城一游，即旋家。

二十九日(2月17日)　晴。理账务琐事。

---

① 陈陔(1842—1900)，原名尔皋，字孝兰，一作小兰，号感循。清浙江山阴人。光绪十一年(1885)解元。曾官广东知县。所著《旅粤日记》，收录于《绍兴丛书》(第二辑)。见陈陔乡试履历(《清代朱卷集成》册272)。按：其生年据乡试履历。卒年据本日日记。

三十日(2 月 18 日) 晴。上午理账务。午间祀东厨司命神。下午理祭事,理账务。人事愈繁,心境愈劣。惟天气晴佳,除夕得此,为近年来所罕见。晚间祭拜历代祖先像毕,夜膳后理琐事,至夜午睡。又因循过去一年矣。

光绪二十七年辛丑(1901)

正月初一日(1901.2.19)至十二月二十九日(1902.2.7)

正月初一日(1901年2月19日) 月为庚寅,日为戊辰。卯时起盥洗沐毕,礼神,礼祖宗。

初二日(2月20日) 晴。琐事。酬应来拜客。

初三日(2月21日) 晴。天气甚寒,水结薄冰。先大人自戊戌十月初三日弃养以后,不计闰月,扣至今日为二十七月。余遵制释素服,改穿吉服。光阴荏苒,忽忽不知制服已阕。年渐浸长,学业事功,不堪自问。所谓年富力强之光阴,大半已成虚掷。此后之为人,不知能补往者之愆失乎?世事愈难,家国之安危未可逆料。先大人尚在殡墓,觅地甚难,迄今茫无所措。窀穸未成,尤大心事也。

初四日(2月22日) 晴。早餐后坐舆至后观巷田宅拜年,又至司狱司前胡宅拜年,又至水澄巷徐宅拜年,又至西郭徐宅拜年,又西郭徐宅拜年,又至南街徐宅拜年毕,旋家时已午正。以上各家皆先后来过,不能不往拜也,此外皆分名片而已。余最耻此种应酬,无如习俗相沿,不便矫同立异耳!下午至古贡院前一游,即由大街旋家,时已晚矣。

初五日(2月23日) 晴。上半日琐事。下半日坐小舟至西郭城外张墅村蒋宅拜年,稍坐片时即旋家,时已傍晚。

初六日(2月24日) 晴。早晨至大善寺前、大街一过,即旋家。午前至后观巷田宅拜祭祀,午餐后旋家。近日盛传马山外面地名大潭之处有一大鱼,于数日前随风潮送至河水浅处,其身重大,被搁起后不能转流,遂被村人东掘西割其肉。据见过人云,其身有两大船之长，又有如屋之高。此亦一怪事也。

初七日(2月25日) 晴。早餐后乘舟至植利门外谢墅新貌山祭谒曾大父母、大父母、本生父母墓，又祭谒先大人殡宫，事毕下山。舟中午餐后，旋家时已经将晚。又至清风里口一游，即旋家。

初八日(2月26日) 晴。早餐后乘舟至稽山门外石旗井头山祭谒高大父母墓，事毕下山。舟中午餐后旋家，时已将晚。午间天气骤暖。日间贾枧唐姊婿来拜年，夜谈至半夜睡。

初九日(2月27日) 晴，天气骤暖。上半日贾君去。琐屑事。下午至和畅堂曹宅拜年，稍坐片时即旋家。傍晚徐以逊孝廉，田君扬庭、宝森来邀余至田宅饮，菜甚佳。饮毕，谈至十一下钟旋家。

初十日(2月28日) 晴。理写账务。

十一日(3月1日) 阴晴。琐事。下午至大街一走，即旋家。

十二日(3月2日) 早晨雨数点，下午又晴。琐事。傍晚至大善寺前街一走，即旋家。

十三日(3月3日) 早晨见水薄有冰气，夜虽寒而天清日丽，亦首春佳日也。

十四日(3月4日) 晴。上午至江桥、大街，遇贾君枧唐，遂同至家。午餐后同贾君至大教场游，即旋家。夜同贾君谈，至夜半后睡。

十五日(3月5日) 晴。上午贾君去。琐事。

十六日(3月6日) 雨。琐事。阅报章，今年新报直至今日始到绍，见上谕有惩治王公大臣之事，甚为惊闻。此巨案也。

十七日(3月7日) 晴。琐事。

十八日(3月8日) 晴，天气和暖，寒暑表升至五十度。上午至市门阁一走，即旋家。午祭祖宗像毕，收藏祖宗像等事。度日匆匆，转瞬新年十有八日矣。午后寒暑表升至五十四五度。

十九日(3月9日) 早晨稍有雨数点，即晴。上午王君紫榛上馆(课读蒋甥也)，酬应琐屑事。下午至大教场演武厅看八邑武童习技艺马箭等事(盖绍府即日须试武童也),看许时,至傍晚旋家。

二十日(3月10日) 雨,天气甚寒,午后降雪子。琐事。

二十一日(3月11日) 晴。上午琐事。午前至大教场一游,又至仓桥试院前看武童考试步箭(族弟景堂、王君泽民同看),遇田蓝陬茂才、孝颛茂才,至大路饮酒点心,又至笔飞弄"明记"稍坐一时,又至试院游片时,又至大教场演武厅游许时,然后各旋家。

二十二日(3月12日) 晴。上半日琐事。傍晚至府直街一游,即旋家。

二十三日(3月13日) 晴。上午至仓桥试院看武童考步箭,午间旋家。

二十四日(3月14日) 雨。上午琐事。午至后观巷田宅饮(张叔侯茂才上馆也),下午谈许时旋家。觉胸膈饱满,颇不适意,后服香散茶,二更后愈(大抵为杂食油腻而不投胃也)。

二十五日(3月15日) 晴,天气潮暖,上半日至水澄桥、大街一走,过试院前一游,即旋家。

二十六日(3月16日) 晴。早晨至大教场看武童府试马箭,片刻即旋家。上午田蓝陬茂才来,同至大教场看武考,至午旋家。拜高祖忌辰。下午琐事。

二十七日(3月17日) 晴。琐事。一日间有数细事所纷,遂觉因循过遣如此。迟迟春日,竟尔虚掷,甚为自叹。傍晚至府桥一走,即旋家。

二十八日(3月18日) 晴。上午坐小舟至西郭城外梅墅弥陀寺拜曹康臣舅氏周年忌辰(曹宅在寺建水陆忏也),午餐后放舟旋家,时尚未晚。

二十九日(3月19日) 晴。

二月初一日(3月20日) 晴。月为辛卯,日为丁酉。上午至大善寺前、大街买物等事,即旋家。午间拜先大母凌太宜人忌辰。天气渐暖，寒暑表升至六十四五度。

初二日（3月21日）　雨。今日为春分。午拜春祭祖先。下午田蓝陬茂才同其侄扬庭、禔盦，其侄孙孝颛茂才，罗君柷甫来谈，夜餐后去。

初三日（3月22日）　雨。上午琐事。午前祀文帝诞辰。午祭本生先大人诞辰。

初四日（3月23日）　雨。上午祭青藤书屋徐天池山人诞辰。下午雨霁。傍晚至大善寺前、大街一走，即旋家。

初五日（3月24日）　晴。上午琐事。下午至后观巷田宅稍坐片时，同田君扬庭、禔盦、孝颛，罗君柷甫至常禧城外徐君筱翰处谈许时，即各旋家，时尚未晚。

初六日（3月25日）　晴，天气骤暖。上午至府桥街一走，即旋家。下午至后观巷田宅稍谈片时，即旋家。夜餐后同田春农孝廉及其弟扬庭乘舟至东郭门外张溇，时已夜半后矣。

初七日（3月26日）　阴晴，乍有雨。寅刻在舟中起，同诸君谈。早辰送徐六老太太葬，行礼毕许时，早用午餐，后放棹归，路过皋埠市一游，又过鸟门山东湖登岸一游，即又登舟进城，旋家时已傍晚。

初八日（3月27日）　雨。琐事。

初九日（3月28日）　雨晴。琐事。夜餐后至后观巷田宅谭，半夜旋家。

初十日（3月29日）　雨。琐事。

十一日（3月30日）　晴。早餐后同王君芝榛、泽民至稽山城外直至禹庙前游。自观巷至禹祠，不过十里路，走亦不甚竭力。又至南镇游览许时，仍至禹庙前饭店午餐，田君扬庭、禔盦、谊曾、罗君柷甫（四人在此晤见）及两王君及余共七人。下午又游许时，然后各旋家，余到家时尚未晚。

十二日（3月31日）　晴。早餐后至仓桥试院游，作四书文数句，游许时旋家。今日郡尊在试院课蕺山甄别也。下午琐事，又作书院卷文。夜间随仿随誊,统夜不睡。

十三日(4月1日) 晴。黎明同王君芝榛至镇东阁前缴卷,即旋。早餐后余同田宅乘舟至渠家谢墅坟拜坟,又拜润之外舅殡墓毕,下山舟中午餐,时已三下钟矣。饭后解缆旋家,已夜许时矣。

十四日(4月2日) 晴,风甚大。早餐后同田宅坐舟至偏门外澄湾拜先外姑殡墓,舟中午餐后解缆,旋家时在半下午。

十五日(4月3日) 晴。早餐后坐舟至石旗埠,上山拜谒高祖考、妣墓,事毕下山登舟,又至外王拜高叔祖以下墓,事毕,在舟中午餐。道过禹庙前,遂停舟登游许时,傍晚解缆,旋家时已夜矣。今日飞黄沙甚浓,遍处随拂随积,地亦积厚可扫,亦甚奇也。夜餐后,贾君枧唐来谈,至夜半睡。

十六日(4月4日) 晴。仍飞黄沙,惟不似前日之多也。午拜先大父颖生公诞辰。下午同贾君至后观巷冯蕺农处谈,片时即旋。夜同贾君谈至夜半睡。

十七日(4月5日) 晴。琐事。同贾君谈。下午同贾君至南街徐君伯荣[①]、叔亮昆仲谈,至三更旋。

十八日(4月6日) 阴。早餐后,同贾君枧唐至南门登舟,邀徐伯荣、叔亮两君同至禹庙前游,微雨纷纷,遂即登舟。午餐后,放棹旋家。两徐一贾亦至余家谈许时,至后观巷冯蕺农茂才处稍坐片时即旋。两徐君、一贾君又到余家谈,至二更,两徐君去。

十九日[②](4月7日)

二十日(4月8日) 早晨理琐事。早餐后,坐舟至植利城外下谢墅祭曾大父母、大父母、本生父母墓,事毕,又祭先大人殡墓,事毕下山。舟中午餐后,放棹又至快阁游(女眷亦去游),片时即又旋家,

---

① 徐维湘,字伯榕,日记一作伯荣、伯庸,整理时统一为伯荣。清浙江山阴人。徐征兰之子。见《浙江绍兴栖凫东海堂徐氏家谱》。

② 原文缺。

时已晚矣。

二十一日(4月9日) 晴,上午雨数点即晴。坐舟至南门外栖凫村,上黄泥堪拜四世大伯祖、四世三伯祖、四世叔祖墓;又至五十二亩平地拜三世伯祖、三世叔祖墓,伯祖考初生公墓;又至孔家坪拜二世祖墓,事毕下山。舟中午餐后,又至铜锣山拜四世六叔祖、四世八叔祖墓,又便道拜九世诒园族伯、春樵族伯墓,事毕下山,然后放棹旋家,时已晚矣。

二十二日(4月10日) 晴。早餐后坐舟至盛塘翠华山拜四世祖妣金太君墓(即八角祭桌之坟也),又拜左首金氏客坟,又至山顶一游后下山,至盛塘市上一游,然后舟中午餐。放棹旋,时尚未晚。

二十三日(4月11日) 晴。早餐后乘舟至中灶村,登西山拜谒四世祖考无波公墓,事毕下山。舟中午餐后,放棹旋家,时将晚矣。

二十四日(4月12日) 雨。早餐后坐舟至常禧城外星采堂寓屋一游,即登舟至石堰村之原拜五世祖考、妣墓,事毕登舟。又至柏舍村之原拜三世祖墓,雨甚紧,事毕下山。舟中午餐后,解缆旋家,时已晚矣。

二十五日(4月13日) 乍有微雨。早餐后乘舟至木栅村上姜婆山拜明徐文长先生墓,又至七星墩拜七世已许金门姑太太之墓,事毕下山。舟中午餐,解缆旋家,时尚未晚。

二十六日(4月14日) 乍雨乍霁。琐屑事。录租簿账务。

二十七日(4月15日) 晴。早餐后乘舟至盛塘上董坞拜徐宅外祖墓,下山徐宅舟中午餐后,仍换坐原舟,解缆旋家,时半下午。

二十八日(4月16日) 晴。上半日录写账务。午前至仓桥街试院前一游,盖学使将临绍属考试,试院前渐觉热闹也。游览片时,即旋家。

二十九日(4月17日) 晴。琐事。下午至大街、笔飞弄等处一过,即旋家。近今世事与家事纷淆,人心为之不定,甚少清闲。伏案之时,殊觉心志粗鄙,堪为自恨。

三十日(4月18日) 早晨乍有雨,即晴。天气潮暖,寒暑表升至七十六七度。傍晚至酒务桥王泽民馆稍坐片时,天雨即旋家。

三月初一日(4月19日) 月为壬辰,日为□□[①]。晴,天气清爽。上午至仓桥试院前游,至午正旋家。至试院前时到山阴学寓一游,见学胥造送学院清册,甚为详细,借见予名册,记之于后:陈庆均,年二十五岁,身中面白无须,于光绪乙未岁学院徐考取入山阴县学附生第十名,丙申科考取二等第一百□名,戊戌岁试学宪陈考取二等第八十□名,于十月初三日丁父忧,扣至二十七年辛丑正月初三日服阕。曾祖鸿逵、祖堉庚、父英、本生父惺。册中详细如此,借而记之。

初二日(4月20日) 雨。琐事。浙江李文宗本属昨今两日可到,奈闻洋人于诸暨闹教停考试事尚未商可,故文宗只得在途中逗遛。

初三日(4月21日) 晴。上午至仓桥试院前游,传闻诸暨考试事,浙抚已同外国领事一再商说,始准暂考一次。以是文宗明后日必可到考棚,从此当可免目前之变。试院游览许时,便至水澄巷徐仲凡舅氏处谈许时,又至试院前游许时,然后旋家,时已午后矣。夜半余书房中被贼窃去衣服十数件,帐、被数件,约值洋五六十元,亦一劫运也(此贼亦甚乖,毫无走进形迹,大约在夜初时隐进后,由后门直开逃出)。

初四日(4月22日) 乍雨晴。被贼惊起,后不睡,遂至街中由章家桥、酒务桥、镇东阁、大木桥、西郭各处寻贼路,至天晓旋家。下午雨甚紧。

初五日(4月23日) 雨。琐事。上午同王君芝榛至试院前游,见李玉坡文宗已于昨日到棚,游许时后旋家。夜雷雨甚大。

初六日(4月24日) 雨。卯初刻起,用饭后同申兄至试院考古

---

① 原文空缺,当为“丁卯”。

学。李文宗鸦片烟瘾甚大，早起甚迟，直至九下钟后始点名入场。场中作《"石破北方而启生"赋》一首，五言八韵诗一首，竟至夜接烛许时缴卷。出场旋家，知贼窃去之物已查着，当于东浦人和典。

初七日(4月25日) 阴。琐事。

初八日(4月26日) 阴。上午琐事。下午同王君芝榛至酒务桥王君泽民书馆许时，又同至试院前游。本日学院考试八邑童生经古，游许时至傍晚旋家。

初九日(4月27日) 晴。丑初起，用膳后同申兄至试院，学院点名甚早，遂即进场，寅正扃门出。在场中作四书题文一篇，题为《夫颛臾昔者先王以为东蒙主且在邦域之中矣是社稷之臣也何以伐为》；又作经文一篇，题为《雷雨作而百果草木皆甲坼》；又作诗一首，题为《"春思结垂杨"得"杨"字》。誊就后缴卷，启三牌门出场，时申正，遂即旋家而天雨。

初十日(4月28日) 晴。琐事。下午田春农孝廉来谈许时后，同至渠家谈。夜餐后同张叔侯茂[才]围棋数局，旋家时已夜半矣。

十一日(4月29日) 晴，天气渐暖，寒暑表升至七十七八度。下半日至试院前一游，旋家时已晚矣。

十二日(4月30日) 晴。琐事。傍晚雨。

十三日(5月1日) 雨。琐事。

十四日(5月2日) 雨。琐事。

十五日(5月3日) 雨乍晴。琐事。天气霉湿而暖，寒暑表升至七十六七度。

十六日(5月4日) 晴。上午至酒务桥王泽民馆谈许时，同至试院前游，至午旋家。

十七日(5月5日) 晴。一点钟至试院前送纪堂及王君芝榛考，试院游许时，同田宅诸君旋，到家已天将晓矣。

十八日(5月6日) 晴。督木匠修整楼屋。夜餐后至试院前游，看出山会童生提覆牌，直待至半夜后出牌。自来学使出牌，未有如此之迟者也。不便于人,殊为众人所见恶。学使牌示:今日换戴凉帽。看草案后同田宅诸君、王君芝榛旋,到家已鸡初鸣矣。本日未时立夏,日间天气甚暖。

十九日(5月7日)　乍雨晴,天气甚暖,只能穿单衫,甚有夏天景象也。

二十日(5月8日)　乍雨晴。琐事。

二十一日(5月9日)　上午阴,下午雨。中饭后至试院前游许时,又过水澄桥旋家。天气甚凉,可着棉衣。

二十二日(5月10日)　乍有日光。天气凉,寒暑表只五十七八度。傍晚雨。夜餐后乘舟至萧山,贾棿唐姊婿亦同舟。

二十三日(5月11日)　晴。早晨在舟中起,见舟只行到钱清。曾忆上年至天晓可至萧山,今舟人懒弱,以至迟至如此。到萧山西门外,时已将午矣。祭谒始祖仰泉公①墓,又属工人割扫荒草毕,在舟中午餐后,放棹至西兴,坐舆渡江。进杭州凤山门,至学院前水沟巷得升堂客栈稍停片刻,即至梅花碑佑圣观巷陈宅馆访薛阆仙明经,晤谈许时,薛君同余至梅花碑近处茶园、花园等处游。天时将晚,薛君至馆去,余到客寓宿。

二十四日(5月12日)　晴。早晨过城皇山略游片时,即旋寓。早餐后,薛阆仙来寓谈。片时后,薛君、贾君及余同至万安桥,雇小舟一只,出艮山门(即坝子门)至拱宸桥游,在"三元楼"午餐。下午至"月照楼"听书毕,在马路及桥对面各处游。夜至"第一春"饮(杭州陈、周两君作东道也)。饮毕,余至"三层楼"书女馆听书,又至女戏馆看戏,又至"天仙"茶园看戏毕,时方半夜,遂至晋升堂客栈宿。

二十五日(5月13日)　晴。早晨在客栈起,即出至点心馆吃面,又在马路稍稍徘徊片时,遂即坐原小舟进艮山门,至万安桥上岸,旋寓时已午。午膳后,姻丈贾薇舟鹾尹同其郎幼舟来寓谈许时,遂同至涌

---

① 陈仰泉(1571—1638),陈氏越州始祖。见陈在钰录《越州陈氏世系考略》。

金门外“二我轩”照相，余一人照一张，贾薇丈、贾柷兄、贾幼兄、薛阆兄及余共五人照一张；又至“三雅园”饮茶；又至“一寄”照相一张，贾君柷唐、幼舟及余三人照也。照毕，又在“三雅园”小饮，至傍晚进城，贾薇丈留余至渠公馆夜餐（薛君亦同去也）。夜餐后，闻公馆近处有杭人家雇人唱摊簧者，遂同至一看许时后，然后旋寓，时已在夜半矣。

二十六日（5月14日） 晴。上半日至藩司前买点心，借看大鼋后即旋寓。余又至清河坊买物，又至珠宝巷、大井巷买物，又过藩司前看池中大鼋，又至藩司宅门、二堂等处游。由大门至宅门，路不下一二里，规模甚属宏阔。时已将午，即旋寓。又至涌金门外“仙乐”茶园（薛君、贾君早往彼处也）。小饮后，薛君、贾君至泉唐门外张勤果公祠游，余以行路几多，不同去，在涌金门外徘徊游览。傍晚薛、贾两君仍到涌金门外稍游片时，而天下雨，遂即同进城到寓谈。贾薇丈又来谈，夜餐后谈至二更后去。

二十七日（5月15日） 晴。早晨至藩司前一游，余又至涌金门外照相店取照相，又过贾薇丈公馆。薇丈尚未起，余即旋寓。坐舆出凤山门，渡江至西（舆）[兴]岸，时已午矣。中饭后坐小舟旋进西郭门，时已二更后，贾君至徐宅去。余到家时已三更，稍检行装后，吃夜饭毕睡。

二十八日（5月16日） 晴，天气甚暖。上半日理值物件等事。午前至偏城里演武厅看李文宗考试武童马箭，看许时旋家。下午睡。

二十九日（5月17日） 晴。琐事。下午至府署看文武生等第案，又至试院前游，即旋家（王君芝榛同去）。

四月初一日（5月18日） 晴，天气清朗。月为癸巳，日为□□[①]。

初二日（5月19日） 晴，天清日丽。

---

① 原文空缺，当为“丙申”。

初三日(5月20日) 晴,天气甚暖,寒暑表升至九十一二度,可谓骤暖者也。理祭祖事。午前坐小舟至水澄巷拜徐外婆讳辰(十周年也),即旋家。祭曾大父母讳辰。午刻贾梲唐姊婿来饮,下午谈。

初四日(5月21日) 早晨雨,即晴。上午至后观巷拜田润之外舅诞辰,午餐后谈许时旋家。

初五日(5月22日) 晴。黎明起用早餐后,乘舟至稽山城外游禹穴、南镇,内子及女儿,蒋大姊、宝兴甥同往,盖为避田宅起屋上樑而作此游也[①]。余家虽与田宅隔弄而又隔河,然殊有声听见也。天光甚长,数处游后登舟,时尚未午。舟中午餐后,缓缓旋家,时不过三下钟也。

初六日(5月23日) 晴。上半日琐事。午前至后观巷田[宅]同蓝陬茂才及其侄孙孝颛茂才步至西郭张叔侯茂才处,稍坐片刻,张君坚留午餐,后同至西郭城外游许时。是日向为青田湖神会出巡,画舫满江,郡人毕集,久称其盛。余为天气颇暖,不欲久游,遂同诸君进城至药王庙观剧许[时],遂即旋。路过田宅门,蓝兄留驻片刻,然后旋家,时已傍晚矣。

初七日(5月24日) 雨。琐事。早晨至姚荣生茂才处谈,片时即旋家。下午至大善寺前"和记"庄同朱君理声谈许时,旋家时已傍晚。

初八日(5月25日) 阴晴。上午琐事。

初九日(5月26日)

初十日(5月27日) 乍有雨,天气甚凉。上午至后观巷田宅拜润之外舅忌辰,午餐后稍谈片时,即旋家。

---

① 陈庆均《为山庐悼亡百感录》有诗记其事,诗曰:"清和偶做禹陵游,镜水稽山一览收。形势只看南镇胜,篮舆未上顶峰头。(辛丑四月,邻近有造屋上梁,惑于术者之言,避闻其声,乃坐画舫与内人同游禹庙、南镇等处。以有儿女提携,不及更上炉峰也。)"

十一日(5月28日)　晴。琐事。招女儿患腹痛病，理汤药等事；镇容儿患舌边生热瘰。儿女皆有小恙，殊觉琐事纷如。下午王芝蕖茂才来，谈许时去。

十二日(5月29日)　晴。琐事。午后王泽民来谈许时去。

十三日(5月30日)　晴。早餐后，田君扬庭、禔盦、孝颛三人来，有机器大八音琴携来，借得一看。其琴有一尺余，箱一只装之，以匙开之，轮次一走，声调亦出，且有装出二洋人，能手舞足蹈。开足有戏调六集，惜乎时候不多，开足只能走一分钟时即息。余家开看数次，遂即携去。

十四日(5月31日)　晴。上午琐事。下午至菡萏汇头访庄莼渔茂才，庄君出门不晤，遂即旋家。

十五日(6月1日)　晴，午后乍有雨，即晴。本日为镇容儿断乳，与其游娱。镇容甚识事情，日间毫不言及哺乳事，夜又安静如常，差堪心慰。夜半时雨甚大，近来晚稻将种，生民之待泽甚殷。得此一雨，庶百谷滋生矣。

十六日(6月2日)　晴。琐事。天气风凉高爽，正是清和淑景，盖佳日不仅春秋有也。

十七日(6月3日)　晴。琐事。下午至菡萏汇头庄莼渔茂才处谈，许时旋家。

十八日(6月4日)　晴。庄莼渔茂才来谈，即去。早餐后同申兄、存侄[①]坐小舟至东湖游（王君泽民亦同去）。本日为田宅新造厅

---

① 陈心存(1896—1962)，一作性存，字葆初。浙江绍兴人。陈庆均二哥陈庆基(申之)子，原绍兴市政协副主席、绍兴市文史委主任陈惟于之父，中国科学院院士、中国稀土之父徐光宪之表兄。新中国成立后，陈性存和陈宜卫将青藤书屋以及保留下来的书画捐献给了绍兴市政府，辟为对公众开放的纪念馆。见叶青、黄艳红、朱晶《徐光宪传》;《复旦公学浙江同学会学生杂志》(1915年第1期)。按:《徐光宪传》载陈惟于是陈宜卫的儿子，陈性存与陈宜卫是堂兄弟关系。实误。据陈惟于先生之子陈琪先生口述，陈惟于当为陈性存之(注转下页)

屋上樑，为□[①]丑日，所以属未者避至他处，使不闻其声音，亦中国人之讲究也。东湖处适田宅外姑亦在该处游(带领其孙辈数人)，遂引导同游数处。午间，田宅在舟中膳，余同申兄等在饮渌亭膳，凉风披拂，殊觉爽气也。至傍晚放棹旋家，时将六下钟矣。

十九日(6月5日) 晴。早晨同王君紫榛至庄莼渔茂才处谈，片时即旋。上午琐事。下午至水澄桥、大街买物等事，傍晚旋家。

二十日(6月6日) 雨。琐事。下午田蓝陬茂才同孙福陔茂才来谈，许时去。

二十一日(6月7日) 晴。上午至田宅陪媒宾潘君又青、鲍星如大令两人。午间同席两媒宾董君镜吾及余、田春农孝廉、扬庭共六人。席散后余即旋家，坐小舟至植利门外栖凫村徐乔仙、叔楠家，为蚕学会事也。徐以逊孝廉、乔仙等新设蚕学会前来邀询于余，余以所费无多且事有限制，遂应其事。其会作为十股，每人每股出洋一百元。开创之日，先缴六(层)[成]，余俟扩充缴齐。此会以购地栽桑、育蚕制种为主，议定一切用度，须权资本之力所能及者以行其事，不得浮用在股本之外。先行试办三年，总计出入如有盈余，作为十二股。以两股酬教习，余十股按股平派。此三年总计后如不愿再在会者，由同人秉公酌行，以听其便。共抄议单九纸，其中有义生公社，系朱同颖[②](即理声[③])、周谔民两股共执一纸，余八人各执一纸。议定试办三年后将议单公同涂消，另换新议。今将会中名次记之于后：蔡

(续上页注)子，陈性存与陈宜卫是亲兄弟。陈心存卒年，据陈琪先生口述。陈心存生年，《复旦公学浙江同学会学生杂志》载其民国四年(1915)二十岁，据此逆推，其当生于光绪二十二年(1896)。

① 原文空缺，当为“癸”。

② 朱同颖，谱名秀章，字实侪，号毬农。清浙江山阴人。监生。光绪二十二年(1896)拔贡朱允中之胞弟。见《光绪二十三年丁酉科明经通谱》；朱允中拔贡履历(《清代朱卷集成》册401)。

③ 此为陈庆均误记。据朱允中拔贡履历，理声为其父朱鋆的字。

鹤卿、庄莼渔、陈艮仙、徐以逊、徐叔亮、徐乔仙、徐叔楠、徐伯丰[①]，义生公社代表人朱同颖、周谔民，代书者薛□□，于今日各签一押。此事余为以逊诸君所邀，遂勉为之。其实一切事尽其徐氏昆仲经理，余多不在场也。惟凡事计其利不能不计其弊，此会事将来其利虽不可先料，而公同议定须时常量力以行其事。议单各言皆徐氏昆仲所撰，惟最着重在不得浮用于股本之外。此言余同诸君公同力言之，如此则将来倘此事尽出其弊，当亦不过此百洋化为乌有而已，万不至有再找出之弊也。本日在徐宅谈许时，仍坐舟旋家，时在八下钟矣，遂提记其事于此。

二十二日（6月8日）　晴。上午庄莼渔茂才同朱秋农部员来谈片时去。下午阅《申报》《中外报》，见上谕有复开经济特科以求人才，又有严汰部院各衙门胥吏以及各省督抚至州县各衙门，一切政事皆须亲自检办（此后须裁革各衙门胥吏），不得仍蹈从前积弊。衙门公事，尽出于胥役之把持。中国立法本极綦严，自作宦者假事权于胥役，其弊遂日甚，固人人所知者也。大小臣工因能将此谕旨谨敬奉行，则政简刑清之世，或者可重睹乎！仰见皇上孜孜求治，无日不以兴利除弊为心也。

二十三日（6月9日）　晴。

二十四月（6月10日）　晴。天气骤暖。上半日琐事。下午同族弟锦堂至木莲巷口王君玉庭处着围棋数[局]，傍晚旋家。

二十五日（6月11日）　晴。琐事。见《申报》有择于七月十九日皇上奉皇太后回銮之上谕，回溯去年七月二十一日西幸，倏阅经年而实有十三个月。此谕一见天下，臣民不禁欣然相告矣，特未识全权大臣将京都各处如何整顿也。

二十六日（6月12日）　乍雨晴，天气闷热。琐事。午前于“还

---

① 徐世隆，字伯丰。清浙江山阴人。徐椒兰之孙，徐维崧之子。见《浙江绍兴栖凫东海堂徐氏家谱》。

读轩”处同王君泽民谈。

二十七日(6月13日) 乍雨晴。琐事。

二十八日(6月14日) 晴。琐事。味青女至田宅住。近日天气尚未大暖,用功治事,正在此时。余长此因循,能不自警?

二十九日(6月15日) 晴。余左手掌边忽患红疔,其疔甚细小,且不甚痛,惟有红丝。早辰其丝止半臂,午后倏长到全臂。余素知此疮治之须早,或刺破其红丝头,或艾火灸其红丝头,使其毒气断散方可。正在踌躇,而田宅闻知,蓝陬茂才遂即来访,且亦属必须刺破其红丝。余即用银针自刺破,且用鲜菊花叶根梗自然汁酒冲服数杯,又将菊渣敷于疔上,至傍晚其红丝渐渐散去,蓝陬茂才亦谈至傍晚去。所服菊花田宅为余代购不少,余甚感姻友家之关切也。

五月初一日(6月16日) 晴,(昨)[乍]有雨。本月月为甲午,日为□[①]丑。

初二日(6月17日) 雨。琐事。

初三日(6月18日) 雨甚大。阅《申报》,见西安行在已将云南、贵州乡试正副考官简放,二十六日上谕也。本年乡试早有一列停缓议论,今忽见此事,甚为骇然。后阅报知本年乡试只举行云南、贵州、广东、广西、甘肃、四川、河南七省,此外沿海沿江各省一列停缓。此亦新鲜变化之事也(后八月初八日只举行广东一省乡试,此外考官虽放而仍不举行乡试也)。

初四日(6月19日) 早晨微雨。至大善寺前“和记”同朱君理声谈,片时即旋家。上午晴。算付各店账事。下午至笔飞弄“颖昌”同陈迪斋谈,片时即旋家。

初五日(6月20日) 乍雨乍晴,天气潮热。上半日琐事。下午收拾书房,偶至楼窗前望见卧龙山上游人甚众,此越俗风气,今古不

---

① 原文空缺,当为“乙”。

更。其实天气热暖之时，挥汗登临，亦甚无趣。保摄起居者，必不肯从此习俗也。

初六日(6月21日)　雨。

初七日(6月22日)　上午乍雨数点，下午晴。午间祭祖宗。今日□[①]时夏至。

初八日(6月23日)　乍雨晴。午间拜先远祖宗夏至之祭。下午写记账事。

初九日(6月24日)　雨甚紧大，河水洋洋矣。上午理写账事。自早至晚大雨不休，一日间河水添涨尺余。旬日前秧田初种，农人愁太晴久，今转苦多雨也。闻城外各村大半岸上已有水溢。余下午牙痛。

初十日(6月25日)　自昨夜至今晨大雨又不休息，河水又涨一尺。奈上半日雨又紧大，未知天意如何也。

十一日(6月26日)　雨。早晨见河水又大数寸，闻乡村人家屋中有水浸者甚多。(山)[三]江应宿闸洞已全开，据传说外江水亦大，里河之水不能畅流。乃雨意尚浓，农家恐不能安居，为可虑也。午前坐舆至布业会馆拜子母神会，午间饮酒观剧，至半下午旋家。

十二日(6月27日)　乍雨晴，天气霉湿。翻阅旧报。午刻王君泽民来，谈许时去。

十三日(6月28日)　晴。上午至西观桥及治平桥各处看河水，章家桥下直街有水约半尺，西观桥下直街有水约一尺。此次水大，亦数十年来所罕见也。午后至“还读轩”处，值王念兹茂才晤见，遂谈许时。下半日摘集《时务论》策议三篇，誊写蕺山小课书院卷一本。

十四日(6月29日)　雨，上半[日]大雨数阵。闻各乡俟水退后，秧田皆须重种。此次被水浸过之苗，不甚有用也。奈天意又不肯晴，亦民间一可虑之大事也。近日乡人多有浸稻谷者以为重种之计，

---

① 原文空缺，当为“午”。

然谷浸水须十余日乃得芽,苗下田又二三十日苗遂长数寸,始可分秧排种。此本在初夏之事,昔人所以有诗云"分秧及初夏"。今遭此大雨后,大抵须六月杪七月初始可以重种,可改诗云"分秧及初秋"。傍晚至(当)[常]禧城外看乡间大水,即旋家。

十五日(6月30日) 雨。上午至马梧桥祀黄神,行礼后即旋家。上半日雨又紧。

十六日(7月1日) 上半[日]雨稍霁,然河水依[然]盛大。闻闸虽开,而外江水汛亦大,里河之水不能畅流。农家杜门拥水,能无触目惊心乎? 居今之时局,值今之天时,倘将来西收告歉,是又增一深虑矣! 下午至后观巷田宅谈许时,傍晚旋家。

十七日(7月2日) 晴。琐事。

十八日(7月3日) 晴。早晨至王君泽民馆稍坐片时,即同至余家。上午同申兄、宝斋族兄、王君泽民至南门外谢墅登山谒先大人殡墓,又至三代祖坟徘徊许时,且核量坟后及左右前面余地,又回至殡墓午餐。下午徘徊游览许时,至傍晚下山,乘舟旋家,时已晚矣。舟行一路,只见河而不见岸。

十九日(7月4日) 晴,天气清快。下午为内子绘纨扇花卉一柄。余之花卉似嫌太工而少流走之趣,平日学习不及山水之多也。

二十日(7月5日) 晴。午前坐小舟至水澄巷徐宅拜忌辰,午餐后同仲凡舅氏谈许时后旋家。

二十一日(7月6日) 晴,天气闷热。琐屑事。夜餐后雨。

二十二日(7月7日) 雨,天气潮湿。

二十三日(7月8日) 晴。琐事。下午为贾君枧唐之邀,至西郭徐谷芳舅氏处谈,夜餐后旋家,时已二更矣。

二十四日(7月9日) 雨,上午晴,下午乍有雷声,后大雨如银河倒泻,一时方息。夜半又有大雨许时。

二十五日(7月10日) 晴。自昨午后及夜间两次大雨后,河水复涨数寸,农人又为之一虑。午前至后观巷田宅拜忌辰,即旋家。祭曾大母魏太宜（人）诞辰。下午天气更觉潮闷。

二十六日（7月11日）　上午天气稍凉快，而午前又有雷雨。下午琐事。

二十七日（7月12日）　雨。今日郡城新进秀才迎送入学，而大雨奔腾，甚泛趣也。上午坐舆至水沟营姚云亭先生家贺喜，稍坐片刻即旋家。

二十八日（7月13日）　晴，天气霉湿闷热。下午贾君柷唐来谈，夜餐后谈至夜半睡。

二十九日（7月14日）　晴，天气湿热。上午同柷唐至街，天气甚热，余至府桥遂即旋家。下半日自写山水潮州扇一柄，此种扇出于广东，近今最为通行，市中所售扇上山水皆写就为多。余昔年于武林制得无花素扇一柄，原拟自行点画而屡屡稽延。今忽鼓兴为之，写毕，殊觉不染丹青家俗态。夜间潮湿虽稍退，而天气甚暖也。

三十日（7月15日）　晴，天气暖而日色不甚浓。

六月初一日（7月16日）　晴。月为乙未，日为□□[①]。今日耑女得周，渠在田宅既住多日，天气甚暖，遂不叫其旋家，凭其在田宅度生日也。日间天气虽暖，而风景爽朗，颇有伏天气象。寒暑表升在九十度。阅《笑语新雅》，以遣长夏。

初二日（7月17日）　晴。早晨至水澄桥街买物，又至"和记"同朱君理声谈，许时旋家。下午贾君柷唐来。傍晚大风雨骤作，兼有雷声。夜同贾君谈至半夜。

初三日（7月18日）　雨，下午晴。同贾君柷唐、王君志庚、车君轼[②]谈（王、车两君值到纪堂处，在外耳厅坐）。夜餐后，同王君围棋

---

① 原文空缺，当为"乙未"。

② 车轼（1871—?），字致良，号润田，日记一作润奠。整理时其号统一为润田。清浙江上虞人。车景囊《古虞车氏宗谱》卷九《长支衍九公派世牒》。

一局，至二更后各人散去。

初四日(7月19日) 晴，乍雨，下午又有大雨，天气闷热。同贾君谈。

初五日(7月20日) 乍雨晴。上午贾君枧唐去。天气闷热，见《时宪书》于初二日出霉，而近日尚有霉天气候。今日早晨知味青女儿在田宅出痦。今年痦风甚盛，此人生必有之事，发之借算一事，惟天气值暖也。下午至后观巷田宅询味青女儿发痦事，谈许时旋家。

初六日(7月21日) 晴。上午为内子书篆字纨扇一柄。予多日不写字，今信笔书写，殊觉生手，学业益信不可不时习也。今日为初交庚伏，夜新闻蟋蟀之声，甚讶其太赶早也。

初七日(7月22日) 晴，天气闷热。上半日琐事。上午朱秋农部员来谈片时去。午至后观巷田宅拜忌辰，午餐后谈许时旋家。夜饯贾薇舟姻丈(渠补江苏崇明鹾(伊)[尹]也)，并请田春农、扬庭两君陪饮，申兄及余共五人，饮毕各散。

初八日(7月23日) 晴，天气闷热。上午王君泽民来谈，午餐后去。早餐后余坐小舟至西郭徐宅送贾薇丈行，稍谈片时即旋家。傍晚又至清风里街一走，即旋家。寒暑表升至九十三度。

初九日(7月24日) 晴，天气甚暖。看木匠搭凉棚。午前薛阆仙明经来谈，至夜餐后去。夜间暖，甚不得安睡。

初十日(7月25日) 晴。上午核算本年所完钱粮票(近日每两作1889文)。今日颇正伏天气象。

十一日(7月26日) 晴，上午天气甚暖，寒暑表升至九十四度；下午有雷声而有雨，凉风数阵，溽暑为之一清；晚间闪铄，又有雨。阅《随园诗话》。暑气吹散，凉意新生。絺衣藤席，殊觉神清气爽也。

十二日(7月27日) 晴。上午至利济桥、望江楼、大街买物，即旋家。午前颇风凉，而午间仍热。下午又有雷声疏雨，夜间天气遂觉清凉。阅《申报》《中外报》。

十三日(7月28日)　雷声转辗，乍雨，天气凉快，寒暑表只八十度。

十四日(7月29日)　晴，日光淡荡，天气凉快。上午抄理账务琐事。下午至后观巷田宅谈，至傍晚旋家。乍雨乍晴。

十五日(7月30日)　晴。琐事。

十六日(7月31日)　晴，天气暖。今日为中伏起日。

十七日(8月1日)　晴，下午(昨)[乍]有雨，即晴。琐事。夜餐后田君春农、扬庭、禔盦，罗君柷甫来，挥扇闲谈至二更后去。

十八日(8月2日)　晴。早餐后至江桥、大街买物等事，即旋家。上下午乍雨乍晴，颇有秋气。今年夏间不甚盛热，未识将来秋令若何。光阴荏苒，倏阅半年，自叹生平懒习性成，百事因循，每一思维，其能安于寝馈哉！

十九日(8月3日)　乍雨晴。自前夜至今，大风怒号，天气甚凉。

二十日(8月4日)　乍雨晴。上午为人绘山水扇箑一张(王泽民之友人也)。下午琐事。

二十一日(8月5日)　乍雨晴。天气连日风凉，不似伏暑。有人传闻桑盆外沿沙地屋宅人口于十八日夜被风潮淹没甚多，亦一劫事也。

二十二日(8月6日)　晴。上午至酒务桥王泽民馆谈片时，即同至县西桥、斜桥等处买物，又由大街旋家(王君亦到余家，午餐后去)。

二十三日(8月7日)　晴，乍有雨。

二十四日(8月8日)　晴，乍有雨。今日申时为立秋。

二十五日(8月9日)　晴，乍有疏雨。上午至后观巷田宅谈，午夜间被渠家坚留午餐，下午谈许时旋家。

二十六日(8月10日)　晴，乍有雨。今为三伏始日。

二十七日(8月11日)　晴，乍有数点雨。上午看铜匠做物件。

下午邻鲍君香谷、姚君荣生及周宅账友来谈修社庙事，又同至大乘庵一游，即各旋家。

二十八日(8月12日) 晴。天气暖。乍有雨数点。上午看铜匠做物件。下午撰挽胡硕庵[①]封翁之篷室周淑人[②]联语(其少君梅森司马、梅臣[③]□□之场面，似乎不可省之事也)，借记联语于下："三品荷荣封，欣看兰玉盈阶，共羡当年勤画荻；六旬逾享寿，惊谂秋光乍到，不留一日笑拈花。"

二十九日(8月13日) 乍雨晴。上午琐事。又坐舆至司狱前胡宅吊，稍坐片时即旋家(渠家虽不分讣开吊，而人客不少。一庶室而有此显荣，亦越地之罕有也)。下午看铜匠做物件。

七月初一日(8月14日) 晴，乍有雨数点。琐事。月为丙申，日为□□[④]。

初二日(8月15日) 晴，天气甚暖，寒暑表升至九十四度。上午田君扬庭来谈片时去。下午书慰田蓝陬茂才尺牍一函(渠九岁一次嗣忽以病夭殇也)。

初三日(8月16日) 晴，早晨尚凉，日间暖。

初四日(8月17日) 晴，天气甚暖，寒暑表升至九十五六度。

初五日(8月18日) 晴。

---

① 胡邦杰(1817—1882)，乳名俊，字硕庵。清浙江山阴人。诰授奉政大夫。国学生。议叙同知衔，诰封兵部车驾司员外郎。好施与，尤踊捐输。晚岁嗜学，善居积。累赀百数万，创建宗祠义塾。置祭田、义田三千一百余亩，市房十余所。乡谥"瑞勤"。遗命长子捐赈顺直棉衣。恩予建坊，赏给"乐善好施"字样。见胡寿震《绍兴莲花桥胡氏宗谱》。

② 周氏(1841—1901)，胡邦杰侧室。见胡寿震《绍兴莲花桥胡氏宗谱》。

③ 胡寿升(1866—?)，学名文奎，字梅臣。清浙江山阴人。国学生。议叙同知衔。见胡寿震《绍兴莲花桥胡氏宗谱》。

④ 原文空缺，当为"甲子"。

初六日(8月19日)　晴。

初七日(8月20日)　早晨雨甚大,上午晴。祀奎星神。午间雨又大,下午晴。至清风里口街一走,即旋家。

初八日(8月21日)　晴,天气于早晚间已有秋凉之意。阅《申报》,见□日上谕,近以秋暑尚烈,且今夏各处水溢后道路至今泥泞,銮辂经临,恐多不便,已改期八月廿四日回銮矣(盖先定七月十九日回銮,早已宣示天下,当时报章屡次推度,谓此期恐必须改。其实此期不知何人选择,四时寒暖气候,岂有忘记之事?七月十九日之期,原属未尽妥善,行在诸臣工盍不先行酌奏,俾克谕旨时常更换也)。

初九日(8月22日)　晴,天气暖。上午琐事。下午至后观巷田宅谈,傍晚旋家。

初十日(8月23日)　晴。琐事。下午至水澄桥、大街买物等事,即旋家。

十一日(8月24日)　晴。内子以病至后观巷请田杏兄诊,予照看儿女琐事。内子系饮食减少且胸腹不舒畅,大便不能畅下,舌偶时辛燥而偶有咳嗽。大抵肺湿热不清而血虚之病,宜以清补为然。请杏兄诊后下午旋家。

十二日(8月25日)　晴,天气甚暖。上午至邻姚宅谈,片时旋家。午祭本生先慈讳辰(盖讳辰本在十三,奈十三日闻大乘庵社庙修理开工。据堪舆家说,余家今年值为坐三煞方,余家亦宜修理,且人口亦以稍避为然。家中遂咸疑之,拟明日出门一日,所以本生先慈讳辰于今日先上供也。想先灵亦(亮)[亮]之)。下午至后观巷田宅谈,傍晚旋家。贾柷唐姊婿来谈,次日早晨去。

十三日(8月26日)　晴。黎明起理琐事后,遂俟各人出门后,余至田宅邀扬庭内侄同至章家桥登舟,舟中内子、镇容儿、招女、扬庭连予共五人,开棹至五云门外鸟门山东湖游。早餐在舟中,午餐在东湖大花厅。天气虽暖而尚通气,午后清风大来。游览许时后,解缆登舟,旋家时虽晚而尚不甚暗。晚间天气甚凉。前日本定家慈及姑奶奶一同雇舟至东湖游，奈于昨晚家慈及姑奶奶忽言明日当至胡宅家庵处，东湖处不拟去矣。余乍闻之下甚为惊异，然诸琐事已备，未便更改，只得作两处游矣。

十四日(8月27日)　晴。

十五日(8月28日)　晴。上半日琐事。午间祭中元祖钱。下午至后观巷田宅谈。

十六日(8月29日)　晴。上午琐事。午间坐小舟至水澄巷徐宅拜忌辰，午餐后同仲凡舅氏谈许时，坐舟旋家。

十七日(8月30日)　晴。上半日督工人收拾照屋房间。上午耑女由田宅旋家。耑女在田宅出瘄后患泻多日，且乳妈乳甚少，以致脾胃虚弱，元气甚亏。今特接其旋家，为其医治。然出瘄尚未涉月，未便同无病儿女伴居一室，特于照屋收拾一间，使其暂居数日。

十八日(8月31日)　晴。

十九日(9月1日)　晴。

二十日(9月2日)　晴。

二十一日(9月3日)　晴。上午琐事。下午耑女忽转惊，病势甚危，为其延数医诊视，调理汤药等事。夜其惊虽息，而其神甚不安。余视其病而不睡，时进其汤药。

二十二日(9月4日)　晴。上午至莲花桥胡宅吊，稍坐片时即旋家。午刻，耑女又转惊，至申刻遂平，为其理汤药等事。

二十三日(9月5日)　晴。耑女病稍松，而其神甚属困倦。

二十四日(9月6日)　晴。上午琐事。下午为耑女理医药等事。傍晚，耑女又转惊，其状甚险。至夜，其惊又息，更形倦态矣。

二十五日(9月7日)　晴。上午琐事。阅《申报》《中外报》，见十六日上谕，自明年为始，嗣后乡会试头场试中国政治史事论五篇，二场试各国政治艺学策五道，三场试《四书》义□篇及经义一篇。考官阅校合校三场，以定去取，不得偏重一场。生童岁科两考仍先试经古一场，专试中国政治史事及各国艺学策论。正场试《四书》艺、《五经》艺各一篇，考试试差、庶吉士散馆均用论一篇、策一道。进士朝考论疏、殿试策问，均以中国政治史事及各国政治艺学命题。以上一切考试，凡四书五经义，均不准用八股文程式。同日上谕，武科所习硬弓、刀、石及马、步射，施之今日，亦无所用。嗣后武生童考试及武乡会试，着一律永远停止。所有武举人、进士均令投标学习，其精壮之各生及向来所学之童儁，均准应募入伍。俟各省遍立武备学堂后，再行酌定挑选考试章程，以储将材。将此通谕知之。钦此。

二十六日(9月8日) 晴。日为小人病累，刻无清暇。

二十七日(9月9日) 晴。天时多日不雨，风燥异常，河水亦几将干涸。琐事。耑女虽瘦弱已甚，然气色似不甚有害，惟少叫声，为一虑也。

二十八日(9月10日) 晴。家有病人，即略有闲暇而心境终觉不畅。日间耑女神色毫无败象，而晚上忽又动惊风，直至夜半其风渐息，而神色遂更形亏倦矣。

二十九日(9月11日) 晴。琐事。下午延医诊视病耑女之病。昨夜动惊风后，虚败之象时有所加，其病由渐入深，恐无转机，为可虑也。夜间似睡非睡，终是神散。近日天气甚深，早晚可御薄棉衣。

三十日(9月12日) 晴。耑女病形已陷，奄奄将终，势不能乞灵于草木，今日亦不必延医诊视也。惟身为父母不能保养其寒暖饮食，致小人陷此不起之症。悲惨之心，何能自释？

八月初一日(9月13日) 晴。月为丁酉，日为甲午。卯刻起视耑女，眼目迷蒙，神气危极。余属其目光一开，言后其目果开。不料其目开后惊声一叫，痰声速壅，不片刻遂气绝矣。余不忍视其死，盖骨肉分割之情，极人生不堪之境况。耑女为乳媪顽悍，饮食失节及缺乳所致之病者也。上午勉抑悲怀，属人至谢墅单福秀老坟邻处买其山地一穴。午刻用板小材一口，属泥匠及乳妈为其安盖。遂雇船载耑女小材及砖灰地平至谢墅山，用小砖石灰速打一小圹，然后属山人盖泥,如此俾免其板之散坏也。盖尚女生一周数月,余甚歉不能周顾其寒暖饮食。今其致疾而死,寸心之悲悯奚极。下午属工人拂扫屋宅诸事,风物依然而此人永逝矣。心绪恶劣,此事最为生平所不堪有者也。

初二日(9月14日) 乍雨晴。意兴阑珊,念及尚女之病死,辄有歉于保养之疏忽。

初三日(9月15日) 晴。琐事。心绪无聊,诸事不理。午间祭东厨司命神。下午田春农孝廉来慰,谈许时去。

初四日(9月16日) 晴。上午心境不适,步至仓桥、江桥等处游,午间旋家。阅《申报》,所登上谕着各省议开武备学堂(此七月二十九日上谕)。同日又见上谕,近来开捐实官,仕途拥挤,且人品更形混杂。着降旨之日为始,一律停止报捐各项实官。此旨一见,闻各处捐生皆有迫促从事之态。下午申之兄邀余同谈纪堂弟捐实官事,据纪弟言早年分授之现款,于前年品开设米行至今,折耗甚多。此后无事可做,趁此捐官大减价之时,拟捐试用知县。惟商诸戚友,有以谓不若捐实职县丞为稳,有以谓捐知县为得法。余谓官皆可做,惟天下事利多弊亦多,县官虽不大,事事皆当做到,非有阅历谙练之才不可。然纪弟知县之心甚浓,余虽不甚劝之阻之,然窃为其太卤莽也。

初五日(9月17日) 晴。少日光。琐事。

初六日(9月18日) 雨。

初七日(9月19日) 大雨。农人无不欣欣然有喜色。从此膏泽咸沾,亦秋收之佳兆也。

初八日(9月20日) 晴。

初九日(9月21日) 晴。

初十日(9月22日) 晴。

十一日(9月23日) 早上有雾,即霁。

十二日(9月24日) 晴,早上有雾,即霁。午拜秋祭。下午至大善寺前"和记"庄,谈许时即旋家。

十三日(9月25日) 晴,少日光。余近来心绪更觉芜杂,观世务人情,有一分阅历即添一分难处。

十四日(9月26日) 雨。上午算付各店账事。下午琐事。

十五日(9月27日) 雨。天气甚凉,非御薄棉不可。

十六日(9月28日) 雨。

十七日(9月29日) 晴。

十八日(9月30日) 晴。今日惜字会本有放字灰观潮之例事,余以意兴阑珊,无意游观,遂不赴会。上午至水澄桥、大街买物,即旋家。

十九日(10月1日) 晴。上午至大街买物,即旋家。下午又至大善寺前"和记"钱庄坐谈许时,即旋家。闻各处自奉谕旨停捐以后,各捐局赶速催办,如迟至二十日以后,一概不奖云云。

二十日(10月2日) 晴,惟不见日光,下午雨。上午至水澄巷徐仲凡舅氏处谈一切时事后,舅氏谈及此次捐实官否,余曰:"上半年偶有踌躇,拟捐一中书科中书实官[①],后以因循不果;近则意兴萧条,且闻捐事即于停办,亦少迫促从事之意。"后舅氏言此次停捐实官,似亦新政之一,恐非一时所能再开。如有捐职实官之意,趁此二三日间捐局尚能赶办。余闻其言,遂将捐例章程款目查阅,如由附生捐十成贡并中书科中书三班分发学习行走,核算折实银须七百余两,似乎为数尚不甚巨,余意无甚可否。舅氏云如有意,不若即开履历一纸,即寄沪局赶办。余遂开履历一纸,请舅氏转寄沪局核办。时已午,遂留余午餐后谈许时,然后旋。过大街"和记"庄稍谈一时,天雨,遂雇坐

---

① 陈庆均《为山庐悼亡百感录》有诗记其夫人田氏劝其捐实官事,诗曰:"诏旨暂停奖实官,纷纭纳粟庆弹冠。簪缨绳武曾烦勖,预计他时治谱看。(辛丑七月,明诏永远停止捐奖实官,一时入赀请奖,举国若狂,仕途为之一拥。内人闻之,亦劝预备一职,且云科第簪缨是君居家故物,尤应绵延勿替。惟君平时志愿颇不庸劣,似京官较外官为宜。余深感内人知我之明也。)"

小舟旋家。今日之事甚可笑，余原不为捐官事到徐舅氏处谈，今忽于谈讲之中而为之，亦一时佳话也。

二十一日(10月3日)　雨。上午至“和记”庄及“保昌”庄谈，兼付划捐官之款，从此现银上兑而官职定也。事毕旋家。其银数款目计开于左：

由附生捐十成附贡生计列银一百四十四两，折实须银五十七两六钱。附贡生捐中书科中书计例银二千零七十两，二一折实银四百三十四两七钱。捐分发学习行走计例银三百二十两，二一折实银六十七两贰钱。捐三班例银八百六十四两，二一折实银一百八十一两四钱四分。三班者，即单月双月不论单双月也。

所开履历记之于左：

陈庆均，年三十一岁，身中面白无须，光绪乙未岁试取进浙江山阴县学，今由附生报捐十成贡生并中书科中书三班分发学习行走。曾祖鸿逵，祖堉庚，父英，本生父惺。

二十二日(10月4日)　晴。上午至水澄巷徐仲凡舅氏处，问其不在家，余即出至“保昌”庄谈，片时后即旋家。下午又至水澄巷徐仲凡舅氏处谈，傍晚旋家。予细核所捐贡职银数，似前日所核之数不甚相符，兹特于上页处更正。

二十三日(10月5日)　晴。

二十四日(10月6日)　雨乍晴。

二十五日(10月7日)　晴。下午学写邓篆碑字。

二十六日(10月8日)　晴。琐事。下午至江桥、大街买物等事，路过都督署前，值市人迎包神会，观看者人山人海，余遂立观片刻，即旋家。

二十七日(10月9日)　乍有雨。

二十八日(10月10日)　雨，天气湿。

二十九日(10月11日)　雨，天气潮湿。

九月初一日(10月12日) 月为戊戌，日为□[①]亥。上半日雨，下半日雨霁。

初二日(10月13日) 晴，天气清凉。琐事。

初三日(10月14日)

初四日(10月15日) 微雨。上午至南街祀华真神，向系八月初四日致祀。今八月初为有凿女之(伤)[殇]，未免不洁，特于今日补祀也。礼毕，即旋家。夜寒雨不休。

初五日(10月16日) 雨。稼穑将及收成，而寒雨过多，如再不肯放晴，甚为可虑也。下午田春农中书来谈许时去(春农于近日亦报捐中书也)。

初六日(10月17日) 晴。

初七日(10月18日) 晴。

初八日(10月19日) 晴。上午坐肩舆至箪醪河胡梅笙[②]封翁处道喜，又至掠斜溪朱君理声处道喜，又至寺池骆玉舫处道喜(玉舫为骆崧年师之哲嗣，今其堂上寿辰，又其弟完姻也)。三家酬应毕，旋家已午矣。闻捐实官事各省又复开办(前降上谕甚属严切，今又展缓二月开办报捐，不知此展缓后又可展缓否？时势衰弱，国家诸事似亦少把握也)。

初九日(10月20日) 晴。上午至后观巷祀斗母神，礼毕即旋家。

初十日(10月21日) 乍雨晴。上午琐事。下午至水澄巷徐仲

---

① 原文空缺，当为“癸”。

② 胡寿恒(1841—1914)，乳名德，学名文浩，字梅笙，日记一作梅生，号宿叔，晚号蓬莱逸叟。整理时其字统一为梅笙。浙江绍兴人。国学生。诰授奉政大夫，议叙同知衔。诰封中议大夫。山东蓬莱县知县。见胡寿震《绍兴莲花桥胡氏宗谱》。按：《日记》民国三年十一月初九日：“上半日坐舆至箪醪河吊胡梅笙首七。片时仍坐舆旋家。”据此，其当卒于民国三年(1914)。

凡舅氏处谈许时，又过大善寺前“和记”庄稍谈片时，旋家时已晚矣。

十一日(10月22日) 晴。琐事。

十二日(10月23日) 晴。早餐后至大善寺前“和记”庄谈片时兼划付捐官找款。此事业由申江捐局捐成，其准账于前二日寄到，计附生捐十成贡实银五十七两六钱；贡生捐中书科中书双月三班分发共例银叁千贰百五十四两，贰一折计银六百八十三两三钱四分，再作为九五扣，计实银六百四十九两钱七分三厘，外加部馆照费银(念)[廿]两零贰钱五分四厘，统共计实银七百廿七两零贰分七厘。足银伸申江规元银作一千零九十六，计规元银七百九十六两八钱二分二厘，规元伸洋银(每百两作洋一千三百五十八钱三分算)，计净洋一千零八十二元叁角二分三厘。前月付过洋一千元，今再划付洋八十贰元叁角贰分三厘。清楚此款，付清后即旋家。午前内子到田宅请杏村中翰诊病，下午旋家。予领看儿女琐事。家中所用仆妇不甚得力，儿女尚幼，处处须自己顾到。予近来又为此种琐事所纷，学问一道，是以少进境，堪为自哂。

十三日(10月24日) 早晨微有雨，即晴。上午琐(字)[事]。下午学写邓篆碑字。

十四日(10月25日) 晴，天气清丽。学临邓石如山人篆字，予将全碑学习一通，订为一卷，藏之以垂后览。惜尚有数处书得不甚精致，如有清暇，再当精意临书一通。予生平最爱篆字，乃频年心绪多纷，不能进益其学，辄为自恨。

十五日(10月26日) 晴。上半日琐事。下午至后观巷田宅谈许时，又至水澄桥、大街一走，旋家时已晚矣。

十六日(10月27日) 晴，天气清寒，寒暑表沉至五十五六度。午后请杨质安医生诊内子病。杨君医道似不能超越寻常，然其人尚斟酌，少卤莽之态。谈片时去。下午同贾枧唐谈，又至大善寺前等处买物，即旋家，时已晚矣。

十七日(10月28日) 晴。早餐后祀财神。午前同贾枧唐见至街乾泰绸店，午餐后又至药王庙看演剧片时，又至徐谷芳舅氏谈，留夜餐后又谈片时旋家，贾君亦至余家宿。

十八日(10月29日) 晴。上午同贾枧唐至申兄谈半日。午餐后同贾君至街，余至水澄巷徐仲凡舅氏处谈许时，又至西郭徐谷芳舅氏处谈。又至徐福钦舅氏处谈，渠处前日有江西司道照会及办筹饷捐官实收若干张，以请福钦舅氏转相劝办者，今截数在即彼处。徐子祥明府有电报到绍催促，如无捐户，其实收须即日送到江西。闻自七月二十九日奉上谕停止捐实官后，并无人奏请展缓者，惟截数原限一月到部，今各省督抚咨部商办请将截数送部之期展迟一月，所以至今尚能捐办。似至本月杪以后，不能再办者矣。此次徐子祥明府上游亦委其办捐，所以谷芳、福钦两舅氏处皆有实收。虽业经出信各戚友处探问，而捐生甚寥寥矣。予实官早有顺直捐局捐定，尚拟请封典一事。今渠家再三邀至渠处上兑，遂应之就于渠处，即请其填写实收。夜餐后旋家，时已二更矣(实收亦即于今随手带回)。

计开款历记之于左(江西振捐实官二一折，衔封一二折，今格外减成衔封作一折了)：

陈庆均年三十一岁，浙江山阴县人，由中书科中书加八级请从三品封典，将本身妻室封典貤赠本生父母，曾祖父鸿逵、母魏氏殁；祖父堉庚、母凌氏殁；父英殁，母徐氏存；本生父惺、母曹氏殁。三品封典例银八百两，今由七品报捐须加倍，加级每百零五两，连随带级，计九级了。

按：从三品诰封中议大人、诰封淑人，例定封赠二代诰命三轴。今本身貤赠本生父母，如此则我祖父母及父母及本身父母皆三品封典矣。予早有志于此，今成事甚喜。

十九日(10月30日) 晴。上午督裁衣衫。午前至笔飞弄钱庄划付捐请封典之款，即又至西郭徐谷芳舅氏处缴款清楚(计付莺洋叁百八十一元七角五分)，坐谈许时旋家，时已日光上壁矣。今日上午十成附贡生部照及中书科中书不论双单月分发行走部照已到，由徐仲凡舅氏处递到。十成贡生部照系直隶宇字第一百肆拾贰号，中书科中书部照系直隶盈字号第一千捌百叁拾捌号。两照皆填七月廿四日。

二十日(10月31日)　雨。

二十一日(11月1日)　雨，天气甚寒，须着重棉，寒暑表沉至五十度。时值收稻时候，甚望苍天之多晴也。下午贾君柷唐来谈。

二十二日(11月2日)　晴。上午同贾君柷唐谈，又至后观巷田宅新造之屋游，即旋家。下午同贾君至酒务桥花园游，又至小尾弄花园游，又至后观巷冯蕺农二尹处谈，片时即旋家。晚间设酒肴请贾君饮(为其卅寿辰也)，王君泽民、冯君蕺农亦来饮，谈许时去。

二十三日(11月3日)　晴。早餐后贾君去。上午至掠斜溪杨质安医寓请其改药方，稍坐片时即旋家。下午至水澄桥、大街各处买物，即旋家。

二十四日(11月4日)　晴。上午请罗柷甫丹青增改先大父母、先父及本生先父母传像，顶戴补服原系五品顶戴，今改上三品顶戴，甚便事也。午间祭曾大父讳辰。

二十五日(11月5日)　晴。上午至新河弄、大街等处买物，即旋家。下午至后观巷田宅谈，许时即旋家。

二十六日(11月6日)　微有雨。早晨至西郭徐福钦舅氏处后，渠往上灶去，晤伯桢[①]谈，片时即旋家。午前内子至田宅请杏村中翰诊病，下午旋家。

二十七日(11月7日)　晴。早餐后田蓝陬广文来谈，至午间去。今日天气稍暖。

二十八日(11月8日)　晴。上午琐事。下午请杨质安医者来诊内子病，开方剂后谈片时去。晚间理琐事。予心绪紊杂，以致做事

---

① 徐维干，字伯桢，一作伯贞，家谱作伯文。清浙江山阴人。国子监生，中书科中书。徐暇兰长子。见《浙江绍兴栖凫东海堂徐氏家谱》。

无条理。家居鹿鹿，毫无善状，足以自眈。天地间清福，似非予所能希冀耳。

二十九日(11月9日) 晴。早餐后乘舟至植利门外下谢墅，上山祭谒曾大父母、大父母、本生父母墓毕，又祭谒先父殡墓毕，又至故耑女小坟阅视后，然后下山。登舟午餐后，放棹旋家，时已日落西山矣。

三十日(11月10日) 晴。早餐后乘舟至稽山门外石旗村，上山至井头山祭谒高祖父母墓毕，又至张家山谒士岩曾叔祖墓，借游山片时，然后下山仍至石旗村。登舟午餐，放棹旋家，时已夜矣。

十月初一日(11月11日) 午间略有微雨。月为己亥，日为□巳[①]。早餐后至水澄巷徐仲凡舅氏处谈许时，又至西郭徐谷芳舅氏处谈片时，即旋家，时已午正矣。今事为前予所请封典银数似尚有误处，盖予由七品实京官捐级请从三品封典，按一品、二品、三品、四品封典，皆有实官职衔之分别。前所填实收据实官之数填，然予系七品实官，如请三品封典，须三品实官方能减成核算。则前所填之实收，尚少算例银一百六十两，又加陪一百六十两，照章减折，净计实银须卅几两。此数如至后来补缴，恐不能照近今先行之章程折算。然副实收已寄往江西，今特发电至江西请徐子祥明府即行查明更正，将来得信后，以便正实收上，亦可请原办之人更正。究竟不知当若何核算，俟得江西总局核准后再计也。新闻李傅相于廿七日因病出缺，中外和议虽定，而一切善后事尚未调停妥帖。二宫尚未到京，此公一逝，恐大局又有更动也。见上谕着王文韶[②]署理全权大臣，着袁世凯

---

① 原文空缺，当为“癸”。

② 王文韶(1830—1907)，字耕娱，号夔石，一号球石。清浙江仁和人，祖籍浙江上虞。咸丰元年(1851)举人，二年进士。曾官户部主事、湖北安襄郧荆道、湖北按察使、湖北布政使、湖南布政使、湖南巡抚、兵部侍郎、户部(注转下页)

署理直隶总督北洋大臣。下午划界先大人像额并敬篆书之。天日骤短,匆匆过渡光阴。

初二日(11月12日) 晴。上午理先大人祭事琐事。午祭先大人像。下午至后观巷田宅谈,杏村中翰谈渠家分析家产事甚久,至傍晚旋家。阅《申报》《中外报》。

初三日(11月13日) 晴。今日为先大人三周忌辰,昨日起延僧人拜皇忏三日。徐武承[①]来拜忌辰。上午理琐琐事。午间祭先大人像。下午应酬客。徐君武承傍晚去。夜微雨。先大人见背,忽忽不知三阅年矣。风气渐移,吾家用渡不无随俗奢华。余虽懔遵遗训,勉力支持,而近年利益不敷所用者已有年矣。家业之治长久安,夙夜时勤念虑。叹诸事之无处禀承商确,不禁对遗像而陨涕也。最不安者,先大人灵柩尚在庐圹,窀穸之地寻觅为难。每一念及,何能自释?

初四日(11月14日) 乍有雨。午间祭先大人像。下午琐事。忏事毕,卷像收拾诸事。田春农内阮来谈许时,然后去。

初五日(11月15日) 上午乍有微雨数点。至掠斜溪杨质安医家改内子药方,谈片时即旋家。下午至大街买物等事,旋家时已傍晚。夜有星月,又作晴天。今年田稻虽不甚丰盛,而收稻天气尚好。

初六日(11月16日) 晴。阅报章所载,知两江现铸有当十铜钱若干万通行于世。闻其重每二钱二分,用红铜铸文曰"光绪元宝当十制钱"。据说用机器所仿品样,甚光洁可爱。余惜尚未见到此钱一

(续上页注)尚书、云贵总督、直隶总督、北洋大臣、武英殿大学士等职。著有《宣南奏议》《湘抚奏议》《滇督奏议》《直督奏议》。见王钰孙《先祖考太保文勤公夔石太府君手订履历》;钱仪吉《清朝碑传全集》第5册之王先谦《赠太保武英殿大学士王文勤公墓志铭》、章梫《王文韶传》。

① 徐维烈(1888—1910),字武承,日记一作武曾、武仍,又作无竞。整理时武曾、武仍统一为武承。清浙江山阴人。徐树兰之子。见《浙江绍兴栖凫东海堂徐氏家谱》。按:《日记》宣统二年十二月一日:"晚上坐舆至水澄巷徐宅吊武承出丧。"据此,其当卒于宣统二年(1910)。

通，实便于世不少。

初七日（11 月 17 日） 晴。上午琐事。下午至大街等处买物，旋家时已傍晚。

初八日（11 月 18 日） 上午至掠斜溪杨医处，渠他出，余即旋家。下午雨。午间下方桥徐春生茂才来谈，申刻去。阅报章，见上谕李傅相子孙人人皆有优赏，甚殊恩也。

初九日（11 月 19 日） 晴，天气甚寒，寒暑表沉至四十七八度。上午至掠斜溪杨质安处为酌改内子药方，借谈片时旋家。下午过酒务桥王泽民馆一坐，即又至西营"王祥元"店处一坐，即由大街旋家，时已傍晚矣。记前日所阅报章，湖广总督张香帅拟奏请开中国富签票，其意想颇大。

初十日（11 月 20 日） 晴。早餐后田杏村中翰邀至其家，为商谈渠家分析家产事。至夜餐后谈许时，然后旋家。（渠家现在共有田一千八百五十亩，当半爿计值五万一千元。市房共七八所，值洋贰万元。"明记"钱庄共有洋拾贰万。此外树场及零仔等项约有三万余。）

十一日（11 月 21 日） 晴。上午琐事。午间至田宅拜太岳忌辰，午餐后谈许时旋家。

十二日（11 月 22 日） 晴。上午琐事。下午至街买物等事，傍晚旋家。

十三日（11 月 23 日） 晴。琐事。下午至仓桥、大善桥等处买物，旋家时将傍晚。

十四日（11 月 24 日） 晴。上午至街，又至新河弄胡秋田嵯(伊)[尹]处谈，片时即旋家。下午写送田蓝陬广文大堂屏幅，夜又写二张篆字。屏幅既大，字亦多，甚不易写也。

十五日（11 月 25 日） 晴。写篆文大堂屏幅。夜又写篆文屏。

十六日（11 月 26 日） 晴。上午写篆文大堂屏幅。前二日写起，至今午前书就，共计八张。午餐后至仓桥街一走，即旋家。晚上又至仓桥街买纸画格等事，即旋家。前所写屏幅，其中有一张不甚惬意,此又写换一张也。夜餐后纪堂弟请赵枚臣、鲍星如两君宴,再三邀余陪。余以饭后陪饮一时兼观其东洋影片,二更后客去。余又写篆文,至三更后睡。

十七日(11月27日) 晴。早餐后赴田杏村中翰之邀至渠家,以渠家分产章程既定局,请至戚友见面签押也。计其分书中戚友签押者共十一人,马春旸、孙绍堂[①]、鲍敦甫、徐仲凡、徐叔佩、陈艮仙,友董镜吾、王九皋、罗益之、张紫卿,执笔蔡洛卿。午间渠家饮,同席者马春旸太史、鲍敦甫中允、舅氏徐仲凡观察、董君镜吾及余共五人;主人陪饮者,杏村中翰也。诸君至傍晚皆散,余以渠家尚有琐事商谈,至夜餐后谈片时旋家。

十八日(11月28日) 晴。上午琐事。下午至酒务桥王泽民馆谈片时,又同至横府街、仓桥等处买物。王君到馆去,余由水澄桥、大街旋家,时已夜。夜间琐事。近日天时甚短,琐事丛集,实少片时暇逸。

十九日(11月29日) 晴。上午琐事。下午至大善寺前街买物,即旋家。夜餐后至田宅,又至"咸和"访徐君少翰,又至田宅新屋坐兼游各房屋。此屋为蓝陬内兄所分得,渠家以二十日子时迁居进新屋。谈片时后,又至田宅老屋谈许时后,以便衣送渠家,进屋后旋家。罗君景荃、徐君少翰至余家谈片时去,余睡时已夜半后矣。

二十日(11月30日) 晴。早晨琐事。早餐后着衣冠坐舆至田宅老屋道喜,又至新屋道喜,兼为其陪客,午间宴饮后谈许时旋家。内子及儿女偕往道喜,晚前旋家。夜徐君少翰、田君禔盦来要邀余至田宅老屋饮,余遂即同往宴饮,听平调片时及同诸君闲谈许时后旋

---

① 孙学凯(1830—1902),名继祖,字舜宾,号绍堂。清浙江会稽人。历任湖北黄陂、襄阳,福建凤山、彰化、台湾等县知县。署湖北施南府建南镇同知、福建台湾鹿港厅同知,授永春直隶州知州、候补知府。见孙秉彝《绍兴孙氏家谱》卷五《十五世绍堂公传》。

家，时已二更后矣。

二十一日(12月1日) 晴，上半日尚暖，下半日风雨并作兼天气骤寒。午间拜晋封中议大夫先大父颖生府君讳辰。夜风甚大，天气甚寒。

二十二日(12月2日) 晴。天气甚冷，早上有薄冰，寒暑表沉至四十一二度。上午书写簿本等事。午拜晋封淑人先大母凌太淑人诞辰。

二十三日(12月3日) 晴，天气严寒，早晨水有冰颇厚。

二十四日(12月4日) 晴，天气甚寒，冰霜颇多。

二十五日(12月5日) 晴，早晨又有薄冰。早餐后坐小舟至南门外盛塘村翠华山谒祖(莹)[茔]。

二十六日(12月6日) 晴。上午张叔侯茂才来围棋数局，午餐后又围棋数局，傍晚去。傍晚，贾柷唐姊婿来夜谈，二更睡。夜半稍有雨。

二十七日(12月7日) 晴。黎明起早膳毕，坐小舟至吴融马宅吊春旸太史之夫人也。小舟用二人将楫，甚速，五点半钟启行，至吴融八点半钟。马宅稍坐片时，九点钟仍坐小舟旋家，时方十二下钟。舟行之速，似小火轮船亦不过如此也。午间祭晋封中议大夫芳畦府君诞辰。下午琐事。夜同贾柷兄谈至三更睡。

二十八日(12月8日) 晴。早餐后坐小舟至谢墅村，上新貌山先府君殡墓，督泥水匠修理后面瓦檐。又至曾祖父母、祖父母、本生父母坟前瞻视片时，仍回至殡屋前。午餐后，又至三代祖坟前徘徊许时，然后又回至殡屋。俟泥水匠工毕下山，仍坐小舟旋家，时已夜矣。

二十九日(12月9日) 晴，天气和暖。上午理祭品琐事。午间祭貤封中议大夫本生父辛畦府君讳辰。下午琐事。

三十日(12月10日) 晴。督铁匠打置寿材钉(此钉用兵船之剪口铁打成，盖近时似以此种铁为最坚凝也)。

十一月初一日(12月11日)　晴。琐事。月为庚子,日为□[1]子。

初二日(12月12日)　晴。上午检理账务物件。下午又检理物件等事。天时甚短,作事殊形竭力(余心力兼用,更少暇逸)。近日天气甚和,早晚重棉,日间单棉亦可,正不必用皮服也。午间拜高祖诞辰。夜同贾枧唐谈(渠晚到),谈至夜半睡。

初三日(12月13日)　晴。上午琐事。同贾枧兄谈,夜谈至三更睡。午后田杏村中翰来谢步,为前日贺渠家分居事也。近日天气甚和暖,惟晴久井中少水也。

初四日(12月14日)　晴。上午至酒务桥王泽民馆谈片时,即旋(贾君亦同去也)。午后督看铁匠打物件,又同贾君至大善寺前、大街买物,贾君至西郭徐宅去矣,余由大街旋家,时将日晚矣。

初五日(12月15日)　晴。上午为人写楹联两副,不落款也。午间贾君枧唐来谈,午餐后去。下午琐事。晚间至后观巷田蓝畈广文处,又至杏村中翰处略谈数言,仍至蓝畈处夜餐(渠处值有徐、屠、张诸客邀余同饮也)。夜餐后谈许时旋家,时二更。

初六日(12月16日)　晴。上午至仓桥、大善桥等处买物,即旋家。夜风大而天气甚冷。

初七日(12月17日)　晴,天气甚冷。上午徐君佑长来谈,片时去。下午至利济桥及大街等处买物,即旋家。夜学写李阳冰篆字。

初八日(12月18日)　晴。琐事。

初九日(12月19日)　早晨起见地湿,知夜间稍有雨也。日间晴。早晨至南街李某外科医者处,其人尚未起床,余遂旋。又至油车弄骆医处谈片时,商酌内子两腮生肿痛药方数味,略坐片时即旋家。又至后观巷田杏村兄处请酌内子方药,略谈片时旋家。下午至菡萏汇头庄莼渔明府处谈(王紫榛先生亦同去),坐许时,游其花园后旋家。夜风静月明。

---

[1] 原文空缺,此处当为“癸亥”,甲子为初二日。

初十日(12月20日) 晴。内子两腮更肿,此病前数日由胸中热痛,然后由肩上痛至牙环,遂现红肿。今日渐肿大,其风火甚盛。上午田杏村内兄来诊视,据说此外似无他病,总属风火所致。今从外发出,虽受其苦,不致冒险,宁使外攻不可内伏也。开一苏散方药后,谈片时去。

十一日(12月21日) 晴。琐事。后半夜闻惊起视,知作揖坊失火,顷刻即息。

十二日(12月22日) 晴,天气和暖。今日亥时冬至。昔人诗云"冬至阳生春又来",验诸今日,天气真不谬也。上午理祭祀诸事。午间祀东厨司命神,祭拜历代祖宗。午餐后清理琐事。余家巨细诸事咸视余做,而内子又以病未能助理。此外工人仆妇,毫不得用。虽家常祭祀,处处须自己照顾周到,殊觉纷繁也。今日内子两腮肿痛稍轻减,杏兄方药似颇得法。大抵医药不在繁重,能接应得到就可矣。夜风静月明,气候融和,惟天晴多日,祈雨泽者又殷矣。

十三日(12月23日) 晴。上半日理租务琐琐事件。下午至常禧城外星采堂屋理租事,傍晚旋家。

十四日(12月24日) 晴。上午琐事。下午至常禧城外仓屋理租事,租事延二先生今日收起。今年收成甚不齐集,五月间被水浸后,各乡高田、低田丰歉大有不同,高者颇获其利,低者甚形其苦。今年只有五分租水可收,若照租水一列定收,农人未免有苦乐不平也。今理租事后即旋家。

十五日(12月25日) 雨,天气甚寒。上午琐事。下午至常禧城外仓屋理租事,夜旋家。

十六日(12月26日) 晴,天气冷。上午至水澄桥、大街等处买物,旋家时已午。下午至常禧城外仓屋理事,傍晚旋家,见秦望山及深远诸山昨日有雪,今尚见层层雪景。夜天气更寒。

十七日(12月27日) 早晨见雪积寸许,下午又飞雪花。琐事。傍晚至常禧城外仓屋理租事,夜餐后旋家。

十八日(12月28日) 昨有雪花。上午蔡君洛卿来围棋数局去。午间至常禧城外仓屋理租事、粜租谷,下午理毕后旋家。天气甚寒。

十九日(12月29日) 乍有雪花。上午至街买物,即旋家。下午至常禧城外仓屋理租事毕,早用夜餐后旋家。夜又飞雪花。午前天气严寒,寒暑表只卅四五度。

二十日(12月30日) 晴。琐事。下午至常禧城外仓屋理租事,夜餐后旋家。

二十一日(12月31日) 晴。琐事。

二十二日(1902年1月1日) 晴。上午琐事。午前至常禧城外仓屋粜租米、理租事,午后旋家。

二十三日(1月2日) 晴。上午至常禧城外仓屋粜租谷,午间旋家。下午理账务。傍晚徐以逊明府偕田扬庭中翰来,以逊由都门验放旋里,稍坐片时,邀余至田扬庭处,夜餐后谈许时旋家。

二十四日(1月3日) 晴。上午琐事。余右耳下肿痛,大抵为风火所致。下午至常禧城外仓屋理租事,至更初事毕,而自觉甚少气力,坐小舟旋家。夜身热,遍体骨节酸痛,耳下肿痛更甚,殊不安眠也。

二十五日(1月4日) 晴。耳下右腮甚肿。夜间身热后,气力甚少,腿骨犹觉酸痛。此种风火似与前数日内子所患一同也。镇容儿两耳下前日起又肿痛。今年冬天气久晴兼尚未大降冬雪,风火之病,似天气使然也。

二十六日(1月5日) 晴。余两腮肿痛更甚,午前坐肩舆至接龙桥骆卫生医家诊视,略谈数言,开一方药后仍坐舆旋家。

二十七日(1月6日) 昨夜稍有雨,早晨地湿。余两腮肿痛仍不减,且又肿至项下而不痛。大约风火东攻西磕,一时未能散净也。傍晚为租事,免强坐小舟至常禧城外仓屋一到,稍稍照理后,即坐小舟旋家。

二十八日(1月7日) 晴。余两腮肿痛稍觉轻减,惟于胸上乳左右又肿而不痛。此种风火不知何以蔓延如此多处，甚为可奇。琐事丛集，身体未能胜常，心绪更形烦劣。上午至后观巷田杏村中翰处请其一诊，开一方后稍谈片时即旋家。午后坐小舟至西郭徐谷芳舅氏处谈（为封典事，江西捐局来问尚有数目未准也），谈许时，仍坐舟至常禧城外仓屋粜米事及理租事后，坐小舟旋家，时已更初矣。前阅报章，皇太后、皇上择于今日回京还宫。

二十九日（1月8日）　晴，天气清丽。下午坐小舟至常禧门外仓屋理事，晚上即旋家。

三十日（1月9日）　晴。上午坐小舟至常禧门城外仓屋理事，夜餐后坐舟旋家。

十二月初一日（1月10日）　晴。上午坐舟至常禧门外仓屋理事，夜餐后坐小舟旋家。

初二日（1月11日）　晴。上午至常禧门外星采堂理租事及粜米琐事，傍晚旋家。

初三日（1月12日）　晴。上午至常禧门外星采堂理租事。今日租既毕，督工人收拾屋宇一切等事，至傍晚旋家。夜餐后，闻忙工人在城外归，被管城营役（区）[殴]打，遂属工人出去报呼，而该役甚凶顽不肯释放；又属宝斋、锦堂去报呼，而该役仍复将工人系打不肯释放。余甚愤，遂至西郭徐谷芳舅氏去商谈此事宜如何办法为然，谈许时旋家。闻工人业经释放，大抵该役自知召祸，不敢再系拄也。

初四日（1月13日）　晴。昨夜工人之事，余思既明说余家工人，管城役再三不肯释放，且有一番打辱，面上各处有许多皮伤，似乎余不便置若罔闻，遂着衣冠拟竟至都守处请其讯办。先至西郭徐谷芳舅氏处商谈，后坐舆至府横街诣言筱田都戎处拜会。见到后就谈此事，都戎遂即差人传提昨夜管城营役。余请其将工人亦传到讯问，都戎答曰：准。当即刻讯实容办。余与辞而出，旋家后闻都戎即传到前事讯问，工人同营役两造各无实哄，都戎遂传管城总役等到余家来伏罪,并持名片将工人送到商了其事。余原不欲多事,实迫于不能置若罔闻。今既■■,遂付其回片一纸,以了其事。

初五日(1月14日) 晴。上午琐事。下午至水澄巷徐以逊明府处谢步,知以逊患病,不晤,即出至西郭薛阆仙明经处谈片时,又至徐谷芳舅氏处谈许时,至傍晚旋家。

初六日(1月15日) 晴。琐事。

初七日(1月16日) 晴。上午至司狱司前胡宅吊,即旋家。午餐后至后观巷田宅谈,即同蓝陬茂才及其西宾张叔侯茂才至佑圣观前看胡宅出丧(梅森司马之老太太也)。观看许时,至傍晚旋。道便又至田蓝兄处坐谈片时,然后旋家。夜餐后至作揖坊胡梅笙封翁处坐片时,同罗君景荃、梲甫,胡君少梅[①]乘舟至小隐山送胡宅丧。夜半吊后登舟,同徐福钦舅氏,以逊、紫雯、武承,罗景荃、贾梲唐饮饭后,遂同舟回城,时已黎明。余由西郭换坐沈茂斋小舟,道便过余家门前,余登岸旋家。

初八日(1月17日) 雨。上半日睡。下午琐事。

初九日(1月18日) 晴。早晨至外面厅上见纪堂弟同王君紫瑜由江苏旋里,遂谈许时。上午至水澄桥、大街等处买物,即旋家。

初十日(1月19日) 晴。上午理写账务。下午至清风里街买纸笔等物,即旋家。

十一日(1月20日)

十二日(1月21日) 乍有雨。琐事。

十三日(1月22日) 晴而不见日光。琐事。

十四日(1月23日) 晴,少日光,下午乍有微雨,天气甚寒。傍晚至后观巷田宅谈(扬庭处夜餐后谈许时),蓝陬广文邀至其新屋谈许时,然后旋家,时三更矣。

---

① 胡桢(1866—1907),原名毓麟,字燕生,号少梅。清浙江山阴人。国学生,议叙光禄寺署正衔。见胡寿震《绍兴莲花桥胡氏宗谱》。

十五日(1 月 24 日)　天气寒，傍晚稍飞雪花。上午敬篆先大人像额一方。

十六日(1 月 25 日)　天气甚寒，似欲下雪而雪不下，乍有雨。昔人诗云“酿雪不成微有雨”，其此之谓欤？上午琐事。山阴学胥章雅堂来言，余既由附生捐贡捐官，本学须办详文请学政注册(谚所谓出学，言既为官，不属教官约课也)。余遂同其言公事费，再三计定，一概计洋拾叁元。遂将贡生部照属其带往请本学官验明，以缮详文于学政。下午至后观巷田蓝陬广文处谈(为渠家中稍有龃龉，午前来邀余一商谈)，茗谈片时即旋家。傍晚，章雅堂学胥即将余贡生部照还来，言本学官业经验明注册，一面当缮公文详学政可也。余借将一概计明公费莺洋拾叁元付清，以了其事。自此办事可谓成全矣。余虽得有官阶，然今年用钱甚属不少，每念不胜警惕。灯右偶坐，泚笔记之。

十七日(1 月 26 日)　晴。琐事。

十八日(1 月 27 日)　雨雪杂降，晚间雪花又大，然天气不甚严寒，地上不能积厚。

十九日(1 月 28 日)　不晴不雨。琐琐事。下午至大善寺前等处买物，即旋家。

二十日(1 月 29 日)　晴。琐事。

二十一日(1 月 30 日)

二十二日(1 月 31 日)　雨雪杂下，天气甚寒。

二十三日(2 月 1 日)　黎明起见雪平地积厚四五寸。瑞雪冬临，来年承平之兆于今卜之矣。上午风甚大，午后雪霁，偶有日光。上下午理祭祀事。晚间拜东厨司命神，又拜貤封淑人本生先慈曹太淑人七十冥寿，先于今晚恭备果品、祭菜暖寿。

二十四日(2 月 2 日)　晴。早上各处水结冰甚厚，天气奇寒。上午理祭事。午间祭本生先慈曹太淑人冥寿，行礼毕，理琐琐各事。

二十五日(2 月 3 日)　晴。琐事。上午至街一走，即旋家。天气虽晴而瓦上之雪见日就释,檐水点滴,无异下雨之时。下午理祀神琐琐事。

二十六日(2月4日)　晴。卯时起盥沐毕,着衣冠祀年神,又祭祖礼毕,又祭财神毕,用早餐。日间理账务琐事。

二十七日(2月5日)　晴。理账务。下午至大善寺前“和记”同朱理声先生谈,许时旋家,时晚矣。此次冬雪不甚薄,而瓦上晴燥多日,虽释雪时街道不甚难行也。今日丑时立春。

二十八日(2月6日)　晴,天气清畅。早餐至笔飞弄“明记”、“颖昌”两钱业处坐谈片时,即旋家。

二十九日(2月7日)　晴,天气清和。除夕如此,似最难得。上午理核财务。午间祀东厨司命神及敬悬祖宗传像。下午至江桥、笔飞弄、大街等处一到,即旋家,又理财务。晚上祭拜历祖历宗传像。夜间又理种种事务,至半夜睡。

光绪二十八年壬寅(1902)

正月初一日(1902.2.8)至十二月三十日(1903.1.28)

正月初一日(1902年2月8日) 月为壬寅,日为壬戌。天气清明,风平日丽。卯时起盥沐毕,礼天地诸神、礼历代祖宗传像毕,理事。

初二日(2月9日) 晴。早上琐事。午前酬应来拜年客若干,借乘舆至后观巷田蓝陬广文处拜年,略谈片时。至莲化桥胡梅森司马处拜年,胡君他出,遂不下舆。又至府山后褚宅拜少湖先生像,又至西郭徐谷芳舅氏处拜像,又至徐福钦舅氏拜年,又至水澄巷徐宅拜(年)[像]拜年。又至后观巷田杏村舍人处及扬庭中翰处拜像拜年,又拜忌辰。午餐后,又乘舆至覆盆桥凌宅拜像拜年,又至南街徐伯荣别驾处拜像拜年毕,然后旋家。内子及儿女于早餐后至田宅拜像拜年,午餐后将晚旋家。

初三日(2月10日) 晴。

初四日(2月11日) 晴。丑刻在床中闻有响动门户之声,借起开出至堂前,见被贼窃去像前锡五事、茶盘,又灶前锡烛台、酒壶、铜火锅等件,而贼为余一惊逃出。共计检点所失,约值洋银数十元。新年就有此窃事,甚为恶愤,至早上遂属人呼马快饬其查访。

初五日(2月12日) 晴。琐事。

初六日(2月13日) 晴。早餐后至掠斜溪朱秋农处谢拜年(渠前日来拜也),至门前飞名片,余不下轿,遂即旋家。又坐舟至南门外栖凫村徐乔仙明府处拜年贺喜(渠弟于今日完姻也),午餐后乘舟旋家。

初七日(2月14日) 晴。上午乘舆至水澄巷徐宅拜六外祖九十冥寿,稍坐片时,即旋家。午餐后坐小舟至张墅蒋姑奶奶处拜像拜年,稍坐片时,即登舟。又便道至东浦市上一游,宝斋趁余舟至当取买前日所失之锡器也。事毕,即坐小舟旋家,时就晚矣。

初八日(2月15日) 晴。琐事。

初九日(2月16日) 晴。早餐后乘舟至谢墅村,上山拜谒曾祖父母墓、祖父母墓、本生父母墓。又至殡宫拜谒先府君殡墓,祭毕下山。舟中午餐,午后旋家,时尚未晚。上午知田杏村舍人又田宅官姐来拜年,一到而去;蒋姑奶奶及其郎亦于今日到;贾柷唐姊婿亦来拜年。夜同贾君谈,至半夜睡。

初十日(2月17日) 晴。上午贾君到西郭徐宅去。午前余至水澄桥、大街一游,稍买物即旋家。

十一日(2月18日) 早上稍有雨,日间晴。上午琐事。午贾祝君来。下午同贾君至街一游,即旋家。夜稍有雨。

十二日(2月19日) 晴。上午同贾君谈,午后贾君去。

十三日(2月20日) 晴。上午为徐以逊明府写魏碑文一张,篆文一张。下午理核账务。今日天气虽不甚暖而正有春光明媚景象,寒暑表近日五十一二度。

十四日(2月21日) 晴。

十五日(2月22日) 晴。

十六日(2月23日) 晴。早餐后乘舟至石旗井头山拜谒高祖父母墓,事毕下山。舟中午餐后,放棹旋家,时将晚。午后稍有雨。

十七日(2月24日) 上午阴,下午雨。午前徐君筱翰来谈,即去。

十八日(2月25日) 晴。天气潮暖。上午王紫榛先生到馆,应酬琐事。午祭拜祖宗像毕,敬收谨贮。下午至后观巷田杏村舍人处谈,夜餐后谈许时旋家,时将二更。

十九日(2月26日) 晴。上午理核账务。下午又核账务。傍晚至后观巷田宅饯徐以逊明府之江西行(同田宅公饯也),同集者徐乔仙明府、徐君少翰、罗景荃茂才,田蓝陬广文、田春农舍人、田扬庭中书及余共八人,饮毕谈许时,然后旋家。时方月出,夜景甚幽。

二十日(2月27日) 晴。算写账务。余家风寒朴,并不有店铺繁杂账务。然近年风气渐觉奢华,日用琐琐,年年积亏。余虽承理家政而处事每多掣肘,未便将阖家用度量力而行。若频年积亏如大,恐愈积愈甚。理财生财之道,何能不策励哉?

二十一日(2月28日) 晴。上午琐事。午前至后观巷田蓝畹广文处饮(其西宾张叔侯茂才上馆也),午餐后谈许时,又至杏村舍人家坐许时,然后旋家。

二十二日(3月1日) 晴,天气转寒。上午至水澄巷徐仲凡舅氏处(渠由海上患病旋里,向不能起立,尚在床偃卧,遂不及见),晤显民观察,谈许时旋家,时已旰矣。

二十三日(3月2日) 晴。

二十四日(3月3日) 晴。

二十五日(3月4日) 晴。琐事。午前徐显民观察来谈片时去。下午至街一走,即旋家。

二十六日(3月5日) 晴。早餐后赴徐显民观察之邀游禹陵,至水澄巷渠家谈许时,同登舟至稽山门外,上会稽探禹穴,同游者刘之殷明府、何豫才司马、舅氏徐福钦太守,徐显民观察、以逊明府及余共六人。在舟中宴集,畅谈甚快,旋家时尚未晚(昔年余为祖父母及父母及本生父母三品封典,实收执照尚有误填之处。今日面邀以逊托其向江西捐局更正,盖以逊须至江西禀到也)。

二十七日(3月6日) 晴。为族弟老斤完姻照理琐事。

二十八日(3月7日) 晴而少日光。寅时起看族弟老斤花烛,照理琐事。午间拜祖宗道喜。午餐后同族弟家客谈。傍晚余以缺睡稍形倦态,遂偃息许时,夜餐后即睡。

二十九日(3月8日) 晴。琐事。

三十日(3月9日) 晴。琐事。晚间雇平(吴)[湖]调一班弹唱,借助族弟老斤喜事之闹热也(余同纪堂弟及王君品资也)。越城唱此调者咸推周、吴二人,今此二人皆到场弹唱。夜餐后,田蓝畹广文、春农舍人,张叔侯茂才、蔡君洛卿、罗君枧甫皆来听唱谈笑。至半夜,平调及客皆散去。

二月初一日(3月10日) 晴。月为癸卯,日为壬辰。午间祭先大母凌太淑人忌辰。下午琐事。夜餐后,田蓝陬广文、张叔侯茂才来谈,看纪堂弟影片戏及机器戏,二更后去。

初二日(3月11日) 乍有雨。傍晚至秋官地一游,即旋家。夜理写账事。

初三日(3月12日) 晴。上午祀文帝。午祭本生先大人诞日。下午琐事,又至利济桥、水澄桥等处买纸笔等物,即旋家。

初四日(3月13日) 晴。上午琐事。下午至西郭徐宅同谷芳舅氏及贾枧兄谈,忽闻警钲,遂出视,知北海桥街失火,看其水龙救息后旋家,时已晚矣。

初五日(3月14日) 晴。琐事。午前贾枧兄来。晚间同贾君公饯徐显民观察、以逊明府、叔亮明府及家弟纪堂明府,而徐某三人先皆言来饮,午后显民为其翁延医商治瘤病作书先辞,以逊、叔亮后亦辞谢。诸君不过以钱各捐得一官,皆须出门到省听鼓。乡党戚友中治一杯以饯别,原无可无不可之事。奈先皆言来后皆辞,似乎作东道者不免自讶多事也。晚间陪客何豫才司马来夜饮,同席者何君及弟纪堂、贾君枧唐、申之家兄及余共五人,谈宴甚畅。席散谈许时何君去,余同贾君及纪堂谈至半夜睡。

初六日(3月15日) 晴,天气甚暖,睡起已将午矣。

初七日(3月16日) 晴。天时久旱,米价渐次腾贵。沿海沙地春花枯燥,大减收成,穷户蠢蠢然有不可安居之势。居今之世,天时如此,国运如此,人心如此,实有无穷之忧虑也。下午至后观巷田蓝陬广文处谈,夜餐后谈许时然后旋家,时方二更。

初八日(3月17日) 晴。纪堂弟定今日启行赴都引见,上午为其陪来送行之客。下午至水澄巷徐以逊明府处送行,以逊于上午来辞行，所以特去一送，此亦世俗应酬也。兼询仲凡舅氏病，晤显民观察谈片时旋家。晚间照看纪堂弟出门登舟。纪堂弟于昔年品开米行，折耗一款甚为可惜，以致前年秋间捐官款项闻皆抵戤产业。此次赴都引见之款，又戤抵产业。是其捐官颇形其竭力者也。而纪堂弟苟能恪守家风，则布衣疏食尚可将就度日。奈以为昔年米行既折耗一款，如不另有生财之道，恐将来所入不敷所出，所以于昔年将停捐之际捐得一官。此亦纪堂阅历未深、心思太动之事。其实知县之官甚不易做，当时余及申之兄甚劝其不必举动也。今既木已成舟，余转期其黾勉将事，倘将来无忝职守，为国家出力一翻，得宦囊稍足以致仕，岂不余甚望于纪堂弟者哉！

初九日(3月18日) 晴。早起知后观巷街后泗水楼下河沿于夜间失火，焚去锡箔店一所。此屋于田杏村舍人住屋虽隔街弄，然甚对也。余当时不及听见，早晨即至杏村舍人处一询，稍谈片时，又至田蓝陬广文处坐谈片时，即旋家。

初十日(3月19日) 晴，天气风燥而甚暖，下午只着单衣。寒暑表升至七十六七度。

十一日(3月20日) 天气甚暖。(乍)[昨]同人谈择日之好歹，盖有四言也。建满平收黑(此四日为黑道日)，危除定执黄(此四日为黄道日也)，成开皆可用(言成开二日可用也)，闭破不相当(言闭破二日不宜也)。又言破日有一定讲究，假如正月为寅月，则寅月之申日皆破日也。证之《时宪书》，果不谬也。

十二日(3月21日) 晴，乍有微雨，上午兼稍有雷声。早晨同王君紫榛至仓桥下试院一游，今日府学堂外课甄别。府学堂者，即蕺山书院之改名也。外课者，不在学堂常住学习也。游许时旋。道经后观巷，田蓝陬广文在其门前徘徊，邀余茗谈，片时即旋家。夜作《成汤六事自责论》一首。

十三日(3月22日) 微雨，天气甚寒。上午王君泽民来谈，午餐后去。夜雷雨。

十四日(3月23日) 雨,天时久晴,一雨而万姓腾欢矣。

十五日(3月24日) 雨。

十六日(3月25日) 雨霁。上午琐事。乘舆至鲍家弄何宅贺喜,稍坐片时即旋家。午祭先大父诞辰。下午琐事。

十七日(3月26日) 晴,乍有微雨。上午至仓桥、大街等处买物,即旋家。下午至后观巷田杏村舍人处茗谈许时,又至蓝陬广文处茗谈许时,旋家时已傍晚矣。

十八日(3月27日) 晴。上午至菡萏汇头庄莼渔茂才处谈,值王弼臣[1]孝廉亦在庄君处,共谈许时旋家,时旰矣。

十九日(3月28日) 晴。上午写大篆字。下午理扫墓祭品及琐琐事,又学篆字。

二十日(3月29日) 晴。早餐后乘舟至植利门外谢墅村,登新貌山祭扫曾祖父母、祖父母、本生父母墓,事毕又至先府君殡墓祭扫,事毕下山。舟中午餐后,解缆旋家,时傍晚矣。夜大雨一永夜。

二十一日(3月30日) 雨霁而天气甚寒,可着重棉。上午琐事。

二十二日(3月31日) 雨。琐事。学习篆字。

二十三日(4月1日) 雨。琐事。夜有闪电雷声而雨不甚大。下午写篆文七言对一副。

二十四日(4月2日) 晴,天气稍潮湿。上午阅《随园诗话》。下午写核租簿琐事。夜阅《申报》《中外报》。

二十五日(4月3日) 晴。黄沙飞漫,窗几遍处蒙尘,随拂随积。上午琐事。下午至笔飞弄"颖昌"钱庄谈,片时即旋家。近日米值日渐增贵,且闻别省业经禁止搬运。吾越人齿繁多,本地谷米原不足以敷食用,况旧年收成大半告歉。今早谷初初下苗,而米之稀贵已如此,各乡蠢蠢然有不能平安之势。屈指青黄相接,为时尚有三四个月,若来源固属稀少,此事实堪预虑也。

---

① 王弼臣,注见《日记》光绪二十三年九月十三日。

二十六日(4月4日) 雨。收拾书籍。

二十七日(4月5日) 晴,夜稍有雷雨。书楷字。

二十八日(4月6日) 晴。今日为清明,天气潮湿。夜雨。上午刻粉磁杯篆文五字。

二十九日(4月7日) 晴,天气潮湿异常。上午琐事。下午学写小楷数百字(写先贤朱夫子训家格言也)。予学习小楷一事,因家中琐事纷纷,未暇及此者有年矣。今偶书一纸,尚觉不甚减式。自此以往,未识能有学习小楷之余暇乎?

三月初一日(4月8日) 晴。月为甲辰,日为辛酉。天气朝闷,不甚舒畅。夜有闪电雷声而雨甚大,通夜不休。

初二日(4月9日) 雨,天气转寒。上午刻碗篆字。

初三日(4月10日) 不雨不晴,天气甚寒,寒暑表只四十八九度。

初四日(4月11日) 晴,天气清快。

初五日(4月12日) 晴。上午王泽民来谈,午餐后去。下午至酒务桥晤泽民,同至花园一游,即出。又至府桥,闻新河弄胡宅被人哄闹,见山邑侯①及都守前往弹压,遂至新河弄,见人山人海,滋扰异常,远处立视片时。晤蔡君洛卿,同至笔飞弄"明记"庄稍坐片时,即又至新河弄胡秋田家。地方文武官皆到而少解散之策,余遂出,过水澄巷至徐宅稍坐即出。过后观巷晤田杏村舍人略谈片时,又到田蓝陬广文处略谈片时,然后旋家。胡宅之事,闻初有丐妇数十人索讨,

---

① 据《大清搢绅全书》(光绪辛丑年冬荣宝斋)、《大清搢绅全书》(光绪壬寅秋荣录堂)、《大清搢绅全书》(光绪癸卯秋荣宝斋),山邑侯当为宁本瑜。宁本瑜(1852—?),谱名本信,字琯香,号坤圃。清安徽休宁人。同治十二年(1873)举人,光绪九年(1883)进士。曾官浙江仙居、山阴知县。见宁本瑜会试履历(《清代朱卷集成》册51);《陵阳宁氏宗谱》卷27《寿庆公支下统原公分》。按:会试履历载其生于咸丰乙卯年八月十三日,《陵阳宁氏宗谱》载其生于咸丰壬子年八月十三日。此据宗谱。

后被闲观之人同为滋扰。胡宅遂通知团勇数人前往,而团勇至见有人掷石滋扰,不问皂白,将闲人殴打。而匪类及流氓愈聚愈多,遂至不可了局。见地方官亦肆无忌惮,竟掷石于文武官之轿马,并殴打会稽县兵勇。夜餐后使人探问其事,闻胡宅厅堂、各房间业经被匪类捣毁,抢夺不堪;胡宅女眷由后面拷墙穴而出;会邑侯[①]之轿被匪类击毁,邑侯亦由墙穴逃出,步行至绍兴府署。骇闻之下,甚为可虑。匪类聚众扰乱,竟至于此。闻府尊当即电禀省中,并请拨兵防剿。

初六日(4月13日) 黎明起,道便至后观巷晤田春农稍谈片语,同张君叔侯至新河弄胡秋田家。渠家人皆避在别处,只数戚友为渠家照看,而厅堂各处房屋陈设之各件,果然捣毁不堪。此事甚属骇见骇闻也。稍谈片时,然后旋家。上午琐事。下午至田蓝陬处稍谈,同张君叔侯至大街及新河弄胡秋田处(张君先旋馆),渠家集议此事之人甚多,闻各衙门业经拿获犯人数名,傍晚文武官尚须临场会看。余以天时将晚,旋家矣。

初七日(4月14日) 上半日晴,下午雨。近日天气甚寒,非着棉衣不可。

初八日(4月15日) 雨。早餐后乘舟至常禧城外石堰村祭扫五世祖墓,事毕,乘舟过塘棣余家星采堂寓屋一到。申兄等尚须乘舟至木栅祭天池先生墓及七世金姑太太墓,而余步行进城,旋家时方旰。下午至后观巷田蓝陬广文处谈,至傍晚旋家。闻米运已通,价值亦稍平。前胡宅捣毁抢夺之犯,闻于昨夜正法;两名地方官于此事亦怒发冲冠。有此一办,未识风气可稍平否?

初九日(4月16日) 雨息而无日光,夜雨。上午琐事。下午贾

---

① 据《大清搢绅全书》(光绪辛丑年冬荣宝斋)、《大清搢绅全书》(光绪壬寅秋荣录堂)、《大清搢绅全书》(光绪癸卯秋荣宝斋),会邑侯当为俞凤冈。俞凤冈,字振岩。清江西广丰人。同治元年(1862)举人。曾官浙江平阳、会稽县知县。见《绍兴县志资料》(第一辑)册16《名宦传》;刘绍宽《平阳县志》之《职官志五》。

君柷唐来谈。

初十日(4月17日) 雨,天气潮湿。同贾君柷唐谈,闻柯桥市上米行又被乡人捣毁数家,今日地方官业经前往踏看。时事日危,不知当事诸公若何维持也。

十一日(4月18日) 雨。琐事。闷雨不休。同贾柷君谈。

十二日(4月19日) 晴,天气潮湿。上午贾君去。庄莼渔明府来谈,午餐后去。近日米路虽经官为调渡,已可通买,然价值终不能减。青黄相接,为日甚多,此事尚为可虑。

十三日(4月20日) 晴。上午乘舆至金斗桥何虞川①司马处贺喜,稍坐片时即旋家。午前贾祝君又来,午餐后去。天气甚暖,寒暑表升至七十一二度。下午至后观巷田杏村处谈,又至田蓝陬处谈,傍晚旋家。

十四日(4月21日) 乍有雨。

十五日(4月22日) 晴。上午理内子临产饮食等事。午间又生一女②。内子产事尚称顺速,惟产后稍形虚弱也。下午照应琐事。今日天气稍潮热,傍晚乍有雷雨。予夜间心思太多,不克安睡,后半夜天气凉快,始获安眠。本日日为乙亥,时为壬午。

十六日(4月23日) 晴,天气凉快。

十七日(4月24日) 晴。

十八日(4月25日) 乍有雨。琐事。下午至邻姚宅谈,片时即旋家。

十九日(4月26日) 雨,上午有雷声。

---

① 何濬(? —1903),字虞川。清浙江山阴人。清光绪二十九年(1903)进士何寿章之胞叔。附贡生,盐课司提举衔,分省补用通判。见何寿章乡试履历(《清代朱卷集成》册285)。按:《日记》光绪二十九年四月二十七日:"乍有雨。上午琐事。上午乘舆至金斗桥吊何虞川先生出丧,稍坐片时即旋家。"据此,其当卒于光绪二十九年(1903)。

② 陈在苓(1902—?),小名员。浙江绍兴人。陈庆均之女。页眉:壬寅 甲辰 乙亥 壬午

二十日(4月27日) 乍有雨。琐事。下午至后观巷田杏村舍人处谈许时,又至邻鲍香谷处谈片时,即旋家。

二十一日(4月28日) 晴。上半日至水澄巷看徐仲凡舅氏病,渠去冬由上海患腰瘤破痛之病,于今春正月旋绍,迄今尚未能起床,且形神渐减,今特往一谒。余至其房中坐谈片时,见其气色及一切形状甚属削弱,其自言亦恐无起色为虑,遂慰问数言而出。至仓桥碑帖店买李阳冰所书"坠宁"大篆字一张,惜尚无"天青"两字;又买俞曲园先生所集百寿字碑纸四张,旋家时旰矣。下半日至邻姚宅谈,又为商谈平粜坊米事,至夜餐时旋家。

二十二日(4月29日) 乍雨晴。琐事。下午至邻姚宅谈片时,即旋家。

二十三日(4月30日) 乍雨晴。上午姚荣生茂才来谈,即去。下午至后观巷田杏村舍人处谈,又至田蓝陬广文处谈,即旋家。姚荣生又来谈,即去。

二十四日(5月1日) 晴。琐事。

二十五日(5月2日) 晴。早餐后至邻姚宅谈片言即旋家,又乘舟至稽山城外石旗村登井头山祭扫高祖墓,事毕下山乘舟,又至外王谒高叔祖以下墓,事毕乘舟午餐,借开棹旋家,时尚申刻。下半日天气高爽。昨夜闻宝珠桥线店被盗抢夺,府城中竟出此等事,甚为可恶。

二十六日(5月3日) 晴。上午姚荣生茂才来谈,即去。下午至水澄巷"和记"钱庄寓所谈许时,旋家时将晚矣。

二十七日(5月4日) 早晨雨。上午至姚荣生茂才处谈,又同至鲍香谷处一谈,片时即各旋家(为平粜坊米事也)。

二十八日(5月5日) 晴。上午至西郭徐谷芳舅氏处谈许时,旋家时旰矣。

二十九日(5月6日) 晴。今日戌时立夏。

三十日(5月7日) 晴。琐事。天气骤暖。下午至水澄巷视徐仲凡舅氏病,见其精神更衰,而老成人应酬周到,虽在久病之中,语言犹有经纬。稍谈片时，余出旋家。

四月初一日(5月8日) 晴。月为乙巳，日为辛卯。今日为添置祖坟前田事，此田在石堰五世祖墓前沿河是也。闻有人欲购得此田以为造坟之计，前日管坟人来告，遂探问此田出主系西郭傅春生，余特属人至傅宅购买。今日事成立契，从此可无虑坟前之塞向也。傅宅共有田五亩三分三厘，今吾家买其贰亩六分六厘五毫，准对五世祖坟前之沿河。草貌桥陶宅亦买贰亩零，盖陶宅亦有祖坟，故各买其半也。

初二日(5月9日) 晴，乍有微雨。上午至开元寺同善局同蔡君吉生谈片时，旋家时旰矣。天气甚凉，可着棉衣。

初三日(5月10日) 晴，乍有雨数点。上午至水澄巷徐宅拜忌辰，知仲凡舅氏于朔日同其妾(遗)[移]寓于古贡院前之书塾(亦渠家之屋也)。舅氏以其家中烦闷，特(遗)[移]寓之，借以养病也。今闻其病形更沉，恐不能有起色矣。稍坐片时，余先拜忌辰后，即旋家拜曾大母忌辰。下午琐事。晚前雨，夜又雨，天气甚凉。

初四日(5月11日) 晴。上午为石堰祖坟前新置田过割账款清楚等事。午间至后观巷田扬庭家拜先外舅润之先生诞辰(今年扬庭值年也)，午餐后旋家。又至水澄桥街买物，即旋家。

初五日(5月12日) 晴。琐事。

初六日(5月13日) 晴。

初七日(5月14日) 晴。

初八日(5月15日) 晴。上午乘舆至西郭徐国方舅氏处贺喜，茗谈片时后即旋家。又至后观巷田蓝陬广文处谈兼看其平宅发到之奁具，蓝陬少君韫如[①]定平永生广文之媛为妇，于本月十六日花烛，

---

① 田韫如(1887—?)，浙江绍兴人。田晋铭之子。诗巢壬社社员。《诗巢壬社社友录》载其民国三十八年为六十三岁，生于七月二十九日。据此逆推，其当生于光绪十三年(1887)。

平宅先发奁具也。午餐后谈许时,然后旋家。

初九日(5月16日) 晴。上午至古贡院前徐宅书塾询仲凡舅氏病,见吉逊明府已由都门旋里,茗谈片时即旋家。下午绘小折扇面山水一张。

初十日(5月17日) 晴。清晨至大善寺前街买物,即旋家。上午琐事。午至后观巷田宅拜润之外舅忌辰,午餐后谈许时旋家。

十一日(5月18日) 上午晴,下午雨。上午鲍君香谷来谈片时,同至邻姚君荣生谈,为建造本坊栅门事,谈许时各旋家。夜雨甚大。下午写小扇箑一张,临篆字也。

十二日(5月19日) 晴。上午姚君荣生同邵君月笙来谈,托余转言媒事(为李保安、徐谷芳舅氏两家媒事也)。近日天气一晴即暖。阅《申报》及《中外报》。近来酬应甚繁,家务琐屑,实形纷杂。看书、写字、画山水之事,一月中不可多得。清闲之福分,何前生之不修也。转瞬天气骤暖,绿荫浓密,庶草丛生,寻山问水之游,又当俟之秋深时候矣。虚负光阴,堪为叹惜。

十三日(5月20日) 晴。上午至西郭徐谷芳舅氏处谈,渠家留午餐后,同贾君柷唐至余家谈。

十四日(5月21日) 晴。上午至邻姚宅一谈,即旋家。下午为平粜坊米事至姚宅集议,至傍晚前旋家。同贾君谈。

十五日(5月22日) 晴。上午至街买物,即旋家,同贾君谈。午餐后,贾君去。余至田宅看发花烛后同田氏诸君谈,至傍晚前旋家。夜二更至田宅谈,至二下钟花烛到,稍停片时,即看其做花烛等事,又看新玉人梳妆后,天已晓,予旋家理琐琐事。

十六日(5月23日) 晴。清晨为新生女儿初剃胎发,理琐事后至后观巷田蓝陬广文处为其陪贺客。天气甚暖。午间道喜等事毕宴饮。下午谈叙许时后旋家。傍晚又至田宅略谈片语,即旋家。

十七日(5月24日) 晴。琐事。近日天气甚暖。

十八日(5月25日) 晴。上午姚荣生茂才来谈,同至邻鲍宅聚谈，为平粜坊米事，许时事毕，后各旋家。琐事。午间至田蓝陬广文处宴集，渠家今日三朝设宴也。午间同诸君拇战豪饮，夜餐后旋家。酒醉甚不舒畅，饮圆眼茶数杯即睡。

十九日(5月26日) 雨，天气转凉。上午霞齐徐宅发盘礼来道五妹出阁日期，理琐事并同贾君柷唐谈，午餐后贾君去。连[日]琐事纷杂，甚少逸豫也。

二十日(5月27日) 晴。上午至姚荣生茂才处一谈，即旋家。下午至后观巷田蓝陬茂才处谈。夜餐后同诸君鼓兴偕至其新人房游，茗谈许时后旋家，时十二下钟矣(同游新房者共八人)。

二十一日(5月28日) 晴。上午琐事。下午至大善寺前街买物，见轩亭口已正法盗贼犯一名。此犯闻嵊县之抢犯也。至横街罗柷甫画寓坐谈许时，然后旋家。夜为田君䅽如书纨扇篆文一柄。

二十二日(5月29日) 雨，天气又凉。

二十三日(5月30日) 雨。

二十四日(5月31日) 晴。上午琐事。下午道便至后观巷田蓝兄处茗谈片时，又至笔飞弄陈君迪斋处谈片时，又至蔡君洛卿处谈片时，然后旋家。

二十五日(6月1日) 晴。上[午]徐君筱翰、田君禔盦来谈片时去。下午至后观巷田宅同田君禔盦、徐君筱翰、屠君葆卿乘小舟至快阁游。快阁主人姚君幼槎茗谈许时，遍游一时，然后坐小舟至田宅同杏村舍人茗谈许时，旋家时将晚矣。

二十六日(6月2日) 晴。上午至古贡前藏书楼处询徐仲凡舅氏之病，晤显民中表茗谈许时，知舅氏之病日渐沉陷，恐无多日可延。同显民谈许时后旋家。近日闻有乡村老妇连日聚众进城至府县各衙门跪香，逼平米价。今余至仓桥时途中遇见又有此等老妇数十人云至府署乞平米事。盖近日米价更复逐渐增贵，人心又复蠢动。此等风气若不急速筹法维持，恐不免多事也。曾记光绪二十四年之夏，米价稀贵，地方滋扰，赖钟厚堂观察、徐仲凡舅氏各借巨款派人往别处陆续办米。举重若轻,事甚有济。所以得免强过渡,不致有害局面。今者钟君早返道山,徐舅氏奄奄床褥,米价尤比昔年稀贵,但凭数位劣绅同地方官敷衍其事,实为世局之忧也。

二十七日(6月3日) 晴。上午琐事。下午田春农、孝颛乔梓来稍坐,借同至能仁寺游,同讲经老僧谈片时,各旋家。

二十八日(6月4日) 雨。琐事。

二十九日(6月5日) 晴。琐事。下午至邻姚荣生处谈许时旋家。

五月初一日(6月6日) 晴,天气凉快。月为丙午,日为庚申。上午至笔弄同陈君迪斋谈许时,又至同学周君作梅谈片时旋家。下午至后观巷田杏村舍人处谈良久,又至蓝陬广文处谈,同其西宾张叔侯茂才围棋数局,夜餐后谈片时旋家。

初二日(6月7日) 晴。琐事。

初三日(6月8日) 晴。琐事。上午略理账务。下午至古贡院前询徐仲凡舅氏病,同显民中表茗谈良久。傍晚过水澄巷"和记"庄寓同朱君理声谈许时旋家,时初夜矣。

初四日(6月9日) 晴。算付各店节账,甚觉琐屑。惟今年天气尚不甚热,曾记上年端节时候,不至有此风凉也。

初五日(6月10日) 晴。上半日琐事。午间至楼窗望见卧龙山游人依然熙来攘往,不减越俗风气。午餐后琐事。乍有雷雨,即晴。

初六日(6月11日) 晴,天气正暖,寒暑表升至八十五六度。

初七日(6月12日) 晴,天气甚暖,寒暑表升至九十二度。

初八日(6月13日) 早晨知纪堂弟由京引见,事毕旋家,遂至耳厅谈片时。上午至古贡院前询徐仲凡舅氏之病,稍坐片时旋家。而天气甚暖,行路不甚便也。

初九日(6月14日) 晴。早餐坐小舟至古贡[院]前徐宅义塾询仲凡舅氏病,知舅氏声音已沉,精神亦陷,中气又不足,药食不进,只稍稍灌淡汤而已。渠家一切后事,业已备办,似不能多延时候也。时已将旰,余仍坐舟旋家。下午雨。

初十日(6月15日) 不雨不晴。早晨起,闻徐仲凡舅氏业于夜半寿终,不胜叹恻。盖如舅氏胸有经纬,作事能干,方今绍属如此人才竟无多得,虽于地方公事悉已辞退,而桑梓依赖尚多。今以瘤溃,一病不起,所以不特其私家有倾失大树之悲,而梓邦亦从此少整顿之人矣。上午坐小舟至古贡院前徐宅仲凡舅氏灵前行礼毕,为渠家照看丧事及陪客等事,夜间统夜不寐,后半夜看仲凡舅氏大殓。从此盖棺论定,典型不可再见。每晤宾客讲谈,无不以舅氏之死为乡里惜也。盖棺行礼后,时已晓。

十一日(6月16日) 微雨。在徐宅早餐后,坐小舟旋家,饮茶点后睡至下午起,食饭后琐事。田春农内阮来谈,至旁晚去。

十二日(6月17日) 乍有雨。琐事。

十三日(6月18日) 乍雨晴。上半日撰挽徐仲凡舅氏联语一则,尚不甚陋劣,记之于下:“炳业足千秋,最难得不矜不伐,尽瘁鞠躬,平居杖履追陪,惭宅相何才,辟咡深蒙期许厚;登堂同一哭,溯毕生为国为家,忧劳备历,此后典型终杳,叹时艰孔亟,怆怀永感老成稀。”

十四日(6月19日) 有雨。上半日写挽徐舅氏绫联一副,以篆文写,颇费半日时候也。下午至田蓝陬茂才处茗谈许时旋家。

十五日(6月20日) 乍雨晴。上午琐事。下午至后观巷田杏村处茗谈许时旋家,又坐小舟至古贡院前徐宅稍谈许时,仍坐舟旋家。

十六日(6月21日) 雨。黎明起,即坐小舟至古贡院前徐宅。今日仲凡舅氏首七,早晨祭成服行礼,上半日为渠家照看吊客,旰后同冯梦香[①]孝廉谈许时,下半日旋家。天气虽不甚暖而潮湿为甚。

---

① 冯一梅(1848—1906),原名瀓兰,字梦香,号蒙乡。清浙江慈溪人。光绪二年(1876)举人。巡抚杨昌濬聘为浙江官书局总校,又先后主讲(注转下页)

十七日(6月22日) 乍雨晴。上午琐事。午间祭拜历代祖宗。天气霉湿。

十八日(6月23日) 晴。上午至笔飞弄“颖昌”钱庄坐谈片时,又至大路“保昌”钱庄坐谈片时,旋家时旰矣。下午昼寝后琐琐事。

十九日(6月24日) 晴。琐事。

二十日(6月25日) 晴。上午乘舆至古贡院前徐宅拜忌辰,稍坐片时,又至后观巷田宅拜忌辰,事毕旋家。田宅再三又来邀,遂又至渠家午餐后,同杏村舍人等茗谈许时,然后旋家。下午乍有雨即晴。

二十一日(6月26日) 乍雨晴。琐事。理核账务。近日偶有头痛之恙,下午睡后觉畏寒,后饮陈干姜汤一碗,稍愈。

二十二日(6月27日) 晴。头痛而胃弱,气力因之甚少。天气虽甚风凉,余更觉畏风寒,着两夹衣尚不甚暖。下午昼寝后头痛更甚,遂至后观巷田杏村内兄处请其诊脉,酌开方药一纸,晤谈片时即旋家。夜服药后拥被而睡。

二十三日(6月28日) 晴,天气甚凉爽,寒暑表只七十八九度,午间亦只八十度。上午余头痛稍宽,惟尚畏风寒而胃不甚要吃,大约尚有湿热未尽。应暖时令而如此风凉,不可不加意摄卫而保养也。阅《申报》《中外报》,近日闻绍地米价稍减,早稻年成甚好。此种光境,人心谅可平静矣。今年米价之贵,为数十年来所罕有,若从此逐

(续上页注)衢州正谊书院、西安鹿鸣书院、镇海鲲池书院、余姚龙山书院、新昌鼓山书院以及宁波辨志精舍。讲学不立门户,以实践为归,又喜研究老庄、医学、算术。著有《述古堂诗集》《古越藏书楼书目》《述古堂经说》《内经校勘记》《老子校勘记》等,又纂修《龙游县志》,并为山阴徐氏编定《绍兴先正遗书》。见民国十三年八月十五日发行的《华国》第一卷第十二期冯昭适《族祖蒙香先生传》。《族祖蒙香先生传》载其光绪三十二年三月十七日卒,春秋五十有九。《光绪丙子科浙江乡试同年齿录》载其生年为咸丰辛亥年三月十三日。据此二者,定其生于道光二十八年三月十三日。

渐松动，虽三四月间地方稍有滋扰而尚不甚有碍大局。今者但祈五风十雨，咸荷天恩，普庆丰收，岂不可挽回元气哉？

二十四日(6月29日) 晴，天气凉快。余头痛渐好。上午为儿子镇容绘折扇面一张，绘“万里桑麻畅茂”图，甚有情景。当今世局纷纭，考究农桑者鲜，不能优游乎盛世风景，借绘图之以伸想慕耳。

二十五日(6月30日) 晴，天气凉快。上午琐事。午间拜曾大母魏太宜人诞祭。午餐后琐事。自镌新山玉图章一方，“艮轩卅后书画”六字。

二十六日(7月1日) 晴，天气凉快，寒暑表只七十五六度。时令将届小暑而如此风凉，甚为罕有。早晨须着两袭夹衣，否则竟可着薄棉衣也。

二十七日(7月2日) 雨。上午修刻图章及阅报琐事。天气又凉快。下午书八言楹联篆文一副。

二十八日(7月3日) 乍雨晴。琐事。予头痛时好时歹。

二十九日(7月4日) 雨。上午乘舆至掠斜溪朱理声之母首七一吊，稍坐片时即旋家。下午昼寝后至后观巷田杏村舍人处茗谈良久，兼请其诊脉开一方药，至傍晚旋家。

六月初一日(7月5日) 雨。月为丁未，日为己丑。予夜间腹痛作泻数次，气力甚乏。上午服药一剂。午间乘舆至古贡院前徐宅拜仲凡舅氏三七，今日为余家及胡宅品祭也。午餐后谈许时，仍乘舆旋家。

初二日(7月6日) 晴，天气稍潮而又稍暖。予自前月下旬患头痛起，至今饮食仍复减少，胸腹不甚舒适，以致起居每觉竭力。自维饮食保养虽不甚讲究，而未尝过于不节，今不知何以衰弱如此。晚近来人寿最为难得，余不敢忝附高寿之林，或者其即未老前衰之一证乎？日间看药工研制施送雷公急救痧症散。夜间写此日记，忽闻明堂阶下有蟋蟀声。曾记上年蟋蟀声须在秋初大暑之后，今小暑未到、庚伏未交而闻此虫声，虽区区一物，而赶早竟如此哉！近年凤仙花、秋海棠花、藿香花之类,年比一年早开。大约如气运一样,质薄者宣泄甚易也。

初三日(7月7日) 晴,天气稍暖。予以身体尚未愈可,因循坐卧。傍晚俞伯音茂才来稍谈即去。

初四日(7月8日) 晴,天气稍暖,下午乍有雨。今日为小暑。琐琐事。阅报知外边疫病甚多,终属寒暖不常,地方积秽所染。此等时候,必须加意小心为然。

初五日(7月9日) 乍雨晴。予力少而胸腹间不甚舒展,大抵积湿未曾化散,似宜服香通流动之药。

初六日(7月10日) 晴,天气闷热。

初七日(7月11日) 晴,天气暖。上午至后观巷田宅拜先外姑诞辰,午后又到蓝陬新屋挥扇闲谈良久,旋家夜餐后又至田扬庭处。扬庭卅寿,各人送其平调、酒席也。余近日不能食油腻之菜,勉强至席闲坐片时,遂即旋家。

初八日(7月12日) 晴,天气高爽,似有伏天景象,或者疾病从此可减少也。寒暑表升至九十三四度。

初九日(7月13日) 晴。黎明起食稀饭后,乘舆至古贡院前徐宅,仲凡舅氏丧事于今日开吊。城里人客今日,乡下人客明日。余为渠家指客送帕等事,而身体不甚舒适。适至将旰,遂即旋家。近日虽胃口不甚开,而每餐亦可食饭一碗,余惟胸腹间时有不舒。今对镜自照,而面上之瘦削,大异平日,且四肢少力。如此形景,恐不能复常,将来余家不知成若何样色?心绪无聊,遂至后观巷田蓝陬茂才处消遣闲谈。张君叔侯、田君春农亦同谈良久,余至傍晚旋家。

初十日(7月14日) 晴,天气甚暖而高爽,靠坐桌椅亦热,可谓盛暑时候也。

十一日(7月15日) 天气甚暖,下午有雷声,又有雨。

十二日(7月16日) 晴,天气尚深。上午田春农孝廉来谈良久去。

十三日(7月17日) 晴,天气暖。身体弱不能治事。

十四日(7月18日) 晴,天气暖。早晨罗柷甫来谈,片时即去。午间寒暑表升至九十七八度。夜间凉风披拂,甚爽畅。清夜思维,百感丛集。吾家大少诸人,意气甚盛。家常纤毫琐事,每不肯稍示变通。余素性不喜多事,且甚不愿得罪家中诸人。偶有琐事稍觉歉然于人者,无不竭力周旋,以期相安无事。然阖家之人皆不谅余苦心,时有其事使余觉察。余又性甚迂拙,有所闻见不忍置之不闻,是以余此次病前请田杏村舍人诊视,渠曾云略受湿而触动肝气,虽服松动之药,尤须宽养其心性。乃家中琐琐芜杂,总不能有清闲安逸之趣。自知德薄能鲜,安能尘杂之不扰吾前也。

十五日(7月19日) 晴。清晨至马梧桥黄尊神殿瞻拜,礼毕即旋家(黄尊神诞日向传五月十六日。前为徐宅仲凡舅氏之丧,曾去往吊,恐有不洁,特于今日补行瞻拜也。余近日甚少力,不能行街路,今乘舆往来也。此次不知何以疏懒若此,如马梧桥之近路,尚觉畏于仆仆耳)。上午乘舆至古贡院前拜徐仲凡舅氏五七之祭,同显民观察挥扇畅谈许时,余先行礼后乘舆旋家。贾祝堂姊婿于午前来,同其畅谈。夜间天气甚暖,不克安睡。

十六日(7月20日) 晴。上午同贾君谈许时,后渠至西郭去。午前睡一时,以补夜间之不足。下午至后观巷田杏村舍人处茗谈片时,又至蓝陬广文处同张君叔侯茂才围棋一局,又茗谈许时,然后旋家。夜间天气甚暖,不能安睡。

十七日(7月21日) 晴,少日光而天气甚暖。下午烈风一起,闪电雷雨甚大。

十八日(7月22日) 天气郁闷。上午算付清完本年国课账。今年新章每完银一两须加捐钱三百文,而旧年水灾歉收,完银每两可减扣银五分五厘,以是算账较昔年为费事也。然所减之数少而加捐之数多,有产业者更为吃苦,且减征非常年之事,而加捐不知于何年可免。下午更闷热。闻别处病症甚多,似有急不能治之势,甚可险也。然此时之症,大约总属邪气所弊,以致正气不能通调,总以速行攻散,不使片刻逗留,如避瘟丹、太乙丹、行军散,药料贵重,药力迅勇,或者顷刻奏功。夜餐后田君扬庭、孝颛,屠君葆清来茗谈许时去。夜二更后天气稍凉快。

十九日(7月23日) 晴,天气郁热。上午抄写时症方药及治法论说,又核算国课账。下午又雷雨甚大。夜间又有雷雨。

二十日(7月24日) 天气凉,寒暑表早上只八十一二度。此为雨气打凉,所以不甚高燥也。今日为大暑。

二十一日(7月25日) 晴,天气郁热异常,不能作事。

二十二日(7月26日) 天气高朗清爽,寒暑表午间亦只有九十二三度。上半日琐事。下午至申兄书屋同王君泽民谈许时,王君去而时候尚不晚,又至后观巷田蓝陬茂才处谈,春农、孝颛诸君同谈许时,天光将晚,余遂旋家。夜间凉风披拂,甚清爽也。

二十三日(7月27日) 晴,天气清爽。琐事。

二十四日(7月28日) 晴,天气清爽,早晨稍有微雨而即透晴光。闻姚荣生茂才于昨日忽染痧症,诸药不灵,急于夜间逝世,闻之不甚惊骇。姚君今年卅六岁,年少老练,人亦明白,为姚家最不可少之人。今同其叔庆堂先生先后逝世(其叔始于初七日逝世),姚家气象为之衰耗。然近今病症一病不起,实为可险,大概终属治不得法耳。考诸各方,初染疫痧急服雷击散甚有功,重则服观音救急丹,此两方药为各方之最有益而奏功最速者也。此外外治法用磁碗以香油水蘸刮背心、胸前两处,复用大青钱刮手臂(湾)[弯]、脚膝后(湾)[弯],刮出紫血色,病即能松;又用生姜一片、食盐一撮以艾火炙于脐下,以能呼痛声为度。此数方最有起死回生之功,特记之。

二十五日(7月29日) 晴。

二十六日(7月30日) 晴。

二十七日(7月31日) 晴,天气炎热异常。

二十八日(8月1日) 晴,天气炎热异常。

二十九日(8月2日) 晴,下午微雨而有风,甚凉。录写账簿,闲看《曾文正公家训》。

三十日(8月3日) 雨,天气凉快,寒暑表降至七十八九、八十度。清晨抄写账务。午后胡梅笙封翁来谈片时去。

七月初一日(8月4日) 晴。月为戊申,日为己未。天气凉快,早上可着夹衣。今日黎明起至上午爆竹之声甚多,盖以疫病可畏,家家皆于半年初一祀神明炮,作除旧更新之景象。前阅《申报》,别处亦有今日为作新年之想。半年初一原为下半年之始日,虽不能为又过一年,然过去者值一半而作时序一新之景象,亦一新鲜法也。午间礼东厨司命神。下午乍有微雨。写理账务。

初二日(8月5日) 晴,天气凉爽,甚有秋初景象。琐屑事,兼写理账务。

初三日(8月6日) 晴。

初四日(8月7日) 晴,下午有雨。

初五日(8月8日) 晴,上半日天气郁热,下半日雨甚大。惟今年雷声甚少,近日虽时有雨而未有雷声。今日戌时立秋。据年老云今年病疫之多,亦雷声少之故也。但得雷声大发数次,疫病(亮)[谅]当透出,不致如今之多也。

初六日(8月9日) 早晨雨。上半日理账务琐琐。下半日晴。

初七日(8月10日) 上半日雨。巳刻祀奎星神。下半日晴。

初八日(8月11日) 晴,天气又热,惟早夜甚风凉也。

初九日(8月12日) 晴,天气又热。早晨闻霞园王志庾茂才于昨日逝世,其病为湿热化不出,以致不治。王君今年卅七岁,上有老母,下无子。其生平做人尚属和平,书法甚佳,兼能绘山水。今中途捐弃,赍志以终,实堪悼恻。今年壮年能才如王君伯刚茂才于五月间殂谢,姚君荣生茂才于前月沦亡,今志庾亦一病不起,此皆少壮有用之才先后逝世。人生朝露,岂不信然?

初十日(8月13日) 晴,午间一雨,下午又晴,天气闷热。今日绍属童生县考,闻应试者甚属寥寥,亦近日时气所使然也。夜间有雷声。

十一日(8月14日) 早晨雷电大发,有霹雳而又雨甚大。今年如此雷声,始于今日有也。苍生咸以为乐,谓此等雷声可以惊除百病。

十二日(8月15日) 雨,天气凉,琐琐事。

十三日(8月16日) 晴,天气稍暖。上半日亲理祭菜、果品等事。午间祭本生先慈曹太淑人讳日。下半日阅俞曲园老人《自述诗》及《茶香室丛钞》等书。曲园老人为浙江享清福第一流人,少年科第,文名重于世,著作繁多,久以风行海内。今年年八十有二。阅前日报章登浙江巡抚奏闻于朝,本科重宴鹿鸣,奉旨开复原官,准其重赴鹿鸣筵席,是亦浙江一韵事也。

十四日(8月17日) 晴,天气凉爽,今年(亮)[谅]不至有酷暑也。前日为内人身热、胸中作痛,夜间不甚安睡。日间照看儿女,鄙事纷纷。频年家务琐屑,芜杂扰人。今年夏间疾病络绎,心境更不宽畅。乡试伊迩,科举章程更新,余毫无用功之时,所以本科秋闱兴致及早阑珊,业经意定不去应试。而科举为仕途进身之阶,今朝廷锐意变法,但得董时务西学,不难得保荐而立致通显,以致新党中人视考试功名不甚为重。今年乡闱人数人人咸以谓不多,而今年恩正两科并行,兼有恩额可加,登榜人数不下三百名,中举人不啻视平常为倍易也。不去考试,转为可惜耳。

十五日(8月18日) 晴,天气又热,兼稍潮闷。午间祭拜中元祖宗。

十六日(8月19日) 晴,秋暑甚烈。上午乘舆至水澄巷徐宅拜忌辰,同吉逊、显民、乂臣昆玉谈。午餐后稍有雷声而不下雨,半下昼乘舆旋。道便过后观巷田杏村舍人处谈许时,又至蓝陬广文处谈许时，然后旋家。

十七日（8月20日） 晴，天气又热，寒暑表升（之）[至]九十二三度。中元后又有此盛暑，所不及料也。

十八日（8月21日） 晴，天气又暖。黎明便起浇花灌树，明堂中早上甚有清气，最爽快也。盖花草树木吸炭气吐养气，人吐炭气而呼吸养气，所以人于花木正足以资生趣者也。夜间有雷电。

十九日（8月22日） 微雨。琐琐事。

二十日（8月23日） 晴，上半日乍有雨。阅近日报章，知四川匪乱甚炽，据说为昔年拳匪之党。此等匪徒，何以不欲平安如此？

二十一日（8月24日） 晴。琐事。今日为处暑。

二十二日（8月25日） 晴。上午闻田缦云[①]之母鲍孺人病故，即已故田雪青之室也。雪青于己亥四月逝世，迄今将及四年。今年十月原定为缦云完姻，方期门庭又盛，寡鹄之泪或者可渐消于无形。奈不及待而先逝，其家运之颠背，竟至于此。人多有言田宅二房所住之屋甚不吉利，考其迁住之后，凶事岁岁不绝。虽不知是否屋宅之不利，然证其逐年（伤）[殇]人，似不能不于屋宅有讲究也。凡家运衰旺，实有风势。如田家而论，益可见矣。（其家大房年年无破损之事，而不利之每属之于二房，不亦有风头乎？）

二十三日（8月26日） 晴，秋暑又烈，寒暑表升至九十一二度。前日各处疫气闻业经稍减，近日闻又盛。今年疫灾之重，为古今所罕有。

二十四日（8月27日） 晴，天气又暖。琐琐事。寒暑表又升至九十三四度。处暑后又有此大暑，汗流如雨，手不释扇，想应乡试录遗诸君，当行其苦者也。闻乡间田稻有溽暑蒸槁之虑，苍生甚望大雨

---

① 田缦云，清浙江山阴人。雅善丹青，尤工花鸟。以南宋院本为楷模，而益毓秀，其所作名重一时。见《绍兴文史资料选辑》（第1辑）之张处德《五十年间绍兴书画家列举》。

沛然洗净残暑,则人民草木咸荷天庥耳。

二十五日(8月28日) 晴,天气又暖,不堪理事。寒暑表又升至九十四五度。夜间更热,不克安睡。阅《中外报》《申报》,知本年乡试到者人数甚少,两江上科至七月杪应试人数十可到其七八,今则闻只到其一二。虽为秋暑甚烈,迟到亦未可知。然今年各省乡试人数,(亮)[谅]必不能多也。近年国家气运颠危,士人功名之心不无淡泊,又况考试章程已改策论等作,全赖书籍东抄西袭之事。寒士制书之力未及,断不能同有书籍可抄者以决雌雄。阅报中所载,有新出策论《观海四万选》以供应试之用,(亮)[谅]与时文之小题三万选、大题三万选,诸色题目咸备者也。然则策论等作,初初通行,流弊即又如此,益信策论与时文八股一样,不能取真才而毫无出入者也。圣主贤臣,(亮)[谅]此后更有取真才之上法以出焉耳。

二十六日(8月29日) 晴,天气又暖,惟日光稍淡而时有风。傍晚乍有雨,凉风遂至。下午至后观巷田蓝陬茂才处稍谈片时,以有雷声将雨,即旋家。夜有闪电兼下雨甚大甚久。

二十七日(8月30日) 雨,天气风凉,可服夹衣。乍寒乍热,当加意摄卫为宜。统日密雨不休,夜又雨不息。

二十八日(8月31日) 风大雨密,河水陡涨数尺。残暑洗净,天气甚凉,寒暑表降至七十三四度。日间可着薄棉衣,夜间须用襆被。

二十九日(9月1日) 风雨仍大,秋水盛涨。今年疾病颇多,而年谷本属极丰,乃秋暑甚烈,不无枯槁。近又水溢,以致年岁又不能歌大有也。夜间学习篆字。生平学问之功,每一念及,辄深缺憾。家中兄弟各有琐事,少聚首之时,而世上又少益友时常往来,共相切磋。孤陋寡闻,因循度日。

八月初一日(9月2日) 微雨,下半日晴。临写篆碑字。是月为己酉,日为戊子。

初二日(9月3日) 晴,天气凉爽。上午余头顶作痛,(亮)[谅]稍感风湿也。下午稍愈。今年余于寒暖饮食起居加意摄卫,而尚觉常有小恙。身体之弱,益可知也。

初三日(9月4日) 晴,天气清丽。上午琐事。午间祭东厨司命神。下午阅《申报》《中外日报》,论及现在新出时务各种等书,芜杂谬劣,不胜枚举。而海上各处过路应试之士,无不争相购买,以备场中剽袭之需,此科举改试策论所必然之事也。《中外报》曾有科举改试策论未善之论,阅之似不无见到之语,借誊之于下云:今岁所得之人才,所撰之文字,可想而知已科举改章。盖以八股文字不足以觇实学且制艺能束缚其心思,实足为人材消减、国势衰弱之本。故朝廷采臣工之言,毅然将五百数十年牢不可破之弊法一旦扫除,而更张之意,非不善也。然欲其通知本国古今政治及史事,又欲其通知各国政治艺术,又欲其通知四书五经大义。此数者求之古者,专精一门且不易得,乃欲其无所不通,此即有绝人之资禀,有一目十行之精力,有一览不忘之记性,恐不能将各书遍读,又遑论其次者乎?所以应试之士不能不袭取之于书卷;策论所取之人才,亦毫无心得,又岂足以觇实学哉?

初四日(9月5日) 晴。上午乘舆至南街祀华真神,又乘舆至大善寺前、大街买物等事毕,仍乘舆旋家。知田禔盦同其侄孝颛来辞行,孝颛至杭应乡试也。午餐后琐屑事。又至后观巷田第问孝颛茂才,业已解缆,遂同杏村舍人茗谈良久。又至蓝陬茂才处谈,又同张叔侯茂才围棋一局,然后旋家。

初五日(9月6日) 晴,天气凉爽。琐事。下午田君扬庭来谈许时,傍晚去。

初六日(9月7日) 晴,天高气爽。核理本年国课票。今年上忙截止甚迟,闻始于七月终截止。银票虽早经完出,而南米票始于日前完到齐。然余家早经开完,向于上忙统行完讫也。

初七日(9月8日) 晴。琐事。

初八日(9月9日) 晴。乙未。天气清高,春秋佳日,其近日之谓乎?家务纷繁,甚少暇晷。看书写字,每以事息。一理家政,所以学问不能专心也。即近时所阅各报章,大概只阅其紧要时务,其余茶谈杂说,未遑兼览;戚友托写绘等事,又懒于应酬;平时购制碑帖,更不克得丰暇以临习之。此心时觉阙然,其为精力柔弱乎?抑为家务琐屑乎?贤者多劳,福人多暇,予皆不敢希冀耳。

初九日(9月10日) 晴。理琐琐家务。夜间看晴雨表内之液,有杉叶形升上,知明后日当有风雨也。按:寒暑表时有升沉,为显而易见之物。晴雨表平日少有考证。

初十日(9月11日) 晴,天气又暖,寒暑表八十四五度。

十一日(9月12日) 早上雾露。

十二日(9月13日) 晴。上午至后观巷田杏村舍人处茗谈良久,又至蓝陬广文处同张叔侯茂才围棋,午餐后又围棋数局,至傍晚旋家。

十三日(9月14日) 晴。早餐后至水澄桥大街,在“和茂”、“和记”两店各谈坐片时,旋家时将盱。午间天气甚暖,寒暑表又升至八十八九度。中秋时候又有此暖,所不料也。想乡闱中号舍底隘,当不胜其郁热矣。闻浙省乡试首场有九千九百九十六人,一万只少四人,亦所不料到此数也。

十四日(9月15日) 晴,天气又暖。算付各店账务,甚觉繁杂。

十五日(9月16日) 晴,天气又暖,手不释扇。理账务琐琐事。夜间清风明月。

十六日(9月17日) 晴,天气又暖。临写魏碑红绢屏四张,五妹奁具用也。

十七日(9月18日) 晴。

十八日(9月19日) 雨,天气凉。

十九日(9月20日) 乍有微雨。上午至大善寺、大街阅市,至“和茂”钱庄同稼孙先生谈许时旋家,时将盱。下午至后观巷田第谈许时旋家。晚间薛阆仙明经来谈，夜餐后去。晚上稍有雨，后即见明星。

二十日(9月21日) 乍有微雨。上午为五妹照看奁具事。下午琐琐事。

二十一日(9月22日) 晴。午前乘舆至古贡院拜徐仲凡舅氏百日之祭，同诸表兄弟畅谈半日。诸君皆属壮年，不无阅历之谈，彼此议论风生，颇觉热闹也。午餐后许时，乘舆至试院前，停舆稍游片时，仍坐舆旋家。又至后观巷田杏村舍人处，渠家诸君皆在试院前游，余即又至蓝陬广文处谈，片时即旋家。

二十二日(9月23日) 晴。琐事。下午田春农孝廉来茗谈许时去。天气渐凉，而人事繁杂，心绪未能安逸。诸事待理，看书写字之功夫，竟难多得。负此春秋佳日，为可惜也。

二十三日(9月24日) 晴。今日为秋分，天气甚凉，须着棉衣。午间拜历代祖宗秋祭。

二十四日(9月25日) 晴。玉宇呈秋，金风荐爽，其近日之谓乎？寒暑表降，早上降至五十八九度。天道炎凉，更易之神化也。下午至后观巷田蓝陬广文处同张叔侯茂才围棋数局，将晚旋家。

二十五日(9月26日) 晴，天气凉爽。上午琐琐事。又至后观巷田杏村舍人处茗谈许时，又至蓝陬广文处同张叔侯茂才围棋，午餐在渠家膳。近来心绪甚繁，惟围棋尚堪写性，然而虚渡光华也。将晚旋家。

二十六日(9月27日) 晴。上午乘舆至老虎桥道何君寿章又完姻之喜。何君昔年娶伧塘杜菊人①之媛，现虽尚在，而多年呆病。今杜宅又许小媛于何宅，亦讶事也。余稍坐谈片时，仍乘舆旋家。下

① 杜承洙(1836—1890)，原名履，字庆元，号菊人。清浙江会稽人。同治四年(1865)举人杜元霖之胞弟。见杜立夫《会稽东浦前村杜氏家谱》卷四《乾七房养初公三支屏派世录》。

午为五妹奁具琐琐事。

二十七日(9月28日) 晴。琐琐事。下午徐君以逊、田君扬庭来,稍谈片时去。

二十八日(9月29日) 晴。上午至笔飞弄"颍昌"钱庄同陈君迪斋谈片时,又至水澄巷"和记"同沈君翰斋谈片时,又至清风里同(优)[沈]君稼孙谈片时,然后旋家,时正午。下午又至后观巷田蓝陬茂才处同蔡君洛卿围棋数局旋家。

二十九日(9月30日) 晴,天气暖,寒暑表升至七十八九度,又高爽风燥异常。上午为五妹绘花卉折扇一张。下午琐琐事。

三十日(10月1日) 晴,天气暖,只可着单衣。上午田君禔盦来稍坐片时去。下午田杏村内兄来茗谈许时去。

九月初一日(10月2日) 晴,天气稍暖。上午为五妹共理奁具琐琐事。下午至水澄巷徐以逊明府处茗谈许时,又至其间壁"和记"庄谈许时,又至大路口"保昌"钱庄稍坐谈片时,旋家时将晚。徐君以逊将余正月间托其带至江西更正封典实收之照于江西捐局将前照注消,更换一照,今面还于余:候选中书科中书陈庆均,年三十一岁,身中面白无须,系浙江山阴县人,报捐银柒百叁拾贰两,请给予加八级请从三品封典,将本身妻室封典貤赠本生父母;曾祖父鸿逵、母魏氏殁;祖父堉庚,母凌氏殁;父英殁,母徐氏存;本生父惺,母曹氏殁。光绪二十七年七月二十日　江西筹赈捐输总局　赣字叁萬五千一百卅六号　按:捐照填银七百卅二两,此系三成填照之数也,而实付银两总照其捐章一二折算也。计三品封银八百两,逾级加倍八百两,每级一百零五两,共八级,计共例银贰千四百四十两,一二折计实银贰百九十贰两八钱。此次捐局及徐宅办,又除去公费银,大概再作九叁扣也,净须捐实银二百七十二两三钱。前九级算,今只八级算,本有银可多,乃据以逊说前让太多,今只可照大概扣算。

初二日(10月3日) 晴。琐琐事。

初三日(10月4日) 晴。上午俞芝干茂才来,请其写五妹奁具总单。督工人束集奁具，霞齐路途不甚便，重大木器等体须到曹娥渡坝换舟而运，所以一切奁具须束集也。夜间看俞君写单，至半夜睡。

初四日(10月5日) 晴。早餐后俞君奁具单写毕去。上午督看各工人搬装奁具上船，午餐后嘱各工人及舟人放棹载往。绍兴风俗，甚琐琐也。

初五日(10月6日) 晴。上午琐事。下午为五妹写篆文围扇一柄。

初六日(10月7日) 晴。忆自七月杪大雨后，亢晴至今。近又燥烈异常，甚望霖雨沛然而下，则咸沾滋润之天庥也。琐琐事。

初七日(10月8日) 晴。上午田蓝陬茂才来谈，午餐后谈许时去。余至笔飞弄“明记”庄稍坐片时，由大街即旋家。近闻各乡盗案叠出，未识地方官将若何办理也。

初八日(10月9日) 晴。琐事。午后至邻鲍宅晤徐以逊明府谈霞齐徐宅事。徐宅前日忽有丧事，于吉事不甚相便。吾家五妹本于十三日出阁，徐宅前日有信拟改迟，但至今尚无确音，甚讶其事。今请以逊速行遣人发书询实也。茗谈片时，遂即旋家。晚间霞齐徐宅有人进城云，十三日之期不能不一改也。

初九日(10月10日) 晴。登高佳节，风日清美。上午至后观巷斗姆殿祀神毕，道便至田杏村舍人处茗谈片时，又至大街晤田蓝陬茂才同[至]仓桥试院前一游。府试尚未竣事而试院前形景萧疏，闻今年考小试人数之减，大异于曩时，大概人人视科举为不足重也。试院前罕可游观，遂同田君各旋家，时午正焉。

初十日(10月11日) 晴。家务琐琐事。

十一日(10月12日) 乍有微雨。上午坐便舟至古贡院前徐宅，同吉逊、显民、乂臣诸中表昆仲谈（仲凡舅氏将出丧也）。午餐[后]又同至豫仓迁善所一游，又至徐宅谈许时，然后坐舆旋家。

十二日(10月13日) 乍有微雨。早餐后乘舆至古贡院前徐宅，为其家照料治出丧诸事。夜间十下钟时送仲凡舅氏灵柩出，遂同诸礼宾坐船至大路看其路祭后，余换坐一舟，襆被而睡。舟人摇橹而至平水埠，时天初晓矣。舟中盥洗。

十三日(10月14日)　早上有雨，后晴。在平水埠舟中盥洗后登岸，至徐宅庄屋游。巳刻，送仲凡舅氏之柩安殡。行礼毕，早午餐后遂即坐舟旋家，时尚未晚。今日为浙闱出榜，解元刘焜[①]，兰溪人。山阴登榜者六人[②]，会稽登榜者十四人[③]。

---

①　刘焜(1867—1931)，谱名振书，字芷香，又字治襄，晚号甓园。清浙江兰溪人。光绪二十三年(1897)优贡，二十八举人，二十九年进士。著有《骈体诗文杂著》。见《光绪壬寅补行庚子辛丑恩正并科浙江乡试同年齿录》；刘焜乡试履历(《清代朱卷集成》册294)；刘焜拔贡履历(《清代朱卷集成》册377)；刘同量《兰江刘氏族宗谱》卷四《行传》。按：同年齿录、乡试履历、拔贡履历均载其生于同治己巳年十月十三日。宗谱载其生于同治丁卯年十月十三日。此据宗谱。宗谱载其卒于民国辛未三月十四日。

②　当为七人，见《光绪二十八年壬寅科浙江乡试同年齿录》，履历录如下：

王允猷(1879—?)，字靖宣，一字听彝。清浙江山阴人。

王荣曾(1875—?)，一名维藩，又字长寿，号识园。清浙江山阴人。

许寿昌(1867—?)，字铭伯，一字岳云。清浙江山阴人。

张礼干，注见《日记》光绪二十八年十二月二十三日。

王宾旸(1862—?)，谱名声孚，字惠龄，一字蕙舲，号东初。清浙江山阴人。

陆恒修(1870—?)，字敬承，号蕙岑。清浙江山阴人。

黄香祖(1874—?)，谱名允方，字子培，号兰泉。清浙江山阴人。

③　见《光绪壬寅补行庚子辛丑恩正并科浙江乡试同年齿录》，其中十一人履历录如下：

张采薇(1864—?)，谱名世政，原名同寿，字达夫，一字平菽。清浙江会稽人。

马絅章，注见《日记》光绪二十九年十一月十八日。

庄　肇，注见《日记》光绪二十六年闰八月二十二日。

邵闻泰(1882—?)，字仲辉，号籀因。清浙江会稽人。按：郑逸梅《世说人语》载其生于1881年。当误。乡试同年齿录、《邵闻泰乡试履历》(《清代朱卷集成》册296)均载其生于光绪壬午年十月二十七日。邵闻泰《读书日(注转下页)

十四日(10月15日) 晴,天气寒。上午田君扬庭来谈片时去。午前至田宅,同马春旸太史、舅氏徐叔佩先生、鲍星如明甫、蔡君洛卿、王君九皋为扬庭商议乔迁屋宅事。扬庭以旧年所认住之屋未甚吉利,今议其屋归并公处或本家,以便扬庭得款另寻房屋。调停大半

(续上页注)记》首页:"会稽邵闻泰学,字仲辉,年二十岁,课室十九号,卧室六十四号。"此页日记时间为光绪二十七年八月十一日。据此,其亦当生于光绪壬午年。邵黎黎,孙家轩《我的祖父邵力子》载其卒于1967年。

周蕴良,注见《日记》光绪三十年正月十五日。

周嘉琛(1880—?),字衡峰,号笑如。清浙江会稽人。

冯文栋(1867—?),原名钟瀛,谱名钟骅,字穆如,号紫华。清浙江会稽人。

陈　藻(1877—?),字季龢,号荻初。清浙江会稽人。

余兆熊(1871—?),字龙弢,又字如钧,号冰臣,又号长庚。清浙江会稽人。按:其当为会稽籍山阴人,世居山阴九墩村。后名余觉。

沈聪训(1876—?),谱名后宪,字伯常,号柏裳,别号希陶。清浙江会稽人。

钱绍康(1873—?),字竹轩,号茀卿,又号虚船。清浙江会稽人。

三人履历《光绪壬寅补行庚子辛丑恩正并科浙江乡试同年齿录》未见:

石光瑛(1880—1942),字懋谦,号太始。浙江绍兴人。清光绪二十八年(1902)举人。曾执教于广州女子师范学校、广东大学、中山大学。著有《新序校释》《意原堂日记》《恨线草庐日记》《听松轩象戏谱》等。见褚石《棋城外史》、郝继东《刘向及〈新序〉述评》。按:郝继东《刘向及〈新序〉述评》载其卒年为1934年,误。据《省立广东大学校刊》(1942年第74期)之《本校教授杜贡石、石光瑛先生病故》载其卒于民国三十一年九月二十七日。

俞　鏉,字郁瑚。清浙江会稽人。见俞鏉《游艺杂钞》。

王抱一(1872—1920),字瀛宰,号太玄,别花士。浙江绍兴人。清光绪二十八年(1902)举人。17岁为训诂音韵之学,撰《文心楼经解》《〈说文〉补遗》。18岁治目录考订之学。19岁撰《皇朝掌故辑要》。光绪十七年(1891),拟上皇帝书80篇,主张革新。24岁撰述《愤语》《越史补亡》等十二种。自编有《王太玄年谱》,孙杰续编,项士元补订。见黄秀文《中国年谱辞典》;王抱一撰,章镳整理《玉楼红》。

日之久,始有头绪。议稿毕时,才半夜。天高人静,星月皎洁,余旋家时一点钟焉。

十五日(10月16日) 晴。上午琐事。下午至后观巷田宅同舅氏徐叔佩先生、鲍君星如、蔡君洛卿谈田宅立议单事。蔡君为渠家议单三张写成,时已半夜后矣,遂各签一押。立议:田晋蕃、弟晋铭、侄宝琛,侄孙庆曾、元曾。见议:马春旸、鲍敦甫、徐叔佩、陈艮仙、王九皋。蔡洛卿执笔。事成各旋,余旋家时三点钟焉。

十六日(10月17日) 晴。上午琐事。下午至后观巷田蓝陬茂才处同张叔侯茂才围棋,夜餐后又同蔡君洛卿围棋一局,又同蓝陬、洛卿至江桥、大街一游。今夜向为财神暖寿,各店皆张灯鸣乐。然近年辄不甚执热闹雅观,遂即旋家,时二更。天清月明,夜景甚幽,其谓深秋佳夜乎!

十七日(10月18日) 晴。上午祀财神。午前至南门里菡萏汇头庄君莼渔处贺喜,渠新登贤书也,茗谈许时旋家。下午家务琐琐。

十八日(10月19日) 晴。上午至后观巷田蓝陬广文处同张叔侯茂才围棋,至将晚旋家。

十九日(10月20日) 晴。上午至水澄巷徐以逊明府处茗谈许时,又至"和记"庄稍坐片时,又至利济桥买笔砚各物,又至"和茂"庄稍坐片时,旋家既午正焉。下午琐琐事。午间天气稍暖,寒暑表七十四五度,而天气久晴,苍生之思雨甚殷也。

二十日(10月21日) 晴。上午理账务琐琐。下午田蓝陬茂才、张叔侯茂才来纵谈,至傍晚去。

二十一日(10月22日) 晴,天气暖,夜间有雨。

二十二日(10月23日) 雨。上午乘舆至金斗桥何宅贺喜(何君虞川娶小媳也),又至南街沈宅贺喜(沈君福生娶弟媳也),稍谈片时即旋家。

二十三日(10月24日) 晴。上午至水澄桥、大街,至水澄巷"和记"庄稍谈片时,又至冯梦香孝廉处茗谈许时,然后旋家,时午正焉(冯君系宁波人,为俞曲园先生之门人,现住水澄巷,先徐仲凡舅氏延其作藏书楼董事也)。下午至后观巷田宅茗谈许时,将晚旋家。今日为霜降,天气较前日稍凉。

二十四日(10月25日) 晴。上午田君扬庭来谈许时去。午间拜曾大父讳辰。下午至后观巷田蓝陬茂才处同张叔侯茂才围棋,夜餐后同张[叔]侯,蓝陬、春农谈,至二更旋家。

二十五日(10月26日) 晴。集订书籍琐琐事。

二十六日(10月27日) 晴。集订修理书籍琐琐事。

二十七日(10月28日) 微雨。

二十八日(10月29日) 雨,早餐后雨霁。乘舟至植利门外下谢墅,登山祭曾祖父母、祖父母、本生父母墓,又至殡宫祭先府君殡墓,事毕下山。舟中午餐,解缆旋家,时将晚矣。

二十九日(10月30日) 晴。早餐后乘舟至稽山城外石旗村,登井头山拜祭高祖父母墓,事毕下山。舟中午餐,解缆旋家,时既晚矣。今日拜墓时见祖坟磡下右首管坟人金□□之小泥坟新做石工,管坟人并不来吾家先行告明,甚属监守自盗,可恶之极。夜间同兄弟商谈,虽前据人说无甚碍处,然亦不能不诘其妄作之愆也。晚间贾君柷唐来谈,至夜半睡。

十月初一日(10月31日) 晴。上午同田杏村舍人、蓝陬广文、春农舍人、扬庭中翰乘舟至西郭城下寨下村游田宅新造祠屋后,仍坐舟道便至西郭鲍益甫[①]先生处稍坐片时,然后乘舟旋家,时旰矣。

初二日(11月1日) 晴。

---

① 鲍谦(1833—1905),益甫,号伯崖。清浙江山阴人。同治六年(1867)举人。曾官浙江平湖县训导。见《同治丁卯科浙江乡试同年齿录》。按:《日记》光绪三十一年正月初六日:"晴。上午酬应来拜年客。午前坐舆诣西郭鲍宅吊益甫先生首七,又诣寺池骆宅拜崧年先师像,稍坐片时,仍乘舆旋家。"据此,其当卒于光绪三十年十二月二十九日,公历为1905年2月3日。

初三日(11 月 2 日) 晴。琐事。下午马藩卿[①]茂才来谈片时去。晚间纪堂弟出门至苏州禀到试用。夜间田蓝陬茂才、张叔侯茂才来谈,二更后去。

初四日(11 月 3 日) 晴。上午琐琐。午后田扬庭来谈许时去。下半日至田宅谈许时旋家。时虽冬令而天气不甚寒。

初五日(11 月 4 日) 上午晴。内子及儿女偕至田宅为客,拟住几日也。近年儿女渐增,人事因之繁杂,所以内子少闲往母家之候。近日家务稍形清闲,提儿女以闲住几日,乃绍兴风俗事焉。下午稍有雨。

初六日(11 月 5 日) 晴,天气清高。初冬佳日,惜尘俗纷繁,少读书习字之余闲。年华日长,事业何在? 清夜自思,负惭实甚。余素性甚拙,惟有能恩惠策励于我,从不背负人雅意也。平生最怕受恩多,此言似昔人先为我言矣。

初七日(11 月 6 日) 晴。上午至和畅堂堵芝龄[②]明府处稍谈片时,即旋家。

初八日(11 月 7 日) 晴。上午同贾祝翁至大善寺前、大街一游,即旋家。日躔甚促,忽忽旰夜矣。

初九日(11 月 8 日) 晴。上午至和畅堂堵君处稍谈片时即旋家。下午同贾祝翁至宣化坊金君桐森处稍谈片时,即旋家。今日立冬。

初十日(11 月 9 日) 晴。早晨忽闻贾村贾宅被盗抢劫兼焚其正楼屋七间,又枪毙其帮工一名,又棍伤、刀伤其事主。如此猖獗,实属凶险恶极。贾君柷唐及二姊值在吾家暂寓,虽器皿、物件、房屋悉

---

① 马如麟,字藩卿,一作蕃卿。清浙江会稽人。曾为光绪二十八年(1902)举人庄肇家西宾。见李镜燧《六朝民肖影题辞》。

② 堵焕辰(1855—1914),谱名绍先,原名良,又名榜良,字翼孙,号子铃,一作芝龄。浙江绍兴人。清光绪十五年(1889)举人。曾官江南仕学官总教,江苏司法研究所法律教习,历署江苏安东、盐城、阜宁等县知县。光复后应江苏都督程德全之召,复任阜宁县知事。见杭州师范大学弘一大师·丰子恺研究中心《堵氏家谱》。

成焦土，而人幸未受惊。余遂同贾君坐小舟至西郭徐宅福钦舅氏处商酌公事，又至西郭陈宅馆邀王君泽民至徐宅，午餐后旋家。夜餐后，又至西郭徐谷芳舅氏处谈许时，至三更旋家。

十一日(11月10日)　晴。上午早吃中饭后，同贾祝翁、堵芝翁坐舟至娄宫埠上岸，骑骡至贾村贾宅。山邑侯汪明府[①]、都戎言小田亦前往踏勘，见门壁残破，正楼房屋悉成焦土。傍人目击之下，不能不为其险惨。夜餐后，余坐兜轿仍至娄宫坐小舟旋家，时半夜矣。

十二日(11月11日)　乍有雨。琐琐事。下午至田宅同张叔侯茂才围棋一局，闲谈一时，然后旋家，时将晚也。

十三日(11月12日)　乍有雨。黎明起，坐舟至南门外栖凫徐宅吊(乔仙表弟之老太太出殡也)，兼为其家陪吊客，午餐后坐舟旋家，时将晚矣。

十四日(11月13日)　晴，天气暖。上午至仓桥、水澄巷、"和记"庄稍坐片时，又至大路"保昌"庄稍坐片时，旋家时旰矣。下午同贾枧兄坐小舟至西郭，而久晴河水秽浊，不堪闻见。遂同贾君登岸步至西郭徐谷芳舅氏处谈，夜餐后旋家，二更矣。

十五日(11月14日)　晴，乍有雨。上午庄莼渔孝廉来谈片时去。沈福生茂才来谈片时去(为石旗管坟人事也)。

十六日(11月15日)　雨，天气遂寒。上午乘舆至西郭徐福钦舅氏处贺喜(伯桢表弟喜事也)，福钦舅氏留饮，午餐后乘舆旋家。

十七日(11月16日)　小雨。上午同贾君枧唐谈。下午贾君至街，而余至后观巷田杏村舍人处茗谈许时，又至蓝陬茂才处同张叔侯

---

① 汪一元(？—1905)，改名一麟，字阜生，号孟复，一作梦绂，一号爽庵。清安徽芜湖人，原籍江苏无锡。光绪十一年(1885)举人，二十年进士。曾官浙江安吉、上虞、山阴知县等职。二十九年委办官书局兼营务处提调。卒于任。著有《梦罗浮馆词稿》。见余谊密《芜湖县志》卷四十八《人物志·宦绩》。按：《芜湖县志》载其(光绪)三十一年卒于任。

茂才围棋,至将晚旋家。夜雨稍大。

十八日(11月17日)　微雨。上午琐事。下午至田蓝陬茂才处闲谈许时,旋家时将晚矣。

十九日(11月18日)　晴。上午琐琐。午间至"保昌"坐片时,又至"和记"谈许时,即旋家。天光甚促,忽忽盰夜矣。

二十日(11月19日)　晴,天气稍暖。早上至大善寺前街买物,即旋家。上午内子及儿女由田宅旋家,虽路甚迩,而住日不多,而女眷、小人行李往来甚琐琐也。天气晴燥既久,偶有小雨,不足沾润高原晚谷。大概登场农人皆须下种春花,正祈霖雨之渥沛耳。今年晚种收成咸歌丰稔,而近日谷米价昂贵依然。

二十一日(11月20日)　晴,天气又暖。上午理祭事。午间祭晋封中议大夫先大父颖生公讳辰。贾君柷唐来谈,午餐后同至南街,贾君至堵宅;余至沈福生茂才处谢步(前日沈君来晤也),茗谈许时,又至堵芝龄明府处谈片时,然后旋家。贾君又同来,夜同贾君谈多时。

二十二日(11月21日)　雨,天气稍寒。午间祭晋封淑人先大母凌太淑人诞日。寒雨甚密,从此田畴当咸欣沾溉矣。下午书尺牍数函,忽忽晚矣。

二十三日(11月22日)　晴,寒暑表降至五十一二度。早餐后同贾君柷唐至作揖坊许侯青[①]二尹[②]处茗谈许时,余至盰旋家。夜餐后,闻泗水楼下街失火,遂往一看。道便至后观巷田宅稍谈片时,即旋家。

二十四日(11月23日)　晴。上午琐琐事。下午至水澄巷冯梦香孝廉处,渠不在家,晤其郎□□茂才,稍谈数言。又至古贡院前藏书楼晤梦香孝廉畅谈多时,然后旋。路遇族宝斋、贾君柷唐,云地方官有贾村抢劫之盗获到,遂同至山阴署一看,即旋家。贾君又到吾

---

① 许之鼎,字侯青,日记一作厚卿、后青、侯卿。整理时统一为侯青。清江苏溧阳人。附贡。曾官浙江山阴县丞。见《大清搢绅全书》(光绪壬寅秋季荣录堂)。

② 明清时对县丞或府同知的别称。

家，夜同贾君谈二更。今日为小雪。

二十五日(11月24日)　晴。天气甚寒，寒暑表降至四十八度。上午至江桥、大街及笔飞弄陈君迪斋处稍谈片时，即旋家。下午至作揖坊许侯青二尹处稍坐。同贾君柷唐、□君□□至山阴署看抢劫贾宅之盗犯，获缉者有四五名，有数名尚未询实也。晚间旋家(贾君同到)。

二十六日(11月25日)　晴。上午沈福生茂才来，为石旗唐家墺祖坟管山人圆说事，谈许时去。又徐显民观察来，请余为其汤夫人安葬告祀土地神事，茗谈片时去。下午至大善寺前街买物，又至田宅稍坐，即旋家。

二十七日(11月26日)　晴。琐事。上午至大善寺前街买物，即旋家。午间祭晋封中议大夫芳畦府君诞日。下午琐琐事。

二十八日(11月27日)　晴。上午，田孝颛茂才来，稍谈即去。午前至西郭徐谷芳舅氏处茗谈许时旋家。贾君幼舟来谈，午餐后去。田君孝颛又来，其祖杏村内兄嘱其来邀余至渠处同看撮阄事，盖渠家田产等件又分析明白也(蔡、罗等人皆到)，夜餐后旋家，时将二更。纪堂弟由江苏省禀到旋家，谈片时。收理琐物，乘舟至南门外栖凫村。

二十九日(11月28日)　晴而少日光。黎明由栖凫舟中起，早餐后登岸坐舆至董坞，为徐显民家丧葬事祀土神。行礼毕，又于其灵柩前行礼(显民之汤夫人葬也)。事毕，坐舆下山。登舟午餐后，放棹旋家，时尚未晚。贾君柷唐由杭旋绍，夜餐后谈片时。今日为貤封中议大夫辛畦本生府君讳日，午间上祭，余以适在出门，不及与祭。夜间微有雨。

三十日(11月29日)　早上稍有雨，天气潮湿。琐琐事。

十一月初一日(11月30日)　晴。月为壬子，日为丁巳。琐琐事。下午至大善桥、大街及利济桥，即旋家。

初二日(12月1日)　晴。上午同贾君柷唐谈。午拜高大母诞日。下午琐琐家务。夜同贾君、堵君芝龄、弟纪堂在耳厅谈,至半夜堵君去后各睡。

初三日(12月2日) 晴。俗务琐琐。

初四日(12月3日) 晴,乍有雨。上午理账目。下午至后观巷田蓝暇广文处同张叔侯茂才围棋,至将晚旋家。近日天气甚暖,时届大雪,不必拥重棉衣服。寒暑表升在五十七八度。

初五日(12月4日) 晴。誊写账目琐琐事。

初六日(12月5日) 晴,天气甚暖,只可着夹衣及薄棉。午前乘舆至南街箪醪河胡梅笙封翁处拜子母神会(此会向在四月敬祀,今年四月以米贵,地方不甚安静,所以至今补祝也),午宴后看演剧片时,仍坐舆旋家。夜间风大而稍有雨。

初七日(12月6日) 天气甚寒而风甚大,寒暑表降至四十三四度,须着重棉。只越一日,寒暖如此大异,彼苍变化之奇也。下午至仓桥试院前一游,又至水澄巷徐宅,值叔佩舅氏同其侄显民为住屋事大肆哄闹,其叔侄二人言语甚属决(冽)[裂],而不少留叔侄名分也。遂为其按劝,至晚上旋家。

初八日(12月7日) 黎明起晴。用早餐后坐小舟至南门外栖凫徐宅贺喜,茗谈片时,又坐肩舆至贾村贾宅贺喜,午餐后仍坐肩舆至栖凫乘舟,旋家时将上更矣(下午降雪子及雨,余尚在山中并无雨伞,甚吃苦也)。

初九日(12月8日) 晴。上午至马梧桥程君玉书处稍坐片时,又至司狱司前胡梅森先生处。胡君早出门不晤,余即旋家理收租需用各事。午餐后坐舟同收租先生至偏门外星采堂仓屋照理各事后,遂旋家。又至水澄巷为徐叔佩舅氏同显民中表龃龉住屋事,为其叔侄圆说者朱君理声、谷芳舅氏、福钦舅氏、胡梅森先生及余共五人,说至半夜,粗有头绪。以夜深各旋家,余旋家二点钟矣。

初十日(12月9日) 微有雨。早餐后同兄弟乘舟至石旗唐家墺高祖岳年公墓,为管坟人浸动界石,在祖坟前磡下右首擅自造坟做石工等事。前业经立案请究，今管坟人金长春、长生挽人恳说伏罪，并延僧人在吾家祖坟前拜忏安坟。吾家所以特于今日诣谒祖坟并检查界址覆量丈尺，属其重立管坟票据。前日管坟人求沈福生茂才来吾家为其圆说，今日沈君亦同舟到山，并邀韩□□茂才到山绘图。天光甚短，兼稍有雨，事毕下山，将晚矣。舟中同往者又有胡梅笙封翁、许侯青二尹、堵君康甫[①]共八人，相聚畅谈，甚热闹也。惟午餐甚迟，可作晚餐也。旋城，诸君各散，吾兄弟到家时，将二更矣。

十一日(12 月 10 日) 早上微有雨，上午霁。至仓桥试院前游，闻张学使[②]已到贡院，试院前观览片时，遂即旋家。下午至偏门外仓屋理租事，晚间旋家。

十二日(12 月 11 日) 晴。早上至后观巷田蓝陬广文处谈片时，又至司狱司前胡梅森先生处茗谈片时，然后旋家。午前又至清风里大街及试院前一游，旋家时盱矣。下午坐小舟至常禧城外仓屋理租事，晚间坐小舟旋家，细雨纷纭。夜理账务。

十三日(12 月 12 日) 雨。上午琐琐事。午后在外耳厅同许君侯青谈(许君到纪堂处也)，谈许时许君去。雨虽不大而甚地湿不便。晚上坐小舟至常禧城外仓屋理租事后，仍乘舟旋家。

十四日(12 月 13 日) 晴，天气甚寒。早餐后乘舟至常禧城外仓屋，下午督理粜租米事，晚间仍乘舟旋家。天气寒肃，星月皎洁。

十五日(12 月 14 日) 晴，天气更寒，寒暑表降至三十八九度，

---

① 堵康甫(1881—1911)，讳福葆，谱名志道，号伯庸。浙江绍兴人。清光绪十五年(1889)举人堵焕辰之子。善书颜鲁公家庙碑。光绪甲辰岁试取入会稽县学第一名附生，浙江官立法政学堂毕业，办理安徽太平县赈务，由劳绩保举县丞。见杭州师范大学弘一大师·丰子恺研究中心《堵氏家谱》。

② 张亨嘉(1847—1911)，字燮钧、一作铁君、铁军。清福建侯官人。光绪九年(1883)进士。曾官湖南学政、浙江学政、翰林院侍讲、太常寺少卿、京师大学堂总监督、都察院左副都御史、兵部右侍郎、礼部左侍郎等职。卒谥“文厚”。见张戡《张亨嘉文集》之《附录》陈衍《礼部左侍郎张公行状》。

霜浓。早餐后至试院前一游,即旋家。午前沈福生司马来为吾家石旗唐家墺祖坟之管山人圆说事,管坟山人金长春、长生重立票据,事毕去。午间同席者沈福生司马、徐春生茂才、许侯青二尹及余兄弟共六人,午餐后谈许时各去。下午照理新饭谷琐事(即新收租谷也)。晚上至清风里口"和茂"庄稍谈片时,即旋家。夜间星月甚明。

十六日(12月15日) 晴,天气更寒。早上瓦上有霜甚浓,而水面又有薄冰。寒暑表降至三十八度。上午家务琐琐。下午至后观巷田杏村舍人处茗谈许时,又至蓝䨻广文处茗谈许时,将晚旋家。夜星月又明。

十七日(12月16日) 晴。早餐后至常禧城外星采堂之屋琐琐事。晚间乘舟旋家,月又明矣。

十八日(12月17日) 晴。上午俗事甚繁。午前至试院前一游,即旋家。下午至清风里、大街"和茂"庄稍坐片时,然后又至试院前一游旋家。晚上又至常禧城外星采堂屋理租事,夜餐后旋家(族宝斋先生同进城也)。晚间徐培之舅氏来,余适出门不晤。今日天气稍暖,余今日仆仆道途,旋家后甚觉竭力也。

十九日(12月18日) 雨。上午至常禧门外星采堂屋粜租谷事。晚间降雪,乘舟旋家,雪子雪花纷纷下莅。

二十日(12月19日) 晴,天气甚寒。上午至后观田蓝䨻广文处谈许时旋家。下午又至田宅同蓝䨻广文、张叔侯茂才至试院前游,余又至水澄巷徐宅转看叔佩舅氏,渠已出门,后晤以逊明府谈片时出,又至试院前同田、张两君各旋。余又至常禧城外星采堂屋照理租务,夜餐后乘小舟旋家。

二十一日(12月20日) 早上雨,后霁。上午至常禧城外星采堂屋,夜餐后旋家。又至后观巷田君蓝䨻处同张[叔]侯茂才围棋,至夜半旋家,即送王君芝榛至试院前。游许时,看诸考童进场后,趁田宅舟旋家,时将天晓矣。夜雨甚密。

二十二日(12月21日) 雨霁。午前起,即吃饭后至常禧门外星采堂屋桌租谷事。下午照应各事琐琐，晚间旋家。

二十三日(12月22日) 稍有微雨。俗事繁如。

二十四日(12月23日) 晴而日光不出。今日为冬至，午间祭拜历代祖宗。下午琐琐事。近日家务之繁，更甚于常。余又本性迂拙，倘有一事未妥，辄觉寝馈难安也。当思为人凡事必须有底有面，无论言行举动、学问经济、为国为家，不可无根柢而专尚体面也。即如昔年捐官一事，实属害人非浅，然亦专尚体面之一弊。闻昔年多有■变产业及借贷资财而捐得一官，翎顶辉煌，庸耳俗目见之，似乎不无稍有体面。然叩其家底，则有不可言者矣。风俗人心之奢浮，即于此可见焉。

二十五日(12月24日) 晴。黎明起，即食饭后至常禧门外星采堂屋桌租米事，下午趁租船载谷旋家。晚间又至清风里口“和茂”庄稍谈片时，即旋家。夜间写核各账。

二十六日(12月25日) 晴。上午至常禧门外星采堂屋照应租事。下午乘载谷舟旋家。

二十七日(12月26日) 晴。上午琐琐事。午后至常禧门外星采堂屋理事。今日租事告竣，督看清理各事后乘舟旋家。夜餐后同西宾王芝榛及其徒至仓桥试院前看学使出山会童提覆牌，山阴共提覆一百零四名，会稽共提覆九十几名，而山会进额连加额每县只四十二名，拨府学者六七名。今提人数浮进额过半，则明日覆撤者之多，甚难乎为情矣。看草案后旋家，时只二更。

二十八日(12月27日) 晴。上午理写账务。午前至清风里口“和茂”稍坐，谈片时即旋家。下午核账务。夜餐后至后观巷田蓝陬茂才处谈兼同张叔侯茂才围棋。今本候悉出山会新进儒童，待至半夜而看案人尚未看到。天寒夜深，余遂旋家，时二点钟矣。

二十九日(12月28日) 晴。早餐后至后观巷田蓝陬茂才处，闻前夜出山会新进童案，熟悉戚友家之得而复失者不计其数，大半皆当讲运气也。闲谈良久，至其后楼窗瞻望卧龙山及城中诸屋，比栉如鳞,盖其楼窗最高,甚可观也。午餐后同蓝陬茂才至绍兴府署看生员科考全案,又看新进童生全案,又至试院前游览许时,然后旋家,时将晚矣。

三十日(12月29日) 雨。上午至试院前看新旧生员参谒张学使,又游览许时后,由大街旋家。下午家务纷繁。

十二月初一日(12月30日) 雨。月为癸丑,日为丁亥。上午写核账务。

初二日(12月31日) 雨霁,午间稍有日光。写核账务。

初三日(1903年1月1日) 阴晴,似有酿雪之象,惟不甚寒也。乍见日光。

初四日(1月2日) 晴,天气甚寒。家务繁杂,扰人心绪,实少清闲之境。

初五日(1月3日) 晴。家务繁杂。下午冻云密布,大有酿雪之象。至清风里、大街买物等事,又道便至田蓝陬广文处茗谈,晚间旋家。贾君柷唐来谈。夜雪花骤降,顷刻之间积雪寸许。

初六日(1月4日) 遍处积雪鲜明,水面有冰,天清日丽。时侯正佳,明年人寿年丰,可先为之期想也。早上寒暑表降至卅三四度。下午同贾君柷唐及纪堂弟至作揖坊胡梅笙封翁处闲谈许时,旋家时晚。夜餐后同贾君在外厅屋谈,许侯青二尹亦来谈许时。又同贾君柷唐、许君侯青、纪堂弟至凤仪桥金宅稍坐片时,本拟至山邑署看审周宅风花案,奈由金宅闻知此案今日不审,所以稍坐片时各旋家。

初七日(1月5日) 晴。上午同贾君柷唐至大街,又至水澄巷徐以逊明甫处谈,徐君坚留午餐后,同徐以逊明甫、叔亮明府、贾君柷唐至老虎桥游以逊家新贯周宅之屋。盖以逊家前同其本家龃龉,后拟选居别处也。游许时,各分道散,贾君同余至余家,时将晚矣。夜餐后,同贾君及王君芝榛谈,至三更睡。

初八日(1月6日) 晴,天气甚寒,早上有霜而水有冰。上午同贾君谈。下午琐琐事。

初九日(1月7日) 晴,霜浓水冰,天气甚寒,寒暑表降至三十一二度。上午由仓桥至利济桥、江桥、大街买笔等物,即旋家。下午写账。

初十日(1月8日) 晴。上午理账。下午至仓桥及新河弄、水澄桥、大善桥、大街买物,即旋家。

十一日(1月9日) 晴,风大,天气甚寒。家务繁杂。今年秋冬多晴少雨,燥烈异常。幸冬雪既有,尚不为患。惟再得大雪一番,则更足相庆矣。夜风更大,天气更寒。

十二日(1月10日) 晴,滴水即冰,呵冻书字。寒暑表降至二十八度,可谓严寒天气也。上午沈君翰斋来谈,片时即去。午前自水澄桥、大街买物,又同贾君枧唐、弟纪堂至新河弄馆菜楼买伙食饮酒许时,以遣寒日,自半下午旋。余又至田蓝陬广文处谈片时,然后旋家,时将晚矣。

十三日(1月11日) 晴。督看仆人收拾房屋等事。

十四日(1月12日) 上午琐事。午后至后观巷田蓝陬广文处同张叔侯茂才、蓝陬广文及其侄禔盦至肖尾弄花园游,又至酒务桥花园看花后,仍同至田宅,夜餐后旋家。在外厅屋同贾君枧唐、徐君质甫①、许君侯青、孙君伯荣、弟纪堂闲谈,五人皆能打麻雀(近时之牌名也)。余生平素不学习,惟闲谈观看也。至二下钟后,余先睡,闻五人皆至黎明睡也。夜雨。

十五日(1月13日) 早上微有雨。午前同贾君枧唐、徐君质甫谈,至将晚,贾、徐二君去。今日天气不甚寒。

十六日(1月14日) 晴。上午乘舆至平章桥胡君梅臣处贺喜,又至老虎桥徐以逊明府新居之屋贺喜。午宴同诸君畅谈,至将晚旋家。

---

① 徐维彬,字质甫。浙江绍兴人。徐嘏兰之子。见《浙江绍兴栖凫东海堂徐氏家谱》。

十七日(1月15日) 晴。誊写账务。

十八日(1月16日) 晴。家务琐琐。

十九日(1月17日) 晴。明日昭女十岁生日,上午田宅送衣饰、食物来,开发应酬等事。午后蒋兴甥之师王君解馆,应酬琐琐。又贾君柷唐来谈,下午去。年务繁杂,甚罕清暇也。

二十日(1月18日) 晴。光华荏苒,今日昭女既十岁焉。数年之后,又为儿女理婚嫁事。人生度日之速,能不兴感乎?下午至江桥、大街一游,后由府横街旋家。夜理账务。

二十一日(1月19日) 晴。家务琐屑。

二十二日(1月20日) 晴。早上张叔侯茂才来谈,片时即去。年岁将阑,俗事汇集,甚繁杂也。夜理账务。

二十三日(1月21日) 晴,天气稍和。上午至街,道便至西营祥元店同张椒生[①]孝廉围棋一局,又至府横街罗柷甫丹青处稍谈片时,又至清风里"和茂"庄稍坐片时旋家。下午俗事纷纭。晚间祀拜东厨司命神。夜餐后理账务。

二十四日(1月22日) 微雨,天气稍和。上午理祭事。午间祭本生先慈曹太淑人诞日。下午清理账务。予尝谓读书果宜志一神专,而写核账务未始不当专心。此言昔时曾同先大人芳畦公言之,而先大人曾深韪之。盖账目繁杂,稍有疏忽,便觉紊乱歧异,所以账务亦贵精心而有头绪也。

二十五日(1月23日) 晴,早上雾露甚浓,天气潮湿而暖。下

---

① 张礼干(1878—1911),字伯贞,号椒生,别号季亚。浙江绍兴人。清光绪二十八年(1902)举人。曾官融县知县。见张礼干乡试履历(《清代朱卷集成》册296);《光绪壬寅补行庚子辛丑恩正并科浙江乡试同年齿录》。按:《日记》光绪三十一年十二月初五日:"晴。上半日乘坐肩舆至木莲巷吊张蕉生君出殡,坐谈片时即旋家。"《民国绍兴县志资料》(第一辑)册15《人物列传》据采访载张礼干(椒生)卒于宣统三年十月十一日,年三十四。故张蕉生与张椒生或不是一人。待考。

午至江桥大路“保昌”庄稍坐片时，又至水澄巷“和记”庄稍坐片时，旋家时夜矣。夜理写账务。

二十六日(1月24日) 晴，天气潮暖。上午书账务。下午至后观巷田蓝陬广文处谈，又同至笔飞弄“明记”庄同蔡洛卿谈许时，仍同道各旋家，时夜初矣。

二十七日(1月25日) 晴，天气潮暖，寒暑表升至五十七八度。季冬天气如中春之和暖，甚奇也。上午便道至田蓝陬处略谈片语，又至水澄巷“和记”庄稍坐片时，又至“和茂”庄稍坐片时，然后旋家。下午理祀神等事。夜风燥而微雨。

二十八日(1月26日) 天寒，不雨不晴。寅时起盥沐毕，礼神又祭祖。上午祀财神。家务甚繁，予体本弱而诸事巨细躬亲，更觉应接不暇也。下午清账务。

二十九日(1月27日) 早上降雪子甚多，然后降雪，意兴甚浓，愈降愈大，至晚间平地积有四五寸，正瑞兆也。算付各账，甚繁事也。午前徐吉逊明府来谈，下午去。夜理账务。

三十日(1月28日) 晴。一雪即晴，苍生咸欣欣然有喜色。上午清理账务。午间祀东厨司命神。下午悬祖宗传像、牌位及理供设等事。晚上祭拜历代祖宗，事毕，又理家务，至夜三更后始吃饭。诸事稍稍清理毕，时既五更鸡既鸣矣。

光绪二十九年癸卯(1903)

正月初一日(1903.1.29)至十二月三十日(1904.2.15)

正月初一日(1903年1月29日) 月为甲寅,日为丁巳。天气清明,不雨不晴。早起盥洗毕,礼神、礼祖宗、拜年。气候甚寒,闲坐不甚理事。下午又飞雪花。

初二日(1月30日) 乍飞雪花。上午酬应拜年客。午前乘舆至后观巷田宅,先至蓝畈广文处,又至扬庭处,又至杏村舍人处。午间兼拜先外姑忌日,午餐后旋家,时将晚焉。

初三日(1月31日) 不雨不晴,天气甚寒。闲居家庐,不曾理事。

初四日(2月1日) 晴。早餐后乘舆至司狱司前胡梅森封翁处拜年,又至府山后褚宅拜像,又至大路徐福钦舅氏处拜年,又至徐谷芳舅氏处拜年,又至水澄巷徐吉逊明府昆仲处拜年,又至老虎桥徐叔佩舅氏处拜年,又至南街徐伯荣通守处拜年。此外又拜数家,皆挡驾也。各处拜年毕,时既午矣,旋家。

初五日(2月2日) 晴。上午迎送拜年客。下午至水澄巷、大街游览一次,即旋家。

初六日(2月3日) 晴,天气又寒。南向积雪虽被日光稍稍疏释,北面之雪依然不动。献岁寒甚,冰雪累日不释。

初七日(2月4日) 晴。上午家中事纷纭。下午坐小舟至西郭门外张墅蒋宅拜像拜年,稍坐片时即乘舟旋家,时尚未晚。

初八日(2月5日) 晴。上午清理账务。今日为立春。下午至水澄桥、大街等处买小人嬉物(族弟景堂同去),旋家时尚未晚。夜天朗月明。

初九日(2月6日)　晴。琐琐事。

初十日(2月7日)　晴,天气稍和。早餐后乘舟至稽山门外石旗村唐家墺山拜高大父岳年公墓,并覆量界石丈尺及查检树木,事毕下山。舟中午餐,解缆旋家,时初夜矣。

十一日(2月8日)　晴。早餐后乘坐大舟至南门外下谢墅,登新貌山拜祭曾祖父母、祖父母、本生父母墓,又拜祭先府君殡墓,徘徊观览许时,然后下山。舟中午餐,解缆旋家,时尚未晚。

十二日(2月9日)　晴。琐琐事。

十三日(2月10日)　晴。琐琐事。天气潮暖。

十四日(2月11日)　晴,天气稍潮暖。看石匠、泥匠修补日省处书屋地。午后雨。夜间阅《时宪书》,见今日动土不甚相宜,惟幸修补薄石板及铺地平,不大动深土也。然余自笑作事之太卤莽耳。

十五日(2月12日)　雨。琐琐事。看泥匠修铺书屋地平。

十六日(2月13日)　晴,天气高爽。

十七日(2月14日)　晴,天寒气清。早上有薄冰。下午写核账务。

十八日(2月15日)　晴。上午祭祖宗像及收拾各事。光华甚速,转瞬新年十八日焉。下午至仓桥及利济桥、清风里各处为镇容儿购制笔墨、书卷、纸张等物,以为上学之用。各件制齐,即旋家。天日渐长,理事稍觉宽展也。

十九日(2月16日)　晴。

二十日(2月17日)　晴,天气春和。早上乘舆至南门太平桥庄莼渔孝廉处祝寿贺喜,茗谈片时旋家。上午同镇容乘舆至后观巷田杏村中翰处,嘱镇儿上学。又至蓝隰茂才处稍坐片时后,(曾)同镇儿坐舆旋家。又拜大成至圣孔夫子,课儿读书写字。

二十一日(2月18日)　晴。上午家中诸事。下午至大善寺前、清风里街等处买物等事,即旋家。

二十二日(2月19日) 晴。上午课镇儿读书写字。下午至水澄巷徐显民观察、义臣司马处闲谈,渠处留夜餐后,又闲谈许时,然后旋家,时二更矣。

二十三日(2月20日) 晴。下午至利济桥、水澄桥、大街一走,即旋家。

二十四日(2月21日) 晴。上午至老虎桥徐以逊明府处,谈许时旋家。下午张叔侯茂才来围棋,至晚去。

二十五日(2月22日) 晴。上午至水澄桥、利济桥等处买笔墨等物,即旋家。

二十六日(2月23日) 晴。上午家中琐事。下午至水澄巷徐显民观察处谈,渠处值同陈厥彝①昆仲品做新昌"善祥当",今日立议单,显民坚留夜晏并请余加作议中,夜畅谈至二下钟旋家。附记其议单三张名次:徐吉逊、义臣、显民、武承,陈厥彝、鹿平②;议中:朱理声、胡梅森、蒋菊仙、陈艮仙;代笔陈耀川。

二十七日(2月24日) 乍有雨。

二十八日(2月25日) 晴,天气春暖。

二十九日(2月26日) 晴,天气春暖。

二月初一日(2月27日) 晴。寅正起,星尚明。坐小舟出东郭门,至稽山大禹庙前登岸,坐肩舆至南镇庙看镇浙将军常留守③及地

---

① 陈德贻,字鞠孙,日记一作厥彝、菊孙、菊荪、厥森、厥孙、菊森,整理时统一为厥彝。清浙江山阴人。光绪九年(1883)状元陈冕族人。清水闸陈氏十七世,"谦豫"酱园负责人。其去世后墓碑由蔡元培题写。(陈氏后裔陈昉、陈衍庆提供)

② 陈德藻,字鹿平,日记一作鹿坪,整理时统一为鹿平。清浙江山阴人。光绪九年(1883)进士陈冕族人。清水闸陈氏十七世,"谦豫"酱园负责人。(陈氏后裔陈昉、陈衍庆提供)

③ 常恩,满洲正红旗人。曾官镇守浙江杭州等处地方统辖满洲官兵将军。见《大清搢绅全书》(光绪壬寅秋季荣录堂)。

方文武各员致祭。又仍坐舆至大禹祠看将军及文武各员致祭，祭品牛羊猪三大牲，高足碗廿四只，皆盛各式品物，每碗皆有描龙黄绫袱大烛一对，黄色描龙高足香炉三个，薰大王香、檀香也。殿中由各学教官襄礼读祝文等事，承祭官始由东首傍廊进至殿下，上香毕，由西首傍廊出，至外台拜跪，共行五跪十五叩首礼。将军奉旨告祭，典至重也。一时观者人山人海，如堵如云。看毕后，余仍坐小舟旋家，时尚未旰。午间祭先大母凌太淑人忌辰。下午乍有雨。今月为乙卯，日为丙戌。

初二日(2 月 28 日)　雨。今日为丁亥，祭大成至圣庙之期。天气转寒。上午集邓顽伯山人篆碑楹联一副。

初三日(3 月 1 日)　晴。上午祀文帝。午间祭貤封中议大夫本生先大人辛畦公诞辰。下午书写篆字。

初四日(3 月 2 日)　晴，天气稍暖。上午拜徐天池先生诞。下午至大街一游，即旋家。

初五日(3 月 3 日)　乍有雨。下午家事繁如。下午坐小舟至南门外谢墅先大人殡屋兼看山地，即坐舟旋家。

初六日(3 月 4 日)　晴，天气转寒。

初七日(3 月 5 日)　早上雨雪子，下午又雨雪子兼下雪花，天气甚寒。

初八日(3 月 6 日)　乍有雨。上午添置谢墅殡屋傍山地，看山人写契及付价等事。

初九日(3 月 7 日)　乍有微雨。

初十日(3 月 8 日)　不雨不晴。督工人收拾厅屋及耳厅铺设等事。

十一日(3 月 9 日)　乍有微雨。上午理五妹出阁喜事。午前至大街买物，即旋家。下午理喜事，帮理人手不多，处处须自照应周到，且吾家现在事甚掣肘，所以巨细诸事，无不费心思也。

十二日(3 月 10 日)　雨。卯初起盥漱毕，为五妹祀神，天方晓焉。早餐后照理各事,酬应贺喜客。午前祭祖道喜毕,午餐后霞齐徐宅花轿到,时二下钟。各执事人茶酒饭毕,看打铺被。五下钟送五妹上轿,然后同贾枧唐姊婿、申之家兄、纪堂弟乘坐大舟,解缆至伧塘埠,时半夜一点钟。遂登岸坐舆至霞齐,时四点钟。茶点后看五妹花烛,事毕坐宴(渠家陪客董蓝梅、徐筱翰二人也)。

十三日(3月11日) 雨霁。由霞齐徐宅早宴毕,至五妹新房稍坐片时后,贺徐沛山先生及义方[①]妹婿喜毕,即乘舆下山。七点钟行,至九点半钟到伧塘埠,计旱路三十里。乘舟即解缆,旋家时四点钟焉。开发一切用人及清理各事。

十四日(3月12日) 晴,天气潮热。理琐琐事及看理送霞齐徐宅三朝盘礼各事。水旱路远,须先夜放舟送去也。夜同贾君枧唐谈至二更睡。

十五日(3月13日) 晴。近来家务芜杂,心绪粗劣异常。德业学问不能与年俱进,自觉操修之功有逊曩时也。清夜自维,能无歉恧乎?

十六日(3月14日) 雨。

十七日(3月15日) 晴。上午琐琐事。下午至大善寺前、大街买物,即旋家。

十八日(3月16日) 雨。

十九日(3月17日) 雨。

二十日(3月18日) 雨。琐琐事。夜有电光,雷声甚响响。

二十一日(3月19日) 雨朗。

二十二日(3月20日) 晴。收拾书籍屏画各物。

---

① 徐宜况(1883—1933),字元猷,或作义方,号东山居士。浙江绍兴汤浦人。中国科学院院士、“中国稀土之父”徐光宪之父。曾官中书科中书,民国后从浙江法政学校法律科毕业。喜围棋,编订有《中日围棋百式》。见叶青、黄艳红、朱晶《徐光宪传》。

二十三日(3月21日)　晴。上午至府横街罗柷甫丹青处谈片时,又至大善寺前街“谦济”同沈君翰斋谈许时旋家,时午正矣。下午理账务。

二十四日(3月22日)　晴,天气湿暖。琐琐事。夜同贾君柷唐、弟纪堂谈至二下钟睡。夜有闪电雷声。

二十五日(3月23日)　雨。上午琐琐事。下午同贾柷君至作揖坊许侯青二尹处,又同至凤仪桥金宅坐谈片时,余自旋家。夜间凉风数阵,一却潮湿之气。

二十六日(3月24日)　微雨。督工匠修铺书屋地及修门户、收拾屋宇等事。夜同贾君柷唐、幼舟谈(贾君下午来)。

二十七日(3月25日)　雨。同贾君谈。春雨连绵,同客闲谈度日。夜至二下钟睡。

二十八日(3月26日)　雨。同贾君闲谈。晚间稍具杯酌,邀徐乂臣司马、张晓峰明府,贾君柷唐、幼舟及余兄弟饮,借解久雨之闷。申兄稍有寒疾,不共酌也。席未散,又刘君蓬州来同饮也。饮毕,诸君皆喜戏麻雀,余不善此事,且身体不甚舒畅,至夜半睡(闻诸君竟戏至次日早上也)。

二十九日(3月27日)　雨。余头痛腹泻,卧床一日,至夜稍愈,能食饭一碗。

三十日(3月28日)　雨。上午起,腹泻既愈,惟尚觉头痛。晚间徐乂臣司马邀饮,余辞不赴。彼苍久雨不休,甚不畅快也。

三月初一日(3月29日)　雨,上午晴,天气潮湿异常。今月为丙辰,日为丙辰。

初二日(3月30日)　晴。早上王君芝榛来谈片时去。上午至外面昔年遭祝融瓦屑地看奔出瓦屑,此瓦屑堆积业有十年,如能奔出干净,成一片宽畅大明堂,甚巨观也。下午至水澄桥、大善寺前、大街买物,即旋家。晚间数阵清风,一祛潮湿之气,便觉人清气快也。

初三日(3月31日) 不雨不晴。琐琐事。

初四日(4月1日) 雨甚密。家务繁杂。晚间坐舆至水澄巷祝徐舅母杜太夫人七十暖寿也,吾家同胡宅品送酒席。夜晏后谈许时,旋家二更后矣。风雨纷如,虽坐肩舆犹觉不便。

初五日(4月2日) 晴。早餐后乘舟至南门外上谢墅谒田宅太岳及外舅墓,舟中午餐后,仍坐舟旋家。中餐甚迟,事毕天将晚。内子及儿女同舟时候一夜,儿女甚属不便,旋家时将更余矣。

初六日(4月3日) 晴。仍同内子、儿女坐舟至偏门外澄湾村拜田宅先外姑墓,午餐后仍同旋家,时尚未晚。夜至水澄巷徐宅饮寿酒,至二更旋家。早上余坐舆至水澄巷徐大舅太太处拜寿,而匆匆即旋,所以晚间徐宅再三请宴寿酒也。

初七日(4月4日) 晴。早餐后乘舟至稽山城外石旗村,登山唐家墺拜扫高祖父母墓,事毕下山。舟中午餐后,又至外王村拜扫高叔祖永年公以下墓,事毕下山。开棹旋家,时晚矣。

初八日(4月5日) 晴。早餐后乘舟至南门外下谢墅登岸,[至]新貌山祭扫曾大父母、大父母、本生父母墓,又祭扫先府君殡墓,事毕下山。午餐后放棹旋家,时将晚焉。

初九日(4月6日) 晴。上午坐小舟至东郭门外平水村拜徐仲凡舅氏殡墓,午间在其庄屋酒饭后,仍坐小舟旋家,时半下午焉。

初十日(4月7日) 乍有雨。上午坐舟至栖凫村拜扫祖墓,黄泥磡、头平地、孔家坪三处祖坟,午餐后又至铜锣山拜外房祖坟,事毕下山,旋家时晚焉。

十一日(4月8日) 乍有微雨。上午坐舟至南门外盛塘村翠华山拜扫四世祖妣墓,事毕下山。坐舟旋家,时尚未晚。

十二日(4月9日) 晴,乍有雨。上午坐舟至偏门外石堰村拜扫五世祖墓,又至昌安门外柏舍村拜扫三世祖墓,事毕下山。解缆旋家,时将晚矣。

十三日(4月10日) 晴,乍有雨。早上至后观巷田宅一谈,即旋家。琐琐事。午餐后，又至田宅同禔盦坐小舟至西郭门外寨下村游其新祠堂并看演戏。夜餐后，坐小舟旋家，时二更焉。

十四日(4月11日) 寅时起，同内人及儿女坐大舟至西郭门外寨下村送田宅新祠落成神牌入祠，余为渠家陪客，内人及儿女在舟中看演戏。晚间仍同内人及儿女旋家。

十五日(4月12日) 晴。

十六日(4月13日) 早上有雨，天气潮湿。上午徐谷芳舅氏来谈片时去。下午至大善寺前、大街"谦记"庄等处坐谈许时旋家，时将晚焉。下半日稍有清风，潮湿由是稍袪。

十七日(4月14日) 雨。上午琐琐家事。下午田扬庭、禔盦、孝颛、徐少翰、屠葆青诸君来谈，晚上去。夜间收拾书籍、杂物等件。

十八日(4月15日) 雨。上午至清风里、大街"和茂"稍坐谈，又买物，即旋家收拾行装杂物。夜餐后，同纪堂弟、贾君幼舟、徐君少翰坐大舟至萧山，舟中畅谈，半夜睡。

十九日(4月16日) 上午乍有雨。早上到萧山，出西门至孙家汇双节孝坊对面桥里祭扫一世祖仰泉公、龚太君墓，事毕，将巳刻矣。又至西兴岸由徐炳记行雇(桥)[轿]渡江，至杭州斗富三桥沈宏远行，时午正矣。似至拱宸桥趁轮既迟，遂于宏远住一宿。下午至清河坊、梅花碑等处游，天雨即旋寓(同到杭者贾幼舟、徐少翰，后又于杭中晤徐叔亮，遂亦同寓也)。

二十日(4月17日) 早上起吃点心后，乘坐中船出坝子门，至拱宸桥上岸，将行装搬上拖带司船，至戴生昌轮船局验票付价(船票早由宏远行开出)。徐叔亮、贾幼舟、徐少翰及余四人包大餐间一间，计四铺，中间一圆桌，二边皆有铁杆窗玻璃窗，可开看也。行装物件搬上后，属工人在船，余等四人上岸至"第一春"午餐毕，又至"三层楼"听书。徐君少翰点书一则，坐看许时后，下楼至马路上游览，又同至书寓一游(不记其名，徐叔亮所认识也)，即出。又至金□□书寓打茶会(即徐少翰点书之人也，又有一妹，人尚可观)，谈坐许时即出。

轮船将开,遂上公司船开驶(将开时由洋关洋人到船上各处查看货物,看后洋人上岸,轮船遂开)。大餐间每只公司船只中间一间,清洁宽畅,甚舒展也,惟船上之饭菜不甚可吃。五下钟日未落,船中开晚餐。夜间明月清风,甚有胜趣。

二十一日(4月18日) 晴。早上在船中吃点心,经嘉兴、嘉善县等处,乡间风物不甚有异于绍兴,惟平原旷野多种桑树也。将晚到黄浦滩,绿树齐排,轮舟掩映,步步热闹,目不暇接,初见者甚觉耳目一新也。及至铁大桥戴生昌轮船码头时,尚未夜,各栈接客纷纷持单招呼,遂将"鼎升"栈接客单收下。行装物件,检点上岸,属接客人雇车载到鼎升栈。余同徐、徐、贾四人各坐东洋车至四马路,而余初到未谙道路,车人亦误听至昼锦里"鼎升"栈门前卸车,不知上岸时所招呼者"鼎升"栈,此栈在聚丰园间壁。余寻觅许时始见到,而行装物件、徐叔亮、贾幼舟、徐少翰早到栈也。遂即同至广东消夜馆吃夜餐毕,又至□□楼听书后旋寓。(出门人须处处留心)。

二十二日(4月19日) 晴,乍有雨。下午同徐叔亮坐马车,贾幼舟同徐少翰坐马车,偕至大马路北泥城桥太原里谒徐叔佩舅氏。渠已出门,不晤而回。又至虹口师善里徐显民中表处,显民数日前至扬州去,又不晤。然后仍坐原车至愚园游,又至张园游,茶谈许时,坐车旋寓。晚上至迎春坊同叔亮、幼舟、少翰到张菊仙、张小宝书寓游谈许时,然后旋寓(张菊仙,徐叔亮所认识也)。

二十三日(4月20日) 晴。上午游大马路等处,即旋寓。下午同徐、贾、徐共四人坐二马车至北泥城桥太原里徐叔佩舅氏处茗谈许时,又坐马车至锦华缫丝厂游。徐君(名瀚)莲卿,厂中之知客者,陪至各机器处及缫丝喝水煽煤等处游览一周。其厂中缫丝女人约有三百人,每人各有一镬一缫丝架及放温水凉水小机头。然满场皆用汤水(炮)[泡]茧而缫其丝,所以蒸气薰人,不惯闻者甚可畏也。游后坐马车便道至兴仁里后马路买物,旋寓时将晚矣。又至"四海春"吃番菜,借叫张小宝侍酒,少翰叫张菊仙侍酒毕,又至"天乐窝"听书,到者书女颇多，尚足观也。听书后又至迎春坊张菊仙书寓，徐少翰为其铺局面也。少翰、叔亮、幼舟皆能戏麻雀，余不善此事，叫谢秀卿戏之（秀卿，叔亮所认识荐之于余也）。磕和后吃稀饭，能饮酒者亦饮酒，肴馔数盘，颇堪下箸。饮毕旋寓，时夜半后矣。

二十四日（4 月 21 日）　晴。上午在寓闲谈。下午在马路等处买物。夜至"万年春"吃番菜，徐少翰作东道也。又至"天仙"茶园看戏，十二点钟戏毕后，又至新清和谢秀卿书寓打茶会兼开和局面，叔亮、幼舟、少翰、余叫秀卿磕之。逢场作戏，余为友人怂恿，今日局面，皆余花费也。吃稀饭后旋寓，时夜半后矣。

二十五日（4 月 22 日）　雨。上午至大马路买物。下午在寓闲谈。晚上至"一家春"吃番菜，余仍叫秀卿侍酒，锦华丝厂董事陶君吉斋名庆治[①]作东，首备柬来请也。在座者客十数人，大半不认识也。诸君亦皆叫局侍酒。席散，徐君莲卿（名瀚）邀至兆贵里陈文仙书寓打茶会，此人莲卿新荐于少翰者也。又至张莲卿书寓打茶会（此人即徐君莲卿之相知也），又至谢秀卿处打茶会，然后旋寓。天雨甚密，不免沾湿衣衫也。

二十六日（4 月 23 日）　雨霁。上午在寓闲谈。下午徐君莲卿邀至清和三弄张莲卿处游（叔亮、幼舟、少翰、莲卿磕和），余在傍游览。夜，徐君莲卿并设花酒席面，各人仍皆叫局侍酒，至十一下钟旋寓。

二十七日（4 月 24 日）　晴。余坐东洋车至小东门外卸车，又至益庆城门里游。城门之狭小，为各处所罕有。又至黄浦滩轮船码头各处游，各式大小轮船及各国兵轮罗列，可谓繁尘地上也。游览许时，然后坐东洋车旋寓。夜至"万年春"吃番菜，余东道也。又至"天仙"茶园看戏，至十二点钟旋寓。

---

① 陶庆治，字吉斋。浙江绍兴汤浦人。曾任上海锦华丝厂董事。俗文学家陶茂康之父。见王翔《晚清丝绸业史》。

二十八日(4月25日) 晴。上午至大马路等处买物，午旋寓。下午叔亮、幼舟、少翰、余四人坐轿式马车二辆，至愚园游并看猫儿戏许时，仍坐车至张园游并看新党人集议广西乱事(闻皆属广西人及沪上学堂学生及蔡鹤卿诸君所集议)。游览许时，然后旋寓。徐叔佩舅氏来寓闲谈许时去，屠君考安来谈许时去。

二十九日(4月26日) 晴。早起吃点心后坐东洋车至杨树浦铁路车局买票，坐头等火轮车至吴淞口游，兼望看炮台。吃茶点心后，仍坐火轮车至杨树浦。盖此火轮来往不绝，至吴淞口据说有五六十里之路，而火轮车所行只须半点钟时，况又有三处停车站，其速如鸟之飞也。今所见火轮车计八节一车头，有机器煤炉等事二、载货三，三等客座四、头等客座五、二等客座六，七人大概皆三等客座也。每舱座长约三丈，阔约一丈。头、二等客座皆设十六坐位，舱座洁净，坐椅甚阔而宽畅也。回至杨树浦后游览许时，坐东洋车旋寓。下午至兆贵里陈文仙书寓游，少翰为其摆和局面也，余叫谢秀卿为之。夜徐叔佩舅氏邀之雅叙园饮，又徐少翰邀至陈文仙书寓花酒，各人仍叫局侍酒毕，徐叔佩舅氏邀至“丹桂”茶园看戏，十二点钟旋寓。

四月初一日[①]**(4月27日)** 晴。上午同陈俊卿明府至沈玉卿、沈莺莺、苏淡仙各处书寓游(约游七八处，不及记其名也)，午旋寓。下午雨，在寓闲谈。晚间贾幼舟邀至万年春番菜。夜，陈君俊卿邀至沈玉清寓花酒，摆双品席面也，各人仍叫局(谢秀卿到局，席面各散，余颇恶之)。沈玉卿处席散后，同屠考安至□□书寓一游，即旋寓。

初二日(4月28日) 晴，稍有微雨。午后徐显民中表来寓谈许时去。下午至街买物。夜至北京路看马戏，此戏闻印度人到沪来演者也。旷野中围一大圈，约数十丈，圈外皆设看椅，又设看台，又设高看台。分三等，头等每人须洋三元，二等一元，三等五角。九点钟起

---

① 页眉：月为丁巳，日为□□。按：空缺当为“乙酉”。

至十二点钟止，设以外国箫管鼓乐，有象虎登场演戏，以马登场演跑最多。至外国人登场演戏者，专献武艺而不歌唱者也。沪上阅历各景，似此事最为可观，且此戏亦偶然一到，非年年所常有者也。看毕，徐少翰邀至张菊仙书寓花酒毕，旋寓二下钟矣。余本拟初一日趁轮旋里，所以前月杪业将谢秀卿、张小宝局洋开发一切琐琐(帐)[账]亦汹清楚后，为友所挽驾。沪上花天酒地，虽属逢场作戏，无伤雅道。

初三日(4 月 29 日) 晴。午前起，徐显民观察邀至九华楼饮，同席者祝芝岩昆仲、陈俊卿明府、徐叔亮明府、贾君幼舟、徐君少翰、余、显民共八人，各人仍皆叫局。余以局既开发且前局既不惬意，此次不愿再闹此轻薄之事。席散至北京路游博物院，院中所摆设皆鱼虫花鸟走兽各物(虽非活件，皆属裱本)，然其形状毛骨却是(滴)[的]确之物。又至黄浦滩游览许时，然后旋寓。晚上，徐叔倍舅氏来邀至迎春之苏淡仙书寓游，诸君皆磕和，余在傍游览，夜半稀饭后旋寓。

初四日(4 月 30 日) 晴。下午至大马路等处买物，夜祝芝岩明府邀至新清和谢秀卿处花酒，余同少翰以他事辞谢。余在四马路、五层楼、群仙楼等游览，十一下钟旋寓。徐君叔亮坐轮至安徽候补去。

初五日(5 月 1 日) 晴。早上贾君幼舟至崇明去，时八下钟。余同徐君少翰收拾行装后，坐马车至虹口师善里徐显民观察处。显民尚未起，余同仲凡舅母谈许时。显民起，见后留余同少翰午餐，兼为余等收拾床铺，留余再住数日，至渠公馆寓焉。盖初八日为外国人跑马之期，所以留待一看也。余以轮票既买定，行装又收拾，且跑马不甚可看，无非聚人之热闹也。遂仍回寓束装，坐东洋车至太原里徐叔倍舅氏处辞行，稍谈片时，即坐车至铁大桥戴生昌码头上公司船，片时后遂开驶。

初六日(5 月 2 日) 晴。早上九下钟到嘉兴稍停泊，洋人验船只货物。现在洋人气局亦甚小，稍大物件无不属客开看，所以随带货物须酌宜也。下午四下钟始到石门县青阳门等处。小火轮拖带行路，不甚迅速。至十一下钟到拱宸桥，天雨甚密，遂不上岸，仍在舟中宿。

初七日(5月3日) 乍有雨。黎明起即检行装,坐便舟进杭州坝子门,至斗富三桥上岸,将行装属挑担至泗条巷得升堂客栈。午餐后,至清和坊大街等处买物,即旋寓。

初八日(5月4日) 晴。上午至涌金门外西湖岸游览。本日杭人有西湖放生之会,游人毕集,风日清和。余乘坐湖舫荡漾平湖,至左公祠、岳坟、岳庙、陆公祠、平湖秋月等处游,然后仍坐湖舫至涌金门外上岸走进城,由清和坊大街等处买物旋寓,时将晚矣。

初九日(5月5日) 晴。黎明起收拾行装,坐舆至凤山门外渡江,时六点钟。到西兴岸七下半钟。早餐后买舟解缆,时九下钟焉。舟行甚速,进西郭城旋家,时七下钟。家中夜餐尚未吃毕,同家中人稍话异地风俗,遂安睡焉。

初十日(5月6日) 晴,乍有雨,天气稍暖。上午收拾行装物件。午至后观巷田宅拜祭祀,午餐后旋家。乍有雨。下午清理物件及分送各人物件,甚琐琐也。

十一日(5月7日) 天气转寒。

十二日(5月8日) 晴。上午至大街一游,即旋家。

十三日(5月9日) 晴。上午琐事。下午至后观巷田蓝陬广文处谈,晚上旋家(张叔侯茂[才]、春农舍人亦同谈也)。

十四日(5月10日) 晴。上午琐事。下午至利济桥、水澄桥、仓桥等处买物,又至"谦济"庄沈君翰斋处茗谈许时旋家。

十五日(5月11日) 晴,下午雨。

十六日(5月12日) 晴。

十七日(5月13日) 晴。

十八日(5月14日) 晴。收拾书房等及书籍事。

十九日(5月15日) 晴。上午课镇儿读书写字。予今年原思稍用时务文字功夫,以为应乡试之计,并教儿读书认字,俾初开知识。乃时阅四月,甚少伏案之时。能不自讶前日之所自信若何,而今竟因循如此也。

二十日(5月16日) 晴。上午阅《中外报》《申报》,积日阅颇费工夫也。下午至街买物,即旋家。

二十一日(5月17日) 晴,(昨)[乍]有微雨。早晨至街买物,即旋家。午前同贾枧唐、田扬庭至老虎桥徐以逊明府处谈,午餐后又谈许时旋家。夜雨。

二十二日(5月18日) 早上微有雨。上午照理诸事。下午晴。田扬庭来谈许时后,霞齐徐义方妹婿及五妹来回门,酬应诸事。晚上,徐以逊、贾枧唐来。晚上请新妹婿酒,陪者以逊、枧唐、扬庭、余及纪堂弟共六人。席起,以逊、枧唐、扬庭、纪堂四人磕和,余同义方围棋二局。义方棋功甚深,余大相悬殊也。义方早睡,以逊等磕和竟至天晓,余亦傍看至天晓。

二十三日(5月19日) 晴。早餐后徐妹婿同五妹辞去。上午诸君磕和毕,谈许时各去。余睡半日,下午起。晚上同贾枧唐至大云桥看前日遭劫之地,即旋家。夜,贾枧唐、纪堂、余在外厅屋谈,三更各睡。

二十四日(5月20日) 晴。上午阅所集报章论说,此集如能搜罗得广,将来分类编成,甚一大观书也。然各报论说非一列尽善之文,必须一再正定,方为有用之书。又学邓顽伯山人篆文。下午至水澄桥、大街一临,即旋家。

二十五日(5月21日) 晴。上午阅《夏记》,并学写行书、小草书。下午至横街罗君枧甫处茗谈许时,即旋家。夜雨。

二十六日(5月22日) 乍有雨。誊写账务及日记等事。

二十七日(5月23日) 乍有雨。上午琐事。上午乘舆至金斗桥吊何虞川先生出丧,稍坐片时即旋家。下午阅《越缦山人骈文》。

二十八日(5月24日) 晴,天气清和。缮核账务。

二十九日(5月25日) 晴,天气稍暖。

三十日(5月26日) 晴,天气渐暖。上午至后观巷田杏村舍人处茗谈片时,又至水澄桥、大街买物,即旋家。午前贾君枧唐来谈。

五月初一日(5月27日) 晴。月为戌午[①],日为□□[②]。天气又暖,寒暑表升至八十七八度。同贾君柷唐闲谈,夜至二下钟睡。

初二日(5月28日) 晴,天气甚暖,手不释扇。上午同贾君柷唐至开元弄看屋,又至作揖坊许侯青二尹处谈。晤堵芝龄明府,同至吾家,午餐后去。下午同贾君柷唐、芑生谈。晚间芑生去。夜同柷唐谈,至二更后睡。天气郁热。

初三日(5月29日) 晴,天气甚暖。阅《白华绛柎阁诗集》。

初四日(5月30日) 晴,天气甚暖,寒暑表升至九十一二度。五月初有如此盛暑,亦罕有也。早上至大善寺前"谦济"庄稍坐片时,又至"和茂"庄稍坐片时,即旋家。上下午算付各店节账,甚琐琐也。

初五日(5月31日) 日光甚淡而天气仍暖,手不释扇。偶至楼上,眺见卧龙山游人依然毕集。今年有闰五月,初拟今朝天气尚属凉快,原订同友人一登临也。今以天暖,遂不敢仆仆耳。午间同申兄、宝斋族兄、贾君柷唐、许君侯青饮于外耳厅,聚谈甚畅。惟天气甚暖,恍如盛暑时令,寒暑表又暖至九十二度。夜同贾君柷唐谈,至夜半睡。

初六日(6月1日) 晴,天气仍暖。

初七日(6月2日) 晴,天气稍凉,寒暑表八十度,上午乍有微雨。至水澄桥、大街等处买物,即旋家。下午同贾君柷唐谈。庄莼渔孝廉来茗谈许时去(庄君由河南春闱报罢旋里,纵谈异地风俗人情甚畅)。夜同贾君谈,至三更睡。

初八日(6月3日) 晴,天气稍凉。上午同贾君谈。午前贾君至西郭去。

初九日(6月4日) 晴,天气凉。阅李越缦山人《白华绛柎阁诗集》。

---

① 误,当为"丁巳"。

② 原文空缺,当为"乙卯"。

初十日(6月5日)　晴,乍有微雨。上午乘舆至水澄巷徐宅拜仲凡舅氏周年忌,午餐后同诸君谈许时,然后旋家。

十一日(6月6日)　雨,天气凉,寒暑表至七十五六度。下午田君扬庭来谈片时去。

十二日(6月7日)　上午晴。至南门菡萏汇头庄莼渔孝廉处茗谈许时,又至大街、水澄桥一转,旋家时旴焉。下午雷雨。

十三日(6月8日)　乍雨晴。琐事。下午徐宜况妹婿来,夜同其围棋。

十四日(6月9日)　乍雨晴。上午同徐君宜况谈兼围棋。下午蒋君菊仙来谈夜,至夜半睡。

十五日(6月10日)　乍雨晴。早上蒋君去。上午贾君柷唐来。午间田君扬庭来谈,至夜半睡(扬庭去)。

十六日(6月11日)　雨。上午至马梧桥礼黄神,即旋家。下午雨霁。同柷唐、宜况至田扬庭处谈,兼看宜况同张叔侯茂才围棋,至十一下钟旋家。又同宜况围棋,至五更睡。

十七日(6月12日)　晴。上午坐舆至老虎桥徐以逊明府处贺喜(渠添丁剃头请酒也),午后听平调,夜餐后看演戏法,至夜半旋家(贾君柷唐、徐君宜况亦同去也)。

十八日(6月13日)　晴。上午同贾、徐两君闲谈。下午偕宜况至笔飞弄蔡洛卿处围棋,晚间旋家。

十九日(6月14日)　晴。邀庄莼渔孝廉、许侯青二尹、贾君柷唐,徐君少翰、宜况,田君扬庭乘舟至柯岩游,蒋君菊仙在彼处等候,诸同人品映照相一张。午间同席八人,宴饮甚畅。饮毕,乘舟道便清水闸至陈厥卿、鹿平两君处茗谈,渠家坚留夜餐,余同鹿平围棋一局,夜餐后放棹旋家,时夜半矣。

二十日(6月15日)　雨。上午至后观田宅拜忌辰,又至水澄巷徐宅拜忌辰,午餐后旋家。田扬庭、徐少翰、田孝颛三人来,夜餐后去。

二十一日(6月16日) 晴。上午琐事。午后蔡洛卿来,看其同宜况徐君围棋,夜餐后去。

二十二日(6月17日) 晴。上午同徐、贾两君谈,下午同徐君围棋,又至清风里口“和茂”庄稍坐,即旋家。

二十三日(6月18日) 晴。上午同徐君宜况围棋。下午张君叔侯茂才看同徐君围棋,晚间张君去。

二十四日(6月19日) 晴。上午琐琐事。下午同徐宜况至笔飞弄蔡洛卿处围棋,将晚旋家。夜同贾、徐两君谈,夜半睡。

二十五日(6月20日) 晴,天气暖。上午理祭祀事,至后观巷田[宅]拜祭祀,即旋家。午间祭曾大母魏太宜人诞辰。午间申兄、贾、徐诸君饮。午后张叔侯茂才、田蓝陬广文及其侄扬庭皆来,遂同张君围棋。夜同诸君畅谈,至二更后去。又同徐君宜况围棋,然后睡。

二十六日(6月21日) 晴暖。

二十七日(6月22日) 晴。上午理祭祀事。午间祭拜历代祖宗。下午同徐君宜况围棋。夜雨。

二十八日(6月23日)

二十九日(6月24日) 晴。天气凉快。早餐后同田蓝陬茂才、贾君柷唐、徐君宜况、纪堂弟乘舟至大木桥上岸,至大路、西郭等处游览一遍,看迎车旦神会。午间在舟中饮,田君扬庭、禔龛,屠君葆清亦来舟饮。舟中游览,至晚间旋家。

闰五月初一日(6月25日) 晴。

初二日(6月26日) 晴。上午同徐君宜况扣棋。下午同宜况至试院前陈雨亭处扣棋。陈君为越中扣棋能手,观其所应接之法,似得强人所难,甚嘉慕也。将晚旋家。

初三日(6月27日) 晴,天气凉快。应酬客(徐春生茂才、徐乔仙明甫、贾君幼舟、徐君质甫、金君缄三[①]、徐君季钧[②]先后来去，而质甫、缄三两君谈至夜半后睡)。

初四日(6月28日)　晴。上午陪客谈。下午徐质甫、金缄三去。又徐乔仙来，贾幼舟来，夜畅饮谈讲，至夜半后睡。

初五日(6月29日)　雨。上午陪客谈。乔仙、幼舟去。午间至田扬庭处饮(贾柷唐、徐宜况亦往也)，午饮后谈，至将晚旋家。夜邀徐以逊明甫、乔仙明甫，贾君幼舟、贾君柷唐、徐君宜况、田君扬庭饮谈，至夜半各散(柷唐、宜况、幼舟不去)。

初六日(6月30日)　雨。上午同客谈兼围棋数局。下午至清风里"和茂"庄稍坐，又至"谦济"庄同沈君翰斋谈许时旋。至木家转汇之弄遇一败类，形迹甚可疑，见其手握中兼有铁器，至四义弄口站立。其形猖獗，似有劫夺物件之势。幸余见之觉察，速走旋家，得免无事。城市白昼之中，竟有此等匪类游行。有地方之责者，倘能时常严缉，使若辈无处托足，则除莠安良，实为地方之福。夜间同贾柷唐、幼舟谈至夜半睡。

初七日(7月1日)　雨。早餐徐君宜况旋去。上午同贾君谈。下午睡。贾君幼舟去。夜同柷唐谈。近日天气甚凉，须着夹衣。

初八日(7月2日)　晴。琐事。同贾君柷唐闲谈。

初九日(7月3日)　乍有雨。上午张叔侯茂才、蔡君洛卿来围棋一日，至夜餐后去。

初十日(7月4日)　雨。琐事。余近日学吹筒箫，渐能有声而尚未熟读工尺，然此事甚费口气也。

十一日(7月5日)　雨甚多。余学吹筒箫，工尺读诵二日得熟。

---

① 金冶良(1872—?)，字仲弥，号缄三。清浙江山阴人。光绪二十年(1894)举人。见《光绪甲午科浙江乡试同年齿录》。

② 徐维鸿(1875—1947)，字季钧。浙江绍兴人。徐征兰之子。见《浙江绍兴栖凫东海堂徐氏家谱》。

此后当练指法，循序吹习，或者就可学成。其油板工尺，籍记于左(乃一时兴致事也)：

上尺上上四上上工尺尺工六六五尺上五仩六五工尺工五六工五六六五六六五六六五尺仩五仩五六工六尺尺工上尺工六仩五六 工六工尺上尺上四

转

四上四六工工六五仩六六仩五六工六尺尺工上尺工六仩五六工六工尺上尺上四六工四

五 六 凡 工 尺

四 合

后 上

十二日(7 月 6 日) 雨甚大，天气甚寒，可着薄棉衣。江河水涨，如不透晴，恐有妨早稻也。

十三日(7 月 7 日) 晴，乍有雨，天气甚凉。上午风火右腮痛，睡卧。下午誊写账务琐琐事。晚间徐质甫，贾幼舟、少泉来，夜餐后去，贾君柷唐亦同去。

十四日(7 月 8 日) 晴。琐琐事。偶食杨梅，见杨梅中亦有细虫及虫粪，遂不敢食也。盖果品之有皮者，虽有污秽，乃易见而易洗去。若杨梅，最可染秽污而不易见且洗之不净。是杨梅之物，总以不食为然。如烧酒浸之，则不至有碍矣。

十五日(7 月 9 日) 晴。上午至后观巷田蓝陬广文处同张叔侯茂[才]围棋，借畅谈一日，晚上旋家。

十六日(7 月 10 日) 乍有雨。上午琐琐事。下午昼寝后至南街菡萏汇头庄莼渔孝廉处茗谈许时兼游览其花园，然后旋家。

十七日(7 月 11 日) 晴，乍有雨。上午理账务。

十八日(7 月 12 日) 雨甚多。

十九日(7 月 13 日) 雨乍晴，天气闷热。下午至后观巷田蓝陬广文处谈，渠家门前有演剧，余同其西宾傅肖岩[①]廪生、张叔侯茂才不喜观剧而围棋焉，竟至夜半旋家。

二十日(7月14日) 天气闷热而有雨。

二十一日(7月15日) 乍雨晴，夜间凉风，甚快。

二十二日(7月16日) 晴，天气渐热。下午庄莼渔孝廉来谈许时去。晚间王君芝榛来谈即去。

二十三日(7月17日) 晴，天气清高而热，甚有暑夏之象。上午王君芝榛来谈即去。阅《曾文正公分类日记》，见其一日间所行之事、所讲之话，时时有省克之功而不肯苟且。老成持重，乃不可及者也。

二十四日(7月18日) 晴，天气热，寒暑表升至九十二度。夜间天气暖，蚊多，颇不安睡。

二十五日(7月19日) 晴。上午琐琐事。午间又祭七世祖妣曾大母魏太宜人诞辰。下午天气更热，不堪作事。

二十六日(7月20日) 晴，天气热。琐琐事。督看药工研制痧药。

二十七日(7月21日) 晴。今日为初伏，天气又热，寒暑表升至九十三四度，下午更至九十五度。

二十八日(7月22日) 晴，天气暑热。上午至作揖坊许侯青二尹处，许君已出门，不晤，即旋家。下午盛暑，不堪治事，手不释扇。

二十九日(7月23日) 晴，天气甚暑。早上至许侯青二尹处茗谈许时，又至大善寺前“谦济”沈君翰斋谈许时旋家。午后日隐，清风数阵，暑焰为之一祛，甚爽快也。

六月初一日(7月24日) 月为己未，日为□[②]丑。日光乍见乍隐，乍有雨，天气尚凉，夜有雷雨。琐琐事。晚间虽闷热而夜间清风

---

① 傅绍霖，字肖岩。清浙江山阴人。见李镜燧《六朝民肖影题辞》。

② 原文空缺，当为“癸”。

披拂,甚爽快也。

初二日(7月25日) 雨,天气凉快。琐琐事。

初三日(7月26日) 乍雨晴。收拾书房器具等事。下午课儿写字等事。镇儿书字,笔资尚健,惜予以事杂少暇,未甚教课也。

初四日(7月27日) 晴,天气暖。上午许侯青二尹及胡梅笙封翁、堵芝龄明府来,在前屋耳厅畅谈多时。堵君午前去,许、胡二君下午去。

初五日(7月28日) 晴。上午琐事。下午朱理声封翁来谈许时去。田春农孝廉、徐君少翰来谈,至晚间去。

初六日(7月29日) 晴。上午至后观巷田杏村舍人处谈,下午旋家。

初七日(7月30日) 晴。上午薛阆仙明经来上馆,余请其课镇容儿、眼女读书。午间至后观巷田宅杏村孝廉处拜祭祀,渠家请薛阆翁同去午饮。下午在田宅畅谈,至将晚同薛君旋。晚间田春农孝廉来。夜,薛阆翁、田春农、申兄及余共饮,谈宴甚畅。

初八日(7月31日) 乍雨晴。

初九日(8月1日) 乍雨晴,风甚大。下午许君侯青来谈片时去。徐君少翰来谈许时,又同至田扬庭处稍坐片时,余即旋家。

初十日(8月2日) 晴。

十一日(8月3日) 晴。上午同薛君至街买《经世文编正续三四》共四册,《二十[①]四史论赞》一册,即旋家。

十二日(8月4日) 晴。早上至司狱司前胡梅森封翁处谈,片时即旋家。上午庄莼渔孝廉来谈,至晚间去。天气郁热异常。

十三日(8月5日) 晴,天气甚热。

十四日(8月6日) 晴。上午胡梅森封翁来茗谈片时去。天气甚暖,同薛君挥箑闲谈。夜同薛君围棋,又谈至三更睡。

---

① 原为"廿"。

十五日(8月7日)　晴,天气甚暖。

十六日(8月8日)　晴。早上至胡梅森封翁处茗谈片时,借同坐小舟至水澄巷徐仲凡舅母处谈,为渠家水澄巷屋事。前其同本家龃龉,今为其缘说也。又同佑长谈(佑长由东洋旋绍),询其一切时事风景。茗谈许时,遂各旋家。今日天时盛暑,寒暑表升至九十六七度。今又为立秋之日。

十七日(8月9日)　晴,天气暑热,不能写字翻书,手不释扇。夜又以热不能安睡。

十八日(8月10日)　晴,暑热异常。

十九日(8月11日)　晴,暑热异常。晚间雷电浓云四起,似有雨意,至夜半始下雨数点。日间阅《万国地理新编》,此书只二本,系陈乾生①所辑集全球各国地方风俗人物撮其要者,约略粗具,可以一目瞭然,识时务者不可不手置一编也。

二十日(8月12日)　晴,日光稍淡,下午乍有雨。阅《二十四史论赞》。

二十一日(8月13日)　晴,乍有雨,下午有雷雨,风凉。夜,徐以逊明府来谈许时去(渠为水澄巷屋事也)。

二十二日(8月14日)　雨。上午坐小舟至笔飞弄"明记"庄同蔡君洛卿谈片时,又至清风里口"和茂"庄坐片时,即旋家。下午核算本年所完国课票纸。本年又有每亩捐积谷钱贰十文,据章程以捐三年为渡[度],不必永远为例也。晚上员女因乳妈不甚小心,于高椅上倾倒至地,即抱起而头上皮破血出,为之一惧,余甚怒乳妈之不用心。如骨节不致受损,尚算幸事。

二十三日(8月15日)　晴。上午阅《曾惠敏公全集》。下午同

---

① 陈独秀(1879—1942),谱名庆同,官名乾生,字仲甫。安徽怀宁人。中国共产党创始人和早期领导人之一。著有《独秀文存》《陈独秀诗存》。见陈衍开、陈庆开、陈庆邦《义门陈氏宗谱》卷十二《大纶公派支下派考》(张全海提供)。

庄莼渔孝廉来谈。田孝颛茂才来谈,为其祖杏村舍人延访医事(渠家欲请陈勉亭[①]往视),谈片时即去。遂至水沟营姚楠生茂才处,阵雨忽降,坐谈片时,俟雨霁同姚楠生茂才至陈君勉亭处。未入其门,其仆人云主人亦在调停医药之中,遂仍同楠生茂才各自旋家。路虽不远,而大雨后街道湿甚,湿鞋也。

二十四日(8月16日)　晴。上午至后观巷询田杏村舍人病,晤春农舍人谈片时,即又至司狱司前胡梅森封翁谈片时,即旋家。午间学写楷字。

二十五日(8月17日)　晴,天气又暖。阅崔国□[②]《出使美日秘日记》(崔日记文笔不甚雅达)。同薛君谈时务。

二十六日(8月18日)　晴,天气又暖,寒暑表升[至]九十度。核算国课账。

---

① 陈锡朋(1834—1908),字勉亭。清浙江会稽人。医术高超。嵩巡抚骏、张学使沄卿,杭守陈文騄、绍守霍顺武、熊起磻,山邑令曾寿麟,会稽令俞凤岗等,以及本地士绅,求治无不效。其治法悉宗于古,凡遇奇难各证,随时应变,独出匠心,有非时手所能仿佛者。著有医学论著《医方论评注》《伤寒贯珠评注》《伤寒论尚论评注》《金匮要略评注》《瘟疫论评注》《小儿脐风惊风合编》《经验医方》。其吟咏辑为《蝶庵吟稿》。见鞠宝兆、曹瑛《清代医林人物史料辑纂》之《陈勉亭先生传》、《陈勉亭先生事略》;陈壬一《越城江桥陈氏家谱》之《华铨公派·十房的九公之后》。按:《陈勉亭先生传》及《陈勉亭先生事略》均载其光绪三十年卒,年七十四。据此逆推,其当生于道光乙未年(1835)。家谱载其生于道光甲午年七月初六日,卒于光绪戊申年九月十八日。此据家谱。

② 原文空缺。当为崔国因。崔国因(1831—1909),字惠人,号宣叟。清安徽太平人。同治九年(1870)举人,十年进士。授翰林院编修,荐升翰林院侍读,后任出使美国、西班牙、秘鲁大臣。后任满回国,因事遭劾革职。晚年在安徽芜湖经商。著有《出使美日西秘日记》《枲实子存稿》。见梁碧莹《艰难的外交—晚清中国驻美公使研究》第七章《安徽籍驻美公使—崔国因》;《同治庚午科大同年齿录》;崔国因乡试履历(《清代朱卷集成》册156);崔国因会试履历(《清代朱卷集成》册33)。

二十七日(8 月 19 日)　晴，天气又暖。上午阅《外交报》，又阅《申报》《中外日报》。下午为徐宜况妹婿绘山水纨扇一柄。

二十八日(8 月 20 日)　乍有微雨，天气稍凉。上午写应酬尺牍。下午阅《外交报》。夜同薛君谈，三更睡。

二十九日(8 月 21 日)　晴，天气暖，乍有雨。上午至后观巷询田杏村舍人病，甚衰耗，少有起色。春农邀薛阆兄往商方药，遂同谈至午。又至扬庭处西宾张叔侯茂才馆谈片时，仍至杏村舍人家午餐。下午谈许时，便至蓝陬广文处茗谈片时，然后旋家。

三十日(8 月 22 日)　晴，天气郁热，寒暑表升至九十二三度。上午乘舆至(至)南街吊沈芝庭[①]封翁出殡，稍坐片时，即旋家。而秋后又有此暑热，甚不爽快也。下午杨质安来诊，谈片时开方剂后去。杨君医道尚平稳，惟不甚超解耳。内子胸腹气塞，饭胃因之不开，特请杨君诊治耳。据杨君说胎前有秽泻之气尚未消化，且略有湿热，以致肝胃不和，须通散为愈也。

七月初一日(8 月 23 日)　晴。月为庚申，日为癸未。早上写字。余于前二日之夜稍贪凉，以致头痛有清涕，甚不爽快。上午知田杏村舍人病重，遂至田宅询问，据各医说其病难有起色矣。同诸君商谈许时，午前旋家。午后昼寝一时，又至田宅询杏村兄病。其家人言病极危，春农等手足无措。余遂至杏村兄床前一看，气色虽清，精力已陷，目光又散，观其心虽欲言而气不足以送之，余不禁叹其人之病竟已危矣。出外座，又同诸君商谈片时旋家。今日寒暑表又到九十三四度。

初二日(8 月 24 日)　黎明即起，遣人至后观巷问田杏村舍人，卯刻弃世矣。洗面后即至后观巷田宅吊丧。其人虽子孙曾孙环绕阶

---

①　沈凤墀(1837—1903)，字芝庭，一字丹叔。清浙江会稽人。附贡生，由光禄寺署正衔改捐候选同知。见沈元泰《会稽中望坊沈氏家谱》卷四《中望太三房世系》。

前,平生亦备享富贵清福,学行为梓桑所推重。揆其一身,亦无所阙憾。惟杏兄为余妻兄,自辛卯通姻谊后,两家只隔一巷,平时早夕晤见。余每至其家,杏兄无不啜茗清谈,娓娓不倦。聆其言论风度,甚获其益而企慕之。今则其家则迩,其人已杳,不禁徘徊挥泪者久之。同蔡茗山孝廉、薛阆仙明经等行礼后,余即旋家。上午以头痛卧床,下午申刻又至田宅稍坐片时,天(暖)[晚]即旋家。

初三日(8月25日) 晴。上午琐琐事。下午至后观巷田宅,为渠家陪[客]等事。杏村端人正士,全受全归,迄今盖棺乃定矣。晚间送杏村舍人殓,行礼毕,夜餐后旋家,时十一下钟矣。

初四日(8月26日) 晴。近日秋暑又热。上午同薛君阆仙谈。下午至外耳厅见言君饮仙在纪堂处谈,遂晤谈片时,言君即去。夜又同薛君谈。

初五日(8月27日) 晴。上午徐君少翰来谈许时去。上午撰挽田杏村舍人联语,前日亦拟挽数言,皆记于下云:"具卓识于斯文绝续之秋,诚意正心,万事不甘随俗转;返太清于时局混淆之际,孙贤子孝,遗书留与后人看。""风物不殊,洒泪重登新筑室;清尘顿杳,伤心怕过治平桥。""学行式桑梓,子孝孙贤,经济文章勤启后;搜罗富图史,先辉后映,规模整饬最可风。""联十余年婚姻兄弟,平时昕夕过从,备聆教益,世事值纷纭,窃幸清流在望,崇正黜邪,尚有典型堪矜式;读数万卷灵素图经,并世交游戚族,咸荷卫生,士林隆景仰,何遽福地归神,秋风冷露,忍看孝秀尽含悲。""邃学斋前椿荫谢;观仁里畔薤歌清。"

初六日(8月28日) 晴。上午徐君少翰来谈许时去。下午书挽田杏村舍人联语。天气尚热,用篆文书写,又以白绫软弱书就,甚形其差也。下午贾君幼舟同□君来谈片时去。又蔡君洛卿、徐君少翰来,余同蔡君围棋数局,晚间蔡、徐两君去。夜又同薛君阆仙围棋,至二更后睡。

初七日(8月29日) 晴。清早祀奎星神后,早餐后至后观巷田宅陪冯梦香孝廉饮(渠家请其写杏村舍人之主也),午餐后谈片时旋家。天气甚暖,寒暑表升至九十三四度。下午为徐君少翰写挽其外舅田杏村舍人绫联一副。晚间又至田宅同诸君谈,至二更后旋家。

初八日(8月30日) 黎明起用茶点心后,坐舆至后观巷吊田杏村舍人首七。上午为渠家陪客,午餐后同陈君季文、蔡君洛卿围棋,申刻旋家。今年有闰月,不料至近日又有此盛暑也。

初九日(8月31日) 晴。上午理家务账目,而天气依然暑暖。下午山邑学胥章雅堂来,余将附贡生之部照属其至县起文,以便先考录遗。此照言明起文后带往杭州,俟乡试时面还也。

初十日(9月1日) 晴,天气又暖。上午徐君少翰来同薛阆兄畅谈一日,晚前徐君去。

十一日(9月2日) 晴。清早细核积谷捐账,此(帐)[账]须按亩分查核,甚不能忽略也。上午至后观巷春农处谈片时,又至田蓝陬处谈。下午同张叔侯茂才围棋,至将晚旋家。

十二日(9月3日) 晴。早餐后同薛君阆仙谈时务,又至清风里口街一走,即旋家。

十三日(9月4日) 晴,天气甚热。上午琐事。午祭本生母曹太淑人讳日。下午同薛君阆仙至申兄新制之屋畅谈半日,申兄、纪弟同在坐也。夜同薛君围棋。

十四日(9月5日) 晴。上午至后观巷田扬庭处稍谈,又至老虎桥徐以逊明府处谈。蔡君洛卿、薛君阆仙亦至徐君处,遂同畅谈,午餐后又谈许时旋家。

十五日(9月6日) 晴,天气甚暖,寒暑表尚有九十二三度。午间祭历代祖宗。下午更热,手不释扇。同薛君阆仙谈。

十六日(9月7日) 晴。上午乘舆至水澄巷拜外祖妣诞日。午前有雨甚大,惟不多也。午餐后同徐宅诸君及胡梅森先生等畅谈至申刻,仍坐舆旋家。天气遂为雨洗凉。

十七日(9月8日) 雨,天气凉,寒暑表七十四五度。早上阅

《经世文编》,上下午阅《二十[①]四史论赞》。天气甚凉,须着夹衣。夜间镇容儿腹痛而泻,起坐数次。

十八日(9月9日) 雨,天气更凉,可着薄棉,寒暑表七十一二度。阅《经世文编》。下午至后观巷田春农孝廉处谈片时,即旋家。

十九日(9月10日) 晴,天气稍暖。上午阅《经世文编》。下午贾柷唐姊婿来。同薛阆兄畅谈。将晚,至后观巷田宅稍坐片时,即旋家。

二十日(9月11日) 晴,天气凉快。上午为田宅书围屏字数张,又书挽联一副,杏村舍人丧事所用。下午又写围屏字数张,又同薛君阆仙围棋。晚上贾君去,夜又围棋。

二十一日(9月12日) 晴,早上稍有微雨。上午同薛君谈,又为田宅写围屏数张。下午同薛君围棋。秋闱伊迩,尚不肯精意研究学问,徒以游手好闲之事因循度日,自问实堪自哂。

二十二日(9月13日) 黎明起。晴。即用早餐后,坐舆至后观巷田宅吊杏村舍人灵,遂为渠家陪客,其官绅士商之到者共百余人。午间天气又暖,午餐后同屠君厚斋[②]、陈君几文至其间壁蓝晱茂才处围棋。晚间仍至其老屋,夜餐后旋家。天气更暖,然寒暑表只八十一二度也。

二十三日(9月14日) 晴。上半日核算本年所完国课账。本年系闰年,又有新加积谷捐票,所以又费一番核算也。自旧年每两须捐钱叁百文,有产业者遂形吃苦,是岁岁有此常捐耳。

二十四日(9月15日) 晴,天气郁热,寒暑表九十度。阅报知

---

① 原为"廿"。

② 屠厚斋(1858—?),日记一作后斋、侯斋,整理时统一为厚斋。浙江绍兴人。鲍德福《鲍氏五思堂宗谱稿》卷四《尚志公派第七世》载,鲍亦沛,配同邑上灶屠氏厚斋公长女。按:《日记》民国六年四月初六日:"晴。上半日坐舆至汲水弄屠厚斋处宴,渠六十寿辰也。"据此逆推,其当生于咸丰八年(1858)。

朝廷新设一商部，本月十六日上谕简商部尚书一员，商部左右侍郎各一员。从此皇畿有八部矣。今日南门里塔山之应天塔被焚，闻塔顶尖之物倾倒于地，每层檐椽搁板尽已焚毁，惟砖壁仍复一层不倒，与大善塔一样留存。然越中向传此两塔实资砥柱，今虽依然壁立，而忽遭焚劫，未识越地之何兆也。

二十五日(9月16日)　晴，天气甚暖。上午较对核算账务。午间天暖，不甚可书写也。夜半后大雨。

二十六日(9月17日)　晴，下午雨。算理账务，甚费精神。

二十七日(9月18日)　天气凉，乍有微雨。上午琐事。下午填写本科乡试卷头。新定卷式与前不同，旧壬寅科起第一二场白六板、红格二十八板，每板十行，每行廿五字；又底面二板。第三场白六板，红格十六板，几行几字，同前底面二板。每板连上下留边，计鲁尺长一尺一寸一分，计阔六寸九分。

记填卷头字样于下：

绍兴府山阴县职贡生陈庆均应光绪二十九年举行癸卯恩科浙江乡试，今将本身年貌籍贯三代逐一开具于后

今　开

一本身年三十三岁，身中面白无须，山阴县民籍

曾祖鸿逵　　　　祖堉庚　　　　父英　本生父惺

又记卷面式：

第　　场　　山阴县职贡生陈庆均

二十八日(9月19日)　雨，天气甚凉，寒暑表六十八九度。上午琐琐事。下午至田蓝陬广文处茗谈片时，又同至其间壁张叔侯茂才馆又谈片时。蔡君(侯)[洛]青在渠馆，遂邀蓝陬、叔侯至余家书馆谈，蔡君亦同来也，夜餐后谈许时各去。阅《时务大成》。

二十九日(9月20日)　晴。上午蔡君洛卿来，又张叔侯茂才来围棋，傍晚去。省中章雅堂胥办来信言录遗贡监案，余名在第六名。

八月初一日(9月21日)　晴。月为辛酉,日为壬子。天气清凉,甚有高秋景象。上午琐事。下午贾君梲唐来谈。近日盛行红点痧,初起手足骨节甚痛,身热后发红点即愈,不可服凉药也。

初二日(9月22日)　晴,日丽风清。上午清理琐事。下午同贾君谈。

初三日(9月23日)　晴,日丽风清。上午写小楷字及理书籍等事。午间祀东厨司命神。下午收拾应乡试须用物件。

初四日(9月24日)　晴。上午至南街祀华真神,行礼毕即旋家。午间拜秋分祭祖。下午至后观巷田蓝陬茂才处谈片时,又至春农处谈片时旋家。

初五日(9月25日)　晴。收拾行装及应试物件。上午许君侯清来稍谈片时去。试期甚近,应试大半皆早日到省。余以早到无非为遨游起见,考前似宜爱惜精神,所以迟至今日。考具等件由家备理清楚,午餐后检点行装,同薛阆仙明经乘舟出西郭城外柯桥时方夜。舟中围棋数局,而秋蚊甚多,夜间竟不成睡。

初六日(9月26日)　晴。在舟中黎明即起,而舟行既到西兴。早餐后上岸,属徐炳记行雇肩舆挑工,遂同薛君各坐肩舆渡江①,进杭□□门,到上城学院前得升堂客栈,时已初九点钟也。寓中小憩后,即至藩署看文闱。有事诸员齐集藩署大堂中,恭设拜北阙香案,并铺设座次。先由提调、监试、藩、臬等官次第而到,至学使②、主使③

---

① 页眉:《渡钱塘江七律一首》:"黎明即起揭乌篷,检点行装属仆工。一色炊烟横野外,万商云集渡江中。板桥泞滑行人险,担络挨排路不通。窃喜平安到寓舍,且当小憩话萍踪。"

② 据《余重耀乡试履历》(《清代朱卷集成》册303),学使为张亨嘉。注见《日记》光绪二十八年十一月十一日。

③ 据黄安绶《国朝两浙科名录》,主使二人为唐景崇、齐忠甲。唐景崇,注见《日记》光绪二十四年六月十五日。齐忠甲(1864—1920),又名中(注转下页)

到齐，茗谈片时，然后拜阙毕，即各坐宪舆迎入贡院。拜阙者两主使、一巡抚[①]、一学使四人并拜，此外各员皆不与拜也。近入闱者，首为内监试[②]、次提调[③]、监试[④]、总藩[⑤]（即宪司也）、总宪[⑥]（即臬司也）、正

（续上页注）甲，字迪生，号慎之。吉林伊通人。清光绪十七年（1891）举人，二十年进士。见魏晓光《梨树古今人物》。

① 据《余重耀乡试履历》（《清代朱卷集成》册303），巡抚为聂缉规。聂缉规（1855—1911），字继峰，号仲芳，一作仲方。清湖南衡阳人。曾官浙江按察使、湖北布政使、湖北巡抚、江苏巡抚、安徽巡抚、浙江巡抚等职。曾国藩女婿。见聂其杰《荆林聂氏续修衡山族谱》册2《先桼公世系齿录》、册3聂杰、聂炜、聂焜等《皇清诰授光禄大夫特旨旌奖赐恤头品顶戴兵部侍郎都察院副都御史浙江巡抚聂府君行述》。

② 据《余重耀乡试履历》（《清代朱卷集成》册303），内监试为萧文韶。注见《日记》宣统元年十二月十三日。

③ 据《光绪二十九年癸卯恩科浙江乡试录》，提调官为崔永安、时庆莱。崔永安（1858—1925），字书孙，号磐石，别号止园居士，又号西湖渔隐。广州驻防汉军正白旗人，先世辽宁东宁卫。清光绪五年（1879）举人，六年进士。历官翰林院编修、功臣馆纂修、国子监司业、浙江按察使、浙江布政使、浙江盐运使、浙江督粮道、浙江按察使、直隶布政使等职。见顾国华《文坛杂忆全编》册2徐仁初《忆外祖崔永安》。时庆莱（1840—1909），字北山，号蓬仙。清江苏仪征人。同治九年（1870）举人，十三年进士。曾官浙江金华府、湖州府、台州府知府等职。见《同治庚午科大同年齿录》；《申报》宣统元年十一月二十七日第一万三千二百六十七号《观察开吊》。

④ 据《余重耀乡试履历》（《清代朱卷集成》册303），监试官为陆襄钺、郭集芬。陆襄钺（1834—1905），陕西孝义厅人，原籍江苏丹徒。咸丰八年（1858）副榜。曾官山东蓬莱、安徽合肥知县，浙江督粮道等职。著有《有不为斋诗存》。见陆咏桐《先考吾山府君行述》。

⑤ 据《余重耀乡试履历》（《清代朱卷集成》册303），总藩即崔永安。注见《日记》光绪二十九年八月六日。

⑥ 据《余重耀乡试履历》（《清代朱卷集成》册303），总宪即陆襄钺。注见《日记》光绪二十九年八月六日。

主使、副主试,其后殿者监临[①]也,至学使则分道回署去矣。此事例由抚署齐集,今翁藩护院所以在藩署也。看后回寓。午餐后同薛君至大福清巷朱宅稍坐片时,又至贡院前游览片时,然后旋寓,时既晚矣。客栈至贡院有六七里之遥,仆仆道途,甚形竭力也。

初七日(9月27日) 晴。早上山阴学胥送卷票及来还贡照。上午同薛君至清和坊买物,即旋寓。下午同薛君至涌金城外西湖岸藕香居闲坐,啜茗清谈,甚有秋高气爽、山水清奇之趣。将晚旋寓。撰诗二首:“行色匆匆到寓初,考篮理毕有闲余。明朝须进乡场去,且赴西湖吃醋鱼。”“红艳荷花开讶迟,柳堤归步晚凉时。三场未放新鲜屁,丹桂肯先赠一枝。”予游西湖岸,归途遇村童执红色桂花,因奇之,童曰:“汝要乎?”予叩其须钱否,答曰:“汝要可不必钱也。”草野小人,竟有廉让之风,为可羡也。

初八日(9月28日) 晴。早起八下钟。早餐后由寓坐舆至贡院前补点厂接卷进场。午前天郁热,乍有阵雨,号舍中甚湿热气闷也。坐号为章字,在明远前之右首。帷帘等事铺设后,在夹道及明远楼等处游览。进场之日甚清闲,戏撰诗二首:“棘闱今古为求贤,风气依然似昔年。我又渡江来献艺,号庐明远右楼边。”“至公堂畔偶徘徊,乍有倾盆大雨来。沾湿衣衫回号舍,油帘挂起日光开。”

初九日(9月29日) 晴。寅时在号舍睡起,题目纸到。日间作论五篇,至夜九下钟成,然皆草稿也。

初十日(9月30日) 晴。寅时在号舍中睡起,誊写论五篇,每篇约五百字。蟠膝写字,甚觉神亏,手腕痛,眼光又昏花,至下午三下钟誊全。缴卷出场,坐舆至得升堂寓收拾考具等事。接家信二封(初

---

① 据《光绪二十九年癸卯恩科浙江乡试录》,监临官为聂缉规、翁曾桂。聂缉规,注见《日记》光绪二十九年八月六日。翁曾桂(1837—?),字子馨,号小山。清江苏常熟人。曾官刑部郎中、湖南衡州知府、湖南按察使、浙江布政使等职。

八日所发)。夜间写家信一函,又写寄田蓝陬信一函。

十一日(10月1日) 晴。早起琐琐事。十下钟吃饭后坐舆至贡院前补点厂接卷进场,坐号舍在明远楼后之右首。二场考试者,大半皆乱号而不遵卷面所定之号也。浙江乡试向来第一二场皆不得乱号,惟三场乱号之风多年矣。自旧年张学使为监临,乱号者开其端而不甚禁止。今年翁护院为监临,又不甚禁止,恐从此二场之乱号为例规也。下午乍有微雨,即晴。夜间天气甚寒,在号舍睡而不多带衣服,甚吃苦也。下午登明远楼,上楼眺览。

十二日(10月2日) 晴。寅初在号舍起,题目纸到。策题甚长,每题有百余字,皆问中外政治等事。予撰一艺,誊正一艺,至夜八下钟成三艺,并誊就然后睡,时十下钟矣。

十三日(10月3日) 晴。在号舍寅时起,明烛撰四五道策,至午间誊正毕。缴卷出场,坐舆至寓。午餐后同薛君至涌金城外西湖岸第一处茗饮,又至仙乐园茗饮,畅览风景,然后旋寓。接家信一封(初十日发也),又接田蓝陬信一封(十二日发也)。夜间写家信一函(次日封发)。

十四日(10月4日) 晴。早上至清和坊大街买笔,即旋寓。十点钟吃饭后,由寓坐舆至贡院前补点接卷后进场,坐西文场号舍。是日封门甚早,只二点钟也。封门后湖州人有费某者①,昔年新中举人,入场为人枪替,被其同邑人挟嫌,拿至至公堂请监临严办。翁监

---

① 费有容(1874—1931),字济宽,号恕皆,一号只园,一作蛰园,小字启,别号忆珊,别署灵寿乡民。清浙江乌程人。画家费丹旭之孙、费以群之子。早年肄业杭州紫阳书院、崇文书院和诂经精舍。光绪二十八年(1902)中式举人。次年因为人枪替被斥。宣统间在杭州创办《危言报》。辛亥革命以后,流寓沪上,进入爱俪园。曾任仓圣明智大学教务长,主编《广仓学会杂志》。所著白话小说、书院课艺、报刊诗文之外,又有专书十余种。见鲁小骏《"乌程蛰园"生平考》(《武汉大学学报(人文科学版)》2014年05期);《费有容乡试朱卷》。

临时提调，郭监试[①]以事尚须询问清楚，即悬牌示云所拿之人即饬首县严讯究办。而湖州人围扰至公堂，挟制监临不许缓办，必须立刻行军令。监临自掷其帽，向众曰："如云，本部院必能办。"然众势喧哗，口舌纷争，不得已即将费举人打(椃)[枷]示众，然后众人遂散。当时扰事者拥满至公堂，看事者立满夹道，人山人海，几闹大祸。然拿获枪替，固宜即行讯实严办；而考生之聚众挟制官长，亦非所宜。乡闱皆属职贡生监之人，似不能不知礼法者。然此亦在监临之少声威而不整饬治事也。晚间雨，夜十下钟在号舍睡。

十五日(10月5日) 雨。寅时题目纸到，即睡起。四书义题二，经义题一。一为《群而不党》，一为《我知言我养吾浩然之气》；一为《何以守位曰仁何以聚人曰财》。予将三艺撰成，誊写就，天气尚未晚。缴卷出场，坐舆旋寓。今日为中秋佳节，本拟游览坊巷，看家家月饼祝蟾圆风俗。乃雨师税驾，明月为秋云留驻，以致意兴阑珊，只在寓中同薛明经饮酒赏雨闲谈也。接十二日发来家信一函。夜间写家信一函，次日寄。出场后写诗一首："乡试将毕雨纷纷，索尽枯肠十三文。未到晚来先缴卷，中秋月隐只看云。"又为考乡试者戏撰一首云："放出三场屁，西湖便畅游。拱宸桥一到，挟技岂能休。"

十六日(10月6日) 上午雨。在寓中琐琐事。所寓之屋甚潮湿而暗，遂移寓一间，尚明亮也。薛君在寓卧病。下午余至贡院前游览买物，而道路甚远，晚间旋寓，甚竭力也。天气甚暖。

十七日(10月7日) 上半日雨霁，至清和坊买物。午间遇雨旋寓。雨后有风，天气稍凉。下午在寓坐卧。晚间接家信一函(中秋日所发也)。

---

① 据《余重耀乡试履历》(《清代朱卷集成》册303)，郭监试即郭集芬。郭集芬(1866—?)，字兰孙，号馥卿，一号福卿。清湖北黄陂人。见《光绪庚寅科会试同年齿录》。按：同年齿录载其生于同治乙丑年十一月二十三日。公历为1866年1月9日。

十八日(10月8日)　晴，天气甚凉。上午至清和坊等处大街买物，又至巡抚署看聂仲方[①]中丞谢阙拜受关防，阖省文武属员齐集伺候，甚热闹也。旋寓吃面后稍坐片时，又至布市巷同薛君至□杂货栈稍坐片时，又至清和坊“舒莲记”扇庄之主人舒亦周茂才处茗谈片时，又由大街买物旋寓。夜间畏寒而遍身骨节甚痛，不能安睡。大概为逐日多走街路，又由客栈饮食不洁。余虽饮食之间格外小心，而究竟不若居家之清洁也。

十九日(10月9日)　不雨不晴。遍身骨节甚痛，坐卧不安，遂理行装，勉强支持。坐舆言旋，道便晋升堂至徐志章[②]、佑长寓一转，即坐舆渡江。至西兴岸时将旰，雇中舟同薛君回绍。薛君病未愈；余在舟中坐卧不安，身热头眩，骨节痛甚，不堪支持。到家时十一下钟矣，进薄粥清茶，然后即卧。夜间仍少安睡。

二十日(10月10日)　晴。遍身骨节尚痛，而不似前日之难当也。早上起进北面一碗，遂支撑收拾行李及分送杭物等琐琐事。补记十一日《登明远楼》诗一首：“入闱延赏此高秋，桂子风香大地周。日晚云罗呈胜景，凭栏登眺大观楼(大观楼即明远楼也。明远楼之额悬楼檐，大观楼之额悬楼中也)。”

二十一日(10月11日)　雨。予病渐愈，惟手足臂不甚有力，步履维艰。午间拜高祖诞日，觉拜跪屈伸，骨节酸痛，尚有未便。午间在外耳厅同贾君枧唐、申兄、纪弟谈许时之久。

二十二日(10月12日)　晴。予胃口既开，而腿足尚多痛处。手掌中稍有数点红饼，大概所谓红点痧之发出也。昨晚老母骨节痛、身热，坐卧不安。下午请杨质安诊视，据说亦是红点痧之病也。杨君

---

① 聂仲方，即聂缉规。注见《日记》光绪二十九年八月初六日。

② 徐维淦，字子章，一作志章。清浙江山阴人。徐征兰之子。曾任绍兴临时军政分府稽查科科员。见《浙江绍兴栖凫东海堂徐氏家谱》;《绍兴临时军政府收支征信录》。

出。徐君少翰、田蓝陬茂才来访,谈许时去。夜,余腿足肿痛,此外尚好。

二十三日(10月13日) 晴,天气清丽而凉快,寒暑表六十五六度。午间予手背手臂稍有红点,脚臂脚背亦有红点,而步履甚为不便,然此病发出后即愈。今年此病几等家弦户诵,人人发到。虽初发时遍体骨节痛不可当,而少则一二日,多则三四日,必能渐渐愈可。至发红点有随起随发者,有一二日后发者,有三四日后发者不等。发出后尚须有数日腿足柔软,不能健步,此外皆无他虑焉。

二十四日(10月14日) 晴。上午薛君到馆谈许时。

二十五日(10月15日) 晴。上午琐琐事。下午张叔侯茂才、田蓝陬广文来谈,又徐君少翰、田君扬庭来谈,余同叔侯围棋数局。晚间诸君各去。

二十六日(10月16日) 晴。上午至大街买物,即旋家。午前稍有雨。下午张叔侯茂才又来围棋,晚间去。

二十七日(10月17日) 晴。上午贾君梲唐来谈。下午同薛君围棋。下午庄莼渔孝廉来谈许时去,晚间又来谈。夜餐后庄君同贾君至杭去,余同薛阆仙明经围棋,又闲谈。

二十八日(10月18日) 晴。上午至水澄桥、大街买物,即旋家。夜录写日记。

二十九日(10月19日) 晴。上午家事琐屑。下午至后观巷田蓝陬广文处谈,张叔侯茂才晤见,遂又围棋,至将晚旋家。余因循度日,百事待理,此皆志力不坚,凡事必须有发愤而后可有成事之日。

九月初一日(10月20日) 晴。上午阅报章。家事琐屑。下午张叔侯茂才来围棋,晚上去。夜间核写账务。本月月为壬戌,日为辛巳。

初二日(10月21日) 雨甚多而甚大。核写账务。夜间抄录商部奏折章程。现在中外通商挽回利权,实在商务。国家新设商部,必有掷重筹画于其间。欲识时务者,不可不留意及之焉。

初三日(10 月 22 日) 晴。上午琐事。下午至田春农孝廉处谈,又至蓝陬茂才处谈,片时即旋家。

初四日(10 月 23 日) 晴。上午阅《经世文编》。下午至利济桥、大善桥、仓桥等处买物,道便至田君扬[廷]处同蔡君洛卿围棋(蔡君值到扬庭处也)。夜餐后,又围棋数局旋家(乍有雨数点)。

初五日(10 月 24 日) 晴。下午张叔侯茂才来围棋,又田蓝陬茂才、傅肖岩茂才来谈,畅谈至夜餐后去。今日为霜降。

初六日(10 月 25 日) 晴,天气稍暖。上午阅《中外报》《申报》,见广西匪乱经岑春帅①(即云阶制军)竭力剿办,虽尚未能妥平,然匪势稍衰,或者可以次第扫荡。闻之欣然。下午至邻鲍宅谈。今日为同善惜字会祀神办酒,余以茹素不往饮。下午同诸君谈片时,同鲍君冠臣、田君扬庭至拜王桥游鲍宅花园后,余又至作揖坊许侯青二尹处谈许时,然后旋家。

初七日(10 月 26 日) 晴,天气甚暖,寒暑表七十余度,日光渐短。下午至后观巷田蓝陬茂才处看其西宾傅肖岩茂才乡闱之艺,茗谈片时。蓝陬及其侄扬庭同余至笔飞弄蔡君洛卿处围棋,将晚各旋家。夜雨。

初八日(10 月 27 日) 雨,天气甚凉,寒暑表五十八九度(下午又至五十五六度)。须着棉衣。下午为镇容儿绘团扇山水。

初九日(10 月 28 日) 早上稍有微雨,上午雨霁。至后观巷斗

---

① 岑春煊(1861—1933),原名春泽,字为霖,号云阶,又号炯堂。广西西林人。原籍浙江余姚。清光绪十一年(1855)举人。曾官广东布政使、甘肃布政使、陕西巡抚、山西巡抚、邮传部尚书、两广总督、四川总督、广东护法军政府主席总裁等职。见岑毓英《西林岑氏族谱》卷二《系图世纪》;岑春泽乡试朱履历(《清代朱卷集成》册 347);《申报》民国二十二年四月二十八日(公历)第二万一千五百六十七号。

母殿祀神,又至大善寺前“谦记”茗谈片时,即旋家。今日早奇寒,寒暑表至四十八度,须着重棉。

初十日(10月29日) 乍雨晴,天气甚寒。

十一日(10月30日) 晴。上午为镇容儿书纨扇。天高日丽,看书写字,其莫负此佳日乎!下午至后观巷田蓝陬茂才同至张叔侯茂才馆围棋数局,将晚旋家。夜天朗月明。

十二日(10月31日) 晴。早餐后张叔侯茂才、田蓝陬茂才及扬庭来,同至南街扬庭新购之宅游览许时,即旋家。下午延杨君质安来诊内子病,杨君开一发散通利之方剂,谈片时即去。据杨说必是发红点之病,既有风湿,以发出为然。盖内子前日手骨痛,夜间又腰痛、头痛、骨节皆痛,今日又身热。其为此病,谅不必疑也。今年此种病可谓普通病也,余家上下数十人,不发此病者只五六人矣。今乃尚当补发,奇乎不奇乎?

十三日(11月1日) 晴。内子身稍凉,面上稍有红肿数处,大约发出之风湿。此等病人人必须一发,可谓奇焉。上午同薛君阆仙谈(早上到馆也)。下午张叔侯茂才来谈兼围棋后去。今日浙闱榜发,解首吴□□①,仁和人。山阴中五人②。会稽不中正榜,只副榜

---

① 原文空缺。此人当为吴敦义。吴敦义(1870—?),字质甫,号宜斋,别号潜园。清浙江仁和人。光绪二十九年(1903)举人。见《光绪癸卯科浙江乡试同年齿录》。

② 五人分别为:严寿鹤、俞长龄、杜芝庭、许乙藜、沈宝昌。《光绪癸卯科浙江乡试同年齿录》中有其中三人履历,录如下:

杜芝庭(1878—?),原名宗灏,字瀚生,号小杉。按:杜立夫《会稽东浦前村杜氏家谱》卷四《乾七房养初公三支屏派世录》亦载其生于光绪戊寅年八月二十日。

沈宝昌(1883—?),字酝石。按:《申报》中华民国二十四年二月二十七日第二万二千二百二十三号《沈宝昌昨日逝世》载其卒于民国二十四年二月二十六日去世,年五十五。据此,其当生于光绪七年(1881),卒于民国二十(注转下页)

□[①]人。山会两邑中式之少，为历年所罕有。近年科举功名，人人不甚看重也。夜又同薛君围棋数局，然后睡。

十四日(11月2日) 晴。上午至作揖坊许侯青二尹处谈，又至皇仪、水沟营、酒务桥、凤仪弄、司狱司等处游。今日迎酒务桥黄神会，同田蓝陬茂才及其侄扬庭游览许时，然后旋家。俞芝干茂才到薛君馆，遂同谈许时去。下午又同薛君至许侯青二尹处(薛君欲访晤也)，茗谈许时旋家。河南之市镇曰集(薛君说见《胡文忠集》也)。

十五日(11月3日) 晴。

十六日(11月4日) 晴。上午许侯青二尹来谈许时去。下午至水澄桥、大街一临，便道至田君蓝陬处一到，即(即)旋家。有微雨。绍俗向以明日为财神诞，今夜为神暖寿，各店皆以灯彩玩物摆设争耀观看。近来百物虽(滕)[腾]贵，而各店商似不甚起发，所以此等铺设不比曩时也。

十七日(11月5日) 雨。早餐后祀神。内子之病红点又发现，此后当不至有他恙也。

十八日(11月6日) 雨霁。上午琐事。下午至水澄桥等处大街买物，即旋家。又至大云桥买物，即旋家。今年司账先生回去之日居多，甚不得用，所以一切琐屑等事，皆须自行检理。居家之事，不能定课程以理，而鄙屑繁细，实扰心绪。

十九日(11月7日) 晴。琐屑事。

二十日(11月8日) 晴，天气甚寒，早上瓦上微有霜。今日为立冬。

二十一日(11月9日) 晴。琐琐事。夜餐后乘中舟出常禧门至伧塘，时夜半后矣。天寒风大，襆被嫌薄。

(续上页注)四年(1935)。

许乙藜，注见《日记》光绪二十六年六月二十五日。

① 当为1人，为袁颐寿。见黄安绥《国朝两浙科名录》。

二十二日(11月10日) 黎明在伧塘舟中起,早餐后坐肩舆至霞齐,时十点二刻钟(计山路行两点二刻钟时)。先至徐君少翰之新屋着衣冠至徐沛山先生处道喜,午酒后同五妹谈许时,仍坐肩舆出山,至伧塘埠时五下钟。乘坐原舟旋家,时夜半一下钟后矣。天气骤寒。

二十三日(11月11日) 晴,天气甚寒,寒暑表降至四十六度,瓦上有霜。今年节气较早,日月荏苒,忽又到冬天矣。

二十四日(11月12日) 晴。午间祭曾大父九岩公忌日。午间张叔侯茂才来同饮于申兄书斋,下午兼围棋焉,晚间张君去。早上寒暑表降至四十三四度,下午稍暖也。

二十五日(11月13日) 晴。琐琐事。下午□君□□由杭来(携杨雪渔[①]太史所书团扇,余乡试时托其写也),谈许时去。又至外耳厅同堵芝龄明府畅谈,夜餐后堵君去。今日天气稍暖。

二十六日(11月14日) 晴。上午乘舆至广宁桥吊王止轩太史姚淑人[②],稍坐后即旋家。下午至古贡院前藏书楼冯梦香孝廉处茗

---

① 杨文莹(1838—1908),原名文蓥,字焕斋,字粹伯,号雪渔,又号静夫,自号幸草道人。清浙江钱塘人。同治四年(1865)举人,光绪三年(1877)进士。曾官翰林院编修、贵州学政等职。著有《幸草亭诗钞》。见朱彭寿《清代人物大事纪年》;杨文莹会试履历(《清代朱卷集成》册42);《光绪三年丁丑科会试同年齿录》;《同治四年补行辛酉科并壬戌浙江乡试同年齿录》。按:杨文莹会试履历(《清代朱卷集成》册42)、《光绪三年丁丑科会试同年齿录》均作道光癸卯年十月十一日。《同治四年补行辛酉科并壬戌浙江乡试同年齿录》作道光庚子年十月十一日。《清代人物大事纪年》仅作道光戊戌年(1838)。据此四者,定其生于道光戊戌年十月十一日。《幸草亭诗钞》吴庆坻《后序》:"庚戌假归,则君先二年卒。"据此,其卒年与《清代人物大事纪年》同。

② 姚氏(?—1903),山邑太学生诰赠朝议大夫姚宝仁孙女,太学生例赠朝议大夫姚怀清女,五品衔候选州同知姚枚胞姊。见《王继香会试履历》(《清代朱卷集成》册65)。

谈许时，旋家将晚矣。

二十七日(11月15日) 晴，天气稍暖。下午张叔侯茂才来谈，围棋数局，晚间去。

二十八日(11月16日) 晴，天气稍暖，寒暑表升至六十五六度。下午至后观巷田春农舍人处，春农下乡，晤孝颛及其叔禔盦，稍谈片时，又至田蓝陬茂才处稍谈片时，即旋家。理拜祖坟祭品等件。

二十九日(11月17日) 天气甚暖。上午乘舟至南门外下谢墅新貌山祭曾大父母、大父母、本生父母墓，检量界址，徘徊许时；又至先父殡屋祭奠，徘徊许时，然后下山。舟中午餐，开棹旋家，时将晚焉。

三十日(11月18日) 雨。上午乘舟至稽山门外石旗村井头山拜谒高祖父岳年公、高祖母许太君墓。斜风寒雨，而埠头又少抬舆之人，余兄弟等皆冒雨仆仆而行。祭毕下山，到舟不特鞋袜浸透，衣衫大半沾湿矣。下午开棹，风大雨横，舟行不便，且天气又寒，旋家时晚间矣。

十月初一日(11月19日) 月为癸亥，日为辛亥。天晴。日晷至促，转瞬旰夜矣。下午至水澄桥等处买物，又至“和茂”同□稼君茗谈片时，即旋家。予自八月十九日发病后，腿足时有软痛，至近日似稍稍复原，步履略便矣。

初二日(11月20日) 早上微有雨，上午晴。至后观巷田君扬庭处同张叔侯茂才谈片时，又至田春农孝廉处谈许时旋家。下午霞齐徐君宜况来，夜餐后围棋数局。

初三日(11月21日) 雨。上午理祭品等琐琐事。将午，贾君枧唐来。午间祭先府君中议大夫芳畦公忌日，贾、徐两君来拜焉。下午同徐君宜况围棋。夜同贾、徐两君谈。

初四日(11月22日) 晴。上午徐君宜况去，贾君枧唐偕余至南门里菡萏汇头庄莼渔孝廉处谈许时，同至南街田扬庭新置之屋游，然后仍同贾君旋。午餐后，又同贾君至鱼化桥、大坊口中车宅所典住余家之屋游，又至老虎桥徐以逊明府处谈兼看名人书画，谈许时，仍同贾君旋家。

初五日(11月23日)　晴。上午贾君柷唐去。下午琐琐事。将晚，田君扬庭来谈片时去。今日为小雪。

初六日(11月24日)　晴。下午张叔侯茂才来围棋数局去。晚上至水澄桥买物，即旋家。

初七日(11月25日)　晴。抄录商部事宜。阅近日各报，俄人占据东省，其心叵测，甚属蛮悍，中国财力兵力皆不足以拒御。

初八日(11月26日)　晴，天气甚寒，寒暑表降至四十三四度。日月荏苒，匆匆又近严冬。百事因循，清夜思维，辄不成寐。近者百物腾贵，半丝半缕，一粥一饭，且非易易。而吾家生财之道不增，用度骤繁。人家无中立之势，非进则退。予又以质弱心迂，际此时艰之会，更觉少持长久安之策焉。自九月以来，夜半后不获安睡者月余矣。所以思虑时事，每至达旦。下午至后观巷田宅张叔侯茂才处谈许[时]，将晚即旋家。

初九日(11月27日)　晴。闻乡人云深山昨夜降雪积寸许。午间下雪花片时。督工匠修理房屋琐屑等事。日光甚促，天气甚寒，寒暑表降至四十度。

初十日(11月28日)　晴，天气更寒，早上水有薄冰，寒暑表降至三十七八度，瓦上有霜。冬令燥烈，须服清洁滋润之饮食。家慈昨夜患泻吐多次，今日身热。午间请杨君质安来诊，据云偶感风寒，当以调和为宜。开方后去。

十一日(11月29日)　晴。家慈病稍愈。午前至后观巷田扬庭处拜田肇山先生祭。午间同张叔侯茂才、徐以逊明府、徐少翰上舍、田蓝陬茂才及其侄扬庭午餐。下午又同诸君畅谈时事，将晚旋家。

十二日(11月30日)　晴，天气稍和暖。上午至仓桥、水澄桥等处买物，即旋家。下午至后观巷田春农舍人处谈许时，又至扬庭上舍处谈许时，仍至春农处夜餐后旋家。

十三日(12月1日) 晴。早餐后坐舆至后观巷吊杏村舍人兼为其家陪吊客。午前坐舆至寺池华严寺拜马春旸太史八十寿(马太史在寺建水陆忏事也)，吃面盘后即旋家。晚上徐吉逊明府来谈许时去，又至后观巷田宅，夜餐后旋家。收拾衣服，又至田宅送杏村舍人出丧。夜半，余先至前观巷乘舟，待其灵柩到拜王桥，遂同徐吉逊明府、以逊明府，屠君厚斋、葆青至拜王桥祭坛祭杏村舍人毕，同以逊、徐少翰、张叔侯茂才登舟，行至南门外上谢墅村，天将晓矣。余同张叔侯茂才围棋至达旦。

十四日(12月2日) 晴。早上在舟中。天气甚寒，遍处霜甚厚。吃点心后上岸，送杏村舍人灵柩到殡宫。进石矿后，同诸客拜后下埠登舟，时在巳刻。游览许时，遂同屠君厚斋、徐君少翰、张君海珊、屠君葆青、罗君梲甫午餐后，又游览片时，然后同徐君少翰、屠君葆青开棹而旋。至水偏城余上岸，出旱偏城外至星采堂仓屋，时尚在旰后一点也。今日属匠人在仓屋做寿材开工，今日为天赦日也。看许时即旋家吃饭。

十五日(12月3日) 晴，天气寒而风甚大。上午贾君梲唐及其弟幼舟、金君缄三来，午餐后同两贾君、一金君、弟纪堂至古贡院前徐宅仓屋徐吉逊明府处谈。吉逊于苏州新娶一女，今出而一见，知吉逊不位置以妾。然吉逊尚有妻在，甚讶之也。晚间遂于其寓斋饯贾梲唐上舍将至崇明之行，席间共六人，谈饮甚畅。饮毕，贾两君、金君皆往西郭去，余及纪堂弟旋家，时二更矣。沿途月色甚明，然天气正寒，水有冰矣。

十六日(12月4日) 晴，天气更寒，水冰甚厚，寒暑[表]降至卅度，笔砚须呵冻写字。上午琐屑事。下午至常禧城外星采堂仓屋看匠人做寿材，将晚旋家。夜间风静月明。

十七日(12月5日) 晴。早餐后至常禧城外星采堂屋看匠人做寿材，逾时，田蓝陬广文偕张叔侯茂才亦来游，畅谈风物，午间同餐饭也。敝桌朽凳，杯盘粗俗，酷似农家风味。宾主相顾，为之一笑。然晚近来风气浮嚣，人人竞尚奢侈，民俗敦厚之气久矣罕闻矣。偶领乡村风味，不禁欣慕于心而不置也。下午茗谈多时后，遂同田、张两君旋家(田、张两君又至余家畅谈)。夜餐后二更田君去，余同张君围棋，至半夜后睡(张君次日早去)。

十八日(12月6日) 晴。上午至常禧城外星采堂屋看匠人做寿材，将晚旋家。

十九日(12月7日) 晴。上午至笔飞弄蔡君洛卿处围棋一局，即旋家。下午至常禧城外星采堂屋看匠人做寿材。此物先人最尚讲究，必亲自督看，乃不可忽之事也。将晚旋家。今日天气稍和暖。

二十日(12月8日) 晴。上午至常禧城外星采堂屋看匠人做寿材，将晚旋家。

二十一日(12月9日) 晴。上午至后观巷花园一游，即旋家(徐君少翰同游也)。午间拜中议大夫先大父讳日。下午至常禧城外星采堂屋稍坐片时，即旋家。夜餐后至南街田君扬庭新置之屋游，扬庭家于夜半后迁居此屋也。先到之客不少，余同诸客谈许时后旋家，时十一下钟矣。

二十二日(12月10日) 晴。上午拜诰封宜人晋封淑[人]先祖妣凌太淑人诞日。午间至南街田君扬庭处贺迁住之喜。午间同张君椒生、周谔民茂才、庄莼渔明府、徐叔亮明府、罗君枧甫共酌。下午同诸客谈。夜间，扬庭又设整菜，同酌者谢、倪、鲍、徐、徐、徐、金及余共八人。余饮数杯，遂即旋家。

二十三日(12月11日) 晴。上午至常禧城外星堂屋看匠人做寿材，下午旋家。

二十四日(12月12日) 晴。上午至常禧城外星采堂屋看匠人做寿材，下午稍有雨数点，将晚旋家。

二十五日(12月13日) 晴，天气和暖，寒暑表升至五十一二度。早餐后至常禧城外星采堂屋看匠人做寿材。下午事竣，计关锁门户后旋家，时尚未晚。此次做最大寿材一具，计头高三尺一寸五分，后高二尺七寸；头上腰阔二尺二寸五分，中二尺六寸，下腰二尺四寸八分；盖二尺四寸五分，底二尺六寸二分；后上腰阔二尺六寸五分，中二尺三寸五分，下腰阔二尺二寸五分；盖二尺二寸五分，底二尺三寸；里面头上口一尺六寸二分，里面后上口一尺五寸，里中心底长六尺三寸六分（此具拟为老母寿器）。又次大寿材一具，计头高三尺一寸，后高二尺七寸；头上腰阔二尺二寸，中二尺五寸六分，下腰阔二尺四寸五分；盖二尺四寸二分，底二尺五寸二分；后上腰二尺，中二尺三寸，下二尺一寸八分；里上口一尺五寸八分，中心底长六尺三寸八分（此具拟为自寿器）。

二十六日（12 月 14 日）　晴。天气更暖，寒暑表升至六十五六度。上午田君扬庭来谢步，即去。

二十七日（12 月 15 日）　雨。午间祭晋封中议大夫先府君诞日。

二十八日（12 月 16 日）　晴。琐屑事。下午徐显民观察由沪旋绍，来谈许时去。晚上至南街沈福生茂才处谈，又至田扬庭上舍处夜饮，二更后旋家。

二十九日（12 月 17 日）　晴，天气又寒。午间祭貤封中议大夫本生先府君讳日。

三十日（12 月 18 日）　晴，早上霜甚浓而有薄冰。上午沈福生茂才来谈，午餐后去。下午至徐显民观察处茗谈许时，即旋家。

十一月初一日（12 月 19 日）　月为甲子，日为辛巳。天晴。上午至大街、大路等处一转，即旋家。夜二更后忽闻警钟，眺见红光，大约大街等处，遂至大街“谦记”钱庄稍坐，又至水澄巷徐宅（纪弟同去）。水澄巷口焚去店屋数座，水澄桥南焚去店屋数十家，水澄桥北焚去店屋数十家，势炫甚狂。徐宅虽尚隔十余间，然不能不踌躇。燃至四五点钟之久始息。同徐显民观察谈片时，又至大善寺一看，即旋家,时后半夜矣。

初二日(12月20日) 晴,天气甚寒,有冰。上午琐事。午间拜高大父诞日。午间同兄弟午餐于外耳厅。

初三日(12月21日) 晴,天气甚寒,水有冰。上午至大善桥、水澄桥等处看遭劫地,一片焦土,恍若旷野,可谓巨灾矣。游览片时,即旋家。下午沈君瀚斋来,片时即去。将晚至蕙兰桥等处一游,即旋家。天气甚寒,多写小字,捉管不甚有把握也。

初四日(12月22日) 晴。琐事。

初五日(12月23日) 晴。今日为冬至,午间祭拜历代祖先。

初六日(12月24日) 晴。早上至大善桥等处大街买物,即旋家。上午张叔侯茂才来围棋,将晚去。

初七日(12月25日) 晴。上半日琐事。午前徐君宜况来。田君春农来谈,午餐后春农去。下午同宜况围棋,夜餐后又围棋。今日天气稍暖。

初八日(12月26日) 晴,天气稍暖。上午徐君宜况去。午前至大善寺、江桥、大街一转,即旋家。

初九日(12月27日) 晴。理收租物件等事,属章正夆、族宝斋两人至常禧门外租寓办明日收租事。晚上徐君宜况来,夜围棋。

初十日(12月28日) 晴。同宜况围棋。

十一日(12月29日) 晴。上午同宜况围棋,下午宜况去。晚上至偏门外星采堂屋理租事,夜餐后二更旋家。

十二日(12月30日) 晴。上午纪堂弟带其眷属出门,至江苏候补。纪弟既以资捐得试用知县,虽旅费不足,似不能不听鼓省垣,而同[行]家眷甚多未便。盖初到省人员资格未老,人地生疏,得差补缺之事,非可以年月计。当此米珠薪桂之时,财力缺乏之际,移家异地,日用所需,在在费钱,且近来仕途拥挤,有小花样者、有大花样者、有大吏招呼者、有才具练达者,尚难得其差缺。纪弟上少招呼之人,徒以试用班奔走省垣,恐旅费更缺,宦橐仍虚。如此情形而带家眷,岂不多事？前余同申兄再四劝其一切举动，不可不瞻前顾后、审酌而行。

十三日(12月31日)　晴，天气稍暖。风轻日明，冬令之佳日也。午祭鲍四姑奶奶。午间至常禧门外星采堂屋理租事兼粜谷，晚间旋家。夜间天清月明。

十四日(1904年1月1日)　晴，天气稍暖。早上至清风里口"和茂"庄稍谈，片时即旋家。上午田春农舍人来谈片时去。旰前至常禧门外星采堂屋理租事，晚上旋家。

十五日(1月2日)　微雨。上午至常禧城外星采堂屋理粜租米事，晚上旋家。又至清风里口"和茂"庄稍谈片时，即旋家。

十六日(1月3日)　早上降雪花片时，天气甚寒。上午至常禧城外星采堂看□匠漆寿材。乡间遥见深山积雪颇白。下午又有晴意。晚间理租事后旋家。夜间天气寒肃，明月清洁。

十七日(1月4日)　晴，天气更寒。上午薛阆仙明经到馆畅谈时事。

十八日(1月5日)　晴，天气更寒，早上水结冰甚厚。上午马水臣[①]孝廉到，同薛君畅谈兼围棋。晚上蔡君洛卿来围棋。夜餐后，薛、马、蔡三君及余共围棋畅谈文字，寒夜竟谈至五更各睡。

十九日(1月6日)　晴，早上水结冰甚厚。早餐后谈许时，马、蔡两君去。下午至仓桥试院前一游，又至水澄巷徐显民观察处茗谈许时，将晚旋家。夜同薛君谈许时。

二十日(1月7日)　晴，日隐。早餐后至偏城外星采堂屋理租

---

① 马绚章(1869—1924)，谱名鸣善，字彬史，别字水臣。浙江绍兴人。清光绪二十八年(1902)举人。曾官外务部、陆军部主事。入民国，曾任江西教育厅科长，次年以病归家。晚年信佛。著有《效学楼述文》。见《民国绍兴县志资料》(第一辑)册15《人物列传》;《马绚章乡试朱卷》;《光绪壬寅补行庚子辛丑恩正并科浙江乡试同年齿录》。

谷米事,晚上旋家,时将二更矣。今日似有雨意,而夜又有星。

二十一日(1月8日)　晴,天气稍和暖。早上至市门阁一走,即旋家。上午至常禧门外星采堂理租谷米事,晚上租事理后旋家。家中至门外之屋约有五里,近日租事每日一往来也。天晴余不敢常用小舟,然仆仆道途,似觉乏力。际此百物腾贵,用度浩繁,吾家常年之用度借此田产,所以不能不慎真董其事也。

二十二日(1月9日)　晴。早餐后至偏门外星采堂屋理粜租谷米事,晚上旋家。

二十三日(1月10日)　晴。上午至偏门外星采堂理粜租谷米事,晚上旋家。

二十四日(1月11日)　晴。早上至清风里"和茂"同倪君谈,片时即旋家。下午至仓桥试院前游,又至水澄巷徐宅吉逊昆仲分家事也。同胡梅森姨夫及显民、乂臣谈,至晚间旋家。

二十五日(1月12日)　晴。上午至常禧门外星采堂老屋理粜租米事,午间旋家。下午同薛君至仓桥试院前游,今日山会两邑童生府试。晚薛君回家去。晤徐乂臣司马,邀至渠家谈,夜餐后旋家。

二十六日(1月13日)　晴。早餐后至仓桥试院前买书等物,即旋家。上午徐宜况妹婿来(渠前日在试院府试也),又薛阆仙明经来同宜况围棋。至夜半忽闻惊钲,眺见东南首光色甚红,借至台门外,知大云桥市上有失火之祸,遂在门外立视多时,烧两点钟之久始息。闻焚去市屋数十间,又一巨灾也。俟其光炫平罢,然后睡,时二点钟后矣。

二十七日(1月14日)　晴。上午张叔侯茂才来,同薛君、徐君围棋一日,晚上去。今日吾家租事收齐,司事先生及工人各色物由寓回家,将留存饭谷载回至家。吾家风尚,此种事情,皆须亲照应。余现在处处顾视,应酬检点,不能不用心计也。

二十八日(1月15日)　晴。上午同薛君、徐君围棋。下午至试院前游,道便后观巷,至田蓝暇茂才处稍坐片时,遂同田蓝暇及其再侄孝颛，薛阆仙、徐宜况又便道肖尾弄旷地看牵线木人戏片时（此戏新样，甚足一看），即又同至试院前看出山会童生案。在试院前游许[时]，徐君至笔飞弄去，诸君各散。天时将晚，余遂旋家。二更时，伸记工人潘传宝之老暂宿传宝之床，忽闻气绝。闻悉之下，阖家甚为惊讶，遂属工人雇舟，属传宝速行背出返去。此事意所不料，虽属传宝误谬，而为东家者难辞失察之讥，最恶劣事也。

二十九日（1月16日） 微雨。琐屑事。天气转寒，夜间降雪。

十二月初一日（1月17日） 月为乙丑，日为己亥[①]。天降冬雪，积厚二寸许。日间乍雨乍霁。

初二日（1月18日） 早上似有晴意，天气甚寒。上午霞齐徐宅忽有信云廿九之夜被盗创去衣服、首饰、洋钱等约以万计，余遂坐小舟至笔飞弄访徐沛山先生。闻渠到"咸和当"去，遂仍坐小舟到后观巷"咸和当"晤徐沛山先生谈询一切，即旋家。

初三日（1月19日） 降雪，平地积厚三四寸。冬间得此大雪，足为来年人寿年丰之佳兆。

初四日（1月20日） 晴。上午薛君到馆。下午同薛君至后观巷田春农舍人处茗谈许时旋家。

初五日（1月21日） 晴。上午至仓桥试院前游，后由利济桥等处买物旋家。天色虽晴而檐头雪水点滴，道途甚湿。

初六日（1月22日） 晴。

初七日（1月23日） 晴。上午徐秀元[②]茂才来（谈渠家被盗之

---

① 误。当为"庚戌"。

② 徐秀元（？—1904），清浙江会稽人。徐宜况之兄，徐光宪之伯。生平待考。按：《日记》光绪二十九年十二月二十七日："早上吴虞臣来谈霞齐徐宜况家被盗抢劫后数日，其妹殇；又数日，其嫂（伤）[殇]；昨又其兄秀元廪生（伤[殇]）。"据此，其当卒于光绪二十九年十二月二十六日。公历为1904年2月11日。

事),谈许时去。下午同薛阆仙明经至水澄巷徐乂臣司马处谈片时,又至试院前一游,又至后观巷“咸和当”同徐沛山先生及秀元茂才谈。又至作揖坊许侯青二尹处为徐宅商酌禀牍事,徐秀元茂才同往商谈许时后徐君旋去,薛君同余旋。夜又同薛君谈时事。

初八日(1月24日)　晴。上午田扬庭来谈。午,贾君幼舟来。下午同薛君、贾君、田君至老虎桥徐以逊明府处谈许时旋家。

初九日(1月25日)　晴。琐事。下午同薛阆仙明经至南街田君扬庭处,又同至太平桥庄莼渔孝廉处,庄君他出。晤周谔民茂才,同至能仁寺体操场看演习秋千,然后各自旋家。

初十日(1月26日)　晴。早上田君扬庭来,早餐后同乘大舟至南门外栖凫村吊徐□□[①]先生灵柩(伯荣、乔仙之祖明日大葬于平水),在徐宅宗祠午餐(同席张椒生明府、周谔民茂才、高君、田扬庭,徐福钦先生、吉逊明府及余共七人)。午餐毕,稍坐片时,同扬庭登舟旋家,时尚未晚焉。

十一日(1月27日)　晴。上午同薛阆仙明经至后观巷田蓝陬茂才处同傅肖岩茂才、春农舍人、张君友梅[②]等畅谈半日,蓝陬留午餐,后同至仓桥试院前游。薛君同余又至古贡院前藏书楼访冯梦香孝廉畅谈许时,又晤朱端侯副贡,遂由大街偕至余家。夜餐后,同薛君、朱君畅谈许时,朱君去。

十二日(1月28日)　乍有微雨。上午理核账务。下午写夹克纸横幅一张,用聪训斋语曰:“积德不倾,择交不败,读书不贱,守田不

---

① 原文空缺。此当为徐诚。徐诚(1811—?),谱名立诚,字端甫,又字永和。清浙江山阴人。国子监生,诰赠朝议大夫,同知衔加一级。见《徐维则乡试朱卷》;《浙江绍兴栖凫东海堂徐氏家谱》。按:此或为其停柩待葬。其卒年待考。

② 张家鹤,字友梅。清浙江会稽人。光绪二十八年(1902)举人张采薇从堂侄。见张采薇乡试履历(《清代朱卷集成》册294)。

饥。”计书十六大篆字，后志款焉。夜题书面。今日天气和暖。

十三日(1月29日)　天气潮。家事琐屑。

十四日(1月30日)　不雨不晴。午前坐舆至偏门里胡宅宗祠之傍屋拜子母神会。此会向例在四月祀祝，今迟至此。会中共到者只十人，午间礼神后，宴饮听戏。余宴毕，即坐舆旋家。天气转寒，一祛潮湿之气。冬间多晴，江河不可少大雨也。

十五日(1月31日)　微雨。较核租簿。上午，薛阆仙明经来解学事，余属儿女拜至圣先师，又拜谢薛师。午下，潘少华[①]明经来同薛君共谈许时去，又庄莼渔明府来，田扬庭上舍来，徐以逊明府来，聚谈甚畅，夜餐后又谈许时各去。薛君仍在书馆，又谈多时，睡夜半矣。

十六日(2月1日)　不雨不晴，天气稍和。题写书面。下午同薛君谈，薛君吐嘱虽少蕴藉之功，而书卷之气盎然，余自耐学问之不可及也。

十七日(2月2日)　乍有微雨。上午同薛君阆仙谈，下午薛君去。近日天气又潮，稍暖。理祀神品物各事(余家昔年各房约日一同祀神，今年以事约不齐集，所以余处拟先一日祀拜也)。

十八日(2月3日)　乍有雨。寅时起盥洗毕，携镇容儿先后祀拜年神，又祭祖宗。事竣，天晓焉。日间家事琐琐，予自揆学问不足，最欲得一二益友讲究有用之学，奈益友不可得。家中事又繁，实少读书讲学之时。下午薛阆仙明经来谈，夜餐后又谈许时，然后睡。

十九日(2月4日)　不雨不晴。早上同薛君谈，早餐后薛君去。

---

① 潘椐，字少华。清浙江会稽人，一作山阴人。光绪二十三年(1897)优贡。为光绪元年(1875)举人王积成弟子。其于光绪初年，与周炳琦(亦韩)、王余庆(积成)讲学越中，联同人为“志学会”，一时好学之士多从之。王余庆《求志斋遗墨》中有《与潘少华书》。李镜燧《六朝民肖影题辞》有序署“会稽潘椐少华”。

日间理核账务。夜写商部奖励章程等件,又理核账事。

二十日(2月5日)　晴。三点几分钟寅时睡起,内人将产①,予亲理米饮汤药等事。至六点钟卯时又生一男②,八字为癸卯年、乙丑月、己巳日、丁卯时。天气和暖,母子安善,实为欣慰。日间照应各事。今日午后为立春,盖上午尚属冬天也。

二十一日(2月6日)　乍有微雨。

二十二日(2月7日)　晴。

二十三日(2月8日)　晴,天朗气清。家务琐琐。晚上祀东厨司命神。

二十四日(2月9日)　晴,早上薄有霜。近日虽尚在十二月,而节气究属早到,日光渐向中照矣。午间祭诰封宜人貤封淑人本生先慈曹太淑人诞日。下午理核账务。

二十五日(2月10日)　晴,天气和暖,寒暑表四十一二度。上午至"谦记"、"同昌"核账,即旋家。下午又至笔飞弄核账,即旋家。

二十六日(2月11日)　晴。上午至清风里"和茂"核账,又至"谦济"同朱君理声谈,片时即旋家。夜结账。

二十七日(2月12日)　晴。早上吴虞臣来谈霞齐徐宜况家被盗抢劫后数日,其妹殇;又数日,其嫂(伤)[殇];昨又其兄秀元廪生(伤)[殇]。不到一月,连(伤)[殇]三人,而尤以秀元一房为甚,被劫

---

① 陈庆均《为山庐悼亡百感录》有诗纪其诗,诗曰:"梅开东阁早回春,喜见闺中又得麟。岁事预先循俗理,平安保卫度年新。(癸卯十二月,予家以是月有生产事,将年下俗事预先举办,乃前一日祀年神,第二日即生钰儿,事最凑巧也。越俗人家不拘贫富,向例至年下须酬神,谓之祝福。倘立春在年里,必在立春以前举行。是年二十日立春也。)"

② 陈在钰(1903—?),原名良,又名钰明,字仲明。浙江绍兴人。陈庆均次子,田氏出。毕业于南洋医科大学。民国时,曾为上海警备司令部军医,常州第一军第一独立团军军医、卫生队医官,第一军二师补充团卫生队长、巩县兵工厂医务课长、军政部第十陆军医院主任、南京汤山弹道研究所任中校医职。

后又有凶事叠出，实属冤惨已极。地方官玩愒荒唐，民间急事毫不关怀。徐宅属吴君办公文告诉于上官，谈片时即去。上午贾梲唐上舍由崇明旋绍，来午餐后去。传闻俄日有开战之事，中朝未能免于祸也。

二十八日(2月13日) 晴。早餐后至笔飞弄"颖升"庄同陈迪斋谈，片时即旋家。天气和暖，寒暑表四十八九度。

二十九日(2月14日) 晴，天气和暖。年边如此风日晴和，最好事也。日间解付各店账，实属繁琐，至午后解付清楚。下午核写账务。

三十日(2月15日) 晴。治理年事。午间祀东厨司命神。下午至大路"同昌"核账，又至大善寺前"谦济"同沈翰斋谈，片时即旋家。夜初祭拜历代祖宗，约一更初时夜餐。

中国近现代稀见史料丛刊【第十辑】

张剑 徐雁平 彭国忠 主编

陈庆均日记（中）

陈庆均 著

邓政阳 整理

本辑执行主编 张剑

凤凰出版社

光绪三十年甲辰(1904)

正月初一日(1904.2.16)至十二月二十九日(1905.2.3)

正月初一日(1904年2月16日) 月为丙寅,日为庚辰。卯时起,天乍雨晴,盥沐后拜天地神、拜祖宗。食汤圆年糕后,坐舆至宣化坊胡梅森先生处拜年,晤其郎,略坐片时即出。至水澄巷徐宅拜像后,晤乂臣司马及其侄佑长,谈片时即出。又至府山后褚宅拜像,晤士伟(即润生),稍坐片时即出。又至西郭徐福钦舅氏处拜年,晤谈片时即出。又至徐谷芳舅氏处拜年,晤紫雯谈片时即出。又至老虎桥徐以逊明府处拜年,晤谈许时即出。又至寺池骆宅拜像,晤玉舫谈片时即出。又至南街田扬庭处拜像,扬庭他出,扬庭少奶出见,坐谈片时即出。又至徐宅拜像,晤伯荣茗谈片时即旋家,午餐时将半下午矣。(所到者以上各家,此外皆分名片也。)

初二日(2月17日) 晴。上午酬应拜年客。午间坐舆至后观巷田宅拜像,先到大房老屋,后到二房新屋,兼拜先外姑忌日。午酒,徐以逊,田春农、扬庭、缦云四人及余共五人,午餐后共谈许时旋家。

初三日(2月18日) 晴。上午酬应拜年客及家务琐琐。

初四日(2月19日) 晴,早上地湿,似夜间有雨。天气稍暖,寒暑表升至五十五六度。上午酬应拜年客。中午理核账务。下午同申兄、存侄至和畅堂拜本生母家曹外祖像,即旋家。

初五日(2月20日) 晴,天气又暖。夜风甚大而有雨,气候转寒。

初六日(2月21日) 晴。琐琐事。余近日大便偶带红,大概为郁火不清；而肩骨与心有时稍痛，气力觉少，不知是否少安静所致。

初七日（2月22日）　晴。早餐后坐小舟至张墅村蒋姑奶奶家拜年，稍坐片时即坐舟旋家。张墅路虽不远，而须渡灌椟龙大河江，略有风则小舟便不能稳。余于大江坐小舟，生平不敢冒险尝试。此等路途，宁使多费几钱坐中舟则较妥也。下午理拜坟岁需用祭菜、果品等事。少贱多能鄙事，宣圣先为余言耳。

初八日（2月23日）　晴。早餐后乘坐大舟至南门外下谢墅，登新貌山祭谒曾祖父母、祖父母、本生父母墓，又祭谒先府君殡墓，徘徊许时，然后下山。登舟午餐，旋家时在申时（申之兄、存侄及族弟景堂、族侄老祥同往谒也）。今日蒋、贾两姑奶奶来拜年。

初九日（2月24日）　晴。阅报（《日俄战事报》也）。上午至后观巷咸和当访霞齐徐沛山先[生]谈许时即旋家。下午至街为群童戏买花爆，夜间放观之。新年风俗，免强应酬也。

初十日（2月25日）　雨。

十一日（2月26日）　晴。琐琐事。下午至大街买书等物，即旋家。

十二日（2月27日）　晴，天气日和，寒暑表六十一二度。节气较早，大有万象回春之光景。

十三日（2月28日）　晴。

十四日（2月29日）　早上晴，午前雨。

十五日（3月1日）　乍雨晴。上午坐舆至西郭祝鲍敦甫中允七十一岁寿，又至笔飞弄钱业会馆贺周味仁[①]太史喜，稍坐片时，即旋

---

① 周蕴良（1867—1904），字味仁、又字味莼，号惕斋。清浙江会稽人。光绪二十八年（1902）举人，二十九年进士。著有《惕斋遗集四卷》续集二卷补遗一卷首一卷末一卷。见《光绪壬寅补行庚子辛丑恩正并科浙江乡试同年齿录》；《周蕴良乡试朱卷》；《绍兴县志资料》（第一辑）册15《人物列传》；周蕴良《惕斋遗集》附录之周祖琛《先考行状》。

家(周君兼为二老[①]七十寿也,在会馆设席称觞)。

十六日(3月2日) 晴。

十七日(3月3日) 晴。早餐后坐大舟至稽山门外石旗村,登井头山拜高祖父母坟岁(申之二哥、锦堂族弟及存侄同往)。祭毕,徘徊许时下山。登舟旋家,时尚未晚。下午雨。夜雨甚紧。今年节气究属早到,山野草木遍处萌(牙)[芽],几似昔年清明时候。

十八日(3月4日) 晴,天气暖而潮湿。上午祭拜祖宗像,新年事又告竣,收拾屋宇、器具等事。晚上有雷雨。

十九日(3月5日) 雨,天气转寒,上午降雪子,下午雨雪。明日为惊蛰,而前日先有雷声。相传未到惊蛰一声雷,必有数日雪花飞。此言可谓应验不谬也。

二十日(3月6日) 前夜瓦上积雪一二寸,平地积雪寸许。早上即有日光。从此河水既畅,而春雪又降。天意做佳,最为庆悦。上午为镇容儿课学,今年不另延师,予拟自课儿读书也。今日又为内子产事第二胎弥月理锁锁事。下午拟取二儿之名,记之后,曰“锡”、曰“良”(此二名借记之而尚未定也,后另拟名也)。

二十一日(3月7日) 雨。

二十二日(3月8日) 晴。上午二儿初剃头发,领其拜神、拜祖宗。午间申兄、存侄、族宝斋兄、锦堂弟来饮喜酒,午后各散。下午理琐琐事。

二十三日(3月9日) 雨。

二十四日(3月10日) 雨。上午琐事。下午雨霁。至后观巷田蓝陬茂才处,蓝陬他出,遂即旋家。又至大街买笔等件,即旋家。

二十五日(3月11日) 雨。上午课镇容儿读书。下午张叔侯

---

① 二老,即其父周祐与母倪氏。周祐,字茂陵,又字懋龄。清浙江会稽人。国学生,敕封文林郎。倪氏,国学生倪永思孙女,国学生倪清源女,国学生倪福胞妹。敕封孺人。见《周蕴良乡试朱卷》。

茂才、田蓝陬茂才及其侄春农孝廉来谈。晚，又罗君梲甫来，夜餐后去。

二十六日(3 月 12 日)　上半日雨。琐琐事。阅《申报》《中外报》。今年至绍各报甚迟数日。前闻周维仁太史倏忽逝世，功名骤上，身世速归，其家气象一转瞬间遽形衰耗。

二十七日(3 月 13 日)　晴。上午为徐君念春写大堂屏四张。下午田扬庭同鲍冠臣来，又鲍诵清来，在外耳厅饮酒畅谈许时去。

二十八日(3 月 14 日)　乍雨晴，天气春寒。余头眩，腿骨作痛。

二十九日(3 月 15 日)　雨。

三十日(3 月 16 日)　雨。

二月初一日(3 月 17 日)　雨。月为丁卯，日为庚戌。午间祭先大母凌太淑人讳日。午餐后同申兄谈时事多时。

初二日(3 月 18 日)　天雨霁。上午写书面字，又为新添儿取定其名曰釭明(釭音工，《说文》车毂中铁也。予后辈以金字傍取名釭者，字面尚好，又有二字之形，即第二男之谓明者；其生在卯时，天方明，冀其心地明通也。釭又音江，二音并载《说文》，兼可称呼也)。

初三日(3 月 19 日)　晴。上午祀文帝。午间祭本生先府君中议公诞日。下午水澄桥、大街及仓桥、万卷书坊一游，即旋家。

初四日(3 月 20 日)　晴。上午拜青藤书屋天池先生诞日。

初五日(3 月 21 日)　晴。今日为春分，午间拜春祭祖宗。下午至作揖坊许侯青二尹处畅谈多时旋家。贾梲唐姊婿来夜谈至鸡鸣时候。

初六日(3 月 22 日)　晴。上午琐琐事。午前何毓南少尹来谈，同申兄谈议纪堂在苏候补居住情形，谈许时去。下午同贾君至大街买物，即旋家。夜同贾君谈至半夜。

初七日(3 月 23 日)　晴，天气稍暖。上午同贾君谈。下午同贾君至南街田扬庭处谈，至晚间旋家。夜同贾君谈。

初八日(3月24日) 雨甚多。今日本拟同贾君及田君等游禹庙,乃为雨杜门同贾君谈。

初九日(3月25日) 微雨。同贾君闲谈。

初十日(3月26日) 雨多不能出门游,同贾君闲谈。

十一日(3月27日) 又雨。同贾君闲谈。

十二日(3月28日) 晴。早上贾君去。天气潮湿,晚间稍风燥。多日下雨,一晴便觉清爽也。

十三日(3月29日) 雨。

十四日(3月30日) 晴。上午琐事。下午至清风里"和康"同董君稼孙谈,又至"谦济"同沈君翰斋、朱君理声谈许时旋家。寄苏州信一封,寄纪堂处。

十五日(3月31日) 晴。上午至掠斜溪杨质安茂才处谈,余有数日舌中时有痛处,兼舌上有红点,两腮里面又有红瘰而稍肿,大约虚[火]上升。询之杨君,曰是,遂请其酌开发散平热方药一张,即旋家。

十六日(4月1日) 晴。上午徐宜况妹婿来。午间祭中议大夫先大父诞辰。下午同宜况围棋。

十七日(4月2日) 晴。上午张叔侯茂才来同宜况围棋,下午张君去。夜同宜况围棋。

十八日(4月3日) 雨。乘舟(内子、次女、大儿同坐舟也)至南门外上谢墅谒田太岳墓,又谒田润之外舅殡[屋]。大雨不休,衣衫皆湿,从来未有如此之遇雨也。饥寒交迫,舟中至四点钟始吃午餐,旋家八点钟矣。

十九日(4月4日) 雨霁,稍有日光。早餐后同内子、大儿、次女坐舟至偏门外清水闸相近之澄湾村谒田先外姑何淑人殡屋,舟中午餐后旋家,时尚未晚。

二十日(4月5日) 晴,天气潮湿。余前日遇风雨后稍感风寒,今日头眩,鼻有清涕。前日之冒雨,此后宜谨慎勿大意也。今日为清明。下午至仓桥试院前一游（陈学使[①]于十七日到试院，今日考试童生策论也），游览片时，即旋家。

二十一日（4月6日）　晴。阅《舆地新编》。

二十二日（4月7日）　晴。早餐后侍家慈乘舟至南门外盛塘村，坐肩舆至董坞谒徐外祖墓，事毕即下山，途中遇雨数阵。在西郭徐宅舟中午餐，又遂坐徐家舟旋城（舟中同徐紫雯、质甫两君畅谈），余在凰仪桥上岸旋家。闻贾柷唐、徐宜况两君来，又至仓桥试院前游览许时旋家（申兄，贾、徐两君同游也）。

二十三日（4月8日）　晴。上午同贾、徐两君至试院前游，又同徐君至陈雨亭处围棋。乍有烈风阵雨，遂同徐君坐小舟旋家。下午同徐君围棋。

二十四日（4月9日）　晴。乘舟至稽山城外石旗村上岸，登井头山谒高祖岳年公坟，事毕下山。又至外王村谒高叔祖永年公等坟，事毕下山。又道便至禹庙游（同舟申兄、族锦堂弟、存侄、徐君宜况），日光将暮，遂旋家，时尚未晚。

二十五日（4月10日）　晴。早餐后坐小舟至平水村谒徐仲凡舅氏殡墓，在徐宅庄屋中饭，同徐宅诸君畅谈许时，坐舟旋家。夜同贾、徐二君谈，至夜半睡。

二十六日（4月11日）　雨。乘舟至谢墅登新貌山谒祭曾祖父母、祖父母、本生父母墓，事毕又谒祭先府君殡墓，事毕下山，在舟中饭。天雨不休，兼有女眷随同，实事繁而形不便也。旋家将晚矣。

二十七日（4月12日）　雨。乘舟至栖凫村登黄泥磡头谒祖墓，

---

① 陈贻徵（1850—1910），学名兆文，号荪石。清湖南桂阳人。同治十二年（1873）拔贡，光绪元年（1875）举人，二年进士。曾官左春坊左庶子、奉天府府丞兼奉天学政、太常寺卿、浙江学政、左副都御史等职。见陈镜清《桂阳泗州寨陈氏续谱》之《二十一世·贤户贻字齿录》；《大清搢绅全书》（光绪甲辰夏季荣录堂）册3。

又登平地谒祖墓，又登孔家坪(即龟项山)谒祖墓，然后事毕下山。登舟中饭后，又至铜罗山谒外房祖墓，事毕天时将晚。开棹旋家，时八下钟矣。

二十八日(4月13日)　雨。早餐后乘舟至盛塘村，登翠华山祭谒四世祖妣墓，又祭谒董承公墓，在山阅视一遍下山。舟中中饭后，开棹旋家，时未晚。

二十九日(4月14日)　雨。乘舟至昌安门外柏舍村祭谒三世祖墓，事毕登舟，旋家时尚未晚。夜同贾君祝夜谈。

三十日(4月15日)　雨。乘舟至偏门外石堰村祭谒五世祖墓(六世伯祖同墓也)，事毕登舟。至跨湖桥，余同族侄老祥、老梅坐小舟旋家；申兄等坐大舟，尚许至木栅扫墓也。余旋家时将旰焉。

三月初一日(4月16日)　月为戊辰，日为庚辰。雨不肯休，此次雨可为长久也。同贾柷唐、徐宜况两君谈。下午何毓南君来谈许时去。夜同宜况围棋，二更睡。

初二日(4月17日)　雨。上午同徐君宜况围棋。下午同宜况至试院前游，又至陈雨亭处看宜况同其围棋，又至试院前看山会童生提覆牌。宜况至笔飞弄，余旋家时将晚焉。

初三日(4月18日)　雨。上午琐事。下午徐君宜况来围棋数局，晚上宜况去。久雨地湿，举动不能畅快，且诸事因雨而因循焉。

初四日(4月19日)　雨。上午琐琐事。自问少坚守之功，诸凡学问，迄不能进境。频年纵情安逸，年日长而德业未成，为可恧也。下午至后观巷田春农孝廉处贺喜(渠第二子[①]新进秀才也)，晤蓝陬茂才谈片时；又至水澄巷徐宅贺喜(徐吉逊县令长子[②]新进秀才也)，

---

① 田仪曾，清浙江山阴人。光绪十四年(1888)举人田宝祺之次子。见《田宝祺乡试朱卷》。

② 即徐世保(佑长)。

晤乂臣司马谈片时。又趁徐叔亮县令小舟至古贡院前徐吉逊别墅处谈，吉逊坚留夜餐，同饮者以逊、叔亮、吉逊、佑长、赵又峰及余共六人。夜餐后同佑长茂才至水澄巷徐乂臣司马处，客多，遂畅谈许时。同贾枧唐上舍坐小舟旋家，时十一下钟矣。同贾君又谈许时睡。

初五日(4月20日)　晴。上午同贾君谈。下午蔡君洛卿来谈片时去。贾君同余至试院前游(同坐小舟也)，又至古贡前徐宅别墅吉逊明府处饮夜，同席者十一人，饮毕又谈许时。同贾君坐小舟旋家，时十一下钟矣。

初六日(4月21日)　晴。上午贾君去。书信，题书面。下午至仓桥买物，又由大街即旋家。

初七日(4月22日)　乍有雨。上午嬉游。下午至仓桥及水澄桥、大街买物，即旋家。天气湿。

初八日(4月23日)　晴，天气潮湿异常。下午至田蓝陬广文处畅谈许时，即旋家。

初九日(4月24日)　晴，天气湿热异常。上午至南街，道便张叔侯馆稍谈片时；又至庄莼渔孝廉处畅谈，莼渔坚留午餐，又谈许时旋家。下午田春农孝廉来谈许时去。乍有雷声，乍雨数阵。夜闪电雷雨。

初十日(4月25日)　雨，天气稍寒，潮湿乍去。

十一日(4月26日)　晴，天气清朗。上午栽种兰数十本。下午为人书写对联两副。夜在外屋谈许时。明月清风，的是春秋佳日。

十二日(4月27日)　晴，上午乍有雨。

十三日(4月28日)　上午绘山水一张，未成。下午同田蓝陬茂才、孝颛茂才步至常禧城外游览，又至吾家寓屋星采堂处小憩片时，遂缓步各旋家，时将晚焉。

十四日(4月29日)　晴，天气又潮湿而暖。上午绘山水(前日所绘，今成之也)。下午睡片时，庄莼渔孝廉来谈许时去。

十五日(4月30日)　晴，上午乍有暖风而却湿气。天气甚暖，寒暑表升至八十二度。夜有凉风明月。

十六日(5月1日)　雨。琐琐家务。

十七日(5月2日)　晴。上午阅《经世文编》。下午至水澄桥、大街买物,即旋家。晚间口渴,饮茶数碗,胸中不能舒服。夜卧不安睡,至夜半胸腹中更觉饱满不舒畅。解大便尽属墨黑之色,又忽呕紫色血水数口,继呕鲜红血数口,共约有半面盆。自觉惶恐,不知何以至此,然呕出之后神气便清畅。内子见此,告之老母,皆为之惊恐。即请杨质安茂才来诊视,据说此系湿热劳心过度所致,如出位之血一呕便止,当属无妨。此后但须正本扶气,以养新血可也。余思其言韪之,坐片时后觉气力乏,遂在床静卧。

十八日(5月3日)　晴。余卧床乏气力,日间只饮米汤薄粥。下午杨医又来诊,换开一方。余自觉心腹舒快无他病,此后但须清心静养为要焉。病中百感交集,有《感怀诗》十首,另处写记。

十九日(5月4日)　晴。予胃稍能添吃米粥,惟气力乏,多坐不能支持。下午田君扬庭来问疾,不能坐谈。

二十日(5月5日)　晴,天气寒而清快。上午田春农孝廉来问病,余不克坐谈。下午杨质安又来诊,余病少复,惟此后最宜调养为要。

二十一日(5月6日)　晴,天朗气清。早上进饭一碗。田蓝陬茂才来看余,谈片时去。余觉稍有气力,遂至书案写日记,阅书静坐。

二十二日(5月7日)　晴。上午至外书屋坐。纪堂弟由苏州旋里来谈(渠昨午下到),片时即出。

二十三日(5月8日)　晴。上午同申兄弟、纪弟谈,又何桐侯[①]广

---

① 何琳(1861—1942),字古茂,号桐侯。浙江绍兴人。清光绪八年(1882)举人。见《光绪壬午科浙江乡试同年齿录》;何琳乡试履历(《清代朱卷集成》册271)。按:何琳乡试履历(《清代朱卷集成》册271)及《光绪壬午科浙江乡试同年齿录》均载其生于咸丰辛酉年四月十八日。《诗巢壬社社友录》载其卒于民国三十一年十月十七日。

文来商谈纪堂境况事。徐吉逊明府来谈，许侯青来谈。纪堂带家眷在苏候补，累重款绌，皆劝其速立妥善之法，诸君皆谈到晚上各去。

二十四日(5月9日) 晴。上午同申兄谈。下午，许侯青二尹来同纪堂谈，夜餐后许君去。

二十五日(5月10日) 晴。下午，许君侯青来，同申兄、纪堂及余谈劝纪堂事，纪堂固执不悟。晚上何君桐侯又来谈，二更后各散。

二十六日(5月11日) 晴，下午雷雨。上午纪堂弟立议，将昔年分家时遵祖训所留存乘字公款等件纪堂名下应得之数尽行提出，以充旅费。此后此项公产，纪堂不相干涉。立笔据三纸，"里记"名下元、亨两房各执一纸，"美记"名下执一纸。惟此项本系里、美两对股之款，今"里记"名下既提出一房，此后"里记"名下只四成，"美记"名下仍有六成也。

二十七日(5月12日) 晴。上午坐小舟同纪堂弟至古贡院前冯梦香孝廉处谈（纪堂托其书信于许子原[①]太守处，乞其位置差遣事），坐片时后仍坐小舟旋。又便道至清风里"和康"庄一坐，即旋家。

二十八日(5月13日) 晴。上午，冯梦香孝廉来（有礼物及信件托纪堂弟带至苏州送俞曲园[②]先生处），稍谈片时即去。徐君宜况来谈。下午，纪堂弟乘舟仍至苏省候补，余同宜况围棋数局。

二十九日(5月14日) 晴。上午徐君宜况至保佑桥渠家新租

---

① 许祐身(1848—1912)，字子原，号申叔。清浙江钱塘人。同治十二年(1873)举人。曾官工部屯田司主事、工部都水司员外郎，山东道监察御史、江南道监察御史、吏科给事中、兵科给事中、江苏苏州知府等职。见许引之《高阳许氏家谱》卷二《世传》。

② 俞樾(1821—1907)，字荫甫，号绚岩，又号中山，晚号曲园。清浙江德清人。道光二十四年(1844)举人，三十年进士。曾官翰林院编修、国史馆协修、河南学政等职。著有《群经平议》《诸子平议》《古书疑义举例》等。其生平著作均辑入《春在堂全书》。见缪荃孙《艺风堂文续集》卷二《清诰授奉直大夫诰封资政大夫重宴鹿鸣翰林院编修俞先生行状》。

之屋(徐宅于明日迁居此屋也)。

四月初一日(5月15日)　晴。月为己巳,日为己酉。天气清胜。核理账务。午前坐舆至保佑桥徐宅道迁居之喜,稍坐片时即坐舆旋家。天气渐暖,寒暑表升至八十一二度。

初二日(5月16日)　晴。上下午天气更暖,寒暑表升至八十七八度。晚间有雷雨,天气便凉。

初三日(5月17日)　晴,天气清高。午前拜曾祖妣魏太宜人讳日,又乘舆至水澄巷徐宅拜外祖母讳日,午餐后旋家(吃北面一碗,胸腹又觉饱满)。

初四日(5月18日)　晴。胸中仍不舒展,不思饮食。午间至后观巷田蓝陬茂才家拜先润之外舅生日,遂同田宅诸君谈,至申刻旋家(午间又不欲吃饭)。旋家后勉强饮粥一碗,半夜间勉强吃饭半碗,胸中仍时有不舒展,饮陈皮薄荷茶数口,稍通快。

初五日(5月19日)　晴。余心胸间仍觉时有不舒快之处,大约饮食不能消化,气机因之不甚通畅也。

初六日(5月20日)　晴。余近日病尚未复元,坐卧优游,不克治事。

初七日(5月21日)　晴。天气郁热,寒暑表升至八十八九度。下午更热,乍有阵雨。晚间坐舆至西郭吊徐谷芳舅氏殓,行礼后稍坐片时,即坐舆旋家(徐舅氏近年虽服鸦片烟而人尚健,嗣君子祥中表以知县候补多年,近新补一缺,将可到任。今遽遭此事,其家运甚不佳也)。夜间遂有凉风,便觉清畅。

初八日(5月22日)　雨。上午撰挽徐谷芳舅氏联语一副云:"世事际纷纭,高隐杜门,共羡老成具卓识;长君新叙补,灵椿乍萎,不堪留待听迁除。"

初九日(5月23日)　上午晴,稍郁热,下午雷雨。许侯青二尹来谈许时去。晚间天气遂凉。

初十日(5月24日)　晴,天气清快。日前病榻中尚有写意七言、五言诗各一首,今补记之:“性情迂拙未消磨,遇事鲜才费切磋。怪底至今成德少,最难安处受恩多。生前有暇便是□,身后留名□□□。历尽艰难人易做,世情勘透□□□。”“勤朴留遗训,兢兢恐改更。虚延经半世,教养负先人。时局趋新异,家风尚厚诚。但当躬自励,借以答生平。”下午,田君扬庭来,又许君侯青来,共谈许时各散。晚上写挽徐舅氏联一副。夜月甚明。

十一日(5月25日)　晴,天气清快。

十二日(5月26日)　晴。早餐后坐舆至西郭徐宅吊谷芳舅氏首七,又为渠家陪客半日。天气尚凉,袍褂穿着尚能耐久,至午间旋家。下午为贾薇舟先生书挽谷芳舅氏绫对一副,其绫甚长,写毕便觉费力也。午后(昨)[乍]有雨,夜又有雨。

十三日(5月27日)　晴。上午为人绘花卉二方。下午徐君宜况来围棋数局去。

十四日(5月28日)　晴。琐事。

十五月(5月29日)　晴。琐事。

十六日(5月30日)　晴。上午坐舆至保佑桥徐沛山先生处贺喜,稍坐片时仍坐舆旋家。下午昼寝许时起,阅《申报》、中外(各)[日]报。近日天气清和。前月间病中感怀诗十首,补记于此:“养气还须神悦怡,自知心绪过劳思。记从昔岁秋闱后,夜半竟鲜酣睡时(余自昔年乡闱后,夜睡至半夜辄醒,迄今依然。此盖血气衰之一验也)。”“禀体当时辄自矜,壮年精力便难胜。偶因湿热同交感,积血狂呕益战兢(三月中旬偶感湿热,夜间忽呕深红血数口,鲜红血数口。一时家中咸相恐惧,余自又不能不惊讶也)。”“乍撄疾病访医看,汤药烹调事又繁。多感诸君来顾问,安心静养祝加餐。”“缠绵床榻更劳心,百感从中起不禁。一事未成衰弱渐,惊心岁暮日斜临(白乐天诗‘我[①]年三十九,

① 当为“行”。

岁暮日斜时’。余今年三十有四,将近其年矣)。”“年来疾病为因循,畅茂不如草木春。叹惜舍人泉下去,折衷药石更无人(内兄田杏村舍人深明医学,余每有疾必晤商之,时蒙其酌示方剂。乃去秋遽归道山,此外市井医生皆不足请质耳)。”“时局阽危尚苟延,无稽横议已滔天。草茅下士鲜才策,但祝今年似旧年。”“十年前学早荒芜,愧未能为君子儒。德业无成人事杂,即咽墨汁又仍枯。”“吾家世业在书香,缅想前型尚可详。留得遗编清夜读,砚田手泽庆方长。”“西门祖冢久传留,剪扫松楸岁一谋。此日未能躬拜谒,西冷[泠]只向梦中游。(余家有明代祖坟在萧山之西门外,至今每岁必祭谒一次,屡乘道便渡钱江至西湖一游。余今以病不获躬亲拜扫,而西湖徒劳想念耳。)”“膝前儿女与年增,教养但期先志承。转瞬接踵婚嫁事,愿闻海宇永清澄。”卧病数日,百感交集,不拘格律,写诗十首,借遣床榻中之虚渡光华也。艮仙自志。

十七日(5月31日) 晴,天气清快。今日员女断吃乳,其吃乳二十余月,不为少矣。此后但俾其饮食调匀,夏间吃饭胜于吃乳也。世上哺乳一道最为费事,能得初生便能吃米粉、粥饮之类,则养育当更为便便矣。

十八日(6月1日) 晴。上午至水澄桥、大街买物,又至“谦记”庄稍坐片时,即旋家。余久不走街,今日上午天气清畅,偶一行走,尚不乏力。下午天气加暖而尚清快。为内人绘花卉扇箑一张。

十九日(6月2日) 晴。上午为内人写篆字扇箑一面。天气又暖。下午至田蓝陬茂才处闲谈,晚上旋家。

二十日(6月3日) 晴。上午田君扬庭来谈,又许侯青茂才来谈,片时后去。午前至田春农舍人处饮,春农次嗣仪曾入泮,于今日先行祭祖,遂邀至戚一饮。盖其守制,不便开贺也。余近日尚忌油腻食物,今勉强赴席,同诸君谈叙,午饮后即旋家。许君侯青又来,田君扬庭又来,谈片时即去。天气更暖。阅近日各报,皆登日俄战事,俄军屡败,日军屡胜。东洋区区之国,数十年之刻意变法,百废(具)[俱]举。

今不特制造之备、人物之盛，而竟能詟服强悍之国，企慕不胜其言。

二十一日(6月4日) 晴，天气又暖。上午为家慈谨写绘折扇一张。

二十二日(6月5日) 上午乍有雨。今日为绍府新生迎送入学之期。徐佑长茂才来稍坐片时即去。午前坐舆至和畅堂堵芝龄孝廉处贺采芹之喜[①]，稍坐即辞；又至西郭宋君远亭处贺采芹之喜，稍坐即辞；又至水澄巷徐吉逊明府处贺采芹之喜，午间同席饮者冯梦香孝廉、胡梅森司马、马伯声[②]观察、马祝奚、胡君司久[③]、徐君志章及余共七人，饮后同诸君畅谈片时，即旋家。下午晴。

二十三日(6月6日) 晴。上午课儿女读书，阅各报。下午为徐君季通[④]写篆文扇箑一张。下午徐君宜况及其弟礼和[⑤]来围棋，至夜餐后去。乍雨数点。

二十四日(6月7日) 晴，天气暖。

二十五日(6月8日) 晴。

二十六日(6月9日) 晴。上午至清风里、大街“谦济”庄晤朱君理声，稍谈片时即旋家。天气又暖，寒暑表升至八十七八度。午前洗浴后，身上如卸重负，最清快也。学写篆字数百。午后乍有雨，微有雷声。晚间田君扬庭来，稍谈片时去。

---

① 堵芝龄之子堵福诜于是年岁试取入会稽县学第十九名附生。见杭州师范大学弘一大师·丰子恺研究中心《堵氏家谱》。

② 马家壎，改名荫棠，字伯声，号召南。清浙江会稽人。曾官江苏金坛县知县。见马荫棠《会稽吴融马氏分支谱》卷六《子渊公支朴园公派》。

③ 胡毓侃(1892—?)，原名毓仪，嗣避宣统御讳改今名。字司久，一作司九、四九。清浙江山阴人。国学生，议叙同知衔加五级。见胡寿震《绍兴莲花桥胡氏宗谱》。

④ 徐维桐，字季通。徐毓兰之子。清浙江山阴人。见《浙江绍兴栖凫东海堂徐氏家谱》。

⑤ 徐礼和，清浙江会稽人。徐宜况之弟，徐光宪之叔。生平待考。

二十七日(6月10日) 晴。上午田蓝陬茂才来畅谈,至下午去。有雨后天气凉。

二十八日(6月11日) 晴。上午徐君宜况来谈片时,同至试院前陈雨亭处围棋。余又至古贡院前藏书楼同冯梦香孝廉谈许时后,仍至陈雨亭处看宜况同其围棋,约有半日之久,然后由水澄桥、大街旋家。下午同宜况围棋,夜餐后又围棋,二更时宜况回保佑桥去。今日天气凉畅。

二十九日(6月12日) 晴,天气又暖。

三十日(6月13日) 乍雨晴。

五月初一日(6月14日) 月为庚午,日为己卯。乍雨晴。上午坐舟至西郭看徐子祥明府(其回籍守制也),晤谈片时,仍坐舟旋。又便道至大街"和康"稍坐片时,即坐舟旋家。

初二日(6月15日) 晴,天气暖。上午琐事。午间至后观巷田蓝陬茂才处饮,下午听平调(蓝陬之妻张恭人四十寿也),夜餐后又听平调,至二更后旋家。

初三日(6月16日) 乍有雨,天气稍凉。下午至清风里、大街等处,并至"和康"稍坐。晤程君玉书,谈片时即旋家。

初四日(6月17日) 乍雨晴。核付各账琐琐事。

初五日(6月18日) 乍有雨。琐琐事。午后戏画八卦数纸。

初六日(6月19日) 晴,天气清快。上午至大善桥及清风里等处买物,即旋家。下午核写账务。

初七日(6月20日) 乍雨晴。看工匠修制物件,阅各报章。近日天日最长。

初八日(6月21日) 乍雨晴。

初九日(6月22日) 雨。

初十日(6月23日) 早上稍有雨。坐舆至西郭吊徐谷芳舅氏,兼为其陪客。其家到者客共一百零,陪客共十二人。至午间,余同胡梅森姨夫各坐舆到水澄巷徐宅拜仲凡舅氏两周年忌日。午餐同席者,胡君梅森,陈君厥彛、鹿平,马伯声观察、胡君司久、徐显民观察及余共七人,饮毕后同诸君畅谈,至傍晚坐舆旋家。

十一日(6月24日) 雨不休息。

十二日(6月25日) 雨,天气潮湿。

十三日(6月26日) 晴,天气湿热。上午徐君宜况来围棋一日,夜餐后去。

十四日(6月27日) 晴,天气湿热。上午冯梦香孝廉来谈许多时去。下午蔡君洛卿来围棋,晚上去。

十五日(6月28日) 晴。早餐后至试院前陈雨亭处看徐君宜况围棋,蔡君洛卿、徐君礼和皆到。午前陈雨亭、蔡洛卿,徐宜况、礼和同余至吾家,贾君枧唐亦来,遂大观棋战。至夜二更,雨亭、洛卿、礼和去,枧唐、宜况谈至夜半后睡。

十六日(6月29日) 晴,天气暖,几如伏天。早上至马梧桥祀黄神,行礼后即旋,道便至田蓝陬处稍谈即旋家。上午贾君到西郭去。日间同宜况围棋,至晚上,宜况到其家去。今日为天赦日。

十七日(6月30日) 晴,天气骤热,寒暑表升至九十三四度。

十八日(7月1日) 晴,天气更热。上午蔡君洛卿来,又陈君雨亭来,徐君宜况来围棋,晚上各去。夜间郁热异常,不能安睡,寒暑表升至九十四五度。

十九日(7月2日) 晴,天气更热,然日光稍隐。下午乍有雨数点,天气遂凉。

二十日(7月3日) 晴,乍有雨数点。上午至田春农处谈,兼拜其曾祖祭。午间坐舆至水澄巷徐宅拜外祖忌日,兼拜仲凡舅氏神主上堂。下午同徐宅诸君谈,留至夜餐后旋家。夜间天气清凉。

二十一日(7月4日) 晴,天气又热。

二十二日(7月5日) 晴,天气又热。上午徐宜况来围棋。下午蔡洛卿来围棋,夜半去。

二十三日(7月6日) 晴。上午蔡洛卿又来围棋,宜况、洛卿及余共战棋一日,夜餐后徐、蔡各去。近日寒暑表升至九十三四度。上午冯梦香孝廉来茗谈片时去。

二十四日(7月7日) 晴。今日为小暑节气。

二十五日(7月8日) 晴,天气更热。上午至后观巷田春农处拜田肇山先生忌日,同诸君谈片时即旋家。午间拜曾大母魏太宜人诞日。下半日及夜间天气郁热异常,不能安睡,夜半起坐数次。

二十六日(7月9日) 晴。日光稍淡,上午(昨)[乍]有雨,有风便凉。下午抄写报中时务。

二十七日(7月10日) 晴,天气凉快。上午收拾书房。夜间须穿夹衣。

二十八日(7月11日) 晴,天气凉快,寒暑表八十三四度。下午有雨。余(恼)[脑]精薄弱,遇事因循,有志未逮之处,不胜指数也。将来秋凉佳日,不知能补万一否?

二十九日(7月12日) 雨,天气更凉,寒暑表七十四五度。日穿夹衣,夜拥薄被。理写账务。阅《万国舆地新编》。

六月初一日(7月13日) 月为辛未,日为戊申。天气凉,乍有雨。上午至大街及清风里"和康"庄稍坐,即旋家。阅《万国舆地新编》。下午徐君宜况来围棋。

初二日(7月14日) 乍有雨。同宜况战棋闲谈。

初三日(7月15日) 晴。上午蔡君洛卿来同宜况战棋,下午去。夜,余同宜况战棋,至半夜睡。

初四日(7月16日) 晴。早上家务。上午同宜况至宝珠桥陈松年处围棋,午间旋家(陈君同来,下午去)。夜同宜况战棋。

初五日(7月17日) 晴。上午核算本年新完国课(帐)[账]。下午同宜况战棋。晚上至清风里"和康"庄稍谈(兼划付国课款也),即旋家。

初六日(7月18日) 晴。上午同宜况至南街田君扬庭处,沈君可青、敦生[①]亦在扬庭处,不多时,蔡君洛卿又到,棋友数集,遂同张叔侯茂才战棋。午餐同席者沈可青、敦生两茂才,阮茗溪[②]明府、蔡君洛卿、徐君宜况、扬庭及余,谈讲颇畅。下午战棋,夜餐后旋家。

初七日(7月19日) 晴。上午同宜况战棋。午前至后观巷田蓝陬茂才处拜先外姑祭,午餐后旋家。乍有雨。

初八日(7月20日) 晴,乍有雨。同宜况战棋闲谈。

初九日(7月21日) 晴,乍有雨。早餐后同田君蓝陬、扬庭,蔡君洛卿、张君叔侯、徐君宜况、屠君葆青乘舟至柯岩游,舟中兼围棋焉。到柯岩天雨,兼游人甚多,宴坐未能宽畅。午后登舟,诸君皆欲观戏,遂到蔡湾观戏。停舟一夜,诸君皆观戏,而余在舟中间一战棋。然舟蚊甚多,颇不畅快。

初十日(7月22日) 晴。黎明开棹旋家,睡至午后起,饭后同徐君宜况战棋。

十一日(7月23日) 晴。上午徐君宜况回其家去。下午雷雨颇大。

十二日(7月24日) 晴,天气热。阅报章,见新下懿旨,停止祝办万寿之诏,甚为痛切(并有旨裁(坚)[监]督二、江宁织造一)。

十三日(7月25日) 晴,天气更热,寒暑表升至九十四五度。下午稍有腹痛,不舒展。

十四日(7月26日) 晴,天气又暑。乍有头痛,坐卧一日,至晚

---

① 沈元临(1872—?),字敦生。清浙江会稽人。见沈元泰《会稽中望坊沈氏家谱》卷四《中望太三房世系》。

② 阮有珠(1869—?),一名希元,字明溪,日记一作茗溪、名溪。整理时其字统一为茗溪。浙江绍兴人。报捐知县,授广西博白县知县,因亲老告养,旋改选福建闽清县知县。民国后与张天汉、朱阆仙等同为绍兴国民外交后援会干事。见阮彬华《越州阮氏宗谱》卷八《廿一世至廿五世·理廿二房》。

上稍稍清快。

十五日(7月27日) 晴。早上至清风里“和康”庄稍谈片时,又至“谦济”同沈君翰斋稍谈,片时即旋家。天气当暑,惟早上尚清凉也。午间乍有雨,即晴。

十六日(7月28日) 晴,天气凉快。阅近日报,俄日之战,迄今不已。两国无甚胜败,日国胜仗稍多也。

十七日(7月29日) 晴,乍有雨。天气凉快,寒暑表八十二三度。阅《万国舆地新编》,学篆字。予自维年未老而脑精不觉充足,学问事业多因循苟且,少锐意求进之功,有志者其若何策励也。下午雨更大。

十八日(7月30日) 清早天气又凉,可着夹衣。晴。上午阅《随园诗话》。

十九日(7月31日) 晴,乍有雨,即晴。早上最凉,午间闷热,晚上有雷声,后又凉。上午徐君宜况来,遂同至后观巷“咸和”稍坐,即旋家。宜况及其弟礼和同来围棋数局,又同徐君到“咸和”看渠出售满货。其货甚劣,无足可观,遂仍同徐君宜况、礼和旋家战棋。晚上礼和去,夜同宜况战棋,至二更睡。

二十日(8月1日) 晴。上午徐君礼和又来,遂同宜况、礼和战棋。夜餐后礼和去,又同宜况战棋数局。

二十一日(8月2日) 晴,乍有雨。上午同宜况至笔飞弄蔡君洛卿处战棋,田春农孝廉亦在蔡君处,晚上各旋家。

二十二日(8月3日) 晴,乍有微雨。上午田君扬庭来谈片时去。阅《申报》《中外报》。

二十三日(8月4日) 乍雨晴。

二十四日(8月5日) 乍雨晴。上午至后观巷田蓝陬茂才处闲谈,春农孝廉同茗谈半日。午餐后,同蓝陬茂才至南街田扬庭处闲谈许时,晚上旋家。下午,闻徐沛山先生来访,不晤即去。夜间天气凉快。

二十五日(8月6日)　乍雨晴。同徐君宜况战棋(徐君昨夜到)。下午,陈君笃初来战棋,晚上即去。

二十六日(8月7日)　晴,乍有雨。同宜况战棋,晚上宜况去。上午田扬庭来谈即去。

二十七日(8月8日)　晴。今日为立秋。

二十八日(8月9日)　晴,天气虽不甚盛热,而郁闷异常,至夜二更后始稍凉爽。

二十九日(8月10日)　晴。上午纂先大人芳畦公节略。下午至大善寺前"谦济"庄同沈君翰斋谈,许时旋家。

七月初一日(8月11日)　晴。月为壬申,日为丁丑。

初二日(8月12日)　晴。近日秋后之伏,每当午间虽尚热,而早晚最凉快。上午督理衣服,天气高肃,皮衣等件略须风晒一番。此事乃世俗喜好,看之多事也。下午阅《有正味斋骈文》。

初三日(8月13日)　晴。上午至清风里街买纸笔等事。上午纂本生大人辛畦公节略,拟请当世名士大夫撰传文也。余此志蓄之既久,而屡因循之。今将先府君芳畦公、本生先府君辛畦公两节略粗粗纂辑两篇,庶便随时请人撰传耳。

初四日(8月14日)　晴。阅《有正味斋骈文》。近日天气尚热,午间寒暑表上升[至]九十二度。

初五日(8月15日)　晴,上午乍有雨。下午天气更热。

初六日(8月16日)　乍雨晴。

初七日(8月17日)　乍雨晴,风多。上午祀奎神星神。下午风静,天气高朗。

初八日(8月18日)　晴。上午至掠斜溪朱君理声处谈许时;又至金斗桥平君宜生[①]处,闻平君他出不晤,遂即旋家。

---

① 平宜生(? —1944),字雪士。浙江绍兴人。诗巢壬社社员。(注转下页)

初九日(8月19日)　晴。上午阅报。午间叔侯张茂才来围棋,晚上去。

初十日(8月20日)　晴。上午坐舆至老虎桥何宅吊何豫才郡丞,略坐片时即旋家(何君去年新登贤书,仍以同知往安徽候补。家况甚窘,今旅故嘉兴,其身后更形萧索也)。

十一日(8月21日)　晴。

十二日(8月22日)　晴。

十三日(8月23日)　晴。午间祭本生先慈曹太淑人忌日。贾君柷唐来,午餐后渠登舟赴崇明去。

十四日(8月24日)　晴。

十五日(8月25日)　晴。午前祭拜中元祖宗。下午坐舆至水澄巷徐宅,晚间拜徐外祖母九十冥寿,夜餐后谈许时,坐舆旋家。

十六日(8月26日)　晴。午前拜先远祖宗中元之祭,又坐舆至水澄巷徐宅拜徐外祖母冥寿。午餐后同诸君畅谈许时,仍坐舆旋家。

十七日(8月27日)　晴。看蒋兴甥学棋。上午田春农孝廉来畅谈,至午后去。乍有雨。

十八日(8月28日)　晴。近日天气午间尚热而早晚最凉快也。

十九日(8月29日)　晴。上午徐君宜况来战棋。

二十日(8月30日)　晴。同徐君战棋。

二十一日(8月31日)　晴。上午张叔侯茂才来同宜况战棋,晚上去。夜同宜况战棋,三更睡。

二十二日(9月1日)　晴。上午张叔侯茂才又来战棋。近日秋

(续上页注)清同治元年(1862)进士平步青之子。性慷慨好交游,能驰击剑,中国精武体操会会员。作书极有功力,由篆书创草隶一种,而有声于时,其画古拙可爱,晚年旅沪,求其书画者接踵。见《绍兴文史资料选辑》(第1辑)之张处德《五十年间绍兴书画家列举》;《诗巢壬社社友录》。

暑又烈,寒暑表升至九十二度。晚上徐君、张君各去。

二十三日(9月2日) 晴。上午至大街“谦济”庄沈君翰斋谈许时,又至“泰丰祥”苏广洋货店伙潘君同至府横街看成衣机器,全套计洋六十二元五角;又各件机器头十三件,洋五元。余买其全套,午后送到,遂学踏许时。又至西小路贺君子常[①]处询其此等机器得法何如,盖贺君于前月曾买一套也。据贺君说此事如得学成最有利益,非等戏玩物件也。谈片时,又至“泰丰祥”属其店伙□君同至府横街“美商胜家”公司寓付机器价莺洋六十七元。该公司有保包用五年单一张,如五年中有机器停滞等弊,由该公司修整,不必另付修工钱也。事毕,余旋家,时夜焉。夜有雷电,郁热异常。

二十四(9月3日) 晴。上午学踏机器。午前坐舆至坊上鲍君香谷处贺喜,即旋家。下午至田春农处谈片时,又至田蓝陬处谈片时,又至府横街机器公司寓稍坐片时,即旋家。

二十五日(9月4日) 晴。上午至府横街机器公司寓询其机器成做物件之法(盖买机器时言明由其指示做法也),该商人约略言之,时将旰,余遂旋家。

二十六日(9月5日) 晴。学成衣机器车。下午田春农孝廉来谈许时去。

二十七日(9月6日) 晴。教女儿学成衣机器。此物聪明人一学便能成物也。

二十八日(9月7日) 晴。上午至水澄桥、大街买物,即旋家。下午雨。(今日谢公桥迎华真人会,上午至街时遇见其热闹也。)

二十九日(9月8日) 晴。上午□□。下午雨。

三十日(9月9日) 晴。上午琐屑事。下午徐子祥大令来谈片时去,又田蓝陬及其侄扬庭、禔龠来谈许时去。

---

① 贺子常,曾任绍兴临时军政分府稽查科科员。见《绍兴临时军政府收支征信录》。

八月初一日(9月10日) 晴。月为癸酉,日为丁未。近日天气尚暖,寒暑表午间升到八十五六度。上午至水澄桥、大街买物,又属“泰丰祥”店伙同至府横街机器公司找付成衣机器价洋五角,其包单收写清讫。惜该公司人未能熟悉成做之法,而此等机器须买者自会悟也。午间旋家,天气更暖。

初二日(9月11日) 晴,天气又暖热,手不停扇。

初三日(9月12日) 早上(昨)[乍]有微雨。上午至大善寺前、大街买物,又至西营王祥元木器晤王叔梅①,谈片时即旋家。祀东厨司命神诞日。下午戏做衣衫,以成衣机器为之。今日天气凉快。

初四日(9月13日) 晴。上午至南街祀华真神诞日,又至田扬庭处谈许时,午间旋家。下午至大善寺前“谦济”庄同沈君翰斋谈许时旋,道便至后观巷田蓝陬茂才处谈,片时即旋家。

初五日(9月14日) 晴。上午冯梦香孝廉来谈许时去。下午至保佑桥徐沛山先生处谈许时兼看五妹及宜况妹婿,又至老虎桥徐以逊大令处谈,片时即旋家。

初六日(9月15日) 雨。早餐后坐舆至南街吊沈福生茂才之老太太首七,兼为其陪客半日,午餐后坐舆旋家。下午晴。

初七日(9月16日) 晴。阅报知浙省裁撤同通、佐杂、教谕、训导共百九员(计同通、佐杂二十员,府学训导十一员,县教谕三十五员,县训导四十三员。前开各缺,后闻有人奏请免裁)。

初八日(9月17日) 晴。近日天气凉快,夜须薄被,早着夹衣。

初九日(9月18日) 晴。上午徐君宜况来战棋,至晚上去。

---

① 王叔梅(1875—1941),字叙曾。浙江绍兴人。曾加入光复会。历任奉天高等审判厅推事、营口地方审判厅长、奉天地方检察厅检察长、福建南靖县知事、闽侯县知事、福建教育厅厅长等职。见《绍兴文史资料选辑》(第7辑)王立浚《王叔梅先生事略》。

初十日(9月19日)　晴。上午，本生先大人节略纂成，记之于后。乍有雨，天气正凉。《敕授登仕郎诰封奉政大夫貤封中议大夫国子监生辛畦公节略》：公姓陈名惺，初名钟，字辛畦，浙江山阴人。乾隆丙辰科召试博学鸿词无波征君五世孙，嘉庆戊辰恩科举人拣选知县广东大洲场大使名鸿逵公孙，盐课司提举名堉庚公长子。生有至性，少禀异姿，八岁即遭母凌太淑人之丧，哀号悲痛。幼有老成之概，其天性纯笃，戚族皆称异焉。父历延名师课公及公弟名英读书家塾，皆勤谨向学，不预外事。及稍长，时族叔祖名鸿熙、鸿磐[①]皆授经他邦，族叔模[②]、樾[③]又宦游各省，自是家鲜导师，恐误祈向。又家居陋闻，遂负笈从游当世宿儒，集(巳)[思]广益，所诣益进，而辄困于小试。嗣更兵燹缱绻，避难沪江粤海，奔波累岁，艰苦备尝，席不遑暖。然稍有暇隙，不肯失卷。劫后数试棘闱，屡膺荐备而又不遇。并世名士慕其学，皆争相师友。书法颜欧，尤为一时翰苑诸手所不及，然虚衷乐善之怀，无时或失。人有求书，辄不肯轻于挥写，以恐学力未逮焉。及至中年，性更耽淡泊，奉亲课子之外，无非把卷吟诗、莳花种竹以自娱乐。盖事理洞达，晚世荣宠非在意中。时有劝以纳粟仕进者，无不笑辞之，而夷然不屑也。公世居青藤书屋徐文长山人旧宅。当时亭台斋舍，年远绵递，只余基址。嘉庆中，大父辈光复而新之，诸还旧观。芸台阮相国[④]、竹

---

① 陈鸿磐，清浙江山阴人。嘉庆庚辰科岁贡生，候补训导。见《道光十六年会试同年齿录·陈模》。

② 族叔模，参见前言。按：实为陈惺族伯。

③ 族叔樾，参见前言。按：实为陈惺族伯。

④ 阮元(1764—1849)，字伯元，号云台，一作芸台。清江苏仪征人。乾隆五十四年(1789)进士，选庶吉士，授翰林院编修。历官内阁学士，兵部、礼部、户部工部侍郎，山东、浙江学政，浙江、河南、江西巡抚，太子少保，体仁阁大学士等。道光十八年(1838)致仕，返回扬州定居。先后加太子太保、太傅，卒谥文达。经学家、训诂学家、金石家。见《江苏学生》(1935年第6卷第1、2期)之《阮元事略》。

汀钱宫瞻[1]诸公或记其文[2],或志以联,极一时胜地名人之盛。迨咸同劫后,诸胜景尚存者又寥寥焉,遂移居渔花桥十余年。岁光绪纪元,以子姓日繁,因与父及弟议居青藤书屋旧宅,借可补筑诸胜,免承先志。乃未待移居,玉楼先召,迄今重建诸胜尚付阙如。生平志趣超逸,待物以诚,薰人以德;善善恶恶,不轻可否。族党后人皆敬服也。布衣疏食,自处俭约;乡里世俗浮奢之习,不屑与人竞,惟于祭祀必敬谨丰洁。尚著有《自慊轩时艺》数卷,《自慊轩诗草》数卷,未及付梓,遽于光绪癸巳悉被祝融灰尽,所仅存者零星诗笺片稿矣。其专心好学,至死不倦。乃天不假年,赍志以终。公又为同邑平景荪太史最契,门人叹公积学不遇,卒以布衣终,痛悼不已。当病榻沉吟之际,犹语弟英曰:"余生平学问之志,终未厌弃,乃文场久困,此生似不能以科第绳祖武矣。今者高堂年老,儿齿日增,此后侍奉老亲,督课儿辈,实赖弟任焉。所冀者老父康健,儿辈皆成为读书明理之人,则余虽死之日犹生之年也。"是其立志之高,期勖思虑之远,有如此者。生于道光十七年二月初三日,卒于光绪三年十月廿九日,享年四十有二岁。娶曹淑人,为同邑赠五品封职曹名朴堂女,生女二,幼殇。生子四人,长元濬,能文早世;次庆基,附贡生,候选翰林院侍诏;三庆均,附贡生,候选中书科中书。均嗣弟□[3]后。四庆垓,同知衔江苏候补知县。

十一日(9月20日)　晴。先大人节略纂成,记之于后。《诰授儒林郎诰封奉政大夫晋封中议大夫芳畦公节略》:公姓陈名英,一名

---

① 钱大昕(1728—1804),字晓征,一字辛湄,号竹汀。清江苏嘉定人。乾隆十九年(1754)进士,选庶吉士,授编修,擢右赞善、侍讲学士,官至少詹事,典山东、湖南、浙江、河南乡试,提督广东学政。四十年,丁艰归,不复出。清代史学家、文学家,乾嘉学派代表人物。见《江苏学生》(1935年第6卷第1、2期)之《钱大昕事略》。

② 尚古主人《青藤古意》中收录有阮元《陈氏重修藤书屋记》。

③ 当为英。

锡蕃、华林，字芳畦。浙江山阴人。乾隆丙辰科召试博学鸿词无波征君五世孙也。世居青藤书屋明徐文长山人旧宅。先世累代搢绅士族，自征君以后，尤科第蝉嫣，称越中冠族。祖名鸿逵，嘉庆戊辰恩科举人，拣选知县，任广东大洲场大使。父名堉庚，盐课司提举。公七龄失恃，幼随兄名惺入塾读书，皆笃志好学，一时师友咸称誉之。工举子业，数试不售。后以寇乱避难粤东，累年羁旅无定，遂不遑专意书籍。逮烽烟稍净，江浙肃清，由粤旋绍。而乱后先(莹)[茔]咸资修葺，里居屋宅，尤赖经营。遂赁居郡城鱼化桥宅。父治家谨严，尺寸咸有绳矩。时兄惺仍专意学问，而一切襄理家政，悉惟公是任焉。同治癸亥，祖鸿逵公旋故甬东，又随父艕航往返，襄办奔丧窀穸事。栉风沐雨，频岁贤劳。此后食指益繁，父年亦渐老，传家政于公，公于是更不遑究心科举之学矣。然家政余闲，仍不废铅椠，辄以虚掷光阴为戒。慨医理实为治生之要。近世闾里医家，不善为脉，无非借病家数言，多其药味以尝试，鲜不为其所误者矣。于是留意本草性质，参究灵素图经，证校经验之方。确有心得，辄连篇累牍，手自纂集。尝云："不敢言医，冀免为庸医所误而已。"岁光绪丙子、丁丑，兄惺与嫂曹淑人先后去世，己卯为长侄元濬完婚，以窄于屋，复移居观巷旧第。庚辰又丁父忧。雁行既断，椿影又倾。遗大投艰，不安寝馈。哀痛之余，延名师以课侄，探吉穴以葬亲。寻山问水，遂究堪舆之理。族党中有年远停柩，或助其费，或迫以义；或旅殁远方者，皆为其航海遣运回乡营葬，俾无浮厝之棺。先世祖冢虽代远年湮，时时以修整防护为己任。恭敬式于闾里，品学勖其子侄。自处俭约，而周济戚族及助灾恤难，施药施衣，诸凡善举，无不节己之饮食，量力而为之。光绪五年己卯，纳粟为光禄寺署正，后以婚嫁事接踵而起，仕进之心仍淡薄焉。生平气体本强，素鲜疾病。中年后耆饮，略滋积湿。又以累年丧葬婚嫁大事，积劳所致。至壬辰年步履未便，然筹画巨细事，仍井井也。逮近年子侄辈接踵列庠，且皆完娶成家，稍偿初愿。国事危难，皇上诏下变法，力图自强。尝语子侄辈曰："如今时势衰弱，为从古所罕有。虽非一人一家所能挽回,但汝辈年力方强,务当读地球有用之书,为世界有用之学;不可粉饰虚浮,徒染习气。倘能有补时艰,方不虚生于世。故其年力虽衰,而老成持重之见,随阅历而愈深也。”公生于道光十八年十月二十七日子时,卒于光绪二十四年十月初三日酉时,享年六十有一岁。娶会稽赠一品封职徐名庆湛长女,生五女,不生男。今以兄惺第三子庆均为后,孙二人。光绪庚寅初封奉政大夫。今庆均以附贡生为候选中书科中书,加级为请晋封中议大夫。

十二日(9月21日) 晴。戏以机器成做衣衫。

十三日(9月22日) 晴。上午至大街“谦济”沈君翰斋谈片时;又至笔飞弄“明记”蔡君洛卿谈片时,战棋一局;又至大路街口“同昌”稍谈片时,即旋家。

十四日(9月23日) 晴。核付各店节账。下午至掠斜溪朱君理声处谈,片时即旋家。乍有微雨。

十五日(9月24日) 雨密天寒。核写账务。家事琐屑。

十六日(9月25日) 晴。上午阅报。午间拜秋分祖祭。秋分本在十四日,乃值年者以十四有中秋节务,改在今日也。下午庄莼渔孝廉、周雀鸣茂才、田扬庭上舍来谈许时,又至后观巷游花园,又同至酒务桥游花园,然后各散。余又至笔飞弄“颖升”庄同陈君迪斋谈片时,旋家时晚焉。夜天高月明。

十七日(9月26日) 晴。上午徐以逊大令来谈片时去。下午戏以成衣机器做物件。

十八日(9月27日) 晴。黎明起,即早餐后至南街田君扬庭处,同乘舟至桑盆埠头看潮,祀桑盆殿之文武帝,皆同善惜字会中人。午间舟中酒饭,到者十多人。下午开橹款摇回城,仍在南街上岸,余步旋到家,时夜半一点钟矣。天气凉快。

十九日(9月28日) 晴。

二十日(9月29日) 晴。钰儿有病,为调药茶。

二十一日(9月30日)　微雨。核算课国课账。今年南米重定章程,每升不论另户大户,概定钱五十文,迄至中秋时定落。吾家因俟其定后完清,所以此账至近日始能核对清楚也。午间拜高大父诞日。

二十二日(10月1日)　雨。核算国课南米账。此账须处处每户对清,最费力也。

二十三日(10月2日)　晴。闻申之嫂昨夜间又生一女。下午(昨)[乍]雨数点。上午至大街买物,即旋家。

二十四日(10月3日)　晴。近日天气清丽,春秋佳日,其在此时也。钰儿病愈,大小人寒暖饮食,不可不时时加之意耳。上下午戏以成衣机器做衣件。

二十五日(10月4日)　晴。上午,田春农孝廉来谈许时去。下午至大街买物,即旋家。夜乍有雨,即霁,夜风大。

二十六日(10月5日)　雨,天气骤寒,寒暑表五十六度。午前雨霁。下午至作揖坊许侯青茂才处看演剧,许君前日来邀,特应酬一到,将晚旋家。

二十七日(10月6日)　晴。下午见苏州递到纪堂弟信,据说其患病颇重,遂发一信,劝其不误服药等事。

二十八日(10月7日)　晴。

二十九日(10月8日)　晴。下午至街,便道见绍协署前迎至大寺关帝神会,遂立视片时后,由大街一转旋家。

九月初一日(10月9日)　早上微有雨,即晴。月为甲戌,日为丙子。下午至仓桥水澄巷徐乂臣司马处谈,后由大街旋家。今日换戴暖帽)。

初二日(10月10日)　晴。上午至太平桥庄莼渔孝廉处谈,闻山阴署前失火,遂同庄君往看,道便到许君侯青处谈许时,然后旋家。

初三日(10月11日) 晴,天气稍暖,然仍可着夹衣。下午田蓝陬茂才来茗谈半日,傍晚去。

初四日(10月12日) 晴,天气稍暖。寒暑表七十三四度。誊核账务。余近来精神更减,多理账务便觉神乏支撑。

初五日(10月13日) 晴。

初六日(10月14日) 雨。早餐后坐舆至南街沈宅吊丧,兼为其陪客半日。午间便道回拜王弼臣大令(王君新中进士,改县令回里,前日来拜,今回一应酬也),遂即旋家。下午天晴,夜有雷电雨。

初七日(10月15日) 晴,天气稍暖。上午琐事。下午至保佑桥徐宅谈片刻,又由大街旋家。

初八日(10月16日) 天暖。上午徐君宜祝来战棋。下午同至田蓝陬茂才处同傅肖岩茂才等到山邑城隍庙观演剧许时,将晚旋家。

初九日(10月17日) 早上雾重,许时即晴。上午至后观巷祀斗姆神,即旋家。

初十日(10月18日) 晴。

十一日(10月19日) 晴。上半日以成衣机器戏作肚兜一个,搭钱一个。近来最少伏案读书之时,徒以家务琐屑及偶做玩好之物而虚延岁月,为可哂也。下午至田蓝陬茂才处茗谈许时,又至清风里街一转,即旋家。

十二日(10月20日) 晴,乍有雨。上午□□□。下午至大街买物,即旋家。

十三日(10月21日) 晴。上午琐事。下午至后观巷晤田蓝陬茂才、春农孝廉闲谈,片时即旋家。王弼臣大令、庄莼渔孝廉来谈,晚间许侯青二尹又来,夜餐后畅谈许时各去。闻新河弄青年会今日为地方官查封。

十四日(10月22日) 晴。

十五日(10月23日) 雨。

十六日(10月24日) 雨。坐舆至西郭鲍宅贺喜(诵清广文娶媳也)，稍坐片时即旋家。阅《万国舆地新编》与《新增幼学琼林》，所载国名不甚符对，暇日当考正其误，庶几免阅者之讶参差也。

十七日(10月25日) 天明稍有日光。上午以向例祀财神。案:财神诞日有一说在七月廿二日，而绍俗向以今日为财神诞。

十六日(10月26日) 雨。

十九日(10月27日) 晴。黎明即起，见贾柷唐君由崇明场署旋绍，遂晤谈。下午同贾君至南街田扬庭君处畅谈，夜餐后旋家，又同贾君谈至半夜睡。

二十日(10月28日) 晴。早上同贾君谈，上午贾君回其家去。天气潮暖。

二十一日(10月29日) 雨。上午坐中舟至南门外王家葑贺王弼臣进士开贺，兼其母[①]六十寿(前日王君延余为陪客，所以今日不得不一到应酬也)。午宴后，同诸客又谈片时，仍坐舟旋家，时将晚焉。天气转寒。徐宅五妹上午闻生一媛。

二十二日(10月30日) 不雨不晴，天气转寒，寒暑表降至五十六度。

二十三日(10月31日) 晴。早餐后至常禧城外星采堂屋督看漆匠做寿材(以生漆调碗磁灰、瓦灰各半，头渡护上也。里面以稍细磁灰、瓦灰做也)，督看至晚上旋家。

二十四日(11月1日) 黎明起，乘坐中舟出昌安城至东窦疆吊

---

① 章氏(1845—?)，诰赠朝议大夫历任广东清远县奉天开源县典吏章楷孙女，诰授奉政大夫历署盛京金州厅同知锦州府知县奉天府治中兼署督粮理事通判奉天候补同知章光勋长女。见《光绪二十三年丁酉科浙江乡试同年齿录》。按:其生年据此日日记逆推。

鲍馥生[①]君之母[②]及其妻[③],稍坐片时即乘舟旋家,时将旰。拜诰封奉政大夫曾大父讳日。午餐后,又至偏城外星采堂屋督看漆匠漆护寿材,晚上旋家。

二十五日(11月2日) 晴。早餐后至偏城外星采堂屋督看漆匠漆寿材,晚上工竣,旋家。

二十六日(11月3日) 晴。上午琐事。下午至水澄巷徐乂臣司马处谈许时,又至大善寺前"谦济"同朱君理声谈片时,旋家时将晚焉。

二十七日(11月4日) 晴。上午至大街买物,即旋家。下午张叔侯茂才来围棋数局,晚上去。

二十八日(11月5日) 晴。早餐后乘坐大舟至南门外下谢墅村登岸,至新貌山祭曾祖父母、祖父母、本生父母墓,事毕徘徊片时,又至殡墓祭先大人椁,事毕,偕山人至黄泥墙地名处看山地,然后下山。登舟午餐,开棹旋家,时日晚矣。

二十九日(11月6日) 晴。早餐后乘舟至稽山门外石旗村,上井头山祭谒高祖父母墓,事毕,游览许时下山。登舟午餐,开棹旋家,

---

① 鲍承先(1858—1910),谱名诚基,字馥生,日记一作福生,整理时统一为馥生。清浙江会稽人。由监生捐候选知县,加同知衔,赏戴花翎。见蔡元培《绍兴鲍馥生先生家传》(绍兴图书馆存拓片);鲍德福《鲍氏五思堂宗谱稿》卷一《家传》之鲍元辉《先府君行状》、唐风《庸谨堂文存》之《鲍君传》;卷二《尚志公派第五世》。

② 王氏(1828—1904),鲍馥生继母。同邑大皋埠王济美女。诰封淑人,晋封夫人。生于道光七年丁亥十一月十六日,卒于光绪三十年八月二十二日。见鲍德福《鲍氏五思堂宗谱稿》卷二《尚志公派第五世》。

③ 冯氏(1855—1904),鲍馥生妻。为同邑港口冯冯朴斋次女,诰封淑人。生于咸丰五年乙卯十一月初六日,卒于光绪三十年甲辰八月二十六日。此卒日与宗谱不符,或为宗谱误记,或为陈庆均误记。见鲍德福《鲍氏五思堂宗谱稿》卷二《尚志公派第五世》。

时将晚焉。近日天气骤寒，非着棉衣不可，寒暑表五十二三度。日间见乡间遍处晚谷丰登，可谓大有之年矣。

十月初一日(11月7日)　晴。月为乙亥，日为乙巳。早上见瓦上露竟成霜，天气又寒。日间天清日丽，深秋佳景，其在此时乎？下午至仓桥街、西营、大街等处买物，即旋家。(间)[闻]陈学使视绍府十月初三日县考，廿六日府考。

初二日(11月8日)　晴。琐屑事。闻贾宅二姊又生一男。近日天气觉寒，寒暑表降至四十七八度。今日为立冬。

初三日(11月9日)　晴。午间祭晋封中议大夫先府君讳日。

初四日(11月10日)　晴，天气稍暖。近日既少静坐攻书之时，又不留意当世有用之事业。杜门养疏懒之性，能不腆颜哉？

初五日(11月11日)　晴，天气稍暖。上午至大街、斜桥等处买物，即旋家。

初六日(11月12日)　晴，天气更暖，寒暑表升至七十二度。抄写书件。

初七日(11月13日)　上午乍有雷雨。镇容儿稍患恙，同其写字讲书，以消遣之。余自三月间病后迄今，虽支持如常，然时有不适意时，精神更乏。入秋以来，夜半后依然不得酣睡。此生不知能否转弱为强也。

初八日(11月14日)　雨，天气转寒，风多。寒暑表降至五十五六度，下午降至四十八九度。

初九日(11月15日)　晴，天气寒肃。

初十日(11月16日)　晴，天气寒肃，寒暑表早上降在四十三四度。今日为慈禧皇太后七十万寿，日丽风清，足征无疆之福。惟忆前十年六十万寿之时，越城大街店铺，无不罗列彩筵，斗靡争鲜，共伸庆祝。今年恭逢谕旨，以时局衰弱，不欲庆祝。而沿市店铺，近年商务不比昔时富盛，是以此次万寿，闻并不铺排筵彩也。近日天气严肃，草木枯落。余自觉精(腋)[液]更乏,虽饭胃尚好,而夜不安睡,似近于虚损之状,恐将随草木同朽。百事未能安顿,实为念虑。

十一日(11月17日)　晴,天气寒,瓦上霜多,寒暑表降至四十一二度。上午至清风里“和康”稍谈片时,又至掠斜溪杨质安茂才处商酌方药,谈许时旋家。午间至后观巷田宅拜祭,借同诸君畅谈,下半日旋家。

十二日(11月18日)　晴,天气更寒,寒暑表在四十度。上午至水沟营陈勉亭君处商酌方药,即旋家。余近日以喉间不舒服者约有数十日,并不痛,又无红肿等病,且下咽又不窒碍,惟平时尝觉气滞不能舒展。近日再三思维,似属血液虚乏之状。自用镜照见喉中悬柱,较平日略短一点。不舒服者,大概即此病也。因思平常喉间悬柱拖长者,系属有火。向闻须以白盐沾筷头点着,即能照常悬上。今余略短一点,考之医方各书,似少言及乎此。昨今问诸杨、陈两医,又不能洞解其病,无非以血(腋)[液]亏乏拟之。余自知平日遇事,才拙学浅,而思想过度,一事未安,辄有踌躇达旦之时。今年三月忽有呕血之患,虽幸不复呕,而此后以天时渐暖,并不加意调摄。际此天气严肃之时,血分稍有不足,便不能荣润交互,所以夜半后不得安睡。然则血液虚乏,是余身之的病焉。

十三日(11月19日)　晴,天气稍暖。余以气力虚乏,未尝治事,闲坐度日。

十四日(11月20日)　晴,天气稍暖。

十五日(11月21日)　晴,天气稍暖。余以加意调卫,身体较前数日略胜。上午课儿女读书。下午戏以成衣机器缝物件。夜月清明,天光和畅,最为良宵也。寒暑表五十六度。

十六日(11月22日)　晴,日光稍淡。近日昼最短而夜最长,日间转瞬旰夜。阅张香涛宫保《劝学篇》借以度日。

十七日(11月23日)　晴,天气又寒。今日小雪节。上午阅《申报》《中外报》。下午督看木匠修理门窗。夜月又明。

十八日(11 月 24 日)　晴。

十九日(11 月 25 日)　晴。

二十日(11 月 26 日)　晴。上午至后观巷遇田蓝陬茂才及其侄孙孝颛茂才,偕至南街其本家扬庭处谈,兼看其新姻宋宅发到奁具,(扬庭乃侄缦云将完姻也)。午餐后同诸[君]畅谈许时,仍同蓝陬茂才各旋家。

二十一日(11 月 27 日)　晴。上午祭晋封中议大夫先大父颖生公讳日。下午同申兄谈许时。

二十二日(11 月 28 日)　上午晴。至大街买物,即旋家。午前,许侯青茂才来谈。午间祭晋封淑人先大母凌太淑人诞日。午餐,申兄、族宝斋、许君同席,许君午餐后谈许时去。下午雨。

二十三日(11 月 29 日)　稍雨数点。

二十四日(11 月 30 日)　晴,风多,天气最寒。上午内子及员女、钍儿乘舆诣南街田宅,为贺喜事也。

二十五日(12 月 1 日)　晴,天气最寒,寒暑表降在卅八度。上午至清风里买物,即旋家。上午昭女、味女、镇儿又乘舆诣南街田宅道贺。余为儿女理衣服物件等事,儿女年虽日大,而尚须照应各事也。

二十六日(12 月 2 日)　晴。早餐后坐舆至南街田宅贺喜,兼陪贺喜客。午宴后,同诸君至新人房一游。下午同诸君畅谈,将晚仍坐舆旋家。

二十七日(12 月 3 日)　晴。上午理祭事。贾梘唐、徐宜况两君来。午间祭先大夫芳畦公诞日。徐君下午去。夜同贾君畅谈至三更睡。

二十八日(12 月 4 日)　晴。上午至南街田扬庭处宴,下午看木人戏,夜餐后旋家。夜同贾君谈。

二十九日(12 月 5 日)　晴。上午理祭事。午前,内子及儿女由南街田宅贺喜事(峻)[竣]旋家。午间祭本生先大夫辛畦公讳日。下午至仓桥试院前一游,即旋家。

三十日(12月6日)　晴。上午同贾君谈。下午同贾君至仓桥试院前游,将晚旋家(贾君到西郭徐宅)。

十一月初一日(12月7日)　晴。月为丙子,日为乙亥。上午至后观巷田蓝陬君处谈片时,即旋家。日间督药伙煎制雅梨膏。近年雅梨每斤只售钱数十文,为数十年来所罕有。趁此价廉之候,煎制常服,借可却痰嗽之患。计每斤雅梨以冰糖一两收膏,此为梨汁最浓者也。晚上至南街田宅同徐君以逊、田君扬庭公饯王弼臣大令行。邀集晏者,张椒生大令、庄莼渔大令、周寉民大令、沈敦生茂才,以逊、扬庭及余共八人。宴毕,时将十下钟,余遂旋家。

初二日(12月8日)　晴。琐琐事。午间拜高祖祭。贾君枧唐早上来,患风湿病,下午请杨质安医。

初三日(12月9日)　晴。琐琐事。戏撰冬日喜联,记之于下:“东阁梅香,笙歌雅集;南檐日暖,鸾凤和鸣。”

初四日(12月10日)　晴。上午贾君枧唐去。下午至仓桥试院前游,又至藏书楼冯梦香孝廉处谈许时,又由试院前买书、买纸等件旋家。试院近以绍属府考自时文改策论后,士心紊乱,应考之人逐渐稀少,大有今昔不同之景象也。

初五日(12月11日)　微雨。上午阅《易林》,借集八言联语为贾薇舟先生写贺堵君楹联一副。在家鄙事繁如,心不能宁,读书涵养之功,未识何时再能进境也。

初六日(12月12日)　雨,天寒。余于夜半起,忽喉间作痛,不能成睡。清早勉强起床,而喉愈痛不能撑持,遂在床卧。略咽茶汤,便觉痛不可忍。午后遂延杨君质安诊视,田蓝陬茂才闻之即来看视。余只能卧床受痛,然久卧恐又助火,时常扶倚床栏,不思饮食,惟饮荸荠甘蔗茶以润之。夜间又痛如日,且少安睡,惟幸大便下一次,小便最多。

初七日(12 月 13 日) 天寒而雨。余喉中自天晓以后,漱口数次,且昨日夜吐出涎痰约有钵余。喉中之痛似觉稍减,惟镜见之,稍加红肿,下咽仍觉不便。午前,田蓝陬茂才又来询视,且劝延任汉培[①]医者看视,遂即延其来医。据说余病以阴亏之体偶受风热所致,但须清润解散,缓缓调治,尚无危碍。任君之言似不无见解。下午又延杨君诊视。

初八日(12 月 14 日) 晴。余喉痛稍减,惟大便不下,舌最白厚,喟[胃]不能开,免强饮粥及稍服北面等物。而荸荠甘蔗茶及汤药时常饮之,以救其多吐痰涎之患。

初九日(12 月 15 日) 晴,天清日丽。余喉痛渐愈,早上大便稍下。惟不能畅多也。自以镜见喉中红肿消净如常,惟下咽尚有不能舒便也。上午坐舆至掠斜溪杨质安处请其酌改一方剂,即旋家。今日每餐稍能服饭。

初十日(12 月 16 日) 晴。余今日能如常吃饭,惟一切油腻腥发等物须禁忌耳。余今年两次险病,得以危处生安,未始不仗神祇祖宗默佑。然如此弱质,若不加意保养,恐将成为衰损之体。自今以始,当于寒暖饮食、嗜欲劳逸等修身之道,谨慎节摄,或者稍答祖宗生养之厚恩耳。

十一日(12 月 17 日) 晴,天寒异常,寒暑表三十七八度。有雨数日而又晴佳,冬间最好事也。今日为味青女十岁生日,家中皆食汤面。余以病后不食发物,将北面代之。余家生齿日繁,儿女与年日长,不远婚嫁事又接踵而至也。

十二日(12 月 18 日) 晴,天气寒透。早上见霜而水有冰,寒暑表降至卅四五度。多日不阅报,而报纸积高数寸矣。遂将《中外报》

---

① 任汉佩,字玉麒。浙江绍兴人。《绍兴医药学报》编辑。善内科兼喉科。住绍城童家弄。见《绍兴医药学报》(1909 年第 9 期);何廉臣《绍兴医学会课艺》。

《申报》约略阅过。晚间鲍四姑奶奶三十阴寿,备菜祭之。

十三日(12月19日)　晴,天气又寒,早上又见冰霜。上午琐琐事。午间祭鲍四姑奶奶诞日。下午张叔侯茂才来谈,兼战棋数局,晚间去。

十四日(12月20日)　晴,天气稍和。

十五日(12月21日)　乍有微雨。琐琐事。午拜先远祖宗冬至之祭。下午较阅田租账簿,盖又须理催租事矣。

十六日(12月22日)　晴。今日未时冬至。午间祭祖。下午理收租事,嘱人至偏门外星采堂屋办收租事。

十七日(12月23日)　晴,天气更寒,寒暑表降至卅四度,早上有冰。上午至大街及仓桥试院前游,见府考事毕,试院前景象萧疏,遂又由大街旋家。徐君宜况来,午餐后围棋数局去。晚上至偏门坐小舟至星采堂屋视租事,片时后即坐小舟旋家夜餐。

十八日(12月24日)　晴。上午琐事。下午至常禧城外星采堂屋理租事,晚上旋家。

十九日(12月25日)　晴。近日天气寒,水有冰。上午理账务。下午至后观巷田蓝陬茂才处同蓝陬、春农畅谈,晚上旋家。

二十日(12月26日)　晴。上午琐事。下午至常禧城外星采堂屋理租事,晚上夜餐后旋家。

二十一日(12月27日)　晴。上午坐小舟至偏城外星采堂屋理租事,下午坐舟旋家。又至周宅后面刘君蓬州处一问,刘君他出,即旋家。盖刘君前日来问,今特一谢步也。此亦泛应酬耳。今日天气稍和。余前日似多走街路,夜间喉中稍觉干痛。此后宜加意摄卫,不使竭力,或者免于病痛乎!

二十二日(12月28日)　晴。上午坐小舟至偏门外星采堂屋理粜租米事,下午仍坐舟旋家。又至清风里“和康”钱庄谈片时,即旋家。

二十三日(12月29日)　日为云遮,下午乍雨数点。上午坐小舟至偏门外星采堂屋理粜租谷事，将晚旋家。

二十四日（12 月 30 日） 晴。上午至大街买物，又［至］“谦济”庄晤朱君理声谈许时旋家。下午冯梦香孝廉同田春农孝廉来谈许时去。贾君柷唐来谈。夜间天气最寒，滴水成冻。

二十五日（12 月 31 日） 晴。上午徐君质甫、贾君幼舟来。午餐后同柷唐、幼舟、质甫至作揖坊许君侯青处谈片时，徐君质甫邀至“春宴”夜餐（同席者贾柷唐、幼舟，徐硕君、紫雯，李君伯干，质甫）。又至西郭徐宅稍坐片时，坐小舟旋家，时二更焉。

二十六日（1905 年 1 月 1 日） 晴，天气更寒，水中结冰更厚。寒暑表降至三十一二度，可谓严寒天气矣。上午至偏门外星采堂屋理租事，夜餐后坐舟旋家，时二更矣。

二十七日（1 月 2 日） 天气转和暖。上午至大街买物，又至“和康”庄稍谈片时即旋家。下午坐小舟至偏门外星采堂理租事，晚间微有雨，夜餐后坐舟旋家，见有星而天又晴也。翻阅纪堂弟电报，悉其新得发审局差使，闻而欣然。

二十八日（1 月 3 日） 晴，天气稍暖。上午琐事。午前至偏门外星采堂理租事，夜餐后旋家。

二十九日（1 月 4 日） 乍有雨。上午徐君宜况来谈，战棋数局，下午去。晚间坐小舟至偏门外星采堂看租事，夜餐后坐舟旋家，时二更焉。

三十日（1 月 5 日） 晴，天气渐暖，寒暑表升至五十二三度。

十二月初一日（1 月 6 日） 晴。月为丁丑，日为乙巳。上午坐舟至常禧城外星采堂督粜租米事，下午坐舟旋家。夜写核租务账目。今年谷米价平，较前数年谷每斤平钱六七文，米每石平钱一千数百文。靠田产为家计者，稍形支绌。然米价平，兆民之生计松动，地方或借可安靖也。

初二日（1 月 7 日） 晴。上午至清风里“和康”庄稍谈，片时即旋家。下午载新租谷米旋家称核。琐琐事。

初三日(1月8日) 晴,近日天气和暖。上午至偏城外星采堂清理租事。今日本年租务事竣,将拣存饭谷载到家中,而寓屋可肃清也。午后旋家,督理各事。家常最多鄙事,吾家先世累代勤朴,巨细躬亲,余不得不免强支持以承先业也。

初四日(1月9日) 雨。写核账务。

初五日(1月10日) 雨霁。上午贾君棿唐来谈,午餐后去。

初六日(1月11日) 晴。写核账务。上午张叔侯茂才来谈,片时即去。晚上雨。

初七日(1月12日) 晴。上午督粜租谷米事。下午核写账务。夜又雨。

初八日(1月13日) 雨。上午琐事。天气渐湿。下午田蓝陬茂才来谈,夜餐后又谈许时去。

初九日(1月14日) 晴。下午至大街"谦济"同沈君翰斋谈许时,又至"和康"同□君莲生谈,片时即旋家。

初十日(1月15日) 晴。

十一日(1月16日) 晴。写核账务。夜雨。

十二日(1月17日) 晴,天气潮暖,恍若暮春初夏时令,寒暑表升至六十度。下午至后观巷田君蓝陬处茗谈许时,晚上旋家。

十三日(1月18日) 雨,早上尚潮湿异常,午前略干爽。阅《申报》《中外报》,知俄日战事迄不结局,俄国处处却败,日人屡邀胜仗;又知海上俄兵船砍毙中国甬人一案,中俄争持甚力,俄国迄不肯照公法办事。而甬人及海上众商董屡次聚议,理正严词,必不允任俄人专擅袒护。如此两不相下,恐又有衅端矣。

十四日(1月19日) 晴。

十五日(1月20日) 雨。

十六日(1月21日) 天朗。近多日天暖,如此季冬,实为罕有,恐不远必有一番寒透也。今日家中洒扫屋宇,收拾物件,最为琐琐事。

余年未老，似精力渐衰，心事繁如。每于夜半后辄不成寐，想念各事，竟至天明。自知治事太执，忧虑太深，而于居安思危之语，持之太殷。

十七日(1月22日) 晴。上午至后观巷田宅贺蓝陬茂才添孙剃头之喜，午宴后听留声机器戏及平调，夜餐后又听平调许时，同诸君畅谈，至二更后旋家。余心少涵养，出言太速。今日在田宅同诸君谈讲时，以筮字谬读巫音，应被同座诸客所默讶。虽出言后自知其误，然少学问涵养之功，于此可概见也。

十八日(1月23日) 晴，天气潮暖异常。上午至大善寺前"谦济"庄同沈君翰斋谈许时，遂即旋家。下午至后观巷田蓝陬茂才处谈，许时即旋家。夜间乍雨晴。冬间如此潮暖，若竟不降冬雪，恐多风热之病。苍生咸翘首以冀瑞雪之下降也。

十九日(1月24日) 雨。

二十日(1月25日) 雨。今日为钉儿周岁生日，领其礼神、礼祖宗。午间食面。下午徐吉逊县令由苏州旋绍，来谈片时即辞去。夜间电光闪铄，雷声大发，最奇事也。

二十一日(1月26日) 晴。天寒风多，潮湿为之一收。

二十二日(1月27日) 晴。天明见雪积一二寸，虽尚欠多，然冬雪可云有也。午前至大街买物，便至后观巷田蓝陬茂才处谈，又至春农孝廉处谈许时旋家。晚间稍有微雪，天气最寒。

二十三日(1月28日) 晴。

二十四日(1月29日) 晴。上午家务琐事。午间祭本生先慈曹太淑人诞日。下午至大街"谦济"同沈君翰斋谈，又至笔飞弄"同孚"谈片时，又至大路"同昌"同高君云卿[1]谈片时，然后旋家。见贾

---

① 高鹏(1858—?)，字云卿。浙江绍兴人。曾任绍兴"同昌"、"保昌"钱庄经理，绍兴商会会长。见《绍兴县商会改组商会职员清册》(中华民国七年十一月二日)。按:《绍兴县商会改组商会职员清册》(中华民国七年十一月二日)："高鹏，年六十一岁。"据此，其当生于咸丰八年(1858)。

君柷唐来,夜谈许时。风冷异常,水即见冰。

二十五日(1月30日)　早上见积雪寸许,天气寒透,滴水成冻。上午至大街“和康”稍谈,又至笔飞弄“明记”庄谈片时,又至“颖升”庄同陈君迪斋谈片时,又至“谦济”沈君翰斋谈片时,又至“和康”□君莲生谈片时,然后旋家,时午焉。下午核理账务,又供设祀神品物。

二十六日(1月31日)　寅时起。天降雪霁,而地上积厚二三寸。风静。卯初敬祀年神,又祭祖宗(同日拜者,申之兄、予、存侄、镇儿)。日间清理各事。

二十七日(2月1日)　降雪厚三四寸。上午理年务。下午至大街“谦济”稍谈,又至“和康”稍谈,即旋家。夜间清理账务。予力弱事繁,近日更觉支持治事。清闲之福,时殷想念,而竟鲜遇焉。

二十八日(2月2日)　晴。核付各账。

二十(八)[九]日(2月3日)　晴。早上至大街一阅,即旋家。午间接祀东厨司命神。下午清理账务。晚上祭拜历代祖宗传像。夜餐后清理各事,剃头发后,时十二下钟焉。遂宴睡。夜又雨雪花,而乍有星。

光绪三十一年乙巳(1905)

正月初一日(1905.2.4)至十二月三十日(1906.1.24)

正月初一日(1905年2月4日) 戊寅月,甲戌日。天气晴好。早起盥沐后,拜天地神、拜历代祖宗传像,然后吃汤圆年糕。今日为立春,天青日丽,最可庆幸。

初二日(2月5日) 早上略飞雪花即霁。上午坐舆诣水澄巷徐宅拜年,晤佑长茂才稍谈;又诣老虎桥徐宅拜年,晤(石)[硕]君三尹稍谈;又诣保佑桥徐宅拜年,晤沛山先生及五妹稍谈;又诣西郭徐宅拜年,晤子祥明府稍谈;又诣徐福钦舅氏处稍谈;又诣府山后褚宅,晤润生稍谈;又诣司狱司前胡宅,晤梅森先生谈稍,然后即旋家。稍停,又坐舆至后观巷田蓝畋茂才处拜年稍谈,又诣春农孝廉处拜年,兼拜先外姑何淑人忌日。午餐后本拟再拜数处年,而天光就晚,遂乘舆旋家,时将晚焉。新年此等应酬,最属讨厌。乃习俗相沿,只能从众,然而事繁之至也。

初三日(2月6日) 乍有雪花。天寒闲坐。

初四日(2月7日) 早起见雪厚五六寸,日间仍复降雪不休,至午前平地积厚盈尺,下午稍霁,遂坐舆诣南街田宅贺年,又诣徐宅拜年。本拟再拜他处,乃雪花又复剧飞,遂即旋家。拜年应酬,可谓讨厌之至矣。晚间雪花更密,平地积厚尺余也。此种大雪,有多年不见。虽治事不便,然向称人寿年丰之兆也。

初五日(2月8日) 晴。

初六日(2月9日) 晴。上午酬应来拜年客。午前坐舆诣西郭鲍宅吊益甫先生首七,又诣寺池骆宅拜崧年先师像,稍坐片时,仍乘舆旋家。

初七日(2月10日) 晴,天寒异常,滴水成冻,屋内之水皆结冰,寒暑表降至二十八度。

初八日(2月11日) 晴。早餐后坐舟诣西郭门外张墅蒋姑奶奶处拜年,稍谈片时,即坐舟旋家,时正午也。下午核写账务。

初九日(2月12日) 又降雪积寸许,初春雪可谓多矣。蒋、徐姑奶来拜岁。下午雪花又怒发。

初十日(2月13日) 早上雪霁,而平地又积五六寸也。

十一日(2月14日) 晴。

十二日(2月15日) 又乍有雪。晚上坐舆至古贡院徐宅书塾,徐吉逊大令邀饮,同席者顾乐生[①]通守(现绍兴电报局总办),潘芝庾君,徐子祥大令,徐君志章、伯桢、吉逊同余共饮,至二更然后各散,余仍坐舆旋家。

十三日(2月16日) 晴,瓦上日照雪释,檐水点滴。

十四日(2月17日) 晴。午间祭三世祖讳日。本年轮应五代祖宗当年,所以办此祭事也。贾君枧唐来拜年,又徐君宜况来畅谈。

十五日(2月18日) 早餐后坐舟诣南门外谢墅,登新貌山祭拜曾祖父母、祖父母、本生父母墓,又诣殡屋祭拜先府君椁。雪花怒飞,祭毕下山。登舟午餐,贾君枧唐、徐君宜况同在舟中闲谈,又同坐者蒋宝甥、族宝斋兄、家申之兄、存侄及余,谈饮最畅。惟飞雪纷纭,未能开篷览胜也。旋家时尚未晚。

十六日(2月19日) 雪霁,惟北面前数次之雪尚未开释,乃又加积此雪,释净不识须几何时日也。同贾、徐二君闲谈,战棋数局。

十七日(2月20日) 雨。上午贾君到西郭去。下午徐君到其家去。雨雪载途,新年道途,最不便仆仆也。

十八日(2月21日) 雨。午前祭拜历代祖宗传像后,收卷像幅

---

① 顾乐生,绍兴电报局总办。生平待考。见《民国绍兴县志资料第二辑》。

及收拾几筵等事。(渡)[度]日何速,匆匆十八日矣。杜门赏雨,诸事因循。

十九日(2月22日) 晴。

二十日(2月23日) 晴,天气稍和而潮。上午戏习成衣机器及看枭来等事。新年积雪最厚,迄今尚未释净。檐头点滴,狂似雨天。

二十一日(2月24日) 雨。上午为镇容儿上学,课诵书、写字等事。

二十二日(2月25日) 雨。阅《申报》《中外日报》。午祭伯祖初生公讳日。下午徐君宜况来闲谈兼围棋。

二十三日(2月26日) 雨稍霁。上午祭一世祖妣龚太君讳日。下午同徐君宜况围棋。

二十四日(2月27日) 晴。上午同宜况围棋。下午同宜况至大街买书等物,宜况旋保佑桥去,而余旋家时尚未晚。

二十五日(2月28日) 晴。上午阅报。下午至水澄巷徐宅询舅母病,晤显民、乂臣两君谈,至晚上旋家。街中骤暗,仆仆道途,最不便也。晚上走街,似不甚合宜,此后可戒则戒耳。

二十六日(3月1日) 晴,早上有薄冰。上午坐大舟至稽山门外石旗村井头山祭谒高祖墓,事毕下山。登舟午餐,旋家时尚未夜。

二十七日(3月2日) 雨,早上见瓦上等处又有雪,天气寒。上午嬉游。下午至后观巷田蓝陬茂才处同其侄春农孝廉共谈半日,晚上旋家。

二十八日(3月3日) 天寒而雨。

二十九日(3月4日) 晴。上午课儿女读书。下午至古贡院前藏书楼访冯梦香孝廉,冯君他出,不见,遂由大街买物旋家。久雨逢晴,便觉畅快也。

三十日(3月5日) 晴。撰挽鲍益甫广文联数语,记之于下:“仕宦勖嗣君,遂赋初服,耆年翁博耽山林泉石之欢,羡晚节纾隆,实为梓邦留表率;嘉平届除夕,遽陨大星,衰世变更极俶诡离奇之甚,叹狂澜莫挽,应将时局诉苍天。”

二月初一日(3月6日)　月为己卯,日为甲辰。晴。上午拜先大母凌太淑人讳日。下午至古贡院前藏书楼访冯梦香孝廉畅谈文字、时事。冯君朴学老成,博览群书,晚近来不可多得。茗谈许时旋家,时尚未晚。

初二日(3月7日)　晴。

初三日(3月8日)　晴。上午祀拜文帝。午间祭拜本生父诞日。

初四日(3月9日)　晴。上午拜徐青藤先生诞日。田蓝陬茂才来谈许时去。晚上至木莲巷口张蕉生大令处饮,同席者张叔侯茂才、罗剑农[①]府参军,徐以逊大令、叔亮大令,周谔民大令、田扬庭君及余,连主人张君共八人,畅饮至二更后各散。余坐舟旋家,时十下钟焉。

初五日(3月10日)　乍雨。上午书挽鲍益甫广文绫联一副。下午闲坐。晚上有雷声。

初六日(3月11日)　乍雨晴。上午坐舆至广宁桥郦宅祝祝卿[②]广文之祖母九十寿兼“五世同堂”悬匾,并其封翁少山[③]先生七十寿。此人间难得事也。贺客盈门,同声称盛。吃面盘,同诸客谈许时旋家。午间祭五世祖妣茅太君诞日。

初七日(3月12日)　雨。

---

① 罗仁筑,字剑农。清四川人。曾官绍兴府经历。见《大清搢绅全书》(光绪二十八年秋荣录堂)。

② 郦昌祁(1859—?),原名昌华,字祝卿,字景宋,一字瘦梅。清浙江会稽人。光绪十一年(1885)举人。曾官浙江归安县教谕。见郦秉仁《会稽郦氏宗谱》之《坤集》之《心毂公派·占元公支》;《光绪乙酉科浙江乡试同年齿录》。

③ 郦秉仁(1835—?),字少山,号云樵。清浙江会稽人。见郦秉仁《会稽郦氏宗谱》之《坤集》之《心毂公派·占元公支》。

初八日(3月13日) 雨,夜有雷电。

初九日(3月14日) 雨兼下冰(苞)[雹],天气寒。黎明起吃早饭后,即坐舆至西郭吊鲍益甫先生,为渠家陪客。午餐后又应酬许时,然后坐舆旋。道便水澄巷徐宅晤显民观察,谈片时即坐舆旋家。

初十日(3月15日) 雨。上午至司狱司前胡梅森先生处谈片时,又至后观巷田蓝陬茂才处谈片时,即旋家。

十一日(3月16日) 早上见雪积平地一二寸,上午又乍有雪。今年自献岁以来,雨雪连绵,春寒逼人。凡事因循,若又多雨,恐豆麦有碍收成,苍生咸昂首以冀彼苍之即透晴佳也。午间祭三世祖妣讳日。下半日写账务。

十二日(3月17日) 雨,天寒,又降雪珠。时节即届春分,而雨雪不休,天气寒(互)[沍],此又上年所罕遇也。比来稍有清闲,正思治笔墨事,乃天寒袖手尚不耐握管,不知何日得日丽风和也。

十三日(3月18日) 雨。戏以成衣机器成缝物件。久雨不晴,杜门闲坐,最不舒展也。夜半时忽胸胃中似欲呕吐,即起服糖一粒,渐散其呕吐之气。此予常有胃气,须糖甜香散之物解也。后即泻一次,皆属紫黑积血,酷似昔年三月所泻之物也。不知何意又有此病,为疑讶也。

十四日(3月19日) 雨。黎明又泻一次,乃紫黑似血之水,更讶之。然此外身体尚无痛处,惟胸中稍不舒展。此种病大概心绪劳思不安,以及胃气欠调所致。予体竟有如此衰弱,可慨也。日间坐卧,吃稀粥及荸荠茶以调治之。下午延杨君质安来诊视,渠拟一调胃气散积滞之方就去。然此等药剂服与不服,无所益损也。余自拟以茶菊花及藕茶以调剂之,但得心神安逸,平常饮食,清补必胜于服药也。

十五日(3月20日) 雨。早上下大便一次,其色紫黑而并不水泻。大概尚有积滞淤血等物,似不妨以泻净为然。惟胸胃中尚不十分舒畅,此外似无他病,然胸胃不可不调治如常。

十六日(3月21日) 雨。余身体稍胜。今日为春分,午前祭拜祖宗,又拜晋封中议大夫先大父颖生公诞日。多拜跪便觉支撑也,然每餐能吃饭而胸胃稍舒。

十七日(3月22日) 雨霁,稍见日光。各种花木以春寒放瓣尚迟,然皆萌芽也。

十八日(3月23日) 晴。上午徐君宜况来战棋。下午田春农孝廉来谈许时去。徐君午餐后又战棋数盘,谈片时去。久不见晴,得见日光,便畅快也。

十九日(3月24日) 乍雨晴。余胸胃似欠畅快,多食便不舒服。体弱如此,乃可虑也。

二十日(3月25日) 雨。余肝胃仍时有不舒,夜不成寐,时转辗思维,百感交集。家中巨细事,(近)[尽]在余维持。虽不能事业丰隆,读书上达,然居世治事,实不欲随人之后,时时处处以不堕家风为念。今余时有疾病,恐此身未可长恃。慈闱年老,而内人性心拙弱,平日欠有刚健高广之处;儿女年幼,正在教养,是可付托助我肩任其事者,实为念虑也。清夜想念所至,便书之。

二十一日(3月26日) 晴。久雨得晴,便觉畅快。余尚未能胜常治事,惟闲坐饮食,以度日也。

二十二日(3月27日) 晴。早餐后坐舆至西郭徐子祥大令家吊谷芳舅氏出丧,兼为其陪吊客。午前看吴䌹斋①学使为其题主。子祥大令颇事铺张,特于杭州延请吴君到绍题主。是日渠家到客不

---

① 吴士鉴(1868—1933),字䌹斋,号公詧,一号含嘉,晚号式溪,别署式溪居士。清浙江钱塘人,原籍安徽休宁。光绪十五年(1879)举人,十八年进士。曾官翰林院编修、江西学政等职。著有《含嘉室日记》《含嘉室诗文集》等。见《国风》(1934年第4卷第12期)之吴式洵、吴秉澄等《清故光禄大夫头品顶戴翰林院侍读先考䌹斋府君行状》。

少。下午又为其陪未过门之新婿朱巳生司马。酬应竟日，稍形支撑也。晚上登舟坐（田孝颛有舟开到西郭，送渠家丧兼作襄礼，余趁坐其舟），十下钟时解缆。至广宁桥之龙王塘登舟，同诸君路祭徐谷芳先生。事毕，即又登舟，到都泗门外平水村。

二十三日（3月28日） 晴，天气稍暖。黎明在舟中起，早餐后坐舆登山，俟徐谷芳先生安窆，在墓前行礼后，仍坐舆下山。于徐宅庄屋午餐后，坐舟旋家，时尚在盰下。

二十四日（3月29日） 晴。上午卧许时，午间起。下午至水澄桥、大街买物，即旋家。究属春天，见日便暖。

二十五日（3月30日） 晴，天气渐暖。

二十六日（3月31日） 雨，天气仍寒。下午坐舟至水澄巷晤徐显民观察茗谈半日，至晚上仍坐舟旋家。显民前日书来约谈，据说渠现在住沪，且须游宦他邦，而山会两邑豫仓建造以后是渠绅董。今渠欲辞卸，而郡邑有司请显民荐人接董，是以显民特商请于余。然余家素尚勤朴，但得自安弦诵之常，此愿足矣。而地方公事，近所与闻者，品类既属不齐，是非又多淆乱，实不欲参差互列其间。且余近年时有肝胃之病，治家各事，尚多贻误，不能称职于私家者，讵能称职于公家？即将此意达诸显民，请其另举贤能，而余万不能胜任其事也。

二十七日（4月1日） 乍雨晴。

二十八日（4月2日） 晴雨。琐事。下午徐君宜况来闲谈及战棋事。

二十九日（4月3日） 晴。早餐后乘舟至南门外下谢墅村，登新貌山祭谒曾祖父母、祖父母、本生父母墓，又祭谒先府君殡墓，事毕下山。舟中午餐，解缆旋家。有女眷又有人客同往祭谒，一切照应事甚繁琐。撸撑理事，旋家后觉神疲也。

三十日（4月4日） 晴。早餐后贾君柷唐、徐君宜况各去。今日天气晴和，内人及儿女到田宅拜客坟，半下午旋（余以力乏不去拜)。晚前至大路"同昌"钱庄稍谈,即旋家。仆仆道路,又觉支撑也。

三月初一日(4月5日) 晴。月为庚辰,日为甲戌。今日为清明节。上午同蒋兴甥至仓桥试院前游,近日陈学使按临绍属科试。在试院前买物及游览许时,仍同兴甥旋家,时盰焉。

初二日(4月6日) 晴。早上乘舟至南门外栖凫村(舟中早餐),到岸将盰。坐舆至筝底山拜高赤霞公客坟,至(至)黄泥礲(一名马路)祭谒□世伯叔祖墓。事毕,又至平地祭谒三世伯叔祖墓及伯祖初生公墓。事毕,又至孔家坪(一名龟项山)祭谒二世祖墓,事毕下山。舟中午餐后,又至铜锣山祭□世伯叔祖墓。余以力乏不上山,由族中登山拜谒。事毕,解缆旋家,时尚未晚。

初三日(4月7日) 晴。早上乘舟早餐,解缆至稽山门外中灶村,登岸至天打树前祭谒四世祖考无波公墓,祭谒后徘徊片时下山。登舟午餐,解缆旋家,时尚未晚。

初四日(4月8日) 晴。早餐后,解缆至昌安门外柏舍村祭谒三世祖墓。坟前畅游许时,然后登舟午餐,旋家未晚。

初五日(4月9日) 乍有雨,午前晴。早上登舟早餐,解缆至南门外盛塘村登翠华山祭谒四世祖妣金太君墓。事毕,又至董坞谒徐外祖墓(徐宅亦于是日上坟)。拜毕,即坐原舆下山。登舟午餐,遂即解缆而旋,至家时尚未晚。

初六日(4月10日) 晴。早上登舟早餐,解缆至偏城外石堰村祭谒五世祖墓。事毕,即登舟。又解缆至木栅村谒七世祖姑许金门未嫁姑太太墓,又至将台山祭谒徐青藤先生之墓,事毕下山。登舟午餐,解缆旋家,时仍未晚。

初七日(4月11日) 雨。早上乘舟至稽山门外石旗村,坐舆至井头山(即唐家墺山也),拜谒高祖岳年公墓。天雨纷纷,草草祭拜,即坐舆下山登舟,又至外王村拜高叔祖永年公等墓。事毕,即登舟午餐。解缆旋家,时将晚焉。今年谒墓之日皆晴,惟今日遇雨。余以病后日日支撑，拜谒先墓，幸荷神祖默佑，精力尚好，乃欣幸事也。

初八日(4月12日)　乍有微雨。下午至仓桥试院前游览许时旋家。

初九日(4月13日)　雨，早上雨霁。至作揖坊许侯青二尹处谈许时旋家。

初十日(4月14日)　雨。上午琐琐事。下午田蓝陬茂才来畅谈半日，晚上去。下半日天晴。

十一日(4月15日)　晴，天气潮暖。下午至清风里、大街买物，即旋家。

十二日(4月16日)　雨，潮湿异常。余早餐后戏踏成衣机器，即觉背骨穿心而痛，便停踏。而痛骤增，坐卧不便。盖平日胃络积滞，偶一感动，借此发之。且天气潮湿，无病时遇此等时候，常觉不舒服。然今日连胸间而痛，最不耐受。午后延杨质安来诊，商一方剂而去。据说余自旧年病后，胃腕本亏，今春又时有不舒畅，尚未调养复元。多动气力事，胃络为之壅滞，则骨节遂不能舒展自如，即宜通畅宣利之。其说似属相似。下午稍觉松动。晚前坐舆至水澄巷徐宅免强一应酬，同胡梅森先生公饯显民观察北行，兼其四十寿也。前日早约，所以只得免强应酬也。夜餐后即旋家。

十三日(4月17日)　晴。余胃口稍开，惟胸背间尚痛，俯仰不便，最吃苦也。天气清爽，坐卧度日，为可惜也。

十四日(4月18日)　晴，天气稍暖，寒暑表升至六十八九度。余病稍轻，虽胸背间尚不能俯仰自如，然较前日松动多矣。余自讶近年可谓竹节病，一节有一节，此后但冀其节稍长而病少也。

十五日(4月19日)　雷雨最多。

十六日(4月20日)　乍有微雨，早上风大。天气寒爽，遂祛潮湿之气。余病稍轻，惟尚未能胜常也。

十七日(4月21日)　乍有雨，天气寒，寒暑表降至五十度。今年春间雨多暖迟，各种菜蔬因此而迟也。今日余胸背之痛更轻，惟多举动便觉乏力,自讶身体何其弱也。

十八日(4月22日) 天朗。因循养病。

十九日(4月23日) 乍有雨,天寒,夜雷电大雨。

二十日(4月24日) 晴,乍有微雨。上午至后观巷田蓝陬茂才处谈,午间旋家。下午至清风里"和康"钱庄,稍谈片时即旋家。晚上面上稍发风饼。

二十一日(4月25日) 雨。近日风湿太多,余脾弱,自前日起时发风饼,虽不甚多,然遍身四肢皆发到。

二十二日(4月26日) 雨。上午余身尚有风饼,而午后皆消尽矣。下午贾君枧唐来谈。

二十三日(4月27日) 雨。同贾君畅谈。

二十四日(4月28日) 雨不休息,早上雷雨更大。余身体近日稍佳。阅报,见上谕淮扬巡抚新设数十日,忽又裁撤。朝廷不加成见,听臣工之言,善则从也。

二十五日(4月29日) 乍雨晴,天气又潮湿。

二十六日(4月30日) 晴,天气潮暖。上午至开元寺前同善局同种牛痘之许君兰生谈,兼看其现收牛痘苗。余就将其苗携带旋家,盖明日拟请其为钉儿种痘也。今年前以春寒多雨,近日和暖,正是可种天气也。午前徐君宜况来,午下贾君枧唐来畅谈。徐君晚间回其家去,夜又同贾君谈片时(贾君廿七日午下到西郭)。晚上又有雷雨,夜半闪电,雷雨更大。

二十七日(5月1日) 雨,又有雷声,上午晴。许君兰生来为钉儿种牛痘,每手臂四粒,共八粒。种后谈片时,许君辞。日间天气更暖,寒暑表升至七十五度,只可着夹衣。余近日身体稍胜,倘逢天气清快,当更佳也。

二十八日(5月2日) 晴,天气稍清快,不似前日之潮暖也。

二十九日(5月3日) 晴,天气凉快,风清日丽。阅各报章,见上谕将《律例》所有之酷刑删免，此外各条刑律皆减轻一等（此系伍[①]、沈[②]等人所奏定）。

四月初一日（5月4日） 晴，天气和暖。月为辛巳，日为癸卯。

初二日（5月5日） 晴，天气最暖。早上钰儿身热，午后仍照常，所种之痘稍有红点。

初三日（5月6日） 雨。今日为立夏。早上见钰儿手臂所种之痘，左手四粒既发，稍有清浆；右手只发一粒。大概胎毒尚少，且发气之物，又不使其格外多吃也。午间祭曾大父母。

初四日（5月7日） 晴，天气清决。上午种痘许君兰生来复看钰儿之痘，左臂发出，右臂只发一粒。据说其胎毒不多，所以痘轻也。余云如下年再补种几粒，可观其净与不净，许君似以为然。闲谈片时，许君辞。种牛痘事最便于民，惟食物必须讲究，不可乱吃也。夜微有雨。

初五日（5月8日） 黎明时雷雨又多。

初六日（5月9日） 雨。翻检旧箧，见曾大父九岩公、大父颖生公、本生先父辛畦公、先父芳畦公各大人亲书笔墨文字，或记事，或见闻所及，或编辑书卷，或随写账务，悉皆考究详明，治事谨饬。缅想先德，勤朴传家，绵延勿替，贻谋高远，累世承之。偶然展视，益惶然于

---

① 伍廷芳（1842—1922），本名叙，字文爵，号秩庸。广东新会人。政治家、外交家、法学家。中国近代第一个法学博士。著有《民国图治刍议》《延寿新法》等。见伍璟光《岭南伍合族氏总谱》卷四《代行大总统事国务总理新会武公传》及《国民政府委员国际联盟大会副议长海牙国际公断院公断员法学博士新会武公传》。

② 沈家本（1840—1913），字子惇，别号寄簃。湖州归安人。清同治四年（1865）举人，光绪九年（1883）进士。法学家。著有《古今官名异同考》《读史琐言》《史记琐言》《寄簃文存》《枕碧楼偶存稿》《历代刑法考》等。见王式通《吴兴沈公子惇墓志铭》。

先型之不克比列也。

初七日(5月10日) 雨。早餐后坐舆至司狱司前胡梅森先生处贺喜,胡君于今日晚其嫒出阁也。又至西郭徐子祥大令处贺喜,其妹出阁也。晤贾柷唐姊婿,谈片时即旋家,时将旰焉。

初八日(5月11日) 晴,天气清丽。近日为钲儿种痘事,在家照看,今幸灌厚其浆而结痂也。前日其右臂只发一粒,近日又发一粒,共计出透者六粒,似下年不必补种焉。今年天气近日尚凉,可着棉衣,种痘犹相宜也。余日来精神稍胜,然似须调养,不多费心力为得济。上午范梧履茂才来,畅谈许时去。下午云淡风清,观各样花木,畅茂挺秀,其属初夏佳日乎?

初九日(5月12日) 晴和。学写篆书。

初十日(5月13日) 晴。上午阅各报,又至后观巷田春农家拜润之先外舅祭,午餐后谈多时旋家。夜又雨。

十一日(5月14日) 雨。

十二日(5月15日) 晴,天气潮暖。上午至开元寺前同善局同许君兰生谈兼酬其种痘洋,又至大街买物,即旋家。着三件夹衣,汗透衣背,遂洗上身宿垢,觉释重负而舒快也。午后昼寝起,写篆字。而天气清高,寒暑表升至七十六七度。至后观巷蓝陬茂才处闲谈许时,旋家将晚焉。夜月清高。

十三日(5月16日) 晴,天气骤暖,寒暑表升至八十五度,只可着单衣服,而尚须挥扇也。督工人插菊花。

十四日(5月17日) 晴,下午雷雨。

十五日(5月18日) 晴,天气凉快。督工人插菊花。下午至古贡院前藏书楼访冯梦香孝廉,冯君在其家,遂便道至水澄巷见梦香孝廉,畅谈片时,又便道到罗柷甫丹青处谈片时,然后由大街旋家,时尚未晚。

十六日(5月19日) 晴。上午至作揖坊许侯青茂才处谈,片时即旋家。下午天暖。

十七日(5月20日) 雨，天气又凉。近日一寒一暖。

十八日(5月21日) 晴。早餐后至许侯青茂才处谈，片时即旋家。下午理至萧邑祭墓各物件。夜餐后坐舟，拟至萧邑。

十九日(5月22日) 晴。黎明在舟中起，见舟行尚在钱清村，至午正始得到萧山西门外孙家汇。舟之迟缓，竟至于是。遂登岸诣一世祖考仰泉公、一世祖妣龚太君墓，属人扫割茅草。祭拜后，仍坐舟。午餐后，同存侄及族侄老祥至西兴岸游片时，又至萧山城游片时，遂登舟开棹，时尚未晚。此次同往祭墓者，申兄、存侄、族侄老祥及余共四人。

二十日(5月23日) 黎明舟中起，在柯镇泊岸，至市览许时，即登舟开橹而旋家，时半上午也。余此次本拟至苏沪等处览胜数日，借广见闻。乃时将夏热，且晴雨不常。四月间又只旬日，端阳节近，天气恐骤暖。与其不克畅快，不若似秋凉再计也。

二十一日(5月24日) 晴。上午至仓桥、大善寺前、大街等处买物，即旋家。下午至后观巷田蓝陬茂才处畅谈许时，旋家时将晚焉。夜间余左首太阳经时常痛如针刺，且左边咽喉又微有痛处，大约被受风热所致，似宜清散以药之。

二十二日(5月25日) 早上雨即晴。上午因前夜不能酣睡而补睡许时。午餐后同田蓝陬茂才坐舟至南门外上谢墅其第五兄嫂灵筵前行礼(其五兄嫂于廿三日须葬也)，遂即登田宅舟，同春农中翰诸君谈片时，仍偕蓝陬茂才坐舟旋城，余到家时尚未晚。

二十三日(5月26日) 晴，天气清高，惟夜间风大。日间似有海尘腾飞，各处地方拂后，即又见尘积。阅《曾文正家训》以度病日。余左首头痛，上半日尚未愈可，至下半日觉睡后，便轻松而胜常也。

二十四日(5月27日) 晴暖，寒暑表升至八十度。上午至江桥、大街买物，即旋家。下午录写所有书目。

二十五日(5月28日) 晴，风清日暖。录写书目。

二十六日(5月29日) 乍有雨。

二十七日(5月30日) 晴。上午课儿女读书。下午绘画各式花样图。订书一卷,名之曰《艺事》。

二十八日(5月31日) 晴,天气骤暖,寒暑表午间升至八十六度。上午冯梦香孝廉来茗谈许时去。午前坐舆至和畅堂堵芝龄孝廉处贺芹喜[①],茗谈片时即旋家。午前课儿女读书写字。

二十九日(6月1日) 晴,天气更暖,寒暑表升至八十八九度。手偶息扇,便觉汗下如雨,初暖之所以更畏也。余逢暑夏最畏热而不能静心治事也。看泥匠修理屋宇。

三十日(6月2日) 晴,天气又暖,多风。下午乍有雨,即晴。晚间更郁热异常,夜不安睡。

五月初一日(6月3日) 雨。月为壬午,日为癸酉。偶阅《幼学琼林》,虽最浅近之书,而童年不可不诵及之。

初二日(6月4日) 雨。

初三日(6月5日) 晴。上午至掠斜溪朱君理声处谈,片时即旋家。夏日熏蒸,街路遂不便仆仆也。午间大雨片时又晴。下午至清风里“和康”同谢君莲生谈,片时即旋家。衣衫沾汗,稍稍沐浴后,便觉清快也。

初四日(6月6日) 晴。上半核付各店节账,半日便即清讫,然此等琐屑事最可厌也。下午天气潮暖,昼寝起核结各账务。会计之术,余最平常,每治此等事,自觉迟钝也。

初五日(6月7日) 天晴而日不热,端阳有此凉快,最可佳也。上午田蓝陬茂才来谈许时去。越人每于度节度年之日,尘俗扰扰。余以此等时节,必先日将各事清理,而是日便稍有闲豫之趣。午前同儿女至楼窗前清坐,远见卧龙山上游人依然如昔年之多。午餐后画

---

① 堵芝龄之子堵福曜(垚甫)于是年岁试取入会稽县学第三十四名附生。见杭州师范大学弘一大师·丰子恺研究中心《堵氏家谱》。

八卦数纸以示儿女。

初六日(6月8日) 晴,天气凉快。修订书册。阅《申报》《中外报》,知日俄战事近日又海战多次,俄军破败频仍,日军所向无敌,从此俄军当为日军所戢服矣。环球各国,咸称誉日军之克战也。下午为田外姑章恭人[①]书寿联一副(其六十生日在来年,乃先建长生水陆忏,此联悬之也)。

初七日(6月9日) 雨。余近日稍食荤腥各物,便觉心胃间偶有不舒快之境,似饮食竟有不可苟且之处,然精力较三月时佳胜多矣。身体康泰,最足庆悦。下午雨霁,天气凉快。阅中外(各)[日]报,知各海口防务整顿,盖恐日俄战舰乱行。雨霁,遂至后观巷田蓝陬茂才处闲谈,将晚旋家。

初八日(6月10日) 雨。下午雨霁,坐舟至寺池华严寺观览闲谈(田宅在寺建水陆法事也)。将同田蓝陬广文及其侄孙孝颛茂才至五云寺闲览(五云寺近日田宅亦建法事也),寺中夜餐后,同蓝陬、孝颛旋各到家,时九下钟也。

初九日(6月11日) 晴。

初十日(6月12日) 晴。上午坐舆至水澄巷徐宅拜仲凡舅氏三周祭,旰餐后,同吉逊、乂臣等诸君畅谈许时,仍坐舆旋家。晚上坐舟至寺池华严寺饮酒夜餐,为田外姑章恭人预暖六十寿也。夜间听平吴调许时,兼同田宅诸君畅谈,然后坐舟旋家,时夜半矣。月夜风清,尚畅快。

---

① 章氏(1847—1907),田晋蕃之庶母,田宝祺之庶祖母。见《田宝祺乡试朱卷》。按:此日日记言其六十生日在来年,故其光绪三十一年为五十九岁。据此,其当生于道光二十七年(1847)。陈庆均《为山庐悼亡百感录》有诗:"隔巷慈云不再留,克谐天性动悲忧。凭栏时坠风前泪,寝视无端屡触愁。(外姑章太夫人于光绪丁未年见背,内人天性素笃,触绪悲来。门闾虽近,慈荫已倾。忧患频仍。至是身病与心病交增矣。)"据此,其当卒于光绪三十三年(1907)。

十一日(6月13日) 晴。上午家俗繁如。下午张叔侯茂才来谈,兼围棋数局。晚上同张君坐舟至寺池华严寺,同田宅诸君闲谈。夜餐后看演戏法,其演法不尽新异,然暂且看览尚可。诸君同看到夜半,余坐舟旋家,借听鸡鸣初报也。

十二日(6月14日) 晴。上午贾君柷唐来闲谈,夜谈至二更后睡。

十三日(6月15日) 晴,天气清快。同柷唐闲谈,夜谈至半夜睡。

十四日(6月16日) 晴。早上至清风里"和康"庄稍谈,即旋家。上午同贾君谈。下午贾君柷唐去。

十五日(6月17日) 晴。

十六日(6月18日) 晴。上午至马梧桥祀黄神,即旋家。

十七日(6月19日) 晴,天气清快,早晚可穿夹衣,寒暑表午间只升至八十三四度。

十八日(6月20日) 晴。上午评量花木。近日天晴日久,各花木须旦晚泼水以滋润之。余最爱花木,惜家园只数弓,而不能肆其种插。能得于屋宅之傍数亩之地,略备四时之草木,岂非生平之乐事哉!

十九日(6月21日) 晴,天气清快。今日先祭夏至祖宗。下午骤暖,寒暑表升至八十八九度。

二十日(6月22日) 晴。午前家中又拜夏至祭祖后,坐舆至水澄巷徐宅拜祭,遂在徐宅午膳。下午同徐宅诸君畅谈许时,仍坐舆旋家。

二十一日(6月23日) 晴,天气又暖。午间寒暑表升至九十二三度,然清快而不郁热,惟晴久咸冀霖雨之下降也。余懒习性成,在家长此因循,而心事最多,未尚有畅快之境,不知何日修得到清闲舒畅乎?

二十二日(6月24日) 晴,天气更暖。上午徐乂臣郡丞来,稍谈片时去。

二十三日(6月25日)　晴。早上至司狱司前胡梅森先生处谈，又至掠斜溪朱君理声处谈，又至水澄巷徐君乂臣处谈，片时即旋家。天气更暖，仆仆道路，最为可畏。徐君乂臣前日来谈，欲开办盐鲞公司。据说胡君梅森、朱君理声皆在股份。再四属余家稍助其股，余以力薄辞之。今特至胡、朱两处询问，据胡、朱两人说，虽有是言而尚不落局。余思此等事余家素不熟悉，且现在财力绵薄，余更不愿附骥其事。特至徐君处再行面辞，请其另招股份为幸。午后更暑热，寒暑表升至九十四五度。

二十四日(6月26日)　晴。上午自绘八角纨扇山水一柄。下午雷雨后即晴，然更郁热。夜间不能安睡。

二十五日(6月27日)　晴。上午至后观巷田蓝陬茂才处拜其祖祭，稍谈即旋家。午间祭曾大母诞日。午后时雨沛然，兼有雷声数阵。雨后暑气稍净，夜间便觉清凉也。

二十六日(6月28日)　晴，天气清快，午间又雨即晴。

二十七日(6月29日)　乍雨晴。

二十八日(6月30日)　雨，天气凉，寒暑表降至七十四五度。上午徐君乂臣来谈其所开盐鲞公司事，再四属余稍助。余云若立议单品股，决意辞谢；若别人名下稍助其款，则过蒙坚劝，免强暂附。且徐君云尊意既不欲立上议单，竟遵行，但可否于议单上列中人名目。余思此事素不熟识情形，且更不愿与闻其事，又立意当面辞卸。徐君遂去。午餐后，坐舟至司狱司前胡梅森先生处谈，即徐君开公司事也。谈许时，即坐舟旋家。

二十九日(7月1日)　天凉雨密，杜门赏雨。下午徐以逊孝廉来谈许时去。

三十日(7月2日)　雨不休息。河水既大，如又多雨，转有水涨之虑。天气因雨最凉，寒暑表降至七十二度。夜须盖被，日须穿夹衣。

六月初一日(7月3日) 乍雨晴。月为癸未,日为癸卯。上半日阅《舆地新编》。下午至后观巷田君蓝陬处闲谈,又同至酒务桥司狱司前游花园(田君禔盦、孝颛同游)。时将晚,遂即各旋家。天晴即暖焉。

初二日(7月4日) 晴。上午胡梅森先生来谈许时去。下午至大善寺前“谦济”庄同沈君翰斋谈,即旋家。天气郁热,夜有雷雨,稍凉也。

初三日(7月5日) 晴。上午祭五世祖鉴安公讳日。将旰,坐舆至南街张宅拜子母神会,到会者只十二人也。午间坐厅事观剧。雷雨即晴,郁热异常,遂即旋家,时半下午焉。

初四日(7月6日) 晴,天气郁热异常。半下午坐小舟至南街张宅观徽班演剧(此戏本在前日,乃该戏班因前日别处尚须留演一日,今在会诸人以绍班皆不喜观,昨特纠公款再演一日。余以天暖,且雅不欲观,然在会者皆到,不得免强应酬)。夜餐后观将半夜,遂坐舟旋家。

初五日(7月7日) 晴,天气郁热异常。

初六日(7月8日) 晴,天气暑热,然尚清畅。

初七日(7月9日) 晴。上午田君扬庭来谈片时去。午前至后观巷田春农孝廉处拜其祖母先外姑祭事,午餐后谈多时旋家。今日在田宅闻徐培之舅氏于前日在沪上寓所逝世,又闻王止轩太守于前月廿五日在河南厘局差次逝世。徐、王两公皆越中特达之流,一久客沪上,经办商务;一由翰林截取知府,听鼓河南。晚年境遇,皆不得意。今各旅没远地,可嗟也。将晚,坐舆诣老虎桥徐宅吊培之舅氏丧(以逊昆仲闻赶往沪上去办丧事,其家设牌位灵帏遥举丧事)。余到其牌位前行礼。渠家居丧,只有女眷,遂不坐,即乘舆旋家。

初八日(7月10日) 晴。上午至后观巷田蓝陬茂才处谈,午间旋家。

初九日(7月11日) 晴,乍有雨。上午田春农孝廉来谈片时去。天气尚清快。午前收拾书室。

初十日(7月12日) 晴,下午油然作云,雷雨片时。坐舟至南街田扬庭家观徽班演剧,此戏亦前日在座诸君公纠。平居无事,醵钱饮酒观戏,亦虚縻之习。然既到应酬之场,不便俨然自异,其实余雅非所愿也。夜半仍坐舟旋家,幸雷雨后天气凉快也。

十一日(7月13日) 晴。上午至清风里"和康"同谢莲生稍谈,即旋家。下午天气暑热。核对本年所完清国课票。

十二日(7月14日) 晴,天暑。坐卧观书。下午稍有雷雨。

十三日(7月15日) 晴,天气暑暖。近日寒暑表午间升至九十四五度,早晚最清凉畅快。挥扇观书。

十四日(7月16日) 晴。

十五日(7月17日) 晴,天虽暖而尚清快。

十六日(7月18日) 晴。下午风雨异常之大,闻别处吹破墙垣屋角不可数计,兼闻西北隅降冰(苞)[雹]更大。天地不测风雨,顷刻之间暑热为雨所洗,便觉清凉也。

十七日(7月19日) 晴。下午乍有雨,即晴。看泥匠木匠修理屋宇。阅各报章。

十八日(7月20日) 晴。今日庚申为初伏日。阅报,见出洋毕业学生回国朝考后,业经奉旨有授翰林院检讨者,有授进士者,有授举人者。新式功名,于今初闻之也。

十九日(7月21日) 晴。上午尚凉,晚上郁热异常,夜不能安睡。

二十日(7月22日) 晴。

二十一日(7月23日) 晴,天气盛暑,寒暑表升至九十八度,手不释扇。今日为大暑时节,可谓相宜也。新春积雪盈尺,寒气最盛,夏间最暖,是乃天道对待之常理耳!

二十二日(7月24日) 晴,早上略凉。学字。午间暖至寒暑表升百零一二度。手腕因挥扇痛苦异常。

二十三日(7月25日) 晴,天暖异常。下午云雷大发而有雨,然不畅下也。徐君宜况于午前来闲谈。

二十四日(7月26日) 乍雨晴,天气稍凉,而雨仍不畅也。同徐君宜况闲谈,消遣暑夏。下午坐舆至西郭吊徐谷芳舅母丧也(渠于前晚病故,廿五日入殓),行礼后略坐片时,即旋家。

二十五日(7月27日) 晴,天气尚凉。前为盛暑薰人,家中人多有生热皮疮者。当暑有病,更形吃苦。

二十六日(7月28日) 晴,天气又暖,晚上乍雨数点。宜况去。夜餐后徐君少翰,田君春农、禔盦、孝颛来闲谈多时去。

二十七日(7月29日) 晴,天气又暖。近日各报遍载禁买美国洋货,中国人心之齐,于今始见也。盖因美国虐待华人,使其改之也。

二十八日(7月30日) 晴,暑盛。夜更热,不能安睡。

二十九日(7月31日) 黎明起,早吃饭后坐舆至西郭吊徐谷芳舅母,又为渠家陪客。午餐后畅谈多时,坐舆旋家。暑热异常,后幸油然作云,风雷骤起,下雨数点,晚间便凉快也。

七月初一日(8月1日) 晴。月为甲申,日为壬申。日月荏苒,忽忽又度半年。

初二日(8月2日) 晴,暑热异常。阅报知广东巡抚于前月二十日又奉上谕裁撤,其事即并两广总督兼管。近闻绍兴拟于里街(即惰民聚居之所)开办惰民学堂,其款由戏价处抽捐,颇称充足。按:惰民本不能考试入籍,始于前年部奏准,今各处遂有办此等学堂者。

初三日(8月3日) 晴,天暖,寒暑表升至九十八度。畏热,不能治事。

初四日(8月4日) 晴,日光最淡,欲雨不成。下午至田春农处闲谈,晚上旋家。夜间天气郁热异常,不能安睡。苍生咸拭目翘首,以冀霖雨之下降也。

初五日(8月5日) 晴,又暖,寒暑表升至百度,夜更郁热,不能安睡。上午至田蓝陬茂才处，谈许时即旋家。

初六日(8月6日)　晴，上半日盛暑，下半日雷电风雨后，遂有清凉之气。

初七日(8月7日)　上半日乍有雨，下半日晴，天气凉快。午前祀奎星神。自前日雷电风雨后，清凉之气便觉扑人眉宇。

初八日(8月8日)　晴。上午薛阆仙明经来畅谈，到晚上去。日间天气尚热。今日立秋。

初九日(8月9日)　晴。上午田春农中翰来谈片时去。近日早晚天气尚凉，日间仍暖。夜间，田蓝陬茂[才]及其侄春农孝廉来谈，二更去。

初十日(8月10日)　晴，天气又暑。早餐后至后观巷田春农处稍谈，又至蓝陬处谈，即旋家。下半日天气更热，有雷声而不肯下雨。夜间又暖。

十一日(8月11日)　晴。黎明起，早餐后同田君蓝陬、春农坐舟到西郭门外钟山寺祭吊徐培之舅氏。灵柩始于昨夜由沪回绍，寺屋最窄，行礼后仍同田君坐舟旋家，时盰焉。下午同徐宜况战棋闲谈。晚前雷雨尚大，夜间又有雷雨。久晴得此霖雨下降，人人为之庆悦。

十二日(8月12日)　晴，下午有雨。同徐君宜况战棋闲谈。

十三日(8月13日)　晴。上午祭本生先慈曹太淑人忌日。下午同宜况战棋闲谈。稍有雨。

十四日(8月14日)　晴。上午至作揖坊胡梅笙封翁处谈，又到许侯青二尹处谈多时旋家。下午同宜况战棋闲谈。有雨。

十五日(8月15日)　晴。上午祭中元祖饯。下午同宜况战棋闲谈。又有雨。近日夜间天气凉，可着夹被。

十六日(8月16日)　晴。上午祭中元祖饯；又坐舆至水澄巷徐宅拜外祖母诞祭，同吉逊、义臣及其族人畅谈多时，仍坐舆旋家。晚上贾君柷唐来，遂同柷唐、宜况闲谈。

十七日(8月17日)　晴。同贾君、徐君闲谈。午间秋暑尚酷。

十八日(8月18日)　晴,天气又暖。

十九日(8月19日)　晴。同贾、徐君闲谈。

二十日(8月20日)　雨。同贾、徐君闲谈。

二十一日(8月21日)　雨多。上午坐舟(贾君趁到徐宅上岸)至西郭门外王城寺拜徐培之舅氏灵(公祭七也),遂同以逊孝廉畅谈。午餐后坐舟旋家。夜间雨更多。

二十二日(8月22日)　雨。得昨今两日大雨,河水涨溢,田间又庆沾足。倘得即放晴光,便为大好天时也。今日寒暑表降至七十二三度,可穿薄棉衣,夜间须拥被也。上午徐君去。阅各报及《经世文编》。近多日不静坐观书,秋凉乍到,不识略能勤事乎?

二十三日(8月23日)　雨霁。

二十四日(8月24日)　雨。午间祭一世祖宗讳日。阅《申报》《中外报》,近日依然盛载禁售美货,抵制美国苛待华人事。此事坚持最久,全国人心齐集,于今创见之也。连日大雨,河水泛溢,昔时多晴咸冀霖雨下降,近日转瞬祈祝晴日矣。下午家慈发寒热病,夜间痰多骨痛,遂延杨君质安诊视。据说寒疾停滞,法当开解之。开方后去。看视汤药,后半夜始睡。

二十五日(8月25日)　雨。理汤药等事。下午杨质安来诊家慈病,痛处稍差,惟身热气不调,开一调气解结方剂去。贾君枧唐来谈。

二十六日(8月26日)　晴。家慈病稍轻。日间同贾君谈。下午杨医又来诊病开方,稍谈片时去。

二十七日(8月27日)　晴。上半日同贾君谈。下半日田春农舍人来谈。杨质安又来诊家慈病,开方剂稍谈片时去。贾君晚前到西郭徐宅。

二十八日(8月28日)　晴,下午雨多。午餐后到后观巷田蓝陬茂才处同其侄春农舍人等畅谈,晚上旋家。夜又多雨。

二十九日(8 月 29 日)　乍雨晴。上午贾君枧唐来,午餐后去。下午核理本年清明完国课账务。天气潮湿。

八月初一日(8 月 30 日)　晴。月为乙酉,日为辛丑。天气湿热,寒暑表升至八十六七度。下午乍有雨,即晴。晚前稍有清凉之气。

初二日(8 月 31 日)　乍雨晴。阅俞曲园太史《春在堂集》。下午,徐君宜况来稍谈即去。

初三日(9 月 1 日)　乍雨晴,竟日多风。上午至江桥、大街等处买物,旋家将盰。午间祀东厨司命神诞日。徐君宜况来谈,午餐下战棋多时去。下半日检阅旧账簏。今日偶然多走步,便觉支撑,身体何其弱(之)[至]于此?

初四日(9 月 2 日)　乍雨晴。上半日有马翊庭[①]者(据说步蟾[②]之曾孙)同单继香来说赎回贯珠楼屋(单继香者,拟向马处售此屋也),其人甚属背谬,其所言照屋契毫不相符,实堪疑讶。余家言属其向有分本家及其屋契事询问清楚,借可言赎,单、马两人遂去。下午至后观巷田春农舍人处谈贯珠楼屋事(盖马、单两人托春农商谈其事,遂同春农谈多时),又到蓝陬茂才处谈,将晚旋家。

初五日(9 月 3 日)　晴。上半日田春农来谈贯珠楼屋事,片时去。午前至南门庄莼渔君处谈,又同其西宾马藩卿君谈,在莼渔处午餐。下半日又谈多时,同至能仁寺前观览,遂各旋家。

初六日(9 月 4 日)　晴,近日天气尚暖。上午至后观巷田春农

---

① 马翊庭。清浙江会稽人。生平待考。见《日记》光绪三十一年十月初九日。

② 马步蟾,字广周,又字桂甫,号渔山。清浙江会稽人。嘉庆九年(1804)举人,十六年进士。曾官翰林院编修、徽州府知府。见王藩、沈元泰《道光会稽县志稿》卷十八《人物・宦绩》。

处谈，又至蓝陬处畅谈，午餐后又畅谈多时旋家。夜有雨，略见电闪。日间寒暑表尚在八十七八度。

初七日(9月5日) 晴。上半日至偏门外坐舟到跨湖桥外星采堂屋看漆匠漆寿材，下半日坐舟旋家，时将晚焉。

初八日(9月6日) 晴。今日为秋天赦日。上午至田春农处谈，即旋家。又坐舟至偏门外星采堂屋看漆匠漆寿材，晚上坐舟旋家(家慈寿器于昔年属材匠所成，粗碗粉、瓦粉及糊麻再漆等事，不嫌讲究，处处须督看，不可忽也)。

初九日(9月7日) 晴。上半日核理账务及阅报等事。下半日坐舟至偏门外星采堂屋看漆匠漆寿材，晚上坐舟旋家。徐君宜况来夜餐下去。夜天气暖。

初十日(9月8日) 晴，天气郁暖。早餐后坐舟至偏门外星采屋看漆匠漆寿材，下半日坐舟旋家。闻上半日庄纯渔、阮茗溪、田扬庭诸君来，闻余在城外，遂去。夜间更暖，寒暑表在八十八九度。

十一日(9月9日) 晴，天气酷热异常，寒暑表升至九十三四度。中秋时节，有如此暖，异事也。上半[日]至后观田蓝陬茂才处公宴蓝陬四十生日。下午兼听平(吴)[湖]调，同诸君畅谈，将晚旋家。片时，又至田宅。夜间又有公席，宴饮毕，畅谈至夜半旋家。今日阅报，见停罢科举业，于初四日奉有上谕矣，借恭录于左：八月初四日内阁钞奉上谕：袁世凯等奏请立停科举以广学校并妥筹办法一折，三代以前，选士皆由学校而得人极盛，实我中国兴贤育才之隆轨。即东西洋各国富强之效，亦无不基于学堂。方今时局多艰，储才为急，朝廷以近日科学日兴，已屡降明诏，饬令各省督抚广设学堂，俾全国之人咸趋实学，以备任使，用意至为深厚。前因管学大臣等奏请，准将乡会试分三科递减。兹据该督等奏称，科举不停，民间相率观望，欲广学堂必先停科举等语，所陈不为无见。着即于丙午科为始，所有乡会试一律停止，各省岁科考试亦即停止。其以前之举、贡、生员分别量予出路，及其余各条，均着照所请办理。总之，学堂本寓学校之制，其奖励出身，亦与科举无异。历次定章，原以修身读经为本。各门科学，又皆切于实用。是在官绅申明宗旨，闻风兴起，多建学堂，普及教育。国家既获树人之益，即地方亦与有光荣。经此次谕旨，着学务大臣迅速颁发各种教科书，以定指归，而宏造就。并着责成各该督抚实力通筹，严饬官府厅州县，赶紧于城乡各处，遍设蒙小学堂，慎选师资，广开民智。其各认真研究，随时考察。不得少行瞻徇，致滋流弊。务期进德修业，体用兼赅，以副朝廷劝学作人之至意。钦此。

十二日(9月10日) 晴，酷暑异常，如当伏天气。夜有雷电风雨。

十三日(9月11日) 晴，天气又暖。余头眩不畅，坐卧因循。下半日马藩卿茂才同庄莼渔孝廉来，谈片时去。阅报章，见各省学政仍照旧设专司稽察学务。

十四日(9月12日) 晴。天暖异常。核付各账。上半日马君补臣[1]来谈贯珠楼屋事，此人颇通气，稍谈片时即去。今日寒暑表升在九十二三度。

十五日(9月13日) 晴，天气又暖。核写各账。下半日乍有雨，仍晴。夜，天清月明。设香烛果品以敬秋月，借于明堂中赏月。至二更后，天气清凉，遂卧。

十六日(9月14日) 晴，天气又暖。上半日至后观巷田春农处稍谈片时，即旋家。下半日坐舟至南街阮君茗溪处谢步，闻阮君他出，遂不上岸。又至徐宅晤仲深[2]谈片时，又至太平桥庄君莼渔处谈片时，即坐舟旋家，时将晚焉。夜月清静，乘凉许时。

十七日(9月15日) 晴。早上至水澄桥、大街买物，即旋家。

---

① 马补臣，马翊庭为其侄。生平待考。

② 徐维浚(？—1910)，字仲深。清浙江山阴人。徐征兰之子。见《浙江绍兴栖凫东海堂徐氏家谱》。按：《日记》宣统二年五月二十九日："上半日坐舆至南街吊仲深首七，片时即坐舆旋家。"据此，其当卒于宣统二年(1910)。

午前又至仓桥街买纸笺等事,即旋家书写各账。

十八日(9月16日) 晴。黎明即起,吃茶点后至南街田宅同田扬庭、庄莼渔、沈理声、阮茗溪、屠侯斋、莫潄和诸君坐船至桑盆看潮。今日风大,潮高尺余。午餐在徐宅舟,遂同徐叔亮、志章,孙象仙诸君坐舟旋家。下半日风雨最烈,舟行不便,竟至夜半始到南街,余坐舆旋家(今日可谓遇风潮者也)。

十九日(9月17日) 雨,天气凉快,须穿夹衣。上半日至水澄巷冯梦香孝廉处谈,即旋家理行装。晚餐后坐舟至南街,换坐大舟出东郭门(同舟者阮君茗溪、庄君莼渔、徐君志章、田君扬庭)。

二十日(9月18日) 乍雨晴。黎明在舟中起,早餐后至"俞天德行"坐舆渡钱江,到杭城荐桥盐公所寓,时约十一下钟。寓中坐憩至片时,同诸君至聚仙楼膳(同坐者阮、庄、徐、田及余,又杭州人周仲葵,鲍君香谷作东道也)。膳毕,又到寓坐舆至候潮门外看潮、游妓船。夜间公设筵畅饮,同饮者庄莼渔、徐志章、田扬庭、鲍香谷,作永夜游。

二十一日(9月19日) 雨。早上在妓船谈笑片时,遂登岸,仍坐舆旋寓。下半日晴,同庄君至清和坊等处游并买物,晚上旋寓。

二十二日(9月20日) 晴。上半日同庄、徐、田诸君至清和坊等处买物,即旋寓。下半日又同诸君至涌金门外游西湖岸,余同庄莼渔坐小舟荡(浆)[桨]西湖,游刘园、漪园等处(刘园系新造,庭院多且曲,铺设新又奇,洵为西湖领袖之所)。游览片时,仍登湖岸步回寓中,时晚焉。夜间,鲍君洁卿[①]在盐公所设席宴此次同游诸君。

二十三日(9月21日) 晴。上半日至焦旗干巷晋义庄同庄莼渔回看鲍君洁卿,谈片时,遂各坐舆至涌金门外坐头号湖舫游西湖之

---

① 鲍诚圭(1845—1909),字洁卿,日记一作洁清,整理时统一为洁卿。清浙江会稽人。同治七年(1868)进士鲍存晓之子。见鲍德福《鲍氏五思堂宗谱稿》卷一《家传》之鲍彬《先严事略》、卷二《尚志公派第五世》。

三潭映月、刘庄等处。同游者鲍君洁卿、香谷，阮茗溪大令、庄莼渔孝廉、徐君志章、田君扬庭及余共七人。庄、徐、田皆邀候潮门外船妓陪酒，虽属游人常事，然亦廉耻扫地矣。晚上登岸，仍坐舆旋寓。

二十四日(9月22日)　雨。早上到街买物，即旋寓理行装。午餐后坐舆至武林门外拱宸桥买大东公司船官舱，遂将行装排列，属随人看管。因时尚早，又登岸到马路上游览及游书寓数处。四下钟后，闻轮船气管发，即登公司船，开驶船中最暖。夜餐后，同诸君畅谈。(同游者庄莼渔、徐志章、田扬庭及余共四人)。

二十五日(9月23日)　黎明在公司船起视，则嘉兴地方也。轮船停泊片时，又开驶。日间在船中同庄、徐、田诸君谈，至上海码头时，晚上九下钟矣。上岸至四马路群仙园看女戏，至十二下钟仍回公司船宿(盖时迟不到客栈也)。

二十六日(9月24日)　晴，天气暖。早上在公司船起理行装，登岸至宝善街周昌记客栈寓。日间至各马路游览买物。夜餐后杨君仲享来邀至“兆贵里”吃花酒，应酬毕，旋寓时十一下钟矣。

二十七日(9月25日)　晴，天气热暖异常。上半日在马路各处买物，午间旋寓。下半日同庄君莼渔至大马路回看杨君仲享(渠上半日来寓访也)，稍谈片时，即坐东洋车至铁大桥趁戴生昌公司船(开到苏州之公司船也)，坐官舱一间(计有二床。此次带张随一人同行)，开驶时将五下钟矣。

二十八日(9月26日)　晴，天气又暖。早上在公司船起，吃自备茶食点心。九下钟到苏州盘门外换坐划船，至盘门里道前街聚星客栈坐憩，时十一下钟焉。寓中午餐时，纪堂弟闻余到，即来看谈多时，遂同至其公馆(在剪金桥巷)。弟妇及侄及侄女皆出见，阖寓胜常，为之䜣然。片时下，同纪弟至盘门外煤捐局许君侯青处谈片时，遂同坐马车沿途览胜。马路虽长，而繁华远不及上海。到阊门马路茗谈，又至“德化楼”吃菜饮酒，皆纪弟东道，许君陪饮也。饮毕，时将晚，遂步进阊门至寓，纪弟回公馆。夜间，纪弟又来聚星寓，谈片时回公馆去。夜间有雷电而不肯沛然下雨。

二十九日(9月27日)　微雨。早上至城中街市游览买物,即旋寓。上半日到剪金桥巷纪弟公馆谈片时,坐舆至马医科巷拜俞曲园太史,并请其撰先大人芳畦府君传[①],又请其写对联自款一副,纪弟款一副,又自册页一张(托冯梦香孝廉书信转托,特拜其门,表恭意也)。俞老适其婿苏府许之原太守在,遂挡驾,余即旋。在纪弟公馆午膳,许君俟青、何君毓南同席也。下半日同许君至胥门外坐东洋车至盘门外戴生昌轮船局(局友郭君翰臣谈片时),轮船开驶时,同许君趁轮船至青阳里上岸游。天雨忽密,即坐便舟至盘门外煤捐局上岸,余骑骊旋寓,雨多沾湿衣衫,最受苦也。若先知雨有如此大,宁坐肩舆而不骑骊也。

三十日(9月28日)　雨。上半日纪弟来寓,许君俟青又来寓谈片时。纪弟有发审局公事到局去办公,许君在寓午膳毕去。下半日至剪金桥巷纪弟公馆,同到其对面杜山佳[②]大令处谈片时,又同纪弟至养育巷街游,即回纪弟公馆,见堵君芝龄由绍到苏。夜在纪弟处膳,堵君、何君同席也。夜餐后共谈许时,约十下钟余旋寓。前日托俞曲园太史撰传,即撰就送来,又托其写楹联及册页,皆书成,并于今下半日遣人送来。见俞老为余所书册页,其自列名之下书曰:“时年八十五。”此等高年,心力尚有如此强健,遇事尚有如此勤朴,实不胜其艳称者也。

---

① 见俞樾《春在堂杂文补遗》卷一《陈君芳畦传》。

② 杜子彬(1870—?),原名渐,谱名子栋,字政生,一字文叔,别号山佳,又号菽积。清浙江山阴人。光绪十九年(1893)举人。杜亚泉族叔。道光二十四年(1844)举人杜凤治之子。见杜立夫《会稽东浦前村杜氏家谱》卷四《乾七房养初公三支屏派世录》。按:《杜子彬乡试履历》(《清代朱卷集成》册285)亦载其生于同治庚午年正月初九日。

九月初一(9月29日)　雨。月为丙戌，日为辛未。上半日至剪金桥巷纪弟公馆同堵君芝龄、何君毓南、许君侯青、堵君叔茗[①]、许君(侯青乃侄)、纪堂弟及余共坐灯船至阊门外游留园，遂午餐焉。园之花木、池石、亭台、楼阁不下百数处，草草阅视一遍，仍登舟。又游西园(西园乃寺院也)，园中荷池亭院，旷远幽静非凡，洵属姑苏名胜之所。游览片时，遂登舟旋城，仍上岸于纪弟公馆处。夜间，杜山佳大令邀饮，同席者堵君芝龄、何君毓南、王君□□、余同纪弟、杜君就田[②]及其弟海生[③]，连山佳大令共八人，晏饮最畅。饮毕畅谈许时，又至纪弟公馆坐片时，即旋寓。

初二日(9月30日)　晴。上半日至纪弟公馆谈片时，纪弟有发

---

① 堵垚甫，名福曜，谱名志学，字叔明，一作叔茗。浙江绍兴人。光绪十五年(1889)举人堵焕辰第三子。善画花卉，画梅宗刘雪湖。性清介，法官中之卓卓者。毕业于浙江官立法政学堂。历任上海、南昌地方法院庭长，江苏高等法院检察官，特区第二高等分院暨河北、山东高等法院推事官等职。见杭州师范大学弘一大师·丰子恺研究中心《堵氏家谱》。

② 杜秋孙(1877—?)，字耜人，号就田，又号忆尊、农隐，别署味六盦。清浙江山阴人。曾任上海商务印书馆编辑。其书、画、金石与诗被世人称为“四绝”。性耽金石，字专魏碑，其书法奠基于魏碑，得力于《爨宝子碑》，而出神入化，自成一体。善篆刻，私淑于赵之谦。辑有《就田印谱》，亦有《经颐渊金石诗书画合集》三卷刊行。见杜立夫《会稽东浦前村杜氏家谱》卷四《乾七房养初公三支屏派世录》。

③ 杜子楙(1876—1955)，原名旅，字海生，号森甫，又号麓山。浙江绍兴人。清末邑庠生。曾任浙江省谘议局议员、谘议局教育组审查员。后创办山会初级师范学堂，任监督，又兼任绍兴府中学堂代理监督。辛亥革命后选为北京政府教育部教育会议议员，并任浙江民政部教育科科长。后曾任景宁县、山东新城县知事。民国十七年(1928)筹建开明股份有限公司，任董事兼经理。抗日战争爆发后离职回绍兴。见杜立夫杜立夫《会稽东浦前村杜氏家谱》卷四《乾七房养初公三支屏派世录》;《绍兴文史资料选辑》(第2辑)之吴似鸿《我所认识的杜海生》。

审局公事去。堵君芝龄、叔茗，何君毓南、许君侯青至胥门外坐车至阊门外，余骑马也。同至戴生昌轮船局看赏君芝青，茗谈片时，赏君再四邀至德化楼。宴饮毕，余同堵君芝龄、叔茗，许君侯青坐灯船至虎阜游览，山石清旷，庭树幽深，洵不虚称名胜。又沿岸游各花园，花木之多，园基之广，实越寻常。遂售盆橘、金橘等花数盆，仍坐灯舟至阊门外上岸，进阊门大街买物，然后骑骊旋寓，时八下钟也。又至纪弟公馆谈，堵君、许君又来邀至升园游览(升园乃洗澡之处，然各座铺设最雅，可邀友茗谈)。畅谈至十一钟，堵、许、纪弟皆至聚星余寓谈片时各去，时将十二下钟也。借志《游留园诗》:“名园留郭外，风雨共扁舟。亭榭多同异，鱼禽任息休。书排千卷富，花发四时稠。载酒来寻胜，䜣逢九月秋。”《重九前六日同友人登虎阜瀹茗清谈》:“形盛频传溯古今，携朋我幸此登临。石矶重叠环清旷，茅舍幽深费访寻。四面窗开云近槛，数声铃响日遮林。襟期本许成邱壑，且喜探奇补咏吟。”本许□□□[①]

初三日(10月1日) 晴。上半日至纪弟公馆谈，又同至元妙观前等街买物。因回寓路远，以市上之馒头面为午餐。下半日堵君芝龄、陈霁生大令皆遇于途，遂至观前茗谈片时，又至陈霁生大令公馆畅谈，将晚，余同纪弟旋道前街寓。又至纪弟公馆，夜餐后谈多时旋寓。纪弟又来寓谈片时。

初四日(10月2日) 晴。早上至街买物，即旋寓收拾行装，又至纪弟公馆谈片时。午前又至聚星客栈发屋饭洋，遂属仆人将行装发至盘门外戴生昌轮船局，余仍至纪弟公馆。午餐后，余言旋，便到杜山佳大令处辞行。何君毓南、纪弟同余至浙绍会馆堵君芝龄处辞行，坐片时，同至盘门外戴生昌轮船局，又至煤捐局许侯青处谈许时。至四下钟二十分时，轮船放汽管，乃偕许君侯青登公司船中官舱，堵芝龄大令、何毓南参军、陈君少兰、赏君立纲、纪堂弟皆送至公司船

---

① 似未写完。

中。坐谈片时，忽陈霁生大令到云先到聚星栈，闻余早到轮船，遂即专诚至公司船来送行。偶游吴门，最感诸君之雅意也。轮船开驶，始各上岸散，惟纪弟又趁轮至公阳里关卡前始上岸散，余同许君坐大餐间全间（舱中摆其花草数盆，宛如平常之花厅也）。

初五日（10月3日）　晴。午前九下钟到杭拱宸桥停轮，即换坐便舟同许君进杭城，至斗富三桥上岸，时十二下钟。许君先东渡到绍，余又遇徐君志章，遂同至荐桥盐公所寓（徐君前寓晋义庄头，移寓也）。下半日同徐君至清和坊等处买物，晚上旋寓。

初六日（10月4日）　晴。上半日同徐君志章到清和坊等处买物，午间旋寓。下半日又同至城隍山游览，在四景园茗谈，遇鲍君洁卿、沈君桂生等同游斗坛数处。城隍山向于九月上旬拜斗事最盛，将晚下山。鲍君洁卿邀至聚丰园宴饮，同席者沈君桂生、徐君志章及余，又钱君（杭人），又其晋义庄友等共八人。饮毕，鲍君又属肩舆各送回寓。

初七日（10月5日）　晴。上半日同徐君志章至焦旗干巷等处游览，即旋寓。下半日鲍君洁卿、沈君桂生到寓闲谈。沈君又邀徐志章及余至丰乐桥茗谈，将晚旋寓。鲍君洁卿在寓夜餐，畅谈许时去。盐公所同寓者，有肖金人张雨生及道墟宋惠甫者，张君人颇达爽，寓中谈笑不寂寞也。

初八日（10月6日）　晴。上半日同徐君志章至涌金门外西湖岸茗谈游览，遂即进城，又至清和坊等处买物，旋寓十下钟焉。收拾行装，午餐后坐舆道便至鲍君洁卿处辞行，即仍坐舆出候潮门，东渡到西兴，时将二下钟，遂坐大舟解缆而旋。夜间明月清风，最有佳景，惟天气骤寒，被嫌薄也。

初九日（10月7日）　晴。黎明在舟中起，进西郭门到家，时六下钟，理卸行装各物件。上午至后观巷祀斗姆神，又便道至田春农家谈片时，又田蓝陬家谈片时，即旋家。下午徐君宜况来谈。晚上坐舆至水澄巷吊徐君武承之母出丧，同佑长谈片时即旋家。夜同宜况谈，二更时宜况去。近日月色最佳。

初十日(10月8日)　晴。上午理各事。下午至水澄巷、大街等处买物,便道至大善寺庄君莼渔谈片时,即旋(庄君在寺也),到家时正夜餐也。夜间,田君春农、禔盦、孝颛来谈片时去。

十一日(10月9日)　晴。上半日坐舆至南街沈宅祝寿道喜,坐片时即旋家。下半日冯梦香孝廉来谈片时去。

十二日(10月10日)　晴。俗事繁如。下午张叔侯茂才来谈许时去。

十三日(10月11日)　晴。上半日至街西营"祥元"王君叔梅处谈,徐君佑长、任君复初亦在王君处,遂同留午餐。下半日同至仓桥万卷书楼王君子余①处谈,又同至古贡院前大通学堂看体操,见曹君荔泉②近日为学堂监董,看许多时各散。余至大善寺庄君莼渔处谈(庄君在寺建水陆忏),时将晚,遂夜餐也。夜同庄君又至西营王君叔梅处听议办坊学堂事,各学堂董事及新学界中人到者十余人。诸君拟商请各坊立学堂,然此事颇不易办,余蒙诸君之邀,遂到应酬,借闻

---

① 王世裕(1874—1944),字子余,日记一作志俞、志余,整理时统一为子余。浙江绍兴人。曾开设万卷书楼,印销新书刊。参与组织越群公学,创办《绍兴白话报》。光绪三十四年(1908)初,与刘大白等创办《绍兴公报》,后任山阴劝学所总董,被选为浙江谘议局议员。辛亥革命后,历任绍兴军政分府总务科长、成章女校校董、嵊县知事、山东高等审判厅书记长、绍兴中国银行行长、绍兴商会会长。民国三十二年(1943)浙东粮荒严重,与友人筹办难童教养所。曾编印《绍兴县志资料》两辑。见浙江省政协文史资料委员会《辛亥革命浙江人物谱》;秋瑾研究会《竞雄采风》试刊第十号《纪念王子余诞辰120年专辑》之王足《先祖王子余年表》。

② 曹钦熙(1870—1908),字荔泉,一字醴泉。清浙江山阴人。曾为徐锡麟姻亲许仲卿之师。许仲卿出资助徐锡麟,多受曹钦熙影响。光绪三十一年(1905),大通学堂成立之初,徐锡麟聘钦熙任总理,入光复会。不久随徐锡麟往北京,赴东北考察,帮助徐筹划武装起义。皖浙起义失败,曹遭清政通缉,避走乡间,不久因忧愤致疾死。见林吕建《浙江民国人物大辞典》。

议论片时，同庄君莼渔旋。庄君到寺宿，余即旋家。

十四日(10月12日) 阅《申报》、中外(各)[日]报。

十五日(10月13日) 晴。上半日周君伯堂来谈片时去。

十六日(10月14日) 乍有雨。下半日田君蓝陬及其侄扬庭、禔龛及缦云来谈片时去。晚间天气凉快。

十七日(10月15日) 晴。上午祀财神，循向例也。阅各报，近日事繁，各报每积数日阅之。旰前，徐君武承来谢步，即去。下半日至大街买物，即旋家。

十八日(10月16日) 乍有雨。上半日同田春农、霭如、缦云乘舟到西郭门外王城寺拜徐叔佩先生百日祭，下半日仍同乘舟各旋家。

十九日(10月17日) 雨。

二十日(10月18日) 雨。上半日坐舆至水澄巷徐宅道喜(吉逊次女嫁于梁湖王宅也)，午宴毕，同诸君畅谈许时，仍坐舆旋家。

二十一日(10月19日) 雨。午间祭拜四世祖□[1]日。下半日□□□。

二十二日(10月20日) 乍有雨，天气最寒，寒暑表降至五十一二度。

二十三日(10月21日) 晴。上午书写篆字。下半日至水澄巷徐宅同徐乂臣司马及马伯声观察谈，至十下钟旋家。

二十四日(10月22日) 晴。午间祭曾大父九岩公讳日。徐君宜况来谈，下半日战棋。

二十五日(10月23日) 晴。同徐君宜况战棋闲谈。下半日督人种菊花。余前出门十数日，及旋家，则菊花参差也。

二十六日(10月24日) 晴。上半日同徐君宜况至水澄巷罗君枧甫处谈，又便到冯梦香孝廉处谈，片时即旋家。下半日至作揖坊许君侯青处谈，又至掠斜溪朱宅，闻理声出门，遂即旋家(街中遇徐哲

---

① 据陈在钰录《越州陈氏世系考略》，当为四世祖妣忌日。

甫,同到后观巷街各旋家)。

二十七日(10 月 25 日) 早上雾,日间日光遂隐。今年节气更迟,各处菊花尚不盛开。

二十八日(10 月 26 日) 雨。早饭后乘舟至谢墅祭谒曾祖九岩公、曾祖妣魏太宜人,祖颖生、祖妣凌太淑人,本生父辛畦公、母曹太淑人墓,又祭谒先府君芳畦公椁墓,事毕下山,舟中午餐(同舟者申之兄、存侄、族景堂弟、祥侄)。日间天遂不雨,最为幸事。旋家时尚未晚。

二十九日(10 月 27 日) 晴。早餐后乘舟至稽山城外石旗村,登井头山拜高大父母岳年公、许太(儒)[孺]人墓,事毕下山。舟中午餐,解缆旋家,时尚未晚。

十月初一日(10 月 28 日) 月为丁亥,日为庚子。上午誊写诗稿。午前同田宅诸君坐舟至南街田宅晏饮酒,下半日坐舟旋家,时尚未晚。

初二日(10 月 29 日) 乍有雨。理账务。

初三日(10 月 30 日) 晴。午间祭先大人讳日,贾君柷唐、徐君宜况皆来拜祭。下午闲谈。

初四日(10 月 31 日) 晴。上半日至街买物,即旋家。田春农孝廉来谈许时去。近日天气寒肃。下半日写挽徐培[之]舅氏绫联一副,联语详下:“负干济长才,农部分司,薄宦不能羁,早赋林泉高隐乐;有科名哲嗣,花封待送,毕生无缺憾,遽从歇浦笑归神。”

初五日(11 月 1 日) 晴,早上寒。早餐后同贾君柷唐到后观巷,又同田春农、扬庭诸君坐舟至府山下葛公祠。徐培之舅氏入城治丧,其灵柩到祠行礼,又看渠家眷告祭。祠宇不甚宽畅,惟有仓圣祠开通间数尚多。下半日同诸君至古贡院徐宅诵芬堂吉逊大令处闲谈,又到仓圣祠片时,仍同田春农诸君坐舟旋家,时将晚焉。

初六日(11 月 2 日) 晴。早上即膳,遂坐舆至府山下葛公祠吊徐培之舅氏灵柩，兼为渠家陪客。下半日至古贡院前学堂看体操场演习；又至水澄巷徐君乂臣处谈，因胡君梅森在渠家等候，为公立六月间胡梅森同徐乂臣及宁波人所开同仁泰南北腌鲞栈小议单事。盖同仁泰栈余并不顾问，惟再四被徐乂臣之苦劝坚邀，免强在胡梅森股下品洋五百元，尚不立小议单。今免强暂行立之，拟须从速会散清楚，余实深不愿品此事业也。其小议单详誊于下：

立合同支议单人：陈艮仙、胡梅森、徐逸民。缘吾等谊关戚友，信义相孚，本年六月间集资本洋二千元，由胡梅森出面与宁帮姚芳亭等、绍地徐乂臣等在江桥地方合开同仁泰南北杂货栈一业，共成廿八股，合资本洋一万四千元正，公请金作孚督理、吴天如为经理栈务，议定官利长年一分算，每年正月盘账后提取，俟三年结账得有盈余，作四十股派分，归东廿八股，酬督、经理五股，酬众友五股，留作堆金两股。设逢绌耗，按廿八股听认。当时公立议单，载明一切。内一纸归胡梅森收执，惟胡梅森名下认定四股；内陈艮仙一股，出资本洋五百元；徐逸民一股，出资洋五百元。合成资本洋二千元之数，每年提取官利，按股派分，三年结账。如见盈绌，照众派认，各无异言。正议单遵存胡梅森处，爰立支议三纸，各执存照。涂改一字。光绪三十一年六月□日立，合同议单人：胡梅森、陈艮仙、徐逸民。见议：徐乂臣、朱理声。执笔：秦昌龄。[①] 前记写之事，雅非所愿，勉强暂立，所以余签暂字一押，拟即设法出股清楚。谈毕时夜，在乂臣处夜餐毕，至古贡院前趁坐礼宾船送徐四先生丧到官前上岸，同沈桂生、贾柷唐、金缄三祭徐四先生毕，仍登舟。

初七日(11月3日) 乍有雨。清早在栖凫舟中起，岸上游览。在徐宅宗祠早餐。上半日送徐四先生[②]灵柩到(宾)[殡]墓，同诸客

---

① 页边：此事即于次年分手折出，彼此将股款遇割清楚。其议据言定，皆作废也。

② 即徐友兰(培之)，行四。

行礼毕,即下山。又在徐宅宗祠午膳毕,趁坐田宅舟旋到本门里,同田禔盦、孝颛上岸,步至观巷各旋家。

初八日(11月4日) 晴。早上至作揖坊许君侯青处谈,又至司狱司前胡梅森先生处谈余拟出股同仁泰栈事,谈至许久旋家。马君补臣等来说贯珠楼屋事,又同至太平桥庄宅同马君藩卿谈。庄君莼渔邀午餐毕,同藩卿、莼渔至鱼化桥贯珠楼河沿看屋,遂见车君谈片时,又各至街散。余又至水澄巷徐君义臣处谈,又说出股同仁泰栈事。此事素不喜共,决意辞出。乃义臣不知何意,昔时云随时可以出股,今则再四强求云:"俟年下结账,再定行止。"余最讶此事,既须信义相同,各随愿意。今则言既不信,又强人所不愿,何其背也。由此更属疑讶。余遂告云:"股本之外,断不再听调渡之款。"言毕旋家,时将晚焉。今日天气最寒,寒暑表降至四十五六(渡)[度]也。

初九日(11月5日) 晴,天气最寒。上半日马补臣等人又来说赎鱼化桥屋事,说不相宜,遂去。旰前到掠斜溪朱君理声处,问朱君他出,即又至清[风]里一转,又至作揖坊许君侯青谈片时,又至南门太平桥庄莼渔大令处同马藩卿茂才谈鱼化桥屋事。坐片时,同马君、庄君来闲谈。下半日马君补臣及其侄翊庭等人又来说赎鱼化桥屋事,盖此屋燹兵后坍塌不堪,前由吾家修造添补,屋费为数甚多,且屋照其原契不符,所以有须多轇轕事端。乃由马藩卿茂才再四劝让,免强回赎清楚(此屋马宅即转售于单继香,所以单君兄弟今亦到场),各人遂散。马藩卿茂才及庄莼渔大令,又罗君柷甫夜餐后去。夜月清高。寒暑表降至四十四五度。

初十日(11月6日) 晴。上半日单继香同其兄来,同至贯珠楼车君幼康处赎屋,谈许时,遂付价。车君出收据,于今日作赎,俟出屋时再找洋及屋契也。旋家时正午也。前日阅悉纪堂弟函,知其发审局已补薪水,闻之最属喜幸。早上天气最寒,瓦上见霜,惟菊花尚不盛开。

十一日(11月7日) 晴。上半日由胡君坤圃[①]送纪堂弟信函到，悉纪弟补薪水，又有一办奉天捐官差，虽此差不开薪水，然官场不嫌多事也。午间至田宅拜祭，午餐后旋家。

十二日(11月8日) 晴。上半日，胡坤圃大令来谈片时去。日间誊写诗稿等件。天气稍暖。下半日至街，又至西郭徐宅子祥君处，遇见贾微舟先生，闻于前日旋绍，遂谈许时，即旋家，时将晚也。

十三日(11月9日) 晴。午间祭四世祖诞日[②]。

十四日(11月10日) 晴，天气略潮暖。早上至掠斜溪朱君理声处谈，许时即旋家。

十五日(11月11日) 晴。上半日至观桥回看胡坤圃大令，胡君他出，遂即又至水澄巷罗君枧甫处谈片时，然后由大街旋家。下半日督人种菊花。今年节气更迟，近日遂见菊花透发也。

十六日(11月12日) 晴。上半日课儿女读书。下半日坐卧因循，余时常腹痛便泻。

十七日(11月13日) 晴。余痛泻稍差，惟下午牙痛，遂卧床静养。晚间天有风雨。

十八日(11月14日) 雨。上午田春农舍人来谈片时去。下午又看种菊花。余牙痛略轻，惟近日觉乏力也。

十九日(11月15日) 晴。上午徐君宜况来谈，又战棋数局，下半日去。今日天气寒。

二十日(11月16日) 晴。上午课儿女读书写字。余事多力弱，不能日日有常课。下半日徐以逊大令来谢步，谈片时去。天气晴

---

① 胡燡(1877—?)，字坤圃，日记一作昆圃，整理时统一为坤圃。浙江绍兴人。曾官江苏新阳县知县。见王宝华《秋生馆课余草》；连德英、李传元《昆新两县续补合志》卷九《职官表》。按：《日记》民国五年九月十五日："又坐舆至观桥胡坤圃家公宴坤圃四十寿。"据此逆推，其当生于光绪三年(1877)。

② 据陈在钰录《越州陈氏世系考略》，此当为其四世祖妣诞日。

肃。余牙痛虽略轻,有时曾觉微痛,大概系风火未静所累。

二十一日(11月17日) 晴。上午拜先大父讳日祭。下半日撰挽徐谷芳舅太君王太夫人联语一副,记下:"芬流彤史,望重女宗,是巾帼完人,咸祝萱堂留爱日;寿近七旬,封膺一品,到向平毕愿,遽归佛地笑拈花。"

二十二日(11月18日) 晴。午前拜先大母凌太淑人诞日祭。前夜牙齿统夜缓痛,日间又微痛如常。自以镜窥之,见左边喉角有白色痈,如豆一粒。虽不觉痛,然不知是否牙痛之患。咽喉近处之恙最为可虑,遂将雅梨、荸荠煮茶服之。

二十三日(11月19日) 晴。前夜半后便泻数次,腿足软弱。(喟)[胃]遂不照常,在床卧病。

二十四日(11月20日) 晴。泻病遂轻,气力又略有。早餐后乘坐舆至西郭吊徐谷芳舅太君,兼为其家陪吊客,午餐后坐舆旋家。原拟晚上再去送其出丧,乃病后行动尚多不便,遂不去也。下半日吃饭后即睡卧以养病。

二十五日(11月21日) 晴。余病又轻,惟尚不如常健饭也。

二十六日(11月22日) 晴。

二十七日(11月23日) 晴。上半日贾君柷唐来。午间祭先大人诞日。下半日许君侯青谈许时去。夜同贾君谈至三更睡。

二十八日(11月24日) 晴。同贾君柷唐谈。下半日田春农孝廉来谈许时去。夜餐下闻急锣声,见府横街有红光,遂同贾君至道横头远看片时,其光息,遂即旋家,同贾君又谈到二更时睡。

二十九日(11月25日) 晴。上午祭本生先大人讳日。下午田蓝陬茂才来谈片时去,遂同贾君柷唐至能仁寺前看各学堂会操。贾君看片时回贾村去也,余看到将晚旋家。

三十日(11月26日) 晴。上半日至作揖坊许君侯青处谈许时旋家。下半日至后观巷田君蓝陬处谈许时,同至酒务桥看花园,又至肖尾弄看花园,遂即旋家,时将晚焉。

十一月初一日(11月27日)　晴。月为戊子，日为庚午。上午课儿女书。下半日至仓桥、大街等处阅视，即旋家。

初二日(11月28日)　晴。寅正起吃点心，遂同田春农舍人等坐舟至东郭门外平水村徐宅庄屋送仲凡舅氏灵柩葬，行礼毕，时三下钟。下山午餐，仍同田君坐舟旋家，时七下钟也。

初三日(11月29日)　晴。上半日家务繁如。下半日庄莼渔大令来谈片时，遂同至古贡院前徐吉逊大令处看学堂体操许时，仍同庄君由大雅堂吃薄荷酒毕，旋至观桥各散，余旋家时夜七下钟也。

初四日(11月30日)　晴。上半日至后观巷田宅，春农舍人邀陪戚升淮[①]太守宴。下半日又至南街徐君志章邀饮，渠纳妾设筵请酒也。主客共同席者十六人，最觉高兴也。膳毕旋家，时二更。

初五日(12月1日)　晴。

初六日(12月2日)　晴。下半日至清风里街“和康”谢君谈，片时即旋家。

初七日(12月3日)　晴。上半日核对租簿。近日天气尚和，惟早上略寒。寒暑表早上四十几度，旰五十几度。

---

①　戚扬(1857—1943)，谱名继奏，字显臣，一字升淮，一作升椎，一作圣怀，又作升槐。别字眉轩。浙江绍兴人。光绪十四年(1888)举人，十五年进士。曾官福建安溪、江西南昌等县知县，江苏松江府知府。入民国，曾任江西省内务司司长、江西省民政长、江西省巡按使、江西省长等职。见李盛平《中国近现代人名大辞典》；《诗巢壬社社友录》。按：《光绪戊子科浙江乡试同年齿录》作咸丰戊午年五月十七日。戚扬会试履历(《清代朱卷集成》册63)；《光绪十五年己丑科会试同年齿录》均作咸丰庚申年五月十七日。《绍兴文史资料选辑》(第5辑)朱仲华《忆同学罗家伦》：“一九三六年，其父七十寿辰的那一年，罗氏父子曾来绍兴，并参加绍兴‘西园诗巢’。当时适值诗巢成员朱仲华四十岁……李镜燧(槐卿)七十岁，戚扬(升槐)八十岁。罗家伦亦撰诗词为之祝寿。”据此三者，定其生于咸丰七年五月十七日。《诗巢壬社社友录》载其卒于民国三十二年十月二十六日。

初八日(12月4日) 雨。

初九日(12月5日) 晴。午间补祭三世祖忌日[①](初四日疏忽不办,今特补祭也)。下午至水澄巷徐显民观察处谈,陈君厥卿、鹿平,马伯声观察亦在渠家,畅谈至晚。同夜餐者,厥卿、鹿平、余及显民,膳毕,又谈片时旋家,时将二更也。

初十日(12月6日) 乍雨晴,天气渐暖。家务纷如。

十一日(12月7日) 晴。督理收租事及需用物件。余家向以偏门外有屋作租寓,十二日开收租,今日须属人到寓也。余牙齿痛,夜间更重,不得安睡。

十二日(12月8日) (隐)[阴]。上午罗君柷甫来,请其传写本生先父母像。贾君柷唐来。余牙齿痛不可耐,上午卧,下午略轻。罗君晚去。夜月清高。

十三日(12月9日) 晴。余牙齿痛渐轻。

十四日(12月10日) 乍有雨。上半日坐舆至保佑桥吊陈君仲彝之老出殡,坐片时即旋家。徐君宜况来。下半日贾薇舟先生来谈片时去,徐君亦去。晚上,坐舟至偏门外星采堂看租事,即旋家。

十五日(12月11日) 晴,天气寒肃,寒暑表四十一二度。余齿痛虽轻,然尚未痊愈,夜间不克安睡。

十六日(12月12日) 晴,天气寒肃。下半日坐舟至偏门星采堂屋看租事,晚间旋家。余齿痛犹未胜常,近日最为受若也。

十七日(12月13日) 晴,天寒,寒暑表降至四十度。上半日至后观巷田蓝田处谈,即旋家。下半日坐舟至偏门外星采堂屋督粜租米等事,晚仍坐舟旋家。

十八日(12月14日) 雨。上半日至市门阁等处询近日银钱市价等事,即旋家。

十九日(12月15日) 雨。上午阅《二十四史传赞》。盱前,陈

① 据陈在钰录《越州陈氏世系考略》,此当为其三世祖妣杨太君忌日。

君厥舁来谈片时就去。下半日□□□。

二十日(12月16日)　雨。上午在家酬应事。下半日坐舟至偏城外星采堂屋理看租事,晚上旋家。

二十一日(12月17日)　雨。上半日阅各报,又至邻居刘君蓬州处贺喜,坐片时即旋家。下半日坐舟至偏门外星采堂看理租事,夜仍坐舟旋家。贾君柷唐、幼舟来谈,二更去。

二十二日(12月18日)　雨。上半日至清风里"和康"谈片时,又至水澄桥等处买物,即旋家。下午理账务。

二十三日(12月19日)　有雨,晴。上半日坐舟至偏门外星采堂理租事,晚上旋家。

二十四日(12月20日)　晴,天气最寒,早上水有薄冰。下半日至西郭徐宅同贾柷唐谈,又同至水澄巷徐宅同佑长茂才谈,夜餐后各旋家。

二十五日(12月21日)　晴。天气寒。上半日坐舟至常禧城外星采堂屋理租谷米事,下半日仍坐舟旋家。

二十六日(12月22日)　略有雪。上半日理历代祖宗祭事,今日为冬至也。午间祭拜。

二十七日(12月23日)　雨。上午家事繁如。下半日至后观巷田蓝陬茂才处谈,片时即旋家。阅近日各报,悉上海因会审公堂西人违章事,激动公愤,致市上滋扰,各地方官又须有一番办理也。

二十八日(12月24日)　雨。上半日坐舟至常禧城外看粜租米事,至晚上仍坐舟旋家。

二十九日(12月25日)　雨。上半日坐舟至偏门外星采堂理租谷米事,下半日趁舟旋家。

十二月初一日(12月26日)　天雨。月为己丑,日为己亥。雨多。坐斋阅书,阅各报章等事。

初二日(12月27日)　雨。近日事繁,思想太多,左牙又复微痛。予身似必须静养，但未识何日得有清闲之福也。

初三日(12月28日) 雨。予近日心不能宁，盖因事多且诸事不克安妥。才绪浅薄，每当夜不成寐之时，转辗思维，自觉愆尤丛集。自今以后，遇事当加意详审，一切言行举动，务须力改前非，庶几事简心安，得保养之一助耳！下半日至后观巷田春农舍人处，看其新到奁具(渠家新姻戚宅嫁妆也)，谈片时即旋家。陈君厥卿、鹿平昆仲来谈片时去。下半日理租谷米事。近日雨多，新谷不能晒，屋宇又不宽畅，最为踌躇也。

初四日(12月29日) 雨。下半日贾君柷唐来谈，夜三更睡。

初五日(12月30日) 晴。上半日乘坐肩舆至木莲巷吊张蕉生君出殡，坐谈片时即旋家。同贾君柷唐谈。晚上罗君柷甫来谈片时，贾、罗诸君皆去。天气寒肃，似有酿雪不成之态。

初六日(12月31日) 天寒欲雪，寒暑表三十八九度。下半日贾君柷唐来谈。

初七日(1906年1月1日) 晴，天寒异常，寒暑表降至三十三四度。同贾君谈。下半日贾君幼舟来谈，晚上去。

初八日(1月2日) 晴，早上霜浓。上半日同贾君至章家桥高宅看屋，即旋家。贾君幼舟、金君庆堂、贾君少泉来谈，晚上去。(蔡)[许]君侯青来谈，遂同贾君柷唐至笔飞弄蔡茗山先生处看童君洛伯，然童君先去，不曾看见。余遂同贾君至“春宴”夜餐后，至墨润堂书坊访蔡茗山孝廉。又至“乾泰”绸庄，贾君同到也，遂看见童君(盖童前有人为三妹议媒也)。贾君同余在“乾泰”谈片时，贾君到西郭徐宅，余旋家时二更也。

初九日(1月3日) 上半日不雨。至掠斜溪朱君理声处谈许时，又至杨君质安处谈医，又至水澄桥、大街买物，旋家旰也。下半日雨。

初十日(1月4日) 雨。

十一日(1月5日) 雨霁。晚上贾君柷唐来谈。

十二日(1月6日)　上半日晴，午乍雨。上半日至江桥、大街等处买物。下半日至后观巷田春农舍人处谈，片时即旋家。

十三日(1月7日)　晴。家事繁如。上半日贾枧唐、徐叔亮来谈。下午内子及儿女到田宅，为贺喜事。夜同徐、贾君畅谈，至鸡鸣初报睡。

十四日(1月8日)　晴。上半日同徐、贾君谈。下半日至清风里"和康"谈，即旋家。晚上徐君去。陈君厥龑来谈，即去。又贾君冶生来谈。

十五日(1月9日)　晴，天气潮暖，寒暑表升至五十八九度。早上至水澄巷罗君枧甫处谈，即由大街旋家。同贾君枧唐、冶生谈，下半日贾君去。晚上至后观巷田宅春农舍人处谈，即旋家(春农来邀余夜间陪其新舅爷，而余以夜间不便辞之)。

十六日(1月10日)　雨。早上坐舆至后观巷田春农家贺喜，兼为其陪客半日。午宴后畅谈，至夜餐后旋家。

十七日(1月11日)　晴，乍有雪花，天寒异常。收拾家中各事。近来事繁，百事待理，心绪转辗，不知何日得安闲也。

十八日(1月12日)　晴，天寒异常。上半日至后观巷田春农舍人邀陪冯梦春孝廉饮，同席者冯君、诸介如茂才、孙君德生、何君秀峰，饮毕谈许时，逐至田蓝陬广文处夜餐，畅谈至二更旋家。

十九日(1月13日)　晴，天寒异常，水面有冰。上午内子及儿女辈由田宅旋家，收拾屋宇及物件等事。

二十日(1月14日)　晴，天寒。上午日至笔飞弄、水澄巷及大街等处，或事或买物，至午间旋家。陈君厥龑、罗君枧甫来谈，陈、罗各中饭毕去。

二十一日(1月15日)　晴。上半日至水澄巷冯梦香孝廉处谈，又至昌安门街买物，仍由大街旋家。

二十二日(1月16日)　晴。上半日坐舆至广宁桥龙华寺吊王止轩太守灵(止轩太史由翰林截取知府，分发河南，夏间在差次病故。

今灵柩回籍，遵例入城治丧也)，同其陪客者坐谈片时，又至新河弄徐沛山先生家贺迁居之喜，又坐谈片时，即旋家。下午敬篆书本生父母像额。

二十三日(1月17日)　晴。上半日，胡坤圃大令来谈片时去(渠由苏暂回绍也)。晚上祀送东厨司命神。循旧例祀拜也。

二十四日(1月18日)　晴。上半日，田仲威来谢贺，谈片时即去。上半日至观桥胡坤圃大令处谢步，即旋家。中午祭本生先母曹太淑人诞日。下半日至笔飞弄"明记"庄谈片时，又至"颖升"庄谈片时，又至"同孚"庄谈片时，即旋家。街中遇贾君柷唐来，夜谈多时。

二十五日(1月19日)　晴，天气寒透。上半日至大路"同昌"庄谈片时，又至清风里"和康"庄谈片时，即旋家。下半日写账。晚前同贾君至作揖坊许宅，然侯青他出，遂即旋家。

二十六日(1月20日)　晴。上半日至掠斜溪朱君理森处谈，又同至司狱司前胡君梅森处谈，又至作揖坊许君侯青处谈，即旋家。下半日许君来同贾君柷唐谈。晚上陈君厥龏来谈，夜餐毕，又畅谈多时。各处□□□。

二十七日(1月21日)　早上至清风里"和康"谈，天雨即旋家。贾君柷唐到西郭去。

二十八日(1月22日)　雨。卯初起，盥沐后谨祀年神，又祭拜祖宗。日间核算各账务。

二十九日(1月23日)　雨密不休，事多迟延。上半日算付各账。下半日核写各账事务(下半日雨中夹雪，天气更寒)。岁日将阑，事如雨多。力薄能鲜之人，最苦支持也。晚上核写账务至夜半。

三十日(1月24日)　晴。核书账务及治理年事。午间祀拜东厨司命神及悬设祖宗像案等事。天日开晴，便觉畅快。惜俗事繁如，不能得清闲之福。频年尘俗扰人，可自嗤其为何事也。晚上祭拜祖宗传像后，夜膳时尚在八九下钟，今年夜宴较上年略早也。

光绪三十二年丙午(1906)

正月初一日(1906.1.25)至七月二十九日(1906.9.17)

正月初一日(1906年1月25日) 月为庚寅,日为己巳。天气晴畅。早上盥沐后敬拜天地神及祖宗传像,又拜岁。礼竣,吃汤圆、年糕等食物,循旧例也。徐吉逊大令来拜年,时旰,遂请其便餐。又徐叔亮大令来拜年,谈片时去。吉逊饭毕,谈许时去,时三下钟。余坐舆至水澄巷徐宅拜年,又至新河弄徐宅拜年,又至西郭徐宅拜年,又其间壁徐宅拜年。见时将晚,遂即旋家。

初二日(1月26日) 晴。上半日坐舆至司狱司前胡宅拜年,又至府山边褚宅拜年,又至老虎桥徐宅拜年,又至寺池骆宅拜,又至南街田宅拜年兼拜祭事,又至徐宅拜年。以上皆下舆到,此外皆名片应酬。迅速干事,旋家又旰也。

初三日(1月27日) 晴。上半日田霭如君来拜年,即去。今日酬应略闲。

初四日(1月28日) 晴。上半日田君扬庭及徐君伯桢来拜年,谈时片去。午餐后坐小舟至西郭门外张墅村蒋姑奶奶家拜年,谈片时即坐舟旋家,时将晚也。夜雨。

初五日(1月29日) 晴。上半日陈君厥斝来拜年,即去。下半日贾君柷唐来拜年,即去。新年风日清丽,最可佳也。

初六日(1月30日) 晴。早餐毕坐舆至后观巷田宅拜年兼拜祭(春农家当年也),略谈片时。又至其间壁田蓝陬家拜年,谈片时即旋家。徐子祥大令来拜年,谈片时去。中国此等繁文,相沿久远,诚属多事。余尝谓此事如有同志能得删繁就简,公立约章,则省事便人,岂浅鲜哉！乃日月荏苒,新年屡以酬应因循度日,忽又五六日也。年纪又长,为问有用之事业,何日成之？时艰孔亟,有志者当若何策励也！午后收拾物件,整顿各事。

初七日(1月31日) 黎明尚在床,时闻有雨声。盖前夜月色最明,今忽雨。天道转易之速,可谓奇也。早餐后乘舟至稽山门外石旗村,登井头山祭高大父母岳年公、许太君墓。雨密,草草事毕下山。登舟午餐,开橹旋家,将晚。

初八日(2月1日) 雨雪。今日本拟到谢墅拜祖坟,乃雨雪纷纭,只得改缓日也。

初九日(2月2日) 晴。早餐后坐舟至南门外谢墅,登新貌山祭拜曾大父母、大父母、本生父母墓,又祭拜先大人殡墓,事毕下山。登舟午餐,开橹旋家,时尚未晚。

初十日(2月3日) 晴。上午徐吉逊大令来,又徐君宜况来,又贾君枧唐来谈。晚上邀冯梦香孝廉、庄莼渔大令、徐吉逊大令、贾君枧唐、徐君宜况饮,盖冯君将旋甬上,借饯其行也。膳毕,冯、庄、徐各散去,惟徐吉逊君、贾枧唐君宿焉,谈至半夜睡。

十一日(2月4日) 晴。上午徐吉逊大令谈许时去,下午贾君枧唐亦去。将晚,余至水澄巷罗枧甫处谈,片时即旋家。

十二日(2月5日) 晴。今日立春。

十三日(2月6日) 早上略有雨。上半日至水澄桥、大街等处买物等事,即旋家。下半日薛阆仙明经来畅谈时事,颇有卓见。总之,际此时艰物竞之世,不拘何事,必不为再蹈因循苟且,宁使先学而待时,不可临时而悔其不学。强凌弱智,欺愚争竞,世界日亟之矣。夜谈至夜半睡。

十四日(2月7日) 晴。早上薛君去。上半日至水澄巷罗枧甫君谈,即旋家。

十五日(2月8日) 天气渐暖。

十六日(2月9日) 晴,天寒。晚上贾君枧唐来,夜谈到半夜。

十七日(2月10日)　雨雪，早上屋瓦积雪数寸。同贾君柷唐闲谈，下半日贾君去。日间降雪不休，平地雪高寸许。

十八日(2月11日)　早上见平地雪高三四寸。日间虽不雨雪，然雪水点滴犹似雨天。上午祭祖宗神像毕，收拾各位祖宗祭筵等事。治家俗事最繁，余近年慈帏年老，内人性惰迂弱，儿女尚幼，所以家中各事，余每巨细躬亲也。平日尝自吟云："频年心事同谁语，巨细躬亲耐治家。"

十九日(2月12日)　雨雪。

二十日(2月13日)　雨雪，早上平地雪又积三四寸。此雪如在冬令，则更佳也。上午收拾书册。

二十一日(2月14日)　又雨雪连绵。闲坐阅日报。国势危难，日迫一日。凡为国民，宜何如策励奋发、共兴挽救之思。时之今日，又岂可再不深为念虑哉！看彼韩国不数年据为日人所有，闻之能不嗟叹。前车可鉴，所当时时戒惧，而不使蹈其覆辙者也。

二十二日(2月15日)　又雨。午间，冯梦香孝廉来辞回宁波慈溪之行。冯君学有本源，博览书籍。惜世局改变，不与时宜，遂作归隐乡里之计，然其人士林中不可数得者也。茗谈片时，遂辞。连日雨雪，各事不便。冯君云到慈溪，住县城县前街。

二十三日(2月16日)　微雨。上半日至水澄巷王宅台门罗君柷甫处谈片时，又至冯梦香孝廉处送行谈片时，即由大街买书等事旋家。

二十四日(2月17日)　雨。

二十五日(2月18日)　早上雪及冰(苞)[雹]怒下，平地又积寸许，日夜雨雪不休。本日督人整饬书房桌椅等及书册各事。天雨最为不便，苍生咸翼其晴也。

二十六日(2月19日)　雨。上午潘君又青同其子小宋来片时。俞芝干茂才来上馆，本年请其课儿女读书也，行礼上书。潘小宋是俞君带其处受业读书。午间祭拜高祖，祭事毕，陪俞君及潘君饮。下半日潘君又青谈片时去。雨久最属不便,不知何日得晴也。

二十七日(2月20日) 雨,上午兼有雷雨闪电。

二十八日(2月21日) 雨,早上又有雷声。

二十九日(2月22日) 又雨。本月自十七日起,或雪或雨,至今不休。河水泛涨,农人以豆麦不能丰收为虑。本日早上又有雷声,彼苍者天不知何意而有如此多雨也。雨久地湿,各事遂为迟延。

二月初一日(2月23日) 微雨。月为辛卯,日为戊戌。上午陈君厥彝来谈,又胡君梅森来谈。午间祭先大母凌太淑人讳日。午餐借将祭菜请陈、胡诸君膳。下午徐君吉逊来,共谈半日。晚间,陈、徐诸君各去(徐君夜餐到半夜去)。晚间天气微雨。同胡君乘小舟至西郭徐宅,子祥大令邀宴也。蔡鹤卿太史、阮茗溪大令、张君贻亭、胡君梅森、贾君柷唐及余,又其本家徐福钦先生、以逊大令、乔仙大令、主人子祥大令共十人,谈宴颇畅。饮毕,又同诸君谈至半夜,仍同胡君乘舟旋。雪冰(努)[怒]下,又积寸许。在司狱司前同胡君登岸,余遂同仆人雪夜跋涉而旋家,时夜半后。衣履皆沾湿,最为吃苦。此等应酬,似宜以后加意保卫。

初二日(2月24日) 雪花如掌,竟日不休。下午供设贻封中议大夫本生先大人辛畦公遗像。晚间祭拜辛畦公七十暖阴寿,贾柷唐君及蒋兴甥、蒋姑奶奶、徐姑奶奶备暖菜、香烛、果品来祭拜也。

初三日(2月25日) 雨雪纷纷。上午祭拜本生先大人七十阴寿。午间请贾、蒋诸客等饮酒。下半日同贾君谈。

初四日(2月26日) 雨。同贾君谈。上半日拜徐天池先生诞日。寒雨太多,河水盛涨,豆麦有碍收成,米价因之渐贵,乃依然微雨不休。上半日同贾君谈。下半日同贾君至作揖坊许君侯青处,将晚旋家。

初五日(2月27日) 似有晴意。同贾君闲谈。

初六日(2月28日) 晴。久雨得天朗气清,咸有欣悦之象。曝晒各种物件。下午贾君柷唐乃弟幼舟来,同谈至半夜。

初七日(3月1日) 晴,下半日又微雨。车君来谈鱼化桥屋事,片时去。贾君柷唐、幼舟亦去。

初八日(3月2日) 晴。上半日至掠斜溪朱君理声处谈,又至鱼化桥单翼庭及车君幼康谈屋事,又至西营“祥元”王叔梅君处谈,遂仍由大善[寺]、大街等处买物旋家,时下半日也。

初九日(3月3日) 晴,天气清丽。收拾书室。下午督木匠修窗槛等事。

初十日(3月4日) 晴,早上有薄冰。上半日徐君宜况来谈,下半日去。早上虽有水冰,究属春令,遇日便暖。下半日督泥匠修槛壁等事。夜天清月明,倚槛看月,最有趣味,其是乃春日佳夜乎?比年时局日危,人事愈繁,地球有用之学虽时时在念,而长此因循,对此清夜,又不能不兴念虑也。

十一日(3月5日) 晴,风大尘多,天寒异常。

十二日(3月6日) 晴,天寒异常,水中积冰约有半寸,寒暑表降至卅一二度。

十三日(3月7日) 晴,天气清美。上半日庄莼渔大令来谈片时去,又许侯青二尹来谈片时辞。

十四日(3月8日) 晴。上半日至水澄桥、大街等处买物,即旋家。天气略暖。

十五日(3月9日) 乍雨数点,天气略暖。上半日田君春农来谈片时去。下半日潘君又青来谈片时,将晚辞。夜乍有雨而乍有月。

十六日(3月10日) 雨。上半日祭先大父颖生公诞日。

十七日(3月11日) 晴。内人、大儿女等到谢墅拜田外舅坟。日间余与钰儿、员女戏玩一日。内人、儿女等旋家,时夜也。夜间月色清高。

十八日(3月12日) 晴,天朗气清。上半日同内人、儿女坐大舟至偏门外澄湾村拜田先外姑殡屋,事毕,田宅邀余至渠所坐舟中,午餐后,余仍同内人、儿女坐舟旋家,时尚未晚。

十九日(3月13日) 晴。上半日至大路薛阆仙明经处谈片时,又至徐子祥大令处谈,又同贾君柷唐至新河弄吃面,又至水澄巷徐乂臣司马处谈,又同贾君柷唐、孔君式卿至古贡院前迁善所游览,又至大通学堂看体操,遂旋家,时将晚焉。贾君、孔君同来(孔君式卿,萧山人,茂才,改习幕,在杭省就馆多年),夜餐谈多时,孔、贾诸君去。晚间天雨。

二十日(3月14日) 晴。上半日许君俟青来谈片时去。下半日许君又来,遂同至水澄巷徐君乂臣处谈,又同徐君、许君、贾君等至古贡院前看学堂人体操,将晚旋家。许君俟青、贾君柷唐来夜餐,谈至三更,许君去,又同贾君谈许时。

二十一日(3月15日) 晴,天气和暖。

二十二日(3月16日) 晴。下半日至老虎桥徐以逊大令处,谈许时即旋家。

二十三日(3月17日) 晴。

二十四日(3月18日) 晴,天气和暖,寒暑表升至六十四五度。上半日至作揖坊许俟青君谈,许时即旋家。下午更和暖,只可穿薄棉衣。

二十五日(3月19日) 晴。上半日坐舆至司狱司前胡宅拜寿(七太太升寿),茗谈片时即旋家。

二十六日(3月20日) 早上有雷雨,即晴。下午又有雷雨,即晴。内子同儿女至田宅,为贺喜事也。夜雷电交发,天气潮暖。

二十七日(3月21日) 雨,天寒。

二十八日(3月22日) 晴。上午坐舆至后观巷田宅贺喜(禔龕续娶也),下午旋家。夜忽有雷电。

二十九日(3月23日) 雨,又有雷声。

三十日(3月24日) 雨,又有雷声,天气最寒。夜降冰珠,颗粒最圆。

三月初一日(3 月 25 日) 月为壬辰,日为戊辰。雨冰珠竟日,天寒异常。

初二日(3 月 26 日) 上午晴。下午内子同儿女旋家。

初三日(3 月 27 日) 雨。下半日贾柷唐、许君侯青来谈,三更许君去,又同贾君谈到半夜睡。

初四日(3 月 28 日) 雨。上半日许君又来谈,至夜餐后许君去,又同贾君谈片时。

初五日(3 月 29 日) 雨。上半日同贾君柷唐谈,又许君侯青来,午餐后同乘舟至西郭徐福钦先生处,又到徐子祥大令处围棋,晚上仍坐舟旋家。

初六日(3 月 30 日) 晴。上半日至司狱司前胡梅森先生处谈,遇田君扬庭,同至水澄桥、大街买书等事,然后各旋家。

初七日(3 月 31 日) 晴。

初八日(4 月 1 日) 晴。早餐后坐大舟至稽山门外石旗村,登井头山拜高大父岳年公墓,事毕下山,又转外王村祭外房祖墓毕,然后舟中午餐。解缆,途遇有演剧,泊看片时,即开櫓旋家,时尚未晚。今日同拜者,申之兄、族景弟、存侄、镇容儿连余共五人。天日方长,如此舒缓,各人皆悦,旋家之尚未晚也。

初九日(4 月 2 日) 晴。为昭女绘扇面。

初十日(4 月 3 日) 晴。

十一日(4 月 4 日) 晴。上半日至大路徐宅,同贾幼舟君谈,片时即旋家。下半日贾君柷唐来谈。

十二日(4 月 5 日) 雨。早餐后乘舟至南门外谢墅村,登新貌山祭曾大父母、大父母、本生父母墓,又祭先大人殡墓,事毕下山,登舟午餐。今日家眷人等多有到拜者。天虽不晴,然尚不雨。下午旋家,皆将晚也。

十三日(4 月 6 日) 晴,天气最暖。早餐后同贾君柷唐乘舟至东郭门外平水村,登山拜徐仲凡舅氏墓,事毕下山。徐宅庄屋午餐后,乘舟旋家,时尚未晚。夜有雷声。

十四日(4月7日) 晴,天气潮暖。同徐君宜况战棋永日,夜三更睡。

十五日(4月8日) 雨。早餐后乘舟至南门外栖凫村,登黄泥磡头山祭三世伯叔祖墓,又至平地祭三世伯叔祖墓,又伯祖墓,又至孔家坪祭二世祖墓,事毕下山。将到舟,雨最密。舟中午餐后解缆,至铜罗山停泊片时,族兄宝斋登山祭外房祖先墓。雨密,有多人不上山也。下半日旋家,时晚焉。

十六日(4月9日) 晴。早上乘舟至南门外盛塘村,登翠华山祭拜四世祖妣墓,事毕,在山上观览片时下山。舟中餐后旋家,时尚未晚。

十七日(4月10日) 晴。早餐后同族兄弟宝斋、老京,祥侄、森侄及申兄、存侄连余又镇儿乘舟至偏门外石(偃)[堰]村拜五世祖墓,又至昌安门外柏舍村拜三世祖墓。事毕,舟中午餐。解缆旋家,仍到门前上岸,各旋家,时尚未晚。今日天气最寒,须穿重棉衣。近日忽寒忽暖。

十八日(4月11日) 晴。早餐后同族兄宝斋、祥侄、森侄、申之兄、存侄、余与镇儿乘舟至稽山门外中灶村,登西山祭拜四世祖考慕陵公墓,事毕下山。舟中午餐,解缆旋家,各到家时尚未晚。

十九日(4月12日) 晴。早餐后同族兄宝斋、祥侄、森侄、申之兄、存侄、余与镇儿乘舟至偏门外木栅村,惟申兄、祥侄、存侄登山祭拜金姑太太及文长先生墓,族兄宝斋、余与镇儿在舟中不上山,俟申兄等到舟。午餐后解缆各旋家,时半下午。晚前天雨。

二十日(4月13日) 雨。上半日至开元寺前同善局种痘许君处谈,即又至水澄巷徐仲凡舅母处谈(为三妹媒事也),片时即旋家。

二十一日(4月14日) 雨朗。本日钉儿戒哺乳,与其玩弄物事。钉儿每餐久能吃饭,日间早可不必吃乳,惟夜间观其不便也。上午贾枧唐君、田蓝陬君来谈。夜餐下,田蓝陬君去,又同贾君谈片时睡。夜间以钰儿初戒乳，不能酣睡。

二十二日(4月15日) 雨乍(昨)[晴]。上半日徐宜况君来战棋，下半日去。又贾君柷唐、许君侯青来谈，许君夜餐后去，又同贾君谈片时睡。余夜不能多睡。

二十三日(4月16日) 雨。夜间钰儿多醒，时与其玩弄，不能多睡。日间睡半日。

二十四日(4月17日) 晴。同贾君柷唐谈。晚上金君庆堂、阮君扬川到柷唐处谈，遂同谈片时(阮君夜辞)。

二十五日(4月18日) 晴，天气清畅。

二十六日(4月19日) 晴。上半日同贾君柷唐至老虎桥徐以逊君处谈，遂午餐焉。下半日又至水澄桥等处买物，天雨，旋家将晚也。

二十七日(4月20日) 雨。上半日阅报，阅俞曲园老人诗词。下半日诸介如茂才来谈片时辞。近日天气和暖。

二十八日(4月21日) 雨。上半日至水澄巷、大街等处买物，即旋家。下半日至南门太平桥庄莼渔君处，遇其西宾马藩卿君谈片时，又至作揖坊许宅谈片时，即旋家。

二十九日(4月22日) 晴。早餐下，许侯青君来，遂至大善寺看开办学务公所(此公所系山会学务公所也，蔡鹤卿君总其事)，听诸君演说，到者官界、绅界、学界人极多，由蔡君列名发帖请酒。余观听演说而不吃酒。遇陈厥翬君、鹿平君，贾柷唐君、孔式卿君、孙之秦君，到水澄巷徐宅午餐。下半日徐君乂臣、孔君式卿、贾君柷唐同余来夜餐毕，徐、孔、贾诸君各辞，余遂志之。

三十日(4月23日) 晴。上半日徐宜况君来战棋，下半日去。今日天气清快。

四月初一日(4月24日) 晴。月为癸巳，日为戊戌。天气清快。写理账务。

初二日(4月25日) 晴雨。督匠人修理厢屋等事。

初三日(4月26日) 雨。督匠人修理厢屋。午间坐舆至水澄巷徐宅拜祭,即旋家拜曾祖妣祭。

初四日(4月27日) 雨。督匠人修理厢屋。午间坐小舟至南街田宅拜祭,午餐后即旋家。看匠人修理厢屋。

初五日(4月28日) 晴。看匠人修理厢屋。半下日收拾各物等事。

初六日(4月29日) 晴。下半日同贾君柷唐乘小舟至西郭门外观览风景,村人向于本日迎神赛会演剧,人最多。睹其盛,敬神之礼诚不可忽。然际此时局危迫之秋,一切应靡之费,盍不改为有实际之举动?庶足造中国人民福也。将晚,仍同贾君乘舟旋家。天微有雨。

初七日(4月30日) 上半日晴。贾君去。下半日雨。

初八日(5月1日) 微雨。上半日至水澄巷罗君柷甫处谈,即由大街旋家。下半日至后观巷田君蓝陬处谈,即旋家。贾君柷唐、孔君式卿、曹君安邦、张君康甫来谈。夜餐下,孔、曹、张诸君去,又同贾君谈片时睡。见上谕各省学政裁撤,改设提学使司,归督抚节制,专考察全省学堂事务。

初九日(5月2日) 晴,乍有雨。上半日同贾君谈。晚上许君侯青来谈,至三更去。又同贾君谈片时睡。

初十日(5月3日) 晴。上半日各事繁如。午间坐小舟至寺池华严寺拜田润之外舅十周年祭,田宅在寺建水陆忏也。见屠君保青,言渠家昨夜被强盗数十人抢劫物事甚巨。际此米价尚属平常之时,且有如此,足见匪党之多也。在寺午餐,同田宅诸君谈片时,仍坐舟旋家。又至作揖坊许君侯青处谈,又至"咸康当"徐君乔仙闲谈片时,即旋家。

十一日(5月4日) 乍雨晴。

十二日(5月5日) 晴。上午,田蓝陬君来谈片时去。将旰,同贾君枧唐至古贡院前徐吉逊君处谈，午餐后谈许时旋家。

十三日(5月6日) 微雨。今日立夏。下半日坐舟到西郭徐子祥君处，同张衍生君、徐以逊君谈。晚间到“春宴”夜餐，同座者张衍生君，徐子祥君、以逊君，贾枧唐君。膳毕，又到徐子祥君处谈(贾枧唐君家事也)，同谈至夜半，仍坐舟旋家，时鸡鸣报晓也。

十四日(5月7日) 晴。上半日阅报，摘写要事。下半日至后观巷田蓝陬君处谈，即旋家。庄君莼渔来谈，夜餐下去。今日天气清快。

十五日(5月8日) 早上雨即晴。下半日至西郭徐子祥君处谈片时，又至水澄巷罗枧甫君处谈，片时即旋家。夜月清静。

十六日(5月9日) 晴。上半日至司狱司前胡梅森君处谈多时旋家。贾君枧唐同金庆堂、阮扬川君来，下半日去。车云庭君来谈片时去。今日天气晴暖。

十七日(5月10日) 晴。上半日徐宜况君来谈。下半日同申兄、宜况到鱼化桥车宅清楚屋事也，谈片时即旋家。同宜况战棋。上半日田孝颛君、屠葆青君来谈片时去。

十八日(5月11日) 晴。上半日同徐宜况君战棋。下半日至清风里“和康”庄谈片时，即旋家。又同贾枧唐君乘舟至田扬庭君处坐片时，又到南街张贻庭君处议贾宅事，张贻庭君、徐子祥君请酒圆说贾宅讼事也。议谈半夜，仍同贾君乘舟旋家。天气骤暖。

十九日(5月12日) 乍雨晴。上半日同贾君谈，下半日贾君去。余肩项筋骨痛，不能舒展自如。是近日多事，夜间罕睡，且天气渐热所致也。

二十日(5月13日) 晴。余肩项仍有痛处，坐卧(渡)[度]日。

二十一日(5月14日) 上午晴，下午雨。余肩项痛稍轻，惟尚不复元耳，自嫌精力之薄弱也。下半日至后观巷田蓝陬君谈，将晚旋家。

二十二日(5月15日) 乍雨晴，天气渐暖。

二十三日(5月16日) 晴,天气潮暖,寒暑表升至八十度。上午为味女写绘扇面,味女侍看且示其写绘之艺。下午至街,半途似天将雨,即旋家。略有雷雨,天更暖,寒暑表又升至八十二度。又为昭女书扇箑一张。晚上田君扬庭、孝颛,屠君保青来,邀至后观巷田蓝陬君家宴,为田外姑氏章恭人六十寿,其本家备筵先暖寿也。夜谈到二更旋家。

二十四日(5月17日) 雨,天气凉快。上午内子偕儿女辈至后观巷田宅,为外姑章恭人六十寿事也。下午至田宅备筵暖田外姑章恭人寿,其本家等人到者尚多,共坐六桌。夜间清音祝寿,余旋家时半夜也。

二十五日(5月18日) 早上雨,日间晴。上午坐舆至后观巷田宅祝寿,兼为渠家陪贺客。渠家早时不拟举动,乃于近日始为戚友、本家等助兴,略有铺排,客到者尚多。外姑章恭人为润之先外舅如夫人,外舅早年只居,遂纳章恭人(相)[襄]理家政,数十年内和外睦,为阖门所尊视,先外舅亦不以如夫人相视。今封膺四品,又四代同堂,乡里咸称誉之。午间,戚友及其本家族人之祝寿者,环绕厅上,此福寿中人也。中午宴。下半日同徐君叔亮、乔仙,董君、鲍君香谷、田君扬庭至观音桥赵园等处观览片时,余即旋家。

二十六日(5月19日) 晴。上半日徐宜况君来战棋。下半日同宜况至药王庙观演剧。晚上遇徐乂臣君,邀至其家夜餐畅谈,半夜同宜况旋家。

二十七日(5月20日) 晴,天气又潮暖。上半日同宜况战棋。下半日同宜况至西郭徐子祥君处谈兼看其战棋,又至药王庙观演剧片时,又同贾君枧唐、徐君宜况、徐君伯中[①]至新河弄吃面毕,仍同宜况旋家。上午田蓝陬君谢步即辞。

---

① 徐世泽(1884—1924),字伯钟,一作伯中。浙江绍兴人。徐维屏之子。见《浙江绍兴栖凫东海堂徐氏家谱》。

二十八日(5 月 21 日)　晴,上午即雨。同徐君战棋。天气略凉,不似前日之潮暖也。下午内子偕儿女辈由田宅旋家,田宅以寿酒筵菜见馈。晚间遂邀徐子祥大令、乔仙大令、罗君柷甫、贾君柷唐、徐君宜况畅酌。子祥又同宜况战棋数局,到三更时,子祥、乔仙、柷甫诸君各辞,又同贾柷唐、徐宜况谈许时睡。天雨最多,天气遂凉也。

二十九日(5 月 22 日)　雨。

闰四月初一日(5 月 23 日)　晴雨。月为仍算癸巳,日为丁卯。

初二日(5 月 24 日)　晴。上半日同徐君战棋。下半日同贾柷唐君、徐宜况君至水澄巷罗柷甫君处谈,又至徐乂臣君处谈。徐君邀同至大善寺学务公所补习科旁听片时,乂臣又邀至其家看宜况同孙芝榛君围棋夜餐。夜间又棋谈至半夜,仍同贾、徐君旋家,时鸡鸣初报矣。

初三日(5 月 25 日)　晴。上半至清风里“和康”庄谈,即旋家。下半日徐子祥君、哲甫君来。夜餐后,同子祥、哲甫、柷唐、宜况至南门张诒庭君处观剧,看片时,徐君哲甫同余先旋家,然时半夜也。

初四日(5 月 26 日)　晴。上半日乘舟至张墅蒋宅贺喜,遂同张君沅甫,陈君厥彝、鹿平,沈君可青、敦生,蒋兴甥中膳。下半日同蒋姑太太谈片时,遂即乘舟旋城,便路至清风里“和康”庄谈片时,即仍乘舟到家,时尚未晚。下半日天雨也。

初五日(5 月 27 日)　雨,下半日晴。徐以逊君来谈,又徐乂臣、孔式卿、孙芝榛诸君来谈。夜餐毕,又战棋数局,诸君各去,又同贾柷唐君谈片时。

初六日(5 月 28 日)　晴,天气清快。上半日乘舟至常禧城外星采堂屋看漆匠磨寿材,片时即乘舟旋家。陈厥彝、麻坪昆仲来,谈片时辞。下半日同贾柷唐君至水澄巷徐宅,为徐宅同清水闸陈宅圆说新昌屋事也。晚上又至其邻居罗柷甫君谈片时,又转徐宅夜餐,夜棋谈到半夜,乘舟旋家。

初七日(5月29日) 晴。上半日至大街买物等事,即旋家。下午自书绘扇箑一张。晚上至水澄巷徐宅为陈厥㢏家同徐宅纠葛屋事也。磋商到五更,遂旋家,时天将晓也。

初八日(5月30日) 晴。黎明由徐宅旋家,略睡片时即起。早餐后乘舟至常禧城外星采堂屋督漆匠磨漆寿材,下半日乘舟旋家。又至水澄巷徐宅,为渠家议当屋事也。至半夜,趁徐乔仙君舟到樟嘉桥上岸旋家。

初九日(5月31日) 晴。上半日至常禧城外星采堂屋督漆匠漆寿材,下半日旋家。陈厥㢏、鹿平及徐宅又来邀谈屋事,遂乘舟至水澄巷徐宅,谈到三更,乘舟旋家,时又半夜也。

初十日(6月1日) 晴。上半日乘舟至偏门外星采堂屋督漆匠漆寿材,下半日旋家。徐宅、陈宅又来邀议其新昌当屋,遂于夜餐后乘舟至水澄巷徐宅,徐乂臣君遂将新昌当屋出售于陈厥㢏、鹿平及鲍君。徐宅出立契据,立契徐乂臣,中人徐乔仙、胡梅森、陈艮仙、朱理声、毛嘉木、马谟臣[①]、丁辉山、蒋菊仙。执笔:凌润斋。各签一押。事成将四更时。又吃稀饭,谈片时,乘舟旋家,天又将晓。其事各中人为渠家调圆起见,费应酬多日,今始成也。

十一日(6月2日) 晴。上半日阅各报。下半日陈君厥㢏、鹿平来谢步,谈片时去。天气日暖。

十二日(6月3日) 晴。上半日至水澄桥、大街等处买物,即旋家。收拾房宇物件。天气更暖,下午寒暑表升至八十五六度,穿单衫尚须持扇也。夜月清亮,惬宜乘凉。日月荏苒,又属长夏。

---

① 马谟臣,浙江绍兴人。绍兴电信创始人之一。清宣统三年(1911),由马谟臣等三人出资五万元组建公司。民国元年(1912),引入五十门磁石交换机一部,开办了绍兴电信事业。先后由应丽川、马谟臣任经理。至民国二十四年(1935)由马谟臣之子马世淦任经理。见《绍兴文史资料选辑》(第9辑)之金巨楠《绍兴工商业历史概况》。

十三日(6月4日) 乍雨晴,天气尚凉,可穿夹衣。夜,徐五姑奶奶媛病,为其陪医看药等事,不能安睡。

十四日(6月5日) 晴。早上陪骆医谈片时去。徐五姑奶率其媛去,医者云其病甚险。上半日同族宝斋兄,家申兄至贯珠楼清理屋事。单寄芗人甚恶劣;车君幼康处尚属可言,然其另物事商谈半日之久,迄不肯听。时到下半日,只得同族兄、申兄旋家也。上半日凉,下半日又暖。

十五日(6月6日) 晴。上半日至南门太平桥庄莼渔君处同马藩卿君谈,片时即旋家。天气暖。下半日至后观巷田蓝陬君处畅谈,其侄春农亦来谈许时,将晚旋家,天气更暖。

十六日(6月7日) 晴。阅理化教课书。下半日车云庭君来谈片时去。下半日雨。

十七日(6月8日) 乍雨晴。上半日田春农君来谈许时遂去。下半日天气略凉。阅《大清新律》。

十八日(6月9日) 雨多。同贾君柷唐谈。

十九日(6月10日) 上半日雨,下半日晴。车吉人①、幼康、云亭来谈贯珠楼屋事,晚上去。夜同贾君谈。

二十日(6月11日) 晴,天气又潮暖。上半日贾君谈。下半日车幼康、云亭、吉人来谈贯珠楼屋事,从此洋契等事过割清楚,车君遂去。天气又暖,寒暑表升至八十四五度。余家人各有意见,最难理事。申兄又素性安耽,诸事辄推诿于人,且人所办之事,每多责备。余以顾全局面起见,遇事不敢置之不闻。然事冗才拙,每不满家人之意。静坐思维,不能不自讶也。

二十一日(6月12日) 晴。上半日贾君冶生来同其兄柷唐谈,

---

① 车鸾(1855—?),字善卿,号积仁,一作吉人。清浙江上虞人。增贡生。车景囊《古虞车氏宗谱》卷九《长支衍九公派世牒》。按:宗谱载其生于咸丰四年十二月初一日。公历为1855年1月18日。

下半日去。又谢君云泉来谈(托其积菜油,渠来算油洋也),谈片时去。天气日暖,百事待理。

二十二日(6月13日) 雨。上半日乘肩舆至广宁桥郦宅吊少山先生及其母出丧,谈片时即旋家。下半日乘舟至西郭徐子祥大令处谈,夜餐后战棋数局,又谈至半夜旋家。

二十三日(6月14日) 雨,下半日晴。贾君枧唐、徐君伯桢、乔仙、伯中诸君来谈,夜餐后又谈片时各去。

二十四日(6月15日) 晴,天气又暖。闻学务公所有改名劝学会之说,且蔡鹤卿君辞总理之任。

二十五日(6月16日) 晴,天气清快。戏习艺事。

二十六日(6月17日) 晴。下半日至水澄巷徐宅,乂臣邀观戏也。至夜半旋家。

二十七日(6月18日) 晴。

二十八日(6月19日) 晴,天气更暖,寒暑表升至九十度,下半日又升至九十二度。徐乂臣司马来辞行,谈片时去。今日天气正如当暑,手不能停扇。

二十九日(6月20日) 晴,天气更暖。上半日由街至水澄巷徐乂臣司马处送行,渠处午间有人馈其酒筵,邀余同诸客宴膳。下半日谈许时,遂即旋家。有雷声,暑雨数点。晚间天气略凉,似有雨意。

三十日(6月21日) 乍雨晴。

五月初一日(6月22日) 月为甲午,日为丁酉。夏至也。上午天暖。午间祭祖宗。下半日有雷雨。

初二日(6月23日) 大雨永日。

初三日(6月24日) 雨密不休,天气遂凉。上半日核账务。下半日至清风里"和康"同谢君莲生谈,片时即旋家。

初四日(6月25日) 晴。核付各账等事。

初五月(6月26日) 雨,下午晴,晚间又雨,天气渐暖。上午俗事繁如。下半日田蓝陬君来谈，将晚辞。戏画八卦等事。

初六日(6月27日) 晴，天气潮暖异常。

初七日(6月28日) 晴，天气潮暖。上半日至水澄桥、大街等处买物，即旋家。天气日暑，不便走街。旋家，汗沾衣衫，沐浴后始觉清快。

初八日(6月29日) 晴，天气更暑，寒暑表虽在九十二度，然下半日桌椅等处，其暖异常也。

初九日(6月30日) 晴，天气又暑。

初十日(7月1日) 上半日乍雨晴，下半日晴。至后观巷田春农君处谈片时，又至田蓝陬君处谈片时，即旋家，时将晚也。

十一日(7月2日) 晴，天气更暖。上半日至大路徐子祥大令处同贾君柷唐谈片时，即旋家。下午寒暑表升至九十二三度。有雷声，略雨数点。连暑数日，便冀霖雨之下降也。

十二日(7月3日) 晴，天气又暑。下半日杨质安君来谈，请其为味女拟方剂。杨君系贾姑奶阿官看医，盖便请其另拟一方也。谈片时辞。今日又有雷雨，即晴。近日绍城创办巡警，前日其总局来函，每坊拟请定坊董二人，邀余共董其事。观其章法，不尽完善，将来必多更改，且余本不愿多有其事，今特请人泐函辞之。

十三日(7月4日) 晴，天气郁热异常。晚上有雷雨，后半夜便觉清凉也。

十四日(7月5日) 晴。早膳下至咸亨酱园徐乔仙君谈片时，遂应贾柷唐君之邀，登舟至柯岩游。午膳下，又游览石岩诸胜处，遂仍登舟，旋到家，时将晚也。今日游者，徐紫雯、伯桢、伯中、乔仙，贾柷唐及余共六人。午间雨。下半日天气凉快。

十五日(7月6日) 晴。上午至马梧桥祀拜黄神，即旋家。

十六日(7月7日) 一点钟起，吃面食后即乘舟田蓝陬君(春农君同舟)，至昌安城外吴融村吊马春旸太史。到埠早上，即行礼毕，登舟旋家，时尚未旰。

十七日(7月8日) 晴,天气最暑。今日为小暑,寒暑表升至九十四五度。

十八日(7月9日) 晴。上半日贾枧唐君、徐宜况君来谈。午间属人洁治菜筵,请申之二哥、贾君、徐君、族宝斋及余同宴。盖申兄系十九日四十生日,特备杯酌言寿也。下半日同贾、徐闲谈。天气更暑。

十九日(7月10日) 晴。早上闻锣声,后观巷田春农家间壁陆宅火起,即同贾、徐诸君至后观巷孙宅看洋龙水龙救泼,孙宅住屋即田宅间壁典出之屋也。便道至田蓝阰君处谈,片时即旋家。刘蓬舟君来谈片时去。上半日徐君宜况去。天暑,寒暑表升至九十六度。同贾枧君闲谈。晚上同贾君至后观巷观览兼至田春农处谈,片时即旋家。

二十日(7月11日) 晴,上半[日]更郁热,午后雷雨。上午至田春农家拜田肇山太外舅祭,又乘肩舆至水澄巷徐宅拜徐外祖祭,即旋家。下午雨后,虽溽暑略洗,尚不能凉快。前日天气雨多湿滞,各处毛刺虫甚多,极属可恶。近日稍减,(亮)[谅]到伏天,气候清肃,必能消净也。晚上田春农君来谈,夜餐后谈许时去。

二十一日(7月12日) 雨,天气凉快,寒暑表降至八十度。有此清凉,便觉身体畅舒。夜间更凉,可穿夹衣。同贾君谈。

二十二日(7月13日) 晴。早上须穿夹衣,寒暑表降至七十五六度。同贾君闲谈。

二十三日(7月14日) 晴。早上天气凉快。同贾君谈。

二十四日(7月15日) 晴。本日庚申初伏。晚间略有雨。上半日同贾君枧唐、少泉谈。下半日少泉去。

二十五日(7月16日) 晴。午间拜曾大母诞日。下半日徐君叔亮、贾君冶生、田君春农来谈,晚间各去。惟贾君枧唐、冶生寓焉,夜谈多时。

二十六日(7月17日) 晴。上半日田蓝阰君诸人来邀同至宝珠桥赤帝庙观看演剧，田春农家谢神戏也。前日春农先来邀，今早其郎孝颛又来催请，顷蓝陬诸君又来约同观，且贾君梲唐、徐君宜况喜去一观。余虽素不喜看，乃不能不免强应酬也。览片时，庙中旰膳。田宅诸君及诸客同席。下半日同徐君宜况至陈雨亭处看渠围棋，晚前旋家。夜餐后同贾、徐诸君至田蓝陬君门街观演剧，夜半旋家，又同宜况战棋片时。

二十七日(7 月 18 日) 晴，天气暑，晚上有雨。[同]贾、徐君谈兼战棋也。

二十八日(7 月 19 日) 晴，天气郁热。贾梲唐君、徐宜况君去。戏习成衣机器。

二十九日(7 月 20 日) 晴。上半[日]开完国课账。阅报。

六月初一日(7 月 21 日) 晴，天气清凉。月为乙未，日为丙寅。寒暑表八十六七度。阅《申报》，闻苏沪铁路于前月二十六日开车。

初二日(7 月 22 日) 晴。下半日屠君厚斋来谈片时去。

初三日(7 月 23 日) 晴，天暑。余右手臂生一柔水疮，颇觉肿痛，不便挥扇，阅各报以遣夏日。

初四日(7 月 24 日) 晴。上半日至作揖坊回看屠君厚斋，谈片时即旋家。下午手臂疮肿痛。

初五日(7 月 25 日) 晴，天气暑。本日中伏。臂疮肿痛，勉强核对本年新完国课账，又以疮痛不便握笔，坐卧养病。

初六日(7 月 26 日) 晴。上半日乘肩舆至老虎桥徐宅拜叔倍先生周年祭，又同以逊大令谈片时，遂即旋家。上半日寒暑表升至九十六度。夜更郁热，不能成寐。

初七日(7 月 27 日) 晴。上半日乘肩舆至南街田宅拜先外姑祭，遂同扬庭诸君谈片时，即旋家。下半日略雨数点，虽溽暑稍减，尚不觉清凉也。余臂疮肿痛稍散，然并不出脓，不识恶气从何处出也！

初八日(7 月 28 日) 晴，天气又暑。下午有雷雨。

初九日(7月29日) 晴。晚上田春农君来询及疮病,略谈片时即去。夜天气清快。

初十日(7月30日) 晴,下半日略有雨即晴。余右臂疮肿渐轻。

十一日(7月31日) 晴。上半日天气郁热,下半日有雷雨不能畅降。

十二日(8月1日) 乍雨晴,下午大雨片时。天气郁热,犹似霉天时令。

十三日(8月2日) 晴雨,天气潮暖。督匠人铺侧厢地平,此厢拟装卧榻,新铺地平以冀干洁也。

十四日(8月3日) 晴,天气虽暖而尚清快。上半日收拾厢宇及各物件。

十五日(8月4日) 晴,天暑。晚间月食,四沿有星无云,其时惟见红暗一月,不现光影。约一时之久,始渐渐露出光彩。到二更时,仍照常月色也。

十六日(8月5日) 晴,天暑。寒暑表升至九十八度,可谓盛暑也。近日阅日报,知各处米价昂贵,尚时有所闻。绍兴虽不能平常,然尚不格外高涨,亦属幸事也。

十七日(8月6日) 晴。阅日报,知新简各省提学使集齐沪上,须到东洋阅历一番,再到任也。

十八日(8月7日) 晴。日间徐宜况君来谈兼战棋。下半日雨大,夜又有雷雨。查核家中旧账,至夜半始睡,天气便凉快也。

十九日(8月8日) 晴。今日为立秋,早上有清凉之气。上半日同徐君宜况战棋。下半日家事纷繁。

二十日(8月9日) 晴。早上至水澄桥、大街等处买物等事,即旋家。天气清快,便有秋新之象。下半日同徐君宜况至后观巷田蓝畈、春农诸君处谈,将晚旋家。夜同宜况战棋,至二更后睡。

二十一日(8月10日) 晴,早上天气清快,日间又暖。上半日田君春农来谈即去。下半日同徐君宜况战棋。

二十二日(8月11日)　晴，天气又暑。同宜况战棋，晚上宜况去。暑天不能耐事，闲坐度日。方今时局艰危，国家皆当奋发精神，力图自强。乃行年日长，各事不成，其何以对此光天化日耶？

二十三日(8月12日)　晴，天气即暖，尚属清快。乃余懒性与日皆长，此自知之而不能励也。

二十四日(8月13日)　晴，天暑。下半日田春农君来谈即去。

二十五日(8月14日)　晴，天暑异常，今日寒暑表升至九十六七度。

二十六日(8月15日)　晴，天气暑热异常，寒暑表升至九十九度。竟日挥扇饮茶水，不能治事。夜间更暖，不能安睡。

二十七日(8月16日)　晴，天气暑热，午间寒暑表又升至九十九度。下半日有雷电风雨，便有清快之意。

二十八日(8月17日)　晴，天气清快。近来人贫世富，余家度日最费安排。清夜筹维，实可思深虑远也。

二十九日(8月18日)　晴。上半日至杨质安医家酌改味女方药，即又至大街买物等事，旋家将旰也。

三十日(8月19日)　晴。阅理化教课书，化学看书尤贵试验，庶事半功倍，能速解其意。今年中国最可幸者，戒鸦片烟人之多。似此物害人之数已过，竟有不经劝导而咸愿戒吸者。闻绍兴菜油价贱，据市上人云，近今消场甚减，皆由戒鸦片烟人多，其灯油不点也。设如戒者照今年之踊跃，则数年之下，不难肃清，岂不最属中国转弱为强之一证哉！

七月初一日(8月20日)　晴。月为丙申，日为丙申。今年虽有闰四月，忽又度半年。

初二日(8月21日)　晴，午间最暖，下午云雷风电，至夜不肯下雨。

初三日(8月22日)　晴。上午日至田蓝陬君[家]同张叔侯君谈兼战棋。下半日雷雨最烈,兼下冰(苞)[雹],晚上即晴。遂旋家。余右臂前患疮处今又发一粒。

初四日(8月23日)　晴。近日镇儿偶有身热头痛之病,味女又患泻肿未愈。下半日延杨质安君来诊,请酌数方剂,谈片时辞。天略雨数点,遂凉快也。家中一有病人,便觉事繁心乱。

初五日(8月24日)　晴。余臂疮未愈,又夜间卧时转身,偶一不慎,致肩项骨节又复发痛,不能舒转自如。柔弱之体,乃动辄咎也。上半日徐吉逊君来闲谈一日,晚上去。下半日略雨数点,遂清凉也。

初六日(8月25日)　晴。

初七日(8月26日)　晴。上午祀拜奎星神。近日早晚虽凉,日间尚暖。家有病人,时有调理汤药之事。

初八日(8月27日)　晴。下半日潘君又青来谈片时去。晚上有雨。

初九日(8月28日)　晴,时有雨。近日天气稍有潮湿之气,不似伏天之高燥。时以苍术、白芷等药薰烟,庶解湿恶之气。地上湿气最易病人,所以西人建住屋必择高燥之处,且地基必筑高数尺。余近年多病,粗知卫生,凡住室每以卑暗潮湿为虑,时思高亮洁净也。午间虽暖,然颇有新秋之象,惟河水最浅,咸冀秋雨之下降也。

初十日(8月29日)　忽雨忽晴,天气潮暖,不耐治事。

十一日(8月30日)　微雨。夜清风披拂,月色澄明,便有清快之意。

十二日(8月31日)　晴。偶闻人言玻璃以冷水浸之,便可裁剪,特即汲冷井水浸玻璃试剪,果然玻璃在冷水中便觉松弱可剪,惟不能裁剪长行,只能修剪圆片也。日间天气又暑异常,寒暑表升至九十四度。夜又热,不能安睡,不知何日能清凉也。

十三日(9月1日)　晴,天气又暑。午间祭本生先慈曹太淑人讳日。下半日张叔侯茂才来战棋数局,晚前去。夜微有雨。

十四日(9月2日) 晴。上半日至街一走,即旋家。晚间略有雨。

十五日(9月3日) 上半日祭拜中元祖宗。下半日雨。

十六日(9月4日) 晴。上半日坐小舟至水澄巷徐宅拜祭,午餐后即旋家。

十七日(9月5日) 晴。下半日延骆卫生君诊医惟女病,骆君云其脾胃泻弱,恐不能速愈。惟女初名味青,今拟改此惟青。惟女由昔年夏间在田宅生疮最多,疮后患泻,遂觉肌肉瘦削,然胃口尚可,余因此不为其医治。乃至今夏,观其精神饭胃不能照常,且泻病依然,始属其节饮食服汤药。然病受深久,似不能求愈,不能不自憾调理之不早也。近日天气凉快,早上须穿夹衣,夜间须盖薄被。阅报,见上谕有预备立宪政之旨。此为朝廷最大令典,谨录于左:

七月十二日内阁抄奉上谕:朕钦奉慈禧端佑康颐昭豫庄诚寿恭钦献崇熙皇太后懿旨,我朝自开国以来,列圣相承,谟烈昭垂,无不因时损益,着为宪典。现在各国交通,政治法度,皆有彼此相因之势,而我国政令积久相仍,日处阽危,受患迫切,非广求智识,更订法制,上无以承祖宗缔造之心,下无以慰臣庶治平之望,是以前派大臣分赴各国考查政治。现载泽等回国陈奏,深以国势不振,实由于上下相揆,内外隔阂,官不知所以保民,民不知所以卫国。而各国之所以富强者,实由于行宪法,取决公论,军民一体,呼吸相通,博采众长,明定政体,以及筹备财政,经画政务,无不公之于黎庶。又在各国相师,变通尽利,政通民和有由来矣。时处今日,惟有及时详晰甄核,仿行宪政,大权统于朝廷,庶政公诸舆论,以立国家万年有道之基。但目前规制未备,民智未开,若操切从事,徒饰空文,何以对国民而昭大信。故廓清积弊,明定责成,必从官制入手,亟应先将官制分别议定,次第更张,并将各项法律详慎厘订,而又广兴教育,清理财政,整顿武备,普设巡警,使绅民明悉国政,以预备立宪基础。着内外臣工,切实振兴,力求成效,俟数年后规模粗具,查看情形,参用各国成法,妥议立宪实行之期限,再行宣布天下,视进步之迟速,定期限之远近。着各省将军、督抚晓谕士庶人等发愤为学,各明忠君爱国之义,合群进化之理,勿以私见害公益,勿以小忿败大谋,尊崇秩序,保守和平,以预储立宪国民之资格,有厚望焉。将此通谕知之。钦此。

七月十四日奉上谕:昨日有谕宣示急为立宪之预备,饬令先行更定官制。事关重要,必当酌古准今,上稽本朝法度之精,旁参列邦规制之善,折衷至当,纤悉无遗,庶几推行尽利。着派载泽、世续、那桐、荣庆、载振、奎俊、铁良、张百熙、戴鸿慈、葛宝华、徐世昌、陆润庠、寿耆、袁世凯公同编纂。该大臣等务当共矢公忠,屏除成见,悉心妥订。并着端方、张之洞、升允、锡良、周馥、岑春煊、选派司道大员来京,随同参议。并着派庆亲王奕劻、孙家鼐、瞿鸿礼总司核定。候旨遵行,以昭郑重。钦此。

十八日(9月6日) 雨,统日天气凉快。

十九日(9月7日) 雨。上半日至掠斜溪朱理声君处许时,又至杨质安君酌改惟女方药,又至大善寺前等处大街买物,旋家时将旰也。

二十日(9月8日) 雨不休息,天气又凉,夜须盖被,日须穿夹衣。近日心事纷繁,闲坐度日,不耐治理。

二十一日(9月9日) 雨。自早至夜,大雨不休,河水盛涨。田禾乡人,又苦多雨也。夜间镇儿牙痛身热,余又于半夜身热头痛,不能安睡也。

二十二日(9月10日) 雨又多。余同镇儿身热兼头痛,骨节又痛,似如癸卯年红点痧之病。此种病闻今年又多,家中有病人,便觉事繁心不能安。日间余身热骨痛更重,坐卧不快。此种苦楚,有不可以言状者。夜又不安睡。

二十三日(9月11日) 微雨,似有晴意。余身热骨痛略差,然只能吃薄粥,且坐卧仍不舒服,两手背及手臂微见红点。今日绍郡学界、商界等人在大善寺公请同祝皇上立宪,是最盛事,余以病不克趋前。

二十四日(9月12日) 晴，天气清快。余病渐轻，惟胃气不能胜常，步履尚觉腿弱。坐卧养病，时常虑惟女之泻肿不减差也。

二十五日(9月13日) 晴。余病虽轻，惟步履尚弱，足腿又有红点发出，(亮)[谅]此后当愈可。今早吃饭，浅碗略觉免强也。近日天气最佳，可惜只在室中坐卧养病。

二十六日(9月14日) 晴。余病更差，惟步履气力尚不能如平常。镇儿手臂身上今有红点发现，似年幼人略轻也。午间天气暖。

二十七日(9月15日) 晴，天气又暖，寒暑表升至八十七八度。余病更愈，但气力尚不能胜常。镇儿身上红点发足，较余尤畅。此病似发透便清快也。下半日天气更潮暖。夜不能安睡。

二十八日(9月16日) 晴，天气暖。惟女足腿水肿不消，今日兼胀至腹，稍有气急，最为可虑。下半日延杨质安君来商酌医药，片时去。据杨君云，泻病止泻，则必肿胀。然则肿胀必须引泻，如能将肿胀泻净，再酌调理可也。晚间有雷声微雨。

二十九日(9月17日) 雨，天气凉快。

光绪三十四年戊申(1908)

六月二十八日(1908.7.26)至十二月三十日(1909.1.21)

六月二十八日(1908年7月26日) 晴,天气尚清快。早上微有雨,即晴,寒暑表在八十五六度。下午又有雷雨,即晴。夜间天气清快。

二十九日(7月27日) 晴,天虽暑而尚清快。

七月初一日(7月28日) 月为庚申,日为甲申。天晴。今日天气盛暑,华氏寒暑表升至九十七八度。夜不安睡,时常兴坐。

初二日(7月29日) 晴,天气又暑。早上寒暑表有九十一二度,中午又到九十七八度。

初三日(7月30日) 晴,天暑。每夜人人不获安睡,只黎明时尚有清气,苍生咸冀甘霖之下降也。今年缸荷盛开,日来最有可观。

初四日(7月31日) 晴。早上尚清快,日间又暑。夜清风披拂,更觉畅快。

初五日(8月1日) 晴。日间天暑,而早夜尚清快也。寒暑表日中在九十六度,日晚在九十一二度。

初六日(8月2日) 天晴。夜间月亮风清,颇觉凉快。阅俞曲园先生《春在堂诗编》。

初七日(8月3日) 天晴。早上祀拜奎星神,例事也。

恭补录上谕于下:

六月二十四日奉上谕慈禧端佑康颐昭豫庄诚寿恭钦献崇熙皇太后懿旨,宪政编查馆、资政院王大臣奕劻、溥沦等会奏,拟呈各省谘议局及议员选举各章程一折。谘议局为采取舆论之所,并为资政院预储议员之阶，议院基础即肇于此。事体巨大，亟宜详慎厘定。兹据该王大臣拟呈各项章程，详加披阅，尚属周妥，均照所议办理。即着各督抚迅速举办，实力奉行，自奉到章程之日起，限一年内一律办齐。朝廷轸念民依，将来使国民与闻政事，以示大公，因先于各省设谘议局以资历练。凡我士庶，均当共体时艰，同摅忠爱，于本省地方应兴应革之利弊，切实指陈，于国民应尽之义务，应循之秩序，端诚践守。勿挟私心以妨公益，勿逞意气以紊成规，勿见事太易而议论稍涉嚣张，勿权限不明而定法致滋侵越。总期民情不虞壅蔽，国宪咸知遵循。各该督抚等亦当本集思广益之怀，行好恶同民之政，虚衷审察，惟善是从，庶几上下一心，渐臻上理。至于选举议员，尤宜督率各该地方有司认真监督，精择慎取，断不准使心术不正、行止有亏之人托足其内，致妨治安。该王大臣所陈要义三端，甚为中肯，如宣布开设议院年限一节，自是立宪国必有之义。但各国宪政本难强同，要不外乎行政之权在官吏，建言之权在议员，而大经大法，上以之执行罔越，下以之遵奉弗违。中国立宪政体，前已降旨宣示，必须切实预备，慎始图终，方不致托空言而鲜实效。着宪政编查馆、资政院王大臣督同馆院谙习法政人员，甄采列邦之良规，折衷本国之成宪，迅将君主宪法大纲暨议院选举各法择要编辑，并将议院未开以前，逐年应行筹备各事，分期拟议，胪列具奏呈览。俟朝廷亲裁后，当即将开设议院年限钦定宣布，以立臣工进行之准则，而副吾民望治之殷怀，并使天下臣民咸晓然于朝廷因时制宜变法图强之至意。钦此。

六月二十七日奉上谕：政闻社法部主事陈景仁等电奏请定三年内开国会，革于式枚谢天下等语。朝廷豫备立宪，将来开设议院，自为必办之事。但应行讨论预备各务，头绪纷繁，需时若干。朝廷自须详慎斟酌，权衡至当，应定年限，该主事等何得臆度率请；于式枚为卿贰大员，又岂该主事等所得擅行请革。闻政闻社内良莠不齐，且多曾犯重案之人。陈景仁身为职官，竟敢附和比昵，倡率生事，殊属谬妄。若不量予惩处，恐诪张为幻。必致扰乱大局，妨害治安。法部主事陈景仁着即行革职,由所在地方官查传管束,以示薄惩。钦此。

附录日报载军机处通饬秘密查报国会年限新闻

闻军机处近日通饬电各省督抚以开议国会年限,业由宪政编查馆分饬各科员拟具设帖,惟此事关系重大,一时碍难决定。本爵大臣之意,必须从谘议局与地方自治入手。现在各省人民纷纷请求开国会,若不从速宣布,何以副天下人民之望。应请于所属各地方认真考察舆情民智程度,究须若干年始可实行。迅即详细开报,以凭从多数取决。其咨报之时务,须慎守秘密。所有年限各节,切勿预泄。恐一经泄露,人民或因年限之长短而起冲突云。

初八日(8月4日) 天晴。庭前缸荷数盆,其花接连开者一月有余。今于荷花瓣中题诗一律:"每当长夏足评量,绿伞如林数十行。夜放昼含能捍卫(朝夜其花瓣放开如盆,然到日中仍能含苞以避烈日,每花必有数日能含放也),先辉后映最徜徉(每缸中必一花开落,再开另花)。庭前日照偏疑碧,窗外风来带有香。不负栽成今可贺,莲蓬清味得新尝。"俞曲园先生昔于旧书中得莲瓣一片,书有《咏荷花》五言诗六首,据云下署年月,按之是六十年花瓣也。俞老曾有诗以纪之。然则今日之荷瓣,安知六十年后不仍在哉?所题荷瓣夹于书中。

初九日(8月5日) 早上有雨,上半日晴,华氏寒暑表在八十九度。阅俞曲园先生《春在堂诗编》,其诗随心吟咏,颇有情韵也。

初十日(8月6日) 天晴。上半日至后观巷田蓝陬君家谈片时,即旋家。夜有雷雨数阵。

十一日(8月7日) 天晴。上半日至街一转,即旋家。下午微有雨,即晴。夜有月光,便觉清快。

十二日(8月8日) 天晴,早上华氏寒暑表降至七十八九度。今日为立秋,天光颇见清高。

十三日(8月9日) 天晴。早上新凉,可着夹衣。旰,祭拜本生先慈曹太淑人讳日。下半日徐宜况君来谈片时兴。今日旰寒暑表在八十八度。

十四日(8月10日) 晴。渐有新秋景象,天气清高,最是新秋佳日也。晚前至清风里"和泰"庄一谈,即旋家。久晴之下,咸冀霖雨之特沛也。算本年新完国课票。

十五日(8月11日) 晴。午前中元祭拜各代祖宗。今日天气寒暑表有八十八度。

十六日(8月12日) 天晴。上半日拜老当年中元之祭,又坐舆至古贡院前徐宅拜祭,谈片时即坐舆旋家。今日天又暑,寒暑表升至九十四度。

十七日(8月13日) 晴,天又热,彼苍者天不识何日降霖雨也。旰,暑热异常,寒暑表又升至九十六度。夜微有雷电,又微有雨,然仍不沛然下雨,即见晴光也。

十八日(8月14日) 晴,天热,寒暑表又有九十余度。下半日有大雨,万类共庆滋生。

十九日(8月15日) 晴。上半日庄莼渔君来谈片时兴。旰前陈荣伯君来谈,下半日又徐宜况君来谈,同战棋半日。陈荣伯君晚上兴,夜又同徐君战棋。月亮风清,夜间颇有胜景。昼有余热,早晚骤有秋光,觉清快也。

二十日(8月16日) 天晴。上半日微雨,即晴。旰,寒暑表又在九十一度。

二十一日(8月17日) 晴,时有雨。倘得甘霖畅下,暑气便可清也。

二十二日(8月18日) 晴。上半日同徐宜况君谈片时,徐君兴。阅俞诗。

二十三日(8月19日) 雨,上下午晴,天气清快,华氏寒暑表在八十五度。阅俞樾《春在堂诗编》。

二十四日(8月20日) 晴,天气清高。上半日至后观巷田宅同蓝陬、春农,陈君荣伯谈,又战棋,至下半日旋家。今日旰又热,夜间又清快。

二十五日(8月21日) 晴。早上至南门太平桥庄宅询莼渔君,渠早出门,余即旋家。天气又热,寒暑表又在九十二度。

二十六日(8月22日) 晴。阅俞曲园先生《春在堂书》,其人博达,其书门类颇多,阅之足广见闻也。余日来内热不静,每于大便后,粪门有血沈下。观之并不在粪,而在粪门。余昔年每有热时,曾有此事,但今略多也。

二十七日(8月23日) 晴。日中秋暑尚酷,而早晚便清快也。上半日徐吉逊君来谈兼战棋,至夜餐下兴。下半日有雨。

二十八日(8月24日) 雨,天气清快,风雨绸缪,颇有秋意。下半日雨又密。有此霖雨,农人更属可幸。

二十九日(8月25日) 雨,天气清快,夜可拥薄被。寒暑表在七十八度。

三十日(8月26日) 晴,时有微雨。上半日至南街庄莼渔君处谈,片时即旋家。下半日徐君宜况来谈。余近日热稍肃清,大便带血之病愈可,但积弱之体,宜时常保卫也。

八月初一日(8月27日) 月为辛酉,日为甲寅。天晴,风光清丽,中午寒暑表在八十二三度。阅俞曲园先生俞樾《春在堂书》,又同徐君谈。

初二日(8月28日) 天晴。上半日至后观巷田宅谈,片时即旋家。同徐君谈棋。

初三日(8月29日) 早上微有雨。午间拜灶神诞,例事也。

初四日(8月30日) 早上微有雨,即晴。日来每到旰尚热,早晚皆清快也。上午至南街拜华神,即旋家,又例事也。同徐君谈棋。

初五日(8月31日) 晴。近日暑气清肃,早上寒暑表在七十五六度。秋光清胜,最为可宝。攻书办事,其若何策励也!

初六日(9月1日) 晴,天气清胜。同徐君谈。阅报,见上谕言宪政事，有总在第九年内将各项筹备事宜一律办齐，其时即颁布召集议员之诏。谕旨颇长，拟另恭录。余前凡见有重大事件之上谕，恭录于此册。今拟志其大略，而备缮于另册也。

初七日(9月2日) 天晴。同徐君宜况谈，又战棋。日间天气尚暖，寒暑表在八十六度。

初八日(9月3日) 天晴，日中又寒暑表在八十九度。阅《春在堂书》，又学字。

初九日(9月4日) 天晴，秋暑尚烈，寒暑表又升至九十一二度。苍生又咸冀霖雨之下降也。

初十日(9月5日) 天晴，早上寒暑表在九十二度。早上至后观巷田蓝陬君处谈，片时即旋家。

十一日(9月6日) 天晴，秋暑更盛，寒暑表又在九十二度。

十二日(9月7日) 天晴。中秋亢旱，暑气尚不洗净，何日得沛甘霖也？苍生殷祈祷者，久旱之有甘雨耳。

十三日(9月8日) 天晴又热，晚上似有雨意。

十四日(9月9日) 早上雨。今日味青次女两周忌日[①]。光阴迅速，忽忽两阅年矣。当时悼恻情形，至今触念痛心，况余懒弱，尚不为其办葬、撰碑等事。此生者之责，能不负疚哉？

十五日(9月10日) 天晴。家事藩如。上半日贾枧唐君来谈。下半日许侯青君来谈数时兴，又徐宜况君来。夜月光淡荡，天气清胜。

---

① 陈庆均之女味青卒年日记，笔者未见。陈庆均《为山庐悼亡百感录》中有两诗记其事："为爱娇痴一纪周，女红文翰喜初优。有才竟摈长生录，汤药徒劳数月谋。（次女味青年甫十二，针黹初工，读书写字又颇有会心，乃疏余保卫，脾弱久泻，竟至不起。）""蓍苓无计挽衰柔，弱女竟难膝下留。最惨哀鸣将惜别，凋残骨肉度中秋。（味青次女自知病将不起，数日前早向仆婢言曰：'此病断无药可愈之理，但父母前不敢言及，恐其伤怀也。'余与内人每至其床前看视，次女必转问饭胃何如。情意绸缪，更较寻常感切。乃于八月十四，次女竟去世。余与内人每一念及，涕泪沾襟。）"

十六日(9月11日) 早上天晴,似有下雨之态。倘得畅沛甘霖,何幸如之。日间微有雨。上半日贾君兴,又同徐君谈棋。

十七日(9月12日) 又晴。早上华氏寒暑表降至七十二度,日中时在七十八度。天气清胜。

十八日(9月13日) 上午时有微雨,即晴。天气清胜。余日来夜间仍只睡二三下钟,后半夜便不酣睡也。

十九日(9月14日) 又晴。同徐君谈棋。

二十日(9月15日) 上半日有日光,下半日雨。同徐君谈棋。

二十一日(9月16日) 雨。寅刻,先兄濬川嫂余氏寿终,年四十八岁。十九岁归先兄,次年就守寡。不见翁姑,又其二老早背,频年酸苦,无可告者。今病一月,遂不能起,甚属可恻。上半日晴。徐君兴。日间帮办其丧事。亥刻嫂殓,行礼毕,陪客酒饭下,时半夜。看理各事片时,即旋自家也。

二十二日(9月17日) 晴。下半(时)[日]微雨。撰余嫂挽联云下:“完性本天成,嚼雪含冰,苦守青灯近卅载;宠褒在日下,扬清激浊,题名彤史到千秋。”草此撰就,尚可改也。

二十三日(9月18日) 晴。日中寒暑表在八十一二度。阅俞曲园先生《春在堂书》。

二十四日(9月19日) 早上有雨。闻旧年山会各绅所立之公益社,今其同社各人各怀意见,互相攻讦,同而不和,已成破败之势;并闻商会中各人又以意见参差,彼此推诿,几等落花流水。际此诏定立宪,讲究自治,乃绍兴人资格如此,不识若何举办也?

二十五日(9月20日) 微雨。上半日在外厅看鲍诵清广文书余嫂神主。鲍君谈半日。下半日书余嫂挽言。晚上又微雨。

二十六日(9月21日) 时有微雨。上半日申兄属陪客,今日先祭余氏先嫂首七,吊客不多。下半日理事片时,又坐舆至大路徐宅吊福钦舅母殓。行礼下,见杨越川君,徐吉逊、子祥各人,谈片时,仍坐舆旋家。晚上雨颇密。

二十七日(9月22日)　早上微有雨。

二十八日(9月23日)　时有微雨。今日秋分,天气清快。盱拜祖宗。下半日田蓝陬君同其子侄来,属予即同蒋兴甥、族宝斋兄、镇儿至偏门里演武厅前旷地看道人(反)[翻]九楼,以十层桌上演,观者不下万余人。片时即旋。宝斋兄、蒋甥、镇儿先旋家,予同田蓝兄略缓旋家,田君又到予家谈片时兴。夜又雨。

二十九日(9月24日)　雨。上半日至大街一到,即旋家。天气一雨,各事觉不便也。

九月初一日(9月25日)　月为壬戌,日为癸未。天雨,早上寒暑表在六十七八度。早吃饭下,坐舆至大路徐宅,福钦舅氏属陪客。盱拜福钦舅母首七。下半日同吉逊昆仲等人谈数时,又到子祥、紫雯处谈片时,仍坐舆旋家。今日怪闻,福钦舅氏子前以事同其生母张夫人龃龉甚裂,其母遂病。其子从此不到其母前视病,甚至送终、入殓、成服各事,不肯一到。虽经其阖族昆仲等人劝诘,又不悔改。绅缨门第,有此背逆之事,闻者咸相怪叹。福钦舅氏声名从此被其剥削矣。天性乃人所本有,此等事草野间尚不至此,何竟有于绅缨之家也?

初二日(9月26日)　天雨。下半日贾柷唐君来。到半夜□□□。

初三日(9月27日)　时有微雨,天气潮热,寒暑表在七十四五度。同贾君谈。

初四日(9月28日)　微有雨。上半日贾君兴。下半日田春农君来谈数时兴。夜阅《春在堂书》。

初五日(9月29日)　天晴。上半日徐吉逊、贾柷唐两君来谈,盱餐下各兴。天气清快。

初六日(9月30日)　天晴。下半日忽有风雨数点,片时又有晴光。

初七日(10月1日) 天晴。今年时令最迟,近日始有桂花香气。

初八日(10月2日) 晴,早上寒暑表在六十二度。天气清高,此乃秋令最胜之日也。下半日至后观巷田宅老屋谈片时,又至新屋同田蓝陬君处谈片时,又同至司狱司前花园观花木,即各旋家。

初九日(10月3日) 天晴。上半日至后观巷祀拜斗姆神,即旋家。天微有雨。予各事皆待整饬而力不从心,每念生感。

初十日(10月4日) 早上天微雨,上半日晴。旰餐下,徐宜况君来谈。

十一日(10月5日) 早上天又雨,即晴。日来天气最胜,有志者宜若何策励学业也。旰暖,寒暑[表]在八十一二度。同徐君谈。

十二日(10月6日) 晴,天暖,早上寒暑表在七十五六度。前夜半时闻凰仪桥有祝融之祸,至门前阅视片时,见其势落。天尚不亮,又卧片时。日间同徐君谈。旰拜嫂余氏三七之祭。下半日徐君兴。晚前同兴甥、镇儿至凰仪桥视祝融所毁屋地,即同蒋甥、镇儿旋家。

十三日(10月7日) 天雨。下半日吃年糕下,即吃晚餐,胃中略饱。夜间心腹中颇不舒服,服十香丸十数粒、豆蔻一粒,至后半夜略快。

十四日(10月8日) 天雨。阅报,见初二日军机大臣面奉谕旨:礼部会奏顾炎武、王夫之、黄宗羲着从祀文庙,闻同奏者尚有曾国藩一人。此次不奉谕旨,或当从缓也。十一日奉上谕:画一币制定为大银币一枚,计重库平一两,又铸库平五钱重之银币,以便行用。并诏铸减成之库平一钱暨五分小银元,以资补助。其两种银币,合九八足银铸造。此项银币,京外收发,悉归一律,永不准再有补平补色等各名目(两种小银元按八九银铸造)。各省市面银钱纷歧、成色糅杂,并着度支部详定章程,严申禁令,计期分年,务将通国银币统归画一,不得稍有参差。谕旨颇长,此谨志大略也。

十五日(10月9日)　天晴清快。上半日阅《春在堂书》。下半日卧片时,又同镇容儿至大街买书等事,即同镇容儿旋家,天尚未晚也。余现在虽精力柔弱,然尚可免强支持。夜阅《宪政奏议大纲》,此议由前月早见明文,今详视一遍。

十六日(10月10日)　天晴。上半日至后观巷田蓝陬君家谈,片时即旋家。昔年所立之山会公益社屡属余共事,乃余每以才拙辞之。前日社中各人又来坚招于今日下半日议事,今余又有他事,泐函辞之。余视各事非不热心,然不愿徒有其名,不实行其事。若事事切实考究,又虑才力薄弱,所以近年每有以公事相属者,必复以性拙才疏而不敢肩任者也。

十七日(10月11日)　天雨。上午祀财神,绍俗例事也。

十八日(10月12日)　天雨,上半日即晴,天气清高。书写账事。余精力日弱,久书字便觉眼光蒙混。精神如此,可自虑也。夜教儿女认字。

十九日(10月13日)　天晴,清光最盛。

二十日(10月14日)　天又雨。家事纷如。夜阅《公民必读初编》,又阅一遍。此书平正快畅,言简意赅,足以感人心志。现在新书中之最善也。

二十一日(10月15日)　天又有雨。上午画窗格山水两张。年来书绘各事最惰,偶一为之,便觉生粗心也。山水一事,尤比书字贵有静心。

二十二日(10月16日)　天晴。上半日至后观巷田宅谈片时,将旰,即旋家。下半日田蓝陬君来谈半日,晚上兴。

二十三日(10月17日)　天晴。上半日至大街买书等事,即旋家。今日购得《谘议局章程》各书,阅之,前月间奏议各事,皆即印成,在书中咸备。足见现在名利竞争日新月异,有心人当若何策励也。晚上徐君宜况来谈。

二十四日(10月18日)　早上天晴。上半日同族宝斋兄、景堂弟、徐君宜况、蒋兴甥、申之兄、镇容儿至皇仪乘舟,至下谢墅登山祭拜曾祖父母、祖父母、本生父母墓,又祭拜先大人殡墓,又看祭味青次女墓,事竣下山,舟中盰餐。下半日仍同宝兄、景弟、徐君、蒋君、申兄、镇儿旋家。

二十五日(10月19日)　天晴。上半日同徐君谈,盰前徐君兴。下半日阅《公民必读二编》书。

二十六日(10月20日)　天晴。下半日至大路徐子祥君处谈片时,又由大街一转,即旋家。

二十七日(10月21日)　天雾露,上半日即晴,寒暑表在七十一二度。

二十八日(10月22日)　晴。上半日至大街买书等事,即旋家。下半日阅立宪国民必读书本。

二十九日(10月23日)　晴,天气清快。盰前拜曾大父诞日。今日天气暖,寒暑表在七十八九度。下半日至后观巷田蓝陬君处谈,片时即旋家。

三十日(10月24日)　天晴。上半日同申兄、族景弟、蒋兴甥、存侄、余与镇儿共六人乘舟至稽山门外石旗村,登山祭拜高大父母墓,事竣下山。赤日当午,天气酷热,不异暑夏,登舟颇觉支撑。盰餐下,仍偕申兄、族景弟、蒋兴甥、存侄、余与镇儿旋家,时尚早。寒暑表在八十度,然赤日之下,究与屋里寒暑不同,所以各人旋家静坐,便觉清快。夜阅《谘议局章程》各书。今日见各乡晚谷丰茂,收成天如晴佳,必咸庆有年也。余日来思虑太密,而精力柔弱,夜间得睡,仍只半夜即醒觉,转辗念虑各事,便到天明。每夜如此,是以讲究养心为即事也。

十月初一日(10月25日)　月为癸亥,日为癸丑。早上天晴,上半日雨。下半日徐子祥君来谈片时兴。天气清快。

初二日(10月26日)　天雨。上半日坐舟至五云门里五云寺监僧人拜皇忏，为先大人十周年忌日也。此事本可在外厅上办，乃申兄于是日延道人拜先嫂余氏炼度忏，厅中铺设杂乱，所以皇忏只得在寺拜也。寺中同族宝斋兄谈片时，又坐舟至开元寺前汤公祠山会公益社中会议事。提议者新府刘太守[①]言公益社地方最宜举办，但社员最当公正，必将就地所有公正人开列一单，由府发照会，延请若干人则成公益社员，否则不必到也。各人谈议数时各散，余仍坐舟旋家，时将晚也。夜田蓝陬同其西席师，又陈积臣、杨君，又田霭如诸君来外厅看道人炼度各物，同看片时各散，时将半夜也。

初三日（10月27日） 天雨。上半日理祭事。徐子祥君、徐宜况君来。今日先大人十周年讳日，旰在家堂以荤菜祭拜，两徐君皆与祭也。寺中之皇忏由族宝斋兄监拜。下半日两徐君谈片时，宜况先散。子祥属余同坐舟至南街沈宅夜膳，蒋兴君同到夜膳，同各人谈，半夜仍同蒋兴君坐小舟旋家。今日寒暑表在五十九度。早上虽雨，上半日颇有晴象，夜间又雨也。先大人见背忽阅十年，葬地尚不办筑，每一念及，能不惶悚？余生平遇事，每有粗鲁之病，以致愆尤丛集。今日先大人十周年讳日，回忆曩时，不胜兴感。是宜杜门设祭，想念先型，不治他事。乃徇戚友之请酬应宴会，虽于应酬时即自悔觉，惭悚寸衷，然半生来读圣贤书，所学何事？年齿日长，不有把握如此。纵此后当力改前非，然今日又加一生平负疚事也。

初四日（10月28日） 天雨。上半日各事纷如。下半日坐舟至五云寺拜先大人像。今日皇忏事竣请像，同族宝斋兄仍坐舟旋家，时

---

① 刘岳云（1849—1917），字芾青，亦字佛青，号震庵，后以震为名，别号致庵。江苏宝应人。清光绪五年（1879）举人，十二年进士。曾官户部江西司主事、浙江绍兴府知府。著有《五经算术疏义》《测地算法》《食旧德斋杂记》《食旧德斋赋抄》《宝应县城图》《光绪会计表》等。见唐文治《清故资政大夫花翎二品衔浙江补用道绍兴府知府刘公神道碑铭并序》、冯煦《清授资政大夫二品衔浙江补用道绍兴府知府刘君墓志铭并序》。

将晚也。清理各事。

初五日(10月29日) 天又雨。早上华氏寒暑表降至五十六度。余向阅《中外日报》《绍兴公报》二报,乃近年《中外日报》敷衍成事,颇不足观。今加看《杭州白话报》,以广见闻也。

初六日(10月30日) 天雨。上半日阅绍兴、杭州、中外各日报。下半日坐舟至汤公寺公益社同各人集议事,晚上仍坐舟旋家。

初七日(10月31日) 天晴。下半日至大善寺劝学所杜海生君处谈片时,又至大街买书等事,即旋家。又至街一转,即旋家。今日天气清快,夜有月亮。

初八日(11月1日) 天晴。在家理事。下半日田蓝陬君来谈,至将晚兴。天气清快。

初九日(11月2日) 天雨。

初十日(11月3日) 天晴。黎明兴,坐舆至开元寺前汤公祠祝慈禧皇太后万寿,到者共八人,行礼下,谈片时坐舆旋家。今日天气清胜,晚禾收成最祝晴好也。上半日徐宜况君来谈。夜有雨。

十一日(11月4日) 天雨。帮理先嫂余氏丧事,又陪客谈。夜间睡片时。

十二日(11月5日) 天雨。早上先嫂余氏灵柩出门,族宝斋兄、景弟、家申之兄、銮侄,又予同镇儿至凰仪桥乘舟至下谢墅,旰下拜先嫂进殡。乃天雨不休,各事草率告竣。下山登舟,雨更密,仍同宝兄、景弟、申兄、镇儿、銮侄乘舟旋家,时尚不夜。

十三日(11月6日) 天雨最密。晚禾咸待收登,寒雨连朝,颇属可虑也。

十四日(11月7日) 天晴。上半日阅各报及《谘议局章程》各书。下半日至街,又便到水澄巷罗柷甫君处谈片时,又由大街旋家。

十五日(11月8日) 天又有雨气。今日为立冬。下半日又雨。今朝是冬丁卯,相传天气以晴为佳也。

十六日(11月9日) 又雨,上半日晴。至后观巷两田家谈片时，即旋家。下半日至开元寺前汤公祠公益社中常会谈事，至将晚旋家。

十七日(11月10日) 又雨。上半日至大善寺前等处街一转，即旋家。天雨不休，晚禾各乡尚在野坂，所祝者天气之晴也。下半日天雨又密，兀坐家中，兴会更觉不畅。冒雨至田蓝畋君家谈，将晚即旋家。

十八日(11月11日) 雨密不休。晚禾皆待晴收，乃有此雨，最可虑也。如今国家财力薄弱，尤赖天时。有以补救，或者尚可支持。上半日徐吉逊君来谈，下半日徐君兴。今日天寒，夜忽有星。

十九日(11月12日) 天晴，华氏寒暑表在五十二度。下半日同镇儿至大街买书等事，遇见徐君宜况，属至谈宴楼茶点。又至街一转，徐君旋新河弄，余同镇儿旋家，时将晚也。夜田蓝畋君来谈数时，钟鸣十下兴。天寒，月明亮也。

二十日(11月13日) 天晴，早上寒暑表降至四十五度，天气清快。上半日至田蓝畋君处谈，片时即旋家。下半日徐宜况君来谈。

二十一日(11月14日) 天晴。上半日田春农君来谈片时兴，又徐吉逊君来谈。旰祭先大父讳日。徐君扚庭①、吉逊、宜况试棋一日，徐吉兄至夜餐下十下钟时兴。夜星月最亮。

二十二日(11月15日) 天晴。上半日同徐君宜况谈。旰祭拜先大母凌太淑人诞日。下半日同徐君宜况至街，徐君到新河弄，余至大路徐子祥君处谈片时，又由大街一转，即旋家。阅报，见有十九日奉慈禧皇太后懿旨，醇亲王载沣授权为摄政王。钦此。同日又奉慈禧皇太后懿旨，醇亲王之子溥仪着在宫内教养，并在上书房读书。钦此。

---

① 徐益三(1875—1936)，字扚庭，号竺甫，又号青藜道人。浙江绍兴人。民国二年(1913)毕业于浙江法政学校。爱好书画，慕郑板桥、赵之谦体，以擅画墨兰著称于乡里。见绍兴鲁迅纪念馆《鲁迅与他的乡人》。

二十三日(11月16日) 天晴。上半日窦疆鲍董官[①]同其新娶女来见。盰前坐舆至汤公祠公益社聚会,到者刘郡尊、山会两邑尊及同社人廿人,共谈讲数时,余即仍坐舆旋家。同鲍君等盰膳下,鲍君及其新娶女兴。今日事冗,颇撑持也。

二十四日(11月17日) 晴。下半日田蓝陬君来谈片时兴。近日天气清高。[②] 阅报。二十二日奉上谕:朕钦奉慈禧端佑康颐昭豫庄诚寿恭钦献崇熙太皇太后懿旨:时经降旨,特命摄政王为监国。所有军国政事,悉秉承予之训示,裁度施行。现予病势危笃,恐将不起,嗣后军国政事,均由摄政王裁定。遇有重大事件,必须请皇太后懿旨者,由摄政王随时面请施行。钦此。

慈禧端佑康颐昭豫庄诚寿恭钦献崇熙太皇太后诰曰:予以薄德,(祇)[祗]承文宗显皇帝册命,备位宫闱。迨穆宗毅皇帝冲年嗣统,适当寇乱未平、讨伐方殷之际。时则发捻交战,回苗俶扰,海疆多故,民生凋敝,满目疮痍!予与孝贞显皇后同心抚训,夙夜忧劳,秉承文宗显皇帝遗谟,策励内外臣工暨各路统兵大臣,指挥机宜,勤求治理,任贤纳谏,救灾恤民,遂得仰承天庥,削平大难,转危为安。及穆宗毅皇帝赴世,今大行皇帝入嗣大统,时事愈艰,民生愈困,内忧外患,纷至沓来,不得不再行训政。前年宣布豫备立宪诏书,本年颁布豫备立宪年限,万几待理,心力具瘁。幸予气体素强,尚可支持。不期本年夏秋以来,时有不适,政务殷繁,无从静摄;眠食失宜,迁延日久,精力渐惫,犹未敢一日暇逸。本月二十一日,复遭大行皇帝之丧,悲从中来,

---

① 鲍亦康(1895—?),一名亦春,字稷丞。浙江绍兴人。见鲍德福《鲍氏五思堂宗谱稿》卷三《尚志公派第七世》。按:鲍德福《鲍氏五思堂宗谱稿》卷三《尚志公派第六世》:鲍德鋆,配同邑郡城前观巷陈氏芳畦公女。子一,元配陈氏出。"《日记》宣统三年十月初三日:"晴。上午张芾南来,谈片时辞。贾枧唐、徐宜况、鲍董甥来。盰间祭先大人芳畦公讳忌。"据此二者,鲍董官当为鲍亦康。

② "下半日"至"清高"本在所录上谕后。

不能自克，以至病势争剧，遂至弥留。回念五十年来，忧患迭经，兢业之心，无时或释，今举行新政，渐有端倪。嗣皇帝方在冲龄，正资启迪，摄政王及内外诸臣，尚其协心翊赞，固我邦基。嗣皇帝以国事为重，尤宜勉节哀思，孜孜典学，他日光大前谟，有厚望焉！丧服二十七日而除，布告天下，咸使闻知。钦此。

二十二日奉上谕：朕以冲龄仰蒙大行慈禧端佑康颐昭豫庄诚寿恭钦献崇熙太皇太后顾复恩慈，情深罔极，特命入承大统。深冀慈躬康健，克享期颐，俾朕奉养承欢，恭聆训诲，以成郅治而固邦基。乃宵旰忧劳，渐致违和，屡进汤药调理，方期日就安痊，不意因二十一日大行皇帝龙驭上宾，哀戚过甚，病势陡重，遂至大渐，遽于本月二十二日未时，仙驭升遐。呼抢哀号，曷其有极。钦奉遗诏，丧服二十七日而除。朕心实所难安，仍穿孝百日并素服满二十七月，方申哀悃。至谕以勉节哀思，一以国事为重，敢不敬遵遗命。强加节抑，以慰大行太皇太后在天之灵。所有大丧礼制，着派肃亲王善耆、顺承郡王纳勒赫、都统喀尔沁公博迪苏，协办大学士荣庆、鹿传霖，吏部尚书陆润庠、内务府大臣奎俊、礼部左侍郎景厚敬谨管理。一切事宜，并着详稽旧典，悉心核议，随时具奏。将此通谕中外知之。钦此。

十月二十一日奉上谕：本月二十一日酉刻大行皇帝龙驭上宾，朕奉慈禧端佑康颐昭豫庄诚寿恭钦献崇熙太皇太后懿旨，尔承大统。抢地呼天，攀援莫及。伏念大行皇帝御宇三十有四年，(祗)[祗]承家法，上秉慈谟，惕厉忧勤，无日不以敬天法祖、勤政爱民为念。简任亲贤，变法图强。维新政治，中外望风。凡有血气者，罔不悲哀戚恋，出于至诚。朕之泣血椎心，尚忍言乎？惟思付托至重，责在藐躬。尚赖内外文武大小臣工，共矢公忠，弼予郅治。各直省督抚，务当抚辑斯民，整顿吏治，以慰大行皇帝在天之灵，朕实有厚望焉。至丧服之制，钦奉大行皇帝遗诏，命仿旧制二十七日而除。朕心实有不忍，仍当恪遵古制，敬行三年之丧，庶几稍尽哀慕之忱。至于郊庙礼祀大典，自不应因大丧而稍略其礼。其应如何遣官恭代及亲诣行礼之处，着各该衙门查照向例,集议以闻。其天下臣民,应持服制,仍照旧例行。将此通谕知之。钦此。

十月二十一日奉皇帝诏曰:朕自冲龄践祚,寅绍丕基,荷蒙皇太后帱育仁慈,恩勤教诲,垂帘听政,宵旰忧劳。嗣奉懿旨,命朕亲裁大政,承列圣家法,一以敬天法祖,勤政爱民为本。一十四年中,仰禀慈训,日理万几,勤求上理,念时事之艰难,折衷中外之治法,辑和民教,广设学堂,整顿军政,振兴工商,修订法律,预备立宪。期与薄海民庶共享升平。各直省遇有水旱偏灾,凡疆臣请赈请蠲,无不恩施立沛。本年顺、直、东三省,湖南、湖北、广东、福建等省,先后被灾,每念吾民满目疮痍,难安寝馈。朕躬气血素弱,自去年秋间不豫,医治至今。而胸满胃逆、腰痛腿软、气壅嗽诸症,环生迭起,日以增剧,阴阳俱亏,以至弥留不起,岂非天乎?顾念神器至重,亟宜传付得人。兹钦奉慈禧端佑康颐昭豫庄诚寿恭钦献崇熙皇太后懿旨,摄政王载沣之子溥仪入承大统,为嗣皇帝。在嗣皇帝仁孝聪明,必能仰慰慈怀,钦承付托,忧勤惕厉,永固邦基。尔京外文武臣工,其精白乃心,破除积习,恪遵前次谕旨,各按逐年筹备事宜,切实办理。庶几九年以后,颁布立宪,克终朕未竟之志。在天之灵,借稍慰焉。丧服仍依旧例二十七日而除。布告天下,咸使闻知。

十月二十一日钦奉慈禧端佑康颐昭豫庄诚寿恭钦献崇熙太皇太后懿旨:着派礼亲王世铎,睿亲王魁斌,喀尔喀亲王那彦图,奉恩镇国公度支部尚书载泽,大学士世续、那桐,外务部尚书袁世凯,礼部尚书溥良,内务府大臣继禄、增崇,恭办丧礼,敬谨襄事。钦此。

十月二十一日奉慈禧端佑康颐昭豫庄诚寿恭钦献崇熙太皇太后懿旨:前因穆宗毅皇帝未有储贰,曾于同治十三年十二月初五日降旨,大行皇帝生有皇子,即承祧穆宗毅皇帝为嗣。现在大行皇帝龙驭上宾,亦未有储贰,不得已以摄政王载沣之子溥仪承继穆宗毅皇帝为嗣,并兼承大行皇帝之祧。钦此。

十月二十一日奉慈禧端佑康颐昭豫庄诚寿恭钦献崇熙太皇太后

懿旨：摄政王载沣之子溥仪着入承大统为嗣皇帝。钦此。

十月二十一日奉慈禧端佑康颐昭豫庄诚寿恭钦献崇熙太皇太后懿旨：现在时事多艰，嗣皇帝尚在冲龄，正宜专心典学，着摄政王载沣为监国，所有军国政事，悉秉承予之训示裁度施行。俟嗣皇帝年岁渐长，学业有成，再由嗣皇帝亲裁政事。钦此。

十月二十二日奉上谕：朕钦奉慈禧端佑康颐昭豫庄诚寿恭钦献崇熙太皇太后懿旨，昨经降旨，特命摄政王为监国，所有军国政事，悉秉承予之训示裁度施行。现予病势危笃，恐将不起，嗣后军国政事均由摄政王裁定，遇有重大事件有必须请皇太后懿旨者，由摄政王随时面请施行。钦此。

十月二十二日奉上谕：朕缵承大统，圣祖母慈禧端佑康颐昭豫庄诚寿恭钦献崇熙太皇太后应尊为太皇太后，兼祧母后应尊为皇太后。所有应行典礼，着该衙门敬谨查例具奏。钦此。

十月二十二日奉上谕：朕钦奉慈禧端佑康颐昭豫庄诚寿恭钦献崇熙太皇太后懿旨，现命摄政王载沣监国，所有应行礼节，着内阁各部院会议具奏。钦此。

十月二十二日奉上谕：道光二十六年□[①]月，宣宗成皇帝特降谕旨，以二名不偏讳，将来继体承绪者，上一字仍旧，毋庸改避，亦毋庸缺笔；其下一字应如何缺笔之处，临时酌定，以是着为令典等因。钦此。今朕敬遵成宪，将御名上一字仍旧书写，毋庸改避。下一字敬缺一撇，书作仪字。其奉旨以前所刻书籍，俱毋庸议。钦此。

十月二十三日奉上谕：着添派恭亲王溥伟、农工商部尚书溥颋会同原派王大臣恭办大行太皇太后丧礼。钦此。

十月二十三日奉上谕：现遭大行慈禧端佑康颐昭豫庄诚寿恭钦献崇熙太皇太后大事，各直省将军、督抚、都统、副都统、提镇等均有职守，不必奏请来京叩谒梓宫。惟当实心办事，勉尽厥职，不在礼节

---

① 原文空缺，当为“三”。

虚文也。钦此。

十月二十三日奉上谕:禁门重地,理宜严肃。叠经谕令该管大臣申严门禁,稽察出入,不啻三令五申。乃近来门禁仍属懈弛,亟宜再申诰诫。着前锋统领、护军统领、总管内务府大臣,严饬值班官兵,务须认真稽察,不准冒充当差人等,乘间出入。经此次申警后,倘再仍前疏忽,定将该管大臣严惩不贷。懔之。钦此。

右各诏谕皆见诸报,随时谨录者也。惟现在多病,手腕力弱,不能书楷,为负疚也。

二十五日(11月18日) 晴。早上任君汉佩来医镇儿喉病,田蓝陬君又来,各谈片时兴。日间调治汤药及捺喉药等事。下半日任君汉佩、杨君质安、田君蓝陬又来酌医药,各谈片时兴。任君言左喉白膜沿到帝丁小半,速宜用药力抵御松散,不使再有沿转。又以象牙瓢轻刮左边白膜,庶几白膜散落。但中喉帝丁必不可刮,动手时千万须看定也。镇容儿于二十、廿一两日觉身热、项有核,然廿二、廿三即照常饭食,廿三夜间项核与喉中痛。初拟其系一时风寒郁热,廿四日尚不延医,至今日痛愈重,洵医视也。然此等病必不可延缓。任君言此病宜坐不宜卧,又日夜时时吃药吹药,以保治之,庶几尚可保全,千万不可忽略也。

二十六日(11月19日) 晴。早上任汉佩君、田蓝陬君来酌药剂,谈片时各兴。镇容儿喉边白膜尚不加重。下半日杨质安君、任汉佩君,又田蓝陬君来酌医药,谈片时各兴。此病幸日夜调治,得以略轻,余与内人今日略宽心也。夜时常视病,又不酣睡也。

二十七日(11月20日) 天晴。镇容儿喉病略愈,白膜松薄,大便又下,惟咽茶汤尚有痛处也。上半日徐吉逊君来。旰祭先大人诞日。下半日徐君谈片时兴。杨质安君又来医,酌开药剂,谈片时兴。今日夜间得睡数时。

二十八日(11月21日) 天雨。调治医药,见镇容儿喉内白膜仍惹到帝丁,右边又有白膜,心又虑之。晚前任汉佩君来医视,酌开药剂，谈片时兴。今夜余与内人时时调治药，又不安睡。

二十九日(11月22日) 晴。早上见镇容儿喉中白膜又退薄一半。任汉佩君又来医视，田蓝陬君又来同酌药剂，谈片时各散。旰祭本生先大人讳日。下半日任君汉佩、田君蓝陬又来谈医药，片时各兴。今夜又得睡数时。

三十日(11月23日) 天晴。上半日田蓝陬君来谈片时兴。下半日任汉佩君又来诊视药剂，谈片时兴。今日见镇容儿喉边白膜又退下一半，病势又觉轻可，心为之一宽。下半日至街一转，即旋家。

十一月初一日(11月24日) 晴。月为甲子，日为癸未。早上见镇容儿喉病又轻可，白膜将有退净之势，惟牙龈里尚觉红肿而痛，(亮)[谅]必有余热未清，又身体瘦弱，只能吃薄粥。此番有病以来，日夜扶坐，不使卧下。此病一卧，恐泻升热上，所以只可扶坐，庶几上清下泻，病可轻松。然如此日久，颇觉支持，此后以静心调养为是。

初二日(11月25日) 天晴。镇容儿喉内白膜只微薄一点，似即可退清。但力弱胃薄，尚宜加意调养。旰拜高祖祭事。下半日任汉佩君又来酌量医药，谈片时兴。又至田蓝陬君处同至开元寺前汤公祠山会公益社常会谈事，至将晚旋家。余日来调视医药，颇觉支撑，然幸饭胃如常。

初三日(11月26日) 天晴。上半日田蓝陬君来谈片时兴。日来天气清丽，镇儿略能在床外行动，喉内虽尚有微肿，而渐便茶饭也。

初四日(11月27日) 天晴。上半日家中各事。下半日同田蓝陬君至汤公祠公益社府县官绅谈话各事，到者刘太守，李邑尊[1]，陈

---

① 李钟岳(1855—1907)，字崧生，别号晴岚。清山东安丘人。光绪十五年(1889)举人，二十四年进士。曾官浙江江山、山阴知县。见《国闻周报》(1937年第14卷第22期)之秋宗章《六月六日与李钟岳》。

邑尊①。社中人到者约二十人,至将晚各旋家。

初五日(11月28日) 晴,早上有霜,水有冰。寒暑表降至卅八度。下半日杨质安君来诊视药剂,谈片时兴。今日见镇容儿喉内白点渐退净,惟胃尚不调复。

初六日(11月29日) 天晴。上半日田蓝陬君来谈片时兴。今日天气略和,寒暑表在五十一二度。

初七日(11月30日) 天晴。书写各事。

初八日(12月1日) 天晴。镇容儿喉病愈可,饭胃又略动。日来夜间令其卧睡,而扶坐十余日,体瘦力弱,一时未觉复常也。余上半日至街买纸笔布等事,即旋家。下半日至观桥胡锦凡君处谈片时,又至田蓝陬君处谈片时,即旋家。夜餐下,田蓝陬君来谈片时兴。今月光明亮,为儿女书映格字二张。

初九日(12月2日) 天晴。今日午时闻嗣皇帝登位。上半日至田蓝陬君家同其至杨质安君处拟药济,仍同田君旋,遇徐以逊君,又同到田宅谈片时,田、徐二君又同余至余家,见徐吉逊君又来,各人畅谈半日,下半日各散。余近日项后边肿痛,此处于上半年早有一细核,只如米粒大,然不肿痛,所以并不医药。乃近日稍肿痛,而皮色仍照常,不知何以有此恙?现拟用行军散、平安丹捺之,不识何如?

初十日(12月3日) 天晴。家事纷如。夜月明亮。余日来夜间又只能睡二点,醒卧者大半夜,颇为不安。

十一日(12月4日) 天晴。早上华氏寒暑表在四十二度。今日味青次女诞忌,属人办菜祭之。下半日天气微暖。夜月光亮。阅近日报章,所载上谕颇多,谨录于下间,有原文最长者,此谨录其事目也。

十月二十四日奉上谕:恭上皇考大行皇帝尊谥庙号,着大学士各部院衙门敬稽典礼具奏。钦此。同日奉上谕:大行皇帝尚未择有陵

---

① 陈德彝,字碧窗。清福建惠安人。光绪二十三年(1897)优贡。曾官浙江宁海、会稽等县知县。见喻长霖《台州府志》卷十三《职官表五》。

寝，着派溥沦、陈璧带领堪舆人员驰往东西陵，敬谨查勘地势，绘图帖说，奏明请旨办理。钦此。

十月二十五日奉上谕：敬循古礼，持服三年丧。钦此。又同日奉上谕：祺贵妃、瑜贵妃、珣贵妃、瑨贵妃侍奉大行太皇太后历有年所，淑顺克昭，均宜加崇位号以表尊荣。祺贵妃谨尊封为祺皇贵(大)[太]妃，瑜贵妃尊封为皇贵妃，珣贵妃尊封为珣皇贵妃，瑨妃晋封为瑨贵妃，瑾妃晋封为瑾贵妃。

十月二十六日奉上谕：恭上皇祖母大行慈禧太皇太后尊谥，着内阁各部院衙门会同敬谨拟奏。同日奉上谕：治先报本，尊崇当溯厥由来，义在制宜，孝思必循夫典则。雍正十三年，高宗纯皇帝恭加上列圣尊谥，曾钦奉圣谕，崇先特典，后世子孙，不得奉为程式。是以大行皇帝于同治十三年恭加上列圣列后尊谥者，于列圣尊谥已加至二十二字者，未敢复议加上；列后尊谥已加至十六字者，亦未敢复议加上。允宜只遵成典，敬聆前谟。其有列圣尊谥未加至二十二字者，列后尊谥未加至十六字者，均应恭议尊崇，显扬盛美。该衙门详稽典礼，敬拟奏闻。

上谕：大行太皇太后、大行皇帝大事，业经谕令各省将军、督抚等不必奏请来京叩谒梓宫，其余开缺告病在籍各大臣，均毋庸来京叩谒梓宫。即于哀诏到日，随同该省地方官举行成服。

十月上谕：各省督抚、盐关向有呈进方物。现当哀痛之时，食处皆所不安。着通谕各省督抚、盐政、织造关差等，一应贡献，概行停止。即食物亦不准呈进。俟三年之后，再候谕旨。

十二月二十七日奉上谕：大行太皇太后功在宗庙，德被民生，所有治丧典礼，允宜格外优隆，以昭尊崇而申哀悃。着礼部将一切礼节另行敬谨改拟具奏。钦此。

上谕：大行慈禧端佑康颐昭豫庄诚寿恭钦献崇熙太皇太后菩陀峪万年吉地，今定为菩陀峪定东陵，着传知各衙门敬谨遵照缮写。钦此。

上谕：本月二十二日，钦奉大行太皇太后懿旨，军国政事，均由监国摄政王裁定，是代朕主持国政。黜陟赏罚，悉听监国摄政王裁定施行。自朕以下，均应恪遵遗命，一体服从。懿亲宗族，尤应懔遵国法，矜式群僚。嗣后王公百官，倘有观望疏违，暨越礼犯分，变更典章，淆乱国是各情事，定即治以国法，断不能优容姑息，以致败坏纪纲。庶几无负大行太皇太后委寄之重，而慰天下臣民之望。钦此。

上谕：邦家不造，连遭大丧。仰赖大行太皇太后暨大行皇帝庙谟宏远，规画周详，得以宫府乂安，朝野翕服。有约各国，亦咸尽情尽礼，益笃邦交。乃近有不逞之徒，造言生事，煽惑愚蒙；更有海隅匪党，潜谋内渡，妄思摇乱。若不从严查禁，深恐扰害治安。着民政部、步军统领、顺天府、各省督抚，饬所属文武，多派侦巡，重悬赏格，一体严密访拿，勿稍疏纵。遇有缉获上项匪犯，立即讯明，就地正法。出力员弁，准其择尤请奖，以靖地方而肃国纪。钦此。

十月二十八日奉上谕：昨据王大臣等奏，三年之丧，难以举行，仍依旧制，业经降旨明白宣谕。朕承大行皇帝付托之重，惟有恪守礼经，借伸哀悃。非以持服三年，遂谓尽哀尽礼也。今王大臣等复援引旧章，合词奏请，敬稽道光三十年宣宗成皇帝大丧，文宗显皇帝持服百日；咸丰十一年文宗显皇帝大丧，穆宗毅皇帝持服百日；同治十三年穆宗毅皇帝大丧，大行皇帝亦持服百日。俱因臣工等吁请再三，未遂圣志。今朕哀恸虽深，亦何敢有逾成宪。不得已勉从所请，缟素百日，仍素服二十七月。该王大臣等不必再行渎请。至三年内恭遇郊庙宗社，祀典朝礼，一切服色，着王大臣等照成例，敬谨办理。钦此。

十一月初三日奉上谕：所有四时祭享祝版内，醇贤亲王，应称为本生祖考醇贤亲王；醇贤亲王嫡福晋，应称为本生祖妣醇贤亲王嫡福晋。一切典礼，谨照光绪十六年钦奉大行太皇太后懿旨，永远遵守。将此通谕知之。钦此。

十一月初四日奉上谕：国家现遭大事，尚未逾十五日，照例不应奏事。乃该大学堂总监督刘廷琛于本日遽行呈递封奏，殊属不合，着传旨申饬。钦此。

十一月初五日奉上谕：本日礼部奏朕登极事宜一折，览奏益增感恸。惟念大行皇帝以祖宗丕绪，传付朕躬。勉从所请，以明年为宣(纯)[统]元年，依钦天监所择吉日，于十一月初九日辛卯午初初刻，举行登极颁诏巨典。所有一切应办事宜，各该衙门敬谨预备。钦此。

初六日面奉皇太后懿旨，正月十四日系宣宗成皇帝忌辰，例不升殿受贺。皇帝万寿，着俟释服后，每年于正月十三日行庆贺礼。钦此。

十一月初九日奉上谕：奉天承运皇帝诏曰，我大清诞膺天命，累洽重熙。仰维太祖太宗，肇造鸿业。世祖奠定神州，圣祖世宗、高宗、仁宗、宣宗、文宗、穆宗，圣圣相承，功崇德茂。逮我大行皇帝临御天下三十有四年，宵衣旰食，勤求治理。上禀孝贞显皇后、大行太皇太后慈训，简任亲贤，抚绥区夏，维新政治，中外同钦。方期景祚延洪，及时布宪，乃圣躬弗豫，于光绪三十四年十月二十一日，龙驭上宾。钦奉遗诏，(祇)[祗]遵大行太皇太后懿旨，以朕承继穆宗毅皇帝为嗣，并兼承大行皇帝之祧，入承大统，神器至重，责在藐躬。朕自维冲龄薄德，惧弗克胜。顾念先圣贻谋之善，大行皇帝付托之重隆。勉抑哀思，恪遵成命，于十一月初九日，祗告天地宗庙社稷，即皇帝位，以明年为宣统元年。仰迪前光，永绥多福。抚黄图而续绪，宣紫綍以颁恩。所有事宜，开列于后(计京外诸王公、满汉文武各官加恩赐；帝王陵寝、孔子阙里、五岳四渎致祭，官吏、兵民、赦犯奖励，兵农及养济等共二十一行)。于戏丕基寅绍，敢忘兢惕之思；庶绩辰凝，实赖勛襄之佐。尔诸王文武大小臣工，其各矢公忠，以弼予冲人，用固我邦国家亿万年无疆之祚。普告天下，咸使闻知。

十一月初十日奉上谕：朕缵承大统，登极礼成。追念前谟，弥深乾惕。仰维列圣相传之治法，无非敬天法祖勤政爱民。凡先朝未竟之功，莫不敬谨继述。本年八月初一日，大行皇帝钦奉大行太皇太后懿旨，均饬内外臣工，务在第九年内将各项筹备事宜一律办齐。届时即行颁布钦定宪法，并颁布召集议员之诏各等谕。煌煌圣训，薄海同钦。自朕以及大小臣工，均应恪遵前次懿旨。仍以宣统八年为限，理无反汗,期在必行。内外诸臣,断不准观望迁延,贻误事机。尚其激发忠义,淬励精神,使宪政成立,朝野乂安。以仰慰大行太皇太后、大行皇帝在天之灵,而肇亿万年有郅治之基。朕有厚望焉。钦此。

十二日(12月5日) 天晴。上半日至缪家桥[①]杨质安君处酌改药剂,即旋家。

十三日(12月6日) 天晴。日月荏苒,又是中冬,各事纷如,而心力积弱。

十四日(12月7日) 早上似有雨态,仍晴。上半日至后观巷田蓝陬君处谈。盰餐下,田君蓝陬、扬庭,鲍君香谷,又余同至汤公祠公益社中,共十数人同至府署会议事。刘太守、李邑令、陈邑令,绅、商、学界共到者百人,至晚上仍同鲍、田各人各旋家。夜谈收租各事。

十五日(12月8日) 天晴。上半日家中各事。下半日至后观巷田宅,同田君蓝陬、鲍君香谷至同善局,山会两县宰请会议谘议局初选举调查事。绅、商、学各界共到者廿九人,谈讲数时各散,余同田君又各旋家。晚上照应租事,今日属人收租谷米也。夜有雨。

十六日(12月9日) 天雨。上半日在家理事。下半日田君蓝陬同至汤公祠公益社常会谈事,晚前仍同田君各旋家。又照应谷米事。天似又有晴光,夜餐下偶见月也。

十七日(12月10日) 天雨。早上同徐君宜况谈片时,徐君兴(渠前晚来也,今兴)。上半日至鲍香谷君处谈片时,又至胡景凡[②]君处谈片时,即旋家。前日山会两邑初选举事务所议定绅、学、商各界

---

① 缪家桥,日记一作妙嘉桥,整理时统一为缪家桥。缪家桥原为一座南北跨向石桥,后绍兴城区开拓建设中兴南路时,将该桥拆除。河北侧的衍生为地名缪家桥河沿。

② 胡景凡(? —1912),浙江绍兴人。曾任山会两邑初选举事务所总办。见本日日记。按:《日记》民国元年八月十七日:"晴,天气清胜。收拾行装等事。上半日坐舆至观桥吊胡景凡君首七,又坐舆至南街陶仲彝先生家贺其立嗣之喜,盰筵散,即坐舆旋家。"据此,其当卒于民国元年八月。

每请四人公同评量会议各事。绅界中四人，属余在列。余日前面向事务所总办胡君景凡辞卸，今特又坚辞。此等事喜任者多，不若转属他人任之。余力弱，家事纷如，雅不愿担任也。下半日田蓝陬君来谈片时兴。天微雨纷纭，最不便事。山会两邑初选举事务所又数来请，免强至开元寺同善局事务所谈事，至晚上旋家。连日仆仆，自哂何为？然争竞如此，非杜门株守可为上策，不得不略事应酬以懂事务。夜阅报，又阅宪政书。

十八日（12月11日） 天微雨。上半日至街买书本等事，即旋家。日来天气潮。

十九日（12月12日） 天又雨。

二十日（12月13日） 早上晴，寒暑表在五十余度。现在晚谷收到，颇冀天日之晴也。上半日至任汉佩君处谈，片时即旋家。下午余肩背骨又发痛，头项俯仰不便。

二十一日（12月14日） 天晴。在家督理谷米等事。余背骨仍患病，各事免强支持也。夜又书账等事，略宽心也。

二十二日（12月15日） 天又有雨。余背骨之恙略差，但尚不复常也。下半日至街一转，又至同善局山会两邑初选举事务所谈区董、调查员等事，所中各人请余任城董者，余一再辞之，谈片时即旋，便至田蓝陬君家谈片时即旋家。今日又带病免强应酬，余身体积弱如此，似宜保养为是。

二十三日（12月16日） 又雨。余项后边之核渐平，然不能全愈也。今日背骨之恙又轻，此后力以保养为是。上半日同镇容儿至丁家弄任汉佩君处视医，镇容儿视医后即先旋家（其坐肩舆，所以先旋家），余同任君谈片时旋家。镇容儿喉病早愈，但尚有余热未清，所以尚应服滋养药食也。下午家中各事。余家事本简朴，乃柔弱才力，颇觉支撑也。

二十四日（12月17日） 又雨。阅杭报，绍兴学界在杭开会，冒称汤蛰仙[1]京卿到会(乃汤君声告)。

二十五日(12月18日) 天寒,似有酿雪之意。寒暑表在四十二度。家中理各事。

二十六日(12月19日) 天晴。上半日理谷米事。下半日至田春农处谈,渠于上半日属孝颛来请吃午酒,余以有事,至下半日始能一到。谈片时下,同田君扬庭至汤公祠公益社集议初选举调查员等事,至晚各散,各自旋家。夜有星,天气或可晴数日,以便人晒谷米等事也。

二十七日(12月20日) 晴。上半日至街买书等事,即旋家。余今日背骨同项又患病,身体之积弱乃至于此。本日阅得《谘议局章程表解》一张,最属简明。办理此事者,可以一目瞭然。争竞世界,知慧日新也。

二十八日(12月21日) 天雨。余今日背恙又略愈可。

二十九日(12月22日) 天雨。今日为冬至令节,祭拜祖宗。下午有日光,天又晴也。书写各账等事。谨补记十一月十五日奉上谕:议上大行皇帝庙号曰德尊谥曰景皇帝。十一月二十日奉上谕:谨上大行太皇太后尊称曰孝钦慈禧端佑康颐昭豫庄诚寿恭钦献崇熙配天兴圣宣皇后。上谕(十一月二十五日奉):兼祧母后尊上徽号曰隆裕皇太后。

十二月初一日(12月23日) 月为乙丑,日为壬子。天晴,寒暑表

---

① 汤寿潜(1857—1917),谱名登瀛,乡榜名震,小名丙僧,字孝起,一字翼仙,又字蛰仙。浙江绍兴人。清光绪十四年(1888)举人,十八年进士。翰林院庶吉士。曾官安徽青阳知县、全浙铁路公司总理、浙江军政府都督等职。著有《危言》《尔雅小辨》《说文贯》《三通考辑要》《理财百策》等。见汤曹奎、汤登鉴《天乐汤氏宗谱》卷十二《行传·第三十三世·登》、卷一张謇《汤蛰仙先生家传》。

在三十九度。家中清办谷米事。余身体积弱，而各事只得勉强支持。

初二日（12 月 24 日）　天晴，早上瓦上有霜，水有冰。寒暑表在三十六度，是中冬最胜之天气也。上半日至笔飞弄“同孚”周卓梅君谈片时，又至大街“和泰”谢莲生君谈片时，即旋家。下半日至开元寺前同善局山会初选举事务所谈片时，又到汤公祠公益社常会兼公举调查员事，到者共十七人。又新山邑令江[①]、会稽令陈同来谈事，至将晚各散，各自旋家。

初三日（12 月 25 日）　天晴。至田宅一转，即旋家。上半日同镇容儿至任汉佩君处酌开药剂，谈片时即同镇容儿旋家。

初四日（12 月 26 日）　早上微有雨，即晴。上午同蒋兴甥、存侄、镇容儿至缪家桥杨质安君处开酌药剂，谈片[时]仍同蒋兴官、存侄、镇容儿旋家。镇儿现在饭胃如常，惟项核未消，又平时言语声音不及照常清响，眼光观书稍蒙。各医谓病后精液不足所致，若得用心调养，将来必可胜常，此时先以吃养液清补之食为是。夜餐下田君蓝陬同其西席师，又其郎来谈数时兴。夜星明天清高，冬天之最胜也。

初五日（12 月 27 日）　天晴。上半日周卓梅君来谈，田霭如君来谈，各片时兴。上半日至后观巷田蓝陬君家谈，其侄春农、扬庭及胡君秋田共谈半日，至夜餐下旋家。余近日背痛病幸又愈可，然事冗，心性不能安宁也。

初六日（12 月 28 日）　又雨。

初七日（12 月 29 日）　又晴。下半日至后观巷田宅谈，片时即

---

① 江畬经（1863—1944），字伯训。福建侯官人。清光绪十四年（1888）举人。曾官浙江山阴县知县、宁波府知府，辛亥革命后曾任福建民政长。民国三年（1914）年进商务馆编译所，任事务部部长，主管舆图、图画、美术、图版、校对、会计等事务，兼管涵芬楼图书馆，直到民国二十一年（1932）淞沪抗战编译所被毁才离开。所著有《古今格言》《新中外游记》《历代小说笔记选》等。见李瑞良《福建出版史话》。

旋家。夜有月光清亮。

初八日(12月30日) 天晴。家中俗事。天气清胜,最便事也。下半日田蓝陬君来谈片时兴。夜月高明。

初九日(12月31日) 天又雨。早上周卓梅君来谈片时兴。山会两邑办初选举事,先由各乡董造册,城中各坊董皆早任定,惟大云坊尚不任定。前事务所屡请于余肩任,余以事冗身弱推之,特举周君任之。今周君又以商务不能他顾来推,兼言此等事恐不能胜任,请另简贤者。余请其自向事务所言之可也。上半日至后观巷田蓝陬君家陪媒盱膳,下半日旋家。徐子祥君来谈片时兴。日间天寒不雨。

初十日(1909年1月1日) 天晴,泼水成冰,寒暑表降至三十五度。上半日至广宁桥访郦祝卿君,闻郦君到乡收租,不面,即由大街旋家。下半日至后观巷田宅谈片时,即旋家。

十一日(1月2日) 天晴,水又有冰,早上寒暑表在三十五六度。上半日至丁家弄任汉佩君处酌改药剂,谈片时即旋家。现在镇容儿饭胃虽好而眼光尚蒙,喉声犹未照常,似再以清补汤药调养为是。病人最要是保养,善于保养即足医病。余年来颇想讲究养生之术,乃心志柔弱,不能时勉励也。

十二日(1月3日) 天雨。上半日至街买书画等事,又便至田蓝陬君家谈,盱饭下又谈片时,即旋家。下半日阅张敦复先生《聪训斋语》。

十三日(1月4日) 天晴。下半日至开元寺公举谘议局府参议事,由绍府萧太守①发起,请绅商学投票公举,乃会中规则不见完备,又商界人到会中早开票,致商界不投票。又闻今日所举最多票之人,物议纷纷,皆不赞成也。余又到汤公祠公益社坐谈片时,天将晚,借

---

① 萧文昭(1862—?),字叔蘅,号同甫,一字君恳,行三。清湖南善化人。光绪十一年(1885)举人,二十年进士。曾官刑部主事,浙江处州、绍兴府知府等职。见《光绪二十九年癸卯恩科浙江乡试录》;颜建华《清代湖南朱卷选编》。

即旋家。

十四日(1月5日) 天雨,寒暑表在四十八度。上半日田蓝陬君同其西席师、谢君、陈君来谈片时兴。下半日徐乂臣君由江西旋绍来谈片时兴。微雨纷纭,各事颇不畅快。现在俗事扰人,余又以气力柔弱,每觉免强也。

十五日(1月6日) 天雨。下半日山会两邑宰有照会来,是造本坊初选举册事也。此事事务所早向余言之,余每辞卸者也,今又当辞卸。晚前至田蓝陬、春农两家各谈片时,即旋家。

十六日(1月7日) 天雨。早膳下,至开元寺同善局山会两邑初选举事务所缴还两邑宰请坊董造选举照会。余定必卸责,请所中另简贤能。同坐办、干事各人谈片时,即旋家。下半日西席师徐扐庭君解馆兴,时将四下钟,余又到汤公祠公益社常会兼山会两邑宰到社会议塘捐积谷等事,将晚各散,各自旋家。

十七日(1月8日) 天雨。上半日至街,便至后观巷田蓝陬君家谈片时,又便到汤公祠坐片时,又至水澄巷回看徐乂臣君,谈片时即旋家。下半日同徐宜况君谈,夜膳下又谈许时。微雨纷如,最不畅行动。每到年下雨多事繁,兴致纷扰,此乃肩任家政者所每如此也。

十八日(1月9日) 天雨。大儿镇容前夜齿痛,统夜不得安睡。今日右腮渐肿,红痛异常。上半日纪堂四弟由苏州旋里,送申兄次女出阁。日间同申兄、纪弟、徐宜况君在外厅屋谈,兼帮理各事。下半日任汉佩君来诊视大儿镇容牙痛右腮肿红之病,酌开药剂,谈片时兴。夜同申兄、纪弟、鲍诵清君、徐宜况君等人谈。

十九日(1月10日) 天雨。寅时,同鲍诵清君、徐宜况君、纪堂四弟送申之兄次女慈妹出阁于大坊口王宅,亲送四人,同坐舆到王宅。陪客者是孙伯荣君、张君。茶点心下,视王宅行花烛礼,又在王宅早酒膳,又四人同到慈侄女新房一到,下楼即向王宅主人崧年及其弟侄女婿一见下,各坐舆旋家,鲍、徐两君各兴。上半日王宅侄女婿来回门,同纪弟一陪王侄女婿,片时兴。下半日同纪堂四弟谈,据云其在苏省发审局问案最多,上峰不肯其多请假,所以于晚前就乘舟到苏城也。舟车仆仆,此事纪弟可谓虔心也。有雨,夜不得安睡。今日本拟睡卧数时,乃事纷如,此积弱之体,何时有勉强之事。今日大儿牙痛稍轻,但腮下红肿更加,颏下又肿痛,牙痛有如此肿大,为可虑也。

二十日(1月11日) 天雨。前后半夜大儿镇容右下牙边溃脓气臭,想从此恶脓溃出,病必轻可,安睡半夜,至今日早上,痛差肿略退。前两日夜只吃荸荠茶、藕茶,今早略可食饭。虽尚有微痛,然较前两天清快也。天寒岁晚,年下在家各事,未能免俗。柔弱之体,又当免强策励也。

二十一日(1月12日) 天雨,上半日天朗。镇容儿牙恙又略愈可。其人如此时常有病,平时以用心调养为是。精力充足,各病或可免也。

二十二日(1月13日) 天寒,早上晴。日间寒风凛冽,似有酿雪之意。有冬雪最是瑞兆,然年下能得一降雪即晴,更幸事也。

二十三日(1月14日) 天寒降雪,华氏寒暑表在三十三度。降雪天气,寒暑表每在三十二三度以下,然春间雨中之偶有雪者,则三十八九度又或有也。冬雪一降,天气清肃,各病可免,又为来年丰稔之预兆。上半日即晴朗也。下半日田蓝陬君来谈片时兴。晚上拜灶神,例事也。

二十四日(1月15日) 天晴,早上寒暑表在三十二度。上半日至街"保昌"庄谈片时,即旋家。盱拜本生先慈曹太淑人诞日。下半日徐宜况君来谈,又同至田蓝陬君家谈,又同徐、田两君至街"明记"庄谈片时,又同至街买绸等事,时将晚,各自旋家。

二十五日(1月16日) 天晴。上半日徐吉逊君来谈片时兴。今日寒暑表在三十六度。冬令时常有雨,至今饭谷尚未晒成,以致谷卸不能上仓。下半日田蓝陬君来,同至开元寺府县绅商学会看开谘议局府参议公举票数,到者一府二县绅商学共约百人。散会下,徐吉逊君同余旋家，徐君夜餐下又谈数时兴。盰下微下雪，即晴。

二十六日（1月17日）　早上尚晴。年下事蕃，最祝天晴也。上半日又将雨。同存侄、镇儿至丁家弄请任汉佩君开镇儿药剂，谈片时，天骤雨，即同存侄、镇儿旋家。盰前，贾棿唐来谈，下半日兴。寒雨最密，各事颇未便也。

二十七日（1月18日）　雨纷如，各事不便。然年下例事日催，不能不免强办也。书算各账，颇费心力。

二十八日（1月19日）　天雨。卯初祀拜年神，理各事。早上降雪，又有雨。上半日拜财神，书算各账等事。盰，雪换为雨。下半日至街"和泰"庄谈片时，又至"同孚"庄谈片时，又至"颍升"庄谈片时，即旋家。

二十九日（1月20日）　早上见雪高数寸。有此冬雪，最可为来年之幸。但年下各事，颇觉不便也。日间算理清楚各店账，颇为费力。夜又雨雪天寒。书账数时。日夜免强办事，积弱之体，实觉支持。余尝谓理账更比读书要精神周到，自维愚鲁，所以每于读书理账，更用心力也。

三十日（1月21日）　早上见雪又高数寸，日间晴。上半天书算账事，此乃循旧例。每到年（栏）［阑］，各账借清眉目也。至盰略清楚，心为之宽可。午前天气虽寒，幸有晴光而便各事。拜灶神后午膳。下半天又书算账事，又悬拜各堂祖宗像，又安排度年各事，心较前略宽也。

宣统元年己酉(1909)

正月初一日(1909.1.22)至九月初五日(1909.10.18)

正月初一日(1909年1月22日) 月为丙寅,日为壬午。天晴气清,是最好天工。早上拜天地神各神,又拜祖宗像。上半日书字,阅各账,又筹新年各事。得此天气晴美,兴致各胜。下半日同儿女玩弄等事,人兴以天朗而益胜也。余前年身体柔弱,幸时加保养,至今可以勉强支持。日月如轮,今者年又转新,现在讲究立宪时代,凡事专重实学实业。予虽心力积弱,而教养儿女,年来正在考究读有用之书,学有用之事业,庶几将来咸可自立,但必在此时之教养有得也。是乃予之事,有心人应如何策励也!

初二日(1月23日) 早上天是晴,寒暑表在三十二度。上半日又有雨雪微下,水有冻。旰前至后观巷田蓝陬君家拜润之外舅像,又拜祭事。在其家旰膳下,至其间壁老宅拜太岳翁像,同春农、禔盦谈片时即旋家,天又有雨也。余观时代日现新奇,但圣贤书籍文字为千万年学业之本。现在教诲初学,尤必专重本文,守有定见。如其心志纯正,文字清楚,再有余力讲究科学。庶几根柢坚实,心有定见,他日或可勉为有用之成才。此乃予年来详审之见,为教养人才之准。所以今年家塾教诲儿女,仍以为专重本文,每日只附科学一二时。余自憾学业简弱,而教养儿女应时时在念也。

初三日(1月24日) 天晴。阅前所志预拟家塾课学,仍特重国文。此系想到随笔志之,词句间并不讲雅饬。今转阅之下,词句太觉随写,以后略谨饬为是。夜又下雪。

初四日(1月25日) 天晴。在家理新年等事。上半日田霭如君来拜年，谈片时兴。今年朝野不贺新年，绍兴人只于戚友家向拜像者仍到，借可于新年见会也。吁前收拾书册等事。吁下时胡司玖君来拜年像，谈片时兴。下半日便衣坐舆至水澄巷徐宅拜像；又至油车弄徐宅拜像，乂臣君新寓屋也，一到即仍坐舆旋家，时尚未晚。今日寒暑表在四十余度，夜有月光。天气得晴，万象皆新，群类咸有生机也。

初五日(1月26日) 天晴。今年新正，天气是好。余心志惰弱，有此光华，其若何策励事业也！下半日徐紫雯君来拜年像，谈片时兴。夜又有明月。

初六日(1月27日) 天似又有雨意，寒暑表在四十余度。上半日徐宜况君来拜年像，又庄莼渔君来，两君各谈片时兴。吁前微雨。下半日坐舆至南街徐宅拜像，又至东郭门徐宅拜像，又至司狱司前胡宅拜年；又至西郭张宅拜年，张宅挡驾不见；又至徐福青先生处拜像，又至徐子祥、紫雯家拜像，又至新河弄徐宅拜年。天时将晚，即旋家也。此等事余本属最恶，今年更不必贺年。乃向拜像数家皆早见来，不能不免强回拜。然于寻常泛贺，一律免也。夜又有微雨。

初七日(1月28日) 天雨微下。前晚阅《绍兴公报》，旧年此报皆本日送到，今年闻由邮局分送，初五报于初六送到，阅者稍嫌其不速也。上半日徐乂臣君来拜像，谈片时兴。日间天晴。余心志惰弱，又加春寒愈肃，度日如常。每思整饬之事，未能奋励有为，可自悚也。夜有月。

初八日(1月29日) 天晴。上半日徐质甫君来拜像，谈片时兴。吁前至南门太平桥庄莼渔君家谈，片时即旋家。鲍董官同其妻来拜年，吁酒下兴。下半日阅报。《杭州白话报》今年改为《全浙公报》，各事之载于报者，虽不能一律确实，然阅者借可以见时事也。今日天气清胜。新年夜间，余仍不能加睡时。每于清夜醒卧之时，想念各事，百感交集。然于日间依然惰弱，有志者当若何力自策励也！

初九日(1月30日) 早上微有雨。新年天气，一雨一晴。下半日同存侄、镇儿至大街阅视,又同至开元寺、汤公祠等处观览许时,仍同存侄、镇儿旋家,时将晚也。镇儿由旧年十月至今,病有数月,日来洵觉愈可。即前所患声音不清,眼光蒙视,今又复元如常。但有此数月病后,虽日见胜常,似应平日时加保养也。

初十日(1月31日) 天雨。上半日书计账事,此事似以随时清书,乃为清楚可观。

十一日(2月1日) 天又雨,华氏寒暑表在四十余度。雨天心志更觉惰弱也。

十二日(2月2日) 天雨。余旧年、年下、今年新正免强支持家事,每事必用心力,日来觉柔弱也。

十三日(2月3日) 天雨。余近日粪门边有淡红似豆一粒肿凸,坐卧不快,业有两日夜肿痛,今日略平。查阅医书,九(巧)[窍]边如有肉凸肿,皆谓之痔。肛门乃九(巧)[窍]之一也,此等事(亮)[谅]系痔类,必是心力柔弱所致,似以保养乃可。上半日徐吉逊君、叔亮君,徐宜况君来,旰酒下兴,宜况君在。今日下半日晴,夜有月。

十四日(2月4日) 天晴。今日为立春,天气晴好。予身体较前日略可。夜有明月。相传新春最好是晴,今乃如此晴美,洵可贺也。

十五日(2月5日) 天晴。上半日同申兄、族景弟、存侄、镇儿坐舟至稽山门外石旗村,登山拜高祖墓,徐宜况君、蒋兴官、贾寿官又同到也。事竣下山,舟中旰餐。下半日仍坐舟同申兄、景族弟、存侄、又镇儿,旋家时将晚也。

十六日(2月6日) 天晴。上半日同族宝斋兄、景堂弟、家申之兄,又存侄、镇儿坐舟至南门外下谢墅村,登新貌山拜曾祖父母、祖父母、本生父母墓,又拜先府君殡墓,又带祭味青女坟[①]。事竣下山,舟

① 陈庆均《为山庐悼亡百感录》有诗记其事,诗曰:“触目惊心上冢时,幼年娇女竟先萎。荒山风雨凄凉甚,凭吊松楸苦别离。(次女之柩权厝于谢墅先大人之宾屋旁,每岁春间内人祭先灵时,见之触绪伤心。)”

中旰膳。今日天气清胜。下半日宝兄、景弟、申兄、存侄、镇儿仍同旋家，时将晚也。夜天寒而偶有月。

十七日(2月7日) 天晴而最寒。余每日免强从事，颇觉支持，今朝略得宽快。今日寒暑表在三十余度。

十八日(2月8日) 天又下雪，然天气较前日略转和煦也。上半日到田蓝陬君家同陈荣伯君谈，片时即旋家。下半日至街一转，又至田春农家谈片时，即旋家，时将晚。天晴，夜有月。本日旰前拜祖宗像，例事也(此应在"下半日"之前)。

十九日(2月9日) 天晴。上半日田春农孝廉来，请其为钰儿上学，事成谈许时，田君兴。今日天气清胜。余前年曾教钰儿读书写字，而事纷性惰，统计只教得数十字，可自讶也。下半日书账等事，又阅日报、视书，心性略安。

二十日(2月10日) 天又雨。上半日至田蓝陬君家谈片时，鲍君香谷、田君扬庭皆在蓝陬君家会面，四人同至观音寺会郦祝卿、胡景凡、鲍养田①、朱阆仙②、言实斋，诸君皆随时到，共九人，至华严寺谈事，公定山会总公益社规则。于寺中旰膳下，又谈片时，同田蓝陬君各自旋家，此时天将晚也。拟有公益社规则数言，借志于下，此余之意见也。

一、会中再详定规则，在会各人一律遵守；

---

① 鲍诚陆(1859—1927)，字养田，日记一作扬田、扬殿，整理时统一为养田。浙江绍兴人。鲍德福《鲍氏五思堂宗谱稿》卷一《家传》之郑凝《清授奉直大夫晋封中议大夫鲍养田公传》、卷二《尚志公派第五世》。

② 朱文煜(1873—1939)，原名世焕，字心焘，号阆仙，日记一作朗仙。整理时其号统一为阆仙。浙江绍兴人。曾在绍兴城区开办施粥厂，创办永庆局施送膏药、棺木。曾任绍兴育婴堂董事、绍兴同善局董事。见绍兴鲁迅纪念馆《鲁迅与他的乡人》之《"朱文公的子孙"、慈善家朱阆仙》；朱增《山阴白洋朱氏宗谱》卷二十八《行传十九世》。按：宗谱载其生于同治十一年十二月二十五日。公历为1873年1月23日。

一、汤公祠会所宜于厅事悬挂规则，常久铺设；

一、会中举办各事，由会长决定，会员皆分定职任；

一、会中公费秉公认助，暂设书记一人掌管公事；

一、如有新入会者，当有会员多数人赞成乃可；

一、本会为山会两邑表率，应注重讲究人格，不可彼此；

一、如有公牍、公电等事，须先行提议，又须请列名各人一律阅视；

一、会所宜定各报数种，会员皆可随时到所阅看，不可携出别处；

一、会员必当有人常在会所，不若每人每月挨次认定一日；

一、常会必遵守时间到所，如有事者，可先行通告。

右余拟规则，词句颇长，此特志其大略也。然总目在此，可知也。

二十一日(2月11日)　天又晴胜，大有春来气象。人性与天气相感觉也。余日来身体略胜，有此韶华，大可整饬事业也。

二十二日(2月12日)　天最晴胜。上半日张叔侯先生来上馆，请鲍诵清广文、陈荣伯先生，田蓝陬广文、春农孝廉，贾柷唐君、申之兄、余共八人吁酒，谈宴颇快。下半日徐扔庭君来谈片时兴。诵清广文、荣伯君，蓝陬、春农两君谈半日兴。今日天晴，人觉胜快。

二十三日(2月13日)　天晴。上半日同贾柷唐君谈，下半日贾君兴。徐子祥大令、田春农孝廉来谈片时兴。今日大有春气，寒暑表在五十度。夜视张南皮《劝学篇》。

二十四日(2月14日)　早上微有雨即晴。上半日至后观巷田蓝陬君家谈片时，又同蓝陬君至开元寺前汤公祠山会公益社集议社中规则等事，社中人到者廿余人。下半日在社中吁饭下，时将晚也，各散。田蓝陬君言再谈数言，又至其家谈，片时即旋家也。今日寒暑表在五十余度，夜天有星明亮。

二十五日(2月15日)　早上天晴。上半日至街买书笔墨等事，即旋家。下半日有雨。晚前至后观巷田春农孝廉家，同诸介如、董静波、陈荣伯、薛阆仙、屠葆青诸君及春农、禔盦两君夜酒，谈讲数时，即旋家。夜微有雨。余前有痔恙,吃食每尚清洁。日来时有酒食,未免持守未坚,然不可不时时以保养为念也。

二十六日(2 月 16 日) 天晴。上半日至田蓝陬君家陪上馆酒,下半日谈片时即旋家。下半日陈朗斋[①]大令来谈片时兴。天时日长,大有春华清胜之,可宝也。

二十七日(2 月 17 日) 天晴。上半日阅书阅报。下半日至油车弄徐乂臣君寓所谈,数时即旋家。

二十八日(2 月 18 日) 前夜半及早上有雨,上半日晴,本日寒暑表在五十余度。

二十九日(2 月 19 日) 天晴潮暖,骤有春气发动之时令也。下半日鲍香谷君来谈选举册事,片时兴。又田蓝陬君来谈数时兴。夜天气清快。日月荏苒,转瞬新年又度一月,现在才智竞争,有志者其如何策励也!本年新定书塾课程,借志:八计钟至十一计钟国文,十二计钟学字,一计钟旰膳,二计钟至四计钟英文,五计钟教课书。三

---

① 陈庆绶(1857—1941),字朗斋,日记一作朗侪,号天海老人。整理时其字统一为朗斋。浙江绍兴人。诗巢壬社社员。为赣中循吏,历宰江西进贤、鄱阳、新建诸繁剧,治行称第一。编有《古今诗警》。辑录古近人诗中寓意劝贬俗之警句。分为重伦、立志、卓识、解惑、爱人。泽物、习劳、杂存八类,每句诗后面附有原作及评语,民国二十二年(1933)由上海世界书局出版。罗家伦之父罗传珍做序。按:《日记》民国五年十月二十一日:"晴,上半日天雨。旰祭先大父颖生公讳辰。下半日撰陈朗斋六十寿联:'乡杖晋操娱鹤发;岭梅先放祝庞眉。"又徐子祥索撰前人寿联:"十载遂初衣,备聆讴歌腾赣水;六旬开寿斝,祈看斑彩舞华堂。'"据此逆推,其当生于咸丰七年(1857)。《诗巢壬社社友录》载其卒于民国二十七年十二月二十四日,公历为 1939 年 1 月 14 日。又陈庆均《为山庐书问》之《寄罗钝翁书》(八月初十日):"陈朗老去冬遽返道山,李虚老月前又经物化。二君年皆上寿,同是数十年旧友。友交零落,不能不感概系之。"此信写于民国三十年(1941)八月初十日。据此,陈庆绶当卒于民国二十九年冬。陈庆均《为山庐亲朋慧耆录》载陈庆绥于(民国)庚辰八月初旬曾写诗贺陈艮仙七十大寿。据此三者,定其卒于民国二十九年十二月二十四日。公历为 1941 年 1 月 21 日。

八日试论或星期日试论。按:上年家塾课程,曾照《奏定学堂章程》。每日所有国文、算学、教课、英文,一律上课。而学者精力柔弱,又偏喜英、算等科,以致国文学业滞缓。身为中国人而不重中国文学,实非所是。所以今年特加重国文,拟待国文学业略成,再加各科学也。

二月初一日(2月20日) 月为丁卯,日为辛亥。天晴,寒暑表在四十度,与前日天气之异也。自旧年十月至今,头发颇长,本日照例剃发,此乃为臣民应有之规则事也。上半日阅《劝学篇》。旰拜诰封淑人先祖妣凌太淑人讳日。下半日至汤公祠山会公益社常会兼集谈规则等事,将晚,同田蓝陬、扬庭,陈朗斋君至蓝陬君家夜膳,又谈片时,即旋家,时九下半钟也。

初二日(2月21日) 天晴。上半日坐舆至都昌坊朱阆仙君家贺添丁剃头之喜,旰酒下,本当即旋家,乃朱君又坚请晚膳,即于晚酒下,仍坐舆旋家。下半日天寒,夜又降雪,寒暑表在三十余度。

初三日(2月22日) 早上平地有雪数寸,寒暑表在三十余度。上半日拜文帝诞日。旰拜本生先大人诞日。下半日降雪纷纷,清坐观书。夜雪更密,平地又积数寸。今年有闰月,此时节气尚早也。

初四日(2月23日) 早上又有微雨,天寒,寒暑表在三十余度。上半日请庄莼渔,徐吉逊、子祥、乂臣,田扬庭诸君来旰酒,谈宴颇快,下半日各散。新年以来,每为事纷不能清静,心力柔弱,时觉搘持。然积弱之体,最当保养,而保养必以宽静心性为上策也。

初五日(2月24日) 天又雨。上半日罗柷甫君来谈片时兴。下半日至油车弄徐乂臣君处晚酒,同桌者田俊甫、王云裳、王志愈、陈牧缘[①]、田扬庭诸君及徐吉逊、乂臣两君,夜谈数时旋家,时将十下钟

① 陈牧缘,日记一作陈墨园,整理时统一为陈牧缘。浙江绍兴人。曾任绍兴学务公所学务议员、绍兴清乡局董事。见《申报》光绪三十二年二月十四日第一万一千八百十一号;《申报》民国十三年八月十一日第一万八千五百十一号。

也。余日来饭胃尚可，然吃食应有常度，所谓每餐茶饭平匀，即是养生要事也。

初六日(2月25日)　天又雨。日来如天晴，每日较冬时得长三计钟也。上半日得静坐观书。

初七日(2月26日)　天寒微有雨，下半日有雷声，降冰粒。冒雨至汤公祠山会公益社提议公事，将晚旋家。

初八日(2月27日)　天又雨。寒雨连朝，兴会尘滞。下半日田春农君来谈，夜餐下又谈数时兴。今日寒暑表在四十零度。

初九日(2月28日)　早上偶有晴光。

初十日(3月1日)　天晴。上半日徐宜况君来谈片时，即坐舟同族景弟、蒋兴官、存侄、镇儿至稽山门外瞻览禹庙，下半日仍同徐君、景弟、蒋君、存侄、镇儿旋家，时六计钟也。夜星月明亮，久雨之下，得此天朗气清，人兴为之一胜也。

十一日(3月2日)　天晴，颇有春暖花香之意。上半日同徐宜况君谈，又诸介如君来谈，片时各兴。寒暑表在五十度。午膳下，至后观巷田春农君家谈片时，又至其间壁田蓝陬君家谈片时，又同至其屋背花园观览花木片时，存侄、镇儿随侍观览，仍即同旋家，时将五计钟也。

十二日(3月3日)　天晴。在家静坐观书，兼诲儿女读书、学字事。

十三日(3月4日)　天又晴。天清日永，正是中春，有韶华明媚之胜，有志者其如何勉励事业也。上半日至田宅谈，片时即旋家。下半日至西郭访陈朗斋大令；又至藏书楼访徐吉逊大令，见陈景平[①]、凌廷浩两君谈片时；又至宝珠桥、油车弄，遇见徐乂臣司马，谈片时即旋家。见田春农孝廉来，谈片时兴。夜有月亮。

---

① 陈龙翰，字景平。浙江绍兴人。诗巢壬社社员。见《诗巢壬社唱和集》(1937年)之《萸老和嘘老难字韵效颦二什》。

十四日(3月5日) 天晴。余日来痔恙早愈,但身体仍觉柔弱。

十五日(3月6日) 早上天又晴。上半日至观音桥诸介如君家,谈片时即旋家。下半日薛阆仙君来谈。晚上拜晋封中议大夫先大父颖生公百岁冥寿,今晚祭暖寿也。徐宜况君来拜祭。夜饭下,又同薛君谈数时,薛君兴。今年薛君在学界意见各异,颇讶学界之不辨是非也。夜同徐君玩棋。夜半月最亮。

十六日(3月7日) 天晴。上半日同徐君玩棋。旰拜先大父颖生公百岁冥寿之祭。下半日贾枧唐君来谈。徐君将晚兴。夜有月。

十七日(3月8日) 天晴。上半日同贾君谈。下半日同贾君至油车弄徐乂臣君寓谈,夜餐下旋家。天雨最密,颇不称快。

十八日(3月9日) 天雨最密。阅张文端[①]、文和[②]两公年谱。下半日同贾君谈。夜又有雨。

十九日(3月10日) 天雨。上半日即有晴态。同贾君谈。夜有月有星。

二十日(3月11日) 早上晴片时即有雷雨,下半日又骤雨数时。在家谈坐。

二十一日(3月12日) 天又有雨。余现在身体略好,此乃由平时调养所得。以后茶饭寒暑动静之间,尤应力加保养,庶几可以支持。是在有心人自为勉励也。

二十二日(3月13日) 早上微雨即有晴日,寒暑表在四十余

---

① 张文端即张英。张英(1637—1708)字敦复,号乐圃。清安徽桐城人。康熙二年(1663)举人,六年进士。累官至文华殿大学士兼礼部尚书。卒谥"文端"。见张廷玉《澄怀园林文存》卷十五《先考予告光禄大夫文华殿大学士兼礼部尚书谥文端敦复府君行述》。

② 张文和即张廷玉。张廷玉(1672—1755),字衡臣,号砚斋。清安徽桐城人。张英次子。康熙三十五年(1696)举人,三十九年进士。官至大学士。卒谥"文和"。见张廷玉《澄怀主人自订年谱》及张廷玉《澄怀园林文存》卷首汪由敦《太保光禄大夫经筵席讲官保和殿大学士勤宣伯谥文和张公墓志铭》。

度。上半日至开元寺山会初选举事务所谈，坐办等人坚邀盰膳。下半日又至大善寺阅初选举人名榜，会稽榜在开元寺，山邑榜在大善寺也。看片时即旋家。同贾君谈片时，将晚贾君兴，到徐宅。下半天又有太阳。

二十三日(3月14日)　天晴。上半日家中人以久雨得晴最有佳兴。又徐君宜况来，即坐舟同徐君、蒋宝兴君、家存侄、镇儿至禹庙瞻视，又至南镇庙瞻视。盰膳下，又观览片时，仍同徐君、蒋君、存侄、镇儿共坐舟旋家，时将晚上也。

二十四日(3月15日)　早上视《劝学篇》。上半日天雨，又下半日雨，只得坐案观书等事。

二十五日(3月16日)　天又有雨，人咸冀其晴者也。坐几观书，并书写账事。

二十六日(3月17日)　天又有雨，下半日天朗。一有晴态，即觉人心清快。田蓝陬君来谈半日，将晚兴。晚上有星，明日(亮)[谅]可有晴日而得春华清胜也，可预祝也。

二十七日(3月18日)　天晴。下半日至开元寺初选举事务所，同坐办等君谈片时，又至水澄桥、大街一转，即旋家。晚上天微有雨。

二十八日(3月19日)　天又有雨。上半日书计账事。

二十九日(3月20日)　天又有雨。上半日阅书阅报。下半[日]至仓桥、水澄桥、大街一转，时将晚，即旋家。

三十日(3月21日)　天雨，上半日即晴。盰拜春祭祖宗，今日为春分也。下半日天气晴胜，久雨之下得有韶华，即觉清快也。

闰二月初一日(3月22日)　上半月为丁卯，下半月为戊辰，日为辛巳。天晴，盰雨，夜有电光，又时有星，寒暑表在五十度。今年正月以来，偶晴一二日必有数日雨，迄今雨兴尚高，不识何日可以晴胜也。日间同贾柷唐君谈，雨天只可谈讲也。

初二日(3月23日) 天又雨。上半日阅书阅报。下半日贾君兴。今日寒暑表在四十余度。二计钟同田蓝陬君至开元寺汤公祠公益社常会议事,将晚旋家。

初三日(3月24日) 天晴。上半日理家事。盱拜文帝,又拜本生先大人诞日,闰月又一拜也。下半日至田蓝陬君家一谈,片时即旋家。又至街"震和"庄一谈,片时即旋家。今日天清胜。

初四日(3月25日) 天晴。

初五日(3月26日) 天晴。上半日坐舟同内人、镇儿、钰儿、员女至南门外上谢墅拜田宅客坟,事竣,舟中盱膳,仍同内人、镇儿、钰儿、员女旋家,时将晚也。夜有月。

初六日(3月27日) 天晴。上半日同申之兄坐舟至西郭门外弥陀寺,甫到岸,询寺中人,云曹宅拜寿水陆定在三月初六日。前日申兄误听在闰月初六日,曹康臣舅母先拜水陆祝七十寿也。申兄误闻不确,所以有此冒事。只得仍同申之兄坐舟旋家,时在二计半钟。

初七日(3月28日) 天晴。上半日贾梲唐、徐吉逊两君来谈。盱前,申之兄属陪媒人徐叔亮、胡秋田两君盱酒,同坐者徐、胡媒人,徐吉逊、贾梲唐、申兄、又余共六人,下半日客各散。夜有月。

初八日(3月29日) 早上天尚晴。上半日田蓝陬君来谈,下半日又同田君、贾君谈数时,又同至大善寺前街一转,各自旋家,时将晚也。

初九日(3月30日) 天晴,寒暑表在四十七八度。修理书籍等事。夜月最明亮。

初十日(3月31日) 天晴。上半日坐舟至南门外下谢墅,上山至先大人芳畦公殡屋督匠人修理屋瓦,又石炭护味青女石圹。见殡屋前右石坐栏被人推破,速呼管坟人诘责,据云此必是抓柴人游戏误推。一面当即查察,一面当即照样赔立。此石幸于距屋尚远,否则尤应重究也。下半日下山,仍坐舟旋家。今日天气和煦,寒暑表在五十余度。

十一日(4月1日) 天晴。上半日至大街一转,即旋家。下半日到田蓝陬君家谈,片时即旋家。夜有明月。

十二日(4月2日) 天雨。上半日坐舟至南门外盛塘村,上董坞山拜徐宅客坟,旰在盛塘村徐宅舟中膳,下半日仍坐舟旋家。贾枧唐、朱巳生两君来谈。

十三日(4月3日) 天雨。早上同朱君谈,上半日渠兴。理拜坟各事。天气略潮,寒暑表在五十余度。下半日晴。力弱兴惰,静坐观书。

十四日(4月4日) 早上天有雨。上半日坐舟至南门外下谢墅,登山拜曾祖父母、祖父母、本生父母墓,又祖姑母、濬川兄墓,又先府君殡,又濬川嫂殡,又味青女墓。又此时一祭也。事竣下山,登舟旰膳,同坐者蒋兴、贾寿、族宝兄、景弟、申兄、存侄、梅侄、镇儿,下半日仍同旋家。

十五日(4月5日) 天雨。今日为清明。天气最潮,寒暑[表]在五十余度。余每于天潮时令最不畅快,况又不住楼上,是在此等天气,心志更觉惰弱也。

十六日(4月6日) 天晴。余患寒有清涕,颇不畅快。下半日到田蓝陬君处谈片时,又同至汤公祠山会公益社常会议事数时;又至板桥徐义臣君处送行,徐君上半日来告也。在义臣处谈,片时即旋家。

十七日(4月7日) 天晴。上半日免强坐舟,同申兄、存侄、銮侄、镇儿、贾寿君至稽山门外石旗村,余以寒病头痛身热,不能上山拜高祖父母墓。下半日仍坐舟同申兄、存侄、銮侄、镇儿、贾君旋家,时五下钟。晚上余以病即卧,在床吃粥一碗。前半夜颇安睡,后半夜仍醒觉。

十八日(4月8日) 晴,天气清高。余寒病、头痛等恙略愈。早上即思饭食,然气力仍觉柔弱也。午间寒暑表在六十四度。

十九日(4月9日) 天晴。上半日坐舟同族宝斋兄、景堂弟、祥侄、梅侄、申之兄、存侄、镇儿,又蒋宝兴君、贾寿泉[①]君至南门外栖凫村,登黄泥堪、平地、孔家坪各处拜祖坟。事竣下山,舟中盰膳。下半日又看徐以逊君新造洋式屋片时,即登舟。又至[铜]锣山拜外房祖坟片时,即下山坐舟,仍同宝兄、景弟、祥侄、梅侄、申兄、存侄、镇儿、蒋君、贾君旋家,时尚未晚。今日寒暑表在七十二度,衣暖有汗。晚上于深室揩身一遍,最觉清快也。

二十日(4月10日) 天晴。上半日坐舟同族宝斋兄、景堂弟、祥侄、梅侄、申之兄、銮侄、镇儿至南门外盛塘村翠华山八角祭桌拜四世祖妣金太君墓。事竣,又看山片时,即下山,舟中盰膳。下半日仍同坐舟(族宝兄、景弟、祥侄、梅侄、申兄、銮侄、镇儿)旋家,到家时在三下半钟。

二十一日(4月11日) 天晴。上半日坐舟同族宝斋兄、景堂弟、祥侄、梅侄、家申之兄、銮侄、镇儿至稽山门外中灶村,登山拜先征君四世祖考慕陵公墓。事竣下山,舟中盰膳。下半日仍同族宝兄、景弟、祥侄、梅侄、家申兄、銮侄,又余同镇儿旋家,时在五下钟也。日来天气晴好五六日,为今年最胜之春华也。

二十二日(4月12日) 天晴。上半日坐舟同族宝斋兄、景堂弟、祥侄、梅侄、贾寿泉君、家申之兄、銮侄、镇儿至仓桥一停,又至昌安门外柏舍村拜三世祖墓。事竣,舟中盰膳。下半日在昌安门遇有演戏,停看片时,晚前仍坐舟同宝兄、申兄、梅侄、銮侄、贾君、余与镇儿旋家,时将八下钟也。

---

① 贾寿泉(1896—1938),一作绶璇。浙江绍兴人。陈庆均姊婿贾柷唐长子。毕业于浙江省第五师范学校,曾任浙江绍兴兰亭乡乡长。创办谢家桥、贾村两所小学,为首任校长。见贾天祀《立诚堂贾氏家谱》。按:笔者查阅《立诚堂贾氏家谱》后,按照绍兴方言读音,以为贾绶璇也可能是贾寿源。但据贾天虹先生口述,其父贾寿源生于宣统三年(1911),精医。23岁外出到福建龙岩做国民党十九路军少尉军医,一直到民国三十六年(1947)年才回绍兴。《日记》光绪二十六年十月十二日中的贾绶璇当为贾寿泉。

二十三日(4 月 13 日)　早上微有雨即晴，寒暑表在六十八九度。上半日坐舟同族宝兄、景弟、祥侄、梅侄、家申兄、镇儿至偏门外石堰村拜五世祖墓、六世伯祖墓。天有阵雨，草草一拜，即坐舟又至木栅村，申兄、祥侄上山一拜徐天池先生墓、金姑太太墓。天虽晴，地尚湿，宝兄、景弟、梅侄、余与镇儿在舟坐。下半日仍同宝兄、景弟、申兄、祥侄、梅侄、镇儿旋家。

二十四日(4 月 14 日)　天雨，天气潮热，寒暑表在七十二度。下半日天寒雨大。

二十五日(4 月 15 日)　晴，天气清胜。余齿痛数日，今日最重。上半日卧床，含盐梅以医之。此牙痛是前数日拜坟时天气骤热，每于赤日之下衣服太暖，虽有布伞不免冒热，以致有此恙也。今拟清润以调养之。下半日田蓝陬君来谈数时兴。下半日牙仍时痛，免强支撑谈讲也。

二十六日(4 月 16 日)　晴。余牙痛又重。上半日田春农君来谈片时兴。下半日牙痛略轻，时常坐卧调养，汤饭支撑病体。

二十七日(4 月 17 日)　天晴。余牙恙略愈，应再静养为是。然家事扰人，心性何能宁耐？

二十八日(4 月 18 日)　早上有雨，天气潮热，寒暑表在六十余度。上半日天气即清寒，时有微雨。

二十九日(4 月 19 日)　晴。下半日陈荣伯君、诸介如君、田蓝陬君来谈数时兴。今日天气清快。余牙恙愈可，但当时加保养为是。

三月初一日(4 月 20 日)　月为戊辰，日为庚戌。天有雨，寒暑表在五十余度。上半日坐舆至鲍家弄吊何问源[①]广文片时，即坐舆

---

① 何淦(1856—1909)，字鼐叔，号挹云子，小字问原，一作问源。清浙江山阴人。光绪十四年(1888)举人。官嘉兴县学教谕。著有《音韵等呼类辩》《说文考异》《通检证误》。见《光绪戊子科浙江乡试同年齿录》；何淦乡(注转下页)

旋家。天晴。下半日田蓝陬君之松女来看戏,又徐宜况君来看戏。门侧社庙坊上人演例戏也。此等戏余雅不喜观,然有客到,不能应接一番。夜看徐君同张君战棋到半夜。

初二日(4月21日) 天微有雨。早上田女客兴。上半日同徐君谈。牙恙新愈,夜间不能酣睡,气力又觉柔弱也。下半日陈荣伯君来同徐君战棋,夜餐下又谈片时,陈君兴;又看张君同徐君战棋片时。

初三日(4月22日) 天晴,寒暑表在五十余度。上半日同徐君至后观巷咸和典谈片时,又到田蓝陬君家谈。下半日又至汤公祠谈片时,又到长青花园看花,即旋家。

初四日(4月23日) 晴,天气清胜。余日来牙恙虽愈,而心事太扰,以致各事不能兴办。

初五日(4月24日) 晴,天气清胜,寒暑表在六十余度。上半日至朱秋农君处谈片时,又至水澄桥等街一转,即旋家,时盱也。

初六日(4月25日) 晴,寒暑表在七十二三度。上半日同申兄坐舟至梅墅弥陀寺拜曹康臣舅母七十寿,曹宅在寺建水陆忏祝寿也。盱膳下坐片时,仍同申兄坐舟旋家,时六计钟也。

初七日(4月26日) 天有雨。上半日至田春农君家谈片时,又至开元寺同善局许兰生君谈片时,即旋家。天晴,下半日又有雨,天气潮热。夜见月。

初八日(4月27日) 天晴。早上许兰生君来种三儿锫安①牛

(续上页注)试履历(《清代朱卷集成》册276)。按:《日记》宣统元年三月一日:"上半日坐舆至鲍家弄吊何问源广文,片时即坐舆旋家。"据此,其卒年作宣统元年(1909)。

① 陈在锫(1906—?),一名锫安。浙江绍兴人。陈庆均第三子。陈庆均《田夫人感悼录》之《成服祭文》:"丙午八月,姊味青以病殇,我母痛其书写、针凿已有可观,遽折所算,殊难为情。然九月间又生在锫,从兹衣食教养,愈繁其事。"据此,其当生于光绪三十二年(1906)。

痘，每臂种四粒，许君谈片时兴。日来天气，正是可养花时令也。

初九日(4月28日) 天雨，寒暑表在五十八九度。下半日自午前有雷声后雨更足，兼寒暑表降至五十一二度。阅俞曲园先生《春在堂书》。

初十日(4月29日) 晴，天气清胜。余于晚膳嚼笋，右上破门牙又落半爿，牙根仍在。虽吃食尚可，然于看相略异，他日以得名手镶补为是。夜有明月，最觉清静。铻儿痘浆略有，然时动时有捺在衣上，此事以用心看管为是。余夜间只睡片时即醒，视铻儿种痘，全在此数日灌浆时之看管也。

十一日(4月30日) 天晴，寒暑表在五十余度。

十二日(5月1日) 天晴。铻儿痘浆略灌，然时或动破，时以看管为是。

十三日(5月2日) 天有雨。前夜看视铻儿之痘，只在前半夜安睡一二时。内人又患腮肿，下半日杨质安君来诊视，谈片时开药剂下兴。日来心事纷扰。

十四日(5月3日) 天晴。内人两腮红肿，耳边眼沿又肿，如三十三年冬一样。此病不识何又复发，(亮)[谅]必湿热，运动不足所致也。铻儿前夜略觉身热，痘浆虽灌，然仍时有动破。此乃管视不周备，所以时有动破，如此恐来年又加补种为是。余夜间不能酣睡，身体柔弱。下半日许兰生来视种痘，谈片时兴。杨质安君来医内人病，田蓝陬君、春农君来谈片时各兴。夜有明月。

十五日(5月4日) 天晴。上半日田蓝陬君又来谈片时兴。本日寒暑[表]在六十余度。下半日铻儿忽眼呆气急，又手筋抽动，不能言叫，见之最为可恐。幸片时即转机，气平眼活，手筋又舒。转此想系身热食积所致也，急请骆卫生君来医，骆君谈片时兴。夜八计钟时，铻儿又患如前之病，余视之更虑。然幸片时又即转机，于是又请骆医来医，田蓝陬君又来同骆君酌药，片时兴。夜视儿病，不能酣睡。

十六日(5月5日) 天晴。铻儿后半夜安睡后，病势略愈。虽痘浆时有惹破,然痘粒大而边红,身又热。如此,(亮)[谅]必发到也。上半日田蓝陬君又来谈片时兴。下半日内人面上牙肿等恙又略愈可。

十七日(5月6日) 天晴。今日午时立夏。铻儿身热平静,(喟)[胃]气略开,时讨茶粥,以荸荠茶、薄饭与之。如能寒暖服食,加意保养,即可胜常。但保养为人生,以时时在心乃是。下半日杨质安君来酌内人医药,田蓝陬君又来谈片时兴。天气清快。

十八日(5月7日) 天晴。铻儿之恙又愈可,内人之恙又愈,心中为之一宽。上半日至街一转,即回家。日来初夏,天气最觉清胜。

十九日(5月8日) 晴,天气最胜,中午寒暑表在七十余度。

二十日(5月9日) 晴,天气清胜。铻儿之痘本可收功,乃予与内人及仆人等看管草草,以致日内仍复时将其皮动开,必以上心管视为是。上半日田蓝陬来,同至杨质安处改药,又至许兰生处领痘药,即旋家。

二十一日(5月10日) 天气晴好,乃初夏最胜光华。天日又长,有志者其若何策励实学也。现在时事日新,人人必有实业,庶可自立也。予虽柔弱,而时觉想念。

二十二日(5月11日) 天气晴胜,寒暑表在六十八九度。

二十三日(5月12日) 早上天晴。现在讲究自治,然观近日绍兴之人愈不能自治。其在志向纯正者,每洁身自爱,不喜多事;其鄙劣蛮悍者,每不顾名誉是非,动辄把持紊乱。贤者愈守分,不贤者愈放肆。若此以备立宪,恐非绍兴之幸。是在上级仕官有监督自治之责者,分善恶以维持也。

二十四日(5月13日) 天雨。上半日田蓝陬君来谈,片时兴。天寒,可着棉衣。有此一雨,草木皆滋生也。

二十五日(5月14日) 天雨,寒暑表在六十一二度。余日来夜间看视儿辈,只有一二时能安睡也,所以身体仍觉柔弱也。

二十六日(5月15日) 天气晴胜。上半日陈雨亭君来,徐宜况君又来。看其两人战棋。下半日雨亭、宜况二人各兴。寒暑表在六十余度。夜阅统计表。

二十七日(5月16日) 天晴。观现在绍兴言论是非,愈觉扰乱。昔时不守分者多半是下等社会之人,近日衣冠中人竟有不顾廉耻而扰乱是非者。正人以文明交接则可,而不愿与野蛮争剖,以致党派愈分。如此情形,恐社会之恶感愈深,何以尚能自治?所以此时尤赖有上级贤吏以秉公持平也。

二十八日(5月17日) 天气晴胜。镕儿前日又患身热,其痘至今时有浆水,痘沿又惹开。其人每于春夏间向有湿热疮,今疮又借此以发。其痘之尚不成功,或是皮肤湿热之不净也,抑系许君所种之浆苗不考究也。此等事以后必用心考证为是。日来心性纷扰,夜间不能酣睡。上半日至田蓝陬君家谈,片时即旋家。

二十九日(5月18日) 天气晴胜。上半日陈雨亭君来战棋片时,下半日雨亭兴。寒暑表在七十余度。旰下有雨,片时即晴,颇有初夏天气。阅报章,现在人事言论日见新异,扰扰尘寰,何日是非可定,俾朝野咸称上理也。

四月初一日(5月19日) 月为己巳,日为己卯。天气清胜,寒暑表在六十八九度。早上阅张香涛相国《劝学篇》。上半天同蒋宝兴君、镇容儿至大街等处买货等事,至旰后仍同蒋君、镇儿回家。而寒暑表在七十八度也。下午理账各事。

初二日(5月20日) 天晴。下半日至汤公祠山会公益社常会议事,晚上旋家。夜同张叔侯君、贾柷唐君谈数时。

初三日(5月21日) 天晴。上半日同贾君谈。旰拜先曾祖妣讳日。下半日贾君兴。晚前至后观巷田宅蓝陬君家拜润之先外舅九十诞祭,行礼下谈片时即旋家。余日来思虑纷繁,家事扰人。以致心力颇觉柔弱。

初四日(5月22日) 晴。上半日同大儿镇容至后观巷田蓝陬君家拜润之先外舅九十寿祭。下半日田宅等人谈数时,仍同镇容儿旋家。

初五日(5月23日) 天晴。上半日至笔飞弄“明记”庄谈,片时即旋家。天气骤有夏意,寒暑表在七十八度,下半日在八十二三度。

初六日(5月24日) 天晴,夜有雨,日间寒暑表在八十六度。

初七日(5月25日) 天又晴。上半日杜海生、任云占两君来分谘议局选举知单,谈片时兴。旰前至田蓝陬君家谈,片时即旋家,时旰。下半日有雷雨数阵,百谷草木皆滋生也。近闻谘议局选举事,热心者有其人,而恝然视之者有其人。事属初创,思想之所以不同也。

初八日(5月26日) 天晴。有前日一雨,观庭前等处草木,咸滋茂也。上半日田蓝陬君来谈片时兴。寒暑表在六十八九度。下半日田蓝陬君来,同至汤公祠山会公益总社议南镇山田调查事。现在所有南镇名下山田共尚有七百五十亩,只此案册可查也。今日会邑宰到社谈讲,散会时六计钟,余旋家六计半钟也。

初九日(5月27日) 天晴。早上清寒,可着薄棉。寒暑表在六十二度,天气最胜。上半日阅仁和王夔石相国讣告哀启,虽赐典不及昔年李少荃傅相,然其讣是阳湖汪渊若[①]太史所书,朱墨石印装成一册,最属光洁。又阅民政部《调查自治章程》及《统计表》等书。夜月明亮,最为可宝。

---

① 汪洵(1846—1915),原名学溥,又名学瀚,字子渊,号渊若。江苏阳湖人。清光绪二年(1876)举人,十八年进士。书法摹颜真卿,得其神骨,又参以他帖而变化之,功力甚深。兼精篆、隶,古朴。尤工小篆。见汪兆翔、汪霖龙《武进汪氏合谱》卷八《八十六世至九十世》;汪学瀚乡试履历(《清代朱卷集成》册164);汪学瀚会试履历(《清代朱卷集成》册75)。按:汪兆翔、汪霖龙《武进汪氏合谱》卷八《统宗世表·八十六世至九十世》载其卒于民国乙巳年四月五日,卒年七十;卷七谢恩灏《汪公学瀚家传》:“乙卯五月,公七旬初度,寓沪诸友方谋祝嘏称觞,公已先期谢宾客也。”据此二者,统宗世表中民国乙巳年四月五日当为民国乙卯年四月五日,家传中“五月”,当为公历5月。

初十日(5月28日) 天晴。盱前同镇儿至田蓝陬君家拜润之先外舅讳祭，盱膳下又与田宅等人谈数时，仍同镇儿旋家。

十一日(5月29日) 天晴。现在天气清胜，有数十日也。然人人不嫌久晴，而田间又需霖雨。上半日至街一转，即旋家。今日寒暑表在八十度。盱在申之兄处同鲍诵清君、王雀年君谈，申之兄女今日行聘礼也。下半日陈景平君来谈片时兴。夜月明亮。

十二日(5月30日) 天晴。上半日至大云桥一转，即旋家。下半日徐吉逊君来谈，到夜餐下兴。晚上有雨，而仍有月亮也。余日来心性太扰，虽有谨饬办事之心，而身体柔弱，何能如心？

十三日(5月31日) 天晴。上半日至大街一转，即旋家。盱前寒暑表在八十度，骤有夏令天气。日来晴胜，人最清快。锫儿之痘虽浆水惹破数十日，而现在得见成功，可以宽心也。下半日同镇儿至田宅请陈荣伯君为其上英文、科学，今年本日初上也。余略坐片时即旋家，镇儿待上书后旋家。夜有明月。

十四日(6月1日) 天晴。上半日阅议院章程等书。曹福寿君来谈片时兴。下半日天气热，寒暑表在八十余度，骤似夏天也。今年有闰月，天气较早也。

十五日(6月2日) 天晴。上半日贾柷唐君来片时兴。今日又热，然尚清快。至开元寺、大善寺看视，即旋家。下半日田蓝陬君来，同至大善寺选举投票事，观览片时即旋家。

十六日(6月3日) 天晴。上半日看匠人修屋。下半日至开元寺前山会公益总社常会片时，即旋家。视匠人装洋铁檐、瓦水筒。住室背墙，每于雨天有雨沾沈，今装此以保之也。今日天气较热，寒暑表在八十余度。早上略有雨即晴，夜仍有明月也。

十七日(6月4日) 天晴最热，寒暑[表]在九十二度。下半日有阵雨即晴，夜又有雨。

十八日(6月5日) 天雨。有此霖雨，万类滋生，人人咸相庆幸。今日为初选举开票之期，闻及格之人有运动而得者，有挟私意以选举者,舆论依然不平。中国人性质生成,又加以习惯思想,恐徒有新名目之虚文而仍存旧时之政策也。

十九日(6月6日) 天晴又热。下半日田蓝陬君来谈,至半日晚上兴。夜有月,天气清快。

二十日(6月7日) 天晴,晚上略有雨即晴。余心力懒弱,虽有整饬办事之心,而未尝有奋发办事之力。柔懦性情,转弱为强,何日能勉励也。

二十一日(6月8日) 早上天晴。上半日陈荣伯、徐宜况、田蓝陬君来,田君谈片时兴,陈、徐两君战棋至下半日兴。今日天气最热。下半日至街一转,即旋家。

二十二日(6月9日) 天雨。余偶冒寒,身体略有不快。今日寒暑表在六十余度。

二十三日(6月10日) 天晴,下半日又雨。余之恙略愈。曹福寿君来谈片时速兴。今日寒暑表在六十八度。

二十四日(6月11日) 天又有雨,得此数日甘霖之下,又冀其晴者也。上半日至大街"震和"庄谈,片时即旋家。雨大,颇沾衣履。到家洗沐后,洵觉清快。今日寒暑表在六十八九度。大雨永日不休,办事愈觉延滞。愚弱性质,实时形其惶悚也。

二十五日(6月12日) 天又有雨,天气潮热,上半日晴。旰前同镇儿至田宅拜先外姑章太夫人诞日之祭,下半日谈片时,同蓝陬、春农等人也。仍同镇儿旋家。晚前贾柷唐君来谈。今日寒暑表在八十度。

二十六日(6月13日) 晴,天气潮热,寒暑表在八十余度。上半日至邻鲍香谷君家谈,片时即旋家。同贾谈,下半日贾君兴。夜有闪电阵雨。

二十七日(6月14日) 天雨最大,又虑久雨也。写草书、楷书,久写眼光觉蒙视不清楚,(亮)[谅]系衰态之增也。

二十八日(6月15日) 天又有雨,午前似有晴态,下午有太阳,天转热。陈荣伯君来。同张君战棋，晚上兴。夜有星，久雨得晴，最觉清快。

二十九日(6月16日)　天晴，下半日时有雨时晴。理家中等事。日来身体又觉柔弱。晚前，徐吉逊君来谈，夜餐下又谈数时兴。天又雨。余年来于庭前种荷两缸，年年开花最盛。今年有闰月，又前此晴久天晴暖，四月中旬即有荷花萌发，日来皆将开瓣，家中人咸以为奇，余以七律诗志之："长夏庭前可爱延，芰荷辉映竞芳妍。每当光照窗边静，时有清香案外传。先向端阳呈艳态，早随气运吐新鲜。听得家人称誉语，借成诗句补书编（此句见下）。矜奇听得家人誉，信手拈成韵语编。"右诗句随笔所书也，自觉草草成律。

三十日(6月17日)　天又雨。下半日田蓝陬、陈荣伯两君来战棋，到夜饭下又谈片时，两君兴。雨又纷纷，乃可虑也。

五月初一日(6月18日)　月为庚午，日为己酉。天雨。上半日理家事，下半日至街"震和"庄谈，片时即旋家，天气清朗。

初二日(6月19日)　早上天晴朗，而天气清胜，下半日微有雨即晴。至开元寺前汤公祠山会公益社会议事数时，旋家时将晚，六计钟也。篆书扇箑一张。

初三日(6月20日)　天又雨，寒暑表在六十八九度。上半日自绘扇箑山水一张。下半日徐宜况君来谈数时兴。夜雨又多，乡村皆患水溢，新秧初种，尤为可虑。今年米价本较上年略平，闻现在略贵。当此政令日新、人心惶惑之时，全赖天时地利有以补救，庶几邦家尚可支也。

初四日(6月21日)　天又雨。上半日至街"震和"庄谈，片时即旋家。上半日清付各店账，颇费事也。日来事繁心扰，积弱之体，益觉支持从事也。

初五日(6月22日)　早上天晴朗。今日为夏至，照例旰前祭祖宗。下半日徐吉逊、马建侯两君来谈片时兴。寒暑表在七十六度，天气尚清快。同镇儿至府前登卧龙山观览片时,又至司狱司前花园观花片时,即同镇儿旋家,时六计钟。栽种花草,余最悦养花种竹,然数亩之园,何日能得也!

初六日(6月23日)　晴。天气虽热,然尚觉清快。上半日至杨质安君家酌药单,片时即旋家。下半日天气最潮热,卫生家应住高洁之屋宇也。

初七日(6月24日)　早上有雨,天气潮热。上半日晴,寒暑表在八十二三度。下半日又有雷雨最大。阅近日各报,外府县之被水溢者,日有所闻。雨足若此,苍生咸冀其晴者也。

初八日(6月25日)　又雨大统日。上半日至田蓝陬君家谈,片时即旋家。下半日陈荣伯、田蓝陬两君来谈数时兴。今日天虽雨,然尚清快也。

初九日(6月26日)　早上晴。久雨新晴,最觉清快。下半日至大路徐子祥君家,同钟雨亭君、孔式卿君、贾柷唐君谈,至晚上由大街旋家。夜月明亮。

初十日(6月27日)　晴,天气清胜。下半日至汤公祠山公益总社议办自治研究所事,社员到者三十余人,谈数时余即旋家。

十一日(6月28日)　天晴,上半日雨。坐舆至水澄巷徐宅拜仲凡舅母二周祭。旰膳下,在徐宅谈数时,坐舆旋家。

十二日(6月29日)　天晴。阅《调查自治章程》等书。下半日徐宜况、陈荣伯两君来试棋,夜餐下两君各兴。今日天气热,夜月明亮,最可清坐。

十三日(6月30日)　天晴。日来庭前荷花盛开,月月桂又开,橘花又开,清香扑案。此外所开尚有数种,但香气不若上列数种也。上半日微有雨,仍晴。下半天又略有雨,至田蓝陬君家谈,片时即旋家。本来夏至前后为日最长,正可读书办事。乃身力柔弱,心志不坚,依然负此光华也。

十四日(7月1日)　天又雨,下半日有雷声,雨兴最大,至夜尤骤。咸讶久雨而冀晴朗也。夜间又雨，到天亮也。

十五日(7月2日) 天又雨。闻诸暨患水最重，此外绍府各县虽皆有水溢，但求天工即晴，闸通者水下必速。况时近暑夏，地中吸水之能力最足也。下半日田蓝陬君来谈数时兴。夜间天气清快，时有月光，寒暑表在七十六度也。

十六日(7月3日) 天又雨。余日来背脊骨下之臀中骨，每于坐立之时颇觉隐痛。余自思之，此必系精液衰弱所致。上半日晴，至马梧桥拜黄神，行礼下即旋家，此乃例事也。下半日至汤公祠山会公益社常会议事，谈讲数时即旋家也。

十七日(7月4日) 天晴。余学楷书，眼光略蒙，似又系衰态之增也。下半日有雨，仍晴。

十八日(7月5日) 早上天似晴，天气潮热，寒暑表在八十余度。上半日绘竹牡丹横披一张。下半日田蓝陬君来谈片时兴。夜天又潮热，时有微雨。

十九日(7月6日) 上半日时有微雨。田蓝陬君来谈时事，中饭下又谈数时兴。下半日又有雷雨。

二十日(7月7日) 晴，天气潮热，人性惰弱。旰前至田宅拜祭事，同春农、禔龠谈片时，又坐舆至板桥徐宅拜祭事，旰膳下仍坐舆旋家。日间又有雷雨数时。

二十一日(7月8日) 晴，天气潮热，寒暑表在八十度。上半日阅《万国地理新编》《随园诗话》。下半天寒暑表在九十度。

二十二日(7月9日) 天晴兼热，但天气略清快也。阅俞曲园先生春在堂之书。下半日至汤公祠山会公益社议事数时，又由街一转，即旋家。夜餐下，陈荣伯、田蓝陬两君来谈片时兴。夜间天气更热，骤有暑天时令。

二十三日(7月10日) 晴，天气清胜，寒暑表在八十余度，中午在九十度。录报中所载新闻、新政等事。余年来每见有最要新政章程文牍，尝另录于册，乃事繁不能专心编辑成书。

二十四日(7月11日) 天晴又热,然尚清快也。中午寒暑表在八十五六度。

二十五日(7月12日) 天晴。旰拜曾祖母诞日之祭。天气盛暑,寒暑表在九十二三度。

二十六日(7月13日) 天晴又热。下半日田蓝陬君来谈,夜餐下陈荣伯君来谈数时,两君兴。今日天气虽热,然尚清快。

二十七日(7月14日) 天晴。今年前是久雨,现在晴热。今日开始督人搭芦凉杆棚以遮赤日。夜间天虽热,然尚清快。暑夏惟求气清,时有凉风,颇觉另生胜趣,可嘉也。

二十八日(7月15日) 天晴,早上寒暑在八十五度,旰前在九十余度。上半日徐宜况君来,又陈荣伯君来谈,又玩棋。晚上两君兴。天热而清胜。

二十九日(7月16日) 天晴。上半日至田蓝陬君家谈,旰膳下又谈片时旋家。有阵雨即晴,寒暑表在九十二度。夜间颇有清气,最胜也。

六月初一日(7月17日) 月为辛未,日为戊寅。天晴,早上寒暑表在八十五度。暑天黎明时最有清胜之气。视《劝学编》等书。余性本畏热,每至夏间办事最惰。年来加以身体柔弱,但得早上在庭前观览花草,或借可以补养生也。上半日同镇儿至任汉佩君家酌药单,即同镇儿旋家。旰前又至街水澄桥徐佑长君家谈片时,由大街转家。下半日有雷雨即晴。夏间住室服食等事,尤应洁净,余现在时与家人勉励也。

初二日(7月18日) 天晴,早上最清快。上半日洗浴尤为胜快。余每于暑天洗浴,必在上午,似最有益于卫生。下半日至山会公益社常会议事数时,即旋家。

初三日(7月19日) 天晴。今日为初伏,早上寒暑表在八十五六度。前夜最热。今黎明时即在庭前观览草木,颇觉清胜。然养花如养贤，尤贵裁成之有人也。余最爱花草，久想得数亩之园，广种花草以娱生平，知花草实有益于养生也。上半日阅《劝学篇》书。下午寒暑表在九十五六度。

初四日(7月20日)　天晴。早上至仓桥买纸本等事，即旋家。下半日盛暑，寒暑表在九十六度。夜间以热不能酣睡，人力尤觉柔弱。

初五日(7月21日)　天晴。早上寒暑在八十八度，天气酷热。下半日寒暑表在九十八度。永日挥扇，不耐治事，可谓夏日之可畏也。

初六日(7月22日)　天晴。早上同镇儿至街一转，即同镇儿旋家。上半日寒暑表在八十八九度。下午天虽热，然尚清胜也。

初七日(7月23日)　天晴。早上田蓝陬君来谈片时兴。上半日阅春在堂书，盰前同镇儿至田蓝陬君家拜先外姑何太夫人诞祭，[与]田宅春农等人挥箑谈半日。其屋虽宽，然暑热不异。至五计钟时，仍同镇儿旋家。

初八日(7月24日)　天晴。早上同镇儿坐舟至杨质安君家酌药片时，即仍同镇儿坐舟旋家。上半日至汤公祠山会公益社议开自治研究所事，盰餐下又讲数时旋家。又至仓桥街一转，即旋家。夜天虽热，尚清快也。

初九日(7月25日)　天晴。天气盛暑，每日中寒暑表在九十八度，然早夜颇觉清胜，苍生咸冀霖雨之下以滋润也。

初十日(7月26日)　天晴。上半日田蓝陬君来谈数时兴。盰前寒暑表在九十三度，下半日在九十八度。田扬庭君来谈片时兴。夜月最明。

十一日(7月27日)　天晴。早上同镇儿至缪家桥杨质安君家酌药片时，即同镇儿旋家。天气又暑。夜间亮月清风，尚胜快。

十二日(7月28日) 天晴。晚前至水澄巷徐吉逊君招陪钱德潜[①]君宴。钱君为念劬[②]星使乃弟,徐显民观察之婿,留学东洋旋里也。夜餐下又谈数时,余旋家时十下钟也。

十三日(7月29日) 天晴。日来早晚天气最胜,但晴久专冀霖雨以滋润也。今日为中伏。夜间天高月明,最清胜也。

十四日(7月30日) 天晴。上半日徐吉逊君来谈永日,至夜餐下兴。上半日田蓝陬君来谈片时兴。旰时天气盛暑,夜间又清胜。

十五日(7月31日) 天晴。日来旰时暑气稍平,寒暑表在九十三四度。

十六日(8月1日) 天晴。上半日至汤公祠山会公益社集议常会事,山会两邑宰皆到,谈数时各散。今日社员到者尚盛,余旋家时旰也。下半日天气清淡,似有下雨之态。夜间恍若新秋,最凉快也。

十七日(8月2日) 天晴。暑气虽略平,然不见沛然下雨。上半天督匠人修屋宅。夜间又清快也。

十八日(8月3日) 天晴。上半日田蓝陬君来谈数时兴。日来旰间寒暑表在九十一二度,虽暑天而颇清快。下半日至汤公祠山会公益社一转,又至观桥胡景凡君家谈,片时即旋家。夜田蓝陬君来谈数时兴。天清月亮,最胜快也。

---

① 钱玄同(1887—1939),谱名师黄,原名夏,字德潜,后改名玄同。浙江吴兴人。娶徐树兰之子徐尔谷之长女。早年留学日本,曾从章太炎学习文字学。回国后任北京大学、北京师范大学教授。"五四"时期参加新文化运动,提倡文字改革,曾创议并参加拟制国语罗马字拼音方案。著有《文字学音篇》等。见钱恂《吴兴钱氏家乘》卷三《第六世至第九世世传》;曹述敬《钱玄同年谱》。

② 钱恂(1854—1927),初名学嘉,字念劬。浙江吴兴人。曾官湖北自强学堂提调、湖北武备学堂提调、湖北枪炮局提调、湖北留日学生监督、出使荷兰大臣,出使义国大臣。入民国,曾任浙江图书馆总理、北京政府参政院参政等职。著有《二二五五疏》《中外交涉类要表》《光绪通商综核表》。见钱恂《吴兴钱氏家乘》卷三《第六世至第九世世传》。

十九日(8月4日)　天晴。开完国课单及办尺牍等事。暑天办事,乃免强也。

二十日(8月5日)　天晴。上半日至汤公祠山会公益社谈自治研究所事,即旋家。下半日杨质安君来诊内人病,又田蓝陬君来谈片时兴。今日寒暑表在九十四五度。

二十一日(8月6日)　早上微有雨,即晴。日来苍生咸冀有甘霖也。中午天又暑,倘得阵雨数下,则暑气必平,天气(亮)[谅]可清胜也。

二十二日(8月7日)　天晴。下半日至古贡院前徐吉逊君处谈,又同至西郭李承侯[①]君家谈。承侯为莼客先生哲嗣,护江督樊云门[②]方伯乃莼客先生门人也。樊君昔年曾借读莼客先生著作,今承侯拟至江宁取还著作。李、樊感情素深,余念纪堂四弟在江苏宦况最窘,特托承侯见樊护督时乞其照顾也。又同徐吉君至大路徐子祥君家谈片时,又同徐吉君、子祥君,贾祝君、陈筱云君至"春晏"夜膳下,又同徐君等在街市观览片时,余旋家时十下钟也。

二十三日(8月8日)　晴,天气清胜,早上寒暑表在八十三度。

---

① 李孝璘(1875—1918),小字僧睿,更名僧喜,后又更名孝琜,字承侯,日记一作成侯、澄侯。整理时其字统一为承侯。浙江绍兴人。为李慈铭季弟惠铭之子,后出嗣越缦。见《越缦堂日记》光绪元年十月十六日、光绪十四年五月二十五日。按:《越缦堂日记》光绪元年十月十六日载其生于光绪元年正月二十日。陈庆均《为山庐诗稿》(第1本)中有《挽李澄侯四章》。《为山庐诗稿》按年编次,此诗排在《戊午春日案头有扇箑一页戏绘墨兰并题以诗》与《戊午首夏渡钱江口占》之间。故定其卒于民国七年(1918)。

② 樊增祥(1846—1931),字嘉父,一字嘉,小字又同,号云门,别号樊山。湖北恩施人。清同治六年(1867)举人,光绪三年(1877)进士。曾官陕西咸宁、富平、渭南知县,陕西布政使等职。著有《樊山集》《樊山政书》《樊山集外》《五十麝斋词赓》等。见卞孝萱、唐文权《民国人物碑传集》卷十一钱海岳《樊樊山方伯事状》。

上午至汤公祠山会公益社议事,即旋家,时旰也。今日未初立秋。日来虽中午仍热,而早夜最清快。余现在力尚可支持,但心性执滞,办事思虑太详,而仍觉免强也。

二十四日(8月9日) 天晴。上半日至汤公祠山会公益社谈数时,又至大街“同庆丰”坐片时,又至大路“保昌生”庄谈片时,旋家时下半日也。今日寒暑表又在九十六度,夜间更热,不能静睡。

二十五日(8月10日) 天晴。早上至大街一转,即旋家。天时亢晴,城河干浅,各城皆车水以润城河。然城市人家吃用之水,不免纷扰汲取。

二十六日(8月11日) 天晴。夜间暑热不能清睡,日间气力即觉惰弱也。上午睡片时以养精神。中午雷电交动,大雨数时,甘霖广沛,苍生咸庆新机。久晴之时,得是一雨,人生身体即觉清胜,(亮)[谅]田禾借可滋生也。

二十七日(8月12日) 天晴。旰前同镇儿至田蓝陬君家拜先外姑章太夫人讳日。旰膳下,[同]田宅等人谈,至下半日同镇儿旋家。天又微雨,片时即晴。

二十八日(8月13日) 天晴,早上略有雨即晴,寒暑表在八十四五度。上半日至田春农君家慰问其家妇丧也,谈片时,又至汤公祠视事。下半日又至夏淮青[①]观察家谈数时,旋家时将晚也。夜又有雨。今日杭沪通车。

二十九日(8月14日) 天晴。自有前数日雨后,人心咸觉清快。中午寒暑表在八十五六度,骤有清胜之气。下半日田蓝陬君来

---

① 夏宗彝(1848—1919),字槐青,一作怀清、淮青,一字子允。浙江绍兴人。曾官江苏金坛县知县。见裘士雄提供其子夏致绩、夏象贤等所写《哀启》;许应鑅《江苏同官录》。许应鑅《江苏同官录》载其生于道光戊申年五月十三日。裘士雄提供,夏致绩、夏象贤等《哀启》仅作道光戊申年五月,卒于民国八年四月十七日。

谈数时兴。现在视听言动，最应随时详慎。余心性愚快，议事论人，不免急草。读圣书敏于事而慎于言，实惶悚也。以后应力加勉励。

三十日(8月15日)　天晴。早上寒暑表在八十度。

七月初一日(8月16日)　月为壬申，日为戊申。晴，天气清胜。本日内子田夫人四十生辰，内子谓应如常度日，是最得我心性。余谓寿事可随心所为，如有兴会，借以铺排筵晏，乃人生应有之事。然或先或后，又可由兴之所致。今天气犹热，准如平时，毫未铺张；即亲友家有礼来者，一律辞璧。上半日徐以逊、贾枧唐两君来，并言另有平调，定在今日来唱，余力辞也。旰以寻常酒食谈宴。下半日徐君又谈数时兴，又同贾君谈。日来旰时尚热，而早夜最清快。余今夏身体尚能支持，是乃略知保养之效，以后应益加奋励也。

初二日(8月17日)　天晴。上半日至汤公祠山会公益社常会并议事数时，又由街一转，即旋家，时旰也。晚前至后观巷同田蓝陬君坐舟至八字桥鲍养田君家吃酒，同座者胡景凡君、秦宝臣[①]君、言月况君、袁梦白[②]君、夏淮青君、陈仲彝君、田蓝陬君，共余八人。又鲍君养田、香谷谈宴数时。余坐舆旋家，十计钟也。

---

① 秦宝臣(？—1916)，浙江绍兴人。曾任绍兴同吉钱庄经理，山会商务分会总理，绍兴军政分府经济部副部长。见《绍兴文史资料选辑》(第14辑)之严达三《绍兴县商会和同业公会小史》按:《日记》民国五年七月三十日:“晴，天气又暑。上半日坐舆至南街吊秦宝臣首七。”据此，其当卒于民国五年(1916)。

② 袁天庚(1866—1938)，字梦白，号无耳尊者。浙江绍兴人。诗巢壬社社员，南社社员。民国时著名词人、书画家、文物鉴赏家。著有《痴寮梦呓》《无耳尊者题画》《八百里荷花馆题画词》。见陈玉堂《中国近现代人物名号大辞典》;郭建鹏、陈颖《南社社友录》;《诗巢壬社社友录》。按:郭建鹏、陈颖《南社社友录》载其于1917年7月由叶茳渔介绍入社，时年五十二岁。据此逆推，其当生于同治五年(1866)。《诗巢壬社社友录》载其卒于民国二十七年八月二十七日。

初三日(8月18日) 早上大雨数时,日间又时有雨。天气日觉清快,寒暑表在七十八度。田禾得数阵甘霖,他日尚可冀有年也。

初四日(8月19日) 天雨。上半日同贾君谈。下半日天晴。至汤公祠山会公益社同商学会人议汤蛰仙京卿议员事,商学到者四人,绅八人,余只在另座坐片时即旋家。

初五日(8月20日) 天晴。早上寒暑表在七十八度,下半日在八十余度。徐宜况君来谈。前日阅报见二十九日奉上谕汤寿潜着补授云南按察使、浙江铁路总理。照商律公举报部,是浙江又有一番举动也。前日汤君议员事系萧太尊请绅商学团体劝汤君承任议员也,汤君为时所推重。前日会议事乃商界所布告,而到者只商会钱董[①]、劝学所孙、钟[②]两董,王志裕君。绅士虽有八人,一见清淡若是,以致不同。会议半先散会,足见绍兴人之绅商学性质。平日所言结团体热心新政,皆是掩人耳目、口是心非之谈。吾为绍兴人羞,吾又为绍兴人策劝。

初六日(8月21日) 天晴。秋暑尚烈,旰时寒暑表在九十度。上下昼同徐君谈。

初七日(8月22日) 天晴。同徐君宜况谈。天气又暑,寒暑表

---

① 钱允康(1848—1914),字静斋。浙江绍兴人。悦名茶漆店等18家商店经理,山会商务分会总理。见汪林茂、颜志《当地报刊中的绍兴商会史料》附二《外地报刊中的绍兴商会史料》之《浙江绍兴府山会商务分会己酉年总理议董表》。按:议董表载其宣统己酉年62岁。据此逆推,其当生于道光二十八年(1848)。《绍兴文史资料选辑》(第14辑)之严达三《绍兴县商会和同业公会小史》载其民国三年(1914)春去世。

② 钟寿昌(1873—1938),谱名道昌,字松壑,号茂轩,一作懋宣。浙江绍兴人。诗巢壬社社员。光绪二十年(1894)举人。曾任会稽劝学所总董。见《光绪甲午科浙江乡试同年齿录》;钟利鉴、钟炳亨《钟氏宗谱》卷七《山阴长寿寺东支二分派老大房支》;《诗巢壬社社友录》。按:《诗巢壬社社友录》载其卒于民国二十七年八月初九日。

在九十三四度。晚上有雷雨片时。

初八日(8月23日) 天晴。上半日最热,即有雷电阵雨。同徐君谈棋。夜天气即清快也。

初九日(8月24日) 天晴。上半日徐君兴。今日天气清快,寒暑表在八十二度,颇有秋态。

初十日(8月25日) 天晴。日来早夜可着夹衣。旰下有雷声。

十一日(8月26日) 天晴,下半日雷雨片时。晚上贾梲唐君来谈。夜星月清亮。

十二日(8月27日) 天晴。上半日徐宜况君来谈,下半日兴。又有雨片时。夜同贾君、张君谈。现在每到旰时尚热,而早夜最清快也。

十三日(8月28日) 天晴。旰祭本生先慈曹太淑人讳日。下半日微雨,寒暑表在八十七八度。同贾君谈。夜天清月亮。

十四日(8月29日) 上半日至汤公祠山会公益社督理自治研究所事,下半日旋家。同张、贾两君谈。本日寒暑表在九十度。

十五日(8月30日) 天晴。旰祭祖宗,中元例事也。天暑,寒暑表又到九十四五度。同贾君谈。夜又清快月亮。

十六日(8月31日) 天晴,秋暑尚烈。上半日拜中元老祭事,又坐舆至板桥徐宅拜祭事,在徐宅旰膳下,坐舆至汤公祠山会公益社会同两县令议自治研究所开考事。下半日有雷雨,片时即晴。余旋家时六计钟也。

十七日(9月1日) 天晴。上半日徐宜况君来。下半日陈荣伯君来。徐君晚上兴,陈荣伯君夜饭下兴。夜有月最亮。

十八日(9月2日) 天晴。上半日至田蓝陬君家谈,即旋家。上半日又陈荣伯君来玩棋,谈到夜餐下兴。今日天气又热,寒暑表在九十二度。夜间不能酣睡,时常醒坐也。

十九日(9月3日) 天晴。上半日至汤公祠山会公益社理自治研究所听讲员考试等事,天气酷热,至晚上旋家。

二十日(9月4日)　天晴。早上至开元寺前汤公祠山会自治研究所招待听讲员考试事,共到考者百六十人。早上由山会两大令及府学翁老师[①]、所长、讲员、山会公益社各绅皆到所监试,题为《论地方自治之利弊》,系请山会两大令所出。场中颇觉静肃。旰下,考试事竣,在社中旰膳。天气尚热,下半日余即旋家。

二十一日(9月5日)　天晴,早上寒暑表在八十五度,苍生又冀有霖雨者也。上半日至鍊心炉第一区学堂视开学礼,坐片时即旋家。

二十二日(9月6日)　天晴。寒暑表早上在八十一度,天气较前日稍清快也。早上至金斗桥沈可青君家谈蒋宅、庄宅媒事片时,又至汤公祠山会自治研究所理事,旰前旋家。徐宜况君来谈。下半日沈可青君来回看,谈片时兴。宜况又于晚前兴。日中天气又暑,晚上寒暑表尚有九十度。近日为公事纷纭,颇觉尘扰。善自卫者宜保养为先,时加策励可也。

二十三日(9月7日)　天晴,上半日又暑,寒暑表在九十一度。下半日似有雨态,然微雨片时即晴。晚上有雷电风雨,虽不久雨,而天气即觉清快也。

二十四日(9月8日)　早上微有雨。至汤公祠山会自治研究所监理听讲员补考事,下半日旋家。

二十五日(9月9日)　天晴,早上寒暑表在七十五六度,渐有新秋清快之气。

二十六日(9月10日)　天雨,天气新凉。寒暖吃食最应调和,清洁万事必先讲卫生可也。今日寒暑表在七十四五度,可服夹衣。下半日时有微雨。至汤公祠山会公益社议事数时,旋家时五计半钟也。

---

① 翁炁(1854—?),字又鲁,号亦衡。清浙江钱塘人。光绪八年(1882)举人,十六年进士。曾官绍兴府学教授。见《光绪十六年庚寅恩科会试同年齿录》;《翁又鲁先生诗钞》卷首孙智敏《母舅翁又鲁先生行略》。按:行略无生卒。会试同年齿录载其生于咸丰甲寅年七月初十日。

二十七日(9月11日) 天晴,早上寒暑表在七十二三度,天气佳胜。

二十八日(9月12日) 天晴。上半日至汤公祠山会自治研究所理事,又至街买书等事,旋家时二下钟也。今日寒暑表在八十一度。阅杭报,今日杭沪通车,前月廿八所通者要换车,今则不必换也。

二十九日(9月13日) 天晴。余日来事繁心不能宁,身体即觉柔弱。下半日至山会自治研究所理事,晚上旋家夜膳。

八月初一日(9月14日) 月为癸酉,日为丁丑。天气晴胜,早上寒暑表在七十五六度。上半日至田蓝陬君家谈,旰膳下同陈荣伯到余家谈数时,陈荣伯君兴。天微有雨。

初二日(9月15日) 晴,天气略热,早上寒暑表在八十一度。上半日誊书俞太史樾所撰先大人家传一篇。久不书细楷,偶一为之,目光蒙蒙。年未高而衰态日增,可自讶也。下半日至汤公祠山会公益社议研究所事,又同社员至同善局公议塘闸调查事,系两邑令请绅商学会议也。坐片时,又至山会公益社谈,片时即旋家。今日天热,晚上得洗浴后即觉清快。

初三日(9月16日) 天晴,潮热。旰祀灶神,例事也。时将中秋,而天气尚暖如是,(亮)[谅]必再待霖雨洗净暑气而后得清胜也。

初四日(9月17日) 天晴。上半日坐舆至南街祀华真神,例事也。又坐舆至汤公祠山会自治研究所理事,晚上有周洙臣①、夏淮

---

① 周文郁(1879—1937),原名树勋,字洙丞、洙臣、棘丞、宽庐,号缘督。浙江绍兴人。毕业于东湖法政学堂和浙江公立法政专门学校。宣统年间,先后出任绍兴汤公祠自治研究所所长、吴兴县地方法院首席检查官、绍兴箔税局长,后赴上海、北平、武汉从事书法研究。精研六书,偶作篆刻。书在篆隶之间,尤精隶书。书坛耆宿徐生翁等称周氏书法“高古在郑板桥之上”、“可作学书者范本”。三十年代在北京义卖赈灾,其作品与蔡元培、马一浮、邓散木等同。绍兴城西北15公里下方桥羊山有书摩崖石刻尚存。见周建中《周氏家谱》(注转下页)

青、鲍香谷等人在所中谈话数时。余旋家时,十计半钟也。

初五日(9月18日) 天晴。上半日至汤公祠山会自治研究所干理各事,至晚上九下钟时得旋家。

初六日(9月19日) 天雨。上半日至汤公祠山会自治研究所干理各事。积数旬之久,其事粗觉周备。至晚上旋家,时将八计钟也。夜阅书。

初七日(9月20日) 天雨。上半日同存侄、镇儿至汤公祠自治研究所开所干理事,地方官、府学师、来宾、讲员、所长、听讲员、山会公益社员共计到者百数十人。报告演说下照相,散会时将盰。天气虽晴而又热,存侄同镇儿即先旋家,余于盰膳下旋家。贾枧唐、徐宜况两君来,徐君将晚兴,夜同贾君谈。天又有雨,天气即转清快,并有月亮也。

初八日(9月21日) 天气又潮热。余于天将亮时觉头痛而又腹泻,气力即觉柔弱。上半日田蓝陬君来,谈片时蓝君就兴。今日自治研究所本又约议事,乃有病不能到。下半日病略愈,惟天热不清快也。

初九日(9月22日) 天晴。上半日至汤公祠山会自治研究所视开讲,时有微雨,至盰时即旋家也。余前日之病略愈。

初十日(9月23日) 天晴,时有微雨。余本拟自治研究所处听讲自治,乃日来身体柔弱,虽有其志,只能在家静养也。

十一日(9月24日) 天雨。今日为秋分。寒暑表在八十度。下半日至山会自治研究所谈,片时即旋家。所长周洙臣君,讲员倪陛访君、邻周君,贾枧唐君、徐宜况君来,徐、周两君早散,洙臣、陛访两君夜饭下兴。陈君荣伯、田君蓝陬又来谈,到十下钟时兴。夜天气清快,寒暑表在七十四五度也。阅春在堂书。

(续上页注)之《二分世表·二十六世至三十世》;《绍兴文史资料选辑》(第10辑)之沈家骏《书法巨匠周文郁先生》。

十二日(9月25日)　天晴。余前夜略感寒，今早又泻，胸腹间不能照常舒快。上半日阮茗溪君，徐叔亮君、志章君来，谈片时兴。下半日余病略愈，然旰夜只食米粥。今日天气清胜，夜月最亮，是中秋佳日也。

十三日(9月26日)　天晴。余今日腹泻又愈可。上半日至大街一转，即旋家。

十四日(9月27日)　天晴。今日是次女味青三周忌日，岁月渐远，追念前时，触怀悲恻。虚文事办例菜祭之，不识味青能歆之乎？上半日清付各账，事繁心扰，气力柔弱，颇觉支持也。旰前内人同钰儿、锫儿、员女至田宅吃喜酒。夜月最清亮，耐人兴致，可谓良夜也。

十五日(9月28日)　天晴，早上寒暑表在七十六度。家事繁如。下半日至田蓝陬君家谈，蓝陬君今日嫁次女也。晚上喜酒下天雨，坐舆旋家。本日相传秋月最亮，乃雷电风雨，月隐云里，兴会颇淡，照例以香烛、水果、月饼祝月也。

十六日(9月29日)　天雨。

十七日(9月30日)　天朗，早上寒暑表在六十八度。上半日至街"保昌"庄谈片时，又至"震和"庄谈片时，即旋家。下半日又至汤公祠山会自治研究所，谈数时旋家。所长周洙臣君同来谈，周君人最和平办事。本日内人同钰儿、锫儿、员女由田宅旋家。余以家事繁如，心扰身弱，饬理各事，颇觉免强也。

十八日(10月1日)　晴，天气清胜，早上寒暑表在六十八九度。上半日收拾行装。下半日坐舟至南街阮茗溪君家，又至陈厥兄家，谈片时即同阮茗溪、沈敦生、徐志章、鲍冠臣、田扬庭坐舟至柯桥夜餐，又有徐叔亮、姚芝岩到柯桥同伴。夜餐下，开棹到西兴，舟中彼此谈话，不能酣睡。

十九日(10月2日)　早上六下钟在西兴徐国佩行早餐下，即坐舆渡钱江，至杭南星火车站时九下钟。至各处观览数时，至十二计钟坐快车。至上海时下半日六计钟,即换坐东洋车至大马路盆汤弄周昌记客栈。夜餐下查视行装,即至“春桂”茶园看戏。半夜旋寓,栈屋尚新洁。

二十日(10月3日) 天晴。早上在寓中书发家信。上半日坐东洋车至小东门下车,至城里阅市。天微有雨,仍到东门外坐车旋寓。李雅斋君来寓谈片时。下半日同各人坐马车至新花园茗谈,又至张园及陈列所观览;又至言茂源酒栈,沈鸣皋君邀宴。夜酒下,坐马车至十六铺南外滩太平码头新舞台看戏。此戏馆系新式洋屋,楼阁重叠,铺设周备。所演之戏应有楼台、亭阁、器具,随时皆能装造,可谓海市蜃楼,光怪陆离者矣。看至夜半,仍坐马车旋寓。

二十一日(10月4日) 天晴。上半日至八下钟由寓兴,茶点心下,至马路阅市。下半日至新闸仁济里回看李雅斋君,又至仪器馆观览。夜至“四海春”吃番菜,又至群仙楼看女戏,夜半旋寓。群仙楼女戏馆现又翻新,其演戏时应有楼台、亭阁又能随时装造,足使观者耳目一新。

二十二日(10月5日) 晴。上半日寓中茶点下,至各马路买货,旰旋寓,下半日又至马路阅市。夜至番菜馆,阮茗溪君邀陪周祥生太守宴,又同伴人至丹凤楼观戏,周君又邀至精勤里书寓谈片时,诸君尚有竹游在书寓,余先旋寓也。

二十三日(10月6日) 晴。早上寓中茶点心下,即至大马路等处阅市。又至李雅斋寓谈,即旋寓。周祥生太守邀同伴人皆至汇中外国番菜馆吃菜,其楼有六七层,客人上下不必走扶梯。有如小屋一间,可立七八人,以机力称上,下仍如之。房屋器具之清洁,可谓特事矣。惟有数盆系外国菜,余等所不惯吃也。下半日即旋寓。李君雅斋来,同至四马路探询镶牙科数家,又同至科学器械馆谈片时旋寓。夜至广东店膳,又至天乐窝听书,十一计钟旋寓。自早至夜,仆仆风尘,自问为何事也。

二十四日(10月7日) 天晴。早上在寓兴,接家信知家中镇儿又略有喉痛，附有医者药剂，云其病尚轻，即可愈也。上半日至马路等处阅市，旋寓盰膳。下半日书发家信；又至李雅斋君寓谈，即同至四马路“美龄轩”镶牙，本日先印一样也；又同至“奇芳”茶楼茗谈，片时即旋寓。夜，徐叔亮君邀至同庆里花十全家酒叙，又阮茗溪君邀至兆贵里金如意家酒叙，夜半旋寓。前日余与同伴人到沪上，相戒不吃花酒，今乃为友朋所请，仍破此例也。足见持守之不力也。

二十五日（10月8日） 天晴。早上寓中茶点心下，至大马路等处买货。盰前至晋升栈回看周芝迪[①]方伯。周君系阮茗兄之戚，前日来看阮君时，并看余等同寓人也。又阮君邀至九华楼陪周芝迪君宴。下半日同徐叔亮君至花十全、花巧红家茗谈片时，又坐东洋车至愚园同阮君等陪周芝迪君游览茗谈数时，遂各旋寓。夜至青年学生会姚勉初君邀吃外国番菜，又至新舞台看戏，至夜半又至同庆里花巧红家设酒筵。巧红乃余前日所叫侍酒者，其人晋接周旋，面目又佳，特为其敷衍一局面也。客到七人，连余共八人，酒饭下旋寓。

二十六日（10月9日） 天晴。早上寓中茶点心下，即至马路等处买货。盰前至雅叙园周芝迪方伯邀宴。周君名连，前任福建藩司，现年六十余，其兴会不异少年也。下半日至四马路“美龄轩”，余镶一右上牙；又至市上买货。旋寓，天微有雨。又至昼锦里维新旅馆问姚友，即旋寓。夜膳下，坐东洋车至同庆里花巧红家茗谈片时；又至天乐窝书寓听书，雨声胜于书声。遂即坐车旋寓，收拾行李，书写账目。在上海仆仆数日，心志纷扰；又同伴人太多意见，每有参差者。本日下午接到廿四日家信，知家中上下胜常，即快旅念。

二十七日（10月10日） 天晴。寓中早兴，又至市买货，即旋寓收拾行李。十计半钟，余坐东洋车至南头火车站，时十一计四十五分

---

① 周莲，字子迪。清贵州贵筑人。曾官福建承宣布政使司布政使。见《爵秩全函》（光绪二十八年北京荣禄堂春季）

钟。行李车尚不到,火车遵章于十二计钟开行,片时行李车即到,然火车不及上矣。遂将不要紧之行装托火车站暂寄,余仍坐东洋车至新闸仁济里李雅斋君寓。盰膳下,同李君至宝山路商务印书厂,又同至四马路科学机器馆坐片时,又至茶楼茗谈,又至菜馆夜餐,又同至新清和谢莺莺家茗谈,又同至迎春三弄荷花仙馆茗谈。天又有雨,即旋李君寓宿。

二十八日(10月11日) 天雨。早上由李君寓坐东洋车至十六铺,又换坐车至南头火车站,即买车票称行装上车。八点三十分钟开车,至盰下二计钟到杭州清泰火车站,即上岸查阅行李。余坐舆至杭城望仙桥新晋升栈寓,又坐舆至横河桥清理财政局访编辑科朱伯士君,茗谈片时,仍坐舆旋寓。

二十九日(10月12日) 上半日天雨。在寓中书发家信。盰下,贾幼舟君在拱宸桥以电话来邀,又专差工人来请,遂同李君坐舆至清泰门坐火车,至拱宸桥来安栈,贾君即同至各书寓茗谈数家。夜,徐兰生君邀至小蓝桥家花酒,又同至各书寓茗谈数家,天雨即旋寓。

三十日(10月13日) 天晴。六计钟由寓至火车站,八计钟坐火车至清泰门,坐舆至新晋升寓。上半日至街,又至"开泰"秦芝原君处谈片时,又至街一转旋寓。下半日至吉祥巷全浙自治研究所筹办处刘永水君谈,兼陪余至讲堂各处参观,即旋寓。又至街一转,即旋寓。夜同徐志珂①君至清和坊茗谈,片时即旋寓。

九月初一日(10月14日) 天晴。寓中八计钟兴。上半日至清和坊、吉祥巷、梅花碑等处阅市,即旋寓。下半日至清和坊"鼎记"庄

---

① 徐维沅,字子舸,日记一作志柯、志珂,整理时统一为志珂。清浙江山阴人。徐征兰之子。见《浙江绍兴栖凫东海堂徐氏家谱》。

潘赤文[①]君处茗谈片时，为赈事也。又至藩司前得升堂坐片时，又至杭府署刑席书房徐扚庭君处谈，即坐舆同至贡院师范学堂。今日谘议局成立，遂至议场观听。又宋芝佩[②]君陪至师范学堂各处参观片时，仍坐舆旋杭府署；又同徐君至清和坊三元楼夜膳，又同至茶楼茗谈片时，遂各旋寓。

初二日(10月15日) 天晴。寓中早兴。同徐志珂君至涌金门外颐园茗谈，又徐扚庭君到，即坐舟至三潭映月、彭公祠、宋庄等处观览片时，仍坐舟回颐园中饭。下半日回城，便至运司署统计处看赵虚谷[③]君茗谈片时，又邀徐君至寓夜餐，又同徐扚庭、徐志珂至清和坊茶楼茗谈片时，即旋寓。清和坊茶楼，乃省中士绅时常谈话之所。

初三日(10月16日) 天晴。早上寓中兴，即至街买货等事，即旋寓收拾行李等事。赵虚谷君来寓片时。九计钟余坐舆渡钱江，至

---

① 潘炳南，字赤文。浙江上虞人。初以钱业起家，曾任杭州鼎记钱庄总理，杭州总商会负责人。清光绪二十六年(1900)，八国联军打进北京城，京城内外惨不忍睹。潘炳南闻讯后上书浙江布政使恽祖翼，表示愿意立会救济，得到恽赞同，并出资助炳南，并请户部山西司郎中陆树藩出面主持，正式成立“救济善会”，全面发起募捐，并在上海主持参加“救济善会”日常工作，为慈善事业做出了巨大贡献。(上虞夏军波提供)

② 宋琳(1887—1952)，原名盛琳，后改名琳，字子培，一作紫佩、芝佩、子佩。浙江绍兴人。先在绍兴府学堂从徐锡麟学，后入绍兴大通学堂学习并加入光复会。入同盟会并参加组织匡社。后又入浙江两级师范学堂，加入南社。宣统二年(1910)师范毕业后应山会师范学堂之聘，讲授修身、教育学。次年任绍兴府中学堂教务兼庶务，并任理化教员。发起组织越社，在鲁迅的支持下创办《越铎日报》。绍兴军政府取消后，被举为绍兴县教育会会长，再任山会师范教务，并创办《天觉报》。民国二年(1913)由鲁迅介绍至京师图书馆分馆任掌书员，直至逝世。见宋琳《会稽日铸宋氏宗谱》卷五《仁房西宅三房廿五世至廿九世》；张明观、张慎行、张世光《南社社友图像集》。

③ 赵虚谷，曾官余姚盐场知事。见《申报》民国十六年八月初十日第一万九千七百五十一号。

西兴徐国佩行坐片时,十一计钟即坐舟回绍,至家时晚上八计钟也。查视行李等事,然后夜膳。仆仆风尘,刚将半月,柔弱之体,又可在家静养也。

初四日(10月17日) 天晴。上半日清理行李等事。行旅半月,而家中事积,需待理也。下半日至街一转,即旋家。本日寒暑表在六十余度。

初五日(10月18日) 天晴。理家中事。上半日田蓝陬君来谈片时兴。下半日得清坐静养。

宣统二年庚戌(1910)

四月二十六日(1910.6.3)至十二月二十九日(1911.1.29)

四月二十六日(1910年6月3日) 天晴,寒暑表在九十二度。予自悼妻田夫人永别以来,心悲神扰,百感纷如。每叹平日为人昏庸惰误,事后必致悔恨交加。今年田夫人之疾病伤身,未始非予昏误所致,追悔不及,此憾生平永不能消也①。

二十七日(6月4日) 晴,天热,下半日有雷雨。予素性畏热,又当心绪恶劣,不识夏间如何度日。

二十八日(6月5日) 微有雨,天气即转清凉。自撰内子田夫人祭文,二十年夫妇,倾刻之间不防永别,万念伤心,笔难尽述。况际此方寸扰乱之时,殊觉言不成文,为可怜也。

二十九日(6月6日) 时见晴雨。

五月初一日(6月7日) 天雨。月为壬午,日为癸卯。上午田宅仍以端阳篮盒送来,触目动怀,感念室人,益增悽悼。此后事事皆伤心者也。

初二日(6月8日) 天雨。端节日近,各事紊乱不理。时移事变,人遇此境,意兴萧疏条之至。

---

① 陈庆均《为山庐悼亡百感录》有诗纪其诗,诗曰:“平时恨不习良医,事到艰难更觉痴。渐悚卫生无妙术,视终卤莽咎谁司。(予不谙医药,平时又不讲究卫生。病起仓猝,胸无把握,虽延数医,毫无补事。其实内人之病,必有可治之道。乃疏忽失措,竟致惨伤,是予咎无可诿。一失足成千古恨也。)”

初三日(6月9日) 天雨。下半日坐舟至水果行街笔飞弄"豫济"庄谈,片时即坐舟旋家。

初四日(6月10日) 天气潮暖。督付节账等事,心绪恶劣,此等事免强为之也。

初五日(6月11日) 天气潮暖。予自光绪十九年成姻以来,有伉俪者几二十年。今日为丧偶以来第一节日,回念前时,不禁即景增恸者也。

初六日(6月12日) 天雨。撰内人田夫人祭文,以恸悼之心治悲感之文字,殊觉泪伴笔墨也。

初七日(6月13日) 天雨。又撰田夫人祭文。晚前田蓝陬内兄来谈,夜餐下又谈至十下半钟,蓝兄兴。

初八日(6月14日) 上午天晴,同族宝兄坐舟至谢墅督造殡屋装石圹事。下半日天雨,即坐舟旋家。

初九日(6月15日) 大雨竟日。前日谢墅所造殡屋墙不免为雨淋,不识可保无虞否?今日内人田夫[人]悼启文刊成,看理其事。

初十日(6月16日) 又雨。理田夫人悼启等事。

十一日(6月17日) 晴,天气暖。上半日坐舆至古贡院前徐宅拜仲凡妗三周年祭,同显民观察谈片时,即坐舆旋家。

十二日(6月18日) 天晴又暖。予自悼内人田夫人以来,已将三月日,惟看哀感诗词,在家坐卧度日。

十三日(6月19日) 予妻田夫人虽与予存亡永隔,然其灵柩尚在堂中,现将为其权厝于谢墅,则灵柩又将永别矣。触念至此,心肝为之摧裂也。

十四日(6月20日) 预筹亡妻田夫人丧事,略有铺排,亦属无聊之极思也。

十五日(6月21日) 天晴。神志昏扰,治理田夫人丧事一切章程等事,皆须自己制裁。

十六日(6月22日) 晴,天暖异常。本日为夏至,盱祭祖宗等事。下半日又理田夫人丧事,为日已近,各事纷繁,心绪紊扰,可谓极人生之逆境者也。

十七日(6月23日) 天晴。理田夫人丧事,一切筹备铺设,虽有各戚友前来襄助,然主宰悉在予定。此等伤心之事,最不耐办,但不能不强制一办也。

十八日(6月24日) 天晴。部署室人田夫人丧事,筹备各事,粗有就绪。蒙各戚友前来帮理,纪堂四弟亦由苏旋家帮办。惟戚友弟兄相聚而来襄理此等事,最觉触目伤心。丧事略有铺排,亦属无聊之极思。惟予家屋宇曲窄,内外照应,又须事事顾到。背运之人,精力又觉衰弱。然不能不提起精神筹策,所以心绪不胜扰乱。转将田夫人灵柩不能久留之情,无暇恸悼。人生到此,可谓恶劣者矣。夜又改定祭文等事。

十九日(6月25日) 晴,天暖异常。本日为内子田夫人开丧,族人外计地方官及戚友及女宾共来吊客七十余人。下午,绍兴府学教授翁又鲁广文来为予田夫人题主,事竣,又将执事及一概器具(义)[仪]仗预行排定。晚上行发靷祭。鸣呼!田夫人竟去,今者灵柩之在堂又不多时矣。凭棺恸哭,有心人何能遣此?

二十日(6月26日) 天晴。黎明时督集执事人等将衔牌、旗锣、伞扇、主轿、像亭、提炉、顶马等排定,内人田夫人灵柩启行,予督同三儿二女泣送至台门前,略停装龙杠。内侄田扬庭、禔盦、霭如,内再侄孝颛、缦云在门祭坛祖饯田夫人毕,予同儿女及家弟侄辈、田内侄等人皆走送田夫人灵柩至皇义桥,登舟开棹,出水偏门绕植利门外至下谢墅停岸前。到皇义桥埠头时,有戚友公送祭筵。兹到谢墅埠头,又有戚友家公设祭坛。天忽有雨,略停片时。祭毕,予同儿女亲扶灵輀上山,至新造殡宫前停灵,请徐显民观察告山神,又行告殡。祭毕,请礼宾及送殡各客先行礼。天气雨后即转清凉。时初盱,内人田夫人灵柩进殡圹。鸣呼已矣!死生永隔矣!只有山中田夫之灵圹,家中不复有田夫人矣!督视封圹毕,徬徨瞻顾,纵使眼泪哭干,又复奚补?强制悲情,同儿女下山登舟,护主像进城,旋家时将三计钟,即同三男二女送内人田夫人神主上堂,又将田夫人遗像悬于堂中。田夫人所遗骨肉在三男二女,予以后教养为最要事也。

二十一日(6月27日) 天晴。想念先妻田夫人,二十年来夫妻情义,一旦人间地下杳不可通,日夜(徙)[徒]寄徬徨,觉心目中惨淡情形,有不胜言喻者也。人生至是境遇,真可谓乏味。从今万千愁绪,都纷扰予心中矣。德薄能鲜,自恨生平得天之不厚也。曾感悼诗[①]以志悲感(前行感字是咏字也,寄字是倚字也):“杏花风里太凄清,连日阴霾未肯晴。人以伤心增宿疾,天将苦雨吊余生。平居遗迹都如在,往事回头梦亦惊。逆境乍来心绪乱,廿年夫妇恸深情。”日前又以先妻田夫人行将殡于乡,从此灵柩更远别矣。悲不胜言,又有一律补志于后[②]:“相隔泉台万念愁,悲欢聚散等浮沤。暂营殡舍邻先冢,亲送灵輀到首邱。能否来生缘再结,终期同穴共千秋。天长地久何时尽,此恨绵绵永不休(结联略易白香山句,非此不足以志悲怀也)。”恸哉!鸾镜遽分,琴弦既断,成全之家,转瞬为残缺之家。此生误矣!误及我田夫人之身矣!一事偶疏,千秋遗憾。我妻则中年初届,赍志以终;余则偕老未能,深情徒负。一场梦破,消息难通。人生天地,本是逆旅,所可自慰者,代有传人耳!我田夫人虽中年遽化,然有骨肉留遗,尚不虚此生平。予嗣后教养儿女,乃是田夫人身后最重事也。

---

① 陈庆均《为山庐悼亡百感录》诗题为《庚戌六月妻田夫人亡已百余日矣感悼之忱郁结难消追念前时补诗志恸》且颔联“宿”为“夙”。

② 陈庆均《为山庐悼亡百感录》有诗《五月二十日送田夫人灵柩厝谢墅新貌山归后哭之以诗》与之略异:“相隔泉台日渐愁,人间聚散似浮沤。暂营殡舍邻先冢,亲送灵輀到首邱。能否来生缘再结,终期同穴共千秋。天长地久何时尽,此憾绵绵永不休(结句略易白香山语,非此不足以志悲憾也)。”

二十二日(6月28日) 乍雨晴。上半日徐显民、田蓝陬、贾柷唐、纪堂四弟同来商谈余家善后事。余谓此生人已做过,惟中途丧偶,不能偕老完全耳。所恸者以后事上待下,在余一身肩任也。然逆境之来,大抵皆由余德薄能鲜所致,不必怨天尤人,但当自责可也。至今年家慈七十寿辰,敬求诸位转为陈请,届时举行称觞。乃蒙诸君即为转陈,家慈仍不许可,谓家中如此境遇,岂有称觞之心。诸君谓余家此时如不续弦,上何以安?下何以全?虽有心人所不忍办之事,然不能不勉强一办也,他日可与祝寿事一并举行。余未始非感激诸君之言,但余身为丈夫,不能保卫室家,致内人疾病伤身,如即时弃旧更新,将致故妻于何地?所以续事且待缓办,惟寿事是八月初一,为日不远,能得如期庆祝,最为幸事。余愆尤丛集,俯仰皆惭,百事不理。尚有三妹贻误不嫁,此事虽有家慈作主,昔时选择过苛。近年每有作媒者,家慈及姑奶奶屡言此事恐三妹心想已淡于出门,所以屡有言媒之事,而碍于此者又数年矣。然此事如家慈及姑奶奶等确悉其意,年纪到此,亦可不必勉强;如亦不过揣度之见,究不可以揣度误其终身。今年三十九矣,究竟若何,谅不能再迟。如又迁延,将来谁司其咎,此事亦请诸位面同家慈先定章程。诸君皆以为然,惟贾君谓此事可不必定章程,今则随侍慈帏,他日必不于此处作人。闻及此言,深为可讶,不识贾君别有所悉否。此事遂又不见解决。夜餐下,诸君与纪堂弟又回苏寓矣。

二十三日(6月29日) 天雨。清理开发各事。居逆境之时而又不能不治伤心之事,人生到此地位,可谓恶劣者也。日间不暇思想,每于夜不成寐时,惄焉如捣。

二十四日(6月30日) 时有微雨。上半日坐舆至城中各署及各戚友家谢吊,只后观巷田宅、古贡院徐宅数家下舆面谢,此外皆到各家门前片拜,至旰旋家。下半日又坐舆至各家谢吊数处,事竣,仍坐舆旋家,时尚未晚。

二十五日(7月1日) 晴。上半日至后观巷田宅拜太岳祭,坐片时，又至水澄巷徐宅拜祭，本即旋家，乃徐吉[逊]、显[民]诸中表及家慈皆约谈事，勉强至下半日旋家。余负疚先内人，此后各事，有心人能不触念伤心乎？

二十六日(7月2日)　晴。心绪惨淡。下半日田蓝陬内兄来谈，想到内人，不禁有风物不殊，室人已杳之悲也。

二十七日(7月3日)　雨。理内人丧事下各事。人生不幸，竟忍泪为此等事。

二十八日(7月4日)　晴雨。上半日徐显民君来谈数时兴。下半日有雷雨。

二十九日(7月5日)　晴，天暖。上半日坐舆至南街徐宅吊仲深首七，片时即坐舆旋家。余心绪阑珊，甚不愿出门应酬，惟徐宅于前日内人丧事曾来行礼，不得不免强也。今日先室田夫人去世已百日，午间亲率儿女堂祭，田禔盦、霭如、孝颛、芝储来与祭，蓝陬舅嫂又来与祭。生死之隔，忽忽百日矣，悲哉！

三十日(7月6日)　晴，天暖。

六月初一日(7月7日)　晴。日月如梭。予与室人田夫人之别日远，千思万想，又复何补？拟编《芹略事实》，以为后人观念。乃心绪恶劣，如日坐愁城，懒于握管，至今不成一语。清夜自思，又不胜其惶悚者也。一经念及，寝食难安。

初二日(7月8日)　晴，下半日雨。徐显民君来谈片时兴。夜天气颇凉。

初三日(7月9日)　晴，早上寒暑表在七十八度，日间又升至九十度。

初四日(7月10日)　晴，天气郁热。余素性畏热，向于夏间不耐治事。今年内人已故，内政兼责在余，儿女衣食不能不时常看视也。

初五日(7月11日)　天气晴暖。上半日田蓝陬内兄来谈，旰餐下兴。

初六日(7月12日) 晴,早上微有雨,即晴。

初七日(7月13日) 晴。上半日同镇儿至后观巷田宅拜祭事,下半日仍同镇儿旋家。

初八日(7月14日) 晴,天气郁热。晚上徐显民君来谈片时兴。余自悼内人永别以来,万事皆感触心绪,不耐整饬。即内人之日用器具衣服等事,至今不忍更动。人处逆境,心志就紊,痴心犹想内人不过是暂时之别。吁! 可怨也矣!

初九日(7月15日) 晴,天气郁热,下半日有雷雨最大数时。

初十日(7月16日) 晴,天热。下半日坐舆至水澄巷吊徐武承君殓,晚上仍坐舆旋家。

十一日(7月17日) 天晴。督工收拾住室等事。自先妻田夫人永诀以来,住处不安。至今天气当暑,不能不免强安排以度日也。

十二日(7月18日) 晴,天气凉快。惜人兴萧疏,万事不能有佳胜兴致。

十三日(7月19日) 晴。下半日陈荣伯、田蓝陬两君来谈片时兴。撰挽徐武承联一副。

十四日(7月20日) 晴。徐宜况君来。下半日陈荣伯、田蓝陬两君又来谈,晚上各兴。

十五日(7月21日) 晴,天热异常,寒暑表在九十八度。

十六日(7月22日) 晴。上半日坐舆至水澄巷吊徐武承首七,片时仍坐舆旋家。

十七日(7月23日) 天热异常。心绪阑珊,日以挥扇痴坐。每当念旧思今,殊觉人生处境之不常也。

十八日(7月24日) 晴,天热异常。余素性畏热,每到暑天,向不耐治事。家中内政,上年皆由内子田夫人静心整饬,余得安挥扇坐卧之常。今年悼内人永别,万事更觉不耐整治。然寒暖茶食,膝下年尚孩提,不能不时常看视。事非到经过,始识艰难。思求前年之清豫,而不可得也。今予年刚四十,夫妇遽分,戚友中尚有言及余四十生日之事者,闻之愈觉触绪恸心,预作悲感诗二首,如他日戚友中又有言及兹事及赠礼者,即以是诗辞告也。诗志于下(余今年四十矣,自维菲质无补于时,惭悚不遑,讵足言庆,且春间悼室人田夫人之亡,相距甫百日,心绪恶劣,郁结杜门,念昔伤今,百感纷集。届生辰而益增神怆,率成二律,借写悲怀):“薄植何堪幸福邀,懔兹蒲柳感将凋。成名虚负高堂望,壮志多因逆境消。月夜乍惊炊臼梦,风前难使断弦调。暂留泡影观兴废,惆怅侵寻面目憔。”“马齿徒增愧不才,鲁论见恶辄低徊。百年偕老违痴愿,中岁悼亡最感哀。清兴即今收拾起,隐忧从此触怀来。悬弧休说称觞事,免惹愁人泪又陪。”

十九日(7月25日) 天晴。予现在万事皆看得疏淡,最要阅哀感文词及诗咏。

二十日(7月26日) 天晴。人生万事皆可宽解,惟心事触念即生,最能感动而未易释也。

二十一日(7月27日) 天晴。上半日至街一转,即旋家。

二十二日(7月28日) 晴。

二十三日(7月29日) 晴。本日为予四十岁生日,家中毫不有生日举动,予百感纷集。

二十四日(7月30日) 晴,天气尚凉,下半日又有雨。

二十五日(7月31日) 晴。

二十六日(8月1日) 晴。

二十七日(8月2日) 晴。上半日至后观巷田宅拜祭,下午即旋家。

二十八日(8月3日) 晴。下半日徐子祥君来谈片时兴。

二十九日(8月4日) 晴,晚上微有雨即晴。

七月初一日(8 月 5 日)　晴。上半日坐舆至南街徐吊徐□□[①]，片时即旋家。日中田霭如君、禔盦君、孝颛君来拜先室田夫人祭，下半日各客兴。悲哉！田夫人生日，今只得向遗象而祭之。人天离别之憾，触景悲来。

初二日(8 月 6 日)　晴。

初三日(8 月 7 日)　晴。上半日坐舟至徐显民处一询，即由大街旋家。

初四日(8 月 8 日)　晴。今日为新秋。夜有雨。

初五日(8 月 9 日)　晴，乍有雨即晴。近日天气渐凉，寒暑表在八十余度。

初六日(8 月 10 日)　晴，又有雨即晴。

初七日(8 月 11 日)　晴。上午徐显民来谈，至下午辞。乍有雨仍即晴。

初八日(8 月 12 日)　晴。

初九日(8 月 13 日)　晴。蒋菊仙来谈。夜有雨。

初十日(8 月 14 日)　雨。上午蒋君辞。日中坐舟至古贡院前徐显民处谈片时，又至水澄巷徐吉逊处谈片时，即坐舟旋家。

十一日(8 月 15 日)　雨，天气凉快。寒暑表在七十余度，可着夹衣。

十二日(8 月 16 日)　晴，天气略暖。

十三日(8 月 17 日)　晴，早间寒暑表仍在七十余度。

十四日(8 月 18 日)　晴，天气尚暖。

十五日(8 月 19 日)　晴。理(凡)[几]筵器皿。日中祭历代祖宗。

十六日(8 月 20 日)　晴。日中至水澄巷徐宅拜祭，下午旋家。

十七日(8 月 21 日)　晴。下半日田禔盦来，片时辞。

---

① 原文空缺。

十八日(8月22日)　晴。上午田蓝陬来谈,下午辞。晚前田孝颛来谈片时辞。

十九日(8月23日)　晴。上午至徐宅为蒋宅谈事,晚前旋家。

二十日(8月24日)　晴,天气尚暑。

二十一日(8月25日)　晴,天气犹暑。每年新秋必有数日酷暑,经几番雨后乃得凉快。

二十二日(8月26日)　晴。阅报见浙路总理汤寿潜奉上谕革职,不准干预路事,颇为骇然。

二十三日(8月27日)　晴。徐宜况来谈数时辞。下午看春在堂诗以遣愁绪。

二十四日(8月28日)　晴。下半日坐舟至西郭缪宅谈片时,又至徐宅谈片时,仍坐舟旋家。

二十五日(8月29日)　晴,天气又暑,寒暑表在九十二度。

二十六日(8月30日)　晴,天气又暑。心绪既劣,畏暑更不耐治事,未知何日得清凉也。

二十七日(8月31日)　晴,天气又暑。

二十八日(9月1日)　似晴乍有雨,仍即晴。

二十九日(9月2日)　晴。下半日徐吉逊来谈,至夜餐下辞。

三十日(9月3日)　晴。

八月初一日(9月4日)　晴。兀坐家园,意兴阑珊。下半日蒋菊仙来谈。

初二日(9月5日)　晴。本日蒋宅同庄宅媒事会姻,免强应酬。上午陈少云[①]来谈片时辞。

---

① 陈麒,字少云。住绍城下大路。绍兴陶社社员。曾任绍兴临时军政府庶务科科员。见杨无我《入祠纪念》之《绍兴陶社社员一览表》;《绍兴临时军政府收支征信录》

初三日(9月6日)　晴。

初四日(9月7日)　晴。下午至汤公祠自治事务所谈片时，又至后观巷田蓝陬处谈片时，即旋家。

初五日(9月8日)　晴，天气清胜。

初六日(9月9日)　晴，天气清胜。

初七日(9月10日)　晴，天暖，寒暑表在八十八九度。上半日徐吉逊来，又陈荣伯、田蓝陬来，留中饭，畅谈至下半日，各客辞。晚前至田禔盦处谈，片时即旋家。

初八日(9月11日)　天暖而晴。

初九日(9月12日)　晴，秋暑犹酷，寒暑表在九十二度。

初十日(9月13日)　晴，天气又暑。督工匠修厢屋。下半日有雨，天气稍凉。

十一日(9月14日)　雨，天气凉快。

十二日(9月15日)　又雨，天气骤凉。督工匠收拾庭宇。

十三日(9月16日)　又雨。下半日坐舟至陈迪斋处，于笔飞弄谈片时，仍坐舟旋家。

十四日(9月17日)　天晴。循习惯清付各账务。

十五日(9月18日)　天微有雨。收拾书室，借遣心绪之阑珊。夜间家中仍以瓜果香饼供月，兀坐庭前，风物不殊，而先室田夫[人]不能复见，悲怀因佳节而益增，感咏七律一章①。

十六日(9月19日)　上午晴，下午微有雨。

---

①　陈庆均《为山庐悼亡百感录》载其诗《中秋月夜愁坐》(有序)："光阴迅速，时事变不常。对景物兮伤怀，闻桂香而无味，每逢佳节易动愁情。天上明月时有转圜之妙；人生死别用无重会之缘。中秋之夕，月满云稀，循例馨香祝月。与儿女夜坐庭前，风物不殊。惟予室田夫人不复在列矣。顾瞻遗像，触绪悲来。即景凄凉，赋诗志感：'夜深景物益凄清，兀坐庭前感概并。明月转圆今又见，妆台寂寞永销声。无穷荆棘忧天下，迭构迍邅叹我生。为问彼苍胡不吊，万千愁绪扰心旌。'"

十七日(9月20日) 朝上天有雨,下午似晴。田蓝陬内兄来谈片时辞。

十八日(9月21日) 雨。下午徐子祥、田蓝陬来谈余续婚事。亲友中皆以余上有高堂,下有幼稚儿女,不能不有内治之人,辄以择女续娶来规劝。

十九日(9月22日) 天又有雨。

二十日(9月23日) 天又雨,潮湿。

二十一日(9月24日) 晴,天气潮暖。见报载有云南民妇程潘氏年臻百二十一岁,礼部奏请嘉奖,奉旨赏银绸,外加赏御画扁额,以示优异。按:向例年登百岁者,皆得奏请特旨嘉奖。该妇百岁时,想已经得过奖典也。

二十二日(9月25日) 天气晴胜。上半日胡梅森姻丈来谈片时辞。今日寒暑表在七十度。

二十三日(9月26日) 天气清胜而晴。下午至南街一转,又至后观巷田蓝陬处谈数时,即旋家。

二十四日(9月27日) 天气晴胜,下午似有雨,仍即晴。

二十五日(9月28日) 晴。上半[日]撰书挽徐硕君联,又同族弟至昌安门外一转,即旋家。

二十六日(9月29日) 晴。上半日坐舆至和畅堂吊徐硕君丧,片时仍即坐舆旋家。

二十七日(9月30日) 天雨。

二十八日(10月1日) 天晴。下午至后观巷田蓝陬家谈,片时即旋家。夜间不能安睡,成感怀先室田夫人诗四章。

二十九日(10月2日) 天晴。上半日同田蓝兄至大路越华楼坐谈,片时即旋家。下午又至蓝陬家同张叔侯至越华楼同谈许时旋家,蓝陬又来我家谈媒事片时辞。

九月初一日(10月3日) 晴,天气清快。上半日坐舆至南门头吊张诒亭之如夫人，片时即坐舆旋家。下半日至清风里街一转，即旋家。

初二日(10月4日) 晴。上半日至司狱司前胡梅森先生处谈，片时即旋家。

初三日(10月5日) 晴。下半日贾薇舟先生及枧唐姊婿、徐子祥、田蓝陬先后来谈，留餐下各客辞。

初四日(10月6日) 晴。

初五日(10月7日) 晴。督工匠修理厢屋。

初六日(10月8日) 晴。又督修厢屋。夜有雨。

初七日(10月9日) 晴。上午同大儿在镇坐舟至南城外谢墅，登山谒看先室田夫人殡墓。余与田夫人一隔不能再见，对兹殡墓，肝肠欲裂，徘徊灵畔，触念生悲。骨肉伦常之憾，此生永不能释。下半[日]挥泪同在镇下山，坐舟旋家。

初八日(10月10日) 晴。自田夫人故后，负疚抱憾，寝食难安。人生不幸之遭，偏于我有之。此后其尚有善全之策乎?

初九日(10月11日) 晴，寒暑表在六十一二三四度。

初十日(10月12日) 又晴。

十一日(10月13日) 又晴。上午至后观巷田蓝陬家谈片时，又至作揖坊许侯青处谈片时。下午谢后斋、陈荣伯来谈片时，二客辞。又至南街徐子祥处谈片时，即旋家。

十二日(10月14日) 天又时有晴意。

十三日(10月15日) 天晴。上午家务纷如。上午至汤公[祠]与章君等谈片时，为选民事也，即旋家。

十四日(10月16日) 又晴。近日地方上积习办选民事，其册上写余乃大云坊陈庆均，年四十岁，住百余年。陈加盛等户粮米，合洋八十九元。

十五日(10月17日) 天又有晴意。

十六日(10月18日) 天雨。阅报，本省谘议局为铁路事停议，要求浙江抚署再奏,各方颇有意见,势不相下。

十七日(10月19日) 天又雨,寒暑表六十余度。能得一雨即晴,最可佳也。前见晚禾丰收,倘收成时天气晴好,必可歌大有年。上午坐舆至八字桥鲍养田家贺喜,片时即坐舆旋家。夜录田夫人丧事记册。

十八日(10月20日) 天雨,上午即似晴。

十九日(10月21日) 天又似晴。

二十日(10月22日) 天雨。

二十一日(10月23日) 天雨。上午坐舆至南街陈厥磦家贺喜,即旋家。

二十二日(10月24日) 天雨。上午徐子祥、胡梅森、田蓝陬诸君来谈,片时各辞。

二十三日(10月25日) 天晴,寒暑表在六十余度。下午至作揖坊屠厚斋处谈片时,又至大路徐紫雯处谈片时,即旋家。

二十四日(10月26日) 晴。上午胡景帆君来谈片时辞。

二十五日(10月27日) 似有雨,上半日转晴。下午至徐紫雯家谈,片时即旋家。

二十六日(10月28日) 又似有雨,仍晴。上午陈少云来谈片时辞,又王芝京来谈,旰餐下辞。

二十七日(10月29日) 晴,寒暑表在五十七八度。

二十八日(10月30日) 晴。上午坐舆至香粉弄朱宅吊,片时仍坐舆旋家。

二十九日(10月31日) 晴。上午同镇儿、钉儿坐舟至谢墅,登山拜三代祖坟,又拜先室田夫人殡墓。嗟乎!死生永隔,此后瞻谒墓前,不过循追感之情绪,想念及此,百感纷来。祭毕下山,仍同镇儿、钉儿坐舟旋家。

三十日(11月1日) 天雨,早上寒暑表在六十五度。至汤公祠自治事务所一谈,即旋家。又同镇儿坐舟至石旗村,天雨甚大,不及上山，由本族人冒雨往拜。下午仍同镇儿等坐舟旋家。

十月初一日（11月2日）　天似有雨。下午至街购纸笔等事，即旋家。

初二日（11月3日）　天似晴。上半日坐舆至和畅堂吊徐硕君首七，兼为渠陪客半日，仍坐舆旋家。下半日至后观巷田宅谈片时，夜餐下又坐舆至和畅堂徐宅，又到南门祭坛公祭徐硕君毕，仍坐舆旋，至家时九下半钟也。

初三日（11月4日）　早上微有雨。

初四日（11月5日）　天晴，上午看春在堂诗集。

初五日（11月6日）　晴。上午至街一转，即旋家。

初六日（11月7日）　晴。上半日坐舟至窦疆鲍宅吊，下半日仍坐舟旋家。阅报，有宣统五年开国会之谕。

初七日（11月8日）　天微有雨。上午坐舟至绍府学回看翁又庐广文，谈片时；又至南街回看徐子祥；又至太平桥回看庄莼渔，不遇，仍即坐舟旋家。

初八日（11月9日）　晴，天寒。余每于夜不成寐时，追念先妻田夫人因产失于医治，竟至惨殇。每一念及，肝肠欲裂，此憾不能释矣。

初九日（11月10日）　晴，寒暑表在四十六度。

初十日（11月11日）　又晴。

十一日（11月12日）　又晴。上午至田宅拜祭事，片时即旋家。

十二日（11月13日）　又晴，寒暑表在五十二三度。上午坐舆至田宅贺喜，以心绪阑珊，无意喜酌，即坐舆旋家。

十三日（11月14日）　晴。下半日陈少云来谈片时辞。

十四日（11月15日）　有雨，上午仍晴。至汤公祠自治事务所谈，片时即旋家。下半日又至该所谈，晚前旋家。

十五日（11月16日）　似有雨。上半日至就近街市一转，即旋家。

十六日(11月17日) 晴,寒暑表在四十二度。

十七日(11月18日) 晴,早上寒暑表在三十八度,水有薄冰。上半日徐吉逊来谈,下半日辞。

十八日(11月19日) 晴,早上寒暑表在三十七八度。下半日至西郭鲍诵清处谈,又至新河弄徐沛山先生处谈,片时即旋家。

十九日(11月20日) 晴,天气转和。下半日汤公祠研究所谈,片时即旋家。

二十日(11月21日) 晴。上半日坐舆至许诵卿[①]家贺喜,又至南街徐叔亮家贺喜,片时即旋家。下半日至观桥胡锦凡先生处谈,片时即旋家。

二十一日(11月22日) 晴,早上寒暑表在五十六度。今年晚禾收成尚佳。日中拜先祖考颖生公讳日。罗柷甫来,请加改祖先像上之封典。夜祭先祖妣凌太君百岁冥寿之纪念。

二十二日(11月23日) 似有雨。日中祭先祖妣百岁冥纪。

二十三日(11月24日) 晴。上半日坐舆至南街阮宅贺喜,片时即坐舆旋家。

二十四日(11月25日) 晴。上半日督工匠修屋事。旰前坐舆至广宁桥言宅吊,又至鲍宅贺喜,又至姚宅贺喜,片时即旋家。

二十五日(11月26日) 天雨。督工匠修屋事。

二十六日(11月27日) 似又有雨。督工匠修屋事。

二十七日(11月28日) 天雨,潮暖。日中祭先府君芳畦公诞日。

二十八日(11月29日) 晴。

---

① 许福楷,字诵卿,日记一作诵青、诵清,整理时统一为诵卿。清浙江山阴人。光绪二十九年(1903)举人许乙藜之胞伯。见《光绪癸卯科浙江乡试同年齿录》。按:鲍德福《鲍氏五思堂宗谱稿》卷三《尚志公派第七世》载:鲍亦监,配同邑郡城大路许氏诵卿公次女。

二十九日(11 月 30 日)　雨。

三十日(12 月 1 日)　雨，夜下雪，天气最寒。

十一月初一日(12 月 2 日)　早上寒暑表在三十八九度，天气又冷，时有微雪。

初二日(12 月 3 日)　晴。上半日督工匠修屋。下半日至汤公祠事务所谈，又至新园与友朋晚餐后旋家。

初三日(12 月 4 日)　晴。上半日同贾甥、蒋甥、存侄、镇儿至汤公祠一转，又至大街一转，即同蒋甥、存侄、镇儿旋家。

初四日(12 月 5 日)　天雨。

初五日(12 月 6 日)　天雨。

初六日(12 月 7 日)　天雨。

初七日(12 月 8 日)　天雨，下半日雨霁。至后观巷田宅谈，又至汤公祠自治研究所谈，夜餐下九句钟旋家。

初八日(12 月 9 日)　似晴。上半日录写诗文。下半日王念兹来谈，夜餐下辞。

初九日(12 月 10 日)　晴。下半日至大街买纸笔，即旋家。

初十日(12 月 11 日)　晴。

十一日(12 月 12 日)　似晴，上半日微下雪，寒暑表在三十五度。下半日田蓝陬、陈荣伯来谈许时辞。

十二日(12 月 13 日)　天雨。下半日田蓝陬、徐筱翰、田禔盦来谈，留夜餐下，又谈数时辞。

十三日(12 月 14 日)　天又雨。

十四日(12 月 15 日)　似有晴态。下半日至木莲巷王念兹处谈，晚上又同至“新园”，夜餐下各旋家。

十五日(12 月 16 日)　天晴。下半日徐子祥来谈片时辞。

十六日(12 月 17 日)　天晴，水上有冰，寒暑表三十三四度。上半日坐舆至薛家弄许翰青家祝寿，又至司狱司前胡梅森先生家祝寿，片时仍坐舆即旋家。下半日至新河弄徐宅谈片时,又至汤公祠一转,即旋家。

十七日(12月18日) 晴。下半日至田宅同蓝暾至汤公祠坐谈,片时即各旋家。

十八日(12月19日) 天雨。

十九日(12月20日) 天雨。下半日周秋生[①]、韩筱凡[②]来谈,夜餐下辞。

二十日(12月21日) 天晴。下半日至汤公祠时务所谈,片时即旋家。天气最寒。

二十一日(12月22日) 天晴。

二十二日(12月23日) 天晴。今日为冬至,日中祭祖宗。下半日至汤公祠事务所同诸君谈,夜餐下又谈数时,乃旋家。

二十三日(12月24日) 晴。上半日至杨质安处酌剂,即旋家。下半日至汤公祠一转,即旋家。

二十四日(12月25日) 天晴。上半日至姚宅一转,又至田宅一转,又同大儿至大善寺参观投选民票,即同大儿旋家理租谷米事。下午至汤公祠一转,即旋家。

二十五日(12月26日) 天晴。上半日至汤公祠同章、韩二人

---

① 周曰灏(1874—?),字秋生。浙江绍兴人。浙江龙山法政专门学校别科毕业。柯镇自治议事会议员,绍兴县参事会参议员。周建中《周氏家谱》之《二分世表·二十六世至三十世》。

② 韩启鸿(1868—?),字小凡,一作筱凡、筱帆。浙江绍兴安昌人。先世业农,居高泽,后迁安昌。其父韩潮,字秋帆,会稽增生,著有《晚香庐诗钞》。启鸿会稽附生,毕业浙江自治研究所,任安昌镇议事会议长,绍兴县师范讲习所教员,安昌学务委员。见李镜燧《六朝民肖影题辞》;绍兴县修志委员会《民国绍兴县志资料》(第一辑)册6《安昌志·目录》。按:《安昌志·目录》载其"现年七十岁"。《民国绍兴县志资料》(第一辑)于民国二十六年二月印。据此逆推,其当生于同治七年(1868)。

至大善寺看开票，又至新园盱餐。附记：选民乙级共投八百数十人，甲级共八十七人，各级各选十六人，选定后由地方官通知各被选也。

二十六日(12月27日) 天晴。接到山会两邑尊知会余议员被选公函，余对于是职尚须详加审慎焉。

二十七日(12月28日) 天晴。下半日田蓝陬来谈片时，即同至汤公祠选举时务所谈，片时即各旋家。

二十八日(12月29日) 天晴。上午坐舆至古贡院前徐显民处贺喜，午宴下仍坐舆旋，汤公祠一转即旋家。

二十九日(12月30日) 有微雨，即晴。下午坐舆至藏书楼徐显民家陪其女婿应兰孙初次过门筵宴，至夜间八句钟旋家。

三十日(12月31日) 天晴。

十二月初一日(1911年1月1日) 天晴。下午田蓝陬来谈片时辞。晚上坐舆至水澄巷徐宅吊武承出丧，行礼一过，即坐舆旋家。

初二日(1月2日) 天晴。下午至自治时务所谈，片时即旋家。

初三日(1月3日) 天晴，寒暑表在三十五度。下午至田宅谈，许时即旋家。夜间至汤公祠同诸君谈，片时旋家。

初四日(1月4日) 天晴。上午至徐显民处谈，又同至新园盱宴，借饯其行，同席者马建候，徐吉逊、显民共四人，下午各旋家。

初五日(1月5日) 似有雨又仍晴。上午至凰仪桥遇杜山次①，同至家谈。下午又至大街一转，即旋家。

初六日(1月6日) 天晴。上午至观桥下简易识字所学堂，同

---

① 杜子栩(1872—?)，原名艮，字端生，号山次，又号次山。浙江绍兴人。道光二十四年(1844)举人杜凤治之子，光绪十九年(1893)举人杜子彬之弟。杜亚泉任《东方杂志》主编时，杜山次曾负责《东方杂志》的集稿和编排。见杜立夫《会稽东浦前村杜氏家谱》卷四《乾七房养初公三支屏派世录》。

姚霭生[①]谈,片时即旋家。山[②]会[③]二邑宰送议员执照公文来。下午至汤公祠谈,又遇周鼓渊,至其家谈。又同邵芝生、鼓渊至姚霭生处,并同马宪初至“新园”夜餐,八句钟旋家。

初七日(1月7日)　似晴。下午至街一转,即旋家。

初八日(1月8日)　微有雨。上午王芝京来谈数时辞。本日写发杭信,为办衔级封典事。下午田蓝陬来谈片时辞。

初九日(1月9日)　朝间微有雨。

初十日(1月10日)　天雨。上午写应酬尺牍。下午坐舆至东街回拜应君,照例拨驾。又至汤公祠坐谈片时,又至山阴县公署山会城议事会,集议数时后,仍坐舆旋家。

十一日(1月11日)　天有雨。

十二日(1月12日)　天雨。上午至后观巷田宅谈。下午同蓝陬、陈荣伯至观音桥诸介如家谈片时,又同至“新园”晚餐,夜即旋家。

十三日(1月13日)　天晴。接到杭州寄来职员封典部收执照。

十四日(1月14日)　天雨雪。晚前至田宅谈,片时即旋家。

十五日(1月15日)　天晴。上午至华严寺,邵芝生设寿坛建水陆忏,一行礼已,片时即坐舆旋家。

十六日(1月16日)　天晴。下午至布业会馆举行山会城议事会成立,议事数时,将晚散会。又至汤公祠一转,即旋家。

十七日(1月17日)　天晴。上午至田宅谈,又至笔飞弄“豫

---

① 姚蔼生,民国四年为中国红十字会正式会员。民国十二年五月七日任绍兴市民大会筹备会起草员,拟定简章。见汪林茂、颜志《当地报刊中的绍兴商会史料》。

② 增春(1866—?),民国初冠姓董,字熙堂,号如松。杭州驻防正蓝旗满洲喜善佐领下廪生,旗籍。光绪二十三年(1897)举人,三十年进士。宣统元年十月调任浙江山阴知县。见《光绪丁酉科浙江乡试同年齿录》;《甲辰同年相谱》;《宪政最新搢绅全书》(宣统庚戌夏季京都荣宝斋)册3。

③ 会稽知县仍为陈德彝。

济”、“同孚”各庄一坐，即旋家。下午又至田宅谈，又至汤公祠谈，夜餐下旋家。

十八日(1月18日) 天雨。上午录旧作诗。下午至笔飞弄“明记”庄一谈，又至大路“保昌”庄一谈，片时坐舟旋家。

十九日(1月19日) 有雪。下午至街一转，又至汤公祠一转，即旋家。

二十日(1月20日) 天晴。

二十一日(1月21日) 天晴。

二十二日(1月22日) 天晴。下午至汤公祠同胡景凡先生谈片时，又至绍报馆王子余处及蔡谷卿[①]处谈片时，即由大街旋家。

二十三日(1月23日) 天晴。上午至街一转，即旋家。徐宜况来。下午同宜况、存侄、镇儿至府学堂议事会讨论规则，宜况等坐旁听席也。晚前同存侄、镇儿旋家。

二十四(1月24日) 天晴。下午至报馆王子余处谈，又至汤公祠胡景老处谈，晚上旋家。

二十五日(1月25日) 天晴。上午至街一转，即旋家。下午至汤公祠集议时事，将晚旋家。

二十六日(1月26日) 晴，寒暑表在四十八度。朝间循俗祀年神。度岁日近，而距田夫人之惨殇渐远，但寸衷隐痛，永无已时。每

---

① 蔡元康(1879—1921)，字谷清，日记一作谷青、谷庼、谷卿，整理时统一为谷卿。浙江绍兴人。蔡元培之堂弟。早年参加光复会，曾与徐锡麟等共谋革命。东渡日本后学法律，回国授法科举人。先后任浙江、江苏高等审判厅厅长，临时参议院议员。以后转入实业界，在浙江兴业银行及中国银行任职。见绍兴鲁迅纪念馆《鲁迅与他的乡人》之《光复会会员蔡元康》；薛绥之、韩立群《鲁迅生平史料汇编第三辑》。按：其去世后，陈庆均《为山庐诗稿》(第一本)有诗《友人蔡谷卿一病不起率挽以诗》，录如下：“中郎原是不凡才，经济文章世并推。壮志遽摧春梦里，岁朝无复贺书来(谷卿出任江苏高等厅长，至今间复通书，惟每逢新岁必有贺笺，不拘何处任事，从不或间也)。”

一念及，百感纷来。上午坐舆至金斗桥沈可青处贺喜，即旋家。下午同镇儿至府学堂议事，晚上仍同镇儿旋家。

二十七日(1月27日)　天微雨。上午张诒亭来商议事会事，片时即辞。日中坐舆至太平桥庄莼渔处贺喜，片时即旋家。下午坐小舟至府学堂议事会议事，至八下钟散会，即旋家。

二十八日(1月28日)　雨。上午解付各店账。薛阆仙君来，贾柷唐来，下半日各辞。

二十九日(1月29日)　天晴。上半[日]周宏鸣、徐吉逊来谈片时辞。本日仍循旧祭历代祖宗像，而先室田夫人亦只有遗像。夜间祭后，即景触感，泪洒席间，不能举箸，另成感诗七律一章[①]。

---

① 陈庆均《为山庐悼亡百感录》有诗《庚戌除夕追悼内人》："莽莽尘寰岁又阑，不堪形影已成单。光阴弹指逢春易，伉俪回头再见难。山野君应悲寂寞(内人已殡谢墅新貌山)，杯盘我对泪汍澜(除夕夜间独少内人，触绪悲来，不能举箸)。随肩膝下零丁状，萱萎巢倾子舍寒。"

宣统三年辛亥(1911)

正月初一日(1911.1.30)至十二月三十日(1912.2.17)

正月初一日(1911年1月30日) 天有雨。今年今日室中少田夫人,堂前多一幅田夫人之遗像。廿年夫妇,人天永隔,有心人触念悲来,此生遂成长憾。又成七律诗一首[①],借志不能已之感。

初二日(1月31日) 天晴。上午坐舆至南街田宅拜像,又拜祭事,片时即坐舆旋家。下午薛阆仙来,谈至半夜。

初三日(2月1日) 天雨。上午同薛君谈,田孝颛来,又徐以逊来,同谈片时,各客乃辞。

初四日(2月2日) 天又雨,寒暑表在四十余度。

初五日(2月3日) 天晴,寒暑表在三十余度。上午坐舆至司狱司前胡宅拜年,又至古贡院前徐宅拜年,又至西郭徐宅拜年,又至新河弄徐,又至水澄巷徐宅拜年。以时将日中,乃坐舆旋家。下午又坐舆至和畅堂徐宅,又南街徐宅拜年;又过会稽署回拜陈邑宰。此乃因皆亲到,须各回拜。此外皆分各刺而已。晚前坐舆旋家。

初六日(2月4日) 天晴。上午徐质甫来拜年,谈片时辞。日中同镇儿至后观巷田宅拜像、拜祭祀,又至新田宅拜像拜年,片时后仍同镇儿旋家。

初七日(2月5日) 天晴。今日卯时为立春。

---

① 陈庆均《为山庐悼亡百感录》有诗《辛亥元旦感怀》:“鼓角听残细雨生,触怀家国更心惊。局输愈觉棋难下,岁有未闻谷价平。人世苍茫今昔感,人生愁惨另离情。廿年遽破团栾梦,肠断连宵爆竹声。”

初八日(2月6日) 天晴。写志田夫人悼诗数首。

初九日(2月7日) 天晴。上午同族兄宝斋、申之兄,存侄、镇儿、钰儿坐舟至南城外下谢墅,登山拜三代祖宗墓,又祭先室田夫人殡屋。触目伤感,勉抑哀情,祭毕下山。下午仍同族兄、侄及镇儿、钰儿坐舟旋家。

初十日(2月8日) 晴,大有春气。下午至南门张诒亭处谈片时,又至府学署翁又鲁广文处一转,即旋家。晚前有雨。

十一日(2月9日) 天又似晴。辑悼亡百感诗。

十二日(2月10日) 晴。下午至大街一转,即旋家。夜明月如昼。

十三日(2月11日) 微有雨。下午薛阆仙来。晚上田孝颛来谈片时辞。

十四日(2月12日) 天雨。上午徐吉逊来谈片时辞。下午至后观巷田宅谈,片时即旋家。

十五日(2月13日) 天雨。下午至诸介如处谈,又至大街书店坐片时,即旋家。

十六日(2月14日) 天雨。

十七日(2月15日) 又雨。上午至司狱司前胡梅森先生处谈,片时即旋家。下午至田宅谈片时,又同镇儿至大街一转,晚前仍同旋家。

十八日(2月16日) 天晴。上半日庄莼渔来谈片时辞。日中祭祖宗像。下午至金斗桥沈可青处谈片时,又至寺池散步,又至后观巷田宅谈片时旋家。

十九日(2月17日) 天晴。上午录先室田夫人百感诗,随作随编。

二十日(2月18日) 晴。

二十一日(2月19日) 天晴。

二十二日(2月20日) 天晴。上午至和畅堂徐以逊处谈,片时即旋家。下午至古贡院前徐吉逊处谈，片时即旋家。

二十三日(2月21日) 天晴。上午请张叔侯先生上馆教课，并邀诸介如、王芝京、徐宜况来陪午宴。下半日同客谈，晚前各客散。天有雨。

二十四日(2月22日) 天雨。下午至观音桥诸介如处谈，又至汤公祠时务所同诸君谈，即旋家。夜有雪。录山会两县人口调查总表。

二十五日(2月23日) 似晴。上午同镇儿至田宅拜见英文师，行礼后谈片时，仍同镇儿旋家。

二十六日(2月24日) 晴。上午同申兄、潮弟、■侄、镇儿至石旗村，登山拜高祖父母墓，事竣下山。下午仍同兄、弟、侄、镇儿旋家。

二十七日(2月25日) 晴。上午至大街一转，即旋家。

二十八日(2月26日) 晴，天气清胜。

二十九日(2月27日) 天气又清胜。下午至街买书，又至汤公祠事务所谈，片时即旋家。

三十日(2月28日) 晴。上午至田蓝陬处谈片时，又至街一转，即旋家。

二月初一日(3月1日) 天晴。日中拜先祖妣凌太夫人讳日。下午陈笃初来谈片时辞。阅《有正味斋骈文》以遣劣绪。余德既不修，学又不讲，半生虚度，一事无成。晚前邵芝生、韩筱凡又同其友王君来谈，夜餐下又谈片时辞。夜有明星。

初二日(3月2日) 天晴。上午徐弼庭[①]来，又田蓝陬来，谈片时各辞。

---

① 徐世佐(1888—?)，字弼庭。浙江绍兴人。徐树兰之孙、徐元钊之子。曾任绍兴临时军政府交通科科员。见《浙江绍兴栖凫东海堂徐氏家谱》;《绍兴临时军政府收支征信录》。

初三日(3月3日)　天晴。上午祀文帝。日中祭本生先父辛畦公诞日。下午至水澄巷罗柷甫处谈片时,又至汤公祠谈片时,即旋家。章伯墉①、邵芝生、韩筱凡又来谈,至夜餐下各辞。

初四日(3月4日)　朝上有雨即晴。书先室田夫人传像额。

初五日(3月5日)　晴。上午至汤公祠一转,又至开元寺同善局议事,又至汤公祠中饭后旋家。天气潮暖,寒暑表在六十度。

初六日(3月6日)　天雨,寒暑表在五十余度。下午至田蓝陬处谈,片时即旋家。

初七日(3月7日)　似晴,下午又雨。

初八日(3月8日)　似晴。下午至汤公祠同芝生、筱凡诸君谈,片时即旋家。

初九日(3月9日)　天雨。今日卸下素头绳,遵例期服。先室田夫人逝世,忽阅一年。度日甚易,遗憾难消。思编悼亡百咏,而心绪紊杂,尚不能如愿以偿。每一念及,百感纷来。

初十日(3月10日)　天雨。

十一日(3月11日)　天晴。上午至后观巷田宅谈片时,又同宝斋族兄、梅森族侄及镇儿至华严寺供设祭筵事,并携先室田夫人遗像悬于寺中,由僧人礼忏建法事。本日儿女随同余宿寺中。

十二日(3月12日)　雨。由寺坐小舟旋家一转,又即坐舟至寺。

十三日(3月13日)　又雨。上午又坐舟由寺旋家,即又坐舟至寺。

十四日(3月14日)　又雨。上午同镇儿坐舟旋家,又即同坐舟至寺。

十五日(3月15日)　又雨。上午坐舟由寺旋家一转,仍坐舟至寺。

---

① 章克壎,字伯墉。见朱涧南《弄璋酬唱录》。

十六日(3月16日)　又雨。上午由寺坐舟至家拜先祖考颖生公诞日,下午又仍至寺。

十七日(3月17日)　又雨。此次为田夫人周年忌日,在寺中由僧人建拜水陆忏七日,以资冥中造渡,亦迷信之事也。本日忏事已毕,下午收遗像供筵,仍同儿女等一律旋家。

十八日(3月18日)　天似有晴意。本日先室田夫人逝世周年之日,家堂仍设筵祭之。上午田宅内侄女松、月两姐及内侄田禔盦、霭如,内侄孙孝颛、子储来,又蒋、贾两甥皆来与祭。日中以祭菜款客,下午各客辞。忆自前年以来,感悼田夫人之诗日有所增,拟编次略历,成《为山庐悼亡百感录》刊示后人。

十九日(3月19日)　天晴。下午田蓝陬内兄来,同至徐显民表兄处谈。二君以戚谊至殷,商量余善后家事。余虽感之,而举念前年田夫人之惨殇,至今尚肝肠欲裂。同谈片时后各旋家。

二十日(3月20日)　晴。上午徐显民、胡梅森先生来,下午田蓝陬来,晚上徐子祥来,各谈数时辞。

二十一日(3月21日)　天朝上雨,寒暑表在五十余度。

二十二日(3月22日)　天雨。本日为春分,天气潮湿。余日来因家事念先室田夫人在日情形,百感纷来。

二十三日(3月23日)　天又有雨。下午至议事会,晚上旋家。

二十四日(3月24日)　天晴。上午徐宜况来谈。下午同徐君及蒋甥、存侄、镇儿至汤公祠议事会议事,又同至"新园"茶食后各人散。子侄辈先旋家,余又至古贡院前一转,又至水澄巷徐显民处谈,片时旋家。

二十五日(3月25日)　天气晴胜。上午在家整理诸事。下午至汤公祠议事会议事,五句钟旋家。沈可青、胡梅森、蒋菊仙、陈厥舁来谈,夜餐下各客辞。有星。

二十六日(3月26日)　天气又晴胜,寒暑表在五十余度。春光明媚,正是中秋佳令。对此良时,有心人益增伤感。下午坐小舟至南街徐子祥处谈,又至藏书楼徐显民处谈,夜餐下仍坐舟旋家。

二十七日(3月27日) 天晴。上午坐舟至谢墅督修先大人殡宫,兼瞻先室田夫人殡宫,徘徊悽怆,情何以堪。下午下山后,仍坐舟旋家。

二十八日(3月28日) 天晴,寒暑表在六十度,日中又至六十七八度。

二十九日(3月29日) 天晴,骤有春暖之气。上午徐显民来,又田蓝陬来,同谈过午。下午客辞,又至议事会议事,至夜间十下钟,事竣旋家。先室田夫人生前行述业经撰成,百感录将逐渐刊印成书。

三月初一日(3月30日) 晴,寒暑表在六十五度、上午同儿女及田松侄女坐舟至谢墅,祭谒先室田夫人殡宫。人天永隔,哀感之余,仍同儿女下山,坐舟旋家。

初二日(3月31日) 天雨。上午同儿女坐舟至偏城外澄湾村拜田先外姑何太夫人殡,下半日仍同儿女坐舟旋家。

初三日(4月1日) 又雨。上午同儿女坐舟至谢墅拜田外舅润之公殡,下午仍同儿女旋家。

初四日(4月2日) 似晴。上午至府署幕访许诵卿,又至徐显民处谈片,谈片时旋家。下半日又至菩提弄一转,又至绍府署许诵卿处谈片时,即旋家(以显民托转谈事也)。

初五日(4月3日) 晴。上午坐舟至栖凫村,坐篮舆至董坞拜徐外祖客坟,又至孔家坪拜二世祖坟,下半日仍坐舟同族人及镇儿旋家。

初六日(4月4日) 晴。上半日同族人等及镇儿坐舟至南门外盛塘村,登山拜四世祖妣墓。下半日天有雨,仍同族人及镇儿旋家。

初七日(4月5日) 天雨。

初八日(4月6日) 又雨。本日为清明。上午同儿女坐舟至南城外下谢墅村,登山祭先室田夫人殡墓。胸中之憾,触目纷来。事毕下山。下半日仍同儿女坐舟旋家。

初九日(4月7日)　晴，又雨。晚前徐吉逊来谈，夜餐下辞。夜有雷雨。

初十日(4月8日)　又雨，潮湿异常。上午坐小舟至徐显民处谈，中饭下仍坐舟旋家。下午收拾楼房等事。

十一日(4月9日)　又雨。上午同镇儿及族人至稽山城外石旗村，登山拜高祖坟，又至外王村拜曾叔祖坟。近日河盛溢，大舟行桥，颇费人力。下半日仍同族人及镇儿坐舟旋家。

十二日(4月10日)　天又雨。

十三日(4月11日)　天晴。上半日至同善局董事会谈数时；又至金斗桥沈可青处，不遇，即旋家。天气潮暖。

十四日(4月12日)　天晴。午间将堂中所悬田夫人遗像收藏之，另于予书室中悬其小像以留纪念。

十五日(4月13日)　天晴。晚上至徐显民处同胡梅森姨夫谈，到夜半后之二句钟时旋家。

十六日(4月14日)　天晴。下午徐显民、胡梅森、田蓝陬、徐子祥先后来谈，至夜餐下乃各辞。

十七日(4月15日)　天雨。上午看唐诗。下午又至徐显民处谈数时旋家。

十八日(4月16日)　微雨。予心绪恶劣，自前年内子田夫人永别后，竟鲜良策。既负对先妻，又难补善后，悔憾莫及。下午徐显民、胡梅森、徐子祥诸公来，又沈可青来，同谈至夜半各辞。

十九日(4月17日)　天晴。

二十日(4月18日)　天晴，春光明媚。上午家俗事务纷如。下午田蓝陬来，又陈荣伯来，同谈片时，又同至“新园”夜餐，片时后各旋家。

二十一日(4月19日)　天晴气清。下午自绘先室田夫人小像。

二十二日(4月20日)　晴胜。寒暑表在五十余度。下半日沈、陈、徐、蒋诸君来谈,至夜半各辞。

二十三日(4月21日) 天气清胜。上午坐舆至金斗桥沈可青处午宴,至夜宴下,又谈多时旋家。

二十四日(4月22日) 天晴,骤有夏令气象。

二十五日(4月23日) 天晴。下午至汤公祠同诸君谈数时旋家。

二十六日(4月24日) 天晴。上午同钰儿坐舆至杨质安处谈片时,仍同坐舆旋家。本日寒暑表在八十六七度。

二十七日(4月25日) 晴。下午坐舟至箬篢山马选初处谈,片时旋家。

二十八日(4月26日) 晴,天气转寒。上午贾君来谈,下午徐君来谈,至夜饭下各辞。

二十九日(4月27日) 晴。下午徐子祥来谈,又邵芝生来谈,晚前同至新园夜餐,徐显民亦来同宴,至十句钟时各旋家。

三十日(4月28日) 天晴。

四月初一日(4月29日) 天气晴胜。上午徐子祥、沈可青、陈厥骋来谈,至夜餐下始各辞。

初二日(4月30日) 天雨。上午坐舟至汤公祠一转,又至南街徐子祥处谈片时,仍坐舟旋家。

初三日(5月1日) 雨。上午坐舆至徐宅拜祭,即旋家。日中拜先曾祖妣祭。下午又坐舆至水澄巷徐宅谈数时,又至汤公祠一转,即旋家。

初四日(5月2日) 晴。上午徐君来谈片时辞。日中坐舆至田宅拜祭,即坐舆旋家。下午胡梅森、沈可青二君来谈,夜餐下辞。

初五日(5月3日) 晴。上午至汤公祠一转,又至街一转,即旋家。下午庄莼渔、沈可青、陈厥骋来谈,夜餐下辞。

初六日(5月4日) 天雨。上午徐显民来谈。下午胡梅森姨夫来谈，至夜饭下辞。

初七日(5月5日) 又雨。下午王芝京来谈片时辞。

初八日(5月6日) 天寒，又有雨。

初九日(5月7日) 天晴。今日为立夏。

初十日(5月8日) 晴。上午坐舆至南街田宅拜先外舅忌辰，下午仍坐舆旋家。

十一日(5月9日) 雨。上午至古贡院前徐遏园处宴集，至夜半仍坐舆旋家。

十二日(5月10日) 晴，潮湿异常。下午至丁家弄报馆谈片时，又至[街]购布等事，即旋家。夜月最明。

十三日(5月11日) 晴暖。

十四日(5月12日) 又雨，潮暖。下午胡老景凡来谈片时辞。

十五日(5月13日) 晴。上午徐遏园、显民，韩芝佳来谈，至夜餐下辞。

十六日(5月14日) 时有雨。下午梦僧侄来，同蒋兴甥、存侄、镇儿至“新园”茶酒片时，仍同旋家。

十七日(5月15日) 晴。上午徐遏园来，显民又来，胡梅森先生又来，韩芝佳又来，同谈至夜餐下辞。下午至汤公祠议事会，即旋家。

十八日(5月16日) 晴。下午至议事会议事，晚前旋家。

十九日(5月17日) 晴。上午坐舟至偏城外星采堂寓屋看摩漆寿材，日中坐舟旋家。下午徐子祥来谈片时辞。

二十日(5月18日) 晴。下午章伯荣来谈片时辞。撰改悼诗序文。

二十一日(5月19日) 上午晴，下半日有雨。徐显民、子祥来，又胡梅森先生来，谈至夜间辞。

二十二日(5月20日) 雨。下午坐舟至古贡院前徐宅谈数时辞。

二十三日(5月21日) 天时有雨。誊正悼亡诗序。下午张贻亭、徐子祥来谈片时辞。坐舟至徐显民处谈,夜餐下旋家。

二十四日(5月22日) 晴,朝间寒暑表在六十余度,天气清快。

二十五日(5月23日) 雨。上午至后观巷田宅拜先外姑章太夫人忌辰。下午至汤公祠一转,又至大街一转,即旋家。

二十六日(5月24日) 晴。督工匠修理。下午王芝京来谈片时辞。

二十七日(5月25日) 天有雨。下午王芝京同陶运夏来谈片时辞,陶君为媒事。

二十八日(5月26日) 晴。

二十九日(5月27日) 微有雨。上午坐舆至汤公祠一转,又至新河弄一转,又至古贡院前徐显民处谈,夜餐下仍坐舆旋家。

五月初一日(5月28日) 天晴,寒暑表在七十余度。督工匠修庭宇。

初二日(5月29日) 晴。上午王芝京来谈陶宅媒事,片时辞。余近日有风寒之恙。

初三日(5月30日) 晴。下午至汤公祠谈,又至大街一转,即旋家。

初四日(5月31日) 晴。上午清付各店账。下午理核账务。

初五日(6月1日) 晴。寒暑表在七十余度。

初六日(6月2日) 雨,乍晴。上午徐遏园、显民,胡梅森先生来,至夜餐下辞。

初七日(6月3日) 晴暖异常。下午至汤公祠议事会议事,晚上旋家。

初八日(6月4日) 晴。上午坐舟至司狱司前胡梅森先生处谈,片时即旋家。下午徐显民来写定婚帖,田蓝陬来谈,贾梲君来谈,晚上各客辞。

初九日(6 月 5 日) 有阵雨。

初十日(6 月 6 日) 晴。李雅斋来谈即辞。下午至议事会议事,晚上旋家。又邵芝生来谈,夜餐下辞。

十一日(6 月 7 日) 晴。本日请胡梅森姨夫、徐显民中表至东湖求媒,由陶七彪[①]先生作主,以其甥女李文澜[②]许余为续室。午晏后,胡、徐二君持允帖转来。夜间由余家设宴酬二大媒人,陪宴者李雅斋、邵芝生,徐吉逊、子祥,贾柷唐及其弟幼舟,谈至夜半各客辞,时天将晓也。

十二日(6 月 8 日) 晴。下午至议事会集议,即旋家。田宅菘小姐来看门前社庙演剧。

十三日(6 月 9 日) 晴。上午徐显民来,至夜餐下辞。

十四日(6 月 10 日) 晴。下午至议事会议事,晚上旋家。

十五日(6 月 11 日) 晴。缮写悼田夫人百感诗序文[③]。夜有月。

十六日(6 月 12 日) 晴。下午同贾柷唐至汤公祠,余至会议事数时,即旋家。

---

① 陶在宽(1851—1919),字栗园,小字太生,号七彪,又号君绰。浙江绍兴人,生于安徽太平。清光绪二十六年(1900),授候补户部郎中,出洋考察。陶在宽于光绪年间制陶公柜、陶公床,工艺极巧,清末《知新报》曾以《艺士奇才》为题赞之。见《国文周报》第十三卷第二十七期之黄华《记陶七彪》;陈玉堂《中国近现代人物名号大辞典》。按:《日记》民国八年八月初六日:"闻陶七彪姻丈遽于今早寅时逝世。"

② 李文澜(1877—?),顺天宛平人。陈庆均之继妻。著有《文澜室随笔》。见陈庆均《为山庐悼亡百感录》之《辛亥十月续娶内子李夫人赠之以诗》。按:《日记》民国五年十一月初八日:"晴,早上寒暑表在四十度。收拾书籍等事。本月为内子李夫人四十生辰,田宅崧姑奶奶来言称庆事,而李夫人以待他年婉辞之。"据此逆推,其当生于光绪三年(1877)。

③ 见陈庆均《为山庐悼亡百感录》之《自序》。

十七日(6月13日) 有雨。

十八日(6月14日) 又雨。下午坐舆至议事会议事,晚前坐舆旋家。

十九日(6月15日) 又雨。下午又至议事会议事,晚前旋家。

二十日(6月16日) 晴。上午坐舆至水澄巷徐宅拜忌日,又坐舆至后观巷田宅拜忌日。下午同田蓝陬至议事会,又同蓝陬至其家,即同蓝陬、陈荣伯来余家谈,片时客辞。

二十一日(6月17日) 晴。上午至庄纯鱼处谈,又至府学翁又庐广文处。翁君至杭不遇,即旋家。下午至议事会议事片时,即旋家。

二十二日(6月18日) 晴。上午徐显民、胡七先生来谈,下午贾幼舟来谈,至夜间客各辞。

二十三日(6月19日) 晴。下午至议事会集议,晚上旋家。

二十四日(6月20日) 晴。下午至议事会集议,晚前旋家。

二十五日(6月21日) 晴。日中拜先曾祖妣祭事。下午同贾枧唐、夙斋[①]等谈。

二十六日(6月22日) 似晴,天气潮湿。上午贾君辞。下午本堡集平粜捐事于社庙,又至汤公祠议事会议事。天乍雨,同田蓝陬各旋家。

二十七日(6月23日) 天气渐暖。上午(上午)至议事会议事,至晚旋家。

二十八日(6月24日) 天气潮暖,似又将雨。上午徐显民、胡梅孙先生来,又陈厥羿来,夜餐下兴。

二十九日(6月25日) 天雨潮暖。上午徐吉逊来谈片时辞。下午坐舆至议事会议事,晚前仍坐舆旋家。

---

① 贾夙斋,浙江绍兴人。绍兴大通学堂英语教员。见《辛亥革命回忆录》(第4集)之朱赞卿《大通师范学堂》。

六月初一日(6 月 26 日)　天又雨。

初二日(6 月 27 日)　上午看诗以遣劣绪。

初三日(6 月 28 日)　乍雨晴。上午徐显民来谈,下午辞。

初四日(6 月 29 日)　晴。下午至徐吉逊、显民处谈,至夜餐后旋家。

初五日(6 月 30 日)　晴,天气潮热。上午徐显民来,下午徐子祥来,至晚上各客辞。本日天气凉快,可着夹衣。

初六日(7 月 1 日)　天雨,乍晴。

初七日(7 月 2 日)　微有雨。上午坐舆至南街田宅拜祭,即旋家。徐显民、胡梅森来谈,至晚上辞。

初八日(7 月 3 日)　又晴。书诗稿面篆字。李宅送帖来。下午田蓝陬、陈荣伯来谈,至夜餐下辞。

初九日(7 月 4 日)　又晴。上午徐显民、胡梅森先生来谈,下午徐吉逊来谈,夜餐下各客辞。

初十日(7 月 5 日)　又晴,寒暑表在七十余度。下午坐小舟至徐显民处谈,夜餐下仍坐舟旋家。本日县署将顽佃抗租事业为究办。

十一日(7 月 6 日)　晴,天气骤热。

十二日(7 月 7 日)　朝间天雨,上午晴。陈荣伯、徐宜况来,下午徐显民、胡梅森先生又来同谈,至夜餐下各客辞。

十三日(7 月 8 日)　晴,朝上寒暑表在八十余度。

十四日(7 月 9 日)　晴。

十五日(7 月 10 日)　上午雨。徐显民、胡梅森君又来,晚上辞。

十六日(7 月 11 日)　晴。上午田蓝陬来谈,又陈蕨孙又来谈,下午辞。

十七日(7 月 12 日)　晴。下午坐舟至徐显民家谈,夜间坐舟旋家。

十八日(7 月 13 日)　微雨。上午至汤公祠同议会诸君谈,片时即旋家。

十九日(7月14日)　晴。早上至菩提弄许宅一谈，即旋家。上午请罗君来画先室田夫人神像。

二十日(7月15日)　晴，寒暑表在八十度。下午坐舟至徐显民处谈，夜饭后旋家。

二十一日(7月16日)　晴暖。身体不快，坐卧自遣。

二十二日(7月17日)　朝上有雨。上午至徐显民处谈，夜饭后坐舟旋家。

二十三日(7月18日)　晴。上午许诵卿来谈片时辞。徐显民、胡梅森、徐宜况诸君来谈，至晚间各客辞。

二十四日(7月19日)　晴。上午贾幼舟来谈片时辞，又坐舆至大善寺拜胡梅森先生之母祭，又至汤公祠中饭。下午议会议事。晚前又至薛阆仙家谈片时，即坐舆旋家。今日天暑，为初伏日。

二十五日(7月20日)　晴，朝间寒暑表在八十余度。

二十六日(7月21日)　晴，天暑。镇儿有病，夜间不得安睡。想念田夫人，不禁触绪悲来。

二十七日(7月22日)　晴。朝间杨质安来诊镇儿病。上午至田宅拜外姑章太夫人之讳日，片时即旋家。晚前杨医又来诊病，田蓝陬亦来同酌药剂，后各客辞。

二十八日(7月23日)　晴。大儿在镇病略愈。

二十九日(7月24日)　晴，寒暑表朝间在八十六度。下午大儿在镇发寒热。

三十日(7月25日)　晴。朝间至杨医处改药方，即旋家。余感家有病人而内助乏人，即景又触先室田夫人已逝之憾。

闰六月初一日(7月26日)　天晴。上午至就近胡景凡先生处谈，片时即旋家。下午庄莼鱼来谈片时辞。有阵雨。

初二日(7月27日)　天雨。上午坐舆至徐显民家谈，为庄莼鱼、薛阆仙龃龉事也。下午坐小舟旋家。

初三日(7月28日)　天雨即晴暖。

初四日(7月29日)　晴,有大雨。余患寒身热头痛。

初五日(7月30日)　天晴,潮热。余病尚未愈可。下午又有大雨。胡东皋[1]来诊,酌药剂下辞。

初六日(7月31日)　晴。余病稍愈。上午至田蓝陬处谈,片时即旋家。

初七日(8月1日)　晴。撰房中联语,寓追感先室田夫人词意也。上午坐舟至徐显民家陪媒宾宴集,下午仍坐舟旋家。又患身热。

初八日(8月2日)　晴。朝上身体略可。上午田蓝陬来,蒋菊仙来,各谈至下午,客辞。晚上余又患身热。

初九日(8月3日)　晴。卧病在床。近日大儿发寒热,渐轻可。

初十日(8月4日)　晴。有病卧床。下午杨质安来诊,酌药剂下辞。夜发寒,拥被卧,又发狂热昏迷,半夜至后半夜稍轻可。

十一日(8月5日)　天晴。予虽身体乏弱,然日间神气尚清。朝间杨质安又来诊,酌药剂下辞。

十二日(8月6日)　天晴,上午有雨即晴。下午三四时,予又觉寒,拥被卧。晚前又发热,颇不可耐,至后半夜稍安。

十三日(8月7日)　天晴,时有雨。

十四日(8月8日)　晴,天气郁热。下午余又发寒,片时后即发热,苦况不堪言状;二儿在钰又有身热之病。一室之中,有三人同病。

十五日(8月9日)　晴。上午徐弼庭来问病,余在床不能见客,徐君即辞。

十六日(8月10日)　晴。下午又发寒热昏迷,不省人事。此种苦况,生平未曾有遇。夜大雨狂风。

十七日(8月11日)　风狂雨大,西首侧屋瓦角被吹倒。闻别家

---

① 胡东皋(? —1920),浙江绍兴人。善内科兼产科,住义恩寺前。曾任《绍兴医药学报》编辑。见《绍兴医药学报》(1909年第9期)。

墙屋亦有吹倒,乡间被水冲坏之建筑物,不计其数。

十八日(8月12日) 晴。上午田蓝陬来问病,在床前谈片时辞。下午又发寒热,神昏颠倒,极形苦状。杨医又来诊,酌药剂下辞。(田蓝陬又来同酌药剂)。

十九日(8月13日) 晴。下午又发寒热。按:前数次皆间日一发,今乃每日发也。

二十日(8月14日) 晴。徐吉逊来问病,片时即辞。近日余胃纳不佳,只能吃粥,大便不畅解。下午杨医又来诊,田蓝兄亦来同酌药剂,片时各辞。晚上又发寒热。

二十一日(8月15日) 似晴。

二十二日(8月16日) 晴。上午薛阆仙、王芝京来问病,免强在堂前坐谈片时,二君即辞。近日寒暑表在八十余度。

二十三日(8月17日) 晴。上午田蓝陬来,在病榻前谈话片时辞。近日所发寒热稍轻,惟舌有灰色,大便艰下且稀少。

二十四日(8月18日) 晴。朝间王芝京来谈李宅喜事发吉期、盘盒等事,勉强在堂前同其谈片时,王[芝]京即辞。

二十五日(8月19日) 晴。上午徐显民、胡梅森先生来看病,谈片时辞。下午杨医又来诊,酌药剂下辞。

二十六日(8月20日) 晴。余胃略动,惟大便仍不能畅解。日中大儿又发寒热。

二十七日(8月21日) 晴。本日大便稍下,惟不能如常。下午又发寒热,服燕补丸二粒。

二十八日(8月22日) 晴。上午大便下一次。薛阆仙来谈片时辞。

二十九日(8月23日) 晴。《为山庐悼亡百感录》业由许模记刻成样本已印来,拟再加改校数处,然后可以印行。

七月初一日(8月24日) 晴。今日为先室田夫人诞日之祭,即景生悲。田霭如来拜祭后即辞，又田扬庭来拜祭即辞。午后二时，镇儿发寒热；四时，余发寒热，至夜间八时神始清可。

初二日(8月25日)　似晴。上午余洗浴一次，最觉清快。下午又有大风雨。午后镇儿又发寒热，三下钟时余又发寒热。病经日久，不知何日可愈。

初三日(8月26日)　似晴，天气凉，夜可拥被。徐显民来谈片时辞。

初四日(8月27日)　雨。余胸腹不快，又头眩。下午胡东皋来诊，酌药剂下辞。患病日久，极感先室田夫人之不在而少随时专心看护，为可憾也。

初五日(8月28日)　雨。下午又发寒热。

初六日(8月29日)　又雨。下午胡东皋又来诊，酌药剂下辞。

初七日(8月30日)　晴。听前日东皋之言，不宜吃饭，只宜吃粥。

初八日(8月31日)　晴。经二日之饿，气力更不能支。田蓝陬来看，言东皋之医不以为然，劝余胃开不妨吃饭，但不可过饱耳。下午杨质安来诊，田蓝兄又来同酌药剂，片时各辞。

初九日(9月1日)　晴。本日微有寒热之恙。

初十日(9月2日)　雨。上午田蓝兄又来看病，片时辞。下午微觉寒热，而大儿在镇仍发寒热。

十一日(9月3日)　晴，又雨。余寒热之恙似有愈可之势，但头眩力弱，宜调养之。

十二日(9月4日)　似晴又雨。上午田蓝陬、薛阆仙来谈，至下午各辞。

十三日(9月5日)　又雨，人人咸冀其晴。日中祭本生先母曹太夫人讳日。纪堂弟妇及侄女来辞至苏州之行。田松内侄女来看病片时辞。

十四日(9月6日)　似有晴意。余寒热之恙似愈，惟大便不畅下,似湿热尚不清也。

十五日(9月7日) 又雨。较看《为山庐悼亡百感录》。

十六日(9月8日) 又雨大不休,水患遍处。百货稀贵,为可忧也。

十七日(9月9日) 天似转晴。余近日饭胃将复常,惟气虚坐久足肿,宜静养之。

十八日(9月10日) 天尚晴。予日来身体较纾快。

十九日(9月11日) 又似晴。

二十日(9月12日) 又晴。三儿在铻以湿疮日久,今日腹胀气急,情形可恐。查阅医书。晚上田蓝陬来看病,谈片时辞。夜不能安睡。

二十一日(9月13日) 又雨。铻儿之病如前,但气稍平。下午杨质安来诊片时辞。

二十二日(9月14日) 又雨,日间晴。

二十三日(9月15日) 天晴。

二十四日(9月16日) 又晴。清理账务。

二十五日(9月17日) 又似晴。阅报,蜀中以争铁酿乱,人民与官署战斗极形危急。

二十六日(9月18日) 似晴,又微雨。下午杨医又来诊铻儿病,酌药剂下辞。徐显民又来谈片时辞。

二十七日(9月19日) 似晴。闻陶七彪先生之夫人徐氏逝世,撰联以寄挽之。

二十八日(9月20日) 似晴。今日患泻。上午徐吉逊来谈,下午辞。近日足肿渐消。

二十九日(9月21日) 又有雨。余泻未愈,夜间三次,朝上一次,可虑。下午稍愈。

八月初一日(9月22日) 天晴,朝上寒暑表在七十三度。上午陈厥畀来谈片时辞。本日天气清胜。

初二日(9月23日) 晴。上午写应酬尺牍数通。

初三日(9月24日) 晴。大儿在镇疟病,至今日始愈可。

初四日(9月25日) 晴。近日余病虽愈,而心绪多劣。

初五日(9月26日) 晴。天气清胜。

初六日(9月27日) 晴。二儿在钰喉红肿微痛,身热。下午任汉佩来诊,酌药剂下辞。夜为钰儿病不能安睡。

初七日(9月28日) 晴。钰儿病稍轻。

初八日(9月29日) 晴。夜以大、二两儿有病不能安睡,追念田夫人,又触旧憾。

初九日(9月30日) 晴。上午坐舟同大儿至丁家弄任汉佩处诊,片时仍同大儿旋家。

初十日(10月1日) 晴。上午蒋菊仙来,又徐子祥、陈厥畀来谈蒋宅屋事,至晚上各客辞。

十一日(10月2日) 似晴又雨。上午蒋君辞。下午至田蓝陬处谈,片时即旋家。

十二日(10月3日) 雨。余病虽愈而精力柔弱,勉强核理账务。

十三日(10月4日) 晴。上午徐显民来谈片时辞。下午至“保昌”、“震和”钱庄一谈,即旋家。

十四日(10月5日) 晴。上午坐舆至南街徐宅吊首七,即旋家。清付各店账。

十五日(10月6日) 晴。

十六日(10月7日) 晴。钰儿有病,吐清水及痰,又姜片虫兼头痛。

十七日(10月8日) 雨。上午至田蓝陬处谈,片时即旋家。下午杨医来诊病,酌药剂下辞。

十八日(10月9日) 微雨即晴。钰儿病稍愈。下午至街购得来年历书,即旋家。

十九日(10月10日) 晴。上午田蓝兄来谈片时辞。旰前至胡景凡先生处谈,又至田禔盦处谈,又至田蓝陬处谈,片时即旋家。下午坐舟至胡七先生处一转,又至徐显民处谈片时,仍坐舟旋家。

二十日(10月11日) 晴,日间又雨。

二十一日(10月12日) 晴,正是春秋佳日。上午至"祥元"坐谈片时,即旋家。下午胡梅孙先生、徐显民、田蓝陬来谈,至夜餐下又谈数时辞。夜有月亮。

二十二日(10月13日) 晴。上午至任汉佩处陪员女看病,其喉中有白膜。任君为其刮去吹药治之,即各旋家。夜间员女喉中白膜消净。

二十三日(10月14日) 晴。日来心绪愈觉纷扰。

二十四日(10月15日) 晴。天气清胜。督工匠修屋。

二十五日(10月16日) 晴。下午至田蓝陬处谈,又至报馆谈,片时即旋家。

二十六日(10月17日) 晴。上午至程玉书处谈片时,又至街一转,即旋家。本日鄂省有警信,甚剧。

二十七日(10月18日) 晴。上午至徐显民处谈,下午旋家。本日钱市不开,现升奇昂,人心益形惶恐。

二十八日(10月19日) 晴。

二十九日(10月20日) 晴。收拾厢屋。下午至街各钱业探信息,即旋家。晚前徐显民昆仲、胡梅森先生、田蓝陬、鲍香谷等来,商谈时局若何防备之策,集议至半夜,各客散。

三十日(10月21日) 晴。上午至胡景凡先生处谈,片时即旋家。杨景堂来谈,片时即辞。下午至田蓝陬处同陈仲颐至胡梅森君处谈筹民团事,夜间十时旋家。近日以时事剧变,不能杜门静养。

九月初一日(10月22日) 晴。上午在家,俗务纷如。下午至田蓝陬处一谈，又至胡梅森君处一谈，又至同善局议事，至夜间十时旋家。

初二日(10月23日)　天晴。上午至汤公祠同诸君谈，片时即旋家。下午至胡梅森君处谈民团事，片时即旋家。

初三日(10月24日)　晴。上午贾、徐二君来谈。下午徐显民来，同至汤公祠谈筹民团事，将晚旋家。徐显民、陈厥彝来，夜餐下各客辞。

初四日(10月25日)　雨。下午至田蓝陬处谈片时，又至汤公祠议事会，晚上旋家。

初五日(10月26日)　又雨。公私事务纷繁。下午至同善局集议民团事，片时旋家。

初六日(10月27日)　雨。上午坐舟至大街，又至义仓民团局议事，下午坐舟旋家。

初七日(10月28日)　晴。上午至仓桥义仓民团局谈事，下午旋家。

初八日(10月29日)　晴。上午坐舆至南街徐宅吊伯荣之母出丧，片时即坐舆旋家。又至田禔盦、孝颛慰问仲威逝世，其年二十七岁，一病不起，可慨也。下午至义仓民团局事，晚上旋家。

初九日(10月30日)　晴，天气清胜。整饬家中事务。

初十日(10月31日)　微有雨。上午至民团局议事，下午旋家。

十一日(11月1日)　晴。上午至民团局共办成立事务及分段驻扎事，下午旋家。今年夏秋患疟之后，本应有多时之保养，乃时事剧变，为桑梓计，不能不从长维护，勉力支持公益。近闻各处警信甚多，人心又异常惶惑。

十二日(11月2日)　晴。余前患泻，今日略愈，但气力又感乏弱。夜有明月。

十三日(11月3日) 晴。下午至胡景凡先生处谈,又至周韵庭[①]处谈,片时即旋家。下午又至田蓝陬处谈,又坐舟至民团局筹办事务,片时仍坐舟旋家。

十四日(11月4日) 晴。上午整顿家中事件。下午至民团局办事,电闻上海道署被毁。

十五日(11月5日) 雨。上午整顿家事,又至民团局议事,即旋家。下午又至民团局议事,民军来电,占领杭州,捕获浙抚,市民安。即议定悬白旗,复电杭军政处。下午回家一转,即又至民团局文武公署及士民集议大事,至夜半乃旋家。

十六日(11月6日) 晴。上午至民团局办事,下午至府校办事,至夜间之十句半钟旋家。沿途月明风静,人民安处如常。

十七日(11月7日) 晴。上午至府校、绍兴军政分府共筹事务,分府长前日共推绍府程赞清[②]为之。下午谣言四起,人人惶急纷扰,有搬避乡隅者。余恐家中惊惶,特回家以镇定之。即又至府校办事,晚上旋家。夜又至义仓民团局办事,至夜半后之一下钟乃旋家。

十八日(11月8日) 晴。上午至义仓办事,下午旋家。片时后,同族弟、侄及镇儿又至义仓,晚上同至新园夜餐,又至义仓办事,夜半仍同族弟、侄及镇儿旋家。星月光辉。

十九日(11月9日) 晴。上午至义仓办事。下午坐舟至都泗门接省来之民军,至夜始到,遂同进都泗门,至仓桥上岸。以豫仓为其驻扎之所,照顾片时,又至义仓谈。夜趁胡七先生舟上岸旋家。

---

① 周振声(1884—1916),字韵亭,一作韵庭,号克家。浙江绍兴人。龙山法政学校别科毕业。见周建中《周氏家谱》之《二分世表·二十六世至三十世》。

② 程赞清,一作赞卿,字辅堂。江苏荆溪人。曾随使美国摄金山总领事官、中西义学监督。返国后历任德清、会稽、桐庐、海宁、钱塘等州县事,后任浙江绍兴府知府、绍兴临时军政府分府。见陈善谟《光宣宜荆续志》卷九《治绩》;颜士晋《桐庐县志》卷六《官师·治行》;《绍兴临时军政府收支征信录》。

二十日(11月10日)　晴。上午至义仓理事,下午旋家。

二十一日(11月11日)　晴。上午王念兹来。坐舟至义仓办事。晚上至“新园”夜饭,同席者徐显民、胡梅森、李雅斋、陈少云、陈和甫、陈厥彝、陈仲颐、车润田,片时席散,又(至)[同]显民至义仓谈事。天雨,坐舟旋家。

二十二日(11月12日)　晴。上午田蓝陬、鲍香谷来谈片时辞,又至义仓卸责等事。晚前至“新园”,夜餐后由大街旋家。

二十三日(11月13日)　晴。上午田蓝陬、鲍香谷来谈数时辞。下午王念兹来谈片时,又同至“文明”坐片时,又同至“春晏”,夜餐后各旋家。

二十四日(11月14日)　晴。上午徐吉逊、王念兹来谈。日中祭先曾祖讳辰。下午田蓝陬、罗柷甫来谈,片时各客辞。又至义仓民团局办事,时局甫稍定,一切须逐渐布置。余本拟卸责杜门,乃民团局劝任总务科事,再三辞之不获。晚间旋家。

二十五日(11月15日)　晴,寒暑表在六十四五度。上午至民团局理事,下午旋家。鲍香谷、贾柷唐来谈片时辞。又至田蓝陬处谈,即旋家。

二十六日(11月16日)　雨。在家整理事务,心绪纷杂。

二十七日(11月17日)　上午,王念兹、贾柷唐来同至民团局,下午旋家。

二十八日(11月18日)　微有雨,仍似晴。下午同儿女映相后,又至义仓一转,旋家。

二十九日(11月19日)　上午至街取相片,即旋家。又同申兄及族弟侄、镇儿至谢墅拜三代祖坟,又拜先大人、先室田夫人殡墓。下午事竣,仍同兄弟、侄及大儿旋家。

三十日(11月20日)　晴。上午同申兄及族弟侄及镇儿至稽山门外石旗村拜高祖墓。下午舟中饭后,仍同镇儿坐舟旋家。

十月初一日(11月21日) 晴。身心多病,时事又纷杂,可谓生不逢时也。

初二日(11月22日) 晴。本日应国事之所宜,剪发辫以改装,戚友中日见其多也。

初三日(11月23日) 晴。上午张芾南[1]来,谈片时辞。贾枧唐、徐宜况、鲍董甥来。旰间祭先大人芳畦公讳忌。下午贾、徐、鲍各客辞。又至民团局办事,又同陈厥彝、李雅斋至大路"最新"坐谈片时,各旋家。

初四日(11月24日) 晴。上午晒衣服,又触先室田夫人已逝之憾。又至民团局办事,至夜餐后旋家。

初五日(11月25日) 晴。上午至民团局办事,至夜饭后旋家。

初六日(11月26日) 晴,天气清胜。上午至民团局办事,下午旋家。

初七日(11月27日) 晴。上午至水澄巷徐宅谈,又至民团局办事,又至徐宅夜饭后旋家。

初八日(11月28日) 晴。上午坐舆至水澄巷徐宅贺喜,日中喜酌后,下午至民团局办事,晚上又至徐宅喜宴,夜旋家。

初九日(11月29日) 晴。家务纷如。

初十日(11月30日) 晴,天气清肃。上午至义仓民团局办事,夜餐后旋家。

十一日(12月1日) 天雨。下午田蓝陬来谈,至夜餐下辞。

十二日(12月2日) 晴。上午徐吉逊来谈,中饭下同至民团局。晚上同贾枧唐、徐显民至"新园"夜酌,片时各旋家。

十三日(12月3日) 似晴。上午收拾书籍。下午教三儿书及写字。

---

① 张芾南。绍兴"名记"钱庄经理。见中国银行总管理处经济研究室《全国银行年鉴》之第十章《钱庄与银号》。

十四日(12月4日)　似晴。上午至民团局一转,又同王念兹至“最新”坐谈,片时即旋家。晚前又至清风里“震和”谈,片时即旋家。

十五日(12月5日)　晴,微有雨。下午至观桥胡景凡先生处谈,片时即旋家。

十六日(12月6日)　晴,寒暑表在四十三四度。

十七日(12月7日)　似晴。上午至马梧桥及大街买货,即旋家。

十八日(12月8日)　时有雨。上午督工匠修屋。下午至街买床桌凳椅,即旋家。

十九日(12月9日)　雨。督工匠修庭宇。上午至田蓝陬处一谈,即旋家。

二十日(12月10日)　似晴。上午整饬家务。下午应酬客。晚上纪堂四弟由苏州回里,谈半夜。

二十一日(12月11日)　晴。朝间祀喜神。以续娶事筹办内外,应付事务,极费心力,是皆不得不行之苦衷也。

二十二日(12月12日)　晴。寅时迎续室李夫人彩舆来,在厅中行花烛礼。日间有贺客,先后纷至,设备筵宴应酬,须事事躬亲。虽有重订良缘之幸,而先室田夫人伤逝余憾,仍觉触念悲来,殊深哭旧迎亲之感也。

二十三日(12月13日)　有雨。整饬内外事务。

二十四日(12月14日)　似晴。

二十五日(12月15日)　晴。日中同纪弟及族弟侄、贾柷唐至“新园”饮膳,下午旋家。

二十六日(12月16日)　晴,水上有冰。

二十七日(12月17日)　晴。日中祭先府君诞辰。下午同贾、徐等客谈,数时客辞。

二十八日(12月18日)　晴,天气和暖。

二十九日(12月19日)　晴,天气清胜。成有《哭旧近新》七律诗一章[①]。

十一月初一日(12 月 20 日)　似晴,下午微有雨。

初二日(12 月 21 日)　天雨雪,寒暑表在四十度上下。

初三日(12 月 22 日)　天又雨。

初四日(12 月 23 日)　晴。本日为冬至。

初五日(12 月 24 日)　天又雨。

初六日(12 月 25 日)　天雨。下午杨质安来诊镇儿病,酌药单后辞。

初七日(12 月 26 日)　晴,水有薄冰。下午至汤公祠议事会议事,片时即旋家。

初八日(12 月 27 日)　晴。

初九日(12 月 28 日)　似晴,寒暑表在三十八度。

初十日(12 月 29 日)　昨夜下雪,本日晴。下午至田蓝陬处谈,片时即旋家。杨质安来诊镇儿病,酌药剂下辞。夜有明月。

十一日(12 月 30 日)　又似晴。

十二日(12 月 31 日)　晴。上午至司狱司前胡七先生处谈片时,又至徐显民处一转,又至大路陈宅、徐宅一转,即由大街旋家。

十三日(1912 年 1 月 1 日)　雨。余家(租)[祖]遗薄有田产,今岁年成不丰,且寒雨连绵,(梦)[农]人又借口稻不能打,田主收租未能及时为之。下午徐子祥、贾幼舟来谈片时辞。本日都督电,准改行

---

① 陈庆均《为山庐悼亡百感录》后有《辛亥十月续娶内子李夫人赠之以诗》,录如下:“丝萝千里系良缘,青鸟重征玉镜圆。三世睽违京邸籍(李夫人顺天宛平籍,自其大父陵舫先生以内阁中书补湖北清军府,久任之后留住鄂垣),十年珍重渭阳篇(外舅李荃荪先生随侍任所,李夫人生于清军府署乃先人相继遽捐馆舍,李夫人又为其舅氏陶七彪先生所钟爱,挈之来杭十余年)。沧桑几易身犹剩,苹藻余闲句好联(李夫人看诗集最夥,至今悉能背诵)。膝下孩提忻有恃,休嫌夫婿守寒毡。”

阳历，以今日为黄帝纪元四千六百（O）［零］九年之元旦。

十四日（1月2日）　晴。上午坐舆至新河弄徐沛山先生家祝寿，渠一再邀至新园宴集，下午旋家。夜又有明月。

十五日（1月3日）　晴，寒暑表在三十二三度。上午坐舟至南街陈厥龏家谈，又至徐子祥家谈，又至田扬庭家谈，旋家时日中。下午至后观巷田禔盦家谈，片时即旋家。

十六日（1月4日）　晴。上午坐舆至徐吉逊处午宴，下午仍坐舆旋家。

十七日（1月5日）　雨。下午沈可青、徐吉逊来谈片时辞，即坐舆至自治会商会议事数时，仍坐舆旋家。

十八日（1月6日）　晴。整理书籍等事。下午田孝颛来谈，至夜餐下辞。夜有明月清胜。

十九日（1月7日）　天气晴胜。

二十日（1月8日）　晴。上午至大路徐紫雯家集新年之会，并合映相片。日中公宴，至夜餐下仍坐舆旋家。

二十一日（1月9日）　晴。

二十二日（1月10日）　晴。余心绪既劣，志力又不坚，万事稽延，不堪自问，以后当力加策励。本日督理收租谷米事务。下午至大路徐质甫、紫雯处谈，又同徐宜况、礼和，贾柷唐、陈少云、周洙臣、陈雨亭、蒋宝兴等至“新园”夜餐，又听平调片时，至十时各旋家。

二十三日（1月11日）[①]　晴。上午同镇儿至杨质安处诊，片时镇儿坐舆先旋家，余又谈片时，乃旋家。

二十四日（1月12日）　晴。

二十五日（1月13日）　前夜下雪积数寸，本日朝间似晴。下午

---

① 日记原稿为“新历一月十日即旧历十一月二十三日”，此与上一日重。此日至“新历一月三十日即旧历十二月十三日”的错乱日期，径改后与民国前格式统一。

至大路徐紫雯处同周洙臣谈，又至新河弄徐宅谈，又至“保昌”高云卿处谈，片时即旋家。

二十六日(1月14日) 昨夜又有雨雪。

二十七日(1月15日) 似晴。看族潮弟续姻花烛。上午坐舆至新河弄徐宅贺喜，主人坚留，至夜宴下，仍坐舆旋家。

二十八日(1月16日) 晴。下午王芝京、庄莼渔、贾柷唐来谈，至夜餐下，王、庄二君先辞。

二十九日(1月17日) 晴。上午至胡景凡先生处谈，片时即旋家。

三十日(1月18日) 雨。

十二月初一日(1月19日) 天晴，寒暑表在三十八度。上午至金斗桥沈宅谈片时，又至大街一转，旋家。

初二日(1月20日)[①] 晴。见他处所载，本日为一月二十号，待查。

初三日(1月21日) 晴。

初四日(1月22日) 晴，寒暑表在四十度上下。下午至田褆龕处谈，片时即旋家。又有雨。

初五日(1月23日) 雨。上午至田宅，为公请之英文教师今日解课，并同蒋甥、存侄、镇儿至馆中行礼，蒋甥、存侄、镇儿即旋家。余又至田蓝陬处谈，片时即旋家。

初六日(1月24日) 雨。上午坐舟至窦疆鲍宅吊，中饭下仍坐舟旋家，时将晚。

初七日(1月25日) 又雨。

初八日(1月26日) 似晴。

初九日(1月27日) 天寒，微有雪。本日家塾教师张君解馆。

---

① 日记原稿为“新历一月十九日即旧历十二月初二日”。

初十日(1月28日)　晴。

十一日(1月29日)　又晴。

十二日(1月30日)　天气晴胜,寒暑表在三十四五度。俗务繁如,收拾家中庭宇,移住内室在东首堂房,有费一日之心力。

十三日(1月31日)[①]天气又清胜。上午清理租谷米事。下午同镇儿坐舟至杨医处诊,片时仍同镇儿坐舟旋家。

十四日(2月1日)[②]　晴。

十五日(2月2日)　天气又清胜。上午章伯庸来谈片时辞。

十六日(2月3日)　天气又清胜。上午至大街购纸笔等事,即旋家。

十七日(2月4日)　晴。下午胡坤圃来言,初从苏州卸政界职务旋里,谈数时辞。

十八日(2月5日)　晴。本日午时立春,大有春意先来之气。

十九日(2月6日)　晴,寒暑表在三十八九度。下午至"保昌"钱庄谈,片时即旋家。

二十日(2月7日)　晴。上午至丁家弄任医处看其诊镇儿病,诊后,镇儿坐轿先旋家;余俟酌药剂,片时即旋家。

二十一日(2月8日)　天气清胜。

二十二日(2月9日)　晴。上午同镇儿至后观巷田宅贺喜,午宴后仍同镇儿旋家。

二十三日(2月10日)　天气清胜。上午至大街购食用之货,即旋家。晚上循俗祀东厨司命神,并祭先本生母曹太夫人八十追纪,先行暖祭也。

二十四日(2月11日)　晴。上午同镇儿至任医处诊,酌药剂后,即同镇儿旋家。

---

① 日记原稿为新历一月三十日即旧历十二月十三日。

② 此条到"旧历十二月三十日"新历缺,径补后与民国前格式统一。

二十五日(2月12日) 晴。本日菀女、钰儿有病。下午至大街一转,即旋家。

二十六日(2月13日) 雨。

二十七日(2月14日) 似晴。

二十八日(2月15日) 晴。上午同镇儿至任医处诊,镇儿坐舆即旋家,余俟其酌药剂下旋家。下午又至街一转,即旋家。

二十九日(2月16日) 晴。朝间之六时循例祀礼年神及祭祖。日间清付各店账务,颇费心力。

三十日(2月17日) 晴。上午循旧供设祖宗传像等事。下午至大街购食用之货,即旋家。晚上祭历代祖宗传像。

民国元年壬子(1912)

正月初一日(1912.2.18)至十二月三十日(1913.2.5)

正月初一日(1912年2月18日) 月为壬寅，日乃甲子也。本日天晴好，寒暑表在四十一二三度。上半日仍拜神、拜祖宗，惟所有贺年应酬繁文，略异从前也。下半日书账、书日志等事。日来天气骤长，又觉春华和美。对兹时事，有志者应益加策励也。

初二日(2月19日) 天晴胜，早上寒暑表在三十七八度。梅花吐秀，日见精华。百种花卉，梅花与菊花最耐久而可爱也。予向爱花木，但园只数弓，又以纷如人事，未获肆志栽养，可谓有志未逮。上半日坐舟至南街田宅拜像等事，旰餐下谈数时，坐舟旋家。

初三日(2月20日) 晴，天气清胜，早上寒暑表在三十余度。上半日同镇儿至大街等处一转，即仍同镇儿旋家，时二下钟。下半日同镇儿至后观巷田宅拜先外姑章太夫人像，又至田宅拜杏村先内兄像，即在田宅谈数时，仍同镇儿旋家。本日即二十号也。

初四日(2月21日) 天微有雨，早上寒暑表在四十六度。予事繁性惰，旧年年下家中事至今犹未理清，新年事务又积。光华荏苒，每一念及，可胜惶悚。当兹时事扰攘，思得山乡清静处筑室数椽，督耕课子，以(误)[娱]岁月。

初五日(2月22日) 天又似晴，早上寒暑表在四十七八度。上半日坐舟至古贡院前徐宅拜像，又至九曲弄褚宅，又至水澄巷徐宅，各谈片时，即坐舟旋家。

初六日(2月23日) 天晴，骤有春暖之气。庭畔中之红绿梅及兰花、水仙花争开香蕊，最堪清玩。上半日书志账务等事。日中寒暑表在六十一二度。本日阅《时事新报》,自辛亥年十二月二十五日得清廷宣统皇帝退位谕旨后,从此中华定为共和立宪国体,清廷即属袁世凯君以全权组织临时共和政府,全国人民又公举袁为大总统,报中有袁承任之电矣。

初七日(2月24日)　天晴。春气大来,草木萌芽。上半日喜栽盆中花草。

初八日(2月25日)　晴,天气清胜,早上寒暑表在五十五度。旧有“头八晴,好年成”之俗语,今日可将旧语为新中华咏也。早上阅《公民必读二编》。上半日携镇儿、钰儿坐舟至稽山门外石旗村拜高祖墓,事竣下山。下半日过禹庙,登览片时,仍坐舟携镇儿、钰儿旋家。

初九日(2月26日)　天晴暖,早上寒暑表在五十六度。上半日至街晤李书臣[①],同至水澄巷徐宅谈片时,又至新河弄徐宅谈片时,又过后观巷田蓝陬家谈片时,即旋家,时二下钟也。天气潮暖。下半日至禹积寺前王念兹君家谈片时,又至胡景凡君及坤圃君家谈片时,即旋家。夜有月亮。前今两日旰间,寒暑表到六十度。首春有是天气,最可异者也。

初十日(2月27日)　天气潮暖,早上微有雨。本年改用正朔,而旧时拜岁繁文,颇觉简省。计客到者,初一日徐显民君;初二日田霭如君、徐吉逊君、胡司久君;初三日田禔龠君、孝颛、缦云君;初四日徐宜况君;初五日陈荣伯君,田寿官、松女士。以上戚友,仍循例一到

---

① 李文紦(1864—1941),原名笏,幼字亚宰,字书臣,一作虚臣。浙江绍兴人。曾任绍兴临时军政府会计科科员。著有《梦楠纽室诗存》。见李文紦《梦楠纽室诗存》;陈庆均《为山庐书问》;《绍兴临时军政府收支征信录》。按:《梦楠纽室诗存》卷下《哭亡友高啸谷(鸿奎)》:“甲子齐辰鬓发衰(与予同岁生),而今先我入蓬莱。”据此可知,其当生于同治三年(1864)。陈庆均《为山庐书问》之《寄罗钝翁书》(八月初十日):“陈朗老去冬遽返道山,李虚老月前又经物化。二君年皆上寿,同是数十年旧友。友交零落,不能不感概系之。”此信写于民国三十年(1941)八月初十日,故其当卒于民国三十年七月。

就兴。其余戚友，皆改旧习惯也。本日晚上请薛阆仙、胡坤圃、徐叔孙[①]，徐吉逊、显民，徐宜况杯酌，谈宴数时各兴。夜天雨，略有清胜之气。

十一日(2月28日)　天有雨，早上寒暑表在五十余度，天虽寒而尚清快。

十二日(2月29日)　天气清肃。上半日坐舟至南街陈厥槩家谈片时，又至徐子祥君家谈片时，又至庄莼渔君家谈片时，仍坐舟旋家。下半日至司狱司前胡梅森君家谈片时，又至新河弄徐宅询宜况君，又至大路徐紫雯君家谈片时，即旋家。夜有明月。

十三日(3月1日)　早上天微有雨，寒暑表在四十五度。上半日坐舟携镇儿、钰儿至谢墅村，上山祭曾祖父母、祖父母、本生父母、先大人及先室田夫人墓，事竣下山。下半日仍携镇儿、钰儿坐舟旋家。又同镇儿至街买货，时将夜，即同镇儿旋家。先室田夫人自昔年诀别，将及两周年。阴阳永隔，消息难通，生平夫妇恩情，都如过梦。我惭德薄能鲜，不克保卫室人，致田夫人为病伤身，每一念及，永为心疚。今同儿辈祭谒墓前，瞻视徘徊，念今思昔，又觉泪下涔涔也。

十四日(3月2日)　早上天尚雨，上半日又晴，下半日又微有雨。

十五日(3月3日)　天雨。上半日整饬家事。下半日至街一转，即旋家。日月荏苒，转瞬又度半月。

十六日(3月4日)　天微有雨。黎明六下钟同内人李夫人坐舟至陶家堰陶宅回门，即初见也。陪予盰膳者为陶上林[②]、运夏、□□，

---

① 徐锡麒(1878—1955)，字叔苏，日记一作叔孙、叔森，整理时统一为叔孙。浙江绍兴人。徐锡麟三弟，曾一同留日，加入光复会。皖案后，遭通缉。辛亥革命后曾任绍兴民团局长、商会会长等职。见绍兴鲁迅纪念馆《鲁迅与他的乡人二集》。

② 陶福炳，原名福桂，字上林，号秋帆。浙江绍兴人。陶在铭《会稽陶氏族谱》卷八《世系三上》。

姚君□□、谢君□□。又同妻舅氏陶仲彝[①]、七彪两先生谈数时,二下半钟仍同李夫人坐舟旋家。

十七日(3月5日) 天雨。早上阅报馆号外传单,知北京满王公等员附同兵变,害及外人。各国派兵进京,时事危迫异常。中华民国前途,兹后祸福,惟有冀于当今之在高位者。鹬蚌相争,渔翁有庆。新国雄豪,筹策高深,其对斯言而警觉哉?本日寒暑表在四十六度。上半日坐舆至南街陶仲彝君家见谈片时,即坐舆旋家。

十八日(3月6日) 天微雨。上半日祭祖宗遗像。下半日田孝颛来谈片时兴。

十九日(3月7日) 天晴。上半日同镇儿至街买笔墨纸砚等事,兼至大善寺看花园片时,仍同镇儿旋家。

二十日(3月8日) 早上天又晴。下半日督工人栽种花木。春气感动,所有花草日见青芽,栽养正赖及时也。晚前微有雨,即晴朗。

二十一日(3月9日) 天晴,寒暑表在五十余度。下半日至绍兴公报馆同王子余君谈数时,又至古贡院前徐吉逊君处酌酒,同座者陶仲彝、徐叔孙,李雅斋、吉逊昆仲,谈话至天将晓,坐舆旋家。

二十二日(3月10日) 天晴。上半日睡至十二计钟始兴。寒暑表在五十余度。旰前,胡梅森、鲍香谷、田蓝陬诸君来谈片时,同至田蓝陬家谈半日,余旋家时将晚焉。胡、鲍、田诸君为劝捐民团费事,城中保护地方治安,不能不办民团。然际此民穷财尽之时,纠费不胜其难。其在城中大家,虽吝于捐助者有之,而虚名实受,其力不及者

---

① 陶在铭(1844—1916),字仲彝,一字仲渊。浙江绍兴人。清同治九年(1870)举人。曾官江苏高淳、上元、铜山县知县。著有《寄槃诗稿》。见陶在铭《会稽陶氏族谱》卷十《世系五》、许应鑅《江苏同官录》、刘向东提供朱罗《晴山日记》。同官录载其生于道光甲辰年五月二十二日,与《晴山日记》载"癸巳年五月二十二日,晴。热甚。陶师五十寿。与杨小轩同拜寿,并至后堂见师母。晚席同坐七人"逆推同。《日记》民国五年三月初七日:"闻陶仲彝姻丈于前日下半日逝世。"据此,其当卒于民国五年(1916)。

又有之。即如吾家叨祖宗余庇，薄有田产，然须布衣蔬食，事事朴约，或可免强度日。若如前二年一遭逆事，即觉立见其难。地方公益等捐，虽最赞成，而实有不能踊跃之势。但人不谅我，犹谓吾家处境尚可，兹实虚名实受之累也。

二十三日(3月11日)　天晴胜，寒暑表在五十余度。予心力柔弱，思虑日增，事事玩延。每一念及，时殷负疚，兹后应自励心志之略坚也。

二十四日(3月12日)　早上天尚晴。下半日至“承源”同陈绩臣君谈片时，又至大路徐福钦先生家谈片时，即旋家。

二十五日(3月13日)　前夜天下雪，早上积盈寸，寒暑表在三十八度，天寒异常。阅近日各报，津京兵扰日渐平靖；袁世凯君业于初十日午后三时在外务部迎宾馆受大总统任，各项观礼者，南京总统代表，各省总督、都督代表，北京各部首领，八旗都统，海陆军长，满蒙回藏士绅，清太后代表，皆莅观也。

二十六日(3月14日)　天寒晴，早上寒暑表在三十五度。下半日纷纷降雪，又积数寸。

二十七日(3月15日)　雪霁，惟檐水点滴，仍似雨天。寒暑表在三十七八度。上半日陶仲彝姻丈来谈数时兴。夜课内人等书写(音)[韵]句，并戏占一诗：“春寒冷透碧窗前，日写荆川数幅笺。净几明灯同学楷，相期下笔有余妍。”

二十八日(3月16日)　天又雨。下半日杨景堂君以荐先生事来，夜餐下兴。天似晴。

二十九日(3月17日)　天晴。上半日杨景堂君、胡梅森先生来谈。旰下徐子祥君、邵后甫君来谈，至夜餐下各兴。天雨多日，一见晴胜即觉清快。本日上半日内子李夫人至南街陶仲彝先生家叙宴，下半日旋家(陶公为内子舅氏，前日自来面订也)。

三十日(3月18日)　天气晴胜。上半日阅报，知中华民国虽立，陕西等处兵祸纷纭，袁大总统颇不易措施。下半日同景堂族弟至题扇桥一转,又至新河弄徐宜况君家谈,片时即旋家。

二月初一日(3月19日) 天气清胜。月为癸卯,日为甲午。寒暑表在四十五六度。上半日至街一转,即旋家。吁祭先祖母讳日。下半日同族景弟及镇儿至街买书等事,即同景弟、镇儿旋家。夜阅《天演论》。

初二日(3月20日) 天气清胜。上半日至大善寺监察选举县议事会投票,至下半日六下钟旋家。今日共投票五百八十余,监察者九人。山会城中及附郭昔年调查甲级选举百余户,乙级选举(乙)[一]千五百余户。今投票者只有是数,可谓看得轻淡者也。

初三日(3月21日) 天气清胜。上半日例祀文帝,又祭本生先大人诞日。下半日坐小舟至南街陈厥彝君家谈片时,同至徐子祥君家谈片时,又同至庄莼渔君家谈蒋宅媒事。徐、陈两君前日到余家不曾面谈,今特转看也。又同徐、陈两君至绍兴府孔庙观览片时,即各旋家。

初四日(3月22日) 天似又有雨态。上半日至开元寺前汤公祠城自治公所监视开选举县议事会票,照章以票数多者选六人。现在士民对于此事看得颇轻,大半皆不喜运动,惟近今投票选举,必须先行运动,乃可被选,所以此等选举最不妥当也。在汤公祠吁餐下,同田蓝陬、陈仲颐两君至大街一转,各旋家。阅电报分单,闻绍分府王君①以汪君一案被沪捕拘禁,由沪分督保出,再俟复审。王君自任绍分府,迄今乡评颇劣,不识何故众心如此相背也。绍属之新世界,

---

① 王金发(1882—1915),原名逸,谱名敬贤,字季高,号子黎。浙江嵊县人。原是浙东洪门会党平阳党的首领,后加入光复会。辛亥革命后任绍兴军政分府都督,二次革命后于民国四年(1915)被浙江都督朱瑞杀害于杭州。见王世钟、王修才《剡溪王氏宗谱》卷三褚辅成《王季高君墓志铭》;卷四谢震《季高君行述》、蔡元培《季高君传》;卷十《名海公派第廿一世通字行》。

凡百行事，谬劣已达极点。即如称呼一事，王分府及厘捐局、民团局等处，不拘面称、书牍称，悉循满清习惯，皆称大人、大老爷，为分府、为局长者忻忻然直认不辞，余为骇异者数月矣。今始闻浙都督有通告(䜣)[诉]及此事，冀救此弊。想从兹前日之喜称大人、大老爷者，皆散风景矣。

初五日(3月23日) 天又微有雨。上半[日]书录账务等事，又庄伯丰君来谈片时兴。下半日天又雨。书录账务事。

初六日(3月24日) 天似有晴态。上半日徐宜况君来谈。旰坐舆至南街徐子祥君家宴，同座者陶仲彝姻丈、徐叔孙、秦宝臣、孙德卿[①]、胡梅森、徐氏昆仲。下半日同诸君谈，夜酒下又谈，至半夜旋家。

初七日(3月25日) 天晴，寒暑表在五十四五度也。贾柷唐君来谈。下半日徐君兴。

初八日(3月26日) 天气清胜。予心性惰弱，对兹韶华，有志者当如何策励也。下半日沈可青、徐子祥两君来谈，至夜半兴。余近来年虽日长，而言语行动仍觉疏忽。清夜思维，每自悔憾，以后必应力加戒谨。

初九日(3月27日) 天似又将雨。上半日徐吉逊君来，同贾君谈至半夜。天雨。

初十日(3月28日) 天又雨。上半日同徐吉逊、贾柷唐谈。下半日蒋菊仙、陈厥彝、孙德卿、徐子祥诸君来谈蒋宅同庄宅媒事，夜餐

---

① 孙秉彝(1868—1932)，字长生，号德卿，日记一作德清、德青，整理时统一为德卿。浙江绍兴人。国学生，钦加五品衔，以知县用。候选盐大使，分省候补道。清末入光复会，任大通学堂校长。民国初年，历任绍兴理财科科长、民团局局长。见孙秉彝《绍兴孙氏宗谱》卷十六《君锡公后文远公派》；钟华庭《孙德卿先生生前事略》；《绍兴文史资料》(第1辑)之孙光祖、孙效谨《孙德卿、孙庆麟生平事略》。

下各兴。连日酬应纷繁,颇形瘦弱。清闲之福,似余辈未曾前修也。

十一日(3月29日) 天似晴。下半日至仓桥中学堂询友人,不晤,又至大街一转,即旋家。陈厥龏君来谈片时兴。夜有雨。

十二日(3月30日) 天又雨。上半日至仓桥法政校同陈赞卿[①]君谈,片时即旋家。下半日天晴。夜有明月。

十三日(3月31日) 天气清胜。上半日同申兄、族弟侄及镇儿坐舟至稽山城外石旗村,登山祭高祖岳年公墓。事竣下山,舟中旰膳。又同至禹庙瞻览片时,仍同申兄、族弟侄、镇儿坐舟旋家。夜同贾君谈数时。天又有雨态。春间时雨时晴,转化最为快速也。

十四日(4月1日) 早上天微有雨,寒暑表在四十八度。上半日坐舟同镇儿、昭女、员女至谢墅拜田太公墓,又拜润之外舅墓,又拜外姑章太夫人墓,事竣下山。旰餐下,仍坐舟同镇儿、昭女、员女旋家,时将晚也(田内侄女菘小姐、月姑奶奶坐趁余家舟上岸,各旋家)。夜天又有雨。

十五日(4月2日) 天又雨。下半日内[子]李夫人回陶堰其陶七彪舅氏家为客。天时晴时雨。

十六日(4月3日) 天晴。旰祭先大父诞日。本日钲儿、昭女、员女至偏门外澄湾村拜田宅墓,至将晚始旋家。余下半日同族兄弟及贾君、徐君谈,半夜睡。时有明月。

十七日(4月4日) 早上天晴,寒暑表在四十八九度。上半日

---

① 陈燮枢(1874—1958),乳名有庆,字赞钦,一作赞清,又作赞卿,号友清。浙江绍兴人。日本早稻田大学毕业,光复会会员,在日本时加入同盟会。曾任绍兴龙山法政专门学校校长,浙江省临时省议会议员,第一届众议院议员。在上海时与褚辅成,沈钧儒、杭辛斋、陈时夏、童杭时、卢钟岳、田多稼、戚羽廎、王家襄诸先生组织全浙公会,反对曹锟贿选甚力。南下赴粤参加非常国会,与杭辛斋等组织“研几学社”。见陈燮枢《东浦陈氏怀十房宗谱》卷四《本宗行传·大四七房》;《绍兴文史资料选辑》(第2辑)之裘士雄《鲁迅与绍兴籍光复会、同盟会的会员》;佐藤三郎《民国之精华》(第1辑);北京敷文社《最近官绅履历汇录》。

田蓝陬君来，同至南街田扬庭家拜润之外舅生日之祭事。下半日仍同蓝陬内兄旋，路经胡景凡君家，坐谈片时，即同田君各转家。天有雨也。

十八日(4月5日) 天又雨。本日为先妻田夫人二周讳日。早上田霭如内侄先来拜祭，坐片时兴；田扬庭君又来拜祭，旰餐下谈半日，至夜餐下兴。本日系清明。

十九日(4月6日) 天晴。督工收拾书塾。夜阅高等史教课书，是书虽取简明，然有时尚嫌太略。

二十日(4月7日) 早上天微雨，即晴。上半日至街买书等事，即旋家。旰前韩筱凡先生上馆，旰间备酒肴谈宴。今年三儿在铻又上学也，但先妻田夫人不能亲见。每一念及，有心人又触旧憾也。下半日收拾书册。

二十一日(4月8日) 早上天微有雨，即晴。上午收拾书册。旰内子李夫人旋家。下午天暖，寒暑表在六十二度。予心志柔弱，治事未能勤谨，每一念及，自觉惶悚。

二十二日(4月9日) 天又雨，前半夜后有雷声，今早寒暑表在五十八度。上半日坐舟至谢墅，登山祭先曾祖父母、先祖父母、先本生父母墓，又祭先大人墓。又祭先妻田夫人墓，内侄田扬庭、霭如皆到墓前行礼。嗟乎！田夫人停厝山麓，已两阅暑寒矣。悲人间泉下永隔音徽，田夫人九京中念我如何未可悬卜。我今者虽犹寄红尘，每怀旧梦，永觉斯憾难消。本日继妻李夫人同田夫人儿女辈皆到墓前瞻拜，皆于下半日仍同旋家。

二十三日(4月10日) 晴，天气清胜。上半日同镇儿至南街田宅拜润之外舅讳日。下半日同田蓝陬君、镇儿至府学前、山阴学前观览片时，即同旋家。下半日又至街一转，即旋家。

二十四日(4月11日) 晴，天气清胜。书理账务等事。

二十五日(4月12日) 晴，天气清胜。上半日坐舟至南门外栖凫村，登马路及平地拜祖坟，又至孔家坪拜二世祖墓。下山舟中旰餐下,又至铜锣山拜坟,即下山坐舟旋家,镇儿随同也。天日骤长,到家时在五下钟也。

二十六日(4月13日) 晴,天气清胜。上半日至任汉佩君家商酌医药,谈片时即旋家。余二三年前项后右边肉外皮里有如米者一粒,按之颇活动,不痛不痒。至旧年春间,稍觉粗凸,乃近日又觉粗大,如桂圆核也,兼略有痛处,不知何以有此患也。旰前贾夙斋君来谈,饭下兴。下半日天暖,寒暑表在六十余度。

二十七日(4月14日) 晴,天气清胜。上半日坐舟至南门外盛塘村,登翠华山拜四世祖妣墓。下山舟中旰餐,又坐肩舆至贾村贾宅吊薇舟先生殓,徐子祥君亦到。夜畅谈不寐。

二十八日(4月15日) 晴。贾宅为客一日,上半日书贾薇舟先生神主,下半日及夜间又畅谈不寐。

二十九日(4月16日) 天晴。早上于贾宅同徐君各坐肩舆至娄宫村,各坐小舟旋家,时十下半钟。下半日睡数时即觉清快。晚前章伯庸来谈数时兴。近来天气骤暖,寒暑表在七十余度。人事纷繁,不得清暇,又加心志柔弱,每一念及,殊觉时形恐惧。大局尚不大定,有心人不禁对时增感也。

三月初一日(4月17日) 晴,天气清胜。上半日治理家务。下半日至街一转,即旋家。

初二日(4月18日) 晴,天气清胜。

初三日(4月19日) 晴,天气清胜。上半日徐吉逊君来,同韩筱凡君及余坐舟至偏门外娄宫村,坐肩舆至贾村吊贾薇舟先生首七。旰餐下,以时不早,各客为贾宅坚留,遂畅谈半日一夜。

初四日(4月20日) 晴。由贾宅早餐下,坐舆同韩筱凡、徐吉逊、贾如川过兰亭,观瞻片时,即下山至娄宫村,同坐舟进城,各旋家。下半日睡数时。晚上陈厥卿、蒋菊仙两君来谈蒋、庄两家解约事,谈半夜。天暖,寒暑表升至八十余度。

初五日(4月21日) 晴。上半日陈厥羿、沈可青又来谈，同蒋菊仙谈一日，至夜餐下各兴。天气暖如夏日也。

初六日(4月22日) 晴。上半日同蒋菊仙、族景弟至胡梅森君处谈片时，又至街一转，即旋家。天暖，寒暑表在八十五六度。晚上有雷雨。

初七日(4月23日) 早上微有雨，天气清快。栽种花草。上半日胡景凡君来谈片时兴。晚上又有雷雨。

初八日(4月24日) 天雨，早上寒暑表在六十八度。心中应办之事未可胜计，乃性惰力弱，玩延度日，每念自觉悚惧。

初九日(4月25日) 子时，西邻周宅后屋有祝融之祸，闻警即起，见其光焰已烈。此屋现为邵姓所寓，余家只隔一墙，殊觉心手紊乱。速将紧要簿据等件同家眷人等至前台门旁平屋暂驻，又遣仆人把守前后两门。又见灶屋及西首平屋急危难保，遂属工匠将平屋推倒，以隔其祸。兹后风渐向西，则吾家之屋宇幸免被害。然朝南边屋一间，朝东侧屋两间已倒破；又朝南平屋四间，及朝东披屋其瓦被水龙会中人悉行踏破，修理之费需洋数百元矣。俟其祸稍息，一面属工人泼水守破墙，一面至前屋同家眷人等回后屋及搬动等件，仍督工人携回。安排略定，咸谓吾家尚是幸事，而家中长幼饱受虚恐也。人心略静，而天气即转明亮。日间督工匠整饬各事。

初十日(4月26日) 晴。昨今两日荷戚友家之来顾问者，计四十余人。谈话迎送，竟日纷纷。日前足不停走，颇觉疲痛，今日略愈。下半日督匠人改造朝南边屋，又老太太有病，加延医诊视等事，心绪不胜纷扰也。

十一日(4月27日) 晴，时有雨。督工匠修屋及家慈医治事。

十二日(4月28日) 晴。督工匠修筑宅宇，事事皆须躬亲。

十三日(4月29日) 晴。

十四日(4月30日) 晴。上半日坐舆至香桥吊陈绩臣之祖母丧，片时即坐舆旋家。

十五日(5月1日) 天晴。日以督工匠修筑旁宅,不特增一番筹计之艰,而事事躬亲,最扰心绪,但其事讵能不勉强办之也。

十六日(5月2日) 天晴。督工匠建造朝东灶屋三间。徐吉逊君来谈。本日为天赦日,相传治百事都吉。但年来新学日进,从前习惯皆不拘执。兹种讲究,应悉感化也。徐君下半日兴。时将初夏,长日如年,勤于学业者,最易积功也。

十七日(5月3日) 上半日晴,下半日有雷雨。数时之间,天气寒暑不啻十数度之参差也。夜书儿女辈映字几纸。日来儿女讲书习字,颇喜用心,予见之心许。

十八日(5月4日) 晴。闻前半夜绍分府营兵以饷事冲突,几酿变祸。今日尚不守令归队,郡城人心又形惶惑。下半日谣言纷纷,市面不靖。夜餐下又有人言夜间营兵颇有扰乱之象,闻之家中皆惶恐不睡。今下半日至街一转,即旋家。据下半日信息,闻该营饷已发,兵已缴枪弹,何意夜间又起纷扰,殊不可解。惟干戈世界,上无道揆,下无法守,聚众持蛮,事所难免。住城之家,不能不筹避乱之策。然米珠薪桂,满地干戈,棘地荆天,何处可称安稳。乱世之人,不堪设想。余家又当有事之时,谁肯分责?处境至此,有不胜其恶劣者也。

十九日(5月5日) 天晴。城中自闻前日之兵队变,人心又形惶惑,纷纷筹避乱之策。民国之幸福未邀,民国之虚惊屡扰矣。

二十日(5月6日) 天晴。今日为立夏。上半日徐吉逊,田蓝陬、禔龕来谈,下半日各兴。今日闻城中人心略平。

二十一日(5月7日) 天晴。予家年来用度愈繁,财政一事,时以为虑。而家又不予谅,似转讶予调度之不善也。

二十二日(5月8日) 天晴。上半日至街一转,即旋家。督工匠修整宅宇,监工者监工匠之勤惰,尚轻监其修筑之优劣为重也。

二十三日(5月9日) 天晴。督工匠修整大灶。自前日侧披被毁,灶虽尚可,但侧披业今改筑,而灶原系两眼,今接长为三眼灶,所有灶基下墙并不改动，建筑尚称坚实。从今宅、灶都幸修复，心事略定也。

二十四日(5月10日) 天晴。上半日至街一转，即旋家。

二十五日(5月11日) 晴。上半日坐舟至水澄巷徐宅拜祭，下半日仍坐舟旋家。

二十六日(5月12日) 晴。近日边屋业经修复，心绪本可稍静，乃民国初立，当事者纷争不已，人心惶惑，时扰恐惧。

二十七日(5月13日) 晴。下半日至南街陈厥彝君处谈片时，又至徐子祥君家谈片时，又至徐伯荣君处谈片时，天将晚即旋家。

二十八日(5月14日) 晴。上半日至观前赤帝庙祀神，又至后观巷田宅谈，片时即旋家。下半日坐舟至大路一转，仍坐舟旋家。近日河水虽不甚浅，然天晴日久，咸冀时雨之下降也。

二十九日(5月15日) 早上天有雨。上半日至后观巷田宅谈，至旰餐下旋家。前今两日稍有风寒，不克快适。

三十日(5月16日) 晴。上半日至邻姚霭生家谈，片时即旋家。下半日至胡景凡、坤圃家谈，片时即旋家。

四月初一日(5月17日) 天晴。月为乙巳，日为癸巳。上半日邀徐吉逊、子祥、乂臣，章伯庸、徐宜况、韩筱凡、杨景堂诸君旰酒，下半日各兴。夜微有雨，天暖。吉逊、宜况至十八日早上兴。

初二日(5月18日) 天晴暖，寒暑表在八十余度。上半日睡片时。

初三日(5月19日) 天晴。上半日坐舆至古贡院前徐宅拜祭，坐片时即坐舆旋家。旰拜先曾祖妣祭。下半日有雷雨。

初四日(5月20日) 天又雨。

初五日(5月21日) 早上雨，下半日晴。同韩筱凡君、贾夙斋君至街一转，即旋家。

初六日(5月22日) 晴。上半日坐舟至昌安门外松陵村陈朗斋君家晤景平谈,片时即坐舟旋家。下半日同韩筱凡君至街一转,即旋家。

初七日(5月23日) 晴。上半日坐小舟至娄宫埠骑骊至贾村贾宅吊薇舟先生出丧,下半日坐肩舆至娄宫,仍坐舟旋家。

初八日(5月24日) 天微有雨。下半日坐舟至昌安门外松陵陈朗斋君家谈片时,又同游村畔览风景片时,即仍坐舟旋家。

初九日(5月25日) 天微有雨。上半日坐舆至南街田扬庭家拜先太岳长祭,下半日坐舆旋家。

初十日(5月26日) 天微有雨,寒暑表在六十八度,上半日晴。坐舟至陶堰陶七彪妻舅氏家谈,兼出其所制陶公柜开示片时。其柜以洋木为之,似书箱者两只。每只高不过二尺,广狭不过尺余。开之,有桌椅、衣箱,皆消纳其中。钩心斗角,颇擅奇术。至铰链木色之光洁,尤其余事也。又同至茅洋游新筑宽市,得同谈半日。先生志高气(敖)[傲],不肯谀人。然名教纲常,最所讲究。际兹国乱纷争,是非莫定,备聆清议,颇觉快心。下半日坐舟旋家,时将晚也。

十一日(5月27日) 晴。上半日学字数百。旰贾柷唐君来谈。下半日田蓝陬君来谈许时兴。

十二日(5月28日) 天气清胜。上半日田禔盦君来谈数时兴。下半日徐吉逊君来谈。晚上邵芝生君来,同韩筱凡君等人谈,至夜半兴。

十三日(5月29日) 天雨。上半日同徐君谈,又至后观巷田蓝陬君家谈,旰餐下即旋家。又至大街一转,即旋家。下半日徐吉逊君兴。夜阅春在堂《袖中书》。

十四日(5月30日) 早上天似晴。上半日鲍香谷、田蓝陬两君来谈片时兴。书尺牍等事。下半日陶堰来接李夫人客七彪先生家。日来天气清胜。晚前至后观巷田蓝陬君家谈,片时即旋家。夜有亮月。

十五日(5月31日) 晴。上半日陈朗斋君谈,又田蓝陬君来谈，旰餐下各兴。又陈绩臣君来谈数时兴。夜同韩君谈数时。

十六日（6月1日） 天晴暖。下半日徐宜况、邵芝生两君来，夜又谈数时兴。月最亮。

十七日（6月2日） 晴，天气清胜。上半日徐吉逊、宜况，罗柷甫、田蓝陬四君来谈，罗、田二君即兴，徐君至夜餐下兴。

十八日（6月3日） 晴，天气清胜，早上寒暑表在七十八度。

十九日（6月4日） 天暖，时有雷雨，晚上天气即清快也。

二十日（6月5日） 晴，天气清胜。下半日同韩筱凡君至县西桥、大路等处一转，过徐紫雯家坐片时，即旋家，时晚也。

二十一日（6月6日） 晴，天气清胜。收拾书籍等事。下半日同韩筱凡、沈桂生两君谈，夜餐下沈君兴。近日庭前缸荷又见花颗，足证节气之早[①]。曾记先室田夫人在日，四月间有荷花，夫人颇以为异，嘱予以七律志之。今有花又及其时，而田夫人故已两年余矣。追念前时，顿触悲恨。况当兹米珠薪桂，国乱时危，上下纷争，日在荆天棘地之中，忧虑不暇，又何有吟咏之佳兴也？

二十二日（6月7日） 早上天晴，上半日微有雨即晴。上半日坐舆至南街田扬庭家拜先外姑何太夫人祭，旰餐下仍坐舆旋家，时三下钟也。下半日洗浴之后，即觉清快。

二十三日（6月8日） 晴，天气清胜。上半日邵芝生君来，同韩筱凡会谈半日，旰餐下兴。下半日书记旧账。予年来最懒书账，今不能不勉强书之也。夜又同韩君谈数时。

二十四日（6月9日） 晴，天气清胜，日中寒暑表在八十五度。誊书旧年感念五言等诗，又收拾书籍等事。日来天日正长，办事最可

---

① 陈庆均《为山庐悼亡百感录》有诗记其事，诗曰："庭前荷芰手亲栽，岁岁评量迟早开。太息花时人不见，传奇诗句又谁催。（前年四月下浣，庭前缸荷即见花开，内人甚奇之，属予赋诗志异，予曾咏七律一首。今年花开不似昔年之早，而瞻对徘徊，又觉枨触于怀也。）"

奏功。予立志在敦品养德,但一至中年,即觉精力柔弱,事事有志未逮。

二十五日(6月10日) 晴,天气清胜。上半日邵芝生,徐志章、志珂来,同韩筱凡、族景弟、镇儿至大路看迎徐烈士[1]神牌入祠,其祠系前清廖祠[2]所改。沿途执事兵队及各党会等迎送者,非常热闹。城乡人之观看者,又人山人海。咸谓近年迎神赛会早经禁停,今有此盛事,足补数年不见之眼界。然天热人多,汗酸气甚不可闻。此等热闹之场,实不宜莅观也。片时即同族景弟、镇儿旋家。旰前同镇儿至后观巷新宅田蓝陬君家拜先外姑章太夫人诞日之祭,下半日镇儿先旋家,余又至斜桥周家璧君处谈,即旋家。

二十六日(6月11日) 晴,天气清胜,日中寒暑表在八十八九度。内子李夫人由陶堰旋家。下半日辑录要报,共计千数百字。

二十七日(6月12日) 晴,天气骤暖,寒暑表在九十度。下半日坐舆至周家璧君处谈,即坐舆旋家。

二十八日(6月13日) 天微有雨。久晴之下,咸冀霖雨大沛尘寰也。

二十九日(6月14日) 天雨。

---

① 徐锡麟(1873—1907),字伯荪,别号光汉子。清浙江山阴人。光复会会员。中国近代民主革命家。因刺杀安徽巡抚恩铭,后就义于安徽抚署东门外。民国元年(1912),浙江军政府派人迎灵柩回浙,安葬于西湖孤山南麓。见蔡元培《蔡元培文录》之《徐锡麟墓表》;章太炎《章太炎全集》之《徐锡麟陈伯平马宗汉传》。

② 廖祠,为纪念绍兴知府廖宗元而立。廖宗元,字梓臣。清湖南宁乡人。道光十九年(1839)举人,二十七年进士。曾官浙江德清、归安知县。后任绍兴知府,因与团练大臣王履谦议不合,太平军攻城,王逃,城破,廖殉难,年五十二岁。赠太仆寺少卿。恤如例在绍兴府城建专祠祀之。见郭庆飏、童秀春《宁乡县志》卷二十六《人物·忠义一》。

五月初一日(6月15日)　月为丙午，日为壬戌。本日天晴，橘花及夜合花等旦晚争开，清香遍处，最有味也。下午清书旧账。余年来懒书账目，旧年收支家中之账，至今始勉强清录，可见心志之惰也。

初二日(6月16日)　晴，天气清胜。上半日至府桥胡东皋君处谈片时，又至古贡院前徐吉逊君处，闻徐君到别处访友，余即旋。路过田君蓝陬家，谈数时即旋家。下半日周家璧、寿伯易[①]来谈片时兴。

初三日(6月17日)　晴，天气清胜。阅各报，日以国事纷乱，载不胜载。予虽伏处家庐，然见闻如是，实为中国前途之虑也。

初四日(6月18日)　晴，天气清胜，日中寒暑表在九十三四度。

初五日(6月19日)　早上天雨。本日是旧历端午，虽艾旗、蒲剑等事仍沿旧习惯，而商家理账每改新历也(一年四季，每季一节)。上半日微有雨，即晴。吁祭夏至祖宗。下半日为儿女画八卦数张。夜纳凉庭畔，室人李夫人同儿女环坐，仍如数年前风景，惟田夫人改为李夫人也。对新念旧，不禁又触宿恨。

初六日(6月20日)　晴。上半日阅沪杭绍等报，米价略平，然每升尚需八九十钱也。今年春收尚好，现在晚种能得夏雨调匀，可冀有年也。

初七日(6月21日)　晴，上半日同景弟、镇儿至大街“最新”坐，余又至徐宅新河弄五姑奶奶处谈片时，即仍至“最新”坐片时，又至大路、大街等处买药买花等事，仍同景弟、镇儿旋家。

---

① 寿平格(1873—1925)，又名龙光、伯旸、伯易。浙江绍兴人。三味书屋塾师寿镜吾侄辈族亲。曾在绍兴塔子桥水神庙创办“南区体育会”，聘请教练教授体操和武术；又创办“华族女工习艺所”，为贫苦妇女提供学习技艺的机会；又创办塔子桥小学。后来，曾任职于内务部河防工程局。见寿永明、裘士雄《三味书屋与寿氏家族》。

初八日(6 月 22 日) 晴。上半日至街一转,即旋家。本日为夏至。

初九日(6 月 23 日) 晴。上半日徐子祥君来谈片时兴。下半日书账,又录前人事典数则。寒暑表在九十一二度。

初十日(6 月 24 日) 晴。早上同镇儿至至任汉佩君处诊谈片时,即同镇儿旋家。上半日徐吉逊君来谈,至夜餐下兴。天气郁暖,时有雨。

十一日(6 月 25 日) 天雨。先妻田夫人之故将二十七月矣,服制未曾新改,今仍旧制,令儿女释素经。嗟乎!人生若梦,悲欢不常,日月如梭,阴阳易隔。追念先妻,百感交集,两行清泪,又复涔涔。我生永憾,再志两诗。

十二日(6 月 26 日) 天雨。寒暑表在七十八九度。书算账务等事。晚餐下至后观巷田蓝陬君家谈数时,至十下钟旋家。

十三日(6 月 27 日) 早上天似晴。本日乃关圣生日。天气清胜。看钉儿剪新式头发。下午学书楷字。

十四日(6 月 28 日) 天晴。早上寒暑表在七十一二三度。上半日同镇儿至任汉佩君处诊谈片时,即同镇儿旋家。

十五日(6 月 29 日) 天晴气清快。上半日看清理节账。下半日至“保昌”谈,片时即旋家。近日予身体时有不快。

十六日(6 月 30 日) 早上似又有雨态。上半日至杨质安君处谈镇儿病,镇儿坐舆,诊后先旋家,余又谈片时。天微有雨,又即旋家。上午治账务等事。天气清快。镇儿以积热未清,今似痢疾,应用清解汤药治之。

十七日(7 月 1 日) 天有雨。国事纷乱,日甚一日;家计艰难,年不如年。予念今思昔,惟日增忧虑之心也。

十八日(7 月 2 日) 天有雨,气尚清快。近日之雨,乃甘霖也。镇儿病略瘥,兹种病大约能快解大解,即清好也。今日寒暑表在七十余度。上半日学字,并录报中新闻事。

十九日(7月3日) 晴，天气清胜。予近来书细字又需眼镜。曾记庚戌年，以心绪恶劣，精力为之一衰，颇觉眼花。而旧年辛亥似乎略愈，乃知是恙系心境所致，尚非衰态也。讵今又复昏花，应益信衰态之增。然闻之常言，人到四十岁后眼花者，实系常事，于盛衰之证不在是也，但求身体强壮可也。

二十日(7月4日) 晴。前夜不能成睡，有怀先室田夫人，即志以诗："人心诡谲愈奇新，伉俪深情总是真。万事感君惭予负，不堪回首是前尘。"伤田夫人之偶，乃予生平最憾事也。上半日至邻姚宅谈片时，即旋家。又坐舆至古贡院徐宅拜祭。下半日看吉逊君花木，又谈片时，仍坐舆旋家。

二十一日(7月5日) 晴，天气潮暖，寒暑[表]在八十一二度。上半日胡梅森、陶荫轩[①]两君来谈片时兴。又姚霭生君来谈片时兴。

二十二日(7月6日) 天时有雨。上午同孔旦宪[②]、韩筱凡两君谈，旰餐下旦宪兴。下半日天气清胜。

二十三日(7月7日) 早上晴。上半日沈桂生、徐吉逊二君来谈，至夜餐下兴。

二十四日(7月8日) 晴，天气潮暖。上半日诸介如君来谈数时兴。旰前至大街一转，即旋家。暑天走街，最可畏。旋家洗汗后，静坐始清快也。夜同韩君谈数时。

二十五日(7月9日) 晴，天气骤热，寒暑表在九十三四度。余性畏热，每到暑天，不耐办事。旰拜先曾祖妣诞日。夜至半夜始略清快。

---

① 陶恩沛(1869—1917)，字荫轩。浙江绍兴人。光复会会员。曾任绍兴布业总董、商会会长。曾营救徐锡麟、秋瑾家属。多次支持孙中山，购铁路公债，为攻城筹款。民国五年(1916)获赠"经纬万端"横幅和六级嘉禾勋章。见陶维墀《会稽陶氏咸欢河支谱》之《陶公荫轩传》。

② 孔旦宪(1883—1946)，浙江绍兴安昌人。民国时绍兴国防研究会副总干事。卒于绍兴福康医院。(孙伟良提供)

二十六日(7 月 10 日) 晴。早上至田蓝陬君家谈,片时即旋家。上半日坐舆至南街田扬庭家慰问,盖扬庭之妻鲍氏年四十,于前下半日去世。其家平日赖其主持内政,今忽萎化,不特扬庭有丧偶之痛,其阖家亦失主持之人矣。人世之险,岂可胜言。田宅谈片时,又坐舆至和畅堂徐宅拜叔佩先生七十阴寿,稍坐片时,即坐舆旋家。下半日天热异常,幸有风雨数阵,至晚间觉清快也。夜同韩君谈片时。

二十七日(7 月 11 日) 晴。上半日至后观巷田宅,同蓝陬、陈朗斋清谈一日,朗斋前日约也。晚前各旋家。

二十八日(7 月 12 日) 晴。身体稍有不快,上半日卧。下半日天气郁热,晚前稍雨。

二十九日(7 月 13 日) 晴,早上天气清胜,寒暑表在八十五度。夏天清早,在庭畔观览花草,最快事也。处今日人人竞争之时,万事似不宜安分自守。然礼仪廉耻,人之所异于禽兽者,即在是也。予心性愚弱,而负疚寸衷之事总不愿为。与其是非不定,自爱者应以洁身为得计也。上半日徐吉君、马建君来谈,下半日兴。寒暑表在九十三度。本日初伏。

六月初一日(7 月 14 日) 月为丁未,日为辛卯。晴,天气清胜。早上阅春在堂书。

初二日(7 月 15 日) 晴。撰挽田扬庭之室鲍氏联云:“旧憾怕重提,琴里音乖,我尚神伤思奉倩;新丧聋戚鄗,鸾俦梦断,谁赓哀曲慰安仁。”又缀跋词云:“扬庭内阮室人鲍氏示疾旬日,遽反灵山。扬庭行年四秩,届悬弧之辰,感炊臼之梦。余本恨人,弦断年龄适相符合。前今感逝,苦调同弹。恶耗惊闻,顿触旧憾。率纪刍言,借当诔词。(此联请韩筱凡君书也。)”

初三日(7 月 16 日) 天气郁热,早上时有雨。畏热不耐治事。晚上始凉快。

初四日(7 月 17 日) 晴。上半日收拾住室。下半日天微有雨,即觉凉快。夜又有雷电大雨片时。予日来服食动静,不敢疏忽,所以身体尚好。

初五日(7月18日) 晴,寒暑表在九十余度。阅近日报,知总统虽号令全颁,而尊奉尚未能统一。有政府之责者,所当亟行整饬也。

初六日(7月19日) 晴,晚上有雷雨片时,即晴。

初七日(7月20日) 晴。上半日至大善寺城区初选举投票处管理事。盱下同陈牧缘、沈桐生①于寺中清凉处避暑片时,又管理投票事。城区上选民者四千余人,共到投票者二千又廿八票。晚上事竣旋家,时六下半钟。

初八日(7月21日) 晴。上半日收拾旧书册。下半日天气凉快。夜有明月,与儿女乘凉,颇有对月徘徊之感。

初九日(7月22日) 晴。天未明,寅初时忽患腹痛作泻,颇不可耐,且头眩神昏片时,即服十香丸、藿香丸,稍瘥。然日间头眩身热,手足疲弱,至晚上始略愈可。

初十日(7月23日) 晴。黎明兴,觉病愈可,即在庭畔阅视花草。早餐下,坐舆至大善寺初选开票处管理等事,至下半日仍坐舆旋家。微有雨即晴。闻选举章程既已杂乱,各处投票恶劣弊端,又有不堪言状。议员前途,乃如是耶!

十一日(7月24日) 晴。前晚略受风寒,上半日洗浴后虽稍觉清快,然有病时以不洗浴为是也,以后应戒之。日间仍略有头痛等

---

① 沈雨苍(1872—?),字桐生。浙江绍兴人。酷爱书法,善作擘窠大字,书宗颜、柳。清光绪二十三年(1897),任会稽县学堂第一任校长。辛亥革命后,书法益趋纯熟,绍兴市街招牌,多出其手。曾受北洋政府总统徐世昌褒扬,誉为“民国大书家”。辑有《光绪政要》《兵学新法十三篇》,著有《东西学书录总叙》。见《绍兴图书馆馆藏古籍地方文献书目提要》;《越国春秋》第37期之文蔚《师友漫录》。

恙。少年时精力充足,偶有小病,每易抵御;中年以后,气力渐弱,偶一疏忽,动(辙)[辄]得咎。自家有病自家医,虽系俗谚,然即策励我保养者也。

十二日(7月25日) 早上天微有雨,即晴。余患风寒,尚觉头眩有鼻涕。下半日贾柷唐、金缄三两君来谈。

十三日(7月26日) 晴。天气虽暑,尚觉清快,惟余头眩鼻涕尚未全好。日间同贾、金二君谈话永日。

十四日(7月27日) 晴。余病愈可。日间同贾、金二君谈永日。下半日徐宜况君来谈片时兴。夜收拾书轩,清风亮月,最快事也。

十五日(7月28日) 晴,早上天气清胜,寒暑表在八十四五度。日间暑热异常,晚上愈暑。夜不能酣睡,惟有明月为可佳也。

十六日(7月29日) 晴,天暑异常,寒暑表升至九十八九度。手不释扇,日间不能治事,夜难安睡。

十七日(7月30日) 晴。天未明时,以天暑至庭前乘凉,明月当头,最有静趣。坐片时又睡,黎明又兴。早上寒暑表在九十一度,日中又到百零一度。

十八日(7月31日) 晴。天未明时,以暑热不能安睡,又同内人、儿女在庭前乘凉许时,又睡片时,黎明即兴。早上寒暑表在九十一度。下半日摘录醒世高论。夜月最明。

十九日(8月1日) 晴,早上寒暑表在八十九度,天气尚清快。下半日闻营兵捣毁越铎[①]、一得[②]两报馆,并刺伤数人。一时城市又

---

① 《越铎日报》,辛亥革命后在绍兴出版的进步报纸。民国元年(1912)在鲁迅支持下创刊。报纸曾因对绍兴军政分府王金发等人的问题进行揭露,一度被捣毁。后来报社内部发生分化,民国十六年(1927)该报停刊。见尚海《民国史大辞典》。

② 《一得报》,民国元年七月在绍兴创刊,社址在绍兴城上大(注转下页)

为之纷扰。绍城自旧年至今日，以多兵为惧。该两报每将兵人之劣迹，有闻必登，以是得祸。此乃报馆之职分也。夜餐下，同族弟景堂、镇儿至开元寺看新剧改良社演新剧，至夜半仍同景弟、镇儿旋家。凉风明月，颇清快也。

二十日(8月2日) 晴。同贾枧唐、金缄三两君谈。夜餐下，又同贾、金二君，存侄、镇儿至开元寺看新剧改良社演新剧，夜半仍同贾、金二君及存侄、镇儿旋家。又有清风明月之胜也。

二十一日(8月3日) 晴，上半日有雨即晴。上半日缄三君兴。日间同贾君等闲谈。近日绍兴各报以前日扰事，办法不定，皆不发报。夜间天气颇凉快。

二十二日(8月4日) 晴。上半日至街一转，又至大路徐紫雯家看孙德卿，渠前于报馆中被兵刺伤腿也，谈片时即旋家。下半日沈桂生偕朱德哉君来谈片时兴。晚上天虽热而夜间尚清快，寒暑表在九十余度。

二十三日(8月5日) 晴。上半日徐子祥君来谈片时。寒暑表在九十一二三度。日来日中暑尚盛，而早夜每觉清快也。

二十四日(8月6日) 晴。天气晴久，人人咸冀霖雨之沛也。下半日同韩筱凡君至街。邵芝生君邀至初选举事务所，夜餐下又邀至开元寺看新剧，至半夜各旋家。

二十五日(8月7日) 晴。上半日李雅斋君来劝新剧国民捐场券，下半日兴。晚上天微有雨，免强同韩、贾诸君，镇儿至开元寺观剧数时，仍同韩君、贾君及镇儿旋家。

二十六日(8月8日) 晴，天气凉快，上半日寒暑表在八十一度。下半日至街一转，即旋家。今日为立秋。

二十七日(8月9日) 晴。上半日徐吉逊、贾枧唐谈。盰前至

(续上页注)路。创办人汪寿洗，经理孙子松。半年后即停。见方汉奇、王润泽、赵永华《中国新闻事业编年史》。

后观巷田蓝陬君家拜先外姑章太夫人讳日，旰餐下同蓝陬、扬庭等人谈，片时即旋家。儿女辈同到一拜，至晚前旋家。下半日又天暑。徐、贾各人谈，夜徐君兴。金缄三君谈。夜餐下天有大雨。

二十八日(8月10日)　晴。近日早晚天气凉快，日中尚暑，下半日有雨即晴。同贾、金二君谈(金君十一日兴)。

二十九日(8月11日)　晴，下半日又有雷雨，草木即觉滋润。阅各处报章，时事纷争，愈不可闻，心绪日增其忧虑也。

三十日(8月12日)　晴。早上至街大路一转，忽大雨骤下，就到教育馆坐，片时即旋家。上半日又有剧雷大雨片时。下半日徐吉逊君来谈。晚上同徐君、贾君、韩君至开元寺看新剧，至十二下钟旋家。闻近日绍分府及兵队已取消遣散，所尚不遣散者只少数矣。惟衙门局所纷争紊乱，闻者骇愕。是非不讲，赏恶罚善，有礼义廉耻者，转不能容于斯世。变幻至此，实可忧也。

七月初一日(8月13日)　月为戊申，日为辛酉。天晴。上午治先妻田夫人祭事，田霭如、□□、□□三君同来拜祭，谈片时兴。又菘内侄女、寿曾再内侄来拜祭，至晚上兴。下半日有雨，夜间天气即觉清快。

初二日(8月14日)　晴。日来午间虽尚暑，而早夜骤觉凉快。“一年容易又秋风”，不禁对时生感也。

初三日(8月15日)　晴，天气又热。阅报知议会选举须俟中央命令统一举办，浙江不能自异。果尔，则前办之选举恐不见有效矣。下半日有雨云，而只下微雨即晴。

初四日(8月16日)　晴。余身体略有不快，坐卧度日。夜有大雨。

初五日(8月17日)　早上有雨即晴，日间又有雨。

初六日(8月18日)　晴，天气潮湿。下半日有雨，即觉凉快。

初七日(8月19日)　雨，天气凉快，早上寒暑表在七十五六度。

上半日祀奎星神。天雨颇骤，从今田禾得(占)[沾]滋润矣。

初八日(8月20日)　晴，天气清快，早上寒暑表在七十三四度。下半日蒋菊仙君来谈。夜月清亮。

初九日(8月21日)　晴，天气清快。下半日陈荣伯君来，谈数时兴；又陈厥彝君来谈，夜餐下兴。夜同韩筱凡君、贾枧唐、蒋菊仙君谈数时。

初十日(8月22日)　晴。下半日薛阆仙君来谈，至夜半始睡(韩、贾诸君同谈也)。今日有月最清明。

十一日(8月23日)　晴。上半日(问)[闻]陶运夏故，年甫二十五。英文程阶已高，人颇有志上进。今竟去世，亦可哀矣。薛君、贾君谈片时兴。

十二日(8月24日)　晴。上半日沈桂生君来谈，下半日兴。下半日有雨。收拾家中等事。夜阅唐诗。天气又觉清快。

十三日(8月25日)　早上天有雨。盰祭本生先慈曹太君讳日。下半日有雨。

十四日(8月26日)　雨，日间晴。下半日田蓝陬君来谈，同至书塾，韩筱凡君及其客孙德生君聚谈数时各兴。今日天气清快。

十五日(8月27日)　早上天晴。盰祭旧历中元祖宗。下半日徐子祥君来谈，至晚上兴。晚前有雨。学草体字。

十六日(8月28日)　早上天晴，天气潮湿。上半日雨。坐舆至古贡院前徐宅拜祭。下半日同吉逊、子祥等人谈，晚上又谈至半夜。风雨最狂，肩舆不能行路。又谈至十七日天亮，坐舆旋家。

十七日(8月29日)　雨，风又大。上半日阅报片时，即睡数时兴，天盰也。

十八日(8月30日)　晴，天气潮湿。下半日收拾旧书籍等事。

十九日(8月31日)　晴，天气略清快。本年初夏，余于园地上拾得晚谷苗数株，种在花盆。今日见青谷新生，家中人见而奇之，足证有为者万事均可成也。晚谷种下泥，宜水养。余以种荷花泥盆种之，所以得及时而生也。夜有明月。

二十日(9月1日) 晴，天气潮热。日中尚有残暑。上半日徐宜况君来谈，下半日兴。夜即觉凉快。天有月。

二十一日(9月2日) 晴，早上寒暑表在八十度。上半日至街一转，即旋家。徐宜况来谈，下半日兴。今日天气清快。

二十二日(9月3日) 晴，日中寒暑表在八十余度。新秋天气，又转清胜。下半日喜栽花草。

二十三日(9月4日) 晴，天气清胜。旰前铻儿唇边被工仆碰伤，怒詈工仆。下半日见铻儿口唇肿稍平，惟有紫血痕也。

二十四日(9月5日) 晴。上半日至田禔盦君家谈片时，又至水澄巷徐乂臣君家谈片时，又至大街书肆买书，即旋家。民国二年新历已印成，仍有旧历癸丑年节气条例等事，大半是仍旧者也。

二十五日(9月6日) 晴。上半日徐吉逊君来谈，至夜餐下兴。

二十六日(9月7日) 晴，天气又暑，寒暑表在九十度。上半日田禔盦君来谈其家事半日，至旰兴。下午天又暑，夜始清快。

二十七日(9月8日) 晴。上半日徐吉逊君来谈。早上内子李夫人回陶堰，以其舅母周年忌日事也。

二十八日(9月9日) 晴，天气又暑。上半日坐舟至陶堰西南湖陶宅拜七彪舅母周年之祭，旰餐下同七彪、南裳①先生谈数时，仍坐舟旋家。今日旰下有雷雨。

二十九日(9月10日) 晴，天气清凉，寒暑表在六十八九度。下半日微有雨，寒暑表在六十四五度。

八月初一日(9月11日) 月为己酉，日为庚寅。天有雨，寒暑

---

① 陶闻远(1856—?)，原名在恒，又名佩贤，字实庵，号南常，一作南裳，小字葭生。浙江绍兴人。清光绪十七年(1891)举人。见陶在铭《会稽陶氏族谱》卷十《世系五》；陶闻远乡试履历(《清代朱卷集成》册283)。

表在六十四五度。予近来夜间又不能多睡。大局如此纷扰,家中用度浩繁,财力艰难,支应时虞不给,全家又不知余之难处稍加原谅。是种苦心,向谁人语?惟有寸衷隐患也。

初二日(9月12日) 天雨。寒暑表在六十七八度。上半日徐吉逊君来谈,夜餐下兴。清秋佳日,大可学业。予以心绪纷扰,不能专心研究学问。每一念及,为之自憾。光华荏苒,年力就衰,虽有志者其将奚以策励也。

初三日(9月13日) 早上天雨,上半日晴,下半日又微有雨。至后观巷田蓝陬君处谈数时,即旋家。

初四日(9月14日) 天又有雨,下半日晴。王芝榛君来谈片时兴。今日稍有不适。秋间寒暖不常,衣服饮食最宜节调,以后应时常注意也。夜间身体略愈。

初五日(9月15日) 晴,天气清胜,最是春秋佳日也。寒暑表在六十余度。如能晴雨得时,晚谷可庆有年也。

初六日(9月16日) 晴,天气清胜。上半日至街一转,即旋家。下半日又同韩筱凡君至大街一转,即旋家。下半日内人旋家。

初七日(9月17日) 天雨永日,风狂雨骤。各事为之拖延。

初八日(9月18日) 天雨又密。有是两日夜雨,人人又冀其晴者也。上半日田孝颛君来谈许时兴,又徐宜况君来谈晚上兴。骤雨不休,又为可虑。

初九日(9月19日) 天又雨。上半日同韩筱凡君至观桥胡宅询景凡先生病,晤坤圃谈片时各散。又至后观巷田禔盦家谈片时,即旋家。下半日徐子祥君来谈片时兴,又田禔盦君来谈片时兴。晚前又至田禔盦家谈,其同侄孝颛辈分析家产事,同谈者葛杏农、陈叔唐、鲍星如,田蓝陬、扬庭、禔盦、孝颛等人。禔盦、孝颛前以稍有意见,遂提此事。今将分据逐条磋商通过,惟住屋事本定拈阄,乃孝颛家喜住老屋,不愿拈阄,此事颇费磋商。禔盦家始允可,由是一律通过。今先将草分据,由其主分。母葛氏及所到人先行草押,各散。余旋家时四下钟也。

初十日(9月20日) 晴,寒暑在七十一度。明日以事拟至杭沪一行,下半日收拾行装。夜有明月。

十一日(9月21日) 寅初兴。微有雨。即吃早膳,同韩筱凡君乘大舟至西郭城外,天将晓。逾时风雨又密,沿途堤岸多有水溢,晚禾被水浸者数日矣。如即见晴光,尚可补救。今日之国家,不能不求助于彼苍者也。本日以风狂雨骤,舟行为难,至下半日四下钟始抵西兴。时晚不能西渡,泊舟宿焉。夜同韩君旅话。余口占诗云:"停舟兀坐一灯青,人语粗嚣不可聆。心扰何堪成客梦,翌朝西渡到南星(南星,杭州车站也)。"

八月十二日(9月22日) 西陵舟中早兴,天似晴。属徐国佩过塘行雇坐肩舆渡钱江,至南星车站时,七下半钟。稍憩至八下钟,坐三等车(是日头、二等车不坐人也)开行。上半日时晴时雨。车窗观览各乡风景,自艮山城外至嘉兴百数十里,大半是种桑树桑秧,约略种桑之地与种五谷之地相等。岸边并多荳类及蕃茄等种。至嘉兴、嘉善以外,则桑树渐稀,平畴满眼,皆五谷也。其田畯情形,颇与吾绍各乡相似。盖此处业农者多系绍人,所以播种手续不甚差异。嘉兴等处之田沿并有狭河,皆种青菱。斯时菱实始生,每见妇人以木大脚盆泛于河上,人坐盆中,随处采菱,其水浅河狭即女人亦易登岸。近今教课书中所云"菱塘浅、坐小盆",(亮)[谅]即是也。观村人耕田而食,纺织以衣,乡野僻处,不问治乱,仍有课晴问雨之常,见之令人转为可慕。至下半日五下钟,始抵上海车站。下车雇东洋车坐至汤盆弄周昌记客栈,俟行装车到,查视一遍,即同韩君至大马路等处阅视,并晚餐也。又同至天乐窝听书片时,即同旋寓,时十一下钟也。

十三日(9月23日) 晴。早上由沪寓兴。上半日同韩君各包东洋车坐至小东门外,卸车徘徊片时,不见昔年之小东门,只见高大新城垣,额曰"玉带"。乃询人口,此是小东门之改筑也。遂同韩君至城中街市及城隍庙等处阅视，时将旰，仍回玉带城外坐原车旋寓。旰餐下二下钟，又坐东洋车同韩君阅视张氏味莼园，啜茗小憩片时，又坐车至愚园观览陈列所及看铁栅栊中猛虎、仙鹤等处片时，天将晚，坐原车旋寓。稍憩片时，又同韩君至四马路杏花楼，晚餐下，又旋寓。坐片时，又坐东洋车至三马路大舞台戏馆观剧，至十二下钟仍坐原车旋寓。

十四日(9月24日) 晴。早上寓中兴，吃点心下，至大马路买货等事，即旋寓。修新式头发。下半日至北京路浙江银行看陈荣伯君谈片时，忽有雨即晴，陈君同余至大马路等处观览买货等事。又至汇中外国番菜馆七层楼上啜茗吃点心，每客洋二角半，红茶、洋糖、蛋糕、牛奶皆列焉。洋房高敞，杯盘洁净，颇可写意。兼同陈君至屋上晒台凭栏观眺片时，即下，又至各处买货。天将晚，陈君偕余旋寓。夜餐下，又同陈君、韩君至大马路等处观览及茶楼稍坐，看行人之扰攘，对秋月之清凉，殊觉触人旅感。十下钟时各散，乃同韩君旋寓。寓中遇同乡李君，以时尚早，又同韩君至四马路等处看打弹及阅视片时，即同旋寓，时十二下钟。寓中又谈话片时，解清旅费及收拾行装等事，以备明日言旋之计。

十五日(9月25日) 晴，天气清胜。早上由寓中兴，查视行装，雇车至车站。见上海市场今日早上盛售各种鲜花，提携负担，聚花成市，人人争买之。但不识是否每日如是，抑系只今日中秋令节如是，以待考焉。同韩君车站中稍停片时，七下钟上车，至十二下钟抵杭。下车换坐东洋车，至旧学院前得升堂客栈暂寓，即属栈人持铁路行装单至铁路车站携行装。余同韩君至涌金城外西湖岸啜茗清谈，兼旰餐也。下半日回寓，查视携到行装，又同韩君至清坊河街市等处阅市，夜饭于聚丰园。月夜徘徊旋寓，风尘仆仆，席不暇暖，人几疑余乃兴会颇佳，其实寸衷心事，有难言之隐。寓中床几劣败，不能安睡，感怀七律一篇："半生多病为忧时，家计艰难未易支。世上薄情增客感，镜边青鬓怅年移。人民优劣剧争竞，门第清寒勉保持。谁谅中秋行旅志,寸心惟有月明知。”

十六日(9月26日) 晴,天气清胜。由杭寓中早兴,收拾行装,坐舆东渡至西陵,时七下半钟。属王祥和行雇舟,韩君另雇舟回其家。余坐舟到柯桥三下钟,登岸买点心,即又坐舟进西郭城,至家六下半钟。卸行装后夜膳,天有明月,同内人儿女讲论许时。

十七日(9月27日) 晴,天气清胜。收拾行装等事。上半日坐舆至观桥吊胡景凡君首七,又坐舆至南街陶仲彝先生家贺其立嗣之喜,旰筵散,即坐舆旋家。又至大街等处一转,即旋家。

十八日(9月28日) 晴,下半日有雨即晴。在家治账务等事。

十九日(9月29日) 晴。督解秋节各账。人事杂还,殊觉纷繁。

二十日(9月30日) 晴。家事纷如,颇扰心绪。年来家用日增,支应时虞不给,宵旰筹思,每殷恐虑。家中上下,谁能谅我知我也。

二十一日(10月1日) 晴,天气清胜。旰前祭高祖诞日。下半日贾柷唐、徐宜况来谈,至将晚兴。晚前戏栽花草。

二十二日(10月2日) 晴。上半日徐紫雯、金缄三,贾幼舟、柷唐来谈,至夜餐下徐君兴。

二十三日(10月3日) 晴。上半日同贾君等谈。旰前坐舆至新河弄徐沛山先生家贺其嫁女喜,旰酒下谈片时,仍坐舆旋家。下半日徐紫雯、陈少云来谈,又田孝颛君来谈片时兴。晚上为客人所请,雇唱摊曲于厅事,同客听焉,至半夜各散。

二十四日(10月4日) 晴。缄三、幼舟兴。连日酬应,颇觉支撑。下半日睡卧数时。

二十五日(10月5日) 晴。上半日同贾柷唐至西郭徐紫雯家谈,夜餐下,渠家又雇唱摊曲,听至夜半坐舟旋家。

二十六日(10月6日) 晴。今年桂花不曾盛开,前到杭沪时,其香风亦不多闻,此似亦有年岁使然也。

二十七日(10月7日)　晴。上半日至和畅堂徐宅询祝融之祸，以逊谈片时。又至曹宅，适德斋以初生女剃头，坚留盰餐。下半日渠家亦雇唱摊曲听之，晚上旋家。

二十八日(10月8日)　晴，寒暑表六十余度。下半日有雨。

二十九日(10月9日)　晴。上半日田禔盦来谈片时兴，又贾柷唐来谈，盰餐下兴。下半日至大路"保昌"谈片时，即旋家。

九月初一日(10月10日)　晴。上半日至大路徐紫雯家同宜况、少云等人谈，至夜餐下，同至大街看民国纪念提(登)[灯]会，据云今日乃旧年之八月十九日也，迎者乃党会、兵警、府校、商会等人，看毕时九下钟，各旋家。本月月为庚戌，日为己未。

初二日(10月11日)　晴。上半日至南街田扬庭家拜太外舅祭，下半日旋家。

初三日(10月12日)　晴，早上微有雨即晴。下半日戏穿西式衣服，颇费事，即卸下。

初四日(10月13日)　晴。上半日治账务等事。夜同韩君谈。

初五日(10月14日)　晴，天气清胜。誊录日志。

初六日(10月15日)　早上似有雨，即晴。上半日书日志。下半日同韩筱凡君至街一转，即旋家。

初七日(10月16日)　晴。改录旧咏律诗。寒暑表六十余度。

初八日(10月17日)　晴，天气清胜。上半日学字。近今时事及阅各报所载，令人骇异之事，笔不胜书。总之不外人为者非，自为者是也。

初九日(10月18日)　晴。本日是重阳令节，天气清胜，寒暑表在五十八九度。锫儿今日生日。回忆昔年先室田夫人生产时艰难情形，恐虑犹在目前①。然当时母子幸得两全，今者儿日长大，佳节又

---

①　陈庆均《为山庐悼亡百感录》有诗记其事，诗曰："又报稚儿(注转下页)

来,追念我先妻,不禁又动旧感。日中寒暑表在六十八度。下午录旧时咏诗。窗明日丽,最可读书学字也。夜有明月。

初十日(10月19日) 晴。上半日学字。今日寒暑表在六十余度。新谷即可收获,倘能天时再晴好半月,晚禾都登仓箱,苍生咸庆有年。

十一日(10月20日) 晴,天气清胜。

十二日(10月21日) 晴,天气清胜。时乱如今,万事不耐整饬,虽有志者,恐虑之心日在念中。

十三日(10月22日) 晴。上半日田蓝陬君来谈,又扬庭、霭如两君来谈数时兴。下半日同韩筱凡君至龙山等处及街市一转,旋家时晚也。夜戏吟诗钟七律一联,题《曰菊曰梦》,借志于下:"篱边粉黛知秋晚,枕上功名记夜深。"

十四日(10月23日) 早上天有雨。上半日坐舟至东郭门外张家山,田宅邀看开窨圹拟葬先外舅、外姑也,片时下山。田宅舟中肝餐下,仍坐舟旋家。今日天雨纷纷。同看者鲍诵清,田蓝陬、扬庭、禔盦、缦云及田宅账友等人。前日天晴,蓝陬、扬庭来约余看,今乃有雨,颇不畅快。致旋家时,将晚也。

十五日(10月24日) 天雨。今日霜降。下半日又拟《菊梦》诗两联,借志于下:"傲骨霜天留晚节,闲情月夜证前生。""陶令篱边秋色满,庄周灯畔幻情酣。"

十六日(10月25日) 早上天似晴,寒暑表在六十余度。

十七日(10月26日) 早上天晴。上午仍旧例祀神。近日菊花初放,晚节清香,最为可人。下半日同韩筱凡至街一转,即旋家。

十八日(10月27日) 天晴。有是数日晴好,乡人可咸收晚谷。

(续上页注)佳节生,菊花清丽喜天晴。他年兹日登高会,汤饼题糕共举觥。(三儿在锫生日是重阳,内人初颇难支,自生后即觉平安,并谓可佳者生日是重阳也。将来汤饼筵开,即是题糕雅集。)"

苍生米食充裕，又是目前之幸事。

十九日(10月28日) 晴，早上寒暑表在六十八度，下半日有雨。

二十日(10月29日) 天朗。上半日录诗。下半日至东昌坊朱阆仙君处，朱君病尚不能行走，其友人章君等谈片时，又至后观巷田蓝陬君家谈，片时即旋家。

二十一日(10月30日) 天雨。前日镇儿又有大解艰滞之病，今日虽略瘥，然仍时常艰痛。大约其气血虚热所至，平日间总以清热滋养为是。

二十二日(10月31日) 天又有雨态。夜撰挽胡君景凡一联云："老成借箸，四座倾心，粉饰戒平居，幸为故乡留物望；凉薄当途，中原祸剧，瓜分腾恶耗，不堪恋栈此狂潮。"

二十三日(11月1日) 晴，早上寒暑表在五十一二度，天气清胜。上半日至观桥吊胡景凡君，又至邻姚宅顺生、莲生谈片时，即旋家。徐扔庭君来谈棋，半日兴。

二十四日(11月2日) 晴，天气清胜。上半日同镇儿至缪家桥杨质安处诊，谈片[时]即同镇儿旋家。旰拜先曾大父祭。下半日同致祥侄、镇儿至街一转，即仍同侄及镇儿旋家。

二十五日(11月3日) 晴，天气稍觉潮热。上半日徐宜况、扔庭两君来围棋(初四日早上徐君兴)。

二十六日(11月4日) 晴，早上寒暑表在六十五度。上半日至观桥胡坤圃君处谈片时，即旋家。誊集旧撰联话。下半日至旧府署同扬庭、宜况看辨护士于地方法院辨案，又同至县法(县)[院]看辨护士辨案。从此人民(䜣)[诉]讼，更须有运动费，有势力乃可格外见巧。同徐君等看片时，即旋家。

二十七日(11月5日) 天似有雨，上半日晴。旰前至后观巷田蓝陬家谈其家事，扬庭、禔盦等人皆聚谈也。晚上有雨。夜餐下，又谈数时旋家。

二十八日(11 月 6 日) 早上天朗,日间天雨。誊旧撰联话等事。

二十九日(11 月 7 日) 天雨。上半日同镇儿、钰儿乘坐大舟至南门外谢墅村,登山谒祭曾祖父母、祖父母、本生父母墓,又祭谒先大人殡宫,又祭谒先室田夫人殡墓。时天雨稍息,得以从容瞻视。惟提携儿辈瞻拜田夫人,墓前念今思昔,情实难堪。人生憾事,是我最觉撄心。徘徊片时下山,舟中盱餐,同舟者族宝兄、家申兄、銮侄。下半日仍同镇儿、钰儿旋家。

三十日(11 月 8 日) 天雨。上半日同镇儿、钰儿坐舟至稽山门外石旗村,上山祭高祖墓。事竣下山,舟中盱膳。下半日仍同镇儿、钰儿旋家。

十月初一日(11 月 9 日) 月为辛亥,日为己丑。天有雨,寒暑表在四十一二度。下半日天下冰粒。前日立冬,今日寒至如是,天气可谓干旱。

初二日(11 月 10 日) 天晴,早上水有薄冰,寒暑表在三十七八度。下半日至街一转,即旋家。

初三日(11 月 11 日) 晴,早上寒暑表在三十八九度。上半日田蓝陬来谈数时兴。徐宜况来。盱祭先大人讳日。徐抝庭来谈,下半日弈棋;又徐子祥来谈数时兴。夜又同徐君试棋至半夜。

初四日(11 月 12 日) 上半日徐君兴。早上天微有雨,即晴。盱前至街一转,即旋家。夜同韩君谈时事。

初五日(11 月 13 日) 晴,天气和暖,寒暑表在五十余度。下半日同韩筱凡至街一转,时将晚,即旋家。沈可青来谈,夜餐下兴。

初六日(11 月 14 日) 晴。上半日同韩君至街一转,即旋家。徐吉逊来谈,下半日兴。本日寒暑表在四十余度,天气清胜。

初七日(11 月 15 日) 晴。上半日至和畅堂吊曹舅母,见姚霱生等人,谈片时;又至能仁寺观览片时,即旋家。今日寒暑表在四十五六度。下半日徐子祥来谈片时兴。

初八日(11月16日)　晴。余心中应整饬各事,不能安排就绪,日夜为之恐虑。

初九日(11月17日)　晴。上半日徐宜况来谈,晚上试棋战数时。

初十日(11月18日)　天雨。上半日坐舆至和畅堂吊曹康臣舅母首七,坐片时即坐舆旋家。夜天气又寒肃。

十一日(11月19日)　早上似又有雨态。上半日坐舟至古贡院前徐吉逊处谈片时,即坐舟旋。道过山阴城隍庙新剧场,观览片时,即坐舟旋家。下半日至南街田扬庭家看其续娶喜事,夜半成礼下,即旋家。

十二日(11月20日)　晴。寒暑表在四十四五度,天气清胜。本日续妻李夫人初至田氏通家。绍俗有续弦者,如前妻母家仍愿留其名义者,每依旧柬请回门。今田宅来请时,予以近来万事从新,所有旧时形迹,一律声明不拘定也。半上日,李夫人同儿女至南街田宅借贺喜,下半日仍同儿女旋家。

十三日(11月21日)　晴。下半日至后观巷田蓝陬家,谈数时旋家。晚上同镇儿至南街田扬庭家看变戏,所演者乃寻常劣戏,至夜半仍同镇儿坐舟旋家。虽天气寒肃,然明月清高,最可徘徊也。

十四日(11月22日)　晴。

十五日(11月23日)　晴。天气清胜。上半日督工人种花草。下半日田菘内侄来谈许时兴。晚上至街一转,即旋家。夜月清明。

十六日(11月24日)　晴。上半日田蓝陬君家请内子李夫人宴,下半日旋家。余于旰前坐舆至南街徐伯庸家贺喜,至夜酒下,半夜仍坐舆旋家。

十七日(11月25日)　晴。下半日徐宜况来谈,又贾枧唐来,又徐子祥、伯中来。夜餐下,同各客及镇儿至山邑城隍庙新剧场看戏,至夜半各客散,余同镇儿旋家,又同宜况战棋数时。

十八日(11 月 26 日) 晴,天气和暖,寒暑表在五十余度。数日前余以应酬事不能酣睡,精力又觉疲弱,是乃卫生者所戒慎事,后思之每自悚惧。由今以下,应坚定志向,以保养为第一要义也。

十九日(11 月 27 日) 晴。下半日徐以逊君来谈数时兴。晚前至后观巷田蓝陬君家谈,夜餐下至其间壁田禔盦君家谈片时,又至蓝陬君家谈片时,为渠家谈事也。至九计钟旋家。

二十日(11 月 28 日) 晴。下半日至邻姚霭生处谈,又同至旧真君庙(新改会场处)观览片时,即各旋家。

二十一日(11 月 29 日) 晴。上半日禔盦来谈片时兴。旰祭先大父。下半日录旧诗稿。晚上镇儿身热有病。

二十二日(11 月 30 日) 早上天微有雨。镇儿病略愈。上半日田孝颛来谈。旰祭先大母。旰膳下,田君又谈数时兴。夜书楷书数张。

二十三日(12 月 1 日) 早上天似将雨。上半日至后观巷田蓝陬君家谈其葬先人事。渠家将于下灶山葬先外舅润之公、先外姑何太夫人,并合葬先外姑章太夫人。前早成议如是办理,乃遵先人遗命及昔年家族公定也。今蓝陬以谓章太夫人之合葬,家族意见稍有参差,此等事必不可略有勉强,遂拟将章太夫人另葬之说。此事本不必奇异,但推先外舅润之公之心,谅必主合葬,又况章太夫人遗命谆谆,以合葬训及后人。当时润之公子姓皆谨遵章太夫人之命,以答章太夫人矣。至今日办葬,又何能再有异辞?乃蓝陬以本家稍有意见,遂起疑窦,忽翻前定之局。据云为免后人意见,计不能顾及遗命。余为润之公馆甥,又悲先妻田夫人已经萎化,维持斯事,何能旁贷?昔年章太夫人之遗训,耳熟能详。若今果成分葬之局,是润之外舅、章太夫人为千古地下之憾矣。至蓝陬以如合葬能否免同族后人永久不另生意见为问,斯言余未能答。总之,以其先人情理,必应合葬,但至戚中只能有规劝之责任者也。

二十四日(12 月 2 日) 晴。上半日至后观巷田宅,禔盦适到南街，余即旋家。下半日徐以逊来，同至后观巷田蓝陬家，扬庭、禔盦等人公谈其先人润之外舅、外姑何太夫人、章太夫人坟墓事，谈至半夜各散，余旋家时十一下钟也。

二十五日(12月3日) 晴。

二十六日(12月4日) 晴。早上寒暑表在四十余度。上半日族宝斋兄以娶媳事邀至其家，谈片时即旋家。

二十七日(12月5日) 晴，天寒，早上寒暑表在三十八九度。上半日同贾柷唐至狮子街族宝斋兄处贺喜，谈片时即旋家。盰祭先大人诞日，贾君及窦疆鲍董君来拜祭，盰餐下兴。下半日办理家中俗事，事繁力弱，颇扰心绪。

二十八日(12月6日) 晴。上半日薛阆仙君来谈，感念时事，不觉其言之长也。吾辈伏处寒庐，不负职任，然同为国民，岂不愿国家转弱为强哉？夜间又同谈数时。

二十九日(12月7日) 晴。上半日田孝颛来，同薛君谈片时各兴。盰祭本生先大人讳日。

三十日(12月8日) 晴。

十一月初一日(12月9日) 晴。本月月为壬子，日为己未。上半日较阅《为山庐诗编》，是诗即昔年感悼先室田夫人之诗，今雕本始成，复读一遍，觉旧时憾事，又触情绪。但平生感念之心，于是可证。

初二日(12月10日) 晴。盰祭高祖诞日。夜治账务。

初三日(12月11日) 晴。治账务。近年家用愈繁，财力益觉难于敷衍，每对账务，时形恐惧。

初四日(12月12日) 晴。上半日整饬家中各事，兼录旧诗。予生平万事都喜学习，乃才力柔弱，家务纷繁，至今百事未成，为可憾也。

初五日(12月13日) 晴。下半日徐子祥来谈片时兴。晚前至南街田扬庭家谈，片时即旋家。夜有明月。

初六日(12月14日) 晴,早上寒暑表在四十六度。上半日至街一转,即旋家。下半日天寒,微有雨。夜又微雨片时。

初七日(12月15日) 晴。上半日至和畅堂曹宅吊康臣舅母出丧,旰餐下同其各客谈数时旋家。夜有明月。偶见□□□,戏改其句:"何年遇事得从容,睡醒明堂日半红。万事是非皆颠倒,不堪卑鄙与人同。"

初八日(12月16日) 晴。下半日同儿女乘舟至东郭门外下灶埠先外舅田润之先生、先外姑何太夫人、先外姑章太夫人灵柩停憩处行礼,兼棚下同其各客人谈话,夜餐下回舟中宿。天尚暖,又有明亮。

初九日(12月17日) 晴。上半日二女先坐舟旋家。在下灶埠舟中睡兴,为田宅酬应人客一日。田宅近年家风渐改,昔润之外舅及杏村内兄治家时以敦朴幽静为主,今则志趣各殊,多喜铺张扬厉矣。此乃识见之不同也。晚前内人李夫人又到埠送外舅、外姑上山。昔年先室田夫人中途萎化,田外舅、外姑上山恭送者,本缺姑太太名目矣。乃前年余续娶李夫人,前月间田宅请过门,半注重此事也。余以先外舅、外姑至重之事,惟此一事矣。田宅既以是为请,特告李夫人谨送外舅、外姑上山,一以全外家名目,一以答先室田夫人于地下。至田外舅、外姑祭事等事,不过具文,将来到否,悉可随时论事,不必拘定也。晚间田外舅、外姑发靷告祭,排班行礼。夜餐下同各客人谈数时,又登舟睡数时。天雨。

初十日(12月18日) 雨。寅初在下灶埠舟中睡兴,登岸恭送田外舅、二外姑灵柩起行。设祭坛行祭礼毕,坐肩舆恭送上山张家山。田润之外舅、外姑何太夫人、外姑章太夫人灵柩进圹毕,各行礼,仍坐肩舆下山。埠头棚中旰餐时,只九下钟也。天雨纷纭,各事粗草,十下钟时,仍同内人李夫人、镇儿、钉儿坐舟旋家,一计钟也。

十一日(12月19日) 天似有晴态。夜又有月亮。

十二日(12月20日) 天似晴。黎明兴,早膳下由族兄及镇儿坐舟至南城外鸕坞村督收田租谷,下半日旋。余同镇儿于城外廿亩头村登岸进南城,旋家时将晚也。余十余岁时曾记侍先大人至各村收租一遍,后以事纷兼素性最畏□□□,久不躬亲其事。今镇儿又十余岁也,佃家催租情形尚未遇目,特令其随侍领略。况数顷负郭之田,皆系我先人艰难创业而来,平生衣食所需,悉在乎是,尤不能不(掷)[郑]重其事。余借先人积产以度半生,未能扩充先业,乃可憾也。

十三日(12 月 21 日) 似又有雨,日间勉强晴。自前年新历至今,士农工商大半观念仍在旧历,惟当路诸君雅有旧历之观念,而表面上不能不勉从新历。所以近日新旧度年之事,时有提问。是今年度年之时,必家家参差也。

十四日(12 月 22 日) 晴。今日未初为冬至。盱前办祭祖事。日月荏苒,转瞬又将一年。寰宇纷事,人心惶惑,不知何日转危为安也。

十五日(12 月 23 日) 晴。

十六日(12 月 24 日) 晴,早上寒暑表在三十五度,天气清胜。下半日督理租谷米事。夜月最明。

十七日(12 月 25 日) 晴,天气寒肃,早上有浓霜,水上多冰,寒暑表在三十度。督工匠修披檐。晚上理租事。天气转和。

十八日(12 月 26 日) 早上天晴,寒暑表在四十度。镇儿又有大解急滞之病,其人体本热,大约服食不和调,腹中又生积滞,似以运化气机为是。上半日租谷米等事。天气转暖,晚上又有雨。

十九日(12 月 27 日) 天似晴。上半日至缪家桥杨医处一转,即旋家。下半日天下冰雹,晚间下雪。本日收租船旋将半夜,又治租事。地平雪盈数寸矣。

二十日(12 月 28 日) 天下雪,地平积有半尺,寒暑表在三十一二度。下半日天朗。夜间有明星亮月。

二十一日(12 月 29 日) 天晴,点水成冰,早上寒暑表在二十七八度。本日镇儿病略愈。夜又有星月。

二十二日(12月30日) 晴,下半日似又有雨态。

二十三日(12月31日) 晴。

二十四(1913年1月1日) 天晴。早上寒暑表在三十五度。上半日整饬书室等事。盰至大街一转,又至新河弄徐宜况家谈宴,同座者吴江金龙门君,据云乃浙都督秘书也;又徐扔庭君,徐沛山先生、宜况昆仲下半日试棋片时,余即旋家。夜有明星。

二十五日(1月2日) 天晴。上半日至后观巷田禔龕家拜先外姑祭,乃改从新历也。田宅过年观念,仍属旧历,惟祭祀参差改之,是理由不及充足。盰餐下旋家。儿女辈同至一拜,晚前均旋家。下半日[同]徐吉逊来谈,片时徐君兴。晚上治租事。

二十六日(1月3日) 天晴,积雪尚不释净,檐溜点滴,仍似雨天。

二十七日(1月4日) 早上天晴。督治租谷米事。下半日微有雨,夜又晴有星。

二十八日(1月5日) 早上天似晴,上半日微下雪,又有日,天气颇寒。日来家事繁如,时扰心力。夜有明星。

二十九日(1月6日) 天晴。上半日同徐宜况战棋。下半日同徐君、族弟、大儿至街观览一转,仍同族弟、大儿旋家。晚上戏斗动物片,是片乃民国新制之玩具也。

十二月初一日(1月7日) 天晴气和,寒暑表在三十七八度。较对账务,颇需心力。余事事有志整饬,乃精力柔弱,为可憾也。

初二日(1月8日) 晴,天气和暖,寒暑表在四十余度。书录账目、管治账务,尤赖心敏兼有经纬,庶几眉目清楚,先后针锋相对。

初三日(1月9日) 晴。下半日至街一转,即旋家。

初四日(1月10日) 天雨。

初五日(1月11日) 早上天似晴,寒暑表在三十八九度。书录账务等事。下半日天气晴好,夜有星月。

初六日(1月12日)　早上天尚晴。上半日徐宜况来试棋。下半日同徐君、族弟、镇儿至街一转,即同族弟、镇儿旋家。天微有雨。

初七日(1月13日)　早上天尚晴。下半日田孝颛来商谈其家中公事,数时兴。晚前至后观巷田蓝陬君家谈,片时即旋家。

初八日(1月14日)　天微有雨,下半日至南街一转,途遇许耀青[①]君,就至其染店一谈;又至菩提弄许仲青君家谈,片时即旋家。

初九日(1月15日)　雨,天气潮暖,寒暑表在四十八度。下半日至后观巷田孝颛处谈,又至田蓝陬处谈,片时即旋家。

初十日(1月16日)　雨。天时不能多晴,晒谷等事积滞拖延。旧历年下之事,习惯永久,未能事事从新。

十一日(1月17日)　天又雨。下半日至街一转,即旋家。夜为儿女书映字数张。

十二日(1月18日)　天晴。上半日田孝颛君来谈,同至作揖坊屠葆青家谈,片时即旋家。本日寒暑表在四十七八度。天气一晴,家中各事皆须收拾,殊需心力。

十三日(1月19日)　晴,天气清胜。上半日许诵卿、屠葆青两君来谈,同至邻张宅看其背屋,又同至耀应弄看屋片时,各旋家,时将旰也。下半日至大街等处一转,即旋家。

十四日(1月20日)　天晴。上半日贾柷唐、徐宜况来谈。下半日田孝颛来谈片时兴。夜天有雨。

十五日(1月21日)　天雨。上半日同贾、徐二君谈,下半日贾、徐两君兴。夜天寒。

十六日(1月22日)　天晴,寒暑表在三十八度。上半日田孝颛来谈片时兴。下半日至新河弄徐宜况家谈片时,又至大路徐紫雯家谈片时,即旋家。贾君来谈街上近日人民都是预备度年之事,可见众

---

① 许福桐,字耀清,一作耀青。浙江绍兴人。清光绪二十九年(1903)举人许乙藜之胞叔。见《光绪癸卯科浙江乡试同年齿录》。

心观念尚从旧历也。夜阅学[校]新制书。

十七日(1月23日) 早上天似又将雨。上半日至后观巷田禔盦家谈片时,即旋家。下半日微有雨。

十八日(1月24日) 天又下雪,下冬时有雨雪,晚谷积不能晒,颇为可虑。下半日至街一转,即旋家。夜书账务。

十九日(1月25日) 天似晴,时飞雪片,时有晴日。下半日田孝颛来谈片时兴。夜阅学校新制书。天有星。

二十日(1月26日) 晴,天气清胜。本日为昭女二十岁生日,又钰儿十岁生日。日月荏苒,膝前之儿女年华日长也。

二十一日(1月27日) 晴,早上寒暑表在三十五度,天气清胜。上半日至邻姚霱生处谈片时,又至许诵卿处谈片时,即旋家。贾梲唐、金缄三、徐伯中前同来,下半日同各客谈。

二十二日(1月28日) 早上至观桥胡坤圃君家谈,片时即旋家。同金、贾、徐诸君谈至半夜(诸君下日兴)。

二十三日(1月29日) 晴,天气清胜,最是冬令佳日。晚上礼灶。本日寒暑表在三十余度。旧正朔之年务繁如,而事事尚未安排整饬,实感中心。

二十四日(1月30日) 晴,天气清胜。吁祭本生先母诞日。下半日至街阅市,片时即旋家。

二十五日(1月31日) 晴。上半日田蓝陬君来谈数时兴。下半日书账务。予心力柔弱,而事益增加,每一想念,百感交乘。夜又学字。

二十六日(2月1日) 天又雨,上半日天朗。

二十七日(2月2日) 天似晴。卯时祝年礼神、礼祖。上半日书账务。年事日催,而心目中事事尚待安排,精力又弱,日夜筹思,可胜惶悚。日来阅报,知所有报馆及学校仍备度年,可见群情观念,都赞成旧正朔也。

二十八日(2月3日) 天似晴。上半日许诵卿君来谈片时兴,又徐宜况君来谈。下半日同至天觉报馆谈片时，又至笔飞弄一转。天骤有雨，即旋家，时将晚也。夜又书家中收支账务等事。

二十九日(2月4日)　晴。今日为立春。早上寒暑表在四十六度。天气和煦，即有春来之胜。早上书账务，日间清解各账。本日天虽晴，而潮热如春夏时令，花草又见萌芽。夜有明星。又书账务等事，家中事务愈觉纷繁。国家新政叠兴，虽见异思从，雅非所愿，但万事似应有符时宜。

三十日(2月5日)　早上天有雾，寒暑表在四十八度，上半日天晴。盱整饬家中俗事，并礼灶及礼祖之事，又书账务。下半日至街一转，即旋家。晚上礼祖宗。天气转清胜，夜有星最明。

民国二年癸丑(1913)

正月初一日(1913.2.6)至十二月三十日(1914.1.25)

正月初一日(1913年2月6日) 月是甲寅,日是戊午。天气晴胜,早上寒暑表在四十余度。闻大家都庆贺新年,可见人心犹以旧历称善也。上午礼神、礼祖,又学字。本日身心略觉清静。旰同镇儿至后观巷田禔龕家礼先外舅母像,又至田蓝陬家礼先外母像,片时即仍同镇儿旋家。旰膳后,又同镇儿、钉儿至大街阅市,见人心之以旧历度年,可谓从同。观览片时,即同镇儿、钉儿旋家,时三下半钟。夜有明星。

初二日(2月7日) 晴,天气清胜。上半日田禔龕来礼先室田夫人之像,谈片时;又田霱如、孝颛来礼田夫人像;又徐乂臣,司玖、宜况来礼先大人之像,谈片时兴。本年旧历新岁俗文虽有异同,但心质中大都欢从旧俗。下半日携镇儿、钉儿、铻儿至大街阅市,于丁家弄、大路、大善寺、花园等处观览片时,仍携镇儿、钉儿、铻儿旋家,时在五计钟也。天日初长,骤有春秋佳日之胜,而日月如轮,青年又可宝贵,人才有用,必仗教养。日来予最所筹思者,是儿辈之科学也。

初三日(2月8日) 天雨。上半日沈通三来青藤书屋谈数时兴。下半日田蓝陬、屠葆青、田孝颛来谈,至夜餐下兴。夜,天又下雨雪。半夜时,平地又积盈数寸。天时不能久晴,乃新岁之不舒快事也。

初四日(2月9日) 天朗,寒暑表在三十七八度。上半日至菩提弄许仲清处谈,片时即旋家。下半日天寒,又微下雪。事事为雨雪拖延。

初五日(2 月 10 日)　早上天似晴,上下午天日清胜。田内侄女同再内侄来礼先室田夫人像。夜有明星。

初六日(2 月 11 日)　早上天似晴,寒暑表在三十一二度。上半日徐叔亮来礼先大人像,片时兴。旰前至南街陶仲彝先生家谈片时,又至田扬庭家礼外舅润之先生之尊翁像,又至徐伯荣家礼其尊翁像,时旰即旋家。下半日又至司狱司前胡宅及二区校一转,两处人皆他出不面,遂即旋家。

初七日(2 月 12 日)　晴。上半日徐吉逊君来谈,又薛阆仙君来谈。下半日田孝颛君来谈,共谈至将晚兴。日月如梭,转瞬又将旬日。予以拟办初高学校,至今宽延。心志未坚,最可自憾。

初八日(2 月 13 日)　晴,天气清胜,寒暑表在三十八度。上半日同镇儿、钍儿、锫儿坐舟至南门外谢墅村,登山谒曾祖父母、祖父母、本生父母墓,又谒先大人殡宫,又谒先室田夫人殡墓,事竣下山。登舟旰膳,仍同镇儿、钍儿、锫儿旋家。天气最好,天日又长,下半日旋家,时尚早也。薛阆仙君来谈片时兴。晚前又至田禔盦家谈,片时即旋家。

初九日(2 月 14 日)　天又有雨。自旧冬至今数月以来,有一二日之晴,必有一二日之雨,事事每为雨拖延。今旰前内子李夫人同儿女至后观巷田宅礼先妻父母像,下半日仍同儿女旋家。戚友酬应,虽有从新式者,然大半犹徇旧俗也。

初十日(2 月 15 日)　天又雨。早上李夫人至陶堰礼像。上半日余至水澄巷徐宅礼像,又至新河弄徐宜况家谈。又至藏书楼徐吉逊处宴,会谈半日,至夜餐下旋家,时十下半钟也。

十一日(2 月 16 日)　天似晴。日以尘俗事虚度韶华,每一念及,时形惶悚。晚上板桥陈景平请宴,同徐吉逊等人谈宴,兴会最佳,都谈至天晓旋家。

十二日(2 月 17 日)　晴。早上由陈宅旋家睡数时。

十三日(2 月 18 日)　天雨。上半日陈笃初君来谈片时兴。天雨纷纷,事事为之拖延。感怀心事,日在念虑之中。

十四日(2月19日) 天又有雨。上半日至后观巷田孝颛家谈,又至蓝陬家谈。下半日同孝颛至杜山佳处谈,片时即各旋家。年来国家采东西各国制度教育,不宜于私塾,若要有阶级文凭,读书必宜于学校。然绍兴环城数十里,只一县立高小学校。其昔年所定区校,或尚未成立,或立而仍停,且区校人童杂乱,恐非所宜。前同蓝陬、禔盦、孝颛等人谈及拟办一私立二等校,其经费由同人将请私塾修膳之费,移以办是校。当时人人咸谓最要之事,其费不必另行劝助,只同志数家分任可也。余于是不另请塾师,共同组织校事,禔盦、孝颛亦专心组织。今初有头绪,蓝陬忽以人小为辞,不与共也。若办事而论,蓝陬不与闻,亦何足重轻。惟斯事原系数家有同志则办,并非各人自愿创办也。志既改,散之可也,但又应自延塾师耳。

十五日(2月20日) 天似晴。上半日至街一转,即旋家。下半日至司狱司前四区校;又至圆通寺前沈通三处,沈君他出不面,即旋家;又至观桥胡坤圃处谈,片时即旋家。

十六日(2月21日) 晴,寒暑表在四十七八度。上半日至司狱司前四区校一转,又至樟嘉桥高省三处谈片时,又至大街一转,即旋家。天气潮热,日中寒暑表在五十四五度。

十七日(2月22日) 早上天有大雨,寒暑表在五十余度。上半日坐舟至陶堰西南湖陶七彪妻舅氏家礼像,舅氏请余坐舟至茅洋宽市新屋宴,同席者有张、陈、陶、李及舅氏共十人。楼头近水,裙屐连翩,虽有风雨,颇(绕)[饶]兴趣。下半日又坐舟至西南湖岸接内子李夫人,坐舟旋家,时九下钟也。风狂雨骤,幸舟大得以安稳旋家。

十八日(2月23日) 天寒风狂,寒暑表在三十八九度,天又下雨。旰前礼祖宗像,收拾家中俗事。

十九日(2月24日) 天晴,惟积雪融释,檐水点点,仍似雨天。上半日陈笃初君来谈话,片时兴。寒暑表在三十五度,春寒逼人,不耐办事。万事以雨延误,寸衷时系念虑。下半日,徐以逊来谈片时兴。学字。

二十日(2月25日) 天似晴。下半日至司狱前四区校沈通三处谈数时,同至大街,遇徐乂臣,邀至“春宴”夜餐,谈宴片时,即旋家,时八下钟。

二十一日(2月26日) 晴。上半日至鲤鱼桥同徐吉逊、王亦传坐舟至松棱村陈朗斋家贺其嫁女之喜,下半日仍同徐、王等人坐舟旋家。夜餐下,至后观巷田孝颛家观览其弟成姻之铺排,至十下钟旋家。

二十二日(2月27日) 晴。旰前至田孝颛家贺喜,旰酒下,同各客人谈半日。至夜餐下,又谈片时,旋家时十下钟也。

二十三日(2月28日) 晴,天气清胜。上半日徐宜况来谈,又诸介如君来谈片时兴。旰前同存侄至和畅堂承天中校徐廷忠处谈,片时即旋家。下半日高省三君来谈片时兴,又同徐君谈,又胡坤圃来谈数时兴,又至田孝颛家谈,片时即旋家。

二十四日(3月1日) 早上天尚晴。阅前数日报,知前清隆裕皇太后于□□□[①]日逝世,民国定下半旗,所有官吏军民袖束黑纱,持服二十七日,以符优待条约也。上半日坐舆至南街吊沈立凡之老太太丧,片时即坐舆旋家。旰前天日又晴胜。上半日至后观巷田孝颛家宴集,其新姻家孙月樵、陈朗斋新过门也。谈宴半日,至晚餐下,又同田氏诸人及客人畅谈,半夜至一下钟始旋家。近日天气清胜,兴会略佳。然家中应办之事,似宜速加策励也。

二十五日(3月2日) 晴,天日清胜,寒暑表在三十余度。夜阅先室田夫人在时家用账目,清楚简约,与今用度纷繁,颇相悬殊。回忆贤明风度,将隔三周,不禁触目伤怀。

二十六日(3月3日) 前夜天有雨,早上似晴。上半日坐舟至石旗村,登山拜高祖墓,事竣下山。下半日仍坐舟旋家。

---

① 原文空缺,当为“二十二”。

二十七日(3月4日)　晴。下半日同镇儿至承天中校考英文,一点半钟至三点钟考竣,即同镇儿旋家。晚上请陈景平、陈少云、贾棿唐、徐宜况、徐伯中吃酒,夜畅谈数时,景平、少云兴。

二十八日(3月5日)　晴。又同棿唐、宜况、伯中谈,至下半日兴。连日酬应,颇觉支撑。下半日睡数时。

二十九日(3月6日)　晴,寒暑表在四十八度。今日镇儿至能仁寺前承天中校上课,每日上半日八计钟到校,下半日四计钟旋家。盱下,徐伯中来,同至大路徐紫雯家谈;至夜餐下,又谈数时旋家。天有雨。

三十日(3月7日)　雨。上半日徐紫雯家专舟来请,乃坐舟至渠家谈。下半日天下雪(雹)[霰],夜餐下雨雪载途,坐肩舆旋家,时九下钟也。

二月初一日(3月8日)　天又下雪。月为乙卯,日为戊子。本日寒暑表在三十八度。

初二日(3月9日)　天似晴,惟瓦上雪释,檐头下水,惝若雨天。下半日至新河弄徐宜况家谈片时,同至龙山校看国民党开会数时,以天将晚,即旋家。

初三日(3月10日)　天似晴。上午祀文帝,祭本生先府君诞日。下半日许耀青来谈片时兴。日月如梭,转瞬中春,天气多雨,事事拖延。近日山会两旧邑同天乐乡人争闹麻溪坝事益形激烈,将来不识结果若何。

初四日(3月11日)　天又有雨。余心志柔弱,又加春雨连朝,家中事事尚未整饬,每念时觉惶悚。

初五日(3月12日)　天又似雨。收拾书室书籍等事。

初六日(3月13日)　天似晴,下半日天气清胜,夜有月。

初七日(3月14日)　晴,天气清胜,寒暑表在四十余度。上半日至大街买书纸等事,即旋家。下半日书账务等事。天日骤长,韶华明媚，惟家事积延，未能一一整饬，有志者应若何策励也。

初八日(3 月 15 日)　晴，上半日又有雨。自旧冬至今，一日之晴必有数日之雨，晴日真可宝贵也。

初九日(3 月 16 日)　雨。下半日书记事本。

初十日(3 月 17 日)　雨。下半日订书。晚上陈景平、徐弼庭设酒"新园"，坐舆赴席；又坐舆至板桥景平寓，谈至下半夜旋家。

十一日(3 月 18 日)　由板桥旋家，睡许时。上半日天似晴。贾柷唐、徐伯中等人来谈，下半日兴。又陈景平来谈片时兴。夜有明月。

十二日(3 月 19 日)　晴。上半日徐宜况、陈景平、贾柷唐来，同坐小舟至稽山门外禹庙观览，又至南镇观览许时，又至庙下等处观览数时，仍同贾、徐、陈坐舟旋家，时将晚也。夜餐下，同谈半夜(景平兴，贾、徐二君翌日兴)。

十三日(3 月 20 日)　天又雨，潮湿异常，不耐办事。

十四日(3 月 21 日)　天气清快。本日为春分。

十五日(3 月 22 日)　早上天似晴。上半日同族景弟、镇儿至禹庙、南镇观览，又坐篮舆上炉峰礼神。下山盱膳，仍同景弟、镇儿坐舟旋家。

十六日(3 月 23 日)　天又雨。上半日徐宜况、陈景平来谈。盱礼先大父诞日。宜况、景平晚上兴。

十七日(3 月 24 日)　晴。上半日同镇儿及族景弟至大街等处买货，旋家时盱也。下半日陈景平来，同至试弄电灯公司处观览。该公司总理王芝如[①]引余等至各机器处参观，并坐谈数时，又同至"新

---

① 王芝如(？—1936)，号咫尺老圃。浙江绍兴人，民国时曾任绍兴光明电灯公司总理，晚年种桃养蜂。其私家花园在旱偏门外，曰咫园。按：沈钧业《沈钧业日记》(册 19)载：八月二十四日："甲子。旱偏咫园吊王芝如，晤仲华、庆麟、伯章、书樵、以刚、子松诸人。芝如年来种桃养蜂，勤劳自给。忆(注转下页)

园"茶食。天将晚,各旋家。电光者,系用炭精摩擦于铜圈上。摩擦极速者,是引擎机轮也。引电之绳,以数十铜丝搓成总引线,粗铜丝为之,分引线细铜丝为之。至其究竟,电理非一时所能董解也。

二月十八日(3月25日) 晴。今日为先妻田夫人三周年忌日,回忆昔年今日,生离死别情形,恐慌悽惨,触念伤心。上半日田扬庭、褆龛、霭如、孝颛及内侄女菘姐,又寿曾皆来与祭。时盱祭田夫人,循旧俗以牲醴、果品及冥镪等事致祭,而不另举迷信事。徐吉逊、陈景平又来。下半日,田君等谈数时兴。

十九日(3月26日) 晴。上半日同徐吉逊谈,下半日同徐君至大路徐紫雯家谈片时,吉逊邀至"新园"小酌,同席者陈、邵二君及贾柷唐、冶生,陈景平等人。夜又同至陈景平寓谈数时,各旋家。时明月当头,最清静也。

二十日(3月27日) 晴,天气清胜,寒暑表在五十八度。上半日同贾君谈。下半日睡数时。近日略受风寒,斯乃行动寒暖疏忽之处,以后应力加保养为是。夜同贾君谈数时。余心绪紊乱,事事玩延,日月荏苒,有心人须及时策励也。

二十一日(3月28日) 晴,本日天气又清胜,寒暑表在六十二度。韶华明媚,旭日增长,最是春中佳日也。

二十二日(3月29日) 晴。下半日似有雨态,夜又有星。

二十三日(3月30日) 晴。早上寒暑表在五十五六度。上半

(续上页注)月前曾在开元寺方丈前相晤,后遂不相见。此次闻往嘉兴收租,因病回越,中秋前一日也。至十八日溘逝。浮生如梦,本不足奇,惟念数年来交谊,尚非泛泛,抚今追昔,能不黯然?挽以联云:'迢迢鸳浦,仙棹初回,风雨近重阳,醉把茱萸成独往;寂寂龙山,精庐在望,园林寻旧迹,眼中桃李总凄然。'"检此册日记,八月初五日为乙巳,公历为九月二十四日;八月十二日为壬子,公历为九月二十七日;八月十九日为己未,公历为十月四日。据此,王芝如当卒于民国二十五年八月十八日。

日同钰儿、锘儿及族景弟至偏门内演武厅旧地看抛大皮球，片时即仍同钰儿、锘儿旋家。陈景平、徐弼庭来谈。下半日田孝颛来谈片时兴。景平、弼庭夜餐下兴。晚上天有微雨。

二十四日(3 月 31 日) 天微有雨，寒暑表在五十八度。下半日至后观巷田宅，孝颛定媳妇，邀陪媒酒，晚宴下旋家。

二十五日(4 月 1 日) 天又雨。阅近日报，知麻溪坝事业由浙江民政长通告，将实行广洞矣。以绍兴全县各团体力争，即旧山会两县各团体也，而不及天乐一乡汤蜇仙一人之势力，足以见绍人各团体志气之薄弱也。下半日沈桂生来谈片时兴。

二十六日(4 月 2 日) 天又雨，上半日似晴。下半日至街一转，即旋家。余近日肩背又觉骨痛，乃数年前之旧恙。今逢春气，又感发也。

二十七日(4 月 3 日) 晴。上半日坐舆至水澄巷徐宅拜祭，下半日同徐叔亮、张朗斋至街一转，各旋家。

二十八日(4 月 4 日) 晴。上半日同族兄弟侄、镇儿共七人坐舟至石旗村，登山祭高祖父母墓，事竣下山。又至外王祭高叔祖墓，事竣下山。舟中盰餐下，仍同族兄弟侄、镇儿旋家。

二十九日(4 月 5 日) 早上有雷雨，即晴。今日为清明。上半日同内子李夫人，镇、锘两儿、员女坐舟至下灶拜田润之外舅、何外姑、章外姑墓，事竣舟中盰膳下，镇儿坐田宅舟旋家，余同李夫人、锘儿、员女至南镇、禹庙观览片时，即同李夫人、锘儿、员女坐舟旋家。

三十日(4 月 6 日) 天雨。上半日同家族兄弟侄、镇儿共七人至南门外栖凫村，登山至马路及平地及孔家坪祭祖墓。雷雨不休，沾湿衣衫，草草祭毕下山。舟中盰膳下，仍同家族兄弟侄、镇儿坐舟旋家。

三月初一日(4 月 7 日) 月为丙辰，日为戊午。早上天似晴。上半日同家兄弟侄、镇儿共坐舟至南门外盛塘村，登翠华山祭四世祖妣金太君墓,观览山景片时,即下山。舟中旰膳,仍同家兄弟侄、镇儿旋家。

初二日(4月8日)　天寒有雨。下半日坐舆至水澄巷吊徐乂臣君丧,乂臣君于前日辰刻逝世,今夜半盖棺,随各客行礼。及饭下,仍坐舆旋家。今日天气转寒,寒暑表是四十余度。至家时一计半钟也。

初三日(4月9日)　天似晴。上半日同族弟侄、镇儿坐舟至木栅拜徐天池先生墓,下半日仍同族弟侄、镇儿旋家。

初四日(4月10日)　早上天似晴。上半日同镇儿至后观巷田禔盦家拜田润之外舅忌日,片时即同镇儿旋家,时九下钟。又坐小舟至南门外盛塘之董坞山拜徐外祖墓,即下山。于盛塘村谢宅借座旰餐,同徐宅诸君谈片时,即坐小舟旋家,时四计钟。

初五日(4月11日)　晴。上半日陈厥彝君来谈数时兴。寒暑表在五十八度,午间在六十四五度。

初六日(4月12日)　早上天似雨,寒暑表在五十八九度。上半日同家兄弟侄及镇儿坐舟至谢墅,登山祭曾祖父母、祖父母、本生父母墓,又至祭先府君殡墓,又祭先妻田夫人殡墓。天有雨,草草下山。今日拜先府君墓者,徐宜况、蒋姑奶奶及式如数人到;拜田夫人墓者,田禔盦、霭如、菘小姐、寿曾数人到。本日天雨事繁,办理颇费心力。舟中旰膳下,各解缆旋家,余仍同家兄弟侄等人及镇儿坐舟旋家,内子李夫人同儿女另舟坐,其旋家时将晚也。余旋家后,整理事竣,又坐舆至大路吊徐紫雯太太出丧,片时即坐舆旋家。夜天又晴。

初七日(4月13日)　晴,寒暑表在五十余度。上半日坐舆至水澄巷徐宅吊乂臣君首七,又为其家陪客。旰餐下,仍坐舆旋家。累日事务纷繁,实扰心绪。下半日在家静养,以益身心。

初八日(4月14日)　天又雨。青春佳日,时时被雨,最为可惜。下半日陈景平来谈数时兴。

初九日(4月15日)　天又雨。余前以事繁力弱,有豚骨酸痛之患。是乃虚亏之证,似宜力加保养为是。下半日至司马池前电灯局王芝如处，谈数时即旋家。

初十日(4月16日)　天似晴。日来镇儿又有大解急滞，似痢之病。初六日至今，虽急痛略差而不能快解。下半日杨质安来诊，谈片时开药单数味，据云是乃脾胃气虚，偶感积滞而发，应清解之，然尤以平日保养为重。杨君兴。谢尧峰君来谈片时兴。天又似雨。

十一日(4月17日)　天又似雨。今年旧历将七八十日，约略天清日丽之时不及三十日。春天佳日，可谓宝贵也。本日镇儿之病略愈，积滞又通解，以后令其力加保养。上半日陈景平、陈绩臣两君来谈，至下半日兴。夜有明月。

十二日(4月18日)　天虽晴，而日仍隐。今年天工不识何日能长晴也。阅近日各报，知国会虽开参众两议院，日以争意气、讲把持，纷纷扰扰，贻外人嗤，为旁观诮。数年来，全国人民希祝之巨典，乃演得兹现象。诸巨公负人民之委托者，果若是乎？日中天气清胜，惟余谷道旁之骨，依然柔弱，举动不能如常。究竟是否虚亏之症？抑系春气感发？郁热数日，即可清快也。下半日书字。夜有明月。

十三日(4月19日)　早上天气清胜。今年晴日难得，饭谷等事始于今日晒好上仓。余精力益弱，而心事太繁，每一念及，时丛思虑。

十四日(4月20日)　晴。上半日徐子祥来谈，下半日陈景平来谈，至夜餐下各兴。夜天雨。

十五日(4月21日)　早上有雷雨，寒暑表在六十余度。上半日录丁福保[①]《治生劝戒规约》。余每有病时，藉憾平日忽略卫生，而病愈时又复忽略。是乃心志不坚，有志者应如何自励？

十六日(4月22日)　早上又有雷雨，上半日晴。内子李夫人以

---

① 丁福保(1874—1952)，字仲祜，号梅轩。江苏无锡人。藏书家、医学家。中年学佛。曾赴日考察医学，编辑《中西医刊》。著有《历代名医列传》《佛学大辞典》等。见宋林飞《江苏历代名人词典》；丁锡镛《南塘丁氏真谱》卷八四《尧年公支绍虞派世系表》。

有其弟李啸皋来绍，特到南街陶仲彝姻长处面谈，下半日即旋家。余以李夫人自前年迎娶以来，其住绍兴陶堰之兄李竹君[①]及陶七彪姻长尚未曾来过。绍俗新姻，首先过门向须茗酒果肴之设备。今啸皋系属新姻，不能草草迎请。乃闻其今晚即行西渡，为俗套所碍，似负远客，亦酬应中之不及周备者也。下半日陈荣伯来谈片时兴。

十七日(4月23日)　晴。盰前天暖，骤有春华明媚之胜。余精力柔弱，坐卧观书，以养病体。

十八日(4月24日)　晴。盰前陈景平、俞介臣来谈，下半日兴。日中寒暑表在七十余度，天气骤暖，大可洗澡。中国南省之人，至天暖始敢洗浴也。

十九日(4月25日)　晴。余虽眠食尚可，而精力仍觉衰弱。心事太繁，思虑愈重也。

二十日(4月26日)　天又雨。上半日陈景平来谈，盰餐下兴。

二十一日(4月27日)　天寒似晴，寒暑表在五十五六度。下半日坐舟至画马桥陈荣伯君处回看，谈片时即坐舟旋家。

二十二日(4月28日)　天又雨。今年旧历将三阅月也，虽偶有晴日，然至多一二三日，又必下雨。春旭竟有如是宝贵。日中为儿女书映字数纸，兼讲课书。

二十三日(4月29日)　早上天虽晴而又似雨。日间书对账务及督课儿女读书。

二十四日(4月30日)　天又雨。上半日陈景平、俞介眉来谈，至夜餐下兴。

二十五日(5月1日)　早上有晴日片时。上半日陈景平来谈，盰餐下兴。本日寒暑表在五十余度，天气清胜。

二十六(5月2日)　晴，天气清胜，是今春之佳日也。日来予腿

---

① 李竹君(？—1926)，顺天宛平人。陈庆均内兄。手有足疾，终身不娶。见陈庆均《杂稿》之《丙寅夏挽李竹君内兄》。

恙虽略愈可，而尚未能胜常。气体之亏，于是见也。上半日书学细字。

二十七日（5月3日）　晴。上半日同族景弟坐舟至新河弄遇徐吉逊，至“最新”坐谈片时各散。又至笔飞弄“同孚”庄谈片时，又至“允升”庄谈片时，仍坐舟又至电灯局王芝如谈片时，即坐舟旋家，时旰也。今日天气清胜。

二十八日（5月4日）　晴，天气清胜，夜微有雨。

二十九日（5月5日）　早上天似晴。上半日收拾书籍。下半日陈景平、李书臣来谈，又胡东皋、田孝颛来谈。田君晚上兴，景平、书臣、东皋夜餐下兴。阅近日报，民国新伟人以争权利又想开衅，俾可各人自图私谋，置共和大局于不顾。势力事功不能胜任全国者，借想南北分占。外患愈殷，内讧又集。平日之自话为同胞造幸福者，果如是乎？

四月初一日（5月6日）　晴。月为丁巳，日为丁亥。本日午时立夏。寒暑表在六十余度。

初二日（5月7日）　晴，天气清胜。花草滋茂，是乃造化生机之循还也。予日来身体仍未胜常，而尚可支持。

初三日（5月8日）　晴。旰祭先曾祖妣忌辰。下半日王小山来谈片时兴。本日见寒暑表在七十八度，骤似夏令。前月间自拟座右联语，兹补志于左：“清静可养心，种竹栽花，随时吸新鲜气；业精须勤学，明窗净几，备读生平有用书。”

初四日（5月9日）　早上天尚晴胜。上半日阅时事等报纸，而讶民国人心之惑也。下半日陈景平来面请吃喜酒，余不仆仆街路几一月矣，今以天气晴佳，且不敢负其情意之重，遂同其至板桥寓谈宴，至半夜坐舆旋家。

初五日（5月10日）　晴。上半日贾柷唐来谈，旰餐下兴。今年春雨稠缪，近日得晴十日，乃最好天气也。夜有月。

初六日(5月11日) 晴。余以腿恙力弱,不走街路几一月。上半日天时晴好,同钉儿至大街等处阅市片时,即同钉儿旋家。下半日有雨,片时即仍晴。

初七日(5月12日) 早上有雨即晴。晚上至和畅堂承天中校看青年会演新剧,天忽有雨,至十下钟坐舆旋家。有明月。

初八日(5月13日) 晴。阅各报,满纸所载民国伟人想选总统,各私党见,播弄是非,日肆其攻讦之风。又参众两议院开会一月,意气相争,议长始经选定。各报揭载议场情形,日以挟私见、争把持,甚至谩骂殴打,令人不堪闻知。是乃新民国之伟人也?是乃文明之议院也?是乃昔年宣告全国人民国会速开即可以造全国人民之幸福也?吾阅近日各报之下,吾所不敢言之也。惟草茅下士,伏处田间。自昔年复汉以来,所冀国家日上,文明庶可保护中华于永久。今情形如是,虽在匹夫,孰能宽其念虑也。下半日至街买风琴一只(用洋十柒元也),即旋家。夜有明星亮月。

初九日(5月14日) 晴,寒暑表在七十余度,天气晴胜。花草青茂,最是初夏佳日也。

初十日(5月15日) 早上天有雨。上半日坐舆至南街吊吴琴伯之老丧,片时即坐舆旋家。天又晴。下半日治账务等事。

十一日(5月16日) 晴。上半日至邻周宅贺喜,片时即旋家。下半日陈厥彝君来谈,又田蓝畋君、屠葆青君来谈,数时各兴。近日天气清快,予病略愈,惟心志仍不能坚,可自憾也。夜有明月。

十二日(5月17日) 晴,天气清胜,是乃清和佳日之最长者也。夜坐明月之下,追念旧时情事,生平积感又动中心。

十三日(5月18日) 晴。上半日坐舆至水澄巷徐宅吊乂臣出丧,旰餐下同陈厥彝,徐伯中、植仙,陈景平至板桥景平寓中谈,将晚旋家。今日天暖,只可着单衫。阅近日各报,见南省乱象嘘拂日剧,民国前途旦夕可危,惟袁总统知识势力,尚足为可恃也。

十四日(5月19日) 晴。下半日徐弼庭,贾梲唐、博斋,徐伯中、陈景平来谈，至夜餐下，弼庭、景平兴。夜微有雨。

十五日(5月20日)　天又似晴。上半日景平又来同贾、徐君谈；又徐宜况来，下半日兴。景平夜餐下兴。

十六日(5月21日)　天又晴。上半日至古贡院前徐吉逊处同袁梦白等人谈宴，兼看梦白绘屏扇十数事。对客挥毫，笔随意到，是亦人才也。谈话至将晚旋家。今日缓行三四里路，旋家后尚觉如常，乃幸有月余之静养也。

十七日(5月22日)　晴，天气清胜。日躔增长，学业最可见功也。下半日睡片时。陈厥爂、陈景平来谈片时兴，晚上至大街一转，即旋家。

十八日(5月23日)　早上天尚晴。上半日袁梦白君来为余绘屏扇等事，旰间备酒筵酬之，来陪者徐吉逊、胡秋农[①]、王华圃[②]、贾柷唐、徐乔仙、陈景平等人。下半日袁君又绘事。天有雨。夜天雨最大，各客不能行，秋农、景平二君兴。余客又谈诗话，半夜睡(各客下日辰兴)。

十九日(5月24日)　天雨。上半日田禔盦来谈片时兴。旰前天有晴态。下半日李夫人至陶堰。今日寒暑表在七十余度。晚前至司狱司前胡姨母处谈，夜餐下坐舆旋家。

二十日(5月25日)　天雨。上半日田孝颛来谈其家事，数时兴。旰坐舆至南街田扬庭家拜太外舅祭，旰餐下仍坐舆旋家。下半日贾柷唐、徐宜况来谈。

二十一日(5月26日)　天又有雨态。上半日徐以逊君来谈。下半日徐宜况君兴。又田孝颛来谈，同以逊谈判数时各兴。夜有星。

---

①　胡毓骥(1882—?)，乳名壬，字秋农。浙江绍兴人。附贡生。补署户部司务厅司务、陕西司行走，提升度支部主事。见胡寿震《绍兴莲花桥胡氏宗谱》。

②　王楙，字华圃。浙江绍兴人。绍兴陶社社员。见杨无我《人祠纪念》之《绍兴陶社社员一览表》。

二十二日(5月27日) 天又有雨态。下半日晴,至街一转即旋家。夜天有雨,课读。

二十三日(5月28日) 天又雨。下半日田孝颛来谈数时兴。

二十四日(5月29日) 天又雨。上半日至后观巷田蓝陬家陪媒人喜酒,蓝陬之女崧姐许于吴宅也。玕酒下,又谈坐数时旋家。又坐舆至宝幢巷陈厥槼家赴晚筵,先为厥槼之妻五十生日祝也。夜酒下,谈至二下钟旋家。

二十五日(5月30日) 天晴。上半日至后观巷田蓝陬家拜先外姑章太夫人诞日,玕餐下同蓝陬等人谈话数时旋家。今日天气清胜,寒暑表在七十零度。前日徐遏园以小云栖五言诗一首见示,不禁见猎心喜,晚上步韵一首,借录于下[①]:"鸿迹惊年远,酒痕认剩衣。壁残墨题鲜,院静稻花肥。日落幽禅幕,停云悟化机。莫寻酬唱什,旋棹尚依依。"余五六年前秋间晚凉时,偕田春农、诸介如等人至小云栖,拟展览卍香诗僧所藏名人题墨。先曾祖及先曾叔祖当年诗词酬唱墨迹,本亦不鲜,今乃该寺住持不知守护,日渐缺乏;已雕之楹联扁额,又多残破。盖小云栖为昔时诗人雅集之处,不料苍凉若此。同人等徘徊数时,不如所愿而回也。诗既成,借志其崖略,以备考证。

二十六日(5月31日) 天雨。下半日蒋菊仙来谈,陈景平来谈,景平晚上兴。夜又同客谈数时。

二十七日(6月1日) 天又有雨。上半日同蒋菊仙、式如至观音桥看屋,又乘路便至谢尧峰家回看,谈片时,仍同蒋君旋。过民生

---

① 陈庆均《为山庐诗稿》(第一本)有诗《曩与诸介如茂才田春农孝廉诣小云栖访诗人题墨忽忽十年矣癸丑四月遏园吟坛以题壁诗见示不禁见猎心喜追忆前时率步原韵》,与之略异,录如下:"鸿迹惊年远,酒痕剩旧衣。壁残墨题鲜,院静稻花肥(前游时七月下澣村中稻花盛开)。日落幽禅幕,停云悟化机。莫寻酬唱什,旋棹尚依依(余先曾祖及先曾叔祖昔同卍香诗僧诗词酬唱甚夥,残编断简,今尚及见他处,乃寺中竟不得遇目也)。"

国布厂观览片时，即旋家。又徐紫雯、陈景平来谈，至夜餐下兴。今日天气潮暖。下半日李夫人由陶堰旋家。

二十八日(6月2日) 早上天似晴，天气潮暖异常。晚上坐舆至陈厥孵家酒筵，渠再四来请，勉强应酬，至半夜坐舆旋家。

二十九日(6月3日) 天又有雨。上半日栽种花草。天气潮暖，身体未能清快。下半日睡片时。

三十日(6月4日) 天又雨。兀坐案头，补忆今年新正陶七彪姻丈招宴茅洋宽市，风雪频仍，宾朋满座，颇有逸兴，曾咏一律以纪之："接壤春声①又一年，市场胜地借人传。水流山静娱人处，雪虐风饕作客天。嵇阮齐携灵运屐，巢由闲泛木兰船。浔阳道广尊罍集，栽柳高风绍昔贤。"②

五月初一日(6月5日) 月为戊午，日为丁巳。天又有雨，下半日晴。

初二日(6月6日) 晴。上半日至大街等处一转，即旋家。寒暑表在七十余度，骤有夏景。

初三日(6月7日) 晴。上半日至后观巷田禔盦家拜先外姑祭，旰餐下又至蓝陬家谈片时，即旋家。陈景平来，又田孝颛来谈片时兴。本日天暖。夜在庭前坐片时，最清快也。

初四日(6月8日) 晴。早上至大路、大街等处一转，即旋家。上半日清解账务。本日寒暑表在八十三四度。

初五日(6月9日) 雨，天气清快，寒暑表在七十四五度。上半

① 此四字原为"梅信东来"，旁又写"野外春声"。

② 陈庆均《为山庐诗稿》(第一本)有诗《癸丑上元日陶七彪姻丈招宴茅洋宽市雪风怒号群屐联翩逸兴豪情溢于席上勉成一律》，与之略异，录如下："绿野春声又一年，市场模范总堪传。水流山静娱人处，雪虐风饕作客天。嵇阮齐携灵运屐，巢由闲泛木兰船。浔阳道广尊罍集，五柳高风绍昔贤。"

日晴，书账务等事。下半日至楼上遥看卧龙山上，行人之众，兹乃绍兴端阳依旧风俗也。惟追念曩时，是日每与先室田夫人登楼同览，今则风景犹昔，其人忽杳四年矣。回首前尘，又增旧憾。

初六日(6月10日) 晴，天气清胜。早上观览花草，最有味也。寒暑表在八十余度。晚上徐宜况、陈景平，田孝颛、季规来，挥箑闲谈，至半夜兴。日月如轮，转瞬今年又五月。办事心志，依旧惰弱。

初七日(6月11日) 晴。庭前缸荷新生花颗。

初八日(6月12日) 晴，盰有雷雨即晴，下半日天气清快。书账务及录诗稿。夜有月。

初九日(6月13日) 早上天微有雨。

初十日(6月14日) 天又雨。早上以开钟蹈凳上，跨下时凳几一悚筋骨，而项后之骨又一挫，转动又不自如。足见一动一静，处处须谨慎也。坐卧看《春在堂诗》，以养其病。但身弱事繁，百感交加，心绪又讵能清净也。

十一日(6月15日) 天又似雨。项后背恙尚未愈，坐卧室中感咏五言诗两律[①]，借录志于下："国是何年定，沧桑感古今。时危难立足，世乱早惊心。党异攻尤剧，政新弊益深。河清谁可俟，蹈晦且长吟。""回首驹光速，侵寻娱及今。蹇途增宿疾，漫客负初心(前荷袁、徐各友朋枉过，屡拟答访，以病不果)。问世鲜才具，名山蓄愿深。诗筒随梦到(前日盰睡时徐君又有诗寄示)，倚杖读高吟。"

十二日(6月16日) 晴。余项背之恙略差可。

---

① 陈庆均《为山庐诗稿》(第一本)有诗《梅雨连朝旧疾复发杜门郁郁感成两律即用遏园吟坛寄怀原韵》与之略异，录如下："国是何年定，废兴感古今。空流烈士血，腾笑外交心。党异讧尤剧，政新弊益深。河清谁可俟，韬晦且长吟。""回首驹光速，侵寻误及今。蹇途增宿疾，漫客负初心(前荷无耳尊者、胶园、遏园诸君枉顾，匆匆匝月。屡拟答访，以疾不果)。问世鲜才具，名山蓄愿深。画禅诗又到，倚枕读高吟(昨遏园又以画禅诗寄示，时余昼寝，即醒读之)。"

十三日(6月17日) 早上天雨。早餐下坐舆至薛家弄吊许翰青君首七,片时即坐舆旋家。又徐吉逊、袁梦白、黄雁森[1]停舟来接,即同坐舟至植利门外栖凫村徐以逊君家谈宴,旰同席者又有胡秋农。徐君出其所有墨拓碑帖及书画等件,请同人观赏。下半日又看袁君绘事,兼观徐君园林花木。天雨纷纷,主人情重,坚留宿也。夜餐下,同人以石墨龕课雨题各分韵吟诗,纪雅聚也。夜深雨朗,又同诸君至门外盘桓,蛙声遍野,树影连村,清幽之景,迥异城市。又至徐宅同诸君清谈,至十四早三点钟,睡片时。

十四日(6月18日) 由徐宅早上兴,时五下半钟。天又雨。同诸君谈话。早餐下,余家遣工人专舟接余,即问之下,盖以邵妈病故事也。遂向主人告辞,天雨纷纷,速坐舟旋家,时将旰也。邵妈十二下半日有病,自要吃痧药,人皆料其发痧。至十三早忽呕血。其向有老病,家中又不注意。下半日又呕血,至夜九下钟又呕血,其病形遂重,家中人闻之始恐。其媛虽于日间由别家佣工处叫来,然时已夜,皆云俟十四日天亮,速雇船送其回自家。夜间速请杨质安为其诊医,不料医出药到,邵妈病急矣,遂干速雇船。顷刻之间(十四日首时),邵妈竟于边屋卧房变故矣。防备不及,致有此事,遂速令其媛及舟人抬邵妈出门,船载以去。虽无另外纠葛,亦疏于管理觉察也。今日下半日属道人及工匠拂扫房屋等事。余向不到人家留宿,前日各友相约不散,又荷徐君强留。或一度宿,家中竟遇前事,亦可怪也。邵妈前系乳妇,又佣工十余年,平日遇事颇勤,性亦忠诚,仆婢中不可多见。今乃如此,防病不及,实堪恶劣。

十五日(6月19日) 雨,天气潮热。心绪纷乱,不耐治事。下半日田季规、陈景平诸君来谈,夜餐下又谈片时兴。

十六日(6月20日) 天又雨。旰间贾枧唐君来谈。积霖不已,

---

① 黄雁森,一作雁荪。浙江绍兴人。见鲍德福《鲍氏五思堂宗谱稿》卷三《尚志公派第七世》:鲍亦冶,配同邑郡城八字桥黄氏雁荪君长女。

潮气异常。尘务扰人,心绪时形不快。清闲之福,不识何日可遇也。

十七日(6月21日) 天又雨。对雨清坐,阅"春在"诗以度日,乃借吟咏以解念虑者也。下半日田孝颛来谈片时兴。晚前时又愚社友人胡胶园①同其侄康之②来谈片时兴。

十八日(6月22日) 天又雨。今日为夏至。旰间祭祖宗。下半日徐子祥来谈片时兴。天气略清快。

十九日(6月23日) 晴。久雨之下,得见清光,借形爽快。下半日田孝颛来谈片时兴。本拟至街看友人,忽腹痛不果行。夜,肠腹中时时患痛,泻数大解。是乃痧病,服痧药及薄荷、藿香等茶,渐愈可。

二十日(6月24日) 晴。早上阅沪绍各报章。上半日至邻鲍宅吊香谷之母首七③,片时即旋家。徐吉逊、陈厥弅来谈,旰餐下徐以逊、胡司久来谈,晚上各散。本日四弟妇及梦生侄来,晚上兴。夜撰陶仲彝先生寿联,借志于下:"赣江解组,息影名山,又见清门垂五柳;莱彩娱觞,宏开寿宇,敬从朱夏祝千秋。"前同友人石墨楂课雨分

---

① 此人或为胡毓骥,见《日记》民国二年四月十八日注。按:民国二年五月十三日:"又徐吉逊、袁梦白、黄雁森停舟来接,即同坐舟至植利门外栖凫村徐以逊君家谈宴,旰同席者又有胡秋农。徐君出其所有墨拓碑帖及书画等件,请同人观赏。下半日又看袁君绘事,兼观徐君园林花木。天雨纷纷,主人情重,坚留宿也。夜餐下,同人以《石墨盦课雨》题各分韵吟诗,纪雅聚也。"陈庆均《为山庐诗稿》(第一本)有诗《癸丑五月中旬徐仲偲孝廉邀无耳尊者得一道人胶园逷园及余宴集石墨楂晚上留宿课雨分得新韵》。据此二者可知,胡胶园当为胡毓骥(秋农)。

② 胡康之(1890—?),原名敬之,字伯健。清浙江山阴人。国学生,指分安徽布政司经历。见胡寿震《绍兴莲花桥胡氏宗谱》。

③ 王氏(1857—1913),绍兴城内仓弄王芳洲之女。据鲍德福《鲍氏五思堂宗谱稿》卷三《尚志公派第五世》,鲍诚型曾娶祁氏、王氏,侧室胡氏、陈氏,均无子。继鲍诚坊之子香谷为子。香谷为诚坊之原配毛氏出,卒于光绪元年十一月十八日。

得新韵诗一首[①]，亦于数日前撰成，并志其下："名山践胜约，雨过众绿新。尘迹飞难到，爽气来扑人。宅仿欧洲筑，小隐横河滨（石墨楂主人前年仿泰西式新筑住宅于横河）。主人癖嗜古，彝卣宷别神。残碣博搜罗，远自汉与秦。启视琼瑶册，光彩耀星辰。四壁生古香，图史若比邻。奇花采瀛海，晨夕亲陶甄（厅事前颇多东洋花草）。积霖晚逾密，苔磴碧嶙峋。把酒共高歌，大雅足扶轮。"

二十一日（6 月 25 日）　晴。今日本为愚社诗友消夏第一会，到攒宫埠登山谒宋六陵。社友皆前到，余以天暑，又有旱路，兼前日病初愈，辞以不到。早上至街一转，即旋家。上半日至田宅一谈，即旋家。下半日田孝颛来谈片时兴。晚上坐庭前，以乘清气。

二十二日（6 月 26 日）　晴。上半日坐舆至南街陶仲彝先生处祝寿，盱酒吃数菜，即坐舆旋家。下半日田孝颛来同贾梲唐挥箑闲谈，又徐伯中来片时兴。晚上同田君至新河弄徐沛山先生处谈片时，为徐子祥转谈浙路股东会事也。又至徐紫雯处谈片时，亦子祥事也。又同孝颛至新园公饯谢尧峰酒，同席者又邀徐以逊、胡胶园。晚餐下各散，仍同孝颛各旋家。天微有雨。

二十三日（6 月 27 日）　晴。上半日田肖颛来谈片时兴。盱前至田肖颛家集谈其家公事，同谈者田蓝陬、扬庭、禔盦、肖颛，徐以逊及余，盱餐下谈数时各散，徐君同余旋家。又同贾梲唐、幼舟，以逊至司狱司前、泗水楼下等处花园看花，片时即旋家。徐、贾君亦同来，夜餐下谈数时，徐君兴。

---

① 陈庆均《为山庐诗稿》（第一本）有诗《癸丑五月中旬徐仲咫孝廉邀无耳尊者得一道人胶园遏园及余宴集石墨楂晚上留宿课雨分得新韵》："名山践胜约，雨过众绿新。尘迹飞难到，爽气来扑人。宅仿欧洲筑，小隐横河滨（石墨楂主人前年新筑西式住宅于西皋之横河）。主人癖嗜古，彝卣宷别神。残碣富搜罗，远肇汉与秦。启视琼瑶册，光采耀星辰。四壁生古香，图史若比邻。奇花采瀛海，晨夕亲陶甄（厅事前颇多栽设东瀛花草）。积霖晚逾密，苔磴碧嶙峋。把酒共高歌，大雅足扶轮。"

二十四日(6月28日) 雨。上半日田禔盦来谈片时兴,下半日同贾君谈。

二十五日(6月29日) 雨。旰祭先曾祖母诞辰。旰陈景平来请贾、陈等客及本家人吃祚酒,下半日景平兴。田宅内侄女来,晚上兴。夜同客谈片时。

二十六日(6月30日) 天似晴。贾幼舟兴。上半日余以天暖不耐治事,睡卧片时。下半日田孝颛来谈,夜餐下兴。

二十七日(7月1日) 晴。早上贾梲唐兴。肖颛来,同至古贡院前同徐吉逊、袁梦白、黄雁森、陈瘦崖①、张天汉②坐舟至寓山寺旰餐,又至七星岩,又至小云栖。晚餐下进城,旋家时半夜。今日为消夏第二集,逷园分办者也。题诗雅集,本属韵事,然天暑坐舟,亦不相宜,拟再同友人商酌。

二十八日(7月2日) 晴。天暑不耐治事。梦生侄来。

二十九日(7月3日) 晴,天暖,旰间寒暑表在九十三四度。

六月初一日(7月4日) 月为己未,日为丙戌。天晴。早上观视花草,以吸新清之气。上半日有雷雨。吟柯岩七言诗一律,又咏

---

① 陈骚,字瘦崖,一作瘦厓。绍兴"陶社"成员,绍兴"越社"成员。《越铎日报》社记者、《绍兴日报》社长。见杨无我《入祠纪念》之《绍兴陶社社员一览表》。

② 张天汉(1893—1940),字钟湘,又字楚卿,室名春水闲鸥馆。浙江绍兴人。诗巢壬社社员。曾任《越铎日报》副刊编辑,自办《大夏》杂志。历任浙江省制宪议员,绍兴县议会议长等职。擅书法,以篆隶见长,画工山水,并及翎毛花卉,金石篆刻亦有声于时,且精鉴赏,富收藏。见《绍兴文史资料选辑》(第1辑)之张处德《五十年间绍兴书画家列举》;张子正《绍兴市商务志》。按:《诗巢壬社社友录》载其卒于民国二十九年六月二十六日。沈钧业《沈钧业日记》册37亦有载:"(民国庚午)六月二十九日:'丁丑。晴。张天汉兄于廿六日以胃癌殁于福康医院,忆不见仅月余耳。'"

寓山四负堂五言诗一律，又小云栖夜宴诗二律。下半日天气即觉清快。《柯岩》[1]诗曰："半壁风光接眼前，巨灵一擘讶天然。窈窕僧舍旁岩辟，斗劣神龛借石镌(右边石宕上岩壁雕有神龛遥立，人迹所不能到也)。喜有清凉延暑夏，讵胜陈迹话当年(余到柯岩岂胜指数)。青山依旧峙云骨，饱看骚人爪印传。"又《寓山》[2]诗曰："喜为江山贺，忠忱久益彰。禅堂开四负，虚竹列千行。莲叶池仍碧，梅花阁早凉。汉家重造日，裙屐幸联觞。"又《咏夜宴小云栖》[3]诗曰："携朋停棹夕阳时，尊酒高歌暑气驰。蚓笛满阶人语静，朱扉为客掩迟迟。"又诗曰："十载寻诗到佛场，重来庭院更苍凉。高僧已远清吟罢，风雅当年证卍香(或改'卍香已远吟声罢，遗迹摩挲感喟长'之句)。"本日晚上天气清快，庭前花草又形菁茂，乃夏令之最佳者也。与儿女学琴歌吟诗。

初二日(7月5日)　晴。天气清胜，寒暑表在八十余度。上半日学字。本日虽有太阳，而寒暑表自早至晚都在八十一二三度之间。首夏偶成一诗，补志于下："性安清静寄闲身，时事难言守吾真。志士总应尚品藻，高文犹冀动星辰。园林花鸟春来盛，诗字琴书案上新。荏苒韶华容易度，自寻欢乐在红尘。"

---

① 陈庆均《为山庐诗稿》(第一本)有诗《同日又探柯岩》，与之略异，录如下："半壁风光备席前，巨灵一擘讶天然。窈窕僧舍依岩辟，斗劣神龛借石镌(石宕岩壁雕有神像，人迹所不能到也)。喜有清凉延暑夏，不胜陈迹话当年(余频年游观，不可指数)。青山依旧峙云骨，饱看骚人爪印传。"

② 陈庆均《为山庐诗稿》(第一本)有诗《癸丑消夏第二集于寓山青莲禅院》，与之略异，录如下："喜为江山贺，忠忱壮故乡。禅堂开四负，修竹列千行。莲叶池仍碧，梅花阁早凉(梅花阁乃祁忠惠公靖节处)。汉家重造日，挈侣此联觞。"

③ 陈庆均《为山庐诗稿》(第一本)有诗《过小云栖集同社夜宴》，与之略异，录如下："携朋停棹晚凉时，远感箫声杜牧之。梵课早完余酒韵，禅门为客掩迟迟。""十载寻诗选佛场，重来庭院更苍凉。卍香已远清吟罢，遗迹摩挲感喟长。(下二句或改'高僧已远清吟罢，风雅当年证卍香'。)"

初三日(7月6日) 早上天微有雨,寒暑表在七十八九度。阅春在堂诗及吴韵皋①诗。余年来最好吟咏,而自憾才力之柔弱也。兹后如有清暇,当立志勉学。吾家累代扢扬风雅,缅维先德,应益加策励也。上半日田孝颛来谈片时。下半日天气清胜,寒暑表在七十六度。至后观巷田蓝陬处谈,为孝颛托转达事也,片时即旋家。

初四日(7月7日) 天雨,寒暑表在七十余度。上半日田孝颛来,同坐舟至九里,集愚社友八人至塔园观览片时,又至石屋寺盰餐。下半日同坐舟回城,至八字桥黄雁森家谈片时,又同至张天汉家晚餐,夜仍同田君坐舟各旋家。

初五日(7月8日) 早上天微有雨,上半日晴。至新河弄徐沛山先生处谈片时,又至胡秋农家谈片时。又至大路遇徐紫雯、贾幼舟,邀至紫雯家谈,至下半日由大街旋家。

初六日(7月9日) 天似晴,寒暑表在七十五度,天气清胜。下半日天又雨。咏塔园石屋诗两律②,系敬遵先曾大父九岩府君曾游原韵者③也。"认得丛林里,停舆叩寺扉。岚光铺满座,夏雨惹轻衣。

---

① 吴慈鹤(1778—1826),字韵皋,号巢松。清江苏吴县人。嘉庆十二年(1807)举人,十四年进士,改翰林院庶吉士。散馆,授编修。充云南乡试副考官,督学河南、山东。官至翰林院侍讲。著有《兰鲸录》《凤巢山樵求是录》《岑华居士外集》等。见吴仲贤《吴氏名人录》、叶衍兰,叶恭绰编《清代学者象传》。

② 陈庆均《为山庐诗稿》(第一本)有诗《消夏第三集于塔园石屋忆先曾大父囊翠楼诗集曾有纪游谨遵原韵亦成两律》,与之略异,录如下:"联步丛林里,停舆叩寺扉。岚光铺满座,时雨惹轻衣。鸟语山深静,龙涎屋后围(塔园屋后围有泉水曰龙涎)。十间楼寂寞,囊翠悟生机。""群峰环竞秀,梵宇隐云间。佛像仍留壁,禅门昼掩关。停踪携酒盏,迎面许青山。宛委嵯峨处,前途似易攀。"

③ 陈鸿逵《囊翠楼诗稿》卷上《偕诸弟游九里塔园石屋》:"孤磬出云际,林深叩竹扉。天风寒客袂,山色绿僧衣。阶有清泉泻,园惟活石围。红尘飞不到,苦径坐忘极。""天柱高何极,精蓝结此间。松花飞佛座,石骨辟禅关。一径疑无路,四围都是山。香庐峰已近,未可倦登攀。"

鸟语山深静，龙涎屋后围。十间楼比栉（十间楼，乃塔园中楼名），清籁娱生机。”“群峰环竞秀，梵宇隐云间。佛像仍留壁，禅门昼掩关。停踪联酒盏，迎面许青山。宛委嵯峨处（宛委山即天柱山），前途似易攀。”

初七日（7月10日） 天似晴。上半日徐吉逊来谈，又田孝颛来谈；下半日胡坤圃来谈，又徐子祥来谈。皆谈半日兴。晚前同徐吉逊、田孝颛至长桥看袁梦白，不晤。天有雨，坐舟同田君各旋家。

初八日（7月11日） 天晴。上半日督石匠等人修换石板及收拾屋宇等事。本日天气又暑。下半日至街一转，即旋家。

初九日（7月12日） 天晴，气又潮热。上半日阅旧咏诗，并自书扇箑一张。本日贾幼舟、姚则仙来谈片时，又坤圃来谈，又许仲青来谈片时。天暑，只可挥箑清谈。又至大街一转，即旋家。

初十日（7月13日） 晴，早时天气似清胜。上半日徐吉逊、田孝颛来，同坐大舟至东郭城外云门显圣寺岸畔，本拟登探阳明洞，乃暑日可畏，改泊于平水绿野山庄旰餐，同到者袁梦白、黄雁森、张天汉、徐以逊。下半日平水山金六如以笋舆来迎，惟以逊由山速回栖凫，余六人皆到金宅山家谈宴。至将晚，仍共六人坐舆步月回至平水岸，同坐舟赏月。耶溪风凉人静，颇有趣也。进城各登岸，旋家时半夜也。

十一日（7月14日） 晴。早上八时至大善寺管理绍兴城议会选举乙级投票事，选举人约二千八，可投票者将及半数。事竣旋家，时将晚也。

十二日（7月15日） 早上天似雨。至古贡院前徐逷园处谈片时，又至街一转。又至大善寺管理甲级选举投票事，甲级选举人共（乙）[一]百十五人，投票者七十九人。本届选举又觉不甚有精神。下半日天又有雷雨。自十三日至今日下半日，皆有雷雨。至六下钟遵章事竣，以天气尚早，至街遇徐逷园、陈芝栽，同至小有天晚餐。又有袁梦白、黄雁森、徐佑长、张楚青等人同来谈宴，数时各散，余旋家时十一下钟也。

十三日(7月16日) 晴。上半日至大善寺管理绍兴城议会选举开票事,计选多数乙级十五人,选甲级多数十五人,甲级有二票者亦可当选。至旰时事竣,余即旋家。连日事繁,颇形疲弱。下半日静养数时略胜。

十四(7月17日) 天又似雨。上半日田蓝陬君来谈片时兴。下半日胡坤圃君来谈数时兴。阅报,闻前江西李都督①反抗民国总统,又开战事。

十五日(7月18日) 天又雨,上半日晴。陈景平来谈片时,并邀至其寓畅谈半日,至夜半旋家。今日为初庚伏之日。

十六日(7月19日) 天又雨。早上田孝颛来谈片时,同至八字桥同袁梦白,徐逷园、以逊,黄雁森,张天汉坐舟至下方桥石佛寺旰宴。山岩参差,山水清逸,颇足眺览。下半日仍坐舟旋城,至八字桥同孝颛换坐(浆)[桨]舟,旋家时天晚也。本日风雨颇多。

十七日(7月20日) 天又有雨。上半日至后观巷田蓝陬君家谈,至下半日旋家。晚前至观桥胡坤圃君处谈,片时即旋家。今日天雨最多,又潮湿异常,乃当暑时令罕遇者也。阅沪杭绍各报,江西、江宁及浙江之宁波皆宣布反抗中央(反对中央为首者孙文、黄兴也)。

十八日(7月21日) 早上天似晴,本日天气清快。上半日绘山水一幅。下半日陈景平,田孝颛、季规来谈,至夜餐下兴。夜有明月,清华高朗,乃暑天最佳之时令也。余隐处草庐,时事本非所责,但得

---

① 李烈钧(1882—1946),原名烈训,字协和,别号侠黄。江西宁武人。辛亥革命时,任九江都督府参谋长、安徽都督、江西都督。民国二年(1913)任七省讨袁联军总司令。后历任国民党政府江西省主席、国民政府常务委员等职。民国二十五年(1936)西安事变后,蒋介石组织军事法庭审判张学良时,任审判长。抗日战争爆发,移居昆明。后病逝于重庆。见《九江文史资料选辑》(第2辑)之张镜渊《李烈钧将军传略》;陈予欢《云南讲武堂将帅录》。

布衣蔬食，读书励学，志向即在是也。

十九日(7月22日) 晴，早上天气清胜。戏绘山水。闻前晚绍兴颇有谣言惑众之事。上半日至邻吊鲍香谷之母丧，片时即旋家。徐子祥、吉逊来谈时事，片时兴。忽闻人言乱事紧急，各城门昼闭，市上惶恐异常，遂至街市及观桥胡坤圃处谈讲片时。又有人云顷有人从五云门来，结队百数人，盘踞于等岩寺。服色枪械，杂乱零落，似外县匪类拟乘机扰乱者也。幸有各兵队咸往围捕，(亮)[谅]不致起事矣。又由胡君处至田蓝陬处谈片时，即旋家。下半日至街遇坤圃，同至司前商会钱静斋君处谈片时，又至绍兴参议会谈片时，即旋家。

二十日(7月23日) 晴。早上同镇儿至常禧门头，见守城兵士尚称严密，沿街人民虽多惶恐，并不纷乱。又至绍参议会谈片时，仍同镇儿旋家。下半日又至仓桥绍兴商会同钱静斋君谈片时，忽有电话闻朱都督①又派新军五百来守绍兴。同钱君谈片时，即旋家。

二十一(7月24日) 晴。吾绍近日之尚能镇定者，幸有朱都督先事觉察，早派骑兵三百来守绍城，兼骑兵团长徐君闻持重勇敢，朱都督特照戒严律，所有绍兴军队警察及行政各官厅，一律令其节制指挥，绍兴惟是赖也。余今日在家静养。

二十二日(7月25日) 晴。近日天气虽热而尚清胜。上半日友人安昌□君来，谈片时兴。盰前至大街等处一转，忽见越铎报号外传单飞递，全市欢声雷动，喜沪上反对中央军之大败也。足见人心厌乱，反对者之。为公为私，或是或非，不可以骗人也。并闻越铎报之

---

① 朱瑞(1883—1916)，字介人。浙江海盐人。南洋陆师学堂毕业后任浙江督练公所参谋处差遣，后充步队第二标执事官，协同标统蒋尊簋创设浙江弁目学堂。曾与秋瑾等往来，先后加入光复会与同盟会。民国后，任陆军第五军军长，浙江都督兼省民政长。二次革命起，坚附袁世凯，被袁世凯封为兴武将军，督理浙江军务。嗣拥袁世凯称帝，得封侯爵。帝制失败后退居天津。有《浙江都督政书初稿》。见刘绍唐《民国人物小传》。

登载乱事，最为斟酌。人民定静，赖以维持。不若《绍兴公报》专载造谣拨乱之言，并闻该报中人散匿辟处，日恐官厅饬禁逮捕。近日其报只有一张，人多相戒不阅，即阅亦不信。颇不解该报之名誉意见，何以使之若是也。由街旋家，借志众心向背数事。下半日陈景平、田孝颛、胡坤圃等人来谈，至夜餐下兴。夜天虽热而尚清快。

二十三日(7月26日)　晴。天气虽热而尚清胜，早上寒暑表在八十八九度，日中在九十余度。自闻上日电音后，市面日转平定，兼维持保守有人，城中人心又觉安静。草茅下士，或仍可清平度日也。

二十四日(7月27日)　晴，寒暑表在九十五六度。天暑不耐治事。浔江开战，惶惑越中，警备戒严，不暇他顾。联吟诗友，踪迹又疏；拟志以诗，而天暑可畏，不克吟哦。回忆自昔年复汉以来，人心惶恐，几及年余。所幸者同心协力，共庆统一，以合群爱国之忱为全国谋幸福。今者借端争战，其对当年公布之宗旨，为奚如也。

二十五日(7月28日)　晴。上半日学草书。天气尚清胜，寒暑表在九十余度。余性本畏暑，日来时事似日见平静，应力加静养也。日中寒暑表在九十八度。夜田孝颛来谈数时兴。夜天气又热，至半夜后乃清快也。

二十六日(7月29日)　晴，天气虽暑而尚清胜，旰时寒暑表在九十八度。吾家庭畔几缸荷藕，日来其花争长，大有清香之味。

二十七日(7月30日)　晴。浙江朱都督维持大势，调度得宜，绍兴借以镇定。日来市面平静，虽愚夫愚妇时为谣言所惑，而有识者自可镇定也。

二十八日(7月31日)　早上天微有雨即晴。下半日族景弟由汉口旋绍来谈，夜餐下兴。夜天气清胜。

二十九日(8月1日)　晴，早上寒暑表在八十七八度。上半日至后观巷田蓝陬家谈，片时即旋家。

七月初一日(8月2日)　月为庚申，日为乙卯。晴，天气清胜。

本日系先妻田夫人之诞日，岁华易度，其生日忽忽四祭也。追想曩时设帨之日，又感中心。年来儿女虽日见长大，予心力柔弱，未能勤加教诲，兼婚姻事又未先后成之，是安可以告田夫人者也。日中田禔盦、孝颛来与祭，又徐吉逊、陈景平、蒋式如、陈景堂皆来。旰间以祭菜酌客谈宴，至晚上各兴，惟吉逊、景平、族景弟又谈至夜半。

初二日(8月3日)　晴。早上景平兴。上半日睡片时，又同吉逊谈。下半日景平又来谈，夜餐下兴。

初三日(8月4日)　晴。上半日又同吉逊谈，又田孝颛来谈。近日闻人家以赣乱惶惑，多纷心于迁避之中，而余等乃絺衣蕉扇，啜茗清谈。下半日有愚社友人阮天目[①]、徐小眉来围棋，又谈至夜半睡(各客人皆于下日早上兴)。

初四日(8月5日)　晴，早上天气最清胜。上半日睡数时。下半日学字，又录书旧咏诗。

初五日(8月6日)　晴，天气清胜，早上寒暑表在八十度，日中在九十一度。日来心绪纷繁，天时尚暑，事事懒于整饬。每一念及，有不胜其恐虑者也。

初六日(8月7日)　晴，早上天气凉快。补录前日感怀诗七律于下："借端肇衅逞私图[②]，浔上风云动越衢。破坏共和尤讳饰，已摧元气更难苏。戒严令里伊人隔，警备声中篇什输[③]。为恐神州分裂祸，狂潮何忍再前趋。"上半日至笔飞弄"豫济"、"明记"各谈片时，即旋家。下半日陈景平来谈数时兴。

---

① 阮嘉泰(？—1935)，字三奇，号天目。浙江绍兴人。诗巢壬社社员。性旷达书，擅长书画琴棋诗酒。见阮彬华《越州阮氏宗谱》卷八《廿一世至廿五世·理六房》；《诗巢壬社唱和集甲三》之《甲戌四月十四日往诗巢壬社公祭唐吕进士游仙诗一首示同社》；《诗巢壬社社友录》。按：《诗巢壬社社友录》载其卒于民国二十四年(1935)。

② 原为"民砦未顾斗军符"。

③ 原为"诗兴迁"。

初七日(8月8日) 晴。今日午时是立秋。天气清胜,即有新凉之味。上半日循旧例礼神。盰戏绘山水。下半日寒暑表在九十五六度。晚上薛阆仙来谈。

初八日(8月9日) 晴,天气又暑。上半日同阆仙及田孝颛又来谈片时兴。下半日睡片时,天暑即觉。补吟《耶溪玩月》[①]诗一律,借志于下:"洞天深处树菁菁,挈侣迎凉向晚行。万壑松涛呈暮景,半江篷影载吟声。人来胜地尤依恋,月为良宵静愈明。大好耶溪村畔里,远传钟韵有风清。"

初九日(8月10日) 晴。上半日至邻姚霭生家谈片时,又同蒋君、景弟至泥墙弄看宅宇,片时即旋家。今日天又暑,寒暑表在九十五六度。

初十日(8月11日) 晴,早寒暑表在八十九度。同景弟至街一转,即旋家。下半日陈景平、田孝颛来谈,至夜餐下兴。夜有明月。

十一日(8月12日) 晴,天暑,寒暑表在九十六度。上半日坤圃来谈数时兴。夜天尤暑,而有明月。

十二日(8月13日) 晴。天暑久晴,人人日冀霖雨之下沛也。早上姚霭生来谈片时兴。日来惟早上天尚清胜,盰间寒暑表在九十七八度,下半日有雷声而仍未下雨,夜又有月。

十三日(8月14日) 晴。早上寒暑表在八十七八度。盰祭本生先慈曹太夫人讳日。

十四日(8月15日) 晴。早上姚起声来谈片时兴。亢晴日久,酷暑异常。下半日陈景平、田孝颛来谈,夜餐下兴。

十五日(8月16日) 晴。盰祭祖宗。盰前陈景平、俞介眉及其

---

① 陈庆均《为山庐诗稿》(第一本)有诗《消夏第四集耶溪玩月》,与之略异,录如下:"洞天深邃树菁菁,暑气消时解缆行。夹度莲歌惊幻梦,半江篷影载吟声。人来胜地多留恋,月为良宵静愈明。一片若耶溪畔路,笛音嘹亮到风清。"

侄来谈，景平夜餐下兴，俞君翌日早兴。

十六日(8月17日)　晴。天暑未能治事。今日旰下，寒暑表在百零一度。久晴酷暑，心绪纷乱，不能持守静定，为自憾也。

十七日(8月18日)　晴。天暑，夜间未能安睡。上半日周君来谈片时兴。近日惟早上尚有片时清快，余性本畏暑，又加心绪纷乱，愈觉鲜安宁之趣，或是涵养未臻之为患也，以后应立加清静淡定之修。夜间虽有明月，天气仍暑，至后半夜略清胜。

十八日(8月19日)　晴。天气又暑，苍生咸冀霖雨之下降也。

十九日(8月20日)　晴。日来早夜寒暑表在九十度，下半日到一百(〇)[零]二度。如是酷暑，乃近十年来所罕见。日夜以挥扇啜茗外，不耐治事也。

二十日(8月21日)　晴。下半日颇有凉风。阅报，闻河南上半月太虑久雨，而越中近恐久晴。造化之晴雨，似有时为之，未能统一也。晚上云霓偶见，清风即来。略有雨下，虽仍即晴，而天气转觉清胜也。

二十一日(8月22日)　晴。早天上气清胜，寒暑表在八十五六度。下半日陈景平、屠葆青、田孝颙来谈片时，景平邀同至"小有天"河楼茗酌数时，即各旋家。夜有雨数阵，而仍不沛然下降，转瞬又见星月。而得斯数阵风雨，即有秋气。但得霖雨接下几日，则尤为苍生所忻幸者也。

二十二日(8月23日)　早上微有雨，即晴。上半日徐显民来谈片时兴，又徐吉逊同田孝颙来谈。

二十三日(8月24日)　晴。早上徐、田二君兴。天气清胜。上半日睡片时。旰前补吟消夏第一集诗一律，题是《宋六陵》："千秋王气黯然销，剩有冬青久不凋。割据惊心怜北狩，和戎遗憾误南朝。攒宫云惨牛眠寂，荒冢风凄鸟语娇。为感贤湖消息远，沧桑历劫叩渔樵。"六陵乃南宋六朝诸王攒冢处，故其地名曰攒宫。至六朝宫嫔墓，是贤石湖之廿四堆，两处地址不同也。

二十四日(8月25日) 晴。上半日至板桥陈景平寓坐片时,同景平至古贡院前回看徐吉逊、显民,闻两君已他出,遂又同景平至司马池头电灯公司一到。又同至景平寓看装电话,其电线一线由沿途接至总公司,一线插于装处天井明堂之地,两线皆接襻于机头,遂通电也。装设手续颇速,余看其装竣即旋家。

二十五日(8月26日) 晴,早上寒暑表在八十度。天气清胜,最是新秋佳日。有志者对兹良时,应若何策励也。上半日至田孝颛处,同徐吉逊、袁梦白、黄雁森谈。旰餐下,徐、袁、黄、田四君同来清谈。

二十六日(8月27日) 晴。早上袁、黄、田各客兴。世乱不与闻,处事得诗友。永夜清谈,亦韵事也。日间又同吉逊谈,下半日胡坤圃来谈,晚上徐、胡两君兴。天虽元晴,而晚上凉气乍到,最清快也。

二十七日(8月28日) 晴。上半日至后观巷田蓝陬家一谈,即旋家。胡坤圃同景弟至大路新园看动物,共计中外少见之禽兽数十只。看片时,又同坤圃、吉逊、景弟至"小有天",茗点下遂旋家。坤圃、吉逊同来谈,至夜餐下兴,吉逊翌日早兴。今日天气又暑,谅以久晴热度郁结,倘能霖雨下沛,一洗残暑,必可清快也。

二十八日(8月29日) 晴。早上许诵卿君来谈片时兴。今日天气又暑,日中寒暑表在九十六度。

二十九日(8月30日) 晴,天气清胜。上半日咏羊山石佛寺七律诗一章[①],借志于下:"一舟风雨叩禅关,云树萧疏岁月闲。远黛依

① 陈庆均《为山庐诗稿》(第一本)有诗《消夏第五集于羊山石佛寺予绘图纪事复志以诗》,与之略异,录如下:"一舟风雨叩禅关,云树萧疏岁月闲。远黛依稀环雉堞,灵光凭式峙羊山。奇兵屯处留天险,神弩威名勒石间(羊山为钱武肃王屯兵处,古有钱王祠也)。喜辟朱栏宏客座(寺中大启朱栏,为余等特设宴集),酒边揽胜列螺鬟。"

稀环雉堞，灵光凭式峙羊山。奇兵屯处留天险，神弩威名勒石间。喜辟朱栏宏客座，酒边揽胜列螺鬟。”下半日陈景平来谈，夜餐下兴。今日天似将雨，天气益觉清胜。

三十日(8月31日) 早上天微有雨，寒暑表在七十八度。上半日至绍兴参议会谈片时，即由街旋家。下半日朱幼溪[①]君来谈片时兴。本届绍兴城议会议员，人甚参差。余视此乱世，志在隐避。前日议员被选时，为人所劝，勉强答复。今成立在即，余转辗思维，似以辞卸为然。上半日特至参议会商量辞职，乃参议诸君又再四劝勉。顷朱君来谈，亦此事也。下半日又田孝颛来谈数时兴。夜云散星明，又是有久晴之态也。日月荏苒，忽忽又将中秋。时艰日亟，人心不定。民间幸福，未识何时，有心者所日为之感虑也。

八月初一日(9月1日) 晴。本月月为辛酉，日为乙酉。天气清胜，早上寒暑表在七十五六度。上半日许诵卿来谈片时兴，又坤圃来谈片时兴。今日城议会又成立，参议会一再来催到会。余早拟辞卸，今又备函辞职，将执照缴还，特至参议会面向婉辞，即旋家。录诗笺数纸。下半日沈通三、胡坤圃来劝任议员职，谈数时兴。参议会又将执照送来，可谓强人所不愿也。

初二日(9月2日) 晴，天气又清胜。上半日录诗笺。下半日蔡后青来谈片时兴。日来天清日永，大可用功。

初三日(9月3日) 晴，天气清胜。上半日参议会谈片时，即由大街旋家，时旰也。今日向称灶神生日，绍兴风俗，仍循旧例敬礼之。

---

① 朱润南(1882—1946)，字幼溪，小名六十，笔名散木。浙江绍兴人。毕业于绍兴龙山法政学堂。鲁迅在绍兴府学堂任监学时，其于该校任法制经济教员。绍兴光复后，其在绍兴军政分府民事署做学务科员。民国元年(1912)鲁迅辞去绍兴师范学校校长职务时，其被派往该校接收。见鲁迅纪念馆《鲁迅与他的乡人》。

今日又为秋中丁日圣庙致祭，仍旧敬谨举行，是孔子之所以谓万世师表也。下半日至观桥坤圃处谈片时，即旋家。

初四日(9月4日) 晴，天气清胜。早饭下坐舆至大路徐紫雯家贺其再续姻之喜，兼为陪客半日。盰酒下，同诸戚友闲谈，至夜酒下九下半钟旋家。日来盰间尚暑，早晚骤觉清凉。但天气似将雨仍不能雨，苍生想霖雨之霈，为日久也。

初五日(9月5日) 晴。上半日姚霭生、胡坤圃来谈片时，借邀余同至试弄城议事会，暂假会场选举董事会职员。余借随带执照，再行辞职。俟会事休息，以路近至徐紫雯家闲谈，渠家喜事之客尚不散，遂延谈至夜。天有雨。

初六日(9月6日) 雨。早上由徐宅坐舆旋家。今日风雨最骤，由是甘霖下霈，万类咸畅生机矣。

初七日(9月7日) 雨，密雨永日。虽膏泽均沾，而城乡等河尚未照常。晚上田孝颛来谈片时兴。夜又有雨。

初八日(9月8日) 雨。有是数日甘霖，他日田禾可庆有年也。上半日许诵卿君介任伯□君来上馆，借令儿女上学。有许君之郎一人来附读，言同任先生早来晚兴也。盰间备杯酌以宴馆师，邀许君诵卿、陈君景平、屠君葆青及族景弟陪酌，景平、葆青等人至夜餐下兴。下半日天又有晴态，夜有星月。本日寒暑表在七十余度。

初九日(9月9日) 晴。上半日王芝如来谈片时兴。盰前至板桥陈景平家谈，至夜餐下坐舆旋家，时十一计钟也。夜明星亮月有。

初十日(9月10日) 晴，天气清胜，寒暑表在七十五六度。上半日杜山佳君来谈，再劝余任城议会职，谈片时兴。下半日录诗笺。日丽风清，正是秋中佳日。对兹良时，有志者当若何策励也。

十一日(9月11日) 天雨。上半日学字及录诗笺。予志向学问，性本生成。乃家事繁如，精力柔弱，每形自憾。

十二日(9月12日) 天雨。阅编韵诗句注解。

十三日(9月13日) 天又雨，下半日晴。田孝颛来，同至徐吉逊处谈片时，又至陈景平处谈片时，各旋家。

十四日(9月14日)　天又雨。清理各账。今日为次女味青讳日，时光迅速，忽忽七阅年矣。下半日贾柷唐来谈(贾君至十七日兴)。近日时雨时晴，花草菁茂。

十五日(9月15日)　天又雨，上半日晴。同贾客谈，又同田客谈。夜九时，见月红黑蒙暗，惟留峨眉一线光明，约一时仍复光明如常，似系月食也。至十时，天高人静，明月最佳。徘徊庭畔，清气扑人。对兹良宵，又增旧感。

十六日(9月16日)　天又似雨。乍晴乍雨，旬余日也。城乡河水仍不照常，有舟都停城外，行人颇不称快。上半日田孝颛来谈片时兴。下半日同贾君谈。

十七日(9月17日)　天又雨。本日内子李夫人至陶堰客七彪先生处，余内外家政，事益繁如。上半日书账务。下半日至清风里、日晖桥、大路等处一转，即旋家。

十八日(9月18日)　天又微雨。上半日徐㧑庭君来谈，试棋半日，晚上兴。本日天气潮暖，颇不清佳。

十九日(9月19日)　天气又潮，早上晴，日间又如夏令。上半日约袁梦白至田孝颛家绘事，徐吉逊同也。晚前，徐㧑庭君来，旋家谈片时，又至田宅。夜餐下，同袁、徐、田纵谈数时旋家。有雷雨。

二十日(9月20日)　雨，天气清胜。自有前夜大雨后，尘垢(亮)[谅]皆洗净，且城河又可照常通舟，乃民间所希祝之霖雨也。上半日至后观巷田孝颛家看袁梦白绘屏幅花卉。下半日梦白、吉逊、孝颛来谈，至夜餐下兴。本日寒暑表在六十余度。

二十一日(9月21日)　早上天又有微雨，日间晴。上半日至田宅有看袁君绘事。下半日梦白、吉逊、孝颛又同来余家谈，至半夜兴，时天有亮月也。桂花风信，秋景可人，得诗友昕夕纵谈，题笺斗韵，借可以答生平志向者也。

二十二日(9月22日)　晴。上半日至田宅又看袁君绘事，盰餐下旋家。又至宝幢巷陈厥翶家夜酒,十计钟坐舆旋家。袁、徐、田等诗人又来谈数时兴,时一计钟也。夜月又明亮。

二十三日(9月23日) 早上天晴。上半日至田宅看袁君绘翎毛花卉,片时即旋家。临绘山水一副。下半日俞介眉、陈景平来谈片时兴。又徐吉逊、佑长来谈片时兴。晚前又至田宅谈片时,即旋家。

二十四日(9月24日) 早上天有雨。今日秋分,补咏好雨诗二律,即用前日雨时遏园寄示原韵[①]:"寰宇瞻云久,俄闻夜雨声。兵氛愁遍地,灵液慰苍生。天幸甘霖沛,人犹羽檄争。(才)[欃]枪如可洗,瑞应感秦彭。""快雨来天际,欢腾万户声。嫩芽禾竞长,清籁树间生。势掣蛟龙疾,威惊虎豹争。作霖原待用,人杰想点彭。"下半日田孝颛来,同至广宁桥袁梦白家,问袁君又出门,仍同孝颛由大街各旋家。

二十五日(9月25日) 天又雨。上半日田孝颛来,同坐舟至古贡院前遏园处宴集诗友,拟修辑诗巢事也。至夜餐下,仍坐舟同孝颛各旋家。

二十六日(9月26日) 天又雨,上半日晴,天气清胜。下半日内子李夫人旋家。日来江河如旧,城乡一律仍可通舟。时晴时雨,花草滋茂。督人栽种菊花。晚前薛阆仙来谈,又田孝颛来谈数时兴。

二十七日(9月27日) 晴。早上薛君谈数时兴。上半日坐舟至南街妻舅氏陶仲彝先生处谈重兴诗巢事,商确数时,仍坐舟旋家。下半日至日晖桥、大路、大街等处一转,即旋家。见新令,仍以今日为永远庆祝孔圣诞日。

---

① 陈庆均《为山庐诗稿》(第一本)有诗《久旱得雨遏园以诗见示依韵率成两章》,与之略异,录如下:"寰宇瞻云久,俄闻夜雨声。兵氛怜遍地,灵液慰苍生。天幸甘霖沛,人犹羽檄争。欃枪如可洗,瑞应感秦彭。""快雨来天际,欢腾万户声。雏芽禾竞长,清籁树间生。势掣蛟龙疾,威惊虎豹争。作霖殷待用,人杰让点彭。"

二十八日(9月28日)　晴。下半日徐子祥来谈数时,又同枧唐、景弟至布业会馆看花片时,即旋家。

二十九日(9月29日)　早上天微有雨,即晴。见报载教育部更正前日误登孔子诞日为二十七日。考孔子诞日,实系八月二十八日,嗣后永远仍遵旧历八月二十八日为庆祝孔子之日。

九月初一日(9月30日)　本月月为壬戌,日为甲寅。天气晴胜。上半日吟诗数联。下半日贾枧唐、徐宜况来谈。

初二日(10月1日)　早上晴,下半日微有雨。日间同贾、徐二君谈,又田孝颛来谈,晚上各兴。夜天又似晴。重阳天气,每如是也。

初三日(10月2日)　早上天又似晴,寒暑表在七十余度。下半日同景弟至街一转,遇陈景平,田孝颛、季规,同至"新园"晚餐。夜天有雨。同田君坐舟旋,路过电灯公司,登岸观览片时,又坐舟各旋家,时十下半钟也。天又晴,即有星。

初四日(10月3日)　晴。上半日胡坤圃来谈数时兴。旰前坐舟至贡院前徐显民处筵宴,至夜餐下仍坐舟旋家。

初五日(10月4日)　晴,天气清胜。风日晴和,桂花香遍。对兹良时,应如何策励事业也。上半日咏诗数联。下半日至街买书等事,片时即旋家。

初六日(10月5日)　天气清胜。上午又咏诗数联。下半日陈景平来谈,又徐子祥来谈,又徐以逊来谈。景平、子祥早兴,以逊谈至夜餐下兴。人事繁如,精力柔弱,时觉勉强支持也。

初七日(10月6日)　晴。旰间俞介眉、陈景平来谈,至夜餐下兴。

初八日(10月7日)　晴。早上戏栽鞠花。下半日戏绘山水。

初九日(10月8日)　晴。本日乃旧历重阳,天气清胜,最是良时。吾人处兹良时,学问事业,尤应自加策励。阅报章京电,知六日九时众议院议场选举正式总统,参众两院议员共八百六十八名,到者七百三十三名，袁世凯得五百七票，当选为正式总统；黎元洪得百七十九票，为副总统。按：袁君之可任总统，早为全国视线所定，今但备其手续也。上半日录旧诗，又绘山水。

初十日(10月9日) 晴，天气清胜。阅报章，知新历七日参众两院正式选举黎元洪为正式副总统。上半日袁梦白、田孝颛来谈。下半日同至卧龙山仓帝祠诗巢观览片时，又同至同春楼晚餐，又同至汲古阁观览书画片时，各旋家，时七下半钟。

十一日(10月10日) 早上天雨。上半日绘"羊山远眺"图绢幅一张。夏间同友人游览时，见其岩石参差，山景颇佳。舟中曾约略绘其形势，今补绘一幅，以志其胜。下半日同钰儿至大街买书等事，即旋家。今日系正式总统受任之日，街市上都悬旗庆贺，可谓民国正式成立也。

十二日(10月11日) 晴。上半日坐舟至南街田宅拜太外舅肇山公祭，盱餐下同田蓝陬、孝颛坐舟各旋家。下半日绘山水册叶二笺。天有雨即又晴。

十三日(10月12日) 天微有雨。上半日至田孝颛家看袁梦白绘花卉翎毛，又请其绘扇箑，晚上旋家。袁、田两君来谈，夜餐下兴。

十四日(10月13日) 天微有雨。早上绘山水一张。上半日至田孝颛家看袁梦白绘事。下半日梦白、孝颛来，余同旋家茗酒清谈，至夜半，袁、田两君兴。夜月清亮。

十五日(10月14日) 晴。上半日至观桥胡坤圃处谈片时，又同至南门张宅宴集，徐子祥假座张宅设筵也。下半日谈数时，仍同坤圃、芝生各旋家。

十六日(10月15日) 天气又清胜。上半日学篆字。下半日同钰儿至街买书等(字)[事]，即旋家(至街时将五下钟，即同钰儿旋家，只六下钟也)。夜月最明。

十七日(10月16日) 天气晴胜，寒暑表在六十二度。上半日书账务等事。家事繁如，未能专心看书。坤圃来谈数时兴。下半日子祥来谈片时兴。夜人静月明，最有胜景。课儿女学业。

十八日(10月17日) 晴，天气清胜。上半日田孝颛来，同至街一转，又至观桥坤圃处谈片时，即旋家。下半日绘山水。

十九日(10月18日) 天气清胜。上半日绘山水。下半日至街一转，即旋家。补志前日登龙山诗巢秋禊诗两章①："吟席犹留世几移，残篇断简寄相思。风骚表率怀前度，诗脉渊源溯旧时。鸥泊人文惊宿草，龙山觞咏剩残棋。澄清玉宇感先德（吾家自四世祖无波征君以后，列诗巢者代有其人。诗巢先辈昔曾立会祀之，先祖上亦列会也），私淑门墙幸得师。""揽胜蓬莱咫尺天，风流余韵想当年。三楹秋色瞻先哲，万卷名山证夙缘。谫陋只惭裒辑责，清芬崇拜典型传。登高试赋重阳什，一瓣心香叩昔贤。"

二十日(10月19日) 天气晴胜。上半日贾柷唐来谈。下半日田孝颛来谈，胡坤圃来谈，片时各兴。晚上屠厚斋邀宴，借其家夜餐下，同田孝颛各旋家。

二十一日(10月20日) 晴，天气又清胜，寒暑表在六十余度。

---

① 陈庆均《为山庐诗稿》(第一本)有诗《诗巢秋禊二首并序》，与之略异，录如下："(诗巢在吾越卧龙山畔仓帝祠后，乃郡廨西围遗址，故龙山书院也。元杨铁崖先生仿放翁书巢为诗巢，作同志之吟社，后人即以其地设诗人栗主祀之，位列三楹，中祀六君子，左右为越之先辈诗人，德艺并懋，皆题名也。诗脉留传，昔时已一再增辑。自前清光绪九年陈昼卿先生修辑，后又逾数十稔。续修之责，自在后人。惟使劲乱风移，谁来过问？今予数同志拟搜辑重修，俾得绵延坛坫。虽自惭谫陋，深恩不胜，而扬表先哲，夙储微衷，谨咏两律志私淑。)'揽胜蓬莱咫尺天，风流余韵想当年。三楹秋色瞻先哲，万卷名山证夙缘。谫陋只惭裒辑责，清芬崇拜典型传(近与同志拟重修诗巢)。登高多负重阳赋，一瓣心香片席前(登览时适在重九前日)。''吟席犹留世几移，残篇断简寄相思。风骚表率怀前度，诗脉渊源溯旧时。鸥泊人文惊宿草，龙山觞咏剩残棋。一堂歘忔感先德(吾家先人颇多列祀诗巢)，私淑门墙自得师。'"按：第一首第三联拟改为"纂辑遗编惭力拙，津梁后学绍薪传"。第二首第二联拟改为"清风亮节征高躅，盛世元音溯旧时"。

录旧诗。上半日田禔盦来谈片时兴。下半日睡片时,又录诗数章,又学草书数百字。

二十二日(10月21日)　晴,天气又清胜。上半日田孝颛来谈片时兴,又田禔盦来谈片时兴。下半日孝颛又来谈,其家中事稍有意见也,片时兴。

二十三日(10月22日)　晴,天气又清胜。上半日田孝颛来谈片时兴。盰前以田禔盦之邀,至后观巷田蓝陬家集谈。下半日同徐以逊至长桥袁梦白家寻孝颛谈片时,仍同徐君至蓝陬家。禔盦、孝颛、竹林以分析事稍有意见,余同以逊力为周旋,意见略平,至夜餐下又谈片时,即旋家。田氏向称友睦,然历溯昔年以家事每生意见,余辄以和平相劝,力为调停,俾不负戚谊也。

二十四日(10月23日)　晴。旬日以来,天气接连晴胜。盰祭先曾大父讳日。屠葆青、田孝颛来,盰餐下兴。下半日徐子祥来谈片时兴。戏雕图章一枚,久不为之,颇觉生手也。

二十五日(10月24日)　晴。鞠花发瓣,霄汉清高,最是佳时也。下半日同钰儿至街及观览电灯公司机器,王芝如谈片时,又至大街一转,即同钰儿旋家,时五下钟。看儿辈弹风琴,钰、铻两儿学只一月,而大有进益也。

二十六日(10月25日)　晴,天气又清胜。上半日书账务等事。日月荏苒,转瞬冬令,而家中事事都待整饬。每一念及,时觉惶悚。

二十七日(10月26日)　晴。上半日至戒珠寺前及大路等处一转,即旋家。下半日胡坤圃来谈数时兴。

二十八日(10月27日)　早上天似将雨,后又晴。上半日同家申兄、存侄、銮侄、景弟及镇儿、钰儿至南门外谢墅村,登新苗山祭曾[祖]父母、祖父母、本生父母墓,又祭先府君殡墓,又祭先室田夫人殡墓。回忆昔年田夫人权厝以来,四载于斯,虽年年循例祭谒,而语言情愫,永不能通,实乃心中永久之隐憾。徘徊片时坐舟。下半日仍同家兄弟侄、镇儿、钰儿旋家,时将五下钟也。夜又有星。倘能再晴十余日，则晚谷都可登收，又是一年之好事也。

二十九日（10月28日）　晴，天气又清胜。上半日同家兄弟侄、镇儿坐舟至稽山城外石旗村，登山谒高祖父母墓，事竣下山。舟中旰餐，仍同家兄弟侄、镇儿旋家，时五计钟。乡中新谷争收，青山红树，最可观也。

十月初一日（10月29日）　月为癸亥，日为癸未。天气晴胜，日来寒暑表在六十度之上下。上半日坤圃来谈数时兴。下半日至笔飞弄一转，又至大路徐紫雯处一转，又至旧盐署同张月楼①谈片时，又由大街旋家。夜课儿女书字。

初二日（10月30日）　晴。上半日同田蓝陬、禔盦坐舟至昌安门外松陵吊陈朗斋之母首七，旰餐下，仍同田君坐舟旋城。徐子祥、以逊，阮茗溪、鲍香谷、徐叔亮，田蓝陬、禔盦及余共九人，约同至"最新"茗谈，又至"小有天"夜晏，东道者系蓝陬也。至八下半钟时各旋家。前日撰挽陈朗斋之母楹帖，补志于下："浔阳返棹，乡梦堪依，慈训促挂冠，七载莱衣娱栗里；泉石颐情，旧巢重整，秋风催易箦，八旬萱荫陨松陵。"

初三日（10月31日）　天似将雨。上半日徐宜况君来。旰祭先大人讳日。下半日同徐君战棋，田孝飊来谈，徐、田两君各兴。田扬庭来邀同至田蓝陬家，共同至"新园"夜宴，至九下钟各旋家。

初四日（11月1日）　天雨。搜集有用报载时事。年来万事日新月异，朝令暮改。是非何日能定，殊可讶也。

初五日（11月2日）　天雨。近日晚谷一半尚在田间，能得天时再晴旬日，则群乡都庆收成，何幸如之。

初六日（11月3日）　天又雨。上半日绘山水。旰前坐舆至南

---

① 张之梁（1880—1950），字月楼，号汉黎。浙江绍兴人。曾任绍兴县立第一高等小学校长。见鲁迅纪念馆《鲁迅与他的乡人二集》。

街田扬庭家贺其女及侄孙剃头之喜,旰酒下,坐舆至陶仲彝姻丈家谈片时,即仍坐舆旋家。

初七日(11月4日)　早上天似晴。上半日田禔盦来谈片时兴。徐执庭来谈,下半日兴。下半日田孝颛、菘小姐来谈,夜餐下兴。夜间天有星。

初八日(11月5日)　早上天又雨。徐宜况来同钉儿至大教场看绍兴学校运动会,片时余旋家一转,即又至会场观看。旰时,同钉儿坐舆旋家。下半日宜况又来,余又同钉儿至会场观看。晚前,钉儿同仆人先旋家,会事将竣,各校以运动起冲突散会,余即旋家。

初九日(11月6日)　天又雨。上半日徐吉逊来谈,下半日田孝颛来谈,至夜餐下各兴。下半日似有晴意,夜又雨。

初十日(11月7日)　天又雨。阅绛柎阁诗。

十一日(11月8日)　天又雨。学草体字。

十二日(11月9日)　天又雨。上半日似晴,徐执庭来谈兼试棋;下半日徐宜况来谈,试围棋半日。至晚上各兴。夜天有星月。晚前田孝颛来谈片时兴。阅各报,载大总统新令以国民党有助乱实据,将参众两议院之国民党员饬警备处一律追还议员证书,并饬各省都督、民政长,所有国民党支部一律勒令解散,不得再有集会等事。至参众两议院议员额数,于两月以内速行选补,是乃正式大总统之一大新政也。

十三日(11月10日)　早上天似晴。上半日坐舟至昌安门外高车头鲍宅宗祠窦疆鲍宅祖上入祠行礼,下半日仍坐舟旋家,时八下半钟。余心事纷乱,酬应中颇多疑误,每有事过可讶之处。晚上同贾梘唐君谈片时。

十四日(11月11日)　晴。早上许诵卿来谈片时兴。下半日田孝颛来谈片时兴。

十五日(11月12日)　晴,天气清胜。上半日胡坤圃来谈片时兴。旰前坐舆至八字桥鲍养田处贺喜,旰酒下,同俞介眉、陈厥卿、陈景平、田孝颛来余家谈，至夜餐下，诸君各兴。夜有月。

十六日(11月13日) 天有风雨。上半日田孝颛来，同至龙山仓帝祠诗巢。盰间排班设祭，行三揖礼。到者八人，盰宴集诗巢。按：仓帝祠之诗巢由来久矣，前辈耆儒继先垂后历数百年。自前清咸同兵乱以下，风雅衰微，数十年来久不设祭瞻拜，致巢宇神牌零落不堪。今集同志，拟稍加修辑，或可仍垂永久。下半日同袁梦白、田孝颛、徐遏园至遏园处谈，夜餐下，同孝颛坐舟各旋家。

十七日(11月14日) 天似晴，寒暑表在四十三四度。上半日至后观巷田蓝陬家谈，又同至其邻田禔盦将移住之屋观览片时，又至大街及花园等处一转，即旋家。下半日又至大街一转，即旋家。夜有月。

十八日(11月15日) 天晴。上半日至后观巷田禔盦家贺进屋之喜，片时即旋家。内子及儿女又至其家贺喜。盰间，田宅又来邀，吾又至田禔盦家宴。下半日谈片时旋家，内子及儿女又即旋家。本日天气清胜。下半日贾柷唐来谈。夜有明月。阅报章，知本月六日袁大总统有新令，以咸同间在事巨公之本有祠宇者，大抵皆拯救同胞、扶危定倾、崇德报功，乃天下公理。前闻复汉以来，每将祠宇改毁，殊非所宜，特行令各该地长官依日本神社之例，酌留两禩，前代功臣、民国志士为位合祠。斯事是非，至今日是有定论也。

十九日(11月16日) 早上晴。上半日坐舆至南街赴陶仲彝姻丈处招宴，同席者寿伯时、□□□、王芝昂、□□□及予及主人共六人。下半日又谈片时，仍坐舆旋家。

二十日(11月17日) 晴，天气清胜。上半日至新河弄徐宜况家谈；又同至街遇徐吉逊，随余旋家。下半日战棋。夜又同徐、贾诸君谈至翌日天晓。

二十一日(11月18日) 天气又晴胜。早上睡片时。日间同徐、贾诸君谈，晚上徐、贾诸君各兴。今日天气略和暖。盰拜先祖祭。

二十二日(11月19日) 又晴。上半日田孝颛来谈片时兴。盰拜先祖妣祭。下半日田孝颛又来,同至汲水弄屠葆青家谈,屠君新迁住屋也。坚留晚餐下,仍同田君各旋家。

二十三日(11 月 20 日) 早上天似雨,上半日仍晴。至大街买笔墨等事,片时即旋家。下半日同钲儿至后观[巷]、泗水楼、司狱司前等处花园观览片时,即同钲儿旋家。夜又有星。得兹数日晴好,晚禾都可登收也。

二十四日(11 月 21 日) 天又晴。上半日至东昌坊杜山佳处谈片时,又至观桥胡坤圃处谈片时,即旋家。又至后观巷田孝颛家看袁梦白绘事,下半日旋家。晚上又至田宅谈片时,即旋家。梦白、吉逊、孝颛来谈数时兴。

二十五日(11 月 22 日) 晴,天气清胜。上半日约陶仲彝妻舅氏来宴,又约袁梦白、杜山佳、胡梅森,徐吉逊、子祥,贾枧唐、田孝颛诸君来陪宴,同座者连余共九人。南檐旭日,晚菊延芳,主宾谈宴颇快。下半日陶、杜、胡诸君先兴,袁、徐、贾、田诸君又谈至夜餐下兴。乃时迟乃谈兴最(为)[高],又谈至半夜睡。诸君翌晨兴。

二十六日(11 月 23 日) 晴。上半日至田孝颛家看袁梦白绘事,片时即旋家。又坐舆至南门张贻庭家消寒会,同集者张贻庭、鲍养田、胡梅森、徐子祥、朱阆仙、鲍香谷、田扬庭及余共八人,公定一星期每人办一会。下半日仍坐舆旋家,又至田宅一转,即旋家。

二十七日(11 月 24 日) 晴。上半日徐宜况、贾枧唐、徐吉逊来。旰祭先大人诞日。下半日同诸客谈,至半夜睡。

二十八日(11 月 25 日) 晴。上半日同徐吉逊、徐宜况、田孝颛坐舟至南门外栖凫村徐以逊家补集消夏会[①],本拟至天衣寺,乃诸君

---

① 陈庆均《为山庐诗稿》(第一本)有诗《消夏第六集拟访天衣寺以赣乱迟至十月始补行是日候同人咸集又以时晏有碍寻游遂集宴于西凫横河之石墨龛天衣寺同人多未前游余二十年前曾侍先大人寻山问水得地于寺前寓宿寺中岁月纵遥犹堪记忆补成一诗借质诸同人》:"建设征昙翼,诵经有夙因(注转下页)

到时将旰，遂宴集以逊家。下半日仍同田孝颛坐舟各旋家。

二十九日(11月26日)　晴。旰祭本生先大人讳日。下半日至街一转，即旋家。晚上胡坤圃来谈片时兴。

三十日(11月27日)　天雨。上半日田孝颛来邀，同坐舟至偏门外娄宫村补行消夏会，徐吉逊、以逊，袁梦白、黄雁森皆至该村会集。原定至兰亭宴集，乃天雨，只得舟中旰宴。下半日同袁、徐、黄、田诸君进城，各旋家。

十一月初一日(11月28日)　雨。月为甲子，日为癸丑。寒暑表在四十六度，上半日整饬书室。下半日书草体字。

初二日(11月29日)　雨。早上坐舟至昌安门外松陵村吊陈朗斋之母出丧，兼为其陪客。下半日同徐福钦先生、陈少云、徐紫雯坐舟旋城，至江桥，仍坐原舟旋家，时四下钟也。阅近日报，知中央已拟定各直省改省为州。

初三日(11月30日)　天晴。上半日至街一转，即旋家。晚上至八字桥鲍养田家消寒会夜宴，会中人同集者八人，谈数时旋家。

初四日(12月1日)　天晴。上半日徐叔亮昆仲、沈敦生、鲍香谷昆仲来，邀余及田蓝甽、竹林共十数人至仓桥下城自治会投补选县议会议员票。此事本可不必，乃为人所商，勉强一到。事竣，又至笔飞弄"明记"庄谈片时，又至大路"保昌"庄谈片时，即旋家。下半日粗理行装，晚上同族景弟坐舟行西郭城外。前半夜似将雨，仍晴。行至萧山，而天初晓。

初五日(12月2日)　早上舟至西兴，托王祥和行雇轿渡江。天寒有风，至杭州南星车站，时十下钟。天又雨。站中待至一下半钟，

(续上页注)(原名法华寺，晋僧昙翼建此寺以诵法华经也)。灵鸟参禅古，奇花报岁新(灵鸟为天衣寺，昔时特别之物。又有杜鹃花最奇，每于春间盛开时，远近人争至竞赏)。堪舆随侍日，廿载忆前尘。"

同景弟坐快车。沿途时雨时晴，至上海时六下钟也。由周记接客人，雇东洋车至汤盆弄周昌记。同景弟稍憩，又至杏花楼夜餐，又至升平楼茗谈数时，又各马路阅市片时，旋寓时十一下钟也。

初六日(12月3日) 天晴。早上由周昌记寓移至三马路永泰客栈稍憩，坐车至北京路浙江银行问陈荣伯，适回绍，又坐车至东门内换洋票事，又即坐车旋寓。盱餐下，同景弟坐车至北四川路崇福里看蒋式如，坐片时，蒋君、邹君、余同景弟同坐电车至大马路等处买货，又至同安吃茶点心，又至杏花楼夜餐，又至民鸣新剧社看戏及影戏，至十二下钟各旋寓。

初七日(12月4日) 天又晴，惟海上天气益冷。上半日同景弟至市买货，即旋寓。下半日坐车至北京路浙江银行谈，招待者黄养斋，(徒)[陡]亹人，谈片时，又由各马路买货旋寓。蒋式如来寓，夜餐下，同至醒舞台观剧，至十二下钟各旋寓。

初八日(12月5日) 天又晴。寓中茶点心下，同景弟至街阅市买货等事，至下半日旋寓。坐片时，又至马路等处一转，即旋寓。晚上坐车至崇福里蒋君寓坐片时，同蒋君坐车旋寓，蒋君亦到永泰栈暂宿也。夜间又同蒋君至马路买货片时，即旋寓。

初九日(12月6日) 晴。黎明时寓中兴，收拾行装，清付栈费等事，即由寓同邹楚青[①]、蒋式如、景弟坐车至铁路车站，时七下钟。

---

① 邹棠(1892—1965)，字楚英，一作楚青，又字甘如，号小洲。浙江绍兴人。毕业于复旦公学。民国二十一年(1932)与邵力子创办“私立绍兴稽山中学”，历任校董、教师。抗日战争时期，拒绝去日伪机构工作，离绍赴上海、香港等地。直至抗战胜利，重返稽山中学任教。1954年调入绍兴卫生学校任教，1958年转入绍兴医学专科学校任教。见查志明提供《邹氏宗谱续谱》;《复旦公学浙江同学会学生杂志》(1915年第1期)。按:《复旦公学浙江同学会学生杂志》载其民国四年为年二十一岁。据此逆推，其当生于光绪二十一年(1895)。《邹氏宗谱续谱》载其生于光绪十八年闰六月二十七日，卒于1965年3月12日。此据《邹氏宗谱续谱》。

待数分钟，即同坐车东旋。沪上虽时有谣言，而市面人心尚觉平常。惟沿途查视旅人，颇注重。苏浙交界之松江、(风)[枫]泾、嘉兴等站，尤为(掷)[郑]重。兵警巡查之外，又有女搜查员，专搜查女旅客者也。该车各站照章停顿，至下半日一句钟抵杭之南星站。由站雇人担行装渡江，余同景弟、蒋君、邹君以天晴各喜行走，即约同走渡江。惟渡船边有水沙数十丈，兼坐牛车，是为生平新阅历之事。走到西陵时三下钟。早用晚餐下，托王祥和雇中舟一只，四人共坐。解缆时四下半钟，行至西郭城外，天早晓也。进城到观巷旋家，时将八下钟也。查视行装等事。

初十日(12月7日)　晴。早上旋家后查卸行装，行途仆仆，征尘又转，家中应静养几日也。上半日整饬书室等事，略静数时。而冬日最宝贵，转眼即旰。至后观巷田蓝陬家谈片时；又至司狱司前胡梅森家消寒会旰宴，同集者八人。下半日又至大街一转，即旋家。

十一日(12月8日)　晴。上半日徐吉逊、田孝颛来谈，至将晚各兴。旋家之后，本宜静养数日，乃俗务纷繁，酬应络绎，不识何日得清闲也。

十二日(12月9日)　天又似晴。上半日陈荣伯来谈，至下半日同至街一转，片时余即旋家。

十三日(12月10日)　天又似晴。上半日胡坤圃、凌润斋来，谈片时各兴。日间书对租簿等事。晚上田孝颛来谈片时兴。

十四日(12月11日)　天微有雨。上半日田褆盦来谈片时兴。旰时至街，天雨骤大，乃坐舆至画马陈荣伯家，问荣伯他适；又坐舆至韩牙前袁梦白家谈，渠前日约徐吉逊、田孝颛集谈者也。清谈至夜餐下乃旋家。

十五日(12月12日)　天微有雨。黎明督视催租等事。上半日王芝京来谈片时兴。日间书诗笺数张。

十六日(12月13日)　天似晴。上半日治俗务。旰前田孝颛来约同徐吉逊谈，旰餐下，又褆盦家谈片时，又同吉逊、孝颛至消夏园袁梦白约谈数时[①],借各旋家。天微有雨。

十七日(12月14日) 天又似将雨。家中俗事。下半日有太阳。夜学篆文。

十八日(12月15日) 天又雨。上半日陈鄘伯来谈片时兴。盰坐小舟至南街徐子祥家消寒会第四集,共九人,谈至夜餐下,仍坐舟旋家。近日新谷登收,都借冬日曝晒,家家同盼天晴者也。

十九日(12月16日) 早上偶有太阳片时,又有雨态。上半日徐宜况来谈,至下半日同至街。徐君回其家,余又至大路等处一转,即旋家。

二十日(12月17日) 天似有酿雪之态。上半日至后观巷田蓝陬家谈片时,又至孝颛家谈片时,又至观桥胡坤圃家谈片时,即旋家。下半日同田孝颛至画马桥回看陈鄘伯,谈片时即各旋家。

二十一日(12月18日) 晴。早上水上有冰,天气寒肃,寒暑表在三十二三度。但天日晴好,为旬日来之最胜者也。下半日至街一转,即旋家。家中俗务繁如,心力柔弱,时觉支撑也。

二十二日(12月19日) 晴。上半日袁梦白、徐吉逊来谈,田孝颛又来谈,裁笺斗韵至半夜。

二十三日(12月20日) 晴。同袁君等各吟兰亭五言诗一章。盰前黄雁森来谈。至晚前,雁森邀同梦白、吉逊、孝颛及余同至"春晏"晚酌。夜天有雨,各坐舆各旋家,时将八下钟。

二十四日(12月21日) 天又雨。治租谷米事。现在谷价骤平,天时有雨,最难维持也。

二十五日(12月22日) 天似有晴态,寒暑表在四十四五度。

---

① 陈庆均《为山庐诗稿》(第一本)有诗《岁云暮矣同社袁梦白徐遏园田孝颛闲来话旧以永朝夕梦白成诗示意即和一章》,录如下:"岁阑忻雅集,佳兴一时并。颠倒忧民国,清狂误我生。半窗延爱日,百幅写幽情(梦白以今年所作诗篇悉以五色笺写示)。促膝联诗话,旧醅漏夜倾。"

今日戌时冬至。早上学字。盱祭祖宗等事。日来俗务益觉繁如，大有事冗力弱之感，补志《咏兰亭》五言诗[①]于下："胜事留兰渚，忻逢癸丑年。骋游惮冷雨[②]，修禊讶霜天。酒气含村树，吟声寄客船。永和人寂寞，趣舍复悠然。"

二十六日（12月23日）　天晴。今日第五集消寒会，由余主会。盱前，张诒庭、鲍养田、徐子祥、陶荫轩、鲍香谷、徐叔亮、阮茗溪、田扬庭皆到会。盱筵谈宴颇畅，下半日各兴。晚上治租事。冬日可爱，转瞬过度，应治事务，颇有日不能暇之势。

二十七日（12月24日）　早上黎明即兴。吃饭下，同族兄宝斋、祥侄、镇儿坐舟至常禧城外朱家堍村督收租事，半日即行收竣。盱假座于农家餐饭，颇野趣。下半日仍同宝兄及侄及镇儿坐舟旋，至常禧城外东升米行斛粜租米。近日米价平低，本不必粜，但租米不能搁久，兼余家屋又不宽旷，事事掣肘，办事只可如是。镇儿等早时旋家，余同宝兄旋家时六下半钟。

二十八日（12月25日）　天又雨。上半日王芝京来谈，托余荐馆事，片时兴。下半日督治租谷米事。

二十九日（12月26日）　天似有晴态。上半日治账务及租事。日中天晴朗，寒暑表在四十五六度。下半日学草书，阅唐诗。晚前胡坤圃来谈片时兴。夜有星。冬日晴佳，最可幸也。阅近日时事，始有统一之效力。回忆自民国创肇以来，国家政治或是或非，骇人听闻，两载于兹。今者正式政府成立，袁总统将生平所有谋略敷布，几遍国中。其间名位最重之诸巨公，亦倾心匡辅。文经武纬，咸就指挥。说

---

① 陈庆均《为山庐诗稿》(第一本)有诗《癸丑十月同人游兰亭以天雨不果登泊舟娄宫谭宴返棹各纪以诗和阿宿原韵》，与之略异，录如下："盛会怀兰渚，又逢癸丑年(永和九年至今成廿七癸丑也)。骋游憎冷雨，修禊讶霜天。酒气含村树，吟声系客船。永和人寂寞，趣舍复悠然。"

② 原为"登临希雨霁"。

者谓袁公之才,实越汉时曹操等人也。

十二月初一日(12月27日) 本月月为乙丑,日是壬午。天气晴胜,寒暑表在三十八九度。上半日录诗。盱至南街田扬庭家同袁梦白等人谈宴。下半日看袁君绘事数时,即旋家。又至大街等处一转,即旋家。

初二日(12月28日) 晴,天气又清胜。上午书账务等事。日来庭畔菊花尚有精华,晚香耐久,最可美也。

初三日(12月29日) 又晴。阅近日报,载国务内务部通告停发自治职经费,省议会、县参议会、县议会、城镇乡议会董事会等职员,一律遵行。徐吉逊、田孝颛来,下半日同至徐宜况处谈数时,各旋家。

初四日(12月30日) 天又晴。晚前至田禔盦家谈片时,又至布业会馆陶荫轩设筵消寒会。酒散,陶君邀至戏馆观剧,至十二下时各旋家。

初五日(12月31日) 天气又晴胜,早上水上又冰,寒暑表在三十一二三度。上半日书账务等事。

初六日(1914年1月1日) 天气又晴胜,寒暑表在三十五六度。下半日张□□来售租谷事,谈数时兴。又陈景平,田孝颛、季规来谈,至夜餐下兴。夜有亮月。

初七日(1月2日) 天又晴。上半日督斛租谷米事。下半日录诗笺。夜有明星亮月。

初八日(1月3日) 天又晴。上半日到邻姚霭生家,谈片时即旋家。王芝京来谈片时兴。闻前日以新历举行度年事者,只万一耳,足见人民益以旧历为是也。下半日胡坤圃来谈数时兴,又同田孝颛至古贡院前徐吉逊处谈数时,即各旋家。

初九日(1月4日) 天又晴。上半日坐舆至东昌坊贺陈鹿平移居之喜,盱酒下,至南街陶仲彝姻丈家谈数时,即旋家。

初十日(1月5日)　天气又晴胜，寒暑表早上在四十五六度。上半日至街买书等事，即旋家。盱至东昌坊朱阆仙家消寒会宴集，下半日即旋家。寒暑表在五十余度。阅杜子美诗，《杜诗镜铨》也。

十一日(1月6日)　天又晴。下半日至板桥陈景平寓谈话半日。晚上景平邀同俞介眉，田孝颛、季规至"春晏"，夜餐下各旋家。月明如昼，最有清快之胜。

十二日(1月7日)　天又晴。上半日同田禔盦、霭如、孝颛坐舟至栖凫徐以逊家新历新年筵宴，下半日同禔盦、霭如、陈景平、贾夙斋坐舟各旋家，时六下半钟。陈景平、贾夙斋来谈，夜餐下兴。夜天气寒肃，星月又明亮。

十三日(1月8日)　天又晴胜。上半日至板桥陈景平寓谈，至夜餐下旋。街中闻警声，知水澄巷徐宅间壁遇祝融之祸，遂同工人至徐宅看问其事，幸速落盘。徐宅谈片时，即旋家，时十一下半钟也。星月清亮。

十四日(1月9日)　天又晴，早上水有冰，寒暑表在三十五六度。上半日阅沪绍等处各报。盱坐舆至和畅堂徐宅拜以逊之老太太七十冥寿之祭，于徐宅为母之嫂，于田宅为妻之姊。盱宴于徐宅，同诸客及徐宅昆仲酌酒，至晚仍坐舆旋家。

十五日(1月10日)　早上天似仍晴。上半日至街一转，即旋家。收拾室宇及书账务等事。日中似有雨态，夜仍有星月。

十六日(1月11日)　天又晴。上半日至南街田扬庭家会姻，鲍养田同徐乔仙联姻①也。盱宴下旋家。又至田孝颛家谈片时，即旋家。

十七日(1月12日)　天又晴，寒暑表在四十八度。上半日至街一转，即旋家。下半日查视家产田地契据等事。

---

①　据《浙江绍兴栖凫东海堂徐氏家谱》及鲍德福《鲍氏五思堂宗谱稿》卷三《尚志公派第六世》，徐维椿（乔仙）之三女徐长赓（1908—1984）嫁于鲍诚陆（养田）第七子鲍德昭（1905—?）。

十八日(1月13日) 天又晴,寒暑表在五十余度。上半日查视家藏契据,大都印税备有,足见我先人手续之详细也。为儿孙者可以永久守业,实最幸事。本日盰时至南街田扬庭家消寒会宴集。下半日至绍兴县参议会谈片时,天有雨,坐舆旋家。本年新章,民间凡有所执田地、山荡、屋宅等契据,公家一律验视,加给一新契,每契需洋(乙)[一]元另费洋(乙)[一]角五分;又民间凡有新旧未税之契,如正月十六日以前即旧历十二月十九日以前呈验契据者,一律免收税费。兹事早经公布,今闻本省地面广阔,各县手续繁如,不能如时普及,又须延缓一月也。

十九日(1月14日) 天又晴。上半日至街一转,即旋家。袁梦白、田孝颛来谈至半夜。

二十日(1月15日) 天又晴。早上同袁君谈诗。上半日徐吉逊、田孝颛来谈,又坤圃来谈片时兴;又同徐、袁、田等人至街一转,下半日各自旋家。日来俗务之繁,有非寻常可比者。

二十一日(1月16日) 早上天又似晴。录诗数笺。上半日陈迪斋来谈片时,胡坤圃来谈片时各兴。下半日至参议会谈片时,又至陈厥彛处谈片时,又至大路、大街等处一转,即旋家。

二十二日(1月17日) 天雨。上半日坐舟至平水村,坐舆至显圣寺贺新住持伟池和尚到院,陶仲彝姻丈为其转请客也①,宴集院中。下半日仍坐舆舟旋家,时六下钟。本同集者陶仲彝、七彪两姻丈及其昆仲侄辈六七人,又王□□、徐子祥、鲍香谷、田扬庭等人,宴竣同映一相,乃散各旋家。

---

① 陈庆均《为山庐诗稿》(第一本)有诗《癸丑残腊陶仲彝姻丈招宴宝严禅院即纪一律》:"名蓝松影落虚堂,五色云犹动曙光。岁晚共参禅画古,时危愈见道心彰。一声清磬惊前梦,万卷藏经看夕阳(余三十年前曾侍先大人至寺为先大父礼忏七日,每到晚前梵课完时,僧人引至经楼开示藏经)。蒲馔清尊方外味,喜闻衣钵度慈航。"

二十三日(1月18日) 天似又将雨。上半日书账务等事。下半日至大路等处一转,片时即旋家。晚上循例礼灶。

二十四日(1月19日) 天又晴。旰祭本生先慈曹太夫人诞日。下半日微雨数粒,即又晴。晚前贾柷唐来谈。

二十五日(1月20日) 早上天又晴。上半日贾幼舟来谈片时兴。旰前坐舆至笔飞弄吊蔡谷卿之老太太片时,又坐舆至南街徐叔亮家消寒会谈宴,至下半日旋家,时五下钟也。

二十六日(1月21日) 天又晴。予家用度日繁,衣食之求都在田花。今年收成平常,家用又须筹补。每一念及,时有隐虑。

二十七日(1月22日) 早上天似晴。黎明时循例祀年神、祭祖宗,又整饬年务等事。上半日书账务。下半日徐以逊来谈片时,又薛阆仙来谈片时,又陈景平、田孝颛来谈。以逊、阆仙早兴,景平、孝颛夜餐下兴。夜有星,天又清胜。

二十八日(1月23日) 晴。天气又清胜。早上书账务。上半日同镇儿至街"明记"、"同孚"、"允升"谈片时,镇儿先旋家,余又至徐吉逊处同袁梦白、田孝颛旰宴,谈至夜餐下旋家。

二十九日(1月24日) 早上天又晴。上半日至街一转,即旋家。街上行人稠密,都有筹备度年之态。日间清解各账务。夜闻东街有警声,同贾君、族景弟、镇儿至街一看,片时,仍同贾君、景弟、镇儿旋家。夜邵芝生及其友孙君,又沈崧生来谈片时兴。年下事务之繁,奚可胜言。

三十日(1月25日) 天又晴。上半日书算账务,并治家中年事。又至观桥坤圃处,为友人谈事片时,即旋家。循例礼灶及设祖宗像筵等事。下半日至笔飞弄、大街等处一转,即旋家。拜祖宗像,又整饬年事。夜酒饭后,田孝颛、季规来谈片时,同贾柷唐、如川,田孝颛、季规,族景弟、存侄、镇儿至大街等处观览片时,仍同贾君、田君、景弟、存侄、镇儿旋家,时十下半钟。予又整饬家中俗务片时。天气清胜。

民国三年甲寅(1914)

正月初一日(1914.1.26)至十二月三十日(1915.2.13)

正月初一日(1914年1月26日) 月是丙寅,日是壬子。天晴,早上寒暑表在三十八九度。学字百余十字。循旧俗拜天地神、拜祖宗。事竣清坐片时,书诗笺数张;又书儿女映格字几张,以试新年手力。下半日天雨片时。又学草体字数纸。岁月又新,宝贵年华,真可谓快度也。吾家承祖宗余庇,薄有产业。年来用度日奢,时有为难之处。生平心事,(亮)[谅]我者始可与言。儿女年又日长,学问事业又应及时策励。

初二日(1月27日) 天又晴。上半日田霭如来拜年像,谈片时兴;又田孝颛来拜年像,谈片时兴。盰至后观巷田宅新旧冬宅拜像;又于新宅拜祭,即蓝陬家也。盰宴下旋家,时三计钟。儿女辈先后同至,晚上先后旋家。

初三日(1月28日) 晴,天气清胜。上半日(至)同钰儿、铻儿至大街等处阅市,全郡人民都有新年观念。观览许时,仍同钰儿、铻儿旋家。今日天又和暖,寒暑表在五十度,似有雨态。晚上田孝颛来谈数时兴。夜天又有星。学草体字数百。予笔力本挺,能得专心(鍊)[练]学,虽在中年,尚可成家。

初四日(1月29日) 早上天微有雨。书录新旧律诗。上半日徐宜况及陈景平来谈,下半日田扬庭来,都从旧章拜像及贺年也。扬庭谈片时兴,景平夜餐下兴。晚上至邻鲍香谷家消寒第十会,谈宴下,即旋家。又同棿唐、宜况谈数时。天微有雨。

初五日(1月30日) 天又似晴,早上寒暑表在四十五六度。上半日学草书。徐吉逊来拜像贺[年]。下半日田孝颛、徐吉逊同至街水澄巷徐宅拜像，又至大路等处阅市。市廛风景，大半都复旧观，观览片时各旋家。夜阅樊樊山《滑稽诗文集》。

初六日(1月31日) 晴。上半日坐舟至南街陶仲彝先生家贺年，谈片时即仍坐舟旋家。田内侄女及内侄孙来贺年，晚上兴。又田孝颛来，坐舟同至徐宅拜像。又同吉逊畅谈一夜。

初七日(2月1日) 晴。早上由徐宅坐舟旋家。上半日睡片时。天气又清胜。下半日阅樊樊山诗文集。陈景平来谈，蒋菊仙来为其侄式如定姻事也。晚上，沈可青、徐以逊两媒人及徐吉逊、陈厥羿、贾柷唐、徐宜况、申兄及余同宴，菊仙借余家客座筵宴媒人也。夜各客兴，惟菊仙、柷唐、宜况又谈数时。

初八日(2月2日) 晴，天气又清胜。上半日同蒋、贾、徐客谈。又陶冶公来贺年，谈片时兴。蒋客又兴。日来天气久晴，虽田禾待雨情殷，而日丽风和，人民兴致最佳，是乃新年之难得也。

初九日(2月3日) 晴，天气又清胜。上半日同贾柷唐、徐宜况至街。又至宜况家贺年，谈片时，余由大街旋家，书账务等事。下半日田孝颛来谈数时兴。夜有明月。

初十日(2月4日) 早天微有雨。今日立春时系子时。上半日至田孝颛家新年公宴。下半日同戚友谈话最雅，晚上旋家，五计钟也。徐吉逊、贾柷唐、田孝颛来，至夜餐下兴。新年俗务及酬应，又觉繁如。

十一日(2月5日) 天微有雨。上半日予映相一片，内子李夫人映相一片，六寸片也。又钰儿、铻儿映相一片，四寸片也。又田菘内侄女来请映相者镶牙二粒。下半日应酬客人，晚上客散。又微雨。至仓桥映相店取相片，系上半日映时，令其回店即将玻琍映片漾成，俾随时可以自由映晒纸上也。取得映片，即旋家。予向来映相，其玻片都即携回，免其另行映晒。天晴阅月，春苗待泽綦殷。得兹一雨，万卉都庆生机，五谷之系乎人生者大也。

十二日(2月6日) 天雨。上半日同申兄、景弟、存侄、銮侄、镇儿坐舟至南门外下谢墅村，登山谒曾大父母、大父母、本生父母墓，又谒先大人墓，又谒先室田夫人殡墓，徘徊片时下山。舟中盰餐，仍同申兄及弟侄、镇儿旋家。日间天雨又朗。

十三日(2月7日) 天雨，寒暑表在四十五六度。上半日书篆字及书账务等事。新岁以来，今日略清暇，得静坐观书。

十四日(2月8日) 天又似雨。上半日田孝颛、季规来，同至司狱司前花园观览片时，又到胡宅一询，又同至板桥陈景平寓谈宴，至夜半旋家，有月最亮。

十五日(2月9日) 早上天又晴。督工匠修整宅宇。许仲青来谈片时兴。今日内子李夫人至陶七彪姻丈家为客。下半日同钰儿至街购映相片及买货等事，即同钰儿旋家。夜有月最亮。

十六日(2月10日) 天似有雨，是乃春令时雨时晴之天气也。上半日田孝颛来，同至八字桥黄雁森家同诗友袁梦白等人话旧。晚上，袁、黄、张公设筵宴，谈讲颇快，至十计钟时仍同田君旋家。月明如昼，最觉清胜也。

十七日(2月11日) 晴。上半日至板桥陈景平寓谈片时，又由大街旋家。

十八日(2月12日) 晴，天气清胜，是乃首春佳日也。上半日书篆文挂幅一张，又循旧拜祖宗像，又督工匠修整宅宇等事。

十九日(2月13日) 晴，天气又最清胜。学字并录旧诗，又阅杜子美诗。天日明美，大有春新之气。

二十日(2月14日) 晴，天气又清胜。学字十余纸，又吟《十八夜对月寄感》诗一章："五年旧憾怕重提，翘首姮娥动所思。国策几惊晨夕异，篇章聊写性情痴。才疏讵计投时用，身弱难堪慰汝知。我讶余生犹颠倒，忍寻箧簏读遗词。"

二十一日(2月15日) 天雨，又有晴态。上半日坐舟至陶堰西南湖陶七彪姻丈处补贺新年，明窗净几，清话数时。盰间，又以园蔬家庖酌余。(间)[闻]其菜皆由姻丈妾人手制，清洁可餐，胜于市脯十倍。下半日天气晴佳，姻丈又同余至其宗祠观览，又同至茅洋宽市观览片时，余仍坐原舟旋家。小舟一桨一楫，二点半钟可至。夜天又有明星，写草书几张。

二十二日(2月16日)　天又晴。上半日至后观巷田孝颛家盰宴，晚上旋家。鲍诵清、星如，陈纪文、徐吉逊、田孝颛来谈，半夜星如遂兴，诵清、纪文、吉逊、孝颛至翌日早上兴。

二十三日(2月17日)　早上天尚晴，又暖，寒暑表在五十八九度，大有春气。上半日至田孝颛家同诵清、纪文、吉逊、孝颛至“文明”啜茗清谈，又至“小有天”小酌。下半日天有雷电风雨，同孝颛坐舟旋家。夜，陈景平来谈数时兴。天气潮暖，又有雨。

二十四日(2月18日)　早上天似晴。上半日至长桥袁梦白家，同诗社同人谈诗巢修葺事。下半日车润田邀至其家看花草，谈片时，即同田孝颛至大街买书等事，即旋家。夜为儿女书映格字数张，又书篆文数纸。

二十五日(2月19日)　雨，天气清快，寒暑表在五十一度。早上学字，又书篆字一张。上半日许诵卿来谈片时兴，渠郎日间仍附读也。今日长塘杜芝生[①]先生来上馆，盰间徐吉逊、屠葆青、田孝颛来陪上馆酒，下半日客兴。晚上至田孝颛家陪上馆酒，片时即旋家。

二十六日(2月20日)　天又似雨。上半日同申兄、景弟坐舟至石旗村，登山拜谒高大父母墓，以天有雨匆匆下山。舟中盰餐下，仍同申兄、景弟坐舟旋家，时四下半钟。内子李夫人由陶堰西南湖旋家。日间儿女至书塾上课，时内庭最为清静，孩提喧嗔声，只早晚有也。

二十七日(2月21日)　天又雨。学草书并录旧诗。下半日陈

---

① 杜淦(1844—?)，原名滋生，字春芳，号芝生。浙江绍兴人。见杜立夫《会稽东浦前村杜氏家谱》卷三《乾七房养初公三支于派世录》。

景平来谈片时兴。

二十八日(2月22日) 天又雨,寒暑表在四十五六度。学篆文及草书,并录诗稿。天雨,乃能书案静坐也。

二十九日(2月23日) 天气又晴胜。日前稍感风寒,颇不清快。上半日蒋式如邀同景弟至马梧桥状元弄看屋片时,即旋家。书临邓篆碑屏一堂。下半日田孝颛来谈片时兴。

三十日(2月24日) 早上天尚晴。上半日田孝颛来邀同鲍诵清、星如,陈纪文至南池茅塍看山,暂憩于赵姓山家。又至百花墺庙旁看昔时先大人所买之山,片时下山。仍同鲍、陈、田诸君坐舟旋城,时八下钟也。四君皆同余至家,夜餐下纵谈永夕,鲍、陈、田诸君至翌晨各兴。天又有微雨。

二月初一日(2月25日) 上半日天微有雨。本月月是丁卯,日是壬午。修订书册、学字等事。日中天又有晴态。旰时谨祭先大母凌太夫人讳日。下半日又修旧书籍等事。

初二日(2月26日) 晴,天气又清胜。韶华明媚,花草日见新生。上半日学篆字、草字几张。

初三日(2月27日) 早上天似有雨态。循例祀文帝诞日,又祭本生先大人诞日,特于早上先行行礼。今日寒暑表在四十五六度。上半日徐吉逊来邀同杜芝生君坐舟至娄宫,坐篮舆至兰亭修禊。是处向有文昌阁,每年今日会之也。徐君以司会兼宴客,会中人及来客共十六人,以合席共坐,谈宴颇畅。下半日又至就近天章寺观览片时,即下山,仍同徐君、杜君旋城。余至家八计钟也,即成五言俚句一章:"世几沧桑改,名留翰墨工。竹林千嶂里,风雨一亭中。群屐盈兰渚,馨香荐梓潼。永和修禊日,感慨古今同。"

初四日(2月28日) 早上天似雨,上半日晴。田孝颛来,同坐舟至种山仓帝祠诗巢,以徐文长先生诞日公祭诗巢诸先哲,文长先生亦诗巢六君子[①]之一也。共到十三人。盱间祭毕，就于诗巢中公宴。远眺湖山之胜，近看雉堞之稠，洵韵事也。下半日同至徐逷园处谈，片时仍同田君坐舟旋家。

初五日(3月1日)　天雨。上半日陈景平一再来邀同以森、佑长诸君谈事，冒雨至其寓谈数时。下半日又至后观巷田孝颛处同袁梦白、徐吉逊谈修葺诗巢事，夜餐下旋家。春中日永，早拟静养数日整饬家中等事，乃酬应繁如，日形碌碌，未识何日得清闲也。

初六日(3月2日)　天晴。上半日陈景平、徐佑长来，又田孝颛来。同谈至盱餐下，坐小舟至禹庙观览数时，仍坐舟旋家。

初七日(3月3日)　早上天尚晴。学草书字几张。下半日徐子祥来谈片时兴。夜又(又)书草字。

初八日(3月4日)　天气晴暖。早上学草书。上半日陈景平、徐佑长来，同杜芝生、田孝颛坐舟至禹祠，又至南镇观览片时，下山登舟中盱宴。下半日又至禹祠观览数时，仍同杜、陈、徐、田等人坐舟旋城，至板桥陈景平寓夜饭下，又谈数时旋家，时半夜有月。

初九日(3月5日)　晴，天气晴暖，寒暑表在五十余度，盱时又至六十余度，下半日愈潮暖。学篆文。

初十日(3月6日)　天又雨，寒暑表在六十余度。学篆字。下半日天气略清胜。

十一日(3月7日)　晴，天气潮暖。上半日学篆文。下半日至“同吉”秦宝臣处谈，又至大路等处一转，即旋家。夜有亮月。

十二日(3月8日)　前后半夜有雷雨，日间又有雷雨。撰种山诗巢楹联一副，并书篆文联语，借志于下：“觞咏壮湖山，看古今几易沧桑，剩有数椽隆景仰；清芬崇姓氏，喜先后同登坛坫，敬从千载荐馨香。”

十三日(3月9日)　雨，天未亮时又有大雷阵雨，寒暑表在四十

---

① 诗巢六君子：贺知章、秦系、方干、陆游、杨维桢、徐渭。

五六度。学篆字几纸。日中又有雷声。

十四日(3月10日) 天又雨。上半日坐小舟至平水显圣寺拜陶仲彝姻丈之封翁[①]百岁阴寿,陶宅于该寺建水陆忏也。寺中盱宴下,同仲彝、七彪诸姻丈谈片时,仍坐舟旋家,时四下钟也。久晴不厌,一雨就足。有是数日大雨,转冀其晴者也。

十五日(3月11日) 天又雨。学篆文。

十六日(3月12日) 天又似雨。上半日徐宜况、陈景平来谈。盱祭先大父诞日。下半日同徐君围棋数时,又同徐君等至街一转,即旋家。湿雨纷纷,颇不清快。

十七日(3月13日) 天又雨。上半日徐遏园来谈片时兴。盱前至司狱司前胡梅森先生家谈,至晚上旋家。

十八日(3月14日) 天寒似晴。今日为先妻田夫人第四周年忌日,数有五年,实只四周年也。上半日田霭如来拜田夫人祭,坐片时兴;又田寿曾来拜田夫人祭,下半日兴。盱祭田夫人忌日。陈景平来。下半日徐佑长、田孝颛来谈片时各兴。"我乏卫生术,悲君早折身。暑寒逾四度,伉俪渺前尘。丛麓凄风露,影堂荐藻苹。只怜存没隔,遗憾永千春。"右五言诗一首,系今日祭田夫人有感而作也,借并志于是,可见诗亦心声耳。

十九日(3月15日) 早上天尚晴。上半日田孝颛来,同至种山诗巢观览片时,又至新河弄徐宜况处谈片时,又由大街买书等事,时盱即旋家。今日寒暑表在四十余度,日中天转清胜。下半日阅《李义山诗话》,又阅《越中雅俗语言书》。陶仲彝先生来谈数时兴。夜天有星。

---

① 陶庆仍,原名庆纶,字恩言,一字华庚,号安轩。清浙江会稽人。道光二十六年(1846)举人。历署江西万年、余干县知县。见陶在铭《会稽陶氏族谱》卷十《世系五》。见陶在铭《会稽陶氏族谱》卷十九《南长房列传续》之《先府君余干公传》。

二十日(3月16日)　天晴胜。又撰诗巢楹联一副,兼篆书之:“余韵想前贤,风雨名山,剩有数椽隆景仰;同堂征世德,渊源诗脉,允堪千载诵清芬。”今日下半日似有雨态。晚上徐吉逊来谈,至夜餐下兴。天有雨。

二十一日(3月17日)　天又似晴。学篆字。予向忻学篆,数年以来,俗务繁如,有旷学力。日来得时常临书,觉略有进益,足见事都可为,但求有心之人能勤以求之也。夜天青星明。

二十二日(3月18日)　晴,天气又清胜,可谓春中佳日也。今日予背骨又微有旧恙。下半日至街一转,即旋家。晚上陈景平来谈片时兴。寒暑表在五十度之间。

二十三日(3月19日)　晴。早上六下半钟坐舟至大路越安轮船公司,同马君、徐佑长、陈景平坐轮船,七下钟开轮,至西兴时一下钟。由越安分公司坐肩舆渡钱江,至杭城中羊市街大公客栈,时二下半钟。同佑长、景平至菜馆盰餐,又同至珠宝巷陶社谈片时,旋寓时将晚也。夜餐下,又同佑长、景平至武林影戏馆看影戏数时,至十一下钟旋寓。

二十四日(3月20日)　天将晓时,余又小解后,忽肾头急滞,时时有解小解之恙,解后必一恸。余心甚疑恐,不知何以有是恙,觉坐卧不安。如是者有数时,至盰前始稍轻可。为陈景平之请托,同至金牙庄两浙运司署访赵虚谷,谈片时即同景平旋寓(景平想托人图机会也)。下半日同佑长至涌金门外之西湖岸眺览湖山,茗酌数时,坐肩舆旋寓。景平性甚轻率,遂同其友人至拱宸桥矣。夜餐下,又同佑长及马建侯至市场观览,又同至打弹楼看人戏玩片时,即同马、徐二君旋寓。

二十五日(3月21日)　早上由寓至清和坊大街买纸笔等事,即旋寓收拾行装,清付旅费。事竣,时九下半钟。坐肩舆东渡钱江,至十一下半钟至西兴轮船分公司,待至一下钟登轮舟旋绍兴,至西郭城将暗。由大路越安轮船公司旋家,时七下半钟,即叫仆人持签至船公司取还行装。天微有雨。旅行数日,天日晴和,最快事也。今日西兴旰餐,即可旋家夜餐,似乎行动可称迅速,且有轮船公司行装,又可随自迟早取携。但同伴人多,不若另雇船为得计也。

二十六日(3月22日) 晴。上半日至南街陶仲彝姻丈家宴集,仲丈以种山诗巢事设筵谈话也。下半日坐李承侯舟旋家,李君来余家谈数时兴。田孝颛来谈,至夜餐下兴。今日寒暑表在六十余度。

二十七日(3月23日) 晴。上半日至后观巷田禔盦家谈,片时即旋家。

二十八日(3月24日) 天雨。治家中俗事。

二十九日(3月25日) 早上天似晴,整饬家中俗事。下半日天又雨,至田孝颛家一谈,即旋家。

三十日(3月26日) 早上天似晴,寒暑表在五十五度,早上在四十五六度。上半日戏拓雕篆板联十数张,又书篆文。

三月初一日(3月27日) 晴。本月月为戊辰,本日日为壬子。天气清胜。上半日学字。下半日同族景弟至街一转,即旋家。日来春华佳丽,庭畔草木菁菁竞茂,最可观览也。

初二日(3月28日) 晴。上半日同镇儿、锘儿、昭女坐舟,至下灶村拜田润之外舅、何外姑、章外姑墓。事竣,舟中旰餐。下半日仍同锘儿、昭女坐舟旋家,田内侄女趁舟旋家,时天微有雨。镇儿趁田宅舟旋家。夜半天有大雨片时。日来时有夜雨,乃中春时令也。

初三日(3月29日) 雨,上半日晴。田孝颛来,同余及杜芝生君坐舟至种山,诗[巢]修葺告成,公祭诸先哲。本日萧山、上(余)[虞]及山会两邑之诗人后裔共与祭,到者四十□人。旰间由陶仲彝姻丈领班致祭,并同映一相。公宴诗巢,共六席,下半日各散。杜芝生、袁梦白、张天汉、陈芝栽、田孝颛及余由徐吉逊邀至书楼寓所谈数时,夜餐下又谈。半夜,余仍同杜君、田君坐舟旋家。今日早上本雨,而又得晴,最幸也。

初四日(3月30日) 晴,寒暑表在五十余度。上半日督人栽种花草。下半日睡片时,收拾书籍等事。天气清高。夜有月。

初五日(3月31日) 晴,早上天气清胜。上半日同申兄、景弟、潮弟、銮侄、镇儿至石旗村登山祭高祖考妣墓,事竣下山,舟停外王盱餐。下半日仍同申兄,景、潮弟,銮侄、镇儿旋家,时五下钟。近日见军人搜查上坟船最注意,每到下半日各城门进城之上坟船,东搜西阅,虽女眷之手巾包等件,亦再四寻阅。人人视军人刀枪备列,不敢阻抗。然众心怨怪,惶惑难安。人人以谓满载各货之船亦且不一一搜阅,独本地士民至乡祭墓倾时回城之船如此苛查,是兵人有借此饱看上坟娇娇之幸,至乱党岂有专托上坟船暗运军器之愚。有保卫治安之责者,其知之否?绍人之与闻公事者,何不救其弊也。

初六日(4月1日) 早上有雷声,阵雨片时,日间又时有雨。

初七日(4月2日) 雨,寒暑表在四十八度。上半日学草书字。予精力虽弱,而学业之心尚余。苟有清暇,犹能自励也。

初八日(4月3日) 又雨。早上学草书。上半日坐舟至盛塘,坐篮舆至董坞拜徐宅客坟。风狂雨急,虽有雨伞雨衣,不足抵御。下山,徐宅借王姓家盱餐,仍坐舟旋家,时五计钟也。今日内子李夫人又至南街陶仲彝姻丈处,同舟至陶堰谒其外祖墓。下半日风雨不休,天气愈寒,恍若严冬时令。

初九日(4月4日) 天似晴,春风寒透,须御重裘。寒暑表在三十九度。据人云,早上稍飞雪。三月天气如此,亦奇事也。

初十日(4月5日) 天晴,早上寒暑表在四十一度,日中加二三度。今日是清明。上半日同景弟、钰儿、锫儿至街买书等事。又至花园观览花草片时,仍同景弟、钰儿、锫儿旋家。下半日督工人栽种花草,乃插菊枝等事。余最爱树艺,而每想得一大园以广种之。

十一日(4月6日) 早上天晴,寒暑表在四十五六度。天虽寒而清胜。上半日李夫人由陶仲彝姻丈处仍趁舟旋家。下半日督办拜祖墓等事,贾枧唐乃弟幼舟及少云来谈片时兴。夜天有明月。

十二日(4月7日) 天气最清胜。早上查理拜墓应用等事。上半日坐舟同家中等人至谢墅祭曾大父母、大父母、本生父母墓,又祭先府君殡墓,又祭先室田夫人殡墓。今日到墓前瞻拜者,家中男女共十余人,客者蒋、贾、徐姑太太,徐吉逊及蒋、贾、徐官姐,又有田霭如、菘内侄女、寿曾内再侄等人。事竣,皆舟中旰餐。下半日各解缆旋城,予同李夫人,镇、钉、铻三儿及昭、员二女坐舟旋家,田内侄女及再内侄趁舟旋家。今日天朗气清,难得事也。夜又有明月。

十三日(4月8日) 天气清胜。上半日同族兄弟侄及镇儿坐舟至栖凫,登马路、平地、孔家坪拜各处祖墓,事竣下山。又假道至徐以逊家谈片时,回舟旰餐。下半日至铜罗山拜外房祖墓,事竣下山,仍同族兄弟侄、镇儿旋家。

十四日(4月9日) 晴,天气又清胜。上半日同族兄弟侄及镇、钉、铻三儿坐舟至盛塘村,登翠华山拜四世祖妣金太君墓。事竣下山,舟中旰膳。下半日仍同族兄弟侄及镇、钉、铻三儿坐舟旋家,时四计半钟。寒暑表在六十二度。近日天高日永,可谓良时也。

十五日(4月10日) 天气清胜,今日早上寒暑表在五十三度。花草日见滋茂。上半日同族兄弟侄、镇儿至石堰拜五世祖及乔年[①]高伯祖墓,又至木客山拜徐天池先生墓,兼拓墓碑数张,下山舟中旰膳。今日本约徐吉逊、袁梦白同谒青藤山人墓,乃徐、袁两君到埠俟至数时之久,余等尚未至,渠遂坐篮舆至栖凫矣。早旰相误,颇怅怅也。下半日余仍同族兄弟侄、镇儿坐舟旋家,时五下半钟。下半日寒暑表在六十八度。晚上微有雨,即晴。夜间收拾账务等事。又有亮月。

十六日(4月11日) 天又晴,日中寒暑表在七十五六度。整饬家事,天明日永,办事从容,可见功也。夜又有明月。

---

① 乔年,即陈松龄,参见前言。

十七日(4月12日)　晴，早上寒暑表在六十八九度。上半日同申兄、景弟、銮侄、镇儿坐舟至柏舍村祭三世祖墓。忽有大风雷雨片时，乃即登舟盱餐。下半日仍晴。坐舟驶至梅市，天就晚也。又有雨数时。夜同舟行驶至萧山。

十八日(4月13日)　天又晴。早上由萧山舟中兴时，到转坝头也。行一时至西门外汇源桥孙家汇祭一世祖仰泉公、龚太君墓。事竣，舟中早餐。又坐舟至西兴岸，余与景弟、镇儿坐舆渡江，原舟申兄、銮侄坐旋。本日风平浪静，安抵武林羊市街大公客栈，时将盱。余与景弟、镇儿收拾行装，寓中盱膳。下半日同至街市观览、买货等事，又同徐佑长至上城清和坊一转。晚前至清泰车站前登楼览胜，又旋寓。夜餐下，同佑长、景弟、镇儿至武林影戏馆看活动影戏。至十一下钟，仍同佑长、景弟、镇儿旋寓。闻前日盱下泉渡被大风倾覆一船，据人云所伤人数不能检查，最可惨也。惟钱江义渡若遇大风，每形险怕，虽时有人提议，迄不得善策。然遇险者皆系风帆桅杆，若能辍风帆桅杆，加置橹楫，纵使行驶稍缓，但得转危为安，应亦人人所乐闻也。

十九日(4月14日)　天又晴。早上寓中兴，同景堂、镇儿至城站菜馆吃点心下，至清泰车站送景堂上车至苏州，开车时八下钟。余仍同镇儿旋寓，坐片时，以天气晴胜，又同镇儿至梅花碑、清和坊、保佑坊等处及陈列所观览片时，即同镇儿旋寓。下半日又同镇儿坐藤舆至涌金门外西湖岸览胜数时，又同镇儿至荐桥、宝珠巷等处一转旋寓。夜餐下，又同佑长、如川及镇儿至街市等处一转，即旋寓。

二十日(4月15日)　天又晴。早上由寓兴，至清泰城站观览片时，茶点心下旋寓。清付寓费，收拾行装，同镇儿坐舆渡钱江。至西兴时十二下钟，越安轮船公司坐片时。一下钟，同镇儿坐轮舟旋绍兴城，时将晚。至大路由轮舟换坐(浆)[桨]舟，同镇儿旋家，时将八计钟。收拾行装等事后，吃夜膳。日来天气清胜，行路平安，又是幸事也。

二十一日(4月16日)　晴,天气清胜。上半日督人栽种花木,新由杭州购得花草数种。下半日至田孝颛家谈,片时即旋家。

二十二日(4月17日)　早上至长桥袁梦白处谈,片时即旋家,与家中人等闲话永日。下半日田孝颛来谈片时兴,又胡秋农来谈片时兴。日来自幸身体如常,惟事事有待整饬,时在念中。

二十三日(4月18日)　时有微雨。下半日袁梦白、平宜生、徐吉逊来,请梦白为田菘内侄女绘奁屏四张;又田孝颛来谈。屏幅绘就片时,天时尚早,同袁、徐、平、田诸君至街一转,各旋家。又有微雨。

二十四日(4月19日)　晴。上半日治家中事。下半日陈荣伯来谈片时,又同至田蓝陬家谈片时,又同至街观览。以天时将晚,就菜馆小酌。街中遇蒋式如及镇儿,随同夜餐下,荣伯、式如及镇儿各旋家。

二十五日(4月20日)　晴。下半日陈景平来,同至大路,遇徐紫雯,至"坤记"药局谈片时。街中又遇徐佑长、田季规、蒋式如,景平邀同至菜馆夜酌,片时即各旋家。夜阅《随园女弟子诗集》。

二十六日(4月21日)　上半日天时有微雨。今日乃谷雨也。

二十七日(4月22日)　晴,偶有微雨。阅《李义山诗话》。下半日徐子祥来谈数时,至将晚兴。又徐佑长来谈,至夜餐下兴。有雷。

二十八日(4月23日)　晴,早上天气明朗。见庭畔花草日加华美,最可清玩。今日寒暑表在六十八九度。上半日徐吉逊来谈。下半日田孝颛来谈,至晚上兴。天气又转清快。夜阅《长真阁诗集》及《随园女弟子诗集》,其诗是否当时女士真本,但闺阁香奁能诗,可谓一时风雅之盛事也。

二十九日(4月24日)　晴,天气又清胜。上半日田孝颛来,同至长桥袁梦君处,不遇即旋。又至许兰生种牛痘寓谈,片时即旋家。旰前,贾幼舟、陈少云来谈,旰餐下兴。下半日陈景平来谈数时兴。

四月初一日(4月25日)　本月为旧历己巳,日是辛巳。晴,天气又清胜。上半日许兰生来为钉儿补种牛痘，钉儿曩年种时似未曾发透，今用东洋苗补种左手臂两粒，以试验之。下半日书账务等事。日来春华明媚，日永时和，是最好天气者也。

初二日(4月26日)　晴，天气又清胜。上半日写草书。下半日田禔盦、孝颛来，又以前日陈厥彛、田孝颛面约，即同杜芝生先生、禔盦、孝颛至花巷布业会馆观徐吉逊侄女新时婚礼。吉逊诸君茗谈片时，又邀同其友及余及杜、田等人至“一一新”同酌数时，将晚旋家。下半日天有雨，夜又有雷雨。

初三日(4月27日)　早上晴，天气骤和暖。盰拜曾祖妣祭事。下半日天雨。学草书。

初四日(4月28日)　晴，天气又清胜。上半日至田禔盦家拜润之外舅祭(当年者系六房。今蓝陬以其孙发痘事，托禔盦转办也)，下半日旋家。

初五日(4月29日)　晴，天气清胜。上半日金六皆、田孝颛来，同至屠葆青家谈。下半日又同至街一转，即各旋家。

初六日(4月30日)　微有雨。上半日金六皆、田孝颛来邀，至后观巷同坐舟，至西郭门外换坐大舟，同鲍诵清、星如，陈纪文、屠葆青观剧。盰宴停岸处系雍乐桥，观至将晚，余由雍乐桥进城旋家，时六下半钟也。

初七日(5月1日)　天又微有雨。阅《随园女弟子诗集》及《长真阁诗集》。下半日天密雨数时。余心事纷繁，而志气不坚，事事有待整饬，为可疚也。

初八日(5月2日)　天又雨，寒暑表在五十六度。下半日至街一转，即旋家。晚上天又似晴。

初九日(5月3日)　晴，天气清胜。下半日田孝颛来，同至板桥陈景平寓谈片时，又同至徐吉逊处谈。夜餐下，同孝颛即各旋家。今夜有明月，最佳胜也。

初十日(5月4日)　晴，天气清胜。上半日至后观巷田蓝陬家拜润之外舅祭。下半日谈数时,同孝颛、季规至板桥陈景平寓谈片时,又同至花巷布业会馆观览片时,即各旋家。夜有亮月。

十一日(5月5日) 早上天又晴。钉儿补种牛痘两粒,至五六日之间,有清浆透发。身虽如常,但左腋下有核。其日间手臂多动,夜间睡觉又未能加意谨慎,清浆时有惹上衣衫。今日其腋下之核大半消散,痘浆又略浓,似将愈可,但仍应保护其种痘之收功时也。上半日书账务。阅报见大总统令,据约会议定,以现在中国人民情形、政治责任,宜聚不宜散。与其责任委之于人民收效迂缓,何若得一强有力之政府以总揽之。洋洋数千言,布告天下。试验共和之后而仍转专制,可知曩时之哓哓共和者,都是随声附和之谈,至今日而乃心平气和也,但未识国家由是可以长治久安也。

十二日(5月6日) 雨。今日为立夏。上半日徐吉逊来谈。下半日田孝颛来谈,又徐弼庭、陈景平来谈,至晚前各兴。下半日天朗。

十三日(5月7日) 晴。上半日至后观巷田蓝陬家贺菘内侄女出阁之喜,兼为其陪贺客。旰宴下又谈数时,即旋家。下半日陈景平来邀,至其寓一谈,即旋家。

十四日(5月8日) 晴。上半日坐舆至南街吴琴伯家贺喜(即田内侄女嫁处也),坐片时,又至其邻陶仲彝姻丈家谈。适七彪姻丈来城,同谈片时,余即仍坐舆旋家。下半日天有雨。日来应酬事及私事益觉繁如,心绪未能安谧。

十五日(5月9日) 天又有雨,上半日似晴。学草书。下半日督人葺园地及栽种花草。

十六日(5月10日) 晴。上半日至司狱司前胡梅森先生家谈片时,又至花园买花草数盆,又至清道桥牛痘家许君寓谈片时,即旋家,时旰。下半日为陶仲彝先生书送人楹联;又田孝颛来,同至板桥陈景平寓,闻景平同其眷先一时迁回松林,又同孝颛由大街一转,各旋家。

十七日(5月11日) 晴,天气又清胜。上半日阅《随园诗话》。

下半日田孝颙来，同至西郭鲍诵清家谈，又同至李丞侯家谈片时，即各旋家。

十八日(5月12日) 晴，天气清胜。上半日至胡坤圃家谈数时，即旋家。下半日阅《越缦堂骈体文》。

十九日(5月13日) 晴，天暖，寒暑表在八十度。上半日书账务。下半日又加暖，寒暑表在八十四五度。

二十日(5月14日) 雨，天气清快，寒暑表在六十八九度。上半日誊旧诗。下半日书账务等事。夜阅李义山诗。

二十一日(5月15日) 天又似雨。上半日田孝颙来，同坐舟至袁梦白家谈。下半日同徐吉逊、田孝颙仍坐[舆]至布业会馆，茗点心下，同看演剧，至十二下钟各旋家。

二十二日(5月16日) 晴，天气清胜，最是首夏之美景良辰也。上半日书账务等事。下半日学草书。予笔力本强，但应勤加学力也。

二十三日(5月17日) 晴，天气又清胜。上半日至宝幢巷陈厥槼家盱宴。下半日同陈景平旋，过田孝颙家谈片时，即旋家。

二十四日(5月18日) 早上天晴，上半日微有雨即晴。屠葆青来谈片时兴。下半日田孝颙、志储来，同至西郭李承侯家谈，适袁梦白、李书臣亦至，承侯出其先人莼客先生所藏书画及名士大夫尺牍，展览半日。莼客先生最特别者，其立嗣承侯时自行撰书有告曾祖及祖文一篇，又告其父文一篇，又告其先夫人文一篇，又告其生承侯之弟文一篇，又立嗣文一篇。戚族就于此篇之下签押，合装一册，题曰《李越缦先生嗣书》。观览之余，天将晚，承侯留夜餐下又谈数时，遂各旋家，时十一计钟也。

二十五日(5月19日) 晴。上半日至后观巷田蓝畇家拜先外姑章太夫人诞日之祭，盱餐下谈片时即旋家。下半日有雨。

二十六日(5月20日) 雨，天气清快，寒暑表在六十一二三度。书账务及录时事要闻等事，见报中所载总统新命令有云：自政体改新，人人急于求功，只有缘饰虚文，未见实益。今应将各项新政可稍缓者从缓铺张，待人才、财力裕如，斟酌扩充。原文尚长，约略志之。

二十七日(5月21日)　晴，天气又清胜。上半日至街及笔飞弄一转，又至新河弄徐佩山先生处谈片时，又同至笔飞弄"同孚"庄谈片时，为铁路券事也。又同至"文明"茗点心、纵谈时事片时，始各旋家。

二十八日(5月22日)　晴。近来心绪益觉纷扰，家中事事待办，都有成非我功败则我罪之处。其中艰难情形，谁能谅我？人之待我，实与我之待人相反。遇事之间时动肝气，隐而不言，心意中每有未能清快也。上半日至田蓝陬家谈，片时即旋家。下半日至大路徐紫雯家谈数时，又由大街买书等事，旋家时将晚也。

二十九日(5月23日)　天又似晴。

三十日(5月24日)　晴，天气又清胜。上半日陈厥舜来谈，又贾柷唐同金缄三来谈，至下半日兴。近日天气犹似三月，今年有闰五月，节气转长也。夜间为儿女书映字样纸数张。本年钰儿补种之牛痘两粒，灌浆数日，至连种十数日间即愈可，但至今尚有其所结之浆片也。

五月初一日(5月25日)　晴。本月月为庚午，日为辛亥。天气清胜，早上见寒暑表在六十度。上半日至街及大路徐紫雯处谈，盰餐下，又至"保昌"及笔飞弄一转，又至布业会馆同徐子祥、陈景平、田禔盦等人谈数时旋家。

初二日(5月26日)　晴，天气又清胜。上半日田孝颛来，同至徐遏园处盰宴。徐君有新到鲥鱼，借宴客也。同谈至夜餐下，同田君各旋家，时十一计钟。余家用度日繁，前屋老太太一厨灶，后屋余一厨灶，每月肴菜皆须数十元。兹乃日日必需之费，即足可畏也。

初三日(5月27日)　晴，天气又清胜。上半日至街一转，即旋家。陈景平来谈，中饭下兴。天微有雨。

初四日(5月28日)　早上天似雨。清解各账务，颇觉纷繁。下半日阅沪报，见总统新颁命令，所有各省民政长都改为巡按使，各省已设之观察使都改为道尹，各省行政公署之内务、教育、实业各司长都应裁撤。着各省巡按使即将应设政务厅赶速组织成立，各省国税厅筹备处及各省财政司应即裁撤，所有该厅司原管职务着归财政厅接办。同日又有切实整顿教化命令及官吏赃罪参用旧律严惩命令。

初五日(5月29日)　早上天微有雨，仍晴。上半日家中俗务。日中寒暑表在七十五六度，天气最晴胜。下半日田孝颛来谈片时，即同钰儿、锬儿至戏馆看演剧数时，至六下钟，仍同钰儿、锬儿旋家。今日天气清快，为端阳所难得也。

初六日(5月30日)　天气又晴胜。下半日陈景平、田孝颛来谈，又徐紫雯、缪老四来谈，片时各兴。今日余略感风寒。

初七日(5月31日)　晴，天气又清胜。上半日书账务等事。余感冒愈可，惟腹中时有不快，大约服食尚须清洁。嗣后寒暖饮食之处，似应再加谨慎。

初八日(6月1日)　晴，天气清胜。上半日徐遏园来谈，田孝颛来谈。旰餐下，徐君邀同至其家陪谭□□①、褚衣□②夜宴。谭为绍兴电报局长，褚为新局长也。两君虽属官吏，而颇尚风雅，遏园以所有名人书绘示之。夜间又谈片时各散，余同田君各旋家，时十下钟。

初九日(6月2日)　晴，天气又清胜，寒暑表七十余度。上半日

---

①　谭□□，当为谭蓉江，曾任绍兴电报局总办(局长)。《申报》民国三年六月十二日(农历)第一万四千九百号《感谢西医黄冠英博士》："予于月前交卸绍兴电报局务，奉调赴镇，携眷过沪，内人适被暑热所侵，小儿亦因暑湿内蕴，相继不豫，延医诊治均未奏效。后请大马路寿康里西医黄冠英君医治，着手皆春，足见黄君学术精深，故能见效神速。为特登报传扬，以便病家知所问津焉。前绍兴电报局总办谭蓉江启。"据此，申报中"前月"即"五月"。此与《日记》所记符。

②　褚衣□，当为褚衣堂。褚德绍(1870—?)，小字懿闻，字汉闻，又字肙堂，号绎堂，一号衣堂，又作依堂。浙江余杭人。清光绪二十八年(1902)举人。褚维培《余杭褚氏家乘》卷四《二房本支谱录》;《光绪壬寅补行庚子辛丑恩正并科浙江乡试同年齿录》。

屠厚斋同田孝颛来谈片时,同至布业会馆宴会看戏,系鲍、吴、宋、金、陈、陶等结婚合设优觞,以宴客也。虽蒙其相邀之雅,惟斗靡纷华,似太过之。看戏至五下半时,至笔飞弄一转,即旋家。

初十日(6月3日) 晴,天气又清胜。上半日家中俗务。下半日至街买书等事,即旋家。阅《松禅老人遗墨》,是书乃昔常熟相国翁叔平①殿撰亲笔,邹□□②搜得石印也。翁君当年名位之隆,书翰之胜,观览一遍,可谓名不虚传也。夜有月。

十一日(6月4日) 晴,天气骤暖。上半日家中俗务。下半日坐舆至大路“保昌”谈,片时仍坐舆旋家。夜有月亮。

十二日(6月5日) 晴。早上至大路轮船公司坐船,至西兴时一下钟,坐舆渡江,本日江面最近约只一里路也。至杭州羊市街大公旅馆,时三计钟。以天暑憩片时,即至市上观览一过,旋寓一转,又至市上及城站等处观览,至将晚旋寓。夜同徐君质甫至街市茗谈,数时旋寓。

十三日(6月6日) 晴。早上由寓同徐哲甫至清泰城站看开早车,片时旋寓。上半日坐舆至清和坊“庆和”钱庄同毛浩甄③谈浙铁

---

① 翁同龢(1830—1904),字叔平,一字韵夫,号声甫,一号松禅,晚号瓶庵居士。清江苏常熟人。咸丰二年(1852)举人,六年状元。曾官户部、工部尚书、军机大臣兼总理各国事务衙门大臣。著有《翁文恭公日记》《瓶庐诗稿》《松禅相国尺牍》《翁松禅家书》等。见翁同騄《海虞翁氏族谱》之《老大房》;《翁同龢讣告》。

② 邹□□,据《松禅老人遗墨》,此当为邹王宾。邹王宾,字凤威,一字慕飞,晚号琴剑山人、佩兰生,又号江山风月闲人。清湖北夏口人,先世江西泰和。好琴诗书画篆刻星算,尤长于书与墨兰。卒年六十七。见《船山学报》(1932年第1册)之陈嘉会《邹凤威传》。

③ 毛浩甄,浙江萧山人。曾任杭州庆和钱庄经理、浙江商业储蓄银行银行常务董事。见杨家洛《民国名人图鉴》;刘梅英《民国杭州民间金融业》;浙江省银行经济研究室《浙江金融业概览》。

路股事。据说路股收归国有，将来换国有证据，不注户名也。余将股券息单及收据托其掉换证据，谈片时，仍坐舆旋寓。天气又暑，同徐君挥扇闲谈。下半[日]卧片时，又至宝珠巷卖货等事，即旋寓。夜餐下，孔式卿来寓谈片[时]，邀同徐君至“第一楼”茗谈数时，即各旋寓。

十四日(6月7日) 晴。早上由寓至城站又观开车，片时即旋寓。又同质甫至清和坊阅市，又至“庆和”庄谈，以有汇券托其转寄也。同翁云□谈片时，即同徐君旋寓。下半日天愈热，只可挥扇闲谈。晚上至城站等处观览片时旋寓。夜同徐君乘凉寓楼，朱仲弼来谈片时兴，又至市街一转，即行旋寓。

十五日(6月8日) 早上天尚晴。上半日寓门前看杭故富绅胡趾祥迎丧舆马彩牌等物，铺设有里多路之长，颇觉夸耀。又同徐君至街，遇大雨，坐舆旋寓。大雨之下，天气虽稍凉，然尚不清快。夜同徐君街市一转，即旋寓。

十六日(6月9日) 早上由大公寓收拾行装，清付寓费，即至清泰城站，遇陈厥彝及其郎伯弢[①]及徐大、二两表姊，同车至上海。天微有雨。车到时一下钟，各坐东洋车至汇中旅馆，稍憩片时，即同厥彝至三马路小花园看寓屋。又至汇中旅馆，由小花园栈司搬移行装，遂向汇中旅馆听付一日寓费，以该旅馆寓费太昂也。又同厥彝、伯弢至三马路小花园寓也。

十七日(6月10日) 晴。早上由小花园寓茶点心下，至马路阅市。又至北京路浙江银行同陈荣伯谈片时，旋寓时盰下也。下半日同陈厥彝、伯弢至马路阅市买货等事，晚前旋寓。两表姊以有汤姓客至，同谈数时，又同厥彝马路访妓数处。虽属上海应酬所必有，但亦不规则事也。片时即旋寓。

十八日(6月11日) 晴。上半日同陈厥彝由寓至马路阅市，又至北京路浙江银行陈荣伯处谈片时，又至“谦益”茶栈徐叔亮处谈片

---

① 陈伯弢，字绍公。浙江绍兴人。(陈氏后裔陈昉、陈衍庆提供)

时,即旋寓。下半日又至各马路买货等事,晚上旋寓。

十九日(6月12日) 晴。早上寓中同陈厥兄谈。又徐叔亮来谈片时,同至马路阅市,又同至大观楼吃番菜,同坐者马维□、徐叔亮,陈厥㫕、伯弢及余共五人,下半日旋寓。陈荣伯来谈片时,又同至各马路阅市数时,又至宵夜馆。夜餐下,又坐车至北京路浙江银行,同陈伯庸及吴蓉卿访妓数处,为两君所预约也。至十一下钟各旋寓。又同陈厥㫕至街一阅,即旋寓。

二十日(6月13日) 晴。上半日由寓同陈厥㫕至马路及北京路浙江银行一转,厥㫕先旋寓,余为陈、吴两君留旰餐。下半日坐东洋车至徐家汇复旦公校看葆初侄,其校所即清李鸿章相国专祠也。祠宇宏敞,且有李公铜像。阅视一遍,又同葆初至愚园一转,又坐马车至张园。本日适时有外国马戏,又由中法大药房赛会演戏等事,观览者须有入场券也。余即坐车至三马路药房买入场券,又至寓一转,又坐东洋车至张园观剧及影戏及外国马戏,至十一下钟坐东洋车旋寓。又至各马路补买各件食用等货,又至清和坊妓家应陈君之邀坐片时,即旋寓。

二十一日(6月14日) 晴。早上由寓至各马路买货等事,即旋寓。天微有雨。上半日收拾行装及清付寓费等事,同莫君坐东洋车至上海车站,一下钟坐快车,至杭州清泰城站时六下钟。看查行装下,至羊市街大公旅馆暂寓。夜餐下,俟天雨略朗,同徐□□至城站市前茗谈数时,即旋寓,时十一下钟。又同徐质甫谈片时。

二十二日(6月15日) 天微有雨。早上由大公寓至清泰城站街市买货,及至花园买花等事,即旋寓。收拾行装及清付寓费等事,至九下半钟坐肩舆渡钱江,至西兴时十二下钟。轮船公司坐至一下钟,坐轮船旋绍兴西郭城,时七下钟。又换坐(浆)[桨]舟,旋家时八计钟。收拾行装后吃夜膳,同家中人谈话许时。余本拟同陈厥㫕再寓上海数日,以前日接家信铻儿发痘,特即旋家。今铻儿系是发麻疹,即俗名瘖疹,由二十日至今透发三日,业就愈可。余卸装之余,为之心许。夫麻疹乃人生必有之事，能得平安透发，如常愈可，是又成得一大事也。

二十三日(6月16日) 时晴时雨。在家中整饬事务。镇儿又有牙恙数日也。下半日延杨质安来诊病，谈片时兴。晚上栽种花草。

二十四日(6月17日) 上半日坐舆至府桥张园看曹德斋新式结婚。曹君早娶嫡妻，今以反目，停妻再娶，闻已由戚族议定另定规则。德斋为余本生先慈侄也，前议事时闻曾一再来请，余适到杭沪，未曾与议。然停妻再娶，虽议有规则，究竟若何可办，甚可讶也。今特前观，果有是事，余虽见其奇而心颇非之也。下半日天似晴，即旋家，时一下半钟。治账务等事。

二十五日(6月18日) 天雨。上半日徐宜况来谈。旰前坐舆至水澄巷徐宅拜祭，又至后观巷田禔盦家拜祭，片时即旋家。拜曾大母祭。下半日又徐逷园来谈，夜餐下兴。又同宜况围棋数时。

二十六日(6月19日) 天又有雨。上半日同徐君战棋。下半日又战棋数时，徐君兴。天气又潮暖。

二十七日(6月20日) 天时有雨。上半日学草书。由沪旋家以来，时晴时雨，又俗务纷繁，不能清静涵养。饭胃未克如常，精力益形柔弱。

二十八日(6月21日) 天似晴。钰儿前夜身热呕吐，日中精力尚可，身略清快，而夜间身又加热也。

二十九日(6月22日) 天晴。今日为夏至。旰祭祖宗。本日上午天气又暖。钰儿又呕吐痰食而身微热。下半日延杨医诊病，酌开药味，谈片时杨君兴。今日员女又觉身热，但是否发瘄之恙，医者未能诊知。

闰五月初一日(6月23日) 本月月仍庚午，日为庚辰。天晴。钰儿身热，又加口渴，未思吃食。面上略有红点，大约又发麻疹也。其人永日恶乱咳嗽，又有鼻涕，最似发瘄疹之状。下半日又延杨医诊，医者犹未能确定，但言药味必须兼顾。谈片时，杨君兴。足见病家以随时自加看护乃第一要义，未可专仗医者也。晚上钉儿身仍热，上身心背及手臂、手掌又有红疹。予看视其病及汤药两日夜也，今见疹发，心为之一宽。夜间仍时思吃茶，偶或参以薄米汤，俾接其精力。大解思解不解，间数日一解，干溏夹下。据医言发疹时或有之，日后即愈之可也。

初二日(6月24日)　晴，天气骤热，寒暑表在九十余度。钉儿身尚微热，而其麻疹下身、肚腹、腿足等处都见透发，精神又略清，胃气又微动，嗣后应力加调养可也。员女前日面上及身上又见红点，身加热口渴咳嗽，又都是发瘄疹之情形。天暑时间，余虽时勤看护医药，但能得平安透发，随时愈可，又是人生一事也。发疹情形略同，但钉儿热略轻，其疹发透时仍颗粒清楚；员女发透时其热最盛，几似红饼，是乃热之有轻重者也。瘄疹本应避风，今天暑，虽不应受风，但住室必以通气为是。

初三日(6月25日)　晴。钉儿精力略清，胃气又动，能食稀粥。其疹发透之余，气力虽弱，但身心自必清快也。今日员女瘄疹虽又发透，然夜间至今泻至六七下，又多咳嗽。据杨医云，是乃热重使然，非脾虚者也。请其拟改药单，服后至下半日泻似愈可也。但其热盛汗酸加人一等，瘄后清解为最要也。近日天气骤暑，调养尤应得宜，乃至要事。

初四日(6月26日)　天晴。员女之泻是前夜至今晨也，前日误志之也。今下半日员女泻乃愈，钉儿大解又如常，以后但应保养可也。下半日至街一转，即旋家。

初五日(6月27日)　早上天雨。上半日田孝颛来，同坐小舟至种山诗巢，杜芝生君同到也。今日种山诗巢重修落成，集同人宴，到者十一人，客一人。下半日天晴，又同至徐遢园处谈，至晚上仍坐舟旋家。

初六日(6月28日)　晴，天暑。家中勉治俗务。

初七日(6月29日)　晴。半月以来，至近日略觉安宁。钰儿发麻疹后日见复常，但应随时调养，庶身体可转强壮。然天暑时间，服食尤以清洁为第一之要事也。

初八日(6月30日)　晴，天气骤暑，不耐办事。余精力柔弱，又向畏暑，是以日来只能挥箑闲坐也。

初九日(7月1日)　晴，连日盛暑，挥汗如雨。家中应治之事，畏暑坐误。遥遥长夏，未识何日得清快也。今年正五月尚清凉，近十日来热度日加，寒暑表在九十七八度也。

初十日(7月2日)　晴，天气又加暖。

十一日(7月3日)　晴，天气又暑。晚上八计钟，铻儿腹泻，又加呕吐接连，大泻四五下，呕吐三四下，其精神面色即形疲态，手足虚冷，颇为可虑。虽服痧药，又即吐下。用通关散取□数声，手足心略和暖。夜半延杨医诊视，据云以有湿热，又受暑，宜清解治之。酌开药单，谈片时兴。夜间调治汤药，看护病人，不能得睡。以鲜荷叶、鲜荷梗煎水代茶，又用陈干、山楂煎水，略(呵)[喝]数口。至后半夜铻儿得睡许时，虽精力虚弱，而问其心腹尚清快，吐泻渐愈。但似是急病之后，应力加调治也。

十二日(7月4日)　晴。上半日又延杨医诊病，以清浊养气为主，开药单下谈片时，杨医兴。日间调治汤药。旰前睡片时。铻儿吐泻今日愈可。又上半日得安睡许时，似精力虽疲而神气尚觉清快。汤药之外，略吃米汤及稀粥，以清养之。

十三日(7月5日)　晴。今日铻儿胃略可，然天气日暑，病人最宜使通清气也。

十四日(7月6日)　晴，天又暑热。铻儿自前数日吐泻后，至今日始大解。燥湿夹下，大约气胃尚未复常。

十五日(7月7日)　晴，天暑久晴，热度日加，手不停扇，不耐治事，时以啜茗度日。

十六日(7月8日)　晴。余自沪杭旋家以来，家中病人络绎，看护每费心计。又加天暑饭胃不能如常,向日每餐可二碗,今只可一碗,惟吃茶每日须数(陪)[倍]。

十七日(7月9日) 晴。暑夏久晴,不特田禾待泽綦殷,即城乡人民吃水,亦冀甘霖之下沛也。

十八日(7月10日) 上半日田内侄女崧姑奶奶来归吴门,至今初次来也。旰间设筵,待之晚上兴。今日天气愈暑,桌椅皆热,日夜挥汗,手不释扇,是乃夏日之可畏也。

十九日(7月11日) 晴。锯儿自十四日大解后,至今郁结。虽时有须解之状,而见或下一粒,不能快解。据云心胃中时有作呕之态,想其腹内湿热沾滞,能清解之,(亮)[谅]可愈也。夜油然作云,风颇大,只雨数粒,不数时又见明星。

二十日(7月12日) 晴。天似有雨意而仍不雨,未识何时可以慰人民之希冀也。

二十一日(7月13日) 晴。今日风多,天又似雨而又不能雨,彼苍之甘霖诚难得也。

二十二日(7月14日) 晴,天气又暑。下半日田孝颛来谈片时兴。今年夏间以家有病人,晚上未能时坐庭畔招延清气。余近日时时以啜茗解渴,每餐饭食勉强一碗,身体精力益觉较平时柔弱也。

二十三日(7月15日) 晴。上半日田孝颛来,同至徐遏园处谈。将旰,家中遣人来告,锯儿又患暑泻。赤日行昼,余即坐舆旋家。锯儿以多日不解大解,今日时有粪急下,但每只点粒,不能快解。下半日延杨质安来诊,仍以清解药单开示,谈片时兴。夜间锯儿粪门时时急痛,不能安卧。

二十四日(7月16日) 晴。上半日又延杨医来诊,又田蓝陬来同酌医药,各谈片时兴。锯儿粪门仍急痛,思下不下,以皂角密尖插粪门引之,片时其急痛益剧,又片时坚粗之粪乃下数段,下半日又下数段。积十日之久,始至今日解,其痛可知也。下半日杨君又来诊,开药单下,谈片时兴。今日积粪虽松解,但其人接连患病,精力益形疲弱也。

二十五日(7月17日)　晴。铻儿身虽略快，胃气又略动，但大解仍时有急痛。不能快下之处，(亮)[谅]其尚有宿积未净，服食尤以清润为宜。余连夜以天暑，又有病人，不能安睡。

二十六日(7月18日)　晴。上半日田禔龠，葛杏农、桐江来谈片时兴，又禔龠来谈片时兴。旰前至田孝颛处谈片时，又至禔龠处谈片时，即旋家(为谈渠家事也)。旰前徐遏园来谈，又陈景平、田孝颛来谈。下半日有大雨片时。杨医又来诊病，开药单下谈片时，杨医兴。天雨一下，即觉凉快。夜餐下，徐遏园、陈景平、田孝颛各兴。

二十七日(7月19日)　天又晴兼郁热。今日铻儿大解仍有急痛，不能快下。夜又以粪不快解，不能安睡。

二十八日(7月20日)　晴，天气又暑。铻儿大解又急痛不能下，不得不又用密尖略渣皂角粉引之粪门，片时又下宿粪最粗坚者数段，至夜间陆续约共下十数段坚粪，下余兼下溏粪，又十数解也。

二十九日(7月21日)　天气愈暑。铻儿宿粪下，余至今早下。水泻、点泄不休，据云泻时不能自主，但每下不多，约计早上至旰下有百数泄也。又其小解自前晚至今尚不下过，小腹为之肿痛，而急亦有想下不下之势。下半日又延杨质安来诊，又约田蓝陬来酌治药。据两君云是乃大解宿积初通，大小解一时分不清楚，略加运气调养，必可分清而愈也。两君谈片时兴。今日天暑最盛，寒暑表在百零四五度，几椅皆热，日夜手不释扇。晚上铻儿得快下小解，即觉小腹宽纾。夜间水泻又稀疏略愈。

三十日(7月22日)　晴，天气又加暑，寒暑表在百余度。铻儿大小解得分清以下。

六月初一日(7月23日)　晴。月为辛未，日为庚戌。天气又暑。日间未能治事，夜间未能安睡。今日铻儿大解溏粪，日以一二下；小解又如常，日以二三解。人又清快，胃气略胜。以后力加保养，应可复常也。

初二日(7月24日) 晴。天气虽暑而尚清快。铻儿之病日似愈可。本拟再诊医药,乃天暑不耐医药,但得行动茶饭,时加调养,胜服医药也。

初三日(7月25日) 天又晴暑。下半日田孝颛、薛阆仙来谈。夜挥箑瀹茗论文,最觉清快也。

初四日(7月26日) 天又盛暑。上半日李书臣来,阆仙、孝颛同谈永日,晚上客皆兴。

初五日(7月27日) 天又暑。上半日徐遏园来谈,夜餐下兴。盛暑久晴,城乡河水干浅,取求用水,日见其难,不识彼苍何日幸下甘霖也。

初六日(7月28日) 晴,天又盛暑。日来心绪虽略宽,而暑旱可畏。下半日似将雨而仍不能雨,万类之祈祷实殷。夏间最应清洁,最须繁用之水,而偏不能予取予求也。

初七日(7月29日) 晴。上半日至后观巷田蓝陬家拜外姑祭。本日天气尤暑。人言屋宇宽大,当不甚热,乃田宅高堂广厦,屋宇亦云大矣,其热度不下吾家住陋室者,可以平心也。旰餐下谈片时即旋家。今日寒暑表百零数度,下半日似将雨而不雨。

初八日(7月30日) 晴。旰时天油然作云,又有雷声而又不雨。盛暑亢晴,不特农人昼夜桔槔时虞不及,城乡水路远隔,人家吸水,皆须仆仆。城外长途遥汲,又是一暑夏可虑事也。

初九日(7月31日) 晴。日来见铻儿身有热疮,乃皮面之湿热外发,未足为患。其大小解及饭胃日复如常,又一幸事也。

初十日(8月1日) 晴。近日早晚虽略觉清快,而旰间仍暑热,时有上云将雨之态,但片时即天青日丽,甘霖仍吝于一沛。人人之待雨愈待愈殷,未知何日得如愿以(赏)[偿]也。

十一日(8月2日) 晴,下半日又似雨不雨。

十二日(8月3日) 晴。本日时有风云,仍吝于一雨。

十三日(8月4日)　晴。今日又时有风云雷电，而霖雨仍未沛然。下半日徐逷园、田孝颛来谈，夜餐下兴。夜间又似有将雨之态。久晴之下，发雨为难，但如是情形，(亮)[谅]将近必有雨也。

十四日(8月5日)　天有云，时见淡日。上半日徐宜况来谈。下半日徐逷园同褚衣堂来(褚君乃新任绍兴电报局总办也)，又田孝颛来。晚前有雨一阵，而未成檐水即晴。夜餐下，褚、徐、田诸君又谈数时兴。一雨之下，天气即呈凉快，夜间手可免扇也。夜半又有雨片时，略闻檐溜之声。

十五日(8月6日)　晴，今日天气略清快，上半日时有雷声。本日为甲子金奎日，本年又有两头春，相传最可上学读书也。予补录日志数页，又录咏七律诗数十首。夏暑虚度日久，勉练手腕之力。夜有雷雨片时，天气益清胜。

十六日(8月7日)　晴。上半日至大街、笔飞弄一转，即由大街旋家。阅数日间沪报，西国奥塞开衅，战云一起，摇动全欧。旅沪西人，皆提资回国。现洋升水，日加市面又紧，影响及于绍兴。又闻金价昂至每两六十元。若战事延长，商务都受影响。只闻美国愿调停其事也。

十七日(8月8日)　晴，早上天气又清胜。盰前坐舆至水澄巷徐宅谈，至下半日旋家，时五下钟。今日酉正立秋。天气又暑，晚上寒暑表在九十五六度。夜时有云而又有星月。

十八日(8月9日)　晴，天气又盛暑，寒暑表在九十五六度。夜天有风云而仍有星月，夜半又有大风，天气清快。

十九日(8月10日)　晴，早上天气尚清快，下午又有雷声。每日吸用之水，都由工人长途至城外仆仆提来。暑天加一难事，未知何日得庆甘霖。

二十日(8月11日)　晴，早上天气又清胜，日中又暑，寒暑表九十五六度。上半日学草书。

二十一日(8月12日)　晴。上半日学草书。天暑久旷功课，日来早上天气仍清胜，略练手腕以自策励也。

二十二日(8月13日)　晴，天气又盛暑。上午又学草书。寒暑表在九十五六度，夜又清胜。

二十三日(8月14日)　早上微有细雨即晴。与儿女吃缸中新莲。予庭中所种缸荷，每年必生新莲若干，味最清胜。

二十四日(8月15日)　晴。日来虽时有雷声，而久不一雨。暑天需水最殷之日，乃亢晴两月，不特城乡狭窄之河都成沟地，即各乡广阔河流亦虞干浅。农人日夜浇灌田禾，力有不及。祈祷甘霖，伊非朝夕。天又青高，时雨之沛，其在何时也。下半日有阵雨片时，只可润花草。

二十五日(8月16日)　晴。上半日学草体书数百字，又录旧诗。今日寒暑表在九十一二三度。

二十六日(8月17日)　晴。久旱之下，暑气必待雨洗，尤苍生所夙夜求之者也。早上阅春在堂诗册。上半日田孝颛来，同至大路电报局看褚衣堂君。褚君以新得诸名士与李越缦先生尺牍百数通见示，亦一广眼界也。兼留旰餐，又谈数时，仍同田君各旋家。下半日杨质安来诊昭女病，开药单下谈片时，杨君兴。昭女之病心中发战胆虚，似不能自主。据医者云系其肝胆中有热，宜清肃之可也。今日寒暑表又在九十七八度；日光远处之屋，寒暑表在九十四五度。热度虽不高而天气郁暖，夜间不能安睡，至后半夜始略清。

二十七日(8月18日)　晴，早上天气尚清胜。旰同镇儿、钉儿至后观巷田蓝陬家拜先外姑章太夫人祭。天暑异常。下半日谈数时旋家，时四下钟。镇儿、钉儿后片时旋家。日中寒暑表在九十六度。

二十八日(8月19日)　晴，早上天气又清胜，日中仍暖。上半日田内侄女来看昭女病，下半日兴。近日城中之河，大半成地。前日见或尚有沟水，今则虽由乡间车进，乃随车随干，不敷所需。且乡间浅小之河亦早晒干，水路早碍交通，城乡人之提汲吃水，都须远取大江也。吾家用专人担水，每日需钱数百，日冀甘霖之纾吾用也。

二十九日(8 月 20 日) 晴,天气又清胜。

七月初一日(8 月 21 日) 月为壬申,日为己卯。早上天气又清胜,寒暑表在八十三度。日来日中虽仍暑,而早夜每有清气。如得霖雨一沛,即是新秋佳日也。今日为先妻田夫人诞日,上半日田霭如来拜祭田夫人,渠以另有事,先行一拜兴。又孝颛、寿曾官来,又蓝陬舅嫂来,盰时同祭田夫人。日月荏苒,祭田夫人生日于今第五年也。追想曩时,又触旧憾。盰,徐遏园、宜况来。下半日似将雨而仍晴。夜天气又暖。同徐、田等人谈。

初二日(8 月 22 日) 晴。早,徐遏园、宜况,田孝颛兴。上半日坐舆至缪家桥杨质安处,转请至贾村诊贾柷唐病,谈片时即坐舆旋家,睡片时。下半日坐舆至偏门外,同杨质安坐小舟至河山桥登岸,至河山桥外。河山桥下以久旱水干,不能行舟,所以又至桥外换坐舟,同杨君至娄宫埠,坐篮舆至贾村,时七下半时。贾柷唐家同杨君稍憩,杨君诊柷唐连日咯血病。柷唐虽尚能行坐,惟其人愈瘦。此症据杨君云目下必不致有碍,特恐调治不宜,将成老病。开药单下,贾宅夜餐时,将十时。夜以天多露,暂坐谈数时。

初三日(8 月 23 日) 晴。早上同杨君由贾宅各坐肩舆长行旋偏门外,余换坐舆,旋家时十一下半钟也。茶点心后,坐片时,睡数时,然后补吃盰膳,人略清胜。上半日得遍看河干水浅之象,山家人人掘井取泉以灌禾苗,但灌注不及者居其多数。乡农沿路皆用两步桔槔接连,车水以灌田禾。其沿河晚禾,虽日夜费人力浇灌,而禾苗丰茂实过寻常。将来收成,必有异同,至各乡河岸较诸平常雨旸时若之时高六七尺也。六七十岁老人云:“此等旱象不仍曾见过,是今年之旱非等寻常也。”夜间十时略有雨片时,只能一润花草,即晴。

初四日(8 月 24 日) 晴,早天气又清胜,日丽风轻,尚有久晴之态。人家提携吃水,业经数月好雨之来,益勤想念。

初五日(8 月 25 日) 晴,早上天气又清胜,寒暑表在八十一度。

上半日徐子祥来谈片时兴。旰前至大街、大路等处一转,片时又至田蓝陬处一转,即旋家。下半日学字。夜坐庭畔,凉意沁人,骤有新秋之气。

初六日(8月26日)　晴。早上录旧作诗。上半日至后观巷田蓝陬家谈,旰膳下又至孝颛家一转,又至宝幢巷陈厥彝处谈,片时又同至布业会馆一转,各旋家。夜有雨片时。

初七日(8月27日)　前夜半有雨,早上晴。上半日田孝颛来谈片时兴。旰前,循旧祀奎星神。天日清淡。晚上至后观巷田孝颛家公宴褚衣堂,同座者薛阆仙、屠厚斋、徐遏园、李承侯,孝颛及余共七人。夜又同谈数时,余旋家时九计半钟也。

初八日(8月28日)　晴,天气又清胜。上半日田霭如来谈片时兴,即至其家同蓝陬谈片时,又至鲍香谷家谈片时,又至田蓝陬家谈片时,即旋家。下半日鲍香谷来谈片时兴。微有雨,即晴。今日快阁姚氏女[①]年二十二岁,与镇儿结婚,业有成议。

初九日(8月29日)　晴,天气又清胜,早上寒暑表在八十一度。上半日至南街田扬庭家谈,片时即旋家,又至田蓝陬家谈片时,又至大街一转,即旋家。日中天气又暖。下半日整饬家中等事。

初十日(8月30日)　晴,早上天气又清胜。上半日鲍香谷、田扬庭来坐片时,请其同至偏城外快阁姚氏求婚。下半日香谷、扬庭由姚宅请允帖来,帖中立名姚福厚,乃我家所定女之兄也。今日晚上,请鲍、田两媒人宴,陪者杜芝生、陈厥彝、徐宜况、吴琴伯,徐遏园、以逊,田孝颛同余共十人。夜,客兴,有明月。

十一日(8月31日)　晴,早上天气清胜,日中仍略暑。上半日

---

① 姚氏(1893—?),目录学家姚海槎第六女。见《文澜学报》(1935年第1期)之陶存煦《姚海槎先生年谱》。按:《日记》民国三年八月初十日:“晴,天气又清胜。上日快阁姚氏书来女庚,今并志之右,造:癸巳年、庚申月、庚子日、丙子时,是二十二岁,七月二十日子时。”

田孝颛兴，又徐宜况、遏园兴。夜谈时久，今日上午余睡片时，又学草书及书账务等事。晚上天微有雨，即又晴。夜有明月。

十二日(9月1日) 早上晴，本日天气郁热。晚上徐以逊约宴南街田扬庭处，席间酒兴太豪，不免过量，九下半钟即坐舆旋家。夜以吃酒太多，最不舒快，至后半夜始清快，以后筵宴时宜戒与人赌酒也。七夕之宴集，徐遏园、薛阆仙、褚衣堂、田孝颛先后有诗见示，兼催余和之。余今年吟诗尚只五六首，乃又用原韵勉成两律，即志于后："月华凉沁碧霞瓯，兼味盘飧只膳羞。耕织图中齐待鹊，鹤鸾群里伴闲鸥。雄谈恝阔仓山屐，鳞问稽迟述史楼（本约袁梦白、徐以逊同酌，乃梦白客萧然，以逊系河旱不能来城。述史楼，徐君楼名也）。见说田畴龟柝久，桔槔遍野听呼牛（农人以天旱宵旰车水灌田禾，但人力不足，每用牛轮车水也）。""禹域新闻出漏卮，战涡何计补危时（李君成后新得漏卮，乃商时器也）。星辰差慰相思愿，坛坫尚虞遍辑迟（与同志修葺诗巢既成，惟右龛先哲祀位尚虚题补也）。海水群惊争竞剧，秋心先报(兼)[蒹]葭知。匡时自分鲜才调，犹向霓裳共说诗。"

十三日(9月2日) 早上三计钟时有大雨，至七计钟甘霖遍普。(亮)[谅]田畴河井都可沾润，人民挈水之力得略苏也。旰祭本生先慈讳日。下半日天似晴，学字数张。夜有明月。

十四日(9月3日) 晴。日来旰时寒暑表尚在九十度上下，而早夜天气凉快也。下半日书诗笺。

十五日(9月4日) 晴。早上寒暑表在八十度上下。上半日录诗稿。旰祭中元祖宗。前日七夕两诗，今改咏两律，虽仍用者多，特加录于后，以清眉目也："婵娟分照碧霞瓯，兼味留宾只膳羞（同为主人）。耕织河边齐待鹊，鹤鸾队里杂闲鸥。雄谈恝阔仓山屐，鳞问稽迟述史楼（原约袁梦白及徐以逊同酌，今袁君客萧山，徐君以河旱不至。述史楼，其楼名也）。怪底雨旸违时若，桔槔遍野听呼牛（前日见农人宵旰灌禾，每用牛轮以补人力之不及也）。""禹城新闻出漏卮（李成后新得一漏卮，乃商时器也），战涡何计补危时（欧洲战事牵动青岛)。星辰差慰相思愿,坛坫尚虞纂辑迟(前与同志修葺诗巢,惟右龛祀位尚虚题补)。海水群惊兵燹沸,秋心先寄蒹葭知。杜门敢习逢时技,谬向蓬瀛共说诗。”今日晚上坐舆至水澄巷徐宅拜祭,夜餐下同吉逊诸君谈片时,即坐舆旋家。

十六日(9月5日) 晴。吁拜中元祖宗祭,又坐舆至水澄巷徐宅拜祭。下半日谈,至晚上坐舆旋家。

十七日(9月6日) 早上天时有微雨,日间时有雨。得兹甘霖叠沛,苍生都庆沾润。

十八日(9月7日) 天又有雨,下半日乍雨晴。田孝颛来谈片时,同至古贡院前藏书(廔)[楼]践褚衣堂之约宴,褚君假座书(廔)[楼]也。同座者李承侯,徐遏园、以逊、佑长,孝颛,又余及褚君共七人,馔肴丰洁,谈宴颇快,天将晓始仍与田君各旋家。

十九日(9月8日) 早上由书(廔)[楼]旋家。天微有雨。睡片时即早膳。日间天又晴。

二十日(9月9日) 早上似晴,天气又清胜。上半日学字数百。今日寒暑表在七十八度。

二十一日(9月10日) 天又有雨,寒暑表在七十三四度。

二十二日(9月11日) 早上又似晴,天气清胜,寒暑表在七十一度。“一年容易又秋风”,读诗言而又兴感也。上半日整饬书籍等事。下半日书账务等事。

二十三日(9月12日) 晴。天气又清胜。日中寒暑表在八十一度。近日城乡河水虽仍干浅,有碍舟行,而田禾都得沾润。人家吃水,又略有储蓄,不似暑天用(渡)[度]之浩繁也。

二十四日(9月13日) 晴,天气又清胜。上半日至邻鲍香谷家谈,片时即旋家。又整饬书籍等事。吁前徐宜况来谈,下半日田孝颛来谈,晚上各兴。

二十五日(9月14日) 晴,天气又清胜。对兹佳日,应如何自励也。上半日李书臣来谈,又陈筱云、徐紫雯来谈,至夜餐下各兴。

年来时思每日学字看书有常课，但斯志未知奚时得也。

二十六日(9月15日)　晴，天气又清胜。近日人家吸水虽有储蓄，而河水依然干浅，城乡舟行间隔。今日内子李夫人至陶堰，闻坐舟又须坐舆，较寻常费事多也。下半日同景弟、蒋君至宝幢巷陈厥劈处一转，即旋家。街中过官吏署前，见旗帜飞扬，红簦满挂，系袁总统翌日寿辰也。共和民国都转为前清帝国行为，可见原是这班人。语言可改饰，本性岂能移哉！见之又讵足怪也。

二十七日(9月16日)　晴，天气又清胜。早餐下至缪家桥杨质安处陪昭女诊病，片时即旋家。今日寒暑表在七十五六度。上半日整饬家中等事，余万事都尚谨饬也。

二十八日(9月17日)　晴，天气又清胜。上半日坐舆至南街阮茗溪家招宴。下半日同褚衣堂、徐遏园以路近至陶仲彝姻丈处谈，片时即坐舆旋家。杨质安来诊昭女病，开药单下谈片时，杨君兴。今日天气又暑，昭女之病系心虚胆却，胸中时常摇惑。据医者云肝有风热所缠，宜疏通清解。女人之恙，大抵血虚则肝不滋润而受病。昭女平日身虽不瘦弱，但其血色未甚充足，将来是病愈可，应培补其血气也。本日旰时寒暑表在八十余度。上半日坤圃同杨□□来谈片时兴，为许诵卿家媒事也。旰前许诵卿又来请余为大媒，谈片时，托转致余，诵卿兴。是乃余旋家时转告也。

二十九日(9月18日)　晴，天气又清胜。上半日至菩提弄许诵卿处谈，片时即旋家。日中寒暑表在八十余度，下半日又在九十一度。补录十八日长电报局褚君衣堂招宴藏书楼咏一律[①]以报之，诗

---

① 陈庆均《为山庐诗稿》(第一本)有诗《褚冃堂孝廉招同李澄侯徐遏园以逊田孝颛及余宴于越中藏书楼》，与之略异，录如下："娜嬛深处惕高轩，座有芝兰受尽言。药石笼中搜特解(内兄田杏村舍人著有《医(裨)[稗]》十二卷，孝颛行将付梓)，春秋皮里仰名门(晋褚裒遗事)。逸才早负东湖集(《东湖集》宋徐俯所著)，豪饮咸惊北海尊(澄侯席间自言平时能饮十五六杯)。幸挹清(注转下页)

曰:“娜嬛深处驻高轩,座有芝兰受尽言。药石笼中搜特解(内兄田杏村舍人著《医(禅)[稗]》□□□卷,今孝颛将付梓),春秋皮里仰名门(晋褚裒负盛名,外隐臧否,而内有褒贬,人称之曰皮里春秋)。逸才早负东湖集(宋徐俯七岁能诗,著有《东湖集》),豪饮咸惊北海尊(李君承侯自云平时能饮十五大杯)。喜挹清光同啸傲,渔蓑貂珥都休论。”读书贵清静专心,吟咏同然。今年家事益繁,作诗不比旧年之多,偶一为之,自觉勉强也。

三十日(9月19日)　仍晴,天气又清胜。昭女病,早上请陈仲青诊,谈片时兴。医者云昭女之病,肝胃有热冲心,且有滞痰,所以心中时常恐悸,宜开郁降热为愈。余以其病心中嘈杂,似饿非饿,似痛非痛;或兼嗳气,或兼恶心。查《验方新编》云是乃热动其痰也,用连须葱头一大把、老生姜二张约三四两、生萝卜四五个,共捣烂炒热,酒炒尤可。用布作二包轮换,久久罨熨心胸、腋下,自能豁然开化,稍有汗而愈。但是药用鲜料汁多,虽有布包而沁湿,嫌不相宜。

八月初一日(9月20日)　月为癸酉,日为己酉。早上微有雨,天气清胜。上半日以事至大街,事竣,至大路李澄后家谈片时,仍由大街旋家。下半日同景弟、蒋君至东昌街对面看住宅片时,即旋家。书账务等事。

初二日(9月21日)　天微有雨,早上寒暑表在七十一二三度。学草体字几百。予篆书、草书两事想学得成家,将十廿年也,但至今有志未偿。上半日同铻儿至市门阁礼观音神,乃心愿事也。事竣,即同铻儿旋家。下半日书账务,又书诗笺等事。

初三日(9月22日)　天又有雨。早上学行书字数百,日来略有进益。本日雨虽微而永。

初四日(9月23日)　天又有雨,早上寒暑表在六十七八度。天

(续上页注)光同啸傲,渔蓑貂珥都休论。”

雨数日而河水依然浅搁。今日李夫人由陶堰回家，云乡间经过之河仍如前月下旬。若如近日之雨，恐非旬日所能照常也。下半日书账务等事。

初五日(9月24日) 天又有微雨。旰拜秋分祭祖。下半日陈仲青来医片时兴。昭女之病时愈时发，其胸腹中似有郁结未能清解，医者之药又未对症也。

初六日(9月25日) 天又雨。上半日至后观巷田蓝陬家谈片时，又至大街等处一转，即旋家。下半日杨质安来诊昭女病，又田蓝陬来同酌药味，两君各谈数时兴。今日雨密，若再雨数日，想江河可复常也。

初七日(9月26日) 天又有雨。夜间以昭女病不能安睡，永夜听雨声，自知心事太繁，精力又觉柔弱。上半日至田蓝陬家谈，片时即旋家。天又有晴日。下半日陈仲青又来诊昭女病，田蓝陬又同来商酌药单，片时两君各兴。近日事繁，心绪不宁。清静安闲之福，吾辈似未仍修得也("仍"字可书"曾"字)。

初八日(9月27日) 天又晴。上半日至观桥坤圃家谈片时，又至后观巷蓝陬家谈片时，即旋家，时十一下钟也。

初九日(9月28日) 晴，天气是清胜。早上饬视婚帖，并备文定等仪，差人至附郭快阁姚氏成聘。彼家同我家言定应办之件，都计用银元也。两家办事清简，而名义周备，可谓得计也。上半日陈景平同孝颛来谈，早膳下谈片时兴。坤圃来谈片时，各坐舆至许诵卿家为大媒，坐片时，同坤圃至蔡家弄杨黼青家为媒，杨宅旰宴下谈片时，仍同坤圃各坐舆至许诵卿家，许宅定杨宅女为新妇也。许宅谈片时，予至家一转，伻人由姚宅转来，饬视婚贴并回仪。片时天将晚，又至许宅宴，同坐者六人，至十下钟时仍坐舆旋家。夜有明星亮月。

初十日(9月29日) 晴，天气又清胜。上日快阁姚氏书来女庚，今并志之右，造：癸巳年、庚申月、庚子日、丙子时，是二十二岁，七月二十日子时。得其书来后,俾可与镇儿之庚定婚娶也。上半日微有雨,春秋佳日,最好晴时。但夏间久晴之后,江汉犹未如常。能得大雨数日,城乡依然通达。嗣后雨旸,长庆时若,实为幸事。予年来心事与日同增,支持家政数十年,巨细躬亲,精力时虞柔弱。能得儿辈成家担任家事,予以清闲岁月莳花种竹、书画诗歌以答生平。年来所蓄之志,即在是也。盰至田蓝陬家谈宴,下半日旋家。近来每逢宴会,吃酒之戒略宽,酒后时形自讶,以后应立加谨慎也。

十一日(9月30日) 晴,天气清胜,寒暑表在六十八度。上午学草体字数百字。桂花香里,正是秋中佳日也。下半日田蓝陬来,又杨质安来诊昭女病,酌药单下,两君各兴。今年自五月以来,医药连绵,未知何日可平静也。

十二日(10月1日) 晴,天气呈清胜,寒暑表在六十余度。日来昼夜将平,予心事太繁,夜中酣睡未能加三时之上。每自筹思,倘得精力如常、心思安谧之时,似眠食可即佳胜。养身尤贵养心,斯言诚有味也。早上学字数日。余三四年以来,眼似略花,但至秋冬清肃之时,每仍如常。足见人禀天地之气以生。是乃中年情形如是,未可与晚年同日语也。而能谨慎保养者,即可以占康胜也。下半日至南街陶仲彝先生处谈,数时即旋家。

十三日(10月2日) 晴,天气最清胜。上半日至田蓝陬处谈片时,又至杨质安处为昭女改药单,又至笔飞弄一转,即旋家。下半日田孝颛来谈片时兴。事繁力弱,每当应接不暇之时,心绪益增感虑。夜有明月。

十四日(10月3日) 晴,天气清胜。人事繁如。清解账务及家中寻常等务,酬应实需精力。夜又有明月。

十五日(10月4日) 晴,天气最清胜。上半日田孝颛来,同至长桥看袁老梦不遇,仍同田君各旋家。下半日孝颛又来谈,至晚上乃兴。夜微有雨。今日系明月最胜之时,而为云雨所隐。

十六日(10月5日) 天气又晴胜,日中寒暑表在七十余度。下半日杨质安又来诊昭女病，酌药单下谈片时兴。田蓝陬来谈数时兴。夜有亮月。

十七日(10月6日) 晴，天气又清胜。早上至后观巷田禔龕家，为贾宅问阿胶事，片时即旋家。贾君柷唐前月同二姑奶奶来，以城中便于医药，俾可徐行调卫。看杨医等服药又将一月，饭量如常，行动尚可，惟其肝肺似已受损，精神皮色日渐瘦削，近日愈形败象。前日乃弟幼舟及其五弟来劝其回山，遂于早上幼舟昆仲及二姑奶奶陪柷唐回贾村。虽舟舆不免多举动，乃其事不能不如是也。余同幼舟等谈至水偏门各散。天高风静，余即旋家，时八下钟。上半日坐舆至南街吴琴伯家媒宴。下半日同田霭如、琴伯至菘内侄女楼上谈数时，仍坐舆旋家。又至鲍香谷家陪媒宴，夜半旋家。

十八日(10月7日) 天微有雨。连日应酬，今在家静养。下半日田禔龕来谈片时兴。夜又雨。

十九日(10月8日) 天又有雨，上半日即晴。天气清胜，寒暑表在六十余度。余日来精力又觉柔弱。

二十日(10月9日) 晴，天气清胜。早上贾幼舟来谈，早餐下兴。夜半老太太忽吐泻，数时稍愈。夜间星月清寒，须御棉衣，寒暑过渡之易也。下半日杨质安来诊老太太病，酌药单下谈片时兴。又田孝颛来谈数时兴。桂花风里，时令最佳。乃心绪紊如，不能有清闲兴会也。

二十一日(10月10日) 晴，天气又清胜。盱拜高祖祭。今年节气略早，庭前菊将有花。下半日同钉儿至街一转，片时即同钉儿旋家。

二十二日(10月11日) 晴，天气又清胜，寒暑表在六十四五度。余近日夜间愈不能多睡，精力之弱，益可证也。每日治事，都系勉强支持。

二十三日(10月12日) 晴，天气又清胜。上半日阅《春在堂诗》。下半日王叔梅、陈昆生[①]、张琴孙[②]以沿门劝公债事来，谈片时兴。今者(瓯)[欧](州)[洲]各自开衅，中国想守中立，用度为难，不能不集之于民间。但吾家近年自用之费尚时虞不给，实未暇他顾。然同为国民，虽一文二文，不可不勉力维持也。

二十四日(10月13日) 晴，天气又清胜。上半日至田蓝陬家谈数时，又至田褆盦家谈片时，即旋家。下半日整饬家中事。天气似又将有雨，寒暑表在七十余度。晚前至大街一转，即旋家。夜又有星。

二十五日(10月14日) 晴，天气又清胜。上半日至大街汇账及映相片等事，片时即旋家。

二十六日(10月15日) 晴，天气清胜。高秋时令，庭畔中花草清丽可观，如深淡红洛阳花、月季花，大红粉红五色凤仙花、洋菊花、海棠花，盆盎中争发精华，最可寓目者也。晚前闻贾枧唐姊婿之凶信，不胜叹惜。其年四十三，近岁境遇不佳，今忽以病不起，此亦人生之不可测也。

二十七日(10月16日) 早上天似将有雨。

二十八日(10月17日) 早上尚晴。上半日至偏门外坐小舟至娄宫村，坐篮舆至贾村吊贾枧唐姊婿之丧。二姊遽悲只影，相见各泣涕。

二十九日(10月18日) 晴。寅初刻闻贾枧唐姊婿盖棺定，同其家客行礼。事竣稍愒片时，天将亮也。上半日为其书神主，事竣同

---

① 陈均，字坤生，一作昆生。《绍兴医药月报》名誉赞成员，绍兴陶社社员。见《绍兴医药月报》(1924年第1卷第1期)；杨无我《入祠纪念》之《绍兴陶社社员一览表》。

② 张钟沅(1878—1957)，字琴荪，日记一作琴孙、琴森，整理时统一为琴孙。浙江绍兴人。早年就读于上海英华书馆，专习英文，毕业后在其父张漱文开设的茶行当通事。曾任绍兴县禁烟局局长、成章女校校董、绍兴县自治委员。见绍兴鲁迅纪念馆《鲁迅与他的乡人》之《绍兴耆宿名绅张琴孙》。

陈吟如各坐舆至娄宫村，同坐小舟至偏门外上岸，余即旋家。

九月初一日(10月19日) 月为甲戌，日为戊寅。早上尚晴，天气转清胜。上半日撰挽贾枧唐姊婿联，记下："以中表为女兄婿，卅年风雨经过，尊酒话寒斋，每到夜分嫌促蜡；负同辈最闳达才，频岁迍邅壮志，痛君罹斯疾，遽随霜讯早骑鲸。"下半日天微有雨。日事酬应，片时不暇。又坐舆至偏门外换坐中舟，至张墅蒋宅贺式如成婚之喜。到时四下半时，同各贺客谈。夜酒下，又同谈至半夜。蒋宅族虽人多，但都是旁观者，不能帮办各事也。闻其诸事尚不酌备，将行礼应等事，草草帮同备设。

初二日(10月20日) 天气又晴胜。早上四时，为蒋宅陪新人之亲送客同观礼等事，又陪宴，散席时将八时也。日间谈话。下半日本拟旋城，乃蒋[客]甚不多，又况宴下速散，喜事人家不免太形清淡，不能不徇主人姊氏之请，至夜宴下始同徐宜况坐舟旋。城外上岸旋家，天气颇寒，时又二计钟也。

初三日(10月21日) 早上天微有雨。早餐下，同徐宜况至偏门外坐舟至娄宫，又坐舆至贾村吊贾枧唐姊婿首七。盰餐下，仍同宜况坐舆至娄宫村，又同坐舟旋偏门外，同宜况旋城至家。

初四日(10月22日) 早上天微有雨。上半日坐舆至寺池钟芝馨[①]家贺喜，强留盰宴，至晚上仍坐舆旋家。

初五日(10月23日) 天微有雨。上半日坐舆至南街田扬庭家贺喜，盰宴下谈至将晚，仍坐舆旋家。

---

① 钟德铭(1877—?)，一名颐，字子馨，一作芝馨，号九如。浙江绍兴人。曾官福建福宁府知府。其家世居会稽吴融，其父于清光绪十二年因左足旧疾发作而奏请开缺回籍，寓吴融联萼堂之修梅仙馆。十二月复迁寓郡城之五马坊。光绪十三年三月筑第于寺池。见钟荣《会稽钟氏宗谱》卷三钟念祖《厚堂公自记年谱》；卷七《后岸尚素公支介轩公派》。

初六日(10月24日) 天似晴。上半日坐舆至八字桥鲍养田家吊其妻[①]首七,片时即坐舆旋家。近旬日间酬应纷繁,不能有片时之暇。下半日微有雨即晴。同族景弟至街一转,即旋家。今年有闰月,节气略早,见菊花陆续放瓣。

初七日(10月25日) 晴,天气又清胜,夜有雷电阵雨片时。阅报章,知日人以攻青岛德租界为由,借端骚扰山东边境,违背举动,人人共愤。闻有勇敢握兵符者请袁总统注意用相当之坚拒,是乃立国者不可不敏以筹及也。

初八日(10月26日) 早上天有雨。前阅礼制馆编定制度,礼服又改用衫裙,衫用绣织团花,各以等级分九团、七团、五团,拜最尊者以一跪四拜。初立章程,或是或非,但斯等制度,未识能持久否?下半日阅春在堂诗集。乡间晚谷登收,天气能再晴旬日,转为幸事也。

初九日(10月27日) 早上天似晴,寒暑表在六十七八度。上午有雨,下午又有雷电大雨许时,可谓满城风雨。是重阳但得兹雨后,又冀其晴胜者也。今年夏间久晴,虽农家灌水辛勤,而乡间晚禾尚称有年。日来收成时令,转祈其晴好十余日也。上半[日]田孝颛由上海回绍来谈,又蒋式如携其新婚妻来见老太太。旰酒下片时,各客兴,又事几多酬应。夜同族弟谈事务数时。予年来虽略有涵养,但寓事仍偶有争气处,是乃工夫犹未臻纯美者也。

初十日(10月28日) 天又雨。阅《春在堂诗》。

十一日(10月29日) 天又有雨,日间似晴。事务繁如,颇费心力。晚上至咸欢河沿陈厥舆家夜宴,至半夜旋家。

十二日(10月30日) 天似晴。上半日学草书。招女之病七八

---

① 章氏(1861—1914),浙江绍兴东浦章颖之女。鲍诚陆之妻。见鲍德福《鲍氏五思堂宗谱稿》卷二《尚志公派第五世》。按:宗谱载其生于咸丰十年十一月二十七日。公历为1861年1月7日。

月，间服药月余，于其病并不应验。特令其不服医药，今将一月也。胃气渐胜，病又略愈，但精力仍疲弱，不能照常行坐，大约气血未能充调。今日田菘内侄女来看其病，谓如上医药虽不必多服，然不吃药业有一月，精力尚未复元，似宜试服调养药味。其言似或有识。下半日至田蓝陬家谈片时，又至观桥坤圃家谈片时，即旋家。夜有月亮。

十三日(10月31日)　天似晴。上半日陶仲彝姻丈来谈许时兴。盰间至田蓝陬家宴，蓝陬以有人馈酒肴宴客也。下半日田宅谈片时，又至大街、江桥等处一转，即旋家。今朝天气寒暑表在七十余度。晚上至咸欢河沿陈厥彝家夜宴，至半夜旋家。有明月。

十四日(11月1日)　早上雾露天气，又似晴。坐舆至咸欢河沿陈厥彝家贺喜，兼陪客盰宴。夜宴至夜半，仍坐舆旋家。又有明月。年来举动虽略从新，而服食铺排仍争竞奢华。财政艰难之日，行为如是，有心人闻之，应若何力加整饬也。

十五日(11月2日)　天又晴暖。上半日胡坤圃来谈片时兴。盰前坐舆至寺池钟芝新家宴。前日面约，不能不又酬应也。至夜宴下，仍坐舆旋家。今日宴菜虽不甚多，但皆嘉肴盛馔，芝新自督庖人调治者也。夜又有月。

十六日(11月3日)　天又似晴。上半日撰挽陈朗斋之妻童氏联，借志于下："内则懔当年，撰杖闻余，曾备官箴勖夫婿；秋风寒老圃，梦花奁里，新编伤咏续微之。"晚上坐舆至水澄巷徐佑长家谈宴。夜雷电阵雨，不能行街，至夜半仍坐舆旋家。

十七日(11月4日)　天有雨，风大，寒暑表在五十八度。上半日徇旧礼神，阅李青莲诗，学草书数百字。天虽寒而气尚清胜，但晚谷正在收成，转冀其再晴好十余日也。夜又有明月。

十八日(11月5日)　晴，天气又清胜，寒暑表在五十度。早上吃茶点心下，坐舟至松陵村吊陈郎斋夫人首七，兼陪客一日。下半日同陈厥彝、徐佑长坐舟旋城，至斜桥河沿上岸。佑长邀至水澄巷其家公宴宛姑奶奶四十，寿宴下谈片时，即坐舆旋家。今年夏间亢旱，城乡河道筑隔数月,至前日雨水稍增,始通行也。夜又有明月。

十九日(11月6日) 晴,天气又清胜。上半日至街一转,即旋家。下半日又至街,事竣即旋家。年来家中用度日繁,而家中上下不谅主政者之难处。似谓坐亨衣食,乃吾人本有之职分。平常取用,岂主管者所得言功也。

二十日(11月7日) 早上天似晴,寒暑表在五十六度。上半日同景弟、钰儿、铻儿至街、江桥、大路、大街等处一转,即于旰后同景弟、钰儿、铻儿旋家。天微有雨。余数年前眼光略花,但每至上半年看细字,不能清楚;而一至秋冬清肃之时,仍明亮如常。今年似秋冬时一如春夏,足见目力之衰。今日新制眼镜一面,以为书视细字之依恃也。

二十一日(11月8日) 早上微有雨,又即晴,下半日又微有雨。书账务等事。是事尤须随时书对,积久最难清楚,自后应力加策励也。

二十二日(11月9日) 天又时有微雨。下半日至陈厥畀家听平调,至夜半坐舆旋家。

二十三日(11月10日) 早上似晴,天气清胜。上半日阅石臼诗集及陶湘麋[1]诗集。旰前坐舆至南街陶仲彝姻丈处谈片时,又至

---

① 陶方琦(1845—1885),字子珍、子缜,一字汉鹓,一作仲珣,号兰当,又号湘湄,一作湘麋。清浙江会稽人。同治六年(1867)举人,光绪二年(1876)进士。曾官翰林院编修、湖南学政。著有《郑易京氏学》《郑易马氏学》《郑易小学》《淮南许注异同诂》《许君年表》《仓颉篇》《字林考辑》《汉孳室文钞》《兰当馆词余稿》等。见陶在铭《会稽陶氏族谱》卷十《世系五》、卷十九谭献《翰林院编修湖南学政陶君子珍传》;《陶方琦朱乡试卷》(《清代朱卷集成》册254);《陶方琦会试朱卷》(《清代朱卷集成》册40);《同治丁卯科并补行甲子科浙江乡试同年齿录》;《光绪二年丙子恩科会试同年齿录》;朱彭寿《清代人物大事纪年》。按:乡试朱卷、乡试同年齿录载其生于道光丁未年十月二十八日。会试朱卷、会试同年齿录载其生于道光己酉年十月二十八日。《清代人物大事纪年》作道光(注转下页)

田扬庭家宴。下半日同客谈，至夜餐下旋家，时十一计钟也。

二十四日(11月11日)　晴，天气又清胜。旰拜先曾大父祭事。风日清高，是初冬佳日。下半日田孝颛来谈片时，同族景弟、钉儿、铻儿至街阅市，至晚上，孝颛仍同余及景弟、钉儿、铻儿旋家，时六下半钟。夜餐下又谈数时，田君兴。

二十五日(11月12日)　晴，天气又清胜。阅前日报，载日人业同德人战胜青岛。恐日人气愈骄，将来对于中国，不识若何也。上半日至街一转，即旋家。晚上至陈厥㷼处谈，数时即旋家。

二十六日(11月13日)　早上天似晴。上半日阅《说文通训定声》，又学篆字数百。晚上天微有雨。

二十七日(11月14日)　天有雨，下半日似晴。夜为徐叔亮书绢心篆额寿颂一张。

二十八日(11月15日)　晴，天气又清胜。上半日同申兄、景弟、卫侄，镇、钉、铻三儿坐舟至谢墅，登新貌山祭谒曾祖父母、祖父母、本生父母墓，又祭谒先大人殡墓、先室田夫人殡墓。事竣下山，舟中旰餐。下半日仍同兄弟侄，镇、钉、铻三儿坐舟旋家，时三下半钟也。

二十九日(11月16日)　晴，天气又最清胜。上半日同申兄、潮弟、卫侄，镇、钉、铻三儿坐舟，至石旗村登山谒高祖父母墓。事竣下山，舟中旰餐。下半日仍同兄弟侄及镇、钉、铻三儿坐舟旋家，时日晚也。今年平常通行历书系九月大十月小，而建历及万年历系九月小

(续上页注)乙巳年十月二十八日。《越缦堂日记》光绪十年十二月二十四日言其光绪十年为四十岁，据此逆推，与《清代人物大事纪年》符。其生年据《清代人物大事纪年》。《越缦堂日记》光绪十年十二月二十四日："上午，子缜家人来，告以巳刻化去矣！不及握手一诀，哀哉！子缜今年四十，有七子，长者年十九矣，俱在南中。随至北者，惟一妾及所生三子两女，皆孩提也。"据此，其当卒于光绪十年十二月二十四日。公历为1885年2月8日。

十月大。前绍兴公议若用旧历,应遵建历、万年历,是今日系九月底日也。

十月初一日(11月17日) 月为乙亥,日为丁未。晴,天气又清胜,寒暑表在五十五六度。上半日至街及商会问高君,又至电报局看褚衣堂君,谈片时,又至大街买书等事,事竣即旋家。

初二日(11月18日) 晴。上半日至大路电报局褚衣堂处谈数时,又至水澄巷徐宅谈,至夜餐下坐舆旋家。

初三日(11月19日) 晴。上半日徐宜况来。盰祭先大人讳日。下半日同徐君围棋。天有雨。夜餐下又战棋数时。夜雨又密。今日太暖,是以必有雨也。

初四日(11月20日) 早上天又雨。同宜况战棋一日,夜餐下宜况兴。天气清寒,似又有晴态。

初五日(11月21日) 晴,天气清胜,寒暑表在四十五度。上半日坐舟至平水显圣寺,田孝颛家于该[寺]建忏事也。同田君登藏经楼看经片时,盰餐下又谈数时,天将晚,仍坐舟旋家,时八下钟也。

初六日(11月22日) 晴。上半日同景弟至街一转,即旋家。下半日又同景弟、蒋式如至大路武勋桥看屋,蒋君托同看也。旋家时将晚也。

初七日(11月23日) 早上天尚晴,上半日雨。徐逷园来谈片时兴。晚上至司狱司前胡梅森先生家,夜宴下仍坐舆旋家。

初八日(11月24日) 晴。早上七时坐舆至胡梅森先生家贺司玖再续姻之喜,兼为其陪客。至夜宴下旋家,时半夜也。

初九日(11月25日) 晴,天气又清胜。下半日田孝颛来谈片时兴,又至司狱司前之胡宅谈,夜餐下旋家。

初十日(11月26日) 晴。上半日坐舆至八字桥鲍养田家吊其妻出殡,片时即旋家。

十一日(11月27日) 早上天尚晴。早上七时至拜王桥看鲍扬殿家出殡于花园中，片时即旋家。旰前至后观巷田禔盦家拜太岳祭。下半日同田孝颛至大路电报局褚衣堂处谈，至夜餐下即旋家。

十二日(11月28日) 晴。上半日张芾南来谈片时兴。下半日田孝颛来谈，又同至徐遏园处谈，夜餐下仍同田君各旋家。

十三日(11月29日) 晴，寒暑表在四十二三度，天气清胜。上半日田孝颛来谈片时兴。旰前至南街吴琴伯家宴，至夜餐下旋家。星月最明。

十四日(11月30日) 晴，天气又清胜。上半日田孝颛来，同至街一转，各散。又至“天成”同吴君谈片时，又买书等，事竣即旋家。下半日为鲍君书锦缎裱大堂金笺联篆文一对。近年最懒书屏对，今乃暂为之也。

十五日(12月1日) 晴，天气又清胜。下半日李雅斋来谈片时兴。夜星月最明亮。

十六日(12月2日) 天微雨。上半日订书本等事，兼学篆文。下半日至田孝颛家同薛阆仙谈，片时即旋家。夜天雨最骤。近闻乡间晚谷都可收竣，田中争种春花，人人又冀其晴好也。

十七日(12月3日) 天又雨，上半日为儿女书样字数张。

十八日(12月4日) 天又有雨，上半日收拾书籍等事。下半日学篆文。日来夜间益未能酣睡。

十九日(12月5日) 天又有雨，寒雨滂沱。兀坐书案学篆文。

二十日(12月6日) 晴，天气又清胜。上半日自书篆字横幅一张，系临邓石如碑。予曩年曾书一张以为座右铭，今再书之。下半日至街一转，即旋家。

二十一日(12月7日) 天又有雨，寒暑表在四十余度。旰祭先大父讳日。下半日天愈寒。今日为冬丁卯，如本日有雨，冬间难得晴好之时也。予日来有数夜只片时可睡，长夜醒忪，最为可讶。

二十二日(12月8日) 早上天似晴，寒暑表在四十一二三度。

盱祭先大母诞日。下半日同宜侄[①]、镇儿、钰儿至街买书、绸等事,片时即同宜侄、镇儿、钰儿旋家。夜阅杜子美诗。予年来最思学诗,但俗事繁如。

二十三日(12月9日) 早上天微有雨,上半日似晴。钟九如、阮茗溪、吴琴伯、鲍冠臣、胡坤圃、徐紫雯,田扬庭、孝颛来宴,畅谈至夜餐下各兴。夜天又有雨。

二十四日(12月10日) 天又雨。上半日坐舆至大路"保昌"高君谈,片时仍坐舆即旋家。下半日田孝颛来,同坐舟至西郭城外。至晚上风雨愈密,兼下冰(苞)[雹]。舟人不愿摇橹,停舟梅市听雨,一宵不能酣睡。

二十五日(12月11日) 天将晓,由梅市开棹至钱清早餐,恐时迟,至越安轮船分公司换坐轮舟,至西兴时三下钟。由西兴轮船公司坐舆渡钱江,至杭羊市街大公客馆时,天将晚。同田孝颛稍憩片时,夜餐下至醒社看围棋片时,即旋寓。本日天冷异常,时飞雪。夜有星。

二十六日(12月12日) 天晴。早上七下钟由杭寓兴,即至清泰城站坐八下钟头班快车。天气最寒,见沿途河溇皆冰。至十二下余钟至上海,由上海客栈接客人,雇人力车至大马路第一行台客馆,同田孝颛至三马路小花园华昌旅馆询褚衣堂,又同田君至北京路浙江银行同陈荣伯谈,片时仍同田君旋寓。夜餐下,同田君至"丹桂第一台"看戏,至十二下钟旋寓。

二十七日(12月13日) 天又晴。早上由寓兴,同田君至马路

---

① 陈宜卫(1901—1964),浙江绍兴人。陈庆均二哥陈庆基(申之)子。原绍兴市政协副主席、绍兴市文史委主任陈惟于之叔父。据叶青、黄艳红、朱晶《徐光宪传》;贾天昶《风雨人生路》。按:《徐光宪传》载陈惟于是陈宜卫的儿子,陈性存与陈宜卫是堂兄弟关系。实误。据陈惟于先生之子陈琪先生口述,陈惟于当为陈性存之子,陈性存与陈宜卫是亲兄弟。

阅市片时,即旋寓。旰前褚衣堂来寓,又徐逷园来寓。旰餐下,褚君兴,徐君同予及田君坐人力车至曼盘路看董镜吾,同谈片时,即同田君及徐逷园、乔仙,董渠清[①]阅市。夜,褚衣堂邀宴媚波楼,又同徐、董、田诸君阅市片时,即各旋寓,时十二下钟。

二十八日(12月14日) 天又晴。上半日由寓兴,茶点心下,同孝颛至马路及各处观览。下半日同田君至小花园谈数时,晚上同田君邀褚衣堂、礼堂[②],陈荣伯、徐逷园、董渠清、徐乔仙宴于"醉沤"菜馆。夜同董、徐、田诸君至□□□。

二十九日(12月15日) 天又晴。上半日由寓兴,同田君至各市买货,又至北京路陈荣伯处一转,又同至"光昌"点铜庄谈,片时即旋寓。下半日徐乔仙邀宴于□□□家,至夜半同田君旋寓,时二下钟。

三十日(12月16日) 天又晴。上半日由寓兴,至各马路市上买货,即旋寓。徐逷园来,邀同田君至"共和春"吃番菜。下半日又至各处阅市。晚上同董、徐、田诸君至花家谈宴,夜半各旋寓。日来未能免俗,每至下半日为戚友酬应,不能得暇。

十一月初一日(12月17日) 本月为丙子,日为丁丑日。天气又晴胜。早上由海上寓兴。今日本拟束装回绍,乃以田君印书事再滞一日。上半日同田君至徐君寓,同坐车至铁路车站处看褚礼堂,谈

---

① 董怀祖(1885—?),原名济,字耦生,一字渠清。浙江绍兴人。董金鉴子。国学生,候选主事,例授承德郎。见董渭《渔渡董氏务本堂支谱》。

② 褚德仪(1871—1942),字守隅,号礼堂,又字郎亭。浙江余杭人。清光绪十七年(1891)举人。见《褚德仪乡试履历》(《清代朱卷集成》册283);《光绪辛卯科浙江乡试同年齿录》;褚维培《余杭褚氏家乘》,卷四《二房本支谱录》。按:乡试朱卷、乡试同年齿录均载其生于同治十二年七月十五日,家乘作同治十年七月十五日。此据家乘。刘承干《求恕斋日记》(民国壬午)九月十六日:"……午后至功德林吊褚礼堂……"据此,其当卒于民国三十一年九月十六日前。

片时,仍同徐、田坐电车至大马[路],各旋寓。盱餐下,又至街市一转。董渠清邀至小桥别墅谈宴,夜餐下,又同徐、董、田诸君至谢群芳家谈宴,至夜半旋寓,时二下半钟。收拾行装,略睡片时。

初二日(12月18日) 天又晴。早上七下钟由沪寓兴,清付旅费及收拾行装。事竣,即坐人力车同田君至铁路车站。头班快车将开,不及补发行装,稍误数分钟时,只得待坐慢车,心中最为恶劣。同田君待至九下钟,坐慢车至杭南星站,时日暮也。由江干客栈接客人招至江干客馆,同田孝颛寓宿一夜。客栈屋宇虽不宽大,然尚可寓。一面是钱江海,一面街路,是乃初经旅况也。

初三日(12月19日) 天晴。早上由江干客寓兴,收拾行装,令仆人缓行回绍。田君同予坐肩舆从速渡钱江,至西兴时九下钟。雇(浆)[桨]舟一(浆)[桨]一(揖)[楫]旋绍城,至家时三下半钟。今日早、盱饭都以糕饵充饥,途中停舟吃饭,恐滞时间也。风尘仆仆,至家后心绪略定。

初四日(12月20日) 天又晴。上半日治家中俗事。盱前坐舆至南街田宅贺喜,扬庭之侄亢曾成婚也。至夜宴下,仍坐舆旋家。行装甫卸,即事应酬,人事繁如,未知何日得清闲也。

初五日(12月21日) 晴。上半日坐舟至五云门外鸟门山东湖,陶心云①先生立祀东湖,陶氏合族公定也。发柬请客,不能不一

① 陶濬宣(1847—1912),原名祖望,字文冲,号心云,晚号东湖居士。浙江绍兴人。清光绪二年(1876)举人。著有《绍兴东湖书院通艺堂记》《稷山论书诗》等,辑有《国朝绍兴诗录》。见《光绪丙子科浙江乡试同年齿录》;陶在铭《会稽陶氏族谱》卷十《世系五》;《陶馨远藏陶濬宣先生遗墨珍本》之陶馨远《序》;《绍兴文史资料》(第1辑)之陶馨远《陶濬宣与绍兴东湖》。按:乡试同年齿录作道光己酉年十一月十五日。《序》作一八四七年(道光廿六年)农历十一月。据乡试同年齿录及《序》,陶濬宣当生于道光二十六年十一月十五日。公历为1847年1月1日。《序》中一八四七当是阳历。《序》载其卒于一九一二年八月二十五日。《清代人物生卒年表》作1915年。误。此据《序》。

到。本日绍城各团人又改东湖原有渊明先生祠立祀陶焕卿[①]，惟靖节先生为晋朝名贤，且系焕卿远祖，虽民国伟人不能不立祀，今以其先贤祠改之，令人可讶。吁宴下，同陶仲彝、七彪姻丈谈，片时仍坐舟旋家。

初六日(12月22日)　天雨。上半日治家务。下半日坐舆至水澄巷徐佑长家谈，渠以事会谈至夜膳下，即仍坐舆旋家，时九下钟也。

初七日(12月23日)　天似晴。今日子正时为冬至。吁间祭祖宗。下半日整饬账务等事。冬至阳生以后，天日又加长也。

初八日(12月24日)　早天晴。上半日至观桥坤圃家谈，遇鲍香谷约谈公事，片时即旋家。下半日应鲍君等之约至布业会馆，孙福陔、阮成章、吴翰香[②]、胡坤圃、陈鹿平、阮茗溪、鲍香谷、田扬庭早至，谈片时，即同至绍兴县署，同知事[③]及财政科长商谈验契事。知事等颇赞成通融办理，谈片时各旋。鲍香谷昆仲及鹿平、茗溪又余至“一一新”，夜餐下，又至会馆看戏，至十下半钟各旋家。

初九日(12月25日)　天似晴。上半日坐舆至箪醪河吊胡梅笙首七，片时仍坐舆旋。至邻鲍香谷处谈看验契事，片时即旋家。

---

① 陶成章(1878—1912)，字焕卿，一字守礼，笔名志革、起东、巽言、汉思、济世、何志善、会稽先生、会稽山人、匋耳山人。浙江绍兴人。民主革命家，光复会创立者之一。见刘绍唐《民国人物小传》。

② 吴翰香。浙江绍兴人。绍兴“乾泰源”钱庄股东。见中国银行总管理处经济研究室《全国银行年鉴》之第十章《钱庄与银号》。

③ 金彭年(？—1921)，字吟谷。浙江黄岩人。毕业于日本法政大学速成科。曾任江苏法政学堂教务长、江苏谘议局庶务科科长、浙江慈溪知事、绍兴知事、浙江省民政厅秘书、江苏六合县知事等职。见《江苏苏属谘议局筹办处报告书》；陈夔龙《庸庵尚书奏议》卷七《设立法政学堂片》。按：据《浙江公报》(民国四年八月二十九日第1267期)之《浙江巡按使公署牌示》，此知事当为金彭年。据《江苏省公报》(1921年第2732期)之《江苏省长公署第五十八号》，金彭年因病出缺，其任由徐承审员代理。故其卒于民国十年(1921)。

初十日(12月26日)　天晴。上半日绍兴县验契所遣人来验契,余将所有契张请其一验。遣来之人只将都图、字号、亩分草写证书。余家原有之契,立即由自收拾。简单商办,最易事也。至下半日事竣,其人就兴。据云缓日将新契立全送到也。

十一日(12月27日)　天又晴。收拾契据等事。

十二日(12月28日)　天晴。治账务及查契据等事。夜餐下,又邀验契人补验契数张,片时兴。

十三日(12月29日)　天又晴。查看契据等事。

十四日(12月30日)　天似晴。今日督匠人于前正厅后第一进堂屋东首沿墙房屋基地造坐东朝西平屋三架,是基地系士岩公派下"谊记"分受己产,数十年来只有其地。族弟景堂早嗣为谊后,特于前日以价向景堂购得,由景堂另立契据。手续周备,俾免异议,吾处可自由办用也。吾家宅宇若前后并合,尚可敷用。今前屋悉由老太太管用,又况对面分住,最嫌夹杂。余数十年来久思另寻妥宅,恐老太太意见不同,至今徒有其志。然幸赖先人余德,受有数顷之田,可以养生。每到租事谷米,只一大厅公堆谷米,年年纷杂,措置为难。今筑斯数椽,俾可略宽敷衍也。新历年度匆匆将过,自辛亥年中华民国初建,凡百制度未备,首先改用新历。一时见异思迁者,似谓新历一用,中西同等国家即可转弱为强。一唱百和,相戒不用旧历。于是度新历之年、贺新历之新年,人民十分中有其三四,大抵农商及拘守者仍用旧历。逮乎民国二年以党争开战,举国人民知昔时所谓伟人为人民造幸福者,不足征信也;又知徒改新历,讵可以强国。况旧历乃华夏数千年以来正朔,国势之弱,必不能咎用旧历。所以用新历度年者,即形清淡。至今年袁总统以孔圣诞日及四时节气永远仍遵旧历,近日新历年度虽至,似只有报章表面敷衍之词,而人民观念都仍旧也。

十五日(12月31日)　天微有细雨。上半日坐舟至昌安门外松陵村陈朗[斋]家吊其妻出殡,盰餐下,仍坐舟旋。至大街"天成"谈片时，即坐舟旋家。下半日天又有雨片时。

十六日(1915年1月1日) 天似晴。督工匠造披屋等事。是屋基地今为吾家私有之产，本可讲究建筑，乃年来家用愈繁，财力不能充裕，只可且从简陋。他年如有余力，当再修整。予事事每思整饬，数十年来徒有其志。近又增一财力之难处，时机不遇，斯愿未知何日偿也。上半日托景堂弟陪昭女坐舟至杨汛桥看邵兰生[1]医。

十七日(1月2日) 天又似晴。日间督工匠造屋等事。又家事纷繁。晚上昭女由杨汛桥看邵兰生医旋家。

十八日(1月3日) 天气又似晴。督工匠造屋等事。又誊对租簿及办催租各事务。

十九日(1月4日) 上半日天似晴。昭女以肝热作风，手足筋络发痉，一时之久始稍平，延杨医诊谈片时兴。下半日视租务等事。

二十日(1月5日) 天雨。督工匠造屋等事。日来事务之繁，心绪之乱，夜间愈不能酣睡。

二十一日(1月6日) 天又似雨。昭女又发痉，似系血虚肝热，冲动所致。上半日杨质安来诊，谈片时兴。下半日樊星垣[2]来诊，谈片时兴。评量医药，不遑治他务。晚上看租谷米等事。

二十二日(1月7日) 天晴。下半日昭女又发痉，胸腹间似有瘇处，下咽饮食不能如常。虽手足痉时稍差，但其人愈不能支。夜，陈仲青来诊，又田蓝陬来，酌药单下各兴。

---

① 邵兰荪(1864—1922)，名国香，字兰荪，以字行。浙江绍兴人，世居杨汛桥。家素清贫，自幼过继给其叔。邵氏受业于山阴名医王馥源，未及冠即悬壶行医，医技日进，人称“小郎中”。邵氏潜心医学，生平服膺叶天士《临证指南医案》、程国彭《医学心悟》二书，天资颖悟，颇能神明变化。邵氏钻研医学，其对温、暑、时感及虚劳，妇人经带的诊治，颇有心得，医誉很高，求医者每日络绎不绝。著有《邵兰荪医案》。见费水根《绍兴市卫生志》。

② 樊星垣，一作星环。浙江绍兴人。擅内儿妇三科。其诊所在绍兴谢公桥。见《绍兴医药学报》(1909年第12期)。

二十三日(1月8日) 天又晴。予心事太繁,夜间只有片时得睡,未知何日可有清净也。下半日陈仲青来诊,谈片时兴。田蓝陬又来,谈片时兴。今日昭女病形仍如前。

二十四日(1月9日) 晴。下半日陈医诊片时兴。

二十五日(1月10日) 晴。上半日至田蓝陬处谈医片时,即旋家。又陈仲青来诊,田蓝陬来同商医药;又陈荣伯来谈片时,各兴。昭女之病,前日陈君以谓血虚,并非有实热也。投以温补之药,初则尚可,今其药又反对也。下半日杨质安又来诊,蓝陬同来谈片时兴。今日药又改清解也。

二十六日(1月11日) 天又似晴。下半日杨质安来诊,田蓝陬同来酌药剂,谈片时兴。

二十七日(1月12日) 似晴似雨。

二十八日(1月13日) 天寒异常,滴水成冰,寒暑表二十八度。

二十九日(1月14日) 天又似晴,寒冷异常。深房密室,有水皆冰;露天等处之水积冰,都有数寸。寒暑表在二十六七度。如是严寒,为数十年来所罕遇。下半日至街一转,即旋家。

十二月初一日(1月15日) 月为丁丑,日为丙午。天寒似晴。上半日至街一转,即旋家。下半日微有雪,寒暑表在二十八九度。水中之冰,尚未能释,呵冻书账务。

初二日(1月16日) 天又晴。上半日至街一转,又至"亿中"同厥羿谈,下半日旋家。本日寒暑表在三十度。

初三日(1月17日) 晴。内子李夫人身热气急,似重伤风病,不思茶饭,晚上愈重。大抵系前日天气过冷,人虚受寒所得也。

初四日(1月18日) 天又晴。内人之病上半日稍松,下半日又身热气急,胸不舒快。下半日杨医来诊,谈片时兴。

初五日(1月19日) 天晴好。评量内子及昭女医药事。今日内子气较上日略平。

初六日(1月20日)　天似晴。严寒日久,至今日始略和。

初七日(1月21日)　天又晴。上半日陈朗斋来谈,又田孝颛来。旰餐下,同陈、田两君至开元弄看张宅屋,片时各旋家。下半日杨医又来诊,谈片时兴。

初八日(1月22日)　微有雨。上半日至缪家桥杨质安处商酌药单,又至田蓝陬家谈,片时即旋家。

初九日(1月23日)　天又晴。上半日又至杨质安处商酌药单,片时即旋家。下半日同景弟至街一转,即旋家。

初十日(1月24日)　晴。近日天气略和,寒暑表在三十七八度。治账务及租谷米等事。

十一日(1月25日)　晴。下半日至旧会稽圣庙讲习所看韩筱凡,谈数时,又至大街一转,即旋家。

十二日(1月26日)　晴。上半日坐舆至观音桥吊胡坤圃之庶母首七,片时即坐舆旋家。

十三日(1月27日)　微有雨。上半日至杨质安处商酌药单,片时即旋家。旰前,同鲍香谷坐舟至南门张诒庭家消寒会第一集宴,下半日仍同鲍君坐舟各旋家。

十四日(1月28日)　晴。上半日徐遏园来。旰间,请杜芝生先生及徐君至"一一新"宴。杜君将解馆,借邀其一酌也。下半日各旋家。夜有明月。

十五日(1月29日)　晴。上半日杜芝生先生解馆。下半日胡东皋来诊昭女病,谈片时兴。

十六日(1月30日)　晴。近日昭女又微发痉,其郁仍不能清。久病之下,血液必衰。舌中间红,两边微有灰白。大解多日不下,将成虚象,颇为可恐。惟幸气稍平时尚能吃稀粥。下半日杨质安又来诊,谈片时兴。田蓝陬又来,又陶堰裘汇芳来诊,谈片时夜餐下兴。

十七日(1月31日)　晴。早上陈朗斋来谈片时兴,又阮铭溪、吴琴伯、田扬庭来谈片时兴。旰前至后观巷田孝颛家回看陈朗斋,谈片时即旋家。朗斋以松陵不可住,暂寓城也。下半日杨质安来诊,谈片时兴。

十八日(2月1日) 微有雨。上半日同鲍香谷坐舟至南门张诒庭家消寒第二集宴,余谈宴片时,先坐舟旋家,时三下半钟。昭女之病由杨医诊过,同田蓝陬酌药单下兴,又至田蓝陬处谈医药事片时,又旋家。

十九日(2月2日) 雨。上半日至观桥坤圃处谈片时,又至田蓝陬处谈片时,即旋家。半下日杨质安又来诊,片时兴。据云昭女之病有湿热所郁,今日有发解情形。

二十日(2月3日) 微有雨,寒暑表在三十余度。家务丛集,思一二整饬,而精力又嫌未足。

二十一日(2月4日) 天雨。治账务等事。昭女之病略松可,其郁热似由大解而微平。

二十二日(2月5日) 天未明时似有雨雪,天明即晴。今日卯时立春。日月荏苒,转眼春来,吾人生天地之间,对兹年华,自应策励事业。今乃境遇维艰,精力柔弱,虚延度日。每逢时节,为之兴感。寒暑表在三十度上下也。

二十三日(2月6日) 上半日书字。下半日至街,事竣即旋家。晚上循旧礼灶神。

二十四日(2月7日) 雨。旰前祭本生先慈曹太淑人诞日。旰时至司狱司前胡梅森先生家消寒第三集宴,至夜餐下又谈数时,坐舆旋家。

二十五日(2月8日) 天又微有雨。上半日治账务等事。下半日田孝颛来谈片时,又陈景平来谈,夜餐下兴。天寒岁晚,俗务丛生,饬办实恃有精力乃可。

二十六日(2月9日) 天又雨,早上闻微有雷声。年里年外,将时有雨也。下半日杨质安来诊昭女病,谈片时兴。昭女病形近日似有转机,但须加意调护也。日来耐寒治账务事。

二十七日(2月10日) 天又雨。治账务等事。

二十八日(2月11日) 天又雨,早上下雪珠片时,又下雨。年事日催,风雨连朝,办事益觉未能敏捷也。上半日又下雪珠,冒雨至笔飞弄、大路等处"明记"、"保昌"、"允升"钱庄谈,片时即旋家。下半日书账务。晚上至田宅谈,片时即旋家。

二十九日(2月12日) 天似有晴气。六计钟循旧章祀年神,又祭祖宗。上半日治账务等事。年来吾家用度日增,予随时筹实支之数,益需精力也。日中天气晴好,人人兴会为之一佳。下半日田孝颛、薛阆仙来谈,数时兴。又书账务及年下循旧俗事。予向谓账务与读书著述词章,处处须精力心思贯注,乃能针锋相对,上下清楚。予现在心力柔弱,每对账务簿书,时形延惰。但积久愈需心思,以后应随时饬整,自加策励也。

三十日(2月13日) 天气又清胜。上半日整饬账务。旰间循旧敬灶神以庶馐,又悬祖宗神像。今日早上寒暑表在三十八九度,日中在四十余度。天日晴好,事事好从容整饬也。年里早交春令,日又骤长。

民国四年乙卯(1915)

正月初一日(1915.2.14)至十二月二十九日(1916.2.2)

正月初一日(1915年2月14日)　月为戊寅,日为丙子。今朝天气晴胜。上午循旧拜天地神,又拜祖宗,又拜长辈新禧。事竣坐片时,整饬书案,学字百余,乃年年元旦功课也。本日寒暑表在四十三度。下半日田褆盦、孝颛及陈景平来拜像贺年,谈片时,同褆盦、孝颛、景平及族景弟至街阅市,街中人众异常,片时即同景弟旋家。天日增长,旋家时尚在五计钟。

初二日(2月15日)　晴,天气又清胜。上半日胡司玖来拜像贺年,片时兴。旰前坐舆至水澄巷徐宅拜外祖像,又至新河弄徐沛山家贺年,片时又至板桥徐宅拜仲凡先生像,又至后观巷田褆盦、孝颛二家拜外舅像,又至田蓝陬家拜肇山姻长像,又拜先外姑章太夫人像,仍转至田孝颛家旰餐。下半日同孝颛至大路电报局褚衣堂处谈,片时即同孝颛各旋家,时将晚也。

初三日(2月16日)　早上天尚晴。上半日田孝颛来,同至长桥袁梦白家坐,片时即各旋家。徐以逊来拜像贺年,谈片时兴。下半日天又雨。

初四日(2月17日)　早上天又似晴,寒暑表在四十余度。上半日学字。一现太阳,即有春气。将旰,余坐舆至南街陶仲彝先生处贺年,谈片时,又至田扬庭家汤饼宴。下半日同沈敦生、鲍香谷、徐志珂至布业会馆谈坐片时,即各旋家。

初五日(2月18日)　早上天似晴。上半日徐以逊来谈数时,旰间同至田褆盦家春宴,下半日又谈数时旋家。旧年年下俗务綦繁,事事有待整饬。新年又日日酬应,事愈积而益畏饬理,是在随时自加策励也。

初六日(2月19日) 天气又晴胜,早上寒暑表在四十一度。上半日至胡七先生处谈片时,又至会稽圣庙讲习所谈片时,又至鲍香谷家宴。夜餐下旋家,时七下半钟。

初七日(2月20日) 天气又晴胜。上半日陈朗斋来贺年,谈片时,同坐舟至徐遏园处贺年,片时即旋家。又至陈厥畁家宴,夜餐下旋家。

初八日(2月21日) 天气又清胜。上半日约陶仲彝姻丈、陈朗斋、薛阆仙、徐遏园、鲍香谷、徐以逊来宴,下半日各兴。今日寒暑表在五十余度,大有春气。对兹佳时,应若何自励也。晚上至鲍香谷家第四集消寒会,十时旋家。

初九日(2月22日) 天气又清胜。上半日同陈朗斋、鲍冠臣、田孝颛坐舟至栖凫徐以逊家贺年,又至徐乔仙家贺年,仍转至以逊家盰宴。下半日以逊坚留,至夜餐下,仍同鲍、陈、田诸君坐舟各旋家,时十一下钟也。

初十日(2月23日) 天似雨,上半日似晴。陈景平、田孝颛来谈,至夜餐下兴。夜有明月,天气骤和,寒暑表在五十余度,日见春气也。

十一日(2月24日) 天气又晴胜。日中寒暑表在六十一二三度。下半日录旧诗。晚间至田孝颛家陈朗斋处宴,八下半钟即旋家。

十二日(2月25日) 天气又晴胜。春华明媚,宇宙之气一新。日中天气益暖,下半日似有雨,夜雷雨片时,又有明月。

十三日(2月26日) 早上天气又清胜。上半日坐舟同申兄、景弟、存侄、宜侄、镇儿至南门外谢墅,登山拜曾大父母、大父母及本生父母墓,又拜先大人及先室田夫人殡宫。事竣下山,舟中盰膳。下半日仍同申兄及弟侄、镇儿坐舟旋家。天有雷雨。夜膳后,镇儿同存侄至上海,拟至徐家汇复旦中校考试。年来儿辈每喜有各学校肄业,想惬心者,必益愿用功也。今特勉徇其志,其实勤业何必远地奔驰也。

十四日(2月27日) 天气又晴。上半日徐宜况来谈。晚上田孝颛来,同至和畅堂徐以逊寓宴,夜间仍同孝颛各旋家。

十五日(2月28日) 晴,天气又清胜。上半日同徐君谈,又坐舆至八字桥黄宅吊雁森之叔出殡,片时仍坐舆旋家,时将旰。早上寒暑表在四十度,日中在四十八度。旰膳下,同钉儿、锫儿至大街买书等事,数时即同钉儿、锫儿旋家。晚上陈厥卑、陈景平,徐吉逊、子祥,徐宜况、田孝颛来宴,以田君有章江之行,借尊酒以谈宴也。夜饭下各兴。吉逊、宜况、孝颛至下日早上兴。

十六日(3月1日) 天气又清胜。下午睡数时。新年又度半月,学问事业应若何策励。夜有明月。

十七日(3月2日) 晴,天气又清胜。上半日坐舆至西郭鲍宅吊仲青之老太太首七,片时即坐舆旋家。今日天气又转和,寒暑表在五十余度。

十八日(3月3日) 晴,天气又觉清胜。花草感春,都生新芽。内子李夫人十五日至陶堰陶七彪姻丈处贺年,今日上午旋家。旰循旧祭祖宗像及收拾等事。晚上坐舟至鲤鱼桥藏书楼徐逷园处宴,夜坐舟旋家。

十九日(3月4日) 晴,天气又清胜,寒暑表在五十八九度。上半日至杨质安处谈,片时即旋家。日来骤有春气。下半日吟七律诗一章,以寄田孝颛将之豫章也:"廿年同误是青毡,四世姻家咫尺前。尊酒正寻酬唱契,韶光遽感别离天('遽'或改'又'字)。云停南浦先悬榻,风稳西江快箸鞭。阁上元婴今已远,凭君裙屐共留连。"晚上陈景平、田孝颛来邀至"一一新"酌,片时即旋家。

二十日(3月5日) 天气又晴胜。下半日至田孝颛处送行,谈片时,又至田蓝陬处谈数时,即旋家。夜膳后,镇儿由上海旋家。

二十一日(3月6日) 早上雷雨最大,日间时晴时雨。上半日收拾花草,庭畔花草日见萌芽,应随时栽养也。夜又有大雷雨。

二十二日(3月7日) 天又似雨,日间晴。下半日同景弟至街一转,即旋家。

二十三日(3月8日) 天又晴胜。上半日至观桥胡宅吊坤圃之少母出殡,片时即旋家。徐宜况来谈,下半日兴。又陈朗斋来,谈片时兴。近日寒暑相宜,春华美丽,策励事业,讵可负兹良时。夜膳下同葆初侄、镇儿及屠君坐舟行西郭城外。

二十四日(3月9日) 天又晴胜。上半日九时舟行至西兴,同葆初侄、镇儿、屠君由王祥和行坐轿渡钱江。至南星车站,待至一下钟,同坐车至上海,时五下半钟。又坐黄保车同至大马路"第一行台"同寓一夜。田孝颛、戚芝川[①]来寓,同至其华昌寓,又同至群芳家闲谈数时,各旋寓。章蔚然[②]、宛然[③]又来同寓一夜。

二十五日(3月10日) 天气又晴胜。早上由寓中点心后,同章君、屠君、葆初侄、镇儿坐人力车至徐家汇复旦公学。车中各携行装,将自修室看定。予至监学邵式之[④]处谈数时,并托其随时指诲,予乃坐电车回马路换坐人力车回寓。下半日至马路阅市,片时回寓。葆初侄、镇儿以今日不上课,特来寓同至茶楼茗点心。片时,葆侄、镇儿仍至复旦校,予旋寓。晚上至庆华楼同陈六平、屠君同宴戚芝川、田

---

① 戚芝川(1875—?),日记一作子川,整理时统一为芝川。浙江绍兴人。民国时江苏省省长戚扬之子。诗巢壬社社员。见《诗巢壬社社友录》。

② 章蔚然(1896—?),字成高。浙江绍兴人。见《复旦公学浙江同学会学生杂志》(1915年第1期)。按:《复旦公学浙江同学会学生杂志》载其民国四年(1915)年为二十岁。据此逆推,其当生于光绪二十二年(1896)。

③ 章宛然(1899—?)字品森。浙江绍兴人。见《复旦公学浙江同学会学生杂志》(1915年第1期)。按:《复旦公学浙江同学会学生杂志》载其民国四年(1915)年为十七岁。据此逆推,其当生于光绪二十五年(1896)。

④ 邵闻洛(1870—?),字式之。浙江绍兴人。见《复旦公学浙江同学会学生杂志》(1915年第1期)。按:《复旦公学浙江同学会学生杂志》载其民国四年(1915)年为四十六岁。据此逆推,其当生于同治九年(1870)。

孝颛,九时各旋寓。

二十六日(3月11日)　天气又晴胜。早上由寓同镇儿电话后,予坐人力车至车站,九时半坐至杭州清泰站,又至羊市街大公客栈寓一夜。

二十七日(3月12日)　天有阵雨。上半日由寓坐人力车至柴木巷浙路股清算处清楚第二路股事,又坐人力车至寓,即换坐舆渡钱江。登江岸后,风雨愈大兼天寒。若缓一时,杭中遇是天气,予必再停寓一日也。今幸渡岸至西兴绍轮船,时将十二时。待片时,坐轮舟至绍城,时六下钟。由西郭城里轮船公司坐舆旋家,时六下半钟。

二十八日(3月13日)　早上天又似晴胜。上半日誊补日志。今日寒暑表在四十余度。书寄镇儿信一函。上行所书之称谓①,近见总统府国史馆修史者大抵以清帝让意立言表五族共和旨也,随戏笔书之。下半日至街一转,片时即旋家。日月荏苒,转瞬匝月,日思静守以课儿女书也。

二十九日(3月14日)　天气又晴。上半日整饬书籍等事。春寒犹劲,寒暑表尚在四十零度。徐宜况来谈,至下半日兴。俗事太繁,日以延惰,为可虑也。

三十日(3月15日)　天气又晴胜。上半日至笔飞弄、大街等处一转,即旋家。下半日又至街"天成",遇徐叔亮谈数时,又同至布业会馆茗谈数时,天将晚,各旋家。补录二十五日同葆侄、镇儿至上海复旦公学志诗一章,借书于后:"市廛远处静嚣声,共向春风按辔行。极顶勋名清史重,满身铜臭听舆评(复旦校假清大学士李鸿章专祠,立有铜像,然日久颇形锈态)。灌输民智扶衰弱,闳奖群才学竞争。丞相祠堂今又过,雪泥鸿爪证前生。"

二月初一日(3月16日)　月是己卯,日是丙午。天气又晴胜,

---

①　此日日记为陈庆钧日记之第二十八册《时行轩日志》起始内容,其第一列首书:中华国清帝让位后之第四年岁。

寒暑表在四十余度。旰拜先大母凌太夫人祭。下半日陈景平、田禔盦来谈片时，又同至街一转，即旋家。天微有雨，夜又似晴。

初二日(3月17日)　夜有雨，日间天气又晴胜，乃春中之佳日也。上午学细字数百。年来目力略花，书细字需用眼镜。追忆曩年，益增悔憾，年富力强者应及时自励也。予旧时用笔喜写兼毫，近年转悦用羊毫。若求笔势挺润，必须羊毫，或是学力之略有增益也。

初三日(3月18日)　天气又晴胜。旰间祭本生先大人诞日。下半日至街一转，即旋家。陈厥孁、陈景平来谈数时兴。晚上有眉月。

初四日(3月19日)　天气又晴胜。上半日同陈厥孁、景平步至稽山城外，坐舟至禹庙前，登岸瞻仰亭殿等处，旰餐于竹园馆。下半日坐舟各旋家。寒暑表在五十九度。

初五日(3月20日)　天气又晴胜。上半日学草书数百。旰间至咸欢河沿陈厥孁家谈，至夜餐下旋家。予心力柔弱，家务均待整饬，对兹春华，日事酬应，最可自惧，以后应力加策励也。

初六日(3月21日)　天气又晴胜。昭女之病缠绵八九月，近日业能吃饭，但尚不能起常行坐，日夜仍须令仆婢推摩，伺病者甚形其惫。今日其舅母田蓝陬舅嫂来看其病，劝其是病服药屡不见验，宜自用心试验，又须力改平日执滞之心，渐渐消化，则病自(逾)[愈]也。以昭女性素执，不拘治事，及学手工及读书有不解释处，每每凝心深想，脑精未足而过用之，是又其得病之一端也。下半日书寄镇儿第二号信，又至街一转，即旋家。

初七日(3月22日)　天气又晴胜。今日为春分。旰拜春祭祖宗。下半日高省三来谈片时兴。夜似有雨。

初八日(3月23日)　早上天似晴。上半日至缪家桥杨质安处商改药剂，遇平作舟①、杨平两君，以所有名人书画见示，观览片时即

---

① 平作舟，浙江绍兴人。神州医药总会绍兴分会会员。见《绍兴医药月报》(1924年第1卷第6期)。

旋家。又至陈厥彝家谈,至晚上旋家。天微有雨。

初九日(3月24日) 天时有雨,日间又晴。上半日书账务等事。下半日至田蓝陬家谈数时,同至间壁陈朗斋处谈数时,各旋家。

初十日(3月25日) 天气又晴胜。上半日书账务等事。陈朗斋来谈片时,同至樟家桥看屋,即旋家。朗斋又同来谈片时兴。旰间收拾书簏书籍,见先德著述,又增感念。下半日至街一转,即旋家。

十一日(3月26日) 天气又晴胜。阅近日各报,知日人乘欧战风潮激烈之时,不暇他顾瓜分,遂要挟多端,向中国政府万求不遂,其欲日渐增兵势将用武中国。人民甚形激愤,时有公电政府。此事万不能示弱也,不识在位诸将军若何威武以共御之。下半日同钉儿、铻儿至大街等处买纸笔等事,数时仍同钉儿、铻儿旋家。夜天微有雨。

十二日(3月27日) 晴,天气又清胜。上半日同族梅侄、钉儿、铻儿坐抓舟至稽山瞻览夏禹祠,又上天南第一镇永兴祠即南镇殿瞻览片时,又至竹园馆。旰餐下徘徊数时,仍同族侄及钉儿、铻儿坐舟旋家,时五下半钟。

十三日(3月28日) 早上天微雨,日中晴。上半日学字。下半日陈朗斋来谈片时,晚上兴。日来花草感春气而生新,日有可观。

十四日(3月29日) 晴,天气又清胜。上半日徐遏园、阮三奇、徐以逊来谈数时兴。今日寒暑表在五十度。下半日至后观巷田宅同胡七先生、陈朗斋坐舟至徐遏园处夜宴,系褚衣堂假座调停徐、胡词讼事也。谈数时,余同陈朗斋各旋至家,时将十下钟。月最明亮。

十五日(3月30日) 晴,天气又清胜。上半日书寄镇儿第三号信。下半日至陈厥彝家谈片时,又至旧会稽圣庙同韩君谈,片时旋家。

十六日(3月31日) 早上天雨。上半日书旧诗及书信等事。阅近日各报章,知倭人逐渐增兵满蒙及东鲁等处,政府抵御不力,彼竟愈不忌惮。据报载云,前数省已被其占领,中华民国不知不觉蒙此大辱,平日位高权重诸公,其有嘉谋同救此难乎?草茅下士,闻斯恶音，悚惧之心，讵胜言哉！盱拜先大父颖生公诞日。下半日至邻周韵亭家谈片时，又至大街一转，即旋家。近日闻以中日事人民咸有戒心，商市渐受影响。

十七日(4月1日)　天气又晴胜。上半日阅词谱。下半日至陈厥彝家谈，片时即旋家。晚上陈景平来谈片时兴。夜微有雨，即晴。

十八日(4月2日)　早上微有雨，上半日似晴。今日为先妻田夫人忌日，予夜间未能酣睡，时追念田夫人惨别情形。虽隔六年，而生平旧憾，触念恸心。上半日陈景平、蒋式如、徐阿官及田霭如、季规、寿曾来拜田夫人忌祭，盱餐下各兴。下半日陈吟如、贾如川来。晚上葆初侄同大儿在镇由上海旋家，据云系十七日晚上由上海坐轮船至宁波，今日早上由宁波坐轮车至蒿渡，至曹娥又坐舟，至绍城又换坐舆至家。行路时间及舟车之费，大约与从杭州行走相同，而可免渡钱江，似较为妥当。曩年宁波、余姚铁路通行以后，予至沪上，时每思从是而行，但至今有志未逮。行路总以稳妥为是，特随笔志之于右。

十九日(4月3日)　早上微有雨。上半日徐宜况、陈景平来，同陈吟如谈至夜餐下兴。天气转潮，时有微雨。

二十日(4月4日)　天似晴。又同徐宜况、陈吟如谈，宜况、吟如翌日上半日兴。

二十一日(4月5日)　晴，天气又清胜。上半日陈景平来谈片时。日来如得晴时，春华明媚，天气骤长，诚良时也。所冀者时事承平，家务清晏，恒读书以课子，或览胜而吟诗，生平之志即在是也。

二十二日(4月6日)　早上天似晴。今日为清明。下半日有雨，寒暑表在四十余度。学篆字。

二十三日(4月7日)　晴，天气又清胜。下半日至大街“天成”，笔飞弄“亿中”、“明记”各闲谈片时。多日不走街，借可知商市消息，晚前即旋家。

二十四日(4月8日)　晴，天气又清胜。上半日同家眷等人坐舟至南门外下谢墅村,登山祭曾祖父母、祖父母、本生父母墓,又祭先大人、先室田夫人墓,事竣下山。今日到者本家男女,外客到者徐宜况、蒋式如、贾如川,田霭如、季规等人,下半日各坐舟旋家。予同家眷等人旋家,时五下钟。今日寒暑表在六十余度。

二十五日(4月9日) 晴,天气又清胜。上半日同兄侄及镇、钰、铻三儿坐舟至稽山门外石旗村,登井头山谒高祖父母墓,事竣下山。又至外王谒高叔祖墓,事竣下山,舟中盰膳。下半日仍同兄侄及镇、钰、铻三儿坐舟旋家,时尚未晚。今日天气骤暖,寒暑表在六十余度,夜有雨。

二十六日(4月10日) 天气又晴。上半日坐舆至西郭鲍宅吊诵清之母出殡,片时即坐舆旋家。天气潮暖,寒暑表在七十五六度。夜仍有星,偶有电。中春天气,如是可奇也。夜半后忽有暴风,声势最猛;又有阵雨,片时始略平静。

二十七日(4月11日) 早上又有风,天又晴。督工匠修饰宅宇。

二十八日(4月12日) 晴,天气又清胜。早上五计钟,镇儿同葆侄趁越安轮至上海复旦公学校肄业。今日寒暑表在六十余度。庭畔花草日见青茂,最可观览。上半日同族兄弟侄坐舟至西埠,登山至马路谒祖墓,又至平地谒祖墓,又至孔家坪谒二世祖墓。事竣下山,舟中盰膳。下半日仍同族兄弟侄坐舟旋家。

二十九日(4月13日) 早上天似晴。上半日同族兄弟侄、钰儿坐舟至盛塘谒翠华山四世祖妣墓,事竣,仍同族兄弟侄,钰、铻两儿旋家。今日盰时天有雷电,风雨最大。补志本月十二日同钰、铻两儿瞻览禹祠南镇诗一章:“踏青逐队感春风,瞻仰梅梁祠宇隆。黻冕尊严留夏代,河山奠定赖神功。篮舆辄系香筐稳,画舫争停酒帜中。胜览天南峰第一,别开生面惬清衷。”(第三韵拟改“饧箫惯市修篁里,酒帜多张红杏中”。)

三月初一日(4月14日)　月为庚辰,日为乙亥。早上天又似将晴。上半日同族兄侄,钰、锫两儿坐舟至石堰谒五世祖墓,又至昌安门外柏舍村谒三世祖墓,事竣舟中旰膳。下半日仍同兄侄,钰、锫两儿坐舟旋家。今日日间天雨又骤。

初二日(4月15日)　早上天又雨,上半日似晴。同锫儿、员女坐舟至稽山门外张家山谒田外舅、外姑墓,又坐篮舆至中灶谒四世祖慕陵公墓。本日我家以就近同谒墓也。又至张家山村田宅舟中,旰餐下,仍坐自雇之舟同锫儿、员女旋家,时尚未晚。接镇儿海上来信。

初三日(4月16日)　天似晴。下半日至新街一转,即旋家。

初四日(4月17日)　天又雨。上半日督工匠修厢间。下半日书篆文。夜又有雨。

初五日(4月18日)　天又雨。阅《词学全书》。予于词学尚未能事,每思得清暇用功一番,庶有成也。

初六日(4月19日)　天又雨。上半日坐舆至寺池吊钟芝馨之老太[①]首七,片时仍坐舆旋家。下半日陈景平来谈数时兴。本日为俞庆三[②]书篆文屏四张,前田禔盦来转托也。

初七日(4月20日)　天又有雨。连日密雨不休,农家又惧多雨。余眼目渐花,看细书时须用镜。前夜雕阳文篆印一颗,尚觉可观,但雕琢又须眼镜,足证目力之未若曩时,为可感也。下半日及夜间书尺牍数函。

初八日(4月21日)　天又有雨。尘俗扰人,雨声厌耳。宝贵春

---

① 萧氏(?—1915),贵州毕节人,祖籍江西。钟芝馨之母,其父于同治十二年(1873)纳。其父钟厚堂咸丰八年(1858)娶原配黄氏,山阴人,云南候补知府黄增义堂姐,卒于光绪三年(1877)。同治八年(1869)纳妾杨氏,卒于同治十二年(1873)。光绪九年(1883)娶继室黄氏,前云南府会稽会稽黄梅谷次女。见钟荣《会稽钟氏宗谱》卷三钟念祖《厚堂公自记年谱》。

② 俞祝封,字庆三。浙江绍兴人。见唐风《貌若塑集》之《谢山阴俞庆三祝封赠藤椅》。

华,日冀其晴胜也。学草体字,又录诗。

初九日(4月22日) 天又雨。上半日学行草书。予书正草隶篆等体字,笔致都尚可观。但好羊毫笔未易得,又学力未臻,为可憾也。

初十日(4月23日) 天又雨,上半日似晴。旰前至司狱司前胡宅谈,至夜餐下即旋家。

十一日(4月24日) 天似晴。上半日徐宜况来谈,又阮三奇来同围棋一日,阮君晚前兴,徐君翌日早上兴。

十二日(4月25日) 天似晴,又微有雨。下半日至"明记"、"亿中"及大街等处一转,即旋家。今年家塾尚未得佳师,予拟自行课授儿女。乃尘俗累人,至今未能清暇。虽偶或督课,而旷误者在所未免。童年子弟,讵可虚度宝贵时间,是又予最为念虑者也。

十三日(4月26日) 天又雨。上半日至鲍香谷家谈片时,又至姚霭生家谈片时,即旋家。下半日徐子祥来谈数时,同至后观巷田宅陈朗斋处谈数时,又同至大路电报[局]褚衣堂处谈片时,各旋家。

十四日(4月27日) 天又有雨,天气潮湿,颇不清快。下半日陈景平来谈片时兴。又延陈仲青诊昭女病,谈片时陈君兴。昭女茶饭如常,有数月也,但人尚虚弱,不能行坐。

十五日(4月28日) 晴,天气又潮暖,热气薰蒸,地上有汗如水。上半日薛阆仙来谈,下半日兴。夜有明月如画,最可观也。

十六日(4月29日) 早上天气转清胜,似晴。上半日至陈朗斋处,同至咸欢河看徐子祥,又同[至]观音桥看屋数处,乃各旋家。下半日阮三奇来围棋数时兴。上日寒暑表在八十度,今日在六十余度也。

十七日(4月30日) 天又似晴。早上学字。上半日田孝颛由江西回绍,来谈数时。据云巡按使公费薪水每年只(乙)[一]千八百元,外面看似为江西最大公署,其实署中只能平常服食动静也。下半日督工人种花草。

十八日(5月1日)　天又似晴，下半日又雨。上半日凌廷颢来谈片时兴。下半日高升三来谈片时兴。夜又有雨。

十九日(5月2日)　天气晴胜。旧历三月将二十日，至今日洵见晴好。书尺牍几张。上半日至后观巷田孝颛家谈片时，又至大街“天成”、“丰大”等处谈，片时即旋家。今日于花园中购得花草数种，有一种系五九菊。向来五月、九月开两季花，今时令尚在三月而能发花瓣，可异也。下半日又至田孝颛处谈数时，即旋家。夜餐下，同钰儿、铻儿至布业会看影戏，孝颛、季规同看也。至十一下钟，仍同钰儿、铻儿旋家。有明月。

二十日(5月3日)　天气晴胜。上半日田孝颛来，同至西郭鲍诵清家谈，至下半日旋家，时五下钟也。

二十一日(5月4日)　天气又晴胜。上半日书字数张。下半日阮三奇来谈数时兴。日来天日最长。

二十二日(5月5日)　天气又晴胜。上半日凌廷颢来谈片时兴。旰前至笔飞弄、大路、江桥河沿、大街等处一转，即旋家。下半日徐宜况、阮三奇来围棋，又陈景平、田孝颛来谈。夜间尊酒快论时事，至半夜各兴。月最明亮。

二十三日(5月6日)　天气又晴胜。今日子时为立夏。天日增长，学问事业大有可为之良时也。上半日阅《词谱全书》。今日寒暑表在八十余度。下半日录咏诗笺几张。

二十四日(5月7日)　天气又晴胜。上半日学字。旰，田孝颛来谈片时。下半日徐宜况、阮三奇来谈，至夜餐下兴。今日日中寒暑表在八十余度，骤似夏令。日月荏苒，人生事业应及时整饬也。

二十五日(5月8日)　早上天气即暖。花草日见菁茂。阅近日报章，闻中日交涉风云日紧，不识政府若何准备也。上半日同徐宜况围棋片时，又同至阮三奇馆谈片时，即旋家。下半日又同徐君演棋片时，徐君兴。

二十六日(5月9日)　早上微有雨，即晴。下半日至后观巷田宅谈片时,即旋家。

二十七日(5月10日) 天乍有微雨。上半日至南街陶仲彝先生处谈及修史诸君,以吾越李莼客先生宜入文苑传,尚不宜入儒林传。将缪君荃孙[①]信牍示之,令余转告丞侯,应详开莼客先生所有著书,以示史馆。谈数时,又至田宅一转,以天雨坐舟旋家,时旰。下半日陈景平、田孝颛来谈数时兴。

二十八日(5月11日) 天又晴,寒暑表在六十余度。上半日阅报,知倭人要求各事中,政府自惭力弱,忍辱就其条款,是又中国强弱之一影响也。天下人民虽咸动愤激,其如力不赴愿何?感志一诗于下[②]:"世乱奴欺主,岛夷敌忾横。和戎虚保障,请剑遍苍生。忍辱无完土,救危仗厉兵。箕封覆辙近,忧共杞人并。"

二十九日(5月12日) 天气又清胜。上半日徐逷园、阮三奇来谈,至下半日兴。夜阅春在堂诗。上半日田蓝陬来谈片时兴(补志)。

三十日(5月13日) 天又晴胜。上半日至作揖坊阮三奇馆中谈片时,又至大街一转;又至新河弄徐宜况处谈,兼围棋片时;又由大街旋家。

四月初一日(5月14日) 月为辛巳,日为乙巳。晴,天气又清胜。上半日绍兴县验契处以旧年予家所验之契备全,印证新契等来粘贴原契之中。予察视粘对半日,至旰餐下事竣,俞、张二人兴。验

---

① 缪荃孙(1844—1919),派名长桢,字炎之,号筱珊,一作小山、小珊、晓珊、筱珊。晚号艺风老人。江苏江阴人。清同治六年(1867)举人,光绪二年(1876)进士。曾官翰林院编修、京师图书馆正监督、清史馆总纂等职。著有《艺风堂藏书记》《艺风堂金石文字目》《艺风堂文集》等。见缪锡畴《兰陵缪氏世谱》卷十一《世表第三之八·老五房之四二房》;缪禄保《诰授中宪大夫四品卿衔学部候补参议翰林院编修显考艺风府君行述》。

② 陈庆均《为山庐诗稿》(第一本)诗题为《欧战剧烈倭人乘隙要挟中国政府认其请感而赋此》。

契一事，前年闻公署中举验颇费时日，特同许多戚友向知事[①]商定，遣人至业主家验看，手续较为简易，但验看者、新证粘贴者他日粘贴处又须加印者。逾格从简举办，尚有如是手续，又可见执业之艰也。

初二日(5月15日)　晴，天气又清胜。上半日收拾书厢室。下半日有雷电风雨兼下冰雹半时，其势最大。颗粒大者如桂圆，地上几如雪积。但究系夏令，化释最速，是乃数十年来所仅见，人人为之可异也。

初三日(5月16日)　晴，天气又清胜。上半日徐宜况来谈。旰前坐舆至水澄巷徐宅拜外祖祭，片时仍坐舆旋家。陈景平、田孝颛来，旰餐下各兴。今日寒暑表在七十余度。

初四日(5月17日)　晴，天气又清胜。上半日同钰儿至后观巷田孝颛家拜润之外舅祭，下半日坐片时即同钰儿旋家，又同田孝颛至大路电报局一转，又过越铎报馆坐片时，又至大街买绸等事，即旋家。

初五日(5月18日)　早上天似晴。上半日至街一转，即旋家。又至田孝颛家宴，下半日旋家。又至大街买绸，事竣即旋家。

初六日(5月19日)　天气又清胜。上半日家中俗事。旰间同田褆盦、孝颛昆仲，陈景平坐舟至西郭城外青田河看演戏，至晚上仍坐舟旋家。鲤鱼桥上岸，乘月旋家，时将八下钟也。

初七日(5月20日)　早上天微有雨，即晴。上半日徐吉逊、田孝颛来谈。下半日同徐、田两君至孝颛家谈片时，又同徐、田两君旋家，陈景平又来谈，晚上各兴，徐君夜餐下兴。

初八日(5月21日)　早上天又微有雨，下半日又雨片时。至笔飞弄“明记”、“亿中”谈片时，又至大街买红帖等事，即旋家。

初九日(5月22日)　早上天又有雨。上半日至田宅谈片时，即

---

① 据《时报》(民国四年三月初四日)之《屈寻按使甄别各县知事已发表》及《浙江公报》(民国四年八月二十九日第1267期)之《浙江巡按使公署牌示》，此知事仍为金彭年。

旋家。又坐舆至水澄巷徐宅谈,至夜餐下坐舆旋家。

初十日(5月23日) 晴,天气又清胜。上半日同钉儿至后观巷田孝颛家拜润之外舅祭。下半日又同钉儿至蓝陬家一转,即同钉儿旋家,饬办行聘发盘等事。徐以逊,田禔盦、孝颛,陈景平来看盘,谈片时,同至田蓝陬家宴,以喜酒馈蓝陬书帖,渠仍请余等同酌,夜旋家。

十一日(5月24日) 今日是月合岁德。晴,天气又清胜。备循俗盘仪遣媒伻等人为镇儿宣迎娶日于常禧城外姚氏,乃即快阁主人家也。上半日请陈厥彝来书安床帖、合卺帖,虽是循俗之事,而事事都须自行整饬。下半日媒伻等人由姚宅持回仪红帖,旋家看视后,即开发等事。今日于人情交谊事务之间,有足令人感念者,如田蓝陬书喜帖事。镇儿为予子,即为蓝陬胞妹之子,戚谊中之亲密者也。联姻成家,(亮)[谅]为舅氏所愿闻。常见人家有互相帮办之义务,今予并非以费财费力之事勉强商托,只以喜帖尊其书之。斯事虽平民以求名士大夫,大都必应其请者也;略有交情者,以片言片牍之请而即蒙来书。今予以三四遍登门亲自面请,始许以持帖呈书。予又感念田夫人,加意周备,业将大帖持至其家书写。曩年所未愿为,近年来格外敷衍之事,但尚有定描和合帖今始描成。时间相促,予以事繁思免开写样式,托族兄走领所书大帖时,又请其就近来书。予想大帖业经遵其意呈书,和合帖只有十余细字,并可面同商酌,又两家近在咫尺,如是请求,必蒙见诺,讵蓝陬又不许可。予仍抑意气,又托族兄请求,讵又拒之。乃时几将旰,只得遣伻邀请陈厥彝,幸荷陈厥彝即时来书。以吉祥而言,陈厥彝实胜田蓝陬。予求人之事,何可以讶田蓝陬,但益感陈厥彝成人之美也。

十二日(5月25日) 天气又清胜,上半日乍有雨,仍晴。整饬家中俗务。下半日至后观巷田孝颛家谈,即旋家。徐子祥来谈片时兴。田孝颛又来约同阮三奇等人纵谈,至夜膳下旋家。

十三日(5月26日) 天雨。上半日家务事。下半日至观桥胡坤圃家谈，数时旋家，时六计钟也。夜有月最明。

十四日(5月27日) 晴，天气又清胜。上午学字数百。今日寒暑表在八十余度。下午收拾书籍等事。天气长如度年，是最首夏清和之佳日也。夜有明月，庭畔同家中人清坐许时。

十五日(5月28日) 晴，天气又清胜。上半日坐舆至寺池吊钟芝新之母出殡，片时仍坐舆旋家。又同田孝颛坐舟至徐遏园家宴，遏园今日生日，日间有女词唱，夜看戏术，至半夜同陈景平、田孝颛各行旋家。今日天气最热。夜月最亮。

十六日(5月29日) 晴，天气又清胜。上半日阮三奇(价)[介]绍骆仲和君来上馆，又邀其弟季和[①]，徐君遏园、宜况来陪盰宴。下半日谈数时各客兴。今日天气又热，骤有夏景。夜月又明亮。

十七日(5月30日) 晴，天气又清胜。上半日书尺牍等事。日中寒暑表在八十七八度。

十八日(5月31日) 晴，天气又清胜。书信牍及账务等事。今日盰下寒暑表在九十一二三度。

十九日(6月1日) 早上天尚晴。上半日胡坤圃来谈片时兴。天微有雨，仍晴。至大街一转，即旋家。

二十日(6月2日) 早上似晴。上半日胡坤圃来，予将所验之契据同其随带至绍兴县公署财务科处，每张粘帖处加用县印。印竣，当即随手携回。验契一事，于是手续周备也。路过布业会馆，同坤圃坐话数时。又徐子祥来谈，时将盰，就令该处治数菜盰餐焉，下半日又谈数时。该处宅宇虽新，而未能雅致，暑天又不甚有清气也。予旋家时五下半钟。阅对所印契据事。

---

① 骆印雄，字季和。浙江绍兴人。善医术。民国十二年(1913)与戒珠寺主持华智和尚共同发起成立莲社，为莲社负责人。十三年主编《大云》旬刊，后易为月刊，主要宣传佛学知识，同时介绍医学卫生知识。著有《净土三要述义》《胜莲华室简校方》。见任桂全《绍兴佛教志》。

二十一日(6月3日)　晴,天气又清胜。编录契据户名号数,虽系簿书之事,而查对详明,实需心思。今日寒暑表在九十一二三度。庭畔中缸荷新萌花颗,骤有长夏天气。日月荏苒,家中事事有待整饬。精力柔弱,每一念及,时觉悚虑。

二十二日(6月4日)　早上天尚晴。上半日编录契据事。下半日整饬契据事竣。是事自旧冬验看至今,始安置清楚。但查对书志,又需若干心力也。本日盱下有雨之后,天气又清胜。

二十三日(6月5日)　早上天似晴。上半日徐宜况来。田孝颛邀余及宜况、陈景平,其弟季规同坐大舟至西郭城外中梅村学校验看萧伯容[①]之子,孝颛将定为女婿也。又同坐舟至柯岩谈话数时,天就晚,登舟夜餐下,解缆而旋。天有雨,篷窗掩冒,颇郁热。至夜半一计钟旋城,各至家。

二十四日(6月6日)　早上天微有雨,上半日又晴。盱前至田孝颛家,同陈厥彝、景平等人谈,至下半日旋家。

二十五日(6月7日)　早上天似晴。盱前至后观巷田宅蓝陬家拜先外姑章太夫人祭,又至"一一新"宴,同席者陈迪斋、沈葵青、张芾南、陈厥彝、徐宜况、田孝颛、陈景平。下半日又同至布业会馆谈,片时各旋家。夜天有雨。阅各报章,知有武优高福安[②]于南满铁路车中见有中国妇人被日警凌虐,高以公理诘日警,日警怒将刺,高自卫反刺之事。后高云一身做事一身当,系抱不平,慷慨自任,其勇敢正义令人可佩。但能人人如高某者,中国尚可转弱为强也。

---

① 萧庆龄(1869—?),字星垣,号伯容,别号茆崕。浙江绍兴人。清光绪二十年(1894)举人。见《萧庆龄乡试朱卷》(《清代朱卷集成》册287)。

② 高福安(1874—1939),号竹轩。河北孟村人。京剧演员,工武生。出科后,以《伐子都》一类重头武戏驰名津、沪。民初以后,演出于天津四大名园,为最受欢迎的武生演员之一,与李吉瑞、薛凤池被称为天津武生"三泰斗"。见吴同宾、周亚勋《京剧知识词典》。

二十六日(6月8日)　早上天雨。书账务等事。天雨永日，花草群沾滋茂。晚上至田孝颛家陪媒人宴，孝颛之女为中梅萧宅作媳也，媒人为陈厥彝、陈景平。夜餐下，又谈片时即旋家。

二十七日(6月9日)　早上天又雨，上半日似晴。至街一转，即旋家。下半日徐宜况来谈，又杨质安来诊昭女及内人病，酌药单谈片时兴。又徐遏园来。晚上田孝颛来谈，夜间谈话移时。

二十八日(6月10日)　天又雨。上半日又同徐、田诸君谈。下半日徐、田诸君兴。

二十九日(6月11日)　早上天又似晴。上半日至杨质安处商酌药单，又以新币二十元购得先乡达李越缦先生诗笺、手牍两册，即旋家。是册皆越缦先生与沈晓湖[①]酬唱诗笺及书牍，共计七十八张，其中有一张系潘星斋[②]侍郎与越缦先生书也。越缦先生词翰学问，

---

① 沈宝森(1826—1892)，谱名鉴居，字晓湖。清浙江山阴人。咸丰二年(1852)举人。曾官浙江浦江、福建龙泉县学训导。生平钻研经史，尤工古文词。著有《因树书屋诗稿》。见《咸丰壬子科浙江乡试同年齿录》;《咸丰壬子科直省举贡同年录》;沈宝森乡试履历(《清代朱卷集成》册245)。《民国绍兴县志资料》(第一辑)册15《人物列传》。按:其生乡试同年齿录、举贡同年录均作道光戊子十月二十三日。《绍兴县志资料》(第一辑)中陆寿民撰《沈宝森传》作道光丙戌十月二十三日。此据《绍兴县志资料》(第一辑)中陆寿民撰《沈宝森传》。《日记》光绪十八年三月初三日:“同乡陆一谔(寿民)、沈蒲洲(镜蓉)两孝廉来。两君为庆元县正副学官，俱自括苍山来。言老友沈晓湖于正月初四日病卒于龙泉学署，年六十七。”其卒据此。

② 潘曾莹(1808—1878)，字申甫，号星斋。清江苏吴县人。道光十四年(1834)举人，二十一年进士。曾官翰林院侍讲学士、侍读学士、工部左侍郎、兵部右侍郎、刑部左侍郎、工部右侍郎等职。著有《小鸥波馆文钞》《睡香花室诗钞》《小鸥波馆画寄》等。见潘志晖《大阜潘氏支谱》卷六《敷九公四房贡湖公支》、附编卷九潘祖同、祖喜《诰授光禄大夫赐进士出身吏部左侍郎加五级先考星斋府君暨诰封一品夫人先妣陆太夫人行述》;《道光甲午科直省同(注转下页)

久为海内所崇拜,为吾越人,又为先族叔同谱兄弟。昔年与吾家足迹最密,后以台谏久宦都门。余生也晚,不获亲瞻大雅求有手书,至今引为憾事。乃以新币二十元购得如是巨册,且其中有修志议例拟稿两张,细书稠密,尤为可宝,足证文字尚有渊源也。即书之以志幸事。今日天气又转清胜。

三十日(6月12日) 晴,天气又清胜。上半日阅越缦先生诗册。旰间鲍诵清来,谈片时,邀至田孝颛家宴。下半日同诵清等人至布业会馆观览片时,即各旋家。今日寒暑表在八十余度。

五月初一日(6月13日) 月为壬午,日为乙亥。天气又清胜。临书越缦堂诗笺。今日寒暑表旰时在九十度。上半日至大街等处一转,即旋家。下半日又书诗笺数张。予精力衰柔,俗事丛集,时时以未得专心勤学为念。

初二日(6月14日) 晴,天气又清胜。上半日至陈厥孮家谈,天最热,至夜餐下旋家。

初三日(6月15日) 晴。上半日过咸欢河沿陈厥孮处,又同至金斗桥平宜生家谈。其先人栋山太先生著述有若干,业经编定成书。宜生言著述虽多,然皆未经编定,且原稿先后上下紊杂,又有从原书中上下两旁注解者,成集颇不易事。余以栋山太先生为先大人所师事,考据之学最富,且中央近正修史,怂恿宜生搜集成著,及时递送史馆。俾有采择,传之千秋。只此一举,亦扬表先达之微忱也。宜生又以所有名人书画见示,谈片时,同厥孮各旋。余又至大路、大街等处一转,即旋家,时旰。天气骤暑,今日寒暑表在九十一度之间。晚上陈景平来谈,片时兴。夜微有雨。

(续上页注)年全录》;《道光二十一年辛丑恩科会试齿录》;潘曾莹《赐锦堂经进文钞》卷首李鸿章《前工部侍郎潘公神道碑》、俞樾《吏部左侍郎潘公墓志铭》、敖册贤《星斋先生家传》。

初四日(6月16日)　又晴。日间清解各账务。晚上督工人分种菊花秧。天有雨。夜初凌宅有郁攸之警,姚宅甚恐。同陈景平至姚宅看视片时,乃息,仍同景平各旋家。天有大雨。

初五日(6月17日)　天雨,天气最清快。早上书账务等事,又学草书几百字。予年来显达之心早经疏淡,只风雅学问时勤想念。虽精力柔弱,家政繁如,略有清暇,尚思策励也。上半日陈景平、田孝颛来,同至东昌坊朱阆仙住宅陈鹿平寓谈,鹿平特治嘉肴以宴客。端阳令节,梅雨绸缪。尊酒清淡,又是一快事也。夜间谈宴至一下钟各旋家。

初六日(6月18日)　天似晴。上半日学字,又为胡司玖书小楷扇箑一张。下半日写诗笺数张,阅《湖塘林馆骈体文》。夜又书诗笺。

初七日(6月19日)　晴。早上书旧咏诗稿。上半日至后观巷陈朗斋处谈,片时即旋家。下半日忽有雷雨,即晴。

初八日(6月20日)　早上有雷雨。上半日田孝颛来,同至东昌坊陈鹿平家,共同至汲水弄屠葆青家谈宴,至夜宴下各坐舆旋家。天雨疏密,夜雨时仍有星,犹是"四月清和雨乍晴"之天气也。

初九日(6月21日)　早上天又有大雨。上半日田孝颛来谈片时兴。下半日田孝颛、陈景平又来谈,又陈厥卿、鹿平,屠葆青来谈,至夜餐下各兴。天似有晴态。

初十日(6月22日)　早上天微有雨。今日为夏至。盱祭祖宗。天雨又大。下半日陈景平、陈□□、田孝颛来邀至咸欢河沿陈厥卿家,夜宴下即旋家。

十一日(6月23日)　晴。上半日胡坤圃来谈片时兴,又陈朗斋来谈片时兴。下半日至街一转,即旋家。陈鹿苹、景平,田孝颛谈至夜餐下兴。近日天气时雨时晴,最宜清洁衣食。夜有明月。

十二日(6月24日)　早上天晴。上半日同陈朗斋、田孝颛坐舟至西郭门外,夜抵萧山城停泊。天有雨。

十三日(6月25日)　早上在萧山舟中兴。早餐下登岸王祥和行中。大雨数时,至十时雨稍霁。同陈、田两君坐舆渡钱江,风顺天青。至杭城羊市街大公客栈,时十一下半钟。旰餐下,坐车至柴木巷浙路清算处,(时)[事]竣后,仍坐车至寓。晚前同陈、田两君阅市,夜同田君坐人力车至迎紫马路即旧旗营歌舞台观剧,至半夜仍同田君坐人力车旋寓。

十四日(6月26日) 天又雨。上半日在杭寓兴,至清和坊同田孝颛买扇等事,即旋寓。下半日同陈朗斋、田孝颛坐舆至涌金城外西湖岸仙乐园啜茗,小酌清谈,远眺至将晚,仍各坐舆旋寓。予在湖岸时率成口占云①:"风雨来游西子湖,数瓯绿茗一提壶。祈晴莲叶比人切,远眺山峰似有无。"夜餐下,同田孝颛至羊市街阅市,过武林第一台,以天有雨遂至戏场避雨观剧,十二下钟旋寓。

十五日(6月27日) 乍雨晴。早上收拾行装,同陈、田两君至城站,七下半钟上车,车中与陈、田二君戏作诗钟两联,其一《车桑》:"轮展疾如驹过隙,叶稀应识茧成丝。"②又《妾榻》:"室有媚容专竞宠,人逢倦处可横陈。"③是两联诗虽不工炼,而尚有意思。旰间天晴。至十一下半钟抵上海南头,同陈、田二君坐马车至大马路第一行台。下半日至街市一转,即旋寓。又至北京路一转,又坐电车至徐家汇复旦校一转,仍坐电车旋寓。葆初侄同镇儿来寓,夜餐下,同田孝颛、葆初侄、镇儿至楼外楼最高处啜茗乘凉,颇有清气。至十一下钟同旋寓,葆侄、镇儿暂宿于寓。夜间思改诗钟句云:"叶稀应识茧初圆。"又改一句云:"室有冶容工媚宠,人逢倦态可横陈。"借志之以再

---

① 陈庆均《为山庐诗稿》(第一本)有诗《西湖小愒口占》,与之略异,录如下:"风雨同来访圣湖,数甄绿茗一醺壶。红荷出水祈晴久,约略峰峦似有无。"

② 陈庆均《为山庐诗稿》(第一本)与之略异,录如下:"轮展疾如驹过隙,叶稀应识茧初圆。"

③ 陈庆均《为山庐诗稿》(第一本)与之略异,录如下:"室有娇姿工媚宠,人逢倦态可横陈。"

待推敲可也。

十六日(6月28日) 上半日天似晴。上半日至北京路浙江银行陈荣伯处,以票洋一千托其汇绍。同田孝颛坐片时,即旋寓。下半日同田孝颛坐车至曼盘路天保九如里董镜吾处谈,董君邀余同田君至汇中最高楼吃茗点心兼观览风景数时,至将晚各旋寓。夜同陈朗斋、田孝颛至新新舞台观剧,至十二下钟旋寓。

十七日(6月29日) 天有雨。上半日同田孝颛坐人力车至上海城中阅市片时,仍坐车旋寓。下半日同陈、田二君至棋盘街等处买货,天乍有雨,即旋寓。夜同陈、田二君至四马路群仙戏园看女戏,至十二下钟宴于宵夜菜馆,片时即旋寓。

十八日(6月30日) 乍雨晴。上半日同田孝颛至北京路买货。下半日董镜吾来寓谈数时,又董福生[①]、吴月帆来谈片时,同至谢群芳、宝玉家看花清谈,至夜半各旋寓。

十九日(7月1日) 天时有雨。前日下半日葆侄、镇儿来,同田孝颛、吴瑞年至致善街红木器具店看货,晚间同膳于菜馆,片时各旋寓。董、吴诸君之来,前日误书也。今日下半日,葆侄、镇儿又来,同至市买货。夜邀陈朗斋、田孝颛、屠亦斋、葆侄、镇儿饭于春申楼,夜又同至寓谈片时。屠君、葆侄、镇儿拟明日早车同伴回绍,予本拟同回,今尚有事,只得再缓一日。屠君、葆侄、镇儿仍回复旦校,俾可收拾行装也。

二十日(7月2日) 天又雨。上半日同田孝颛至市一转,即旋寓。晚前同董、吴、田诸君至迎春坊云舫家,宴谈永夜。

二十一日(7月3日) 同董、吴、田诸君于云舫家谈,至上半日各旋寓。下半日同吴瑞年又至致善街买红木器件,片时即旋寓。又至乐余里冠玉家,田孝颛邀宴,夜餐下旋寓。

---

① 董渭(1883—?),字福生,一字溯伊。浙江绍兴人。董金鉴之弟董金镕之子。见董渭《渔渡董氏务本堂支谱》。

二十二日(7月4日) 乍雨晴。上半日至街市一转。下半日至曼盘路天保九如董镜吾寓谈片时,又同董镜吾、福生,吴月帆、田孝颛至迎春坊云舫家夜宴,邀客陈荣伯,冯、马等人共九人,夜餐下,又同董福生、吴月帆、田孝颛至清和坊王筱莲家茗谈,至天将晓也。

二十三日(7月5日) 早上天似晴。由王家旋寓,收拾行装,清解各账。以时尚早,至北京路浙江银行陈荣伯处谈片时。该行坚留,旰餐下即旋寓。又即托栈雇人力车至南头车站,途中虽有栈中茶房督载行装同行,但车人刁滑,半路屡以易车易人偏僻之处,甚为不妥。路中余言于中国巡捕,遂由巡捕谕其妥为行走,寄语旅客如有行装坐人力车必须由旅馆雇定,不得换车换人,记明车人号数,乃可行坐。本日至车站时二下钟,待一时上车,时三下钟余矣。快车至杭城站时,七下半钟。天有大雨,即至羊市弄大公栈宿寓。夜餐下,令栈差至车站提行装,乃以时久,余之行装业储其行装房,遵章须翌日早上可取。幸系暑天,可以不必被铺,否则余向不愿用他人之被,如天寒必致受窘也。陈朗斋先日回杭,尚寓大公栈,又同寓一夜也。

二十四日(7月6日) 天雨。早上由大公栈兴,督栈工至车站提取行装旋寓,又坐人力车至柴木巷浙路清算处,以时稍差,不及取股款,即旋寓。坐舆渡钱江,至十一下半钟至西兴越安轮船公司。本可于十二下钟坐头班轮船旋绍,乃行装担缓至,待至四下钟坐轮舟旋绍城,又坐小舟回家,时十下半钟也。收拾行李等件片时。

二十五日(7月7日) 天似晴。上半日整饬等事。旰前坐舆至水澄巷徐宅拜祭,又至大街“天成”一转,即坐舆旋家。旰祭先曾大母诞日。下半日陈景平来谈片时兴。十余日奔走仆仆,眠食不能如常,精力愈形柔弱,必须静养数日也。

二十六日(7月8日) 天似晴,乍有雨。补书日志及书账务等事。时令当暑,家中事事有待整饬。事繁力弱,且予性畏暑,虽自加策励,实有应接不暇之势也。下半日李书臣、徐伯中来谈片时兴。夜晴。

二十七日(7月9日) 天晴。上半日至大路"保昌"高云卿处谈,兼托其寄杭转领浙路股款,计付其乙千证券二张,五十证券二张,息单四张,谈片时,又至大街"天成"谈片时,将旰,即旋家。下半日书补日志。夜俞介眉、陈景平、田芝储谈,半夜兴。

二十八日(7月10日) 晴。上半日补书日志,约千余字。今日天气最暖,寒暑表在九十余度。下半日阮三奇同叶成烈、马□□[①]来,马君系下方桥人,有岩松别墅,颇多花草。叶君能围棋,遂试演楸枰之艺,夜餐下客各兴。

二十九日(7月11日) 晴,天气虽暑而尚清胜。补录沪上同友人宴于云舫校书家戏咏二律[②]:"夜月琵琶迓[③]客軿,华筵鬓影[④]耀楼青。谬爱有惭虚叔重(云舫曾索余篆书联语,至今不果),临歧无限勖刘郎。(二句系下一首,误书于是。)群工媚术[⑤]题花榜,赢得校书入画屏。色笑相依同眷属,语言赠别最丁宁。神州已憾将沈陆,犹听家家唱后庭。""尚余清兴续寻芳,骊唱遽催人[⑥]启行。谬爱有惭虚叔重

---

① 据马锡康《山阴朱咸马氏宗谱》卷四马康声《岩松别业记》,此当为清光绪八年(1882)举人马锡康之叔祖。马芳忠(1845—1916),讳彝寿,字松轩,号崧仙。浙江绍兴人。见马锡康《山阴朱咸马氏宗谱》卷三《三房德先分良臣派》、卷四杨福璋《奉直大夫松轩马公传》。

② 陈庆均《为山庐诗稿》(第一本)有诗《夏客沪上同友人宴云舫校书家匆匆旋棹途中戏咏二律》,与之略异,录如下:"夜月琵琶迓客軿,华筵鬓影耀楼青。群工媚术题花榜,赢得校书入画屏(名盛校书皆入海上画宝)。色笑相依踰眷属,语言赠别最丁宁。神州已憾将沈陆,犹听家家唱后庭。""尚余清兴续寻芳,骊唱遽催人启行。谬爱有惭虚叔重(云舫曾索余篆书联语,迄今不果),临歧无限勖刘郎。层峦黛翠徒增感,漏夜箫声欲断肠。借问豫章贤祕史,箧中犹剩惹花香。"

③ 原为"款"。

④ 原为"灯电"。

⑤ 原为"态"。

⑥ 原为"客"。

(云舫曾索余篆书联语,至今不果),临歧无限勖刘郎。清远[①]黛色徒增[②]感,漏夜箫声欲断肠。借问[③]豫章贤祕史,箧中犹剩惹花香。”

六月初一日(7月12日) 月为癸未,日为甲辰。上半日至大街等处一转,即旋。路近至后观巷田宅陈朗斋寓回看,渠前日曾来,特转看也,谈片时即旋家。天气骤暑,日中只可在家静养也。本日寒暑表在九十五六度。下半日屠葆青来谈数时兴。夜乘凉庭畔,天虽暑而尚清胜。家中事事都待整饬,而天气日暑,予又性向畏暑,心志益形惰弱。每一念及,时觉悚虑也。

初二日(7月13日) 晴。上半日徐叔亮来谈片时兴。督工匠搭凉棚,天暑不耐治事。晚上陈景平来谈数时兴。夜又暑。

初三日(7月14日) 晴,早上寒暑表在八十八度。日间郁热异常,晚上有雷电风雨后即觉清胜。

初四日(7月15日) 晴,早上天气清胜,寒暑表在八十二度,下半日又在九十余度。夜坐庭畔数时,始觉清胜。

初五日(7月16日) 晴。上半日书诗笺数纸。下半日陈景平来谈数时兴。

初六日(7月17日) 晴。上半日陈朗斋来谈数时兴。下半日挥汗阅越缦堂诗牍,又书诗笺几张。

初七日(7月18日) 晴。上半日同钰儿至后观巷田孝颛家拜先外姑祭,旰餐下同谈片时,即同钰儿旋家。夜餐下,陈景平来谈数时兴。今日旰下,寒暑表又在九十七八度,至半夜始清胜也。今日初伏日。

---

① 原为“山”。

② 原为“顿惊”。

③ 原我“寄语”。

初八日(7月19日) 晴。早上整饬书籍。上半日坐舟至南街陶仲彝先生处茗谈数时。仲丈蒿目时艰，言有余感，且云年力衰暮，岂尚有奢愿，惟中央正在修史，梓桑文献，最愿搜罗，与史馆诸君函商列传，以垂不朽。谈及平景荪太先生著述甚富，余前日曾怂恿宜生速将著述详查，清理成书，以示史馆诸君。天将旰，仍坐舟旋家。今日旰下寒暑表在九十七八度。

初九日(7月20日) 晴。上半日学草书数百字。下半日有雷声而未下雨。夜坐庭畔，凉风时来，最清胜也。

初十日(7月21日) 晴。近日最清快者，洗浴后挥扇乘凉。余惟畏暑，每至暑天不耐治事。今日早凉时又书字数百，忽陈朗斋和余沪上戏作七律二首来，其诗兴颇浓，但笔墨遣兴，亦消夏之一事也。前月十七八日旅沪时，仍同田孝颛至黄浦滩宁绍大轮船阅历一遍，其三层舱上平顶清洁平旷，长约百五十步，阔约数丈。想近日看月乘凉，最有趣也。前月行旅阅历此处，尚不提及，借补志之，以知该船之大也。海上乘凉之处，楼外楼最高之平顶，又最清旷。吾绍能得有是高楼，以俾夏夜登临，岂不幸事乎？上半日挥扇阅越缦堂诗。夜陈朗斋来闲谈数时兴。今夜月最照亮。

十一日(7月22日) 晴。上半日收拾书籍。又阅《春在堂全集》数本。下半日陈景平来谈数时兴。晚上徐逷园来谈片时兴。夜间天气清快。

十二日(7月23日) 晴。上半日阅春在堂诗。下半日有雷电风雨，即晴。晚上徐逷园来，又陈朗斋来谈，至夜餐下数时各兴。今日雨虽不大，而夜间最清胜也。

十三日(7月24日) 晴。上半日至缪家桥杨质安处谈片时，即旋家。下半日有雷雨片时，晚上仍晴。

十四日(7月25日) 晴。月前同陈朗斋太守、田孝颛茂才客武林时，由旧旗营之新马路径达西湖，山河犹昔，城郭已非，诗以纪感。

是诗始于昨日补吟，今志以下[①]：“何处西泠几误津，满山楼阁接城闉。飞觞愿话[②]江山旧，息辙惊看旗鼓新。苏白诗筒虚驿路，氍毹乐府[③]傍湖滨(闻灯船将行驶湖上也，歌舞台已设于湖岸)。六桥风月问谁主[④]，应识逋仙又怆神。”下半日有雷雨，夜仍似晴。

十五日(7月26日) 晴。上半日田缦云、屠葆青来谈片时兴。书尺牍等事。下半日陈景平、屠葆青、田缦云又来谈，至夜餐下兴。今日天暑，挥汗如雨。夜间有明月，始觉清胜。

十六日(7月27日) 晴。早上录诗数章。上半日徐宜况来谈。下半日陈景平来谈片时兴。晚上有雨，夜有异常大风雨，怒号永夜，雄声振耳，不能安睡。向闻谚传六月十二日系彭祖生日，如是日有雨，必连绵遇风雨也。今其谚又应，足证旧历正朔乃最准之天文也。陆续阅报，知这番被风所毁物件不计其数。

十七日(7月28日) 风雨不休，天气就觉清凉。上半日陈景平来谈，同徐宜况谈。至下半日景平、宜况各兴。下半日风雨平霁。夜间天气尚清凉，而内子李夫人身热头痛，胸腹又郁痛，永夜不得安睡。

十八日(7月29日) 晴。早上杨质安来诊内子李夫人病，据说系风湿感滞于中，宜运气松解，酌药单谈片时，杨君兴。上半日天气又热。日间李夫人病稍轻可。

十九日(7月30日) 晴。昨薛阆仙、阮天目来谈数时兴。陈景平来谈片时兴。下半日阅春在堂诗集。

二十日(7月31日) 晴。日来旰间虽暑，而早夜颇清凉。余夜

---

① 陈庆均《为山庐诗稿》(第一本)有诗《偶客虎林同陈天海太守田拙厂茂才由旧旗营之新马路迳达西湖河山犹昔城郭已非诗以纪感》，与之略异，录如下：“何处西泠几误津，满山楼阁接城闉。飞觞愿话江山旧。息辙惊看旗鼓新。苏白诗筒虚驿路，氍毹乐府傍湖滨。六桥风月凭谁主，应识逋仙又怆神。”

② 原为“拟贺”。

③ 原为“秦淮画舫”。

④ 原为“楸枰局换忧尘世”。

间稍贪凉即觉腹中不快，早上作泻，以薄荷茶解之。善自保养者，不可早夜时贪受风凉。人生最可畏者病，须时时自加谨慎也。下半日余恙即痊可。杨质安来诊李夫人及昭女病，酌药单下谈片时兴。今日天气尚清胜。

二十一日(8月1日)　晴，早上天气清胜。上半日书诗笺数张。徐宜况及阮三奇、叶成律等人同来演棋，至夜餐下各兴。余年来精力虽弱，而吟诗书字，思求工雅，随时自加策励。但身体如是，未免太用心思，以后应自知保养也。

二十二日(8月2日)　晴。上半日至后观巷田宅陈朗斋寓处谈，片时即旋家，又写诗笺数张。今日天虽暖而有清气。下半又书诗笺。

二十三日(8月3日)　晴，早上天气又清胜。上午录旧诗。予年来最好吟咏，且最愿读好诗。每见名人词翰兼美之诗笺，如获至宝。但两美兼备之艺，未易得也。予二十岁时，每自有制雕笺以供诗信之用，近年又购得海上京都精雅之诗笺、信笺数十种，随时学书。而家事繁如，精力柔弱，至今未臻美备。幸斯志尚坚，俾可自加策励也。

二十四日(8月4日)　晴。早上寒暑表在八月十五六度。下半日天气最暑。晚上至司狱司前胡梅森先生家公宴徐以逊五十寿，夜间乘凉，谈话竟夜。

二十五日(8月5日)　晴。晚上有雨，天气借凉。早上由司狱司前旋过花园，观览片时即旋家。早餐下睡片时，阅各报。下半日和陈朗斋太守七律诗一章，借志于下①："浔阳解组忆当年，载得清风是俸钱。纶诏叠颁辉治谱(君曾邀三次嘉奖)，棠阴比事读新编(君宰进

---

① 陈庆均《为山庐诗稿》(第一本)有诗《陈朗斋太守以移居近作两首见示依韵率成却寄》，与之略异，录如下："浔阳解组忆当年，载得清风是俸泉。纶诏叠颁辉治谱(曾邀三次嘉奖)，棠阴比事读新篇(太守宰进贤时刊有《棠阴比事》一书)。梦华可有蜂含蕊，剔藓常虞蜗角涎(旁屋题额曰'梦华盦')。倘为苍生应再出，除书一夕卜三迁。"

贤时刊《棠阴比事》一书)。梦华可有蜂含蜜(其宅旁有额曰'梦花龕'),题石常虞蜗角涎。倘为苍生应再出,除书一夕卜三迁。"

二十六日(8月6日)　晴。上半日书诗笺数张。盱前徐遏园来谈,至下半日兴。天有雷雨,晚上天气清快。

二十七日(8月7日)　晴。上半日陈朗斋来谈片时兴。天气又暑。盱间同钰、铻两儿至后观巷田蓝陬家拜先外姑章太夫人祭,盱餐下谈片时,仍同钰、铻两儿旋家。下半日乍雨晴,晚上又雨。

二十八日(8月8日)　早上天尚晴,日间天雨。又大阅春在堂诗。下半日学字。夜天气又清胜。

二十九日(8月9日)　晴,天气又清胜。今日子时立秋,早上即有新秋之气。日月荏苒,家中事事有待整饬。对兹时序,而又增感者也。上半日至大路、大街等处一转,即旋家。今日早上寒暑表在七十五六度,日中在在八十一二三度。下半日戏种花草,日来花草又菁茂也。

三十日(8月10日)　晴。上半日至金斗桥平宜生君家谈,渠出其先人栋山太先生所著之《樵隐昔寱》及吟草见示,其吟草及赋不过数十首之作,其《樵隐昔寱》两(高)[稿]本约有百数十篇之文。据宜生云此两书乃已定之本,此外所有著述,皆不编成。谈片时,予又由大街一转,即旋家。又和陈朗斋太守移居七律一章[①],借志于下:"清芬扬表荷申详,碑碣名题宠故乡(君任进贤时,曾详大吏为会稽沈烈妇旌表)。爱读诗篇尝剪蜡,闲栽花木借相羊。谁严官吏疏防律,漫讶萑苻势炫张。风鹤遽惊腊鼓里,陈蕃暂榻茂荆堂(君以乡间萑苻不

---

① 陈庆均《为山庐诗稿》(第一本)有诗《陈朗斋太守以移居近作两首见示依韵率成却寄》,与之略异,录如下:"清芬扬表荷申详,碑碣名题宠故乡(太守宰进贤时曾为会稽沈烈妇撰建碑石)。爱读诗篇尝剪蜡,闲栽花木借相羊。谁严官吏疏防律,漫讶萑苻势炫张。风鹤遽惊腊鼓里,陈蕃移榻茂荆堂(太守以乡间萑苻不靖,岁阑移寓郡城茂荆堂田宅)。"

靖，暂行寄寓郡城观巷田宅。茂荆，田宅堂名）。

七月初一日(8月11日) 天似晴。本月月为甲申，日为甲戌。上半日田霭如来拜先室田夫人诞祭。旰间祭田夫人，陈景平、田季规、蒋式如、贾如川、田六太太皆来与祭。下半日客皆兴。今日天气郁暑，夜间未能安睡。

初二日(8月12日) 晴，今日天又似暑。上半日至陈朗斋处谈片时，将旰即旋家。下半日有雨，片时即晴。夜又有微雨。

初三日(8月13日) 乍雨晴，天气最清快。书治账务。今日寒暑表早上在七十八九度，日中在八十五度。

初四日(8月14日) 早上天似晴，日间天气郁暖，下半日又有雨。阅李青莲诗文集。

初五日(8月15日) 早上天又晴。上半日至街大路、笔飞弄等处一转，时将旰，即旋家。下半日阅陆剑南诗集。夜又有大雨。

初六日(8月16日) 早上微有雨，上午仍晴。陈朗斋太守来谈片时兴。下半日阅陆务观诗。唐人之诗骨力浑厚，未易学得；至宋诗而略尚风韵，读者每觉有味；至元明清以来，盖讲声调韵丽也。

初七日(8月17日) 早上天似晴。上半日至笔飞弄、大路、大街等处一转，即旋家。闻平宜生来，以不遇就兴。下半日薛阆仙来谈。晚上同陈朗斋、薛阆仙坐舟至藏书楼徐遏园处宴，夜谈至十时，仍同坐舟旋家。阆仙又来纵谈文字半夜。

初八日(8月18日) 晴。上半日同阆仙谈，将旰阆仙兴。天气又暑，下半日又有雷雨。晚上陈景平来谈，夜餐下景平兴。

初九日(8月19日) 晴。上半日阅陆务观诗。旰间徐遏园来谈。下半日陈朗斋来同谈，至夜九时两客兴。夜有月。

初十日(8月20日) 晴，天气最暑，旰间有雷雨。下半日坐舆至水澄港徐宅谈，至夜餐下仍坐舆旋家。

十一日(8月21日) 晴。前晚薛阆仙来，今日同谈文字及吟诗一日，至晚上薛君兴。日间天气又暑，夜有雨后，天气转觉清快。和剔园七夕招宴诗一章(依原韵):“新凉力薄澌残暑,城北迎宾具晚餐。快睹琳琅千遍读,只谈风月一庭宽。昂头灵鹊桥争巧,待听青牛竹报安(席间有承侯,将赴津门)。文酒又联今夜里,遥知天汉庆澄澜(旧年七夕,曾与同人联文宴于茂荆堂)。”

十二日(8月22日) 晴。上半日阮三奇来谈片时兴。下半日又雨,夜间又多风雨,至后半夜大雨如奔。

十三日(8月23日) 早上雨虽稍朗而风仍大。早上睡觉,眼目昏花,精神恐悸,心绪为之不宁,颇有处安思危之念。上半日又时有风雨。旰祭本生先慈曹太淑人讳日。下半日乍晴乍雨。近日凉暑不常,一切衣食动静,宜加意谨饬也。阮三奇来谈,围棋诗画,至夜餐下又谈片时兴。夜有明月,天似将晴。近年民智日开,不可太拘迷信。凡有可疑之处,当以“见怪不怪,其怪自败”之旨与人讲论也。

十四日(8月24日) 天又晴。阅《随园女弟子诗》。近日旰间虽尚暑,而早晚颇凉快。夜月亮如昼。

十五日(8月25日) 晴。上半日陈景平、徐佑长来谈,片时兴。旰祭历代祖宗,中元例事也。下半日阅越缦诗。夜餐下陈朗斋太守来谈片时兴。近日月色最亮,天气又清胜。

十六日(8月26日) 晴。上半日陈景平来谈片时兴。旰前坐舆至水澄巷徐宅拜祭。下半日至其邻罗柷甫处谈片时,又至徐宅谈,至夜餐下坐舆旋家。晚上微雨,仍晴。

十七日(8月27日) 晴。上半日徐宜况、阮三奇来谈,兼围棋。下半日徐遏园来同谈,至夜餐下各客兴。夜又有月最亮。

十八日(8月28日) 晴。上半日陈朗斋太守来谈片时兴。下半日杨医质安来诊内子病,酌药单下谈片时,杨君兴。今日天气清胜。内子李夫人夏间时有气血不调之恙,吃粥业将一月,日形瘦弱。前夜心胸郁逆,统夜不能安睡,至今晨始稍平快。大约人本虚弱,稍动肝气,病即乘之,且时有虚热。据医者宜服调气清热之品,饭胃一开,病可渐愈。

十九日(8月29日) 晴。上半日学字。今日天气尚暑。下半日坐舟至西郭李承侯家谈,并将陶仲彝姻丈寄樊云门先生之函转交澄君至京时转寄。是函以余有楹联请樊公书,所以由余处一转也。余昔年以钱购得之李越缦先生诗笺、书牍,虽大半都有印章。今携至澄君处一阅,兼请其将越缦先生之图章加印数处,仍即携回。天将晚,仍坐舟旋家。

二十日(8月30日) 晴,早上天气清胜。阅陆务观诗集。下半日天气最暑,至晚上有风雨后,乃转清快也。

二十一日(8月31日) 天时有凉雨。阅旬日以来各报,盛载筹安会事。筹安会者,发起于京中数权要之人,其声势、人数日盛一日。闻其宗旨在议定中国君主与民主之问题,大总统与政府不加取缔,似亦有所默认。近见该会通电各省将军、巡按使、总商会,赞成者日有所增,说者谓不远当仍复为帝制之国也。上半日徐遏园来谈,旰餐下兴。天稍有雨即晴。阮三奇、茅笃甫[①]来围棋,至下日早上兴。茅君系柯山下住处,同谈及柯岩为吾越一名胜,所有宅宇年久不修,日就侵敝,倘有同志能集钱购为数家共有处以整顿之,又维持名胜之一事也。

二十二日(9月1日) 晴,早上天气清胜,日间天又暑如伏日。[阅]湘麋阁诗词及陆务观诗集。

二十三日(9月2日) 早上微有雨,即晴。前日和薛阆仙原韵七律一首[②],兹补志于下:“有书可读愿潜居,旧雨论文廿载余。万国

---

① 茅善培(1863—?),字笃甫。浙江绍兴人。清光绪十七年(1871)举人。据王德轩提供《茅善培乡试朱卷》。

② 陈庆均《为山庐诗稿》(第一本)有诗《和薛阆仙词兄见赠原韵并示阮天目骆仲和两吟侣》,与之略异,录如下:“有书可读愿潜居,旧雨论文廿载余。万国雄才归夹袋(阆仙著有《万国人名韵编》及《舆地韵编》),百篇旧憾为山庐(予昔年有为山庐悼亡百感录之作)。元瑜啸傲弹琴罢(天目善弹琴),公绪吟联讲席初(仲和究心吟咏)。座上宾朋多不贱,尚功训诂重徐徐。”

雄才归夹袋(阆仙著有《万国人名韵编》及《舆地韵编》),百篇旧憾为山庐(余昔年作《为山庐悼亡百感录》)。元瑜啸傲弹琴罢,公绪吟联讲席初。座上宾朋多不贱,尚功训诂重应徐。"

二十四日(9月3日) 早上似晴,天气清凉。余近日时有牙痛,大约系体虚。又自知事繁,太用心思。但人生精力能有几何,贵自加调养也。上半日陶仲彝姻丈来谈数时兴,又徐遏园来谈。下半日阮三奇来谈。遏园晚上兴,三奇夜餐下又谈片时兴。

二十五日(9月4日) 晴,近日寒暑表早上在七十余度。上半日陈朗斋太守来谈片时兴。下半日至街一转,即旋家。

二十六日(9月5日) 晴,天气又清胜。督工匠修整宅宇。日来事繁之虑,非等寻常。

二十七日(9月6日) 晴,天气又清胜。督工匠修整宅宇,暇时阅《六朝文絜》。今日内子李夫人至陶堰。

二十八日(9月7日) 晴,天气又清胜。上半日至街一转,即旋家。下半日督工匠收拾楼。

二十九日(9月8日) 晴,天气又清胜。督工匠修楼。下半日学篆文。今日寒暑表在八十之上下。

八月初一日(9月9日) 晴。本月为乙酉,日为癸卯。天气又清胜。早上学真体字。

初二日(9月10日) 晴。上半日为杜君书中堂篆屏四张,乃前年杜君芝生所转托,延至今日,免强书之也。下半日至街一转,又至田宅陈朗斋寓片时,即旋家。

初三日(9月11日) 晴,上半日微有雨。坐舆至老虎桥祝陈积臣之老翁寿,坐片时仍坐舆旋家。前日天气又暑,寒暑表在八十七八度。今日天气又转清胜。盱间遵例祀东厨司命神。人民习惯,大半都从旧俗也。下半日陈朗斋来谈片时兴。晚上似将雨而仍晴。

初四日(9月12日) 晴,天气又清胜。督工匠修整楼宇。今日寒暑表在八十余度。

初五日(9月13日)　晴,天气又清胜。督工匠修整庭宇。下半日天有微雨,仍晴。予最喜整饬,但事务繁如,精力柔弱,且事事都须躬自监督,日来益觉支持也。夜有雨。

初六日(9月14日)　早上天又有雨,日间似晴,夜有大雨片时。

初七日(9月15日)　早上天又晴。

初八日(9月16日)　晴,天气又清胜。督工匠修整庭宇,事繁最需心力。上半日坐舆至保佑桥陈仲诒家贺喜片时,仍坐舆旋家。日中寒暑表在七十八九度。下半日督工匠修整庭宇。夜微有雨。

初九日(9月17日)　雨,日间乍雨晴。阅春在堂诗词。晚上阮三奇来谈文字。

初十日(9月18日)　早上天似晴。阮君兴。余昨夜同三奇谈至天将晓,睡片时即兴,起学字。旰时,内子李夫人由陶堰旋家。下半日督工匠收拾庭宇。晚上天微有雨。至田宅陈朗斋处谈片时,又至田蓝陬家宴暖寿筵,夜餐下即旋家。

十一日(9月19日)　上半日天晴。早餐下至后观巷田蓝陬家贺寿兼为其陪客。下半日天雨。田宅又留,夜宴下旋家。今日天气又似暑天。有撰贺蓝陬寿联,特用七言,以示大观,借志于下:“一窟蟾圆秋不老;百年麇寿日方中。”

十二日(9月20日)　早上天似有雨。上半日坐舆至开元寺吊薛逸臣[①]警佐之老翁丧,片时仍坐舆旋家。前撰挽薛君之联,又志于下:“官舍幸趋庭,喜治谱增辉,膝下莱衣齐舞彩;客星沉禹域,看素旌归棹,秋中薤露动悲歌。”旰前天有雨。下半日陈朗斋太守来谈片时,同坐舟至花巷布业会馆,徐以逊假座邀宴,田褆盦亦同舟。夜宴下,

① 薛瑞骥(1884—1953),又名淡堪,号铁尘,一作逸臣。温州瑞安人。曾就读于浙江高等巡警学校及龙山法政专门学校。曾任绍兴县警察局局长。见蔡圣栋《当代瑞安诗词选》。

仍同陈、田两君各旋家,时天雨最大。上岸田宅门前,至田宅略坐片时,备雨伞等事,即旋家。余近日筵宴中每吃强酒,但时觉不快,以后仍宜自加节摄。

十三日(9月21日) 雨。予支持家政,巨细躬亲,心力实觉勉强也,今日略得静养。

十四日(9月22日) 早上天晴。清解各账务。夜有月最亮,今日天又暑。

十五日(9月23日) 晴,天气尚清胜,日间郁暑异常。勉治家中俗务。夜有明月,庭畔例设瓜果,瞻仰清辉,最有清味。至九计钟时,雷电交作,风雨最大。片时后,天气又转清凉。

十六日(9月24日) 早上微有雨,天气清快。督工匠修整庭宇。下半日又微有雨。

十七日(9月25日) 早上天晴,日间乍雨晴。下半日书篆文,又阅春在堂诗册。

十八日(9月26日) 早上寒暑表在六十五度。下半日徐子祥来谈片时兴。晚前为田芝储书篆联两副。

十九日(9月27日) 早上天微有雨,即晴。旰前至田蓝陬家公宴,下半日旋家。席间吃酒太多,夜间颇不纾快,以后宜力戒之。

二十日(9月28日) 晴。昨夜以吃酒后不能安睡,幸下溏粪两回,至今早始觉心腹略快。但如是吃酒,实于保养反对。余每酒后辄自知非是,乃操守未坚,积弱之体何可时时尝试。自今以后,益应勉励也。上半日陈朗斋太守来谈,又同坐舟至八字桥鲍养田家宴,田蓝陬又同舟也。旰宴下,仍同朗斋、蓝陬坐舟旋至旧会稽学前上岸,至花巷等处阅市,片时即各旋家。

二十一日(9月29日) 晴,天气为最清胜。上半日陈景平来谈片时兴。下半日至陈厥顨林处谈片时,又同至街一转,天将晚,即各旋家。近日早晚寒暑表在六十余度。

二十二日(9月30日) 晴,天气又清胜。上半日徐宜况来谈。

下半日阮三奇来谈，又陈厥畀来谈片时，阮、徐两君演棋至将晚各兴。今年节气虽早，桂花始萌颗。大地风香，当不远也。

二十三日(10月1日)　晴。上半日至杨质安处谈片时即旋家。下半日又为田君书篆文楹联。今日寒暑表在七十余度。

二十四日(10月2日)　晴，天气又清胜。桂子生香，菊花萌颗，日来最是佳日也。下午学大字。

二十五日(10月3日)　晴。上半日至街一转，即旋家。又至田褆盦、季规处盰宴。下半日又至街一转，即旋家。

二十六日(10月4日)　晴，早上有雾露。督工匠收拾庭宇。上半日有寄寓越城前任绍兴府经历罗剑农来请见，谈片时兴。

二十七日(10月5日)　晴，今日寒暑表在七十余度。上半日至后观巷田宅陈朗斋太守寓中筵宴，下半日旋家。日来家中事务益繁，实需心力整饬，未知何时可得清闲也。

二十八日[①]**(10月6日)**　早上晴，天气清胜。今日又系孔圣诞日，特接立日志。

二十九日(10月7日)　早上晴，天气又清胜。督工匠修整庭宇等事。下半日有雨。

三十日(10月8日)　早上似将雨，即晴，天气又清胜。

九月初一日(10月9日)　月为丙戌，日为癸酉。早上天似雨。予以家中事事都待整饬，巨细躬亲，勉强支持。况所有财产，仅可寒士敷衍，而风气奢华，尤应酌中自立。上午晴。学字。下午微有雨。

初二日(10月10日)　天有雨。晴日又久，缸中正待茶水。有是好雨，忻幸事也。早上学大字，阅名人诗笺、书牍。予年来购得名

---

① 此日之前记：中华国清帝让位后之第四年，岁为乙卯。今国家有重定国体之议，似可书中华国，但中华国清帝让位后之第四年较为实事求是也。本日为乙卯。按：本日当为“庚午”。

儒撰书笺牍[①],暇辄吟览,借娱眼目。家事虽繁,精力虽弱,而推敲吟咏,研学各种书体,苟有暇时,兹志仍坚也。

初三日(10月11日) 早上似又有雨。上半日阮三奇来谈。下半日徐宜况来谈,至翌日各兴。

初四日(10月12日) 早上天似又有雨,上半日晴,天气尚暖。予日来肛门有外痔,行坐似觉未能如常。大约百事交集之时,太用心计。人生有几精力,以后应力加保养。上半日整饬住室。

初五日(10月13日) 雨。内子李夫人昨夜忽咳嗽气喘,不能安睡。早上杨质安来诊,据云系风热,幸即咳嗽,病势尚轻。酌药单下谈片时,杨君兴。本日予痔恙尚未愈。

初六日(10月14日) 又雨。李夫人病稍愈。予痔恙前夜渣冰片麻油,今日仍未愈可,勉强整饬家事。下半日陈景平来谈片[时],又阮三奇以预贺吾家十九日成婚诗见赠,谈片时,景平、三奇各兴。夜天又雨。

初七日(10月15日) 又雨,日来寒暑表在六十八度。下半日学细草书。予痔恙今日稍愈可。

初八日(10月16日) 又雨,天气潮湿。督工匠收拾庭宇。上半日书大字"揽胜蓬莱"匾额,是额拟悬住室中楼,以楼窗看卧龙山最清楚也。

---

① 陈庆均《为山庐诗稿》(第一本)有诗《集名流诗笺装置成册谨题一律并序》,录如下:"(予家自先征君慕陵公以后,名山著述,代有传人。并世明贤,交通翰墨。迄今时代几更,沧桑叠改,搜求遗箧,剩简寥寥。比年辄事吟咏,只惭学术粗疏,不能饱见昔贤写作,引为憾事。而世局纷纭,狂沸波涛,谁谈风雅。娜嬛缃缥,视等覆瓶。断简残篇,遂多散布。见有儒林笺牍,辄喜以值购求。日积月累,颇有可观。征其姓氏,又大都系先德酬唱同人翰墨。只缘亮非偶然,谨咏长言,借志景仰。)'霓裳清咏聚钧韶,我憾诞生岁月遥。酬唱半多先世契,风流犹向旧篇邀。嶙峋诗骨毫端露,绮丽词华舌底饶。留得名山缣缥在,银钩铁画映红绡。'"

初九日(10月17日)　早上天似晴，寒暑表在六十八九度。上午学字。今日为三儿在铻十岁生日。盰，天有晴日，见寒暑表在六十九度至七十五六度。下午于事务繁汇之时，吟书诗笺一幅，以宁心志。

初十日(10月18日)　晴，天气又清胜。午时系饬人为镇儿安婚娶床。盰下坐舆至南街田扬庭家贺喜，渠家尚待宴客。喜酌之下，就近至陶仲彝先生家一转，又至田宅谈片时，仍坐舆旋家。夜有月最明亮。

十一日(10月19日)　晴，天气又清胜，但日中寒暑表在八十一二三度。上半日至"保昌"高云卿处谈片时，又[至]电报局褚衣堂处谈片时，又至中国银行周芝文[①]处谈诗数时，又至笔飞弄陈迪斋处谈片时，旋家时盰后也。

十二日(10月20日)　雨。上半日街一转，即旋家。徐遏园来谈，下半日兴。

十三日(10月21日)　雨。上半日至陈厥舁家谈片时，又至徐子祥家谈片时，即旋家。徐遏园来谈，盰餐下兴。下半日陈景平来为我家书喜事帖柬等事，至夜餐下兴，时十计钟。日来天雨事繁，应接未暇。

十四日(10月22日)　雨。督工人整饬庭宇等事。下半日徐宜况、陈景平来谈，至夜餐下兴。天雨连朝，不知何日可晴好也。

十五日(10月23日)　雨。上半日至观桥坤圃处谈，片时即旋家。督工人装饰花圃、收拾庭院，客座铺排几椅、悬挂联屏画幅等事。

---

①　周光煦(1851—1923)，字子文，号芝雯，一作芝文。浙江绍兴人。清光绪二十九年(1903)进士周蕴良之叔父。曾官浙江衢州府江山县学教谕、西安县学教谕，福建建安县知县。善绘事，精花卉，尤善作淡墨巨石。著有《光霁庐纪录》《画谱》。见《绍兴文史资料选辑》(第1辑)之张处德《五十年间绍兴书画家列举》、《周蕴良乡试朱卷》。按:《五十年间绍兴书画家列举》载其为前清举人，误。

天雨办事,未能敏捷,且我家前后之屋路又遥远,尤须妥为筹策。下半日阮三奇来谈片时兴。夜餐下,陈景平来谈喜庆应预备等事。昨今两日早有戚友送贺仪来,应办事宜,似当从速筹备也。

十六日(10月24日) 天仍雨。

十七日(10月25日) 雨。整饬庭宇,悬挂楹联画幅及开发送贺仪来等事。上午天雨最大。我家前后庭宇遥长,办事益觉费力,未知明后日天工能予晴好也。下午天朗,似有晴态。预筹所有内外应备事。

十八日(10月26日) 早上天似晴。六计钟,携镇儿拜喜神,整饬内外婚娶事。下午排定仪仗,发迎娶轿于常禧城外快阁姚氏。

十九日(10月27日) 晴,天气清胜。寅時星月明亮。三计钟由常禧城外快阁姚氏迎新媳花舆来,以时正好,就行成婚,至内室应接所有事宜。宴会新亲送舅,为新媳之兄幼槎、意如①两君。成婚事竣,天气将晓。早膳后镇儿同新媳坐舆至姚宅回门。上半日来贺男女客共五六十人。午时天气益晴好。镇儿同新媳由姚宅回家,即于大厅上恭备香案拜祖宗,又拜先大人,又拜先室田夫人。事竣,依长幼行辈贺喜。旰,全体筵宴,内堂共四桌,外厅共五桌。

二十日(10月28日) 天气又晴胜。

二十一日(10月29日) 晴,天气又清胜。

二十二日(10月30日) 上半日天晴,下半日天雨。同杜芝生先生、徐乔仙及陈景平、贾幼舟谈,又开发喜庆铺设等事。曩时提起精神而为之事,至今日久,心力益觉支持也。

二十三日(10月31日) 天时有微雨。同杜芝生、徐乔仙等客谈,又开发及收拾庭宇等事。

---

① 姚福祥(1891—?),小名吉元,字亿如,一作意如。浙江绍兴人。目录学家姚振宗之第十子。见《文澜学报》(1935年第1期)之陶存煦《姚海槎先生年谱》。按:其生于光绪十六年十二月十九日,公历为1891年1月28日。

二十四日(11月1日) 晴。上半日杜芝生、徐乔仙、贾幼舟、陈景平等客皆散。喜庆开发等事,蒙徐乔仙、陈景平帮办一是,最得力也。上半日坐舆至陈厥龏家贺其孙弥剃之喜,片时仍坐舆旋家。旰拜曾祖祭事。

二十五日(11月2日) 雨。家中事务虽都宜整饬,而日来心力时形惰弱也。

二十六日(11月3日) 时晴时雨。

二十七日(11月4日) 上半日天似晴。平宜生君来谈片时兴。下半日陈(郎)[朗]斋君来谈片时兴。久雨偶晴,以天气尚好,同钰儿至大街等处买书等事,又观览花园菊花,尚未盛开,即同钰儿旋家。夜阅《(钢)[纲]鉴录》。

二十八日(11月5日) 又雨。晚禾尚在田间,正农家登收之日,而天雨日夜连绵,虽有谷而久浸,恐芽又虑未能大有,是天时之未如人愿也。下半日查对账务等事。夜阅《(钢)[纲]鉴(日)[易]知录》及《随园女弟子诗》。

二十九日(11月6日) 天又雨。早膳后同族兄弟侄及镇儿坐舟至南门外下谢墅村,上新貌山祭谒曾大父母、大父母、本生父母墓,又祭先大人、先室田夫人殡墓。大雨连绵,草草事竣。下山旰膳下,仍同族人及镇儿坐舟旋家,时五下半钟也。舟中绘山水一张。

十月初一日(11月7日) 雨。本月月为丁亥,日为壬寅。天又雨。下半日徐乔仙、叔亮及胡梅森先生、徐逿园、陈景平、阮三奇来宴,乔仙、景平帮办喜事最荷得力,特治筵以酬之也。夜宴下,胡、徐等客及景平兴,又同乔仙、三奇谈半夜。

初二日(11月8日) 又雨。同三奇、乔仙谈。上半日快阁姚宅十四日盒盘预行送来开发等事。下半日又同乔仙、三奇听雨闲谈。

初三日(11月9日) 似有晴意。上半日乔仙、三奇兴。旰祭先大人讳日。

初四日(11月10日) 晴,天气最清胜。久雨之下得见晴旭,人人兴致高快。整饬家中事务。

初五日(11月11日) 天气又晴胜。家中事事有待整饬,而心力柔弱,未能勤敏,似应随时策励也。本日寒暑表在六十五度。收拾书画书籍等事。下午学行书几百字,阅《(钢)[纲]鉴录》。夜有明月,阅春在堂诗,与家中谈讲今昔时事。

初六日(11月12日) 晴,天气又清胜。上半日至外花圃观览。今年天雨日久,近虽得晴,菊花尚未盛开。东篱晚节,多待傲霜也。又同钉、铻儿至大街等处买笔墨书纸等事,时将旰,即同钉儿、铻儿旋家。

初七日(11月13日) 早上天晴。上半日至街一转,即旋家。

初八日(11月14日) 晴,天气又清胜。予以九月间镇儿婚娶,时有友人薛阆仙、阮天目诸君曾示贺诗,其时事务繁如,未及酬答,今勉成长言,借示词友:"晴曦明射雨中天,珍重琳琅五色笺。延揽秋光余傲菊,环看菱镜启欢筵。重华遥溯征同系,彩笔留题荷众仙。胜地即今忝管领,惭聆佳话草堂传。"

初九日(11月15日) 晴,天气又清胜。上半日阮天目、徐扐庭来谈,夜餐下陈景平来谈数时,客各兴。今日中天暖,夜又有雨。闻晚谷正在登场,尚冀天气之晴好也。

初十日(11月16日) 天又雨。闲坐寒窗,留览昔人杜子美及陆务观诗集。下半日至后观巷田宅陈郎斋处谈,片时即旋家。

十一日(11月17日) 早上天似晴,寒暑表在五十余度。旰前至田蓝陬家拜肇山太姻长祭,下半日旋家。陈荣伯来谈。

十二日(11月18日) 晴,天气又清胜。同陈荣伯谈,又徐宜况来谈,至晚上各兴。夜天有月亮。

十三日(11月19日) 又晴,天气骤有冬景。下半日至街一转,即旋家。夜阅《(钢)[纲]鉴易知录》。

十四日(11月20日) 晴,天气又清胜。阅近日各报,所有将军、巡按使自前月间形色上投票国体后，上袁总统公文，大都业经称帝称臣，歌咏揄扬，只恐落后，可见人心趋时之工也。各省代表国民，或是或非，如杨柳风姿，随时飘转。此又趋时者之所特诣也。

十五日(11月21日) 晴。上半日至昌安门里回看陈荣伯，不面。又至大街一转，即旋家。下半日田禔盦来谈片时兴。天微有雨。

十六日(11月22日) 雨。上半日学篆书。下半日阅陆务观、吴梅村诗。夜吟自咏七律诗一章。

十七日(11月23日) 雨。自九月以来，一晴九雨。晚禾至今尚未全收，农家祈晴不得，借租花为生计者，未免又受其亏。下半日至大街"天成"谈，片时即旋家。夜阅陆务观诗册。

十八日(11月24日) 又雨。上午樊樊山先生由都中寄来为予补书楹联，兼缀有跋语。写作之佳，洵是大名家手笔。书联之后，并蒙寄示两诗。翰墨有缘，为之忻幸。盰间，快阁姚氏循俗送弥月盘盒等事来，是乃相沿习惯婚娶之余事也。下午天雨略朗，至街书肆中购大本《吴诗集览》一部，即旋家。阅梅村诗，格律工雅，词旨绮丽，诚为有清最大名家，学诗者所应矜式也。

十九日(11月25日) 晴，天气清胜，早上寒暑表在四十八度。日月荏苒，镇儿娶妻今经弥月。予告镇儿曰："为尔婚娶成家，年力日长，读书立业，全仗是时宝贵年华，安可虚度？天下事但求有为，何难成就？所谓'舜何人也，予何人也，有为者亦若是'，昔贤早示我也。当今竞争时代，士农工商，事事日加讲究，若疏忽敷衍，何能自立？"

二十日(11月26日) 晴，天气又清胜。上半日阅吴梅村诗。盰前同陈朗斋太守坐舟至八字桥鲍养田家宴，同席者为王幼山[①]参

---

① 王家襄(1872—1928)，原名福球，字幼山。浙江绍兴人。幼年随父在河南怀庆府官廨由名师授读，后赴日本留学，在日本警视厅特设警察专科学习。毕业归国后，历任浙江全省巡警道参议、绍兴府巡警总理、浙江警察学堂教习兼提调、浙江全省警察总办、浙江省谘议局议员、吉林巡警总办、浙江(注转下页)

政、陈朗斋太守、陶荫轩、余及徐仲森、金月如,鲍养田、香谷、意臣[①]诸君,谈至夜餐下各散。余坐舆至“天成”一转,即旋家。

二十一日(11月27日) 晴,天气又清胜。上半日阅吴梅村诗。旰拜先大父讳日。下半日至大街“天成”谈数时旋家,时五下钟也。夜餐下陈景平来谈,片时兴。近日以事纷心,时有牙恙,未知何日得清宁。

二十二日(11月28日) 晴,天气又清胜,早上寒暑表在四十八度。旰拜先大母诞日。下半日至街一转,即旋家。

二十三日(11月29日) 晴,天气又清胜。上半日坐舟至南街陶仲彝先生处,陶公适至仓弄,余即坐舟旋。路过覆盆桥陈朗斋新寓处谈,片时即旋家。下半日至大街一转,又过田禔盦家谈,片时即旋家。

二十四日(11月30日) 晴,天气清胜,早上寒暑表在四十二三度。上半日徐遏园来谈,旰餐下兴。下半日至大街一转,即旋家。

二十五日(12月1日) 晴,天气又清胜。上半日阮三奇来,邀同至其馆同汪庸生谈,又至街饮于酒楼,又至覆盆桥陈朗斋新寓谈,片时即各旋家。

二十六日(12月2日) 晴,天气又清胜。上半日至覆盆桥贺陈朗斋移居之喜,兼为其陪客半日。旰酒下,又谈片时即旋家,时三下半钟。前日曾撰送其联语,借补志于下(朗斋原住松陵村也):“城市山林,到处烟霞供啸傲;盐梅舟楫,何时霖雨起苍生。”

(续上页注)省议会选为临时参议员等职。民国十三年(1924)退居天津。见《新河王氏族谱》卷四《世系四·坤房两化公派下季房世系》;绍兴文史资料选辑》(第3辑)之王绍型《王家襄简历及轶事》;《国史馆馆刊》(1949年第2卷第1期)之宋抱慈《王家襄传》。

① 鲍德显(1886—?),又名震,字懿臣,又作薏忱、意臣。浙江绍兴人。曾任绍兴临时军政府庶务科科员。见鲍德福《鲍氏五思堂宗谱稿》卷三《尚志公派第六世》;《绍兴临时军政府收支征信录》。按:宗谱载其生于光绪十一年十二月二十三日,公历为1886年1月27日。

二十七日(12月3日)　晴，天气又清胜。上半日阮三奇、徐宜况来谈。盱祭先大人诞日。下半日又同阮、徐二君谈，阮君晚上兴，徐君翌日早上兴。

二十八日(12月4日)　早上天尚晴。上半日至街"天成"谈片时，又至仓桥等处买纸本及碑帖。其篆书之《天发神谶碑拓本》最清，又难得之事也。又至"天成"一转，谈片时旋家，时四下钟。临书篆文。余俗务纷繁，精力柔弱，然学问之事，时时以未能专心为憾。清闲之福何于我未曾修得？晚上陈景平来谈，夜餐下兴。

二十九日(12月5日)　晴，天气又清胜。盱祭本生先大人讳日。下半日临《天发神(忏)[谶]碑》。

三十日(12月6日)　早上天尚似晴。上半日同族兄弟侄坐舟至石旗村，上山拜高祖墓，事竣下山。舟中盱餐，仍解缆旋家。月前荷樊樊山①先生题示两诗，今依原韵和成，录下："天汉源分感逝波(天池之旁有'天汉分源'之额，乃青藤山人自题)，雪泥鸿迹费搜罗。樱桃柿叶先零落，藤荫尚余历劫磨。""文字有缘联异代，彩毫潇洒接清尘。一编古意抱残阙(先人刊有《青藤古意》一书)，圣地敢夸管领人。②"

---

①　陈庆均与樊增祥有翰墨往来，《为山庐诗稿》(第一本)《樊樊山先生寄示近作咏青藤书屋及先人慕陵征君事略谨依原韵奉酬》后有《樊山先生七十寿诗》，录如下："不才两度拜琳琅，蓬荜频增翰墨光。仕隐何曾输啸傲，诙谐到处即文章。吟笺早重鸡林国，词谱同编越缦堂(先生与李越缦世丈合刊词谱行世)。朝野尊荣闲岁月，名山特见一军张。"其二(是首谨和曾示甲寅元旦原韵)："同谱兕觥介寿篇，京华群屐著鞭先。遗山有愿难投笔，太白问呼不上船。完发汉仪尊祖国，庞眉豪兴倍青年。江花一管春常在，文彩争惊落锦笺。"

②　陈庆均《为山庐诗稿》(第一本)有诗《樊樊山先生寄示近作咏青藤书屋及先人慕陵征君事略谨依原韵奉酬》，与之略异，录如下："重睹柱诏留妙墨，黄庭好处见清尘(新荷补题旧有楹联)。一编古意抱残阙，圣地敢夸管领人。"

十一月初一日(12月7日) 本月月为戊子,本日为壬申。早上天晴。上昼快阁姚家备舟来接镇儿夫妇至其家宴,乃循俗事也。阅梅村诗。盱间似有将雨之态,后仍晴。徐仲森、鲍意臣、黄雁森来,盱餐下谈至将晚,仲森邀至"一一新"宴,鲍、黄两君同宴也。夜餐下各散。余又至"天成"一转,谈片时即旋家。

初二日(12月8日) 早上天晴。上半日看梅村诗。下半日至大街等处一转,即旋家。夜学草书几百字。

初三日(12月9日) 晴。子时内子李夫人似腹中下堕,时有痛阵,如将生产。予为其筹备临产需用等事,并令家中人帮备,又遣仆人至府桥广济产科金子英[①]女士来接生。至八计钟时,痛阵益急,片时后内子李夫人得生一女[②],产母、女孩都好。金女士系杭州大方伯医院学业,接生用泰西之术,临产时,产母如常平卧可也。予观其接生之术都好,只小孩生后,未待胞下,先洗小孩;至小孩洗后,襁褓事竣,始接产母下胞。至产母再有一番费气力之事,且有相距有半时之久,益觉可恐。予以其用接生之术似较寻常为妥,但必须待下胞后褓小孩也。

初四日(12月10日) 晴。上半日为新生女儿哺甘草、黄连及开口食等事。女儿八字为:乙卯、戊子、甲戌、戊辰。下半日金产科来复视产母、小孩片时,大小人都好,乃寻常之一视也。总之,是等接生,余事都善,只襁褓小孩必须令其待胞下后,以后自家要坚有主意。

初五日(12月11日) 晴,天气又清胜。上半日为新生女儿洗浴,循俗事也。内子李夫人产后尚好,今朝虽腹中仍偶有痛处,(亮)[谅]再吃生化汤后可好也。今日吃稀粥每半碗。内子系九个月所产,所以临产之事都未预备;两女又病,又乏伺应之人。特令镇儿夫

---

① 金子英,日记一作子瑛、子暎,整理时统一为子英。民国时浙江绍兴广济产科女医生。毕业于杭州大方伯医生。屡为陈庆均家人用西术接生。据《日记》。

② 陈在苹(1915—?),浙江绍兴人。陈庆均之女,继室李夫人所出。

妇即于是时旋家。

初六日(12月12日)　晴,天气又清胜。内子产后尚可,今日每能吃稀粥一碗,小孩又日见其健。

初七日(12月13日)　晴,天气又清胜。旰间坐舆至南街田扬庭家贺其孙弥剃之喜,旰宴下仍坐舆旋家。又至大街一转,即旋家。

初八日(12月14日)　晴,天气又清胜。内子李夫人产后人虽虚弱,但胃气尚可,今日能吃饭。

初九日(12月15日)　晴,天气颇寒。早餐下同田禔盦、霭如坐舟至昌安门外窦疆贺鲍清如①等人之祖立祠之喜,旰宴下仍同禔盦、霭如坐舟旋城。至利济桥上岸,由大街各旋家,时将五下钟。

初十日(12月16日)　晴,天气又清胜,寒暑表在四十三四度。下半日至大街"天成"谈,片时即旋家。夜阅陆务观诗。日来俗务益繁,未能专心看书写字。

十一日(12月17日)　晴,天气又清胜。下半日至街一转,即旋家。

十二日(12月18日)　晴,天气又清胜,早上寒暑表在三十七八度。下半日至街一转,即旋家。

十三日(12月19日)　晴,早上水有冰。上半日坐舆至南街徐宅贺伯庸娶媳之喜,兼为其陪客半日。旰宴下谈至将晚,仍坐舆旋家。

十四日(12月20日)　晴,天气又清胜。上半日书友朋尺牍。下半日至街一转,即旋家。夜间又写应酬尺牍。日来天气虽寒,而清肃可佳。夜月又最明亮。

十五日(12月21日)　晴,天气又清胜,寒暑表在四十余度。治家中账务。夜月明如昼。

---

①　鲍德衔(1875—?),又名元庆,字清如。浙江绍兴人。娶栖凫徐子芳长女。见鲍德福《鲍氏五思堂宗谱稿》卷三《尚志公派第六世》。

十六日(12月22日) 晴,天气又清胜,早上寒暑表在三十八度。下半日徐宜況来谈,片时兴。阅近日报,以袁总统业经于十四日承任为中华皇帝,歌功颂德,重睹黼黻文章之盛。世事如棋,随时制宜。草茅下士,自惭鲜问世之才,但愿邦家永奠,转弱为强,中国之幸,即皇帝之幸。吾辈得安弦歌诵读之常,何莫非幸事也。夜间又有明月。

十七日(12月23日) 晴,天气又清胜。今日卯时为冬至。早上之寒暑表在三十五度。旰祭历代祖宗。下半日誊书租簿等事,家中俗务繁衍,未能有清闲读书学字。

十八日(12月24日) 晴,天气又清胜。书较租簿等事。夜阅吴梅村诗,又有月最明。

十九日(12月25日) 晴,天气又清胜,早上寒暑表在三十八九度。下半日至街一转,即旋家。晚上看租务事。

二十日(12月26日) 晴,天气又清胜。上半日徐宜況来谈。旰前阮三奇来邀余同宜況至"一一新"宴会,阮君以纠会股事,托余同宜況品一会股也。下半日即旋家。宜況又来谈,片时兴。今日天气略和。

二十一日(12月27日) 早上天又晴。上半日至花巷布业会馆,徐纪君同俞湘洲联姻宴会。旰宴下又至大街一转,即旋家。

二十二日(12月28日) 晴,天气又清胜。上半日写诗阅报,见有云南反对帝制之电,足见天下事之难定也。下半日阮三奇来,同至徐遏园处问病,又至大街"天成"谈,片时即旋家。

二十三日(12月29日) 晴,天气又清胜。整饬庭宇器具等事。阅《有正味斋尺牍》。今日寒暑表在五十余度。

二十四日(12月30日) 早上天尚晴,日间似有雨而仍未雨。学草书及阅梅村诗、春在堂诗。

二十五日(12月31日) 早上天似将雨,日间又晴。

二十六日(1916年1月1日) 早上天尚晴。上半日至街一转,即旋家。今日系新历元旦,而人民之思想情形,如度常日,惟闻公署局所停办公事一日，亦处官言官，不得不如是也。

二十七日（1月2日）　早上又似晴。近日天似将雨，而家家旺收租谷之时，其价为之抑勒。余家数日以来所收租谷米，佃人不免和水，若不即行晒就，日渐蒸坏，今日不得不抑价售钱。永日治谷米事，颇觉繁如。

二十八日（1月3日）　晴，家中俗务等事。阅《异授眼科》书。以积弱之精力应繁杂之事务，日形支拄。

二十九日（1月4日）　早上天尚晴。上半日阮天目来谈片时兴。下半日至街一转，即旋家。

十二月初一日（1月5日）　本月月为己丑，日为辛丑。晴，天气又清胜。阅春在堂诗。下半日微有雨后仍晴。整饬家中事务，鹿鹿如常，未知何日得有清闲也。

初二日（1月6日）　时有雨。于昨日见各报业奉政令，新历正月一日即定为大中华帝国洪宪元年。政府颁发命令始于十二月三十一号，全国人民未及周知。数日之间，尚书前年相接之年号，发行之笔墨难以追改，至今日始日见奉定也。

初三日[①]（1月7日）　晴，早上寒暑表在四十八度。上半日阅张孝达文襄诗。下半日天暖。

初四日（1月8日）　天微雨。治租谷米等事。天晴日久，倘能大雨一二日，即又晴好，何幸如之。

初五日（1月9日）　雨。收拾庭宇器皿等事。下半日录近日吟咏及账务。

初六日（1月10日）　早上天似又晴。下半日至街一转，即旋家。书算账务事。

初七日（1月11日）　早上天下微雪，寒暑表在三十七八度。谚

---

① 原为“新历大中华帝国洪宪元年正月七日即旧历十二月初三日”。

云:"初三日头初六雪。"今虽逾一日,但旧行夏时之正朔,最为足准也。上半日即有晴态。呵冻书算账务。下半日同钲、铻两儿至街一转,仍即同钲、铻两儿旋家。夜阅《随园女弟子诗》。

初八日(1月12日) 晴。上半日徐宜况来谈。晚上同骆仲和、纪和,宜况及景弟宴于新河弄之明园,数时即旋家。

初九日(1月13日) 晴,天气最清胜。上半日宜况谈数时兴。下半日同钲儿至街买货等事,仍即同钲儿旋家。

初十日(1月14日) 天气又晴胜。上半日至东昌坊对面陈朗斋处谈,片时即旋家。下半日至街一转,即旋家。日来事务益觉纷繁,巨细都须躬亲。每于精力柔弱之时,自憾清福之未曾修得也。

十一日(1月15日) 天气又晴胜。今日上午为新生女儿修发,并为其取名曰苹,系艸字下有安平之意,兼昭、员女为在莵、在苓,今可加之曰在苹。修发后,又为其祀神祭祖。家中略办寻常喜酒,又恐夸张,并未延请亲友宴也。

十二日(1月16日) 天气又清胜。上半日书尺牍等事。天寒有冰,捉管之指尖,未能舒展自如也。

十三日(1月17日) 晴,天气又清胜。上半日至鲍香谷家谈片时,又至胡坤圃家谈片时,即旋家。下半日至田扬庭家谈片时;又至陶仲彝先生家,闻陶公至萧山就医,乃即旋家。晚上又同骆君至街一转,即旋家。

十四日(1月18日) 晴,天气又清胜。

十五日(1月19日) 晴,天气又清胜。上半日宴客十四人,计陈朗斋、张诒庭、鲍养田、胡梅森、陈鹿平、鲍冠臣、陈景平、徐宜况、田扬庭,徐子祥、叔亮,田禔盦,姚幼槎、意如,为酬媒人及会新姻,又宴汤饼等事。谈宴最快,下半日各散。余酒又多吃,但尚可支也。

十六日(1月20日) 晴,天气又清胜。下半日至街一转,即旋家。

十七日(1月21日) 天晴暖,寒暑表在五十余度,下半日又在六十余度，只可穿薄棉衣。如初夏天气，想不远即当有雨也。

十八日(1月22日) 早上天有微雨，寒暑表在五十余度，下半日在四十余度，晚上下冰(苞)雹。

十九日(1月23日) 天下雪，平地积四五寸。寒暑表在三十度之间。有是冬雪，又幸事也。

二十日(1月24日) 晴，天气清胜。水有厚冰，寒暑表在二十五六度。

二十一日(1月25日) 晴，天气又清胜。上半日至徐宜况处谈片时，又至大街一转，即旋家。

二十二日(1月26日) 天似晴。

二十三日(1月27日) 天似晴。

二十四日(1月28日) 天又晴。

二十五日(1月29日) 早上天似晴。上半日至大路“保昌”谈片时，又至笔飞弄“明记”谈片时，又至“天成”谈片时，又至中华书局谈片时，即旋家。

二十六日(1月30日) 早上天似晴。上半日田禔盦来，以京都清祕阁诗笺数种持赠，纸质花样最精雅，深得余年来所好之心。谈片时兴。下半日至笔飞弄“亿中”谈片时，又至“保昌”同高云卿谈片时，又至“允升”谈片时，又至大街一转，即旋家。

二十七日(1月31日) 早上五计钟祀年神、祭祖宗事。天新晓，似仍晴朗。上半日至姚霭生家谈片时，又至南街徐宅谈片时，即旋家办账务事。下半日至街一转，即旋家。

二十八日(2月1日) 天晴。早上薛阆仙来谈。上半日又清解各账务，又陈景平来谈。下半日薛君及景平兴，又清解账务等事。夜餐下天微有雨，又至街清办账务等事，即旋家。

二十九日(2月2日) 早上天微有雨，上半日似晴。办账务。又至街一转，即旋家循例祀东厨神。下半日又办账务。晚上循旧俗谨悬祖宗传像，序次拜之。

中国近现代稀见史料丛刊【第十辑】

陈庆均日记（下）

张剑 徐雁平 彭国忠 主编

陈庆均 著

邓政阳 整理

本辑执行主编 张剑

凤凰出版社

民国五年丙辰(1916年)

正月初一日(1916.2.3)至十二月二十九日(1917.1.22)

正月初一日[①]**(1916年2月3日)** 本月月为庚寅,日为庚午。晴,天气清胜,寒暑表在四十六度。早上循旧拜神、拜祖宗后坐书案学字。元旦有是晴好佳日,最可嘉也。下半日同钉儿、锫儿至戏馆、大街等处一转,天微有雨,即同钉儿、锫儿旋家。今日早上以雨中得晴,下午以晴中有雨,乃天气之奇也。予才力平常,但书画诗词,年来益思努力,每为家务所缠,未能专心。愿今年国中坚定、家务清闲,得安我弦歌诵读之常,是又予之所希冀者也。

初二日(2月4日) 微雨。上半日坐舆至东昌坊对岸陈朗斋处贺年片时,又至南街陶仲彝姻丈处贺年。仲丈由旧冬至今,宿恙又发,坐卧房中者数月矣。但文字积习,未尝放怀,据云仍以看书消遣。今于其卧室中谈时事、吟咏片时,又至田扬庭家拜润之外舅像,兼拜祭事。下半日屠葆青邀同田蓝陬、徐以逊至汲水弄家谈片时,仍同徐、田两君至南街田宅各坐舆旋家,时将晚焉。天气潮暖,似有雨而未即雨。春将至,春气先来也。

初三日(2月5日) 早上天似晴。今日午时立春。寒暑表在五十一度。上半日至田蓝陬家拜先岳母章太夫人像,坐片时,又至田禔龛、孝颛家拜外舅之尊翁像,事竣即旋家。书旧咏诗笺,善书未尝择笔,但工欲善其事,必先利器,日来时思得好笔以书字。

---

① 原为"中华国清帝让位后之第五年新称曰洪宪元年二月三日即旧历丙辰年正月元旦"。

初四日(2月6日)　天又似雨。上半日徐宜况来贺年,陈景平来贺年,又姚霭如来同谈片时,各兴。盱前坐舆至司狱司前胡梅森先生家贺年,又至藏书楼徐拜像,又至新河弄徐宜况处贺年,片时即坐舆旋家。下半日学草书。

初五日(2月7日)　天似晴。上半日田禔盦、季规来贺年,又田霭如来贺年,各谈片时兴。下半日学字。

初六日(2月8日)　早上天似晴。上半日徐遏园、以逊来贺年,谈片时兴;又陈厥羿来贺年,谈片时兴。

初七日(2月9日)　天似晴。早上书字,但天寒执管未能得力也。盱间至新河弄徐沛山先生家宴。下半日又至水澄巷徐宅拜仲凡舅氏像,同佑长谈片时,由大街旋家,时五计钟也。夜有明月,是今年第一见者也。

初八日(2月10日)　天气又清胜。早上瓦上有霜,水有冰,寒暑表在三十五度间。上半日薛阆仙、陈朗斋、胡坤圃、鲍香谷、徐遏园、徐宜况、姚意如来春酌,谈宴数时,下半日散。夜又有明月。

初九日(2月11日)　晴,天气又清胜。上半日至和畅堂徐宅拜叔佩先生像,即旋;又至咸欢河沿陈厥羿寓片时,即旋家,录旧咏诗。下半日同钰儿、铻儿至仓桥、大路等处一转,即以搜览旧书事也。仍同钰儿、铻儿旋家,时五计钟。夜又有明月。时华荏苒,新岁又将旬日,宜及时安排今年事业也。

初十日(2月12日)　晴,天气又清胜。上半日坐舟至茅洋西南湖陶七彪姻丈家贺年,舟至时盱。盱餐下谈耆旧人文数时,仍坐舟旋家,时六计钟也。今日寒暑表在三十余度。夜间又有明月。

十一日(2月13日)　又晴。上半日家中俗务。盱间至陈朗斋寓宴。下半日徐佑长邀至水澄巷其家宴,同集者褚衣堂、陈朗斋、胡梅森、凌润斋、徐以逊、余及佑长,又陈厥羿共八人。佑长并商谈其尊人遏园词讼事,偿还债款,希戚族稍为帮助。但余家为其借累亦已不少,且自顾不暇,此等事甚属为难也。谈数时余即旋家。

十二日(2 月 14 日) 晴,天气又清胜。上半日陈厥彝来谈数时兴。盰前至大街等处一转,即旋家。夜又有明月。新年天时晴佳,最难得也。但晴久,人人又冀其一雨。

十三日(2 月 15 日) 晴,天气又清胜。上半日同兄侄及镇、钉、铻三儿坐舟至南门外下谢墅,登山谒曾大父母、大父母、本生父母墓,又谒先大人殡宫,又谒先室田夫人殡宫,事竣下山。舟中盰餐,仍同兄侄及镇、钉、铻三儿坐舟旋家,时三计半钟。天似有雨,而仍未雨,何彼苍之久吝甘霖也。先人权厝谢墅年渐久矣,每至殡前,触目惊心。时世如是,所当拨冗寻山问水,以办先人窀穸事,特志之以时勉励。

十四日(2 月 16 日) 早上天似晴,寒暑表在四十一二三度之间。晚上至田禔盦家宴,片时即旋家。夜有雨。

十五日(2 月 17 日) 晴,天气和暖,有春新之态。上半日应酬事。下半日睡片时。晚上阅张香涛先生诗。夜有明月。

十六日(2 月 18 日) 早上天似晴。盰膳下,内子至陶堰七彪姻丈家贺年。新年俗事,可谓日不暇给也。下半日至街遇陈厥彝,阅市知前年欧洲战事起,至今洋货价与日(具)[俱]增,其间颜色为尤甚,年余以来增涨至数十倍。如是情形,实为今昔所未有。余旋家时将晚也。

十七日(2 月 19 日) 天有雨。上半日至邻鲍香谷家宴谈,至夜餐下旋家,时十一下钟。内子李夫人又于晚上由陶堰陶七彪先生家旋家。献岁以来,依旧尘俗繁如,未知何日得清闲,可以专心学业也。

十八日(2 月 20 日) 天又雨。盰间遵例祭祖宗传像及整饬等事。下半日阅《春在堂全集》中之书牍等书。

十九日(2 月 21 日) 天又雨。清治账务。余精力柔弱,且年来家用益繁,财力时形匮乏,东挪西移,实费心计。每对账务,不耐专心书治。但愈积愈紊,不能不随时清眉目也。夜阅《随园诗话》。今日牙恙又发,夜未安睡。

二十日(2 月 22 日) 天又雨。上半日徐宜况来谈,同其围棋一日。半夜棋兴虽雅,但颇形支撑。

二十一日(2 月 23 日) 天又雨。予以上日围棋太多,今日背骨又发旧恙,是乃保养疏忽所致,以后应时加谨守。年华日长,而操守之功依旧嫩弱,事后可自讶也。

二十二日(2 月 24 日) 天又雨。予项背筋骨之恙尚未愈可,免强行坐。上半日徐宜况携其第二子尔贻[①]来为其开学,事竣,同宜况谈片时,又坐舆至司狱司前胡司玖续弦添丁筵宴。下半日,同其客谈。至夜餐下,仍坐舆旋家。

二十三日(2 月 25 日) 又天有雨。予项背之恙虽稍愈可,而未能复常。

二十四日(2 月 26 日) 晴,早上天气最寒,寒暑表在三十七八度。日间虽有太阳,而春寒逼人,毛发悚然。阅沪上各报,知云南、贵州反对中央政府,外近湘鄂等省又复时有不稳之事。政府防不胜防,夜长梦多,不知何日可奏承平也。

二十五日(2 月 27 日) 天气又晴胜,寒暑表在三十八九度,下半日即又雨。今日略清闲,课儿女读书。

二十六日(2 月 28 日) 又雨。上半日同族弟侄及镇儿坐舟至稽山城外石旗村,登山拜高祖父母墓,事竣下山,舟中盱餐。下半日仍同族弟侄及镇儿坐舟旋家。

二十七日(2 月 29 日) 晴,天气最清胜,早上寒暑表在三十八九度。上半日阅《验方新编》。下半日阅陆务观诗集。

二十八日(3 月 1 日) 天气又晴胜。上半日陈朗斋来谈片时,同坐小舟至古贡院前徐遏园处宴。下半日又同朗斋至大街、书庄等处稍坐,又同至旧会稽圣庙瞻仰片时,各旋家,时五下半钟也。夜书

① 徐光宙(1910—?),字或号尔贻。浙江绍兴人。中国科学院院士、中国稀土之父徐光宪二哥。见郭建荣《徐光宪传》。

应酬尺牍。

二十九日(3月2日) 天气又晴胜,虽尚觉春寒而有明媚之态。上半日至邻姚霱生家同坤圃诸君谈,下半日旋家。

三十日(3月3日) 早上天尚晴。上半日至街一转,即旋家。

二月初一日(3月4日) 本月月为辛卯,日为庚子。早上天气晴胜。旰间祭先大母凌太夫人讳日。下半日至街遇杨质安,至布业会馆谈片[时],又至大街一转,即旋家。撰快阁姚亲家海槎[①]先生之夫人陶夫人[②]六十寿联,借志于下:“胜地渭南留,婺彩群钦延快阁;春晖堂北永,仙筹添到傍花朝。”

初二日(3月5日) 天气又晴胜。早上学字,兼阅春在堂诗集。上半日至南街看陶仲彝姻丈病,见其精力愈形委顿,身边只有姨太太侍病。其嗣君望潮[③]京中供职,不回里。余观其情形不甚见佳,怂恿其促嗣君旋里省视。其家又遇孙司玖,同谈片时,余又至东昌坊陈鹿平家谈片时,又回看许诵卿处一转,即旋家,时旰也。下半日至田禔盦家

---

① 姚振宗(1842—1906),字海槎。清浙江山阴人。其父仰云,咸丰朝以道员总司江北粮台,爱好典籍,搜集颇富,建有“师石山房”藏书楼。幼承父教,好古敏求,博览群籍,专工目录学。稍长,尝去两淮押运粮饷,因功奖四品衔。曾三试秋闱,皆名落孙山。同治八年(1869)父逝世后,迁回故乡,居于鉴湖快阁,不求显达,以读书著述为乐。长于目录学研究,著述颇富,著有《师石山房书录》《汲古阁刊书目》、《百宋一廛书录》《汉书艺文志拾补》。见《文澜学报》(1935年第1期)之陶存煦《姚海槎先生年谱》。

② 陶氏(1857—?),此为姚海槎第四继妻,同县陶星垣女。见《文澜学报》(1935年第1期)之陶存煦《姚海槎先生年谱》。按:《日记》载其民国五年(1916)为六十岁。据此逆推,其当生于咸丰七年(1857)。

③ 陶冶公(1886—1962),原名铸、延林,号望潮,别号洁霜。浙江绍兴人,出生于福建福州。自幼过继于其叔父陶仲彝为子。见《绍兴文史资料选辑》(第3辑)之陶冶公《我的自传》。

谈，片时即旋家。晚上为本生先大人暖八十冥寿，谨以茗酒庶肴祭之。

初三日(3月6日)　早上天晴。今日为本生先大人辛畦公八十冥寿，倘享高年，至今日尚可称觞上寿。乃天不假年，见背已三十九周年矣。光华荏苒，世事迁移，回首前尘，都成昔梦。兴念及兹，百感纷集。旰间以馨香、果品、素菜祭本生先大人，借祝冥福。

初四日(3月7日)　天有雨。双钩字及阅张文达诗。上半日徐逷园来谈，下半日兴。夜与儿女讲书。

初五日(3月8日)　天又似雨，上半日又似晴。整(整)[饬]家务。下半日同钰儿至街一转，即同钰儿旋家。夜有星。

初六日(3月9日)　晴。予学问未能与日(具)[俱]增，而家中尘务实有与日增繁之势。清闲之福，未知何日得也。下半日陈景平来谈，晚上同至街一转，即旋家。景平又来谈，至十下钟兴。夜天似将雨。

初七日(3月10日)　天有雨。上半日阅春在堂全集。下半日栽种花草。春气所至，群卉吐秀也。

初八日(3月11日)　晴，天气最清胜。上半日坐舆至常禧城外快阁姚宅贺亲家太太陶夫人六十寿，其嗣君幼槎、意如坚留旰餐筵宴。自联新姻后，予第一日通家姚宅，特另行备筵以待，只得留宴也。下半日至其后园及快阁瞻览片时，仍坐舆旋家，时二计钟。今日大有春日和暖之气，寒暑表五十余度。夜有明月。

初九日(3月12日)　早上天似晴。上半日至电报局看褚衣堂，闻褚君适游禹庙，乃不停憩，又至大街一转，即旋家。下半日有雨。夜书诗笺。

初十日(3月13日)　早上天又似晴态。上半日徐宜况来围棋。下半日陈景平来谈，夜餐下兴。又同宜况围棋永夜。

十一日(3月14日)　前夜天下雪，春寒异常。今日又雨。上半日又同宜况围棋，下半日徐君兴。前夜不睡，余于下半日睡片时。

十二日(3月15日)　上半日又微有雨。上半日收拾书籍。下半日学草体字。

十三日(3月16日) 晴,天气又清胜。上半日学字。下半日膏矾诗笺。余有都中清祕阁精制诗函笺数种,而其纸质生沈,未能书细字。今以牛皮膏合生矾溶水洒之,待干后用之,即可书细字。且纸质颜色依旧明洁,最可佳也。予于风俗奢华等事,常视为鄙事,只于文字词翰向学之心,与年益进。每以家务繁如,未能专心勤业,引为憾事。但偶得清闲,必自加策励者也。

十四日(3月17日) 天气又清胜。春日如晴,就有明媚之态。今日旰间,蒋式如假我家客座,设添丁喜酒。徐宜况、陈景平,田芝储、季规,贾如川、张□□及族兄侄等人来宴,下半日各散。

十五日(3月18日) 天气又晴胜,寒暑表在四十余度。余于昨日以来,时有牙痛之恙。似系过于用心所致,以后宜力加保养。

十六日(3月19日) 早上天又雨。旰祭先大父颖生公诞日。下半日陈景平同田孝颛来,孝颛始于前晚由赣江回里,谈许时各兴,余又书草字。夜又牙痛,大抵仍由太用心思,以后应自加静养也。

十七日(3月20日) 天又雨。上半日写草书。下半日至后观巷田孝颛家谈片时,又至大街"天成"谈片时,即旋家。

十八日(3月21日) 天又雨。今日为先室田夫人第六周年忌日。上半日田褆盦、霱如、孝颛、缦云及贾如川皆来与祭。旰餐下,同谈数时各兴。余近日心绪最恶劣,系旧年看标金期价,虚货亏输洋至三千元。旧年年下时已输二千元,至今年今日又输一千元。此乃欧战日久,各国需用银币,先令日长,至金价日落,今日只得认亏停看。但我家用(渡)[度]日繁,原思稍占余盈以补周转,今乃反受巨亏。调度愈觉为难也,实属可憾事也。

十九日(3月22日) 晴,天气又清胜。上半日同田孝颛至汲水弄屠葆青家宴,至夜餐下同田孝颛、陈鹿平至陈朗斋处谈,片时即各旋家。

二十日(3月23日) 天气又晴胜。上半日至大街一转即旋，又至田孝颛家谈片时，即旋家。陈景平、田孝颛来谈，盱餐下同至东昌坊陈鹿平处，四人同至稽山门外坐舟，至禹庙瞻览片时，仍同坐舟至稽山城内，各旋家。晚上至“天成”一转，又至“一一新”陈景平设筵招宴，夜旋。至后观巷田孝颛处谈片时，即旋家，时九下半钟。日来天气骤长。

二十一日(3月24日) 晴，天气又清胜。上午在家学字，栽养花草。下半日至街一转，即旋家。

二十二日(3月25日) 晴，天气又清胜。前年旧历十一月十四日，袁总统承任为皇帝后不数日，即有云南省反对。又不数日，又有贵州省反对。遂各拥兵开衅，扰及湘蜀。近又加广西省反对，中央政府乃又改计自即日起，仍用民国五年，将洪宪年号及筹备帝制事宜，悉行取消。数月之间，或是或非，又贻话柄。各省官绅商界当日之劝进函电，竞争推戴，不免徒负一番雅意也。

二十三日(3月26日) 晴，天气又清胜。上半日陈厥弊、徐遏园来谈，下半日徐君兴。又同陈君至宣化坊安定家谈，至晚上旋家。日来天气清丽，日度骤长，正是可读书学业之时。

二十四日(3月27日) 天气又晴胜。上半日同陈鹿平、屠葆青、陈景平，田禔盦、孝颛、季规坐舟至娄宫，坐篮舆至兰亭观览片时，仍坐舆旋娄宫，舟中盱餐。下半日行舟于稽山镜水间，至夜餐下进城。天气转寒，旋家时九计半钟也。

二十五日(3月28日) 晴。上半日至咸欢河陈厥弊家同鹿平、景平、厥弊各坐舆[至]观音寺拜胡姨母六十寿，渠家于该寺建水陆也。坐片时，仍同至厥弊家谈，至夜餐下旋家。

二十六日(3月29日) 晴。上半日至邻吊鲍香谷之母片时，即旋家。徐遏园来谈，盱餐下兴。下半日陈厥弊、田孝颛、屠葆青来，又徐宜況、陈鹿平、陈景平来，宴席散，各客兴。为蒋式如撰挽其外姑章吉臣[①]之夫人联曰:“懿范式花封,允宜媲美宣文,记昔鹿车曾共挽;慈颜违贰室,忍看多情奉倩,从今鸿案怆虚留。”

二十七日(3月30日) 早上微有雨,即晴。上半日至街一转,即旋家。天又雨。

二十八日(3月31日) 天又似晴,寒暑表在五十四五度。上半日至覆盆桥陈朗斋处宴。下半日路经陈鹿苹家,谈片时即旋家。

二十九日(4月1日) 早上天又似有雨,上半日晴。坐舟至南街陶宅看仲彝姻丈,见其病势日危,恐不能起。遇王若庄[②]孝廉,谈片时,又坐舟至东昌坊陈鹿苹家谈宴,至夜半同田孝颛各旋家。

三十日(4月2日) 天气又晴胜。上半日贾幼舟来谈,至旰餐下兴。下半日至街一转,即旋家。余又有牙痛之恙,大抵系太用心力,总宜自加保养为是。

三月初一日(4月3日) 晴,天气又清胜。本月月为壬辰,日为庚午。春日明媚,花草日见菁茂。下半日同钉儿、铻[儿]至街一转,即同钉儿、铻儿旋家。静睡片时,觉牙恙略愈可。

初二日(4月4日) 天气又晴胜。上半日同镇儿、铻儿、员女坐舟至稽山城外张家山拜田外舅、外姑墓,下山舟中旰餐。下半日仍同镇儿、铻儿、员女坐舟旋家,时在四下半钟也。

---

① 章观光(1867—1920),谱名达祺,改名锡光,字吉臣,一字绩臣,别号菊臣。浙江绍兴人。清光绪十五年(1889)举人,三十年进士。曾官湖南桃源县知县。见《光绪己丑科浙江乡试同年齿录》;《绍兴县志资料》(第一辑)册15《人物列传》。

② 王绍堪(1874—1926),原名绍城,改名孝偁,号若庄,一号霞孙,又号芍庄。浙江绍兴人。清光绪二十年(1894)举人。见《新河王氏族谱》卷四《世系四·坤房两化公派下季房世系》、卷八《奉天庄河同知芍庄公传》。按:王绍堪乡试履历(《清代朱卷集成》册216)载其生于同治甲戌年正月初二日,与族谱同。

初三日(4月5日)　今日为清明。早上寒暑表在四十五六度，天气晴胜。上半日坐舆至八字桥黄雁森家吊其叔母出殡，又至南街陶宅拜仲彝妻舅母十周忌日，兼看仲彝舅氏病。望潮已由都门旋里，谈片时，仍坐舆旋家。下半日同钲儿、铻儿至大街、仓桥等处一转，即同钲儿、铻儿旋家。天日骤长，时尚未晚也。

初四日(4月6日)　天气又晴胜。上半日至后观巷田孝颛家看其新媳家发到之妆奁，借谈至旰餐下旋家。陈景平来谈片时兴。

初五日(4月7日)　天气又晴胜。上半日同族兄弟侄及镇儿坐舟至稽山门外石(綦)[旗]村，登山谒高祖墓，事竣下山。旰餐下，仍同族兄弟侄及镇儿旋家。

初六日(4月8日)　天气又晴，寒暑表在六十度。上半日至水澄巷徐宅拜祭。下半日同徐宅诸君谈，至夜餐下旋家。今日天暖，寒暑表在七十余度。

初七日(4月9日)　天有雨，寒暑表在七十余度。上半日同家眷人等各坐舟至南门外下谢墅，登山祭曾大父母及大父母及本生父母墓，又祭先大人及先室田夫人殡墓。田夫人谢世将七年，今年有新媳瞻拜墓前，余即景生情，不禁又触旧憾也。事竣下山。下半日仍同家眷人等各坐舟旋家，片时后风力异常猛大，幸得由乡早旋。数时后，风始平靖，而天气转寒矣。闻陶仲彝姻丈于前日下半日逝世。夜餐下，坐舆至南街陶宅吊仲彝姻丈。亥时殓，盖棺又论定矣。仲彝姻丈乃□□①举人，少负文名，一时与名士诗词往返，最相引重。中年出宰江苏，历任繁剧，政声卓著。晚年升任江西观察使，民军起义，息影珂乡，杜门不出。余每见，必纵谈文字，娓娓不倦。梓桑耆旧，最足矜式。今以旧疾复发，日渐委顿，竟至不起，姻党中殊有遽失典型之感。十时事竣，同其客人免强夜餐下，各坐舆旋家。

---

① 据《同治庚午科大同年齿录》，陶仲彝为清同治九年(1870)举人。

初八日(4 月 10 日) 天又晴胜。春气大来,各种草木日见菁茂,最足观览。下半日撰挽陶仲彝姻丈联,借志于下:"息影已稀龄,山林轩冕,早定千秋,频年栗里琴尊,坛坫常叨侍长者;残棋演劫局,硕果晨星,何堪再陨,从此征文考献,梓桑环顾属谁人。"夜间并篆书前联。

初九日(4 月 11 日) 晴,天气又清胜。上半日同族兄侄及镇、钉、锫三儿坐舟至南门外西埠村登山,至黄泥磋拜三世伯叔祖墓,又至平地拜□世伯叔祖墓及初生伯祖墓,又至孔家坪拜二世祖墓。事竣下山,舟中盰餐。下半日又至铜罗山拜□世外房祖墓,事竣下山,仍同族兄侄及镇、钉、锫三儿坐舟旋家。夜餐下,又至街一转,即旋家。

初十日(4 月 12 日) 晴,天气又清胜。上半日同族兄弟侄及锫儿坐舟至南门外盛塘登翠华山拜四世祖妣金太君墓,事竣下山,舟中盰餐。下半日仍同族兄弟侄及锫儿坐舟旋家,时四下钟。晚前又至街一转,即旋家。天有雨。又至田孝颛家谈,市中闻有电,杭沪路车不通,浙省人心摇摇,亦有自立之景象,但尚不得确信也。谈至十下钟旋家。夜有雷雨。

十一日(4 月 13 日) 早上天又雨,上半日晴。阅报章知浙省确于前日七时宣告自立,绍兴由司令、团长亦表同情,宣告自立。从此,中央睽隔,不识各省能肩兹巨任否?天下当多事之秋,惟豪杰可以挽救。乃随风自转,或是或非,以锦绣山河游戏赌之。数年来土地、人民元气未复,何堪再逢斯难。草茅下士,乏术救时,徒殷念虑也。上半日至街,见兵人臂缀白布,悉如辛亥光复景象。惟商市照常,人民以此等事数见不鲜也。传闻浙江之自立,朱将军拟待南京之后,乃各旅长不以为是,朱君遂避位,各旅长等竟宣告矣。省督尚未举定,不识若何过(度)[渡]危难也。晚间余牙痛异常,大抵近日以谒墓事多晒太阳兼用心过度所致。保身总需时时留心,衰弱之体,庶不至另生他恙。按:当今南北争持,如不能作豪杰,则中立可也。若云独立,名实不符，令人难以索解。

十二日(4月14日) 天又雨。早上余牙恙略愈可。上半日坐舆至南街吊陶仲彝姻丈首七，兼为其家陪客半日。盱餐下，仍坐舆旋家。天雨最大。夜牙疼又发，但与前日略差。

十三日(4月15日) 又雨。上半日收拾书籍等事。下半日至后观巷田宅谈，片时即旋家。前日时势改动以来，谣言纷起，人心不定，地方恐又从今多事。谁是老成公正，可以维持危难哉！撰贺田孝颛娶媳联云："南浦动乡思，喜向重闱娱鹤发（'动思'改'感情'）；北堂延韶景，新看嘉偶写鸾书。"

十四日(4月16日) 晴，天气又清胜。上半日至陈朗斋处谈片时，又至南街田宅一转，即旋家。晚上至田孝颛家谈片时，即旋家。徐抝庭先生来，今年请其暂任馆师也。夜有明月。余以事繁牙恙尚未全愈。

十五日(4月17日) 天又晴，寒暑表在六十余度。上半日督儿女上学。徐宜况来谈，余以牙痛不能陪客；又陈朗斋来谈，片时客兴。下半日余牙[痛]益甚，坐卧不安，是乃平日之疏于保养也。

十六日(4月18日) 晴。早上牙痛稍轻。上半日至后观巷田孝颛家贺喜，兼为其陪客半日。下半日袁梦白由田宅同来我家谈许时，袁君兴；又鲍诵清来谈片时。晚前仍同鲍君至田孝颛家宴，夜旋家，时十下钟。

十七日(4月19日) 天又晴暖。牙痛又发。下半[日]天气如夏令，寒暑表在八十四五度。晚上牙恙略轻。夜餐下以牙恙尚可支持，同钍儿、锫儿至田孝颛家看演戏术，至十下钟时，仍同钍儿、锫儿旋家，镇儿又同旋家。天有雷电。

十八日(4月20日) 天雨。上半日又时有牙恙。今日有数处戚友招宴，都辞之。天气又转清快。

十九日(4月21日) 雨。上半日徐子祥来同坐舟至娄宫村，坐篮舆至贾村贾宅，时下半日一计钟。天气似晴。贾宅邀戚族议分

(柝)[析]家事也。

二十日(4月22日) 天似晴。作客于贾宅同议诸事,又被渠家留宿。

二十一日(4月23日) 上半日天似晴。作客贾宅。下半日坐篮舆由贾村至娄宫,坐舟旋城。天有雨。至家时五计钟也。

二十二日(4月24日) 雨。上半日至田孝颛家谈宴,至夜餐下旋家。

二十三日(4月25日) 又雨。余牙痛尚未愈可。下半日至街“天成”谈兼清楚上落虚货等财务事,详于前月十八日。此乃财力输亏之一事;又至书店买书等事,即旋家。

二十四日(4月26日) 又雨。上半日同徐抝庭、子祥侄至大街等处一转,即旋家。下半日至田蓝陬处谈片时,又至孝颛处谈片时,晚上即旋家。天气似晴。

二十五日[①]**(4月27日)** 天气清胜而晴,寒暑表在六十一二三度左右。

二十六日(4月28日) 天雨。上午学字,录旧咏诗。上半日金缄三来谈。下半日徐子祥来谈,陈景平、田孝颛又来谈,夜餐下客皆兴。日来事务益繁,未能专心看书学字。

二十七日(4月29日) 天又雨,上半日似晴。同陈景平、田孝颛坐舟至西郭门外梅墅弥陀寺,系陈迪斋寺中建水陆忏,以称六十寿也。旰餐下谈片时,仍同景平、孝颛坐舟各旋家。又至街一转,即旋家。近以国中又演竞争,中央未能统一,人心惶惑,未知何日得化干戈为玉帛,备聆承平雅颂也。本日夜餐下陈鹿苹、陈景平、田孝颛、余同坐大舟过水偏门沿东江行,舟中共谈至夜半睡。

二十八日(4月30日) 天雨。早上舟至东关,舟中起早餐下,

---

① 是日前记:中华国清帝让位之第五年,岁为丙辰。今日国家正在争论之时,只好仍书为中华国也。

以地近解缆至曹江，拟看赛会。但闻天雨不足观览，乃同舟四人换坐肩舆渡舜江，至车站换坐铁路车至宁波。十二下钟坐车，至三下钟到宁波车站。就近至江岸之华安旅馆暂憩，又至江桥等处阅市，又同坐舆至鄞县城书寓蕑凤宝家夜宴，至十下钟，仍坐舆至华安旅馆宿。同人都不携带襆被，又余向不喜用客馆被铺，夜间颇艰寤也。

二十九日(5月1日) 天似晴。早上六计钟由宁波江岸华安旅馆兴，四人同至宁郡鄞城市观览数处，即旋旅馆。开发后，各携伞夹坐甬绍路车，时八计钟。其二等车尚宽敞可坐，沿途山水与吾乡大略相同，惟田间都种五谷、桑茶最所罕见。至十一计余钟至曹娥车站，又换坐肩舆渡江。其江面只数十丈，义渡舟又只吾乡中舟之大，渡江最平稳。至曹娥大埠头，仍登原舟，解缆至东关官塘岸观览，并探悉孙价藩[1]家况。遣人约杜芝生先生谈，杜君来余舟谈片时，又同至杜安侯[2]处谈片时，孙家媒事也。余即旋舟，又登岸观看孙氏学校里第。芝生又来余舟同谈片时，杜君上岸。余同舟四人解缆而回，时四计钟。天气晴好。至东皋停舟，夜餐即又解缆而回，进水偏门至家，时十一计钟。

四月初一日(5月2日) 本月为癸巳，日为己亥之日。天气最晴胜。上午在家整饬事务。花草日见菁茂。天气晴时，犹有春光明媚。但日月荏苒，事事待理，每念益增感虑也。

初二日(5月3日) 天气又晴胜。上半日陈厥嬶、徐子祥来谈，

---

① 孙庆谷(1867—1921)，原名庆坦，字价藩，日记一作介凡、介蕃。整理时其字统一为价藩。浙江绍兴人。花翎四品衔，候选运同，即补同知，诰授中宪大夫。民国特奖金色一等嘉祥章。见孙秉彝《绍兴孙氏宗谱》卷十九《伯昌公次支尔尚公派》、卷五《价藩公传》。

② 杜用康(1856—?)，字安侯，号锡之。浙江绍兴人。清光绪十六年(1890)本省工赈案内保举候选训导。见杜立夫《会稽东浦前村杜氏家谱》卷六《乾十三房霞派武次支世录》。

同至邻鲍香谷处一谈,即旋家。下半日又同子祥、厥彜至大路等处一转,又至笔飞弄“亿中”坐片时,又至新河弄徐沛山先生处谈片时,即旋。途遇胡坤圃,邀至“一一新”夜宴数时,至八下半钟旋家。

初三日(5月4日) 又雨。上半日坐舆至古贡院前徐宅拜祭片时,即坐舆旋家。旰拜曾大母讳日。

初四日(5月5日) 天气又似晴。日来旧笔渐敝,新笔未能得手,书字益形柔弱。上半日至南街田宅拜祭。下半日同徐以逊、吴琴伯,田蓝陬、扬庭、禔龕、孝颛至宝丰植物园观览片时,又同至南门张诒庭家宴,为张君之妻五十寿,戚友公宴也,共计二十四人。夜同鲍香谷、田孝颛坐舟各旋家。

初五日(5月6日) 晴,天气又清胜。今日为立夏。上半日学细字。下半日戏栽花草等事。

初六日(5月7日) 早上天又似有雨,上半日似晴。至古贡院前藏书楼徐逷园处谈宴,至夜餐下旋家。今日闻浙江巡按使[①]由军人被举为都督后,是非莫定,意见纷歧,日有不安于位之势。下半日过绍回台州珂里息肩,言维持全省治安,而仍不能维持繁华。春梦应自憾其匆匆也。

初七日(5月8日) 晴,天气又清胜。上半日陈朗斋、陈厥彜来谈片时,同坐舟至大街等处一转,各自旋家。下半日贾幼舟来谈数时兴。

初八日(5月9日) 晴,旰又雨。上半日贾幼舟来谈,又徐子祥、贾夙斋来谈,至将晚兴。夜又有雨。

初九日(5月10日) 早上天又晴,上半日又雨。余又有牙恙。

---

① 屈映光(1881—1973),字文六,法名法贤。浙江临海人。早年入光复会。历任浙江都督府民政司司长、内务司司长、浙江民政长、浙江巡按使等要职。北伐以后,退出政坛,专志学佛及救灾慈善事业。见《国史馆现藏民国人物传记史料汇编》(第一辑)《屈映光先生事略》。

近日家事益繁，财力日窘，支持甚非易易。每一念及，有不胜其远虑者也。

初十日(5月11日)　早上天似又晴。上半日坐舆至南街陶冶公处谈片时，又坐舆至田扬庭家拜润之外舅二十周年之祭，下半日仍坐舆旋家。晚前陈景平、陈□□来谈片时，同至咸欢河陈厥孭处谈。夜餐下，同田孝颛各旋家。

十一日(5月12日)　晴，天气骤暖。上半日坐舟至徐逷园处谈片时，又坐舟至大街一转，即坐舟旋家。今日寒暑表在八十一二度。上半日天气潮暖，至晚上始清快。徐子祥来谈片时兴。夜阅《随园女弟子诗》。

十二日(5月13日)　晴，天气又清胜，日中寒暑表在八十一二三度。学细字。夜有月最明。

十三日(5月14日)　早上天雨。上半日写字。旰，陈厥孭来谈，旰餐下同至田孝颛家谈，又同至街一转，各旋家。

十四日(5月15日)　早上天微有雨。上半日学字。

十五日(5月16日)　天雨。下半日坐舟至藏书楼徐逷园处宴，徐君又于厅中演新剧，铺设虽简而尚可观，至十一下钟旋家。

十六日(5月17日)　天气又晴胜。下半日至街一转，即旋家。日来俗务益觉繁如，未知何日得清闲也。

十七日(5月18日)　天雨。昭女媒成于东关孙价藩之第二子，今日孙家请鲁仙圃、杜芝生两君来求媒。旰宴媒人，邀陈仲诒、胡梅森，陈厥孭、鹿平，徐逷园、陈景平、田孝颛共宴，下半日客兴，梅森君、逷园、厥孭夜餐下兴。

十八日(5月19日)　晴。本日早餐下坐舆至南街陶宅吊仲彝舅氏，兼为其陪客一日，至夜餐下坐舆旋家。

十九日(5月20日)　晴。早上同田孝颛、陈厥孭各坐舆至南街陶宅近处公设祭筵，同张诒庭，徐逷园、子祥，陈厥孭、鲍香谷，田扬庭、孝颛公祭陶仲彝先生，事竣各散。余同鲍香谷坐舟至五云门外鸟门山盰餐,又同坐舟至陶堰,舟中又来王芍庄[1]及其叔季琴[2]及其弟哲生[3]共谈话,颇不寂寞。至陶堰时二计钟,同至各处观览。又于舟中夜餐下,放棹至伧塘鸡山,时将半夜,同香谷舟中宿。

二十日(5月21日) 晴。早上由鸡山舟中同鲍君兴。陶宅之墓筑于鸡山,陶仲彝先生与其夫人窆于是处。将窆时,同各客至灵前行礼。事竣,又同诸君至山上观看片时。舟中早餐下,仍同鲍君、王君等同舟旋至鸟门山东湖盰餐,又同至东湖各处屋宅观览片时,又同王、鲍诸君坐舟旋城,至大保佑桥上岸,至大街一转,各旋家,时将五下钟也。

二十一日(5月22日) 晴,天气又清胜。上半日田孝颛来,同至咸欢河沿陈厥槼家谈宴,至夜餐下各旋家,时月明如昼。日来日事酬应,颇觉支持,未知何日得清闲,可静心看书学字也。

二十二日(5月23日) 晴,天气又清胜。下半日至街一转,即旋家。

二十三日(5月24日) 早上天雨。上半日胡坤圃、鲍香谷、姚霭生来谈,至夜餐下兴。

二十四日(5月25日) 早上天又晴。上半日陶望潮假鲍香谷家座邀宴,下半日旋家。晚上至后观巷田蓝陬家祭先外姑章太夫人七十冥寿,循例今晚由婿家设筵祭之。祭毕,同田宅诸君及其客人谈宴数时,即旋家。陈景平,田孝颛、缦云来谈数时兴。

二十五日(5月26日) 早上天似晴,盰间微有雨。至田蓝陬家

---

① 即王绍堪。

② 王尚熤(1876—1921),改名锡熤,字季琴。浙江绍兴人。候选布政司理问加五品衔。明敏干练,热心家族公益。见《新河王氏族谱》卷四《世系四·坤房两化公派下季房世系》。

③ 王绍增(1874—?),改名绍曾,字浙生,一作哲生。浙江绍兴人。五品衔候选典吏。民国九年(1920)任萧山县西兴警察所警佐,复任上虞松厦警察分所警佐。见《新河王氏族谱》卷四《世系四·坤房两化公派下季房世系》。

拜先外姑七十冥寿，盰宴毕，同徐遏园至孝颛家谈片时，遏园又来谈数时兴。下半日有雨。书尺牍。

二十六日(5月27日) 晴。上半日书尺牍。盰前至南街陶望潮处谈片时，陶君将之都门，兼送其行也。又至田扬庭家谈，至夜餐下旋家。

二十七日(5月28日) 晴，天气清胜。上半日东关孙价藩家以婚帖、果酒、茶盒等件来行文定事，吾家待以杯酒及回盒开发等事。陈厥弊来书婚帖，田孝颛来谈片时，两君又至陈鹿平家宴。予以自家有事，未能与宴。下半日事竣后，以时尚早，又至东昌坊陈鹿平家宴，至夜餐下即旋家。今日寒暑表在八十余度。

二十八日(5月29日) 晴，天气又清胜。上半日至田禔盦家一转，又至陈厥弊家一转，又同至陈鹿平家谈，至夜餐下旋家。今日天气骤如夏令。

二十九日(5月30日) 天气又晴胜。上半日寒暑表在七十八度。学细字及录旧咏诗。予日以酬应事未能静心向学，今日略觉清静。下半日至鲍香谷处谈，片时即旋家。晚上闲栽花草等事。

三十日(5月31日) 晴。下半日贾博斋[①]来谈片时兴。晚前田孝颛来谈，夜餐下兴。今日天气寒暑表在八十余度。

五月初(二)[一]日(6月1日) 月为甲午，日为己巳。天气又晴胜。上半日徐子祥、贾博斋来谈，盰餐下兴。下半日陶望潮来谈片时兴，又姚霭生来，又陈景平、田孝颛来谈，至夜餐下兴。今日骤有夏令之天气。

初二日(6月2日) 晴，天气又清胜。上半日家中俗务。盰至邻鲍香谷家同王芍庄诸君商谈陶仲彝先生之嗣君望潮与本家关系

① 贾博斋，浙江绍兴人。陈庆均姊婿贾枧唐之弟。见贾天昶《立诚堂贾氏家谱》。

事。仲彝先生仕宦数十年,宦囊颇丰,但疏于理财之术,频年虚亏。至今用度尚繁,又难敷衍,其本家尚觊觎之。鲍宅谈至夜餐下旋家。

初三日(6月3日) 晴。上半日家中治事。下半日至大街等处一转,即旋家学篆书。夜有月。

初四日(6月4日) 晴。清楚各账。我家用度日繁,财力日弱,今年力行节省。端节用度似乎尚简,但老太太处有各姑太太及外甥、官姐之应酬,端节连公中付用,仍须数百元。筹划之难,谁谅我也。本日下半日寒暑表在九十四五度,晚上天气清快。同存侄,镇、钰、锫三儿至街市乘凉,观览数时,仍同存侄,镇、钰、锫三儿旋家。夜又有明月。

初五日(6月5日) 天气又清胜,但晴朗日久,庭畔花草,时须浇润也。早上学篆文。天气骤暖。上半日坐舆至汲水弄屠葆青家宴。下半日天有雨。至夜餐下,仍坐舆旋家。

初六日(6月6日) 早上天有大雨数时,天气又转清快。上半日同田禔盦坐舟至南街田扬庭家谈。今日大雨永日,寒暑表在六十余度。至夜餐下,坐舆旋家。

初七日(6月7日) 又雨。

初八日(6月8日) 早上天似将晴。阅报章,知大总统袁世凯已于新历六月六日巳时薨逝,遵照约法由黎元洪副总统于六月七日上半日接授大总统职权。嗟乎!富贵尊荣,等诸过梦;声名优劣,听之后人。从兹治乱兴衰,责在来者。所冀新总统宏济时艰,持危定倾,补前人留遗之阙憾;更冀国人勿喜新厌故,偶拂私心,今日誉之,他日谤之。是非无价值,利害有公私。逞意气而不顾大局,以恩怨而妨碍治安。草茅下士,何补于时?不禁于去旧来新之际,感想及之。本日上半日胡坤圃、姚霭生来谈,又陈景平,田孝颛、缦云、禽□来谈。下半日陈鹿平、邵芝生、田扬庭、张厚卿来谈,又鲍冠臣来谈。诸君皆不约而聚,晚间便酌诸客纵谈,至更余各散。月前有感时诗一章,补录于下,但兹感不识又将若何:“纷乘党祸结兵连,同种自残剧可怜。

举国肯留干净土，四民常感乱离年。事凭信史严褒贬，握有军符易擅专。时势原由豪杰造，伟人何计可回天。”

初九日(6月9日) 天似晴。上半日阅各报章。旰前鲍香谷家邀宴鲥鱼，至夜餐下旋家。

初十日(6月10日) 晴，天气又清胜。上半日至街一转，即旋家。书细字兼录旧诗。下半日戏栽花草。贾幼舟来谈片时兴。夜有明月。

十一日(6月11日) 晴，天气又清胜。阅春在堂诗集。天气日暑，畏于治事。年来家用益繁，筹策时费心力。念及账务，心绪紊如，未知何日得上下一心，同守朴约，可持长久安也。

十二日(6月12日) 晴，天气又清胜，但暑日高骤如夏令。

十三日(6月13日) 晴，天气又清胜。日中寒暑表在九十度，下半日有雷雨，夜又晴。清风明月，最清快也。

十四日(6月14日) 晴，早上天气清胜。上半日至鲍香谷家宴，下半日同渠家客谈半日。天气郁热。晚前有雷雨。夜餐下旋家。

十五日(6月15日) 早上天有雨而气清快。上半日整饬各事。下半日坐舆至咸欢河陈厥嬭处谈，至夜餐下旋家。天有星月。又阅报章及整饬家中事。

十六日(6月16日) 晴，天气又清胜。上半日田孝颛来，同至邻鲍香谷家谈，至夜餐下旋家。

十七日(6月17日) 晴，天气又清胜。上半日陈厥嬭来谈数时兴。今日寒暑表在八十余度。下半日田孝颛来谈，又陈厥嬭来谈，又鲍香谷来谈，又陈朗斋来谈片时兴。香谷、厥嬭、孝颛谈至夜餐下兴。今夜又有明月。

十八日(6月18日) 晴，天气最清胜。阅曾文正公诗集。下半日微有雨即晴。

十九日(6月19日) 晴，天气又清胜。今日申之兄五十生日，以其心绪不佳，休言称觞之事。上半日至邻鲍香谷家谈，至夜餐下旋家。晚间天气郁热,夜有阵雨。

二十日(6 月 20 日) 雨。上半日至后观巷田孝颛家拜太外舅祭,又坐舆至古贡院徐宅拜外祖祭。下半日徐宅谈,至夜餐下旋家。

二十一日(6 月 21 日) 雨。上半日坐舆至陈厥彝家谈,至夜餐下旋家。

二十二日(6 月 22 日) 晴。今日为夏至。旰祭历代祖宗。天气潮热,夜有电雨。

二十三日(6 月 23 日) 晴,天气又潮暖,寒暑表在八十余度,日中在九十一二三度。

二十四日(6 月 24 日) 晴,天气又清胜。

二十五日(6 月 25 日) 晴。上半日坐舆至古贡院徐宅拜祭,又至后观巷田孝颛家拜祭,谈片时即旋家。拜先曾大母诞日。晚上有雷雨片时,即有星,天气清快。

二十六日(6 月 26 日) 早上天晴,上半日微有雨即晴。陈景平来谈片时兴。旰前至田孝颛家宴,同集者陈纪盘、王芍庄、陈朗斋、鲍香谷、戚芝川、徐以逊及余与扬庭、孝颛共九人。下半日同诸客谈半日,至夜餐下旋家。日来天气骤暑,席间油腻食品,不甚相宜也。

二十七日(6 月 27 日) 晴,天气又清胜。上半日至大街等处一转,又至新河弄徐宅一转,又至浙绍旅馆徐扬庭处一转,又至旧书肆看书等片时,将旰即旋家。下半日至田孝颛家谈,片时即旋家。

二十八日(6 月 28 日) 雨。早上四下钟时,略拾行装,吃饭下,同徐扬庭君坐小舟至西郭越安轮船。船中遇王芍庄,杯酒清谈,颇不寂寞。惟天雨纷纷,舟窗不开亮也。至西兴时十二下钟,由轮船公司坐舆渡钱江,至杭城清泰城站前“鼎升”旅馆,同徐扬庭暂憩。适徐宜况来,不约而遇,即同至醒社茗谈,且看诸棋客围[棋]片时,余即至街市“恒泰”洋货庄谈片时,又旋“鼎升”一转,又至“恒泰”谈片时,又至醒社看棋,又同扬庭、宜况旋寓。天将晚,同扬庭、宜况坐车至西湖滨畔凭眺晚景片时,又同至凤舞台观髦儿戏,且令戏馆调虾仁蛋饭,以当晚餐。观戏至十一下钟，各坐车旋羊市街，余又至"恒泰"一转，即旋寓，又看宜况诸君围棋。仆仆风尘，席不暇暖。虽今系暑天，可借咏也。按："席不暇暖"一言，当专指冬日而言，呵呵。

二十九日（6月29日）　天又雨。早上由杭城"鼎升"旅馆起，坐车至清河坊大街买货等事，即旋寓。同徐□□围棋片时，又同抝庭、宜况至酒楼吁餐，又至第一楼茗谈片时，即旋寓收拾行装等事。坐舆东渡钱江，至西兴时将三下钟。越安轮船公司坐片时，至三下半钟坐轮船。至绍兴城时晚上九计钟，上岸后又坐舆旋家。一提行李，转回快速，但又适家中，有时觉太时促。旋家后夜餐。他乡动静服食虽丰隆，总不及家中之清简也。

六月初一日（6月30日）　月为乙未，日为戊戌。天气晴而清胜。今日快阁姚宅以予家大媳将有产事，从俗送衣衫、襁褓、篮盒、箬粽等事来，即俗所谓解缚也。内子李夫人以绍兴风俗尚未洞悉，田蓝陬舅嫂来看视开发等事。相沿习惯，未能免俗也。日中寒暑表在八十余度。

初二日（7月1日）　晴。上半日家中治事。下半日至田孝颛家谈，夜餐下旋家。

初三日（7月2日）　晴，天气又清胜。上半日阅吴梅村诗。下半日天暑未治事。今年庭畔缸荷以栽种时间在清明前四五日，近日始见花颗。

初四日（7月3日）　晴，天气又清胜。今日收拾室宇及书案等事。早上寒暑表在八十余度。予向畏暑，今日办事坚心，为之最需心力也。夜与家中人乘清气于庭畔，暑天明堂宽大，最通气也。

初五日（7月4日）　晴，天气又清胜。上半日徐逷园来，同至田孝颛家谈，至将晚旋家。

初六日（7月5日）　晴，天气又清胜。上半日有雷声，下半日大雨片时仍晴。雨后花草新茂，戏自栽种好花草，虽可娱人，但须时常滋养。养花如养贤,斯言诏示我也。夜间天气最清胜。

初七日(7 月 6 日) 晴,早上天气清胜。上半日坐舆至南街田扬庭家拜先外姑祭,下半日谈,至将晚坐舆旋家。今下半日又有阵雨,晚上仍晴。

初八日(7 月 7 日) 晴。早上至街旧书店收买旧书及字画等件,天忽有雨,坐舆旋家。下半日风大异常,又有阵雨。阅《绿雪堂诗集》。夜间天气转凉,可着夹衣。

初九日(7 月 8 日) 晴。上半日阅绿雪堂诗。旰前至鲍香谷家谈,至将晚旋家。天微有雨。

初十日(7 月 9 日) 晴,天气最清胜,寒暑表在八十余度。阅绿雪堂诗、春在堂诗。晚上又微有雨。

十一日(7 月 10 日) 晴,早上天气最清胜,寒暑表在七十八九度。上半日鲍诵来谈片时兴。旰前坐舆至寺池钟宅芝馨处宴,将晚旋家。夜时有雨。

十二日(7 月 11 日) 晴,早上天气清胜。上半日至街一转,即旋家。下半日陈景平、鲍香谷、田孝颛来谈。夜餐下王哲生、赵□□、鲍挹清、屠葆青来谈,片时各兴。下半日稍有雨即晴。

十三日(7 月 12 日) 晴。上半日王松涛、阮茗溪、田孝颛、鲍香谷、钟芝馨、沈敦生、鲍诵清、陈景平来谈宴消夏,至夜餐下各客兴,诵清、敦生、景平、孝颛至翌日早上兴。本日晚前又有雨片时,夜有月。今日为初伏日。

十四日(7 月 13 日) 晴,天气郁热,不耐治事。

十五日(7 月 14 日) 晴,天气又清胜。早上学字。日中寒暑表在九十余度,骤有伏天之态。

十六日(7 月 15 日) 晴。上半日至鲍香谷家谈宴,至夜餐下即旋家。下半日又有雨。夜晴,有明月,而天气最凉快。

十七日(7 月 16 日) 晴,天气又清胜。上半日至街一转,即旋家。下半日戏绘山水一张。又有雷雨。

十八日(7月17日)　晴，早上天气又清胜。上半日陈厥彛来谈，又东关孙宅遣人备柬来请在菀庚(借)[籍]，请厥彛一书。余言请庚不妨迟早，但我家嫁女之时须在来年，请先言定于孙宅可也。又徐宜况来谈。厥彛谈至夜餐下兴。

十九日(7月18日)　晴。日间同徐扐庭、宜况围棋永日，宜况晚上兴。夜间庭畔乘凉许时。

二十日(7月19日)　晴。早上戏栽花草。日间天气郁热异常，夜以天暑不能安睡。

二十一日(7月20日)　晴。天暑不耐治事。下半日天虽暑而尚清胜，夜有雷电而未下雨。

二十二日(7月21日)　晴，天气又清胜。早上戏栽花草。暑天早上伴览新鲜花草，最有清味。上半日学字，阅吴梅村诗。下半日天暑异常，晚上有雷雨即晴，略有风雨后，天气即转清快也。

二十三日(7月22日)　晴，天气又清胜。今日为予生日，循旧持茹一日。年华荏苒，转眼就衰，学问事业迄未有成。家用繁如，生计时形恐虑。缅昔思今，百感交集，自憾生平岂竟若是也。下半日有雷电大雨，夜间天气益清胜。

二十四日(7月23日)　晴，早上以雨后天气清胜，晚上又有雨，夜间新凉愈来，可御夹衣。

二十五日(7月24日)　晴。上半日自绘纨扇山水一柄。久未绘事，今偶一为之，尚觉清秀也。上半日徐逷园、薛阆仙、田孝颛来谈，下半日各兴。今日天气清胜，为暑天所最快事。日中寒暑表在九十一二三度。

二十六日(7月25日)　晴，天气又清胜。早上雕阳文艮卦印章一颗。上半日徐宜况来围棋，下半日徐君兴。时光迅速，忽忽伏天又度一半也。

二十七日(7月26日)　晴，天气又清胜。旰间至后观巷田蓝陬家拜先外姑章太夫人祭，至将晚旋家。

二十八日(7月27日) 晴,天气又清胜。上半日至街一转,即旋家。下半日阅《吴诗集览》。

二十九日(7月28日) 晴,天气又清胜。学草书。下半日天暑,寒暑表在九十余度。

三十日(7月29日) 晴,早上戏栽花草。暑天得伴新鲜花草,有清气也。

七月初一日(7月30日) 月为丙申,日为戊辰。晴,天气清胜。早上寒暑表在八十五六度。今日为先室田夫人诞日。时华迅速,其诞日之祭及今第七矣。上半日田扬庭、禔盦、霭如、孝颛、寿曾同来拜祭,徐逷园、鲍香谷又来旰餐,下半日同谈,至将晚各客兴。夜间庭前乘凉,颇有清气。

初二日(7月31日) 晴,天气又清胜。上半日阅《纲鉴易知录》及学草书。予来日眼光未知花到若何,近数年日增一日,看细书、写细字必需用眼镜。前数年觉春夏间眼视略花,至秋冬又转清楚,今则春夏秋冬都如是也。益感人生年富力强,能有几何?时华迅速,平日应知宝贵耳。下半日媳妇产事发动,为其延稳婆及督饬催生汤药等事。闻其产状忽缓忽紧,而家中人都为其伺候。夜间久坐庭畔,觉天气至夜深益凉快,可御夹衣。今年庚伏最为凉胜,实乃生产者之幸事。但媳妇之产虽发动有半日一夜之久,至后半夜仍尚未下,可谓宽缓者也。予与内子李夫人颇以为虑。

初三日(8月1日) 晴。早上请金子英女士来视产事,据金女士言产下尚需时日,看视片时兴,而仍留本国接生稳婆。至下半日,媳妇产事仍时缓时紧,据云散水前日早破,未知何以产尚未下?大抵系气血未足。予一面令其再服蔡松汀[①]先生补剂难产神效方及加味

① 蔡鹤(1764—1833),字飞白,号松汀,亦号菘町。清浙江萧山人。著有《蔡松汀先生神验良方》。《达生编》中附录有《萧山蔡松汀先生难产(注转下页)

芎汤，一面将本国接生稳婆辞卸，而又延西术接生金女士来。下半日三下钟时，据女士言胞虽破而水不多，确是身体之弱。至晚前痛阵及下持之事又紧，而仍为血水及气力未足，未能将小孩送下。待之晚上八下钟，持下之痛阵虽有，而胞水下净，气力愈弱。据女士言恐有不能自下之势，闻兹情形，极为惶恐。且言产妇形状时形委顿，家中人都莫知措手。镇儿又年较青，只知惶恐而未知治救之术。予乃遣人即以电话商之媳妇之兄姚幼槎、意如速来酌治。片时后，姚宅幼槎、意如两君来，而媳妇之产状愈危急。予以救急之事，只得同幼槎、意如至其房中督金女士以西术治产。女士先诊产妇之脉，后以闷药闻其鼻，产妇即形睡状，然后以钳探产门，缓行钳[①]出小孩之头，再用手持出小孩，片时又接下胞衣。片时后，产妇乃缓缓醒觉而能言语。产妇醒后，而小女孩[②]又能啼声。大小人生命保(金)[全]，予与家中人及幼槎、意如都有欢心，咸颂女士手术之胜。媳妇醒转能言语后，片时又能吃茶及米汤及生化汤等事，而其心中又言尚可，只觉气力弱柔也。以后但得寒暖吃食，加意调护，自必日见愈可。是乃医治有效之事，特将详细情形谨志于是。西人于接生一术，研究精透，不论如何难产，每可保全。中国未精是学，实为生平一大憾事。若能将其技术推广学行，庶几中国产事造久长之福也。

初四日(8月2日)　时有晴雨。

初五日(8月3日)　晴，天气又清胜。上半日快阁姚宅以鸭蛋、喜果等盒为新生孙女洗浴，循俗事也。今日日中天气又暑，寒暑表在九十度之间。晚上天气又清快。今年暑天可谓佳也。

初六日(8月4日)　晴，天气又清胜。上半日至后观巷田孝颛

(续上页注)急救神验方》。申屠勇剑据《萧山蔡氏匠门支谱》提供。其生于乾隆二十八年十二月二十七日，公历为1764年1月29日。

① 原只写金，据前，当为“钳”。

② 陈菱曾(1916—?)，浙江绍兴人。陈庆均孙女，陈在镇女。

家谈片时,又至宣化坊胡梅森先生家宴,下半日旋。又至田蓝陬家谈片时,即旋家。

初七日(8月5日) 晴,天气又清胜,日中寒暑表在九十余度。阅《随园诗话》。夜天似雨而仍未雨。夜间乘凉庭畔,忆及随园女弟子卢净香[①]诗有七夕七律诗十章,借用其韵,率成一章[②]:“年年离合证今宵,玉镜云軿珍重邀。有夙缘因联碧汉,无穷情绪系红绡。佳期万古嫌时促,良会三生感影飘。巧看双星盟后约,愿他灵羽再成桥。”

初八日(8月6日) 晴。上半日至大街一转,即旋家。下半日有雷雨片时,即晴。

初九日(8月7日) 晴,今日天气郁热,下半日有雷片时即晴。夜间予略有胸腹不快之恙,服十香丸,睡片时后似愈可。日来寒暖吃食,最宜留心,保养者不可疏忽也。

初十日(8月8日) 晴。上半日至邻周宅吊云亭首七片时,又至咸欢河陈厥彞家公宴陆彤舆。下半日同诸客谈,至六下钟坐舆旋家。夜月最亮。

十一日(8月9日) 晴,天气又清胜。前日卯时为立秋,即有新秋之景。

十二日(8月10日) 晴,天气又清胜。今年夏间雨旸时若,禾黍菁茂,可冀有年,但收成又须天时之晴好也。日间阅樊山诗。下半日又有雨片时,夜又晴有明月。

十三日(8月11日) 晴。盰间祭本生先慈曹太淑人讳日。今

---

① 卢元素,字净香,小字淑莲。先世汉军镶黄旗人,至其父鼎以裁旗入侯官籍。能诗工画。见袁枚《随园女弟子诗选》。

② 陈庆均《为山庐诗稿》(第一本)有诗《丙辰七夕纳凉庭畔忆随园女弟子卢净香诗集有七夕十章以年年离合证今宵作回环体借用其韵率成一章》,与之略异,录如下:“年年离合证今宵,郑重心香一瓣邀。有夙缘因联碧汉,无穷情绪系轻绡。佳期万古嫌时促,良会双星感影飘。经岁例堪盟后约,愿他灵羽再成桥。”

日天又暑，但日有秋景也。予又发牙恙，下半日稍愈可。夜有大雨。

十四日(8月12日) 晴。阅《凤巢求是录》。下半日又有雨，即晴。今日天气清快，夜有亮月。

十五日(8月13日) 晴，天气又清胜。旰间循例祀灶及祭祖宗。寒暑表在八十余度，天气即呈新秋之景。下半日内子李夫人患神眩心似呕之病，夜略愈可。月最明亮。

十六日(8月14日) 天气又晴胜。上半日至鲍香谷处谈片时，即旋家。又坐舆至古贡院前徐宅拜祭，下半日仍坐舆旋家。

十七日(8月15日) 晴，天气最清胜，早上微有雨即晴。上半日至观桥胡坤圃家谈，至将晚旋家。下半日有大雨，夜又有雨。大女在菀患吐泻，至天亮略愈。

十八日(8月16日) 早上天又似晴。上半日至姚霭生处，同至坤圃处谈，至下半日旋家。今日又时有大雨。

十九日(8月17日) 晴。女儿在苹身热两日，其尚不能自言，究不知其何病，只好以鲜薄荷、藿香及橘红茶服之。近日天气以多雨潮热，最易生病，须时时加意保养。日间又乍雨乍晴。

二十日(8月18日) 早上天又似晴。在苹身又仍热，其舌常露于口唇，有数日也。予查《验方新编》，舌之肿出系由心经热盛所致。今以梅花点舌丹搽舌上，未知有效验否。上半日睡片时，其神又觉柔弱。今人为其颈臂间刮痧，但皮嫩只好令人口欶其痧，即有浓血泡。片时后，其人精神稍觉清振。下半日，杨质安来诊视，据云左眼见肿，是乃肝热，且乳妈乳少多吸干乳头，又易引动肝热，宜清解其热。另招好乳哺之，热清乳足，身热自平可也。今日天气又乍雨乍晴。晚上在苹身尚热，而其人略清胜。

二十一日(8月19日) 早上天又有风雨。在苹身尚热，颇为可虑，幸大小解都如常。

二十二日(8月20日) 晴，天气清胜而骤凉，寒暑表在七十二度。上半日为胡司玖绘扇一柄。下半日同景堂弟至街一转，即旋家。

二十三日(8 月 21 日) 晴,天气又清胜。上半日鲍香谷来谈片时兴。下半日以天气晴美,同景弟、钰儿、铻儿至大街等处一转,仍同景弟、钰儿、铻儿旋家。阅吴梅村诗。

二十四日(8 月 22 日) 晴,天气清胜。女儿在苹自(乍)[昨]日以来身略凉平,人又喜怒如常。但有是病后,似应加意保养。予本弱质,加以家事繁如,心绪时形恐虑。

二十五日(8 月 23 日) 晴,天气又清胜。上半日至大路徐紫雯家谈,至下半日旋家。

二十六日(8 月 24 日) 晴,天气又清胜。上半日至邻姚霭生家谈,至下半日旋家。

二十七日(8 月 25 日) 天气清胜,早上微有雨即晴,寒暑表在八十度左右。上半日内子李夫人至陶堰陶七彪先生家作客,余又有兼顾内政之繁。下半日陈稍云来谈片时兴。晚上又微有雨,即晴。

二十八日(8 月 26 日) 晴,天气又清胜。上半日陈景平来谈片时兴。下半日天气又暑,整饬家中事。

二十九日(8 月 27 日) 晴。上半日至大街等处一转,即旋家。又至姚霭生家谈,至下半日旋家。今日天气又暑,寒暑表在九十余度。

三十日(8 月 28 日) 晴,天气又暑。上半日坐舆至南街吊秦宝臣首七,又至东昌坊陈鹿平家谈片时,即旋家。下半日天气愈暑,一似六月天气,可谓秋暑之酷也。

八月初一日(8 月 29 日) 月为丁酉,日为戊戌。晴,天气又清胜。上半日陈厥㚒、田孝颛来谈,至晚上兴。今日天气又奇暑,寒暑表在九十余度。

初二日(8 月 30 日) 晴,天气又暑。上半日至街一转,即旋家。予近以事务繁如,心绪紊乱,饭胃不能如常。益信身体康强,必在处境安豫也。下半日微有雨即晴。栽种花草以自娱。夜间天气即转清胜。

初三日(8月31日)　晴，天气又清胜。今日为新生孙女弥月剃发，快阁姚宅从俗送衣衫、首饰、帽等件，并祀神牲果来贺，并有戚友以贺仪见赠。予家备筵以宴戚友，但未能早请来宴。必有来贺者，始可请宴。若先请，恐转索戚友以贺之也。客来者姚意如同其子，陈厥彝、陈景平、张麟谦、徐扔庭、贾如川、田孝颢，族宝斋、庸德、葆初。旰宴下，田禔龛早兴，余客至夜餐下兴。今日寒暑表在八十余度。回忆前月今日，系媳妇难产之时。今幸产后平安弥月，又一幸事。

初四日(9月1日)　晴，今日天气又暑。下半日田孝颢来谈数时兴。晚上微有雨即晴。予思人生幸事，最为境遇之佳。予历溯生平，自幼至今，艰难忧虑，岁岁备尝。虽旧家门第，尚幸勉强支拄。而其中为难情形，实有罄竹难书之状。当今时尚侈奢，有心人蒿目时艰，似宜严守朴约，但又未能过意矫同立异。祖宗缔造艰难，薄有乡田可供耕食，乃住处城中，时务酬应，何能免俗。住乡之愿未偿，回环心绪，处安思危，未知何日得如平生之志者也。

初五日(9月2日)　晴。上半日徐遏园、陈厥彝来谈，下半日田孝颢来谈，厥彝、孝颢晚前兴，遏园夜餐下兴。余晚前至大街一转，即旋家。今日天暑异常，寒暑表在九十五六度。

初六日(9月3日)　晴，天气又盛暑。上半日至后观巷田宅季规之子剃发筵宴。天气酷暑，尤加于夏日，人人不敢多吃酒肴。下半日同其客人谈半日，至夜餐下旋家。夜有月最明亮。夜半闻媳妇以天暑初上楼住，患暑病最重，服十香丸及通关散得□①后渐愈。

初七日(9月4日)　晴，天气又暑。不耐治事。夜间暑益甚，闻人人不能安睡。

初八日(9月5日)　晴，天气又暑。心事太繁，眠食未能如常，未知何日得清宁之福也。夜间数阵清风，天气即转佳胜。

初九日(9月6日)　晴，天气清胜，早上似有雨而仍晴。上半日

① 原文中此字只写左边一口字。

陈厥羿来谈,至下半日兴。昔年由上海所购之四脚北瓜,年年于园中传种,但不能多结,今年又只生成五六个,而尚可观玩也。

初十日(9月7日) 晴,早上微有雨即晴。上半日至笔飞弄"亿中"谈片时,又至大街一转,即旋家。今日天气又暑,但偶有清气,寒暑表在八十余度。下半日姚霭生同其侄来谈,又田孝颛来谈数时兴。夜餐下,以天暑同傢扔庭至布业会馆机器风扇处乘凉,片时即旋家,时将九下钟。天有月。

十一日(9月8日) 晴。上半日田孝颛来谈,又姚霭生、鲍香谷来谈,至下半日兴。今日天气又暑,不耐治事,今年秋后之暑,可谓久矣。

十二日(9月9日) 晴,天气又暑,寒暑表在九十余度。夜餐后,田孝颛来,又同至街一转。月明满地,颇有清气,片时后即旋家。

十三日(9月10日) 晴,天气又暑。秋中有如是久暑,可谓奇也。上半日至街一转,即旋家。旰前至邻鲍香谷家谈,至夜餐下旋家。今下半日有雨后,天气即转清胜。

十四日(9月11日) 晴,天气转清胜。清楚各账务。

十五日(9月12日) 早上天又似有雨,寒暑表在七十五六度。上半日至街一转,即旋家。天时雨时晴。下半日书账务等事。家用愈繁,东凑西集,免强度日。嗣后当与家中人力从朴约,未知家中长幼能同心协力否?维持门第,是在有心人也。

十六日(9月13日) 晴,天气又清胜。书账务等事。下半日天有雨。戏练成衣机器。

十七日(9月14日) 有雨,天气清凉,寒暑表在六十八九度。上半日陈厥羿来,又田孝颛来谈,至夜餐下兴。

十八日(9月15日) 早上天似晴。得是一雨,田禾滋润,及城市人家用水都庆得时,可谓甘霖也。日间时有微雨。上半日田孝颛、芝储、陈景平来谈,旰餐下兴。下半日至鲍香谷家谈,至夜餐下旋家。今日寒暑表在七十余度。

十九日(9 月 16 日) 雨。上半日书函牍。盰前鲍香谷来邀至其家谈,夜餐下旋家。

二十日(9 月 17 日) 早上天晴。上半日至田孝颛处谈片时,又至大街一转,即旋家。今日天气又暑。下半日姚霭生来谈,片时兴。晚前有雨,片时即晴。

二十一日(9 月 18 日) 晴,天气又清胜。上半日同鲍香谷、冠臣,金月如、曾侯,田孝颛、缦云坐舟至鸟门山宴集,同集者尚有一舟,王季琴、芍庄、哲生、少卿[①],陈季蟠、赵又新,共连予十三人。东湖厅事谈宴下,又同坐舟至吼山及水石宕登览。水石宕不过残岩,潭石不足观览。惟吼山则山石奇峙,风景清幽,山上有庙宇,俯览远近,又有一小泉清而不干,实为自昔以来名不虚称也。天将雷雨,即下山登舟,至樊江张神庙夜宴下,同诸君登舟谈至半夜,就于是处停宿。

二十二日(9 月 19 日) 早上天晴。解缆至攒宫,舟中起。早餐下,同诸君各坐篮舆登宋六陵观览,山峦环抱,林麓平旷。其南陵墓前碑(田)[曰]孝宗永思皇陵[②],陵外围以黄壁,兼有飨堂。相隔里许,曰北陵,碑曰理宗永茂皇陵[③],陵外围壁、飨堂一如南陵,惟陵后多一碑亭,碑文不甚可看,似系明时敕建也。墙外各有大松树千百株,其地柴木之盛过于别处。观览数时,即同诸君各坐舆下山。过郭太尉庙,以天有阵雨小息片时,即坐舆下山。登舟至大西山庙盰宴下,同诸君坐舟旋城。下半日又时有雨,至家夜间八计钟也。

二十三日(9 月 20 日) 晴,天气潮暖,寒暑表在八十度左右。

---

① 王绍墀(1877—?),改名绍衎,字少卿。浙江绍兴人。见《新河王氏族谱》卷四《世系四・坤房两化公派下季房世系》。

② 陈氏记录有误。高宗永思陵、孝宗永阜陵、光宗永崇陵(南陵区),宁宗永茂陵、理宗永穆陵、度宗永绍陵(北陵区),相继营建浙江省绍兴市富盛镇宝山南麓,世称“宋六陵”。此处应为“高宗永思皇陵”或“孝宗永阜皇陵”。

③ 此处应为“理宗永穆皇陵”或“宁宗永茂皇陵”。

咏前日游吼山及宋六陵两诗，借录以下:“斧凿痕难认，洞天岁月深。山亭曾号犬(旧名犬亭山)，林树杂栖禽。水静窥千尺，崖悬矗[①]百寻。桂花风日里，挈侣一登临。”[②]“皇业将凌[③]替，偏安事亦虚。空山留气节，一统憾车书。墓草频年长，阡荒[④]历劫余。怆怀南渡日，凭吊更欷歔。[⑤]”

二十四日(9月21日) 晴，天气又潮热。各种花草又形滋茂。上半日至笔飞弄“亿中”同陈迪斋谈片时，又至大街一转，即旋家。

二十五日(9月22日) 早天尚晴，日间又时有雨。下半日田孝颛来谈许时，至晚上兴。夜凉风一转，天气清胜。

二十六日(9月23日) 天气又晴胜，寒暑表在六十八九度。上半日至鲍香谷处谈片时，即旋家。今日为秋分。旰拜祖宗。下半日鲍香谷来邀谈，夜餐下即旋家。

二十七日(9月24日) 天气又晴胜。桂香风味，至今日始有所闻。下半日田孝颛来谈，至夜餐下，同至合璧楼及街市一转，即旋家。

二十六日(9月25日) 早上天微雨。书治账务。余年来眼目昏花，日增一日，书细字必需用镜。

二十九日(9月26日) 天有雨。学隶体字。下半日田孝颛来谈片时兴。晚上至后观巷田孝颛家宴，同席者李壁臣、陈朗斋及余、禔盦、孝颛、缦云、芝储、季规共八人，宴下谈片时即旋家。

---

① 原为“指”。

② 陈庆均《为山庐诗稿》(第一本)有诗《秋日偕同志游吼山及水石宕》，与之略异，录如下:“巧借神工擘，洞天岁月深。山亭难觅犬(吼山旧名犬亭山，勾践蓄犬于此)，林树杂栖禽。水静窥千尺，崖悬矗百寻。桂花风日里，挈侣一登临。”

③ 原为“湮”。

④ 原为“碑题”。

⑤ 陈庆均《为山庐诗稿》(第一本)有诗《次日同谒宋六陵》，与之略异，录如下:“王业将凌替，偏安事亦虚。空山留气节，一统憾车书。墓木频年古，阡荒历劫余。怆怀南渡日，凭吊更欷歔。”

九月初一日(9月27日) 月为戊戌，日为丁卯。早上天雨，本日寒暑表在七十一二三度。上半日晴旭一来，天气又转清胜。春秋佳日，其是时也。日月荏苒，而家中事事有待整饬。每一念及，对斯良时，应若何策励也。

初二日(9月28日) 天气又晴胜。庭畔绣球花随时生色，最可赏玩。予有盆种之绣球花，自二三月开花以来，是花开时，必在二三四月。初开粉白微绿，后转莲青，后转粉红；日久花瓣又转碧绿；近日绿中又生红色。但使日间不晒太阳，夜间吸受清露，必可历久。予旧年曾以是花可爱，早晚间每自行浇养，自春至夏至秋至冬，能延四季。昔人有云花难百日香，今其花虽不甚香，而其能历久，奚啻百日？是乃予自行试养新得之奇，半有予每日早晚养护之效。但其性质之能久，(亮)[谅]他花所未能比也。

初三日(9月29日) 晴，天气又清胜。上半日田孝颛来，同至邻鲍香谷家宴谈，至夜宴下旋家。

初四日(9月30日) 晴，天气又清胜。上半日田孝颛来，又同至邻鲍香谷家宴，兼看新色木偶戏，至夜半旋家。日日筵宴酬应，虚延岁月，其何以对兹春秋之佳日也。

初五日(10月1日) 晴，天气又清胜。上半日至街一转，即旋家。下半日戏界画琴条。晚前薛阆仙来纵谈文字、时事半夜。

初六日(10月2日) 晴。上半日同阆仙[谈]数时，阆仙兴。书诗笺。下半日学字。

初七日(10月3日) 晴，天气又清胜。上半日学楷书。下半日贾幼舟、陈少云来谈片时兴。夜有月。

初八日(10月4日) 晴，天气又清胜。上半日书朱柏庐先生格言琴条四张，拟悬之庭宇，俾家中人常目在之也。今日寒暑表在六十八度。下半日田孝颛来谈片时，同至姚霭生处看各种兰花草及标本，至夜餐下旋家。

初九日(10月5日) 晴，天气又清胜。登高佳节，如是晴美，最好事也。养静家中,未曾登高,净几明窗,得学字永日,聊可对兹良时。人生勤惰,在随时自加策励也。夜有明月。

初十日(10月6日) 晴,天气又清胜,寒暑表在六十余度。旰前至鲍香谷处,夜餐下旋家。

十一日(10月7日) 晴,天气又清胜。上半日至街一转,即旋家。下半日田孝颛来谈片时,又同至鲍香谷家谈,夜餐下旋家。

十二日(10月8日) 晴,天气又清胜,早上寒暑表在六十余度。上半日至街一转,即旋家。又坐舆至南街田扬庭家贺其嫁女之喜,旰宴下,同孝颛至东昌坊陈鹿苹家谈片时,又同至街一转,晚前旋家。近日心绪益形紊乱,未知何日得清闲也。

十三日(10月9日) 天似雨,上半日似晴。至田孝颛处谈数时,即旋家,又坐舆至南街阮茗溪家贺喜。下半日雨。至晚前仍坐舆旋家。绍兴风俗恶劣,人家举行各事,竞尚奢侈,有识者应亦为之可虑也,且家家每以斗雀牌为延客之具,甚非风气之所宜也。

十四日(10月10日) 早上天似雨,日间晴。下半日杨质安来看苹女病,谈[片]时杨君兴。田孝颛来谈片时,又各坐舆至南街阮宅,夜宴下,仍坐舆旋家。

十五日(10月11日) 早上天雨。上半日坐舆至大街一转,又至仓弄王宅吊王芍庄之妻①首七,又至南街阮宅三朝筵宴兼茗溪之妻②五十寿。旰宴下,看木偶戏片时,又坐舆旋观巷至鲍香谷处谈数

---

① 据王兆芳《新河王氏族谱》卷四《世系四·坤房两化公派下季房世系》,王芍庄有三任妻子。元配夏氏,钱塘夏平叔长女,生于同治辛未六月二十日,卒于光绪丙申年二月二十六日。继配汪氏,宜兴汪冠唐五女,生同治甲戌正月十七日,卒于光绪辛丑年十月三十日。继配邵氏,仁和邵讯芙四女,生于光绪癸未十一月初三日,卒于民国五年九月初九日。故,日记中王芍庄之妻当为邵氏。

② 据阮彬华《越州阮氏宗谱》卷八《廿一世至廿五世·理廿二房》,阮有珠(茗溪)配山阴朱墨香之女,生同治六年十月十八日。副室金,生卒不详。副室韩,生卒不详。此日日记中所指为谁,待考。

时，又坐舆至观桥胡坤圃家公宴坤圃四十寿。夜宴下，又坐舆至鲍香谷家谈数时。天雨甚密。坐舆旋家，时半夜。日日随俗酬应，甚可鄙也。

十六日（10月12日）　雨。家中静养。苹女病略愈可。

十七日（10月13日）　天气又晴胜，寒暑表在六十四五度。上半日循旧祀财神。桂子再香，菊花新茂，似兹佳日，其何以策励事业也。下半日陈景平、田孝颛来谈，至将晚兴。夜有明月。

十八日（10月14日）　晴，天气又清胜。余素不喜作叶子戏，自庚戌年先室田夫人故后，心绪恶劣，戚友中每劝余以兹事偶一消遣。但此事究属妨碍事业且近于不规则行为，自今以后，当谨戒之。下半日至街一转，即旋家。

十九日（10月15日）　早上天微有雨。自书篆文联语一对。予向喜学篆书，而每为家务俗事所累，未能专心学写，至今自惭柔弱。但年华日长，俗事益繁，未知又有何时可以学精其艺。每一念及，为之兴感。

二十日（10月16日）　晴，天气又清胜。上半日至街一转，即旋家。邵芝生、鲍冠臣来，同至南街田扬庭家盰宴，至夜餐下坐舆旋家。

二十一日（10月17日）　晴，天气又清胜，寒暑表在六十度左右。上半日收拾宅宇。

二十二日（10月18日）　晴，天气又清胜。早上纪堂四弟由苏州旋里，并同其家眷，以将嫁其次女事也。上半日徐逷园来，田孝颛来，同纪弟谈半日，徐、田两君兴。晚上以尊酒请申兄、纪弟等谈话于“廉隅”至夜半。

二十三日（10月19日）　晴。上半日胡梅森先生来谈片时兴。盰前同纪弟至街市购办其嫁次女之货，旋家时下半日也。

二十四日（10月20日）　晴，天气又清胜。

二十五日（10月21日）　晴，天气又清胜。为纪弟理遣嫁其次女事。

二十六日(10月22日) 晴,天气又清胜。

二十七日(10月23日) 晴。

二十八日(10月24日) 天微有雨。旰间申兄属陪媒人宴,存侄定姻于余亮俊之女,媒人系谢后斋、罗柷甫二君也。

二十九日(10月25日) 晴,天气又清胜。

三十日(10月26日) 早上天晴。

十月初一日(10月27日) 月为己亥,日为丁酉。天雨。上半日纪弟之婿女吴宅回门,为其酬应各事。天雨稠密,治事最形濡滞。旬日以来,俗事繁如,未知何日得清闲也。

初二日(10月28日) 天又雨。上半日纪弟之亲家吴仲良来,一见就兴。旰间,纪弟同吴仲良假莲花桥胡宅会姻公宴,余早辞之,乃再四来请,只得赴筵。但余于家中先旰餐,晚上旋家。

初三日(10月29日) 天又雨。旰祭先大人讳日。天雨最密,治事最形濡滞。晚上于"廉隅"同群从子侄谈话。

初四日(10月30日) 月为己亥,日为庚子。天晴。

初五日(10月31日) 早上微有雨,后晴。上半日同徐扐庭、纪弟、潮弟、祥侄、存侄、梦侄、镇儿、钰儿、铻儿共十人,坐舟至娄宫登山瞻览兰亭,并就近看开石山及煅石灰处,片时下山。舟中旰餐,仍同徐君、纪弟、潮弟、祥侄、存侄及梦侄及镇儿、钰儿、铻儿坐舟旋家。补录前日吟咏两首于下(纪堂四弟游宦吴门十余载矣,今其次女于归,假旋剪烛举杯,借罄别绪,诗以志感):"征尘暂惕小春天,两鬓霜华共酒边。花萼园林经乱后,悲欢丝竹感中年。楹书遥溯论千载,阡表尚虚慰九泉。羁旅群推乡谊重(纪弟近为浙绍会馆正董,规模则例,修饬一新),贤声勉绍祖鞭先(先曾叔祖十峰公久旅姑胥,一时贤士儒林,莫不以诗文交相引重)。""荏苒日居并月诸,池塘春草梦常虚。宦途纵厄难招隐,世路多乖畏谏书。嗤我寒毡仍误守,喜君治谱有延誉。天涯瘦影惊篱菊,何日挂冠赋遂初。"

初六日(11 月 1 日)　晴，天气又晴胜。上半日至街一转，即旋家。下半日同徐抝庭、纪弟、潮弟、祥侄、存侄、梦侄、贾如川、镇儿坐舟至仓桥登岸，至新河弄“最新”茗谈片时，又至“明园”，夜宴后，存侄、镇儿等人旋家，余同徐君、纪弟坐舟至西兴。

初七日(11 月 2 日)　晴。早上由舟中兴，舟行尚在萧山。早餐下，行抵西兴，同徐君、纪弟坐人力车渡钱江。至杭州清泰城站旅馆，时一下钟也。寓三层楼七十一号房间，小憩片时，即至羊市街一转，即旋寓。又同徐君、纪弟至酒楼盱餐；又同坐人力车至旧旗城之湖滨新市场；又同坐湖舫至旧行宫文澜阁，今改为公园也。时菊花会初开，游客颇盛，惟中间藏书不知移掷何处，殊深今昔沧桑之感。登览一周，以天将晚，仍同徐君、纪弟坐舟旋至新市场。过湖滨旅馆晤徐乔仙、王伊如谈片时，又各坐人力车旋城站寓。冯昆山来邀至聚丰园夜宴，遂同纪弟与宴。宴下，同纪弟至华兴旅馆徐以逊、鲍香谷、田孝颛等人寓处一谈，即同纪弟回城站寓。

初八日(11 月 3 日)　天雨。由城站寓同徐君、纪弟各坐人力车至南星车站，以有行装寄南星旅馆也。九下钟，同徐君、纪弟坐车至拱宸桥阅视市场，盱餐于酒楼，谈数时。二下钟时，看纪弟登招商公司轮船至苏，徐君同余坐车至杭城清泰站回寓。余又坐人力车至上城清河坊一转，即仍坐人力车回寓。夜餐下，又同徐君至羊市街阅市，片时即旋寓。

初九日(11 月 4 日)　天似晴。早上由旅馆兴，又同徐君至街一转，即旋寓收拾行装，清付旅费。十下钟时，坐舆至(侯)[候]潮门外。近日潮水改移，江船埠近在闸口。登船东渡至西兴，时十二下钟。待至三下半钟坐越安轮船，旋绍城时九下钟。由绍城轮船公司同族侄芝祥[①]旋家，时十下钟也。天有明月。予非好事奔走，但心绪时形恶

---

① 陈芝祥，一作芝匠。陈庆均族侄。曾于浙江龙游县署就各乡催征差。见陈庆均《时行轩尺牍》(乙卯年接)之《复芝祥侄》。

劣，聊借风尘以解隐憾。

初十日（11 月 5 日） 晴。上半日坐舆至草貌桥缪可轩家贺喜，坐片时，又至后观巷田禔盦家贺喜，至夜宴下又谈数时旋家。

十一日（11 月 6 日） 雨。上半日至后观巷田孝颛家拜祭，天雨纷纷，懒于行走。下半日同田宅诸君及客人谈讲，至半夜旋家。

十二日（11 月 7 日） 又雨。

十三日（11 月 8 日） 天似晴。初五日同弟、子侄及徐君至兰亭时曾率咏一诗，今补录于后①：“微雨初晴喜共行，竹林乔梓并师生。篇章犹剩清廷咏，亭院徒留晋代名。翰墨缘随流水逝，山茶花为小春荣（时茶花盛开）。一宵暮被倚装促（时纪弟拟即晚又之苏州），旅况乡情仔细评。”

十四日（11 月 9 日） 晴。上半日陈厥㔶来谈数（日）[时]兴。下半日陈厥㔶又来同至田孝颛家谈数时；又同厥㔶、鹿平至姚霭生家看其侄女之妆奁，姚宅坚留夜餐，至十下钟旋家。

十五日（11 月 10 日） 晴，天气晴胜。下半日田孝颛来谈数时兴。

十六日（11 月 11 日） 晴。上半日胡坤圃来谈片时，同至司狱司前胡梅森先生家消寒会吁宴，下半日余即旋家。

十七日（11 月 12 日） 晴。下半日徐子祥来谈数时兴。

十八日（11 月 13 日） 晴。上半日阅《诗经精华》。下半日同徐抝庭君至新河弄徐宜况处谈数时，仍同徐君由街一转，即旋家。

---

① 陈庆均《为山庐诗稿》（第一本）有诗《丙辰十月五日偕徐抝庭西宾及纪弟蔷侄存侄梦侄镇儿钰儿铻儿共余十人登兰亭即事诗借用清高宗题碑原韵》，与之略异，录如下：“微雨初晴喜共行，竹林乔梓并师生。篇章犹剩清廷咏，亭院徒留晋代名（近方修改兰亭，题额犹存，而祠宇辉煌，非复旧时景物）。翰墨缘随流水逝，山茶花为小春荣。一宵暮被倚装促，旅况乡情仔细评（纪弟拟即晚又回苏州，今以时迟改定一日）。”

十九日(11月14日)　晴,天气又清胜。日来寒暑表在四十八度至五十四五度。下半日,陈厥彝、景平来谈片时,又同至大路新开徽苏点心馆尝新,借当夜餐。夜间同旋至后观巷田宅一谈,厥彝、景平又同余至余家谈数时,菊、景两君兴。

二十日(11月15日)　晴,天气寒冷。下半日至鲍香谷家夜宴,夜间旋家时十一下钟。

二十一日(11月16日)　晴,上半日天雨。旰祭先大父颖生公讳辰。下半日撰陈朗斋六十寿联:"乡杖晋操娱鹤发;岭梅先放祝庞眉。"又徐子祥索撰前人寿联:"十载遂初衣,备聆讴歌腾赣水;六旬开寿斝,祈看斑彩舞华堂。"

二十二日(11月17日)　晴。旰祭先大母凌太夫人诞日。下半日书七言大隶书寿联。前日有数戚友以寿联索撰索书,余勉应撰句,而不喜为人书此等送礼联也。

二十三日(11月18日)　晴。上半日俗务纷如。旰至南门张诒庭家第二次消寒宴会,谈聚半日,至夜宴下同胡坤圃、鲍香谷、田孝颛徒步而回,各旋家,时九下钟余也。又同西宾徐扐庭谈数时。

二十四日(11月19日)　晴,天气最清胜。上半日陈厥彝来谈片时兴。下半日至街一转,即旋家。陈景平处一再来邀宴,即至覆盆桥陈朗斋家夜宴。是宴系张海山①、田季规暖朗斋寿邀作陪也,至九下钟时旋家。

二十五日(11月20日)　晴。上半日坐舆至陈朗斋处祝六十寿,兼为其陪客半日。旰宴下,屠葆青邀同陈厥彝及田孝颛、张后青至其家谈,至夜餐下各旋家。

二十六日(11月21日)　晴,天气又清胜。上半日至街一转,即旋家。下半日临三老碑字。吾越碑石最多,而汉碑只"大吉""三老"

---

①　张钟瀚,字海山。浙江绍兴人,住绍兴八字桥。绍兴陶社社员。见杨无我《入祠纪念》之《绍兴陶社社员一览表》。

两碑。是石为余姚□[①]姓私家所得,闻其家并未考究珍护。

二十七日(11 月 22 日) 晴。上半日胡坤圃来谈片时兴。徐宜况来谈。盱祭先大人诞日。下半日同宜况谈半日,至将晚徐君兴。

二十八日(11 月 23 日) 晴。上半日至南街田扬庭家第三次消寒宴会,至夜餐下旋家。

二十九日(11 月 24 日) 晴。上半日陈景平来谈片时兴。盱间祭本生先大人讳日。下半日至后观巷田宅孝颛家谈,至夜餐下旋家。

十一月初一日(11 月 25 日) 月为庚子,日为丙寅。天晴,寒暑表在五十五六度。上半日阅吴梅村诗集。盱至邻姚莲生家贺喜,盱宴下谈数时即旋家。

初二日(11 月 26 日) 早上天似有雨,上半日晴。坐舆至八字桥鲍养田家贺喜,盱宴下,同陈厥麑至花巷布业会馆戏厅听蔡鹤卿君演说。晚前又柴场弄宝丰花园徐以逊邀陪蔡鹤卿、谷卿夜宴,觥筹交错,酒兴纵横,借罄近十年来远隔之怀。至九下钟时天微雨,各坐舆旋家。

初三日(11 月 27 日) 早上天晴,寒暑表在四十五六度。今日为女儿在苹周岁之日,日月荏苒,转瞬一年,日新月异,时见长大,又一可喜事也。本日在家书篆字,学草体字。日昨以逊招宴,曾咏以诗[②],补志于后:"万里䜣瞻旧雨回,倚装敬业绮筵开(以兄将有衢州之行)。食单快睹郇公议(鹤兄近却荤腥,以兄特令庖人另制蔬食),秋色犹余陶令栽。花萼同编经世集,梓桑远贮济时才。十年惯耳欧(州)[洲]化,民智应看灌溉来。"

---

① 当为"周"。即周世熊,字清泉。清浙江余姚人。见周炳麟、邵友濂《余姚县志》卷十六《金石上》。

② 陈庆均《为山庐诗稿》(第一本)亦有此诗,诗题为《徐以逊孝廉招陪蔡鹤卿谷卿两兄宴于宝丰植物园率成俚句》。

初四日(11月28日) 晴,寒暑表在四十度左右。上半日学字,下半日蔡鹤卿兄来谈片时兴。晚间至后观巷田蓝陬君家,陪鹤卿、谷卿两君宴,同席者鹤卿、谷卿、褚衣堂、陈朗斋、徐以逊及余及田蓝陬、扬庭、禔盦、孝颛共十人,谈宴最快,至九下钟时余旋家也。

初五日(11月29日) 晴,天气清胜,寒暑表在四十余度。上半日坐舆至笔飞弄回看蔡鹤卿君,又至南街徐叔亮家贺喜。盰宴下,同田禔盦至田扬庭家一转,即[同]禔盦旋至姚霱生家谈片时,即旋家。陈朗斋来。晚上约蔡鹤卿兄来宴,兼邀褚衣堂、胡坤圃、姚霱生,田蓝陬、禔盦、孝颛诸君来陪宴,余与朗斋作主人也。鹤翁今晚请宴者三处,前两处皆匆匆散席,至余家最迟。但谈宴至三四时之久,甚形欢快。各客散时,将十一下钟也。酒后又咏五言诗一章,借志于下:“槎回遂远志,兴废叩乡情。海国虚前席(德人修全球史,曾聘鹤卿兄纂中史一席),寒斋快举觥。采风期化俗,劝业为资生(鹤兄前日演说以实业为强国之本)。留得斯文重,群才待养成(闻中央拟延鹤兄为京师大学堂总理)。[1]”右诗第四句或用“陶铸凭君手”似较为接贯。

初六日(11月30日) 晴,天气又清胜。下半日陈厥弅、陈景平、田孝颛来谈片时,又同至观音桥等处一转,又至“一一新”晚餐,即旋家。厥弅、景平、孝颛又来谈片时兴。

初七日(12月1日) 晴,天气又清胜。上半日田孝颛来,同至街一转;又至新河弄徐沛山先生家谈,渠家坚留盰餐,谈至晚上旋家。

初八日(12月2日) 晴,早上寒暑表在四十度。收拾书籍等事。本月为内子李夫人四十生辰,田宅崧姑奶奶来言称庆事,而李夫人以待他年婉辞之。下半日客兴。夜有明月。今日人尚安善。

初九日(12月3日) 晴。上半日陈景平、田孝颛来谈,又陈厥弅、姚霱生来谈,至夜餐下兴。

---

① 陈庆均《为山庐诗稿》(第一本)亦有此诗,诗题为《越日蔡鹤卿兄来宴青藤书屋复纪一律》。

初十日(12月4日) 晴,天气又清胜。上半日至街一转,即旋家。下半日姚意如来谈片时兴。

十一日(12月5日) 晴,天气又清胜。下半日至后观巷田孝颛家谈片时,又同至笔飞弄,田孝颛以其祖有所著《医稗》请蔡鹤卿撰序。余以蔡君将行,借同送也。乃蔡君匆匆启行,不及见面,仍同田君各旋家。

十二日(12月6日) 晴,天气略和暖。上半日书细字及阅吴梅村诗。下半日同西宾徐抝庭至新河弄徐沛山先生处谈数时,即旋家。今日天气潮暖,似又将雨也。

十三日(12月7日) 早上天似晴。学字。

十四日(12月8日) 早上天又似晴。录旧咏诗及学草体字。予年来事务益繁,而财力薄弱,勉强支持,时有难处,瞻前顾后。每一念及,实有寝馈未安。

十五日(12月9日) 晴。上半日坐舆至汲水弄屠厚斋处贺其新屋落成移居之喜,至夜宴下,仍坐舆旋家。夜有月亮。

十六日(12月10日) 晴,天气清胜。内子李夫人十八日四十生辰,恐家中为其称庆,今日特至陶堰陶七彪先生家客寓数天。予以近来家务繁如,生日铺排须有余闲者为之。内子未许称庆,应从其志愿可也。日间学正草字及录诗笺。日来家务虽繁,而学字吟诗之志,略有闲余,每好自加策励者也。

十七日(12月11日) 晴。上半日学字。晚上田孝颛来邀观戏,即同钰儿及田君至汲水弄屠宅观剧数时,仍同钰儿旋家。

十八日(12月12日) 晴,天气最清胜。今日为内子李夫人四十岁生辰。内子在乡间就静,予从其志,未曾铺排称庆事。上午学字。下午书租务簿册等事。予巨细事都须躬亲。

十九日(12月13日) 早上天有雨即晴。下半日至街一转,即旋家。

二十日(12月14日) 晴,天气最清胜,寒暑表在四十余度。早上学字。上半日阅春在堂诗。城市风清日丽，据内子由陶堰旋家云乡间风颇大，足见城市与乡村风景之不同也。晚上治租务。

二十一日(12月15日) 晴。早上五计钟兴，吃饭后同族宝斋兄及钰儿坐舟至偏门转南门外鱻坞村收租。本日天气最好，至下半日收竣，仍同族兄、钰儿坐舟旋家，时将晚。又治账务。

二十二日(12月16日) 晴，天气又清胜，早上有薄冰。上半日至咸欢河沿陈厥彝处谈，盰餐下，同厥彝、鹿平、田孝颛坐舟至偏门外、河山桥等处观览风景片时，仍坐舟进城各旋家。

二十三日[①]**(12月17日)** 晴，天气又清胜。下半日至街一转，即旋家。

二十四日(12月18日) 晴，天气又清胜。上半日东关孙价藩家以礼柬、盘仪等件来行聘大女在菀，并告知迎娶日事。陈厥彝来书喜帖，田孝颛来谈片时，客兴。盰间收拾盘盒及开发回礼等事。彼此颇有铺排，但非余所赞成，乃未能免俗者也。

二十五日(12月19日) 早上天有微雨，上半日又雨。盰至邻鲍香谷家第四次消寒会，至夜宴下旋家。

二十六日(12月20日) 晴。上下半日家中办治俗事。晚上鲍香谷家再四来邀，渠家售周姓当屋事，设筵以待，中间人也勉强至其家谈宴，讲事磋商。至半夜各散，予旋家时三下钟也。

二十七日(12月21日) 晴。

二十八日(12月22日) 早上天似晴而有雾露。今日午时为冬至。上午书账务等事。盰拜祭历代祖宗。下午督饬租谷米事。家中余宅未能充足，堆积谷米，最须心计安排，且予家衣食之计，全仗我先人留贻田亩之租花。

二十九日(12月23日) 晴。今日钰儿、苹女有风寒病。天气和暖，寒暑表在□□□。

---

① 此日日记在原稿下一页。页眉注："是日须排上。"

三十日(12月24日) 晴,天气又和暖,可谓冬至阳生春又来。钉儿、苹女之病较昨日略可。

十二月初一日(12月25日) 月为辛丑,日为丙申。今日天有风雨。

初二日(12月26日) 晴。上半日至南街田宅看扬庭病,同缦云诸君谈片时即旋家。督理租谷米事。下半日田孝颛来谈片时兴。晚前至东昌坊陈麓平家谈,适宋焕文、屠葆青、陈景平、田孝颛同到麓平处,留夜餐也。夜间又同谈片时,同田君各旋家,时九下钟。

初三日(12月27日) 天寒而晴。黎明即起,早餐下同族兄宝斋坐舟至偏门外朱家墺村收租,至旰事竣。舟中旰餐下,旋舟至偏门外米行街停岸,将本日所收之租米现售于东升之行,事竣开棹旋城,至家时七下钟。

初四日(12月28日) 晴,天气又寒。

初五日(12月29日) 前夜天下雪,早上平地雪积高三四寸。黎明起,早餐下坐舆至大路轮船公司,时七下钟。早班西兴船已开行,二班尚待二时,乃至长乐点心铺茗点心。至九下钟,又至轮船公司。至十下钟,坐公司船开行。该公司章程二班船系九下钟,今逾规定时一下钟也。日间仍雪。轮船行至西兴时五下余钟。雪狂日暮,各客人尚思西渡,而轿夫乘时需索。余思西兴难寻投宿之处,各客人有以重价轿西渡者,余不得不又以重价轿且行坐渡。乃暮色顿增,雪花(努)[怒]下,行至江边,义渡船早经停渡,于是又回至西兴越安轮船公司,各客人有怨憾交加。公司惟轮船为便利客人而设,今以误时贻害客人,该公司正不得辞其咎。余憾不得雇舟一只,当夜仍行旋家。但既至西兴,只得勉强于陈光记过塘行停宿一宵,然而受窘不胜言也。

初六日(12月30日) 天又有雪。黎明在西兴行起,即理行装,速行坐轿渡江。江边寒风颇劲,至八下半钟至杭城新市场清华旅馆徐乔仙办喜事处，卸装稍愒片时，坐人力车至湖滨旅馆同徐叔亮昆仲，陈鹿平、景平诸君谈片时，又各坐人力车至清华寓。旰间，乔仙邀宴寓中。下半日看乔仙处发花舆，至其新妇家迎接新人。片时，新人坐花舆到。看其新式成婚，又同各客人贺喜，时四下钟。杭绍风气参杂其间，又一新耳目也。本日杭州军警以前日之冲突，各借兵权竞争。督军、省长正当争竞之中，时时有武力解决之警备。市面震动，人民又起恐惶，街衢以戒严而碍交通，闻之可讶。如果督军、省长只借有武力可以争得，此风一开，天下岂又有安宁之日哉！夜间乔仙设喜酌以宴贺客。

初七日(12月31日)　天又有雨。早上由杭寓坐人力车至清和坊街市一转，即旋寓。下半日又同徐君各坐人力车至建桥一转，即旋寓；又坐人力车至湖滨旅馆同徐以逊诸君谈。晚上又坐车回清华寓。夜各贺客公宴乔仙诸君，系杭州风俗也。酒席系大井巷聚丰园所办。到杭数日，只今晚之菜尚可咀嚼，足见省城菜馆亦不多可取也。

初八日(1917年1月1日)　天又雪。早上杭寓中收拾行装，又坐舆至清和坊及皮市巷一转，即旋寓。又坐舆渡钱江，风雪又紧，至西兴王祥和行时十二下钟，即坐(浆)[桨]水旋绍。舟中一(浆)[桨]一楫，至柯桥时夜，旋西郭城至家时九下半钟。风雪载途，幸得平安至家。

初九日(1月2日)　雪虽霁，天愈寒。不耐治事。晚上至观桥胡坤圃家第六次消寒宴集，谈片时，九下钟时即旋家。

初十日(1月3日)　晴，天气奇寒。余前日感寒，颇不宽快。

十一日(1月4日)　晴，天气奇寒。余又感寒病而畏风。寒暑表在二十六度左右。滴水成冻，未能治事。

十二日(1月5日)　晴，天气又奇寒，冰益厚。余身体尚未胜常，日来又以水冻未能写字。

十三日(1月6日)　天又下雪，平地高二三寸，且(有)[皆](皆)

[有]冰,不能治事。

十四日(1月7日) 晴,天气严寒,寒暑表在二十五度。虽深房密室,有水即冰。庭前明堂之水缸冰结连底,闻河江大都成冰。如斯严寒,为数十年来所罕遇者也。

十五日(1月8日) 晴,天气又严寒。上半日张诒亭、胡梅森、陶荫轩、鲍香谷、胡坤圃、田孝颛来第七次消寒宴集,谈至夜餐下十下钟时,各客始兴。天寒又增。

十六日(1月9日) 天气又奇寒。

十七日(1月10日) 晴,天气又奇寒。闻城乡河道被冰冻封积,不能通行者有数日矣。寒气如是之久且足,实为从来鲜遇,又何怪人之受病而不耐治事也。

十八日(1月11日) 晴。上半日清治租谷米事。吁前至后观巷田蓝陬家贺扬庭嫁女之喜。此事本寓南街,今乃扬庭病重,特借宅以办喜事也。吁宴下即旋家。

十九日(1月12日) 晴,天气仍严寒。早餐下坐舆至大路徐紫雯家贺其娶次媳之喜,兼为其陪客半日。谈至夜宴下,仍坐舆旋家,时九下半钟。

二十日(1月13日) 晴,天气尚寒。冷冰不能释,但日中寒暑表在三十一二三度也。略有转和之气,人身即觉清快。余今日较数日之上似略胜。上下午书账务及书日志等事。年务日增,只得勉自策励也。

二十一日(1月14日) 晴,上半日至司狱司前胡梅森先生处谈,片时即旋家。

二十二日(1月15日) 晴,本日冰似稍释。书写账务等事。自初旬冒寒疾以来,今日似日形愈可。

二十三日(1月16日) 晴,天气似转和意。上半日补书日志千余字,又书账务等事。晚上遵例祀东厨司命神。年务告紧,事事待饬,积弱之体,愈形支撑。

二十四日(1月17日) 天又似晴。上半日田孝颛来谈,又陈景平来谈。旰祭本生先慈曹太夫人诞日。下半日胡坤圃来谈片时,各客兴。下半日又至笔飞弄、大街等处一转,即旋家。夜间又核书账务。

二十五日(1月18日) 天气最晴胜。卯时谨以牲醴、果品循旧章祀年神及祭祖。早上聚族兄弟子侄冬酌。上半日胡梅森先生来谈片时兴。旰前徐遏园、田孝颛来谈,至下半日各兴。今日寒暑表在三十八九度。又书算账务等事。年来家中用度愈繁,运遇又平常,而仰事俯蓄之资,负荷未能稍松。东填西补,实形支撑。若全家长幼来年依旧延误,以家计艰难之处,再不时常念及同予从长筹策,虽肩巨重在于予,但扶持之责,家中长幼岂能诿哉!

二十六日(1月19日) 晴,寒暑表在三十五度。上半日至大路、大街等处一转,又至田蓝陬处谈片时,即旋家,时旰。下半日坐舟至南街田宅吊扬庭逝世。扬庭乃先室田夫人之侄,其双亲见背已廿年,分居南街。至今为侄成家、侄女出阁,近年又为子女婚嫁。频年举办大事,亦属不少。只手支持,可云难得也。惟喜夸场面,不无挥霍之处。但绍属风气之奢,不特扬庭也。

二十七日(1月20日) 晴,早上天气又清胜。上半日田禔盦、霭如、孝颛来谈,又陈厥彝来谈片时兴,田宅又来约谈。年务繁如之时,勉强至后观巷田宅谈,片时即旋家。下半日田禔盦、霭如、孝颛、季规来谈片时兴,又至大街等处一转,即旋家。

二十八日(1月21日) 晴。清解各账,颇觉纷繁。予今年每告家人力从简朴,不可奢侈。但今解账务,老太太同三小姐所用各账,余所不敢告及者,果然依旧繁如。而余名下不觉日积月累,又复多用,最可虑也。夜同钰儿、锫儿至街一转,即同钰儿、锫儿旋家。

二十九日(1月22日) 晴。上半日饬治年务及账务。旰遵旧祀拜东厨司命神。下半日又整饬年务。晚上天下雪。夜祭祀历代祖宗传像。近日予又有牙恙,勉强瞻拜祖宗。夜膳后,又勉[强]办账务等事。

民国六年丁巳(1917)

正月初一日(1917.1.23)至八月十四日(1917.9.29)

正月初一日(1917年1月23日) 本月为壬寅,日为乙丑。天似晴。早上循旧俗瞻拜天地神及历代祖宗传像,又贺年,又循旧吃糯米圆、年糕。而天气即转晴好,今日寒暑表在三十五度左右。学书细字。今年今日系第一之日,予同内子、同儿女当事事力加谨饬。成家立业,端仗人为,予与内子并儿女自应策励可也。上半日徐吉逊来贺年,谈片时兴。下半日田禔盦、霭如、孝颙、季规来贺年,片时兴。寻常俗务累人,未能清暇。今日特宽肆永日,以静养其心力也。

初二日(1月24日) 又晴,天气最清胜。早上水有冰,寒暑表在三十一二三度之间。上半日徐宜况来贺年,谈片时兴。旰前坐舆至板桥徐宅贺年[①]。上半日同镇儿至后观巷田蓝陬家拜像贺年,又至田禔盦及孝颙家拜像贺年,片时即旋家。镇儿同蓝陬等人同至南街田宅拜像,至下半日旋家。予又坐舆至板桥徐宅拜像贺年,又坐舆至南街田宅拜像拜祭。下半日同田蓝陬至覆盆桥陈朗斋处贺年,谈数时,同蓝陬各旋,予至家时五下半钟。

初三日(1月25日) 早上天微有雨,寒暑表仍在三十一二三度。旰坐舆至新河弄徐宜况处贺年,渠家预约旰宴。下半日坐舆至水澄巷徐宅拜像贺年,片时即坐舆旋家,时四下半钟。予日来以天寒精力益觉柔弱。

初四日(1月26日) 晴。

---

① 此句后写"此事志下"。

初五日(1月27日) 早上天又下雪,但天气尚和,随积随释。今日寒暑表在三十八九度。予近来精力益形柔弱,风寒之恙时好时发,且每至晚间牙痛必发。大抵系心血亏弱,一感寒风,未能充和血液,恙即乘之。身体积弱如是,每一念及,实可自虑。

初六日(1月28日) 晴,天气最清胜。但春寒尚劲,积弱之体未能敏于办事也。上半日收拾书案、笔墨、纸砚等事。几净窗明,以待春气调和,俾得读书学字,以偿志向也。今日寒暑表在三十八度左右。予日中觉身体精力尚可,即思整饬俗事。下半日田孝颛来谈片时兴。晚上坐舆至司狱司前胡梅森先生家贺年,又坐舆至咸欢河陈厥龥家贺年,又至陶荫轩家夜宴,谈数时,坐舆旋家,时九下半钟。夜间牙痛永夜,未能安睡。

初七日(1月29日) 晴。上半日以牙恙卧床,旰至后观巷田孝颛家第八集消寒会,至夜宴下谈片时即旋家。夜间牙恙略愈,但嗣后当力加保养。

初八日(1月30日) 晴。上半日姚意如来贺年,又陈厥龥、徐吉逊、陈景平来。旰餐下谈数时,客兴。田孝颛又来,同至咸欢河陈厥龥家夜宴,至半夜旋家。今夜有月。

初九日(1月31日) 晴。

初十日(2月1日) 晴。上半日同钉儿、铻儿至大街等处一转,遇徐宜况,同阅市数时,至下半日仍同钉儿、铻儿由大街等处旋家。予年里年外时有牙恙,日来略觉愈可。今夜又有明月。

十一日(2月2日) 晴。旰间,田孝颛令朗伯企[①]来邀宴,即同至其家宴。今日孝颛四十生日。夜间看戏术,至半夜旋家,有明月。自旧年十二月上旬以来,冰冻连朝,至今一月有余。如是久冰,实为数十年来所仅见。人以寒天而畏办事,但后日即系新春。一片韶华

① 田伯企,浙江绍兴人。清光绪十四年(1888)举人田宝祺之孙,田孝颛之子。

和茂之气,应遍普于天地间也。

十二日(2月3日) 晴。早上膳后,同申兄、祥侄,存、宜两侄,镇儿、锫儿坐舟至南门外谢墅村,登新貌山祭谒曾大父母、大父母、本生父母墓,又祭谒先大人及先室田夫人殡墓。事竣下山,舟中旰餐。下半日仍同申兄,祥、存、宜各侄,镇儿、锫儿坐舟旋家,时四下钟。晚上田孝颛又来邀宴,又至田家宴,至夜间十下钟时旋家。天虽寒而月明如昼。

十三日(2月4日) 晴。今日酉时为立春,寒暑表在三十五度左右。上半日天似雨,旰间仍晴。新春得是佳日,最幸事也。予家应整饬之事,以畏天寒拖延。自今以后,春和之气与日俱增,应办之事,当自加策励也。

十四日(2月5日) 晴。上半日至东昌坊陈鹿平处谈片时,又至陈朗斋处旰宴。下半日又至陈鹿平处谈片时,即旋家。

十五日(2月6日) 晴。督工人收拾宅宇等事。上半日内子李夫人至陶堰陶七彪先生处贺年,予以事繁又精力柔弱,懒于应酬,七彪姻丈处未拟趋谈也。夜间牙痛异常,未能安睡。今年半月以来,每至夜间牙恙必发,未知何以精液衰弱至是。

十六日(2月7日) 天又下雪。岁尾年头,冬春之雪都有,年岁之丰,似乎可以预卜也。予以牙痛卧床。下半日田宅崧姑奶奶来贺年,勉强酬应片时。夜间又以牙恙未能安睡。

十七日(2月8日) 天寒而晴。今日本拟至陶七彪先生处贺年,乃牙恙卧床,未能应酬。晚上六下半钟内子李夫人由陶堰旋家,据云舟行最速,陶堰至城只三计钟时间也。予前半夜牙痛仍时发,至后半夜始略愈可。

十八日(2月9日) 晴,早上寒暑表在三十五度,日中在四十度左右也。予今日牙恙略愈。旰间支撑祭祖宗传像,循旧收拾新年事务。日月荏苒,新年又如旧年。

十九日(2月10日) 晴。上半日至东昌坊陈鹿平处谈数时,又同至南街第二县校为钉儿、铻儿报名。同陈禹门[①]谈片时，即旋家。下半日家中俗务事。夜间牙恙又发，永夜不能成寐，起坐数十[次]。牙恙如是久发，精力益形衰疲，未知何日得愈可也。

二十日(2月11日)　晴。上半日令镇儿同钉儿、铻儿至南街第二县校考试，旰间镇儿同钉儿、铻儿旋家。据云钉儿定高等小学第二年级，铻儿定高等小学第一年级。

二十一日(2月12日)　晴。今日早上镇儿同钉儿、铻儿至南街县校上课数时后，镇儿同钉儿、铻儿旋家。据云今日系南北共和之日，停课改为明日上课也。余牙恙仍发，夜间未能安卧。自旧年至今，牙恙发将阅月，苦况讵胜自述也。

二十二日(2月13日)　晴。余永夜目不交睫者又二夜矣。牙痛愈重，不得已令蒋智亮以西术来取痛牙。乃其术不精，且牙又不兀，取时最痛而仍剩牙留根，一时痛状令人难受。蒋君兴。而取牙后之痛，至下半日始愈可。

二十三日(2月14日)　晴。每日早上水成有冰，自旧年十二月初旬以来，水之有冰将两月。如是久冰，实为从来所鲜有，未知何日得春和也。予今日牙恙略愈，但被前日药水杂用、针锋乱刺以后，牙根之肉肿恸，未知能免后患乎。

二十四日(2月15日)　早上天似晴。今日天气始略春和，寒暑表在四十四五度。予牙恙稍愈，但发之日久，精力又被柔弱，暮气自觉日增也。督工匠修屋及制造奁具等事。下半日右首太阳经时常尖痛，大约有风热未净，宜清平之。

二十五日(2月16日)　早上天微有雨，日间晴。天气和暖，寒暑表在五十度左右。

---

① 陈禹门，浙江绍兴人。毕业于山会师范学校。浙江省功勋教师、原绍兴文理学院院长陈祖楠之父。曾任浙江省财政厅科长、杭州地征处处长、鄞县县长。见陈祖楠《修德求真》。

二十六日(2月17日) 晴,天气又春和。日月如梭,新岁速又阅月,而家中及俗务,事事待理。精力柔弱,不能敏事,每一念及,实形悚惧。上半日至后观巷田孝颛家谈片时,又至新河弄徐宜况处谈片时,又同至大街等处一转,时下半日,各旋家。今日天气骤暖,寒暑表在五十八九度。予牙恙日愈,精力又略复,但嗣后应力加保养为是。

二十七日(2月18日) 早上天晴,旰间微雨仍晴。下半日雨冰珠片时,即朗。同钰儿、锫儿至大街等处买货等事。天又雨雪。至五下钟时,仍同钰儿、锫儿旋家。夜天气转寒,春雪怒下。

二十八日(2月19日) 晴,早上寒暑表在三十五六度,日间天虽晴而檐间释雪仍如雨天。上半日陈景平,田孝颛、季规来谈数时兴。

二十九日(2月20日) 晴,天气又清胜。早上水又有冰,日间寒暑[表]在三十八九度。整饬家务等事。俗务事事待办,而精力柔弱,未能敏捷,是乃事事都须躬亲者之吃亏也。旰前陈景平、田孝颛又来谈,至旰餐下兴。今日天虽寒而日丽风清,有春华明媚之胜也。下半日督工匠修制宅宇等事。

三十日(2月21日) 晴,天气又清胜。

二月初一日(2月22日) 月为癸卯,日为乙未。天晴,本日寒暑表在四十余度。下半日至街一转,即旋家。旰拜先大母凌太夫人讳日。晚上陈景平来谈片时兴。天似有雨。

初二日(2月23日) 早上天似将雨。黎明时兴,收拾行装至大路轮船公司,至七下钟坐轮[船]同陈景平至西兴。十二下钟,坐舆渡钱江。至杭州旧旗址之新市场湖滨旅馆,时二下半钟。稍憩片时,同陈景平至佑圣观巷金安生家看徐宅二姑太太。谈片时,又同景平至荐桥等处一转。时就晚,即旋寓。同寓王芍庄邀至“西悦来”夜餐,夜间旋寓,同王芍庄、芝昂,徐逷园客话数时。

初三日(2月24日) 天晴。上半日同王芍庄,徐逷园、佑长,陈景平谈。下半日同佑长、景平至“宗阳宫”等处嫁妆木器店看货数时，佑长、景平至别处，余又至清和坊等处买货，片时即旋寓。

初四日(2月25日)　早上天晴。上半日同景平至清泰城站酒楼。旰餐下二下钟，坐特别快车至上海北站下车。现在有南站、北站，如至上海市场，必以北站下车较为近也。同景平坐马车至盆汤弄福泰客栈寓，时七下钟。夜餐下，同景平坐人力车至上海城新舞台看剧。至十二下钟，仍同景平坐人力车旋寓。天雨纷纷，颇不欢快。

初五日(2月26日)　天雨。上半日至马路等处观览，片时旋寓。旰前同景平至“绣云天”观览，是处有楼四层，每层楼或食用货物、或女戏、或摊簧、或影戏、或中国菜馆、或番菜馆、或茶馆，但付看资，任人观览。旰间同景平吃中国菜馆。下半日观剧，至将晚同景平坐人力车旋寓。夜又同景平宴宵夜于番菜馆，又同景平至民鸣新剧社看东洋人戏术，至十二下钟同景平旋寓。

初六日(2月27日)　天似晴。上半日至北京路等处买货，至旰旋寓。同景平至四马路等处买货等事，又至“天外天”、“新世界”等处观览。两处皆有电梯四层楼及食用菜馆、茶馆、剧场，惟设置已有数年。上海之建设大抵愈出愈奇，“绣云天”为最新，所以“天外天”、“新世界”不及“绣云天”也。夜李汇仙邀宴于□□家，宴下又同景平至四马路等处阅市，片时又至大马路等处阅市，片时旋寓。

初七日(2月28日)　晴。上半日同景平至马路等处买货，又至“绣云天”番菜。旋寓付房馆费，收拾行装，坐人力车同景平至北站下车。二下余钟，同景平坐特别快车回杭州城站，时七下钟。换坐人力车至湖滨旅馆，即邀同王芍庄、芝昂至“半斋”夜餐，即旋寓，同王君谈数时。

初八日(3月1日)　天晴。早上寓中兴，吃早点心下，至宗阳宫等处买宁式嫁妆、木器，又买杭式大床。看货计价，实费时费力。又至清和坊等处买货，旋寓时将晚。又至“半斋”夜餐。夜又阅市片时旋寓，适王芍庄、芝昂亦旋寓，同谈数时。异地勾留，风尘仆仆，是行非为游览计。纵寓处湖滨,不能一睹“苏堤春晓”之胜也。

初九日(3月2日) 天晴。早上杭寓兴,清付旅费,收拾行装。坐舆稳渡钱[江],至西兴时十下钟。至徐丙记过塘行雇大舟一只,杭中发来之嫁装、木器先后又到西兴,督舟工装载船中,待至一计钟到齐。余坐舟开行,至钱清时夜也。舟工以一人掉换摇船,所以至绍兴西郭城里及至观巷停舟我家台门前,时约二计钟。恐累及安眠之人,仍在舟中卧数时。至天初晓,予由舟中兴,乃旋家。督工人搬上嫁装、木器及行装等事。

初十日(3月3日) 雨。早上由舟中上岸,至家时约五计半钟,收拾行装等事。上半日至街一转,即旋家。

十一日(3月4日) 晴。督办奁具事。

十二日(3月5日) 晴。上半日家中治事。下半日至街办铜锡奁具等事,至晚上旋家。

十三日(3月6日) 晴。

十四日①(3月7日) 晴。

十五日(3月8日)

十六日(3月9日)

十七日(3月10日) 晴。整集奁具等事,于外新厢各件虽不丰盛,而制备实费心计。夜餐下,同镇、钰、锆三儿至大街等处一转,并加办奁货片时,仍同镇、钰、锆三儿旋家,时十计钟也。

十八日(3月11日) 天有雨。上半日田孝颛、缦云、季规、寿曾诸君来拜先室田夫人忌辰。盰祭田夫人。下半日同客谈及整集奁具等事。

十九日(3月12日) 微雨。早上三四下钟时,督工人将奁具搬携上船。至五下钟,令其解缆送至东关孙价藩家。上半日睡片时即兴。下半日七下半钟,送奁具工仆人等由孙宅旋来,开发工仆及饬理

---

① 以下二日日记缺。

各事。

二十日(3月13日)　天似晴。

二十一日(3月14日)　雨。今日为镇儿二十岁生日。上午快阁姚宅以烛面果品等事来祀神,开发应酬等事。午间全家吃面,循俗事也。

二十二日(3月15日)　晴。

二十三日(3月16日)　晴。

二十四日(3月17日)　天雨。

二十五日(3月18日)　雨。整饬家中事务。上半日景堂族弟由苏旋绍,谈片时。

二十六日(3月19日)　天晴。上半日至街等处一转,即旋家。

二十七日(3月20日)　天气晴胜。督工匠修整旁厢。下半日田孝颛、屠葆青、张彝谦等人来谈,夜餐下客兴。同景堂等人谈数时。

二十八日(3月21日)　晴。上半日同景堂至能仁寺习艺所阅看,片时即旋家。今日梦僧侄由苏州旋里,谈询数时。旰间拜春祭祖宗,邀(旋)[族]兄弟子侄宴于“廉隅”。下半日看装首饰等事,并详志账务。

二十九日(3月22日)　天气又晴胜。早上饬人将嫁女首饰妆品先行,饬人送至东关孙宅。日间督人收拾宅宇及设备等事,兼应酬客人。

闰二月初一日(3月23日)　月仍为癸卯,日为甲子。天气又晴胜。早上祀神,上半日酬应来贺客,旰间祭祖宗。事竣,家中长幼咸集厅上道喜。旰宴贺客于厅上,计六席,女眷宴于堂上三桌。下半日孙宅以乐人、仪仗、彩舆来迎娶,整备应有事宜。晚上六下钟,发行郎工、仆人等酒饭;七下钟,发客人及自家酒饭;至八下钟,大女梳妆,饬仪仗及执事人等准备;八下半时,搜彩舆,由人扶掖大女至大厅中坐彩舆启行。

初二日(3月24日) 天气又清胜。早上督工人收拾宅宇及设备等事。风俗与日增奢。

初三日(3月25日) 晴。早上同徐乔仙开发喜事应用事宜。上半日徐君兴。时将九下钟,同族兄弟子侄共九人,坐舟至南门外栖凫村,登山至罾底山及马路及平地,又上孔家坪祭先墓。事竣下山,又同舟至铜罗山祭先墓。事竣下山,登舟仍同族兄弟子侄旋家。

初四日(3月26日) 天气又晴胜。内子李夫人以累日办嫁女事心力亏弱,前日以来,身热咳嗽。下半日杨质安来诊,酌药单下,谈片时兴。整饬家务及看视汤药等事。

初五日(3月27日) 天气又晴胜。上半日同族兄弟子侄坐舟至偏城外石堰村祭五世祖鉴安公及六世伯祖乔年公墓。事竣,仍同坐舟至殷家坞,另雇小舟旋家。族兄弟子侄又须至木栅乡谒祭徐青藤先生墓,至晚上旋家。

初六日(3月28日) 天气又晴胜。上半日同族兄弟子侄坐舟至稽山城外中灶祭谒先征君四世祖考无波公墓,事竣下山。下半日,舟过禹庙前,登岸瞻仰片时,遇沈敦生、张后青、田琴盦来,趁舟同我家兄弟子侄旋家,夜餐下各客兴。

初七日(3月29日) 晴。家中饬治事务。下半日杨医又来诊内子病,酌药单下谈片时,杨医兴。今日内子病虽稍愈,精力胃气依然柔弱。(亮)[谅]平日事务太繁,一时未能(全)[痊]复也。下半日同景堂、庸德族弟及镇儿至"穗芳"小酌,景弟有苏州之行,借以话别。酌后,余同镇儿即旋家。

初八日(3月30日) 晴,天气又清胜。上半日新婿孙云裳[①]同

---

① 孙洪(1892—?),字云裳,号禹贡。浙江绍兴人。神州法政学校毕业。配绍兴城内万安坊楚轩王公女,生光绪十八年正月十八日,卒民国五年正月初八日。继绍兴城内增贡生四品衔职员艮轩陈公女,生光绪十九年十二月二十日。见孙秉彝《绍兴孙氏宗谱》卷十九《伯昌公次支尔尚公派》。

大女来回门应酬等事，又约沈敦生、贾如川，田禔盦、霭如、孝颛、缦云，葆初、梦僧两侄及镇儿共十人同宴。下半日同云裳及大女谈片时，婿女辞旋东关，沈、田等客至夜餐下又谈数时兴。今日见婿女同行也，是向平之愿。婚嫁虽人生常事，但为父母者实需若干心力也。

初九日(3月31日)　晴。上半日同钰儿、锫儿至大教场看绍兴县各学校学生运动会。天气骤暖，看片时即同钰儿、锫儿旋家。徐以逊、叔亮、志章及沈敦生、黄松涛、张后青诸君以看运动会就近来旰餐下，谈至夜餐下各客兴。

初十日(4月1日)　晴。上半日同兄弟子侄坐舟至石旗村登山谒高祖墓，事竣下山。又至外王谒高叔祖派下墓，登舟旰餐。路经禹庙前，又登岸瞻仰片时，即坐舟同兄弟子侄旋家。

十一日(4月2日)　晴。上半日至街遇沈敦生，邀至酒楼旰餐，下半日即旋家。沈君又来，田孝颛又来，谈至夜餐下各客兴。日来春华旋转，日永风和。夜有明月。

十二日(4月3日)　晴。上半日同镇儿、锫儿、员女坐舟至稽山城外张家山谒田润之外舅及二外姑墓，下山舟中旰餐。下半日同镇儿坐田宅舟旋家，锫儿、员女仍坐原舟旋家。

十三日(4月4日)　晴。上半日同儿女各坐舟至南门外下谢墅村，登山祭曾祖父母、祖父母、本生父母墓，又祭先大人殡墓，又祭先室田夫人殡墓。事竣下山，同徐宜况、蒋式如、贾如川，田霭如、芝储及申兄、梦侄旰餐。下半日各客散，予同儿女各坐原舟旋家。今日天气骤暖。夜餐下同梦侄、宜侄、镇儿、钰儿、锫儿至街市看月片时，仍同梦、宜两侄，镇儿、钰儿、锫儿旋家，时约九下半钟。日间天气最暖，颇不可耐。晚上看月后即觉清胜。

十四日(4月5日)　晴。今日为清明。寒暑表在六十八度。今年新春时奇寒，日来忽加暖。如是天气，旋转之速，可谓奇也。夜又有明月。年来人事益繁，学字看书未可多得。清闲之福，何于我未曾有也。

十五日(4月6日) 晴。早上看工仆发盒担,舟载至东关孙宅,即俗谓之送十四日盒盘也。下半日至街一转,即旋家。

十六日(4月7日) 晴。上半日田孝颛、禽盦,言秀林、张后青、张彝谦诸君来谈。日夜应酬,颇费心力。累日俗务繁如,又加精力柔弱,未能专心攻书。有向学之心,难遇清静之日。

十七日(4月8日) 上半日天晴,下半日微有雨。前日以有客谈,夜间未能酣睡。上半日卧片时曾不能睡。下半日至街一转即旋家。

十八日(4月9日) 晴。上半日沈敦生、张后青、徐叔亮昆仲诸君来谈,至夜餐下客兴。今日又发牙恙。

十九日(4月10日) 上半日晴。张后青、谢永年、徐叔亮昆仲又来谈,至夜餐下兴。下半日微有雨。余牙恙又重发,夜间永夜不能安睡,似由数日前谒先墓时多晒太阳有郁热也,应清润静养之。

二十日(4月11日) 微有雨,牙恙又重,遣偏门里女牙科捉牙虫,捉时予自用镜看之。捉出牙虫七八粒并虫窝一粒,虫似小米虫而能把动。渠用银针数拨之后,其虫即出,究不知其何术也。但捉后仍痛,据云后日必不再发此恙也。索酬洋十数角,牙科兴。乃用显微镜看牙虫及窝,是虫如果系牙中所捉,有是捉后(亮)[谅]必有好处也。

二十一日(4月12日) 天似晴。上半日坐舆至古贡院前徐宅贺其显民之第四女于归之喜,兼为其陪客半日。至夜餐下,仍坐舆旋家。今日牙恙稍愈。

二十二日(4月13日) 天雨。上半日坐舆至府桥衣业会馆,姚霭生同金秋槎结婚宴会,下半日仍坐舆旋家。片时之下,姚霭生又来邀至其家,谈至夜宴下旋家。近今风气愈趋奢侈,结婚竟宴官绅商各客八席之多。虽属出于欢喜之事,但可谓奢华者也。

二十三日(4月14日) 天似晴。上半日补书日志及收拾书籍等事。下半日至街一转,又至新河弄徐宜况处谈片时,仍由大街买笔墨等事,即旋家。

二十四日(4月15日)　天晴。上半日徐叔亮、志珂，陈景平、张林谦、姚华庭诸君来谈，至夜餐下各客兴。

二十五日(4月16日)　天似晴。上半日田孝颛来谈片时兴。下半日田孝颛、缦云来谈数时，余又同孝颛至古贡院前徐遏园处夜宴，同席者绍县知事宋君①、电报局长(诸)[褚]衣堂，张诒亭、陈少云。余及田孝颛、徐遏园谈至半夜，坐舆旋家。

二十六日(4月17日)　天微有雨。上半日田缦云、季规，张林谦来谈，下半日田孝颛又来谈，至夜餐下客兴。

二十七日(4月18日)　天似晴。盰前陈景平，徐志章、志珂，田孝颛、芝储来谈。下半日屠葆青、宋克仁、黄松涛、张后青来谈数时兴。

二十八日(4月19日)　天气又晴胜。上半日学字，得静养明窗之畔。家务愈繁，都应整饬。精力柔弱，懒习性成。日月荏苒，今年又阅三月。事在人为，有志者当若何自励也。

二十九日(4月20日)　天微雨，下半日又晴。

三月初一日(4月21日)　月为甲辰，日为癸巳。天气最晴胜。今日为谷雨。早上督工仆以篮盒赠孙宅大女，大女至孙宅将弥月，循

---

①　宋承家(？—1920)，字荪庵，原字丕烈，号继先，谱名宋克家。江苏崇明人。清光绪二十六年(1900)副贡。后留学日本，法政大学毕业。曾官浙江新昌县、绍兴县知事等职。1916年8月，孙中山赴浙江绍兴东湖缅怀辛亥革命烈士陶成章时，赠予“博爱”两字。1920年在杭州病故。见宋汉斌《宋氏家谱》；王清穆《崇明县志》卷十三《人物·选举·文科表》；《绍兴文史资料》(第15辑)之陶维墀《孙中山访问绍兴记》；《时报》民国六年二月二十一日(公历)。按：《时报》民国六年二月二十一日(公历)：“齐省长委任钱增勋为临安县知事，宋承家为绍兴县知事。”《时报》民国六年十月二十七日(公历)：“顷得政界消息，齐省长拟将绍兴县知事宋承家开缺，遗缺另委候补知事萧荃署理。慈溪县知事林觐光拟即撤任，遗确饬夏仁溥回任去。”据此二者，日记中“知事宋君”即宋承家。

绍兴风俗事也。上半日田蓝陬、陈仲诒来，谈数时兴。将盱，至东昌坊陈鹿平家寿宴鹿平之室四十之寿。至夜宴下，天微有雨，坐舆旋家，时在九下半钟。

初二日(4月22日)　晴。上半日同梦侄、宜侄、钰儿、铻儿至街，余又至新河弄徐宜况处谈片时，又同至面馆吃点心，又同至布业会馆看戏数时，晚上同钰儿、铻儿旋家。夜间阅《随园女弟子诗》。予日来俗务丛集，看诗借以静养心性也。

初三日(4月23日)　天有雨。上半日学字。寒暑表在五十余度。予为家务所累，数十年来时时以未能专心向学为憾。今者春和日永，大可攻书。乃俗务益繁，支拄门楣，尤需心力。芸窗吟诵，仍有志而未逮。对斯韶华，愈增心感，即成偶语以写我心："大地又回清淑气；半生常负读书心。"

初四日(4月24日)　晴，天气清胜。下半日陈荣伯来，谈片时兴。天气尚早，又至大街一转，即旋家。

初五日(4月25日)　晴，天气又清胜。盱间，女婿孙云裳同大女在菀来，酬应等事。云裳于苏沪各学校修业十年，中学业经毕业。

初六日(4月26日)　早上天似雨，上半日晴。

初七日(4月27日)　晴。上半日坐舟至南街田缦云处盱宴，至夜餐下，同田孝颛、季规各旋家，时十下钟。又同孙云裳谈片时。

初八日(4月28日)　晴。上半日同云裳谈。下半日至大街一转，即旋家。

初九日(4月29日)　晴。上半日同云裳女婿、张君林谦、贾如川、田孝颛、存侄、梦侄、镇儿、钰儿、铻儿坐舟至柯岩及观音洞等处观览片时，又坐舟至柯桥菜馆盱餐，又阅市片时，仍同张、贾、田、孙诸君及诸侄，镇、钰、铻三儿旋家。

初十日(4月30日)　晴。上半日女婿孙云裳同大女在菀回东关，并约同镇儿至其家看赛会演戏。女大一嫁，就如人客，虽时有可回来之日，但必系夫家之日多也。下半日忽有雷雨，片时即晴。晚前同梦侄、存侄、宜侄、钉儿、锫儿至街一转，又至“同春”菜楼夜餐。以梦侄将有回苏州之行，借以一叙。夜有明月，仍同存、梦、宜诸侄及钉儿、锫儿旋家。

十一日(5月1日) 天气又晴胜。上半日学细字。上半日田孝颛来，同至东昌坊陈鹿平家谈片时，又同至陈景平处谈，至下半日旋家。今日寒暑表在五十余度。夜有月最明亮。

十二日(5月2日) 晴。上半日同梦侄谈，下半日同梦侄至街戒珠寺前回看陈荣伯谈片时；又至新河弄同潮弟、梦侄小酌汤面，借同梦侄话别。梦侄今夜启行回苏州，余即旋家。连日应酬，颇形支撑。尘俗繁如，事事待理。不知何日得清闲，以静养家中也。

十三日(5月3日) 早上天雨，上半日又晴，天气又清胜。下半日栽种花草。予思得大园地，至今未偿所愿，只得于家中略有隙地处随意种之。

十四日(5月4日) 晴，天气又清胜。下半日陈荣伯来谈数时兴。今日一下半钟，镇儿由东关坐轮舟旋家，时四下钟。轮舟转回时间尚速，但五云门上岸略远也。晚上徐扔庭来谈数时。

十五日(5月5日) 雨，天气转寒。同徐扔庭闲谈。立夏日近，而寒暑表尚在五十余度。

十六日(5月6日) 晴，天气又清胜。今日巳时立夏，寒暑[表]在五十余度。天日骤长，诚有长日如年之态。日间督儿子学绘事。予早年常好斯事，近年俗事纷繁，久疏染翰，今偶一为之，即觉生疏也。下半日至街一转，即旋家。夜有月。

十七日(5月7日) 晴，天气又清胜。上半日至街遇胡坤圃，同至家谈，片时即旋家。下半日整饬家中各事及书账务等事。

十八日(5月8日) 晴，天气又清胜。上半日同田孝颛至寺池钟芝新家宴，至夜餐下，仍同田君各旋家。今日天气略暖，寒暑表在六十余度。夜有明月。

十九日(5月9日) 晴，天气又清胜。上半日整饬家中事务。

下半日至后观巷田蓝陬家谈片时,又至田孝颛家谈片时,即旋家。陈景平来谈,至夜餐下兴。夜又有月。

二十日(5月10日) 早上天尚晴,上半日天有雨,天气又转寒。下半日自绘兰花扇箑一张,并题五言诗一首,借录于下:“只许同心赏,名山励藻清。并头春早得,珍重话生平。”

二十一日(5月11日) 雨。清书账务等事。下半日有雷电,寒暑表在五十余度。为内子李夫人录历年寄母家信稿于《文澜室随笔》之中。文澜系李夫人之名,《文澜室随笔》乃李夫人随时见闻所录之事。李夫人看书颇夥,史鉴及说书外,《唐诗》《千家诗》《随园女弟子诗》等诗,至今尚能背诵详其姓氏。但腕力柔弱,且又事繁,予乃为其代录也。

二十二日(5月12日) 天又雨,又有潮气。上半日雨霁。至街一转,即旋家。下半日又有雨。

二十三日(5月13日) 早上天又雨,寒暑表在六十五度左右。上半日代录《文澜室随笔》。年来心多思虑,事事惰于整饬。家计艰难,有何善策?下半日至街一转,即旋家。

二十四日(5月14日) 晴。上半日至东昌坊陈鹿平家谈,片时即旋家。天雨数粒,即晴。下半日戏栽花草。乍晴乍雨。

二十五日(5月15日) 晴。上半日至大街“同成”坐片时,又至大路“保昌”坐片时,又至笔飞弄“亿中”坐片时,又至试弄教育会参观绍兴县各学校学生成绩品。手工艺术,罗列颇夥,虽有工有劣,但皆能争竞智巧,诚佳事也。周览片时,即由大街旋家,时旰。

二十六日(5月16日) 晴,天气又清胜。上半日至大街“鼎升”谈片时,又至“亿中”谈片时,又至“天成”谈片时。自前年以家计艰难想商业为之补助,乃看虚货标金上落,不料至今竟亏至五千洋元。非徒无补,又(又)害之,可谓运气之不佳。今东挪西凑,将亏输之费解付清楚。但家用愈觉纷繁,财力益形乏弱。若何度日,诚为可虑也。街上遇吴琴伯、沈敦生、田浩船诸君,邀至丁家弄孙衡甫家谈数时。

下半日旋家，时五下钟也。

二十七日(5月17日)[1] 晴，天气又清胜。上半日田霭如、孝颛来谈片时兴。下半日家中俗务等事。

二十八日(5月18日) 晴，天气又清胜。上半日绘山水花卉斗方数张。下半日张后青、陈景平来谈片时兴。今日寒暑表在七十四五度。

二十九日(5月19日) 晴，天气又清胜。上半日陈松寿来谈片时兴，又张后青、阮茗溪、田芝储，徐志章、志珂，鲍冠臣、言秀林、田孝颛、姚华庭诸君来谈，夜餐各兴。

三十日(5月20日) 晴。上半日至司狱司前胡梅森先生处谈，片时即旋家。又同钰儿、锫儿至大街等处买纸笔等事，即旋。天气骤暖，寒暑表在七十余度。旰时仍同钰儿、锫儿旋家。

四月初一日(5月21日) 月为乙巳，日为癸亥。晴，天气又清胜。予今日左太阳筋及头角时时刺痛，不可耐。如是痛楚，为从来所未遇。似系前日至街时不张洋伞，多晒太阳有郁热及风所受，乃有是病。下半日延杨质安来诊予及内子病，杨君酌药单数纸兴。至夜间太阳筋仍刺痛，但饭胃如常。

初二日(5月22日) 晴。余左太阳经及头角仍如刺痛。上半日田孝颛来谈片时兴。下半日微有雨。夜又有雨。

初三日(5月23日) 早上天有雨，上半日晴。余左太阳筋及头角痛刺略差，但仍有时作痛，日来颇受苦楚。旰祭先曾祖妣讳辰，又坐舆至陈朗斋家旰宴，景平之次女[2]许婚也。下半日仍坐舆旋家。

---

① 列尾自注：本日之事系廿六日，廿六日所志之事系二十七日也。特行声明。

② 陈氏(1901—?)，浙江绍兴人。陈景平之女。见鲍德福《鲍氏五思堂宗谱稿》卷四《尚志公派第七世》。

女婿孙云裳来谈片时,又至邻鲍香谷家宴。冠臣之郎[①]定陈景平之次女,宴媒人也。夜宴下,又谈片时,即旋家。

初四日(5月24日) 晴,天气又清胜。上半日余右太阳经及头又痛,免强同云裳至近处街市一转,即旋家。阅近日报,当路党攻又剧,国家又有此恶态,可讶也。

初五日(5月25日) 晴,天气又清胜。阅报知段总理由大总统率尔下免职,政府大令又形动摇,各督军反对出京,未知后事若何也。曾忆旧年自大总统由黎总统任事,国务总理由段祺瑞任事以来,各党会咸谓河山再造,重见天青,一时赞可之声几遍国中。乃何以数月之间,又有党派纷争之恶感,是不解当路诸公之若何心志也。今日寒暑表在七十余度。

初六日(5月26日) 晴。上半日坐舆至汲水弄屠厚斋处宴,渠六十寿辰也。盰宴下,同诸客谈片时,仍坐舆旋家,时三下钟。今日寒暑表在七十余度。五下钟时钉儿由学堂散课旋家,予同至大穆桥金女医处问牛痘事。片时,又至西郭城外闲看赛会演剧之盛。第见男红女绿、舟舆络绎于途,可谓兴高者也。天时将晚,予同钉儿仍步进城,由大街买货等事旋家。

初七日(5月27日) 晴,天气又清胜。上半日收拾家中书籍、簿册等事。寒暑表在七十八九度。盰下阅吴梅村诗。寒暑表又至八十一二三度。予今日头恙愈可。

初八日(5月28日) 晴,天气又清胜。上半日金子英来。本托其为苹女种牛痘,今苹女手臂上适有红痱数粒,金君谓恐引发另疮,乃待其臂上之红粒愈后再种也。谈片时,金君兴。今日寒暑表又在七十八九度。盰坐舆至衣业会馆宴阮廷桀[②]与徐以逊联姻公宴,客

---

① 鲍亦长(1905—?),字颀孙。浙江绍兴人。配松陵陈景平次女。见鲍德福《鲍氏五思堂宗谱稿》卷四《尚志公派第七世》。

② 阮廷渠(1871—1937),一作廷桀,字成斋,别号啸渔山人。(注转下页)

四席。下半日同阮茗溪、徐叔亮、陈秉君、姚霭生至鲍香谷家谈，至夜餐下旋家。今日寒暑表在八十余度。

初九日(5月29日)　早上微有雨，寒暑表在七十余度。上半日陈景平来谈，又邵芝生、姚梅笙、任云詹、谢永年、胡坤圃等人来赏雨。谈话数时，将晚各客兴。今日有雨后天气转寒。夜督儿女书函牍等事。

初十日(5月30日)　晴，天气又清胜。上半日坐舆至南街田宅拜先外舅润之先生祭，旰餐下，仍坐舆旋家。下半日杨质安来诊内子病，酌药剂谈片时兴。晚前又至水澄巷徐佑长处谈，至夜餐下旋家，时十一下钟也。

十一日(5月31日)　晴，天气又清胜。上半日徐遏园、佑长、陈□□来谈片时兴。旰至邻鲍香谷家宴，其弟冠臣定妇宴客也，至夜宴下旋家。今日电闻浙省又告自立。

十二日(6月1日)　晴，天气又清胜，早上寒暑表在七十五六度。阅各报，黎大总统违法，各省应是自由行动，业于前日有奉天、直隶、河南、福建、安徽、浙江连合宣告，与中央不奉命令。从此国家又多事矣。近今党派系督军团与议院团纷争，黎大总统敷衍乏术，轻率罢国务总理段氏之职，命令中国务总理不副署。各省督军团以谓总统徇议院团意出此违法行为，各相愤激，致有前项自立之事。观时度势，恐不奉中央命令之省尚相继以来。可谓天下本无事，庸人自扰之。中国不知何日乃有治人也。上半日至街一转，即旋家。日中寒暑表在八十三四五六度。阅报又知，同时宣告自立不奉中央命令者，尚有山东、湖北等省。观此则黎总统一面大势已非，补救颇非易易。

(续上页注)浙江绍兴人。光复后任县议会议员暨啸唫乡自治委员。工金石篆刻，尤善绘画。其子家塄，配栖凫徐以逊女。见阮彬华《越州阮氏宗谱》卷十一《廿一世至廿五世·理三房》。按：据阮先羽先生口述，其七爷爷阮廷渠卒于民国二十六年(1937)。

是乃平日识见平常,胸少把握,借策士以为转移所致也。足见非常之位,必须非常之人耳。

十三日(6月2日) 天气又清胜。阅各报知自立各省督军团推张勋,电中央有五条:一、督军参与宪法会议;二、段祺瑞复职;三、斥总统左右四佥壬;四、因帝制获罪者概行赦免;五、黜议员中之暴烈分子。右条须五日内答复。上半日至街一转,即旋家。

十四日(6月3日) 晴。黎明四下钟时,早餐下,即坐大舟至五云门外茅洋西南湖陶七彪姻丈处上岸,速令舟人放棹至东关孙宅接大女在菀,时十下钟。余同七彪先生于书斋纵谈文字,先生出其早年所书碑版各体书示余,行书者《岳阳楼记》、隶书者《□□□碑》、正书《□□□墓志铭》。各体书势皆雄健苍雅,其正书一碑笔画书体奇特怪秀,可谓异想天开之自成创格者。先生书名早重中外,但皮气乖张,从不肯轻易与书,世间甚鲜其笔墨。余曾与言书写诚不宜滥,但流布太稀,又非所宜。渠云今年是拟破格书之也。盰餐下又谈片时,至二下钟时坐其家舟至茅洋宽市。片时接大女之舟由东关开至,余即换坐原舟,同大女在菀旋家,时六下钟。天日最长,路虽远尚从容也。

十五日(6月4日) 晴,上半日雨。阅各报,知不奉中央命令者又有山西、甘肃及上海等省,又闻国会议员已陆续星散,成不解自解之局。黎总统知大势不可为,有对全国之父老敬谢不敏之意。富贵尊荣,等诸行云流水矣。上半日田孝颛来谈片时,同坐舟至古贡院前徐遏园处宴其生日之酒。至夜餐下,仍坐小舟旋家,时八下半钟。

十六日(6月5日) 天微雨。上半日至杨质安处酌钉儿医药。钉儿数日前时有牙宣血,口中又有气秽,昨日忽吐半口血。忆二月间曾有鼻血兼痰吐中略有血,系咳嗽肺热之恙,数日间即愈可。近日又感寒,略咳嗽。据医者云,仍有热,宜清润之可也。同杨君谈片时,即旋家。下半日又微有雨,整饬书籍等事。今日寒暑表在七十一二三度。

十七日(6月6日) 天有雨。上半日戏栽花草。今日正是养花天气。花草最有清气,予向爱之,但必须得大园林可以随心栽种。生平想念者数十年也,未知何日得偿斯志。下半日徐佑长、马青介、言秀林、陈□□来谈,夜餐下兴。夜书草字。

十八日(6月7日) 又雨。孙君洛生[①]以其母章夫人七十寿辰,前日以征诗启及诗笺来索寿诗。今日雨窗稍闲,勉成一律云:"新鹰[②]千啭到蔷薇,淑气氤氲祝古稀。花县琴声尊邑母,兰陔获训媲先徽。琼浆芬苾娱慈竹,宦辙联翩舞彩衣。喜奏灵璈辉婺采,更从艺苑集珠玑。"女寿诗如题铺排,何能制胜?所以昔人诗集是等女寿诗,甚不多觏。今日勉强成七律一章,又系应酬之笔墨也。夜又有雨。

十九日(6月8日) 又雨。寒暑表在六十八九度。雨窗兀坐,学字度日。下半日天似晴。

二十日(6月9日) 乍雨晴,下半日天气晴好,寒暑表在七十余度。日来长日如年,明窗静坐,思虑交加,偶成七律一章,借志于后,纾写性情,即于是见之也:"两间暂驻[③]与人同,容易年华作阿翁。愁绪多时惊鬓雪,精神衰处亟头风(今年时有头风之恙)。家园隘窄栽花简,书卷丛残觅句工。听到党人争又剧,私心环绕嗤言公。"结句改"升沉显晦各匆匆"。

二十一日(6月10日) 天气又晴胜。早上学字数百,上半日至田孝颛处同至街一转,又同至南街田缦云处谈,至将晚旋家。今日天气骤暖,下半日只可着单衣,夜乘凉庭畔。

二十二日(6月11日) 晴。寒暑表八十一二三度。

---

① 孙洛生,浙江绍兴人。鲍德福《鲍氏五思堂宗谱稿》卷四《尚志公派第七世》载,鲍亦敏,配同邑阳嘉弄孙氏洛生公长女。

② 陈庆均《为山庐诗稿》(第一本)有诗《孙母章太夫人七秩设帨之辰其嗣君征诗称觞免成一律》作"新莺"。

③ 陈庆均《为山庐诗稿》(第一本)有诗《有感偶成》作"逆旅"。

二十三日(6月12日) 早上天晴,上半日乍雨晴,今日寒暑表在七十余度。清书账务。下半日大雨数时,又书账务等事。下半日梦升侄由苏州来谈片时,据云拟速回苏。

二十四日(6月13日) 天又雨。上半日陈景平来谈,下半日田孝颛来谈,至夜餐下各兴。夜天雨又密。

二十五日(6月14日) 又雨,天气潮湿。上半日至后观巷田蓝陬家拜先外姑章太夫人诞日之祭,下半日旋家。晚前田孝颛来谈数时兴。天雨潮湿,颇不纾快。

二十六日(6月15日) 雨,天气又潮湿。行坐颇不快适。上半日坐舆至水澄巷徐宅拜仲凡舅氏八十冥寿之祭。下半日同徐遏园诸君谈片时,坐舆旋家。本日戏制枇杷膏。

二十七日(6月16日) 又雨,天气又潮湿。上半日至后观巷田孝颛处,同至东昌坊陈鹿平处谈。下半日同孝颛、屠葆青至"蕙芳"小酌面点心旋家。天虽似晴,而地湿仍如雨。夜有星,但湿气最不纾快。

二十八日(6月17日) 天又似雨。上半日似晴,至江桥水果行街"明记"谈片时,即由大街旋家;又至鲍香谷家谈,至晚前同至田蓝陬家宴集,蓝陬定第二媳以宴客也。共有客及其本家二十余人,坐三席。夜宴下又谈片时,即旋家。阅各报,知参众两议院国会业奉大总统令解散,另行选举也。

二十九日(6月18日) 早上大雨数时。有是数日大雨,苍生又冀其晴好者也。钰儿前夜身微热头痛,不能安睡。下半日延陈仲青来诊,酌药单谈片时兴。钰儿左腮下有核,大牙龈浮肿及前面下牙龈时有血出,夜间口涎最多,兼有秽气。如是者将及月余,大约系肝热而气血未能清宁。日久如是,乃为可虑。究竟宜清宜补,是在辨识之明也。下半日至田蓝陬处谈药剂及闲谈时事数时,即旋家。天似有晴意[①]。下半日同钰儿各坐舆至螺师桥张医处,为钰儿医牙病。据

① 以下是后日。

张医云系沿牙疳，宜早用吹药及汤药治之。片时，仍同钍儿各坐舆旋家。

五月初一日(6月19日)　月为丙午，日为壬辰。早上天似晴。上半日至缪家桥杨质安处酌谈钍儿牙病之药，片时即旋家。旰前至田蓝陬处酌药单，片时即旋家。下半日同钍儿各坐舆至螺师桥张医处，为钍儿医牙恙，据张医云是乃沿牙疳，其牙龈有大半微见腐处，宜早揩洗其腐处，时用吹药搽之，又用汤药以清理之。片时，仍同钍儿各坐舆旋家。夜有大雷雨。

初二日(6月20日)　早上又有大雨数时。上半日家中治事。下半日延骆保安[1]来诊钍儿牙病，酌药单下，骆君兴。骆君似于医术识见未甚精细，又一寻常市医也。余又至江桥下水果街“明记”谈片时，又至螺师桥张医处买牙疳糁药，即由大街旋家。天又雨。

初三日(6月21日)　天似晴。上半日同钍儿各坐舆至探花桥“乾丰”碗店同夏君酌牙疳药，又至螺师桥张医处看牙恙。据张君云，是乃沿口牙疳，尚未算重，再用吹药时常敷之，当能愈可也。片时，仍同钍儿坐各坐之舆旋家。余又有偏头风之恙。下半日至大街、大路等处一转，途遇阮茗溪，徐志章、志珂，沈敦生、田缦云，田君邀至其南街家谈，夜餐下即旋家。

初四日(6月22日)　天似晴。今日为夏至。上半日清解各店账务，下半日又清解各账。今年春间有嫁务且家中长幼内外用度愈繁，常年所得之款入不敷用，为数又巨。若不力加省约，实有不能支持之势。平日筹措艰难之处，只内子李夫人知之而谅我也。

初五日(6月23日)　晴，天气又清胜。上半日清较账务。寒暑

---

① 骆保安，浙江绍兴人。名医骆卫生之子。曾任广州琼崖道署官局正医生兼中学堂校医，历办绍郡育婴堂医务，《绍兴医药学报》编辑。善儿科兼内科。住接龙桥。见《绍兴医药学报》(1909年第9期)。

表在七十余度。田孝颛来谈片时兴。旰间补祭夏至祖宗。下半日寒暑表在八十余度,清较账务数时。端阳如是天气清胜,难得事也。昨今两日钍儿牙恙略见愈可。戏画八卦二张。

初六日(6月24日) 晴,天气又潮暖。上半日清较账务,下半日至花巷戏馆看演剧,片时又至大街等处一转,即旋家。

初七日(6月25日) 晴,天气又潮暖。庭前缸荷新萌花颗。下半日有雷声,雨片时仍晴。

初八日(6月26日) 晴。黎明兴,看大女在菀回东关孙宅,以其叔翁[①]病危,前日放棹来接也。早上寒暑表在八十度之间,今日天气略清胜。清志账务等事。下半日天气骤暑,寒暑表在九十三[四]度之间,又至九十五六度。夜乘凉庭畔数时。

初九日(6月27日) 晴,天气又转清胜,早上寒暑表在八十一二三度。日来又宜早起,以呼吸新鲜清气。上半日至大街等处一转,即旋家。天气又暑,洗浴后最觉清快[②]。田孝颛下半日来,至花巷布业会馆风扇下啜茗清谈,又同至“蕙芳”楼听书,片时即各旋家。天有明月。

初十日(6月28日) 晴,天气又清胜,但骤有暑夏之态。余向畏暑,不耐治事。钍儿牙恙日似如常,但每日仍糁药一二三遍,以冀复元。下半日天愈暑。夜餐下至田禔盦、孝颛家闲谈,片时即旋家。

十一日(6月29日) 晴,天气清胜而又暑。阅各报,知前月不奉中央命令之各省,以要求事都可如愿,近日陆续回复原状,仍拥戴中央,但海军又告反对矣!争意气而不顾公利,有职守者未知若何用心也。

---

① 叔翁,此当指陈庆均之女婿之叔父。孙庆璋(1871—1917),原名庆垚,字菘亭。浙江绍兴人。见孙秉彝《绍兴孙氏宗谱》卷十九《伯昌公次支尔尚公派》。宗谱载其生于同治九年十二月初六日,公历当为1871年1月26日。

② 此句后有“夜餐下同孝颛”,或为误记。

十二日(6月30日) 晴。前夜天暑异常,不能安睡。早上天略凉,至大街一转,即旋家。下半日有雷声而仍不雨。夜间天气稍凉。

十三日(7月1日) 晴,天气尚清胜。上半日田孝颛、张林谦、言秀林等人来,挥箑闲谈,至下半日各客兴。日间天气盛暑,寒暑表在九十七八度,不耐治事,只可挥箑啜茗清谈。夜间明月遍地,最宜乘凉。夜半天气愈暑,未能安睡。今年有闰月,近日正宜暑盛。但前月尚凉,日来骤暑也。

十四日(7月2日) 晴,天气又暑。上半日田孝颛、言秀林、张麟谦又来挥箑闲谈,下半日各客兴。天暑异常,日来永日啜茗挥汗,时时浇灌茶水,而饭胃不健。夜间又以暑盛,未能安睡。

十五日(7月3日) 晴,天气又异常之暑。阅各报,知新历七月一日早上四时,清宣统由张勋军警拥护登帝位,一面迫令黎总统退位。事现非常,骇人听闻。如果属实,恐又演满汉种族之意见也。天下非常之事,必借非常之人乃可底定。若挟一时势力而不及远大之谋,恐转贻万世之讥诮也。

十六日(7月4日) 晴。昨夜天气暑盛,不能安睡,清早得静养片时。早上寒暑表在八十九度及九十度左右。上半日言秀林、胡坤圃、田孝颛诸君来挥箑闲谈。下半日天暑愈盛。夜餐下各客兴。今日阅各报,知各处平常京电不通,但张勋业将复辟之事电告各省也。

十七日(7月5日) 晴,天气又盛暑。上半日至大街等处一转,即旋家,时将旰也。下半日天以郁热多日,有雷电大雨数时。天气转凉,人人咸庆清快。夜间又得安睡。

十八日(7月6日) 上半日又有大雨,天气清快。下半日至邻姚宅谈片时,即旋家。今日寒暑表在七十八度。

十九日(7月7日) 晴,天气又清胜。上半日以邻人周姓改造楼屋穿架,不喜闻其声,特坐大船同蒋姑太太、内子,大、二、三儿,员、苹二女至大路等处买货及观览市景。下半日停棹于北海仓桥,又观览电灯公司机器处,至五下半钟,仍同蒋姑太太、内子,大、二、三儿,员、苹二女坐舟旋家。天日最长,天气清胜,是乃夏令之难得事也。晚前田孝颛来谈片时兴。夜间天气又凉快,大约系新雨之后有是天气也。

二十日(7月8日) 晴,天气又清胜。上半日坐舆至板桥徐宅拜祭,盱餐下仍坐舆旋家。

二十一日(7月9日) 晴,天气又清胜。早上调制墨盒。工欲善其事,必利其器先。虽善书者不择笔,但笔砚精良,未始非书家之愿事也。下半日至大街等处一转,即旋家。夜半有大雨。

二十二日(7月10日) 晴。前上半日田孝颛来,同至丁家弄看薛阆仙病,谈片时,仍同田君各旋家。特补志之。今日上半日至邻姚霭生处一转,又至司狱司前胡梅森先生处谈。渠留盱餐,至下半日旋家。今日天气郁暑。

二十三日(7月11日) 晴,天气又暑。上半日徐志珂、张后青、言秀林、张林谦诸君来谈。下半日陈景平、徐志章、田浩然又来谈。夜餐下,各客兴。晚上天有雨,夜天气仍郁热,不知何日得清气也。

二十四日(7月12日) 晴,天气又暑。上半日至大路、大街一转,即旋家。今日日中寒暑表在九十度左右。夜间乘凉庭畔,颇觉清胜。

二十五日(7月13日) 晴,天气虽暑而尚清胜。上半日坐舆至南街田宅拜祭片时,又坐舆至第二县校谈片时,即坐舆旋家。徐志章、志珂,张后青来谈。盱祭曾祖妣诞辰。下半日陈景平,田孝颛、芝储又来谈,至夜餐下各客兴。天微有雨。

二十六日(7月14日) 早上天晴,上半日微有雨即晴。余稍有腹痛,吃痧药后泻一次略愈可。日间乍雨乍晴,天气清快。余年来思虑愈多,眼花日甚。事业未成,人将衰暮。数十年寒暑匆匆,如梦过度,不识再有几年尘梦也。

二十七日(7月15日) 天气清快,乍雨乍晴。余稍有不豫。夜间又畏寒而身微热，至后半夜始清快。

二十八日(7月16日) 晴，天气虽暑而尚清胜。予日来心绪益觉不宁，内子右眼之恙多日；锫儿湿热之疮仍如前年之多；苹女遍身患疮两月之久，至今未愈。其旧年身体肌肤清洁，毫不有疮痱之恙。今年以换乳妈，似乳汁纷杂，且乳妈气体颇浊，天暑又有汗酸秽气伴眠，其患乃不能速愈。家中日对病人，而自身衰弱，加以向畏暑夏，其不能高兴而健饭可知也。

二十九日(7月17日) 晴，天气虽暑而又清胜。今日初交庚伏，早上寒暑表在八十一二三度。阅各报，知北京业于日前由各省联军战胜收复，张勋战败，避入荷国使馆，其部下之军皆缴械降散，宣统复辟不成问题。大总统职权早日由冯副总统国璋在南京遥领，国务总理仍由段祺瑞复职，讨张总司命亦系段君担任，近日北京各事都由段君部署。一场战乱又过渡，但不识后事能善为调停否？最不值者张勋，渠自前清以至于今，战绩素优，威震全国。自大总统以至各督军服其猛勇，平日惟张勋之马首是瞻。今乃不明时势，冒昧独行，众意反对，遂致身败名裂。虽闻被人所欺，实乃咎由自取也。今下半日田芝储、浩然来谈，至夜餐下兴。田孝颛夜餐下来谈，片时兴。

三十日(7月18日) 晴，天气尚清快。上半日徐志章、志珂，田芝储、禽盦、浩然，张后青、林谦来闲[谈]，至晚兴。

六月初一日(7月19日) 晴。今月为丁未，日为壬戌。天气又清胜。予日来饭胃未能如常，精力益觉柔弱。半由思虑太多，措置艰难。全家长幼似只严责备之思，何曾蒙涵容之恕。自李夫人内子之余，可谓平生心事有谁知。

初二日(7月20日) 晴，天气又清胜。早上寒暑表在八十余度，日中寒暑表在九十一二三度，是乃伏天之佳日也。上半日整饬室宇家中事务，下半日学草体字数百。予今日饭胃略可。

初三日(7月21日) 晴，早上微有雨，片时即晴，日间乍雨乍晴,而天气清凉。晚前田孝颛来谈片时兴。夜又雨。

初四日(7月22日) 雨,天气又清凉。予自天暑以来,饭胃未能如常者,半月于兹。对于应治事务,时以推诿延缓,精力益觉柔弱。若永久如是,诚为可虑。下半日学字数百,乃勉强事也。

初五日(7月23日) 天又雨,上半日晴。予胃气仍弱,兼略有腹痛而泻,苹女又昨今两日作泻。下半日天又暑。夜间予畏寒,拥薄被后身似微热,大泻三四下,至天晓乃愈。

初六日(7月24日) 晴。予自前夜泻后精力益弱,胃又不思饭食,舌微白而厚。似系有湿,宜清化之。上半日坐舆至杨质安处诊,谈片时,仍坐舆旋家。日间精力虽弱,而心腹尚宽快。

初七日(7月25日) 晴,早上微有雨,仍晴。予今日胃气仍未能强健,而略有气力。早上书字百数十。上半日予肩背骨痛。旧恙又发,谅由近日精力衰弱,风湿所感。是恙一发,头项俯仰不能自如,胸中又牵累不能舒快。床中起卧时极觉为难,转身须缓缓随势转动,其中苦楚不可言喻。

初八日(7月26日) 晴。予今日舌稍清润,但胃气仍薄弱,每吃半碗饭,舌中每有甜腻之味,似系尚有湿未化净,肩背骨痛仍未愈,坐卧静养,百感交集。安宁之福,自憾未曾修得也。

初九日(7月27日) 晴,天气又清胜。今日予之背恙略愈,但饭胃仍未能如常。上半日田孝颛来谈,又陈景平来谈,至旰餐下兴。阅近日各报,有权职之人意见愈纷,党争仍剧。将大总统之职有愿推冯者,有愿仍推黎者。各以私见,大肆攻争。又演成背谬之举动,诚可讶也。

初十日(7月28日) 晴,天气又清胜。早上闻大媳产发,至上半日九下半钟得生一孙男[①]。产事最快,大小人都好,为之忻幸。

---

① 陈漪(1917—?),浙江绍兴人。陈庆均长孙。见《日记》民国六年六月十五日。

今日寒暑表在八十余度，天气最清胜。孙孩八字是丁巳、丁未、辛未、癸巳也。按：历书曾载辛未日癸巳时乃天禄福星，是谓之吉。家中得男孩，似人生一欢喜事。回忆予先室田夫人生镇儿时，岁为戊戌，予年二十八岁。今年镇儿得男年二十岁，较予早得八年。将来镇儿得孙，应可较予早得。子子孙孙，相承有自，是我家庭吉庆延祥之好事也。

十一日（7月29日）　晴，天气又清胜。予日来精力略胜，但饭胃尚未如常。上半日田孝颛来谈片时兴。今日天气虽凉快，而最似伏天风日。

十二日（7月30日）　晴，天气又清胜。上半日孙儿三朝，循俗用松柏长青及十全果、鸭子等品为其洗浴。新生孩儿三朝洗浴，即谓之洗三。是我中国通行之事，非特绍兴旧俗也。今日盱间寒暑表在九十一二三度。今年六月天气较为清胜，倘有精力，大可读书学字。下半日书正草体数百数十字。

十三日（7月31日）　晴，天气又清胜。日中寒暑表又在九十一二三度。上半日田霭如来谈片时，又田孝颛来谈片时，各兴。今日予精力略可，但胃气犹未能如常。

十四日（8月1日）　晴，天气又清胜。上半日寒暑表在八十余度。整饬家中事务，又学细字片时。盱间至后观巷田孝颛家陪媒宴，孝颛定第二媳于阳嘉弄①孙宅也。盱宴下谈片时，即旋家。下半日杨质安来诊媳妇病，据云稍感寒，即表解之可也。杨君谈片时兴。晚上有雨。

十五日（8月2日）　晴，天气又清胜。早上戏栽花草。予前年于杭州西泠购得雁来花红子数粒，今春芽得一株，数月以来其本只五六分，其叶大只如瓜仁，而有叶即红。忆旧年收子之元本长约五六尺，最可奇也。又年来园中所种芹菜，其本如树，每能长至五六尺。

---

①　阳嘉弄：今从俗作阳嘉龙。

偶然栽种之品,一大一小,可谓奇也。上半日拟取孙儿之名曰“萬”。按:“萬”即俗“藕”字,《说文》乃书“萬”为夫渠根,从艸从水,禺声。孙儿之生产时最快,事又偶凑本月为荷月,荷系萬之所生,是以取名曰“萬”。《说文》“萬”字一作“藕”,但正书必是“萬”字也。下半日又有雨。

十六日(8月3日) 晴,早上微有雨,即晴。上半日读唐人诗。下半日姚意如来谈片时兴。天有雷雨。下半日阅《春在堂诗文集》。夜又有雨。今年五月间骤暖,旬日自交庚伏以来,暑气平常。

十七日(8月4日) 晴,早上天气又凉快。今年庭前插种大利菊,自四月以来至今接续开花,可见花性有随时能吐发也。曾忆旧年所种红梅,八月间开花数朵,是梅花岂但十月先开也。年来心力衰弱,而栽种花草之心,偶有闲暇,仍喜为之。但思得广大园地,至今有愿未偿也。上半日坐舆至大路徐宅吊福钦先生首七,兼为其家陪客半日。旰餐下,同陈厥龏、屠葆青,田孝颛、缦云至西郭厥龏新宅谈数[时],仍坐舆旋家,时又有雷雨。

十八日(8月5日) 晴,天气又清胜,寒暑表在八十八九度。上半日阅《陆放翁诗集》。下半日俞介眉同其友人任君来谈,片时客兴。天气又暑,至晚上天气又转清胜。

十九日(8月6日) 晴。早上田孝颛来谈,片时兴。上半日录旧吟诗草。夜天气清凉。

二十日(8月7日) 晴,早上天气清胜。上半日学草体字数张。下半日录旧咏诗稿。今日旰间天气又暑,自下半日大雷雨后,天气又转清快。今年夏雨得时,田禾最为庆幸。

二十一日(8月8日) 晴,天气又清胜,今日早上寒暑表在八十度左右。卯时,内子李夫人腹中似发产,但仍如平常坐卧,至上半日九十下钟,痛阵觉紧,片时之后,胞水即破,而男儿[1]即生。时十计半

---

① 陈在钤(1917—1919),浙江绍兴人。陈庆均第四子,李氏(注转下页)

钟，乃巳时之正，午时之初也。今日生产，又可谓最快者也，予为之忻幸。今日为立秋，是午初新秋也。本日新生儿子八字：丁巳年、丁未月、壬午日、乙巳时，但十计半钟似可谓丙午时也。接生者伺事产后应有之事竣，产母孩儿都好，予看视调养等事。内子李夫人虽平日体气柔弱，而生产幸快速，尚可支持，兼得者是男，心中又觉庆幸。今年暑天较为清胜，又是产母、孩儿之好事也。下半日天气转暑，整饬产室眠食应用等事。予日来胃气较可，精力如常。今日督看生产事，佣婢恐未能妥惬，一一都亲自看护也。夜间又时常看视产室事。

二十二日(8月9日)　晴，天气又转暑，早上寒暑表在八十余度。上半日为新生儿子哺乳食之事。孩子生后向以一日一夜始可乳食，兼用川连、甘草以清其胎热，是乃养儿必有之事。孩儿身体尚强健，兼啼声最响。内子李夫人平日气体柔弱，而声音最清高。而所生儿女能得如其音声(音)，而益加精力可也。孩儿精力之强弱，必由先天充足与柔劣之验。新生之儿似先天尚强，再能加意保养，或是一强种也。上半日田禔盦、孝颙来贺喜，谈片时兴。今日天气盛暑。

二十三日(8月10日)　晴，天气又暑，早上寒暑表在八十五六度。上半日新生男儿三朝，又循俗用松柏、万年青、十全果、鸭子等为其洗浴。暑天襁褓衣件，只宜用夹兼应宽大，以得养气。粗劣仆妇伺事产室，未见可靠。事事都应亲自看护，天暑力弱，实觉支持。今日日中寒暑表在九十七八度，可谓城市尚余三伏热。夜间又以天暑未能安睡。本日系予生日，为新生孩儿三朝，又与新得孙儿生日相差十

(续上页注)出。见《日记》民国六年六月二十八日。按：陈庆均《为山庐诗稿》(第一本)有诗《岁己未七月朔日先室田夫人五十冥寿之辰感咏四章列之祭案聊诉别绪》："百年未许我回头，憾海空嗟石枉投。情绪浓时偏遇劫，缘因阙处欠前修。群称雏凤惭虚植(第四儿在钤今已三岁，每属术者推测命运，皆云：'如此佳造，实所罕有。'乃今年三月以疏于医治，竟致病殇)，谬诩元龙怆殇楼。鹤算期君延再世，一尊荐到九泉不。"据此，其当卒于民国八年(1919)。

余日。父子祖孙之生日都在六月。

二十四日(8月11日) 晴,天气又暑,早上寒暑表在八十八九度。上半日徐显民由北京旋绍,来谈片时兴;又徐子祥来谈片时兴。今日日中寒暑表在九十八度。下半日坐舆至大路、大街等处一转,即旋家。夜天暑不能安睡。

二十五日(8月12日) 晴,天气又暑,早上寒暑表在八十八九度,日中寒暑表在九十九度。今年初伏、中伏天气凉快,而热在三伏。永日挥箑,夜间每以暑未能安睡,可谓夏日之可畏。未知何日得清胜也。

二十六日(8月13日) 晴,天气又暑。上半日坐舆至古贡院前看徐显民,又坐舆至覆盆桥看陈朗斋谈片时,又坐舆至咸欢河沿看徐子祥谈片时,又至鲍宅遇冠臣谈片时,即坐舆旋至后观巷田禔盦、孝颛处谈片时,即旋家。

二十七日(8月14日) 晴,天气又暑。但自昨日夜间油然作云之后,清风数阵,天气略转凉快。今日上半日日隐,暑气稍平。盰前至后观巷田蓝陬家拜先外姑章太夫人祭,下半日谈数时,即旋家。

二十八日(8月15日) 晴,天气虽暑而尚清胜,早上寒暑表在八十余度。予日来胃气差胜,但思虑如常,身体未能强健。上半日拟取新生男儿之名曰"钤"。按:钤鐪,大犁也。钩钤星名。《孝经》内事,钩钤兄弟亲睦也。《晋书·天文志》:"王者孝,则钩钤明。"音伶,《说文》从金今声。又音近全,取安全之意也。大、二、三儿都是金傍取名兼都加一在字,今应加为在钤也。新生之儿两眼似有胎热,数日来红肿未能开张。乃每日以陈茶叶水洗之,今似愈可。上半日田孝颛来谈数时兴。下半日天气又清胜。内子李夫人稍似身热,产后前日初下大解。今日腹痛而急,时要大解而未能下,似有患痢之态;夜间又有数次。大约前数日盛暑之时有热所郁,昨日稍感凉,乃发生是恙也。即宜调治清解。

二十九日(8月16日) 晴,天气又清胜。内子李夫人今早又腹痛急,似大解。而点滴之后未能快下,想系痢也。早上至缪家桥杨质安处商谈痢药，片时即旋家。上半日李夫人又腹中急痛二三阵，仍未能快下大解。今日天虽暑而最清胜，日中寒暑表在八十五六度。本日阅各报，知中国政府业经于八月十四日对德奥国发表宣战令。协约各国，虽一时有欢感之忱，而有恶感者从此又有人矣。积弱如中国，何不免牵连于列强战涡之中。草茅下士，有何言责？闻之不禁可讶。不识当路诸公有若何胜算也。下半日杨质安来诊李夫人病，据云系有湿热，走于大肠即清解之可也。酌药单下谈片时，杨君兴。新秋行令，寒暖饮食最宜用心，况产后也。但李夫人下半日腹中想下大解之急痛稍稀，或是病之松动也。

三十日（8月17日） 晴，天气又清胜。

七月初一日（8月18日） 月为戊申，日为壬辰。晴，天气又清胜。早上微有雨，仍晴。寒暑表在八十余度。上半日徐子祥来谈片时兴，又田孝颛来谈，又孙云裳同大女来，又田缦云来，又田霭如来，又蒋式如来。旰间咸拜先室田夫人诞祭。上半日乍雨晴。旰间祭田夫人后，陪各客旰餐。下半日同客谈数时，各客兴。

初二日（8月19日） 晴，上半日有雨。新生孩儿口中有白色细粒，舌唇等处既遍，致不能吃乳，拭之不易落。查《验方新编》及《达生编》，以人中白、冰片搽之，又用点舌丹搽之，又用锡类散搽之。下半日杨质安来看其病，据杨君云是病不足异，内吃犀牛黄，外用锡类散当可愈也。杨君谈片时兴。夜间时常看视孩儿病，未能安睡。

初三日（8月20日） 雨，天气转凉。新生孩儿之病仍如前日。上半日天雨最密。快阁姚宅为孙女阿菱周岁来祀神及送衣鞋等事，循俗风也。下半日天雨稍霁，骆保安来看新生孩儿病。骆君医理极粗劣，谈片时兴。近日俗务纷如，兼有病人，心绪又形愁虑，兼饭胃仍不能胜常，精力衰柔，眠食未安，不识何日得清宁也。

初四日（8月21日） 晴，天气又清胜，早上寒暑表在七十六度。早上至邻浙江第五师范校附设高小学校阅览片时，又至大街一转，即旋家。上半日同孙云裳女婿谈,盱餐下云裳同大女旋其家。今日寒暖适宜,为新秋佳日也。

初五日(8月22日) 晴,天气又清胜,上半日天气略暑。徐子祥来谈片时兴。今早新生之儿口舌中白粒都落净,但红色异常,仍不能自行吸乳。大抵尚有余热未清,再以犀牛黄令其服之,外又以硼砂、人中白、冰片研细搽之。

初六日(8月23日) 晴,天气虽尚暑而清胜。今早新生之儿口舌之恙似稍愈可,有时能自行吸乳,但未知从是能日见其好否?早上至邻师范附设高等小学校谈片时兼付校费,钍儿、铻儿以南街第二县校路太远,早晚转回未免费力。今有是新设近校,特改转师范附设高等小学校也。旋家后吃早餐。上半日钍儿、铻儿至校上课,十二下钟钍儿、铻儿旋家。下半日余又至该校,同其主任沈君谈,片时即旋家。今上半日陈景平来谈片时兴。晚前微有雷雨即晴。

初七日(8月24日) 晴,天气又清胜。早上戏栽花草。上半日天气转暑。新生之儿口中之恙似稍愈,自昨日以来仍能自有吸乳之力。但口舌比平常略红,大约尚有余热未清也。日中寒暑表在八十八九度。下半日至街一转,即旋家。

初八日(8月25日) 晴,前日夜间微有雷雨,今朝早上即晴。余眼花日增,看细字必须用镜,不特写字时用镜也。上半日至邻姚霱生处谈,至盱餐下旋家。今日天气又暑。

初九日(8月26日) 晴,天气又暑。上半日徐子祥来谈片时兴。督工匠修厢披,即"廉隅"间壁之披厢也。今日新生之儿口舌之恙愈可如常,能吸乳。下半日有雷雨。

初十日(8月27日) 晴,天气又清胜。上半日乍有雨即晴。督工匠修毛树披厢,是披系二月间所搭,借以遮风雨也。我家住后屋,与前屋相距颇远,有喜庆大事至前厅,有雨时最可畏,特搭茅披以御雨。今略加修整,名之曰"萝补"。取昔人"牵萝补茅屋"之意,虽谫陋中而有野景也。

十一日(8月28日)　晴,天气又暑。督工匠修整宅宇。事事躬亲,实需心力。

十二日(8月29日)　晴,天气最清胜。今日孙儿初修发。上半日快阁姚宅来牲果、馒面等品祀神,盰间祭祖宗。今日戚友来贺客三十余人,厅中设筵宴客四桌。下半日应酬客,至夜餐下,各客兴。天气虽清高而尚暑,幸有新筑"萝补"处及"廉隅"可以宽坐。但巨细躬亲,实觉支撑也。夜有明月。

十三日(8月30日)　晴,天气又清胜。余近日事纷,身体愈弱。上半日至"萝补"处清坐半日。盰间祭本生先慈曹太夫人讳日。下半日清书账务。

十四日(8月31日)　晴,天气又清胜。早上庭前闲坐看书。

十五日(9月1日)　晴,天气又清胜。上半日至"萝补"清坐片时。盰祭中元祖宗。下半日天暑异常。今年有闰,近日可作八月,而尚有如是盛暑也。夜庭前乘凉片时,月明如昼。

十六日(9月2日)　晴,天气又似盛暑。上半日坐舆至板桥徐宅拜祭片时,仍坐舆旋家。盰拜老当年中元祭祖。下半日寒暑表在九十七八度,可谓秋暑之酷也。自撰"萝补"处楹联,录后:"历劫门庭余侧陋;半檐风月总平分。"

十七日(9月3日)　晴,天气又盛暑。上半日田芝储来,至"萝补"清谈,至盰餐下兴。

十八日(9月4日)　又晴,天气仍盛暑。至"廉隅"、"萝补"两处清坐,偶成七律一章①,题之壁间,借志于后:"尘世纷华过眼云,未磨傲骨罕同群。园留松菊聊充隐,架杂琴书佐异闻。历劫门庭余侧陋,

---

① 陈庆均《为山庐诗稿》(第一本)诗题为《甲寅冬日厅事东后制厢侧三楹以廉隅自篆其额但与后宅相距尚远丁巳春又以棘杉再架数椽借蔽风雨窗牖疏通回环清风陈设谫陋殊有山野之风月夕风晨允宜弦诵春妍秋窕间集壶尊复名之曰萝补历溯家约崇尚纯朴继往开来勉其弗坠并志以诗即示我后人也》。

半檐风月尚平分。艰难创业思先德,粉饰毋宁质胜文。"第六句拟改"平分风月总殷勤"。

十九日(9月5日) 晴,天气又盛暑。予自五月下旬以来,饭胃未能如常。平时每饭两碗,今则每饭只半碗。如是者两月于兹,所以身体日形瘦弱,舌苔时形白厚。平日喜食甜味,今虽仍喜甜味,但食后舌中似甜腻不快。病近于暑湿,为日永久,且身体如是瘦弱,复元之日诚恐难得。瞻前顾后,益增自虑。

二十日(9月6日) 晴,天气又暑。上半日老太太同大、二、五三位姑太太至"萝补"处,同与余谈议三妹日后安顿之事。据老太太云,三小姐出嫁问题早已取消,但必须定有章程。按:先大人嫁诸位姑太太,向以二千洋元为奁资。今拟仍以二千洋元立折付三小姐,每年将息洋为用度之资。再另拨洋肆千元,待买本邑湖田若干亩,并入先府君之祭。附立祭事,仍与先府君之祭一例轮办。拟意如是,问余以为何如?余谓斯事曩年三小姐取消出嫁以后即生问题,但余不便卤莽发起,且此章程自应由老太太妥定。今老太太既经宣示,竟可遵办也。旰前坐舆至古贡院前徐显民家,贺其嫁女之喜。旰宴下,同各客谈数时,仍坐舆旋家。今日天更酷暑。

二十一日(9月7日) 晴,早上似有雨态。今日为内子李夫人生铃儿弥月之日。是一月之中虽大小人各有恙数日,但今都好,可谓平安过度,最是我心之庆幸事。所自虑者,予饭胃未能复元,身体日觉瘦弱,为自身、为全家,益增念虑者也。早上以天气清胜,身心随之清胜。学细字五、六百字。上半日自书"廉隅"及"萝补"处篆联两(只)[纸],即上页之自吟诗中之第三韵句也。微雨数下,天气清凉,最可书字。予精力虽弱,而学问之心仍复如旧。未识能假我数年,以精其事否?今日寒暑表在八十五六度,下半日天气愈凉。旰前至后观巷田孝颛家贺其孙弥月之喜,至晚上旋家。旋家后,以厚粥两碗当夜餐也。饭胃两月以来,依然至今薄弱。如果系暑湿,至新秋清凉天气,应有化机也。

二十二日(9月8日) 晴,天气最清胜,早上寒暑表在七十五六度。早上徐子祥来谈片时兴。上半日坐舆至东昌坊杨质安处诊,又坐舆至开元寺前,又至“一一新”。镇儿、钲儿、铻儿又至街,同至大街等处买货数时,勉强同镇儿、钲儿、铻儿步行旋家。

二十三日(9月9日) 晴,早上即雨,天气清凉,寒暑表在七十一二三度。上半日誊清孙儿弥月贺仪簿,虽草书而有千数字也。下半日又学字等事。今日风大天凉,即思整饬家事。

二十四日(9月10日) 昨夜天雨最骤,早上今又微雨,寒暑表在七十一二三度。斯雨可谓甘霖也。上半日田孝颛来谈,又田芝储、言秀林、陈景平来谈,至夜餐下兴。下半日天晴。

二十五日(9月11日) 晴,天气尚清胜。上半日徐子祥来谈。我家钲儿与夏淮青之第十女结婚,夏君业经允许,酌量会姻行聘之事可也。又徐宜况来谈,又孙云裳来谈。

二十六日(9月12日) 晴,天气又清胜。今日日为丁巳成日。上半日领新生之儿至大厅拜神,又拜祖宗。其弥月虽阅五日,今日初修发也。吓间又祭祖宗。本日戚友来贺客约二十余人,筵宴于缅德堂。下半日天雨。

二十七日(9月13日) 雨,天气潮暖。上半日乍有太阳,同云裳等人谈。下半日田孝颛来谈,夜餐下兴。日来予胃气略好,但身体益形瘦弱,又为可虑。家务愈繁,未知何日得静养也。

二十八日(9月14日) 晴,天气又似清胜。上半日坐舆至咸欢河沿徐宅同子祥谈片时,又至鲍香谷处谈片时;又坐舆至利济桥周芝文处,芝文适至他处,未曾见面;又坐舆至大街“同成”谈片时,即坐舆旋家。今日乍雨晴,天气清润。

二十九日(9月15日) 早上天似晴。上半日至咸欢河沿徐子祥处谈片时,又至花巷坐舆至大路徐宅同周洙臣谈片时,又坐舆至大街一转,即旋家。下半日至后观巷田蓝陬处谈,片时即旋家。

八月初一日(9月16日) 晴,天气又似暑,寒暑表在七十九、八十度。上半日坐舆至东昌坊杨质安处诊,又至新河弄徐宜况处谈,宜况将至处州景宁任典狱员,借送其行,谈片时仍坐舆旋家。下半日有雷雨。

初二日(9月17日) 晴,天气又清胜,早上寒暑表在七十八九度。今日为钰儿定夏淮青之女年十九岁为婚。上半日周芝文、徐子祥由夏宅求媒转来。盰间宴媒人,并请陈朗斋、张诒亭、鲍冠臣、徐显民,田蓝陬、孝颛来陪宴。下半日客兴,天气又暑。

初三日(9月18日) 晴,天气又暑。盰间循旧祀东厨司命神。今年伏天清凉,至近日转暑。本日寒暑表在八十余度。日间秋暑颇酷,不耐治事。

初四日(9月19日) 晴。本月月为己酉,本月初一日日为辛酉[①]。今日天气又暑。上半日坐舆至大路徐宅吊福钦先生,又为其家陪客半日,至下半日仍坐舆旋家。下半日凉风数阵,天气又转清快。(亮)[谅]郁暑从今可以洗净也。

初五日(9月20日) 早上天晴气胜。即吃饭后,时六计半钟。同镇儿、钰儿、铻儿至大街等处观览及买货等事,盰餐于菜馆。下半日至布业会馆清坐数时,至将晚,仍同镇儿、钰儿、铻儿旋家。今日乍有微雨。至街永日而旋,为隔邻有造屋事也。西洋各国建造不讲方向干支,中国向有讲究。只可随俗行之,何必立异也。

初六日(9月21日) 晴,天气又清胜。上半日至田蓝陬处谈,片时即旋家。田孝颛来谈片时兴。下半日整饬家中事务。

初七日(9月22日) 晴,天气最清胜。上半日书"萝补"处横补幅诗笺。下半日田孝颛来谈数时兴。日来寒暑得宜,天高气清,最是春秋佳日。夜有明月。

初八日(9月23日) 晴。上半日陈景平、田孝颛来谈,至下半

---

① 补志。前行以初一日未曾书及,特补之。

日兴。今日天微有雨。

初九日(9月24日) 晴,天气又清胜。绘绢横幅一张并题七言诗四句。今日为秋分。上半日田孝颛来谈,旰餐下兴。下半日学草书。寒暑表在七十五六度。

初十日(9月25日) 晴,天气又清胜。上半日田孝颛来,同至邻姚霭生家谈,至夜餐下旋家。天微有雨。

十一日(9月26日) 天有雨。上半日请陈厥龏来书婚帖,即为钉儿聘夏淮青之第十女也。厥龏书后,旰餐下,同谈数时,下半日兴。今日为最好之吉日。天时有骤雨。

十二日(9月27日) 早上天微有雨。下半日至街一转,即旋家。

十三日(9月28日) 晴。下半日至徐子祥家谈,片时即旋家。

十四日(9月29日) 晴,天气又清胜。上半日清付各账务。旰间饬家人祭味青次女。下半日坐舆至古贡院徐宅吊显民之继室逝世,片时仍坐舆旋家。张后青、田孝颛、张林谦来谈,夜餐下兴。夜有月亮。今日见青藤书屋被申之兄属土木匠拆改墙户等处,见之不胜骇异。青藤书屋乃有明才人徐文长先生读书处,历载志乘。四百年来名胜旧迹,主其地者虽间有不通文墨之人,而咸知保守。我祖宗自乾隆售得此屋后,尤敬谨修复旧观,惟恐流传失实,更遍征贤士大夫题咏刻《青藤古意》一书,期垂永久。屋旁数召祝融之祸,此屋屡幸长留,似又为神灵所默佑。昔时有朔望馨香瞻拜之文,不能任意糟蹋,是为我家所公共保守之屋。申之兄平日(推)[堆]积污秽之物,今竟自由毁改。如果此风开之于申兄,他日余自由毁改,申兄果不得而阻之,即子侄辈自由毁改,申兄又何能阻之。家族多事,从此始矣。况民国虽纷争武备,不暇修文,尚且重申号令以保存古迹名胜为急务。共见报章,当可闻之熟矣。青藤书屋等共有八景[①],其七景又遭劫,

---

① 青藤八景,分别为:天池、漱藤阿、自在岩、孕山楼、浑如舟、酬字堂、樱桃馆、柿叶居。

只剩址地。惟青藤书屋一间,青藤、天池都在此处,历久尚幸保存。今日不能重加修整,显扬古迹,而反毁改之,能不内疚神明、外惭清议乎?名教罪人,莫此为甚。况此处为越中名胜之一,全国咸知。今日申兄之毁改,辱詈岂只越人?违历祖历宗期望之心,贻亲戚友朋之诮,何若作此?又申兄对家中长幼,不论商谈事端及称呼应酬,人与之言,十不一答。此次毁改青藤书屋,族人与余本可面劝停行,乃人人知其必不见答。若以公共之屋擅行毁改,人人可有相当之对待。然族人与余实以保存古迹名胜为主义,不欲与其开衅。但近日以来,友朋闻之讶然,咸责备余等何意不加干涉,任其毁改古迹,甚不应尔。余今特书信函[①]规劝之,听与不听,所不暇计。至公共屋宅,将来人人随时可以干涉。余对于兄弟之谊、保存名胜之心可见之也。

---

① 陈庆均《时行轩尺牍》(乙卯年接)之《劝申之兄不再折改青藤书屋书》:“申之二哥著席:近日辄有友人质问,云尊处青藤书屋何意毁改,弟闻不能答及。昨看视青藤书屋,果见兄属土木匠已有数处折改。文长先生读书处,历载志乘。自有明以来四百年保存之名胜,主其地者咸能保守。我祖上自得此屋后,尤敬谨修复旧观,惟恐流传失实,更遍征贤士儒林题咏刻《青藤古意》一书,期垂永久。昔时朔望瞻拜,礼意遵隆,是为我家所公共保守之屋。今我族中宝斋兄以外,兄为年齿之长,举动行为,咸资表率。今兄自由折改,他日不拘兄弟子侄各欲自由折改,兄又何能阻之?此风岂忍由兹以开?民国虽不暇修文,且必重申命令以保存古迹为急务。弟年力渐衰,进德修业,希冀已罕,不能绍先人风雅,表彰名胜,时形惭悚。惟保存旧迹,窃愿与兄弟子侄共勉焉。率此奉渤,不识有当采择否,借叩箸祺不备。弟庆均上书。”

民国八年己未(1919)

七月初一日(1919.7.27)至十二月三十日(1920.2.19)

七月初一日(1919年7月27日) 月为壬申,日为庚辰。今日为中伏之日。晴,天气尚清胜,早上寒暑表在八十余度。本日为先室田夫人五十之冥寿①。早上录诗笺两张,一化寄田夫人阅,一留藏底稿。盰间祭田夫人五十岁冥寿,循风俗雇僧人拜忏,来拜客有田禔盦、霭如、芝储、嵩南,孙云裳;女客有贾姑太太、田蓝陬舅嫂、田崧姑奶奶、田荷小姐、徐姑太太之官姐及本家及自家子姓。予临祭时又触旧憾。下半日天暑。僧人礼忏毕,与各客谈数时兴。

初二日(7月28日) 晴,天气又暑,近一二日来始似伏中天气。上半日至咸欢河沿戚芝川家谈片时,又至观音桥蒋宅看大姑太太乃

---

① 陈庆均《为山庐诗稿》(第一本)有诗《岁己未七月朔日先室田夫人五十冥寿之辰感咏四章列之祭案聊诉别绪》,录如下:"一局楸枰劫未遑,神州无数改沧桑。红尘让我忧生计,黄壤料君感逝伤。五鬻称觞虚负约,十年遗桉怅犹藏(昔年田夫人四十生日,不许稍有循俗举动,曾云:'俟五十岁时再度生日。'斯愿迄今不能补矣。愁盈万斛何时释,赢得头颅两鬓霜)。""比肩儿女勉携持,赖有重赖阿母慈。疾病多从忧里过,安危长系梦中思。含饴借补桑榆愿,题叶欣看嫁娶词。寒暑叠催人易老,前头光景夕阳时。""百年未许我回头,憾海空嗟石杜投。情绪浓时偏遇劫,缘因阙处欠前修。群称雏凤惭虚植(第四儿在钤今已三岁,每属术者推测命运,皆云如此佳造实所罕有。乃今年三月以疏于医治,竟致病殇),谬诩元龙怆殇楼。鹤算期君延再世,一尊荐到九泉不。""黔娄休说是眉扬,频岁消磨志四方。举世忤人卑龌龊,穷途嗤我更疏狂。版图侵掠鲜安土,薇蕨甘心觅首阳。蚕到春深丝未尽,痴编俚句索枯肠。"

郎病,其病似日危急;又至寺池钟宅一转,为蒋宅事也;又至观音桥同章吉臣谈片时;又至大街等处一转,即旋家,天旰。本日寒暑表在九十余度下。同孙云裳及族兄侄等人谈数时。樊季詹来谈片时兴。晚前同孙云裳、宜侄、钉儿、铻儿至花巷布业会馆茶食。及夜餐下,又同至新新剧场观剧,至十二下钟仍同孙云裳、宜侄、钉儿、铻儿旋家。

初三日(7月29日) 晴,天气又暑。上半日至东昌坊陈鹿平家谈片时,又至观音桥蒋姑太太处看其郎式如病,同章吉臣谈商医药,至晚上旋家。本日天气虽暑而尚清胜。

初四日(7月30日) 早上天又有雨,天气清胜,又最风凉。日中仍暑。旰下乍有雨,即晴。晚前同孙云裳、芝祥侄、宜卫侄、钉儿、铻儿至大街一转,又同至府横街菜馆。夜餐下,又同至花巷布业会馆听唱滩簧数时,至十下钟,天有雨,仍同云裳及侄及钉儿、铻儿旋家。

初五日(7月31日) 早上天似晴而风凉,日间乍雨乍晴。晚前闻蒋式如病危,坐舆至观音桥蒋宅看式如病,已不起,只有些微之气。但贾姑太太及三妹都到蒋宅,余只得即坐舆旋家来看老太太也。夜时常至老太太处看视,永夜不睡。

初六日(8月1日) 早上时有风雨。闻蒋式如已于半夜逝世,实堪叹悼。上半日又时有风雨。坐舆至观音桥蒋宅吊问,触目怨哀之景,不禁涕泣纷仍。渠家办事人极少,同章吉臣为其办丧务。风雨纷纷,治事不能敏捷。下半日坐小舟至家,静坐片时。以夜间不睡,人觉疲弱也。夜餐下睡片时,又坐舆至观音桥蒋宅同章吉臣督看式如殓事,至三下钟事竣。劝蒋姑太太等人,事既如此,只可节哀悼以办善后诸事。但此等逆境不特当局者难堪,即旁观者亦甚为其怨叹也。即同子祥侄旋家。

初七日(8月2日) 风雨甚大。黎明至家静睡片时,即起吃早膳。日间风雨又交作,如是伏天,乃罕见也。上半日徐吉逊来谈片时兴。日间同孙云裳谈。下半日田孝颛来谈,至夜餐兴。连日为蒋宅事极形支持,今日夜间得静养也。

初八日(8月3日) 晴,天气仍潮湿,不知何日得清胜也。近日天气,身体不甚清快,懒于治事。

初九日(8月4日) 晴,天气尚清,日间天气又郁热异常。上半日薛阆仙来谈文字一日。如是郁暑,幸得挥扇以谈,借消遣也。薛君晚上兴。夜间,天又郁暑,未能安睡。虽乍有雷声,而不能作雨洗暑也。

初十日(8月5日) 早上天似晴。上半日至观音桥蒋姑太太家,为其助办式如故下首七等事。旰餐下,至沈桐生处托其为式如书主,乍有雷雨,谈片时旋家。下半日杨质安来诊孙女、孙儿病,酌药单下谈片时,杨君兴。时天又时有雨。又至观音桥蒋宅陪沈桐生谈看其书主,事竣,其邻陈又庚来同谈片时,各散时夜矣。蒋宅勉强夜餐下即旋,过沈桐生寓又谈,片时即旋家。

十一日(8月6日) 早上天晴。茶点心下即至沈桐生处一转,又至观音桥蒋宅大姑太太家式如先作首七,为其督看一切事。盖其家只两孀妇,小人年幼兼又新居城隅,不得不格外为其照顾。至旁晚诸事稍清,乃即旋家。本日日间尚郁暑,晚上转清胜也。

十二日(8月7日) 晴,天气最清胜,今年夏间难得之天气也。在家静养。

十三日(8月8日) 乍雨晴。补记前日撰挽蒋外甥式如联于下:“已矣斯人,数十日采薪祝命,夫复何言,剧怜乔木新迁,虚负扬眉树特帜,痛哉汝母,廿六年茹苦抚孤,不堪回首,又见青松励节,无穷枯泪洒含饴。”上半日景堂族弟由苏旋绍,来谈数时兴。旰间祭本生先慈曹太夫人讳日。今日子初时为立秋。

十四日(8月9日) 乍雨晴,天气郁热仍如霉令。近日瓦刺虫极多,又是一患,是乃天气湿热所致。今年交庚伏以来,并不有清肃天气,人人几疑尚未到伏天也。

十五日(8月10日) 晴。今年五月以来,乍晴乍雨,至今不休。天气潮湿,虽暑而不清肃。吾家既不吃金瓜又不买西瓜,只于有客时略尝一二次，是乃天气所使然也。今年暑夏天气及过渡情形，与平常迥异。

十六日(8月11日) 晴。上半日同族兄弟谈。旰间坐舆至水澄巷徐宅拜祭。下半日同胡梅森先生、陈厥㚬谈半日，至晚前由大街一转，旋家。

十七日(8月12日) 晴。上半日至观桥胡坤圃处谈，片时即旋家。昨今两日虽尚在三伏之间，而颇似新秋之天气也。上半日陈景平来谈，至夜餐下兴。

十八日(8月13日) 晴，天气尚清胜。今日员女又有病，苹女又有微恙，溎孙病尚未愈。人家时有病者，最不清快事也。

十九日(8月14日) 晴，天气尚清胜。下半日有雷雨片时，夜间又微有雨片时。

二十日(8月15日) 晴，天气又暑，而有新秋之景。今年三伏之间时多风雨，竟罕盛暑，嗣后秋意日增，当日见清凉也。下半日洗浴后身体即觉清胜。本日寒暑表在八十余度。

二十一日(8月16日) 晴，天气尚清胜。下半日杨质安来诊溎孙病，谈片时兴。近日员女、苹女病稍愈可。庭畔雁来红及五色凤仙花等葱茂可观。

二十二日(8月17日) 晴，天气又清胜。阅报知浙督杨善德①于新历八月十三日以病出缺。民国军阀大家如杨君者不可多得，督浙数载，扶危定倾，措置咸宜，地方人民颇多歌颂，闻之惜焉。中央亦

① 杨善德(1857—1919)，安徽怀宁人，寄居安庆。毕业于天津武备学堂。历任北洋新建陆军右翼步二营队官、北洋常备军右翼第十营营长、北洋第四镇第七协统领。民国元年(1912)后，历任国民革命军陆军第四师师长、淞沪护军使、松江镇守使，实授陆军中将、上将衔，封克威将军。袁世凯称帝时，加封一等伯。后追随段祺瑞，六年，改任浙江督军。病逝于浙江。见《国史馆现藏民国人物传记史料汇编》第二十四辑。

不以寻常督宰视之，封赠至上将勋一位。际此多事之秋，实为近今又一憾事。以其无忝于位，特泚笔及之。本日天气暑而清肃。下半日蒋姑太太来谈其家况，不禁为之叹息，至晚上蒋姑太太兴。夜间乘凉庭前片时。

二十三日(8月18日)　晴。上半日田孝颙来谈数时兴。下半日樊纪詹来谈片时兴。今日旰间天暑，早夜尚风凉。

二十四日(8月19日)　晴，天气又清胜。上半日至笔飞弄、大街等处一转，片时即旋家。本日天暑，转似伏中天气。下半日学草书，笔砚精良，书字雅秀，人生一好事也。

二十五日(8月20日)　晴。上半日至沈桐生处谈片时即旋家。下半日同族弟谈，又言秀林、章□□[①]来谈片时兴。今日天气最暑，为今年第一暑。日夜间天气又暑，不能安睡。

二十六日(8月21日)　晴，天气又暑。上半日坐舆至观音桥蒋大姑太太家，同章吉臣为其维持家计，至下半日旋家。本日天又暑，寒暑表在九十五六度。

二十七日(8月22日)　晴，天气又暑。早上至大街等处一转，即旋家。过沈桐生书寓，请其写送徐宅挽联。前日所撰成挽徐以逊之夫人田氏联，借记于下："农林畜牧，渐辟规模，阃内著贤声，戒旦尝赓同梦计；泉石烟云，闲资啸傲，楼边宜述史，秋风增辑悼亡词。"下半日天气更暑，寒暑表在九十六七度之间。晚上田孝颙来谈片时兴。

二十八日(8月23日)　晴。上半日坐中舟至南门外栖凫村横河徐宅吊以逊之夫人首七，同各客谈，至旰餐下仍坐舟旋家。沿途天气虽暑，而舟行有风，尚觉清胜也。至家时将五计钟也。

二十九日(8月24日)　晴，天气虽暑而尚清胜，日中寒暑表在九十五六度。

---

① 原文空缺，第二字只书一士字。当为章吉臣。

闰七月初一日(8月25日) 月仍壬申,日为己酉。早上天微有雨,上半日仍晴。今日为先室田夫人五十之闰生日,随便用数菜祭之。下半日同族兄侄等人谈。又有雨片时,仍晴。夜有凉风,最似新秋之态。玉宇澄清,可拭目待也。

初二日(8月26日) 早上天微有雨。下半日杨质安来诊铻儿病。铻儿患热疮,最大在前项下。前晚吹风后,遍身又发风饼。据杨君云是皮热受风,治宜苏风清热。酌药单下,杨君兴。夜天气最凉。

初三日(8月27日) 晴。今日铻儿项下疮出脓最多,其风饼散成片,头面异常肿大,而心腹尚快且饭胃又好。想其风湿外发,但得寒暖饮食调治相宜,数日间当可愈也。

初四日(8月28日) 晴,天气又暑。上半日樊纪詹来谈片时兴。近日闻各处颇有冷痧症甚烈,据报载今年系五六月间霉雨过多,伏天又不清肃,治病大约宜用开发醒透之药,雷公急救丹最宜,或用丁香末膏药敷肚脐,或吃十滴水,或平(可)[时](时)[可]饮白兰地酒,皆有效也。

初五日(8月29日) 晴,天气又暑。近日颇似伏中天气,日中寒暑表在九十余度。有是秋暑,晚禾尚可冀丰收,疾病或可减少也。阅徐灵胎征君《慎疾刍言》及《随山宇方钞》。家计艰难,家人多病,心境最劣。

初六日(8月30日) 晴,天气虽暑而尚清胜。上半日闲谈。下半日天有阵雨片时。夜餐下同言秀林、章士□[①]谈片时,言、章客兴。天又微有雨而又郁暖,至后半夜乃清凉也。

初七日(8月31日) 早上天又微有雨。日来铻儿热疮既愈,风饼又散,皮(日)[如](如)[日]常;苹女有项核而生热疮。小人不懂事,最反对吃药,听其自发自愈,恐需时日也。下半日大雨如奔,有数时之久。地上以雨大流走不及,顷刻成滩。至雨霁,始平复。吟咏七

---

① 原文空缺,第二字只书一士字。当为章吉臣。

夕诗[1]一律，以用随园女弟子七夕诗韵："年年离合证今宵，侥倖佳期两度邀。万里塍连看绣陌，百花[2]锦上校红绡。星槎风稳河边驶，丛桂香先云外飘。夷则他年重遇闰[3]，预留青鸟架长桥。"结句拟改"匝月重[4]逢还[5]惜别，情长漏短感星桥。"

初八日(9月1日)　早上天似晴，上半日又雨，下半日又有大雨一时，晚间天气清凉。

初九日(9月2日)　早上天又有大雨，上半日又有大雨一时。雨窗书诗笺数页。有是三日大雨，闻乡间又虑水溢。天气以雨多而清凉。

初十日(9月3日)　晴，天气清胜。上半日阅闲书。下半日至大街一转，即旋家。

十一日(9月4日)　晴，天气又清胜，可谓新秋佳日。吾人逢是良辰，其若何策励事业也。

十二日(9月5日)　晴，天气尚清胜。早上同钰儿、铻儿至仓桥第五中校，同校长徐锄榛谈学年补考事。钰儿近日并不接到该校暑假后开课知会书，昨日忽闻学年补考业经考过，只可同该校长说明。据徐君[云]只得随时补考可也。谈片时，仍同钰儿、铻儿至大路、大街一转，即同旋家。陈厥彝、田孝颛来谈，至夜餐下兴。下半日天气又转暑。

十三日(9月6日)　晴。本日为族景堂弟之子阿冬荐于道济当

---

① 陈庆均《为山庐诗稿》(第一本)有诗《己未闰七夕仍用随园女弟子七夕诗韵》，与之略异，录如下："年年离合证今宵，侥倖鸾軿两度邀。骑犊笛横闲绿野，添花锦上艳红绡。仙槎风稳河边驶，丛桂香先云外飘。匝月重逢远惜别，语长漏短诉星桥。"

② 原为"千条"。

③ 原为"岁历何时重遇闰"。

④ 原为"相"。

⑤ 原为"仍"。

习生意。此事谋者甚多,近今颇不易易。其保信为徐宜况,但徐宜况不肯专保,特将余之名同列信,由宜况所书。此业乃景堂数年相托,今始得有机位。如冬侄能上心习业,亦成人之一事也。盱间祭本生先慈曹太夫人忌日。下半日天气又暑,寒暑表在八十八九度。

十四日(9月7日) 晴,天气又暑。

十五日(9月8日) 晴,天气又暑。早上同钰儿、锆儿至府桥,钰儿至仓桥中校,予同锆儿至旧府前太清里龙山第五师范校,今日该校行开课礼也。予又至大街一转,即旋家,时在八下半钟。锆儿在该校行礼后,盱前旋家;钰儿至下半日散课后旋家。今日天暑如三伏之时,寒暑表在九十四五度,为今年夏秋第一之盛暑也。今夜又以天暑,人人不能安睡。晚前田禔盦来谈片时兴。

十六日(9月9日) 早上天微有雨即晴。上半日有时天气清凉,可见天意转移之速。学草书。盱前田霭如来谈片时兴。日间乍雨晴。今日为白露节气。

十七日(9月10日) 早上天气清胜,似有晴意。上半日至后观巷田宅同禔盦、孝颛、缦云至花巷布业会馆宴集,徐遏园之侄定胡梅森先生之曾侄孙女为婚,假该会馆为会姻之所。盱宴下,同田宅诸君至该处观览片时,即各旋家。

十八日(9月11日) 晴,天气又清胜,正是春秋佳日。惜城中颇多急病,小户人家,伤者辄有所闻,不可不将寒暖饮食格外加意也。下半日临书《天发神谶碑》文。

十九日(9月12日) 晴,天气又清胜。早上学《天发神谶碑》文。寒暑表早上在七十三四度。上半日至邻姚霭生处谈,片时即旋家。下半日至后观巷田蓝陬家谈,片时即旋家。夜天有阵雨。

二十日(9月13日) 早上天似晴。俗务纷如。上半日撰送吴琴伯之母首七联:“纱幔传经,荻画备聆勤月夜;媥辉掩采,莱衣染泪感秋风。”

二十一日(9月14日) 晴,天气又清胜。上半日坐舆至南街吴宅吊琴伯之母首七，又坐舆至保佑桥陈宅贺仲诒乃弟添孙弥月之喜，盱宴下，仍坐舆旋家，时三下半钟也。本日上半日大女在菀挈其小女孩回东关孙宅。督工人收拾“廉隅”之处。

二十二日(9月15日)　晴，天气又清胜，早上寒暑表在六十八度，可着薄棉之衣。天气寒暖之转移，可谓捷速也。天气虽正，急病更多，甚属可险。宜安处不可行街路，且饮食寒暖随时讲究。

二十三日(9月16日)　晴，天气清胜，早上寒暑表在六十五度。

二十四日(9月17日)　晴，天气又清胜。上半日至司狱司前胡梅森姨夫处谈，片时即旋家。下半日临《天发神谶碑》文。

二十五日(9月18日)　晴，天气又清胜。

二十六日(9月19日)　晴，天气又清胜。近日阅报及闻人言，似城市民间急病稍减，苍生一幸事也。日间补书旧账务等事。

二十七日(9月20日)　晴，天气又清胜。临写《天发神谶碑》全文一张，上半张间架笔力匀整，下半张未免略形柔弱也。如有暇晷，当再书之，以存后日观看也。

二十八日(9月21日)　晴，天气又清胜。学《天发神谶碑》字。

二十九日(9月22日)　晴，天气又清胜。上半日临《天发神谶碑》文。近来家用纷繁，财力日乏，只手支持，时虞不给。心绪多忧，不耐清写账务。学书碑帖以消愁绪，问谁知我哉？下半日学行书及书诗笺十余张，与曩时所书校看，似今日胜于前时多矣。学艺得有进益，不禁自可圻幸。工愁善病之躯，衰态日增，纵有薄技，不识尚有若何用处？夫乃贤于饱食不用心也。

三十日(9月23日)　晴，天气又清胜。上半日阅《白香词谱》。下半日至大街等处一转，即旋家。

八月初一日(9月24日)　月为癸酉，日为己卯。天气又晴胜。上半日家中俗务。盱间田霭如来谈数时兴。下半日寒暑表在七十八度。录旧诗稿于新纸本。

初二日(9月25日) 晴。上半日录旧作诗稿。下半日至笔飞弄、大路、大街等处一转,即旋家。晚上微有雨。

初三日(9月26日) 天有雨。上半日书账务及录旧作诗稿。下半日又录旧诗稿。今日旰间遵例祀东厨司命神。

初四日(9月27日) 又有雨。日间录旧诗稿。日来每日书字约三千数百字左右,腕力尚可而眼视益花。近来所用之镜,似须加深也。衰态如是其骤,触念愈增自感。

初五日(9月28日) 天又雨。上半日田孝颛来谈片时兴。下半日又录旧诗。晚上查阅本日约计书(乙)[一]千数百字。晚前忽闻陶七彪姻丈病十数日,今甚危急,专舟来接内子李夫人匆匆至陶堰看其病。七丈年虽高而身力最康健,不识何以致此重病也。

初六日(9月29日) 又雨,上半日尚晴。同族侄至花巷布业会馆一转,即旋家。又至司狱司前胡宅拜姨母徐夫人百日之祭,旰餐下,天有雨,即坐舆旋家。闻陶七彪姻丈遽于今早寅时逝世。至戚长辈,环顾甚稀,何堪再失老成。况七丈系妻舅氏,兼荷其文字知契。此后再过茅洋,无净几明窗、清谈永昼之时,闻之不禁为之陨涕。最可怜者老无嗣续,只遗姨太太三人。陶氏族虽大、人虽多,然良莠不齐,近更紊杂。同族有事,除酒肉争逐外,皆旁观侧目,七丈数十年赤手支持。近以年老居家,日益坐困。今一旦有此丧事,棺衾等事举办无资,三位姨太太乃遣其族人五其来商此事。余虽无款可以为人帮办,但系急事,不能不遣人为其转办。七丈生为名士翰墨,为四海不易求得。身后如此,能不为其感叹也!

初七日(9月30日) 早上天似晴。薛阆仙来,同坐舟至陶堰西南湖陶七彪姻丈家灵前行礼,闻其立嗣事一时不能议定。夜间,七彪姻丈入棺之下,又行拜礼。从此盖棺论定,不能再见七先生于世上矣。仍同薛阆仙坐舟旋,樊江停一时,至家时初八日天晓也。

初八日(10月1日) 早上舟中上岸,至家静养片时,以前夜舟中不能安睡也。上半日坐舆至木莲巷王念兹家祝其夫人五十生日,念兹坚留旰宴。下半日谈片时,仍坐舆旋家。

初九日(10月2日) 微有雨。上半日陈厥羿、田孝颛来谈片时兴。旰间,本街“道济当”开设,倪森斋来邀宴,乃至其当贺喜兼旰宴,下半日即旋家。陈景平来谈片时兴。

初十日(10月3日) 天似晴。撰陶七彪妻舅氏挽联,下半日并篆书于裱联,其词借志于下:“临池妙墨,中外同钦,七秩颂来年,奇禀独矜,千载兼宜传艺术;环海倦游,山林养望,千寻碑待纪,文光顿黯,片舟何忍过茅洋。”

十一日(10月4日) 早上似微有雨。上半日陈厥羿、田禔盦来,同坐舟至偏门外龙尾山吊邵芝生之母丧。旰餐下,同姚霭生、胡坤圃、陈厥羿、田禔盦坐舟旋城,各旋家,时天尚未晚。

十二日(10月5日) 晴,天气清胜。黎明同苹女及工仆等坐舟至五云门外陶堰西南湖上岸,余同苹[女]至七彪舅氏灵前行礼,原舟及工仆又须至东关孙宅大女处送中秋盘盒。陶宅由其戚族告知,七彪舅氏立嗣一事已于前日由其三位姨太太及其少数无识族人言定,以七彪舅氏从堂弟叔向之子为嗣。其人格言行,素多乖谬,为七彪舅氏生平所恶。今故后即行立嗣,关切之亲族闻之,不胜嗟叹。盖恐七彪舅氏从此家败名裂,是乃无意识之作为,有以误之也。谢葆庭、王芍庄及余并其族人陶南裳等,咸讶其斯事太卤莽,而为七彪先生身名家世惜也。旰餐下同其戚族谈片时,见原舟及工仆由东关转至西南湖,时四计钟,即同内子李夫人、苹女坐舟言旋。途中风平浪静,天高日丽,秋景最佳。但舟过茅洋,见七彪舅氏创造宽市,不禁有触目怀人之感。人生若梦,益觉悚惶。舟行至都泗城时夜,进城由江桥、大路、仓桥旋观巷,与内子李夫人、苹女至家,时九计钟也。月明如昼,虽夜而有清景。静坐片时,与内子李夫人补吃夜膳,时又十计钟也。

十三日(10月6日) 晴,天气最清胜。上半日俗务纷如。下半日至大路、大街等处一转,即旋家。

十四日(10月7日) 晴,天气又清胜。日间算付各账。每逢佳节,有斯俗务,然仰事俯蓄,不能不免强支持。夜间看春在堂诗集。时届中秋,明月如昼。

十五日(10月8日) 晴,天气清胜。上半日书志账务。旰前田孝颛来谈片时兴。下半日看书写字,以养静心。夜间看家中循俗以瓜果月饼迎月。清辉永夜,允称良宵,与家中人庭畔坐话数时。

十六日(10月9日) 晴,天气又清胜。

十七日(10月10日) 晴,天气又清胜。上半日至街一转,即旋家。下半日□□□。

十八日(10月11日) 早上有雾露,即晴。上半日至沈桐生处谈片时,即旋家。下半日和陈朗斋七律一章,录下:"剩有两间逆旅身,摩挲神谶写兼旬(近摹神谶碑一月于兹矣)。执鞭未必能求富,拥卷何妨且耐贫。尘梦常惊头上月,兰言时觉坐生春。庞眉豪兴怀湖海,篇什肯输往昔人。"

十九日(10月12日) 晴,天气又清胜。上半日同铻儿至大街买书纸笔等事,片时即同铻儿旋家。今日旰间寒暑表在六十七八度。

二十日(10月13日) 又晴,天气清胜。撰挽陶七彪内舅氏诗,度日甚速,其逝世忽十数日矣。上半日内子李夫人至陶堰西南湖吊七舅氏回神之祭。早上寒暑表在六十四五度。近日在家必坐守案头,或撰文字,或学各体书。回思三十年前,如有用功如是,必早可以得不朽之业。今则心绪紊如,精力衰弱,即有斯志,恐嫌太晚,又一生平之憾事也。

二十一日(10月14日) 晴,天气又清胜。上半日书诗笺十余张。旰间拜高祖考诞日之祭。下半日薛阆仙来谈文字,至将晚薛君兴。夜写尺牍数张。

二十二日(10月15日) 晴,天气又清胜。早上书诗笺数纸,上半日徐宜况来谈,至晚前兴。夜阅《杏花香雪斋诗集》。

二十三日(10月16日) 晴,天气又清胜。早上学字数百字,上午又学字,下午又学字。

二十四日(10月17日) 晴,天气又清胜。早上录旧作吟咏。日间书诗笺尺牍。晚上内子李夫人由陶堰宽市陶宅旋家,述七彪内舅氏身后家中情况,度日维艰。名士风高,家景如是,为之感叹。夜阅袁随(国)[园]尺牍。

二十五日(10月18日) 晴,天气又清胜。早上学正体及行草书数笺。天地间万事,总须学力识见并用,其事都可有成。予近来心境以家计艰难,极不好过,日以临书各体字及吟咏为消忧之策。数月于兹,自觉功夫骤有进益。上半日又学行草字。本日寒暑表在六十四五度。予以吟咏书写度斯佳日,借可以言不负良时也。下半日寒暑表在七十五六度。又录旧咏诗。

二十六日(10月19日) 晴。上半日录旧诗,又挽陶七彪内舅氏七律四章,业于前日作成,录志于下:"艺苑群惊第一流,名山早定有千秋。纵谈文字垂青眼,颐性林泉到白头。海外辅轩征异数,枕边缃缥秘旁搜。弥留休说西河憾,赢得书豪重九州。""嘉渔旧雨订尊罍,五岳齐矜揽胜来(前年刘又丹①巡按湖南订游衡山,公于是游遍五岳)。万国湖山资啸傲,九霄鹏鹤共追陪。规模创说题宽市,纪念虚期建巨碑。正直却招群小忌,辄严惩赏奋霆雷。""文星采掩兼葭苍,一片寒砧惨夕阳。肤发完全宜复汉,衣冠脱略不颓唐。人留骨傲难谐俗,笔有花生盎古香。山斗尊瞻争北面,春风桃李耀门墙(公最

---

① 刘心源(1848—1915),谱名文申,字亚甫,号冰若,一号幼丹,考名崧毓,官名心源,自号夔叟,晚号龙江先生。湖北嘉鱼人。清同治十二年(1873)举人,光绪二年(1876)进士。曾官翰林院编修、江南道监察御史、京畿道监察御史、四川省夔州府知府、成都府知府、江西督粮道道员、江西按察司、广西按察使、广西布政司等职。入民国,曾官湖北省临时议会议长、湖北民政长等职。著有《奇觚室吉金文述》《奇觚室乐石文述》《古文审》《使豫轺程记》《川程坐游记》《游西山记》等。见《光绪二年丙子恩科会试同年齿录》及《中华历史人物别传集》册71刘琼《先府君行略》。

爱才,王慕陶[1]、张聿光[2]、陶成章皆公自幼提掖)。”“生死付诸一梦中,绝无恋栈是豪雄。书名夙擅钟繇誉,畸行遥追靖节风[3]。愤看横流身尚洁,冀筹远策志谁同。奇才不让公输巧,制作还参造化工。”旰前至邻吊姚忍生首七,片时即旋家。下半日至大街、大路一转,即旋。闻后观巷田蓝陬屋背之隔弄有警,乃至蓝陬家看问片时,以天将晚即旋家。

二十七日(10月20日) 晴,天气又清胜。上半日薛阆仙来谈,又徐遏园来谈,至旰餐下徐君兴。下半日同阆仙拟陶姻丈七彪先生哀启,日前陶宅托撰也。夜餐下薛君兴。

二十八日(10月21日) 晴。早上六计钟起,书细字数百。上半日坐舆至西郭陈厥龏家宴,厥龏留至夜餐下,仍坐舆旋家。今日天寒,可御棉衣。晚上有雨,夜又有雨。

二十九日(10月22日) 早上天又似晴。上半日田蓝陬来谈片时兴,又薛阆仙来谈。蓝陬以有其戚托撰启事书,遂于外书房撰作,至晚上兴。旰时余坐舆又至西郭陈厥龏家宴,至夜宴下仍坐舆旋家,时十一计钟焉。

二十日(10月23日) 又晴,天气清胜,寒暑表在五十五六度。上半日书细行草字,又整饬家中事务。下半日至大街一转,即旋家。

---

① 王慕陶(1880—?),字侃叔。湖北宜昌人。生员,纳主事。为陶在宽及门弟子。曾与李盛铎于宣统元年(1909)创办远东通信社。见周元《清末远东通信社述略》(《近代史研究》1997年第1期);陈玉堂《中国近现代人物名号大辞典续编》。

② 张聿光(1885—1966),号鹤苍头。浙江绍兴人。曾任上海图画美术学校校长、上海明星影片公司美术主任、新华艺术专科学校副校长。中华人民共和国成立后,任上海中国画院画师。见王乃庄、王德树《中华人民共和国人物辞典》。

③ 原为“踪”。

九月初一日(10月24日) 月为甲戌,日为己酉。晴,天气最清胜。早上学细字。寒暑表在五十二三度。上半日至东昌坊朱阆仙处同杨质安谈片时,又至陈朗斋家谈片时,即旋家。下半日又书旧作诗稿。

初二日(10月25日) 天气又晴胜。早上学字。上半日至外厅看宜卫侄妇家劳宅新发来奁具,床、桌、厨、椅元堂红木,此外亦丰备,可谓绍属之上等奁具也。日间为申之兄陪客谈话。下半日袁梦白来,又同至田孝颛处一转,即旋家。今日寒暑表在□□□。晚上纪堂四弟由苏州旋里,谈至半夜,余以天气转寒,时又不早,乃各旋卧处。

初三日(10月26日) 晴,天气又清胜。上半日坐舆至长桥袁梦白处谈,片时仍坐舆旋家。下半日陈朗斋来谈片时兴。晚前至偏门里大教场看浙江第五师范校运动会,片时即旋家。

初四日(10月27日) 晴。上半日同纪堂弟坐舟至仓弄看王幼山,渠适下乡,纪堂又看别客,余又至观音桥蒋姑太太家谈片时,又至大街等处一转,即旋家。

初五日(10月28日) 晴,天气又清胜。上半日徐宜况来同纪堂弟谈,又胡坤圃来。下半日余亮俊、鲍诵清又来谈,余于晚上治数色肴馔,请纪堂弟及各客饮谈,至十下钟时各客兴。余又同宜况围棋数时,棋兴甚高,虽竟夜亦所不辞。

初六日(10月29日) 晴,天气清胜,今日寒暑表在七十一二度。上半日同徐宜况围棋,下半日徐君兴。连日酬应,颇觉支持,静坐许时。夜间同纪堂、景堂弟谈数时,见天有月尚明。

初七日(10月30日) 天有雨。上半日田蓝陬来谈片时兴。下半日寒雨纷纷。夜同族兄弟、子侄谈数时。天雨又密。

初八日(10月31日) 早上天似晴。上半日内子李夫人至西南湖陶宅拜七彪姻丈五七之祭,前日所撰挽诗四章,为书一长笺,令其随带张之影堂,亦一文字之感也。日间为申之兄陪客。

初九日(11月1日) 天又有重阳风雨。早上书字。上半日晴。

为申之兄陪喜事之客。夜间同各客谈,竟夜不睡。

初十日(11月2日) 天晴,乍有雨。早上寅时看宜卫侄行婚礼,事竣天将亮,稍卧片时。早餐下坐舆至保佑桥陈仲彝处贺喜,片时即坐舆旋家。上半日为申兄陪贺客,下半日又陪客谈,夜宴下又陪客谈半夜。

十一日(11月3日) 晴。上半日坐舆至保佑桥陈仲诒家宴,至夜宴下仍坐舆旋家。夜至外屋同鲍诵清及族兄弟等谈话半夜,但连日酬应,颇觉支持。

十二日(11月4日) 晴,天气和暖。上半日贾如川、纪堂弟、景堂弟至观音桥蒋姑太太家坐谈片时,又同至大路大观楼宴饮,又同至街遇张小风、胡坤圃,又至药王庙前陈宅一转,又同至丁家弄花园一览,乃旋家。坤圃、小风、如川,纪弟、景弟同至我家夜宴,至半夜各客兴。天有雨。

十三日(11月5日) 天有雨。早上同张啸风谈,又胡坤圃、纪弟、景弟来谈,至下半日又同至开元弄余良俊家宴,余君请纪弟宴,请余等同谈宴也。谈至半夜各旋家,余又同纪弟谈数时。

十四日(11月6日) 天又晴和。早上闻纪弟同景弟又回苏州,纪弟旅况之困,与日(具)[俱]甚。此次申兄请其回里办理喜事,夙夜辛勤,旬日于兹。今事竣,纪弟似拟彼此共道苦衷,而申兄少款留至意,纪弟乃不欲再憩,扫兴回苏矣。

十五日(11月7日) 晴。上半日至大路、大街一转,即旋家。下半日内子李夫人有风寒身热之恙,予为其开数药味代茶饮之。

十六日(11月8日) 天有雨。上半日大女回东关。今日李夫人病似稍愈,勉强同大女坐舟至陶堰陶宅自婴堂,以祭七彪姻丈六七事也。今日为立冬之日。

十七日(11月9日)[①] 晴,天气又清胜。早上循旧俗礼财神。

---

① 此日起至本月末,原日记日期错乱,径改。

今日寒暑表在五十余度。上半日坐小舟至陶堰西南湖陶宅拜七彪舅氏六七之祭。绍俗以六七须由亲戚家祭之，故今日特由余家备祭菜酒饭及果帛等祭之。旰间行礼下，于渠家旰餐。下半日谈片时，即同内子李夫人坐大舟旋。一路秋景清高，晚间兼有明月，同李夫人至家时八计钟也。陶宅以笔墨盒及诗笺等为回礼之品，有樊樊山赠七彪丈诗八十韵。文字至契，情见乎词，最可珍玩，益征七彪丈之为艺林所重也。

十八日(11月10日)　晴，天气清胜。以绢幅临兰林斋所画《八马图》一张。原本古色古香，秀雅异常，必是名家之作。但款只书兰林斋七十六岁，原不知何许人，以待考之。予以一日之长，临其依样，虽未能并驾原本，而尚觉可观，特存之。

十九日(11月11日)　晴，天气又清胜。上半日临八大山人所绘《墨鸡》一张。予于精美书画爱玩之余，每喜临学。而生平憾其俗务所纷，未能专心力学，以精其技。自惭清闲之福，不曾修得。每一念及，实为生平第一憾事也。下半日至田蓝陬家谈，遇陈荣伯，同谈片时即旋家，荣伯又至我家谈片时兴。近日内子李夫人风寒之病似稍愈，前上半日予同其至杨质安家诊病，即同旋家后，服清肺开痰之剂。今又服一济，虽胃气尚可，而痰仍多且多嗽。

二十日(11月12日)　晴，天气又清胜。李夫人痰嗽仍如前日，今日加服萝卜汁、生姜数片，未知有速效否。上半日又临八大山人鸡画幅一张，日以笔砚自勤，其贤于饱食不用心否乎？今日寒暑表在五十余度。

二十一日(11月13日)　晴，天气又清胜。上半日辑录名人诗。下半日[阅]《游戏大观》。是书近于闲书，而各体曲调词句颇有典则，非枵腹者所能为也。日来天高日丽，可谓初冬之佳景也。

二十二日(11月14日)　晴，天气又清胜。上半日同田蓝陬至戒珠寺前陈荣伯处回看，谈片时，同蓝陬、荣伯至大路大观楼旰宴，并邀张芾南同酌。下半日，芾南邀同至“恒升”、“明记”钱庄谈片[时]，即各旋家。

二十三日(11月15日) 晴,天气又清胜。阅《游戏大观》闲书。寒暑表在五十三四度。

二十四日(11月16日) 晴,天气又清胜。上半日至观桥胡坤圃家谈,片时即旋家。盰祭先曾大父讳日。下半日同钰儿、铻儿至宝珠桥近处看上海所到之狮象等兽片时,又同时至大街一转,即同钰儿、铻儿旋家。

二十五日(11月17日) 早上天微有雨,上半日晴。同田孝颛至大木桥看猛兽,又至古贡院前徐逷园处。上半日逷园同至戏场看艺术及各禽兽,至夜间十计钟始各旋家。

二十六日(11月18日) 晴,天气又清胜。上半日至姚霭生处谈,片时即旋家。下半日陈厥槼、田孝颛来谈,又同至街一转,即各旋家。

二十七日(11月19日) 晴,天气又清胜,早上寒暑表在四十五六度。上半日徐宜况来围棋数局。下半日杨质安来谈书画片时,又同至宝珠桥游艺场看奇禽猛兽片时,以时晚天寒,乃即各旋家。

二十八日(11月20日) 晴,天气又清胜。上半日同申兄、潮弟、祥侄、存侄、宜侄、镇儿、铻儿坐舟至南门外下谢墅村,登山祭曾祖父母、祖父母、本生父母墓,又祭先大人殡墓,又祭先室田夫人殡墓。事竣下山,舟中盰餐。下半日又看山片时,即同兄弟侄及镇儿、铻儿坐舟旋家,时将晚也。晚上以乘有舟之便,同内子李夫人、铻儿、苓女苹女坐舟至宝珠桥艺术场看虎豹狮象等兽及戏术数时。至十下钟,仍同李夫人、铻儿、苓女、苹女坐舟旋家,时十计半钟。如彼禽兽,余于上海每有看见,今特令妇女一见,以广识见也。

二十九日(11月21日) 晴。上半日同申兄、潮弟,存、宜、祥侄,镇儿坐舟至稽山城外石旗村,登井头山谒高祖父母墓,片时下山,舟中盰餐。下半日仍同族兄弟侄及镇儿坐舟旋家。

十月初一日(11月22日) 月为乙亥,日为戊寅。本日晴,天气清胜,早上瓦上有霜,寒暑表在四十二三度。上半日家中俗务纷如。旰间至后观巷田褆盦家拜太外舅田肇山先生祭。本系十一日,今以是日其家有事,特于十日前祭也。旰餐下谈片时即旋家。又至大街等处一转,即旋家。

初二日(11月23日) 晴,天气又清胜。上半日至大街等处一转,即旋家。

初三日(11月24日) 晴。昨夜至今狂风(努)[怒]号,永夜永朝。寒暑表在四十二三度。上半日徐宜况来,张林谦、田孝颛又来谈。旰祭先大人芳畦公讳日。下半日又同张、徐、田诸君谈。夜餐下,张、田两君兴;又同宜况围棋数时。徐君次日早上兴。

初四日(11月25日) 晴,早上瓦上有霜,水面有冰,寒暑表在三十七八度。上半日至杨质安处酌改药单,谈片时,又至大街等处一转,即旋家。下半日□□□。

初五日(11月26日) 晴,天气又清胜。上半日坐舆至司狱司前胡宅吊梅森姨母出丧事,同其客谈,至下半日旋家。夜餐下,又至胡宅送丧,看其灵柩出门至观前路祭,前同各客祭胡姨母,又看其登舟,其时约九下钟。徐叔亮、陈□□、周伯俊邀同坐舟,送至偏门外亭山。舟中同诸君谈半夜,后半夜勉强于舟中卧片时,但颇不舒服,何能得睡。

初六日(11月27日) 天晴。早上于舟中兴,亭山岸看胡宅举丧事。舟中早餐下,胡姨母之柩告殡,同诸君行礼下,即同陈景平坐舟旋城,至家时尚未旰。薛阆仙来谈时事文字,下半日薛君兴。晚前又至后观巷田蓝陬家谈,片时即旋家,时将晚也。予观人家之治事,必不若予有事时之难。人家帮事人多且又随便,家中并不有人挑剔责备。予有事时,戚友帮办既少,家中长幼又未能原谅当局之苦。说有不周之处,无相告之诚心,有求全之窃责。观人衡己不同,是又一生平之憾事也。

初七日(11月28日) 天有雨。上半日内子李夫人至陶堰西南湖陶七彪姻丈家贺寿。近日送礼戚友家,络绎不休,费财费力,又形支持。而百货腾贵,财力匮乏,瞻对前途,实殷念虑。下半日戏作手工。天似有晴意。

初八日(11月29日) 早上天似晴。

初九日(11月30日) 晴。上半日薛阆仙来谈,至下半日将晚兴。

初十日(12月1日) 晴,早上天下霜见于瓦上。薛阆仙来,早餐下,同坐舟至偏门外阮港村田杏村先内兄夫妇灵柩前行礼,兼为其陪客。下半日予坐小舟,即旋家,时五计钟。

十一日(12月2日) 晴,天气又清胜,早上瓦上又有霜。七计钟时,予同镇儿坐小舟至阮港村,时九计半钟。片时下,坐篮舆送田杏村夫妇之柩于木樨香山,俟其砭下,同各客人行礼,仍坐篮舆至阮港村,盰餐于兰陵校中。下半[日]同薛阆仙、镇儿坐大舟旋家。

十二日(12月3日) 早上天微有雨。同薛阆仙谈片时,渠即兴。上半日书尺牍数函。盰间坐舆至西郭陈厥弊家宴,至夜餐下坐舆旋家。

十三日(12月4日) 天有雨。早餐下坐舆至西郭门前陈厥弊家贺其娶第八媳妇之喜,兼为其陪客半日,至夜宴下坐舆旋家。

十四日(12月5日) 天又有微雨。上半日书寄蔡鹤卿及徐显民书。下半日天似晴。坐舆至陈厥弊家谈,夜餐下仍坐舆旋家,时十计钟也。

十五日(12月6日) 晴。上半日至田禔盦、孝颛家谈片时,又至大街一转,即旋家。下半日又至田蓝陬家谈,片时即旋家。夜餐下有月最明。同祥侄、钉儿、铻儿至大街等处一转,又过沈桐生书寓看其书字,兼谈片时,即同钉儿、铻儿、祥侄旋家。月明如昼,最有清意。夜间看近代名人之传略。

十六日(12月7日) 晴。上半日坐舟至陶堰西南湖陶宅拜七彪先生之尊人静轩[1]公百岁冥寿之祭，谈数时，盰膳后同内子李夫人坐舟旋家，时晚上六计钟也。陶静轩先生为前清发匪扰乱时殉难之臣，时七彪内舅氏只三岁，七丈频年常欲建专祠以纪念焉。

十七日(12月8日) 晴。上半日田禔盦、孝灏来谢步，谈片时兴。盰前至后观巷田孝灏家谈宴，至夜餐下旋家。

十八日(12月9日) 晴，天气又清胜。上半日徐宜况来围棋数时，盰餐同宜况至其新制之宣化坊屋又围棋数时，又同至大街一转，即各旋家。

十九日(12月10日) 晴，天气又清胜。家中俗务。

二十日(12月11日) 晴，天气又清胜。上半日似有雨意，下半日天微有雨。晚上鲍诵清来谈片时兴。天又雨。

二十一日(12月12日) 早上天仍似有雨意。盰间拜先大父讳日。下半日天似晴。

二十二日(12月13日) 晴，天气又清胜。上半日同内子李夫人、苹女坐舟至五云门外看医，即同李夫人、苹女坐舟旋家，时一计半钟也。内子以左目生翳，看视不清，数十日也。

二十三日(12月14日) 晴，早上水上有冰。上半日坐舟至南门外下谢墅，登岸寻看山水。鲍诵清家以是日拜墓遇见，同看山数处下山，诵清邀至其舟盰餐。下半日又看山数处，下山各坐舟旋家。

二十四日(12月15日) 晴，天气清胜。内子李夫人以前日至乡时又略受[寒]，昨日又身热咳嗽，今日加以头痛牙浮等病，胃又不

---

① 陶庆禾(1820—1852)，字颂嘉，号静轩。清浙江会稽人。曾官当涂县典吏。咸丰癸丑殉难。见陶在铭《会稽陶氏族谱》卷十《世系五》、卷十九《南长房列传续》之《叔父当涂公家传》。按:《日记》民国八年十月十六日:"晴。上半日坐舟至陶堰西南湖陶宅拜七彪先生之尊人静轩公百岁冥寿之祭，谈数时，盰膳后同内子李夫人坐舟旋家，时晚上六计钟也。"据此，其当生于嘉庆二十五年(1820)。《家传》仅作咸丰二年冬，《世系五》作咸丰三年。此暂作咸丰二年(1852)。

思食。精力如是之衰弱,为可虑也。上半日余至街一转,即旋家。

二十五日(12 月 16 日) 晴,天气又清胜,早上有浓霜,水又有冰,寒暑表在三十一二三度。内子李夫人之病虽风寒似稍愈可,而其身体之弱、气力乏、肌肉瘦,胃又未思米食,似必须静加保养为是。下半日杨质安来诊内子李夫人病,田孝颛来谈片时,杨、田两君兴。天气最寒。晚间内子李夫人畏寒,又时发虚热,口燥而多嗳,接连有数十声,可畏者并不思食。有如是多嗳,心胸逆冲,时觉不纾,夜未能安睡,病形可虑。家中长幼安眠如常,予以一人寒夜看护病人汤药等事,竟至天晓。

二十六日(12 月 17 日) 晴。上半日内子李夫人病仍如前,而有三四日只饮米汤,不思食,精力更觉乏弱。其病有肝气,而受风寒又在行经之时,且身体向弱,旬日前受风寒痰嗽,病后尚未复元,所以近日之病益觉难支。上半日只以新橘皮茶等偶一饮之,口中乏味;又以盐菜笋汤略开其(喟)[胃]。下半日杨质安又来诊病,据云内子之病确是风寒,有风则气逆嗳多,治必以平风苏气为是。酌药单下,谈片时兴。夜间内子李夫人(喟)[胃]虽不思食,而气逆似稍愈,睡又稍安。但仍有发热,宜清润调气以治之。

二十七日(12 月 18 日) 晴,天气清胜。今日内子李夫人气逆虽稍愈,而胃仍不欲食,只偶饮米汤清茶。上半日家中俗务。盰祭先大人诞日。本日前阅报,有美国天文家言地球恐有转动之时,不识其窥测究竟何若也。盰间天光高亮。冬令只天晴时日中光线尚足,近日乃一年时至促之日,光最可宝爱。

二十八日(12 月 19 日) 晴,天气又清胜。今日内子李夫人气逆之恙稍愈,胃似微动,大约可冀有佳状。下半日杨质安又来诊病,酌药单下谈片时兴。天气略和暖。

二十九日(12 月 20 日) 天又雨。内子李夫人病有转机,胃又思食,能吃薄粥,但心中仍时不纾。大约调养得宜,可冀复元也。上半日雨中杂下雪片,而天气不甚冷,仍即成雨。盰间祭本生先大人讳日。下半日以感受风寒，稍有不适，卧床养病。

三十日（12月21日） 天晴。予以感受风寒，头痛鼻多涕，甚觉不纾快，卧床静养一日。夜身似微热，而时有汗，且未能安睡。心绪愁纷，一夜于兹。

十一月初一日（12月22日） 月为丙子，日为戊申。天晴。予风寒之恙今大半愈可，但舌苔尚厚，食味未能如常。内子李夫人日来虽间能吃饭，而又经五六日之磨难，身体愈形柔弱，只能卧床调养，尚未能复元如常行坐也。嗣后当令其静心保养，不多服药，时常以滋润清补之品扶益精腋气血，或者可以强健也。上半日薛阆仙来谈文字、时事，至下半日薛君兴。阅各报，知前月福建被日人暴行，又激动全国学生之愤，今结合全国商界坚拒日货。我国尚有是民气，可幸事也。

初二日（12月23日） 天微有雨。本日卯正为冬至气节。日月旋转，嗣后又有春来之气。旰间祭历代祖宗。下半日书细字。

初三日（12月24日） 早上天似又有晴意，上半日时有丽日，寒暑表在三十余度。学细字数百。下半日阅《近今名人传》。是书不识何人所著，书首隐其名也。大约事实虽不甚确凿，而粗具大略，其月旦处似未能免著者之意见也。

初四日（12月25日） 天又晴，早上瓦上有霜。上半日至街[遇]罗柷甫，乃至其宣化坊寓中谈片时。又至后观巷田蓝陬家慰其殇荷姑之痛，其第三女荷姑年二十三岁，以伤寒不能透发，遽于初一日去世，亦失意事。谈片时，又至大街等处一转，即旋家。下半日徐子祥来谈数时兴。又至观音桥蒋姑太太家谈片时，以天将晚，即旋家。夜阅《近今名人事略》。

初五日（12月26日） 晴，天气又清胜。上半日录诗稿。下半日陈景平、田孝颛来谈片时，晚上同至街一转，各旋家，时八计钟。两日前大媳有风寒之恙，今晚以外感而动肝风，身未盛热，语言昏乱，病形忽现可惧。速延杨质安来诊，酌药单下谈片时，杨君兴。而汤药恐未能速效，病形可危，又速延陈景仲来视病。据景仲云，肝风之动，最为可惧，汤药药水嫌其效缓，热须速清，不如用皮带机引通大便，必有益也。景仲乃回其家一转，片时同夫人携皮带机药水等事来，乃令其夫人为大媳引治大便，闻数分钟大便即下。景仲夫人片时下兴，留景仲宿客屋，俾可时视时病也。一二时后，大媳肝风既静，神志言语又略清，但人甚疲弱也。至三计钟时，予始卧，而永夜未能安睡。

初六日(12月27日) 上半日天似晴。早上大媳病形似有转机，但精力乏弱，不思饮食。陈景仲兴。下半日又延杨质安来诊大媳病，酌药单下片时兴。陈景仲又来视病，据云大媳之病可冀日愈，但有是一病，须有四五[日]加意调养，乃可复元。渠用药粉和水服之，每服一调羹。谈数时下，景仲兴。下半日天有雨。

初七日(12月28日) 晴。早上水有冰，风多而寒。大媳之病较昨日略愈。上半日陈景仲又来诊，谈片时兴。今日寒暑表在三十度左右。

初八日(12月29日) 晴，早上瓦有霜，水有冰最厚，寒暑表在二十九度。上半日至街一转，又过沈桐生书家谈片时，即旋家。天气奇寒，滴水成冻。砚冰未释，不能书字。

初九日(12月30日) 晴，天气严寒，水上之冰愈积愈厚，多日未释。上半日至宣化坊徐宜况新住之屋贺喜，吁宴下谈片时即旋家。

初十日(12月31日) 早上霜浓冰厚，寒暑表在二十八度。上半日日尚丽，城河半多冰积。吁前至观音桥蒋姑太太家谈片时，又至大街一转，即旋家。下半日天气略和，砚冰稍释，似可书字。

十一日(1920年1月1日) 天似晴。上半日坐舟至南门外栖凫村徐宅吊以逊之夫人出丧，又为其陪客数时。下半日坐肩舆至黄泥磡祖坟看修工片时，即下山坐舟旋家，时五下钟也。夜间似转晴。夜餐下，同铻儿至花巷布业会馆看浙江第五中校及师范校学生演警世之剧，至十一计钟，即同铻儿旋家。天有明月。

十二日(1月2日) 晴，日光时现时隐，未知能转晴否。早上水面之上薄有冰，寒暑表在三十度之间。上半日至观音桥蒋宅同章吉臣、贾如川帮治式如出殡事。蒋宅既少密戚，又无族人关切照看。式如之子女尚幼，只其母妻二人，何能办事？不得不为其帮治也。下半日旋家。孙女菱姑有病，夜间延陈景仲来医，酌谈片时，景医兴。天气极冷而有[月]最亮。

十三日(1月3日) 晴。寅初时兴。饬仆人携灯同至观音桥蒋宅。街中风冷霜浓，余行路时用布伞张之，以免冰霜之扑面也。至蒋宅时适三下钟，同章吉臣、贾如川督同帮办式如出殡事。俟其灵柩出门，大姑太太前门呼泣不已，再四劝其回进住屋。乃同吉臣、如川坐舟至西郭门外张墅村，时天将亮，饬备一切。至七时半，蒋式如灵柩进殡下，俟其眷属行礼。事竣，仍同章吉臣、贾如川坐舟旋城。又至观音桥蒋宅一到片时，乃至宣化坊罗柷甫家贺其娶媳之喜片时；又至间壁徐宜况家谈片时，天旰即旋家。下半日静坐数时。晚上又至宣化坊罗柷甫家夜宴谈片时，八计钟时即旋家。

十四日(1月4日) 晴。黎明时兴。早餐下，同宝斋先生坐舟至南门外鸕坞村收田租。下半日租船旋至偏门外，将所收之租谷粜于米商。事竣，坐舟旋城，至家时八计半钟也。本日铻儿随侍。

十五日(1月5日) 晴。天寒霜浓冰厚，不耐治事。晚上同钉儿、铻儿至偏门外看租船粜谷事，事竣后，同收租人及钉儿、铻儿坐租船旋家，时八计钟也。

十六日(1月6日) 晴，天气又冷，霜浓冰厚。

十七日(1月7日) 晴，天寒风大。早上内子李夫人坐舟至陶堰西南湖拜陶七彪姻丈百日之祭，至晚上六计半钟旋家。而城外风愈大，舟行最难。如是酬应，可谓□[①]心也。

十八日(1月8日) 晴，天气又冷，连日冰积不释。上半日坐

---

① 此字原文只写虍字头。

舆至咸欢河沿夏宅吊淮青亲家,坐片时即坐舆旋家。下半日又坐舆至西郭陈厥龏家宴,夜间坐舆旋家,时十一计钟也。有明月最可爱恋。

十九日(1月9日) 晴,天气又冷。上半日坐舆至开元寺前汤公祠坐片时,俟夏淮青灵柩过路,同周洙臣、朱阆仙、徐子祥公行路祭。事竣,又坐舆至西郭陈厥龏家贺其娶媳之喜。本日沿途观看夏宅之事,人山人海,极形热闹也。下半日同陈宅客谈,至夜宴下坐舆旋家。

二十日(1月10日) 晴,天又奇冷。上半日坐舆至西郭陈厥龏家谈宴,至夜餐下同其家贺客共游新人房,乃绍俗积习事,但颇有趣也。至半夜坐舆旋家。

二十一日(1月11日) 晴,天气又寒。上半日至观音桥蒋姑太太处谈片时,又至缪家桥杨质安处谈片时,即旋家。又坐舆至西郭陈厥龏家宴,至夜宴下又谈数时,坐舆旋家。连日为戚友所邀,酒肉争逐,是又误事之一端也,应自加谨饬也。

二十二日(1月12日) 晴,天气又冷。闻城乡河冻连日,舟行有碍交通。下半日至大街、大路等处一转,即旋家。

二十三日(1月13日) 晴,天寒霜浓冰厚。黎明兴。早餐后,同朱友及铻儿坐舟至偏门外朱家墺村收田租,至下半日收竣,仍同朱友及铻儿坐舟旋家,时五下钟。近日天气如是奇寒,而心力柔弱,又甚于前。但事不能推诿,不能不勉强行之。

二十四日(1月14日) 晴,天气又奇寒,水不释冻。欲学字书账,而砚中有水即冰,只好待之他日。下半日至大街等处一转,即旋家。

二十五日(1月15日) 晴,天气又奇寒。早餐下,同朱友坐舟至偏城外外山村收田租,又至廿亩头村收田租。城乡河水皆冰,拷冰行舟,可谓至冷也。下半日事竣,坐舟旋家,时四计钟也。近日寒暑表在二十八九度。

二十六日(1月16日)　晴，天寒异常，冰积愈厚。早上同内子李夫人、苹女坐舟至五云城外寿明斋[①]处看眼病。李夫人自今年三四月以来，心郁多病，至九月间左眼珠似有障碍，看视不清。今据医者云，是恙恐未易愈。片时，即同李夫人、苹女坐舟至陶堰西南湖陶宅，以前日蔡鹤卿来函并将张金波[②]将军赙送陶七彪姻丈洋百元托为转递。今日便路，特将其洋面递七彪姻丈之姨太太及其嗣君如数收领。同陶蕉青、瘦村谈片时，盱餐下，即同李夫人、苹女坐舟旋家，时七下半钟也。

二十七日(1月17日)　晴，天气又严寒。上半日至常禧城外之"晋昌"米行坐片时，即旋家。

二十八日(1月18日)　半月以来，连日霜浓冰厚，天寒之甚，叠有三四冬令矣。上半日书账务。今日砚冻稍释，业可书字。下半日同钰儿、铻儿至大路、大街等处一转，即同钰儿、铻儿旋家，时将晚。夜间天微有雨。

---

① 寿明斋眼科：清同治年间余姚郑慎斋所创。郑收徒7人，其一徒于绍兴五云门外散花亭，设寿明斋眼科并授生徒传其医术。见费水根《绍兴市卫生志》。

② 张锡銮(1843—1924)，字金波，又作金坡、金颇、今波、今颇、金波。浙江钱塘人。曾官通化县知县、锦县知县、凤凰直隶厅同知、东边兵备。入民国，曾官东三省边务大臣、直隶都督、东三省西边宣抚使、奉天都督、奉天西边宣抚使等职。著有《张都护诗存》。见茹华斋主《张锡銮传略》；沈者寿《杭州辞典》王新生、孙启泰《中国军阀史词典》；朱彭寿《清代人物大事纪年》。按：张锡銮《张都护诗存》之《除夕》(甲戌)："百年三十二，除夕身世空。"张锡銮《张都护诗存》之《马上小照》(甲辰)："六十二年鬓未霜，复驱匹马领边疆。"据此二者逆推，其生年均与《清代人物大事纪年》《杭州辞典》《中国军阀史词典》同。其卒年《杭州辞典》《中国军阀史词典》均作民国十一年(1922)。《社会日报》民国十三年十月十九日(公历)第一千一百五十二号《社会日报》民国十三年十月九日(公历)第一千一百五十二号《张锡銮在津逝世》："前奉天督军张锡銮于前日在津寓逝世。"此据《社会日报》。

二十九日(1月19日) 晴,天气稍潮暖。上半日至司狱司前胡梅森姻丈处谈片时,又至后观巷田孝颛家谈片时,即旋家。

三十日(1月20日) 晴,天气又寒,日中寒暑表在三十七八度。治租谷米事及账务。

十二月初一日(1月21日) 本月月为丁丑,本日日为戊寅。天气晴胜,寒暑表在三十余度。早上学细字。上半日簿书账务等事。旰前至杨质安处谈片时,又至田蓝陬家谈片时,即旋家。下半日天气转和,似有春气将来之态。阅《近代名人传略》。晚上同钰儿、铻儿至沈桐生书家闲谈片时,又至街一转,即同钰儿、铻儿旋家,时六计半钟也。

初二日(1月22日) 晴,天气最清胜。上半日书细字数百。旰前徐宜况来谈,至下半日徐君兴。本日寒暑表在三十余度。余日来胃气如常,而精力仍形柔弱。

初三日(1月23日) 晴,天气又清胜。日中天气转和暖,寒暑表在四十五六度,如新春时令。下半日至街一转,即旋家。晚上同庸德族弟及钰儿、铻儿至清道桥近处小酌,片时即同钰儿、铻儿旋家。

初四日(1月24日) 晴,天气又清胜。本日自制药味及督蒸生地、熟地露等事。日来天时日见其长。

初五日(1月25日) 晴,天气又清胜。上半日寒暑表在三十八九度。予项背骨痛之旧恙今早上洗面时又觉复发,虽尚不重,而冬令之发,今为第一朝也。精力血气之弱,又可证也。下半日又制药味等事。晚前田孝颛来谈,至夜餐下田君兴。今夜有月。

初六日(1月26日) 晴,天气稍转和,寒暑表在四十二三度。上半日书尺牍。予今日背骨之痛,行坐时尚可,至卧时仍有痛处。下半日患泻一次,胃纳较平常略弱。

初七日(1月27日) 前夜间稍有雨,早上仍似晴,上半日又雨。

旰前坐舆至和畅堂徐以逊处邀宴。下半日同谈，至夜餐下，坐舆旋家。余日昨至今胃气颇减，口中时有甜味，小便黄赤，有甚于前。是病业将大半月，不知何病，最为可虑也。

初八日(1月28日) 天虽似晴，而潮湿如初夏时令。上半日坐舆至杨质安处诊病，质安云余小便日久黄赤，似非佳事，大约系湿热，且治以清理之药，谈片时即坐舆旋家。下半日同镇儿至旧府前陈景仲处商治病，景仲言先服分清小便之药粉，如小便清后，再服他药也。谈片时，仍同镇儿旋家。天气又有清肃之态。夜间余以病百感又来，后半夜即未能安睡。年来财力日绌，家中用度东挪西补，不敷分配。每对账簿，不耐治理，所以尚未结束，有数年于兹矣。

初九日(1月29日) 天似雨。余前日服陈景仲之药粉后，今日见小便仍复黄赤，且食后又觉饱满。上半日坐舆至诸善弄杨厚斋[①]处诊，杨君云病系黄胆，余眼白微见黄色，宜速治之为是。谈片时，坐舆旋家。余旋家后用镜映之，果见眼白微黄，可谓黄胆不必疑也。徐宜况来，询其昔年患是病若何医治而愈，据云有何医之轿夫办来草药，扼于手臂，发泡后走出黄水，日渐而愈。下半日徐君兴。杨质安来诊，酌药单下片时兴。陈景仲来诊，据云是病不难医治，谈片时景仲兴。

初十日(1月30日) 予今日皮色仍如昨日，眼白比前日稍黄，小便仍黄赤，较数日短少，其余精力胃气仍如前日。上半日坐舆至仓桥下红十字会诊病，其医者云是病本不难治，今稍嫌日多，但须多服数瓶药水也。坐片时，仍坐舆旋。路过府桥下之胡东皋医寓一诊，据东皋云，湿热黄胆，可医者多，宜服清理湿热之药剂可也。片时即坐

---

① 杨厚斋(1872—1937)，日记一作后斋，整理时统一为厚斋。浙江上虞人。清末民初绍兴内、妇科名医。擅长治疗伤寒、温病及内科、妇科疑难杂症，临证详于辨证，精于用药。见张居适、沈钦荣《越医薪传》之杨金团《绍城杨氏内科概述》。

舆旋家。今日予胃愈不开,最为病中可虑之一事。晚上手臂中所敷之草药只有一红痕,并不发泡,大抵黄湿尚不到皮膜也。

十一日(1月31日) 天似晴而又潮。上半日田蓝陬来谈片时兴。盱前坐舆至诸善弄杨厚斋处诊,杨君云余面上之色较前日亮,眼白之黄仍如前日,但舌苔厚脉洪滑,左脉力弱,乃湿泻上升,所以胃益不思食,宜化气为是。片时,余即坐舆旋家。今日上半日勉强吃北面半小碗,下半日勉强吃年糕半片。今日可谓减饮食也,且不拘盐甜之食,食后口舌必有甜味。又有二日不欲大解,大抵湿气所纠缠也。晚上天有雷电片时。

十二日(2月1日) 又有雨,天气尚未清肃潮湿之气。予今日早上稍下大便,胃气似略动。早吃北面一小碗,上半日吃饭大半碗。口中甜味较昨日稍差,眼白之色仍如前日,小便黄赤又仍如前日。但有是一病,虽行坐尚可支持,而意兴顿为之阑珊也。

十三日(2月2日) 昨夜至今,天寒风大。予大便不解,小便仍赤,眼白之黄色如昨日,胃气稍动而精力柔弱,只得卧床静养。闻早上有雪飞片时,日间又晴。

十四日(2月3日) 天虽晴而日隐。今日予大便又不解,小便又仍赤,眼白之黄似稍淡,胃气略可,精力柔弱,卧床静养。百感交集,自憾身世多艰。盱下东关大女由孙宅来视予病。下半日陈景仲来问病,蒙其悬念,勉强起坐,请其一诊。据云黄胆之病,似可渐消,再服数次药粉可也。至大解不难一药而下。病中自撰挽联数语,并志于下:“万事未偿夙愿,草草半生,差幸负人恩尚少;千秋讵计名传,寥寥数卷,虚延斯世憾有余。”

十五日(2月4日) 天微有雨。早上稍下大便,乃昨夜药粉之力。小便仍赤。胃虽略可,而心腹不能如常通快。卧床静养。

十六日(2月5日) 天有雨。本日为癸巳,本日巳正之时为立春之时。本日寒暑表在三十八度上下。予于上半日勉强行坐,以迎春气,并书志日志细字数百。写惯手腕,字体尚幸如平时也。

十七日(2月6日)　又雨,昨夜又雨雪,今早寒雨纷纭。盰前勉强起坐。今日胃仍稍开,眼白黄色似稍淡,而小便仍赤,大便又不解。上半日服燕补丸二粒,未知其效何如。前半夜睡数时,后半夜日来罕有酣睡之时。

十八日(2月7日)　又雨,寒暑表在三十八度。予病仍如前日。多日饭食而不大解,腹中不甚觉饱满,兹恙可谓奇也。上半日勉强录志家事。病中字尚能书,(亮)[谅]由平日之手势也。盰间下大便后,腹中即似清可。上半日下雪,下半日下冰珠片时。

十九日(2月8日)　晴,天气清胜。予昨日下溲后溺之,黄赤色略淡,胃气又如常。今视眼白稍淡,黄色而尚未退净,但溺较昨日又清。阅《景岳全书》,曰湿热清白则溺自清,溺清则黄自退。大约予之疸病有愈可之机也。予生平遇有病时,每就医而未尝多服其药。以近今罕有精通医理之人,不如不乱服药,善自调养之为是。上半日阅《医宗金鉴》。本日寒暑表在三十四五度。予恙似日见愈可,只夜间鲜酣睡之时。下半日整饬几案,予稍可支持,即思治事也。

二十日(2月9日)　晴,天气又清胜。予上半日又一大解,眼边之黄色又觉微淡,溺较昨日又清。以后若能调养得宜,可冀复元也。早上又见水有微冰,寒暑表在三十余度。勉强书账务等事。年事日催,今病余之体,只好苟且敷衍度岁。本日为大女在菀生日,又为二儿在钰生日。今菀女由孙宅来宁,家中以面食为二人生日也。下半日薛阆仙来问予病,谈片时薛君兴。阅《有正味斋骈文》。

二十一日(2月10日)　晴,天气又清胜。上半日收拾书案册籍等事。今日寒暑表在三十八度。日来月历虽尚系十二月,而节气先交春令。庭畔之日光,业有半明堂,如上年正月时也。下半日杨厚斋来诊,据云予之病幸予自知医且谙于养病之理,得以日见愈可,今后但须善自调养可也。菀女又请其一诊,酌药剂下,杨君兴。陈景仲又来谈片时,景君兴。年务日催,勉强簿书账务等事。

二十二日(2月11日)　天又下雪。年下本难得久晴,乃又有春前雷声,则更难得其晴也。予病虽日见愈可,而眼白之黄色尚未退净,且精力柔弱,意兴阑珊。寸衷情况,谁能与语而谅兹微忱也。下半日又感风寒而有清涕。

二十三日(2月12日) 天又下雪,积有数寸。永日杂下雪雨,天气如是,人兴又何能开朗也。年来家用益繁,财力难以敷衍。每对账务,不耐算核,不知何日得裕也。晚上支持循例拜东厨司命神。

二十四日(2月13日) 天又杂下雪雨。予风寒尚未愈可,畏寒而不治事。旰祭本生先慈曹太夫人诞日。下半日雨又不休。旰间,菀女回东关孙宅,天雨,大舟不能到门前,篮盒纷杂,舟舆兼用,甚费事也。近日予病似日见愈可,但夜间不能酣睡,将旬日也。是患又为可虑。

二十五日(2月14日) 天又雨。上半日家中俗务。旰间徐逷园来谈,片时兴。下半日雨停。坐舆至大路"鼎升"庄谈片时,又至"保昌"庄谈片时,又至"明记"庄谈片时,又至大街"丰大"绸庄谈片时,仍坐舆旋家,时天光将晚也。

二十六日(2月15日) 天似有晴态。早上五计钟时盥洗事竣,督同在镇、在钰、在锫敬拜年神,又祭祖宗,事竣天晓。乃谨循旧俗事也。今日寒暑表在三十余度。上半日勉强簿书等事。下半日天寒,又似有雨意。勉强治账务。

二十七日(2月16日) 天又有微雨,上半日雨霁。至司狱司前胡梅森先生处谈,片时即旋家。下半日天似有晴意。同钰儿、锫儿至街等处一转,勉强事也。有数十日不走街路,今偶一行之,觉尚可支持,数时后即同钰儿、锫儿旋家。

二十八日(2月17日) 早上有雾,天又似雨。

二十九日(2月18日) 天又有雨。上半日勉强清解各账务。下半日一律将账款解清。夜核算账务等事。

三十日(2月19日)[①] 天又微有雨。本日寒暑表在四十一二三度。上半日家中俗务。坤圃来谈片时兴。旰间循旧章拜东厨司命神及悬挂祖先传像。晚上循旧章祭拜，事竣，与家中人团坐中庭夜膳。

---

① 陈庆均《为山庐诗稿》(第一本)有诗《己未守岁感咏》:"养疴留得岁寒身，待听晓钟感五旬。谁信晚成储大器，只惭乏术补清贫。数惊电掣催残腊，六出花飞酿早春。往事休提心里憾，一年颠倒过来人。(本年境遇极劣，三月间殇及第四儿，以后家中大小人自夏至冬，疾病络绎，医药纷纷，竟至岁阑始稍平安。)"

民国九年庚申(1920)

正月初一日(1920.2.20)至四月二十五日(1920.6.11)

正月初一日(1920年2月20日) 本月月为戊寅,日为戊申。天有雨雪,寒暑表在三十八九度。早上循旧俗敬拜天地神及历代祖宗传像及贺岁。事竣,执管书字,以试新年手腕。今年之将来事业并学问境遇,未知较上年可佳胜乎?应以今日为希冀之第一日。下半日徐遏园来拜像贺年,谈片时兴。田禔盦来,霭如、孝颛来拜像贺年,片时兴。天雨。予在书案静坐,阅《天下第一奇书》。

初二日(2月21日) 早上雨朗。薛阆仙、王念兹来贺年,时予尚在床,俟予至座,而薛、王两君早兴。上半日至后观巷田孝颛家拜润之先外舅像并拜祭,又至田蓝陬家拜先外姑章太夫人像,片时即旋家。天雨又纷纷。下半日坐舆至司狱司前胡梅森先生家拜像贺年,又至水澄巷徐宅拜像贺年,坐片时即坐舆旋家。寒雨连朝,人人兴致阑珊。旧冬雷声之响,应验从来如是也。本日静坐书案片时,学草体书。

初三日(2月22日) 天又有雨,寒暑表在三十八九度。上半日学行书及写诗笺数张。予日来恙似愈可,溺清如常,但眼珠外之色似尚有微异平时,大约总宜于行动、饮食寒暖之处随时珍摄。人生年臻半百日异强壮之时,况予之弱质尤应加意保养。我家境况艰难,与岁相增,幸有子孙得娱心境。嗣后贫富显晦,当随遇而安。风俗奢华,戒效时尚。勤朴持家,延承先启后之规。

初四日(2月23日) 天似有晴意。上半日徐宜况来拜像贺年,谈片时兴。盱前天有晴日,为近二十日来难得之日。同钰儿、铻儿至大街等处阅市，人人以新得晴日，街中人最多。观览片时，仍同钰儿、锫儿旋家，时旰也。天有春意。下半日至宣化坊徐宜况家拜像贺年，谈片时即旋家。

初五日(2月24日)　天似晴。上半日家中俗务。下半日同钰儿至沈桐生书家谈片时，又至大街一转，片时后，即同钰儿旋家，天日将晚。夜间又似有雨意。予以久雨得晴，两回至街。每至夜间，似觉支持，足证精力之尚未胜常也。

初六日(2月25日)　早上稍飞雪，即晴。上半日至观音桥蒋姑太太家贺年片时，又至蕙兰桥沈桐生书家谈片时，即旋家。

初七日(2月26日)　早上天尚似晴，上半日又雨。学草体书。下半日又学草体书及细字。

初八日(2月27日)　早上天又微雨。八计钟时，同内子李夫人、苹女坐大舟至五云门外陶堰西南湖陶宅拜七彪姻丈之先人及七彪先生像，其邻居西席张其生君陪予旰餐。下半日三计钟时，仍同内子李夫人、苹女坐舟旋家，时六计半钟。今日日间天似有晴意。夜与家中人闲话。

初九日(2月28日)　早上天似晴，旋有日光。上半日陈景仲、薛阆仙、余亮俊、鲍诵清、徐遏园，田蓝陬、孝颛，贾如川、姚午庄来。旰间，宴于缅德堂，坐席客盈，谈宴数时。至下半日，景仲、阆仙、蓝陬先兴，亮俊、诵清、遏园、孝颛、如川至夜餐下兴，午庄下半日兴。今日日夜酬应，颇形支持。但自今为例，每岁新正定择一日，将各友戚共同宴集，虽应酬繁如，而同属斯日，各客既免丰俭之嫌，为主人有普及应酬之雅。寒朴家风，于是或可持久。本日天气晴佳，夜有明月，乃新年最好天气。

初十日(2月29日)　晴，天气清胜。一逢晴日，即有新春景气也。下半日同钰儿至大街等处购买书纸等事，片时即同钰儿旋家。今夜有明月。

十一日(3月1日)　晴，天气尚清胜。上半日至大街买书画纸等事,即旋家。下半日戏绘岁朝图一副。

十二日(3月2日) 天又有雨雪。上半日至邻余亮俊处稍谈片时。今日余君邀宴,予以另有应酬,特先至渠处一转。又坐舆至古贡院前徐遏园处,盰宴下谈片时,即坐舆旋家。下半日雪霁。晚上陈厥槩来谈片时兴。夜微雨。

十三日(3月3日) 天似有晴意。上半日又绘岁朝图一幅,比前日一张笔意远胜也,足证事事总须有学而成。下半日薛阆仙来谈数时兴。晚前至街买图书石章数颗,即旋家。夜有明月。

十四日(3月4日) 天气又清胜。上半日雕闲图章两颗。近年眼视虽日形其花,此等手术尚觉如昨。下半日至街一转,即旋家。

十五日(3月5日) 早上天似晴,寒暑表在四十度上下。庭前花草日见新芽发生。上半日同申兄、宜侄、镇儿、铻儿坐舟至南门外谢墅村,登山祭曾大父母、大父母、本生父母墓,又祭先府君、先室田夫人殡墓。事竣下山,舟中盰餐。下半日仍同申兄、宜侄及镇儿、铻儿坐舟旋家,时三计半钟。夜有月。

十六日(3月6日) 早上罗柷甫来索黑神丸,话片时兴。日间天气又清胜。上半日至杨质安处,请其酌改老太太方剂,谈片时即旋家。戏绘山水横幅一张。盰间申兄邀陪客宴,同其客谈至夜半,予旋自家。有月最亮。

十七日(3月7日) 早上天似晴,上半日微有雨。又绘画山水横幅。本日觉喉中微有红痛,左太阳又有筋痛,想系十四日于庭前日下雕图章数时,太阳之热度逼人,又前日夜间应酬之时太多,致有兹恙。以后宜随时随处加意保养也。

十八日(3月8日) 早上天似晴。予喉中红痛及太阳筋痛之恙得安养一夜,今日大半愈可。盰祭历代祖先传像及收拾新年铺设各事。下半日天气春和,寒暑表在四十八度。至大街一转,即旋家。

十九日(3月9日) 晴,天气尚清胜。盰前有雨,天气转潮暖。下半日又时有雨。至宣化坊徐宜况处围棋片时,又至仓桥一转,即旋家,时天夜也。夜天有星而天气潮湿,恐仍将有雨。

二十日(3月10日) 早上乍雨晴,天气潮湿如夏令。下半日戏作手工。夜有大雨数时。年尾年头如是多雨,治事未能敏捷。予日来身体尚幸如常,而心事繁纷,未知何日可得清宁也。

二十一日(3月11日) 天又雨。戏绘梅花及岁朝各图景,借写心绪。下半日天又转寒肃。

二十二日(3月12日) 早上天似晴,气清而寒,一收潮湿之气。上半日又绘《岁朝图》一副。下半日同钉儿、铻儿至街一转,天将晚,即同钉儿、铻儿旋家。夜阅《随园女弟子诗》。

二十三日(3月13日) 早上天尚似晴,学细字,又学绘竹枝。上半日又绘梅花一纸。下半日至街一转,即旋家,时晚也。

二十四日(3月14日) 晴,天气最清胜。上半日章吉臣来谈片时兴。今日寒暑表在四十余度。上半日临金冬心所画梅花大横幅。冬心之画为近年来最珍贵而最难得,是幅横六尺四寸,直三尺八寸。平常大堂画心纸不足以依样临画,今购相间大画纸依样绘之。但梅花向非予所善绘,今偶一绘之,笔势未免柔弱。如有清暇,拟再依样绘之也。下半日又画梅花。如是大幅,以半日之时始将粗细枝干约略绘成,其花尚未临全。

二十五日(3月15日) 晴,天气又清胜,骤有春光明媚之态。上半日至保佑桥徐德新眼科医家①为内子李夫人医眼蒙之恙。李夫人坐舆至,看后先行旋家,予同徐君酌量医治之术。徐君之医术只平

---

① 明明斋眼科:民国时期宁波徐德新所创。徐氏早年来绍兴保佑桥河沿(今劳动路)设明明斋眼科,医术高明,颇有影响。徐氏所传有三支:一传张伯清,再传张竹斋。竹斋于绍兴城内三角道地设所开诊,故亦称三角道地眼科。1952年,响应政府号召,参加斜桥联合诊所。一传王馨斋,再传王莲枝、王莲芳,称王氏眼科。一传董菊泉。董于五云门内白果树下设所开诊,故称白果树下董氏眼科。见张居适、沈钦荣《越医薪传》。

常敷衍识见,恐其药剂未能速有效验也。谈片时又至大街一转,即旋家,时盱也。下半日又绘梅花数时。天日骤长,治事从容。今日寒暑表在五十四五度。夜有明星。今年新正忽将阅月,而星月明亮之时,未可多得也。

二十六日(3月16日)　晴。上半日坐舆至八字桥鲍养田家贺喜其嫁孙女之喜片时,又坐舆至南门张诒庭家贺其嫁女之喜,谈数时,俟我家大舟至南门,乃登舟同族潮弟、申兄、存侄、宜侄及镇儿、铻儿至稽山门外石旗村,登井头山谒拜高祖父墓。事竣下山,舟中盱餐下,仍同族兄弟侄及镇儿、铻儿坐舟旋家,时将晚也。

二十七日(3月17日)　早上天似晴。上半日至宣化坊徐宜况处谈片时,又至罗柷甫处盱宴。下半日同其客人至司狱司前胡梅森先生家谈片时,又同杨质安至徐宜况家诊其女病片时,又同杨君至胡宅片时,又至后观巷田孝颛家谈,至夜餐下半夜旋家。

二十八日(3月18日)　晴。上半日至东昌坊对过陈朗斋处谈,数时即旋家。天微有雨。下半日天又雨。

二十九日(3月19日)　早上天又似雨。前戏绘岁朝图,又作题诗一律[①],兹录于下行:"岁首循还月建寅('还'字拟作'环'字),夏行正朔最宜人。嘉名记取筵前果,群卉争迎世上春。云路纸鸢夸得意,城衢竹马羡翻新。及时总角偕寻乐,且喜今朝作幸民。"上半日天似晴而略暖。花草日见菁发。今日寒暑表在五十三四度。下半日至大街、仓桥一转,即旋家。阅《日用百科全书》,是书商务书馆新印,搜罗各种尚富,似宜家制一册。

---

① 陈庆均《为山庐诗稿》(第一本)有诗《庚申献岁戏绘岁朝图幅并题以诗》,与之略异,录如下:"岁首犹征月建寅,夏行正朔最宜人。嘉名记取筵前果,群卉争迎世上春。云路纸鸢夸得意,城衢竹马羡翻新。及时总角偕寻乐,且喜今朝作幸民。"

二月初一日(3月20日) 月为己卯,日为丁丑。本日天又有雨。上半日学绘事。旰祭先大母凌太夫人讳日。田孝颛、张麟谦来谈,至夜餐下又数时兴。天时有微雨。

初二日(3月21日) 天又有微雨。上半日拜春分祭祖事。下半日同族潮弟、宜侄,钰儿、铻儿至稽山门外,予同铻儿坐舟至禹祠瞻览数时。天将晚,予同潮弟、铻儿仍坐舟至稽山门上岸,时宜侄、钰儿又至,共同族弟、铻儿至家;宜侄、钰儿长途行至禹祠,又长途(族)[旋]家。

初三日(3月22日) 早上天似晴。上半日至大街、大路等处一转,即旋家。循旧章祀文帝,又祭本生先大人辛畦公诞日。天气日觉和暖。

初四日(3月23日) 早上天气似晴。上半日又绘岁朝图一张,借以遗未能得志之心绪。下半日学细字,夜微有雨。自旧年十二月十一日之晚天有雷电以后,至今将及两阅月,罕有连晴二三日之时。雨多有碍治事,旧冬所收之饭谷,尚未晒竣;家中事务,未能整饬。

初五日(3月24日) 天又雨。学绘梅花大半日。夜间戏作诗谜数十语。

初六日(3月25日) 天又雨,寒暑表在四十五六度。上半日微雨。田孝颛来谈片时,又同坐舟至西郭陈宅厥彝家谈。旰餐下,同厥彝、孝颛至其对面鲍诵清家谈片时,又坐舟至大路阅市片时,仍同诵清、厥彝、孝颛又至厥彝家夜餐,又谈数时,仍同孝颛坐舟旋各家。天雨又大。

初七日(3月26日) 天又微有雨。本日令媒人持红柬至咸欢河沿夏宅请昔年所定钰儿之婚妻之生庚,用请庚红全贴一,又用拜门名帖一。夏宅回来生庚和合全帖一本,又拜门名帖一本。其八字生造为己亥、癸酉、庚寅、戊寅大吉。上午予又学绘梅花片时。生平每好绘山水,向未精兹事。日来始有数日之学,似有进益,足征万事都在有为也。今日寒暑表在四十五六度。下午田孝颛来,又张麟君来同谈。至夜膳下又数时,田、张两君兴。后半夜天似又有晴态。

初八日(3月27日)　上半日天似晴。学细字数时。下半日又绘梅花。前日所临金冬心大横幅,今日始将细枝花朵依样描写成之。

初九日(3月28日)　晴,天气尚清胜,寒暑表在□□□□。庭畔花草日见菁茂,得有晴日,即是春暖百花香之时令也。上半日至胡梅森先生家谈片时,又至花园观览片时,即旋家。天气骤有春和之态。阅《有正味骈文》。予于文字艺术,事事辄喜学之,而才力柔弱,家务繁如,时以有志未逮为憾。下半日至后观巷田蓝陬家谈数时,又至大街一转,即旋家。夜天有月。

初十日(3月29日)　早上天尚晴,上半日孙外孙女湘云[①]周岁,为其祀神等事,又作诗谜数十句。下半日至街一转,遇陈厥彛,同至田孝颛家谈片时,又同至余良俊家谈片时。陈、余、田三君同予至我家谈,夜餐后又谈数时,厥彛、良俊、孝颛各兴。天乍有月。

十一日(3月30日)　早天又似晴。上半日樊纪詹来谈片时兴。又田孝颛来,同至西郭鲍诵清家谈。旰餐下,又同至陈厥彛家谈,至夜餐下又数时。天有雷雨,坐舆旋家。

十二日(3月31日)　早上天似晴,今日寒暑表在五十一二三度。阅《小仓山房诗钞》。前日于旧书肆购得随园先生单行诗本,(制)[置]之案头,随时可以吟诵。随园诗致尚写意性,不事堆绮,乃特开生面者也。上半日戏作手工,下半日又作手工数时。晚前田孝颛来谈片时兴。夜天又微有雨。自旧冬十二月中旬以来,业逾两月,至今尚不能有二三日之晴好,是天意之不可测度也。

十三日(4月1日)　天尚晴,寒暑表在五十六度左右。上半日阅子才诗册。下半日意绪繁杂,步至稽山门外,坐小舟至禹祠瞻览片时,又坐小舟旋城,至家时将晚。天又有微雨。

十四日(4月2日)　又有雨。春雨连朝,人兴纷杂,最乏闲宁之

---

① 孙湘云(1919—?),浙江绍兴人。陈庆均外孙女,孙云裳女。

意味。上半日装订书册。下半日阅袁随园诗集。

十五日(4月3日) 早上天似晴,但气仍潮暖,恐又将有雨。上半日学草书。下半日至大街等处一转,片时即行旋家。夜天又有大雨。

十六日(4月4日) 天又有大雨。旰间祭先大父颖生公诞日。下半日与族兄弟侄谈数时。夜又有雨。

十七日(4月5日) 天晴。今日为清明。日旰前同宜侄、钉儿、锫儿闲步至东郭门内,沿墙堤至稽山城外同坐小舟至禹王祠瞻览,至下半日仍同宜侄、钉儿、锫儿坐小舟旋至东郭上岸。同走至家时,天就晚。日来天日骤长,与冬间约长二三时之多。本日绍俗例行谒墓之日,内子李夫人特于上半日雇舟至陶堰西南湖祭其舅氏陶七彪先生。下半日李夫人旋家,天尚未晚,足见天气之长也。夜有月。

十八日(4月6日) 早上天尚晴。本日为先室田夫人十周年忌日,循俗属释家礼经忏事。上半日田霭如同其子嵩南来拜田夫人像,片时即兴。旰间,贾如川,田孝颛、浩然,徐姑太太、阿官及本家侄妇皆来拜祭,耳厅中设祭筵,予与李夫人督同子女、媳妇、孙男孙女等人祭之。下半日释家忏事毕,各兴。收拾铺设等事,又同客谈至晚餐下,各客兴。天微有雨。寒暑易更,世上沧桑,不胜今昔之感。回忆田夫人十年前之今日,为其夫者不能设法补救其病,抱憾生平,何能自解不穷之憾?又成诗一章,录之于兹[①]:"枌榆风里总伤神,怆忆生前作妇辛。分手遽成千古憾,回头难定百年身。幽冥岁月空悲长,林

---

① 陈庆均《为山庐诗稿》(第一本)有诗《庚申二月十八日先室田夫人十周年忌日诗祭之》,与之略异,录如下:"枌榆风里总伤神,怆忆生前作妇辛。分手遽成千古憾,回头难定百年身。幽冥岁月空悲长,丛麓松楸又感春。见说岐轩今复起,恸君枉死更沾巾。(田夫人生产被粗劣妇女不知接生手术,惨害生命。近年有金女生学得泰西接生手术,住绍接治难产。数年以来,活人甚夥。足见前人不幸,都属枉死。每闻金女士接治难产,大小人各得生活,触念田夫人,予不禁心肝欲裂,悔憾何能自解也。)"

麓松楸又感春。见说岐轩今复起,恸君枉死更沾巾。”

十九日(4月7日) 又天雨。上半日同铻儿同族兄弟侄共九人坐舟至南门外栖凫村,坐篮舆至黄泥磡拜三世伯祖墓,又至平地拜□世伯叔祖墓,又至孔家坪拜二世祖考妣墓。事竣下山,舟中旰餐。下半日仍同族兄弟侄及铻儿坐舟旋家,时天将晚。

二十日(4月8日) 上半日陈景仲来为东关孙姑奶奶之女种痘,片时景仲兴,孙姑奶奶同时回东关矣。上半日同族兄弟侄、侄孙及镇儿、铻儿坐舟至南外门盛塘村,坐篮舆至翠华山谒四世祖妣金氏太君墓。青松高接云霄,平畴远环林麓。足迹至此,顿豁心境,又是山水最清胜之处。吾家先代得是山地,可谓几生修到也。山上徘徊数时,仍坐篮舆下山,舟中旰餐。下半日仍同族兄弟侄、侄孙及镇儿、铻儿坐舟旋家,时天尚未晚。又同钰儿、铻儿至街一转,天有细雨,即同钰儿、铻儿旋家。

二十一日(4月9日) 晴,早上天气尚清胜。上半日同族兄弟侄、侄孙及镇儿、铻儿坐舟至偏门外石堰村拜五世祖考妣墓。事竣,又同坐舟至昌安门外柏舍村拜三世祖考妣墓。事竣,舟中旰餐下,仍同族兄弟侄、侄孙及镇儿、铻儿坐舟旋家,天时将晚也。夜阅《唐诗》。天有明星。今年业阅五十余日,而日间永日晴丽,夜间永夜星月明亮之时,约计未及旬日。中春韶景,天朗气清,人人所引领俟之也。日来寒暑表在五十余度。

二十二日(4月10日) 早上天尚晴。上半日至笔飞弄、大街等处一转,即旋家。下半日补画梅花大横幅。本日天气清胜,寒暑表在五十五六度,大有中和之气。

二十二日(4月11日) 早上天乍雨晴。上半日同族兄弟侄及镇儿、铻儿共八人,坐舟至稽山门外石旗村,登山祭谒高祖父母墓。事竣下山,舟中旰餐。下半日又至外王祭谒高叔祖永年公及曾叔祖十峰公以下墓,事竣下山登舟,仍同族兄弟侄、镇儿、铻儿旋家。

二十四日(4月12日) 早上天又微雨,本日寒暑表在五十八九度。下半日晴而潮暖，寒暑表在六十一二度。装制书册等事及栽种盆中花草。

二十五日(4月13日) 天又有雨。上半日同家中大小人等坐舟至南门外下谢墅村，登新貌山祭曾祖父母、祖父母、本生父母墓，又祭先大人殡墓，又祭先室田夫人殡墓。事竣下山，舟中旰餐。今日天雨纷纷，治事颇不畅快。下半日仍督同家中人坐舟旋家。本日来与祭客有贾如川，田孝颛、嵩南，下半日同坐舟来，嵩南就兴，如川、孝颛至次日早上兴。

二十六日(4月14日) 晴，天气尚清胜。久雨之后，得有晴日，人人兴会为之一佳。上半日督工人收拾晒成之饭谷上仓等事。自旧年十二月以来，难逢晴好之日，今始得清理是事，又一可异也。徐遏园来谈片时兴。下半日督工匠整饬宅宇。天日晴高，事事都可举行。夜有明星。

二十七日(4月15日) 早上天又雨，上半日晴。督工匠修宅宇事。旰前，田孝颛来谈，至夜餐下兴。夜间天又有雨意。

二十八日(4月16日) 早上天似晴，寒暑表在五十五六度。上半日书账务等事。

二十八日(4月17日) 天又似晴。上半日陈厥畀来，又田孝颛来谈。旰餐下，同厥畀、孝颛至邻周宅访客不遇，又同厥畀、孝颛至宣化坊徐宜况处谈，片时又同至花巷布业会馆茗谈，片时乃各旋家，时将晚也。天又微有雨。

三十日(4月18日) 早上天又微雨。上半日至司狱司前胡梅森先生处谈，片时即旋家。晚上田孝顺颛来谈，至夜餐下兴。

三月初一日(4月19日) 早天微有雨。上半日徐遏园、徐宜况来谈及老太太八旬称觞事，借请其至老太太前预言八旬寿辰举行庆宴等事。下半日同两徐君谈，又田孝颛来谈。晚前宜况、孝颛兴，遏园至次日早上兴。夜间天微有雨。

初二日(4月20日) 晴,天气骤暖。下半日至大街、大路等处一转,即旋家。

初三日(4月21日) 晴。天气清胜,寒暑表在六十一二度。下半日田蓝陬同吴洁卿[①]来谈并观览于青藤书屋。吴君江苏人,为吴俊卿[②]大澂[③]之弟,为绍兴电报局长,性好风雅,特来谈金石翰墨数时,语言间似非俗客,但不知其书写著述何如。两君同兴。本日天气骤觉春和。陈景仲来为漪孙种牛痘一粒,陈君上半日以寓中种痘人众,至下半日始来,谈片时兴。日来予心事益繁,未知何日得有清宁心绪也。

初四日(4月22日) 晴,天气又清胜。上半日同贾如川、族潮弟及钰儿至寺池岸华严寺为老太太建水陆忏事,又至五云寺一转,又同至旧会稽至圣庙通俗图书馆谈片时,仍同贾君、族弟、钰儿旋家。

初五日(4月23日) 晴,天气又清胜。下半日同贾如川至宣化坊徐宜况家,又同如川、宜况至古贡院前徐遢园处谈,至夜餐下,天有雨,各坐舆旋家。

初六日(4月24日) 天又有雨。上半日家中俗务纷如。下半日同贾如川坐舟至宣化坊徐宜况家谈片时,又同宜况、如川坐舟至戒珠寺为老太太建寿水陆事。该寺中观览片时,仍同宜况、如川坐舟各旋家。

---

① 吴大蕰(1870—?),字涧芗,号洁卿。江苏吴县人。曾任绍兴电报局局长。见吴大根《皋庑吴氏家乘》卷六《敬支》。

② 此处当为误记,应为清卿。吴大彬(1836—?),字紫东,号俊卿。清江苏吴县人。见吴大根《皋庑吴氏家乘》卷六《敬支》。

③ 吴大澂(1835—1902),字恒轩,一字止敬,号清卿。清江苏吴县人。同治三年(1864)举人,七年进士。曾官翰林院编修、陕甘学政、太常寺卿、督察院左副都御史、广东巡抚、湖南巡抚等职。著有《古玉图考》《铁华庵金石补录》《窓斋自省录》《窓斋诗存》《窓斋文稿》等。见吴大根《皋庑吴氏家乘》卷六《敬支》;《吴大澂会试朱卷》(《清代朱卷集成》册28);俞樾《春在堂杂文》之《六编五》之《前湖南巡抚吴君墓志铭》;顾廷龙《吴窓斋先生年谱》。

初七日(4月25日) 天又雨永日，风雨绸缪。写篆书及阅《小仓山房诗钞》，借遣多雨之春日。

初八日(4月26日) 天气晴而清胜，寒暑表在五十余度。上半日督工匠修建外厅后“廉隅”并排之“萝补”处厢屋。是厢曩年用棘杉搭成，惝似凉棚。今令工匠改建整饬，以备应用。拟仍署其额曰“萝补”，自明其简朴者也。盱间薛阆仙来纵论时事，盱膳下兴。下半日又督工匠建筑厢宇事。本日早至晚，天气永日晴好，乃今春难得之时。下半日寒暑表在六十余度。夜天有星月最明亮。

初九日(4月27日) 晴，天气又清胜。上半日又督匠人修建厢宇。天时幸遇晴丽，得以快利建筑也。盱前至莲花桥安定家谈片时，即旋家。下半日又督工匠建厢宇事。夜又有星月。近来国中各校学生以外交危急、政府事事示弱，本青年爱国之忱、思唤醒睡狮之梦，联会演讲，助当路诸公之不逮。浙省中校行动一致，乃词意过激，触动当路诸公，竟以强权压制学生。全省学生与军政公署各生恶感，一律不愿上课。未知其事有言责者若何调处，以免纷争也。

初十日(4月28日) 晴，天气又清胜。上半日督工匠修建厢宇。盱前陈厥彝、田孝颛来谈，至下半日兴。晚上天似又有雨意。

十一日(4月29日) 天又晴。上半日至胡梅森先生处谈，片时即旋家。徐逷园、徐宜况、田孝颛来谈，逷园以老太太寿序文撰来商观，宜况谈至晚上兴，逷园、孝颛谈至次日早上兴。

十二日(4月30日) 天气又晴胜。上半日督工匠修建厢屋。下半日至大街等处一转，即旋家。

十三日(5月1日) 晴，天气又清胜。上半日家中俗务纷如。上半日督工匠修建厢宇事。下半日徐宜况来围棋，至晚上兴。夜似有雨态。

十四日(5月2日) 晴。上半日家务纷如。下半日乍有微雨，乍又晴。至田孝颛家谈片时，又同至西郭鲍诵清处谈数时，又同至陈厥彝家谈片时，又同厥彝、孝颛至古贡院前徐逷园处邀鲍诵清共谈半夜之久,至后半夜各散。余同田孝颛同行,各旋家,其时天将初晓也。

十五日(5月3日) 晴,天气又清胜。上半日至后观巷田蓝陬处谈片时,又至沈桐生处谈片时,即旋家。下半日至笔飞弄“谦泰”寓同陈迪斋、沈葵卿谈片时,又至大街一转,即旋家。

十六日(5月4日) 天又晴。上半日徐宜况来谈,至晚上兴。天气春和,骤有首夏之景。寒暑表在□□□□。

十七日(5月5日) 上半日天晴。徐子祥来谈数时兴。下半日天有雨。

十八日(5月6日) 早间天又晴。今日寅时为立夏。上半日家务繁如。天气清胜,寒暑表在六十四度。下半日至笔飞弄、大路、大街等处一转,即旋家。晚上天气略寒。年来家用益繁,有数之财时有难于支应之处。寸衷心事,谁能谅我?加以俗务与日同增,清闲安静之福,未知何时可得也。

十九日(5月7日) 晴,天气又清胜。上半日薛阆仙、徐遏园来谈,又徐乔仙、田孝颛来谈。薛君夜餐下兴,徐遏园、田孝颛谈至次早兴。

二十日(5月8日) 天又晴。上半日内子李夫人坐舟至陶堰西南湖七彪陶先生之侄孙女出阁贺喜之事。旰前同乔仙至田孝颛家看其将要迎娶秦氏新妇之妆奁。下半日同乔仙、孝颛、徐宜况、戚芝川至戒珠讲寺酌看称觞铺设等事,晚上至“李老有”菜馆夜饮,夜各旋家,乔仙同来谈。

二十一日(5月9日) 天又晴。早上至大街过大善寺前,见军警枪刺林立,各学校学生排队而来,乃至寺中观看。今日系开国耻会也。曾记前年军警学商一律开会排队游行,今日军警之来,乃压制学生不准开此会。人人闻之,都为之奇讶不已。盖日人之欺侮中国日甚一日,国中之耻即有加无已。开此会之意,是宣告全国人民有此危急之象,使全国人民协力同心,共图转弱为强,而雪此全国之耻。今军警昔年共同开会,今日反对阻止之,军警今为日人乎?抑仍属中国人乎？令人观之所不解也。乃由各校学据理直争，仍开会演说，数时各散。看后即旋家，同乔仙商谈筹备称觞等事，徐君下半日兴。三计钟时，余坐舟至大路回看电报局长吴君洁卿，吴君出示所藏宋拓碑碣等帖及其乃兄清卿友朋往还文牍。谈数时，余又坐舟至戒珠寺一转，即坐舟旋家，时天晚也。

二十日(5月10日)　晴。上半日至后观巷沈桐生处，谈片时即旋家。徐子祥来谈片时兴。又王恕常[①]孝廉来谈片时兴。下半日又至街一转，即旋家。薛阆仙来谈片时兴。筹办称觞应办事务，最纷繁。只手支持，时虞不逮。

二十三日(5月11日)　天又雨。上半日书文牍及筹备称觞事务。下半日徐遏园来谈片时兴。天雨纷纷，督家中人筹备称觞各事。

二十四日(5月12日)　天似尚有雨意。上半日晴。至后观巷沈桐生处看其写寿屏等事，又至富民坊“寿墨斋”督看界屏格等事，又至古贡院前徐遏园处宴，至夜餐[下]坐舆旋家。

二十五日(5月13日)　晴。上半日筹备称觞事务。下半日至敬公桥徐子祥处谈，片时即旋家。又至沈桐生处谈片时，即旋家。又至后观巷田孝颛家谈，至夜餐下旋家。天有星最亮。

二十六日(5月14日)　天早上有雨。上半日筹备称觞事务，又至沈桐生处一转，即旋家。下半日同账友坐舟至戒珠寺，见蒋、贾、徐三处姑太太早到寺，已为老太太于旁屋另设一寿坛，将送至吾家之寿轴、寿对、糕桃等礼尽行自用，惟递一送礼单于吾家账房，见之为之一讶。盖此次做寿，前月间各姑太太属贾如川偶言于余曰：今年八月为老太太八十岁大寿，姑太太等拟于上半日先行拜水陆忏，为老太太先行作暖寿之计。余闻之迟迟，对贾君曰：各姑太太所行之事，老太太想无不心喜妥帖，但世间之习惯，有做寿乃有暖寿，有暖寿而必有做

---

① 王恕常，注见《日记》光绪二十三年九月十三日。

寿,事难分歧。譬如上半年余先为老太太做寿,而各姑太太之暖寿俟另行举办,似乎亦令人可讶。贾君大约与各姑太太同意,闻之不言而散。数日之后,适徐遏园来,徐宜况、贾如川亦来谈及姑太爷、姑太太等拟先行为老太太暖寿事。遏园谓余曰:“此事各姑太太已与老太太言过,彼此同意,心愿妥帖,属余竟听姑太太先行为老太太暖寿拜水陆忏于寺院,届时属余前至该寺共同行礼。”遏园可谓偏于一面,不加思想,遽出此言。余乃与遏园再四推敲,如是办事,究于余家地位何若?余并不为争持意见及势力计,但于形色精神,事实不可不求其相宜。姑太太既为老太太做寿,余为何不知为老太太称觞?反于姑太太为老太太举行时而觍颜行礼,可乎不可乎?经一再婉言情理,遏园乃始起言曰:“姑太爷、姑太太等为老太太拜水陆忏于寺院,虽一堂十堂,有何不可?但如挂寿轴、寿联为老太太先行暖寿,则于世务人情若何讲也。是否艮仙表弟不肯为老太太称觞,而乃有是举乎?姑太爷、姑太太等今出此举动,对于艮仙表弟地位何在?兹事不能不再有斟酌也。”余乃同遏园商酌其事究宜若何。余曰本年贺岁时君来,即有今年老太太八十大寿将来要请君等先行为余请称觞之举。今既姑太爷、姑太太等业经发起,与老太太通过,老太太且亦称心,余可否借此亦建水陆忏事,为老太太先行以樱笋之筵,称觞张宴。遏园以为余计及揆诸情形,亦以如是办理极属周妥。余乃请遏园向老太太处转为禀请,乃亦蒙老太太俯允,于是姑太爷、姑太太等以建水陆为老太太暖寿,余建水陆为老太称觞祝寿,似乎并行不悖。本属一气贯串之事,不料姑太爷、姑太太等始终有成见,必以自立名目为老太太特别暖寿,置余之借其发起为老太太称庆,毫不注意也。至今日另设寿坛,余始知之。余以姑太爷、姑奶奶等之为老太太如是暖寿,老太太既属称心,余必不计及是非,且必不执持意见,仍以至愚之愚忱,举行其事。属帮友及仆人设备铺设数时,仍坐舟旋家。夜餐下,至后观巷、田孝颛家谈,至后半夜,看其□□□行成婚礼下片时,乃即旋家,时乃次日之早三下钟也。

二十七日(5月15日)　天微有雨。上半日坐舆至南街徐宅贺季钧之郎续娶之喜。盰餐下,同陈厥彛至后观巷田孝颛家贺喜,谈至夜餐下旋家。

二十八日(5月16日)　晴。早上坐舟至戒珠讲寺办理一切祝寿等事。下半日坐舟旋家治事。晚间又至戒珠讲寺,该寺十数年颓废,今始渐图光复,而桌椅几席不敷铺设,东搬西挪,益形费事。夜间,同薛阆仙、徐乔仙及族宝斋兄等宿寺中。

二十九日(5月17日)　早上天雨,在寺中早餐下,坐舟旋家一转,饬理称觞应用之事。且家中人既须至寺祝寿,家中又须饬人谨守。两地分心,益觉费事。下半日又坐舟至寺,纪堂四弟、景堂族弟由苏回绍,并至寺中谈话,且帮同设备等事务。晚上徐逷园、以逊、子祥、叔亮、紫雯、乔仙、质甫等,胡司玖、吴介森、薛阆仙等及族人等皆至寺中行礼。

四月初一日(5月18日)　晴。月为辛巳,日为丙子。早上寺中整饬寿坛等事,即有陪客之各戚友先到来行礼。本日政、警、局及各戚友共到客六七十人,又女客十余人,又族中及男女共数十人。应酬纷繁,勉力支持。到寺中举行称觞,比家中大张筵宴更觉纷繁费事,余凡事勉为其难。

初二日(5月19日)　晴。上半[日]由寺中早餐下,坐舟旋家,看视家俗务。下半日家眷旋家后,余又坐舟至寺酬应及治事一切寺中。徐子祥、陈少云、鲍诵清、田孝颛、陈厥彛等客来谈,至夜半各散。

初三日(5月20日)　有雨。上半日由寺中早餐下,同徐乔仙等清治各事,片时即坐舆旋家。片时,又坐舆至绍兴县公署余令①处谢

---

①　余大钧(1875—1936),字少舫。江苏武进人。曾任国民政府浙江於潜、桐乡、绍兴诸县知事,瓯海县道尹。回常后热心社会公益事业,(注转下页)

步。又至警署薛佐处谢步,又至大路电报局吴君谢步,即旋家。下半日饬仆人请政、警、局及戚友于翌日酬情宴集。下半日又(至)坐舟至寺,酬应清理各事。

初四日(5月21日)[①] 微有雨。早上由戒珠讲寺同徐乔仙等清理各事片时,余即坐舟旋家,饬理杯酌等具片时,一面饬仆人催请客人,一面雇大舟同田孝颛至偏门外快阁,余至而余少舫县宰及徐子祥先时至也。余为主人,未免至时稍嫌后也。吴洁卿、陈朗斋、张诒庭、桑又生、鲍香谷、薛阆仙、徐乔仙、田蓝陬又皆到。余假快阁盱宴宾客,连快阁主人姚幼槎共十三人,对席谈宴颇盛。余与姚宅为至戚,幼槎本日有晋接周旋之雅。下半日各客兴辞以散。桑又生、鲍香谷、田孝颛同余坐舟旋家,桑、鲍、田各君至余家谈,至夜餐下兴。本日又有一番东奔西走、费心力之应酬也。至戒珠讲寺水陆忏七日,又于今日告竣,清付用款各事务,由宝斋族兄及账友及儿辈饬办清楚,晚上旋家。

初五日(5月22日) 晴。早上家中清治各事数时。上半日至

(续上页注)为地方办电厂、自来水厂、救火会、育婴堂等公共事业投资出力,与庄蕴宽、庄启等人共同发起建设西公墓,并亲任救济院长。其病后自知不起,即立下遗嘱:"死后遗体供医学解剖以为研究之资。"是常州捐献遗体第一人。见《申报》中华民国二十五年十月十七日第二万二千七百九十六号之《余少舫逝世剖验》。

① 陈庆均《为山庐诗稿》(第一本)有诗《庚申首夏宴余少舫县宰吴洁卿大令桑又生道尹及戚友共十三人于快阁诗以志之》,录如下:"行厨载得镜湖船,细雨争停上客骈。十亩广栽堂北荫,一楼永护剑南篇。人高自占清闲福,地胜尤资管领贤(谓快阁主人幼槎意如昆仲)。我亦青藤忝作主,苔岩零落恧池边(吾家青藤书屋未得同意时加修葺引为憾事)。""平远峰岚用黛痕,留将清兴寄江村。湖山坛坫风千载,篱鷃云鹏酒一尊。乔梓续修循吏传(余少舫县宰之尊人昔年曾令萧山),渊源转益证师门(吴洁卿大令令兄清卿先生与平景荪太先生谊亦师生)。登临别有沧桑感,何处书巢迹尚存(放翁尚有书巢其旧迹不可寻矣)。"

后观巷田孝颛家践桑又生之约，同陈仲诒各人谈，至夜餐下旋家。

初六日(5月23日)　晴。上半日至田蓝陬家谈，又至孝颛家谈，遇戚芝川、屠葆青。本日为青湖赛会之日，乃属人雇舟同蓝陬、孝颛、季规、戚君、屠君同坐舟至西郭陈厥彝家，又有陈迪斋、鲍诵清、陈厥彝同坐舟至西郭门外看赛会。天暖，舟中不便旰餐，乃田君云放舟至寨下渠家宗祠旰餐。下半日又至西郭门外观看片［时］，天将晚而又有大雷雨不休，乃只可同坐舟旋家，至八计钟时各旋自家。

初七日(5月24日)　天似晴。家中清治老太太称觞各事宜。

初八日(5月25日)　又晴。上半日治各事务。下半日田孝颛来谈片时兴。

初九日(5月26日)　上半日雨。下半日至田孝颛家谈，至夜餐下旋家。

初十日(5月27日)　又晴。上半日至田孝颛家拜润之先外舅祭，下半日旋家。晚前至陈朗斋家宴，渠定孙媳请媒人宴也。夜餐下即旋家。

十一日(5月28日)　晴。上半日薛阆仙来谈。下半日薛君至花(花)［巷］剧场观戏数时，又薛君同旋吾家，时张后青、田昕云来。昕云索绘扇面，余率为其绘山水一张。夜各客兴。

十二日(5月29日)　又晴。上半日至司狱司前胡梅森先生处谈数时，即旋家。下半日□□□。

十三日(5月30日)　晴。上半日书诗笺七八纸。本日天气清胜。夜餐下，家中女眷坐舟至花巷剧场观戏，予同儿辈先至该处顾看。至半夜，家女眷又坐舟旋家，予同儿辈又同时共旋家。

十四日(5月31日)　天又晴。学行草体字永日。予之心性最执，如一张字中有一笔苟且，即思另行再写。是乃本性之执，似宜活泼化之，何必如是执意也。

十五日(6月1日)　晴。上半日学行书。下半日陈厥彝来，又陈朗斋来谈片时兴。陈厥彝邀至街一转，即各旋家。

十六日(6月2日) 晴。在家中学字及吟咏。

十七日(6月3日) 晴。学行草书及录诗笺。

十八日(6月4日) 天又晴。近来思虑纷如,心境极劣,借学字以自排遣。艰难家计一身,知余自咏语也。

十九日(6月5日) 天又晴。上半日坐舆至掠斜溪杨质安家贺其娶媳之喜;又坐舆至南街沈敦生家贺其娶侄媳之喜,沈君坚留盱宴。下半日天气最暖,同渠处客谈,至夜餐下坐舆旋家。

二十日(6月6日) 又晴。上半日至胡梅森先生处谈,片时即旋家。

二十一日(6月7日) 晴。日来天晴又久,新种秧田待雨日殷。内子李夫人又有肝胃之病,不思饮食,气未运化,时形寒热。上半日薛阆仙来谈,至夜餐下兴。

二十二日(6月8日) 晴。今日内子李夫人病较昨日稍好,而苹女胃又不能如常。余不信医药,令家中人寒暖饮食,善为调治可也。

二十三日(6月9日) 晴。本日天气最暖。

二十四日(6月10日) 晴。上半日阅说书。盱下前,坐舆至西郭陈厥龏家谈,同鲍诵清、田孝颛谈,至夜餐下同田孝颛旋家。天气又暖。

二十五日(6月11日) 晴。上半日至后观巷田蓝陬家拜先外姑章太夫人祭。盱膳下,谈数时旋家。天似将有雨。

民国十六年丁卯(1927)

七月初一日(1927.7.29)十一月二十三日(1927.12.16)

七月初一日(1927年7月29日) 本月月为戊申,本日日为甲子。

初二日(7月30日) 又晴,天气更暑。前袁梦白索雁来红,勉栽数株并寄以诗,借录于下:"弱阳肆虐听层穹,群卉多资灌溉中。辛苦为君栽晚植,雁来虽小尚能红。"

初三日(7月31日) 又晴,天气更暑,永日永夜不能释扇。下半日寒暑表在百度之上下。

初四日(8月1日) 又晴,天气又暑,可畏不耐治事。下半日油然作云,未能下雨。

初五日(8月2日) 又晴,上半日水云忽布,下雨片时,似只能略润花草。下半日仍似晴。

初六日(8月3日) 晴。自昨日稍有雨后,热度稍平。下半日朱佐庭来谈片时兴。晚前、夜间略有雨而未能沛然,但稍[有]清凉之意。夜半仍有明星也。

初七日(8月4日) 又晴,天气仍暑。本日循旧例祀奎星神。上半日至丁家弄"谦泰"同王宗堂[①]谈片时,即由大街旋家。闻党军对于共党及北方战事极繁,需兵又急近,速就新招之兵积极备用。今日绍兴之保安队逼令开赴前线,可见时局之未可乐观也。夜间北面有闪电,随即作云,数时之久,乃有雷雨片时。谚云"北扇闪,有雨

① 王宗堂,浙江绍兴人。民国时绍兴"谦泰"钱庄经理。见《绍兴文史资料》(第3辑)之裘振康《记绍兴钱庄业最繁荣时期的面貌》。

来”,似可以资考证也,又有“大旱不过七月半”之谚,兹两语于今日验之。

初八日(8月5日)　晴,上半日天气又暑。徐执庭来谈,至下半日兴。本日午后又有大雨片时,城市人家饮水有资,农田又可滋润,是乃好雨知时也。夜间又有雨。

初九日(8月6日)　早间尚晴,上半日天又作云,旋有大雨数时。檐水之大,实逾寻常,立时可满大缸。我家所有之缸都储充足,想城乡江河也可稍资通行。是霖雨之足慰苍生耳。寒暑表在八十一二三度。下半日又有疏雨。

初十日(8月7日)　又似晴。上半日至观桥胡坤圃家谈,片时即旋家。本日时有凉风,寒暑表在八十五六度。下半日又稍有雨,仍晴。下半日徐执庭来谈兼围棋至夜半。

十一日(8月8日)　又有大雨。早间之四句钟至十句半钟,狂奔大雨,足有六句钟之久。庭畔水流不及,多为之溢。河井充足清流,想从此城乡仍可通行舟楫也。日中偶有太阳,又时有细雨。本日甲戌之亥时立秋。时华迅速,瞬过半年矣。下半日又乍雨乍晴,寒暑表在八十一二三四度。本日阅《申报》,知越中逭暑之地七星岩而外尚有风王庙,在距城四十余里之丁家堰村西蒙池山之麓,其庙因山建屋。夏间清凉处,乃第二殿之东,有额曰“别有天”,闻盛暑时可御夹衣。何以越中人只知有七星岩而不知有风王庙,亟录之以待考证。(七月九日《申报·自由谈》处。)

十二日(8月9日)　又有雨,日间晴,而大雨之后不免多湿气。晚上又有雷电,稍雨片时,仍晴。夜间有星月。

十三日(8月10日)　又似晴。日来市菜昂贵,讶人听闻。边笋每株需洋二角,小白菜每斤需洋一角,虾每两需洋三分。此价大约较予幼年时增至七八倍,生计之难,何堪设想。上半日陈松寿来谈片时兴。本日中祭本生先母曹太夫人讳日。下半日又稍有雨,即晴。夜有月,天气觉呈新凉也。

十四日(8月11日) 又似晴。上半日书尺牍等事。下半日吃西瓜,似瓜子较多,乃数之有六百余粒。忆前日阅《申报》,有人戏猜瓜子每瓜有若干,有谓(乙)[一]百数十粒者,有谓贰百数十粒者。后数之,有四百余粒,然则今日之瓜子果较多也。

十五日(8月12日) 昨夜有雨,至今日早间始霁。寒暑表在八十一二三度。上半日又有大雨数时。日中祭历代祖宗,循旧章也。下半日似晴。夜间有明月,坐庭外有新凉之气。

十六日(8月13日) 又晴。早间凉快,可御夹衣。寒暑表在七十七八度。上半日王念兹来谈片时兴。盱前坐舆至藏书楼徐宅拜祭,同徐宅诸君谈片时,仍坐舆旋过大木桥、昼锦里、存仁医院一转,仍即坐舆旋家。

十七日(8月14日) 又晴。上半日同镇儿各坐人力车至南街福康医院应君处。本日为星期,应君下乡玩柯岩,仍同镇儿旋家。镇儿春间右耳下痰核微肿,而不以为患。乃近来日渐加肿兼加多,左耳下又有一粒,似有发肿之态。数月来虽吃内药及外搽药,不能见效,乃为可虑,未知有治术否?下半日天气又暑。自前日累次雨后,未免多湿气。

十八日(8月15日) 又晴。早间寒暑表在八十三四度。上半日坐人力车同镇儿至南街福康医院看其项核之病,据应、任两医云,其大牙时常有脓,恐是与牙患之病相连,可令牙科医先将所坏之大牙捉去,再看情形也。片时,即同镇儿各坐车旋家。朱仲华[①]来谈片时

---

① 朱仲华(1897—1988),原名承洵、蔚文,曾用名园信。浙江绍兴人。先后就读于上海闸北天保里务商中学、复旦公学中学部、复旦大学文学系。“五四”运动时任上海学生联合会总会计兼总干事、全国学生联合会评议员。民国八年(1919)孙中山题赠“天下为公”,同年加入中国国民党。后回绍兴发起成立绍兴复旦同学会,创办稽山中学,任绍兴县农民银行经理等职。解放后,曾为绍兴县、绍兴市、浙江省政协委员,民革绍兴市委主任委员。见《绍兴文史资料》(第4辑)之张耀康、陈德和《朱仲华先生传略》。

兴。本日又暑,至夜始清凉,又有明月。

十九日(8月16日) 又晴。上半日阅沪杭各报,知国民军总司令蒋介石业于新历八月十二日晚十一时三十分偕同白崇禧、黄郛暨随员卫队专车赴沪,军事方面委托李宗仁、白崇禧、何应钦负责。其下野宣言早于八日拟就,昨始发表。全文约三千字,历述参加革命及反共之颠末,对各同志表示三种愿望:一、要求武汉同志迁移来宁,共谋党国大政之进行;二、要求湘鄂赣各地武装同志会同津浦线作战军队一致完成国民革命;三、要求鄂湘赣诸地彻底清党。最后表示去职后仍以党员及国民资格努力党国。其本人十三日携其公子由沪乘江天轮启程,十四日早四时抵镇海,七时抵甬。王、蒋正副司令警备率同军警党部各机关及团体首要人员均到埠迎上岸,至警备司令部欢宴,下半日放轮回奉化本籍。是又系一英雄之去就,特志之以证时事之改更也。征诸报章,南京政府与冯玉祥往来之电,志趣相背,恐强合而暗斗,不若让之以谢国人,蒋于是乎决计下野矣。从来军务皆坏于内部之分心。

二十日(8月17日) 又晴。上半日朱佐庭来谈,至下半日兴。本日又暑。下半日至"谦泰"庄谈,片时即旋家。夜间天气郁暑,极不畅快。

二十一日(8月18日) 早间尚晴,上半日有雨数粒。近日来天气又暑。上半日胡坤圃来谈片时兴。夜间田季规来谈数时兴。

二十二日(8月19日) 晴。早上同苓女、苹女至大街买绸布等事,又同至大雅堂吃茶酒点心片时,即同苓女、苹女各坐人力车旋家。王质生来谈,中饭下又谈片时兴。本日天气又暑。

二十三日(8月20日) 晴,天气又暑,寒暑表早间有八十六度。尚有如是大暑,可异也。日中寒暑表在九十三四度。

二十四日(8月21日) 又晴。早间同苹女及孙儿长佐至南街成章女校开学会,至各处观览片时,仍同苹女、佐孙旋家。上半日寒暑表在八十九度,晚上有雨,夜间又有雨。

二十五日(8月22日) 晴,天气又暑,但早夜每风凉也。闻浙省自蒋介石下野后,未免又多更动不稳之处。国中纷杂如是,外交上讵能胜利也。

二十六日(8月23日) 晴,天气郁热。夜间有雨。

二十七日(8月24日) 又似晴,天气仍似暑。上半日朱仲华、王良弼、邹楚青、陈松寿诸君各以事来谈,下半日各客兴。寒暑表在八十一二三四度。

二十八日(8月25日) 晴。上半日至大街一转,即旋家。日中天气郁暑异常,夜间又不能风凉。

二十九日(8月26日) 晴。早间四句钟督视苓女回湖塘李宅,兼为其媛周岁送礼等事。

八月初一日(8月27日) 本月月为己酉,日为癸巳。又晴,天气仍暑。上半日王质生同陈□□来谈。日中祭先妣徐太夫人诞日;又坐人力车至老虎桥孙宅,余亮俊邀宴其女结婚于小埠张汉臣之子,假座孙宅也。下半日坐人力车旋家,又同王君谈片时,王君兴。余亮俊又来邀,乃至其家谈,至夜餐下旋家。

初二日(8月28日) 又似晴。下半日有雷雨,又晴。

初三日(8月29日) 晴。早间至大街及丁家弄"谦泰"谈,片时即旋家。天气又暑。日中礼东厨司命神,循旧俗也。沪杭各报有二日不到绍兴,谣传浦口北派军队业经渡江至南京镇江等处,是北军势取胜利,党军日示退弱。天下事必自侮而后人侮之,观于党人之作为益信之矣。上海警备司令部于廿四日开赴常州驻防,钰儿系该部军医,廿三日来禀当随部同至常州。今想常地也应紧急,而尚未有常州到后之禀,极以为念。处此境况,必须有随时见机而行之知识也。

初四日(8月30日) 晴,天气又暑,寒暑表在九十度上下,夜间仍未能风凉。秋暑之酷,人人为之可畏。本日上海各报又不到,前晚到有初二日《申报》,想由宁波轮船而来。报中载有北派孙传芳之军渡浦江、南京、镇江等处,与党军作战。观此,党军自内部分志,战事随之不利。既有之地盘似不能保守,为可讶也。

初五日(8月31日)　又晴,早间寒暑表在八十余度。乃盛暑时如是,为之可畏。本日又触犯肝气,心极愤恶。徐抝庭来谈。夜间又有雷雨,日中寒暑表在九十五六度。

初六日(9月1日)　晴,天气又郁暑。南京等处北派之孙军势力日强,党军以内部分心,似有难支之态,恐不远又将改动。下半日接钰儿由常州发来之电报,其本人在常安好,但初三日所发,至今有四日之久始到绍,可见常州地方不能安静如常。虽有安电到来,而如是情形,极为远念。即书一笺至大云桥邮局,属其挂号快寄。又至电报局问通报情形,据云是报乃初三日晚上七句钟付常州电报局,大约为军务紧急,始至今日下午打来云云。予即旋家。夜间天气益暑。

初七日(9月2日)　晴。上半日马宅送中秋盘盒来开发等事;又接常州钰儿来快邮,言其军医队恐将开赴前线战地,且服务数月,极形支持。予即以家有亲病令其请假速回,但电报不知何时可到,最在念虑中。下半日有雨片时,夜仍有星而略得清凉也。

初八日(9月3日)　又晴。上半日看有正味斋全书。日中有雨后得新凉之气。下半日自绘山水扇箑一张。看上海各报,知渡浦江之孙军处处劣败,党军仍可发展。军情转移,为可异也。但党人之政治作为,违背民心,日甚一日,诚足为国民党惜焉。

初九日(9月4日)　有雨。上半日坐人力车至观音弄钱师韩[①]家宴。本日天雨又大。下半日坐人力车旋家。

初十日(9月5日)　又雨,天气新凉,夜间须拥棉被,日间须御夹衣,寒暑表在六十八度。天气转移之奇速也。日中雨霁,能得有是

---

①　钱师韩,浙江绍兴人。中元造纸厂创始人钱子宁之父。曾任山东按察使署首席刑名师爷、辽宁省审判厅厅长、江苏省苏州税务处长。民国十年(1921),钱师韩退休归里,定居绍兴城内观音弄。见《绍兴文史资料》(第6辑)之张豹人、陈天成《中元造纸厂创始人钱子宁》。

雨后即见晴佳，最可幸事。接在钍快邮，知初七日所发之电，初八日上午接到，常州似较前稍平静。下半日晴佳。学草体字。晚上徐抝庭来谈，兼围棋数时。夜有明月。

十一日(9月6日) 又晴，天气清胜。上半日至大街、大善桥等处一转，即旋家。日中寒暑表七十七八度。下半日写扇箑一张。

十二日(9月7日) 又晴佳，天气清胜。上午钍儿由常州、上海、杭州旋家，言昨日由常州坐车至上海，下半日由上海坐车至杭州宿夜，今日早间渡钱江坐汽车至家也。本日寒暑表在七十八度，下午天气益胜，乃中秋佳日。学篆书数时。夜又有明月。

十三日(9月8日) 又晴胜。昨夜徐抝庭来，同围棋永夜，至今早徐兴。上半日胡坤圃来谈，片时(片时)兴。日中至大街、丁家弄等处一转，途中遇田季规、钍儿、铻儿，以时在日中，乃同至丁家弄大雅堂吃酒面片时，即同钍儿、铻儿旋家。下半日整饬书室。天暑之时，事事畏暑延宕。日来新凉清快，大可策励读书事业也。晚上至大云桥一转，即旋家。夜又有明月，最耐人久坐。每年如是佳日，未可多得。

十四日(9月9日) 晴，天气清胜，早间寒暑表在七十余度。上半日清付财务。余近年来为省用度起见，不挂各账。但每至端阳、中秋、年下，未免有琐务之账，为可憎也。下半日为王良弼写斗方诗笺一张。

十五日(9月10日) 又晴，天气清胜。上午录旧咏诗并题南洋医大学校毕业全体师生映相一张，又学行书数时。下半日至南街李叔箴家谈，夜间渠治筵宴之其花园中，与客赏月，共话永夜，尚有趣味。

十六日(9月11日) 又晴。黎明时由南街李宅旋家。予如夜间未睡，日间也不能酣睡。是乃十余年来之情形，兼是身心柔弱之一证。本日铻儿与友人王良弼坐轮舟至杭转上海，至吴淞中国公学大学部肄业。秋宇澄清，有书可读，未始非青年之乐事。夜间明月高升,似较平常光大。“一年明月今宵多”,诗言信而有征焉。

十七日(9月12日) 又晴胜。上半日至八字桥黄调臣家,日中宴集。黄君前日面约于李宅,同言实斋、李叔箴、袁梦白,黄雁森、调臣诸君谈至永日永夜。

十八日(9月13日) 又晴。上半日由八字桥黄宅坐舆旋家。日来天气尚暖,寒暑[表]在八十一二三四度。

十九日(9月14日)[①] 又晴。早间至大街买布片时,即旋家。阅《医宗金鉴》。晚上以有月最佳,乃同钉儿、苹女至街步月片时,即同钉儿、苹女旋家,时十句钟也。

二十日(9月15日)[②] 又晴,天气又清胜。上半日至仓弄回看王质生不遇,又至长桥袁梦白处谈片时,又由笔飞弄、江桥、大街一转,即旋家。晚上微有雨。

二十一日(9月16日) 有雨,天气转凉,寒暑表在六十八度。上半日李叔箴、王鼐卿[③],黄雁森、调臣,言实斋、袁梦白来,日中以便酌宴客。夜宴下,王鼐卿、袁梦白先兴,又同言、李、黄各客谈至永夜。

二十二日(9月17日) 又雨。上半日又同言实斋、李叔箴,黄雁臣、调臣谈,至中饭下各客兴。下半日似有晴态。

二十三日(9月18日) 又雨。上半日录旧作诗数十章。一年佳日,正在斯时,宜若何策励也。

二十四日(9月19日) 又晴,天气清胜。上半日内子李夫人至陶堰陶宅拜七彪先生祭。本日自绘山水小堂幅绢一张。下半日五句钟李夫人由陶堰旋家,日尚长。四十余里转回,尚未晚也。

---

① 原为“新历九月十四日即旧历八月十七日”。

② 原为“新历九月十五日即旧历八月十八日”。

③ 王鼐卿(1871—?),诗巢壬社社员。民国时曾任镇江建设厅课员。见《诗巢壬社社友录》。按:《诗巢壬社社友录》载其民国三十八年为七十七岁,生于十一月初八日。据此逆推,其当生于同治十年(1871)。

二十五日(9月20日) 又晴。早间绘山水。天气最清胜。下半日雕图章一粒。近年眼花与日(具)[俱]增,微细工作不能见巧矣。

二十六日(9月21日) 又晴,早间寒暑表在六十四五度。上半日至大街一转,即旋家。

二十七日(9月22日) 晴,天气又清胜。家务纷如。

二十八日(9月23日) 晴。自绘山水绢屏一张。阅近日各报,南北各军战线不甚更动,党军方面宗志似有不能统一之处,是可为国民军虑也。前日为孔子诞日,中国向有祭拜大典。今国民党宣布取消,而北方各省依旧谨行典礼,但苏浙等省各学校、各机关有放假者,有不放假者。于斯一端,足见其凌乱矣。夜间九句钟,常州第一军第一独立团军医卫生队有一等电报催在钰至常就职。余以军医职务,也须身体强干为之,在钰不甚相宜也。

二十九日(9月24日) 又似晴。本日为秋分。曾忆曩年有八月初日秋分者,今年相距有二十余日也。日中钰儿坐汽车至杭,拟今晚坐车至上海,明日坐车至常州。虽升军医少校员,予谓可辞而不就,宁可就医院之医生,万事求其稳健为是。下半日至利济桥裱店看书画片时,又至大路取映相片,后由大街旋家。本日天气尚暖,寒暑表在七十余度。晚前田康济①、徐扚庭来谈,至夜饭下兴。

三十日(9月25日) 又似晴。上半日戏作手术。夜间有星而夜半有大雨片时。

九月初一日(9月26日) 本月为庚戌,日为癸亥。昨夜雨后,今早似晴。初有桂花香气。近年桂花每至九月始盛,斯时风味最为可佳。上半日学行草书。下午微有雨,复又有大雨片时。

初二日(9月27日) 又微有雨。上半日坐舆至木莲桥王念兹家贺其嫁女之喜,同各客谈至夜宴,又同各客谈至永夜。本日下半日

---

① 田康济,浙江绍兴人。《绍兴医药月报》编辑。见《绍兴医药月报》(1924年第1卷第1期)。

有雷雨片时。

初三日(9月28日) 晴。上半日由王宅坐舆旋家,时九句钟。片时,又坐舆至武坊徐宅贺蔚生[1]结婚之喜,兼为其陪贺客数时。至夜宴下,坐舆旋家,时十句钟也。

初四日(9月29日) 晴。早上坐人力车至丁家弄、大街一转,片时即旋家。余喉中及牙稍有痛处,大约多(傲)[熬]夜太少安卧之时。柔弱之体,宜力行调摄也。

初五日(9月30日) 又雨。昨夜安睡数时后,今日喉牙之痛稍愈。前日接在钰来禀,知其与第一军独立团官兵开至松江驻防,其仍暂任卫生队医官。昨日胡坤圃来谈数时兴,渠言时局恐又有更动。

初六日(10月1日) 又有雨。阅近日《申报》,有蒋介石启事,云及元配毛氏于民国十年离婚,其他二氏都非婚帖所娶,现家中只有二子,此外不有妻女。阅之为之讶异。蒋介石自前年督战以来,敌人闻风而惧,且事事饰新,一洗朽败之政策。英雄造时世,早为蒋君颂矣。乃近则内部意见分歧,致战事也少进展,不得已下野归田。今有欲与宋女结婚之意,宣布自家历史,并赴东洋与宋女之母议婚。蒋中正恐名实未足,以满人意耳。有此报载,大为蒋君惜也。

初七日(10月2日) 又晴,天气又佳,寒暑表在六十四五度。本日上半日书撰余亮俊挽联一副,借录于下:"宦途倦踏,高赋遂初,治谱著循良,遗爱尤宜留西蜀;世变方殷,老成不作,平居忝咫尺,清谈无复集东篱。"亮俊为申兄亲家,同我相居甚近。其人极穆,近年时常过谈。今一病不起,为可惜也。盱前至八字桥(王)[黄]雁森家谈,(王)[黄]君留中饭。下半日同其客等人谈,夜间又谈永夜。

初八日(10月3日) 晴。早间由黄宅坐人力车旋家。上半日王念兹来谈片时兴。盱前至开元弄邻居余宅吊亮俊首七,片时即旋

---

① 徐世晟(1910—1936),字蔚生。浙江绍兴人。徐树兰之孙,徐维烈之子。毕业于复旦大学法律系。见《浙江绍兴栖凫东海堂徐氏家谱》。

家。下半日又至利济桥后弄裱店看书画，片时即旋家。

初九日(10月4日)　晴，早间有雨数点，片时即晴。寒暑表在七十一二三度。上半日学行草字数时。

初十日(10月5日)　有雨。本日之早间二计三十分钟，仲明媳发生产事，乃令工人延金子英女[士]接生①。来至四计三十分时，腹痛数阵，即生得一男，大小人都安好，循平常俗务开发等事。黎明时即书平安家信，通知二儿仲明于松江军医处。年来我家财产未敷所用，予忧虑积有岁年。所冀子孙繁盛，立正当事业，以振家声。新生孙儿之八字为：丁卯、庚戌、壬申、癸卯。上午自绘绢幅山水。予最有写篆书画山水之志，数十年之性情，至今未改。但人事纷如，未能有专心以臻其术也。

十一日(10月6日)　又有雨。黎明时予自煮清茶，为仲明媳新生之孩儿办吃乳食之事。中国人生孩后须至一日夜后乃始哺乳，哺乳之先应用陈年茶叶、梅干汤漱其口，以黄连、甘草清其胎热后，乃吃米茶与乳后始令其吃乳也。旧俗之事，只能饬家中人依旧为之。本日寒暑表在七十一二三度。上午又绘山水条幅。

十二日(10月7日)　似晴。上午家中人为新生孙三朝洗浴，循旧俗也。本日寒暑表在八十度上下。下午学行草书。

十三日(10月8日)　又似雨，天气潮暖。早间沐浴后，即觉清快。本日寒暑表在七十五六度。近日庭畔之花草尚菁茂可观。上半日坐人力车至南街张后青处谈片时，又坐人力车至偏城处塘埭寓孙

---

①　陈庆均盛赞金子英之医术，登报揄扬。陈庆均《时行轩尺牍》之《为人登报揄扬·金子英女士善治难产》："中国接生，向只粗俗妇女，不受教育，遑责医理。遇有难产，莫指所措，施治乏术，祸辄随之，实为斯世留无穷之憾。金女士受西人剖解之学，深究接生。回绍数年，活人甚夥。月前寒家之媳生产危急，幸女士手术，得获安全，益征名实之相符也。女士医理之深，讵烦赘事揶揄，惟愿为难产辄赠续命之汤也。缅德堂陈启。"

宅之杜同甲[①]处谈片时，仍坐人力车旋家。沿途微雨纷如，且常禧城里外之路不甚坦平，人坐车中，未能纾快也。下半日写尺牍数通，又至利济桥后街裱画铺等处一转，即旋家。晚前清风微来，稍肃潮湿之气。夜有明月，最可爱玩。

十四日(10月9日)　早间有雾露，似尚有雨意。上半日晴。至木莲巷李璧臣处谈，探查漓渚张汉臣之第三子[②]媒事。张叠使人来为苹女媒，予由各处调查张之家产及汉臣作家尚可，其第三子虽有人言其品貌性情尚佳，但不能不详细确查。璧臣有女嫁于张宅，今值来李宅，即由璧臣详问其女。据云汉臣之第三子性情才貌尚可，其女对父之言谅非虚语也。又至王念兹家谈，其昆仲鼐卿、舜卿又到，念兹留中饭。下半日又留谈数时，予又至大街一转，坐人力车旋家。天气极暖，寒暑表在八十一二三四度。

十五日(10月10日)　又晴，天气又暖，早间寒暑表在八十度。虽六月之当暑，有时也不过如是，乃可奇也。本日日中寒暑表在八十

---

① 杜同甲(1877—1936)，自号离尘山人、一大山人，又号味六盦主。浙江绍兴人。诗巢壬社社员。早年在外地宦游，后卸甲返故里。精通医道，亦热心公益事业，在绍兴医界声誉甚高，曾任《绍兴医药月报》总编。善书能画，书法私淑赵之谦。除书画印外，杜氏还是近代最早把摄影技术引入中国的先行者之一。著有《就田印谱》《新编摄影术》。见《诗巢壬社社友录》；沈定庵《近百年绍兴书画家传》(续集)之《以书画致用的杜就田》。按：《以书画致用的杜就田》中附录了沈定庵先生收藏的杜就田两幅书画真迹，隶书册页落款：甲申二月上澣山阴味六盦主杜就田书客淞滨年六十八。隶书八言联落款：丁亥孟冬味六盦主杜就田年七十又一。据此二者逆推，其生年均为光绪三年(1877)。《诗巢壬社社友录》载其卒于民国二十五年二月一日。

② 张彭年(1907—?)，浙江绍兴人。民国时曾在上海绸业银行任会计职务。按：《日记》新历民国九年十一月初五日："其第三子年十四岁，尚似童人，身躯瘦形，眼目尚好，而其嘴唇之血色似欠红亮，大约由昔年患姜片虫后尚未能全行康强也。"据此逆推，其当生于光绪三十三年(1907)。

七八度。下半日看樊樊山近著诗词文稿。晚间有大风，有电闪，又微有雨。夜半有大雨数时。

十六日(10 月 11 日)　又有雨，天气转凉。寒暑表在六十七八度。一夜之隔，相距二十度。转移如是之速，又可奇也。本日寒雨纷纷。夜间风大而寒，须御厚被。前日可持扇，今日可拥棉衣。寒暑表晚间在五十八九度。

十七日(10 月 12 日)　又有雨，天气清胜而寒，寒暑表在五十五度。上午学行草书。田蓝暾来谈数时兴。下半日至后观巷田蓝暾处，邀其典友邵君详探张宅家事，即前页所言之媒事也。谈数时即旋家。本日日中仍循俗祀财神。日间时雨时晴。

十八日(10 月 13 日)　又晴，天气清胜。寒暑表在五十三度。上半日至木莲巷李璧臣、王念兹处各谈片时，又至丁家弄王铁如[①]处谈数时，又同王君款步至偏门城墙近处、丁家弄等处远眺山景，至下半日旋家。王君同来，又张后青来，同谈片时，张、王两君兴。

十九日(10 月 14 日)　晴，天气清胜。寒暑表在五十度上下。上半日坐人力车至广宁桥王哲生处谈片时，又至赵仲琴处谈片时，又至大街买笔墨后旋家，时下半日也。

二十日(10 月 15 日)　晴，天气又清胜。上半日至东街金耀庭处问吹口药事，片时即旋家。孙女佩曾以近日口中、舌上有白颗，想系肝热。但小人不肯吹药，乃可虑也。晚前同苹女、莲孙、菱孙女至清风里、大街、新建市场观览片时，以时将夜，即同苹女、莲孙、菱孙女旋家。

二十一日(10 月 16 日)　晴，天气清胜。上半日至后观巷田蓝

---

① 王惕如，又作王铁如、王铁渔，晚号意盦主人。浙江绍兴人。王氏系名医陆九芝门生。毕业于清华大学气象系，后来自己钻研中医，在县前街仁寿堂药店坐诊。见绍兴鲁迅纪念馆《鲁迅与他的乡人三集》之《爱好古典文学的医生王惕如》。

陬处谈,片时即旋家。今日天气略和暖,寒暑表在五十七八度。下半日杜同甲来谈数时兴。晚上至花巷,有人以多数灯迷征求客射,戏一看之,片时即旋家。

二十二日(10月17日) 又晴,天气清胜。上半日同田蓝陬、邵达夫坐舟至漓渚探访媒事,由邵介绍张汉臣家之西席师蒋君来我舟中,详询其张汉臣第三子身躯才学。据云,昔年虽曾有病,近年业经愈可,并由蒋君带示其书塾所学之论文,尚初通。蒋君人极诚实,其言当可靠也。张家住漓渚之小埠。我等同蒋君谈片时,蒋君回馆,田君、邵君同我坐舟至大埠,相距不过里许。至大埠上岸,同田君、邵君至该处市上"聚兴"饭馆同酒饭。山乡菜馆,风味领略一过,又同至该处之区党部及市上阅视片时。邵君以其家就近,须至阮江;我同田蓝陬坐舟旋家,计二句钟解缆,至四句半钟旋家。常禧城至漓渚计二十五里,但舟行须全路撑摇,而不能携船纤也。

二十三日(10月18日) 又晴,天气清胜。上半日至东街金耀庭处商医佩曾口疮事,又由利济桥九华堂装裱店一转,即坐人力车旋家。俗务纷繁,心绪未能安宁。日中,金耀庭来看佩曾孙女之口病,其口中生白泡七八日,至今未愈。今见其牙缝有血,恐似牙疳之患,宜速医治为要。金君谈片时兴。本日绍兴禁烟分局长金宝楚①来,余以他出不遇。金君为同县人,且昔与纪堂四弟苏省同寅多年也。下半日考视《验方新编》等书,思于医理有所研究耳。

二十四日(10月19日) 又晴,天气清胜。上半日同孙女佩曾至南街福康医院看病片时,仍同佩曾旋家。日中祭先曾大父讳日。

---

① 金国书(1877—1948),字宝楚。浙江绍兴人。曾任绍兴禁烟分局局长。诗巢壬社社员。见《诗巢壬社社友录》;朱涧南《弄璋酬唱录》。按:《诗巢壬社社友录》载其民国三十六年为七十二岁,生于十一月二十九日。据此逆推,其当生于光绪二年十一月二十九日,公历为1877年1月13日。卒于民国三十六年十二月初二日,公历为1948年1月12日。

张后青、田康济来同中饭。下半日至绍兴病院裘士东[①]处谈，片时即旋家。本日驻绍军队以开拔有至警察局挟制事，经调停乃靖。晚前又至街一转，即旋家。

二十五日(10 月 20 日)　又晴。上半日至鱼化桥回看禁烟分局长金宝楚，渠他出不遇；又至后观巷田蓝畈家看谢宅发至其家之孙媳装奁。中饭下，同吴琴伯至花巷茗谈片时，由大街旋家。知赵仲琴又来，不遇而兴。渠来二次，都未面谈，乃坐人力车于晚前又至广宁桥赵仲琴家谈。渠以张宅媒事由孙庚甫托其持张汉臣之第三子映相片来，予乃持其映相片，即坐人力车旋家。其面目平常，但五观尚相称，予以面貌尤以才为重要也。

二十六日(10 月 21 日)　晴，天气和暖。上半日学行草字数时。上半日坐人力车至木莲桥王念兹处谈，遇见其弟鼒卿，念兹坚留中饭。下半日同鼒卿至各裱店看书画，又同至花巷布业会馆铭谈数时，乃各旋家。今昨连接在钰禀，知其业任第一军二师补充团卫生队长职务。前日至常州，原为辞职务而有是行，后以该处队长黄璧潮有病，再三托其暂理数日。今黄君以病辞职，该团长赵定昌[②]即缮公文，嘱其升任。在钰再四推辞，而赵君以婉言再四坚留，一时难以拒

---

① 裘士东(1894—?)，字仰云。浙江绍兴人。民国七年(1918)年毕业于浙江公立医药专门学校医科，同年在绍兴府山横街租用民房创办绍兴病院。十一年，医院办绍兴女子西法接生传习所，传习所所长由其兼任并分担部分教课任务。按：薛绥之《鲁迅生平史料汇编》(第一辑)载其宣统三年为十八岁。据此逆推，其当生于光绪二十年(1894)。

② 赵定昌(1904—1998)，别号踵武。云南迤西人。曾任滇军第三军少尉副官，国民革命军第一军第二师第四团中校营长、少校团长，第一军第一独立团少将团长兼沪杭铁路警备司令等职。中华人民共和国成立后，任云南省人民政府参事室参事、省政协委员、省黄埔军校同学会顾问。见陈予欢《黄埔军校将帅录》；中国人民政治协商会议凤庆县委员会《凤庆文史资料》(第 6 辑)之杨维岩《爱国精神永放光芒——赵定昌先生的一生》。

却,只好暂行接任,一面请其另简贤能也。卫生队长即少校之职,但不拘升任何职,予总不欲令其为之也。

二十七日(10月22日) 早间有雾露。上半日坐人力车至武勋坊徐宅乔仙处谈片时,乔仙、弼庭同余至丁家弄王惕如医寓谈片时,惕如邀同至同春楼酒饭。下半日徐乔仙同至我家谈,又王惕如来谈,又朱佐庭来谈,各谈至夜餐下客兴。

二十八日(10月23日) 又晴,天气清胜。上午俗务纷如。下半日至南街张后青处谈片时,又坐人力车至大街一转,即旋家。

二十九日(10月24日) 又晴。上半日同申兄、宜侄、族致祥侄、镇儿、莲孙坐舟至南城外谢墅村,登新貌山祭曾大父母及先祖父母及本生先父母墓,又祭先考妣殡墓,又祭先室田夫人殡墓。事竣下山,舟中中饭。下半日仍同申兄、宜侄、致祥侄、镇儿、莲孙坐舟旋家,时三句半钟。张后青来谈片时兴。又书撰送田蓝陬娶孙媳喜联一幅(朱笺写篆文):“良月耀初新,妆阁诗催工咏絮;名山梅早放,桐枝秀撷颂宜家(‘颂’改‘并’字)。”

十月初一日(10月25日) 月为辛亥,日为壬辰。朝间有雾露,寒暑表在五十八九度。上半日至利济桥一转,即坐人力车旋家。下半日又至南街张宅同赵仲琴谈片时,即旋家。寒暑表在六十七八度。

初二日(10月26日) 似有雨意。上半日坐舆至墨濯溇谢杏田家贺其嫁女之喜,即坐舆旋家;又至后观巷田宅蓝陬处谈片时;又至木莲桥王念兹处宴,渠六十生日也。下半日谈数时,晚前又至田蓝陬家宴,夜间谈至后半夜旋家。

初三日(10月27日) 又晴。早间先拜先府君讳日之祭,即坐舆至咸欢河沿陶宅贺喜,又至后观巷田蓝陬家贺其娶第四孙媳之喜,兼为其陪客。至宴下旋家,时九句钟也。

初四日(10月28日) 又晴,天气清胜。早间书尺牍。上半日同申兄、宜侄、族潮弟坐舟至稽山城外之石旗村,登山拜高祖父母墓,事竣下山。近年行走山路，虽不过二三里，每觉支持，可知衰态。舟中中饭。下半日仍同兄弟侄坐舟旋家，时四句钟。

初五日(10月29日) 又晴，早间寒暑表五十四五度。上半日坐舆至西郭盐仓陈伯璜[①]家贺喜片时，即坐舆旋。便至王铁如寓谈片时，又由大街一转，即旋家。晚上张后青同赵仲琴来谈片时兴，张宅请其来言媒事也。

初六日(10月30日) 又晴，天气清胜。上半日至大街买纸笔等事，即旋家。下半日阅《有正味斋全集》，又写尺牍数通。

初七日(10月31日) 又晴，天气清胜。上半日田蓝陬来谢贺，谈片时兴。赵仲琴来言张宅媒事，谈片时兴。本日寒暑表在六十八九度。

初八日(11月1日) 又似晴，天气和暖。上半日收拾庭宇及书籍等事。下半日张后青来谈片时兴。本日寒暑表在七十一二三度。

初九日(11月2日) 晴，天气和暖。上半日至仓桥及清风里一转，即旋家。下半日题南洋医科大学本年毕业全体映相诗[②]。

初十日(11月3日) 似晴。上半日赵仲琴来言张宅媒事，兼约看新郎。两家业有成意，张宅请其来择行聘会姻之日。谈片时，赵君兴。戏作手术。日中似有雷声，乃奇事也。下半日有雷雨。寒冬之有雷雨，偶或有之，但必系天气非常之暖。今之天气虽稍暖，而仍清胜，生兹雷声，益可奇讶。下半日徐执庭来谈，兼围棋。至半夜时有雨，而又时晴。

---

① 陈伯璜，字绍冶。浙江绍兴人。陈厥彛之第二子。(陈氏后裔陈昉、陈衍庆提供)

② 陈庆均《为山庐诗稿》(第二本)有诗《丁卯之夏儿子在钉毕业南洋医科大学得士称谓与同学摄全体映像题诗励之》:"'讲堂月旦听舆评，侥幸功名按步成(钉儿由高小学中学循序就业)。风雨频年怀负笈，朋侪几辈励前程。头衔学士谈何易，手术疗人春甦生。医湘贤良自昔重(昔人云不为良相为良医)，冀参灵素载维精。'第六句'甦'字是'更'字。"

十一日(11月4日)　似晴。上半日至水澄桥、大街等处买画心纸等事,即旋家。陈松寿来谈,又同至青藤书屋与桐侯、坤甫、申兄谈片时。本日乍有阵雨大风,乍又日丽天青。雨晹之转,速于转瞬。夜间又乍有雨,乍又天青月明。寒暑表在六十余度。

十二日(11月5日)　晴,寒暑相宜,大有小阳春之态。上半日张后青来,即时予同后青及大儿在镇坐人力车至老浒桥孙庚甫家看视张汉臣之第三子面貌,由赵仲琴、孙庚甫陪同介绍。其第三子年十四岁,尚似童人,身躯瘦形,眼目尚好,而其嘴唇之血色似欠红亮,大约由昔年患姜片虫后尚未能全行康强也。片时后,予同后青、镇儿即旋家。本日之中,钰儿媳新生之男初剃头发,兼略备果品、香茗以礼神,乃家庭循俗事也。李重民①女婿来。下半日田禽盦、秦仲瑛来同谈,至半夜,田、张、秦各客兴。夜有明月。

十三日(11月6日)　又晴,天气清胜。上半日同李重民及镇儿、莲孙至大街,遇田缦云、王惕如,阅市片时,同至大路春晏吃番菜,谈宴数时。午后又同惕如、重民及镇儿、莲孙至西郭汽车站,二句钟三十分,李重民坐汽车至柯桥,镇儿、莲孙坐人力车旋家,予同惕如至存仁医院徐松和处谈数时,乃各旋家。孙云裳女婿来。晚前至田蓝陬处谈,片时即旋家。

十四日(11月7日)　又晴。上半日徐宜况、贾如川来,又王念兹来。中饭下,同王、徐、贾三君至花巷剧场观剧数时,晚前各自旋家。夜同孙云裳谈数时。

---

①　李东阳(1903—1943),字重民。浙江绍兴湖塘人。陈庆均女婿。见李基阳《湖塘李氏家谱》。按:陈庆均《为山庐书问》之《寄李砚庄亲家》(民国三十二年新历十二月十六日):“日前接令媛书,痛悉令郎重民女婿噩耗,不禁老泪涔涔,废书叹息。忆夏间……”据此,其当卒于民国三十二年(1943)。陈庆均《为山庐书问》之《寄清辉三女书》(七月十五日即新历八月二十六日):“本年尔翁六旬正庆,又重民婿四十岁初度。父子百龄,一难得事。”此信写于民国三十一年(1942)。据此逆推,其当生于光绪二十九年(1903)。

十五日(11 月 8 日) 晴,天气清胜。上半日至街买喜帖等事。年来未用账友,两儿又在他处就业,寻常事务,每须躬亲。日中旋家。本日早间曾至月芽池边王鼐卿处谈,片时即旋家。下半日同田季规、孙云裳谈,李重民又来。

十六日(11 月 9 日) 晴,天气清胜。上半日坐舆至县署回看新任县长叶杏南①,渠前日来见,彼此循例一到。又坐舆至老浒桥孙庚甫家,同张汉臣借座会亲。本日汉臣之第三子与予家苹女缔姻,大媒以及各戚咸会集焉。汉臣与予为主人,事由汉臣办也。两家之戚族到者四十余人,在厅中设喜筵六席宴会之,并由大媒交赠聘仪。乾宅大媒乃赵仲琴,坤宅大媒乃田蓝陬也。宴后酬应各客片时,予同王念兹、徐乔仙、姚幼槎、镇儿旋家。家中客来者,又有秦仲瑛、张后青、贾如川、徐弼庭、孙云裳、李重民,而念兹、乔仙、如川各客谈片时兴,幼槎、仲瑛、后青、弼庭至夜宴下又谈数时兴。夜间有月最明。

十七日(11 月 10 日) 又晴。上半日同孙云裳、李重民两女婿谈。下半[日]孙云裳回东关,李重民回湖塘。余又至丁家弄"谦泰"谈片时,即旋家。

十八日(11 月 11 日) 天晴。本日天初晓时,苹女患风寒身热,出鼻血及吐数口,片时后即愈可,大约乃身热所发生。上半日身热稍平,不令其吃药,只以清润茶汤调养之。旰前坐人力车至武勋坊应宅,徐宜况假座定第二媳以会宴会也。中宴下,即由大街旋家。

十九日(11 月 12 日) 晴。上半日至大路"明记"庄谈片时,又至大街一转下旋家。下半日至大教场看孙中山六十一岁诞日会,各机关团体到者极多。余以有孙儿、孙女由成章女校同至该处,特行看

---

① 叶杏南,字荆门。原籍浙江寿昌,后迁居建德梅城。民国四年(1915)赴南京文官高考,取任云南省寻甸县知事;后任贵州省贵阳知事;十年任萧山县知事;十二年任绍兴县知事,后归居梅城,工书法。见中国人民政治协商会议建德县委员会文史资料委员会《建德文史资料》(第 8 辑)之倪孜耕《叶诰书轶事》。

视片时,即旋家。下半日看《太平天国有趣文件十六种》,此书本日新由书店买也。夜间又至大街看各机关团体提灯大会,片时即旋家。

二十日(11月13日) 晴。上半日书尺牍数通。下半日坐人力车至广宁桥赵仲琴处谈,片时即旋家。

二十一日(11月14日) 晴。上半日徐抷庭来围棋。日中拜先大父讳祭。下半日又同抷庭围棋数时,晚前徐君兴。

二十二日(11月15日) 又晴,天气清胜。上半日书账务。日中拜先大母凌太夫人诞祭。下半日秦仲瑛,徐志珂、植仙来谈,至夜间各兴。

二十三日(11月16日) 又似晴。上半日为徐抷庭写篆书中堂条幅。下半日至街买纸笔等事,见前日早上轩亭口四面店铺一片焦土,统计被毁之屋有二百多间。此次祝融之祸最巨,本年大街此祸前有二次也。各屋尚未建成,今又有此事。将来大街中路之广阔,极有一番新气象。曾忆昔年山会两邑城议事会议街市建筑章程,余等同为议定"如有改建市屋者,必须当街让进三尺"。此案由警局督令遵行,至今永以为例。近今大街以改建者多,日见宽广者也。本日看视片时,即旋家。

二十四日(11月17日) 又晴。昨夜内子李夫人患风寒,数日头疼之后,兼有牙痛眼痛之恙,夜间未能安睡。上半日王鼐卿来谈片时,又朱仲华来谈片时兴。下半日王蕴如[①]来诊李夫人病,酌药剂谈片时,王君兴。

二十五日(11月18日) 又似晴。上半日有雨。学篆书。李夫

---

① 王藻,字远山,一字蕴如。浙江绍兴人。精于诗画,诗宗皮、陆。题画诗尤工,画宗南派、善南田远山之胜。所作花鸟一经染翰,活色生香,画菊尤著。平时行医自给,垂四十年。诊断之暇,游神缣素。诗画之名,几为医所掩。见《民国绍兴县志资料》(第二辑);《绍兴文史资料选辑》(第1辑)之张处德《五十年间绍兴书画家列举》。

人头目及牙痛之恙稍愈，而胃尚未能如常。下半日徐抝庭来围棋数时兴。夜间微有雨。今年九月、十月，可谓久晴，晚谷收成之天气佳也。

二十六日(11月19日)　微雨。上半日坐舆至司狱司前吊胡梅森先生出殡，同其各客谈片时，即坐舆旋家。设备祭先府君芳畦[公]之几筵，翌日乃先府君九十岁追纪也。下半日张后青、王惕如，徐志珂、田近盦、徐宜况来，夜宴下各兴。晚上祭先府君，乃旧俗暖寿之祭也。

二十七日(11月20日)　微有雨。本日先府君芳畦公九十岁追纪之日，循俗当属僧人礼忏一日。此事不过费数元之洋钱付僧人以去，究竟有何用处，不可知也。本日来行礼者有田蓝陬、田禔盦、田季规、徐衣言[1]，片时各兴。又有徐志珂、张后青、田禽盦、秦仲瑛、徐植仙及蒋姑太太、徐姑太太、贾小姐来行礼，蒋、徐、贾诸客即兴，志珂、后青、禽盦、仲瑛、植仙至夜餐下各兴。本日用果品、蔬面、素菜以祭先府[君]也。

二十八日(11月21日)　早间微有雨。坐舟至亭山，胡梅森先生殡其庄屋。行礼毕中饭，十一句钟即坐舟旋家。

二十九日(11月22日)　又晴。上半日至胡坤圃处谈片时，又至大街一转，即旋家。日中祭本生先府君辛畦公讳日。下半日阅《吴梅村诗集》。

三十日(11月23日)　又晴。日中时寒暑表五十五六度。下半日撰朱仲华之父飏笙[2]及其母王夫人[3]七十寿诗："紫阳家世本贻谋，

---

① 徐衣言(1903—?)，诗巢壬社社员。见《诗巢壬社社友录》。按：《诗巢壬社社友录》载其民国三十八年为四十七岁，生于四月十一日。据此逆推，其当生于清光绪二十九年(1903)。

② 朱飏笙(1859—1929)，浙江绍兴人。朱仲华之父。在上海敦裕和绸庄从事绸缎业，历四十年。见《绍兴文史资料》(第4辑)之张耀康、陈德和《朱仲华先生传略》。

③ 王氏(1867—1944)，浙江嵊县人。朱仲华之母。

五福咸臻重越州。座右菊松闲岁月，庭前兰玉擅风流。双尊醴祝和鸾什，百辆门盈晋鹤筹。旭曝南檐仙侣集，梅花清共几生修。”[①]并为其撰书楹联一副，联言并录于下：“醴晋双尊，堂高嘏集；门盈百辆，案举眉齐。”前诗第二句改为“派衍清芬颂越州”，第八句改为“梅花开到几生修”。

十一月初一日(11月24日)　月为壬子，日为壬戌。寒暑表在五十五六度。天又似晴。日中在六十度上下。上半日至利济桥后街装裱店看书画等事，片时即旋家。下半日徐志珂、秦仲瑛、王惕如来，又张后青、赵仲琴、田禽盦、徐乔仙来。夜间令厨人设筵，以张后青本月四十岁初度，借酌之。本同约王念兹，今念兹以家有急务不能来。盖念兹前月六十岁初度，王、张两人并为百岁也。各客同谈至夜半各兴。

初二日(11月25日)　又似晴，天气和暖。下半日王意如、徐扔庭来谈片时兴。

初三日(11月26日)　似晴，天气和暖。上半日写朱飏笙寿诗红绢一幅，又学篆隶字数时，以有墨水兼有挥翰之兴致也。下半日至水澄桥买纸笔等事，即旋家。日来如初夏天气，立冬业逾半月，而和暖如是，又一奇异事。

初四日(11月27日)　又似晴，天气又和暖。下半日张后青来谈，夜餐后同至花巷一转。本拟观剧，以今夜所演之剧不甚欲观，乃阅市一过，即各旋家。

初五日(11月28日)　有风，微有雨。上午镇儿同莲孙坐汽车至杭州，由田康[济]介绍医生潘子久，医寓在杭州之江岸，镇儿医项

---

① 陈庆均《为山庐诗稿》(第二本)有诗《朱母王夫人七䄛寿诗朱仲华之太夫人也》：“堂北新增海屋畴，梅看庾岭证前修。莱衣侍奉宜多祜，萱草生来不带愁。积善门庭参佛果，裁成桃李本贻谋。紫阳远绍梓桑泽，婺采长瞻越钮留。”

边之瘰疬病也。旰前，予坐舆至观音桥戚升淮家贺其遣嫁第三孙女之喜，渠处坚留喜宴，下半日坐舆旋家。近今绍兴风气踵事奢华，嫁娶等事各以夸多斗靡，沿成陋俗。今戚升老力改铺张，得复昔时纯朴之俗，为可型也。

初六日(11月29日)　昨夜至今有风极大，天气更寒。早间至邻鲍香谷家贺其娶侄媳之喜，片时即旋家。上半日寒暑表在四十七八度。本日为冬丁卯，虽日光偶然得见，而幸免不雨，冬间可冀多晴日也。晚前苓女由李宅回来。夜有星月。

初七日(11月30日)　又晴，寒暑表在四十六度，天气清胜。上半日至丁家弄"谦泰"庄谈片时，又至王惕如谈片时，即旋家。下半日秦仲瑛、田禽盦来谈，又徐扔庭来谈片时兴，王惕如来谈。秦、田、王三人至夜间兴。夜间十一句钟，镇儿、莲孙由杭州旋家。

初八日(12月1日)　又晴。上半日至大街买绸布，片时即旋家。夜间同内子李夫人、苓女、苹女、二媳、佐孙、菱孙女至花巷剧场观演戏，至十一句半钟，同李夫人、苓女、苹女、二媳、佐孙、菱孙女各坐人力车旋家。本日天气又似和暖而有雨态。

初九日(12月2日)　似有雨意，上半日又似晴。坐舆至塔子桥朱飏笙家贺其娶媳之喜，兼为其陪客半[日]。下半日以其子仲华坚留同客谈，夜宴下又谈数时，至夜半坐舆旋家。

初十日(12月3日)　又似晴。早间至大街一转，即旋家。上半日整饬家务。下半日坐人力车至西郭汽车站，二句钟时坐汽车至西兴之江边，即登船渡钱江。至杭州之江边登岸，坐人力车之城站前之全安客栈寓。时日暮，即夜[饭]于菜馆。夜间又坐人力车至西泠岸之市场娱园瞻览片时，以天下微雨，乃即坐人力车旋寓。

十一日(12月4日)　又似晴。早间由杭全安寓至清泰车站，七句半钟坐快[车]至松江车站，下车后坐肩舆至松江西门内大街第一军二师补充团卫生队钰儿处，即在该处中饭。下半日同钰儿及其医官苏君阅市片时，借至茶楼茗坐片时，仍同旋队部。晚上苏医官邀余与钉儿及傅幼贞宴于菜馆,夜间又同坐茗楼谈片时,又同至车站送余上车,时九句半钟。待车开行,而苏君、傅君及钉儿乃回队。途中成七律诗一章,录志于后:"郭外经过卅载余,西门今始下停车(余坐车至松江不下数十次也)。疗人见说输新术(时钉儿为第一军二师补充团卫生队长),问俗犹留似太初(见其人民衣服朴陋,乡人尚多不剪发辫)。薄暮横街同踏月,举尊缘木等□[①]鱼(松江四颙鲈鱼乃有之产,今厨人以时晚遍觅不得)。雪鸿爪印有前定,见猎还欣作异书(余到时适特务员为写联额,应索余写楹联扁额数纸)。"本日之夜半十二时,车至上海北站,下车后坐人力车至□□□江南旅馆寓。该旅馆屋宇虽新,而房价颇大,乃勉强宿焉。

十二日(12月5日) 晴。早间之八时又到上海北站,坐车至吴淞中国公学看铻儿,中饭于该处菜馆。下半日同铻儿同坐车至青云路,下车看屠施墉。谈片时,同至北站,各坐人力车至大马路茶楼坐谈,李重民来又谈片时,乃同屠君、李君、铻儿夜饮于大兴楼,后同至大世界看各戏术,十一句钟各散,余同铻儿至四马路吉升栈寓宿。

十三日(12月6日) 时早间之八句钟,旅馆茶点后,至街遇王鼐卿谈片时。本日早间铻儿回吴淞中公大学,余坐车至南京下关,时夜半后之二句钟。就近寓鼎新旅馆,而腹中觉饥,吃面一碗。是处虽人地生疏,旅馆之招待尚可。

十四日(12月7日) 晴。早间由南京下关之旅馆付旅费后,即坐小铁路车至中正街换坐人力车,至益仁巷大方旅社寓焉。南京客馆之待客人,与他处相同。但客人须写一保人,乃南京各旅馆一律章程。余稍憩后,即至各处阅市,又至成贤街大学院访蔡孑民。渠于前日至上海,不及晤面。下半日旋寓,坐片时,又坐人力车至雨花台山上瞻视一周,旋寓时将晚也。

十五日(12月8日) 晴。早间之八时,由寓中茶点心后,随意

---

① 据陈庆均《为山庐诗稿》(第二本),此为"求"字。

至各处瞻视风景。城区地面之广，似为各行省所不及。而店铺财货，似为平常。日中饮于菜馆。下半日至户部街国民政府军事委员会政治训练部访陶冶公姻弟，冶公时为部主任，即延余至主任室。其时另有客，谈片言，其客即行。主任室中另有职员办公席五六人，予即在冶公办公席间同坐谈一见，借慰数年阔别之怀。见其军书旁午见会之客纷至，又投递公牍接续而来。予数言之后，即拟行。乃荷其留坐，云本部有中校秘书之职，正想奉请担任，今来之极好，并可就作到部。予云如蒙见委，最当心感，但恐未能胜任，且前日同友人来领略沪宁各处胜境，行李衣被未曾备带。冶弟即曰若必须回府一行，请从速即来。渠以电铃即饬铨叙科办公文及证章，并云本日即作任职，回府之行作请假。是乃并非有意求之而遇之也。回寓时三句钟。

十六日(12月9日) 又晴。早间由寓就近至夫子庙、秦淮河畔等处视察风景，夫子庙各处设有旧货摊肆极多，秦淮河边停画舫如比栉，寻常画舫任人雇坐行驶。其最大之画舫中设唱书台及客人坐席，大约一舟之中坐满可百人也。昔时读诗人吟秦淮河之咏，疑是在郭外旷远之外，其风景必有山林气象。今始知在城中，而且河不甚大，不过可通各处耳。下半日坐人力车至红纸廊陶冶公寓，渠至他处不晤，即旋寓。晚间又至户部街总政训部陶冶公主任处辞行，谈片时即旋寓。夜间旅寓寂寥，就近至秦淮河畔画舫中听书片时，以平日曲唱不甚懂识，即旋寓。

十七日(12月10日) 晴。早间清解旅费、收拾行装后，坐人力车至下关换坐第二班早车。总政训部发有军委会乘车证，各处乘车得免买车券。本日车抵上海，晚间之五六时，即坐人力车至四马路振华旅馆，即以电话告知贵州路李重民女婿。又知袁梦白寓此间，乃得晤谈片时。李重民来看予，谈片时，同重民至大马路等处视察片时，即旋寓。

十八日(12月11日) 晴。早间由沪寓茶点心后，同袁梦白谈。重民又来，即同至街一转，即旋寓。又至大马路日昇茶楼，屠施墉来会谈片时后,同重民、施墉至杏花楼,中饭后旋寓,三儿在铻在予寓处坐待焉。片时后,屠君施墉、李重民及铻儿各坐人力车同至北车站,以时尚早,至就近茶楼茗谈片时,乃送予上晚前之沪杭车。俟车开行,屠君、李君及铻儿始各回。车行至松江时约七时余,予下车至西门内大街二儿在钉之卫生队处。在钉等业经晚餐之后,予食面后同苏医官、傅特务员及钉儿至该处戏院看戏数时,仍同苏、傅两君及钉儿回队部,宿于四面楼。

十九日(12月12日) 晴。早间由松江寓茶点心后,至西门外车站。钉儿令其队部之勤务兵护送坐车,至杭州城站下车后,给勤务兵旅资,令其即回队部。予换坐人力车至南星江边坐舟渡钱江,时日中之一句钟。即坐汽车旋绍城,又换坐人力车,至家时下半日之四句钟。自南京以至绍兴所有各铁路车中车站,以予有总部证章,悉免稽查,以利行途。旋家后整饬行李等事。

二十日(12月13日) 晴。上半日至大街买书笔及绸布等事,片时即旋家。以新都总政训部处业经任职,宜从速整饬家务,并赶办行装,庶可即行到部,日来须积极筹备也。

二十一日(12月14日) 晴。予数十年来家政尚未分责于儿辈,近年虽财产日薄,事可清简,而绍俗处家极感纷繁,今不能不将所有俗务付儿辈负责。

二十二日(12月15日) 似晴。

二十三日(12月16日) 又似晴。

民国十九年庚午(1930)

正月初一日(1930.1.30)至闰六月十七日(1930.8.11)

正月初一日(1930年1月30日) 本月为戊寅,本日为庚辰。天气晴胜而瓦上地边积雪尚厚,被日所释,檐水如雨。寒暑表在三十八度。早间仍循俗拜神、拜历代祖宗。今年今日对于大儿在镇,只能见之传像。触绪悲来,随时隐憾。心中有不如意事,眠食为之未宁。时俗虽仍有贺岁之事,予特宣布家中人停行贺年之礼。一以心乏受贺之处,一以新历旧历正问题相生之时,似应因时制宜。

初二日(1月31日) 又似晴,天寒有薄冰。上半日王鼐卿来谈片时辞。寒暑表在三十七八度。予日来舌中仍微红而痛处略差,倘心绪未佳,是病恐难以回复如常。又徐宜况、蔚生及衣言之六弟及吴琴伯之子先后来拜像及先后辞。下半日至周永年[①]处回看,即由大街旋家。人生全是心性作用,若心有憾处,万事有何趣味。

初三日(2月1日) 又晴,本日寒暑表在三十五度。上半日至东昌坊回看王鼐卿,又至木莲桥王念兹家谈片时,又至长桥袁梦白家。鼐卿先至,梦白乃留中饭畅谈。下半日梦白、鼐卿同予来我家畅谈,又徐弼庭来同谈至半夜,袁、徐两君辞,鼐卿宿至次早辞。

初四日(2月2日) 又似晴,寒暑表在三十八度。予数月以来心绪之劣,每至静时为尤甚。旧冬医生劝予须静养,昨王鼐卿曰君实须动养,以有事时即可消遣心憾。是言似尚有识见。

---

① 周显谟(1875—?),字永年,号竹泉。浙江绍兴人。清光绪二十年(1894)举人。见《光绪甲午科浙江乡试同年齿录》。

初五日(2月3日) 早间似晴。上半日至东昌坊王鼒卿处谈，片时即旋家。又有雨，坐案中学字数时。

初六日(2月4日) 寒雨永日，寒暑表在四十一度，较前严寒时相距在十二三度。本日之戌时为立春。整饬书室。上半日接得上海李寓三女在苓来书并蓝镃热水瓶，以予畏寒且向不喜用手炉。今得是瓶以御寒并暖，中有滋润之气，实系卫生之品也。下半日自制热水瓶之布袋。予生平对于各工艺每欲为之，感青年时代未能专心学问为国家提倡工艺，为可憾也。

初七日(2月5日) 虽未雨而似难晴。上半日学字，下半日邹楚青来谈片时辞。

初八日(2月6日) 又似晴，寒暑表在三十八度。手尚畏寒，书细字未能有力。下午至大善桥一转，即旋家。下半日孙云裳女婿来谈话数时，云裳次日早间辞。

初九日(2月7日) 又有雪积寸许，日间又下雨。一月以来日在雨雪之中，可谓一日晴之十日雨之，未知何日得好天气也。中国自夏朝正朔行历以来，顺天行时，传之数千年，最为准则。今行新政改新历，因时制宜，未始不是。但可讶者视旧历如仇人，人以口是心非之行为为趋时之策，且新改之阳历名之曰国历。然则数千年来之夏历，何尝不是国历，从来未有省历、县历以及家历之事。今谓改阳历曰国历，乃不通之极者。又以旧历为废历，但废历必废而不用者也。今数年以来，日日言废历，而各处日日用之，是何异以废历为历之一种名词，尤为可讶者也。

初十日(2月8日) 又下雪纷纷。冬春雨雪之多，为从来所罕有。上半日袁梦白、王惕如、徐弼庭、姚水如、夏惠农、马畅轩来。本日系循旧例为叙会戚友之期。回忆旧年，今日各事务皆由大儿在镇治理，今则即景生感，不禁又触悲怀。下半日同各客谈话，夜间又谈数时，至后半夜各客乃辞。

十一日(2月9日) 似晴。早间卧片时。上半日潘仙吏来谈片时辞。下半日同马畅轩谈。

十二日(2月10日) 似晴。上半日同孙儿长霖[1]至太清里五中附高小学校接悉开课事,又同至宣化坊高伯俊[2]处谈片时,又同至大街书店买书等事,又同至旧会稽孔圣祠前五中附小学校谈片时。以时旰,仍同孙儿长霖即旋家。夜有明月,为今年以来第一好天气。夜又同苹女、霖孙至大街书店买书片时,即同苹女、霖孙旋家。

十三日(2月11日) 晴。上半日内子李夫人坐舟至陶堰西南湖自婴堂陶宅拜静轩先生及七彪姻丈像,兼吊七彪姻丈之侧室王夫人首七。本日天寒,乡间多风。至晚前李夫人旋家。以下泪受风,李夫人眼旁肿痛,形极可畏。不另医药,只以如意油搽之,而幸眠食仍如常。

十四日(2月12日) 似晴。上半日周永年来谈,又袁梦白来谈。下半日王惕如来谈,又徐弼庭来谈。周永年先辞,袁、王、徐各客至夜餐下又谈数时各辞。

十五日(2月13日) 又晴。上半日同申兄、祥侄、宜侄及钉儿、莲孙至南城外下谢墅村,登山同拜先曾祖父母、先祖父母、先本生父母墓,又拜先父母及先室田夫人、故大儿在镇殡墓,并为在镇之灵柩移于右首,以循本年之利于东西向也。事竣,又至就近山地看视。先府君及先室等尚未窀穸,不能不及时策励也。下半日仍同钉儿、莲孙及申兄、祥侄、宜侄旋家。

十六日(2月14日) 又晴。上半日同孙儿长霖至太清里五中

---

① 陈长霖(1918—?),小名莲。浙江绍兴人。陈庆均之孙,陈在镇子。《日记》民国二十六年六月初八日:“似晴,天气清胜。本日为孙儿长霖二十岁生日,新生活未有循俗之举动,乃吾家尊尚朴实之风教也。”据此,其当生于民国七年(1918)。

② 高伯俊,浙江绍兴人。山会商务分会议员。见《绍兴商业杂志》宣统元年十一月第一期。

附高小校接洽上课事，片时即同孙儿长霖旋家。旰前至后观巷田蓝陬家问蓝陬之夫人张氏病重之事，片时即旋家。下半日田缦云来谈片时辞。

十七日(2月15日)　又晴。上半日至东街王蕴如处谈片时，兼请其诊脉。据云脉较旧年稍和平，是恙总在颐养心性为主义。以时将日中，即旋家。本日寒暑表在四十五六度。

十八日(2月16日)　又晴，寒暑表在四十八度。日中循例祭历代祖宗像，并整饬事务。予念及大儿在镇，不克再见，每极伤心。近日予脉仍觉未能宁静如常，且舌中仍有时微痛微红。是乃心病，恐未易复元也。

十九日(2月17日)　又晴，寒暑表在四十八度至五十二三度。早间同孙儿长霖至太清里五中附高小校上课，片时后予坐人力车至南街成章女校看苹女、菱孙女及孙儿长佐上课，片时予即坐车旋家。上半日至周永年处同至王蕴如处谈兼围棋，王君以蔬菜留中饭。下半日至利济桥一转，即旋家。又至田蓝陬家谈，片时即旋家。

二十日(2月18日)　昨夜有雨。上半日田季规来，以其叔祖蓝陬之夫人张夫人逝世所有服制单商阅一过，片时田君辞。下半日至田蓝陬家慰问，谈片时即旋家。本日晴，寒暑表在四十八九度，略有春暖之气象。

二十一日(2月19日)　又似晴，天气稍和。晚上至花巷裱店看书画，片时即旋家。

二十二日(2月20日)　早上有雾。上半日坐舟至西郭城外路南村收田租，佃人以照该村自定之还租额尚要再减，只得不收，坐舟旋家。又至街遇王蕴如，邀至其家围棋片时，即由大街旋家。

二十三日(2月21日)　又似晴。上半日同族侄梅森坐舟至偏门外树下王村收租，又至塘埭收田租。事竣，予同梅森至城边之“鉴滨”茶楼啜茗，楼台临水，窗畔看山。天气骤暖，借息行踪数时，仍同族侄旋家。日中寒暑表在六十五度。撰书送田宅挽联，录志于下：

"眉齐举案，渐近稀龄，最难奉倩多情，六载卫生搜本草；福造辛庐，洵无阙憾，俄看嫡辉掩采，九原深处止横流。"

二十四日(2月22日)　又晴。上半日同族侄梅森坐舟至石堰吴家塔里水港收租，下半日(族)[旋]舟，在城外上岸，同族侄至"鉴滨"楼啜茗坐眺片时，仍同族侄旋家。

二十五日(2月23日)　又晴，本日天气潮暖，寒暑表在六十一度。

二十六日(2月24日)　昨夜有雨。早间至后观巷田蓝畹家吊其张夫人首七，片时即旋家。予近来心境极劣，且又多病，最少酬应。今乃至戚，况相处甚近，勉强为之也。上半日同申兄、存侄坐大舟至稽山城外石旗村，坐篮舆登井头山祭高祖岳年公、高祖妣许太君墓。事竣，仍坐舆下山。舟中饭后，仍同申兄、存侄同舟旋家，时四下钟。二儿在钉以今朝至田宅行礼受寒，下半日作呕数次，形乃可畏。请田伯企、裘士东来诊治，至八时稍愈。

二十七日(2月25日)　似晴，寒暑表在五十度上下。年来西北重要军人尚未与蒋介石主席反对，惟阎百川一人矣。近阅各报，知其两人各有诘责之辞。百川谓戡乱不如止乱，似此争端不已，请介石以礼让为国同行下野；而介石复电谓受党国重任，万不能不以武力彻底行之。旷观今日之不能翕忽全国者，仍在权力。夫党国主旨是天下为公，蒋公为国府委员之一，既为海陆空军总司令，则军事是应由其号令。今全国行政用人亦皆出其一人之主裁，与昔时帝制明异实同。百川以个人中心之权力，责其不合于时，谓他人所不敢谓。函电往来，既有形迹，想从此两方之行动，又未能统一矣。上半日田禔盦来谈数时辞。夜孙云裳来，次早辞。

二十八日(2月26日)　又雨。上半日书写簿册。本日寒暑表在五十六七度。下半日潘仙吏来谈片时，乃同至旧会稽孔圣庙瞻视，今改为民众阅书厅也。又至鱼化桥李书臣处谈，又同潘、李二君至大街永和酒(桥)[楼]小饮数时。晚间潘、李二君又同予至我家夜餐，二君与予为数十年旧友，年龄相若，且皆不得意者。借以话旧感时，消遣至夜间之十时，二君乃辞。

二十九日(2月27日) 又似晴。早间书细行书数时。下半日至太清里五中附高小学校看视校景片时，至五句钟时，乃同孙儿长霖即旋家。

二月初一日(2月28日) 月为己卯，日为己酉。昨夜有雨，日间似晴。上半日书簿册。余精力就衰，多写文字，即觉支撑。日中祭先祖妣凌太宜人讳日。新政虽励行阳历，而大多数民众祭祖宗生讳之日，尚循行旧历也。

初二日(3月1日) 晴，寒暑表在五十一二三度。上半日至丁家弄王惕如处谈，片时即旋家。晚上忽见予左眼珠之左白有红一片，形最可畏。乃坐车至绍兴病院裘士东处看问，据云乃肝热，眼泡出血，可吃凉润水果及少用眼力以调治之。片时即坐车旋家。

初三日(3月2日) 又晴。本日予左眼旁之红仍如昨，而夜间不得安睡。予年衰命薄，百病发生，为可感也。日间以所藏广东熊胆丸水化搽，眼中时有粘，揩出数次。

初四日(3月3日) 似晴。昨上半日循例祀文昌帝君，日中祭本生先大人诞日。以前日疏忽不志，兹补书之。本日下半日有雷雨。予眼旁之红淡而消散，视看如常，似熊胆丸之有效力也。

初五日(3月4日) 早间雨霁。上半日至田蓝陬处谈，片时即旋家。下半日下冰珠，寒暑表在四十一二三度。

初六日(3月5日) 又雨。上半日徐子祥来谈，围棋数时，下半日辞。天气极寒，夜间雨雪纷纷。

初七日(3月6日) 又雨雪杂下。春寒料峭，令人毛发悚然。阅各报，知晋军重要首领与南京国府重要人尚在函电争诘之中。

初八日(3月7日) 又寒雨。予以身体最畏严寒，夜间未能安睡，舌中仍似微红。如是衰弱，恐难久持。日前苹女以牙痛，牙床时有血，似近牙疳之恙。令其嗽口时，常搽冰硼药以治之。

初九日(3月8日) 又似雨，上半日似晴。至丁家弄王惕如处谈片时，又至利济桥一转，即旋家。督工匠修厢宇。

初十日(3月9日) 似晴。上半日收拾庭宇等事。下半日作手工以消遣。

十一日(3月10日) 又似晴。上半日王念兹来谈，又同至清风里酒楼饮；又同至花巷适庐看兰花会，罗列梅瓣、荷瓣各兰花数十种，此乃有癖者之所为，一时香溢四座。片时即各旋家。

十二日(3月11日) 又雨。

十三日(3月12日) 似晴。

十四日(3月13日) 又晴。

十五日(3月14日) 又晴。上午家务纷如。下半日坐人力车至西郭汽车站坐三句钟汽车，至柯桥下车。坐小舟至梅市路南村之村里会□□五六村长处谈该村佃户租事，渠极端承认秉公饬佃户缴租。片时，又坐小舟至柯桥，时六句钟。不及再趁汽车，乃阅市片时，至就地轮船分公司。至七句钟，由西兴第二班输船到柯，乃坐轮船回西郭城，时八句半钟。上岸后，坐人力车旋家。予年力就衰，大儿既故，而二儿有眩船之恙，三儿在杭州任事，孙辈尚幼读书学校。年来家贫，未能另用账友。为生计问题，不得不躬亲其事也。

十六日(3月15日) 又晴，寒暑表在五十余度。日中祭先祖考颖生公诞日。下半日潘仙吏来谈片时，又同至常禧城外近水楼头之茶楼啜茗片时，又同至大路、大街一转，即各旋家。

十七日(3月16日) 又晴。下半日至东街王远山处一转，又由大街旋家。东关孙宅之大女及其子女来。

十八日(3月17日) 似晴。本日为先室田夫人二十周年讳日。日月易逝，追忆当年今日，昧于事理，乏术为田夫人救治其病。至今思之，何能自解。上半日田仰初来拜祭，片时即辞。日中祭先室田夫人,客来拜者,又有贾如川、田禽盦、田叔达[1]。午餐下,各客辞。下半日微有雨。

十九日(3月18日) 又晴。看沪上各报,知一集团军与二集团军、三集团军发生嫌隙,日久难以和平,大有整备战争之事实。党国仍多此纷乱,民众乃为之奇讶也。日中大女在菀同其子女回东关孙宅。本日寒暑表在五十一二三度。大儿在镇之妇同莲孙、菱孙女、懿孙女移住后南宇,即开元弄住宅之缅德堂东间。因外面之堂房距开元弄之住宅与予等太远,前年在镇自知病难再起时,曾提起精神向予等及其妻子女重言之。是其对于存在人最注意之事,予等所当及时为之筹策也。

二十日(3月19日) 早间似晴,上半日乍雨乍晴。下半日至新街王远山处谈,兼询病情,并围棋数局。以天有雨,乃坐车旋家。

二十一日(3月20日) 晴。早间以心多伤感,静坐益触悲怀。至街散步,借自调遣,片时即旋家。本日为大儿在镇生日,回忆前年今日,适至谢墅拜祖宗之墓。以其生日谒墓,前年予颇懊悔。但数十年后对照之,日非其诞生之本日,何足妨碍。今则阴阳永隔,今日只得以果品、酒饭、菜筵祭之,以为纪念也。是予生平莫释之憾事矣。见近日各报章,知西北冯玉祥之二集团军、阎锡(三)[山]之三集团军成为联军,名中华国民军组织政府。西北各省各机关、各电局统统接收为其所属,委出各路总司令,总指挥军队、车辆、枪炮、粮食,积极作战。既难和平解决,从此中国统一,又未易言也。此事函电往来,想早各露极端。而沪上所出各报,在南京国民政府监督之下,西北来电不许登载,大约西北来电极有难堪之处也。民众只见南京去电,未能见到来电,似乎有所怀疑。本日为夏正旧历之庚午年二月二十一日

---

① 田叔达(1908—1981),字夔曾,号叔子,别署荷香蝶影阁主。浙江绍兴人。从蔡元培游。善填词,擅书画,篆刻,印宗赵之谦,婀娜多姿。上海文史馆馆员。辑有《农业印谱》《陈毅元帅诗句印谱》。见恽茹辛《民国书画家汇传》。

即阳历之十九年三月二十一[1]日，予于《绍兴民国日报》登有《陈艮仙启事》云："鄙人年力就衰，杜门养拙，罕预他事。凡从前为人担保诸事，不拘书面口头，一概取消。自即日起，不再负责。特此通告，诸希谅察。"按：予生平为人担保之事不多，但有数处，不能不以年衰卸责。录志于此，借有凭证也。本日之报章，并另存之。

二十二日(3月21日) 晴。本日早间三儿至杭州烟酒事务总局任。上半日督工匠修整庭宇。晚间予头痛、牙痛、舌痛，各恙发生，夜不安睡。

二十三日(3月22日) 又晴。本日予头痛、牙痛稍愈。上半日至杨质安处诊，片时即旋家。寒暑表在五十六七八度。下半日徐子祥来谈数时辞。见沪上各报，西北军在黄河北岸密布战(壘)[垒]，与中央军有旦夕攻击之事。南方之报载业经如是，恐有甚于报载者也。

二十四日(3月23日) 又晴。上半日同苹女、莲孙、菱孙女至东街金耀庭处为苹女看牙疳初发之病，又至大街等处购买学校应用之品。事竣，仍同苹女、莲孙及菱孙女旋家。本日为星期日，各学生在家休养有暇。寒暑表在六十度上下。

二十五日(3月24日) 又晴。上半日徐子祥同朱君来，谈片时辞。见沪上等处各报，西北联合军与南京中央军积极调兵遣将，战云似遍国中。昔年党国成立，勉强统一，说者从此可睹承平。讵意不经年而意见分歧，争端叠出，至今日又成不可收拾之势，此有识者所极形感叹者也。下半日徐子祥同朱君又来谈片时辞。夜间罗楙华[2]

---

① 此当为陈庆均误记，当为三月二十日。

② 罗楙华，一作茂华。浙江绍兴人。曾为绍兴商会监察委员、绍兴"德和当"经理。见《申报》中华民国十九年一月十四日第二万零三百九十七号之《德和当被焚》："绍城新河弄德和当，为田氏、董氏所开设。前月三十日晚间十二时，忽由中进起火，致将三开间三进之饰物货楼，全部均遭焚毁，损失不实，仅余第一进之栖身而已。现正由该经理罗茂华与股东方面商议赔偿办法。"《申报》中华民国十八年一月二十日第二万零五十二号之《绍兴商会选出监(注转下页)

来,又徐子祥来谈"德和当"事,片时辞。

二十六日(3月25日) 又晴。下半日徐子祥同朱兰生又来谈,罗楙华又来谈,李书臣来谈。罗、朱二君先辞,李、徐二君夜饭下辞。

二十七日(3月26日) 晴。上半日书尺牍数通。下半日至鱼化桥李书臣处阅乡先达李越缦先生与辇下诸名士往来文字片时,又同李君至长桥袁梦白处谈。袁君坚留夜膳,又纵谈数时,始各旋。以天有雨,予坐车旋家。

二十八日(3月27日) 又晴。上半日至大街买鞋等事,即旋家。有雨片时。下半日又有雷雨。

二十九日(3月28日) 早间雨霁,上半日似晴。书尺牍数函。下半日至太清里五中附高小学校看校生演剧,名之曰"家属联欢会"。数时后,乃同孙儿长霖旋家。

三十日(3月29日) 早间似将雨,日中乍有雨。下半日李书臣来谈数时辞。清明时近,家家循俗祭墓,以纪念先人。我家不远,也应举行。可伤心者大儿在镇已殡山中,今年只能祭其灵柩前,不能与我等同舟随拜先人。此为其父者所触念生悲,永不能释憾者矣。

三月初一日(3月30日) 本月为庚辰,本日为己卯。天有雨,寒暑表在五十一二三度。早间书细字及簿册。近见各处报章,谷米之值与日加增,上海米价竟至每石银元二十一元,吾绍也上至十六七元。时艰如是,其谁能不近忧远虑哉。日间乍有雨。

初二日(3月31日) 晴,春光明媚,天气清胜。惜予以家计难于支持,且恸大儿在镇之不能再见,转辗心头,永未解怀。

初三日(4月1日) 晴。昔人云"三月三日天气新",正今日之时景。而予郁恨在心,徒负良时,看《中山全书》以消遣。下半日孙云裳来谈,晚前同云裳及孙儿长霖、苹女、孙女菱曾至常禧城外散步,并

(续上页注)察委员》:"又候补罗茂华、陈日沅、刘幼梅等三人。"

至近水茶楼远眺视数时，以时夜，乃同云裳及孙儿长霖、苹女、菱孙女旋家。

初四日(4月2日)　晴。备办祭谒祖宗坟墓事务。上半日邹楚青由上海回里，来谈片时辞。

初五日(4月3日)　有雨。早间办理祭墓事务。上半日同家眷坐舟至南门外下谢墅，登山祭曾祖父母、祖父母、本生父母墓，又祭先考妣殡墓，又祭先室田夫人殡墓，又祭大儿在镇殡柩。绍兴之风俗习惯，向祭头年殡墓，须清明之正日。今乃同殡一处，似可不必两次行之，故在镇之柩于本日另菜祭之。予为其父者，看祭其柩。人生到此情景，有心者何堪设想。

初六日(4月4日)　似晴。上午潘仙吏来谈片时辞。日中，复旦大学同学会以"哲人其萎"四字制成匾额公送前来，永作纪念。其跋语曰："威伯学兄能文章、善交际，办事干练，本会深资臂助。今以疾终，同人等极深惋悼，特赠是额，以垂纪念。复旦大学同学会敬赠。"

初七日(4月5日)　晴。早间坐人力车至掠斜溪邹楚青处回看兼托其带上海李宅苓女处函件，片时即旋家。上半日同族申兄、子祥侄、梅森侄、宜卫侄、钰儿、佐孙、鄂侄孙同舟至稽山城外石旗村，登山祭高祖父母墓。事竣下山，又至外王村拜高叔祖永年公以下墓。事竣下山，舟中饭下，仍同申兄及两族侄、宜侄、钰儿、佐孙、鄂侄孙坐舟旋家。夜有雨。

初八日(4月6日)　似晴，本日天气虽明媚，而稍潮暖。寒暑表在六十八九度。

初九日(4月7日)　又似晴。上半日读《有正味斋骈文》。下半日周永年来谈，兼围棋数时，至晚前周君辞。

初十日(4月8日)　昨夜有雷雨，今上半日又有大雷雨数时，天气潮湿。上半日看《六朝文絜》。心绪永久紊杂，各事不耐整饬。每一念及，辄自感憾。

十一日(4月9日) 又似有雨,上半[日]又有雷声,时雨片时。家中俗务纷如。昔年所零藏一古物,至今寻觅不得,不知何时遗失,为可讶也。

十二日(4月10日) 似晴。早间修订书籍。天气湿暖,寒暑表在七十一度。下半日潘仙吏茂才来,谈数时辞。夜有雷雨。

十三日(4月11日) 又雨,天气转寒,寒暑表在五十余度。回忆旧年今日,予与友人袁梦白、李书臣至快阁,大儿在镇曾随行之。乃忽忽逾年,而在镇永隔人世。万事一经触念伤心,感人生若梦,为欢几何?有心者谁能遣此哉?

十四日(4月12日) 天寒似晴。上半日同钰儿及申兄等五人共七人坐舟至栖凫村,登山拜三世、四世伯叔祖墓,又伯祖初生公墓,又至孔家坪拜二世祖考妣墓。事竣下山,下半日仍同钰儿及申兄等坐舟旋家。本日夜饭后,同苹女、莲孙至大街买书等事,片时即同苹女、莲孙旋家。旧年今日,大儿在镇由快阁姚宅旋家,曾至街一走,夜间乃身热得病,从此为起病之原。今每一触念,悲感交集。

十五日(4月13日) 似有雨。上半日同孙儿阿莲及家申兄、宜侄、族祥侄、干侄孙坐舟,至南城外盛塘村,坐篮舆登翠华山拜四世祖妣金太君墓。事竣下山,舟中饭后,仍同莲孙儿及兄侄等坐舟旋家。李书臣来谈,至夜间十时乃辞。

十六日(4月14日) 又雨纷纷。

十七日(4月15日) 似晴。读《六朝文[絜]》。下半日同孙云裳女婿、钰儿至东街裱店看书画,又至外科医金君处买药,又至县西桥花园看花草。晚前,仍同云裳、钰儿旋家。

十八日(4月16日) 晴。上半日凌敬之来谈片时辞;又潘仙吏来谈数时,乃同至清风里酒楼小饮,又同至开元寺听僧人讲弥陀经。此僧由上海到绍讲经,已将一月,听讲者有百余人,其讲演之术不过平常依词句敷衍。又遇田康济,仍同潘仙吏至旧会稽孔圣庙(今改为民众阅书厅,近又开设茶馆),三人茗坐片时,不禁有沧桑之感。以时将日暮，乃各旋家。

十九日(4月17日)　又晴。上半日看有《正味斋骈文》。予近来心绪阑珊，久又不作戚友喜庆酬应，自感情性随境遇为转移也。下半日又至开元寺，同周永年、杨厚斋等人听僧人讲经，数时即旋家。

二十日(4月18日)　又晴，有初夏天气，寒暑表在七十四五度。上半日收拾书籍，又同苹女至新街口王蕴如处诊，又同至金耀庭处看牙痡，余买药粉；又同至民众阅书厅看报。片时，即同苹女旋家。本日只能着单夹衣。

二十一日(4月19日)　似晴。早间坐舟至南城外下谢墅村，登黄泥墙山丈量新买之山地，三面公定界址。管山人稍清草木，似有开阳之气。事竣下山，在舟中查收新立契据。印旗、户折等据一面付清，契价款彼此过换清楚，乃坐舟旋家，时下半日之一句钟。途中稍有雷雨，家中饭后，又似晴。同苹女、莲孙至旧会稽孔庙前五中附设之小学校看校生演表，又同至民众阅书厅一转，仍同苹女、莲孙旋家。

二十二日(4月20日)　又晴。上半日收拾庭宇。下半日同苹女、莲孙、佐孙、菱孙女、霍侄孙女至常禧城墙上之余地，沿途观览风景。及至旱城门外“鉴滨”茶楼，临窗看山水村野之景。数时后，又同坐渡船至湖南岸之电灯机厂参观。片时，仍同渡船回城外，即同苹女、莲孙、佐孙、菱孙女、霍侄孙女旋家。

二十三日(4月21日)　早间似晴。前日寒暑表在七十五六度，今日在六十四五度。上半日录旧作诗。田褆盦来谈数时辞。

二十四日(4月22日)　有雨。上半日收拾书籍。我家庭宇狭隘，罕可藏书之处。且年来心境纷劣，不耐整饬，益形自憾。

二十五日(4月23日)　又有雨。上半日为孙儿长霖复谢复旦大学同学会骈文书，以前日有公赠匾额纪念大儿在镇也，触绪伤心。本日下半日潘仙吏又来谈数时辞。昨夜雷雨之后，天气潮湿异常。

二十六日(4月24日)　似晴。上半日至大善寺前、大街买纸笔等事，即旋家。寒暑表在七十七八度。写白折细楷字以示苹女、莲孙。

二十七日(4月25日) 又雨。寒暑表转在五十七八度。心绪恶劣,不耐治事。晚间之饭后同苹女、莲孙至仓桥第五中校学生表演技术,以莲孙有同学之约,乃同其一到,片时即同苹女、莲孙旋家。

二十八日(4月26日) 又晴,天气清胜。学篆书,修订书册,聊以自遣。

二十九日(4月27日) 又似晴。上半日书志家册。日中微有雨,下半日又似晴。本日为学生放假日,同钰儿、莲孙、苹女、菱孙女、寉侄孙女、族侄梅森至常禧城外野外瞻览风景。过"鉴滨"楼茗坐片时,又至跨湖桥外快阁近处视看山水,乘便至湖后村会补行陈报田亩事。以天将晚,仍同钰儿、莲孙、苹女、菱孙女、寉侄孙女、梅森族侄各旋家。

三十日(4月28日) 又似晴。上半日至王惕如处谈,片时即旋家。下半日又有雨。

四月初一日(4月29日) 本月为辛巳,本日为己酉。寒暑假表在六十余度。又有雨。予日来筹思家计,百感纷乘,眠食难安。艰难之处,罄竹未可书志。下半日张后青来谈数时辞。

初二日(4月30日) 乍雨晴。上半日作手工以消遣心憾。下半日徐抝庭茂才来谈,又围棋至半夜。

初三日(5月1日) 雨乍晴。同徐抝庭谈棋以消遣。日中拜曾祖母讳日之祭。下半日又同抝庭谈。时雨纷纷,天意正如人心之罕佳景也。

初四日(5月2日) 又雨。上半日又同抝庭围棋。下半日徐君辞,似有晴意。夜有月。

初五日(5月3日) 似晴。上半日同内子李夫人、孙女懿曾坐舟至五云门外陶堰之西南湖陶七彪姻丈如夫人处视病,以其大如夫人任氏病极危也。而余与懿曾孙女解缆至陶堰市上及汽车站等处观览风景片时,又仍同懿曾坐舟至西南湖陶宅门前接内子李夫人,同坐舟解缆，行驶旋城，至家时下午之五句钟。本日上午三儿媳妇马氏以病由柯桥回家。下午三儿在镐由杭州回家看妇病。

初六日（5月4日） 早间大雨，上半日似晴。第三媳妇病稍愈。下半日田伯企来诊，又马畅轩、顾余生来看三媳妇病，片时各客辞。夜有明月。

初七日（5月5日） 又似晴。上半日潘仙吏茂才来谈片时辞。阅近日各报，似南北军于陇海间业经开始战斗。

初八日（5月6日） 又晴，初夏有清和之天气。上半日王念兹来谈片时，邀余同至大路酒家小饮，又同至花巷国货展览会处茗坐数时，又同至民众阅书厅茗谈，并遇友人围棋数时，乃各旋家。今夜又有明月。书尺牍数通。本日为立夏。

初九日（5月7日） 又晴，寒暑表在七十余度。上半日徐宜况来谈片时辞。下半日督工匠收拾宅宇，又至民众教育馆同友人围棋。是馆乃前年以孔子文庙改设，并附开茶馆。数千年极尊崇之大典，今改变至此，有心人未免为之感喟。文庙中向有极大铜钟，昔时精铸之古器，今见使工匠以大铁锤聚击之，惊天动地，费半日之久乃破毁之。斯文之变，志士寒心。六句钟时，余同友人各旋家。

初十日（5月8日） 又晴，乍有雨。家务纷如。第三媳以病后力弱，胎孕九个月，今闻有下垂似产之势，为其延医诊治。

十一日（5月9日） 似晴。俗务纷如。下半日至民众阅书厅看报，片时即旋家。

十二日（5月10日） 又似晴。上半日徐子祥来谈。日中祭先妣徐太夫人，贾如川来拜祭，下半日辞。陈朗斋来谈数时辞。又同徐子祥至民众教育馆瞻览片时，乃各旋家。晚上至后观巷田蓝陬家吊其张夫人出殡事，略谈片时即旋家。夜有月，天气清。

十三日（5月11日） 早间似晴。上半日同孙儿长霖、长佐、女在苹、孙女菱曾至花巷之国货展览会参观，又至民众教育馆参观数时。至下半日之三时，仍同苹女、霖孙、佐孙、菱孙女旋家。

十四日(5月12日) 似晴,上半日有雨。家务纷如。下半日似晴。至民众教育馆看该馆围棋比赛。予不欲列比赛之处,但与友人围棋数局。晚前三儿在铻及孙儿长霖至该馆片时后,乃同至花巷裱店看联画,又同至国货展览会参观一过,即与在铻、长霖前后旋家。以有雨,予坐人力车也。夜为在铻书送钟宅泥金笺楹联,又为董君隶书楹联。

十五日(5月13日) 似有晴态,上半日有雨仍晴。下半日又至教育馆围棋,片时即旋家,收拾书籍。

十六日(5月14日) 晴,上半日天气清胜。整理旧籍等事。下半日至教育馆看各报,片时即旋家。

十七日(5月15日) 又晴,天气清胜。督工匠收拾庭宇。上半日陈□□及谢杏田来谈片时辞。寒暑表在七十六度。下半日至教育馆一转,又至大街一转,即旋家。

十八日(5月16日) 仍晴好,天气清胜。本日为大、二、三儿媳辈分灶,各自成立茶饭。予生平蓄志,今始偿之。所未如意者,财产田园极微,须子孙自行有职业,以传久远之家也。

十九日(5月17日) 又晴,寒暑表在七十五六度,天气清胜。整饬家政,以财力难支,极形忧虑。下半日乃至教育馆清坐,看友人围棋数时,即旋家。

二十日(5月18日) 又晴。早间同云裳及莲孙至花巷国货展览会看视一过,又至大街一转,云裳至他处另有事。以天日骤暖,乃即同莲孙旋家。下半日又至民众阅书厅看各报及看友人围棋,晚前旋家。寒暑表在八十八九度。

二十一日(5月19日) 又晴。上半日三儿在铻至杭州职务。下半日至民众教育馆看识字表演。天气郁暑,有大雨,坐人力车旋家。

二十二日(5月20日) 予昨夜以牙痛不能成睡。今日早上有大雨,寒暑表昨日在九十度,今大雨后表在六十八度。下半日又有雷雨极大，予牙恙似稍愈可。

二十三日(5月21日)　又雨。上半日自制七巧板数套，又制十五片之七巧板一套，借遣忧绪。

二十四日(5月22日)　又雨，上半日似有晴态。下半日至民众教育馆参观各学校表演，并同友人围棋。至夜间之十句钟，乃坐车旋家。

二十五日(5月23日)　晴。看近日南方各报，知西北军与南军开战以来，西北之军队虽多而屡次败退，令人为之可讶。晚前又雨。

二十六日(5月24日)　晴。上半日至民众教育馆看识字运动大会，各校学生到者数千人。开会后，分赴各处游行，广劝识字，乃训政时间之一事。为国计为人民自计，诚不可不识字也。又至阅书厅，坐数时即旋家。下半日以心绪忧纷，又至民众教育馆看友人围棋，借遣恶绪，至晚上旋家。予以心境之劣，身体也受影响，各病时生。近日又以牙痛、喉痛，夜间不能安睡。前途生计，不堪设想。

二十七日(5月25日)　又似晴。上半日至花巷剧场同苹女、莲孙、佐孙及菱孙女看全绍小学校演讲竞赛会，片时，予由大街一转，先行旋家。苹女、莲孙、佐孙、菱孙女由会场同东关孙宅菀女及外甥孙大成①、外甥孙女云珠旋家，时天微有雨也。下半日田蓝陬来谈其家中环境极不如意，渠财产虽不必忧，而其子只一人，偏与父意见乖背，事事发生内部之嫌隙，可谓千钱难买子孙贤也。谈至旁晚，蓝陬始辞。孙云裳女婿来，夜间谈数时。

二十八日(5月26日)　又有雨。早间同孙云裳谈片时，云裳辞。近来时令有痰嗽之恙，我家始有是恙者，乃懿曾孙女；继有是恙者，莲孙；近则内子李夫人及予有是恙。而最讨厌非数日之间所能愈可。下半日以李夫人偕东关孙宅菀女及苹女、二媳、佐孙、松孙、及孙宅外甥孙至花巷剧场观坤角演艺，予为其同至该处排坐位后及不欲

---

①　孙大成(1924—?)，字振声。浙江绍兴人。见孙秉彝《绍兴孙氏宗谱》卷十九《伯昌公次支尔尚公派》。

观剧,乃至民众教育馆同友人围棋。至五句半钟,又至花巷接同李夫人、菀女、苹女、仲媳、佐孙、松孙、外甥孙,由就近开元寺前五中校附设之第二部小学校后围参观,乃由该校之前门,就近至斗鸡场旧孔庙改设之民众教育馆参观一遍。以时将日暮,乃同李夫人、菀女、苹女、仲媳、佐孙、松孙及孙外甥孙缓步旋家。

二十九日(5月27日) 早间微有雨。

五月初一日(5月28日) 本月为壬午,本日为戊寅。早间天微有露雨,即晴。至利济后街九华堂看字书画,并令其裱何子贞[①]太史篆书联,片时即旋家。下半日又至民众阅书厅一转,即旋家。

初二日(5月29日) 又晴。上半日潘仙吏茂才来谈,中饭下,乃同[至]民众阅书厅坐谈,兼同友人围棋,至旁晚旋家。

初三日(5月30日) 又晴。上半日清楚各账务。下半日至大街一转,又至民众教育馆坐谈,片时即旋家。心绪忧纷,静坐家中,益形郁结,借散步以遣苟延耳。本日快阁主人姚幼槎赠来紫沙大盆牡丹一盆、瓷盆石菖蒲二盆、朱拓翁叔平师相书福寿堂幅一张。悉以吉祥之品,美意高情,极所感荷。惜予德薄能鲜,伤感余生,不能副是厚意也。夜有娥眉之明月。

初四日(5月31日) 又晴,天气清胜。近来对于生计,心境之恶劣,与日(具)[俱]增。如是处世,可自憾并可自怜。下半日又至民众教育馆坐谈,片时即旋家。

---

① 何绍基(1799—1873),字子贞,号东州,晚号蝯叟。清湖南道州人。道光十五年(1835)举人,十六年进士。曾官翰林院编修、文渊阁校理、国史馆提调、四川学政等职。著有《惜道味斋经说》《说文段注驳正》《东洲草堂诗钞》《东洲草堂文钞》等。见何庆涵《眠琴阁遗文》之何庆涵《先府君墓表》;何绍基《东州草堂文钞》卷首之熊少牧《诰授中宪大父翰林院编修貤封资政大夫道州何君墓志铭》;《道光乙未恩科直省同年录》。

初五日(6月1日)　昨夜有雨，今日仍晴。旧俗为端阳之日，民众心理似仍多循顺天行时之旧历。予对于度年度节，百感纷乘，极罕佳兴。前年端阳之日，大儿在镇尚同聚一堂，今则永隔其音容也。本日中应孙儿女之求，为画八卦数张。寒暑表在八十余度。中饭不如常时要吃。时有雨，下半日时似晴。女儿、孙儿求予同至龙山，乃同二儿在钰、苹女、莲孙、佐孙、菱孙女至龙山第五中校附高小校参观校中校外山景，该校旁种山造建也。片时后，仍同钰儿、苹女、莲孙、佐孙、菱孙女旋回家。

初六日(6月2日)　又晴。借作手工以遣阑珊之心绪。上半日至民众看书厅一转，即行旋家。夜有明月。

初七日(6月3日)　又似晴。上半日田霭如来谈片时辞。上半日至利济桥后街裱画店看书画，片时即旋家。近日天气骤有夏暑之态，行走街路，又可畏也。下半日又至就近民众阅书厅，坐片时即旋家。

初八日(6月4日)　又有雨，并时有大风雨。昨日接李焕章由杭州来书，知其父孟雄[①]于初四日故于杭州医院，为之叹惜。今撰挽言并书寄。渠今年五十岁，少年读书，通文艺，由陆军学堂毕业，曾任前清陆军部科员及各局长等职。民国任浙江汤溪县知事，又任武康县知事[②]。家寒，与其兄慕班[③]以薪俸所作仰事俯蓄之资。数十年来

---

① 李文郑(1881—1930)，字孟雄。顺天宛平人。陈庆均内兄。毕业于陆军学堂。曾任前清陆军部科员及各局长等职。民国任浙江汤溪县、武康县知事。见《申报》中华民国二十一年第二万一千三百十三号《浙江省政府财政厅布告第二十二号》。按：其生卒据此日日记。

② 陈庆均《为山庐诗稿》(第一本)有《赠李孟雄内弟为武康宰》，录如下："谪仙胄系本丝纶，又听弦歌小试声。牙笏缠绵留旧泽，板舆安稳迓慈亲。人来海外争量夏，镜照堂虚感召春(莫干山为外人咸集避暑之处)。治谱宜编循吏颂，风清证得宰官身(令祖菱舫公以内阁中书截取湖北清军府，两袖清风，政声卓著，至今犹称颂之)。"

③ 李慕班，顺天宛平人。陈庆均内弟。陈庆均《为山庐诗稿》(注转下页)

不能大展其才,郁郁半生。人极孝友而诚谨,乃不能享高年,为可惜焉。挽言录下:"长才著政事文章,名山有愿,招我清游,雨夜琴堂论治绩;斯世正风移俗变,劫运难回,痛君仙去,慈帏子舍亟含悲。"

初九日(6月5日) 又有雨,上半日晴。读《六朝文絜》,借遣阑珊之心绪。下半日至民众教育馆看各报,兼同友人围棋,片时即旋家。

初十日(6月6日) 又似晴,天气清胜,寒暑表在六十七八度。上午清治账务。予以财产薄弱,对于账务,每不耐为,但有时不能勉强为之也。下半日至民众教育馆同友人围棋数时,即旋家。

十一日(6月7日) 晴。上半日至利济桥后街九华堂看书画,片时即旋家。下半日又至民众教育馆看各报章,又同友人围棋片时,借遣忧绪,至五句钟旋家。本日下半日三儿在镐之室发生产事,予至就近电报局打长途电话至杭州烟酒总局在镐处,片时即旋家;一面遣人延金子英西术接生之女士来接生。至六句半钟,三媳生得一女,闻胞衣之厚,下胞时稍多,以手术捉之下也。大小人幸得平安。又日来天气清胜,夜有明月。

十二日(6月8日) 晴。早间书尺牍。寒暑表在六十八度。上半日至民众教育馆看全绍小学校自然科实验竞赛数时,又至利济桥后街九华堂看书画并取裱件,即旋家。本日上半日,三儿在镐由杭州旋家。下半日又至教育馆看科学实验数时,至晚前旋家。

十三日(6月9日) 晴。庭前花草及时菁茂,风景如昨。而感念大儿在镇不能再见,触绪永久伤心。上半日至教育馆看各报,片时即旋家。下半日绘山水直幅一张。予书画之艺,数十年来所愿学。

(续上页注)(第一本)有赠慕班诗《武康旋棹复成两诗寄慕班孟雄》:"集编花萼羡连床,为待闲鸥滞倚装(慕班内弟闻予将至,改迟北上)。话到前今兴废事,十年生聚感苍茫(武康遭辛壬之劫以后,迄今元气未复)。""游屐几疑带雨来,落花满地掩苍苔。名山未许留鸿印,虚负蒲帆数往回(至莫干山下,以风雨不休,仍不果登)。"

乃以境遇人事之纠纷，未能专精其技。今则衰态日增，且心绪益劣。每一念及，实堪自憾。

十四日（6月10日） 早间尚晴。上半日至李虚尘处谈片时，又同至袁梦白处谈，梦白留中饭。下半日同袁、李两君至民众教育馆茗谈片时，又同至咸欢河沿单遂亭处听其丝竹之声片时，以将有雨下，予即旋途。而雨速下，乃坐人力车旋家。

十五日（6月11日） 又有雨。上午考证《说文通训》及《六书通》，又为杭友凤冈写七言篆书楹联一副。下半日为陈文园绘绢扇面山水一张。

十六日（6月12日） 又雨。数日来天气凉快，可御夹衣。予似受寒，痰极多。用薄荷茶以治之，未得速效；又用广橘皮，未知能速效否。

十七日（6月13日） 早间似晴，乍有雨，天气潮湿。庭宇桌椅等件太杂，极不相宜，亟思有以改良之也。上半日徐抝庭来围棋。

十八日（6月14日） 又雨，时有大雨。庭畔多湿，行动为之不便。又同徐抝庭试楸枰之术。下半日为陆凤冈又书楹联一副。

十九日（6月15日） 似晴。早间徐抝庭辞。上半日同孙儿长霖至南街李循南[①]外科医生处坐片时，以李君尚未睡起，乃同长霖至柴场弄宝丰植（特）[物]园看花草一遍，又同长霖至李循南处请其看长霖项边之痰核。其前时项边按之，似稍有细核，但寻常人按之，每多有此核者。今乃前月间长霖由风寒痰嗽起，项边之核渐形肿凸。余见之，即为之虑，本日特同其看医。据李医，此病必早有根，以发热时乃肿，恐未易消散，今先用膏药治之。予又同长霖至民众教育馆一转，又以日中，同至就近面馆吃面后，乃同长霖旋家。下半日又至民众教育馆看友人围棋片时，裘君筱轩乃邀余及徐宜况、金如建等人至

---

① 李循南，曾任民国时绍兴清乡巡缉队外科医官。见《绍兴医药月报》（1924年第1卷第6期）。

其妇孺医院围棋,兼留夜餐。至半夜,天又雨,坐车旋家。予积虑与日(具)[俱]增,心绪极劣,竟乏消憾之处,围棋乃借以消遣者也。

二十日(6月16日) 早间又有雨,上半日似晴。昨今两日天气清胜。收拾几席书册,以潮湿之后各处须洗刷一番也。下半日王镜环、徐执庭来,同至[民]众教育馆看友人演棋,至晚前旋家。

二十一日(6月17日) 晴。早间栽种庭畔花草。孙儿长霖日来痰嗽本渐愈可,今日又略有咳嗽,且有两口痰吐出,稍带血。是其体亏,又可证也。予极为之隐忧。上半日同长霖至新街口王蕴如处诊视,谈数时,又同长霖就便至民众教育馆看各报,片时即同长霖旋家。下半日又至教育馆同友人试棋数时。心绪之恶劣,不耐治事,日借数局棋以比世界之转换也。至晚前旋家。

二十二日(6月18日) 似又将雨,上半日仍晴。早间见孙儿长霖右边项边自二日前贴李循南膏药二日,今反肿凸,极为可讶也。长霖左项边有核凸出将一月矣,而右项边本不有核凸出。乃同长霖至徐仙槎[①]处诊,又坐车至大路处仁医院张君处诊,张君谓是病疗治不易,先用发极膏药及药水治,片时即同长霖旋家。予近来境遇之劣,不可胜言。人生为两间中暂作之客,乃客况如是,自憾兼可自怜。下半日徐宜况来,同至教育馆试棋,片时即旋家。

二十三日(6月19日) 又有雨。上半日搜录治疗瘰疬疗治方法。下半日乍晴乍雨。至太清里五中附高小学校参观数时,至五句钟时,乃同孙儿长霖旋家。

---

① 徐仙槎(1890—?),绍兴柯桥人。徐氏祖上以农为业,兼操治惊、挑痧,服务乡邻,临床经验日积月累,逐代相传,渐而弃农从医,名闻山阴、会稽二县。传至第十一代徐静川,即由项里迁入城里石门槛(今仓桥直街)悬壶行医。传至第十二代徐仙槎,因医理渊博,经验丰富,因而门庭若市。其后裔徐铁钧于2009年11月被评定为市级非物质文化遗产(石门槛徐氏儿科)代表性传承人。见张居适、沈钦荣《越医薪传》。按:《绍兴县中医公会章程及会员名录》载其民国二十年为五十一岁,据此逆推,其当生于光绪十六年(1890)。

二十四日(6月20日)　又雨。上半日坐车至处仁医院张君处，请其验长霖之痰。片时，又至藏书楼徐星门[①]处谈。渠近由北京回绍，询其该处确实情形。以南省、上海等处之报所载，北方消息多非事实也。谈片时，即旋家。似有晴意。下半日徐执庭来谈片时，同其至教育馆茗谈片时，予又至大街药房买药。乍有大雨，坐车旋家。

二十五日(6月21日)　又雨。上半日周永年来谈，兼围棋数局辞。日中拜先曾祖母魏太夫人诞日之祭。又有大雨。今年五月雨多天寒，近日夜间尚须垫褥拥被。较之昔年，颇有寒暖之异。下半日金如建、王镜环、徐宜况、裘筱轩来围棋。夜餐下，又谈至半夜，各客辞。

二十六日(6月22日)　上半日同孙儿长霖至大路处仁医院看项核之病，片时即同长霖旋家。本日天晴，为夏至，循例祭历代祖宗。下半日李虚尘来谈，至夜间之十时始辞。

二十七日(6月23日)　又似晴，寒暑[表]在八十二度。天气郁暖，极不畅快。夜间王镜环来试棋，数时后有雨乃辞。

二十八日(6月24日)　似晴。上半日书尺牍。

二十九日(6月25日)　晴。上半日收拾书籍。寒暑表在八十一二三度，骤有暑夏之态。予每思为大儿威伯撰一像联，庶可永久悬之像旁而未得其句，今思得一联句，似觉与其生平赍志以逝之感，尚有包涵大意。兹录于下，拟请善书者为其书之："此生易过况多病；始愿未偿厄少年。"

六月初一日(6月26日)　月为癸未，日为丁未。晴，寒暑表在

---

① 徐世南(1900—?)，字星门。浙江绍兴人。徐树兰之孙。承天中学毕业后，转入之江大学，复毕业沪工业专校，浪迹南北，从事于文化事业。慨国学式微，国粹沦胥，遂于民国十五年(1926)接办古越藏书楼。十九年，徐世南游皖，古越藏书楼停办。二十一年，绍兴县教育局报国民政府教育部备案，将古越藏书楼收为公办，改名绍兴县立图书馆。见宋景祁《中国图书馆名人录》。

八十余度。上半日潘仙吏茂才来谈片时辞;又王镜环来试棋,至下半日辞。

初二日(6月27日) 又晴,天气盛暑,寒暑表在九十四五度。下半日姚幼槎来谈。晚上李虚尘来同[谈],至夜半后二时李君辞,又同姚君谈片时。

初三日(6月28日) 又晴。早间同孙儿长霖至(至)县西桥叶鸿生外科医处看瘰疬之病,据云是病暗有小痰核者,必起自前年,今乃肿出于外也。能得痰毒走出,是为幸事。试先以膏药敷之,并服清热汤药,再看情形可也。即同长霖旋家。旰间又至大街一转,即坐车旋家。下半日同姚君幼槎谈,又袁梦白来谈,又李虚尘、何桐侯来谈。夜餐下,又同谈数时,袁、李、何各客辞。

初四日(6月29日) 又晴,天气又暑。下半日同姚幼槎及长霖至民众教育馆茗谈数时,仍同幼槎及孙长霖旋家。

初五日(6月30日) 又晴,天气清胜。上半日姚幼槎辞。下半日至民众教育馆同友人试棋,片时即旋家。

初六日(7月1日) 晴。上半日同孙儿长霖至县西桥叶鸿生处看项中痰核之病。叶君谓左边红肿一颗,似业有毒,可即用硇砂膏药贴之,使其毒出为是;其未红之核,仍用发散膏药;右边一颗似稍活动,又仍用发散膏药敷之。看后又同至丁家弄、大街一转,以日中暑暖,即同孙儿长霖旋家。下半日徐宜况、袭筱轩来试棋。又金如建、周□□、王镜环、虞尧臣来试棋。各人以棋兴极浓,且有雨,试棋永夜,次早各客辞。

初七日(7月2日) 似晴。上半日予以夜间未睡,头痛与牙痛同恙,静养数时。下半日周永年又来试棋数时辞。

初八日(7月3日) 似晴,寒暑表在八十一二三度。上午学行书字。

初九日(7月4日) 晴。早间见孙儿长霖左项一核业经出浓毒。上半日同长霖至叶鸿生处看出毒之核,其随膏药出之浓核如大罗汉荳，嗽穴也有如豆大。看之可畏。叶君谓是病大都如是，穴大不必恐畏，将来自可收口。即同长霖旋家。予又坐车至长桥袁梦白处，询其医项核情形。袁君昔时曾有是恙，但只一颗。初请西医割去，十日即愈；隔年又发一颗，乃请中药外科开刀出毒，经五六个月始收口而愈。又其第二子十二三岁时又生项核之病，以贴各膏药及吃司角脱鱼肝油，至四五年其核乃消。谈片时，予又坐车旋家。下半日予有头痛、牙痛恙。

初十日(7月5日) 晴。早间同孙儿长霖至叶鸿生处商项核疗治之术，片时即同孙儿长霖旋家。下半日予左太阳筋与牙痛益剧。

十一日(7月6日) 晴。上半日周□□来试棋片时，予以牙痛，周君即辞。下半日牙痛益剧，牙根如筋一挑，痛不可耐，至夜稍瘥。身心两病，老境如是，极可自怜。

十二日(7月7日) 晴。牙痛与左太阳筋仍时发痛，坐卧不安。且天暑有病，更可畏也。

十三日(7月8日) 晴，寒暑表日中在九十三四度，天气清高，骤有当暑之态，早间清胜。同孙儿长霖至叶鸿生外科处看项核之恙，其出毒处据云疮口稍收，仍用生肌拔毒药，以膏药贴之。其未出毒瘰疬，仍用发散膏药贴之。片时后，即同孙儿长霖旋家。下半日周永年来谈，至夜餐下周君乃辞。夜间予仍时有牙痛之处。

十四日(7月9日) 晴。早间天初晓时，在庭外坐吸清气许时，兼看菁茂之花草。上半日周□□来试棋，片时即辞。下半日潘仙吏来谈，又金如建、王镜环来谈，片时辞。本日天气盛暑。夜间又稍有牙痛。

十五日(7月10日) 晴，早间寒暑表在八十五度。日中左太阳筋与牙齿又大痛片时。本日在锫儿妇新生之女初剃头发。天气盛暑，寒暑表在九十五六度。夜又以暑盛未能安睡。

十六日(7月11日) 晴。黎明时以天暑，即在庭外坐吸清气。早间寒暑表在八十八九度。今年之夏，必将大暑，为可畏也。前年之冬有奇寒,今必有奇暑也。下半日寒暑表在九十六度。上半日田蓝陬来谈;又罗茂华来,以田宅与董宅所设之德和当今业经取消,以分手议据之戚友中余列名,请余加图章也。片时,罗君先辞。蓝陬又谈数时辞。

十七日(7月12日) 又晴。早间同莲孙至县西桥叶医处,叶君至乡未回,予即同莲孙旋家。今日天气虽暑,而尚清胜。夜坐庭畔,有明月清风。

十八日(7月13日) 晴。早间同莲孙至县西桥叶鸿生处看瘰疬,而前日所出毒一穴,叶医手按之,似左项未溃一颗有毒,从前日出毒之穴通出。叶医以手轻轻按出其毒,再用纸条搓细引排毒之药粉插之,使其毒从是处走净,外仍用膏药贴之。又叶医有一种丸药医瘰疬,据云未溃者能消,已溃者能收口,永不复发,但须吃数个月乃能有效。今买一月之药试之。叶医云左项之核毒能从一穴通而走出核毒,乃是好处。片时后,予同莲孙乃即旋家。乍有雨数粒,仍晴。本日寒暑表在九十一二三度,晚间时有微雨。

十九日(7月14日) 时有风雨。上半日又牙痛片时。下半日周□□来试棋,片时辞。

二十日(7月15日) 又时有雨。(乍)[昨]夜半内子李夫人有腹痛作泻及欲呕之恙,为其取各样痧药服之。

二十一日(7月16日) 又晴,天气郁暖。收拾书籍等事。以趁早凉时间,同孙儿长霖至叶鸿生处看瘰疬之恙,片时即同孙儿长霖旋家。日中三儿在锠由杭旋家。

二十二日(7月17日) 晴。早间坐庭畔看《履园丛话》。下半日周□□、朱仲华、邹楚青、孙云裳先后来谈,至夜九时,周、朱、邹各客辞。夜坐庭畔,大有清气。

二十三日(7月18日) 晴。寒暑表在八十一二三度,天气又清胜。本日为予六十岁之生日,是昔年为我母难经过之时也。即我祖我父悬弧门左,希冀予富贵吉祥,有承先裕后之时。讵意命途多乖,自幼至老辄有骨肉伦常之恸；又以环境所纷，未能专心学业。男儿志愿，频岁摧残。数十年株守青毡，衰朽日臻。前年又遭长儿在镇伤逝之逆境，暮年心绪尚复有何趣味。回忆四十岁、五十岁时，都有感诗借抒怀抱，今则并感咏之词，不耐为之。嗟乎！人生易老，竟乏事功。事到难图，徒丛悔憾。负桑榆之夙愿，薄植自怜；集错误于平生，前愆何补？纵幸干支之周转，犹虞衣食之维艰。数十年坐困家园，消磨壮志；五百首吟笺待订，潦倒暮年。生有忝夫斯世，事辄昧乎先机。昔人云生平不如意事(尝)[常]十之七八，未知何时能再动诗兴，以志六十岁生日之感也。家中人及亲友有以治筵请为生日者，予谓不特不能致欢，益足以触衷心之隐恸。似兹民穷财绌，生计艰难，忧患余生，但得饘粥苟延，又何有他奢愿。近来孙儿长霖乍发项旁瘰核，日为其疗治。能否全愈，尚在念虑之中。愁肠九转，何处宽怀？况生日茹蔬，乃予数十年来之私例，自宜贯彻初衷，以平常蔬菜饭食度日耳。上午张厚青、孙云裳、徐乔仙，田禔盦、霭如、芝储先后为予生日来，予虽不称庆，而感其至意，制酒肴以宴之。下半日同各戚友谈许时，各客乃辞。夜坐庭畔许时。

二十四日(7月19日)　晴。早间同三儿在铻、苹女、莲孙、菱孙女至街叶鸿生处看莲孙痱病，片时又同至大街一转，仍同三儿在铻及苹女、莲孙、菱孙女旋家。

二十五日(7月20日)　晴。上半日至新河弄回看徐乔仙不遇，又至王惕如处谈片时，又由大街买纸笔等事，即旋家。

二十六日(7月21日)　晴。早间至后观巷田禔盦、季规处一转，又至田蓝陬及霭如处谈，片时即旋家[①]。本日早间自雕“为山庐”阳文图章一颗。上午洗浴后身体畅胜。寒暑表在九十一二三度。

二十七日(7月22日)　晴。上半日至后观巷田禔盦、季规处一转，又至田蓝陬、霭如谈片时，兼拜先外姑章太夫人祭，片时后即旋

① 句末写有“兹两行误书”。

家。田季规以前日有要事至乡，不及来，今日又来补贺生日，谈片时，田君辞。本日天气郁热，夜间乃同苹女、莲孙、菱孙女至民众教育馆乘凉。乃未得清快，又同至大街一转，又暑气薰蒸，极乏清凉之处，仍同苹女、莲孙、菱孙女旋家。

二十八日（7月23日） 晴，早间寒暑表在八十八度，日中在九十七八度。盛暑不耐治事。

二十九日（7月24日） 晴。早间同莲孙至叶医处看痱病片时，又同至大街一转，即同莲孙旋家。本日寒暑表在九十八九度。夜以暖极，人人不能安睡。虽手不释扇，而汗如雨。

三十日（7月25日） 晴。早间同莲孙至太清里五中附高小学校领毕业文凭，即在山上校园看花草风景片时，并将毕业文凭领得。其校名为陈长霖，名次为第十名。仍同莲孙旋家。本日天气又盛，寒暑表在九十九度。夜更暖，挥汗如雨，未得安睡。

闰六月初一日（7月26日） 晴。月为癸未，日为丁丑。上午天暑，下午有清风。夜天气更清胜，较之前日有炎凉之异也。

初二日（7月27日） 早间将雨而仍晴。下半日金如建、王镜环来试围棋，至夜半金、王二君辞。乍雨乍晴。

初三日（7月28日） 乍雨乍晴。

初四日（7月29日） 时有雨。上半日同莲孙至叶医处看痱病，以出毒之处钳出其毒，仍以纸条插之，外用膏药贴之。片时，遇徐宜况，乃同莲孙及宜况至清道桥近处吃馄饨，片时即同莲孙旋家，宜况同来围棋。下半日裘筱仙又来同试棋，至旁晚徐、裘二君辞。

初五日（7月30日） 似晴，上半日乍有晴雨。予近日稍发牙痛，是乃阳生人衰之可证。闻今年早谷收成极丰，为多年来所难得。近日米价减至三四元，前月每石须十六七元者，今为十三四元矣。然较之曩年，犹觉昂贵也。

初六日（7月31日） 似晴，早间寒暑表在八十一二三度，夜间可拥薄被。予心绪永久阑珊,精神乃随之委顿,自恨并以自怜。日间又乍晴乍雨。下半日绘绢琴条山水一张。

初七日(8月1日) 似晴。上半日学行草体字。下半日袁梦白来谈,又陈松寿来谈,又裘筱仙、徐宜况来谈,片时各客辞。

初八日(8月2日) 又晴。上半日同莲孙至叶鸿生处看痱病,取出毒,片时即同莲孙旋家。潘仙吏来挥扇闲谈,至下半日潘君乃辞。夜李虚尘来谈,至十时半虚尘始辞。

初九日(8月3日) 早间潘仙吏来,同至五云车站坐车,至皋埠换坐小舟至小皋埠谢宅访斗宜,由其弟仲鸿言及斗宜近在南京卫生局,且谈及陶冶公久不通讯,未知其近状何似。片时,仍同仙吏坐小舟至皋埠市阅视片时,即又同坐汽车旋城各旋。予以畏暑,坐人力车旋家,时十时半也。

初十日(8月4日) 早间天气尚清胜。予以家中人时多疾病,家中境遇如是不佳,心绪益为之忧虑。

十一日(8月5日) 晴。上半日同莲孙至叶鸿生处看项核,取出毒换膏药,片时即同莲孙旋家。

十二日(8月6日) 晴。上半日看《典林》。寒暑表在九十一二三度。下半日周□□来围棋数时辞。夜天气郁暖,至九时始清胜。

十三日(8月7日) 晴。早间同莲孙至叶医处,以时太早,乃同至大街及花巷布业会馆茗坐片时,又同至叶医处看项核及换膏药等事片时。以时将日中,乃即同莲孙旋家。

十四日(8月8日) 晴。上半日坐人为车至南街田芝储处一转,又至张后青处谈片时。以上两君前予生日时承其特来也。又至袁梦白处谈。下半日,又至王惕如处谈,片时即旋家。本日申时为立秋。寒暑表在九十一二三度。

十五日(8月9日) 晴。早间即见花草中有新露,天气清胜。上半日田曼云来谈片时辞。

十六日(8月10日) 晴。上半日袁梦白,徐子祥、弼庭来谈。

下半日王惕如来谈。子祥谈至夜餐下辞。李虚尘又来谈。各客谈至夜间十一时各辞。

十七日(8 月 11 日) 晴。上半日同莲孙、苹女、菱孙女至叶医处为莲孙项旁瘰核之病,又同至大街一转,片时即同莲孙、苹女、菱孙女旋家。

民国二十四年乙亥(1935)

正月十四日(1935.2.17)至七月初七日(1935.8.5)

正月十四日(1935年2月17日) 本月为戊寅,本日为甲子金开。天气似晴。朝间用膳后,即同孙儿长霖至五云汽车站,时九句钟。而王君念兹之子业在站以待,九时二十分乃同坐汽车至江边。念兹命其子福谦招同至杭,而其适沈氏之大女同于今日回杭。至西兴江边,其婿沈幼芳朝在是处守候。予本同孙儿拟至杭中旅馆暂寓,乃王君福谦及其姊及其姊婿沈幼芳坚邀至其杭寓,遂同轮舟渡钱江。登岸后,幼芳即雇人力车各坐至日新桥一号其寓宅。主人情重,款以茶酒饭膳。下午同霖孙及王福铨至湖滨公园,同坐舟至里西湖杭江铁路总办事处霖孙报名,即时由医生验体,验得霖孙目力、腕力各种都及格,但以项核之恙未能合取。此事本未专心所求,但偶有戚友说到,姑一试验也。即时同霖孙各坐人力车,拟至江边渡钱江旋家。乃时在四句钟余,若至西兴江岸,又须一句钟时,则汽车业经开齐,只好在杭留宿一宵。又同霖孙至旧旗下之天然饭店寓。夜间吃稀饭后,同霖孙至大世界看各种艺术数时,借遣旅况。至十句半钟,乃同霖孙旋寓。月色甚佳。

十五日(2月18日) 又晴。朝间同霖孙在杭寓近处吃面食汤泡以作朝膳,片时即回寓。付旅费,携行李同霖孙各坐人力车,至江干换坐轮渡舟渡钱江。至西兴岸江边汽车站待之多时,而该站买票开车之时间既于章程失误,各旅客莫解其意;又不及时宣告旅客,而旅客中按时有事者势难久待,惶急万分。从旁询问再四,始知该站今晨邻近有警,将所有车票杂乱,片时难以清理,今日此地不买票,各旅客坐车至萧山买票可也。于是各客坐车至萧山后,各旅客遵照其言,下车买票。不料该站不许下车,各旅客如坐囚笼。停坐二时之久,始曰下车补票。各站员如皇帝,各旅客如罪犯。最可恶者,萧山买票反比江边买票而加其价,硬要旅客江边至萧山作补票之价。虽旅客皆言我等都是江边至绍城之客,何以要如此补法;旅客何罪,受此损失责罚。该站员声色甚厉,借势凌人,置之不理。各旅客只身远行,无可如何,敢(努)[怒]而不敢言,只得受其欺侮。咸谓该站之敛钱殃民,怨声载道。路政本意乃所以便行旅者,此耳闻目见之事,遂据实以志之。本日与霖孙坐汽车至绍城,午后矣,即又坐人力车旋家。

十六日(2月19日)　又晴。上午,戚芝川来,又王念兹、鼐卿来,又田蓝畹来畅谈,又朱仲华来。日中令家人制荤素数菜以款客。下午又谈片时,王、朱各客先辞。戚、田二君约余同至街,遇张琴孙,邀至清道桥闲坐吃蒸馄饨;又四人同至横街农民银行朱仲华处谈。晚间,朱君邀同余等至"一一新"宴,"一一新"极表欢迎,各荤素菜异常清洁可口。朱、张、田各人争作东道,而最后由朱君争定之。夜间余坐车旋家。

十七日(2月20日)　有雨。

十八日(2月21日)　又有雨。上午循旧供祭祖宗传像,后收藏之。

十九日(2月22日)　似晴。上午至丁家弄王惕如处谈,片时即旋家。下午至寿涧邻[①]处谈,片时即旋家。

二十日(2月23日)　似晴。上午至大街墨润堂书店看书,又遇

---

① 寿鹏更(1871—1937),谱名祖灜,字涧邻,自号信天庐主人,晚号信天翁。浙江绍兴人。寿镜吾长子。清宣统元年(1909),杜海生等创办山会初级师范学堂,聘其到校教国文。此后,其在老家私塾里以教书为生,在三味书屋隔壁挂"信天庐"牌子替患病者诊治和为人撰写墓志铭、传记、寿屏等文字养家糊口。晚年参加绍兴县志纂修工作。见绍兴鲁迅纪念馆《鲁迅与他的乡人三集》。

徐、高诸君围棋半日。晚上又至断河头，鲁、高诸君同围棋数时，旋家时后半夜。此等无益玩事，费力费时，后宜力戒。

二十一日(2月24日)　又似晴。上午俗务纷繁。下午至掠斜溪回看邹楚青，渠前日专诚来谒也。谈片时即旋家。

二十二日(2月25日)　有雨。上午坐与车至大街访钱荫乔①，谈片时，便至大善寺中之书店看书。下午又至水澄巷中国银行王子余处谈数时，又坐车旋家。下午至东昌坊访唐健伯②，谈片时即旋家。

二十三日(2月26日)　又似晴。

二十四日(2月27日)　晴。朝间，本邑县长以公函来订请今日中在公署集议修绍兴县志事，余以人各有事，邀人何其迅速，讶之。上半日至朱秋农处谈片时，又至李槐卿③处谈片时，以时将日中旋

---

① 钱绳武(1869—1942)，谱名培椿，字荫乔，号心南。浙江绍兴人。诗巢壬社社员。清光绪二十三年(1897)副贡。二十八年与徐锡麟一起创办山阴县学堂，任学堂第一任堂长。著有《治海筹防私议》《东事痛定录》《矿务丛谈》《越声》《陆放翁生日诗辑》等。见《光绪丁酉科浙江乡试同年齿录》;《诗巢壬社社友录》;《绍兴图书馆馆藏古籍地方文献书目提要》。按:《光绪丁酉科浙江乡试同年齿录》载其生于同治戊辰年十二月十三日。公历为1869年1月25日。《诗巢壬社社友录》载其卒于民国三十一年七月初三日。

② 唐风(1867—1936)，原名日赞，字襄伯，小字多寿。后改名日乾，字健伯。浙江钱塘人，流寓绍兴。诗巢壬社社员。民国期间任浙江大学堂监学官。其人好吟咏，喜收藏。著有《咸酸桥屋词》《庸谨堂文存》《庸谨堂诗钞》等。见唐风《咸酸桥屋词》附《庸谨堂岁华纪感年谱一》;唐风《庸谨堂文存》附录《续岁华纪感录年谱二》;唐风《岁华纪感再续》;《诗巢壬社社友录》。按:《诗巢壬社社友录》载其卒于民国二十五年二月初八日。

③ 李镜燧(1867—1945)，字佩金，号槐卿，又号怀清，日记一作淮清、槐青。整理时其号统一为槐卿。浙江绍兴人。诗巢壬社社员。清光绪二十年(1894)举人。见《光绪甲午科浙江乡试同年齿录》;《诗巢壬社社友录》。

家。而闻县长陈味苏[①]又专人持红帖来请,过片时后又有电话来催请,谓各人皆在守候,待共筵宴,必祈速临。转思修志最关文献大典,余虽不文,极所愿闻之事。乃坐车至县公署,在其书案室与闻修志。发起组织讨论片时,同筵宴之。本日之到者沈馥生[②]、寿涧邻、王子余、王叔梅、周毅修[③]、戚芝川及余共七人。县长陈君味苏,浦江人,对于修绍兴县志颇具毅力,是为绍兴可幸之一事。但兹事体大,能否竟成,当在有志者之群策群力也。下午同戚芝川至江桥"一大南货

---

① 陈焕(1884—1936),原名思统,字味苏。清浙江浦江人。曾就读浙江法政学堂、浙江审判研究所、浙江龙山法政专门学校、浙江新立法政专门学校。历官浙江寿昌、永嘉、德清、绍兴县知事。民国二十四年(1935)任海宁县县长,后因病辞职。二十五年,应闽浙监察使陈肇英之邀,出任闽浙监察使驻浙办事处主任兼总务长。接事未久,患脑溢血病逝杭州。著有《堇庐诗稿》。见张解民、江东方《浦江百年人物》。

② 沈钧业(1884—1951),字馥生,日记一作复生,号复庵。整理时其字统一为馥生。浙江绍兴人。曾就读中西学堂,因愤清廷腐败,外患连年,加入光复会。曾奉秋瑾命联络金华张恭、嵊县王金发和浙东各山寨。光绪三十一年(1905)冬,随徐锡麟东渡日本,入早稻田大学。三十三年安庆起义失败后,清廷派兵至其原籍缉拿未获。后经章太炎介绍在日本加入同盟会。旋奉孙中山命去爪哇与田桐办报,宣传革命。辛亥革命爆发后,回国参加杭州光复。军政府成立,任教育科长,后出任金华道尹。浙江省议会成立,曾任议长。后回绍兴息影园林。见《浙江辛亥革命回忆录》之沈光熊《沈钧业传》。

③ 周智濬(1886—1961),字毅修,一字狷生。浙江绍兴人。诗巢壬社社员。民国绍兴县志修志委员会主要成员。善医,编有《邵兰荪医案》,著有《绿杉野屋诗稿》《本草庭训录》。喜藏书。见平波、沈定庵《马一浮书法集》;《诗巢壬社社友录》;《绍兴图书馆馆藏古籍地方文献书目提要》。按:《诗巢壬社社友录》载其民国三十八年为六十五岁,生于十二月十七日。据此逆推,其当生于光绪十一年十二月十七日,公历为 1886 年 1 月 21 日。平波、沈定庵《马一浮书法集》卷三作于 1961 年的行书《追怀周毅修》诗稿载其"年七十六,泊然顺化"。再据《诗巢壬社社友录》,其当卒于 1961 年。《绍兴图书馆馆藏古籍地方文献书目提要》载其生于 1882 年,卒于 1962 年。

栈”之客座曾吕仁[①]处谢其招饮，以吕仁今日日中设筵邀宴也。谈片即旋家。戚芝川同来，谈片时，以天将暮，乃辞。数十日来事繁，未能宁养，时有舌中作痛之恙。晚上二儿在钰及二媳妇及佐孙及孙女佩曾由南京旋家，而尚有长松、长中二孙留在南京，以数日后仍拟至南京就事也。

二十五日(2月28日) 又晴，天气清胜。朝间在住宅之对面坐北朝南边宅督匠人建筑一便用之灶，乃人生衣食住之一事也。本日稍觉和暖，春光明媚，可谓良时。上午学行草字，看山邑县志。

二十六日(3月1日) 又晴。见上海西泠印社书店所出版之《图书目录》一书，载及国中画书各家润笔表，以余之书画润格并载其中。但未知何意尚有数条未载。擅加省写，为可讶也。

二十七日(3月2日) 又晴。

二十八日(3月3日) 又晴。上午俗务纷如。下午二儿在钰及媳妇又至南京，而其友人昔日函电来催促其接手职务也。而其巩县兵工厂医务课长一职，尚在请假之中，想从今须辞该厂之职务。

二十九日(3月4日) 又晴。

二月初一日(3月5日) 月为己卯，本日为庚辰。晴，天气清胜，寒暑[表]在五十一二三度。上午录近作诗艺。日中拜先祖妣凌太夫人讳日之祭。夜间第三房媳妇李氏有将产之事，为其照看、延接生人等事。至次日天亮卯时，闻生一男。

---

① 曾厚章(1879—1945)，字侣人，一作吕仁，又作丽润、蠡人。浙江绍兴人。诗巢壬社社员。早年游幕陕西，后加入中国同盟会。清宣统三年(1911)武昌起义后不久，曾厚章联络关外“胡匪”王虎臣部在丰镇宣布独立，未几，到河北承德主政。民国二年(1913)“二次革命”失败后，闲居北京，任绍兴县馆董事主持绍兴同乡会工作。著有《越祠纪略》《丰镇日记》。见绍兴鲁迅纪念馆《鲁迅与他的乡人》之《乡人曾吕人》;《诗巢壬社社友录》。按:《诗巢壬社社友录》载其卒于民国三十四年八月十四日。

初二日(3月6日) 又晴。朝间至木莲桥践王念兹之约,即同坐大舟至东郭城外瞻览禹祠,同舟者陈牧堂、王念兹及其从弟舜卿,其子福铨昆仲并其姬人及其出嫁马氏之女,以其先人有墓在禹祠近处,念兹并一祭扫焉。下半日又同至南镇殿外山地棚下茗坐,片时下山,仍同舟而回,晚上至家。

初三日(3月7日) 晴。上午家务纷如,又金如建来围棋。日中祭本生先父辛畦公诞日。下午又同金君围棋,李虚尘来谈片时辞。夜又同金君围棋,彼此棋兴甚浓,又一永夜,至次日天初亮,金君始辞。

初四日(3月8日) 晴。上午戚芝川来谈片时,即各坐人力车至卧龙山诗巢办祭社集。本日到社员二十七人,来宾二人,以袁梦白辞副社长出社,补选副社长一人。开票后,以余十三票为当选。余即面行声明,必不虚负其名,请另行推选。而社中以业经选定,未可改更也。日中祭六君子及历代诗人后,同人宴集。下午待事竣后,坐车旋家。

初五日(3月9日) 晴。上午俗务纷繁。下午同孙儿长霖、长佐、苹女、懿曾孙女至稽山城外,同坐舟至禹祠瞻览各处时景,数时后,又坐舟至东郭城内春波桥上岸,同行旋家,时将晚。本日天气骤暖,而尚御棉衣。日中行走有汗如雨,夜间又觉热嗽,是乃寒暖未能调匀也。

初六日(3月10日) 又晴。上午至曾吕仁处谈片时,即旋家。余自前日多晒太阳、多出汗后,觉喉中时有发咳嗽之恙,时以甘蔗嚼饮其汁。下午同孙儿长霖、长佐至民众教育馆看各种兰花赛会,以梅瓣及素心为多,片时后即同长霖、长佐旋家。

初七日(3月11日) 又晴。前日寒暑表在六十余度,今日在五十余度。上半日胡栗长①、金如建来围棋,至晚上两君始辞。

---

① 胡颖之(1878—?),字栗长,别署力涨,又号幸止。浙江绍兴人。由陈去病介绍入南社。著有《粪心簃诗草》《全韵诗》《客蜀杂录》等。见郭建鹏、陈颖编著《南社社友录》;胡寿震《绍兴莲花桥胡氏宗谱》。

初八日(3月12日) 又似晴。本日余咳嗽稍轻,而尚宜静养也。但年力日衰,而米盐琐屑,度日维艰。儿辈虽各有职业,所得薪水只能自顾,不暇顾及老人。天地间只有钱财可恃,于今益信之矣。

初九日(3月13日) 又似晴。上午学行草字。下午至寿涧邻处畅谈文字数时,似将有雨,乃即旋家。予舌中有红粒经月之久,时常微微而痛。谅以心绪不宁,宜清静之。

初十日(3月14日) 又晴。予似又有风寒之恙,时有清涕,头稍痛,微作咳嗽。年力衰弱,气化之处不充足,似宜加意调养,非复强壮时之可大意也。上午戚芝川来谈片时,又同至清风里板桥弄访王子余不遇,即旋家。邀芝川来我家中饭。下午寿涧邻、周毅修来同谈片时,又同戚、寿、周三君至仓桥商会之越社集议绍兴县修志委员会组织事,由县长为主席,到会地方人士共三十余人。简章与预算二事通过,乃散会。又同戚、寿、周三君至清风里酒楼小饮,余有风寒咳嗽,勉强陪谈数时。晚上又同三君至民众教育馆看绍兴第三次国货展览会片时,然后各旋自家。

十一日(3月15日) 有雨。予之风寒咳嗽尚未愈,颇不畅快。予向来受风寒之恙,必先喉舌间微痛。一二日后,多嚏而鼻流涕,头眩极未爽快。再数日后,鼻有浓涕,又吐出浓痰,乃愈矣。今年之风寒辄有清涕,而不作浓痰,且咳嗽时发时愈,似乎与前所发不同。自觉体弱液乏,未能化吐浓痰,是亦可虑之一证。下午头时有微痛,且意绪阑珊,卧床养病。夜间多有汗。

十二日(3月16日) 又晴。寒暑表在六十四五度,予前夜有汗后,今日觉稍清快,但气体似未能强健也。集订《山阴县志》,乃从《绍兴新闻日报》裁集而成此书。

十三日(3月17日) 似晴,朝间微有雨。接二儿在钰由江西南城县来禀,言业经接手军政部第十陆军医院职务,院长一人,主任一人,医员数人,渠为主任,每日监视医员事。

十四日(3月18日) 有雨,上午又见晴态。昨夜大雨后,今看庭前各种花草菁茂。本[日]下午自订书册,天又晴好。

十五日(3月19日) 朝间有雾,天气潮暖。日中似晴,乍有雨,仍即晴。上午至民教馆国货会买另货,片时即旋家。下午又自订书册。

十六日(3月20日) 又似晴。天气转寒,一清潮湿之气。上午题书面及作应酬尺牍。日中拜先祖考颖生公诞日之祭。下午自栽种庭前花草。微有雨。夜风大多雨。

十七日(3月21日) 又有雨,本日天气最寒,[寒]暑表在四十一二三度间,闻昨夜雨中有雪珠。一二日之间,寒暑有如是之异。朝间在钰来禀,言九江至南昌坐铁路车。南昌至南城一百六十余公里,通有汽车,兼有长途电话,交通称便,其医院近正在作迁驻武昌之计。

十八日(3月22日) 转晴,朝上寒暑表在四十一二三度。理祭先室田夫人讳忌事务。回忆二十五年前此日情事,我心犹余惨痛。生平之憾,永久难消。当年所志《百感录》虽已梓成,而因国家改革,刊板之铺户搬避于难,遽遭失散。而查之箱簏,尚有初印样本。然当时情感所至,随笔写编七言截句诗百首,极思改善。因循迄今,未偿夙愿,又生平之不能敏于事之一证也。上午田霭如来拜田夫人祭,片时即辞;又孙云裳女婿来拜田夫人祭。日中率子孙等祭田夫人。下半日云裳即辞。三句钟时余至鱼化桥访李虚尘,又同至民教馆看国货会片时,即各旋家。

十九日(3月23日) 又雨。上午录写桐乡严辰[①]年谱中之摘要

---

① 严辰(1822—1893),原名铣乡,小名联奎,乡榜名仲泽,教习榜名镛,会试后改名辰,字缁生,又字子钟,号芝僧,晚号桐溪达叟。清浙江桐乡人。道光二十三年(1843)举人,咸丰九年(1859)进士。曾官刑部主事。著有《墨花吟馆诗钞》《墨花吟馆诗钞》《墨花吟馆病几续钞》《墨花吟馆感旧怀人集》《桐溪达叟自编年谱》等。见严辰《青溪严氏家谱》卷五;严辰《桐溪达叟自编年谱》(《北京图书馆藏珍本年谱丛刊》册165);《道光二十三年癸卯科直省同年全录》;《咸丰九年己未科会试同年齿录》。按:会试同年齿录、直省同年全录均作(注转下页)

文字。下午书酬应文牍，看山邑县志。

二十日(3月24日)　又似晴。朝间在“廉隅”檐前栽种花草。上午同孙儿长霖至县西桥叶鸿生外科医店看长霖项核之恙，其右边项核自旧年秋间又发肿后，至今其旁有二处出浓，而中间仍肿大不软。将来能否引出其患，未可知也。又同长霖至民教馆一转，即同旋家。下午徐子祥来围棋片时，又徐松和来谈片时辞。徐子祥邀余同至民教馆参观会场片时，即各旋家。

二十一日(3月25日)　又晴，寒暑表五十一二三度。本日为故大儿在镇生日，饬其子女等人祭之。此予衰年最憾事也。下午至大街裕昌铜店邵憩棠[①]处谈，以有刁顽佃农请其(欣)[诉]追租花也。憩棠言及年来各业凋敝，影响并及律师，前年律师生计亦有日下之势。闲谈中言十九年新改定之法律，如所欠债款在十五年以前者，概不得追偿；又追偿利息，只能以五年为限；五年以外之利息，不能再追偿之。果如是，则欠债者从此便宜矣。谈许时，予即旋家。录清代会试年表，自顺治之三年丙戌起，至光绪三十年甲辰，共计一百十二科。

二十二日(3月26日)　又晴，寒暑表在五十八九度，日间寒暑表在六十七八度。潮暖异常。夜有雷电风雨。看山邑志乘。

二十三日(3月27日)　又有雨，天气潮湿。下午雨密天寒，气稍清快。收拾书箧，修订残编。晚前雨霁，同孙儿长霖至民教馆一瞻风景，苔痕映绿，柳絮垂青，大有春色近人之意。片时即同旋家。余

(续上页注)道光乙酉八月三十日。家谱、年谱均作道光壬午年八月三十日。此据家谱及年谱。家谱无卒年。陈基所做作《跋》：“……基之获侍也晚，惟此四卷得与校雠之役，间有怀疑，并待补者，以先生就医安庆，尚需请质。乃刻甫蒇工，而先生遽逝，遂成绝笔。……乃睽违几杖，自夏徂秋，竟不得再睹颜色，何天之夺我知己之骤也？循览遗编，追维畴昔，不觉泪坠霑巾，因泚笔而跋其后。光绪十有九年岁再癸巳仲秋之月受业陆基谨跋。”据此，其当卒于光绪十九年夏至光绪十九年仲秋之月之间。

① 邵憩棠，字邃南。见朱涧南《弄璋酬唱录》。

左足背心不知何时一挫,本日似作肿痛。

二十四日(3月28日) 又雨风多。上午看《两浙防护录》,学行草字。寒雨纷纷,永日不休,觉愁绪益增。

二十五日(3月29日) 似有晴态。撰鲍亚白①《江村诗思图》,题诗四章,其书来及面索者数次矣。今勉为之,诗稿借志于下:"林泉清暇几生修,插架图书万卷搜。长水湖环吟席侧,参军逸响证风流。""平芜十里陌阡宽,桑海何须问破残。位置琴尊无俗虑,烟云过眼且凭栏。""为避嚣尘远市尘,开编常对古人前。幽居已遂四时乐,漫向桃源再放船。""月先近水照楼台,花木评量次第开。赢得湖山资啸傲,锦囊句满见天才。"下午至民教馆看书画展览会,片时即旋家。

二十六日(3月30日) 又微有雨。朝间之七句钟同苹女及孙儿长佐各坐人力车至五云门,本拟趁轮舟至东关,以时稍迟,该轮舟甫经开驶。乃行事迟误之患,只得同苹女、佐孙至就近之五云汽车站,于八句钟十分时照顾苹女及佐孙坐汽车至东关孙宅菀女处,余即旋家。上午书应酬文字,似有晴意,寒暑表在四十八度。下午戏作手工。

二十七日(3月31日) 又似晴。上午督工人收拾"萝补"等处厢宇。

二十八日(4月1日) 又晴。朝间寒暑表在四十八度。上午同族弟侄及锫儿、霖孙坐舟至南城外栖凫村,坐篮舆至罾底山拜高[祖]赤霞公墓。此乃向来例行随拜之客坟也。又至黄泥堋拜四世伯叔祖墓,又至平地拜三世伯叔祖墓、初生伯祖墓,又至孔家坪拜二世祖考

---

① 鲍亦超(1909—?),字轶群,一字亚白。浙江绍兴人。工书善画,更喜诗词,书近悲盦,画为袁梦白入室弟子。所作花卉淡雅宜人,诗才敏捷,有声于时。著有《小桃花馆词稿》。见徐成志、王思豪编校,陈诗著《陈诗诗集》之《凤台山馆诗续钞》、鲍德福《鲍氏五思堂宗谱稿》卷三《尚志公派第七世》;《绍兴文史资料选辑》(第1辑)之张处德《五十年间绍兴书画家列举》。

妣墓。所至之坟，前后各阅视一过。事竣下山，舟中中饭。本日因舟小，用舟二只分坐，共到十三人，是乃数十年来所到之人为最多也。下午舟停铜罗山，又拜外房祖先墓，族弟与余未上山拜。至三句钟事竣，仍同族弟侄及锫儿、霖孙坐舟旋家，时尚来晚。

二十九日(4月2日) 又似晴。上午学篆书，又撰孙子松[①]五十征诗五言律二章："松柏知寒岁，清标峙德门。雄谈曾借箸，豪饭每倾尊。荆棘忧时会，篔筜话故园(其先人有《篔筜课子图》)。无邪遗训在，座右细重论。""鹤筹添大衍，谦抑引蘧非。琴喜新弦续，堂延爱日晖。才兼盲哑育，命有废残依。联翼庭前凤，伫看得路飞。"前诗首联改"松柏宜寒岁，清姿蔚德门"。

三月初一日(4月3日) 月为庚辰，日为己酉。春雨纷纷。朝间理祭墓宜备各事务。上午同兄侄及儿孙等坐舟至南城外下谢墅，冒雨登山，祭先曾祖父母、祖父母、本生父母墓，又祭先考妣及先室田夫人、故大儿在镇殡宫。风雨苍凉，更形愁感。事竣下山，舟中同客及兄侄及儿孙辈中饭。本日余家只贾雨琴[②]一客人，申兄处有客五六人。下午又有雨，仍同兄侄及儿孙坐舟旋家，时尚未晚。

初二日(4月4日) 又似有雨，上午似转晴意。俗务纷如，数十

---

① 孙家骧(1886—1943)，字子松。浙江绍兴人。诗巢壬社社员。曾任绍兴县公款公产委员、昌安镇镇长、绍兴县教育局局长等职。见孙家骧、孙家驹《孙安轩先生行状》;《诗巢壬社社友录》;孙家骧、孙国干《承欢初录》。按:《诗巢壬社社友录》载其卒于民国三十二年九月十七日。孙家骧、孙国干《承欢初录》之夏昌言《跋》:"民国第一乙卯，老友孙子松赋《三十初度述怀诗》，和者四十九人，辑成《壮游诗存》。今岁乙亥，老友作《元旦试笔》，嗣君石如四昆玉录示诸戚友，应者九十九人，录刊成册，题曰《承欢初录》。乞序于余，固辞不获，勉作俚歌，以跋其后。"据此逆推，其当生于光绪十二年(1886)。

② 贾寿滋(1908—1974)，又名亦川、雨琴。浙江绍兴人。陈庆均姊婿第三子。曾任辽宁省本溪师范学校教师。见贾天昶《立诚堂贾氏家谱》。

年来巨细躬亲。至今虽子姓盈庭,而仍让老人艰难支持。下午至民教馆看儿童比赛,乃近年新生活之举,借一睹其状况,片时即旋家。下午又至李槐卿处谈片时,即旋家。

初三日(4月5日) 又似晴。上午同霖孙至县西桥叶医处看项核之病,渠前言是病决不要紧。近来其核加大,而且按之不动,渠乃言是病至可虑也。足见此等医者只能依已发现之情形而言,未能贯彻其究竟也。即同孙儿长霖旋家。予精力益似衰弱,而家中状况如是,心绪之安宁,其在何时? 为可感耳。夜间天有雨。

初四日(4月6日) 朝间似晴。本日为清明之时序,寒暑表在五十一二三四度。上午写新近之五七言诗十余章。下午又微有雨。夜间学篆书数时。

初五日(4月7日) 又微有雨。上午同孙长霖,侄宜卫,侄孙惟寉至常禧城外塘埭之星彩堂宅宇,替工人收拾尘秽。是屋由前年田曼云家搬出后,属门前租住之杨姓人带管。不料该姓人擅将所有厅堂房屋悉行堆积杂物,到处龌龊,不堪遇目。经余等严加诘问,渠自亦引咎将各物出清。就近余至快阁姚幼槎处谈片时,仍即至星采堂督工人收拾庭宇。数时后,仍同孙长霖,侄宜卫、侄孙惟寉即行旋家。

初六日(4月8日) 又似有雨,天气潮和。寒暑表在五十六七八度。上午同族弟侄及莲孙坐舟至稽山城外石旗村,登井头山拜高祖岳年公、高祖妣许太夫人墓。事竣下山,至外王村拜高叔祖永年公派下墓。事竣,登舟中饭。下午仍同族弟侄及莲孙坐舟旋家。

初七日(4月9日) 虽似晴,而天气湿暖。上午至塔子桥朱仲华处谈片时,又至大街"悦茗"茶栈钱荫乔处谈数时,即旋家。近以三月三日晚上有雨,初四日清明又有雨。向传是日有雨,一月之间难得晴好。今是言又足证矣。

初八日(4月10日) 又似有雨,日间乍雨乍晴。家务纷如。下午学篆隶字。

初九日(4月11日) 又雨,稍轻潮湿之气。上午接二儿在钉禀，言挈二媳及长松、长中坐长江轮航至汉口停泊待命。开至宜昌，其轮船乃由陆军医院专开，渠等坐超等楼房，尚称畅快。如是职务，在壮年有精神气力之时，何乐而不为也。下午督工人收拾整饬“廉隅”庭宇。

初十日(4月12日)　又似有雨。上午写近作诗笺及应酬尺牍。下午徐子祥来谈，兼围棋数时辞。近日天寒，寒暑表在五十余度。田康济来，以其弟田四①所绘桂林山水图手卷横幅索题咏。康济为子侄辈，多年旧友，能草书兼好书画，又通医学。谈片时辞。

十一日(4月13日)　似有晴态。中国数十年来举办之事，邮政之成绩最佳，尚属裕国便民。不意近以收括权利起见，不许向有之山陬僻壤航船埠船寄带信函。此乃苛细，极滋民怨。夫距城市远隔之山乡，遍处都有人民家居，平日之与戚友通问事端信函，悉由航埠船寄带。今邮政并不遍处设备邮柜、邮差，而竟禁止航埠船带信，可谓到处又丛民怨，当路诸君其何以为心哉！民族、民权、民生，处处时时以三民为主义，而核诸所行政令，人民竟未能解。本日下午同苹女、莲孙、佐孙、佩孙女至常禧城外塘埭星采堂之老屋瞻览，并督工人葺治草木。以多日不住人，蔓草又丛生，不可不及时一芟剃也。片时后，仍同苹女、莲孙、佐孙、佩孙女旋城。沿旧城墙高地一路旷览城乡风景，旋家时尚未晚。夜间有雷雨数时。

十二日(4月14日)　又似晴，天气潮暖。家务纷如。日中又有大雨，天气潮湿异常。虽庭内石板地上，亦如雨流，行坐为之不畅快。

---

①　田季樵，一称田四，字季翁。浙江绍兴人。工书画，所绘师承古法，而不囿一隅。喜游名山大川，所到之处，多作图记。又擅篆刻。民国二十五年(1936)朱念慈组织成立杭州书画同道组织“莼社”，潘天寿、唐云、来楚生等皆为社员，田季樵也加入了“莼社”。三十六年曾在上海举行个人展览。见《绍兴文史资料选辑》(第1辑)之张处德《五十年间绍兴书画家列举》；恽茹辛《民国书画家汇传》。

下午时有大雨,夜间又雨不休。闻邮政禁止航埠船带至各乡信函后,而邮局收寄各乡之信函,则分别总包,仍属航埠船带至各乡,此当路之怪事也。

十三日(4月15日) 又雨,天气转寒,一减潮湿之气。上午撰田康济索题其弟季樵所绘桂林独(季)[秀]峰图手卷七言律一章,即志于后:"桂林车辙证从头,形胜尤资笔底收。峰以嵯峨称独秀,图看咫尺亦千秋。濡毫多士争题咏,展卷难兄作卧游。我憾边陲劳远想,何时愿遂雪鸿留。"(第七句改"我憾边陲虚远想")下午天晴,至东昌坊寿涧邻处谈数时,乃旋家。风日清丽,有春光明媚之胜。夜又有明月。

十四日(4月16日) 又似晴。上午至西郭光相桥田蓝陬处访看其病,渠正月间得病,类似疟疾,早经愈可,惟行坐尚难,而有时似仍稍有寒热。所以虽能吃饭,尚未能步履行走。余至榻前坐谈片时,见精神如常,惟肌肉瘦削,余劝其心境畅达,必胜于服药。时将日中,余坐人力车旋家。下午又有雨。今年三月三日及清明日有雨,相传必将久雨,是夏正朔之旧谚,其证验竟足据也。

十五日(4月17日) 又雨。上午整理书箱书籍。下午又下雨纷纷。学行书隶书,见旧箧中尚有《危言》一书,乃清季汤寿潜京卿所著,其作时名尚是汤震,词意系痛言国家利弊者也。

十六日(4月18日) 又有雨。朝间又理书箱旧籍。文字书牍,日积月累,每易盈箧,不能不及时删存之。上午为田康济写题横幅。下午又纷纷有雨。李虚尘老友来谈,至半夜乃辞。

十七日(4月19日) 又有雨,寒暑表在五十一二三四度。积雨经旬,意绪阑珊,作手工以消遣。下午阅樊山诗词集,渠虽为越缦堂门下士,而其诗远不及越缦堂之神韵也。

十八日(4月20日) 似晴,朝间有雾露,片时即霁。上午李槐卿来谈片时辞。夜间绘山水册页。

十九日(4月21日) 朝间仍似有雨,上午似晴。整理书厨、书箱。日中家务纷繁。下午绘山水册页。孙云裳女婿同大成外孙来谈数时辞，又潘仙吏来谈片时辞。

二十日(4月22日)　又似有雨。兼旬以来，未能得永日之晴好。想如向传之谚，必须雨到新茧成时也。上午看春在堂诗词集。寒暑表在六十度上下。下午至邮政局买邮券，并寄快函于湖北宜昌二儿在钰处，即旋家。

二十一日(4月23日)　又有雨。上午寿涧邻来，以题余所绘越州名胜图词①出示，并谈片时辞。似有晴意，寒暑表在六十余度。

二十二日(4月24日)　晴。上午王念兹来谈片时，同至花巷旧书店看书画，又至清风里酒楼对饮数时；下午又同至花巷剧场看坤角剧数时。余每闻管弦丝竹之声，不禁哀感交集，想哀乐乃人情之对待也。该场演剧方半，余同念兹不欲久看，各散。就近又至开元寺前教会校一询章程，即旋家。

二十三日(4月25日)　又似晴。上午随意吟咏。下午至开元寺前之教会学校，为孙儿长佐谈补习课学事。每日下午(乙)[一]句钟至三句钟课国文、英文、算学，三时后，即行旋家。他处正式学校未能插班，不得不向该校插读数月也。片时余即旋家。

二十四日(4月26日)　朝间有雨，上午晴，天气又潮暖。读《小仓山房诗》以遣阑珊心绪。下午寒暑表在七十四五度。

二十五日(4月27日)　又晴，朝间栽种各项花秧，二儿在鉦由河南携来花子多种，今次第芽茁，宜随时栽种，可谓分秧及初夏也。上午寿涧邻来谈片时辞。下午陈朗斋、田季规同来谈数时辞。又补志：本日上午至花巷裱店看书画片时，即旋家。寒暑表在七十五六

---

①　陈庆均《为山庐诗稿》(第二本)有自题诗，曰《前年自绘越州名胜图备荷诸吟坛题咏借志二首》：“形盛天然诩越州，千岩万壑一编收。此生足抱山林志，展卷依稀作卧游。”“枯管滋惭绘事工，霓裳题满众仙同。春秋佳日寻陈迹，愿在湖山无恙中。”

度,可卸棉衣。昨撰赠陶冶公五十岁并寿七言律诗四章,费旦夕之心力以成之,其诗另用绢笺书寄,而稿志于下:“学鞭先著拯危时,绮岁才名海外知(冶公曾留学东瀛)。备译戎书娴将略(任陆军部参议不下十年),远参妙术贮良医(游学时习医科)。同盟袍泽筹安策,重秀山河建义麾(其事胡展堂①诸君,为同盟同会同志)。从此睡狮资唤醒,大公天下讵循私。”“抽身暂见整帆旋,载得清风袖里延。自奉薄时常戒杀,天怀淡处好参禅(冶公研佛经茹素多年)。故园松菊宜人赏,栗里琴尊旧雨联。绿野优游留后约,题襟足集待重编。”“洄溯伊人岁又更,云泥虽隔总关情。迂疏才略难容世,寒俭文章笑我生。整饬官方君有责,踌躇国难意多诚(冶公前年出席国难会议,令任中央惩戒委员)。魏公风节孚民望,犹睹廉泉让水清(冶公昔年主总政治训练部,人咸钦其清廉谨饬)。”“两间淑气正和融,翠筱红蕖景物隆。五鰰揆辰筹并晋,百年眉寿日方中。系传靖节流风远,室有梁鸿举案工。见说焚香勤呗课(冶公每晨以经自课),独肩道义养澄衷。”

二十六日(4月28日) 朝间尚晴。前日下午陈朗斋同田季规来谈数时辞。本日上午学行草字。天微雨纷纷,俗务繁如,罕得清闲静坐之时。

二十七日(4月29日) 朝间似有晴态。上午写诗笺及应酬书问。下午至花巷裱店看书画片时,即旋家。日间天气清胜,夜间得见满天明星,乃本月以来所难遇也。

二十八日(4月30日) 又晴,朝间寒暑表在五十八度。学行草字许时。上午戚芝川来谈许时辞。下午整饬“廉隅”、“萝补”等处庭宇。夜间学隶书片时。

二十九日(5月1日) 又似晴。上午田季规来谈片时辞,又贺

---

① 胡汉民(1879—1936),原名衍鹳、衍鸿,字展堂,晚年别号“不匮室主”。广东番禺人,祖籍江西庐陵。中国近代民主革命家。见肖杰《辛亥著名人物传记丛书:胡汉民》。

宁生来谈我家在常禧城外塘埭星采堂屋事，片时即辞。下午陈朗斋、田季规又来，又戚芝川来同商谈季规与人款项纠纷事，又徐子祥来，各客皆谈至将晚辞。

三十日(5月2日)　又似晴。朝间自栽花草。上午为孙云裳写其先人墓前之碑。下半日看《杏花香雪斋诗》。

四月初一日(5月3日)　月为辛巳，日为己卯。又似晴，天气清胜。朝间栽种庭前花草。春间草木随时菁茂，但须修整浇培，庶可娱目。近日各种之月季花次第发瓣，数十盆中，以山东月季及前年二儿在钰由河南携来之红白两种千瓣月季为最大。花如牡丹同样，艳丽非凡，但未定其名也。下午寿涧邻来谈片时，又同至老虎桥沈馥生处谈片时，即各旋自家。

初二日(5月4日)　又晴。上午至板桥弄王子余处谈许时；又至诸善弄邵憩棠寓，遇顾存铭[①]谈片时，即旋家。下午整理书簏。

初三日(5月5日)　又晴，朝间天气清胜。至就近街衢一瞻市景，即旋家。本日中祭先曾祖妣魏太夫人讳忌。徐君惠来谈，中饭下又谈片时辞。潘□□来谈片时辞，又朱佐庭来谈片时辞。下午寒暑表在七十八九度。

初四日(5月6日)　上半日有雨。前日晚上应田季规之约，至其家与鲍子调、戚芝川同策其款项纠纷事，谈至半夜旋家。本日上午有乡人来商田产等事，又有贺宁生来商偏门外史家岸屋事。费半日应酬，各客乃辞。下半日有风日晴丽之胜。

初五日(5月7日)　又晴。朝间，绍兴陈味荪县长送来公函及纂修绍兴县志聘任书，前公议成立一修志委员会，以县长为委员长，

---

① 顾存铭(1882—?)，字盼雄，一字盛鸣。浙江绍兴人。见顾乃眷《上虞西华顾氏九修宗谱》卷八《后宅宪房徙绍城诸善弄派》。按：据宗谱，其生于光绪七年十二月二十一日。公历为1882年2月9日。

由县长聘常务委员六人从事纂修。斯事予愿闻其成之心,不下他人。但自憾学识谫陋,实未敢任之,当与诸同人从长计议也。上午至东昌坊寿涧邻处谈片时,即旋。途遇朱阆仙,留至其家茗谈片时,乃即旋家。下午至香粉巷朱荑君①处谈片时,又同朱君至大街"悦茗"茶漆栈钱荫乔处谈片时,各旋自家。

初六日(5月8日) 又晴。朝间至塔子桥朱仲华处谈片时,又至缪家桥曾侣仁处谈片时,即旋家。下午寿涧邻来谈片,乃同至仓桥后商会成立绍兴县修志委员会。本日由县长陈味荪发请函及修志委员书七十三(分)[份],于分各法团及各士绅。由县长指定修志常务委员六人,县长为当然常务委员,共计七人。指定六人者,是王子余、沈馥生、周毅修、陈艮仙、寿涧邻、朱荑君。请大会同意后,予即以能力不及为辞,乃同人以相约一列不辞,勉强暂任之事。既由财政、民政、教育三厅核准,本日作成立之会,全体摄影以为纪念,事竣乃即旋家。本日寒暑表在八十一二三度。

初七日(5月9日) 又晴。收拾书画各件。日中寒暑表在八十五六度。下午徐扐庭来谈,兼围棋数时辞。

初八日(5月10日) 朝间乍有雨,即晴。上午同莲孙至县西桥叶医处看项核出浓之病,片时即同莲孙旋家,知孙永江来言偏门外塘埭我家寓屋事,渠与宜侄一谈而辞。是屋近来多有人来商典租事,颇费酬应。下午有大雨片时,仍似晴。

初九日(5月11日) 又似晴。上午朱荑君来谈片时辞,又徐扐

---

① 朱启澜(1867—1943),字荑君。浙江绍兴人。诗巢壬社社员。民国绍兴县志修志委员会主要成员。见唐风《秋门集》;《诗巢壬社社友录》。按:唐风《秋门集》之《淡园者李孝廉槐卿树圃也四月六日招同朱铨部荑君设饮摄影三人皆同治丁卯生予以五月荑君以九月槐卿以十一月荑君先有诗用其韵谢槐卿》。据此逆推,其当生于同治六年(1867)。《诗巢壬社社友录》载其卒于民国三十二年十月十九日。

庭来围棋，至中饭下辞。下午至仓桥商会与陈味荪县长及王子余、朱荑君、沈馥生、寿涧邻、周毅修议修志事，颇费思量，天将晚各自旋家。近闻浙省县政及各机关又有大更动，朝令暮改，举棋不定，徒滋纷争。万姓少安宁之分守，可谓庸人自扰之。

初十日(5月12日) 又晴。上午同莲孙至县西桥叶医处看项核病片时，莲孙即自旋；予又至寿涧邻处谈片时，即旋家。下午题隶书修志委员会直额(前日同人所推为之)。

十一日(5月13日) 又似晴。上午看《经世文编》。下午徐子祥来谈，兼围棋片时辞。三句钟，坐人力车至仓桥商会暂定之绍兴县修志委员会常务委员会议进行之事。六人皆依时而到，至六句钟各自旋家。晚前田霭如来谈片时辞。

十二日(5月14日) 又有雨。朝间录李越缦先生修志议例。上午周永年来谈兼围棋，又徐宜况来。日中祭先妣徐太夫人忌日。下半日又同周、徐二君围棋，至夜间之十一时各客乃辞。

十三日(5月15日) 又晴。上午王念兹来谈片时，同至小坊口周永年处谈，又同王、周二君至清风里酒楼饮数时。下午又同至诸善弄口顾源昌[①]存铭及邵憩棠处谈，兼围棋片时。余又至商会同修志常务员议进行讨论纂修等事，至晚上旋家。

十四日(5月16日) 上午坐人力车至诗巢祭吕祖及诗巢历代诗人。日中公宴后，同朱荑君、沈馥生、寿涧邻、周毅修至古贡院前之图书馆，与馆长谈修志会暂假该馆为会所事。馆长为孙仲安[②]，极欢

---

① 顾源昌，日记一作顾元昌。此为商号，非人名。顾乃眷《上虞西华顾氏九修宗谱》中未见，谱中只有顾存铭。《日记》民国二十五年新历四月五日即旧历三月十四日："朝间天晴。上午稍有雨至顾元昌晤存铭谈片时，又过大街，即旋家。"据此二者可知，此为商号。

② 孙增祺(1893—?)，字仲安。浙江绍兴人。又新高小毕业，省立第五师范校毕业。曾任又新高小校长、绍兴县图书馆馆长。见孙秉彝《绍兴孙氏宗谱》卷四《仁德公后君显公派》。

迎赞可。片时后，又同朱萸君、寿涧邻、周毅修至龙山教育局检收前由县政府发饬教育局保管之修志采访稿及书册碑拓，以县政府令饬该局移交修志会也。局中保管档案员即将关于修志文件等检出，由余等遵照案卷一一查对，计誊本数十本，采访稿九本，碑拓百数十张，前人诗词集百数卷，志辑二十八本；《绍兴府志》一册，计四十八本。共装四箱，检查如卷，即由寿涧邻缮一接收，复文于教育局，乃修志委员会之名义及随带图记加印也。事竣后，即用人力车二辆，令其载送至古贡院图书馆。余与寿涧邻、朱萸君、周毅修又至图书馆面交孙仲安寄存，暂为收管。片时坐后，乃各旋家。孙云裳来谈，夜饭后又谈数时。(昨)[乍]有雨。本日见教育局各职员办理移交，头绪纷繁，人人有行色匆匆之态。以绍兴改为中心县，监督旧绍属之七县。仿佛如前之绍兴府，新任县长即日来自省方。所有公安局、财政局、教育局、建设局一律改局长为科员，所以近日各局所非常纷杂，当路者心罕主宰。官制政策，朝令暮改，时事有不堪问闻者也。本日姚慧尘[1]亦卸烟酒局长之职。

十五日(5月17日)　有雨。上午孙云裳同在锫至湖塘李宅唁砚庄[2]之父出殡事。大雨半日。录越缦先生修志议例。

---

① 姚烈(1875—1941)，字慧尘。浙江绍兴人。曾任绍兴商业银行常务董事、绍兴烟酒局局长、浙江烟酒事务局副局长。见《绍兴文史资料选辑》(第3辑)之王绍型《王家襄简历及轶事》;《绍兴文史资料》(第6辑)之裘振康《记绍兴商业银行》;《浙江烟酒事务局年刊》(民国十七年)。按:陈庆均《为山庐诗稿》(第二本)有《姚慧尘六十寿诗》(甲戌)，据此逆推，其当生于光绪元年(1875)。陈庆均《为山庐书问》之《复王子余书》(十一月十九日邮寄樟墅):“今秋虚尘一病不起，叔梅作湘中异物，慧尘又归道城南。远年旧雨，逐岁凋零，既感逝者，不禁兼叹吾衰矣!”此信写于民国三十年(1941)十一月。据此，其当卒于民国三十年(1941)。

② 李砚庄(1883—1944)，一作彦庄。浙江绍兴湖塘人。陈庆均亲家。见李基阳《湖塘李氏家谱》。按:陈庆均《为山庐书问》之《寄清辉三女(注转下页)

十六日(5月18日)　又似有雨。上午学篆隶字许时。下午谢斗宜来,渠与新任绍兴烟酒局长喻息凡[①]多年同事知交,近为该局总务主任。今由喻局长请其劝三儿仍任东浦稽征分主任,前日曾由该局密查员寿君面送委任书于在锫,而在锫以与前局长姚慧尘最相关爱,未愿抛却前情,业将委任书还璧。今该局以未可更易生人,任用极殷,知谢君为我家姻世知交,特再来敦劝,谈片时辞。又寿涧邻、周毅修来谈片时,同至板桥王子余处谈片时,又同至香粉弄朱萸君处谈片时,又同至图书馆整理前日所接收修志稿件等事。常务员六人皆到,至晚前各旋家。

十七日(5月19日)　似有将雨之态。朝间至板桥王子余处,为在锫商谈烟酒稽征局辞委事,片时即旋家。日间仍晴。下半日孙永江来谈片时辞。学篆隶字数时。夜间又学字。

十八日(5月20日)　又晴。朝间栽种庭畔花草。上午学篆书。下午坐人力车至板桥烟酒稽征局回看喻息凡局长,渠前日曾来看也,彼此作礼尚往来之应酬。又至图书馆整理稿件,修志常委到王子余、朱萸君、寿涧邻、周毅修及余共五人,至晚前各自旋家。

十九日(5月21日)　又似晴。朝间栽种花草,各种新秧须及时分种。首春时,二儿在钰由河南携来各种月季,经予栽护,菁茂可观。红白各花次第发瓣,有初放数丛而后开成一轮者,有初开边薄而后层层高厚者,其大者足与牡丹相匹。如是花种,乃绍兴所难得有也。

(续上页注)书》(七月十五日即新历八月二十六日):“本年尔翁六旬正庆,又重民婿四十岁初度。父子百龄,一难得事。”此信写于民国三十一年(1942)。据此逆推,其当生于光绪九年(1883)。陈庆均《为山庐书问》之《寄三女在苓书》(八月十九日即新历十月十五日):“接手书,惊悉尔堂上舅一病不起,遽归道山。道途阻隔,不克前来吊唁,惆怅何似。”此信作于民国三十三年(1944)。据此,其当卒于民国三十三年(1944)。

①　喻长鉴,字息凡,一作雪凡。曾任绍兴烟酒局局长。见《民国绍兴县志资料》(第二辑)。

二十日(5月22日) 又晴。朝间又在庭畔栽花。上午新任县长贺扬灵[①]来看,循例挡驾之。近称谓中心县有监督绍属七县之权,其字曰培心。日中为人书篆字楹联。日来天气最长,寒暑表在八十度上下。余心中时有作痛,似系消化力欠好,宜加意清净安养为自卫之本。下午坐人力车至本县政府回看贺县长,循向例谢步,乃渠即请见,遂一初见。其人似尚稳健,或亦为地方之幸。谈片时,又坐车至图书馆修志常务会议兼整理前日接收稿本、古迹、石拓等事。常务委员六人均到,至晚上六时半乃各旋自家。

二十一日(5月23日) 又晴。朝间收拾书箱,写拟修绍兴县志经过事实录。上午至缪家桥曾侣仁处谈,片时即旋家。近日天气清胜,长日如年,大可研求学业。下午学行草书。

二十二日(5月24日) 又晴,天气清胜。朝间学隶体字。上午徐子祥来谈片时辞。下午坐车至古贡院前图书馆修志常务员会议,本会当然委员新县长贺扬灵初次到会,接洽会中经过一切。贺君年方少壮,似尚老成有学问者,对余等将修志程序进行之处作长时间之讨论,至晚上始散会,乃各自旋家。本日七人一齐到会。

二十三日(5月25日) 又似晴。朝间栽花草后学字,乃近日来日常工作。上午看《有正味斋骈文》。下午田霭如来谈片时辞。夜间学篆书。

二十四日(5月26日) 朝间乍雨数粒,仍即似晴。上午为前县

---

① 贺扬灵(1902—1947),原名高志,字培心。江西永新人。曾任江西省党部工人部长、安徽省国民党党务指导委员、浙江民政厅主任秘书、绍兴县县长、浙江省第三区行政督察专员兼保安司令、湖北宜昌县县长、浙西行署主任、浙江省政府行辕主任等职。1947年7月23日在南京遽然辞世。著有《劈天集》《残叶》《古诗十九首研究》《小山词》《李长吉歌诗》《浣花诗词》《南唐二主诗词》《元代奴隶考》《察绥蒙民经济的解剖》等。见贺绍英《追思》之卢继芳《贺扬灵先生行略》。按:传略载其生于光绪辛丑年十二月初九日。阳历为1902年1月18日。

长陈味荪篆书楹联四副，渠在任时索书，以未得暇，至今始写之，拟邮寄其海宁任署也。日中寒暑表在七十六七八度。曾吕仁来谈片时辞。下午徐子祥来谈片时，又同至长桥袁梦白处谈数时。感国家政策变到如此，虽有善者，亦恐难以挽救，为可慨也。晚前天微有雨，乃各坐人力车旋家。夜餐后，同苹女、长佐孙、菱曾孙女至民教馆看各校生化装演剧，至十一点钟，仍同苹女、长佐孙、菱曾孙女旋家。

二十五日(5月27日) 又雨而寒，本日寒暑表在六十七八度。上午戚芝川来谈片时辞。学隶体字数笺。下午坐人力车至图书馆修志委员会谈话修志进行意绪，六人咸到，至晚前乃各旋家。

二十六日(5月28日) 又晴。上午同莲孙至县西桥叶医处看项目核之病，片时即同莲孙旋家。予对于学问尚未肯放弃，而时艰如是，家中环境又如是，且老态日增，精神锐减。有愿未偿，事事不如人意，为可感也。下午学篆字。

二十七日(5月29日) 又有雨。朝间学篆字。上午至大街买纸笔，即旋家。密雨如注，殊未易行走。下午坐人力车至图书馆修志委员会会议，拟将前辑志稿及新搜稿件与旧有之《山阴县志》及《会稽县志》分别编为月刊，每月出一册，约计每册百页。以两年为期，庶旧志得以存留。而旧志后之掌故，借成志乘材料，以待大雅闳达删订纂修耳。会议至将晚，各坐车旋家。本日六人咸依时到会。密雨永日。

二十八日(5月30日) 似有晴意。上午收理旧籍。

二十九日(5月31日) 朝间又有雨。看《有正味斋文牍》。上午学篆书。日中天气清胜，寒暑表在七十度上下。下午田季规来，以其与兄嫂新近分定住屋合同议据列余名在见议亲族之中，请余加印图章。其议据分福、禄、寿三本，谈片时田君辞，时三句钟。乃至图书馆修志委员会常会，议定旧志与新辑志稿，出月刊缘起、叙言，及招印刷局到会，计核排印、纸张、装订、价格。议竣时将晚，乃各散会旋家。

五月初一日(6月1日) 本月为壬午，本日为戊申。又似晴。

朝间至大善桥街市购书画笺,即坐车旋家。上午至大云桥兑取洋钞,以付各账。下午书酬应尺牍,又至大街购纸本及诗信笺,即旋家。接四川重庆二儿在钰由航空来禀,言四月二十二日由湖北宜昌启行,二十五日到重庆。渠本先行声明,倘第十陆军医院将来有移驻四川事实,决计辞职,业与院长言定。今该院有多数职员以在钰之进退为进退,院长不得不力商在钰暂行一到,又言定俟医院移驻后,准随时辞职回籍。今在钰云待有差轮之便,即拟航海南旋,然又经过国内最远之疆域风俗也。

初二日(6月2日)　时有雨。寻理旧书,颇费心力。予数十年来自制之书,不过数千卷,但亦须随时整饬也。

初三日(6月3日)　似又有雨,上半日晴。徐衣言来谈片时辞。下午三时至图书馆开修志委员常务会议,当然委员贺扬灵县长,常务委员王世裕、沈钧业、朱启澜、寿鹏更、周智濬、陈庆均,七人咸列席。议将沈墨庄①、陈昼卿②两先达及前浙江采集通志中之绍兴志料及民国□年所采访之绍兴志稿并今新采得之志料,且上追《山阴县志》、《会稽县志》,辑为月刊,每月一本,两年成之。议定后,至晚上散会,各自旋家。

---

①　沈元泰(1805—?),字吉庵,号果生,又号墨庄,一号寄园。清浙江会稽人。道光十四年(1834)举人,二十年进士。曾官江西辰州府知府。曾主修《道光会稽县志》。见沈元泰《会稽中望坊沈氏家谱》卷四《中望太二房世系》;《道光甲午直省同年录》。按:家谱载其生于嘉庆乙丑年十月十九日。同年录载其生于嘉庆丁卯年十月十九日。此据家谱。

②　陈锦(1821—1890),字昼卿,号补勤。清浙江山阴人。道光二十九年(1849)举人。曾官山东盐运使。著有《补勤诗存》《勤余文牍》《鄮河陈氏诵芬录》等。见《己酉科直省乡试同年录》;朱彭寿《清代人物大事纪年》;杜士骧《山东通志》卷五十一《国朝职官表一》。按:其生年据《己酉科直省乡试同年录》。其卒年据《越缦堂日记》光绪十六年十二月二十四日:“又闻陈昼卿以十月间殁于济南。昼卿年七十余矣!去岁、今年娄诒余书,言即为归计,逡循不果。遽闻凶耗。其长郎苐堂贤而早殁,闻其诸孙亦颇不肖,可叹也。”

初四日(6 月 4 日)　又晴。循旧俗清理各账务。又写贺人立幅。余精力日衰,近来不能多时看书、多时写字。

初五日(6 月 5 日)　又似晴。朝间栽种花草。庭畔中所有花卉,陆续放瓣,时有香艳之美态,为可玩也。今年端阳日较上年风凉,可着夹衣。寒暑表在七十一二三四日度。上午书八卦数张,以应家中人之需用。

初六日(6 月 6 日)　又似晴。朝间栽种花草,盆中所植各花秧,日见蕃衍,须随时分种,每日朝间之工作也。予近来心中时有作痛,似系消化力衰弱。躯体将敝,乃生是恙,恐难久延斯世。下午至街买折扇面,路便过大坊口补习校坐片时,四句钟时同孙儿长佐旋家。

初七日(6 月 7 日)　又晴。朝间在庭畔看各种花草。上午至大云桥掉换钞券,即旋家。看《绿雪堂诗文集》。下午周毅修来谈片时。又同至仓桥旧书店中看清康熙三十年所修《绍兴府志》。时为绍兴府者铁岭人名李铎[①]而发起,修是志者康熙十一年汉阳张三异[②]太守也。此两知府一创之,一成之。书中皆有序文,全书五十八卷,装订二十四本,阙二本,而索值三十元。周君与余皆嫌其书不全,值仍昂,未愿购也。乃同周君至图书馆修志委员会谈话。本日到者王子余、朱荑君、寿涧邻、周毅修及余,共五人,至晚前各旋家。

初八日(6 月 8 日)　曾吕仁来谈,同饭饮参桂酒片时,又各坐人力车至西郭光相桥田蓝陬处谈。蓝陬留中饭,畅谈至下午三句钟,各坐车旋自家。

---

① 李铎,字天民。清奉天铁岭人。康熙二十八年由兵部郎中出知绍兴。见李亨特、平恕《绍兴府志》卷四十三《人物志三·名宦下》;《绍兴县志资料》(第一辑)册 16《名宦传》。

② 张三异(1609—1691),字鲁如,号禹木。清湖北汉阳人。顺治五年(1648)举人,六年进士。曾官绍兴府知府。著有《雪史》《痴龙文集》《来青园文集》等。见侯祖佘、吕寅东《夏口县志》卷十四《人物志二·文职》;张明祥《东湖区专志·艺文志》;《绍兴县志资料》(第一辑)册 16《名宦传》。

初九日(6月9日) 又晴。上午俗务纷如。下午徐子祥来谈兼围棋,晚上辞。

初十日(6月10日) 晴。上午至大云桥药店购买药品等事,即旋家。乍有雨,仍即晴。下午周毅修来谈片时,同至修志会商量修志事务。本日六同委都到,至晚上各旋家。

十一日(6月11日) 又似晴。上午周永年来;又徐宜况来,同围棋永日。至夜间之十时,周、徐各客乃辞。

十二日(6月12日) 晴。上午之九时至图书馆修志委员会例会,六人咸到,议进行搜采志料诸事,至十一时各散。余就近至诗巢测量题名屏片时,即由大街旋家。

十三日(6月13日) 又晴。朝间至"廉隅"檐前栽种花草。今年五月清凉,朝晚时尚可着夹衣。上午周毅修来,渠已将诗巢题名之先诗人遍查一过,据云甲寅年集同志遵照沈霞西[①]先生手编《香火证因录》所列祔祀诸贤制有如屏风大者题名牌一座,计共题者四百七十二人(大牌中九十五行,每行题名五位,空者三格)。今拟将《越中观感录》及前年新编之《诗巢志》中所列之诗人,再制如屏风大名牌,一统补齐。周君云尚有四百四十三人,庶前已题祀者,可告补成。此事余自甲寅岁以后,拟补题者二十余年矣,今始发愿为之。周君谈片时辞。

十四日(6月14日) 又晴,寒暑表在七十八九度。本日天未晓,时不能成睡。感于近日报载河北之旧直隶省又为日人掌握之中,我国版图日隘,元气日伤,人民苛税层出不穷,内忧外患,旦夕可危。作如此国人,尚复有何兴趣。加以自身衰态日增,家中更少良好环境,每一念及,百感纷来,遂起坐书写日志。上午至大街钱荫乔处谈片时,又至图书馆修志委员会参酌搜辑志料事宜,至日中各旋自家。下午有大雨后仍晴。二儿在钰同其妻及其长松、长中两子自四川重

---

① 沈复灿(1779—1850),字霞西。清浙江山阴人。藏书家。有鸣野山房藏书,积至万卷。见宗稷辰《躬耻斋文钞》卷十《碑志类》之《沈霞西墓表》。

庆航海、车辙旋家，行程将及万里。而长松、长中两孙出门数年，今其面貌楚楚可观。

十五日(6月15日) 又晴。朝间赏玩庭畔花草，学行草字及大隶字。下午看《随园尺牍》，以遣长夏。是书数十年前予一再看诵，羡其天才超俊，以特殊之意绪，多清辨之词华，别有一种趣味。

十六日(6月16日) 天暑，又似晴。本日力弱畏暑，坐人力车至龙山诗巢，余新捐制之屏风式大神牌已设立于诗巢右龛，登临者有资瞻仰也。日中同社咸至刘戒谋[①]先生墓前致祭，又共上诗巢公祭后，同社宴集，计社员及来宾共三十余人。下半日坐人力车旋家。天气郁暑，有雨后得清胜。

十七日(6月17日) 又晴。上午至图书馆修志常务，整理前辑之志稿数时，日中旋家。天气虽暖，而尚清胜。下午看旧箧中先人所遗各种稿本。夜与家中人坐庭畔，可着夹衣。今年中夏似较昔年清凉。

十八日(6月18日) 又晴。朝间录《植种性质考》。上午至缪家桥曾吕[仁]处谈片时，又至杨质安处为大女问头眩治疗之术，谈片时即旋家。本日寒暑表在八十六七度。下午又录《种植考略》。夜坐庭畔，大有清凉之气。

十九日(6月19日) 又晴。朝间录《植考略种》。上午至图书馆修志会集议，到者余与子余、馥生、萸君、毅修五人。详阅前搜稿件，虽多至五六十本，而可厘订者实在少数。同参考至日中，各旋家。晚间有雨。

二十日(6月20日) 有雨。闻各乡农田正资灌溉，有此一雨，足庆沾润也。上午写《种植考》。下午又有雨。

二十一日(6月21日) 又有雨。上午坐人力车至图书馆修志会集议，到者六人。整理前有之采访稿件，至日中各散，予旋家焉。

---

① 刘正谊，字戒谋，别号委宛山人。清浙江山阴人。著有《委宛山人诗集》。见徐元梅、朱文翰《山阴县志》卷十五《乡贤三》。

下午又有微雨,夜间雨又大。

二十二日(6月22日) 又有雨。经数日雨后,天气多湿。本日为夏至。朝间即与内子李夫人及苹女备办祭历代祖宗几筵、果品等事,此乃予两老人数十年来未能推诿者也。上午大雨半日,夏至雨水可称充足。日中祭历代祖宗。下午为寿涧邻绘山水扇箑一张。

二十三日(6月23日) 又似有雨,上午似晴。至木莲桥王念兹处谈片时,即旋家。下午又绘山水。乍雨乍晴,夜间风雨交作,天气转寒,须御夹衣。

二十四日(6月24日) 朝间似有晴态,寒暑表在七十一二三度。上午至古贡院图书馆修志委员会例会,各常委到后,以开元寺东首余屋前日业经由本会假定,惟有前公安局眷属寓住,至今始出清。本日修志委员会常务同人乃一律移至开元寺余屋为会所,是处即前警察局长薛逸尘与该寺所添建之屋,三楼三底,屋有天井、有小园林,似尚清静相宜。但今日几席尚未设备,该寺僧人乃延余等至另座谈话,且款留余等茶饭,至下午各散。余由大街一转,即旋家。

二十五日(6月25日) 上午似晴。日中祭先曾祖妣魏太夫人诞日。下午又有雨,晚上雨霁。

二十六日(6月26日) 又有雨,天气潮湿。上午至开元寺藏经楼绍兴县修志委员会常务集议,会所甫经移驻,又费一番整理设备之处。本日寿涧邻、周毅修、王子余、沈馥生、朱英君及余六人咸到。日中由寺中转办中饭,一律蔬菜。下午又集议一应须备事宜,至晚前之五句半钟,乃各散,余即旋家。

二十七日(6月27日) 又有雨,乍雨乍晴。上午至就近街衢一转,即旋家。庭宇中以天气湿暖,未甚清快。上午至修志会整理前采稿件。

二十八日(6月28日) 又晴。上午至修志会集议应有事,并详定前采稿件之删存。天气郁热,而整理稿本,耐暑为之。至晚上各旋自家。

二十九日(6月29日) 似晴。上午同孙儿长霖至西郭汽车城站坐片时,同趁十句钟汽车至西兴江干换趁轮渡船。至杭州江干,钱江水大流勇,渡船未能对渡而行,须至六和塔绕行。登岸时十二句钟,即同长霖至美政桥潘午印[①]处请其看长霖项核之病,遽云如是渐大,一时未易医治,且以膏药及搽药治之,片时即各坐车至西湖岸前崙湖旅馆寓。本不至此旅馆,以途中有招待强求,借至该旅馆一试。即在三层楼上寓之,稍坐片时,同长霖至就近菜馆中饭。下午余坐车至旧藩司前东公廨三号访堵申甫[②],谈片时后,堵君即同余各坐车至西泠孤山之浙江图书馆,由馆员毛春翔[③]君引余与堵君至缮写厅阅看民国初年所采访之《浙江通志稿》。余与堵君翻阅一遍,其稿本有

---

① 潘午印(1895—1968),浙江杭州人。浙江省中医院外科老中医。自幼随其父潘之九学医。1954年参加杭州市中医门诊部工作,1956年进入浙江省中医院。1962年评为省著名中医师。诊病以内消内托为主,不主张手术,认为手术有损于肌体和气血,治疗皮肤病重视审证求因,强调内外兼治。见史宇广《中国中医人名辞典》。

② 堵福诜(1884—1961),字申甫,一作申父,号冷庵,又署屹山。浙江绍兴人。早年毕业于浙江高等学堂,曾担任浙江省立两级师范学校书法教师,善书行楷、画写意花卉。民国七年(1918)随经亨颐访问日本、朝鲜考察教育。十三年受浙江省教育厅厅长张宗祥委托赴北京董理补钞文澜阁残缺《四库全书》,十六年、二十年两度任浙江省余姚县县长。二十五年出任浙江图书馆设计委员会委员。1953年受聘为浙江省文史研究馆馆员。著有《绍兴学校教育志》《社会教育志》《民国春秋》等。见杭州师范大学弘一大师·丰子恺研究中心《堵氏家谱》之《附录》之《堵申父县长传》。

③ 毛春翔(1898—1973),原名友亮,字乘云。浙江江山人。毕业于浙江公立法政专门学校。后在浙江图书馆任编目组干事,负责善本编目。民国二十七年(1938)初参加护送文澜阁《四库全书》抵贵阳,负责保管库书。三十四年任文澜阁《四库全书》保管委员会秘书。抗战胜利后负责文澜阁《四库全书》护送回杭。三十五年任浙图特藏部主任。著有《古书版本常谈》及校订补编《文澜阁全书目录》等。见浙江省图书馆志编纂委员会《浙江省图书馆志》。

各府分编者,有各省统编者。绍兴府采稿,因前曾由绍兴借过计十本,另为一包;余共计一百九十二本。将来如绍兴修志委员会借看,必须全部移借。余即与该馆员说及改日当另具公牍,借之阅览数时。堵君又邀至就近之旧文澜阁,将陈列之书画、古器及动植物等巡视一过,乃即各坐车旋寓。长霖又由民教馆看书旋寓,即同至西园楼上茗坐,看雨中山水。夜间又同至旧书店看书,买书后仍同旋寓。

三十日(6月30日) 又雨。朝间在杭寓见时雨大而兼久,乃同孙儿坐待数时,以雨稍收,即同孙儿长霖至新市场喜雨台坐楼上看市景片时。长霖自至民教馆看书,余坐车至佑圣观巷胡颖之处谈,其子长风①以星期在寓,同话片时,又至其同里看罗钝庵②不遇,颖之令其坐车伺待。原约中饭与罗君聚首畅谈,今罗君不遇,乃辞之。余即坐车旋寓,而长霖又以同时旋寓。大雨未休,余等驻在三楼之上,时形不便,即付旅费后携行李同孙儿长霖移寓于天然饭店之九十六号,是馆余向来旅寓者。片时后,同长霖至就近面菜馆午饭。下午同长霖各坐人力车至西泠旧文澜阁楼上楼下陈列室瞻视书画、器具、古迹及植物、动物,有自历代公家所遗者,有近今新搜者,足供赏玩一过。惜天雨不休,未能到处停留畅览,乃仍同长霖各坐人力车至寓休养一时,又同长霖至旧书店看书,稍购另本之书。天气将晚,又至菜馆晚餐。夜间天雨依然大下,行动极感不便,意兴未免阑珊,约九句钟时即同长霖旋寓。

---

① 胡长风(1898—?),字嗣宗。浙江绍兴人。胡寿震《绍兴莲花桥胡氏宗谱》。

② 罗传珍(1870—1943),字沛卿,号钝庵。浙江绍兴人。中国近代教育家、国立清华大学校长罗家伦之父。曾署江西万载、奉新、进贤等县知县,其中进贤县任官最久,政务最为显著。著有《咬菜根斋诗话》。见罗家伦《罗家伦先生文存》第十册之《罗钝庵先生行述》。

六月初一日(7月1日) 雨又大。本月月为癸未,本日为戊寅。朝间同孙儿长霖在杭州寓中睡起,又见雨密未休,几似时雨与余等同至杭州。以余自至杭后,日夜下雨,不遇有雨霁之时。乃付旅费,收拾行李,即同长霖各坐人力车至江干乘渡船。至西兴江干,时九句钟。而雨始稍有晴意,即同长霖坐汽车旋绍兴车站,又即同孙儿长霖各坐人力车至家。时日中,似有晴态。下午至修志委员会治事,至晚上旋家。

初二日(7月2日) 乍雨晴。上午俗务纷如。下午至修志委员会办事,晚上旋家。

初三日(7月3日) 似晴。上午至修志委员会搜集稿件。本日骤暑,晚上旋家,与家中人坐庭畔乘凉。

初四日(7月4日) 朝间至塔子桥朱仲华处谈,即旋家。下午至修志会治事,晚上旋家。

初五日(7月5日) 又晴。朝间徐子祥来谈片时辞。上午至观音桥戚升淮处询其病,同芝川谈片时,又至曾吕仁处谈片时,又至朱秋农处谈片时,乃即旋家。下午又至修志委员会治事,晚上旋家。

初六日(7月6日) 似晴。上午至大街一转,即旋家。下午至修志委员会治事,晚上旋家。

初七日(7月7日) 上午俗务纷[繁]。下午邹楚青、屠施墉、阮贻良来,谈数时各辞。本日天气又暑。

初八日(7月8日) 又似晴。上半日家中整理旧籍。下午稍有雨。至修志委员会治事,晚上旋家。

初九日(7月9日) 又似晴。上午家务纷繁。下午至修志会治事。近日(到)湿热,未能畅快。晚上旋家。

初十日(7月10日) 又似晴。近日孙儿长霖项核日渐肿大,又其腰旁筋痛,伸曲身体,未能自如。每发必五六日,饭胃未克如常,似皆气体亏弱之征,余深为其虑。追忆其父以项核之病不能延年,今其子复生是病,实令人感恐。益信人生斯世,虽属逆旅,但最可憾者境遇之不佳耳。下午至修志会治事,晚上旋家。天气郁热,极不畅快。

十一日(7月11日)　又似晴。朝间至修志会。日间郁热异常。下午似有电雷风雨,乃旋家,稍有雨数粒。

十二日(7月12日)　似晴。朝间在庭畔看书写字。天气较前日清胜。上午至修志会治事,天暑汗多,同人皆勉强为之。晚上旋家,更觉郁热。夜坐庭畔,至十一句钟始稍有清气。

十三日(7月13日)　又晴。朝间坐庭畔书字。寒暑表在八十四五度。上午至(至)修志会治事。日中寒暑表在九十四五度。本日为初交庚伏之日。晚前旋家。

十四日(7月14日)　晴。朝间坐庭畔书字,乘有清气也。又至缪家桥章天觉[①]处谈片时,再由大街坐舟旋家。上午整饬庭宇及书籍等事。下午盛暑不能工作,寒暑表九十七度。夜乍有大风后稍凉。

十五日(7月15日)　晴,又盛暑。上午至修志会。日中又郁热,会中有客来,只能挥箑谈话事务。下午有雷有雨。晚前旋家。

十六日(7月16日)　晴。朝间坐庭畔书字。上午至修志会治事,同人皆冒暑工作,可谓肯任义务也。下午郁暑之后,似有风雨。晚上旋家。

十七日(7月17日)　晴。朝间坐庭畔看书写字片时,即至修志会治事。下午天气又郁暑,晚上旋家。虽坐庭外,未得清凉,永夜不获酣睡。

十八日(7月18日)　晴。朝间即至修志会,以暑日可畏,趁朝凉时尚可行动办事。下半日又盛暑逼人,看书写字,汗淋如雨。与沈

---

① 章天觉(1888—?),浙江绍兴人。诗巢壬社社员。曾任绍兴《工商日报》社长,编辑为李士铭、翁天寥等,社址在绍兴小校场。见中共绍兴县委党史资料征集研究委员会《绍兴革命大事记》;《诗巢壬社社友录》。按:《诗巢壬社社友录》载其民国三十八年六十二岁,生于二月十五日。据此逆推,其当生于光绪十四年(1888)。

馥生围棋数局，借遣暑夏，晚上乃旋家。夜间又郁暑，永夜未能安睡。

十九日(7月19日) 晴。朝间至开元寺修志会治事，至日中旋家。数日来每以天暑夜不成睡，本日特静养半日。寒暑[表]在九十八九度。晚上稍有清风。夜间依然郁暑，真可畏也。

二十日(7月20日) 晴。朝间至修志会治事。本日虽时有清风，而有时仍暑。会中事务纷繁，人人多冒暑为之，晚上旋家。本日夜间仍未能安睡。

二十一日(7月21日) 朝间仍似晴。黎明时坐庭畔书字，乍有微雨。上半[日]坐车至西郭光相桥田蓝陬处谈，片时即旋家。下午时作云而不肯沛然下雨，天气较前日稍凉，寒暑表在九十度上下。

二十二日(7月22日) 朝间有大雨数时，雨稍细。至修志会校看《浙江通志稿》。是书数日前由杭州图书馆寄来，乃民国五年浙省所采得者，共计一百九十五本，另绍兴部分计拾本，其稿有各府分订者，有全省统纪者，须费心目以鉴查之。本日时有大雨。晚前旋家。

二十三日(7月23日) 晴。得昨日大雨之后，天气似有新凉。朝间写文字。本日为予生日。夜半未能成睡，时念今思昔，百感纷来。人到暮年，环境如斯，可胜自憾。上午至修志会写辑志稿，下午旋家。本日寒暑表在八十八九度，较前日清胜。

二十四日(7月24日) 晴。朝间至就近街衢购药品等事，片时即旋家。上午至修志会治事，下午旋家。稍有微雨，仍即晴。夜间尚有新凉之气。

二十五日(7月25日) 又晴。朝间坐庭畔学字。上午至修志会治事。戚芝川来谈数时辞。又至修志会治事，下午五时旋家。

二十六日(7月26日) 晴。朝间坐庭畔书字。上午至修志会工作，见《政府公报》有禁止排外及讥辱言词行动之通令。畏首畏尾，一至于此，可胜浩叹。晚前旋家。

二十七日(7月27日) 晴。上午八时至修志会，常务委六人及当然委员县长贺培心一齐到会，开编辑志料及进行各项事宜，至十一时散会,余以事旋家。下午之三时,又坐车至修志会书写件,至晚上旋家。

二十八日(7月28日) 晴。朝间同长佐、长中二孙至大街购买毛笔等事,片时即旋家。近年绍地遍种水蜜桃等果及马铃瓜等瓜,以至充溢市上,价亦极低。本日买之水蜜桃每个十六[①],称有六七两之大,每个价只三分余,较之昔年便宜远矣。上午学行草字。寒暑表在九十度上下。日中在九十五度。下午坐静处写字数时。夜坐庭畔,有风清凉。

二十九日(7月29日) 晴。黎明新时坐庭畔,待天明书字片时。

七月初一日(7月30日) 月为甲申,日为丁未。晴。朝间整饬家务,即至修志会治事,十一句钟时乃旋家。日中祭先室田夫人诞日,田霨如来一行礼,片时即辞。下午坐静室写字。

初二日(7月31日) 晴。朝间坐庭畔看书。上午至修志会工作文字。下午乍有雨,仍即晴。晚前旋家。

初三日(8月1日) 朝间时有微雨。本日孙女菱曾二十岁生日。时华荏苒,回忆其生时难产,余与其父在镇大费一番,延西术产科之救济也,今忽忽二十年。追念前尘,不能与在镇共提旧事,可胜心感。上半日至修志会治事,下午之晚上旋家。本日二儿在钉宴客,余以免得应酬,不坐庭外乘凉。近日夜间较前清快。

初四日(8月2日) 朝间至修志会,以天暑朝凉时尚可行动也。日来将新抄之《浙江续通志稿》次第较对一过。本日晚上旋家。

初五日(8月3日) 朝间尚晴。上午甫出门行数武,遇雨旋家。待大雨后片时,又至修志会。途中又遇大雨,遂至店家坐片时,以雨霁乃至会中辑录稿件。本日时有风雨。下半日之五时即旋家。

---

① 此句当为"本日买之水蜜桃十六个"。

初六日(8 月 4 日) 又有雨,即晴。上午田霱如来谈片时辞;又徐子祥来谈,兼围棋。本日天气郁暑。徐君谈至下午辞。

初七日(8 月 5 日) 朝间有微雨,上午晴。整饬家政后,即至修志会辑录稿件,至下午六时旋家。日来日中仍暑,夜间每有凉风,即觉清胜。

民国二十五年丙子(1936)

正月初一日(1936.1.24)至五月二十九日(1936.7.17)

正月初一日(1936年1月24日) 本月为庚寅，本日为乙巳。朝间天雨纷如。循旧礼天地神、礼历代祖宗传象。予对于后辈之来拜岁者，一律辞之。感年力之就衰，生计日绌，家中环境多未称心；又以岁杪幼女在莘业经出嫁张宅[①]，膝前侍奉顿异情形。新岁意绪便觉阑珊，勉循旧章开笔书写日志。下午乍下雪珠之后又飞雪花，至晚上愈下愈大。雨雪交加，人人兴致多不高雅。天时如是，人兴又如

---

① 《乙亥嘉平十九日幼女在莘与张彭年结婚于杭州成诗四章》："向平愿遂慰心初，我感侵寻偃蹇余。虚抱遗编延岁月，聊耕残砚获菑畬。须知荆布艰罗绮，敢蹈纷华竞里闾。(掷)[郑]重添妆惟卷轴，为山庐画孑民书(妆奁力行简约，而自绘山水绢立幅及请蔡孑民老友为其撰书房联以添妆之)。""驷马高车懒送迎(年来意绪阑珊，极畏铺张场面之应酬)，尝余世味励冰清。闲搜薇蕨撩残梦，株守田园误此生。展卷辄书还赵璧(见赠奁仪只收自家兄妹，此外戚友一律璧还之)，挥毫多感故人情。小茶忝得宜家颂，闺阁争传翰墨荣(戚友中闻余不收礼，有特制书画之品写款以赠者。情意(掷)[郑]重，只得祗领)。""数声腊鼓听杭州，爪印还宜到处留。百辆待迎佳偶辙，一尊先饮太和楼(结婚前日，余与内子李夫人及钰儿、铻儿、媳妇、孙儿、孙女坐画舫畅游西泠各胜，即在太和楼欢宴)。画眉术妙推京兆，举案人争颂太邱。喜借名山联合卺，如宾相见话从头(友朋所赠书画，多有以京兆太邱奖借称颂者)。""催妆诗赋正良辰，琴瑟初调美满姻。爆竹声多宜偕老，梅花乡溢证前修。东传礼聘仍循旧，婚证书成惬合新(昔年订婚仍由媒人禀承两家父母之命令。今以新式结婚，可谓新旧兼全)。汽辙易过乡树近，好随梅柳渡江村(本日结婚之后，其新夫妻同坐汽车即时轮渡钱江回绍兴之漓渚家中)。"

是，事事未能奋发精神而为之。本日寒暑表在三十八九度。

初二日(1月25日)　雨雪虽霁而天寒地湿，寒暑表在三十一二三四度。上午至开元寺修志会谈话片时，即坐人力车旋家。下午同孙儿长佐至大街阅视新年市景，即同孙儿旋家。本日上午接苹女由漓渚张宅来书及贺年片言，其身体眠食尚好，为之一慰。以初嫁人家，未免时时在念。夜间作书答苹女，拟明日专差仆人看问也。

初三日(1月26日)　晴，天气清胜，寒暑表在三十四五度。上午坐庭畔之日下书文字。孙云裳女婿携其子大成来贺岁。日中余至大街“悦茗”回看钱荫乔老友，渠前日来看余，礼宜回看，但各以他出未得晤言。又坐人力车至西郭“勤庐”①田蓝陬处喜酌，蓝陬年七十一岁，前岁杪曾添一幼子。本日之宴，乃借新年预请契友欢叙者，同集十数人，谈宴颇畅，至下午各散。同李虚尘、童谷干②、李肖竹至其邻舍许鸣皋处略坐，又同虚尘、谷干至李肖竹处同谈片时，肖竹坚留，款以新岁相沿之茶食，片时后各旋自家。

初四日(1月27日)　又晴，天气清胜。上午至后观巷田仲詹③处谈，渠由上海回绍，前日下午同其叔霭如、兄季规来贺年，余时尚未

---

① 田蓝陬原居观巷“辛庐”，后移居迎恩郭畔之勤庐。陈庆均《为山庐诗稿》(第二本)有诗记其事：“(癸酉小春，田蓝陬内兄携宠眷由观巷之辛庐移居迎恩郭畔之勤庐。以古稀年近，宜释辛劳，而夜读香添，尚殷勤课。从此蒹葭、秋水，远隔伊人。所愿歌啸名山，时颁佳什。率赋俚词，借志感怀之谊。)隔巷姻联阅卌年，风晨月夕话缠绵。名山有业惟经训，累世相承是砚田。新葺勤庐宜负郭，近邻越缦剩残编(其右邻乃越缦先生故居也)。岭梅花发堪高隐，为放翁生预启筵(放翁生十月十七日，其移居十月十六日)。”

② 童鼎璜(1896—?)，字谷榦，一作谷干。浙江绍兴人。诗巢壬社社员。按：《诗巢壬社社友录》载其民国三十八年为五十四岁，生于十一月初八日。据此逆推，其当生于光绪二十二年(1896)。

③ 田仲詹，浙江绍兴人。民国时曾任上海惠昶钱庄董事及副经理。见中央储备银行调查处《上海钱庄概况》。

回家,不晤。今恐其即将赴沪,特先行回看谈片时,即至修志会与同事谈话片时,又即坐车旋家。新岁未能免俗,依然尘务扰人,极感不能清闲。下午又至修志会。近日同事中各以家俗事纷,不克到齐,而开元寺夹道中摊贩林立成市,人山人海,仍有粉饰太平景象。晚前之五时旋家。寒暑表在四十余度。夜间书应酬尺牍。

初五日(1月28日) 朝间又似有雨,上午似晴。至修志会。下午由大街一转,即旋家。

初六日(1月29日) 晴。朝间三儿在镭及孙儿长霖备篮盒等坐大舟至漓渚新婿张彭年家贺年看苹女,乃风俗人情事。上午朱仲华同周嗣芬来贺年,片时即告辞。周嗣芬系未过门之孙女婿也。上午坐车至长桥袁梦白处谈,前日途中遇王鼐卿同约,谈片时又至南街马园辛弄姚慧尘处宴集,同座者陈牧缘、王声初[①]、寿涧邻、王子余、杜海生、沈馥生、郦辛农[②]、余与慧尘共九人,牧缘年较余稍长,而共推余首座。年龄徒长,为可感也。本日集者一五十余岁,一四十余岁,余皆六十余岁,共五百四十八岁。畅宴数时,各散。下半日以路近至王念兹处谈片时,鼐卿亦在座。念兹坚留晚膳,畅谈至夜间之十

---

① 王声初(1873—1954),名崇礼,以字行。浙江绍兴人。毕业于求是书院。擅长数理,通晓英文和法文。初在江苏吴江办理地舆图。光绪三十二年(1906),任教于山阴县袍渎乡敬敷两等小学堂,后任监督。民国初年,在全国教育工作交流观摩活动中,敬敷小学评为优秀学校,被授予"嘉禾勋章"。民国二十三年(1934)参加《绍兴县志》编修工作。著有《中庸臆说》《以古证今》。见单锦珩、汪根年《浙江古今人物大辞典》;《艺风》(1935年第3卷第1期)之王以刚《三十年得功绩:纪念绍兴敬敷小学校长王声初先生》。按:《诗巢壬社社友录》载其民国三十八年为七十七岁,生于十一月初七日。据此,其生年亦为清同治十二年(1873)。

② 郦永庚(1891—1971),字藕人,号辛农。浙江绍兴人。鲁迅姨表弟。早年就读于杭州蕙兰中学,后又考入南京南洋高等农业专门学校。毕业后,先后在孙端又新学校、省立第五师范学校任植物学教员,后辞职养蜂和培植花木。著有《实验养蜂新历》。见绍兴鲁迅纪念馆《鲁迅与他的乡人》。

时，坐人力车旋家，而在锫、长霖先时由漓渚旋家。今夜有月。

初七日(1月30日) 又似晴。朝间俗务纷如。又至东昌坊回看寿涧邻而遇诸途，又至木莲巷回看周毅修谈片时，又至塔子桥回看朱仲华不遇，乃旋家。寿、周、朱三君皆前日来看余也。上午至修志会。下午又至香粉弄萸君朱宅，又其他出不遇，即旋家(朱君又前日来看余者，特回看之)。

初八日(1月31日) 又似晴。上午屠施墉及邹楚青来谈，片时辞。上午至修志会。下午有徐仲荪[1]来会，向余等言国事至此，吾辈不可不研究国学以存维系之心。余等以研究学问，当然赞成，谈数时散。晚似有微雨，旋家。

初九日(2月1日) 朝间晴。至墨濯溇北里看屠施墉不遇，即旋家。上午至修志会。

初十日(2月2日) 晴。上午同孙儿长佐至南街稽山中校为其治肄业手续，片时即同长佐旋家。下午徐子祥来贺年，又田蓝陬来贺年，又李虚尘来贺年。老年姻友兄弟又度一岁，新叙亦感幸事，畅谈数时各辞。夜间有明月，乃同孙儿长佐至大街买纸笔等事，即同长佐旋家。

十一日(2月3日) 晴，天气清胜，似有春来之气象。上午至修志会，日中旋家。新婿张彭年及四女在苹由漓渚来贺年，又姚幼槎、夏惠农、顾余生、陈于德、邹楚青、陈海帆先后来，余家备春酌以宴之，令存侄、锫儿陪宴，下半日各客先后辞。夜间有明月。补撰前年杪田蓝陬姬人新生一子七律诗一章[2]，录下："秋风颂晋古稀筹，岁尾怀中

① 徐伟(1876—1943)，字仲荪。浙江绍兴人。光复会成员。徐锡麟烈士胞弟。清光绪三十三年(1907)与徐锡麟一起被捕入狱，饱受酷刑，辛亥革命后出狱，曾参与文澜阁《四库全书》的补抄和总校工作。曾组织国学研究会，并在上虞县春晖中学任教。见绍兴鲁迅纪念馆《鲁迅与他的乡人二集》。

② 陈庆均《为山庐诗稿》(第二本)有诗《田蓝陬内兄今年秋中(注转下页)

举仲谋。荆树荣绵先世泽,梅花证得几生修。趋庭年让曾孙长(其曾孙年十余龄矣),推算家宜大器搜(李虚尘、沈馥生二君善命术,谓此孩生造极佳)。三五星随南极耀,欣传佳话到杭州(时余在杭州主婚嫁事而先闻此喜信)。”

十二日(2月4日) 又似晴。朝间王鼒卿来,并以近作诗卷示余,谈片时辞。上午同铻儿,霖、佐二孙及存、宜二侄、□侄孙坐舟至南城外下谢墅村,登新貌山祭谒先曾祖父母、祖父母、本生父母墓,见左首坟前管坟人盗伐大松树一株,虽总干尚在,而其斧凿痕已多,且枝干悉行毁失。大约渠将盗卖他去,人工来不及,又不知余等今日瞻拜坟前也。余等察见之下,即诘责该管坟人应有盗伐荫木之惩罚,一面仍行祭拜。事竣,又至先考妣殡宫祭之,又至先室田夫人、长男在镇殡宫祭之。事竣下山,舟中中饭。管坟人单廷化即托其就地人之稍通事理者来情恳从宽罚办盗伐坟树事,云情愿延僧人在坟前礼忏,并祭奠先灵。经一番交涉后,余仍同二侄、一侄孙并铻儿及霖孙、佐孙坐舟旋家。晚前又至就近街中买笔,即旋家。

十三日(2月5日) 朝间微有雨,即晴。本日辰时为立春。朝间书细字。寒暑表在四十一二三度。上半日同宜卫侄,铻儿坐舟至下谢墅,登新貌山再谒先曾祖父母、祖父母、本生父母墓,即见管坟人单廷化遵照前日之议,业在我先人墓前延僧人礼忏并设祭菜以奠先灵,借鸣误毁荫木之过。余与子侄瞻拜之,思告先人在天之灵,并将我祖坟上及四面余地一一清查,同管坟人点验数目,绘图志之。事竣,天有雨,乃同子侄等人下山,舟中中饭。管坟人单廷化请人代书加立看管坟山荫木之赁据,以戒将来,则此事又告一经过矣。下半日仍同宜侄、铻儿坐舟旋家,时将晚,又有微雨。

(续上页注)七鲽揆辰曾作七律二首祝之岁杪又闻其姬人新举一子是古稀之年更添一稀有之事不可不贺之以诗》,与之略异,且止于“梅花”二字,录如下:“秋风曾祝古稀筹,岁暮欣闻举仲谋。荆树荣绵先世泽,梅花□□□□□。”

十四日(2月6日) 似晴。上午至修志会,近日以旧俗新年事务随时纷缠,未能专心编辑志料;诸同人亦有因俗务参差到会者。会中业将沈墨庄先生所辑《道光会稽县志》排印告成,行将排印《康熙会稽县志》。订坠抱遗,庶已有之文献,不至就湮也。晚上至大街一转,即旋家。

十五日(2月7日) 晴。本日家中备如许篮盒,遣工人女仆坐舟至漓渚张宅余苹女处,为之看满月,仍循旧俗事也。上午至修志会,晚间旋家。前日下午王念兹、李虚尘至修志会来看余,念兹邀同余与李君至清道桥酒家小饮数时。就衰俦侣,相与晤谈,常虑其少新年尊酒话旧,亦一快事。[①]

十六日(2月8日) 又似有雨,天气最寒。上午至修志会。下午王鼒卿来会谈片时,同至长桥访袁梦白不遇,即各旋家。夜雨雪珠之后,继飞雪花,逾时地上瓦上积雪盈寸。

十七日(2月9日) 朝间见屋瓦上积雪数寸,本日似晴。家中俗务纷如。下午王鼒卿来谈,片时辞。

十八日(2月10日) 晴。上午至修志会,日中旋家。瞻拜历代祖宗传像后,谨收藏之,遵旧例也。下午至木莲桥回看王鼒卿,晤谈片时。又过曾吕仁处谈片时,曾君雇人力车坚请坐车,再三不得辞,乃坐车旋家。夜间天寒异常。

十九日(2月11日) 晴,朝间冰厚霜浓,寒暑表在三十一二三度。立春以后如是天气,乃罕遇也。上午至修志会。下午同朱萸君、周毅修至东昌坊访唐健伯病,渠以背骨痛卧床不能转身,甚苦之。同朱、周二君坐其榻前,谈问片时,又同朱、周二君至李槐卿处谈,片时各自旋家。

二十日(2月12日) 晴。朝间坐庭畔,日下书细字数百。本日水上又有冰,得太阳处乃可写字。上午至修志会。下午至大善桥装

---

① 此句末注:应补志前日。

裱家看书画，又至王叔梅处谈片时，又至修志会，晚前旋家。夜间写酬应诗笺。予学业似如年稍长，而衰态日增，多写字多看书便觉疲弱，益感人生诚天地间逆旅也。

二十一日(2月13日)　晴，朝间又有浓霜，水上又冰，寒暑表在三十五六七八度。上午学行草体字片时，又至修志会。近日春寒，书细字手指未能运用自如。晚上旋家。

二十二日(2月14日)　晴。上午至修志会，十句钟时即旋家。朱仲华、戚芝川由木莲桥请其来问菱曾孙女之生造事，以周宅拟择迎娶也。又曾吕仁来，又田蓝陬来。朱、戚二君乃前日预约，我家略备酒筵以宴之，二君系孙女联姻时之媒人。日中四女在苹由漓渚回来宁家，新婿张彭年同来，戚友叙话一堂，殊觉畅快。下午又共谈数时，各客辞。夜间与新婿张彭年谈，彭年举动言语，尚合时宜，只其身体形瘦，似宜随时加意调养焉。又隶书立幅，乃贺田蓝陬新生子之贺诗。

二十三日(2月15日)　晴。上午至修志会，日中旋家治俗务。下午至修志会，晚上旋家。

二十四日(2月16日)　又晴。上午践前日之约，坐车至西郭光相桥田蓝陬处叙话，兼预贺其新生子弥剃之喜，畅谈半日，下午旋家。

二十五日(2月17日)　晴。上午至修志会。日间乍雨乍晴。晚前旋家。

二十五日①**(2月17日)**　有雨。朝间张彭年女婿谈，渠今日趁车至上海绸业银行销假，仍任会计职务。余与孙儿长霖坐大舟至稽山城外石旗村，登井头山谒拜高祖岳年公、高祖妣许太夫人墓。事竣下山，舟中中饭。下午仍同孙儿长霖坐舟旋家。近来我家族后辈礼教多疏，敬宗尊祖之先型日形忽略。今日诣山乡瞻拜先(莹)[茔]，到者之人，至如此寥寥也。石旗村之停船处向在施孝子祠前，本日瞻视孝子祠，中龛供立之牌曰冠三府君神位，是冠三乃施孝子之字。查乾

---

① 日期与前一日同。

隆五十□年《绍兴府志》，载施孝子名元龙，字殿选。何以其祠中名号不同，又不得碑记可考，应待另行查考。

二十六日(2月18日) 时有微雨。上午至修志会，下午之晚前旋家。

二十七日(2月19日) 似晴。上午至木莲桥王念兹处谈，又便至姚慧尘处谈，片时即坐车至修志会。下午朱仲华、戚芝川来会，与余言周宅迎娶孙女菱曾之吉日，业经择得旧历闰三月二十八日。余谓菱曾之嫁，今当其母主定之，余转告之媳妇可也。但我家累世寒朴之风，前年杪嫁四女在莘，今隔数月又须嫁孙女，虽荆布妆奁，实财力为之未逮，乃可虑也。晚前之五句钟旋家。曾吕仁专诚来邀，同各坐车至江桥“一大南货庄”内座宴集，夜间仍坐车旋家。

二十八日(2月20日) 朝间见屋瓦上积雪盈寸，今日又飞雪花，至上半日始霁。至修志会，下午晚前旋家。又有雨。

二十九日(2月21日) 又有雨。上午至修志会，下午之五句钟旋家。

三十日(2月22日) 又时有雨。昨夜大雨永夜，大有“小楼一夜听春雨”之情景。上午至修志会，近日会中又发刊康熙二十二年之《会稽县志》，此志旧刊极为世所稀有，即或有之，而全册装订书只八本，其价值非百金不可。先事重刊，庶旧有之文献不至就湮矣。

二月初一日(2月23日) 月为辛卯，日为乙亥。朝间似有晴态，寒暑[表]在四十一二三度。上午学行草字，手指尚觉畏寒。日中祭先祖妣凌太夫人讳日。下午家务纷如，戚芝川来谈片时辞。夜间天有明星许时，后即又被云遮。

初二日(2月24日) 又似有雨。朝间谨悬本生先父辛畦公传像，并预设祭案。溯辛畦公系前清道光□□[1]年丁酉二月初三日诞

---

① 原文空缺，当为“十七”。

日,至今年二月初三日是百岁之日。计先人见背时年只四十□[①]岁,日月荏苒,忽阅六十年。不肖如予,亲恩未报,德业不成,恧颜人世,日形衰朽。瞻对先人遗像,百感纷来。上午冒微雨至修志会,寒雨纷纷,意兴阑珊,下午之五句钟旋家。晚上以馨香、果品、肴菜、酒面致祭本生先严及先慈曹太夫人。前一日晚间即谓之暖寿,亦循旧俗之微意也。

初三日(2月25日) 朝间屋上地上积雪又盈寸,仍下雪珠不休。雨雪如此之多,或前月立春日之有雨所致也。见近日报载大沽海面轮船之被冰不能行动者二十余日,可见今年春寒之厉。上午冒雨至开元寺修志会,雨雪载途,极难行走。日中之十二句钟乃即旋家。又以馨香、果品、肴菜、酒面致祭本生先大人百岁愍忌。为子者苟延人世,徒负先人期勖,此憾生平不能补矣。下午又多雨,晚前又下雪珠,天寒,寒暑表在三十余度。予近以心绪不宁,夜仍少睡。左眼白又有红色,复用熊胆丸搽之。本日感咏本生先考辛畦公百岁愍忌七律诗一章,稿定后当补录于后。

初四日(2月26日) 雪雨虽霁而天寒,积雪未消,草木尚缓逢春。寒暑表在三十五六七八度。上午坐人力车至龙山诗巢,以天池先生诞日恭祭诗巢六君子,并附祀诸贤。日中公宴后,又同王子余、周毅修、朱英君瞻视葛壮节公[②]祠宇,其祠后楼中设有郑□龙神牌,盖其地为郑氏所捐舍也。片时后同周毅修至修志会,见到陈昼卿先生以修志书事与李越缦先生长篇尺牍一通,此牍为县署某课员所购

---

① 原文空缺,当为“一”。

② 葛云飞(1789—1841),字鹏飞,一字凌台。清浙江山阴人。道光二十一年八月十七,在著名的“定海保卫战”中壮烈牺牲。殉国后,谥“壮节”,诰授振威将军,追赠太子少保。同治十年(1871),加赠提督、建威将军。见《山阴天乐葛氏宗谱》卷一葛以简、葛以敦《皇清诰授振威将军提督衔浙江定海镇总兵官世袭骑都尉兼一云骑马尉谕赐祭葬予谥壮节入祀昭忠祠敕建专祠显考凌太府君年谱》、宗稷辰《钦加提督衔浙江定海镇总兵壮节葛公行状》、王锡振《皇清诰授振威将军提督衔浙江定海镇总兵壮节葛公墓志铭》。

得。今由某君出示，是乃乡先达考献征文，翰墨借获目睹，亦一幸事。惜原书为他人购得，吾辈少搜罗之缘也。晚上旋家。

初五日（2 月 27 日）　又有雨。上午至修志会，天寒书写细字，尚觉手指未能纾快。阅报章知日本东京青年军人叛变，首相及内大臣及教育总监皆即被害，其国中亦日见不景气矣。下半日至街买楹联笺，又至修志会，晚上旋家。

初六日（2 月 28 日）　雨似霁，而天寒异常。上半日至修志会。禹庙东首之窆石今拓得其上下四围碑文，年远剥蚀，多不能摹考，惟后人增刊之题字尚可辨识。此碑文字昔人亦少考证，为可憾也。下午天更寒，雨雪纷纷。至晚上旋家。春雪愈下愈大，夜间即积高数寸。

初七日（2 月 29 日）　朝间水上有冰，瓦上地上雪高二三寸，天似转晴，寒暑表在三十一二三度。呵冻书字片时。上午至修志会校阅《仓帝庙志》，此稿乃民国六年所辑，今王君子余以有陈、朱等人愿出赀刊印，乃校定此稿也。下午旋家。又至南街稽山中校看邹楚青，同谈片时，即旋家。夜有月而寒气逼人，如是中春，乃从来所罕遇。

初八日（3 月 1 日）　晴，天寒冰厚，寒暑表在三十度之间。朝间呵冻书字片时。上午整理家贯书册。下午徐子祥来谈数时辞，又李虚尘来谈片时辞。夜有明月，而天寒如严冬。

初九日（3 月 2 日）　似晴，天寒，冰雪不释，寒暑表在三十一二三度。上午至修志会见寿涧邻、周毅修二君，言唐健伯已于前夜亥刻逝世，其是日辰刻有病榻口占留别友朋五言诗八句，属周毅修书记之，其诗云："净土原难到，吾生此已涯。官骸聊解脱，愧悔更交加。榻了余年病，庭遗手植花。长言谢君子，知念野人家。"可谓文人吐嘱，始终不苟。今年正七十岁，文字老友，又弱一个，极深叹惜。下半日同朱萸君至东昌坊唐宅健伯灵前行礼，又同朱君至修志会片时，五句钟时旋家。知田仲詹由沪回里，来看不遇。

初十日（3 月 3 日）　天寒似尚有雪意，朝间寒暑表在三十度。屋内之盆水亦冰，露天水上有冰厚寸余者，各处水冰不释者四五日矣。砚水又冰,未能写字。上午至修志会。本日撰挽唐健伯联语并隶书于楹联,此种应酬楹联,多不欲自书。今唐君以文字相知老友,特别为之。然天寒墨水易冰,甚难书写,其联语借录于下:“诞生自西竺南屏,祕集饱罗胸,颐性遂传贞寿石;养望在稽山镜水,春寒摧病骨,故乡同感丧斯文。”本日下午天气益寒冷,不耐治文字,三句半钟时旋家。撰挽唐健伯五言诗[①]并录于下:“百岁一弹指,既生即有涯。千秋名早定,七秩算初加。箦易犹留咏,春寒靳放花。里邻神禹迹[②],齐悼大文家。”其留别友人诗韵,李槐卿、朱萸君即有和之者,此亦用其韵也。

十一日(3 月 4 日)　天气又阴寒,水冰益厚,寒暑表在二十九度。屋内各器所有之水皆冰,滴水即冻,乃二月中旬从来所罕遇也。国难频仍,人心恶劣,天时人事常度顿更,有不胜前途之忧矣。上午过后观巷田仲詹处谈片时,又至修志会。砚水成冰,难治笔墨之事,下午之将晚旋家。

十二日(3 月 5 日)　天气又阴寒,所积冰雪仍不释,寒暑表在三十度。上午至修志会。日间偶有淡薄之日光,而寒气仍复凌人。下午之五时旋家。

十三日(3 月 6 日)　似晴,水上尚有冰,寒暑表在三十三度。上午孙云裳女婿来谈片时辞。上午至李亚斋处谈,兼看其越缦令叔遗著,李君又约余同至清风里面馆吃面。下午之一句钟,余又至修志会,晚上旋家。

十四日(3 月 7 日)　晴,朝间寒暑表在三十五度,稍有转春和之意,而写字之墨水尚未能融润也。上午至修志会,下午之晚前周永年来会谈片时,乃约余同至斜桥顾存铭处围棋片时,余即旋家。夜有明

---

① 陈庆均《为山庐诗稿》(第二本)其诗题为《丙子二月八日生世友唐健伯老人易箦前时口占五言诗以别友朋即用其韵挽之》。

② 陈庆均《为山庐诗稿》(第二本)有注:近居覆盆桥,隔禹迹寺不数武也。

月，写细字数时。

十五日(3月8日) 晴，朝间水上尚有薄冰，寒暑表在三十六七度。上午写字片时，又坐人力车至木莲桥下王念兹处践前日之约，又至稽山城外坐舟至禹祠遍看各种设备之景，又同念兹啜茗看戏术片时。下午莲孙同苹女及菱、懿两孙女又至，乃又同至各处观览，又同至“姒源盛”吃酒面。今年二月近日初晴，天气稍和。本日为星期日，各机关、各学校放假，且礼佛妇人向以月半为最多，所以到禹祠前者大小船可以千计，而男女老少之人到者可以万计。晚前同莲孙、苹女，菱、懿两孙女旋家。

十六日(3月9日) 晴。朝间寒暑表在三十八度，初有春和之气象。上午至修志会，日中旋家。祭先祖考颖生公诞日。下午又至修志会，晚上旋家。夜书细行草字(乙)[一]千余字。

十七日(3月10日) 朝间似晴，寒暑表在三十八度。写录细字许时。上午至修志会，下午之五句钟旋家。夜书行草细字五六百字。天微有雨。

十八日(3月11日) 天下雨。朝间设备几筵并悬先室田夫人传像。上午至修志会，日中旋家。祭田夫人忌日，与祭客来者为女婿孙云裳、内侄孙田季规，借以祭菜请客中饭。下半日又密雨不休。田、孙二君谈数时辞。夜稍有雷电，雨又不休。春雨之声，得听永夜。

十九日(3月12日) 又有大雨。上午冒雨至修志会。近来闻地方上催赋、催积谷捐、催清丈换照、催住屋捐、催各项业捐、催劳役金、催壮丁捐、拘办烟民、人民义务服役以及一切苛细杂税，罄竹难书。虽催赋、禁烟乃人民自取之咎，际此民穷财尽，层出不穷之担负，实有民不堪命。演成民怨沸腾世界，可谓上无道揆，下无法守。国事如此，可胜浩叹。下午雨稍霁，晚前旋家。

二十日(3月13日) 朝间雨似霁。上午至修志会，下午晚前旋家。录补本月初三日感咏本生先考辛畦公百岁愍忌诗：“期颐筹晋纪庭椿，膝下犹留莫赎身。备历艰难谁谅我，永暌色笑倍思亲。中原已憾无完土,斯世何时再造春。近况试从家祭告,支持生计为忧贫。”

二十一日(3月14日) 晴。朝间寒暑表在四十四五度。看《剑南诗钞》及写字片时。上午有乡人佃农以租事纷于接应,寻常巨细事未能推委,殊扰心绪。本日大儿在镇生日,家中循例祭之。日月如梭,而生平之憾,触念仍来。“人世几回伤往事”,其为我咏乎?上午至就近换钱券等事,即旋家,又至修志会。本日天气转和,日中寒暑表在五十一二三度。下午之五句钟旋家。

二十二日(3月15日) 晴,朝间寒暑表在四十一二三度。学行草字片时。上午整理庭宇几案书册。日中漓渚张宅放船来接苹女下午回张宅,闻拟拜墓也。田蓝陬来谈,又李虚尘来谈,至晚间客辞。夜写录日志及诗笺数页,以天气稍和,可补课笔墨工作。

二十三日(3月16日) 晴。上午田拜言来谈,拟觅机会事,片时辞,即至修志会。日中至王念兹处谈,即同至清风里酒楼,同王声初、王念兹三人谈话宴饮,数时各散。下半日余又至修志会,乍有雨。晚间旋家,雨又大。

二十四日(3月17日) 又似有雨。朝间写文字。天气稍潮,寒暑表在五十一二三度。上午至修志会,近编新旧碑拓文字,摹看颇费目力,此事又非易易。下午又有雨。晚间之五时旋家。夜录写文字数时,又有大风片时。

二十五日(3月18日) 又雨兼有雪珠,寒暑表在四十一二度。朝间学字片时,钱伯华①来谈片时辞。上半日至修志会,纷纷又下雪珠,天寒又不耐书写细字,晚间旋家。夜间又大下雪珠,寒暑表在三十七八度。

---

① 钱启翰(1876—?),字伯华。浙江绍兴人。民国绍兴县志采访人员。曾任崇明外沙首任行政委员。辑有《绍兴史迹风土丛谈》。见徐兵《崇明老地名文化》;中国第二历史档案馆《政府公报》第121册第751号。按:《政府公报》载其民国七年为43岁。据此逆推,其当生于光绪二年(1876)。

二十六日(3月19日)　朝间似有晴态，寒暑表在三十八九度。自怜衰老，环境愈劣，生计问题、前途之忧虑日增，夜间更少酣睡，可谓生不逢时也。上午至修志会。下午寒冷，又似有下雪珠之意。晚间旋家。

二十七日(3月20日)　又有雨。朝间录文字片时。上午至修志会，下午在会中为人题写联额数种，晚上旋家。前日晚上钱伯华由绍兴烟酒局来，以该局委三儿在镕为阮社稽征主任，并携其公文交在镕。查绍属稽证所，以阮社为第一，但年来亦受不景气影响。向之每岁征数三十万，今恐日形减少，未易办理者也。

二十八日(3月21日)　朝间似晴。上午至水澄桥钱荫乔处谈片时，即至修志会。下午周永年来会谈片时，又同至斜桥顾存铭处围棋片时，即旋家。本日接罗钝庵由杭州来函，并寄还余所绘之《越州名胜图》册叶。渠与诸词友题咏写作俱佳，是册共十二图，今悉行题就，可云一成绩也。日中四女在苹由漓渚张宅回家。

二十九日(3月22日)　似晴，寒暑表在五十四五度。上午徐宜况来围棋数时辞。下午戚芝川来谈，又田蓝陬来谈。天日初长，遂以尊酒畅话，至将晚客辞。夜有明星，余写录文字数时。

三月初一日(3月23日)　天晴。本月为壬辰，本日为甲辰。朝间寒暑表在四十七八度。录写文字片时。上午至修志会，风日大有春气。下午朱仲华来会，与王子余、周毅修同商周嗣芬与余孙女菱曾结婚事宜。晚前至街遇李虚尘，同到“大昌”绸庄坐谈片时，各旋自家。

初二日(3月24日)　又似晴。朝间装订书本，并写行草字片时。上午至修志会，近拟刊《仓帝庙志》，正在搜辑各种志料。下午之五句半钟旋家。夜录文字数页。

初三日(3月25日)　又晴。朝间至就近街衢一览市景，即旋家。查看《绛帖》文字。上午至修志会临书《绛帖》中仓帝文字，而未曾考解之,究不知为何字,且时代之远,是否仓帝造作原文,非今人所能论定也。本日寒暑表在四十八九度。下午旋家,校看书籍片时,又至修志会,晚上旋家。今夜见娥眉月光明。

初四日(3月26日) 又似晴。春兰初放华,庭畔时有清香之气。上午至修志会。下午张穆生、何桐侯至会谈数时辞。本日有装裱家以陶七彪先生隶书及樊樊山书联来售,皆两君精意之作,即以值购之。晚上之六句钟旋家。今夜又见明星亮月。

初五日(3月27日) 又似晴。上午至修志会。本日天气和暖,日中寒暑表在六十度之间,然未敢释重棉衣服。下午至"祥元"为孙女菱曾办妆器,遇王叔梅,谈片时即旋家。夜又有星月。

初六日(3月28日) 朝间微有雨。学行草体字。上午至修志会。本日天气潮暖,草木莘莘青茁。下午遣人拓来仓帝庙道光重修碑记,石质粗劣,又经风霜剥蚀,如古碑漫漶,难以摹看。乃与朱萸君、周毅修三人共用考审,得将文字全行录成。所未能看明者只数字耳,亦一时之快事也。晚上六时旋家。夜录文字及旧作诗,觉精神益形衰弱。每多看书多写字,即有疲态。人生如朝露,每一念及,可胜警惕。

初七日(3月29日) 又有雨。上午录文诗稿件。寒暑表在五十七八度。下午同四女在莘、孙儿长佐,孙女菱曾、懿曾至大街,为菱曾购买嫁用绸布等事。拣选费数时,幸天日骤长,可以从容为之。至晚前,仍同莘女、佐孙,菱、懿两孙女旋家。夜写录文字二三时。

初八日(3月30日) 似又将雨,寒暑表在四十四五度。上午至修志会,本日有人挟碑拓百数十种来售,闻系李越缦先人后人所出者也。与同人阅视一过,同人各以合意者购之,余亦购得数种。财力虽绌,对于文字尚欲节缩他用以购之。下午旋家。有乡人以田产事谈话数时辞。夜看《非儒非侠斋诗文集》,此书乃顾鼎梅①所著,前日荷

---

① 顾燮光(1875—1949),字鼎梅,号襟瓘,别署非儒非侠斋。(注转下页)

其由杭寄赠者。

初九日(3月31日)　晴，朝间瓦上有浓霜，寒暑表在四十四五度。上午至修志会，近以采访所得石拓数种，而文字多难辨认，为可憾也。下午旋家。胡栗长由杭旋里，同其弟侄三人来谈，兼围棋数时辞。四句钟时又至修志会，片时后仍即旋家。

初十日(4月1日)　又有雨，乃前日有霜之一证，故谚有之曰："春霜弗露白，露白要赤脚。"赤脚者以雨地鞋防湿也。上午冒雨至修志会。本日又密雨永日。晚上仍冒雨旋家。内子李夫人有时感身热，手足骨作痛，不思饮食，夜间未能酣睡，至次日天晓身热稍平。

十一日(4月2日)　又似有雨，天气稍潮，寒暑表在五十一二三度。朝间学篆书片时。上午至修志会辑物产各类稿件，先将旧山阴、会稽所载者编为一处，再采集新产生之种类。晚上印刷所排稿来，迟灯校对，事竣旋家，时在七句钟余。夜书酬应尺牍。

十二日(4月3日)　晴，天气清胜。朝间录文字，几净窗明，最宜笔砚事。上午至修志会，下午之六句钟旋家。夜有明月。

十三日(4月4日)　晴。上午至修志会。下午至大善桥等处装裱店看书画，而少可赏玩者，片时即旋修志会，旋家时日暮。夜书应酬尺牍数函。

十四日(4月5日)　朝间天晴，上午稍有雨。至"顾元昌"晤存铭谈片时，又过大街，即旋家。本日为清明，乍雨乍晴。上午录文字千余。近来多写字，精力即觉勉强。衰态如是，百感交集。又以家中未能免俗之事相逼，而至悉责之于老弱者。巨细躬亲，时自憾其命运之不如人也。下午徐子祥来谈数时辞。夜有月。

(续上页注)浙江绍兴人。酷爱金石，书工汉隶，画擅花卉。著有《古志汇目初集》《汉刘熊碑考》《梦碧簃石言》等。见郑逸梅《郑逸梅选集》(第六卷)之《名人掌故·记金佳石好楼主人顾燮光》；李盛平《中国近现代人名大辞典》。

十五日(4月6日) 又有雨。朝间学行草字片时。上午至修志会,又至覆盆桥吊唐健伯故友,其于今日夜间出丧也。片时,即同朱萸君仍至修志会。天气渐暖,可释重棉之衣。下午之三时半旋家,办理祭扫应备各事。本日寒暑表在七十一二三度。又坐庭畔书文字片时。晚前有阵雨。

十六日(4月7日) 朝间天尚晴,而潮湿异常,恐又有雨。朝间整理祭墓篮担等事。本日所祭之处既多,应备之器皿亦繁,儿媳多不辅助。此等事务,巨细事都须余躬亲之。感衰态日增,时有不能支持之虑。上午田季规、拜言二人来谈片时,同余等坐舟至南门外下谢墅村。天气骤暖,只可穿单衣。至埠后,余同在镕、长霖、长佐至新貌山祭谒曾祖父母、祖父母、本生父母墓。事竣,又至就近本山祭谒先考妣及先室田夫人、大儿在镇殡宫。戚谊到山上同拜者,有贾绶旋,田季规、拜言三人。事竣下山。余以天暖挥汗如雨,且行走山路,身心多感艰难,回舟极形支持。中饭后,仍同贾、田诸君及在镕、长霖、长佐旋家。

十七日(4月8日) 朝间天暖似晴。上午至修志会。寒暑表在七十余度。日中又似将雨,下午风声四起,云暗如夜,俄顷阵雨如注,片时雨霁。三句半钟时,余旋家。闻本日之风,他处被风吹坏墙垣、树木颇多。夜又有大雨片时。

十八日(4月9日) 朝间天气转寒,似晴。上午同孙儿长霖、长佐及存侄、族弟庸德及其子共六人坐舟至稽山城外之石旗村,登井头山祭谒高祖岳年公、高祖妣许太夫人墓。事竣下山,又至外王村拜高叔祖永年公派下墓。事竣登舟,下半日仍同长霖、长佐、存侄、族弟侄旋家。本日寒暑表在五十度上下,又须着棉衣。

十九日(4月10日) 又雨。上午至修志会,日中旋家。张彭年女婿由上海来,中饭后接四女在苹坐舟回漓渚。下午微有雨,余又至街取裱件等事,即旋家。雨又大,有感不便行走。夜间看《非儒非侠斋诗文集》。

二十日(4月11日)　又雨,天气转寒。朝间学行草字。上午至修志会。下午似有晴意,四句钟时旋家。

二十一日(4月12日)　晴。上午至大街买诗信笺,又清付茶食款。因“同馥和”息业收账,特从先清付也。片时即旋家。朱仲华、戚芝川来谈片时辞,又有常禧城外乡农来谈佃业事,又徐子祥来谈数时辞。日晷骤长,大可从容办事。下半日录文字,并学隶书。本日天气清胜。

二十二日(4月13日)　晴,天气又清胜,寒暑表在五十度上下。下午至修志会。今春会中雇定船只,派调查员二人至山陬僻壤采访地理名胜古迹等事,节目表章共分四十三种,采访者已数次往回,陆续有所陈述。日积月累,将来或有可观。下午之六句钟旋家。

二十三日(4月14日)　又似晴。上午至修志会,下午之五时至诸善弄顾存铭处谈,又为孙女菱曾办妆货,晚上旋家,微有雨。

二十四日(4月15日)　又似晴。上午至修志会,下午之五句钟时旋家。四女在苹同女婿张彭年来,彭年以上海银行中有数日春假,乃旋其家一行,今拟即日仍至上海也。

二十五日(4月16日)　又似晴。朝间家中琐务纷杂,未能坐案书写文字。上午至修志会,沈博臣[①]携罗钝庵新画梅花立幅来看余,时余尚未到会,不晤,留有梅花幅,乃罗钝老绘之以赠余者。罗、沈二君为数十年前旧友,系戚升淮省长江西时,博臣为政务厅长,钝盦为秘书,今又同为杭州寓公。至博臣是余中表徐子祥之亲家,余相识有

---

①　沈祖恩(1860—?),字博臣。浙江绍兴人。曾任江西鄱阳县知事、江西省政务厅厅长。见刘寿林、万仁元、王玉文、孔庆泰《民国职官年表》;中国第二历史档案馆《政府公报》第121册第751号。按:笔者所经眼文献,未见“博臣”。据《民国职官年表》及《日记》,沈博臣即为沈祖恩。《日记》民国二十五四月十一日载其“今年七十七岁”。据此逆推,其当生于咸丰十年(1860)。《政府公报》载其民国七年为56岁。据此逆推,其当生于同治二年(1863)。此据《日记》。

年;钝庵始于三年前偕胡栗长来访余并游青藤书屋,一见如故,遂联文字之交。渠工书,能诗能画,且其子家伦长国立中央大学有年,菽水有资优游名胜湖山。余与罗钝老之福分实远不及也。下午至长桥袁梦白处谈,对于时会,彼此有极感喟之意绪。近以晤面多疏,不觉谈话逾时,五句钟时旋家。张婿今日即赴沪上银行职务。

二十六日(4月17日) 朝间天尚晴。重视钝庵画赠梅花幅,并题有诗云:"题罢越州名胜后,梅开又值嫩寒时。写将一抹横斜影,就正龙山老画师。"余前年有《越州名胜图》册页,曾请钝老题之,其诗中所云盖即是也。至余虽非老画师,但其"横斜影"之下句用"就正",颇有旨趣。上午至修志会,重校辑旧山会两邑物产。下午又有雨。晚间旋家。夜有雷电。

二十七日(4月18日) 又雨,天气潮暖,寒暑表在六十余度。朝间坐书案录文字片时。上午至修志会。日中天似有晴态,乃旋家。中膳后一句钟时,同苹女各坐人力车至五云汽车站。待二句钟四十分,同苹女坐汽车至东关孙云裳女婿家看大女近状。渠头眩不能行走者三载于兹,幸饭胃尚如常,谈话至五句半钟,即回汽车站。待六句钟坐汽车旋城,云裳送余坐车后回其自家。下午似有晴意。本日车行甚快,东关至绍城五云站只三十分钟之时间。余回至家中,乃六句钟之五十余分钟。

二十八日(4月19日) 晴。上午同孙儿长霖、长佐坐(坐)[舟]至南城外栖凫村,坐肩舆至黄泥堪拜四世伯叔祖墓,又至五十亩平地拜三世伯叔祖墓及伯祖初生公墓,又至孔家坪拜二世祖考妣墓。事竣下山,舟中午饭。本日船只甚小,同舟族人及余等共九人,且余家五代老祭事向有田产,并向例提数亩之田租作完课及拜坟坐轿之资。乃十余年前族中祥房及景房当年时,将向提起之田租统行收去。此例一改,以致拜墓时当年者应付轿资,背谬推诿,所以余等今日轿费皆自筹付也。天气极暖,衣不胜卸,汗如雨下。下午仍同孙儿长霖、长佐坐舟旋家,在四句钟时。寒暑表七十五六度。朝间王念兹来谈片时辞。

二十九日(4月20日)　又晴暖。上午同孙儿长霖坐舟至南城外盛塘村，坐篮舆至翠华山拜四世祖妣金氏太君之墓，又拜金氏客坟。事竣，即坐舆下山。又放舟至木栅乡，坐篮舆至七星墩拜七世祖姑已许金门之墓，此处余不到多年矣，墓碑题者曰“已许金门先姊之墓”，下书“兄澍立”。又至姜婆山拜徐文长先生世墓，并拓墓碑一纸，即下山，舟中中饭。本日同舟族人及余等共六人。下半日同长霖旋家。吾家后辈近来对于祖宗坟山极形疏忽，今日特令孙儿长霖随同瞻拜，晚上又同旋家。

闰三月初一日(4月21日)　本月月仍为壬辰，日为癸酉。天有雨。上午至修志会。本日精力柔疲，多看书多写字，殊觉勉强支持。下午又有雨。晚上坐车旋家。

初二日(4月22日)　朝间又有雨，上午似晴。至修志会。天气又暖。晚前旋家。夜又有雨。

初三日(4月23日)　晴。上午至修志会，近将旧山阴志、旧会稽志物产门类辑编一处，然后随类增采之。下半日晚(上)[前]旋家。

初四日(4月24日)　似晴。朝间录旧作诗稿。上午王少山①、周永年二君来谈，片时辞。本日寒暑表在五十八九度。上午至修志会。下午至三财殿前徐弼庭处，为王少山谈商酌事务片时，有雨，即旋修志会。晚前旋家。

初五日(4月25日)　晴。上午至修志会。本日会中来客多，纷于应酬。日中旋家取书卷。下午又至修志会，晚上旋家。夜间同孙儿长佐至大街一转，又同至开元寺前越材英文夜校看孙儿长霖读英文，至九句钟时，同两孙旋家。

---

①　王福坤(1870—?)，字少山。浙江绍兴人。五等嘉禾章、简任职存记国务院谘议。见《新河王氏族谱》卷四《世系四・坤房两化公派下季房世系》。

初六日(4月26日)　似晴。黎明时同孙长佐坐人力车至五云城外坐轮船,于七时行,开行至九时半到东关,上岸同长佐至关西桥孙云裳家看大女在莞,又同云裳至该镇公所访何阶平[①]庶常。何君近为乡镇公推为镇长,谈片时,仍同云裳回其家。其就近园林瞻览一过,中饭后之一句钟,即同四女在苹、孙儿长佐至轮船分公司同坐轮船回城。至五云门登岸,有雨,各坐人力车旋家,时四句钟。

初七日(4月27日)　又有雨。上午至修志会,应看之书极多,时有精神才力不逮为憾。下午之五句钟旋家。余前日在孙宅中饭时被黄鱼中之细骨梗在喉旁,至今未愈。区区小患,即觉有如是讨厌,为可讶也。

初八日(4月28日)　雨,天气转寒,寒暑表在五十八度。朝间录近作诗并书酬应尺牍。上午至修志会。前日余喉旁鱼骨之梗今尚不消净,微细之骨何以如是难消。下午仍雨,闻此次日夜密雨数日,各乡低下之处已患水溢。多难之时,又为苍生之一虑。晚前旋家。

初九日(4月29日)　又雨,上午至修志会,应看之书、应采访之事件极多,而精力愈弱;又以如此人世,心境愈劣,奈何!奈何!晚上旋家。

初十日(4月30日)　朝间又似有雨,上午日似晴。至修志会,下午晚(间)[前]旋家。

十一日(5月1日)　似晴。朝间录文字片时。上午至修志会。下午一时至缪家桥曾侣仁处谈,田蓝陬亦约同至渠处,三人尊酒畅

---

① 何元泰(1870—1943),字阶平,号济庐。浙江绍兴人。清光绪十四年(1888)举人,二十四年进士。曾任江苏东台县知县。辛亥革命后任东台县民政署执法长、绍兴东关镇镇长。见何元泰乡试履历(《清代朱卷集成》册278);何元泰会试履历(《清代朱卷集成》册87);《盐城文史资料选辑》(第2辑)之臣苍石、万东冠《东台光复》。按:其乡试履历载其生于同治庚午年四月十一日。其会试履历载其生于同治戊辰年闰四月十一日。此据乡试履历。据何元泰之孙二级编剧何仁山先生口述,何元泰卒于民国三十二年(1943)。

谈。至三句半钟，三人同至观音桥戚宅预贺升老嫁孙女之事。谈片时，吕仁又邀同至清风里酒楼饮片时，然后各旋自家。戚升老今年八十岁，距游泮之年乃六十二年矣。惜科举已废，无重游泮水之韵事，然其精神尚健，依旧能迎送人客，亦难得也。

十二日(5月2日)　又有雨。上午至修志会摹碑拓文字。绍兴自前年县长改督察专员以后，事事益加专制，各种苛征捐税层出不穷，不许人民稍有抗延。际此民穷财尽之时，已有者之减免，尚且难度生活；或有借田租为饭食者，今则须二五减租矣，而田亩之正赋附税有加无已。前年国民政府一再申禁各省田业等之附加税不得超过正赋，乃绍属之附加税数倍于正赋。免除苛征之命令不遵，增加捐率之计画日出。虽正赋为人民应尽之义务，必宜及时清完，但年来民不聊生之时会，不可使无力之人民再增加其负担，庶暂延一线民生主义耳。下午乍雨乍晴。晚间旋家。

十三日(5月3日)　似晴。上午家中杂务纷扰心绪。本日在修志会为休息之日，然在家中仍罕片刻之暇。下午徐子祥来谈，又何桐侯、李虚尘来谈。三客皆七十余岁老戚友，余以蚕荳面、烧酒款客，畅话半日，至晚间各客乃辞。

十四日(5月4日)　又微有雨。朝间录文字，又朱仲华来谈片时辞。上午至修志会，下午之五句钟旋家。

十五日(5月5日)　又有雨。心绪既劣，雨湿又如是不已，令人意兴更觉阑珊。上午至修志会。雨虽似霁，而地湿仍如雨天。晚上旋家。

十六日(5月6日)　又有雨。本日为立夏。寒暑表在六十度上下。日间晴。上午至修志会，下午之六时旋家。夜间同内子李夫人、苹女、佐孙、菱孙女至民教馆看各种艺术戏剧，至十一句钟即同李夫人、苹女、佐孙、菱孙女旋家。本日夜有明月，天气清胜，乃半月以来所难得也。予对于公私事务及应酬之诗、应绘之各件，戚友索书之各种纸幅，所积颇多，而心绪极劣，加以精力之衰日甚一日，每一念及，百感所纷来。今晚之举动,可谓强作人欢。

十七日(5月7日) 朝间似晴。绘山水绢立幅,孙女菱曾嫁用也。上午至修志会。下午旋家,又绘山水立幅。

十八日(5月8日) 乍雨乍晴。上午至修志会,下午晚(上)[前]旋家。

十九日(5月9日) 夜间有雨,日间似晴。上午至修志会,又至王惕如处谈片时,即旋修志会,晚前旋家。予前年所绘《越州名胜图》册页十二张,经诗词朋辈悉加题咏,今自题两诗于册后,诗志其下:"形胜天然诩越州,千岩万壑一编搜。此生雅抱山林志,展卷依稀作卧游。""枯管滋惭绘事工,霓裳题满众仙同。春秋佳日寻陈迹,愿在湖山无恙中。"

二十日(5月10日) 又似有雨。上午何桐侯来谈,又李虚尘来谈。小云栖僧人放舟来接桐侯、虚尘及余,乃同坐舟至常禧城外,过快阁邀姚幼槎并其子石如[①]同舟至小云栖。微雨纷纷,不能至郊外散步,在寺中募梅精舍等处畅谈半日,桐侯为僧人书屏联数纸。下半日仍同李、何诸君坐舟旋城,余至家时五句钟。阅近日各报,知阿国竟被意国战败而不国矣,但阿国尚能以小国勇战数月,故虽败犹荣。中国地大物博,拥有兵权者只能自残同种;近则政治不良,御外乏术,政府与人民好恶更不关切,天怒人怨、众叛亲离。环境如此,言及阿国之痛,不禁触目惊心焉。夜间写应酬诗函数通,精力既衰、心绪又劣,实罕得意之文字。

二十一日(5月11日) 又雨。本月二十日中竟不得一二日晴好天时也,如人意之欠嘉也。朝间学行草字。上半日至修志会。日中天气潮湿。坐车旋家,俗务纷繁。下半日同存侄、宜侄至开元寺孙

---

① 姚石如,浙江绍兴人。藏书家姚海槎之孙,姚幼槎之子。娶阮有珠之副室韩氏所生女。见阮彬华《越州阮氏宗谱》卷八《廿一世至廿五世·理廿二房》。

伯圻[①]处谈，片时即旋家。夜间撰酬罗钝庵梅花诗二章，借志于下：“疏影横斜墨沈妍，冬心多占百花先。几生修得清癯骨，淡定天怀想大年。”“一枝老干带春来，知自江东手自栽。话到寓贤刚直后，名山图画又重开。（钝老六十岁时曾栽梅花百株于孤山。昔彭刚直作西湖寓公，与名臣、名士歌咏之余，常画梅花以应朋辈之求）。”

二十二日(5月12日) 后半夜至朝间，大雨数时之久。雨水之多，为可异也。上午至修志会，晚前旋家。又有大雨，天气潮湿异常。

二十三日(5月13日) 似有晴意，而潮湿仍异常。上午至修志会。本日有梅市祁子明[②]者，携其先德明代之忠臣忠敏公遗像及墨迹并日记册来会。三百年来忠臣墨宝得见于代远年湮之后，令人油然起敬。下午之三句钟旋家，为孙女菱曾照顾妆奁之事。

二十四日(5月14日) 似晴。朝间与家中人整饬孙女菱曾之嫁用各货。上半日督工仆发行嫁装各货。近来家贫力行简朴，然又非易事也。又至修志会摹绘祁忠敏公遗像一纸，下午旋家。整理家务。本日天气稍清胜。事纷力弱，多用气力，每形脚背虚肿之恙。衰态与日有增，两间逆旅，人生可及时警觉。

二十五日(5月15日) 似晴。黎明时坐人力车至五云门，坐轮船至东关，七句钟开行，至十句钟至东关孙云裳家，看大女及外孙大成病。大成病似伤寒，近似有改寒热之势。据医生云危险似已过去，此后当加意调养；至菀女虽仍未能行走，而气色尚如常。谈坐一小时，至十一句钟至汽车站，即坐汽车至五云车站，时十一句半钟。换

---

① 孙伯圻，浙江绍兴人。宣统二年（1910）曾任山会教育会副会长。见《绍兴文史资料选辑》（第7辑）之谢德铣《蔡元培先生在绍兴》。

② 祁子明（1876—1946），又名允忠，字福芹。浙江绍兴人。曾在天津做师爷，主管税赋钱粮。入民国，出任民国政府官办的中国银行、交通银行国库主任。曾向民国绍兴县志修志会提供《祁忠敏公日记》原件。见张能耿《祁承㸁家世》。

坐人力车至开元寺修志会,下午旋家。年来衰老日增,而家中费心费力之事,依然不能稍有推委。每至难以支持之时,常自感其罕清闲福分也。

二十六日(5月16日) 似晴。上午至修志会摹绘(徐)[祁]忠敏公遗像。下午至东观桥一转后旋家。晚前又至大街买纸笔,即坐车旋家。

二十七日(5月17日) 朝间又似将雨。王念兹来贺余嫁孙女之喜,上午徐子祥来贺喜,各客皆谈片时辞。本日家中不似旧例之铺张场面,日中但仍礼神礼祖宗耳。予对于菱曾孙女事,乃女大宜嫁,人生之一成绩也。但念大儿在镇早年逝世,不能亲遂向平之愿,今由衰朽之祖父支持孙女嫁务,不禁旧憾又触念而来,是又人生之不如意事也。今日之事,其悲喜交集乎?日间天晴,又潮暖,寒暑表在七十五六度。随时筹办事务,极罕清静时间。夜饭下,威伯之妻同其子女送菱孙女至府横街之龙山旅馆高等房间,前日业经看定,以翌日在该馆礼堂结婚,今夜先移住之,庶免新姻两家多多纷繁之事。余与三儿在镕、孙儿长佐同至该馆照顾之,片时后,仍同在镕、长佐旋家。

二十八日(5月18日) 又有雨将及一月,竟难得整日晴佳。雨水之多,可异也。朝间整理应用之事,与三儿在镕、孙儿长佐先后坐车至横街龙山旅馆,女眷之到者又有苹女及德曾孙女,本家之到者有性存、宜卫二侄。本日前经约定,余家同周宅嫁娶都在该馆办之,至礼堂由周宅设备而款待贺客,筵席乃两家公听。余与周毅修接待来贺各客,约计□十人,如客多则嫌该馆之狭隘也。至十句钟余,乃周嗣芬与菱曾行结婚礼,证婚者王子余,介绍朱仲华、戚芝川,主婚周毅修及余。礼成,休息片时,新郎新人即假该馆行回门拜见女家及亲族之礼。日中会宴全体男女贺客。下午之二时,新郎新人坐彩舆军乐至周宅,余与镕儿、苹女、佐孙等各坐人力车旋家,而威伯之妻及其子女又同时旋家也。

二十九日(5月19日)　又有雨。朝间清理前日应酬各项账务，巨细躬亲，事事不能不忍耐为之。家贫人老，未识何时尚有生存趣味。大约人性之优劣，总关国家气运。近来国家气运如是，人类之性质自必愈加浮薄，然事事处处悉随金钱为转移。

三十日(5月20日)　晴。朝间王念兹来谈片时，各坐人力车至西郭田蓝畹处谈片时，又偕田、王二人至大路"泰生"酒家饮。该店厨人颇善烹调，菜味极佳，谈宴数时各散，乃下午之一句钟焉。余至修志会，撰挽邹洛舫[①]联语，其上寿八十二岁，即余子侄辈同学楚青之父也。联语用志于下："息影养名山，记逢八十齐年，曾摭俚词介上寿；育才勖令子，造就三千多士，为传遗嘱拯危时。"下午之五句半钟旋家。田蓝畹来谈片时，乃同至斗鸡场民教馆，本由王念兹约同看戏术，今未遇见且该场甚紊杂，遂扫兴各旋自家。见近日报载，政府有人提议，凡一人只能以一姓名，如其他名号，对于权利义务皆不生效力。按：自来文人韵士，每多随意取得别号、别字，以为名山著述分别之署题。一人有二字者有之，有三字者有之，有四字、五字者亦有之。本不生例禁之问题，今政府为减少纠纷起见，有是提议，似亦一策。

四月初一日(5月21日)　本月为癸巳，本日为癸卯。天气晴胜，寒暑表在六十余度。朝间自栽花草，今年庭前各种月季花又大开。前年二儿在钰由洛阳移来数种，经余栽护，花发极大，与牡丹可以竞胜，乃天造与人工所并重也。上午至修志会，知前日本会同人至梅墅祁宅访看祁子明，尚多其先德忠敏公手写书札、日记稿本。君子

---

① 邹治(1856—1936)，字佐仙，号洛舫。浙江绍兴人。清光绪九年岁试取入会稽县学第十九名。后在湖北、四川等地做师爷。五十岁后患眼疾失明，弃职退隐故里。见查志明提供《邹氏宗谱续谱》。按：《邹氏宗谱续谱》载其生于咸丰五年十二月。其公历范围为1856年1月8日～1856年2月5日。

之泽,可谓长矣。晚前至丁家弄印刷所同杜敢臣[1]谈,片时即旋家。

初二日(5月22日) 朝间似晴。学行草字片时。上午至修志会。下午之晚前旋家。夜间编题诗巢第三十四次雅集,书函七十八函。前日社中同人推余,以尽义务者也。

初三日(5月23日) 上午至修志会,日中旋家。拜曾祖妣魏太夫人讳日。下午又至修志会,晚上旋家。

初四日(5月24日) 上午自装订新制笺之书稿本二十本,系为山庐制笺。所订者计每页足五十张,拟书各种自撰之稿。下午徐子祥来谈,又戚芝川、朱仲华来谈数时,各客辞。夜有星月。

初五日(5月25日) 又雨。朝间写文字片时。上午至修志会,有人以唐御制泰山碑来售,其拓纸分为五大张,每张阔约二丈,长约六尺余。其碑之大,长约三丈余,阔约二丈余,可谓中国最大之碑矣。晚前旋家。

初六日(5月26日) 又雨。寒暑表在六十度上下。朝间为朱允坚[2]隶书折面扇面。上午至修(至)[志]会。下午又雨。晚上旋家。夜看《茶香室丛钞》,是书二十年[前]曾过目,今能记忆者十不得一二,足证记性之劣也。

初七日(5月27日) 又似雨。上午至修志会校看《祁忠敏公日记》,其后人抄写者有十余本,而其本人亲笔尚有五本。虽随手草书,并不精意为之,而其处世立身忠义之气,犹留纸上,诚足千秋也。晚

---

① 杜烇孙(1881—?),字奎士,号干臣,一作敢臣。浙江绍兴人。杜凤治之侄孙。民国十二年(1923)为绍兴印刷工人联合会评议股理事。见杜立夫《会稽东浦前村杜氏家谱》卷四《乾七房养初公三支屏派世录》;余一苗《绍兴人民革史》。

② 朱允坚(1914—?),浙江绍兴人。诗巢壬社社员,绍兴县立图书馆时期管理人员。见《绍兴文史资料选辑》(第3辑)之朱允坚《古越藏书楼与县立图书馆》。按:《诗巢壬社社友录》载其民国三十八年三十六岁,生于九月十六日。据此,其当生于民国三年(1914)。

上同周毅修过天香阁裱店看乡先辈书画团扇百数页，乃他人搜集付装池者。虽工拙不一，然颇有佳作。同阅片时，乃各旋家。

初八日(5月28日)　晴。上午至修志会。近来看书写字，时形不能多时间工作，又证精力之衰弱。而应撰书文字，蓄愿正殷，恐将有志未逮。下午晚(上)[前]旋家。又以家务琐屑，实扰心绪，自憾生平命运之劣也。上午至农民银行朱仲华处谈片时即旋。本日夜间有星月。

初九日(5月29日)　似晴。朝间装订书册。寒暑表在六十七八度。上午至修志会，各处家谱之到会者约计二百册矣，有日不暇阅之虑。修志中即此氏族一门，亦不易下手。近来华北土地利权，已非我国掌握；此外各省又日见他族侵占。政府御外无能，而对于人民捐税苛征层出不已。怨声载道，日甚一日，令人不堪闻问。夫国府、省府、县府所负担之职责，乃保境安民，今日有符此旨哉？自来畏威怀德，万姓归来。立国之本，今古所同，当路诸公盍加意焉。本日下午五句钟旋家。

初十日(5月30日)　朝间似晴。栽培庭畔花草，又写文字片时。上午至修志会，本会将康熙二十二年之会稽县旧志又排印成书，今又发印嘉庆□年之山阴县旧志也。近日纷传县政府又演重查人民住屋捐及商店屋捐，以增加人民之捐款。按：人民买地完赋自己资造之住宅，千百年来向不用捐；有之自民国十□年始，民间已久深讶异。嗣后有以屋捐附加国难捐者，有以屋捐附加清道捐者，频岁忍苦增加负担。乃不多时，又须重加捐负，其对于生计艰难之人民，其何如哉？以致遍处国民愁眉百结，有不能旦夕苟安之虑。外患如彼，内忧如此，中国步骤愈走愈危，实有不堪设想者矣。晚前之六句钟时旋家。夜有明月。

十一日(5月31日)　晴。朝间录文字。本日天气清胜。上午整理家务。余近以忧虑扰心，环境少宽快之处，身体愈觉衰弱，足背上时有作肿，想系元气虚亏，乃暂时生存者也。下午徐子祥来谈片时,同其至月池坊回看沈博臣,渠今年七十七岁,步履尚健,亦难得者。同谈片时,又同子祥至墨润堂书店稍坐,又同子祥至“荣禄春”楼上吃小笼馒首,然后各旋自家。李虚尘来谈忧时之感,至晚上虚尘乃辞。夜有明月。

十二日(6月1日) 晴。朝间整饬庭中几案。上午至修志会,日中旋家。祭先妣徐太夫人讳忌。下半日蒋姑太太因其孙事与其媳章氏来谈,片时辞。四句钟时,侄宜卫亦以蒋宅事同余各坐车至南街稽中校同邹楚青谈,片时仍即各坐车旋家。为章天觉绘山水扇箑,渠前年所索绘,今遇见时屡言及,特为其一濡染也。

十三日(6月2日) 晴,天气骤暖。上午至修志会,下午之三句钟旋家。寒暑表在八十度上下。鲍子调来,同存、宜二侄共谈蒋宅事,留鲍君夜餐,畅谈数时,至十时鲍君乃辞。又微有雨。

十四日(6月3日) 朝间又有大雨数时。天气潮湿,月余以来,偶一晴之,未逾日必又雨之。乃雨旸未能时若,为可讶也。上午之九句钟时坐人力车至种山诗巢,十时先祭吕祖后,乃以馨香瞻拜诗巢六君子,并附祀诸贤。壬社今年新章,以逢先诗人诞日之雅集,仍用果品、肴菜祭之。若非先诗人生日之雅集,只用馨香瞻拜之。本日瞻拜之后,设有荤素肴菜、盆面以酌同社之来到者十八人,至十一句钟各散。雨密不休,余坐人力车至修志会,吃面食之余,今日不吃中饭。下午以累日潮湿,稍有小恙,即旋家静养之。

十五日(6月4日) 又有雨。朝间绘山水扇箑。看前日报载,以各处城垣足资保障,有不准折毁之禁令。惜乎十余年来任意破坏,大半业经残毁。十余年前谓此等建筑有何用处,所谓当路伟人者咸曰皆可废之;间有老成持重者曰宜保存,当时多讥其不识时务。乃不数年是非又异,亦世变之颠倒者乎! 上午至修志会,晚前旋家。

十六日(6月5日) 似晴,朝间看《茶香室丛钞》。上半日王念兹来谈,又戚芝川来谈片时,乃同戚、王二君至大路“泰升”酒楼共饮数时,午下又同至光相桥田蓝陬处谈,数时各散。余又至修志会,晚前旋家。

十七日(6月6日) 晴。朝间录文字。上午至修志会,下午六句钟旋家。夜间同苹女、霖孙、佐孙至南街稽山中学校看师生表演游艺会于大礼堂,即绍府圣庙之大成殿。观看者座为之满,至半夜一句半钟,虽其表演尚未毕,而夜太深,乃同苹女、霖孙、佐孙步月旋家,时二句钟。

十八日(6月7日) 朝间微有雨。俗务纷如,事繁心乱,精神随之衰弱。足背上之肿,可一证焉。下午坐车至长桥袁宅赴徐子祥之约,乃徐君与袁君先时他出,又就近至赵雪(候)[侯][1]处,遇朱秋农、徐子祥、赵雪(候)[侯],同谈数时,晚前各旋自家。夜又微雨。

十九日(6月8日) 朝间又有雨。朝餐后至修志会,近日以旧书及书画来售者日形其多,足征民间生计之艰难,晚前旋家。本日寒暑表在六十八九度。

二十日(6月9日) 又雨。朝间坐书案写文字。近日四句钟余天晓,予以在后半夜不能酣睡,一俟初晓,即起坐行动治事。上午至修志会。本日撰书田外姑章太夫人九鐁慭忌之楹联,其联语录志于下(二十五日生忌):"算纪九旬,慈荫永暌尘世感;惭延半子,时艰谁释杞人忧。"下午雨霁。晚前由修志会旋家。

二十一日(6月10日) 似晴。上午坐人力车至丁家弄印刷所监视装订书册,又过王惕如处谈片时,又至修志会,下午之六句钟旋家。夜有明星,两月以来所罕见也。

二十二日(6月11日) 朝间又似晴。上午至修志会。本日腹

---

① 赵士鸿(1879—1954),字雪侯,又字屑厚,别署苦良。浙江绍兴人。赵之谦从弟。书宗北魏,在孟皋、悲盦之间。花卉写生秀润苍古,深得家法。四十岁后,游艺海上,声闻一时,名列海上题襟馆。见赵德滋《我的爷爷赵雪侯》(《绍兴日报》2018年1月22号);《神州吉光集》(1924年第7期)之《书画家小传润格:赵雪侯》。

中时有微痛,不吃中饭。下午愈可,吃荳蔻一粒。晚前旋家。近日见各报,粤桂军动员湖南与南京中央依然各殊途径。忆前月间胡汉民故后,说者为西南已失重心,中央可以总揽全权。不意仍有人在,足见天下事难如人意也。

二十三日(6月12日) 朝间尚似晴。看《春在堂杂文》。上午至修志会,下午绘越城图及若耶溪图,以补刊志中。按:《康熙会稽县志》共有图二十七张,周君绘者尚少二张,余为补之。但恐刻匠不佳,未能依样也。本日天晴而暖。晚上六时旋家。

二十四日(6月13日) 朝间尚似晴。上午至修志会。本日天气潮暖。下午之二句钟旋家。片时后,坐车至西郭"勤庐"田宅蓝陬处谈,晚间拜田先外姑章太夫人九十岁愍忌之祭。向例前一日晚间,谓之暖寿,习惯上由女婿家备筵祭之。今我家乃送分资请其办理,以循旧俗。夜同其戚友聚宴,夜又同谈数时,至十时余乃各散。微有雨,仍即晴。余坐车旋家。

二十五日(6月14日) 又似晴。早间之六句钟时,坐车至西郭田蓝陬处拜先外姑章太夫人九龤愍纪。时蓝陬尚在睡乡,余行礼后,仍即坐车旋家。余上午又稍有腹痛,静养片时,书文字日记。下午又执书卷,坐卧看之,乃近来最难得之清闲。自感精力日衰,多看书多写字,时形倦态。加以数日间大便每不畅解,尤足证消化力弱、元气之亏也。

二十六日(6月15日) 又似有雨。今年春季夏初,可谓雨多。朝间写录文字。上午田蓝陬来谢追纪先人事,谈片时,乃同至邻居张琴孙处看花,谈片时,余又至修志会。日中与会中常务同人至"一一新"菜馆赴周毅修之邀宴,毅修第二女与钱荫乔第二子定婚,假该馆为设宴处。钱、周两主人及来宾约二十人,分两席筵宴。下午同寿涧邻、朱英君、王子余、沈馥生、童谷干、周毅修回修志会,余饮茶后吐有血水二口,喉中微痛,未知是否席间饮数杯酒,血行太速所致。即请寿涧兄诊脉,云左手脉较寻常数,劝予静养。予乃即坐人力车旋家,饮以西洋参茶，在书案前坐卧静养之。前数日大解每不畅，今日乃泻之，谅系近日多吃厨之肴菜也。

二十七日(6月16日)　似晴。朝间看庭畔花草。又泻一次，而胸腹尚清快。写录文字。上午至修志会。下午晚前至大善桥裱店看书画，并付裱资。又至大街买笔，天微有雨，即坐车旋家。本日寒暑表在八十一二三四度。

二十八日(6月17日)　朝间似晴。坐庭畔志文字。天日虽长，而应治笔墨事极多，仍觉日不暇给也。

二十九日(6月18日)　晴。朝间浇庭畔花草及整饬庭宇后写录文字片时。

五月初一日(6月19日)　本月为甲午，本日为壬申。朝间似又将雨。录志旧文字。寒暑表在七十八度。上午至修志会，又补绘越城图一张，刊在志书，须细笔为之。晚上之六时旋家。

初二日(6月20日)　朝间似晴。俗务纷如。上半日至修志会。日中天有雨。下午坐人力车至大街、西营等处一转，又坐车旋家。

初三日(6月21日)　又有雨，大而久。上午雨霁。本日为夏至，家中循例祭祖宗。以存侄事同存侄、宜侄至观桥胡坤圃处谈，胡君即同余等至社庙镇公所，即小学校办理特务队人暴行事。盖存侄有失完之赋，前被催后，即行完清。今该特务队仍以朱传追催，存侄示以清完县印票，而该队人谓："有朱单只知拘人，赋票之清完不清完，所不知也。"横暴如此，不能不由镇公所处理之。乃由镇公所声言："陈某为本镇之人，如有违纪案件，当由本公所负责，随时可到县公署质对。"该队人始去。前年绍兴改设专员公署，无事不肆威权，特编特务队以张气焰，处处用该队以威胁人民，不许人民声辩是非。民怨沸腾，日甚一日。人民抗完赋课，极宜惩罚，但赏罚必须严明，不能妄传无欠之人及已清完之户。使人民安居乐业，乃地方官吏应尽之职务，今何背此意也。日中即旋家。下午至大街买纸笔并付菱孙女嫁用货款,即旋家。

初四日(6月22日) 朝间尚有雨。年来予自奉极简约,而家中生计,事事仍须予维持。每到年节,戚友应酬送礼之费,以及店家清付之款,颇费一番心力以清偿之。日中至修志会,晚上之六句半钟旋家。近日各报载粤桂两省伟人,以不满意南京政府之作为,积极整顿军队,有兵戎相见之举动。

初五日(6月23日) 似晴。朝间录文字片时。寒暑表在七十五六度。上午清理账务,又至修志会,日中旋家。循旧例画八卦数纸。本日天气潮暖,寒暑表在八十一二三四度。下午在家中静养许时。书志簿籍计千余字,自审精力日形衰弱,应作文字,未识能偿其愿否?夜间与家中人坐庭畔,以吸清气。

初六日(6月24日) 似晴,天气潮暖。朝间(录)旧作楹联。余所作联语约百余联,今拟删改录存之①。八句钟时,至修志会。以天气将暑,到会时间宜改朝也。下午之六句钟时,同朱萸君、寿涧邻、周毅修至大街处买大凉帽一项,系新出仿古之制,可御暑日也。即各旋自家。夜间坐庭畔许时,天有明月。

初七日(6月25日) 似晴,天气潮暖。寒暑表在八十一度。上午至修志会。近有人来示新出晋砖,据言系南城外九里村山麓中得之。其文曰"大兴四年辛巳孔司农客屠伯作"。查,晋孔侃官大司农,乃孔坦之父,会稽山阴人。此恐即孔侃之墓,待考之。本日天气骤暑,寒暑表在九十度。下午之五句半钟旋家。初洗浴后,身体清快。

初八日(6月26日) 朝间似晴。在庭畔学行草书数时。闻前日县警因禁人民赤膊,用藤条责打店内人员。该店稍有声辩,即拘店

---

① 陈庆均《杂稿》有其所作联语,录如下:计拙难凭匣里剑;生涯讵仗箧中书。品高自有清廉守;党恶常邀富贵荣。铁砚未穿仍励志;儒冠何计补谋生。交有良朋贫亦乐;人难宣世性太真。恋到江湖鸥有梦;感通书问雁多情。簪笏心情消已久;湖山缘分想犹深。厉精敢负初年志;料到偏成末路愁。

员。一时群见不平，大云桥一带数百店户，顷刻全体罢市，地方秩序扰乱。而民众及游手好事者，一唱百和，遂相率拥至舍子桥派出所，要求释放无辜之人，并以平日怒怨所积，捣毁该派出所。至各处派到弹压之队，始平散。据各报所载，当时事之最可趣者，群众拥至该派出所时，所内之人亦赤膊赤脚。此迨所谓官犯之则可，民犯之则不可也。盖千古以来治国无他术，必在与民同好恶，则天下平矣。本日天气郁暑，颇不清快。下午油然作云，五句钟余似将有雨。旋家进门前，而大雨即下，有湿衣衫。大雨数时，屋多雨漏，以雨大而兼有风也。夜看《小仓山房诗集》。

初九日(6月27日) 朝间似晴。录文字许时。上午至修志会。天气又骤暑，手停扇即汗如雨。一年之中，每感春秋之时令天气少，而冬夏之天气多也。下午之五句钟由大街旋家，见大街两旁人行道边摊户林立，而满目是赤膊者。前日闻大云桥店内之人赤膊，而警察拘责之。今商市极盛之处，沿途赤膊，置之不顾。地方政令如是，未免人民疑讶焉。夜与家中人坐庭畔，以招清气，有明月。

十日(6月28日) 晴，天气又暑。朝间坐庭畔书文字。上午看春在堂诗词集。本日星期日，得在家中饮食静养。日中寒暑表在九十一度。下午朱仲华来谈许时辞，又李虚尘来谈许时辞。

十一日(6月29日) 晴。朝间之六时，坐人力车至南城外南渡桥修志会所雇之舟中，童谷干先在。舟中以待至八时余，周毅修又来，乃同坐舟至九里村，拟寻孔侃古墓。以该山人适上城不遇，由其妇人又出晋砖数方，亦以币购之。但砖文同前日所购，有二字仍不能摹看。以时将旰，又畏赤日当天，遂停舟树下。中饭后乍有雷雨，俟雨霁放舟至龟山上岸，于山顶见破旧神庵，只一老妇管之。寻访一碑，为明万历张元忭所书立，此外亦罕古迹。雨后稍有凉意，乃同童、周二君在山磡上平旷处坐看山乡景色，逾时后始同坐舟回南城登岸，余坐人力车旋家。夜间稍有清凉之气。

十二日(6月30日) 朝间晴。坐庭畔写录文字。上午至修志会。近日闻稽山城外禹王庙近处之山,就地人掘山所得有古窑之器多种。会中有人以一大酒坛来,据考古家言系是三代时之窑器,质薄而甚坚,拷之声如铜,外面有细纹,乃昔时以麻布包制之纹也;里面光洁,色灰青,尚雅观。识者谓器虽久远,而时见出土,并不十分为世所稀有者。本日天气又暑。下午之六句钟旋家。夜间云多,天气未能清高,身多沾汗。虽在庭外,也少清快之气。手不停扇,坐卧未宁,至后半夜始稍清胜。

十三日(7月1日) 晴。天黎明时即在庭畔清坐,继复看书写字。上午至大善桥裱店,以种山诗巢图咏册页二十六张令其装裱成册。又至修志会。本日天气又郁暑,汗多未能写细字。下午之五句半钟旋家。夜坐庭畔许时。

十四日(7月2日) 晴。上午至修志会。乍有风云阵雨,下午便得清凉之气。晚前又似将雨。五句钟时旋家。

十五日(7月3日) 朝间又有雨。学行草字许时。上午至修志会。本日乍雨晴,天气清凉。晚前之六句钟旋家。

十六日(7月4日) 有雨,朝间似晴。黎明时撰诗巢壬社三十五次雅集,并祭刘宛委山人墓诗一章,乃速成者,诗志于下,另以诗笺写送诗巢:"炎威洗后有新凉,又向吟龛奉瓣香。为择揆辰联雅集,却嫌上冢过端阳。渊源祠宇编仓史,位置忠忱壮故乡(王子余社友新编成《仓帝庙志》及重整葛壮节祀位增设一新)。一角湖山绵正气,各留心事在名山。"前诗写后,时六句半钟,即坐人力车至卧龙山诗巢。八句钟时,社友到者二十一人,先至宛委山人墓前排班行礼,又至诗巢序次行礼,然后社员坐席,以面盘素肴畅饮。逾时事竣,乃安步当车至修志会。时有微雨,而天气凉快。下午至六句钟时,乃旋家。

十七日(7月5日) 朝间似晴,寒暑表在七十六七八度。上午撰家申之二兄七十岁生日诗一章:"青毡家世著鞭先,颐性杜门味道全。听雨漫惊双鬓改,忧时犹护一藤延。池边春草寻余梦,座右楹书拥旧编。寰宇纵无干净土,加餐宜祝古稀年。"前诗以小立幅隶书赠之，乃暮年兄弟意也。下午录文字。田内侄女菘姑太太来，即吴琴伯夫人也。以其家事商谈，并言及其子福葆新任绍兴警区长，不数日间(威)[戚]友转辗相托，说情面位置者络绎不休。可见近来人浮于事，偶有事权，即应接不暇。余谓此等事于家乡中更觉为难，只好随时省察情形以应付之。天又有雨，渠与其女夜餐下辞。

十八日(7月6日)　又有雨。朝间录文字旧稿。上午至修志会，王君子余言吼山王干青处有旧青版片(破)[颇]多，许会中随时取阅，并云吼山之源尚有陆放翁家庙，且为放翁故居，而吼山石宕年来有人改筑一新。童君谷干、周君毅修乃言于余，即同时投袂而起，作重游曹山。遂同至观音桥坐修志会采访之船，解缆而行，抵皋步村时，已日中。同登乡市酒楼，以面食为中饭。惜时雨纷纷，有天时不遇之虑。复同舟至吼山，雨初霁，即同访王干青于苗圃。渠家旁吼山而居，庭宇简陋，而竹篱茅舍，颇(绕)[饶]山野逸趣。承王君令其子叔舟偕余三人至烟箩洞，是处近为王筱籁[1]之业，前年新筑楼屋三间，平屋一带，几席整洁，而四围石壁屏障太近，嫌少空旷景气；且岩壁层叠，无片字题刻，亦一缺事。继上犬亭山看云石上之僧舍，山腰泉水澄澈如前，旁岩神庙门前，远山近水，平畴千顷，一览无遗，视彼烟箩洞所远不及也。守庙老妇汲泉煮茗，以款游客。停踪暂憩，有爽气扑人眉宇之胜。逾时下山，坐舟过桥，泛水石宕访沈克敏，以沈君于二十年前从陶氏售得此宕者也。渠新筑之楼台临水，花木旁岩，颇有逸趣。承沈君同余等驾舟访寻宕中石刻，所见者有“观鱼乐”横刻三字，旁题乾隆□□太字张等字样；同处又有“放生池”直刻三大字，

---

①　王晓籁(1886—1967)，原名孝赉，字晓籁，号得天、百不。以字行。浙江嵊县人。光复会会员。民国时曾任上海总商会会董、全国商会联合会理事长、上海市临时参议会参议长、中南贸易协会理事长、上海市商会理事长、上海市商会监事等职。解放后当选为上海市人民代表、上海市政协委员。著有《王晓籁叙录》。见刘绍唐《民国人物小传》。

旁有铭而不纪年月及题名;又有□□□。至宕中石壁之高处“武陵源”三字,据沈君云始于二年前新刻者。宕岸陶文简[①]读书处屋毁已数十年,只余地址阶砌,其旁崖小立石高不及丈,刻有“生台”二字。又隔数十步,岩石间刻有“汉安二年六月十八日会仙癸”,以十二字作两行刻之,此系旧有之碑拓文字,近年由好事者新刻于此宕中。水静不清,且少新鲜空气。片时,仍同诸君坐舟出水石宕,又至陆氏祠前登岸,瞻览陆放翁家庙。此祠神牌似皆陆氏之官阶,各位崇高者始可入此祠。现在祠宇坍破,久不奉丞尝者矣,可感慨焉。遂与沈、王二君话别,而同童、周两君返棹城中,时九句钟,仍停舟观音桥,余坐人力车旋家。

十九日(7月7日) 晴。朝间写作文字。上午至修志会,日中旋家。今日申之二兄七十岁生日,渠近虽足不能行,而观其气色及饮食尚如常。本日不铺张称觞,其子遵命不收寿礼,而有至戚友之来者,治面筵以宴之,余为其陪客。宴集一概巨细事,皆由其子妥为肩任办理,不累其老人稍费心力。余极羡其生平之福分也。下午又至修志会,至晚上六句钟旋家。

二十日(7月8日) 晴。朝间坐庭畔书文字。上午至修志会,天气郁暑,不耐治事,下午之六句钟时旋家。夜坐庭外,而少清风。

二十一日(7月9日) 晴。朝间坐庭畔书文字。朱仲华来谈片时辞。上午至修志会,近日手须挥扇,未能耐写文字,下午六句钟旋家。

二十二日(7月10日) 晴。朝间为寿君所托写诗集题面隶书,即《伏舍传吟集》也。又为沈君所托写隶书匾额。近日早凉时尚能耐

---

① 陶望龄(1562—1609),字周望,又字石篑。明浙江会稽人。万历十三年(1585)举人,十七年进士。授翰林院编修,转太子中允,起国子监祭酒。力谢,乃以新衔在籍。工诗善文,与袁宏道相友善。著有《歇庵集》。见《会稽陶氏族谱》卷十七《列传二》之《大司成文简公传》。

写文字。上午至修志会。本日天气更暑,手不释扇,寒暑表在九十余度。下午之六句半钟旋家。夜与家中人坐庭畔数时。

二十三日(7月11日) 晴。朝间坐庭畔写文字。近日最朝时尚有清凉之气。上午至缪家桥曾侣仁处谈,并以杨梅酒酌余,片时即至修志会,而赤日盈途,为可畏也。日中寒暑表在九十四五度。下午之六句钟时旋家。夜间坐庭畔而少清凉之风,永夜以暑未能安睡。

二十四日(7月12日) 晴。朝间坐庭畔录文字。王念兹来谈片时辞。上午整饬书籍几案,并整肃东厢。日中得资静养。下午天气清凉,洗浴后益觉清快。寒暑表在八十一二三度。

二十五日(7月13日) 朝间似晴,天气清胜。转易凉燠,可谓神速。手一停扇,即能专心书写文字。上午至修志会,日中旋家。拜先曾祖妣魏太夫人诞日。下午又至修志会。天气又暑,乃同沈馥生、俞芝祥[①]围棋数时,晚上之六时余旋家。夜坐庭畔数时。

二十六日(7月14日) 又晴。朝间之四句半钟,坐庭畔看书吸清气。上午至修志会。阅报,本月十日开二中全会,昨有人提议取消西南政府,遣人前往粤桂收拾时局之明文,未识粤桂当路领袖感想何似。优胜劣败,又将于此见之。下午乍有雨,仍即晴。六句钟时旋家。接二儿在钰由镇江来禀,言国府军委会委其充镇江要塞司令部军医处少校主任,据说此职较通信军团医务所稍胜。

二十七日(7月15日) 朝间天作云,而仍似晴。上半日至修志会。日间时有雨,仍即晴。下午之六句钟时旋家。夜间天气清凉。

二十八日(7月16日) 晴。早间之六句钟至修志会一转,即坐人力车至北海车站。八句钟时,坐汽车至柯桥上市得胜殿参加纪念

---

① 俞芝祥(1872—1952),字作之,号景朗。别号率真。浙江嵊县人。清附贡生。曾留学日本,日本政治大学法律学士。任绍兴军分府执法处长、绍兴县知事、东阳县长。见张钢锋提供《苍岩俞氏宗谱》卷十八《廿三世清字行传》、卷二王澂莹《俞君芝祥行述》。

明姚长子[①]义士会,由该区招待公同与祭毕,该处虽款留筵宴,余以天暑即欲回城,辞谢之。遂即至汽车站坐十句钟汽车旋绍城汽车站,又换坐人力车至修志会。余近年极不欲与热闹之场,今为修志会中同人之劝勉,且祭历史上同邑义行先烈,乃勉强一作此行。下午旋家。有雨,天气转清凉,寒暑表在七十八九度。

二十九日(7月17日) 似晴。上午修志会。本日天气尚凉,乍雨乍晴。近来各方人民所互相怨憾者,地方官长之欺虐也。如误拘烟民、误拘积谷捐、误拘完课、误拘征税,不论人民之有犯有不犯,有欠有不欠,一概妄行拘之。尤可讶者,各团体之请问,渠登报答之,并不有此行为;而一面仍拘传搜查,动辄以特务队而威吓平民,演成官与民似仇寇。昔人诗云"一片承平雅颂声",今则易为"一片苍生怨憾声"。际此士农工商咸遭不景气之日,人民不另加捐税,尚且难渡生计;乃自治捐者、保卫捐者、住屋捐者、飞机捐者,清丈费者、清道费者,随时层出不穷。至随赋带征之附加税,名目不胜枚举,又成为年年例捐。政府休养生息之恩,何日顾及人民哉!本日稽山城外山乡人又有新出唐砖。下午六句钟时旋家。

---

① 姚长子,明浙江山阴人。嘉靖年间倭寇侵入县境,迫其作向导。引敌到四面皆水的化人坛,并于事前密嘱乡人撤桥,断其归路。倭寇中计,遂为明军所围歼。因此遇害。事后,乡人立祠祭祀。见徐元梅《山阴县志》卷十四《乡贤二》;张岱《琅嬛文集》卷五《姚长子墓志铭》。

民国二十六年丁丑(1937)

五月二十日(1937.6.28)至十月十二日(1937.11.14)

五月二十日(1937年6月28日)　本月为丙午,本日为丙戌。朝间似晴,乍有雨,天气潮暖,寒暑表在七十五六度。写篆书字许时。上午至修志会。予每日书正草细字千数百字,虽用花眼镜,目力尚可。而有时精神日增衰弱,乃老态之证。下午之五句钟时旋家。夜间又书篆字百数字。

二十一日(6月29日)　又多雨。闻各乡水溢,咸冀天时之晴好也。朝间学行草书。上午以家务所累,未能坐案治文字。下午戚芝川、田曼云来谈数时辞。晚前至鱼化桥回看李虚尘不遇,即旋家。夜有明星,坐庭畔片时,又学篆书百数十字。半夜后又闻雨声,未知何时可得雨旸时若也。

二十二日(6月30日)　朝间又似有晴态,寒暑表在七十一二三度。上午至修志会,同人议及原定修辑期间为两年,今虽至期而采访尚未遍及全县,人士又多未答补助之方;六常委从事两载,见闻浅鲜,各门类之编辑校证,非再加以时日恐难急就。天气渐暑,各常委拟将分认之门类在自己家中整理稿件,其有须共同讨论者,逢星期一、四日仍同至修志会集议进行。庶会中之经费减缩,而各常委依然继续义务之责任也。下午之四句钟时旋家。

二十三日(7月1日)　晴,天气尚清胜。上午至修志会整理新旧所搜集本县碑拓,共计五百三十余种。大约明代以前得十分之四,清代以后得十分之六,但摹录拓本文字,尚须多时间也。下午之五句钟时旋家。本日寒暑表在八十五六七度,天气潮暖。夜坐庭畔以吸清气。

二十四日(7月2日) 似晴。上午家俗事务纷繁，骤有暑夏之景象。日中天气潮暖，颇不清快。下午学隶书，乃曲阜孔谦等碑，为金匮钱氏写经堂所藏，余始于昨日购得者。近今下方桥石佛寺重修一新，月之二十六日为该寺更易主持传授衣钵。韩君迪周[①]前日特来修志会索余等题撰文字，并于是日另制佳肴以款客，只候余等同作清游。志会同人各撰诗以答之，余于前日亦成七言截句四章[②]，借志于下："落梅声里放轻桡，长夏江村暑气消。巨佛永随羊石峙，丛林深处递清飙。""漫愁海外有吞鲸，天险堪资御甲兵。神武前王如可作，韬钤奇策慰苍生(羊山为钱武肃王屯兵处)。""尘世无如禅院清，名蓝衣钵久心倾。联觞借慰瞻韩愿，异味郇厨仔细评(韩君特另制鲞肉鱼翅冻以宴客)。""雨后琴尊爽气投，天开图画忆前游(二十年前挈吟侣游此消夏，乍有雷雨，逾时仍晴)。写真犹剩舟中稿，爪印当年证得不

---

① 韩迪周(1870—1950)，谱名本初，学名师善，官名篆，以字行。浙江绍兴人。29岁时投笔习刑名，充安徽按察使、布政使、安庆府各幕职，广东按察使幕职、提学使文案，四川布政使总文案兼四川督署法科参事办事处总文案、执法处处长。民国四年(1915)任两淮盐运使秘书兼科长。十四年，充黑龙江全省烟酒事务局秘书兼科长。晚年辞政从商后，在哈尔滨开设"惠通酱园"，因经营不善倒闭。抗日战争前返乡，一度出任齐贤乡乡长，至绍兴沦陷止。期间为绍兴县修志委员会委员。热心故乡公益，先后创办本乡第一、第二两小学。又创办龙山小学(石佛寺内)。二十年主持重修石佛寺。著有《书绅要旨》《劫余草》《韩迪周公全集》等。见韩百年《羊山韩氏宗谱》；沈迪云《地方文献论文集—萧山·地方文献国际学术研讨会》之孙伟良《绍兴〈羊山韩氏宗谱〉及其文献价值》。

② 陈庆均《为山庐近作》有诗《丁丑夏至羊山石佛寺更易主持韩君迪周备筵款邀赋此赠之》，与之略异，录如下："落梅风里放轻桡，长日如年未易销。绿水红莲盈野外，丛林深处递凉飙。""漫论海外有吞鲸，形式天然御甲兵。神武前王如可作，韬钤奇策慰苍生(羊石山为钱武肃王屯兵之处)。""尘世无如禅院清，名蓝衣钵久心倾。联觞借慰瞻韩愿，异味郇厨有定评(韩君特另制鲞冻鱼翅以宴客)。""雨后尊前爽气投，天开图画忆前游(廿年前挈侣同游乍有雷雨即晴)。旋途犹剩舟中稿，爪印当年证得否(前在舟中余曾绘写一图以质同人)。"

(前游时余于舟中曾绘一图以留纪念)。”

二十五日(7月3日)　晴,天气清胜。朝间至就近衢市一瞻时景,即旋家。上午写篆书千字文。日中祭曾祖妣魏太夫人诞日。鲍子调来,以祭余之菜宴客。下午张后青来。晚间朱仲华来谈。夜餐下,朱君辞,鲍君、张君至次日早间辞。

二十六日(7月4日)　晴,天气潮热,寒暑表在九十度上下。以气候未能清快,不耐治文字。晚间坐庭畔以招清气。

二十七日(7月5日)　晴。朝间坐庭畔写文字。上午至修志会。天气郁热,极不爽快,乃每年梅天时令所有之气候也。下午之二句半钟时旋家,坐书案写字,较会中为相宜。自晚间坐庭畔而仍凉少风。八句钟时,因航空演习,全境电灯为之一息,计一二十分钟仍复原状。夜虽有电闪云起,不肯下雨,永夜郁热,人人未能安睡。

二十八日(7月6日)　又似晴,朝间仍郁热,未得凉风。坐庭畔写文字。上午以天气不清快,未耐多写文字。日中寒暑表在九十一度。下午书篆字百数十。夜间天气更郁热,极少凉快之风,坐庭畔数时;又以畏热,未能安睡。

二十九日(7月7日)　晴,稍肃潮湿之气。朝间坐庭畔写篆书千字文。日中寒暑表在九十一二三度。本日出霉是小暑。下午寒暑表在九十五度。晚前张后青、孙梅仙来谈,至半夜辞。夜间天气又暑,永夜未能安睡,多在庭畔中清坐。

六月初一日(7月8日)　晴。本月为丁未,本日未为丙申。天似晴,朝间寒暑表在八十七度。上午至修志会,天气郁暑可畏,日中勉强在会中与同事午膳。下午天气更暑,不耐书写文字,二句钟时旋家。寒暑表在九十四五度。晚上稍有凉风。夜坐庭畔,快意风来,即觉身体清胜,与日中大有炎凉之异。

初二日(7月9日)　晴,天气清胜。朝间坐庭畔写篆体千字文数百字。下午又书篆文数百字。至晚间天气又郁热,虽手不停扇而汗难干。坐庭畔半夜,仍少清快之风。

初三日(7月10日) 晴,天气又暑。朝间坐庭畔写篆体千字文,此字帖乃前月时购之而有残阙者,下具款曰“大宋乾德三年十二月二十八日推诚奉义翊戴功臣永兴军节度管内观察处置等使特进(下文又阙)。”然其篆文多有书写伪谬之处,不足以资临摹。余补其阙而参改其体,书成一本,始存览焉。按:千字文者,乃梁给事郎周兴嗣所撰。昔年老友唐健伯撰有《千字文训纂》一书梓行于世,亦足以资参考者也。下午寒暑表在九十四五度。夜坐庭畔,又少清快之风。人人以畏热,永夜难以酣睡。

初四日(7月11日) 晴。朝间坐庭畔学篆隶书。上午过白衙弄看徐子祥谈片时;又至东昌坊看寿涧邻,其书斋虽小而颇幽雅,且时有北风。茗谈片时,即旋家。而行途暑日可畏,宜趁朝凉时也。上午尚未盛暑时,收拾住室。绍兴人住房每将桌椅、箱厨、器皿堆积盈间,行坐极不畅快,余向非赞成。暑天尤宜使房间宽畅,庶有清气。下午寒暑表在九十八九度,未能书写文字。夜坐庭畔,又少清风。

初五日(7月12日) 晴。朝间坐庭畔学行草字,寒暑表在八十七八度。上午至修志会。日中天气盛暑,为人书立幅数张,挥汗如雨。如是酷暑,极可畏也。晚前张后青、鲍子调来,留夜餐。近日夜间皆言不能安睡,愿永夜挥扇闲谈,以消暑夕。

初六日(7月13日) 晴,朝间仍未能凉快。张、鲍二君又谈片时辞。上午徐子祥来谈片时辞。天气郁热,寒暑表又在九十余度。近日报载北平卢沟桥日军又寻衅同我国军接触战事,其层出不穷之暴动,宜若何有整个防御哉!

初七日(7月14日) 似将雨。上午之七时,寿涧邻来谈片时,同至龙山旧府署,今贺专员新移居处也。会集其议事厅议搜集编印绍兴先贤未刊遗著。此事由贺专员发起缮启,先请地方耆宿列名赞同者,前日又以书函来约。事关文献,似应赞成。本日到者十八人,由贺专员主席议定名称,曰“绍兴先贤遗著编印处”,暂设于明真观贺秘监祠中，月支费八十元，推沈、鲍二人常务，先筹费三千元，贺君认千五百元，王、朱、杨、鲍四人合筹千五百元，议成合摄一影。乍有雨，余坐车旋家。下午撰贺秘监明真观祠中楹联一副，亦前日贺专员专函来索撰书者。今拟成并为其篆书之，联语借志于下："风教树乡贤，坛坫湖山，自昔诗巢尊首席；高踪留秘监，烝尝享祀，长从鉴水想清流。"并跋语云："贺秘监行馆，昔署千秋观，亦称鸿熙观，永乐时更名明真观。代远迹湮，祀事久阙。培心专员来守是邦，缅乡贤之古迹，诵远祖之清芬，葺新祠宇，顿还旧观。一瓣心香，洵垂不朽。勉摛楹语，借证前因。疆围赤奋若律中夷则之月，为山庐陈庆均谨撰书。"

初八日(7月15日) 似晴，天气清胜。本日为孙儿长霖二十岁生日，新生活未有循俗之举动，乃吾家尊尚朴实之风教也。上午至修志会，下午之三句钟时旋家。自前日一雨之后，今即觉凉快，可御单衣，不必挥扇，夜间得看书写字。予年来生计艰难，心绪益劣。衰态之增日复一日，而文字之心依然如昨。吟诗写字、绘山水下笔有得意时，辄为之䜣幸。是乃好名所累，可自讶也。

初九日(7月16日) (昨)[乍]雨(昨)[乍]晴，天气潮暖，寒暑表在八十一二三四度。本日精力柔弱，坐卧看书，以静养之。晚间戚芝川来，以天尚凉快，邀余各坐人力车至大教场看新到之马戏，其戏术有熊象杂参演之。至走钢丝及空中飞舞，尤以女子为最敏捷，乃中国人不落人后也。至十句钟，仍坐人力车各旋自家。予本日稍有不快，勉强应酬。夜间略畏寒，御以薄被。就衰之体，所宜随时加意保养也。本日腹中作响泻便一次，夜间稍饮白兰地酒一瓢及服十香丸数粒。

初十日(7月17日) 晴，朝间寒暑表在八十度上下。今日精神稍可，而气力尚觉柔弱，未能多看书多写字。上半日至水澄桥墨润堂书庄稍坐片时，又购纸笔巾扇等事，即坐人力车旋家。本日腹又作响泻便一次，想前日稍受凉及水料欠清洁也。吾家大小上下全家所用茶水，时时注意清洁。数十年来，皆予一人责任之，全家人等皆只知之饮用而从不知稍助照顾也。然初雨者不宜接汲,有秽浊者不宜饮用。种种注意,虽属处家一端小事,而饮料不洁,每不知不觉而受其患者。年来用度较多,偶有注意不及之处,为可感也。年力就衰,精神照顾不到,动辄得咎,寄语年富力强者,宜若何自励耶!

十一日(7月18日) 晴。朝间李生翁[①]来,又何桐侯来谈片时。八句钟时,小云栖僧人源湛[②]放舟来接李、何二君及余,同坐舟至西郭城外梅山寺游,以梅山寺住持僧人印心乃源湛僧人之徒。一路河风披拂,尚清快。至寺同坐大殿后之广座,尚宽敞通气。背面傍山,有梅子真泉池,池上石壁有字刻,一时摹看不清。该寺近十年来又加一度修整,尚可以资游憩。余同生翁、桐侯及源湛挥箑闲谈,僧人出茶点酒饭以款之。惟其所悬书画极少可观之幅,源湛僧人并为印心转索余等三人各书画之。谈坐至下半日之四时,仍同生翁、桐侯、源湛坐舟旋城,复至余家门前上岸,何、李二君及源湛各辞,时将日暮。余以尚未十分痊可,少吃饭食。夜坐庭畔数时,月色最佳。

十二日(7月19日) 晴。朝间坐庭畔看书。上午至修志会并至农民银行朱仲华处谈片时,又至修志会。下午之二句钟时,以天暑未能工作文字,冒暑旋家。夜间坐庭畔多时,永夜未能清凉,少安睡。

十三日(7月20日) 晴。朝间同孙儿长佐至大街买扇等事,长佐即先旋家。余又至古贡院前图书馆谈片时,又晤徐星门谈片时,即旋家。近日只朝凉时尚可步行街路,一至日中,乃可畏也。下午天气

---

① 李徐(1875—1964),字生翁,号安伯。浙江绍兴人。因承嗣外家,又作徐生翁。以鬻书画为生。后人编有《二十世纪书法经典——徐生翁》。见沈定庵《定庵随笔》之《徐生翁先生年表》。

② 源湛,俗姓丁。浙江绍兴人。住云栖寺数十年。民国十五年(1926),云栖寺破败不堪,源湛谨疏《兴教禅寺募修大殿疏》,佛教净土宗第十三祖印光大师撰有《绍兴偏门外娄江村兴教禅寺大殿疏代源湛作》文稿。源湛募资重加修饰,历时家四年,寺又中兴。与居士朱仲华、徐生翁友善。颇懂医学,尤精儿科。见任桂全《绍兴佛教志》;释印光《印光法师文钞》。

更暑，寒暑表在九十四五度。夜间又以郁热未能安睡。闻华北日方运兵运战具纷纷不已，事态紧迫，甚少和平之希望。我政府谓如至忍无可忍之时，惟有决心应战。

十四日(7月21日)　晴。本日之一句半钟时，月色正明，余以天暑未能成睡，即为孙儿长佐监理行装等事。至四句钟，天尚未明时，乃同长佐至五云气车站。时四点三十分钟，站门未开，站中员役又尚高卧。据识者云，头班特快车五点五十分钟，只有西郭城内车站开至西兴，余与长佐乃即坐人力车至西城汽车站，为其买票，看其坐车。开行至钱江边时，五句钟五十分钟，令工人伴送至杭州南星桥买铁路车联票至镇江二儿在钰处。南星桥快车乃七句钟四十四分开，此时坐汽车渡钱江，时间正可相接。长佐之有是一行，乃在钰前日快邮来招呼。但其年少，恐不惯行旅，余令工人伴送外，特再同其至汽车站照看之。其车开行后，余乃由大街旋家。盛暑只可挥箑看书，以(遣)[遣]暮景。夜间坐庭畔，月明风静，尚有清景之气。

十五日(7月22日)　晴，天气虽暑而尚清胜。朝间学字、书应酬尺牍。上午至修志会。本日为国选代表投票之日，绍兴县二区投票处即设开元寺中。余同寿涧邻、周毅修偕至投票处，为朱仲华圈之。票中将初选人名印成，此次复选将初选人名上圈定一人可也。即仍回修志会。戚芝川诸君来中饭后，同戚君至选举事务处坐谈数时，晚前旋家。本日夜间坐庭畔，稍有清气，而月明如昼，最可爱也。

十六日(7月23日)　又晴，朝间寒暑表在八十一二三度。上午书应酬尺牍。下午天油然作云而不肯下雨。夜坐庭畔，偶有清风，月又明。

十七日(7月24日)　晴。朝间坐庭畔写篆字，似将雨。上午仍晴。修订书稿。本下午又写篆字。夜坐庭畔，颇有清气，月明如昼。

十八日(7月25日)　晴，天气清胜。绘梅山形势图，乃前日游梅山寺时僧人所乞绘者。前游时见其形势，约略记之，未免依稀图画耳。

十九日(7月26日) 晴。上午至修志会,天气又盛暑,不能书写文字。下午之五句半钟旋家。

二十日(7月27日) 晴。朝间张后青来谈片时辞,又戚芝川,田曼云、季规来谈片时辞。本日天气又暑。下午张后青又来乞书立幅,谈片时辞。

二十一日(7月28日) 晴,天气又暑。上午绘山水立幅。下午张后青来言壮丁军训班毕业,今晚请改良国剧社化装表演,请余同行一看,谈片时辞。晚前乃勉强至花巷剧场,天雨数点之后,暑气未清,且剧场看客拥挤,虽有风扇,亦少清快。看之十句钟时,余即出场坐人力车旋家。

二十二日(7月29日) 晴。朝间之七句钟坐人力车至西郭城汽车站,乃前日徐星门所约定,到时星门在站守待也。至八句钟三十分,同徐君坐汽车到江边,又各坐人力车至轮渡码头,即同坐快轮船渡江,在杭州江干上岸。稍待片时,即同坐公共汽车至湖岸公园,即就近至新泰旅馆寓,时十句三十分钟。余至面馆吃鸡面以作中饭后,即在旧书店看书。又至喜雨楼看友人围棋数时,借遣暑昼。下午之二句半钟旋寓,同星门谈片时。三句钟时,同星门各坐人力车至清波门南山路勾山里徐叔孙寓,同叔孙及陈牧缘谈片时,又同牧缘、星门至其邻居章亮元①字静轩处谈。章君乃徐叔孙寓屋之主人,在南通董与盐地公司者。因徐星门之故父义臣曾在南通昔有股份,又办过该公司事务。义臣故后,盐业萧条,其时星门年少,失于管理,且闻其

---

① 章亮元(1876—1959),字永尚,号静轩。浙江三门人。清光绪二十二年(1896)入南京陆师学堂,毕业后留校任教。二十六年留学日本士官学校,毕业回国后提升为道员。民国元年(1912)应孙中山先生聘,任南京临时政府高等顾问。袁世凯窃国,电邀北上练军,辞不就,遂离开政界,定居杭州。其间协助张謇在苏围垦,任大有晋盐业公司总办。民国六年(1917)回三门湾修建元明塘。善书,习孙过庭书谱,纯熟遒劲。见王及《台州历代书画篆刻家传略》。

证据又失。多年以来，星门不知查察。章君前与叔孙、牧缘闲谈中询及其事，据云如有公正戚友能保证确系义臣之子者，尚可备办手续，设法为之。前经牧缘一再来余处商量，并云尊处系至戚，必须尊处(掷)[郑]重证明。余于是前月间知会星门，令星门乞余同牧缘及章君公商办理手续。本日经一度公商办理程序后，余同星门乃各坐人力车回寓，时五句钟。又同星门坐人力车至“平湖秋月”茗谈且小酌，时天有雨数点，逾时仍晴，星门即邀其共祖弟世闿[①]、妹瑜珍并其生母来茗谈，以世闿同其生母及妹寓西湖也。世闿任艺术学校事务员，四五年于兹矣。同谈数时，余同星门坐舟至□□桥上岸，又各坐人力车至第六公园。沿途路灯多不放光，因今日天津、北京已为日兵占夺，又复到处飞机侦察投掷炸弹，中国极少抵拒之力，只能先事防守之计。在公园稍坐片时，即同星门回“新泰”寓。天气虽不盛暑而未得清凉之气，又在寓中看各报章片时。

二十三日(7月30日) 晴。黎明时在杭州寓中静坐，以招清气。片时后天晓，又至公园堤畔清坐许时，大有山川清胜之趣，吾绍所未易得者。回寓后，陈牧缘来同余及星门商量盐业进行程序。至九句钟时，余同星门各坐人力车至三廊庙前，即同坐轮船渡钱江，又各坐人力车至汽车站，即换坐汽车回绍兴城汽车站，又换坐人力车各旋自家，时十二句钟。暑天旅行，似较有汗，洗浴后即觉清胜。本日为予生日，仍循旧旨蔬食。下午看书报，坐卧静养。而内忧外患，时艰益亟，至可虑也。夜又稍有雨，即晴。

二十四日(7月31日) 晴。上午绘山水立幅。下午左太阳筋又作痛，乃前日旅途所受之风热。夜间益如刺痛，未能酣睡。虽用万金油及薄荷油搽之，难以速效，自憾旅行时之疏于保卫也。贺培心专

① 徐世闿(1909—1988)，字泽士。浙江绍兴人。徐树兰之孙，徐尔谷之子。曾任国立杭州艺术专科学校书记员。见《浙江绍兴栖凫东海堂徐氏家谱》；《国立杭州艺术专科学校第三届毕业纪念刊》。

员以名柬及书函来辞行,亦以名柬答之,亦礼尚往来事也。

二十五日(8月1日) 晴。余太阳筋痛虽较前日稍愈,而尚时有刺痛。阅各报章,知日军暴行不已,又向天津、北京以外扩大侵占。昔林文忠言外国人当以犬马之性视之,今看彼族之暴行,此言洵不谬也。

二十六日(8月2日) 晴。上午至修志会,同人以国难愈剧,心绪都未能安宁。下午之五句钟时旋家。夜间风雨交作。

二十七日(8月3日) 风狂雨骤,到处屋漏,闻各处建筑多被吹倒,至晚间风雨仍烈未停。又一时天付之灾也。本日因窗几时为风雨所淩,难以文字工作。

二十八日(8月4日) 风雨稍息,似有晴意。

二十九日(8月5日) 晴。上午至修志会。本日当路以国家在非常时期,所有壮丁训练集中大教场,加紧诰诫。又三区新任沈专员①来绍接事。阅各处报载,国中各军事重要人陆续来南京商定国家应付时局大计。转弱为强,在此时期之善策也。

七月初一日(8月6日) 本月为戊申,本日为乙丑。晴。朝间至修志会,片时后即旋家。本日为先室田夫人诞日。上午田龢如来拜祭,即辞。张后青来,田季规来,戚芝川来,鲍子调来。日中家祭田夫人后,即以祭余之菜款各客谈宴。天气又暑,同各[客]畅谈。戚芝川晚上辞;余客竟以天暑,畅谈夜以继日,待旦时始辞。

初二日(8月7日) 晴,天气又暑。上午坐卧看书,借遣暑昼。撰题梅山图七截诗二首,借志于下:“尉卸南昌便似仙,依稀姓氏避人

---

① 沈士华(1903—?),浙江吴兴人。上海圣约翰大学文学士,德国柏林大学经济系学士。曾任浙江平湖县县长、中央大学出版部出主任、交通部总务司司长、中国航空公司董事、浙江第三区行政督察专员兼保安司令等职。见《外交部半月刊》(第1卷第1期)之《沈专员士华略历》。按:略历载其现年四十二岁。据此逆推,其当生于光绪二十九年(1903)。

传。怕看汉祚多凌替，甘作在山澄澈泉。（梅福为汉南昌尉，卸职后易其姓名隐山阴。）”“爱客舟停方外人，炎氛同涤贺湖滨。茶筅松籁消长昼，清磬玄谈不染尘。”

初三日(8月8日) 晴。本日辰时初立秋。朝间至木莲巷看周毅修病谈片时，又至王念兹处谈片时，又至缪家桥曾吕仁处谈片时，又至修志会，日中旋家。下午看书静养。乍有雨，晚上仍晴。夜书亲友尺牍数函。

初四日(8月9日) 晴。朝间书应酬尺赎。上午至修志会，来客颇多，皆以国难严重为虑。中国人心质都以贪逸苟安，平日极少组织预防。至有事时而不能应付裕如，为可讶也。下午之三句钟，天油然作云，乃即旋家。俄有雷雨甚大，许时后仍晴。夜坐庭畔，以雨后得新凉之气。

初五日(8月10日) 晴。朝间坐庭畔录文字。上午至修志会，日中旋家。接二儿在钉禀，于八日交卸要塞司令医务职，即至南京汤山弹道研究所任中校医职，一面令其眷属由镇江回绍兴。晚上二儿媳同其子长佐、长松、长中，其女佩曾趁汽车旋家。据云八日由镇江坐朝车，至杭州在夜间之十句钟矣，照例定时间相差五六个钟。乘客之拥挤，沿途之停顿，且行李又与坐车分行，于是只得在杭州住宿一夜。始至十日朝间，行李乃提到而可随行至家。避难中行旅之难也。本日夜间坐庭畔，大有新凉之天气。

初六日(8月11日) 晴。朝间坐庭畔书文字及绘山水册页。本日日中寒暑表在八十五六度。昨日上午至李虚尘处谈片时，乃转至修志会后旋家。因未书及，兹补志之。

初七日(8月12日) 时晴。朝间写快信寄至上海四女在苹处，以及此非常时期，令其预先度情形妥筹行动为宜。近日闻南京、上海等处以中日形势愈增严重，旅住他方者纷纷避回绍兴，车中每感人满难以应付。当兹国难，与寻常国内方隅之争者不同也。上午至修志会。下午之四句钟时，朱萸君邀同寿涧邻至香粉弄其家中晚宴，以七巧之夕借集友朋尊酒话旧。本日时有凉风。至六句半钟即旋家,又与家中人坐庭畔以招清气。

初八日(8月13日) 朝间同孙儿长松及长中至大教场看狮象虎熊片时,即同长松、长中旋家。上午录文字,又绘山水立幅。日中寒暑表在八十七八度,天气清胜,大有秋意。晚前各报号外告上海日方又已挑战南车站飞机投弹,我国当局尚有准备。但宁沪、沪杭车业经停开,形势紧急,可胜警惕。晚间至塔子桥朱仲华处谈时事,片时即旋家。夜有阵雨即晴。

初九日(8月14日) 朝间有风雨,天气凉快。写录文字。上午至修志会一转,又过大街旋家。上海战事电报数次我军皆获胜,倘能继续胜利,中国或尚能自立,最为国民所希冀者也。晚上有飞机七八只过航,又有一只战斗机疾飞而过,盘旋数次。何方之机及若何作用,甚起怀疑。乃至大街报馆探询,甫至街而全城电灯一律停息,形势顷刻紧张戒严。知有敌机来扰后方,乃即坐人力车旋家。

初十日(8月15日) 晴,朝间至东昌坊寿涧邻处谈话时,闻有飞机声,同其出视,见由东飞来三机、又二机、又三机,飞行颇高;又忽一机,飞速而又低向西去。即听有如炮之声,乃同寿君云此必是机中掷弹者。逾时,即有人言街路戒严,商店关门,始知确是敌机竟来扰乱后方者。即至塔子桥朱宅一谈,又过县党部,见认识人往来其间,遂同至会场。适县长①与各机关及地方人士开抗敌紧急会议,必要时间仍多,对于章程及词句争说一番;积极防备工作,依然不各尽其

---

① 李云良(1906—1950),江苏南通人。毕业于上海复旦大学。民国时曾任绍兴县县长、上海大达大通轮船总公司经理、中国招商局经理、国民党中央政府礼发院立法委员等职。解放后任全国政协委员。见姜云、张廷栖《唐家闸》之《李村小筑》;《绍兴县政府公报》(1937年第3期);《复旦同学会会刊》(1938年第7卷第3期)之《漂亮县长李云良》;戚再玉《上海时人志》。按:据竺可桢《竺可桢全集》第6卷《竺可桢日记》1937年7月1日:"又知绍兴县知事已另委李云良,故贺扬灵求去甚急,因黄季宽屡电借重也。"故此日日记中县长当为李云良。

能其力迅速行之。散会后，同王子余、沈馥生、姚慧尘、严絜非[1]至修志会谈。宣传西郭城外掷下炸弹数枚，幸以田野中未伤人。日中旋家。下午时有雨。夜间之八时，余至电报局打电报至上海绸业银行张彭年处，请其妥送苹女回家。事竣即旋家。

十一日(8月16日) 晴。上午至修志会整理书籍、碑帖稿本，会中拟将紧要之稿件暂寄僻静之山乡人家，以防非常时之危险。近日我国军人各样应战，尚幸胜利。能否长此抗御，人民又最在念虑之中。下午旋家。本日朝间在钰儿妇同其三子一女至昌安城外朱储村孙宅暂寓，以避飞机投弹之险，乃一时惶恐之作为也。

十二日(8月17日) 晴。上午至修志会及大街一转，即旋家。乍雨乍晴。闻南京及杭州又时有敌机飞行投弹，皆为我国飞机应战击退；上海仍在剧战之中。我国尚有捷报，恶战延长，前途之惨，不堪设想。

十三日(8月18日) 晴。朝间写书信。上午至丁家弄王惕如处谈，片时即旋家。日中祭本生先慈曹太夫人讳日。六十一年来，追忆生我之痛，乃有生一日所不能释也。下午天气郁暑，寒暑表在八十七八度。夜间坐凉庭畔之时，看到报馆号外上海战况，我国军奋勇赴战，夺到敌根据地及击沉日商轮六艘，没收若干高射炮机件，闻之可胜欣慰。

十四日(8月19日) 晴，天气清胜。朝间之一时，闻警钟声，全城电灯停息。至天晓未有敌机，乃即解严。上午至修志会，探及前方战事，我国军虽勇气摧敌，能否继续胜利，实殷念虑。日中旋家，又至电报局一询近日电报情形，又过后观巷田季规处询其在上海之族弟近状，片时即旋家。以余在李宅之苓女、在张宅之苹女，都在上海。

---

① 严絜非，曾任绍兴《民铎日报》主编。《民铎日报》创刊于民国九年(1920)，经理孙盲人，主编严絜非。见王文科、张扣林《浙江新闻史》之《〈诸暨民报〉和其他政报、商报》。

今租界一样危险,至今尚未回绍,又有多日未得信来,极为念念。本日天气又暑,寒暑表在八十八九度。

十五日(8月20日)　晴。非常警备之时。朝间即至修志会、报馆探询战事消息,以衰老之身,仆仆于暑天酷日中,旋家后极形疲弱。本日循旧例是中元祭历代祖宗,各处共有七八筵席,每处二次跪拜,计须十五六次跪拜。余思儿孙辈或职业各方,或出门他处,惟三儿虽有本乡职务,甚属闲适,且近来日日在家。今余以精力难胜,拟少拜跪数处,使渠拜跪之。不知其偏于此时他出,所以本日日中各处祭历代祖宗之拜跪,依然悉由余谨敬勉力支持之。而余性素畏热,加以衰朽日增,年来生计艰难,老景益劣。回忆仰视俯蓄,数十年来不敢丰于自奉,逸以自安。至今日而贫病交加,残喘有难延之势,不禁百感交纷。盛暑勉强支撑之余,便觉不思午膳。下午得挥箑静养,片时后稍形愈可。

十六日(8月21日)　晴。朝间至塔子桥朱仲华处看问其病,又至小坊口周永年处谈片时,又至修志会。有警钟声,据人云又见敌机七八只高处飞过,不知其目的何处也。片时后旋家。余于前夜间似稍受凉,本日喉中稍不快,且鼻有清涕。下午天气盛暑,寒暑表在九十一度。

十七日(8月22日)　晴。朝间书尺牍数通,又书《祁忠敏公日记》署面,正书、篆书、隶书各一纸。予稍受风寒之恙,较前日似渐愈。上午至丁家弄王惕如处谈,片时即旋家。张待先[①]来谈片时辞。本日秋暑又烈,寒暑表在九十度。

十八日(8月23日)　晴,朝间寒暑表在八十度。趁清凉时间学篆隶字许时。上午至修志会,闻日军飞机仍时飞各处投弹,幸我国到

---

① 张珹(1869—1945),字待先。浙江绍兴人。早游燕蓟,以诸生为数十年名幕。松江杨葆光著籍弟子。少唐风两岁。见《诗巢壬社社友录》;李镜燧《六朝民肖影题辞》;唐风《秋门集》。

处设防准备，敌皆不得逞。至上海战事，我国军勇敢坚决，多获胜利；日军屡有逃至英租界被缴械收容者。本日又盛暑，寒暑表在九十一二度。下午之二时半，余由修志会坐人力车旋家。

十九日(8月24日) 晴。朝间至大街报馆问上海战况电报，知昨日该处中日军攻战又烈，号外电报发至十一二次之多。片时即旋家。日中寒暑表在九十二三度。下午看《包立身事略》《太平天国文钞》及《循园金石文字跋尾》等书，以遣新秋盛暑。接上海张彭年女婿来书，系十四日所发，至今逾十日始得递到。警备声中，交通之不易也。

二十日(8月25日) 晴。朝间坐庭畔修订旧书。上午学篆隶字。日中天气更暑，寒暑表在九十一二三度。下午乍有雨，仍即晴。郁暑至夜静始有清风。见各报号外，得悉中国战事仍胜利。

二十一日(8月26日) 晴。朝间浇养庭前花草。我家后辈多懒于作为，虽一举手之事，每必由余任之。如是家风，实愿后人改良也。上午至修志会开元寺中，近设一难人收容所，亦善举之一助。本日天又盛暑，寒暑表在九十二三度。下午之三句半钟旋家，又写尺牍数通。夜在庭畔，坐招清气。

二十二日(8月27日) 晴。朝间学篆隶书。天气又暑，不耐治文字事。夜坐庭畔，又少清风。

二十三日(8月28日) 晴。朝间坐庭畔书篆隶字，尚有清气。上午至报馆一悉时事，乃又至王惕如处谈，片时即旋家。又学篆隶字以遣秋暑。

二十四日(8月29日) 晴。朝间学行草字。上午徐子祥来谈数时辞。夏寿福来言，渠于三四日前由上海回来，得悉上海近况甚详。据称上海中日战地渐向外推，至各租界防御严密，除流弹外，当另无危险。近日沪杭客人仍复拥挤车上，住胶州路、青岛路等租界似属安全之地。余闻其言，稍为苓女、苹女旅寓宽怀之。然邮信及电报有半月之久仍未得复，乱邦之不可居，宜从长计策为要。夏君乃钰儿之内侄，为上海无线电台职员，言上海情形较报中为尤准，谈片时辞。本日寒暑表在八十八九度。天暑多汗，一手未能释扇，各事不耐为之。日月荏苒，新凉想不远可得。下午接到张彭年女婿由上海来书，系二十七号所发。据云余十五号所发之快邮及电报，延之二十四五两日接到，可谓从来所未闻者。至回绍之意言数经筹及，以趁车人拥挤，且需虑及途中危险，尚在计策之中。晚前闻各报号外电报，本日下午上海南大车站附近被日机投弹多枚，炸毁南站屋及旱桥、水塔、机车、路轨并候趁车难民六七百人。此等重要地，中国军队高射炮何以防御疏忽，又蒙此劫。乃即写快邮寄上海询之，又至报馆一转，即旋家。孙湘云外孙女来，夜间坐凉庭畔，言及曹江上及东关旬日前中日飞机战斗甚详，渠次日朝间即辞回东关。

二十五日(8月30日) 晴。朝间学正书字。上午至修志会，天气又暑，只可挥扇校对书录。下午之四时，至鱼化桥李虚尘处谈，数时旋家。

二十六日(8月31日) 晴。朝间写西如坊陆放翁社额，乃其坊里耆老朱萸君所索书者。上午整理书箧。本日天气又暑，日中寒暑表在九十一二三度。看《循园金石文字跋》。见昨各报载中苏两国签定不侵犯条约，在南京、莫斯科同时公布其条约，全文另行存览，是乃中国外交政策之一成绩也。

二十七日(9月1日) 晴。朝间至塔子桥朱仲华处谈片时，又至修志会一转，即旋家。本日天气又盛暑，日中寒暑表在九十二三度。下午看《效学楼述文》。夜间天气郁热，竟少凉快之风。日来各方战事中，国军勇敢，尚能抗御。所虑者国家礼教日衰，人心多坏，汉奸层出，影响前途，实非浅鲜。为国为家，盛败悉视之人心也。

二十八日(9月2日) 晴。朝间学字片时。上午至修志会，天气又盛暑，难以书写文字。下午之三句钟时，冒暑旋途。至蕙兰桥近处街中，不小心皮鞋底之滑，忽猛力堕地，即觉膝下伤痛。自己扶起后，仍忍痛沿途走回家中，始惊见裤布跌破，左膝下前面皮破出血。

幸似筋骨尚不受伤，只余皮面之痛，乃以如意油及去腐生新之药粉搽之。年力衰老之人，以堕地最为危险，今余尚是不幸中之幸，益懔衰年当随时随处加意谨慎也。本日寒暑表在九十五度。

二十九日(9月3日) 晴。足膝之痛未愈，只好坐卧静养。今似稍有浓水，揩净后搽以西医之红药水。本日天气又暑，寒暑表在九十三度。

三十日(9月4日) 晴。余膝前皮痛尚未全愈。上午坐车至鱼化桥李虚尘处谈，渠出示其日记，整册工书，积有数十本即数十年之文字记载。前年(似)[以]余之日志，曾示其一看，积书今在七十八本，乃四十余年之手笔。虚尘谓越州人士日志卷册之多与年之久，恐君与余为最矣。然余自惭多是晴雨之记载，对于文字掌故嫌少可传，虽多亦以奚为？谈数时，又坐车至妇孺医院裘筱轩处，渠为余搽敷膝前皮痛之药水，谈片时坐车旋家。

八月初一日(9月5日) 晴。本月为己酉，本日为乙未。余膝前之皮恸较昨日愈可。朝间录文字。今日天气又盛暑。日中祭先妣徐太夫人诞日。谢斗宜来谈片时辞。贾绶璇、雨琴来，雨琴之新娶妇亦来拜祭；更有张后青、田片云、禽盫来，借以祭先妣余菜请各客食。下午贾绶璇及雨琴夫妇先辞，余客至夜间辞。秋暑日盛，永夜亦少清凉之风，又为从来所罕遇也。

初二日(9月6日) 晴。朝间书盈尺大字，乃应友人之索也。天气又盛暑，寒暑表在九十四度，手不释扇。下午闻上海战事，宝山县被敌占夺，不识此战局至若何地步，乃可虑也。夜坐庭畔，又未得清风，永夜盛暑，未能安睡。

初三日(9月7日) 晴，朝间寒暑表在八十五六度。秋暑日增其酷，最为可畏。看唐诗以遣暑。上午摹写陆放翁像数纸。周毅修来看问余膝痛之恙，谈片时辞。日来余膝上皮恙业经愈可，而新旧之皮尚未生好，行走时微有作恸之处。本日寒暑表在九十六七度，如是日久抗暑,人人为之可畏。闻电信上海临近宝山县仍即由国军克复,前方战士勇敢奋斗,极堪钦佩。下午看《春在堂茶香室丛钞》。天隐有雷声,油然作云,沛下霖雨。片时后,寒暑表在八十六七度。天气炎凉之转移,乃如是迅速者。晚间暑被雨洗,借呈新凉。看《西泠五布衣遗著》,此书乃钱唐丁氏所刊。五布衣者,吴西林颖芳①、丁敬身敬②、金冬心农③、魏柳洲之秀④、奚蒙泉冈⑤也。

初四日(9月8日) 昨夜偶有雨,天气新凉。本日朝间寒暑表在七十八度。看《西泠五布衣遗著》。上午至鱼化桥李虚尘处谈片时,微有雨,即旋家。下午整理旧书册。夜凉可御夹衣。

初五日(9月9日) 晴,天气清胜,朝间寒暑表在七十四五度。学正体字。上午撰唐六如韵七律诗一章,乃和寿涧邻病起近作也,诗录于下:"佳兵捍国竟忘身,血战骄阳又浃旬。千架空飞争造劫,万方多难愈忧贫。敌因狂妄惊输策,地遍疮痍惨不春。见说信天庐弗药,加餐容易祝伊人。"下午阅报,知宝山县复以兵力薄弱,又(滔)[陷]敌中,该处全营军皆殉,闻之悚然。盖该敌凶悍,近厚集兵械,早有剧烈

---

① 吴颖芳(1701—1781),字清林,号颖芳。清浙江仁和人。文字学家、音乐学家。见吴海林、李延沛《中国历史人物辞典》。

② 丁敬(1695—1765),字敬身,号钝丁,自称龙泓山人。清浙江钱塘人。篆刻家,"西泠八大家"之一。见吴海林、李延沛《中国历史人物辞典》;丁敬《砚林诗集》卷首杭大宗《丁隐君传》。

③ 金农(1687—1763),字寿门,又字司农、吉金,号冬心先生、稽留山民、曲江外史、昔耶居士等。清浙江仁和人。精篆刻,工诗文,书法、绘画、治印、刻砚。"扬州八怪"之一。见沈者寿《杭州辞典》。

④ 魏之琇(1722—1772),字玉璜,号柳州。清浙江钱塘人。医学家。见赵法新《中医文献学辞典》。

⑤ 奚冈(1746—1803),初名钢,字铁生,一字纯章,号箩龛、鹤渚生、蒙泉外史、蒙道士、奚道士、野蝶子、散木居士。清浙江钱塘人。工书法,隶、行、草、篆,而以画名于世。"西泠八大家"之一。见沈者寿《杭州辞典》。

之战。以预备抵御者，原须有相当之力量，随时随处增援，方能制胜。今此一蹶，恐为前途受影响也。

初六日(9月10日)　晴，天气清胜。朝间书应酬尺牍。上午王念兹来，片时又邀余同至清风里酒楼。李虚尘遇于途，白头老友，举杯话旧，借遣时艰，至日中各散。虚尘又同至花巷"颐园"茗谈，片时余即旋家。见四女在苹同张彭年女婿业由上海与另客人专汽车驶至杭州，前日上午八时坐车，沿途停顿，至下午之六时始至杭州宿夜。今日朝间渡钱江，由江岸坐汽车回绍，上午九句半钟至我家。国难非常时期，能得于荆天棘地之中平安旋抵家乡，可胜祈幸。夜与家人及女婿、四女坐庭畔话上海中日战争及人民商市情形，较之报中所载、他人传述者详备也。

初七日(9月11日)　晴，天气清胜，朝间寒暑表在七十二三度。上午至修志会，日中旋家。下午录金石志。晚上坐庭畔，可着夹衣。夜间苹女患泻数次，且云胸中气不畅快。渠以有孕之身，未可多生他恙。少用白兰地酒令其饮一小匙，又以山楂糖茶服之。想其前日行途车中动坐不能自如，且晚间稍受新凉，柔弱之体容易得病也。

初八日(9月12日)　晴，天气清胜，日中寒暑表在八十一二度。苹女泻稍愈，而身微热，似以静养之可也。下午徐子祥来谈，兼围棋数时辞。

初九日(9月13日)　晴。天气虽佳而忧绪频增，老年景况，百感纷来，可胜自感。下午看《梦蘐楼诗草》，乃傅霖[①]字雨人所著，咸丰时人，诗百数十首，多可诵之句。

初十日(9月14日)　有雨。朝间看嘉道时《治浙成规》。上午雨霁，至鱼化桥李虚尘处谈，片时即旋家。近日津沪之战，国军似欠

---

① 傅霖(1820—1858)，字雨霖，又字雨莼，号澹如。清浙江山阴人。著有《梦蘐楼诗草》。见马兴荣《中国词学大辞典》。按：傅氏生卒由孙伟良据《三江傅氏族谱略》提供。

胜利;日方大军云集,出全力以为之。未识中国作若何应付,前途为之可虑。

十一日(9月15日)　晴。朝间之四时,天未明亮即起,照顾外孙女湘云趁朝轮回东关。近日天明须五时余也,学字以勤朝课。余愁肠万转,生计之艰与日(具)[俱]甚。年龄衰朽,本鲜奢愿。似此国难危急之秋,恐苟全性命于乱世,亦非易事也。上午内子李夫人忽心痛作呕,逾时五六次,腹虽不痛,恐系霍乱。即以白兰地酒及十香丸服之,仍未愈;又以辟瘟丹、薄荷茶服之。至下午舌苔发燥,胸中尚有欲呕之势,经睡眠片时后稍愈可。

十二日(9月16日)　雨。朝间看《经世报·兴浙文编》。上午学行草书。下午同张彭年女婿及长松、长中两孙至卧龙山旧府署看新建越王祠并看地道片时,即仍同张彭年、松孙、中孙旋家。近日闻津沪国军战绩不甚胜利,国家前途,可胜切近之忧。

十三日(9月17日)　似晴,上午有雨。至清风报社询前方战报,又至花巷裱店看书画,即旋家。本日凉雨纷纷。下午至东观桥等处一转,即旋家。

十四日(9月18日)　朝间密雨数时。写应酬尺牍数时。上午循旧俗核付各账。近日稍有牙痛。阅各报,知敌军以到处封锁各海道,借兵舰之力,积极增兵,扩充侵犯。此次中国军队虽决心奋斗,勇敢抗御,未识枪械炮弹能否充分使用。

十五日(9月19日)　似晴。朝间同外孙孙如冈及孙儿长松至大街购饼果,见商店因国难战争非常清淡,惟吃食店尚勉强如常。片时,仍同如冈、长松旋家。上午学篆文数时。田吴氏菘内侄女来,与其弟田馤如争分遗产事,又催司法从速再开庭讯结,仍乞余以见证公长亲之地位,再诣庭一陈述也。谈片时辞。日中稍治肴菜宴张彭年、孙如冈,以如冈近在稽山校读书,今日星期,借可来余家盘桓一日也。下午鲍子调来谈田宅争遗产事,渠亦系见证人,谈片时辞。夜间循旧俗以瓜果、月饼待月。今年以多事之秋,想人人兴致不似曩时之好。

今夜虽常有云，而有时明月高悬，新凉清胜，可谓良宵。然“一年明月今宵多”之句，未免不符。

十六日(9月20日)　晴。早间录文字数时。上午至修志会，日中旋家。下午至地方法院看金似农①，坐片时不遇。知吴田氏与田馤如诉案已问过，乃即旋家。昨见报中号外电言敌机五十余只飞南京，被中国高射炮击落数只；今日闻嘉兴被敌机掷弹炸毁建筑物甚巨。累日到处摧残，实属凶暴已极，当路诸公未识尚有能力以抵拒之耶！夜间之九时又有空机之警报，全城电灯顿息数时后，警告乃解。不识何处又被空击也。

十七日(9月21日)　微有雨，上午又有密雨。阅报，日敌竟有通告旅南京外使及各侨民，属其二十一日十二时以前避开南京十二里以外，盖云将大举空军袭击首都。其狂暴之行为，闻英俄德法等国使馆重视外交任务，皆拒其要求，惟美国使馆人员准退出矣，中外人颇讶之。

十八日(9月22日)　似有雨。朝间整理书箱。看《程子年谱》。上午录文字，看《咄咄吟》诗卷，乃木居士所著，纪昔夷船驶扰海疆，林则徐、邓廷桢主战，琦善主和。时琦善权重，复以汉奸伍绍原从中偾事，遂至失败。是诗皆当时事实，足为后之用兵告。下午张彭年辞回漓渚小埠。微有雨。夜间又有飞机之警报，城中电灯停息，片时后解警。《咄咄吟》是明经贝子木②从军作也，亦一春秋之笔。

十九日(9月23日)　又雨。朝间看《咄咄吟》诗集。上午至修志会。本日为秋分。见报，敌空军于前日飞至南京，以五十余架集

---

① 金炳炎(？—1947)，字似农。浙江绍兴人。诗巢壬社社员。见《诗巢壬社社友录》;《越铎日报》第五千一百九十五号。

② 贝青乔(1805—1863)，字胜之，一字子木，号无咎，又自署木居士。清江苏吴县人。著有《半行庵诗存稿》《咄咄吟》。见《吴中贝氏家谱》卷二《潜谷公支第十世》。

轰,幸中国军警设备充足,极力御抗,尚少损害。结果击落敌机四架,余皆逃去。下半日又有雨,坐人力车旋家。

二十日(9月24日) 又雨,天气潮湿,寒暑表在七十一二三度。上午看《清鉴辑览》。下午又看《咄咄吟》诗卷。

二十一日(9月25日) 晴,天气潮暖。上午录旧作文字。下午天气更郁热,寒暑表在八十三四度。本日闻南京被日敌机先后飞到,有九十六架之多。虽由中国飞机迎战及击落四五架,而被其投弹轰炸之处亦不少。似此暴行不已,不识将来若何结果也。

二十二日(9月26日) 晴,天气又潮暖。朝间至清风里报馆谈看时事之电,知各方战事更形紧张,片时即旋家。上午微有凉风,便觉清快。余对于蓄须向未赞成,平日有旬日不剃须,即不爽快,必须修剃而后可也。所以曾言本身年龄即幸高大,也决不蓄须。上午陶冶公由都寄赠《经颐渊[①]金石诗书画合集》一部,计三册。精刊名著,装印工整,颇可爱玩。又《历史感应统纪》上下二册,《万缘金刚经集注》一册。历史统纪自唐虞以至有明,因果报应之真相、古今得失[之]吉凶,庶可于此征验。际此道德陵夷,有是文字,或亦勤善惩恶之一助。冶公茹素诵经,多年于兹,冀以佛教挽救劫运。余看过以后,当将此二书广示友朋也。下午一收潮湿之气。

二十三日(9月27日) 似晴,天气又清胜。上午至修志会。下午微有雨,仍晴。四句钟时旋家。近日桂花盛开,而吹到香风不似昔年之多。余昨日市上看有活小白玉蟹,借售得数十辈,以为小人戏玩之。家人将其余洗净,用老酒、酱油浸成盐蟹,作饭菜之助。盖较之店铺所买者,似更鲜洁。但此乃寒性之鱼类,且生食之又非所宜。而

---

① 经亨颐(1877—1938),号子渊,晚年又号颐渊。浙江上虞人。中国近代教育家、书画家。见《驿亭经氏宗谱》卷二《僧二公派杰房十七世至二十一世》;《茶话》(1946年第5期)之魏金枝《经颐渊先生事略》;郑逸梅《世说人语》之《经亨颐》。

家中人多喜尝之，食不发生他病。夜间内子李夫人在谈话时忽云腹痛拟大便，即大泻。片时后，又大呕，加以畏寒战慄，啮齿状极可恐。初呕出饭食，继呕出痰及茶水。余以痧药及白兰地酒、辟瘟丹等药使服之，皆随吃随呕。乃即饬人延田康济来诊视，一面又由孙儿长霖延裘士东西医来诊视。因胸腹之痛甚剧，且以受寒食生蟹引起之病，似非痧病。请裘医打止痛之针，裘医谓是宜先治其痛，乃于手臂上用药水针打之。据中西田、裘两医云，以息痛停呕调和肠胃治之，当可愈也。田、裘二君乃谈片时辞。其时四女在苹同伺病侧，又片时后，四女也觉腹痛，又大泻，后又大呕，且其腹痛更剧。一室之中先发病者尚未愈可，何堪再加一人。四女又身有六七月孕，剧痛又虑胎孕不安。时在深夜，自家又未谙医术，实形手足难措之态。不得不令三儿在锠面邀西医张爱白[①]诊视。然四女胸腹异常剧痛，刻不可忍。幸在锠即同张爱白来诊视后，又即用药水针注射之。数分钟后，四女在苹痛既轻减，张君乃辞。偶然以尝白玉蟹之事，引起如是大患。精神财力又费到若干，亦可谓祸福由人自造者。余一时忧虑交集，作事处处躬亲，不觉身力之支持。而在锠、长霖、菱曾、懿曾、大媳、二媳又伺事大半夜，益信饮食寒暖，必宜随时随处加意谨慎。天壤间惟有大智慧者，乃能觉察于机先也。余看视两病人，永夜未睡。人生在世，日从忧虑中过渡。环顾余身，可谓备历其艰难者矣。

二十四日(9月28日)　似晴。朝间看视汤药之余，见内子李夫人尚有作呕之恙，且胸胃中时感痛郁；又以口舌发燥，似有灰色。虽能稍睡而形神疲弱，所宜即时调治者。余即至就近集贤桥田康济处

---

① 张爱白(1899—1980)，字处仁。浙江绍兴人。民革党员。先后就读于上海青年会中学、复旦公学中学、同济大学德文班、同济大学医科。民国十六年上海同济大学医科毕业后，回绍兴创办私立处仁医院，自任院长兼顾医师。1952年处仁医院改名为绍兴市北海卫生所，其任副所长。后历任绍兴市、绍兴县机关保健所副所长、城关镇防治院医师。见费水根《绍兴市卫生志》。

商谈医治,田君即同来我家诊视李夫人及四女在苹之病。据云李夫人脉较前夜好,其舌苔稍白厚,其灰色乃浮面,系西医之药留染者,治以和中理气、增液可也。至四女所患又轻,调理肠胃运化之气,不难即时痊复。谈片时,酌药剂后乃辞。每逢家中有病人,心绪即为之不宁,治事又未能有条理。本日以前夜不得安眠,饭食因之稍减。看护病人,随时随处躬亲,实形其支持也。

二十五日(9 月 29 日) 又似晴。朝间王念兹来谈片时辞。上午徐子祥来谈片时辞。余同孙儿长佐至集贤桥田康济处,乃田君本日在救济院公诊,又同长佐至开元寺前救济院请田康济诊长佐疟疾忽患泻之病。长佐诊后先旋家,余在救济院又谈片时旋家。本日内子李夫人减泻二三次,腹下泻时作痛。恐其似痢,以鲜山楂及冰糖、薄姜片茶清理之。有时稍吃米饮汤,炒米茶渴时饮之,其胸胃中郁痛幸轻减焉。至四女在苹自痛息后渐复常态,稍能饭食也。

二十六日(9 月 30 日) 晴,天气清胜。朝间录文字。上午至修志会。九时、十时有二次飞机警报,不知又在何处袭击也。下午之四时旋家。晚前有雨。

二十七日(10 月 1 日) 朝间似晴。为王鼐卿撰挽其母骆太夫人灵前楹语,由其堂兄念慈前日专来面索。鼐卿近在镇江建设厅任职课员,家有九十一岁之老母,未能侍奉膝下,亦人生之阙憾也。所撰楹语,借录于下:“行踪羁宦海,千里常睽,未向高堂全子职;噩耗痛慈云,万方多难,更从何处慰亲心。”又撰一联语,乃余送挽之,亦录于下:“东浙女宗尊上寿;西天佛果证前修。”下午天气清胜,学隶书并作手工以装书册。

二十八日(10 月 2 日) 晴,天气清胜。朝间至就近街衢一睹市景,熙来让往,仍如承平之日,且本地鱼虾蔬菜应时上市。感想各方抗御将士,不能不钦慰其勇敢之功。片时即旋家。上午学篆隶书,又至大街买纸等事。见商市尚有繁华气象。过报馆知近日南北各方战况,我国军队坚守如常,敌人虽横暴,无法进展,足见中国地大物博,竟能长时间之支持，为可幸也。日中旋家。

二十九日(10月3日)　晴，天气清胜。日来夜间又只一二时可以安睡，每至后半夜即醒以侍旦，甚觉长夜漫漫之多思虑也。上午坐车至木莲巷吊王鼐卿之母首七片时，又坐车至修志会坐片时，即旋家。下午稍暖，寒暑表在七十八九度。

九月初一日(10月4日)　本月为庚戌，本日为甲子。天晴，寒暑表在七十四五六度。朝间换易座中书画屏联。余向爱名人书画，时有购藏。近以经济困难，已将不甚宝爱者出售之，而尚有若干种常置座右。赏心悦目，亦一生平之嗜好也。上午至修志会。近日敌军以各方战事不能得手，惟借飞机到处轰炸，非军事区及嘉兴、杭州车站每日被其毁坏者，所费甚巨。中国航空缺乏，坐视其凌虐，为可憾也。下午之四时冒雨旋家。

初二日(10月5日)　又微有雨。朝间录搜辑本邑之金石文字。上下午密雨纷纷。天气寒暖不常，闻颇多时令中水土不洁之病。昨今两日余腹中时觉微痛，以薄荷茶及十香丸服之，戒吃寒冷饮食。

初三日(10月6日)　又雨。上午至修志会，谈片时即旋家。体力柔弱，坐卧以静养之。心绪本不佳，身又似病，至可自感。

初四日(10月7日)　又多雨，可谓“满城风雨近重阳”。永久经验之句，乃有味也。上午至修志会校对《祁忠敏公尺牍》，此书新印成册。下午旋家，仍有雨。

初五日(10月8日)　又有雨。朝间为孙辈写映格字三张。上午雨似霁，至东郭门李生翁处谈片时，又同生翁至八字桥何桐侯处谈，又同李、何二君至鱼化桥李虚尘处谈。虚尘虽应酬人客，而其人稍有不适。但彼此衰年，极欲常常面谈，遂同谈至下午三时各散，余即旋家。

初六日(10月9日)　又有雨。上午整理书籍及写应酬尺牍，看宋元麒、元麟之送来新印出《戴醇士山水画册》，计十页，乃其临摹各名家,自署云是生平精意之作。余前藏者一本,不及此本之佳。自憾人事纷繁,未能专精绘写,不禁对前人而徒殷欣慕也。

初七日(10月10日) 又有雨。秋高气爽之时,湿雨连朝,益觉扫人兴致。朝间写应酬文牍。寒暑表在七十度上下。余近日腹中偶作微痛,饭胃稍减,精力因之衰弱。老态之增,为可感也。

初八日(10月11日) 天气潮湿,又似有雨。上午至修志会校《祁忠敏公书牍》。天气潮暖,寒暑表在八十二度。下午旋家。夜有清风,一收潮湿之气。

初九日(10月12日) 雨,天气转寒,寒暑表在六十一二三度。予胸中偶有不快,似消化力薄弱。忧虑丛集,身心多病,何奈!下午践前日社友之约,坐人力车至卧龙山诗巢,作登高清游。各人携有壶榼、糕酒,计同集者王子余、朱荚君、宗剑甫[①]及余共四人。尊酒名山,借话时艰之感,畅叙至四句钟余各散。细雨纷纷,乃坐车旋家。

初十日(10月13日) 似晴。朝间至朱仲华处,谈片时即旋家。上午王念兹来谈,又同至清风里酒楼持杯话旧,并吃因时之蟹,族弟荣德亦同座。日中又同至清道桥吃盆面,以作中餐。白头旧侣,消遣时光,于国难临头之日,乃作忧患余生,自相慰藉者也。下午之三时旋家。张彭年女婿来。

十一日(10月14日) 晴,天气清胜。庭前洋菊盛开,其植虽属寻常之品,而各色艳丽,且经风雨不败,颇耐玩赏。上午至修志会,人人感于国难。如此意兴阑珊,文字亦因之停顿。下午之四时,又有敌机飞过之警。中国飞机不敷分配抗御,未免徒形恐惧耳。晚前旋家。

十二日(10月15日) 晴,天气清胜,寒暑表在六十四五度。上

---

① 宗剑甫(1901—?),浙江绍兴人。诗巢壬社社员。见《诗巢壬社社友录》。按:《诗巢壬社社友录》载其民国三十八年为四十九岁,生于六月二十七日。据此逆推,其当生于光绪二十七年(1901)。

午至木莲巷看王念兹、鼐卿，谈片时，又过东昌坊看李准青，谈片时即旋家。

十三日（10月16日）　似晴，风大，寒暑表在六十度上下。下午徐子祥来谈兼围棋数时辞。本日可御棉衣。夜有明月。本日为故大儿在镇忌日。去年渐远，而骨肉伦常之痛，依然百感交集。

十四日（10月17日）　晴。朝间至就近街衢阅市景，虽万方多难之时，而绍兴尚幸仍能勉持常态。片时即旋家。上午张彭年女婿回乡。本日天气清胜，正是春秋佳日。惜国难临头，人民愁绪交纷。对此良时，徒深感负。下午何桐侯来谈，又邀余同至南街俞宅西席徐啸侯[①]处。徐君前年来访，余至今始得回访。谈片时，徐君又邀何君及余至就近之白衙弄馄饨店吃面食，以该店之面食向有名也。白头吟侣，借畅谈话，至将晚各旋家。夜间月明如昼。

十五日（10月18日）　晴。上午至修志会。下午同朱君至东昌坊看寿涧邻病。至其床前呼之，尚能点头微笑而不能言语。恐此一见，遂成永别，不禁喟然。同其子辈谈片时，即同朱君行至鱼化桥看李虚尘，何桐侯亦至。谈片时，同李、何二君至清道桥面馆，遇堵君申甫、季彭[②]，邀登楼吃炒面，以申甫近由杭避住绍城也。借畅谈话片时各行，余至家时将晚。本日又有敌机远过之警。夜月仍明。

---

①　徐舒（1875—?），字啸侯，号天南画隐。浙江绍兴钱清人。明徐渭族裔。善书画，工金石，尤嗜诗词。游学沪杭，名曹噪报界。历任阳川乡校教务、啸金世懋校长等职。著有《不汲斋文集》《不及斋诗集》《伉俪联吟别集》《吉石山房图章汇纂》《芝园印林》《自培轩尺牍》《啸吟集》等。见徐舒《啸吟集》；《绍兴图书馆馆藏古籍地方文献书目提要》。按：《啸吟集》卷末其自题辞有“乙亥丁亥丙子己亥”，故其当生于光绪元年十月二十四日。

②　堵福年，谱名志礼、字季彭。浙江绍兴人。浙江体育学校毕业。曾任第五师范学校及讲习所教员，第五区烟酒局总稽查。遵父遗命募款万余金建造越郡利植门外南渡大桥以利行人。见杭州师范大学弘一大师·丰子恺研究中心《堵氏家谱》。

十六日(10月19日) 晴。看各报,知日机飞遍各省,窥探投弹,轰炸平民。(参)[惨]无人道,日必多次,中国被其伤害者不可胜计。甚矣!人类之不可不谋自强也。上午作应酬文字。下午至装裱店看书画等件,即旋家。

十七日(10月20日) 晴。朝间至修志会坐片时,即旋家。上午循旧俗祀财神,学行草书。看报知南北各方战事近尚胜利,敌虽残暴,能永久抵御,亦中国军之勇敢也。多难可以兴邦,御侮即能图存,尚堪为我国味此言耳。昔年先大人及先室田夫人逝世时,诸亲朋撰送哀挽楹联[1],至今尚堆积盈箱。兹将最佳者仍留存外,一概废之。然重睹哀词,不禁又兴悲感。

十八日(10月21日) 晴,天气又清胜。上午至修志会,闻寿君涧邻竟于昨夜十一时去世。其今年六十六岁,气体本强,乃一病不起,人生诚天地间之逆旅也。所最怆怀者,修志会六常委,风雨论文,三载于兹。今渠乍归道山,能不感喟乎!下午同朱庾君至东昌坊寿君涧邻灵前行礼,念昔思今,为之暗然。即同朱萸君、周毅修又至修

① 据陈庆均《田夫人感悼录》录挽田氏联如下:仙佛讵堪妄想百龄,总有散场时,惟卌载光阴最悲迅速。记昔迍邅家运,备历艰辛,撑拄门楣,君是贤明内助。正期否极泰来,缔嫁娶婚姻,颐性补桑榆岁月;语言难尽弥留万事,于今挥手去,嗟廿年伉俪俄顷凋残。居恒教养勤劳,耗完心血,缠绵疾病,我惭保卫多疏。从兹影只形单,看零丁儿女,永憾在骨肉伦常。(陈庆均挽)慈亲见背瞬及三年,骨肉痛无多,犹幸衡宇相望,携榼有时频问讯;儿女钟情勤逾廿载,风云惊不测,此后河梁小隔,安舆何日再归来。(田晋铭挽)廿余年交谪无闻,落落笑言,悔未遂鸿案瑶琴、鳣堂纱幔;一霎时出尘竟去,凄凄风雨,何以慰金貂夫婿、银鬓姑章。(徐维则、徐滋麟挽)忆前年腊月归家,曾亲淑范,忻看携提儿女,奉慈座以承欢,二十载夙仰徽音,皆颂叔兄贤内助;怅今日愁云满地,已搅心旌,岂期两阅春秋,继长嫂而倏逝六百[里]遥传噩耗,顿教游宦倍伤神。(陈庆垓挽)月坠赵城怀,苣叶夜惊如意梦;霜添潘岳鬓,梨花春赋悼亡诗(徐元钊挽)。簪笏继千秋,伯氏心交,红杏林空遗集待;笄珈虚八座,元方神怆,青藤屋古悼亡新。(翁焘挽)

志会，同王子余、沈馥生、朱萸君、周毅修及余开修志常务委员谈话会，以常驻委员寿君既已出缺，宜公推一人补充之。各人皆谦让，未能议决言定，次日再公议也，乃各旋自家。

十九日(10月22日) 晴。上午至修志会公推常务主席，以抽签定之。盖常务同人未抽签时皆推王子余，而子余未肯任之。今签由子余携来，公定由朱、陈、周、沈先后各抽一签。而余剩一签，适是常务主名之签，仍在子余，可谓惬合人意。日中各旋自家。

二十日(10月23日) 晴。朝间至装裱店买楹联，即旋家。上午撰书挽寿涧邻联，其词借录于下："羖望信天庐，征文考献，顿感前尘，风雨共扶筇，六载题襟联雅集；翘材勖子舍，辨难析疑，遍留讲席，文章余报国，千秋绝业在传薪。"本日寒暑表在六十余度，天气清胜，正是春秋[佳]日。闻数日前西郭城外铁路筑成，车站建设业经开行客车，乃同四女在苹，孙女菱曾、佩曾，孙儿长松、长中步至西郭火车站看视行车。车站地处清旷，建筑完整。绍兴竟亦有此长途之通车，可异也。徘徊片时，仍同在苹、菱曾、佩曾、长松、长中各坐人力车旋家。曾君侣仁以鱼翅、鸡鸭品锅佳肴见赠，晚上乃邀鲍子调，田缦云、禽盦、季规，张后青来饮畅谈，至后半夜各客始辞。有月最明。

二十一日(10月24日) 晴。朝间王念兹来，谈片时辞。上午至木莲桥王念兹家践其面约中饭，下午又谈片时，余由大街坐车旋家。本日为霜降。

二十二日(10月25日) 晴。

二十三日(10月26日) 晴。朝间书尺牍文字。上午至东昌坊寿宅吊涧邻社友首七。昔时至其书斋畅话文字，今则瞻拜其遗像矣，人生乃须臾之一梦也。同其各客谈片时，又至开元寺修志会。新章会中常务员星期一、四两日，由五常务员轮定一人到会接洽事务。本日轮定余到会，至日中旋家。

二十四日(10月27日) 晴。朝间至大街买纸笔，即旋家。日中祭先曾祖九岩公祭日。鲍子调、张后青，田曼云、禽盦来，即以祭余筵菜宴客。下午同各客畅谈。夜间以有十七年宿酿，客又留饮，而鲍子调以其家有事先辞。其余各客因夜间值戒严时期，留至次日早间始辞。近日沪战日事退后，中国前途极难乐观。

二十五日(10月28日) 晴。上午坐卧看书，借资静养。日中至修志会，数时后旋家。知王念兹专诚来言，有要事约余至渠处面谈。余乃坐车至念兹处，见其堂中红烛词唱。一见念兹、鼒卿，即曰君今受骗，相与共笑。乃询知念兹如夫人五十岁生日，以其婿女设筵祝之。念兹恐余柬约不到，特以他词面来相邀。夜间筵菜颇丰，宴饮之余，余即坐车旋家。

二十六日(10月29日) 晴。朝间学行草书。本日天气和暖，寒暑表在七十八九度。日中至鱼化桥李虚尘家，渠亦前日来志会面约者。何桐侯亦在渠处，同谈半日，至晚前四时旋家。天气转寒，夜有微雨。

二十七日(10月30日) 又微雨。朝间书应酬尺牍。日中张彭年女婿来。

二十八日(10月31日) 天又似晴。同县徐君啸侯以为人师，坐老青毡，年来娄以近作见寄，且索和者。今勉次其韵成一律以答之，诗录于下："叠颁佳什展重阳(九月十九日又寄来近作)，文化频惊敌毁伤(各方大中学校为敌人仇视，娄被轰毁)。西席宾延怜鬓白，东篱人少看花黄(日前同何桐侯答访徐君于南街俞氏家塾。近值非常时期，人人少赏菊雅兴)。寒斋犹剩千秋业(家贫，幸有先人遗集数种传示后人)，诗卷长留一瓣香(前年徐君曾以其所刊诗集见赠)。陋巷久虚徐穉榻(我家天池山人遗宅至今逾四百年矣)，敢将豪气作猖狂。"上午到修志会，片时即旋家。

二十九日(11月1日) 有雨。朝间办理至乡祭墓应备各事。数十年来巨细躬亲，至祭菜悉由内子李夫人办理，我家之儿媳辈向不分任其事。但近年余二人老景日增，实觉勉强支持也。上午同三儿在锃，孙儿长松、长中，侄性存坐舟至南城外下谢墅村，登新貌山祭曾祖父母、祖父母、本生父母墓。事竣，又至就近山麓祭先考妣及先室田夫人、故长男在镇殡墓。骨肉伦常之感，每至墓前，悲怀交集。余生及见最可痛者，本生先父母、先考及先室田夫人、长男在镇皆以病乏医治之术，不获以天年在世，此憾长留于天地间矣。事竣下山，舟中饭后，仍同存侄、铻儿，松、中两孙坐舟旋家。

三十日(11月2日) 又有雨。朝间书应酬尺牍。寒暑表在六十一二三四度。上午至修志会，同朱萸君校对《祁忠敏日记》数时，日中旋家。下午徐子祥来谈片时辞，又田曼云来，又鲍子调、张后青来谈。夜餐下，又田禽盦来谈，畅谈时久。近以夜深戒严，未便行路，遂宿焉，次日上午各客辞。

十月初一日(11月3日) 似有雨。本月为辛亥，本日为甲午。上午至修志会坐片时，即旋家。又同鲍子调、张后青，田曼云、禽盦谈，至晚餐下各客辞。天气潮湿。看各报，知我国军械战斗力总虑薄弱，为人民者徒切杞忧。

初二日(11月4日) 似晴。上午至修志会，又同孙女佩曾至绍兴病院裘士东处看佩曾白喉之病。据云即须打血清针以治之，乃酌量用五千支药水打一针(美国药，须洋十一元二角)。在屁股肉上打之，片时即各旋家。本日寒暑表在六十七八度。下午写应酬尺牍兼看《清鉴辑览》。

初三日(11月5日) 朝间似晴，天气潮暖。看《历史感应统纪》。孙女佩曾喉病轻减，想针药之效及用冰硼散时时吹搽之力也。日中祭先府君芳畦公忌日。回忆见背之日，忽忽四十年。此四十年来，余艰巨担承而措施乏术。虽自奉不敢奢侈，频年家用繁纷，入不敷出，遂至先人以勤俭所积之家产，逐渐磨消。今则一贫如洗，其何以仰对先人在天之灵。此憾又生平所未能释矣。日中张后青、鲍子调，田禽盦、曼云来，即以祭余筵菜留客饮之。下半日同客畅谈，晚间又留客饮。夜谈时久，以戒(解)[严]时期，未便行途，各客乃至次日朝间始辞。

初四日(11月6日) 寒雨甚大,片时即似晴。上午坐卧看书,以静养之。下午又有敌机远过之警,闻萧山车站又被投弹轰毁。

初五日(11月7日) 朝间大雨多时,寒暑表在五十四五度。风雨如晦,不耐作事。晚上天气更寒。

初六日(11月8日) 天寒似晴,寒暑表在五十度上下。本日为立冬。朝间作书牍数通。上午至修志会闻之沪上战事,国军屡多退却。此乃平日不精参战略,至有事时而未可应付,遂使国中被人侮辱,乏术抵抗,为可慨焉。下午之晚上旋家。

初七日(11月9日)[①] 晴。上午家务繁杂,又以时事日非,衰朽之体,何能支此时艰,为可憾焉。下午至报馆等处一探近况,片时即旋家。

初八日(11月10日)[②] 晴。黎时六句钟时坐人力车至五云城外坐轮船,至七句钟始开行。朝间天气甚寒,似有霜降。十句钟时,乃至东关筱木桥孙云裳家看大女在菀病。其宿病未愈,近又有夜间身热之恙。据邵医云另有外感,非本元病,当可渐愈。谈话许时,见其精神气色尚如常时。中饭后云裳同其子如冈送余上轮船,下午之一句钟开船,三点半钟至五云城上岸,坐车旋家。

初九日(11月11日) 朝间似晴。上午至修志会整理书籍。感于各方战斗退却,恐后方不稳,会中紧要书卷,今拟分存各处。嗟国事至此,可胜浩叹。

初十日(11月12日) 似晴。朝间至木莲桥王念兹处谈片时,又至修志会,午前旋家。下午王鼒卿来谈片时辞。

十一日(11月13日) 又似晴。上半日收拾家中器具等件,实费心力。

---

① 句末:本日乃初八日记事,当改为初八日,与下易转。

② 句末:本日系初七日事,当改为初七也。

十二日(11 月 14 日) 晴。朝间整理各事。贾绥璇来,并近日形势紧张、地方安危莫卜,请余等可至贾村渠家处暂作避难之所。蒙其雅意,专诚来邀,甚可感也。谈片时辞。上午至街,又以警报街衢戒严,即旋家。

陈庆均年谱简编

清同治十年辛未(1871)　六月二十三日,先生生

先生讳庆均,字艮仙,一作艮轩。六月二十三日,诞生于郡城鱼化桥贯珠楼旧屋。其第一世名梦贤,居四川阆中,系陈寔之二十五世孙。自梦贤以下再传至二十五世名世纶者,任宁波鄞县教谕,居萧山孙家汇,生五子:伯泉、仲泉、叔泉、季泉、仰泉。越城陈氏以仰泉为始祖。仰泉生三子:龙川、龙源、龙洲。龙洲始从萧山迁居绍郡城。其后辈先后居住于仓桥、府山、吕府东厅、偏门跨湖桥。乾隆六十七年(1795)七月,观巷老屋修造完工,先生所属老三房迁居观巷。曾祖名鸿逵(九岩),嘉庆十三年(1808)举人。其本生父惺(辛畦),是年三十五岁。本生母曹氏,同邑赠五品封职名曹名朴堂女。长兄庆源(元濬),次兄庆基(申之),四弟庆垓(纪堂)。所后父英(芳畦)是年三十四岁。所后母陈氏,会稽赠一品封职徐庆湛(云泉)长女、藏书家徐树兰(仲凡)、徐友兰(培之)之妹。生五女,以庆均为后;大女嫁于张墅蒋氏,二女嫁贾村贾氏,三女终生未嫁,四女嫁窦疆鲍氏,五女嫁霞齐徐氏。

同治十一年壬申(1872)　二岁

是年,陈氏三小姐生[①]。舅氏徐树兰筑徐氏义塾于郡城古贡院,

---

① 陈庆均日记之第二十二本《时行轩日记》(清宣统二年稿本)宣统二年五月二十二日:"尚有三妹贻误不嫁,此事虽有家慈作主,昔时选择过苛。近年每有作媒者,家慈及姑奶奶屡言此事恐三妹心想已淡于出门,所以屡有言媒之事,而碍于此者又数年矣。然此事如家慈及姑奶奶等确悉其意,年纪(注转下页)

名曰诵芬堂[①]。

同治十二年癸酉(1873) 三岁

是年,表弟徐维瀚(叔亮)生[②]。

同治十三年甲戌(1874) 四岁

是年,表弟徐维椿(乔仙)生[③]。

光绪元年乙亥(1875) 五岁

舅氏徐友兰见赏于学使胡瑞澜(小泉)侍郎,得补会稽县学生员[③]。四妹亦妹生。

光绪二年丙子(1876) 六岁

是年,舅氏徐树兰顺天府乡试中试,为第九十七名[④]。

光绪三年丁丑(1877) 七岁

十月二十九日,本生父陈惺卒。

(续上页注)到此,亦可不必勉强;如亦不过揣度之见,究不可以揣度误其终身。今年三十九矣,究竟若何,谅不能再迟。"据此逆推,其当生于同治十一年(1872)。按:郭建荣《一清如水·徐光宪传》(中国科学技术出版社 2013 年版)作光绪三年(1877)。

① 徐维则《先考培之府君年谱》,清光绪末铅印本。

②③ 《浙江绍兴栖凫东海堂徐氏宗谱》,2008 年 12 月版。

③ 徐维则《先考培之府君年谱》,清光绪末铅印本。

④ 《徐树兰乡试朱卷》,清刻本。

光绪四年戊寅(1878) 八岁

是年,直豫秦晋大饥,舅氏徐树兰、徐友兰循行乡邑,多方劝募,协济灾区[①]。

光绪五年己卯(1879) 九岁

是年,长嫂余氏来归长兄庆源。

光绪六年庚辰(1880) 十岁

是年,长兄庆源卒,祖父陈堉庚(颖生)卒。

光绪七年辛巳(1881) 十一岁

是年,五妹即中国科学院院士徐光宪之母生[②]。

光绪八年壬午(1882) 十二岁

是年,表侄徐世保(佑长)生[③]。

光绪九年癸未(1883) 十三岁

是年,五妹夫徐宜况(元猷)即中国科学院院士徐光宪之父生[④]。

光绪十年甲申(1884) 十四岁

是年,表侄徐世泽(伯钟)生[⑤]。

光绪十一年乙酉(1885) 十五岁

舅氏徐树兰入都谒选,凡绍郡公益如义仓、善局及塘闸工程、备

---

① 徐维则《先考培之府君年谱》,清光绪末铅印本。

②④ 郭建荣《一清如水·徐光宪传》,中国科学技术出版社 2013 年版。

③⑤ 《浙江绍兴栖凫东海堂徐氏宗谱》,2008 年 12 月版。

荒经费之属，由郡守属徐友兰踵理[①]。

光绪十二年丙戌(1886) 十六岁

是年，表妹徐琯贞生[②]。

光绪十三年丁亥(1887) 十七岁

是年，舅氏徐树兰在京师参与先贤祠春祭，与祭者钟佩贤(六英)、桑彬(叔雅)、鲍临(敦甫)、傅钟麟(子莼)、骆云衢(少甫)等共二十二人[③]。

光绪十四年戊子(1888) 十八岁

是年，表弟徐维烈(武承)，表侄徐世佐(弼庭)生[④]。表弟徐元钊(逷园)中副贡。

光绪十五年己丑(1889) 十九岁

是年，表弟徐维则(以逊)浙江乡试中式[⑤]。

光绪十六年庚寅(1890) 二十岁

是年，舅氏徐友兰游沪，表弟徐维则随行。表弟徐维则入都赴礼部试，报罢，入赀为教谕并加内阁中书衔[⑥]。

---

① 徐维则《先考培之府君年谱》，清光绪末铅印本。

② 钱恂《吴兴钱氏家乘》，民国十年(1921)铅印本，卷三。按：《浙江绍兴栖凫东海堂徐氏宗谱》(2008年12月版)作光绪十四年(1888)。

③ 李慈铭《越缦堂日记》，广陵书社2004年版，第15册，清光绪十三年二月二十五日。

④ 《浙江绍兴栖凫东海堂徐氏宗谱》，2008年12月版。

⑤⑥ 《徐维则乡试朱卷》，清刻本。

光绪十七年辛卯(1891)　二十一岁

是年,新得同知衔[①]。

正月十四日,田氏晋凤二十有二来归,为同邑通奉大夫田润之之女,内阁中书田晋蕃(杏村)、五品衔候选训导田晋芬(蘅仙)、四品封职田晋康、四品封职田晋谦、中书科中书衔田晋铭(蓝陬)之妹。媒人为舅氏徐友兰,田氏之姊婿。舅氏徐树兰撰"司马头衔新紫诰;月华灯树照团圆"以贺[②]。

光绪十八年壬辰(1892)　二十二岁

是年,田氏生一女,甫周岁遽殇[③],名馥[④]。

光绪十九年癸巳(1893)　二十三岁

十月初八日,先生家遭祝融劫,房屋器具顷刻灰尽。

十一月九日,先生家分书写成,一本为本生父名下,取名"里房";一本为所后父名下,取名"美房"。诸戚友来画花押。

十二月二十日,辰时,女在菀生,小名昭。

光绪二十年甲午(1894)　二十四岁

二月初四日,拜天池先生忌辰。

六月二十九日,师褚纶曾卒。纶曾字少湖,清光绪十二年(1886)岁贡,候选训导。

七月初六日,阅《申报》,知六月廿六日中国同日本之战,日本大败,欣喜无已。

---

①② 陈庆均《为山庐悼亡百感录》,清宣统三年(1911)稿本。

③ 陈庆均《田夫人感悼录》(宣统二年稿本)之陈在镇、在钰、在铻《成服祭文》。

④ 陈庆均《田夫人感悼录》(宣统二年稿本)之《神主》。

九月十七日，亦妹嫁于宴疆鲍德蓥(穆如)。

是年夏天，绍兴大旱，城中人纷纷至城外大江取水。是年冬，先生参加县试、府试。日人在宁波镇海口聚兵船数艘，甬人为之惊恐，越人亦争相惶惑。

光绪二十一年乙未(1895)　二十五岁

二月初四日，拜天池先生忌辰。

三月初八日，院试发案，同内人田氏之侄宝源(莼波)、侄孙俨曾(孝颛)同列县庠。先生列第十名，入山阴县学。

是年，同二哥陈庆基谋刻曾祖陈鸿逵《囊翠楼诗稿》。女味青生。

光绪二十二年丙申(1896)　二十六岁

二月初一日，因其二哥陈庆基、四弟陈庆垓于初四须往王城寺拜水陆忏事，故于是日拜天池先生诞辰。

三月九日，至仓桥后义仓牛痘局请许兰生为女在菀种牛痘。

是年，参加科考，在二等四十七名，补廪无望。舅氏徐征兰(洵芳)、外舅田润之(广生)、妹亦妹病卒。曾祖陈鸿逵《囊翠楼诗稿》刻成，校从曾祖陈鸿熙(十峰)《藤阿吟稿》。郡城斜桥近处、新河弄、戒珠寺前、大善桥后街发祝融之祸。

光绪二十三年丁酉(1897)　二十七岁

五月二十七日，同田晋铭、宝祺(春农)及其昆季数人游柯岩，过午后照相一张。

七月三十日，郡守霍顺武(子方)逝世。

十一月十五日，戏拓青藤书屋碑匾。十七日，自刻大图石阴文字及阳文字图石一方。阴文系“陈印庆均”四字，阳文系“时行轩墨”四字。

是年，郡城府山望海亭顶被雷击。赴浙江乡试，主考徐树铭(寿蘅)、副主考吴郁生(蔚若)。乡闱放榜,山会中十三人,先生及戚友中皆落孙山。大善桥、大街祝融祸发,焚去店屋百余间。内兄田晋芬病卒。

光绪二十四年戊戌(1898)　二十八岁

二月二十一日,长男在镇(威伯)生。

三月,参加学使陈学棻(桂生)主试生员岁考,名在二等八十七名。二十日,至木栅村登山谒徐文长墓兼拓墓碑字一张。碑字系徐渭手书,道光十六年(1836)其叔祖摹以重刻。

闰三月,许兰生为其次女味青种牛痘。十一日,田莼波为其映相一张。

十月初三日,所后父英病卒。初七日,请蔡元培(鹤卿)为所后父英书主行礼。

是年,戏拓青藤书屋碑记及匾,自刻图章一方"艮轩"。表兄徐维屏(子祥)出任宜春知县。绍郡书院题目因上谕考试文章改为策论,四书文题遂寂然终止。

光绪二十五年己亥(1899)　二十九岁

二月初四日,拜天池先生忌辰。

是年,内侄田宝源、田宝琭(锡卿)病卒,太先生任塍(秋田)及其夫人相继去世。

光绪二十六年庚子(1900)　三十岁

正月,舅氏曹康臣病卒。

三月初二日,晤蔡元培谈。

四月二十九日,五妹许于霞齐徐沛山之次子徐宜况,即中国科学院院士徐光宪之父。

六月初一日,田氏产龙凤胎,男不育,女名嵩。二十五日,至狮子街与许福桢(翰青)孝廉聚本坊人拟谈筹办大云坊团勇事。

十月初五日,为大儿在镇(威伯)改名镇容。

是年浙省恩科乡试,因各督抚皆须筹办兵防,奏请改缓举行,奉旨准改于明年三月初八日考试。

光绪二十七年辛丑(1901)　三十一岁

二月初四日,拜天池先生忌辰。二十五日,至木栅村上姜婆山拜明徐文长先生墓。

三月二十五日,于杭州涌金门外“二我轩”照相一张。

四月二十日,受徐维则、维椿之邀,同蔡元培、庄肇(莼渔)、徐维则、徐维瀚、徐维椿、徐维梅(叔楠)、徐世隆(伯丰)、朱同颖(实侪)、周谔民入蚕学会。

八月一日,嵩女病卒。

是年,先生上半年本拟捐一中书科中书实官。奉谕旨停捐后,意兴萧条。后于舅氏徐树兰处悉知仍可捐,遂捐官。由申江捐局捐成十成附贡生及中书科中书不论双单月分发行走,十成贡生部照系直隶宇字第一百肆拾贰号,中书科中书部照系直隶盈字号第一千捌百叁拾捌号。并为祖父母及父母及本生父母在江西筹赈捐输总局请三品封典。四弟庆垓捐试用知县。

光绪二十八年壬寅(1902)　三十二岁

二月八日,四弟庆垓赴都引见。

三月十五日,女在苓生,小名员。

五月二十五日,自镌新山玉图章一方,“艮轩卅后书画”六字。

六月,越城疫病横行。先生考诸各方,以为初染疫痧急服雷击散,重则服观音救急丹为最有益而奏功最速者。此外外治法用磁碗以香油水蘸刮背心、胸前两处,复用大青钱刮手臂弯、脚膝后弯,刮出紫血色,病即能松;或用生姜一片、食盐一撮以艾火炙于脐下,以能呼痛声为度。此数方最有起死回生之功。

九月初一日，收到徐维则从江西筹赈捐输总局带回的请三品封典部照，为赣字叁萬五千一百卅六号。

十月初三日，四弟庆垓至苏州禀到试用。

是年正月，舅氏徐树兰由海上患病旋里后不能起立，在床偃卧。四月，舅氏以其家中烦闷，移寓于古贡院前之书塾以养病，至五月初九日半夜寿终。五妹本于是年十月三日出阁，因霞齐徐宅忽有丧事而改期。

光绪二十九年癸卯(1903)　三十三岁

正月二十六日，表弟徐元钊、维咸（乂臣）、尔谷（显民）同陈德贻（厥彝）昆仲品做新昌善祥当，先生为议中。

二月一日，至南镇庙看镇浙将军常恩及地方文武各员致祭。四日，拜徐天池先生诞。十二日，五妹出阁，嫁于霞齐徐沛山之子徐宜况。

五月十九日，与庄肇、许侯青、贾棿唐，徐少翰、宜况，田宝琛（扬庭）游柯岩照相一张。

六月十六日，舅氏徐树兰之孙徐世保由东洋旋绍，先生向其询一切时事及风景。

七月初二日卯刻，内兄田晋蕃病卒。二十四日，南门里塔山之应天塔被焚，塔顶尖之物倾倒于地，每层檐椽搁板尽已焚毁，惟砖壁仍复一层不倒，与大善塔一样留存。

八月初五日，赴杭州乡试。

九月十三日，榜发不售。二十五日，得乡试时托杨文莹（雪渔）所书团扇。

十一月初一日，夜二更后发祝融之祸，水澄巷口焚去店屋数座，水澄桥南焚去店屋数十家，水澄桥北焚去店屋数十家，燃至四五点钟之久始息。初三日，先生去看遭焚地，一片焦土，恍若旷野。十二日，四弟庆垓带眷属至江苏候补。二十六日半夜，大云桥市上有失火之祸，烧两点钟之久始息，闻焚去市屋数十间。先生俟其光炫平罢，二点钟后睡。

十二月二十日，儿在钉（仲明）生。

是年，到上海、锦华丝厂、愚园、博物院游。常与妹夫徐宜况下棋。

光绪三十年甲辰（1904）　三十四岁

二月初四日，拜青藤书屋天池先生诞日。

三月十七日，夜半忽呕紫色血水数口，继呕鲜红血数口。医者言系湿热劳心过度所致。是月，四弟纪堂托冯一梅（梦香）书信于许祐身（子原）太守处，乞其位置差遣事。

四月初一日，至西郭吊徐兆兰（谷芳）舅氏殓。

六月二十九日，纂其先大人陈英节略。

七月二十三日，卖成衣机器，价莺洋六十七元。该公司有保包用五年单一张，如五年中有机器停滞等弊，由该公司修整，不必另付修工钱。

八月初十日，本生先大人陈惺之节略纂成。十一日，先生所后父陈英之节略纂成。

光绪三十一年乙巳（1905）　三十五岁

正月初四日，大雪，平地积厚尺余。先生谓此种大雪，有多年不见。

二月二十二日，至西郭表弟徐维屏家吊徐兆兰舅氏出丧，兼为其陪吊客。午前看吴士鉴（絅斋）学使为其题主。二十六日，表弟徐尔谷拟卸山会两邑豫仓总董之职而荐先生，先生拒任。

三月二十七日，同善局医生许兰生为先生之子在钉种牛痘。

五月二十三日，表弟徐维咸欲开办盐耋公司，属先生稍助其股，先生以力薄辞之。初七日，闻徐友兰舅氏在沪上寓所逝世，又闻王继香(止轩)太守于前月廿五日在河南厘局差次逝世。

七月初二日，闻绍兴拟于里街(即惰民聚居之所)开办惰民学堂。二十四日，阅《申报》《中外报》，知近日依然盛载禁售美货，抵制美国苛待华人事，先生谓"全国人心齐集，于今创见之也"。

八月二十九日，在苏州坐舆至马医科巷拜俞樾(荫甫)，并请其撰其父陈英传，又请其写对联自款一副，四弟纪堂款一副。适其婿苏府许祐身太守在，不见。三十日，托俞樾所写传及楹联、册页书就遣人送来。

十月初六日，胡寿震(梅森)、徐维咸及宁波人姚芳亭等在江桥开同仁泰南北腌鲞栈，先生被徐维咸苦劝坚邀，勉强在胡寿震股下品洋五百元。立议单后，先生仅签暂字一押，拟即设法出股清楚。

光绪三十二年丙午(1906)　三十六岁

正月二十二日，冯一梅来向先生辞回宁波慈溪之行。冯君系宁波人，为俞樾之门人，住绍兴水澄巷，先生舅氏徐仲凡延其做藏书楼董事。

二月初一日，晚间，表弟徐子祥邀宴蔡元培、阮有珠(茗溪)、张贻亭、胡寿震、贾柷唐，徐嘏兰(福钦)、维则、维椿及先生共十人谈宴。初四日，拜徐天池先生诞日。

三月二十九日，至大善寺看开办学务公所，听诸君演说，由蔡元培发帖请酒。先生仅听演说而不吃酒。

闰四月初十日，表弟徐维咸拟将新昌当屋出售于陈德贻、德藻(鹿平)。徐宅出立契据，先生为中人。

五月十二日，绍城创办巡警，总局来函拟请每坊定坊董二人，邀先生共董其事。先生观其章法，以为不尽完善且不愿多有其事，请人泐函辞之。十六日，至昌安城外吴融村吊马传煦(春旸)。

八月十四日，女味青以病卒①。

九月，子在镕生②。

光绪三十三年丁未(1907)　三十七岁

六月，岳母何氏一病不起③。

光绪三十四年戊申(1908)　三十八岁

八月二十一日，先生先兄庆源之妻余氏寿终。

九月初一日，山会公益社属先生共事，先生以“不愿徒有其名，不实行其事”泐函辞之。

十月初二日，坐舟至开元寺前汤公祠山会公益社中会议事。二十三日，坐舆至汤公祠公益社聚会，到会者刘岳云（震庵）太守、山阴知县李钟岳（崧生）、会稽知县陈德彝（碧窗）及同社人廿人。

十一月十四日，至汤公祠公益社中，共十数人同至府署会议事。刘岳云太守、山阴知县李钟岳、会稽知县陈德彝，绅、商、学界共到者百人。十五日，同田晋铭、鲍德馨（香谷）至同善局，山会两县宰请会议谘议局初选举调查事。绅、商、学各界共到者二十九人。山会两邑初选举事务所议定绅、学、商各界每请四人公同评量会议各事。绅界中四人，属先生在列。先生向事务所总办胡君景凡辞卸。十七日，先生又坚辞。

十二月初一日，至开元寺前同善局山会初选举事务所谈，又到汤公祠公益社常会兼公举调查员事，又新山邑令江畲经（伯训）、会稽陈德彝同来谈事。十三日，至开元寺公举谘议局府参议事，由绍府萧文昭（叔蘅）发起，请绅商学投票公举。十六日，至开元寺同善局山会两邑初选举事务所缴还两邑宰请坊董造选举照会，请所中另简贤能。

---

①②③　陈庆均《田夫人感悼录》（宣统二年稿本）之陈在镇、在钉、在镕《成服祭文》。

是年，淮海奇荒，灾民遍野。内人田氏闻之恻然，拼挡饰物洋百数十番，属先生汇寄上海善堂转助①。

宣统元年己酉(1909) 三十九岁

正月十九日，延内侄田宝祺课子在钉。二十日，与田晋铭、鲍德馨、田宝琛、郦昌祁(祝卿)、胡景凡、鲍诚陆(养田)、朱文煜(阆仙)、言实斋共九人，至华严寺谈事，公定山会总公益社规则。先生拟有公益社规则十则，志其大略于日记中。二十九日，自拟本年新定书塾课程。

二月二十二日，上半日至开元寺山会初选举事务所谈。下半日又至大善寺阅初选举人名榜，会稽榜在开元寺，山邑榜在大善寺。

闰二月十九日，至栖凫看表弟徐维则新造洋式屋。

六月十二日，晚前至水澄巷表弟徐元钊家陪钱玄同(德潜)宴。钱君为钱恂(念劬)之弟，徐尔谷观察之婿，留学东洋旋里。

八月初一日，坐舆至汤公祠山会自治研究所理事，晚上与所长周文郁(洙臣)、夏宗彝(淮青)、鲍德馨等人在所中谈话数时。初七日，上半日，同侄儿性存(葆初)、子在镇至汤公祠自治研究所开所干理事，地方官、府学师、来宾、讲员、所长、听讲员、山会公益社员共计到百数十人。报告演说后照相。

九月初一日，先生在杭州，至杭府署刑席书房见徐扔庭，坐舆同至贡院师范学堂。宋琳(芝佩)陪至师范学堂各处参观。

宣统二年庚戌(1910) 四十岁

二月十八日，原配田氏病卒②

四月二十八日，自撰内子田夫人祭文。

---

① 陈庆均《为山庐悼亡百感录》，清宣统三年(1911)稿本。

② 陈庆均《田夫人感悼录》(宣统二年稿本)之《神主》。

五月十九日，为内子田夫人开丧，族人外计地方官及戚友及女宾共来吊客七十余人。绍兴府学教授翁焘（又鲁）广文题主。二十九日，表弟徐维浚（仲深）卒，徐征兰之子。

六月初十日，表弟徐维烈卒，徐树兰之子。

八月十八日，表弟徐维屏、内兄田晋铭来劝先生择女续娶。

十一月二十六日，接到山阴知县增春（熙堂）、会稽知县陈德彝知会先生议员被选公函。

十二月初六日，山会二邑宰为先生送来议员执照公文。十三日，接到杭州寄来职员封典部收执照。

宣统三年辛亥(1911)　四十一岁

正月初五日，回拜会稽令陈德彝。二十四日，录山会两县人口调查总表。

二月十八日，拟将所作感悼田夫人之诗编次略历，成《为山庐悼亡百感录》刊示后人。

五月十一日，请姨夫胡寿震、中表徐尔谷至东湖求媒，由陶在宽（七彪）作主，以其甥女李文澜许先生为续室。十五日，缮写悼田夫人百感诗序文。

六月二十九日，所撰《为山庐悼亡百感录》业由许模记刻成样本，拟再加改校数处，然后印行。

七月十五日，校看《为山庐悼亡百感录》。

九月初三日，同中表徐尔谷同至汤公祠谈筹民团事。十一日，至民团局共办成立事务及分段驻扎事。十七日，至府校、绍兴军政分府共筹事务，分府长为程赞卿。二十四日，拟卸民团责，乃民团局劝其任总务科事，再三辞之不获。

十月二十二日，迎续室李文澜来归。二十九日，作《辛亥十月续

娶内子李夫人赠之以诗》[①]

十一月十三日，本日都督电，准改行阳历。

民国元年壬子(1912) 四十二岁

二月二十六日，先生二三年前项后右边肉外皮里有如米者一粒，近日又觉粗大，如桂圆核，兼略有痛处，遂至任汉佩君家商酌医药。

三月初九日，西邻周宅后屋有祝融之祸，灶屋及西首平屋急危难保，先生遂属工匠将平屋推倒，以隔其祸。

四月初十日，坐舟至陶堰陶在宽妻舅氏家谈，舅氏出其所制陶公柜开示。二十八日，同邵芝生、徐维淦(志章)、徐维沅(志珂)、韩启鸿(筱凡)、族景弟、儿在镇至大路看迎徐锡麟(伯荪)神牌入祠。

六月十九日，先生闻营兵以越铎、一得两报每将兵人之劣迹有闻必登，捣毁越铎、一得两报馆，并刺伤数人。二十二日，至大路徐维照(紫雯)家看孙秉彝(德卿)，以其于报馆中被兵刺伤。

民国二年癸丑(1913) 四十三岁

正月初七日，先生言："予以拟办初高学校，至今宽延。心志未坚，最可自憾。"十四日，鉴于绍兴环城数十里，只一县立高小学校。同田晋铭、宝祐(禔盦)、俨曾等人谈及拟办一私立二等校，其经费由同人将请私塾修膳之费，移以办是校。田晋铭以人小为辞，不与共谋。遂散，拟又自延塾师。二十七日，同儿在镇至承天中校考英文，一点半钟至三点钟考竣。二十九日，儿在镇至能仁寺前承天中校上课，每日上半日八计钟到校，下半日四计钟旋家。

二月初三日，先生以近日山会两旧邑同天乐乡人争闹麻溪坝事益形激烈而忧心忡忡。十七日，同儿在镇及族景弟至试弄电灯公司处观览。由该公司总理王芝如领至各机器处参观，并坐谈数时。二

---

① 陈庆均《为山庐悼亡百感录》(宣统三年稿本)后有附。

十五日，阅近日报，知麻溪坝事业由浙江民政长通告，将实行广洞。先生慨叹以绍兴全县各团体力争而不及天乐一乡汤蜇仙一人之势力。

三月初七，至至水澄巷徐宅吊徐维咸首七。

四月初三日，补志座右联语："清静可养心，种竹栽花，随时吸新鲜气；业精须勤学，明窗净几，备读生平有用书"。十六日，至古贡院前徐吉逊处同袁天庚（梦白）等人谈宴，兼看梦白绘屏扇十数事。先生以袁天庚"对客挥毫，笔随意到"赞其人才。

五月二十一日，本日本为愚社诗友消夏第一会，到攒宫埠登山谒宋六陵。其社友皆前到，先生以天暑、有旱路兼前日病初愈，辞之不到。二十七日，同田俨曾、徐元钊、袁天庚、黄雁森、陈骚（瘦厓）、张天汉（钟湘）坐舟至寓山寺消夏第二集，徐遏园分办。

六月四日，同田俨曾同坐舟至九里，集愚社友八人至塔园观览。二十日，先生闻都督朱瑞（介人）派新军五百来守绍兴。

七月二十七日，同胡燡（坤圃）、景弟至大路新园看动物，共计中外少见之禽兽数十只。三十日，至绍兴参议会谈。先生以本届绍兴城议会议员甚参差，又为乱世，志在隐避，拟辞卸。

八月初一日，本日绍兴议会又成立，参议会一再来催到先生会。先生备函辞职，将执照邀还，特至参议会面向婉辞，后沈通三、胡燡来劝先生任议员职，参议会又将执照送来。初五日，随带执照至试弄再辞议员职。初十日杜子彬（山佳）再劝先生任城议会职。二十五日，同田俨曾坐舟至古贡院前徐元钊处宴集诗友，拟修辑诗巢事。二十六日，坐舟至南街妻舅氏陶在铭（仲彝）先生处谈重兴诗巢事。

十月初八日，同妹夫徐宜况、儿在钰至大教场看绍兴学校运动会。

民国三年甲寅(1914)　四十四岁

正月十一日，内子李夫人映相六寸照一张、儿在钰、在锴各映相四寸照一张。

二月初四日，同田俨曾坐舟至种山仓帝祠诗巢，以徐文长先生诞日公祭诗巢诸先哲。初五日，至后观巷田俨曾处同袁天庚、徐元钊谈修葺诗巢事。十二日，撰种山诗巢楹联一副。二十日，又撰诗巢楹联一副。

三月初三日，同田俨曾、杜淦（芝生）坐舟至种山，诗巢修葺告成，公祭诸先哲。本日萧山、上虞及山会两邑之诗人后裔共与祭，到者四十人。旰间由陶在铭领班致祭，并同映一相。十五日，至木客山拜徐天池先生墓，兼拓墓碑数张。

四月初一日，许兰生来为子在钰补种牛痘，以曩年种时似未曾发透，今用东洋苗补种左手臂两粒。二十四日，同田孝颛、芝储至西郭李孝璘（承侯）家，承侯出其先人李慈铭（越缦）先生所藏书画及名士大夫尺牍，其中有《李越缦先生嗣书》，系其立嗣孝璘时自行撰书，有告曾祖及祖文一篇，又告其父文一篇，又告其先夫人文一篇，又告其生承侯之弟文一篇，又立嗣文一篇，合装一册。

五月十三日，先生在杭州，坐舆至清和坊庆和钱庄同毛浩甄谈浙铁路股事。据说路股收归国有，将来换国有证据，不注户名。先生将股券息单及收据托其掉换证据。二十日，在上海，坐东洋车至徐家汇复旦公校看侄儿陈性存。

六月二十六日，同田俨曾至大路电报局看局长褚德绍（衣堂），褚君以新得诸名士与李越缦先生尺牍百数通见示。

七月初八日，快阁姚振宗（海槎）第六女与先生之子在镇结婚业有成议。初十日，请鲍德馨、田宝琛来同至偏城外快阁姚氏求婚。

八月初九日，饬视婚帖，并备文定等仪，差人至附郭快阁姚氏成聘。十日，快阁姚氏书来女庚。二十三日，王叔梅（叙曾）、陈昆生、张钟沅（琴孙）以沿门劝公债事（欧洲各自开衅，中国想守中立，用度为难，不能不集之于民间）来先生家谈，先生以近年自用之费尚时虞不给拒之。二十六日，晚前，闻贾柷唐姊婿之凶信。

十一月初五日，坐舟至五云门外鸟门山东湖，以陶氏合族公定陶濬宣(心云)先生立祀东湖发柬请客。是日绍城各团人又改东湖原有陶渊明祠立祀陶成章(焕卿)，且陶渊明系其远祖。先生以为用晋朝名贤祠改祀民国伟人，令人可讶。

民国四年乙卯(1915)　四十五岁

正月十三日，子在镇同侄儿性存至上海，拟至徐家汇复旦中校考试。二十五日，先生在上海，同侄陈性存、子在镇坐人力车至徐家汇复旦公学。至监学邵闻洛(式之)处谈数时，并托其随时指诲。

二月二十八日，子在镇同侄陈性存趁越安轮至上海复旦公学校肄业。

三月二十七日，至南街陶在铭处谈及修史诸君，以吾越李慈铭先生宜入文苑传，尚不宜入儒林传。陶在铭将缪荃孙(筱珊)信牍示之，令其转告丞侯，应详开莼客先生所有著书，以示史馆。

四月二十九日，以新币贰十元购得李慈铭诗笺、手牍两册。是册皆李慈铭与沈宝森(晓湖)酬唱诗笺及书牍，共计七十八张，其中有一张系潘曾莹(星斋)与李慈铭书；且又有修志议例拟稿两张，细书稠密，极为可宝。

五月初一日，临书越缦堂诗笺。初三日，力促平宜生将其先人平步青(栋山)著述搜集成著，及时递送史馆。俾有采择，传之千秋。

七月十九日，坐舟至西郭李孝璘家谈，并将陶在铭寄樊增祥(云门)之函转交其至京时转寄。是函以先生有楹联请樊增祥书，所以由先生处一转。是日，先生以昔年购得之李慈铭诗笺、书牍携至李孝璘处一阅，兼请其将李慈铭之图章加印数处。

八月十九日，子在镇与快阁姚氏女成婚。

十月十八日，收到樊增祥由都中寄来手书楹联，兼缀有跋语书联之后，并寄示两诗。

十一月初三日，女在萍生，由府桥广济产科金子英女士来接生。

是年，先生写信致李孝璘，征询其对于国史馆将李慈铭列入文苑或儒林之意见[①]。

民国五年丙辰(1916)　四十六岁

三月初五日，继配李氏之舅陶在铭病卒。

四月十七日，女在菀媒成于东关孙庆谷(价藩)之第二子。

七月初三日，延西术接生金子英女士来为大媳接生，得一孙女，名菱曾。

十一月初二日，同陈厥彝至花巷布业会馆戏厅听蔡元培演说。晚前徐以逊邀先生至柴场弄宝丰花园陪蔡元培、元康(谷卿)夜宴。初四日，下半日蔡元培来谈。晚间，至后观巷田蓝陬家，陪蔡元培、元康两人宴，同席者蔡元培、元康，褚德绍、陈庆绶(朗斋)、徐以逊及田晋铭、宝琛、宝祜、俨曾共十人。初五日，上半日坐舆至笔飞弄回看蔡元培。晚上约蔡元培来宴，兼邀褚德绍、胡坤圃、姚霭生，田蓝陬、禔龛、孝颛来陪宴。

是年，作有书信寄樊增祥，谢其赐书楹联兼缀寄示两诗，并求其署题诗巢楹联等事[②]。为金子英女士善治难产登报揄扬[③]。

民国六年丁巳(1917)　四十七岁

正月十九日，至南街第二县校为儿在钰、在铻报名。二十日，令儿在镇陪在钰、在铻至南街第二县校考试。试后，在钰定高等小学第二年级，在铻定高等小学第一年级。

二月十九日，督工人将从杭州买来女在菀奁具搬携上船并解缆送至东关孙价藩家。

---

① 陈庆均《时行轩尺牍(壬子年以后)》(民国间稿本)之《寄李澄侯》。

② 陈庆均《时行轩尺牍(乙卯年接)》(民国间稿本)之《寄樊樊山先生》。

③ 陈庆均《时行轩尺牍(乙卯年接)》(民国间稿本)之《为人登报揄扬》。

闰二月初一日，东关孙宅以乐人、仪仗、彩舆来迎娶先生之女在菀。初八日，新婿孙洪（云裳）同大女在菀来回门。初九日，同儿在钉、在锫至大教场看绍兴县各学校学生运动会。二十日，遣偏门里女牙科捉牙虫。

三月二十一日，为内子李夫人录历年寄母家信稿于《文澜室随笔》之中。文澜系李氏之名，《文澜室随笔》乃李氏随时见闻所录之事。

六月初十日，长孙漪生。十七日，坐舆至大路徐宅吊舅氏徐福钦首七。二十一日，四儿在钤生。

七月初六日，至邻师范附设高等小学校谈兼付校费，以儿在钉、在锫觉南街第二县校路太远，早晚转回费力。二十五日，夏淮青应允先生之二子在钉与其第十女结婚。

八月十四日，见青藤书屋被申之兄属土木匠拆改墙户等处，特书信函规劝[①]。

民国七年戊午(1918)　四十八岁

是年，李慈铭嗣子李孝璘卒，先生作有挽诗四章[②]。孙长霖生，小名莲[③]。先生以自家屋内池料事致县警署公牍[④]，又以绍兴肥料公

---

① 书信见陈庆均《时行轩尺牍（乙卯年接）》（民国间稿本）之《劝申之兄不再折改青藤书屋书》。

② 陈庆均《为山庐诗稿（第一本）》（民国间稿本）中有《挽李澄侯四章》。《为山庐诗稿》按年编次，此诗排在《戊午春日案头有扇箑一页戏绘墨兰并题以诗》与《戊午首夏渡钱江口占》之间。故定其卒于民国七年(1918)。

③ 陈庆均日记之第七十八本《时行轩日志》（民国二十六年稿本）民国二十六年新历七月十五日即旧历六月初八日："似晴，天气清胜。本日为孙儿长霖二十岁生日，新生活未有循俗之举动，乃吾家尊尚朴实之风教也。"据此，其当生于民国七年(1918)。

④ 陈庆均《时行轩尺牍（乙卯年接）》（民国间稿本）之《致县警署公牍》。

司霸收全绍人民之肥料事致信省中[①]。

民国八年己未(1919)　四十九岁

三月,四儿在钤卒[②]。

五月二十四日,胡姨母徐氏卒[③]。

八月初六日,姻丈陶在宽遽于寅时逝世。二十七日,受陶宅所托,同薛炳(阆仙)拟陶在宽先生哀启。

九月初三日,晚前至偏门里大教场看浙江第五师范校运动会。二十四日,同儿在钲、在铻至宝珠桥近处看上海所到之狮象等兽。二十七日,同杨质安至宝珠桥游艺场看奇禽猛兽。二十八日,同夫人李氏、儿在铻、女在苓、女在苹坐舟至宝珠桥艺术场看虎豹狮象等兽及戏术,以广妇女识见。

十月十四日,书寄蔡元培及徐显民书。

十一月十八日,坐舆至咸欢河沿夏宅吊亲家夏淮青。二十六日,同夫人李氏、女苹女坐舟至五云城外寿明斋处看眼病后,即同坐舟至陶堰西南湖陶宅。以前日蔡元培来函并将张锡銮(金波)将军赙送陶在宽姻丈洋百元托为转递。今日便路,先生特将其洋面递陶在宽姻丈之姨太太及其嗣君如数收领。

---

① 陈庆均《时行轩尺牍(乙卯年接)》(民国间稿本)之《官农夺料激成巨祸公电省中》。

② 陈庆均《为山庐诗稿(第一本)》(民国间稿本)有诗《岁己未七月朔日先室田夫人五十冥寿之辰感咏四章列之祭案聊诉别绪》:“百年未许我回头,憾海空嗟石枉投。情绪浓时偏遇劫,缘因阙处欠前修。群称雏凤惭虚植(第四儿在钤今已三岁每属术者推测命运皆云如此佳造实所罕有乃今年三月以疏于医治竟致病殇)谬诩元龙怆殇楼。鹤算期君延再世,一尊荐到九泉不。”据此,其当卒于民国八年(1919)三月。

③ 见胡寿震《绍兴莲花桥胡氏宗谱》。

民国九年庚申(1920)　五十岁

三月初三日,田蓝陬同绍兴电报局局长吴洁卿来谈并观览青藤书屋。

四月三日,坐舆至绍兴县公署余大钧(少舫)县令处谢步。又至警署薛瑞骥处谢步。

首夏,宴余大钧、吴洁卿、桑又生及戚友共十三人于快阁[①]。

九月,同兄申之,弟庆垓、景堂,侄陈性存、宜卫,儿在镇、在钰、在铻九人摄影[②]。二十七日,五妹之子徐光宪生于绍兴城内宣化坊39号[③]。

是年,五妹夫徐宜况编著《中日围棋百式》,自费印刷[④]。

民国十年辛酉(1921)　五十一岁

友人蔡元康(谷卿)一病不起[⑤]。友人沈雨苍(桐生)索撰送江苏督军齐燮元(抚万)之封翁七十寿诗[⑥]。

民国十一年壬戌(1922)　五十二岁

是年岁首,与同志八人坐画舫至陡亹潞庄瞻览[⑦]。首夏,内弟李孟雄招游莫干山,雨密不果登临[⑧]。重九后一日,在京师。蔡元培邀先生及其三儿在铻同坐汽车游万牲园并宴林亭深处。日暮旋途,蔡元培再亲送至寓庐[⑨]。九月,三儿在铻至秦皇岛柳江煤矿实习矿学,先生同至总公司留宿[⑩]。

---

①②⑤⑥⑦⑧　陈庆均《为山庐诗稿(第一本)》,民国间稿本。

③④　郭建荣《一清如水・徐光宪传》,中国科学技术出版社2013年版。

⑨⑩　陈庆均《为山庐诗稿(第二本)》,民国间稿本。

民国十二年癸亥(1923) 五十三岁

是年,宋渭泉茂才属先生题其祖谨庵先生遗像①。蔡元培从都门回,同薛炳宴其于快阁②。五月六日,国会议长王家襄(幼山)于华严寺为其父建水陆道场,先生成诗祝之③。

民国十三年甲子(1924) 五十四岁

三月初三日,绍兴县农会假试弄县教育会召开第二次职员大会,到会者有正会长任兆年(云瞻)及职员孙绍武、陈骚、鲍裕忱(余臣)、张拯滋(若霞)、田季规、陈性存及先生大儿在镇等九人④。

是年,中表徐尔谷卒⑤。

民国十四年乙丑(1925) 五十五岁

是年,妹夫徐宜况与子徐光宪、徐光宇、徐光宙合影一张⑥。

民国十五年丙寅(1926) 五十六岁

二月三日,本生先父陈惺九十冥寿,先生成诗志感⑦。是年,内兄李竹君卒⑧。

民国十六年丁卯(1927) 五十七岁

八月初一日,祭先妣徐太夫人诞日。十五日,题南洋医大学校毕业全体师生映相一张。十六日,儿在镐坐轮舟至杭转上海,至吴淞中国公学大学部肄业。二十八日,常州第一军第一独立军医卫生队有一等电报催先生儿在钰至常就职。

九月初十日,儿媳发生产事,先生令工人延金子英女接生,并书

---

①②③⑤⑦⑧ 陈庆均《为山庐诗稿(第二本)》,民国间稿本。

④ 《申报》中华民国十三年三月初六日第一万八千三百五十八号。

⑥ 郭建荣《一清如水·徐光宪传》,中国科学技术出版社2013年版。

信通知二儿在钰于松江军医处。二十三日，绍兴禁烟分局长金宝楚来访先生，以先生他出不遇。二十六日，又接儿在钰禀，知其业任第一军二师补充团卫生队长职务。

十月初九日，题南洋医科大学本年毕业全体映相诗。十二日，女婿李重民(在苓之夫)来。十六日，坐舆至县署回看新任县长叶杏南。漓渚张汉臣之第三子与先生之女在苹缔姻。二十三日，下半日至街买纸笔等事，见前日早上轩亭口四面店铺一片焦土，统计被毁之屋有二百多间。此次祝融之祸最巨，本年大街此祸前有二次。各屋尚未建成，今又有此事。二十六日，坐舆至司狱司前吊姨父胡寿震出殡。

十一月十一日，至上海松江西门内大街第一军二师补充团卫生队儿在钰处。十三日，坐车至吴淞中国公学看儿在铻。十四日，先生在南京，以蔡元培于前日至上海不及晤面，于今日至成贤街大学院访蔡元培。十五日，至南京户部街国民政府军事委员会政治训练部访陶冶公(望潮)，陶冶公以部有中校秘书之职奉请先生担任。二十日，以南京总政训部处业经任职，从速整饬家务，并赶办行装希望即行到部。

是年，四弟庆垓卒①。

民国十七年戊辰(1928)　五十八岁

是年，在南京总政训部任职，摄有戎装映相一张②。

民国十八年己巳(1929)　五十九岁

是年，大儿在镇卒③。

---

①② 陈庆均《为山庐诗稿(第二本)》，民国间稿本。

③ 陈庆均《为山庐诗稿(第二本)》(民国间稿本)有《己巳七月初一日先室田晋凤夫人六十岁愍忌成诗四章供之像前》诗，诗后有“前诗作后于本年九月遭大儿在镇病故逆境伤感余生诗兴阑珊矣”之句。

民国十九年庚午(1930) 六十岁

三月二十日,在《绍兴民国日报》登《陈艮仙启事》云:"鄙人年力就衰,杜门养拙,罕预他事。凡从前为人担保诸事,不拘书面口头,一概取消。自即日起,不再负责。特此通告,诸希谅察。"二十二日,三儿在镐至杭州烟酒事务总局任。二十七日至鱼化桥李文紌(书臣)处阅乡先达李慈铭先生与辇下诸名士往来文字。二十九日,至太清里五中附高小学校看校生演剧,名之曰家属联欢会。

三月初六日,复旦大学同学会以"哲人其萎"四字制成匾额公送前来,以纪念先生大儿在镇。

四月初九日,至民众教育馆同友人围棋。是馆乃前年以孔子文庙改设,并附开茶馆。先生谓:"数千年极尊崇之大典,今改变至此,有心人未免为之感喟。"是日,文庙极大铜钟被工匠以大铁锤聚击,惊天动地,费半日之久乃破毁之。先生谓:"斯文之变,志士寒心。"十三日,同孙儿长霖、长佐、女在苹、孙女菱曾至花巷之国货展览会参观。十四日,至民众教育馆看该馆围棋比赛。十八日,为大、二、三儿媳辈分灶,各自成立茶饭。二十六日,至民众教育馆看识字运动大会。各校学生到者数千人,开会后,分赴各处游行,广劝识字。

五月初四日,内兄李文郑(孟雄)卒于杭州。十一日,三儿在镐之室发生产事,先生一面至就近电报局打长途电话至杭州烟酒总局通知在镐,一面遣人延金子英来接生。十二日,至民众教育馆看全绍小学校自然科实验竞赛。二十四日,至藏书楼徐世南(星门)处谈,以其近由北京回绍,询其该处确实情形。二十六日,自雕"为山庐"阳文图章一颗。

民国二十年辛未(1931) 六十一岁

是年,未作一诗[①]。

---

① 陈庆均《为山庐诗稿(第二本)》,民国间稿本。

民国二十一年壬申(1932)　六十二岁

是年六月二十三日，为先生六十二岁生日，先生做一诗志感[①]。

民国二十二年癸酉(1933)　六十三岁

二月四日，先生循旧有之故事，以徐天池诞辰恭祭诗巢[②]。春间，陶存煦(天放)谒见先生，以搜辑章实斋先生遗著拟从事汇刊。中春，内侄田宝祐卒[③]。钱绳武(荫乔)以其先武肃王遗象见赠[④]。十一月二十六日，以杨铁崖先生公祭诗巢[⑤]。十二月初八日，诗巢壬社公祭第二十次[⑥]。十二月二十七日，以李慈铭诞辰，先生同何棅(桐侯)、李文紇、田晋铭、李镜燧(槐卿)、姚福厚(幼槎)、王世裕(子余)诸君公祭于小云栖之募梅精舍[⑦]。

是年，陶存煦(天放)卒[⑧]。社友杜兆霖(泽卿)、萧太初、杜炜孙(亚泉)先后卒[⑨]。五妹夫徐宜况卒[⑩]。

民国二十三年甲戌(1934)　六十四岁

是年首春，以钱绳武编有《放翁生日诗辑》、《铁崖生日诗辑》，先生拟编天池山人生日诗辑[⑪]。春日，同屠施墉、朱承洵(仲华)、戚芝川、田晋铭参观稽山高中校并访前绍府文庙旧迹[⑫]。夏间，内再侄田季明甫逾弱冠而病卒[⑬]。九月十八日，先生祀仓圣诞日兼公祭诗巢[⑭]。十一月二十五日，以杨铁崖先生诞日作第二十六次公祭诗巢[⑮]。

是年，王世裕新得诗巢旧制楹联，系甲寅年先生与诸君修葺诗巢时所制[⑯]。自绘《越州名胜图》[⑰]。

---

①②③④⑤⑥⑦⑧⑪⑫⑬⑭⑮⑯⑰　陈庆均《为山庐诗稿(第二本)》，民国间稿本。

⑨　《诗巢壬社社友录》，民国间稿本。按：后凡社友卒都出于此。

⑩　郭建荣《一清如水·徐光宪传》，中国科学技术出版社2013年版。

民国二十四年乙亥(1935) 六十五岁

正月十四日,带孙长霖坐舟至里西湖杭江铁路总办事处为长霖孙报名,验得长霖目力、腕力各种都及格,但以项核之恙未能合取。二十四日,本邑县长陈焕(味荪)请先生至公署集议修绍兴县志事,与会者沈钧业(馥生)、寿鹏更(涧邻)、王世裕、王叔梅、周智濬(毅修)、戚芝川。二十六日,先生见上海西泠印社书店所出版之《图书目录》载及国中画书各家润笔表,将其之书画润格擅加省写载于其中。

二月初四日,至卧龙山诗巢办祭社集,以十三票当选为副社长,先生拟辞不得。初十日,同戚芝川、寿鹏更、周智濬至仓桥商会之越社集议绍兴县修志委员会组织事,又同至民众教育馆看绍兴第三次国货展览会。十三日,接到二儿在钉由江西南城县来禀,言业经接手军政部第十陆军医院主任,每日监视医员事。

四月初五日,县长陈焕送来公函及纂修绍兴县志聘任书,前公议成立一修志委员会,以县长为委员长,由县长聘常务委员六人从事纂修。初六日,本日由县长陈焕指定修志常务委员六人,县长为当然常务委员,共计七人。指定六人者,是王子余、沈馥生、周智濬、寿鹏更、朱启澜(萸君)及先生。请大会同意后,先生即以能力不及为辞不得,既由财政、民政、教育三厅核准,本日作成立之会,全体摄影以为纪念。十四日,上午坐人力车至诗巢祭吕祖及诗巢历代诗人。日中公宴后,同朱启澜、沈钧业、寿鹏更、周智濬至古贡院前之图书馆,与馆长谈修志会暂假该馆为会所事。二十日,上午新任县长贺扬灵(培心)来看先生,先生循例挡驾之。下午坐人力车县政府,回看贺县长。二十四日,为前县长陈焕篆书楹联四副,拟邮寄其海宁任署。二十七日,下午坐人力车至图书馆修志委员会会议,拟将前辑志稿及新搜稿件与旧有之《山阴县志》及《会稽县志》分别编为月刊,每月出一册,约计每册百页。以两年为期,庶旧志得以存留。

五月十六日,先生新捐制之诗巢先贤屏风式大神牌已设立于诗巢右龛,以资登临者瞻仰。二十四日,上午至古贡院图书馆修志委员会例会后，修志委员会常务同人一律移至开元寺余屋为会所。二十六日，至开元寺藏经楼绍兴县修志委员会常务集议。二十九日，至杭州同堵福诜（申甫）至西泠孤山之浙江图书馆，由馆员毛春翔君引先生及堵福诜至会客厅阅看民国初年所采访之《浙江通志稿》。

十二月十九日，女在苹出嫁漓渚张宅张汉臣之子张彭年[①]。

是年，自绘《越州名胜图》册页十二张，经诗词朋辈悉加题咏。社友阮三奇卒。陶冶公属撰居正（觉生）六秩寿诗[②]。

民国二十五年丙子(1936)　六十六岁

二月初四日，坐人力车至龙山诗巢，以天池先生诞日恭祭诗巢六君子，并附祀诸贤。初八日，好友唐风（健伯）病卒。

三月初六日，同女婿孙洪至东关镇公所访镇长何元泰（阶平）庶常。十九日，于《越州名胜图》册页后自题两诗。二十三日，有梅市祁子明（福芹）携其先德明代之忠臣祁彪佳（世培）遗像及墨迹并日记册来修志会。

四月初二日，编题诗巢第三十四次雅集。初四日，自装订新制笺之书稿本二十本，系为山庐制笺。所订者计每页足五十张，拟书各种自撰之稿。初七日，至修志会校看《祁忠敏公日记》。初九日，至修志会阅绍县各处家谱。到会者约计二百册，先生有日不暇阅之虑。二十三日，至修志会绘越城图及若耶溪图，以补刊县志中。

五月十一日，同周毅修坐舟至九里村，拟寻孔侃古墓，以山人进城不果。十三日，至大善桥裱店，以种山诗巢图咏册页二十六张装裱成册。十六日，壬社第三十五次雅集，瞻谒诗巢并以刘宛委山人生日公祭墓前[③]。十八日，同童鼎璜（谷干）、周智濬坐修志会采访之船去皋步瞻览陆放翁家庙。二十二日，为寿鹏更所托写诗集《伏舍传吟集》题面隶书。二十六日，接二儿在钰由镇江来禀，言国府军委会委

---

①②③　陈庆均《为山庐诗稿（第二本）》，民国间稿本。

其充镇江要塞司令部军医处少校主任。二十八日，坐汽车至柯桥上市得胜殿参加纪念明姚长子义士会。

是年，社友杜同甲、沈幼青、田晋铭先后卒。前县长陈焕病逝杭州[①]。

民国二十六年丁丑(1937)　六十七岁

二月初四日，壬社第三十九次雅集，循例以天池山人生日公祭诗巢六君子并附祀诸贤[②]。

五月二十二日，虽原定修志期限两年已至期，但各门类之编辑校证，非再加以时日恐难急就。先生及各常委拟将分认之门类在自己家中整理稿件，其有须共同讨论者，逢星期一、四日仍同至修志会集议进行。二十三日，以本月二十六日齐贤下方桥石佛寺更易主持传授衣钵，韩师善(迪周)特来修志会索先生等题撰文字。

六月初七日，同寿鹏更至龙山旧府署贺扬灵专员新移居处，会集其议事厅议搜集编印绍兴先贤未刊遗著。本日到者十八人，由贺专员主席议定名称，曰“绍兴先贤遗著编印处”，暂设于明真观贺秘监祠中，议成合摄一影。

七月初五日，接二儿在钰禀，知其于八日交卸要塞司令医务职，即至南京汤山弹道研究所任中校医职。十一日，至修志会整理书籍、碑帖稿本，修志会拟将紧要之稿件暂寄僻静之山乡人家，以日机轰炸之危险。

九月初四日，至修志会校对《祁忠敏公尺牍》。十七日，社友寿鹏更于夜间十一时去世。二十日，闻数日前绍兴西郭城外铁路筑成，车站建设业经开行客车，先生乃同四女在苹，孙女菱曾、佩曾，孙儿长松、长中步至西郭火车站看视行车。

---

① 陈庆均《为山庐诗稿(第二本)》，民国间稿本。

② 陈庆均《时行轩尺牍(壬子年以后)》(民国间稿本)夹页。

是年暑夏，小云栖源湛邀先生同何曼佛、李徐（生翁）作梅山之游[①]。

民国二十七年戊寅(1938)　六十八岁

是年，社友钟达先、钟寿昌（懋宣）、袁天庚、陈庆绶[②]先后卒。

民国二十八年己卯(1939)　六十九岁

是年，社友杨质安（宗濬）卒。

民国二十九年庚辰(1940)　七十岁

正月初一日，撰七十自哭四首并序。朱启澜、曾厚章（吕仁）、李砚庄、童祝华（海山）、李镜燧、陈庆绥、朱允中（秋农）、孙子松等和之以诗，先生汇为一集，名之曰《为山庐亲朋惠耆录》。

是年，社友张天汉卒。

民国三十年辛巳(1941)　七十一岁

是年，社友寿孝天、陈雨青、王叔梅先后卒。好友李文紀、姚烈（慧尘）卒[③]。

---

① 陈庆均《为山庐诗稿（第二本）》，民国间稿本。

② 《诗巢壬社社友录》（民国间稿本）载其卒于民国二十七年十二月二十四日，公历为1939年1月14日。陈庆均《为山庐书问》之《寄罗钝翁书》（民国三十年八月初十日）："陈朗老去冬遽返道山，李虚老月前又经物化。二君年皆上寿，同是数十年旧友。友交零落，不能不感概系之。"陈庆均《为山庐亲朋惠耆录》载陈庆绥于（民国）庚辰八月初旬曾写诗贺陈艮仙七十大寿。据此二者，其当卒于民国二十九年冬。

③ 陈庆均《为山庐书问》（民国间稿本）之《复王子余书》（民国三十年十一月十九日）。

民国三十一年壬午(1942)　七十二岁

是年,社友郦永康(荔丞)、钱绳武、何楙先后卒。三女在苓产一男一女孪生①。

是年,二哥陈庆基病故。②

是年,绍地食用货价与日俱增;又以旧币新币之风潮,各货价又趋势逾格增加,柴米、油盐、糖果、鸡鸭、鱼虾、猪以及菜蔬都高价在百倍以上③。

民国三十二年癸未(1943)　七十三岁

是年,社友陈东声、王选之、孙子松、张惠扬、朱启澜、戚扬(升淮)先后卒。女婿李重民卒④。

是年,绍地食用各货朝晚增高,较之寻常都在百倍以上。米每石一千二三四百元,猪肉每斤三十余元,麻油每斤四十余元,酱油每斤四五元至十一元,老酒每斤十元,烧酒每斤二十余元,白糖每斤六十四元(以上皆旧币价)⑤。

民国三十三年甲申(1944)　七十四岁

是年,社友王世裕、王君佑、平宜生先后卒。亲家李砚庄卒⑥。先生艰难度日已有五六年之久,幸得女婿孙洪偶寄食米,女在苹又时

---

①③　陈庆均《为山庐书问》(民国间稿本)之《又寄在钉书》(民国三十一年十月二十九日)。

②　贾天昶《风雨人生路》(自印本)。

④　陈庆均《为山庐书问》(民国间稿本)之《寄李砚庄亲家》(民国三十二年十一月二十日)。

⑤　陈庆均《为山庐书问》(民国间稿本)之《寄在钉》(民国三十二年二月二十日)。

⑥　陈庆均《为山庐书问》(民国间稿本)之《寄三女在苓于沪上》(民国三十三年八月十九日)。

有衣食照顾。儿在钰又托大明公司王贶甫(贶生)转送汇款新币二千元。在用度日绌之时,得兹补助,甚欣慰①。侄儿陈性存之妻病殁于福康医院,年五十一岁②。外孙孙如冈毕业于上海复旦大学高中部③。

是年,绍兴物价甚高。米价每石三千元上下,柴草每斤一二元,菜蔬每斤二三元,猪肉每斤百十元、鱼虾每斤七八十元、鸡鸭蛋每枚六七元,白糖每斤二百一二十元,酱油每斤二三十元,酒每斤十七八元,烧酒每斤四十元,盐每斤十余元④。

民国三十四年乙酉(1945) 七十五岁

是年,社友李子木、曾厚章、李镜燧、张瑊(待先)先后卒。先生老态日增,气虚液少,大便闭结,小便浑赤,每以燕补丸以解之。亟盼儿在钰由重庆至京沪谋职,一面就近回绍兴团聚⑤。

是年,绍兴物价甚高,烧酒每斤八百元,老酒每斤二百五六十元,猪肉每斤一千二三百元,米每石四万元,白菜、萝卜每斤二百余元⑥。

---

① 陈庆均《为山庐书问》(民国间稿本)之《寄在钰》(民国三十三年五月二十三日)。

② 陈庆均《为山庐书问》(民国间稿本)之《寄三女在苓》(民国三十三年六月十八日)。

③ 陈庆均《为山庐书问》(民国间稿本)之《寄长佐书》(民国三十三年九月二十八日)。

④ 陈庆均《为山庐书问》(民国间稿本)之《复孙儿长松》(民国三十三年三月十五日)。

⑤ 陈庆均《为山庐书问》(民国间稿本)之《寄复在钰》(民国三十四年八月初八日)。

⑥ 陈庆均《为山庐书问》(民国间稿本)之《复长松孙》(民国三十四年正月二十一日)。

民国三十五年丙戌(1946)　七十六岁

二月二十九日,社友罗益斋卒。

六月二十三日,先生卒[①]。

十一月十八日,社友陈崇一(东皋)卒。

① 《诗巢壬社社友录》,民国间稿本。

人物(字号、称谓)索引

B

C

D

F

G

H

J

K

L

M

N

P

Q

R

S

T

W

X

Y

Z

《中国近现代稀见史料丛刊》已出书目

第一辑

莫友芝日记
汪荣宝日记
翁曾翰日记
邓华熙日记
贺葆真日记
徐兆玮杂著七种
白雨斋诗话
俞樾函札辑证
清民两代金石书画史
扶桑十旬记(外三种)

第二辑

翁斌孙日记
张佩纶日记
吴兔床日记
赵元成日记(外一种)
1934—1935中缅边界调查日记
十八国游历日记
潘德舆家书与日记(外四种)
翁同爵家书系年考
张祥河奏折
爱日精庐文稿
沈信卿先生文集
联语粹编
近代珍稀集句诗文集

第三辑

孟宪彝日记
潘道根日记
蟫庐日记(外五种)
王癸避难日志　辛卯年日记
嘉业堂藏书日记抄
吴大澂书信四种
赵尊岳集
贺培新集
珠泉草庐师友录　珠泉草庐文录
校辑民权素诗话廿一种

第四辑

江瀚日记
英轺日记两种
胡嗣瑗日记
王振声日记
黄秉义日记
粟奉之日记
王承传日记
唐烜日记
王锺霖日记(外一种)
翁同龢家书诠释
甲午日本汉诗选录
达亭老人遗稿

第五辑

袁昶日记
吉城日记
有泰日记
额勒和布日记
孟心史日记·吴慈培日记
孙毓汶日记信稿奏折(外一种)
高等考试锁闱日录
东游考察学校记
翁同书手札系年考
辜鸿铭信札辑证
郭则沄自订年谱
庚子事变史料四种(外一种)
《申报》所见晚清书院课题课案汇录
近现代"忆语"汇编

第六辑

江标日记
高心夔日记
何宗逊日记
黄尊三日记
周腾虎日记
沈锡庆日记
潘钟瑞日记
吴云函札辑释
新见近现代名贤尺牍五种
稀见淮安史料四种
杨懋建集
叶恭绰全集
孙凤云集
贺又新张度诗文集
王东培笔记二种

第七辑

豫敬日记　洗俗斋诗草
宗源瀚日记(外二种)
曹元弼日记
耆龄日记
恩光日记
徐乃昌日记
翟文选日记
袁崇霖日记
潘曾绶日记
常熟翁氏友朋书札
王振声诗文书信集
吴庆坻亲友手札
画话
《永安月刊》笔记萃编
浙江省文献展览会文献叙录
杨没累集

第八辑

徐敦仁日记
王际华日记
英和日记
使蜀日记　勉喜斋主人日记　浮海日记
翁曾纯日记　瀚如氏日记(外二种)
朱鄂生日记
谭正璧日记
近代女性日记五种(外一种)
阎敬铭友朋书札
海昌俞氏家集
师竹庐随笔
邵祖平文集

第九辑

姚觐元日记
俞鸿筹日记
陶存煦日记
傅肇敏日记
姚星五日记
高枬日记
钱仪吉日记书札辑存(外二种)
张人骏往来函电集
李准集
张尔耆集
夏同善年谱　王祖畬年谱(外一种)
袁士杰年谱　黄子珍年谱